에즈라 파운드 시집

칸토스

THE CANTOS

완역판

에즈라 파운드 시집

칸토스

초판인쇄 2023년 2월 10일 **초판발행** 2023년 2월 20일

지은이 에즈라 파운드 **옮긴이** 이일환 **펴낸이** 박성모 **펴낸곳** 소명출판 **출판등록** 제1998-000017호

주소 서울시 서초구 사임당로14길 15 서광빌딩 2층

전화 02-585-7840 **팩스** 02-585-7848

전자우편 somyungbooks@daum.net **홈페이지** www.somyong.co.kr

값 98,000원

ISBN 979-11-5905-752-6 03840

ⓒ 소명출판, 2023

THE CANTOS OF EZRA POUND

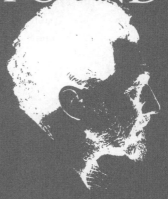

에즈라 파운드 시집

칸토스

완역판

이일환 옮김

역자 서문

　에즈라 파운드는 아마 20세기 이후 현대문학에서 가장 유별난 존재일 것이다. 우선 파운드 하면 제일 먼저 떠오르는 것은, 에즈라 파운드의 약력을 소개한 데서 나오지만, 제2차 세계대전 때 무솔리니의 파시스트 편을 들면서 조국인 미국을 향하여 반루스벨트 반유대주의 라디오 방송을 함으로써 미군에 붙잡혀 피사에 임시로 만들어진 감옥에 갇혀 있다가 미국으로 송환되어 반역죄로 재판을 받았던 사실일 것이다. 과대망상증 환자로 재판을 받기에는 적합하지 않은 정신상태라는 정신과 의사의 소견이 받아들여져 사형도 가능했던 재판을 피하기는 했지만, 대신 정신병원에 갇히게 되는 신세가 된다. 그후 엘리엇, 헤밍웨이 등 여러 유명한 문인들이 서명을 하여 석방을 위한 탄원서를 여러 번 제출하였지만 잘 받아들여지지 않다가 아이젠하워 대통령 때인 1958년에 이르러서야 무려 12년이 넘는 정신병원 생활을 끝내고 석방될 수 있었다. 그는 석방되자마자 자신의 제2의 고향인 이탈리아로 돌아가 죽 살다가 87세를 막 넘긴 1972년 눈을 감았고, 베네치아 근처 섬인 산 미켈레에 묻혔다.

　하지만 이런 문학 외적인 것으로 그를 평가할 수는 없는 일이다. 문학에서의 그의 기여는 두 가지 면에서 살펴 볼 수 있을 것이다. 우선 그의 『칸토스』이다. 이 시 모음집은 그가 1915년 또는 1917년부터 1962년까지 장장 45년이넘는 기간 동안 자신이 살아오면서 갖게 되는 모든 생각들을 삶의 기억들과 박학한 지식들과 버무려 표현한 대작이다. 우리가 흔히 현대시의 가장 대표작으로 엘리엇의 『황무지』를 꼽는데, 그 규모에 있어 『황무지』는 『칸토스』의 몇백 분의 일에 지나지 않는다(물론 쓰여진 그 기간을 생각해 본다면 당연한 일이기도 하다). 엘리엇이『황무지』의 초고를 써서 파운드에게 봐 달라고 보냈는데, 파운드는 그 초고의 반 정도를 잘라버리고 나머지 부분에도 많은 수정의 조언을 적어 보냈는데, 엘리엇이 그 모든 것을 다 받아들이고 파운드의 수정안대로 그대로 출판했던 건 많이 알려진 사실이다(그래서 어떤 사람은『황무지』를 엘리엇과 파운드의 공동작으로 봐야 한다고까지 말한다). 한데 길이는 차치하고라도『칸토스』는『황무지』보다 몇 배 더 읽기 어려운 것이 동서양의 역사와 수많은 인물들이 등장하는 것은 물론이고, 어떤 경우는 파운드 개인만이 알고 있는 어떤 기억이나 인물들도 나오기 때문에 우리가 도저히 알 수 없는 경우들도 꽤 있기 때문이다. 그리고 무엇보다『황무지』를 읽으면 경험하는 것이지만, 시인의 연상력을 따라가야 한다는 것이 우리 독자들로서는 너무나 어려운 것이다. 그 모든 시행들이 계속 연상력의 작용으로 죽 이어져가는 것인데, 그 끈을 잃지 않고 계속 따라간다는 것이 여간 어려운 일이 아니다. 그 연상의 비약을 시인과 같이 동행하는 일—이 일이『칸토스』읽기의 핵심이다.

파운드는 저 세상이 주는 낙원이 아니라 이 지상에 낙원을 건설하고자 하는 것이 목적이었고, 그 목적을 시를 통해 이야기하고자 한 것이었다. 그가 동양의 불교나 도교를 내리깔고 대신 공자를 추켜세운 것은 이 때문이다. 공자는 죽음 이후의 세상을 이야기한 적이 없고 오로지 이 현실의 세상을 어떻게 하면 올바른 세상이 되게 할 수 있을까를 이야기하였다는 것이다. 그가 무솔리니를 찬미했던 것도 이 때문이었다. 그의 눈엔 무솔리니가 이 세상을 보다 나은 세상을 건설할 적임자로 보였던 것이다. 물론 나중에『피사 칸토스』에 보면, 그리고 그후의 마지막 칸토들에 보면 자신이 잘못했더라는 것을 인정한다. 하지만 적어도 그는 아무 일도 하지 않고 가만히 있는 것보다는 무언가 더 나은 것을 열심히 추구하고자 하는 노력 자체(파운드는 그런 추구의 여정을 그리스어에 기원을 둔 "periplum"이라고 불렸고, 자신은 그런 여정을 하는 오디세우스라고 생각했다)에는 잘못이 없다라는 신념을 표현하고 있다. 물론 그는 결국엔 그런 욕망—그런 목적—의 불가능성도 깨닫게 되었던 것 같다.

그에게 반유대주의적 감성이 나타났던 것도 이와 연관시켜 살펴볼 수 있다. 이 세상이 좋은 세상이 되지 못하게, 이 세상을 좀먹는 것은, 그의 표현을 빌면 "고리대금업"인데, 이 고리대금업을 하는 대표적인 인물들이 유대인들이기 때문이었다. 말하자면 돈을 빌려주고 그 이자를 비싸게 받아먹는 것 말이다(그가 모든 유대인들에게 반감을 품었던 것은 아니다. 그의 반감은 그런 행위들을 하는 소위 "큰 손 유대인들 big Jews"들을 향해 있었다). 그는 은행도 이 고리대금업을 하는 대표적인 기관으로 보고 있다. 그래서 그는 은행에 대해 신랄한 비판을 아끼지 않는데, 반면 진정한 은행의 한 예로서 예전에 이탈리아 시에나에 있었던 "몬테 데이 파스키"라는 은행을 들고 있다. 물론 어찌 보면 파운드는 분명히 시대착오적일 수 있다. 하지만 필자가 보기에 시 작업에서 그의 굉장한 기여는 바로 경제적인 측면을 도입했다는 데 있다. 이건 동서양의 모든 시인들이 한번 진지하게 생각해 볼 문제라고 생각한다.

또 하나는, 현대문학에서의 그의 역할이다. 엘리엇의 『황무지』는 이미 언급하였지만, 현대문학에서 또 하나의 이정표가 되는 작품이 제임스 조이스의 소설 『율리시즈』인데, 파운드가 『황무지』에서처럼 『율리시즈』를 손보거나 하지는 않았지만, 그 소설을 이해하지 못해 그 누구도 그 소설을 출간하려 하지 않고 있었는데, 파운드가 발벗고 나서 이 소설이 출간되도록 백방으로 노력했던 것이다. 파운드는 이 세상 모든 사람들이 이 소설에 기립박수를 쳐야 한다라고 말했고, 『황무지』와 『율리시즈』가 동시에 이 세상에 나왔던 1922년을 문학 원년으로 삼아야 한다라고까지 말했던 것이다. 그밖에도 그는 헤밍웨이에게도 많은 영향을 주었고(헤밍웨이의 하드보일드 스타일이 파운드의 영향이라는 말이 있다), 특히 파리 시절 많은 문인들과의 교류를 통해 현대문학의 생성에 크게 관여했다. 그 이전 런던 시절에는 예이츠의 도제 비슷한 역할을 하면서 예이츠의 시가 나긋하고 감상적인 면에서 벗어나 보다 현실적이고 단단한 느낌을 주는 시로 변환하는 데 기여를 하기도 했었다. 한마디로 역자는, 그가 남의 재능을 알아보는 탁월한 눈과 귀를 가진 사람이었다라고 본다.

이 작품의 또 다른 매력은 그 찬란한 서정적인 순간들이다. 우리나라 시와 서양의 시와의 결정적인 차이점 중의 하나는 우리나라 시들은 비교적 짧은 서정적인 시들이 다라 해도 과언이 아닌 반면, 서양의 시들은 서사적인 또는 서술적인 면이 강하다는 것이다. 이것은 서양 시의 출발이 『일리어드』나 『오디세이』 같은, 스토리 텔링이 기반이 된 서사적인 글이라는 데 기인한다. 그래서 우리나라 독자들이 『칸토스』 같은 시 작품들을 대하면, 시라기보다는 그냥 하나의 '글'을 읽고 있는 느낌이 들 수 있다. 하지만 『칸토스』를 잘 읽어보시라. 그 안에는 소설과는 다른 리듬이 살아있다. 그리고 때로 떠져 나오는 그 찬란한 서정적인 순간들은 그 어떤 빼어난 서정시들을 능가한다.

이 시 모음집을 번역하는 것은 한마디로 모험이고 또 모험이었다. 이 작업을 하는 데 꽤 오랜 세월이 걸렸을 것은 명확한 사실이고(중간에 한번씩 브레이크 기간이 있기는 했지만, 총 기간으로 따지면 30년도 넘었을 것 같다. 소명출판에 원고를 넘긴 이후로도 3년은 더 살펴보았던 것 같다), 사실 역자는 정년퇴임을 하기 전에 끝내고 출판을 하고 싶었다. 한데 생각한 대로 되지는 못했고 그나마 지금이라도 출간하게 되어 너무나 기쁘다. 사실 최근 몇 년간은 외국의 학자들과의 교류도 전혀 갖지 못했고, 오래 전 만났던 올가 럿지의 따님이신 메리 드 라크월츠와의 교류도 갖지 못했었다. 그런데 정말 오랜만에 이 시집의 한국어 번역판을 내기 위해 메리 님과 접촉을 하였고, 정말 너무나 감사하게도 판권을 가진 뉴 디렉션즈의 담당자분과 연결을 시켜줘서 소명출판과 무사히 출간 진행을 할 수 있게 되었다. 다시 한번 메리 님께 감사의 마음을 전한다.

이 시를 읽어내려가다 보면 주석을 보지 않으면 무슨 말인지 도무지 알 수 없는 경우들이 너무 많이 나오지만 일단은 주석을 보지 말고 그냥 본문만 죽 읽어 내려가기를 권장한다. 원래는 주석을 각주로 하여 매 쪽마다 밑에 각주를 달았으나 그러면 본문을 읽어 내려가는 데 방해를 너무 받을 것이기 때문에 편집하시는 분들이 아예 미주로 하는 것이 가독성에 좋겠다고 하여 각주를 미주로 한 것이다. 어쨌든 이 시는 한번 읽어서 끝낼 수 있는 시가 아니기 때문에 이해가 잘 안 되더라도 처음에 그냥 본문만 죽 읽어 내려가도록 하고 그 다음 미주를 참조하여 좀 더 꼼꼼이 읽고 그 다음 다시 본문만 읽는 식으로 하기를 권장해 드린다.

이 시집의 처음부터 끝까지 모든 번역과 모든 주석들은 역자가 혼자서 다 한 것이다. 따라서 있을 수 있는 모든 격려와 비판 또한 모두 역자의 몫이다 (사실 두렵다. 많은 학자들의 노력에도 불구하고 아직 모호하게 남아 있는 부분들도 있고, 역자의 역량이 부족하여 과오를 범한 부분들도 있을 것이다). 이 시집이 나오게끔 도움을 주신 국민대학교 한국어문학부의 정선태 교수님, 그리고 이 엄청나지만 우리나라 독자들과 얼마나 만나게 될지 미지수인 이 시집의 출간을 흔쾌히 받아주신 소명출판 대표님, 그리고 무엇보다 이 시집의 편집에 너무나 애를 쓰셨을 소명출판의 편집부에 고마움을 전한다.

2023년 1월
역자 이일환

차례

서른 편의 칸토들 초안

1930

I[1]

그리고 배로 내려가

부서지는 파도에 배를 띄워 신성한 바다 쪽으로 대놓고

우리는 그 거무스름한 배에 돛대를 세우고 돛을 올리고는

양떼를 싣고 또 우느라 무거워진

우리의 몸도 실었는데, 배 뒤쪽으로부터 불어오는 바람은

돛을 부풀게 하여 우리를 앞으로 나아가게 하였느니,

이는 단정한 머리를 한 여신, 키르케의 술법이었느니라.

그런 다음 우리는 배 중앙에 앉았고, 바람은 키 손잡이를 붙잡고,

죽 펴진 돛을 달고 우리는 하루가 저물어갈 때까지 바다 위를 지나쳤갔
나니.

태양은 잠자러 가고, 온 바다 위에는 그림자들,

우리는 가장 깊은 바다의 경계에까지 이르렀나니,

키메리안 땅[2]이 그곳이라, 사람 사는 도시들도

조밀하게 짜여진 안개로 뒤덮여 태양빛이

한 번도 뚫고 들어간 적이 없고

별빛도 내려 뻗치거나 하늘로부터 뒤돌아보지 못하는 곳,

칠흑 같은 밤이 그곳 불쌍한 사람들 위로 죽 퍼져 있었노라.

바다가 거꾸로 흘러가니 우리는 키르케가 앞서 말한 곳에 이르렀노라.

이곳에서 그들, 페리메데스와 유리로쿠스[3]가 제식을 행하였고,

나는 허리에서 칼을 빼내어 한 자 가량의 작은 웅덩이를 팠느니.

우리는 죽은 이들 하나하나에게 술을 따랐는데,

처음엔 벌꿀 술, 그 다음엔 달콤한 포도주, 또 흰 가루가 섞인 물이었노라.

그리고 나는 빛바랜 해골들에게 많은 기도를 하였느니,

이타카에 도착하는 대로, 가장 좋은 거세한 황소를

제물로 바치고 불타는 장작더미에 물건들을 잔뜩 쌓아놓고,

테이레시아스에게는 별도로 양을, 검은 숫양을 바치리.

검은 피가 도랑으로 흐르자

창백한 얼굴의 죽은 이들, 신부들과 젊은이들

그리고 많은 고통을 겪은 늙은이들의 영혼들이 암흑계로부터 나왔는데,

눈물이 아직 채 마르지 않은 나이 어린 소녀들의 영혼들도,

청동창 머리로 두들겨 맞은 많은 남정네들도,

아직도 피 묻은 무기를 든 약탈자들도 있었으니,

이 많은 혼들이 내 주위로 몰려들었노라. 나를 질리게 할 만큼

외쳐대며 내 부하들에게 동물을 더 바치라고 소리쳤나니.

소떼를 도살하고, 양떼를 청동으로 베어버리고,

기름을 붓고, 신들에게 애원하고,

특히 강력한 플루톤⁴에게, 그리고 페르세포네를 찬미하였노라.

가는 칼을 빼 들고 앉아

나는 테이레시아스의 말을 들을 때까지

성미 급하고 별 볼 일 없는 혼들을 가로막고 있었노라.

그러나 먼저 엘페노르⁵가 다가왔나니, 우리의 동료인 엘페노르,

땅에 묻히지도 못한 채 넓은 땅에 내버려진,

다른 일이 급박했던 터라 애도도 못하고 묘지에 안장도 못 시킨 채

키르케의 집에 우리가 두고 떠나왔던 사지.

불쌍한 영혼. 내가 빠른 말씨로 소리쳤다.

"엘페노르, 자네 어떻게 이 어두운 해변에 와 있는가?

걸어서 왔단 말인가, 배 타고 온 이들보다 앞질러서?"

그는 우울한 말씨로,

"운이 나빴고 술이 과했지요. 키르케의 벽난로 굴뚝에서 잠을 잤었어요.

긴 사다리를 부주의하게 내려가다가

버팀벽을 들이받고 떨어져서는

목덜미 신경이 박살나고 영혼은 아베르누스[6]를 찾게 되었지요.

그러나 당신, 오 왕이시여, 애도도 못 받고 묻히지도 못한 나를 기억해

주세요.

내 무기로 장작더미를 만드시고, 해안에 묘석을 세워 새겨 주세요,

'운이 없는 사나이, 미래에 기억될 사나이'라고.

그리고 동료들 사이에서 휘젓던 내 노를 꽂아 주세요."

그다음엔 안티클레이아[7]가 다가왔는데, 내가 그녀를 쫓아 보내니, 테베

인인 테이레시아스가

황금빛 지팡이를 들고 와 나를 알아보고는 먼저 말을 하기를,

"두 번째 아닌가?[8] 왜? 불운한 사나이여,

햇빛을 보지 못하는 사자死者들과 이 기쁨 없는 지역을 대면하는가?

그 도랑에서 물러나 내가 진실을 말할 수 있도록

피의 잔을 두시오."

내가 뒤로 물러나자,

그는 피를 마시고는 힘이 나서는 말을 하기를, "오디세우스는

어두운 바다를 지나치고 악의에 찬 넵튠[9]을 거쳐서 귀향하리라,
동료들을 다 잃어버리고." 그리고는 안티클레이아가 다가왔나니.
디부스여 편안히 누우시라. 내가 말하는 건 안드레아스 디부스,
1538년 베셀 워크샵에서 나온 호머 번역본의 역자인.[10]
그리고 그는 사이렌[11]을 지나 저 바깥 멀리 나아갔다,
그리고 키르케에게로.

　　　크레타섬 사람[12]의 문구를 빌자면,
너무나 공경할 만한 이, 황금빛 왕관을 한, 아프로디테여,
키프로스의 성은 그대의 고유 영역이나니, 즐겁고, 구리빛인, 황금빛
허리띠와 가슴띠를 한, 헤르메스[13]의 황금 가지를 지닌,
검은 눈까풀의 그대여, 그리하여……[14]

II

빌어먹을, 로버트 브라우닝[15]이여,
'소르델로'[16]는 단 하나밖에는 있을 수 없지.
소르델로라고, 나의 소르델로는?
소르델로 집안은 만토바나 출신이지요.
소슈[17]가 바다 속을 휘저었다.
바다표범이 하얀 물보라 이는 절벽의 파인 곳 둘레에서 놀고 있다.
말쑥한 머리, 리르[18]의 딸,

　　　　검은 모피 두건 밑의
피카소식의 눈, 바다의 유연한 딸.
파도가 해변의 도랑으로 흐른다.
"엘레아노르, 엘레나우스, 엘렙톨리스!"[19]

　　　　장님인, 박쥐처럼 장님인, 불쌍한 늙은 호머,
바다 파도 소리를 듣는 귀, 늙은이들의 중얼거리는 목소리,
"그녀를 배로 돌려보내라,
희랍의 얼굴들 사이로 돌려보내라, 안 그러면 나쁜 일이 우리에게 생기
리니,
나쁜 일 또 나쁜 일, 그리고 우리 자손들에게 씌워지는 저주,
다닌다, 그래 그녀가 마치 여신처럼 다닌다,
얼굴은 신의 얼굴이요,

　　　　목소리는 스케니의 딸[20]의 목소리이니,
운명이 그녀의 걸음과 더불어 다닌다,

그녀를 배로 돌려보내라,

　　　희랍의 목소리들 사이로 돌려보내라."

해변 수로 옆, 티로,[21]

　　　바다의 신의 꼬인 팔,

물의 유연한 힘줄이 그녀를 꽉 껴안고,

파도의 청회색 유리가 그들을 뒤덮는다,

물의 반짝이는 하늘 빛, 차가운 소용돌이, 푹 씌운 덮개.

황갈색으로 빛나는 조용한 모래사장,

갈매기들이 날개를 쭉 펼치고

　　　펼쳐진 깃털들 사이를 쪼고 있다.

목욕하러 온 도요새가

　　　구부러진 날개 마디를 펴고는

축축한 날개를 햇빛의 엷은 막에 펼쳐 보인다,

그리고 시오스 섬[22] 근처

　　　낙소스[23]로 가는 뱃길 왼쪽으로는

배 모양의 너무 큰 바위가 있는데,

　　　해초가 그 모서리에 달라붙어 있고,

여울에는 포도주 색의 빛이,

　　　눈부신 햇빛에는 양철에 반사된 듯한 섬광이.

배가 시오스 섬에 다다랐어요.[24]

　　　샘물을 청하는 사람들,

바위 웅덩이 옆 포도주에 취해 행동이 굼뜬 어린 소년,

"낙소스로? 그래, 너를 낙소스로 데려다주지,
이리 와, 꼬마야." "이 길이 아닌데요!"
"맞아, 이 길이 낙소스로 가는 길이야."
　　　내가 말했죠. "곧장 가는 뱁니다."
이탈리아에서 온 전과자가
　　　나를 때려 앞 밧줄에 끼게 만들었고,
(그는 토스카나에서 살인죄로 수배중이었어요.)
　　　스무 명 모두가 나를 적대시했으니,
약간의 노예 대금을 벌고자 미친 것이었지요.
　　　그들은 시오스를 떠나
항로 이탈을 했으니……
　　　그 소년은 소란에 정신이 들고는,
뱃머리 저 너머로
　　　또 동쪽으로, 또 낙소스 가는 쪽으로 바라보더군요.
그러자 신의 솜씨, 정말이지 신의 솜씨,
　　　배가 소용돌이에 오도 가도 못하고,
노에는 담쟁이가 엉키고, 펜테우스 왕이시여,
　　　포도엔 씨앗 대신 바다 거품,
배수구엔 담쟁이,
그래, 나, 아코에테스가 그곳에 서 있었고,
　　　그 신도 내 옆에 서 있었습니다.
물이 용골 밑으로 갈려 나가고,
부서지는 파도가 배 뒤쪽에서 앞쪽으로 밀려오고,

배가 가르는 물결은 앞쪽에서 흘러 내려가고,
뱃전이 있던 곳엔 지금 포도나무 줄기가,
밧줄이 있던 곳엔 덩굴손이,
　　　노걸이에는 포도 잎들,
노 자루엔 무수한 포도 덩굴들,
그리곤 어디선지 모르는 숨결,
　　　내 발목에 느껴지는 뜨거운 숨결,
유리 속 그림자 같은 동물들,
　　　공허를 치는 부드러운 털로 뒤덮인 꼬리.
스라소니의 그르렁 소리, 타르 냄새가 나던 곳엔
　　　동물들의 히드 냄새,
동물들의 쿵쿵거리며 냄새 맡는 소리와 쿵쿵거리는 발소리,
　　　어두운 공중에 반짝이는 눈빛.
폭풍우 없는 메마른 하늘은 아득히 높이 떠 있고,
동물들의 쿵쿵거리며 냄새 맡는 소리와 쿵쿵거리는 발소리,
　　　내 무릎을 스치는 부드러운 털,
공기 뭉치들의 스치는 소리,
　　　공기 속의 물기 없는 형체들.
조선소의 용골 같은,
　　　대장장이의 일격에 나가떨어진 소 같은 배,
진수대에 꽉 끼인 늑재肋材,
　　　나무못결이 위의 포도송이,
　　　털가죽을 뒤집어쓴 허공.

생명 없는 공기에 심줄이 생기고,

　　　표범들의 고양이다운 한가로움,

배수구 옆 어린 포도 가지를 냄새 맡는 표범들,

앞 승강구 뚜껑 옆에 웅크린 표범들,

그리고 우리를 둘러싼 질푸른 바다,

　　　초록빛 나는 불그스레한 그림자들,

리애우스[11] 말씀하시길, "이제부터, 아코에테스, 내 제단을,

아무런 속박도 두려워하지 말고,[25]

　　　숲의 그 어떤 고양이과 동물도 두려워하지 말고,

스라소니와 더불어 안심하며,

　　　내 표범들에게 포도를 먹일 것이라,

유향은 내 향이며,

　　　포도나무들은 나에 대한 경의의 표시이니라."

역파도가 키 사슬에 이제 부드럽게 부딪히고,

리캅스가 있던 곳엔

　　　돌고래의 검은 코가,

노 젓던 이들에겐 비늘이.

　　　그래 나는 숭배합니다.

내 두 눈으로 똑바로 보았으니,

　　　그들이 그 소년을 데려왔을 때 나는 말했었죠.

"그에겐 신성이 있어,

　　　어떤 신인진 모르겠지만."

그들이 나를 차서 앞 밧줄에 걸리게 했지요.

내 두 눈으로 똑바로 보았으니,

　　　　메돈의 얼굴이 달고기의 얼굴로 되고,

팔은 지느러미로 졸아들고, 그리고 그대, 펜테우스여,

테이레시아스와 카드모스[26]의 말을 듣는 것이 좋을 겁니다.

　　　　안 그러면 그대의 운은 다하리니.

사타구니 근육에 돋아나는 비늘,

　　　　바다 가운데 스라소니의 그르렁 소리……

그리고 후년에,

　　　　포도주빛 해초의 엷은 빛으로,

바위에 기대어 있노라면,

　　　　파도 색깔 아래 산호의 얼굴,

움직이는 물결 아래 엷은 장밋빛,

　　　　일루시에리아,[27] 해안의 아름다운 다프네[28]

나뭇가지로 변한 헤엄치던 이의 팔,

언제이던가,

　　　　남자 인어들을 피해 달아나던,

보였다 반쯤 보였다 하는 매끄러운 눈썹,

　　　　이제는 상아빛 고요함.

소슈가 바닷속을 휘저었다, 소슈 또한,

　　　　긴 달을 휘젓는 막대로 사용하여……

물의 유연한 회전,

　　　　포세이돈의 힘줄.

검푸르고 투명한,

티로를 덮치는, 유리 같은 파도,
폭 덮임, 고요치 않음,
        파도 조직의 밝은 소용돌이,
그리고는 조용한 물길,
        조용한 담황색 모래사장,
날개 마디를 죽 펼치고,
        크지 않은 모래 언덕 옆 파도 가는 길
바위에 움푹 파인 곳과 모래 파인 곳에서 물을 철썩이는 바닷새,
햇빛에 반사되는 거친 파도의 유리 같은 번쩍임,
        금성의 창백함,
파도의 희끄무레한 봉우리,
        파도, 포도알의 색깔,

가까이엔 회색빛 올리브,
        멀리엔 바위 사태 때의 회색빛 연기,
물수리의 연어살빛 날개가
        물 위에 회색빛 그림자를 던지고,
탑은 마치 외눈의 커다란 거위처럼
        올리브 숲으로부터 목을 길게 빼고 있다,

그리고 우리는 듣는다, 올리브나무 밑 건초 냄새나는 곳에서
        목신이 프로테우스[29]를 꾸짖는 소리를,
희미한 빛 속에서 목신에 대항하여 노래 부르는

개구리 소리를,

그리고……

III

난 베네치아 세관의 계단에 앉아 있었노라,

그해 곤돌라 타는 값이 너무 비쌌거든,

그리고 '그 소녀들'[30]도 없었지, 단 하나의 얼굴만 있었어,

그리고 '포옹'의 노래[31]를 외쳐대는, 이십 야드쯤 떨어진 부첸토로[32] 배,

그리고 그 해 모로시니[33] 궁전의 빛나던 가로보,

그리고 따님[34]의 집에 있던, 또는 있었을지도 모르는, 공작새들.

　　　　신들이 하늘빛 공중에 떠다닌다,

빛나는 토스카나의 신들, 이슬이 내리기 전 돌아오다.

빛, 이슬이 내리기 전에 내리는 첫 번째 빛.

숲의 신들, 그리고 참나무로부터는 나무의 요정,

열매로부터는 열매의 요정,

온 숲에, 잎사귀들은, 속삭이며,

소리로 가득 차 있고, 구름은 호수 위에서 몸을 굽히고,

신들이 이곳에 와 있나니,

물에는 아몬드처럼 하얀 헤엄치는 이들,

은빛의 물은 드러난 젖꼭지를 윤나게 하고,

　　　　이렇게 포지오[35]가 말했었지.

터키옥의 녹색 결,

또는, 회색빛 계단이 삼목 아래로 이어져 있구나.

나의 시드[36]가 말 타고 갔다, 부르고스까지,

두 탑 사이 장식 못이 박힌 문까지,

창끝으로 두들기면서, 그때 아이가 나왔다,

아홉 살짜리 소녀,

탑 사이 문 위 조그만 회랑으로,

낭랑한 목소리로 칙서를 읽었다,

어느 누구도 루이 디아즈에게 말을 걸거나 음식을 주거나 도움을 주지

못한다,

그러는 자는 심장이 도려내져 쇠꼬챙이에 꽂힐 것이며,

두 눈도 파여질 것이고, 모든 재산도 압류당할 것이다,

"시드여, 여기 봉인이 있습니다,

커다란 봉인과 글이."

시드는 비바르로부터 떠났다,

홰대에 매들을 하나도 남겨두지 않고,

옷장에 옷이라곤 하나도 남기지 않고,

라쿠엘과 비다스[37]에게 트렁크만 남기고,

그 전당업자들에게 커다란 모래상자를 주었던 것이니,

자기를 따르는 이들에게 돈을 대기 위함이라,

그리고는 발렌시아로 갔었던 것이다.

살해된 이네즈 다 카스트로,[38]

이곳에 세워지게끔 되어, 이곳에서 헐벗어가고 있는, 벽.

황폐함, 돌에서 날리는 그림물감 가루,

또는 석회 가루, 만테냐[39]가 그 벽을 칠했던 것이니.

비단 조각, '희망도 갖지 않고, 또한 두려움도 갖지 않고.'[40]

IV

연기 자욱한 빛 속의 궁전,

트로이 다만 한 무더기의 쌓인 그은 경계석들뿐,[41]

수금의 주인들이시여![42] 오룬쿨레이아![43]

내 말 좀 들어주시오. 황금빛 뱃머리의 카드모스!

은빛 거울은 빛나는 돌들과 불길의 현장을 붙잡고,

새벽은 우리를 깨우며 녹색의 차가운 빛으로 표류하고,

풀숲에서, 이슬 안개는 움직이는 창백한 발목을 아물거리게 만든다.

사과나무 아래 부드러운 잔디에서

　　　쿵쿵, 쾅쾅, 웅웅, 텅텅,

요정들의 합창, 염소 발걸음, 창백한 발은 교차되고.

푸른 물의 초승달, 여울에선 황금빛 녹색,

검은 수탉이 바다 거품에서 울고 있다.

침대 의자의 구부러지고 새겨진 발 곁에,

　　　동물 발톱에 사자 머리인 한 늙은이가 앉아

낮은 소리로 단조롭게 이야기를 하는데……

　　　이틴![44]

그것도 세 번을 흐느끼며, 이틴, 이틴!

그녀는 창문으로 가 몸을 내던졌다네,

　　"그동안 내내, 내내, 제비가 울고"

이틴!

"접시에 담긴 건 카베스탄[45]의 심장이오."

"접시에 담긴 것이 카베스탄의 심장이라구요?"

"그 어떤 다른 맛도 이를 변화시키지 못할 거예요."

그리고 그녀는 창문으로 갔어,

　　　이중 아치를 한

가느다란 하얀 돌 창살,

단호하고 고른 손가락들이 견고하고 창백한 빛의 돌에 매달렸지,

잠시 동안 흔들거리고는,

　　　로데스[46]로부터 불어온 바람이

그녀의 소매를 풍선처럼 부풀렸다네.

　　…… 제비가 울고.

티스, 티스, 이티스!

　　　악타이온……[47]

　　　　그리고 계곡,

그리고 그 계곡엔 잎이 무성해, 잎이, 나무들이,

햇빛이 반짝거리고, 꼭대기에서 반짝거리고,

마치 비늘 지붕처럼,

　　　마치 푸아티에[48]의 금 같은

교회 지붕처럼.

　　　그 아래엔, 그 아래엔

어둡고 잔잔한 물을 흩뜨리는

줄기 같은, 조각 같은, 얇은 원판만한 햇빛조차도 전혀 없는데,

요정들의 몸을 씻는, 요정들의, 그리고 디아나,

그녀 주위에 하얗게 몰려든 요정들, 그리고 흔들리는,

공기, 공기, 그 여신과 함께 불타오르는 공기,

　　　어둠 속에서 그들의 머리칼을 부채질하고,

들어 올려, 들어 올려, 물결치게 하고,

은빛에 담기는 상아빛,

　　　그림자 진 너무나 그림자 진,

은빛에 담기는 상아빛,

한 점의, 길 잃은 한 조각의 빛도 없나니.

그리곤 악타이온, 비달,⁴⁹

비달, 숲에서 비트적거리던

　　　비달이 말씀드리나니,

햇빛이라곤 한 조각도, 희미한 한 줄기도 없는데,

　　　그 여신의 창백한 머리칼.

개들이 악타이온에게 달려든다.

　　　"이리, 이리, 악타이온",

숲속의 얼룩덜룩한 수사슴.

밀을 베어낸 자리처럼 무성한,

　　　황금빛의, 황금빛의, 한 다발의 머리칼,

확 타오르는, 확 타오르는, 태양,

　　　개들은 악타이온에게 달려들고,

비트적거리며, 숲에서 비트적거리며,

중얼대며, 오비디우스를 중얼대며,

"페르구사……[50] 못…… 못…… 가르가피아,[51]

못…… 살마키스 못."[52]

새끼 백조가 움직이자 텅 빈 갑옷이 흔들거린다.[53]

그리하여 빛이 비 내리고, 쏟아 퍼붓고, '비를 머금은 태양,'[54]

신들의 무릎 아래

        급히 흐르는 액체 수정.

겹겹이 포개지는, 물의 얇은 광채,

하얀 꽃잎들을 싣고 가는 시냇물의 엷은 막.

타카사고의 소나무는

        이제의 소나무와 더불어 자라나니![55]

물은 봄의 입구에서 밝게 빛나는 창백한 모래를 따라 소용돌이친다.

"사람 얼굴의 나무를 보라!"

연꽃으로 불타는 것 같은, 갈라진 가지 끝.

        신들의 무릎 아래

겹겹이 포개지는,

        소용돌이치는 얇은 유체.

횃불은 모퉁이 요리 매점의

        설치된 불을 눈부시게 녹이고 있고,

하늘을 싸고 있는 푸른 마노^{瑪瑙}(그 시절 구르동[56]에서처럼)

        수지^{樹脂}의 바지직 소리,

사프란색의 샌들은 좁은 발을 그렇게 꽃잎 장식하였느니, 어서 오세요,

결혼의 신!

결혼의 신이여, 어서 오세요. 결혼의 신! 오룬쿨레이아!
한 송이 진홍빛 꽃이 새하얀 돌에 던져진다.

　　　소교쿠[57]가 말하길,
"마마, 이 바람은 왕의 바람입니다,
　　　이 바람은 왕의 물줄기를 흔드는,
궁전의 바람입니다."
　　　상은 깃을 풀고는,
"이 바람은 대지의 자루 속에서 그르렁대고,
　　　물을 골풀로 뒤덮어버립니다."
그 어떤 바람도 왕의 바람은 아니니,
　　　모든 암소가 새끼를 돌보게 할지니.
"이 바람은 사紗로 된 커튼에 붙잡혀 있어……"
　　　그 어떤 바람도 왕의 바람은 아니라……

낙타 모는 사람들이 계단의 굽은 곳에 앉아
　　　잘 짜여진 거리의 에크바탄[58]을 내려다보고 있다,
"다네![59] 다네!
　　　어떤 바람이 왕의 바람인가?"
연기가 시냇물에 드리우고,
복숭아나무들은 반짝이는 잎새들을 물에 떨어뜨리고,
소리는 저녁 아지랑이에 떠다니고,
　　　돛배는 여울을 스쳐 지나가고,

어두운 물 위에는 금빛의 뗏목들,

트인 들판엔 세 개의 디딤대,

회색빛 돌기둥들은 어디론가……

앙리 자크 신부[60]는 로쿠[61] 위에서, 바위와 삼목들 사이의

로쿠 산 위에서 세닌[62]과 대화를 하곤 했다,

폴로닉[63]은,

마치 기게스[64]가 트라키아 접시로 향연을 베풀 듯했고,

카베스탄은, 테레우스는,

접시에 담긴 건 카베스탄의 심장이라,

비달, 혹은 에크바탄, 에크바탄의 금빛 탑 위에

신의 신부가 누워, 황금비를 기다리며, 누워있느니.

가론[65] 강가에, "어서 오세요!"

가론강은 그림물감 칠한 것처럼 진하고,

행렬이 ─ "어서, 어서, 어서 오세요, 여왕이시여!"[66] ─

마치 벌레처럼 움직여간다, 군중 속을.

아디제강,[67] 이미지들의 엷은 막,

아디제강 저 건너, 스테파노가 그린, 카발칸티가 본 대로의,

정원의 마돈나.[68]

인마人馬의 뒷발굽이 양토壤土에 심어져 있다.

그리고 우리는 이곳에 앉아 있다……

극장 저편에……

V

커다란 부피, 거대한 무더기, 보고寶庫,

에크바탄, 시계 소리가 틱톡거리다 사라지고

신의 손길을 기다리는 신부, 에크바탄,

도안된 거리들의 도시, 다시 환영.

저 아래 거리에서 헐거운 겉옷을 입고 무장한 군중이

사람 많이 모이는 일에 달려가고,

난간으로부터 내려다보면

북쪽은 이집트,

　　　　낮은 메마른 땅을 통과해 가는,

　　　　짙푸른, 천국 같은 나일강,

물레바퀴를 돌리는

　　　　　　　늙은이들과 낙타들.

측정할 수 없는 바다와 별,

이암블리코스[69]의 빛,

　　　　위로 오르는 영혼들,

재미 삼아 찔러볼 때의 불타오르는 통나무 같은,

　　　　자고새 무리 같은, 불꽃들.[70]

"어떤 형상도 취할 수 있나니"[71] ― 공기, 불, 연하고 부드러운 빛.

황옥을 나는 다룬다네, 그리고 세 종류의 푸른 빛도,

　　　　그러나 시간의 미늘에 걸리나니.[72]

불? 항상, 그리고 환영도 항상,

귀는, 아마도 마음대로 떴다 사라지곤 하는 환영 때문에

좀 둔해진 듯. 금빛, 황금빛, 사프란 빛

레이스 천으로 짠…… 오룬쿨레이아의 로마식 신발,

그리고 질질 끄는 발소리, 그리고 외침 소리, "딱딱한 나무 열매를 주어라!

호두나 밤 같은!" 찬미, 그리고 결혼의 신 "여인을 그녀의 남자에게 데려다준다네"

또는 "여기서 섹스투스가 그녀를 보았었지."[73]

항상, 내 주위엔 킥킥대는 소리.

　　　　　그리고 '저녁별……' 하는 노래에 이어

더 오래된 노래의 숨죽은 소리, '빛은 물마루로부터 사라지고,

리디아에서 쌍쌍의 여인들과 더불어 걷는데

그 쌍들 중 단연 뛰어나니, 그래 한때 사르디스에서는

포만감에……

　　　　　바다에서 빛은 사라지고, 많은 생각이

널리 퍼져 그대를 마음에 떠오르게 하는구나,'[74]

포도나무들은 손질받지 못한 채로 있는데, 새로운 잎들은 어린 가지에 돋아나고,

북풍은 가지 위에서 앵앵대고, 그리고 가슴 속의 바다는

차가운 물마루를 쳐올린다,

　　　　　포도나무들은 손질받지 못한 채로 있고

많은 생각이 널리 퍼져 마음에 떠오르게 한다

아티스, 열매 맺지 못하는 그대를.

　　　　　이야기가 밤중으로 길게 이어지는구나.

몰레옹[75]으로부터 새로운 직위를 얻고 갓 돌아온,

다가오는 빗걸음의 미로 속, 포와스보[76] —

공기는 여인들로 가득 찼고,

　　　　사바릭 몰레옹은

그에게 자신의 땅과 기사의 녹을 주었고, 하여 그는 그 여인과 혼인을

했다.

여행의 욕구가, 로마로의 순례 욕구가, 그에게 찾아왔느니,

영국으로부터 온, 눈을 천천히 뜨는 기사가

그녀를 들뜨게 하여 마력을 씌우고는⋯⋯

그녀를 임신 8개월로 만들어 놓았다.

　　　　'여자에 대한 욕구가 그에게 찾아왔느니,'

스페인으로부터 북쪽 길을 가고 있는 포와스보는

(바다의 변모, 잿빛 물)

　　　　읍 모퉁이의 조그만 집에서

변했지만 낯익은 얼굴의 여인을 발견하였느니,

힘든 밤, 아침의 헤어짐.

피에르는 노래를 차지했다, 피에르 드 맹삭[77]은,

주사위에 따라 노래 아니면 땅이었는데, 정직한 사람이었다,

그리고 드 티에르시의 아내와 눈이 맞아 전쟁이 일어났으니,

　　　　오베르냐의 트로이

메넬라오스가 항구에 제단을 쌓는 동안

그는 틴다리다를 지켰다. 도팽은 맹삭 편이었다.

존 보르지아[78]는 마침내 물에 몸을 담갔다. (시계 소리가 환영을 꿰뚫는군)

외투로 덮여 어두운 티베르강, 헝겊 조각들처럼 되어 반짝이는 젖은 고양이.

미끄러운 돌을 낚아채는,

쓰레기를 통해 나는, 발굽들의 딸깍 소리. '그리고 외투가 떠올랐다.'

중상모략이 때늦지 않게 한창이다.

　　　　그러나 플로렌스의 바르키[79]는,

다른 연도에 몰두하여 브루투스를 생각하다가,

'쉿 다시 한 번 두 번째로!'[80]

'개 눈!'[81] (알레산드로에게)

　　　　'플로렌스를 사랑해서인지,' 바르키는 그 정도로 처리하며

말하길, '내 자신 그를 보았고, 그와 함께 베니스에 갔었지,

나는 사실을 알고 싶었는데,

천한 일은 아니었으니…… 아니면 비밀스런 원한 때문에?'

우리의 베네데토는 그 정도로 처리했다,

그러나, '내가 그를 보았지. 경건한 일이었을까?

또는 불경스런 일이었을까? 로렌자치오는 사람들 보는 데서 내려칠까도 생각했었으나

확실치 않았고 (왜냐하면 공작은 늘 경비진을 대동했었으니까)

벽에서 밀쳐내 버릴까도 했었으나

그것으로는 완전히 끝장내지 못할까 봐 두려워했다', 또는 알레산드로가

누구로 인해 자기가 죽게 된 것인지 모를까 봐, 스스로 믿기를,

'발이 미끄러져 죽게 되었을 때

사촌 알레산드로 공작이 떨어질 때 도와줄 친구 하나 없이

혼자 떨어진 것으로 생각할까 봐.'

카이나가 기다리고 있나니.[82]

내 아래 저 곳 얼음 호수.

이 모든 것은, 바르키가 쓰기를, 이미 이전에 페루자에서

꿈으로 나타났었고, 델 카르미네가 별의 미로를 보고 알아냈던바,

출생증명서에 쓰여져 주석과 함께 이야기되었던 것이니,

알레산드로에게 이 모든 것이 세 번씩이나 이야기되었던 것,

그는 자신의 죽음을 운명으로 받아들였다.[83]

의지력의 상실 속에서. 그러나 돈 로렌치노는

플로렌스를 사랑해서인지…… 하나

'혹 그가 죽는다 해도, 자기 스스로 떨어진 것으로 믿을 것이었다'

쉿, 조용히

나무배에서 목격한 스키아보니[84]는

후산後産한 태를, 지오반니 보르지아를, 꺼내 놓고는

밤에 더이상 나다니지 아니했다, 그곳에서 바라벨로는

교황의 코끼리에 박차를 가했으나 왕관을 쓰지 못했고, 모짜렐로는

칼라브리아 길을 떠났다가 그 끝맺음으로

노새 밑에 깔려 버렸다,[85]

　　　한 시인의 종말,

썩어빠진 우물 구멍 아래로, 오 한 시인의 종말. '사나자로[86]만이

유일하게 모든 신하들 중에서 그에게 충실했나니'

나폴리의 문제에 대한 소문이 북쪽까지 흘러가

프라카스토르[87](번개가 산파 역이었다), 코타,[88] 그리고 세르 달비아노[89]는

희미한 빛과 거대한 그림자 속에서

마르티알리스를 불태우는 연례행사를 한

나비게로[90]와 긴 이야기를 나누었는데,

     (그 작은 하인에 대해 애도해 보았자 쓸데없는 일이다)

다음으로 온 사람[91]이 말하길, '상처가 아홉 군데,

네 사람, 하얀 말. 그 앞의 안장을 붙잡고……'

발굽이 조약돌 위에서 딸깍거리며 미끄러져 간다.

스키아보니…… 외투…… '저 놈의 것을 가라앉혀 버려!'

텀벙 소리가 나무배에 타고 있던 그 자를 깨운다.

그 잠을 포착한 티베르, 달빛에 물든 벨벳,

헝겊 조각들처럼 되어 빛나는 젖은 고양이.

     '경건한 것인지' 바르키 왈,

'불경스런 것인지, 그러나 결심에 찬

무서운 생각.'

     두 가지 말 모두 바람에 날린다,

하지만 그가 죽는다 해도!

VI

그대가 무슨 일을 했는지, 오디세우스,

　　　우리는 그대가 무슨 일을 했는지 알고 있다네······[92]

그 기욤은 지대地代를 팔아먹었다

(푸아티에의 일곱 번째, 아키텐의 아홉 번째[93]).

"그대가 듣게 될 만큼이나 자주 나는 그들을 가졌었다네

일백여든 번 하고도 여덟 번을······"[94]

돌이 내 손 안에 살아 있고, 내가 죽는 해

　　　풍작일 것이니······

마침내 루이가 엘레아노르와 혼인하였나니

(그는, 기욤은) 아들이 있었는데, 그 아들은

노르망디의 여공작을 아내로 맞아들여

그 딸은 헨리 왕의 아내가 되고 젊은 왕의 어머니가 되었으니······[95]

날이 저물 때까지 바다를 건너가 (그가, 루이 말이다, 엘레아노르와 더불어)

마침내 아크레에 다다랐다.[96]

"손톱, 숙부"[97] 하고 아르노가 말했는데

　　　그녀를 소녀시절부터 아는

그녀의 숙부가 아크레에서의 통솔자였다

　　　(아이게우스의 아들, 테세우스[98])

그, 루이는 그곳에서 편치 못했다,

요르단강가에서 편치 못했다,

그녀가 야자수 숲으로 말 타고 나갔고

살라딘의 헬멧 장식물에 그녀의 스카프가 꽂혀 있었으니.[99]

그해 그녀와 이혼했다, 그, 루이는,

　　　그렇게 아키텐과 이혼했었느니.

또 그해 플랜태저넷[100]이 그녀와 결혼했고

　　　(열일곱 명의 구혼자들을 피한 그녀와)

이 소식을 들은 루이 왕은

　　　격노했다.

노팔, 벡시스, 젊은 헨리는

그 서약으로 자신의 전 생애와 자신의 전 자손에 걸쳐

지조르와 벡시스 그리고 뇌프샤스텔을 갖게 될 것이나

자식이 없을 경우에는 지조르는 반환될지니……[101]

"알릭스와 결혼할 필요 없음…… 분리할 수 없는 거룩하신

삼위일체의 이름으로…… 우리의 형제 리처드는

한때 아버님의 피보호자였던 알릭스와 결혼할 필요 없음……

그러나 그가 누구를 택하든…… 알릭스에게, 등등[102]

엘레아노르, 빛나는 여인,[103] 리처드의 어머니,

삼십 년 뒤 (이보다는 수년 전인지도)

강가 숲 지대, 갤러리식 교회 현관가,

코레즈강가, 말모르[104]에서 그녀에게 말하길,

　　　"방타두어의 우리 귀부인께서는

에블리스[105]에 의해 감금되셨고

그리고 매 사냥이든 보통 사냥이든 안 하시고

부인을 밖에 자유로이 내보내시지도 않고
물고기가 미끼를 먹으러 올라오는 걸 보시지도 않고
눈부신 날개를 한 것이 절벽 모서리에 날아가 앉는 걸 보시지도 않고
제가 없을 때를 제외하고는 말입니다, 마마.
　　　'종달새가 움직여 다닐 때'
간청컨데 에블리스께 전갈하시어
　　　마마께서 그 노래들의 작가이자
발안자를 이처럼 멀리 떨어진 곳에서 보았으니
　　　공중에 그와 같은 빛을 발산하시는
부인을 풀어놓으셔도 될 거라고 말입니다."

그리고 소르델로 집안은 만토바나 출신이었으니,
가난한 기사 시에르 에스코트의 아들,[106]
그는 노래를 지어 부르는 걸 좋아했고
궁중 사람들과 어울렸는데
리처드 세인트 보니페이스 궁중에 들어가서는
그곳에서 그의 아내와 사랑에 빠져 버렸다
　　　　　　　　쿠니차 다 로마노와 말이다,[107]
자신의 노예들을 수요일날 해방시켰던 그녀
하인들과 노예들을. 봐라
피쿠스 데 파리나티스를
돈 엘리누스와 돈 리푸스를[108]
　　　파리나토 데 파리나티의 아들들을

"개인의 자유를 누리고, 자유의사를 갖고

자유로이 사고 증언하고 팔고 유언할 수 있다."

그녀는 남편으로부터 떨어져 나와……

　　　소문엔 소르델로가 잠자리를 같이 했다고 한다

　　"겨울이고 여름이고 나는 그녀의 우아함을 노래하네,

　　장미가 아름답듯 아름다워라 그녀의 얼굴,

　　여름이고 겨울이고 나는 그녀를 노래 부르네,

　　눈이 내리면 그녀 생각이 나네."

그리고 케렐은 사를라 출신……[109]

　　　　　트로에게네 출신의 테세우스[110]

그의 칼자루 형상만 아니었다면

그들은 그에게 독을 먹였으리라.

VII

엘레아노르(그녀는 영국의 기후에 썩어갔다)

엘란드로스 그리고 엘렙톨리스, 그리고

　　　장님인, 박쥐처럼

장님인, 불쌍한 늙은 호머,

바다 파도 소리를 듣는 귀,

　　　늙은이들의 쫑알거리는 목소리.

그리곤 허깨비 같은 로마,

　　　앉기엔 협소한 대리석

"설사 먼지가 없다 해도"라고 오비드가 말했다,

"싹싹 털어라."[111]

그리곤 행렬과 촛불들, 그리고 들리는 신비 의식,

전투만을 위한 장면, 그러나 장면은 장면,

창기槍旗들과 군기들과 무장한 말들[112]

단순한 붓질의 연속이라든가 보지 않고 이야기하는 것이 아니니,

단테의 '통나무,' 재미 삼아 찔러볼 때의 불타오르는 나무.[113]

약간 곰팡내 나는, 정원보다 낮은 마루.[114]

"장식 판자에 기대어 있는 밀짚 안락의자,

오래된 피아노, 그리고 기압계 아래……"

인조 대리석 기둥 아래, 늙은이들의 목소리,

신식의 어둑어둑한 벽들과

보다 더 분별 있는 도금과 장식 판자 나무가

제시되었다, 임대 조건이

부정확했던 까닭에…… 대충 삼백 평방 피트 정도짜리로.

집이 너무 어둠침침하고, 칠은

너무 물감을 먹인 색조라.

거대한 돔 모양의 머리[115]가 *정직하고 느릿느릿한 눈을 하고서*[116]

내 앞에서 움직인다, 무게 있는 동작의 허깨비,

둔중한 발걸음으로, 사물들의 기풍을 마셔대면서,

늙은 목소리는 소리를 높이며

　　　끝없는 문장을 엮어대고.

우리는 또한 허깨비 방문을 하였으니,[117] 우리를 알고 있는

계단은 다시 그 모서리에서 우리를 발견했다,

빈방을 두드리는 우리를, 묻혀 있는 아름다움을 찾으려는 우리를.

햇빛에 그은 우아하고 모양 좋은 손가락이

구부러진 청동 빗장을 들어 올리는 적도 없고, 제국식 손잡이는

노커가 떨어져도 돌아가지 않는구나, 응답하는 목소리도 없고.

통풍에 걸린 발을 끌던 사람 대신 수상한 수위가 있고.

이 모든 것에 회의하는 자는 살아 있는 것을 찾는다,

사실을 완강하게 거부하며, 시든 꽃들은

그 후 칠 년을 아무런 효력 없이 스치고 지나갔다.

빌어먹을 분할! 짙은 갈색의 쭉 펴진 종이,
빌어먹을 얇은 분할.[118]

　　　이온, 죽은 지 오래여라[119]
나의 상인방上引枋, 류체[120]의 상인방.
고무 지우개로 지워버린 시간.

　　　엘리제는 한 이름을 떠올리게 하는데
내 뒤의 버스가 나에게 못질할 날짜를 일러주누나.[121]
낮은 천장과 에라르 피아노[122]와 은 제품,
이것들은 '현세'의 것들. 네 개의 의자, 활 모양의 경대,
책상 광주리, 가라앉아 있는 천의 상단.

　　　"동상의 박공에 놓인 맥주병!
프리츠,[123] 요즘 시대가 그래, 과거에 대항하는 오늘날의 표징이지,
당대라는 이름으로." 하나 열정은 지속하는 법.
그들의 행동에 대항하는, 향기. 연대기에 대항하는, 방.
에메랄드, 황옥. 데 가마[124]는 아프리카에서 줄무늬 바지를 입었고
"산맥 같은 바다는 군대를 출현시켰다."

오래된 마호가니 옷장,
　　　여러 층의 맥주병들.
그러나 그녀가 티로처럼 죽은 존재일까? 칠 년 사이에?
엘레나우스, 엘란드로스, 엘렙톨리스
바다는 떠 있는 조약돌들을 흔들며 해변가 도랑을 흘러간다,
엘레아노르!

주홍빛 커튼은 보다 연한 주홍빛 그림자를 던지고,[125]

부오빌라의 남포등, 그녀를 내가 바라보노니,[126]

　　　그날 하루 종일

니케아[127]가 내 앞에서 어른거렸는데

차가운 회색빛 공기는 그녀의 벌거벗은 아름다움에도

그녀를 괴롭히거나 그 열대의 피부를 에이지 못했고,

긴 날씬한 다리는 보도의 가장자리 돌 위에서 빛났고,

그녀의 움직이는 키가 내 앞을 다녔으니,

　　　우리만이 존재한 셈.

그날 하루 종일, 또 다른 날에도.

　　　나는 얄팍한 껍질을 인간이란 것으로 알아 왔나니,

껍데기 같은 말을 하며

　　　떠나가는 메뚜기들의 메마른 투구들……

의자와 식탁 사이에 버티고 선……

그 어떤 내적인 존재에 의해 야기된 것이 아닌, 메뚜기 껍데기 같은 말들,

　　　죽음을 부르는 하나의 메마름.

또 어떤 땐, 가짜 미케네의 벽들과

'모조' 스핑크스들과 가짜 멤피스의 기둥들 사이에서,

재즈를 듣고 앉아 있는 하나의 피질皮質, 하나의 굳음, 하나의 적막함,

　　　더 오래된 집의 껍데기.

갈색빛 나는 노란색의 나무, 색깔 없는 석고,

무미건조한 교수 티 나는 이야기……

박자 안 맞는 음악을 그치게 하며,
이 집에 의해 쫓겨난 집.

　　떡 벌어진 곧은 어깨와 공단 같은 피부,
춤추는 여인의 가라앉은 볼,
　　여전히 늙고 맥없고 무미건조한 이야기, 날아가 사라져 버리다
십 년 전 일, 세월은 그녀의 주위에 유리를 단단히 만든다,
공기의 석화石花.
　　천한 계층의 낡은 방이 주제넘게 나선다,
젊은이들은 절대로!
　　단지 말의 껍질일 뿐.
오 매우 조그만 배에 타고 있는 그대,[128]
디도는 흐느낌으로 목이 메었다, 그녀의 시카에우스가
내 팔에 축 늘어져 있노니, 눈물로
　　새로운 에로스를 익사시켜 버리는 시체의 무게,[129]

그래도 삶은 앞으로 나아간다, 벌거벗은 언덕 위를 빈둥거리며.
불길이 손에서 솟아오르고, 비는 무관심한 듯하지만
우리의 입술에서 목마름을 마셔준다,
　　메아리만큼이나 단단하구나
빗줄기 때문에 희끄무레한 속에서도 형태를 만들어내려는 열정.
그러나 죽은 시카에우스 때문에 눈물로 초주검이 된,
　　익사한, 익사한 에로스.

움직임을 흉내내는 삶,

껍질들이 내 앞에서 움직이고,

　　　　말들이 시끌시끌대고, 껍데기들은 껍데기들에 의해 버려지고.

시골과 감옥으로부터 온, 살아 있는 사람[130]은

　　　　말라빠진 깍지들을 흔들어대며,

오랜 선의와 우의를 찾아 나서고, 커다란 메뚜기 투구들은

천한 식탁으로 몸을 굽혀,

수저를 들어 입으로 가져가고, 커틀릿에 포크를 대고,

목소리 같은 소리를 낸다.

　　　　로렌자치오[131]는

그들보다 활력적이었고, 불길과 목소리로 더욱 차 있었다.

그러나 그가 죽는다 해도!

　　　　그러나 그가 죽는다 해도, 자기 스스로 떨어진 것으로 믿을 것이다.

키 큰 무관심이 움직인다,

　　　　보다 더 살아 있는 껍데기,

운명의 공기 속에서 떠다니니, 메말랐지만 손대지 않은 채로의 환영.

오 알레산드로, 군주이자 세 번 경고 받은 이, 파수꾼,

　　　　사물들의 영원한 파수꾼,

사물들의, 사람들의, 열정들의 파수꾼.

　　　　메마르고 어두운 공기 속에 떠도는 눈동자,

양옆으로 똑같이 흘러내린 머리칼을 한, 흐린 무지개색을 띤 금발,[132]

굳어 있는, 적막한 용모.

VIII

이 단편들을 그대가 모셔놓았다(떠받쳐왔다).[133]

"칠칠치 못한 년!" "암캐 같은 년!" 트루트와 칼리오페가

월계수 아래에서 서로 욕설을 하고 있다.[134]

알레산드로가 흑인 혈통이었다는 것에 대해.[135] 말라테스타

시지스문도,[136]

　　　　형제 같은

가장 소중한 친구에게, 뒷면에,

　　　　　…… 한니 데

　　　　　…… 디치스

　　　　　…… 엔티아

말하자면,

　　　　　메디치가의 지오한니,

　　　　　플로렌스.[137]

편지 받았습니다, 그리고 우리의 지아노지오 씨[138]에 관해선,

그로부터도 편지가 왔었어요, 형식을 갖추어서 지급으로요,

당신이 안부 전한다는 말과 당신의 동정을 덧붙여서요.

당신과 라고나 왕[139]과의 평화 협정에 대해선,

나로 말하자면, 있을 수 있는 가장

기분 좋은 일이 될 겁니다,

그 어떠한 것도 나에게 그보다 더한 기쁨과

　　　　만족을 주지 못할 겁니다,

그리고 나와 약정이 되었던 대로, 나는 그 일에 관계하고 싶습니다,

　　　　관계자로든 지지자로든.

내가 일한 대가에 대해선,

아마 당신과 당신 아버님이 구해서

나한테 될 수 있는 대로 빨리 보내주실 수 있겠지요.

그리고 그 그림의 대가[140]한테는

모르타르가 아직 마르지 않았으므로

당분간 벽을 칠하는 것은

불가능하다고 말해 주세요,

일의 낭비인 셈이지요

　　　　(*buttato via*)[141]

그러나 나는 이 점은 분명히 하고 싶어요, 예배당이 준비될 때까진

그에게 무언가 다른 것을 그릴 수 있게 해서

그나 나나 그것에서 최대한도의

즐거움을 갖도록 말이지요,

그리고 그가 나를 위해 일할 수 있도록

또 당신이 쓰기를 그가 돈이 필요하다 하니,

매년 상당한 돈을 그에게 주도록 조치를 해서

약정된 액수를 그가 받으리라는 것을 그에게 확신시켜 주고 싶어요.

아마도 당신은 어느 곳이든 그가 원하는 곳에

내가 그를 위해 보증금을 예치해 둘 것을 말씀하실지도 모르겠군요.

명확한 답변을 주십시오,

왜냐하면 나는 그가 그의 나머지

인생을 내 땅에서 살 수 있게끔

정말 그에게 좋은 처우를 해 주고자 하니까요 —

당신이 그렇게 하지 못하게 하지만 않는다면 말입니다 —

그리고 이를 위해 적절한 준비를 하고자 합니다,

그가 일하고 싶을 때 일하고

놀고 싶을 때 놀 수 있게

(*affitigandose per suo piacere o no*

non gli manchera la provixione mai)[142]

         결코 먹고 사는 데 부족함 없이.

       시지스문두스 판돌푸스 데 말라테스티스

       1449년 4월 7일 크레모나 외곽

       베네치아의 고명하신 영주의 터에서

…… 그리고 앞서 말한 가장 고명하신

밀라노 군주[143]께서

앞서 말한 시지스문도님이

두 나라의 수호 동맹을 위해

가장 훌륭한 플로렌스 행정구를 위해 일해 주시는 것을

만족해 하시고 또 그렇게 뜻하시고 계십니다,

그리하여 앞서 말한 고명하신 시지스문도님과

플로렌스 지도자 회의 등에 의해 임명된,

      특사, 중재자 행정관인

존경할 만한 아뇰로 델라 스투파[144] 사이에,

사권私權 상실함 없이, 50,000 플로린 금화를 반반씩 하고,

플로렌스 지도자들을 만족시킬 만큼

그 행정구 내지는 토스카나 지역

     어느 곳이든

기마병 1,400과 보병 400을 보내고,

시지스문도님 자신도 그들과 함께

그 행정구로 오기로

자신의 기마병과 보병을 데리고

    (*gente di cavallo e da pie*)[145] 이하 약

    1452년 8월 5일, 플로렌스 지도자 회의 기록

페나와 빌리[146]의 갈라진 바위로부터, 카르페냐 산[147]으로

절벽 아래 나 있는 길을 따라

      방풍림을 지나 토스카나로,

그리고 북쪽 길은, 마레키아[148]로 향한

      조약돌로 가득한 진흙길.

금좌琴座[149]

"옛적에 이 땅에서 각각

사랑의 신 밑에 있다 흩어졌던 그대 정령들이여,

그대들의 수금으로

헬렌이나 이소트나 바차베[150]도

비견할 바 못 되는 그녀의 마음에

    여름을 불러일으켜다오."

삽입된바,

    훌륭한, 경애하는 나의 친구

    (조한니 디 코시모)

베니스가 나를 다시 고용했어요

    한 달에 7,000씩, 플로린 금화로.

기마병 2,000과 보병 400을 이끌었는데,

비가 이곳에 억수로 와서,

우리는 새로운 도랑을 파야만 했지요.

삼사일 내

나는 포격 준비를 해 놓아야 하겠군요.

깃털들 아래, 발코니로부터는 색깔의 조각들과

조그만 뭉치들이 쏟아져 내리고

시트들은 창문에 널려 있고,

    잎새들과 작은 가지들이 시트에 꽂혀 있고,

애러스 천은 난간에 걸려 있다. 먼지 속에서,

앞머리에 꿩 꼬리를 꼿꼿이 세운

    작은 하얀 말들을 질서 있게

타고 가는 열두 소녀들, 페니어 테를 한 초록빛 공단 옷을 입고서.

잔뜩 은색 수를 놓은 천개天蓋 아래

스포르자와 비앙카 비스콘티,

농부의 아들과 여공女公,

리미니로, 남쪽 전쟁터로,

배들은 모래 위로 올려져 있고, 오렌지빛 돛들은 만의 입구에,

이틀간의 여흥, 주로 'la pesca,'[151] 즉 낚시를 위함이니,

이를 Di cui[152] 프란체스코는 즐겼던 godeva molto 것이다.

       남쪽 전쟁터로

가던 그는 그때 훌륭한 은신처를 얻었던 것이라.

희랍의 황제[153]는 플로렌스에 있었는데

       (페라라엔 역병이 돌았다[154])

게미스토스 플레톤[155]과 더불어

델포스 신전에 관한 전쟁 이야기,

구체적 보편성인 포세이돈 이야기,

그리고 플라톤이 시라쿠사의 디오니시우스에게 갔던 것[156]은

폭군들이 그들이 손대는 일엔 늘 가장 유능하다는 것을

보아 왔기 때문이었는데,

그러나 디오니시우스를 조금이라도 개선되도록

설득하지 못했다는 이야기 등을 했다.

안코나 관문에서는, 앞문과

정문 사이에

어떤 약정을 임시 체결하기 위해, 적군을 뚫고 온,

동맹자인, 시지스문도가 하나의 문을 통과하고 있는데

그들은 다음 문을 열어주기도 전에 그 문을 닫아버리누나, 그가 말하길,

"자 이제 그대들은 나를

       닭장 속의 암탉처럼 가두었구료."

파수대의 장이 답하기를, "그렇습니다 시지스문도,

우리는 이 도시를 우리 것으로 하고자 합니다."

　　　교회도 그에게 등을 돌리고,

메디치 은행은 자신만을 챙기고,

축 처진 코의 스포르자에 대항하는 그,

축 처진 칠면조 코의 스포르자 프란체스코,

그(프란체스코)는 구월에

그(시지스문도)를 자신의 딸과 결혼시켰고,

시월에 페사로를 탈취했고(브롤리오의 표현을 쓰면, '짐승처럼')[157]

십일월에는 베네치아 사람들 편,

십이월에는 밀라노 사람들 편,

십일월에는 밀라노를 팔아먹고, 십이월에는 밀라노를 탈취하고

여하간 그런 식,

봄에는 밀라노 사람들을 지휘하고,

한여름에는 베네치아,

가을에는 밀라노,

시월에는 나폴리의 동맹자,

　　　그, 시지스문도는 *사원을 세웠도다*

로마냐[158]에, 가축 도둑들이 들끓고

　　　강 중간에는 잃어버린 사냥감으로 가득한,

'50년[159]까지는 완전히 잃은 것도 아니었고

　　　끝까지도 완전히 잃은 것은 아니었던 로마냐에,

그래서 갈레아즈는 '가축 대금을 대기 위해' 페사로를 팔았던 것.

푸아티에, 여러분도 아시다시피, 기욤 푸아티에는

가인들과 함께 비올을 들고

스페인으로부터 노래를 가지고 왔었다. 그들은 이곳, 물이

조약돌 위로 흘러내려가는, 마레키아 강 근처에 터전을 원했다,

그리고 마스틴[160]은 베루키오로 왔었으니,

파올로 일 벨로[161]의 칼은

애러스 천에 걸리고

에스테의 집에서는 파리시나[162]가

대가를 치렀는데

이 집안은 늘 대가를 치러 왔느니, 또한

아트레우스[163]의 아들들 집이라 일컫는도다,

바람이 조금 잠잠해지고

황혼이 약간 한쪽으로 치우쳐

감겨 가는데

그때 그는, 시지스문도는, 열두 살[164]

삼 년간 아무런 유지비도 받지 못한 채,

그의 형은 은둔자가 되어버리고,[165]

그해 그들은 길거리에서 싸웠으니,[166]

그해 그는 체세나로 가

징집한 인원을 데리고 돌아왔고,

그해 밤에 폴리아 강을 건너가서는……[167]

IX

한 해는 홍수가 있었고,

한 해는 눈 속에서 싸웠고,

한 해는 우박이 떨어져 나무들과 벽들을 깨뜨렸다.

이곳 늪지대에 어느 해인가 그들은 그를 빠뜨렸고,

그는 목까지 차오른 물속에 서서

      사냥개들이 다가서지 못하게 했다,

늪에서 허우적대다가

      나온 것은 삼 일이 지난 뒤였으니,

이는 이곳 만토바 밑 늪지대에서

      매복을 하고

      그를 발견하려고 개들을 풀어 놓은,

파엔차의 아스토레 만프레디[168]의 짓,

그리고 그는 파노[169]에서 싸웠는데, 길거리에서,

      거의 죽을 뻔하기도 했다.

황제[170]가 와서는 우리에게 기사 작위를 주었고,

그들은 축제를 위해 나무로 만든 성을 세워 놓았다,

어느 해인가 바시니오[171]가 경기장이 있는,

      마상시합을 위해 방책이 쳐 있는,

      뜰로 나가서는

반反희랍적인 인물을 말로 꼼짝 못 하게 했었고,

      그곳엔, 영주의 후계자가 있었으니,

지네브라부인[172]은 숨을 거두었다.

그, 시지스문도는 베네치아인들에게도 대장격이었다.[173]

그는 조그만 성들을 팔아 버렸고

　　　자신의 설계에 따라 커다란 로카 요새[174]를 지었으며,

몬텔루로에서는 무지무지하게 맹렬히 싸웠는데

　　　쟁취한 것은 승리뿐이었으니

늙은 스포르자가 우리를 페사로에서 등쳐먹었던 것이다.[175]

　　　(원문 그대로) 3월 16일,

"알레산드로 스포르자가

　　　그 유명한 페드리코 도르비노의 계략으로

페사로의 주인이 되었는데

도르비노는 프란체스코의 계책으로

　　　갈레아즈와 계략을 꾸몄던 것이니,

프란체스코는 갈레아즈가 페사로를 알렉스에게

　　　포셈브로네를 페디에게 팔아먹게 했던 것이라,

팔 권리를 갖고 있지도 않은데 말이다.

이 일을 그가 짐승처럼 했다, 스포르자 말이다, 짐승처럼,

시지스문도에게는 약속하기를,

　　　그, 말라테스타가 페사로를 갖도록 해 주겠다고 하고선"

이 사건은 우리로부터 우리의 남쪽 반을 베어버린 셈

　　　따라서 시작부터 게임은 끝난 것이었으니,

그, 시지스문도는 프란체스코에게 심중을 기탄없이 말하고는

　　　우리는 그들을 마르케[176]로부터 몰아내었다.

라고나의 왕, 아라공의 왕 알퐁스[177]는

　　　우리의 관을 박을 다음 못이니,

말할 수 있는 거라곤, 어쨌거나,

그 시지스문도가 시 의회를 소집했고

발투리오[178]가 말하길 "새끼 양이나 어미 양이나 매한가지다"고 했으니

　　　이 변신(이 전향)은

늙은 허풍쟁이[179]가 말한 대로 "그들의 나라를 구했던 셈"

플로렌스 공국을 구했던 것이었으니, 이는 그래도 꽤 대단한 일이라.

그들이 모임에서 말하길 "우리의 타고난 동맹자 플로렌스"라 하였는데

　　　후에 얼마만큼이나 가치가 있었는지.

그리고 그는 사원을 짓기 시작했고,

　　　그의 두 번째 아내, 폴릭세나가 죽었다.[180]

베네치아인들은 특사를 내려보내며

말하길 "인간적으로 대화하십시오,

그러나 그의 보수를 올려줄 때는 아니라고 말하십시오."

베네치아인들은 세 페이지에 달하는

　　　비밀 지시와 함께 특사를 내려보냈다,

그 요지는, 그는 야전을 재미로 생각하는가?

축 처진 늙은 칠면조 코는 밀라노로 슬쩍 들어갔는데

그는 시지스가 베네치아인들에게 그렇게 인기가 높은 것을 참을 수가 없었다

그는 이 문제를 페디와 상의했고, 페디는 '페사로'를 언급했다

늙은 포스카리[181]는 쓰기를 "친애하는 이여

만약 우리가 프란체스코와 갈라선다면 그대가 다시 가질 수 있고

우리는 가능한 모든 방법으로 그대를 도울 겁니다."

    그러나 페디가 선수를 쳐 버렸다.

시지스문도는 몇몇의 아치들을 세웠고,

클라쎄에서는 그 대리석을 훔쳤다, 말하자면, '훔쳤는데,'

일이 그렇게 되었으니

    포스카리 총독이, 라벤나 지방장관에게

"왜, 무슨, 어떤, 소란이고, 비난인고????"[182]

일은 이러했으니,

    클라쎄의 상 아폴리네르 대수도원

위탁관인 필리포, 볼로냐 추기경[183]이

어느 날 밤quandam nocte 리미니 영주인

그 고명하신 시지스문도 말라테스타님에게

대리석과 경암석과 사문석을 팔았는데,

그의 사람들, 시지스문도의 사람들이 백 대도 넘는

두 바퀴 달린 우마차를 가지고 와서 운반해 갔으니,

이는 트리비오의 산타 마리아 성당이

있던 곳에 사원을 아름답게 하기 위함이라,[184]

지금 벽에 그대로 남아 있나니. 사백 다카트가

앞서의 사기꾼 추기경에 의해 또는 그의 자손들에 의해

대수도원에 보상되었고.

그르르! 르르르, 덜컹.

바퀴들, 우마차들, 밤의 방패 밑의 소들,

8월 13일, 다음 번 대수도원장이었던

알로이시우스 푸르테오[185]는, 시지스문도한테서, 그 황급한 작업으로 생긴

손해를 얼버무리는 조로 200다카트를 받았고.

그리고 버건디[186] 출신의 독일계 여인에 대한 사건도 있었는데

그 해는 그에게 메시아적인 해, 도시들의 탈취자[187]

하나 그는 좀 너무 여러 궁리가 많았고[188]

베네치아인들은 그에게 육 개월간의 휴가를 주려고 하지 않았다.

그는 페사로의 오래된 벽돌더미로 가서는

페디를 기다렸다

페디는 마침내 말하길 "내가 간다!……

…… 알레산드로를 도우러."

그가 말했다. "이번엔 페디 씨가 한발 앞서 버렸어."

그가 말했다. "브롤리오, 내가 놀림감이 되었군. 이번엔

페디가 이겼어*m'ha calata*."[189]

그리하여 그는 베네치아에서 일자리를 잃었고,

이스트리아로부터는 돌이 들어오지 않았다.[190]

우리는 비단 전쟁[191]에 부하들을 보냈다.

칠면조 코는 우리가 밀라노와 플로렌스와 계약을 했음에도

현금 지불을 결코 하지 않았다.

그는 다른 어느 누구도 그러지 못할

바다[192] 지역에 흙탕 속에서 대포를 설치했는데

포탄에서 목질을 빼내고

두 삽 분량의 금속으로 포탄을 만들었다

일자리는 점점 줄어갔고,

마침내 시에나와 계약하게 되었는데,

그때 그들은 그의 우편 행낭을 거머쥐었다.[193]

대체 그것이 무엇이냐?

십 에이커의 땅과

두 덩어리의 석회화를 소유한 피틸리아노,[194]

그들은 그로부터 그의 목초지를 빼앗았고,

시지스는 그들의 말들을 되찾아 왔으니,

그가 가진 건 석회화 커다란 두 덩이와

지하실에 있는 육백 마리의 돼지들.

그 불쌍한 것들은 추위로 죽어가고.

이것이 그들이 우편 행낭에서 찾아낸바,

리미니로부터 12월 20일

"훌륭하시고 능력 있는, 비범하신 주인님께[195]

제가 명인 앨위지[196]와 어떻게 함께 있었는지

전갈 드립니다 그는

저에게 성당 중앙의 본당 도안과

지붕의 도안을 보여주었습니다, 그리고……

예수님도,

훌륭하신 각하, 내 주인님

오늘 이후 저는 교회의 둥근 지붕에 대해

제나레 씨[197]에게 보여 보겠다는 아버님 의견을

당신에게 말씀드려야 한다는 충고를 받았습니다…… 등등……

명인 올와이즈의 지오바네[198] 추신 앨버트 씨[199]가 그것에 대해

옳게 생각하는 것이 무엇인지를 알기 위해 제가

로마에 가서 그와 이야기를 해 보는 것이 어떨까 합니다

사그라모로……"[200]

"저명하신 이, 바티스타께……

우선 가장 좋은 붉은 빛깔의 널빤지 열 개, 가로 칠 세로는 15, 높이는
삼분의 일,

같은 거 좋은 붉은 빛깔로 여덟 개, 가로 15 세로 삼 높이 일,

같은 걸로 여섯 개, 가로 15, 세로 일, 높이 일.

원주 여덟 개 가로 15 세로 삼 높이 삼분의 일

    등등…… 운임 151다나[201]와 함께

"전상서

   이소타 부인께서 오늘 나에게 갈레아초의 딸에 대해 글을 쓰도록 했습
니다. 나이 어린 암탉은 묽은 국물을 낸다고 말한 사람은 뭔가를 제대로 알
고 있는 사람이지요. 성의를 다해서 어느 날 그 아가씨를 보러 갔었죠, 그
녀는 모든 걸 다 부인하면서 끝까지 냉정을 잃지 않더군요. 이 문제를 이
소타 부인께서 거의 소상하게 파헤친 것으로 저는 생각하고 있습니다. *Mi*

pare che avea decto hogni chossia.[202] 아이들은 다 잘 있습니다. 당신께서 계신 곳에선 당신께서 성을 장악하신 때문에 모두들 기뻐하고 행복해 합니다만 이곳 우리는 그 반대입니다 키 없이 표류하는 것처럼 말입니다. 루크레지아 아가씨가 아마도 편지를 드렸으리라 아니 드려야만 되겠습니다만 지금쯤 받아 보시지 않으셨는지요. 모든 이들이 당신께 안부 전하고 싶어 합니다.

12월 21일, D. de M."[203]

"사그라모로가 데릭을 설치하게……

    ……에 들보 재고가 있는데……"

"존경하는 훌륭하신 주인님께

　　말라테스타 도련님은 잘 계시고 매일 같이 주인님의 소식을 묻습니다. 도련님은 자신의 조랑말에 대단히 즐거워하시는데, 그 즐거움을 제가 다 적으려면 한 달은 걸리지 싶습니다. 다시 한번 청하옵건대 조르지오 램보톰이나 그의 윗사람에게 편지를 하시어 이소타 부인께서 쓰시는 작은 정원에 붙은 벽을 수리해 달라고 해 주십시오. 지금은 땅바닥까지 내려앉아 버렸습니다 이미 수차례 제가 그에게 이야기를 했습니다만 별무신통입니다 제 나름대로는 한다고 한 일을 말씀드리고 있습니다만, 아무리 잘 하려해도 이곳에선 누구도 주인님 없이는 아무 일도 할 수 없습니다.

당신의 충직한

루나르다 다 팔라

1454년 12월 20일"[204]

"…… 십장과 기술자들 하고 다 검토된……
작은 메달에 필요한 은에 대해선……"

"훌륭하시고 능력 있는……
　　　…… 벽 때문에……"

"말라테스타 가문의 말라테스타가 훌륭하신 주인이자 아버님께.[205]

너무나 훌륭하신, 다시 없을 분, 시지스문도, 판돌포의 아드님,
　　최고 지휘관 말라테스타께

　위풍당당하고 고귀한 주인이시자 아버님 특히 저의 주인으로 마땅한 분
이시여, 당신의 편지를 젠틸리노 다 그라다라를 통해 받았습니다 그리고
그와 함께 당신께서 저에게 보내주신 적갈색 조랑말ronzino baiectino도 받았
습니다 제 눈에는 성장한 훌륭한 군마로 보였고 당신의 부정父情을 생각하
여 말 타는 법에 대한 모든 것을 알고자 하고 있습니다 이렇게 간략하나
마 당신께 고마움을 전하며 저를 이처럼 계속 생각해 주시기를 바라옵니
다 이 편지를 가져가는 이를 통해 우리 모두 건강하다는 것을 전해드리오
며 당신께서도 그러하시기를 바라고 바라옵니다 끊임없이 당신을 생각하
며 저는 늘
　　당신의 아들이자 종입니다
　　말라테스타 가문의 말라테스타.
　리미니에서, 12월 22일

1454년"

(그가 여섯 살이던 해)

"고명하신 영주님께

　제가 한니발에게 조언을 한다는 것이 걸맞지 않겠지만……"[206]

　　　"훌륭하시고 능력 있는, 특별하신 주인님께, 보잘것없는 저의 전갈이 허용된다면 등등.[207] 주인님께 드릴 전갈 사항이란 베로나 대리석의 두 번째 분량이 마침내 이곳에 도착되었다는 것인데, 도중에 페라라에서 잡혀 가지고 모든 짐이 다 내려진 채 한참동안이나 소란과 실랑이 끝에 오게 된 것입니다.

　그 사정 이야기는 이러합니다, 거룻배가 나포되자 선장이 도망갔는데, 그 선장의 빚과 횡령금조로 앞서의 짐이 잡혀 있던 것으로, 그걸 되찾느라 약간의 금화가 들어갔습니다. 그러나 주인님께서 이 일로 돈의 손해를 보지 않도록 제가 그 거룻배를 이곳으로 끌어다가 보관하고 있습니다, 그가 찾아올 때에 대비해서요. 그렇지 않는다 해도, 일단 거룻배는 확보한 셈이니까요.

　크리스마스 축제가 끝나는 대로 성구실聖具室에 돌로 마루를 놓으려 합니다, 이미 돌은 다 깎아 놓았습니다. 건물의 벽은 다 끝났고 이제는 지붕을 놓으려 합니다.

　순교자를 기리는 부속성당에 돌을 새로 놓는 일은 아직 시작 못 했습니다. 그 이유는 첫째로 서리가 많이 내리면 그 일을 망쳐놓을 것이고, 둘째로 코끼리 조각이 아직 이곳에 없어서 그 위에 놓일 기둥에 할 장식의 치수를 알 수 없기 때문입니다.

지금 성 안에 당신의 방으로 가는 계단을 놓고 있습니다…… 안토니오 델리 아티[208]님의 안마당을 포장시키고 돌 벤치를 놓게 했습니다.

오타비안[209]은 황소를 꾸미고 있습니다. 성당을 장식할 황소 말입니다. 모든 석공들이 다시 일을 시작하기 위해 봄 날씨를 고대하고 있습니다.

석관도 관 뚜껑 일부를 제외하고는 다 되었는데, 아고스티노[210]가 체세나로부터 돌아오는 대로 일을 다 마치도록 하겠습니다, 늘 주인님의 마음에 들고자 하는,

당신의 충실한

페트루스 제나리스"

이것이 그들이 우편 행낭에서 발견했던 것
몇 장 더 있는 것도 그 내용이란
   그가 "살아서 통치했다"는 것이라

"그는 미칠 듯이 이소타 델리 아티를 사랑했는데
그녀는 그만한 인물이었으니
마음먹는 것이 늘 한결같았고
영주의 눈에 즐거움을 주었으며
바라보면 아름다우니
사람들은 그녀를 좋아했다(이탈리아를 장식하는 인물)
그리고 이교도적인 작품들로 가득한 사원을 세웠다"[211]
  즉 시지스문도

"라티움은 과거에 멸망했으나"[212]라는 태도로

금은 줄세공은 고딕 양식을 가리고,

　　　전체적으로는 약간 화려하고 장식적인 느낌

장식 석관은,

　　　산 비탈레[213] 옆 풀에 묻혀 있는 것과 같은 유의 것이니.

X

소라노[214] 외곽에서, 그 불쌍한 것들은 추위로 죽어가고,

또 다른 편에서는, 성 안쪽에서는,

오르시니, 피틸리아노 백작[215]이, 11월 17일에,

"시지스, 이 사람아, 나무나 덩굴 식물 같은, 되받아칠

수단이라곤 없는, 무감각한 물체들과 전쟁하는 걸

그만둘 수 없겠나…… 그러나 만약 그대가 봉사하기보다는

통치해야 마땅한 행정구(시에나)에 고용되고자

한다면……"

　　　이 편지는 트라쿨로의 빌어먹을 편지와 더불어……

그래 봤자 뭐 어쨌다는 거야? 십 에이커의 땅을 가진 자,

피틸리아노…… 석회화 한 덩이,

　　　S.가 그들의 말들을 되찾아주었고

그 불쌍한 것들은 추위로 죽어가고……

(여러분도 알다시피, 그는

파노 사람들과 계약하기도 했는데,

　　　그는 뭐든 마다하지 않았으니……)

한 사람 일에 세 사람이 붙어 있었는데[216]

　　　카레지가 지휘봉을 원했지만,

어찌 되었건 그땐 얻지 못했고.

그, 시지스문도는 카르마뇰라[217]를 추모하는

점심 초대를 거절했다

(베니스를 보라, 그 두 기둥 사이에서

카르마뇰라가 처형되었으니.)

그리고

"그들은 시지스문도를 골려 먹었다오"

필리포 스트로치[218]는 그 때 나폴리에 있던 잔 로티에리에게 편지하길,

    "캄피리아에서 그들이 그를 통과시키리라 생각하오"

    플로렌스, 역사 기록 보관소, 제4편 t. iii. e

    "피틸리아노 백작에 대한 시에나인들의 전쟁."

그는 카를로 곤자가[219]가 오르베텔로에서 진흙 개구리처럼

    앉아 있는 걸 보았다

그가 말하길,

    "친애하는 친구, 안 됐지만 그대를 받을 수 없소

정말이지 그럴 시기가 아니오."

브롤리오는 그가 고로 롤리[220]에게 돈 좀 쥐어 주었어야 했다고 말한다.

그러나 그는 어찌 됐건 이곳 집으로 돌아왔고,

피치니노[221]는 일자리를 잃었으며,

나폴리와의 오랜 싸움은 계속됐다.

그가 말하는 것은 만투아에서 다 옳았다.[222]

보르소[223]는 그들 둘 다를 벨 피오레로 불러들였다,

그들 둘 다를, 시지스문도와 페데리코 우르비노를,

또는 아마도 페라라 궁전으로, 시지스문도는 이층에

그리고 우르비노의 일단은 지하에,

그리고 질서를 지키기 위해 한 무리의 근위대,

　　　그 모든 노력에도 불구하고,

"네 창자를 도려내 버리겠다!"

그러자 백작은 일어나며,

　　　"네 간을 찢어버리겠다!"

그날 코시모는 미소지었다,

그날이란, 다음과 같은 말이 알려진 날,

　　　"드루시아나는 지아코모 백작과 혼인할 것이니……"[224]

(피치니노) 사악한 미소.

드루시아나, 프란코 스포르자의 또 다른 자식.

이 일은 적어도 싸움을 토스카나에선 일어나지 않게 할 것이라.

그가 창문에서 떨어졌다, 지아코모 백작 말이다,

이 일은 나폴리에서 수년 뒤 있었던 일이라, 그가 죽은 뒤 삼일 후,

나폴리의 페르디난도를 믿었던 터,

늙은 칠면조 코는 아무런 행동도 취하지 못했다.

　　　그리고

……………………………….

그동안에 성 베드로 성당 계단 앞에, 마른 장작개비들로 커다란 화장용 장작더미를 쌓아놓고 그 위에다가 시지스문도의 초상을 얹어 놓았는데, 얼굴 특징이나 옷차림새가 너무나 정확히 닮아 마치 초상이라기보다는 진짜 사람인

것처럼 보일 지경이었으니, 이처럼 초상에 사람들이 속지 않도록 그의 입에서
나온 다음과 같은 글이 쓰여져 있었다,

　　　　여기 나, 시지스문도가 있다
　　말라테스타, 판돌포의 아들, 반역자들의 왕,
　　하느님과 사람들에게 적대적인 자, 신성한 원로회의의 명에 따라
　　화형에 처해지도록,
　　　　　　　　그렇게 쓰여졌으니
많은 이들이 읽었다. 사람들이 옆에 서서 바라보는데, 불이 그 밑에
붙었고, 장작더미는 확 하고 그 초상을 불길로 휩쌌다.

> *비오 2세의 『실록』 제7권, 85쪽.*
>
> *이리아르트, 288쪽.*[225]

··.

그리하여 마침내 그 돈 단지를 닦는 난쟁이, 시에나의
　　　　안드레아스 벤지[226]가
일어나 대중연설을 했으니
저 괴물 같은 허풍쟁이, 개 X X 인
　　　　시에나의
　　　　에네아스 실비우스 피콜로미니
　　　　교황 비오 2세가
자기에게 곰 기름 냄새나는, 그들의 최상의 라틴어로 낭독할 것을 시켰
다고 했다,

Stupro, coede, adulter,

homocidia, parricidia ac periurus,

presbitericidia, audax, libidinosus,

여인네들, 유대 계집들, 수녀들, 시체 간음, *fornicarium ac sicarium,*

proditor, raptor, incestuosus, incendiarius, ac

concubinarius,[227]

게다가 그는 사도들의 모든 상징을 거부했고,

게다가 수도사는 재산을 소유하지 말아야 한다고 말했으며,

게다가 기독교인이든 유대인이든 비유대인이든

또는 그 어떤 파의 이교도이든, 혹 에피쿠로스학파라면 몰라도,

　　　세속적인 권력을 갖는 것을 믿지 않는다 하였다.[228]

그리고 그는 특히

성당의 성수반에서 성수를 비워내고는

대신 잉크로 가득 채워서는

하느님께 욕되게도

그 성당의 문 앞에 서서

일출의 희미한 빛 속에서 그 문을 통해 나오는

잉크 묻은 신자들을 조롱하였느니

이는 젊은 시절의 경망함으로 여길 수도 있겠으나

　　　실제로 의미심장한 징후였으니,

"이로 하여 그의, 시지스문도의, 지독한 악취가 땅을 뒤덮고

그 냄새는 공중과 별을 지나 하늘에까지 이르러

— 고통은 받지 않는 존재들이라 하나 —
천국에 있는 영들을 구토하게 하였다"
　　　그들의 영롱한 테라스에서.

"*Lussarioso incestuoso, perfide, sozzure ac crapulone,*

assassino, ingordo, avaro, superbo, infidele

fattore di monete false, sodomitico, uxoricido"[229]

모든 땅은
……에게 양도하고……
내 말은 비오가 말한 대 따라, 또는 적어도 비오 자신
이는 훌륭한 연설이라고 말했음을 적었다 "우리는
가장 소중한 아들이신 예수 그리스도 품안에
우리의 성직자 형제가 행한 가장 훌륭하고 웅변적인 연설을
들었다……[230]" (알 만한 증인들에 따르면
　　　그에겐 담낭석이 있다 한다)
모든 땅은 어린애를 때리는
광신자 산 피에트로 인 빈콜리의 추기경[231]에게 넘어갔고
　　　그가 유죄임을 밝히기 위해, 그 땅에 대해
그가 응당 그러했듯, 소문과 페데리코 두르비노 씨와
그밖에 다른 똑같이 비난할 수 없는 증인들을 소환했다.

그렇게 그들은 우리의 형제의 초상을 불태웠다

값이 8플로린 48볼이 나가는 보기 드문 훌륭한 초상을

(한 쌍의 값이 그러했는데, 이는 첫 번째 것이 별로 좋은 초상이 아니었기 때문)

보르소[232]는 시대가 그만한 색다름,

　　　그만한 행위나 색다름과 어울리지 않는다고 말했다,

하느님의 적이자 인간의 적, 방탕, 강간,

　　　나사렛의 예수는 유대인들의 왕, 황제 시지스문도는 반역자들의 왕.

늙은 필즈[233]는 후위後衛가 그의 뒤를 바짝 뒤쫓도록

그를 최전방에 내보내고자 했었지,

그 늙은 필즈는 죽은 사람 명단에 끼었지만,

뒤에 감옥에서 살아 나오고.

영국인들은 뿌리 뽑지 못하게 되자⋯⋯ 증오의 독

앙제뱅으로부터 지조르를 다시 되찾았으니,[234]

앙제뱅[235]은 나폴리를 뒤쫓아 다녔던 터

우리는 앙제뱅을 끌어들였고,

루이 11세를 끌어들였던 차,[236]

칼릭스트 3세가 죽었고 알폰소도 그러했으니,[237]

우리에게 대적하는 이들로는 "이 아이네아스"[238]와 우리가

피옴비노에서 격파했고 플로렌스 땅에서 몰아냈던

젊은 페르디난도,

그리고 일자리를 잃은 피치니노,

그는, 시지스는, 알폰소와 화해할 기회가

세 번 있었고, 혼인에 의한 동맹 제의도

받았었으니,

그가 말하는 건 모두 만투아에서 옳았으나,

비오, 그 어느 때인가, 비오가 그 우툴두툴한 성미를 터뜨렸던 것이라.

그들은 그 심술을 위한 돈을 마련하고자

      교황의 땅에서, 톨파[239]에서, 황산 알루미늄을 터뜨렸다.

프란체스코 말하길,

      나 또한 고통을 받았었소.

당신이 쟁취하거든 나에게 한 조각만 주시오.

      그들은 그 일이 신통치 않게 되었다고 말한

한 사내를 거의 감금하다시피 했고, 베니스에서 불쌍한 늙은

파스티[240]를 붙잡아 그의 이빨을 모두 빼낼 듯이 했고,

곤돌라를 타고 대운하를 내려가던

보르소에게 활을 쏘았으며

      (26개의 촉이 달린 훌륭한 것이었는데)

또 말하길, 노비[241]는 지아코모 백작을 위해서라면

      어느 누구도 팔 것이야.

(피치니노, 창문에서 떨어진 그 친구).

그들은 교회 사절들과 함께 우리를 찾아왔는데

그의 텐트 기둥 위에서 독수리가 빛을 발한 적이 있었다.

그가 말하길, 로마인들은 이를 전조라고 불렀으리라

고대 로마 기사들은 이러한 표징들을

    대단히 믿었나니,

내가 그대들에게 바라는 건 명령을 따르라는 것뿐,

그들이 더 큰 군대를 가졌으나,

    이 야영 진지에는 더 많은 남자들이 있나니.[242]

XI

고대 로마 기사들은 이러한 표징들을
       대단히 믿었나니,
그리고 그는 우리를 지휘관들 휘하에 두었고,
       지휘관들은 각자의 진지로 되돌아갔다,
베르나르도 레지오, 닉 벤조, 지오반 네스토르노,
파울로 비테르보, 브레시아의 부아르디노,
       체토 브란돌리노,
그리고 시모네 말레스피나, 페트라코 싸인트 아르크안젤로,
리오베르토 다 카노싸,
그리고 열 번째로 아니올로 다 로마
       그리고 그 흥겨운 친구 피에로 델라 벨라,
그리고 열한 번째는 로베르토,[243]
가톨릭 진영은 기마병 삼 천,
그래 기마병 삼 천에다가,
보병 천,
시지스문도는 단지 기마병 천 삼백에
500이 될까 말까 한 보병(그리고 선회포旋回砲 하나),
그런데도 우리는 가톨릭 측을 패배시켰고
막사 이곳저곳에서 그들을 물리쳤는데
그는 다시 제방으로 올라와서는
그 문을 지나서까지 싸워나갔다

새벽에서 석양까지 계속된 이 싸움에서
우리는 그들을 쳐부쉈고 그들의 군용 행낭과
        말 천 오백을 포획했는데
시지스문도님의 병력은 단지
천 삼백뿐이었으니

베네치아인들은 찬사를 보냈고
이곳 저곳 어중이떠중이들도 찬사를 보냈다,
그러나 다음 8월에 우리는 호되게 당했으니,
로베르토는 파노에서 패배했고,
그는 배를 타고 타렌툼²⁴⁴으로,
시지스 말이다, 그리고는
반ℝ아라곤파들이 패망해서
        울먹거리는 것을 보았다.
그들, 가톨릭파들이 성벽에 올라와서는,
그 금간 코의 개XX 페디 우르비노가
말하길, "그는 영락한 모습이니…… 시지스……문도."
"사람들은 그가 길거리를 비틀거리며 다니고
아무 일도 할 수 없다고 하니,"
그는 병동에 있었는데, 높은 탑 위에서건
어디에서건, 우리가 그 일에 매달리게 만들었다.
그런데 감사하게도, 우리가 안으로 병들어 있을 때
그들은 바깥으로 병들어 있었고,

그들은 하나의 도시도 하나의 성도 차지하지 못했다[245]

다만 그들은 우리에게 가장 지독하게 구린내 나는 평화[246]를 주었을 뿐—

어떤 곳들이 이곳들이냐 하면,

      소리아노,

토라노와 라 세라, 스브리가라, 산 마르티노,

치올라, 폰도, 스피넬로, 치냐와 부키오,

프라타리네, 몬테 코루초,

      그리고 루피아노의 별장

그 앞마당까지

그밖에 영주님이 기억해낼 수 있는 것들 모두.

그리고 사비오강 수역에 대한 권리.

(헝클어진 갈대로 뒤덮인 소금 더미는

      오래전에 베네치아인들에게 넘겨졌고)

불구의 노비[247]가 죽었을 때, 그들은 체세나까지 수중에 넣었다.

그는 젊은 피에로[248]에게 편지 쓰기를,

      나에게 사냥개 두 마리를 보내줘,

그 개들이 내 마음을 딴 곳으로 돌려줄지 모르니까.

하루는 그가 교회에서 장식물 조각 위에,

장식물을 위해 파놓은 돌 조각 위에,

그의 커다란 엉덩이에는 너무 작은 그 조각 위에 앉아,

      등을 구부리고서 무엇이 잘못되었던가를 따져보는데,

한 늙은 여인이 들어와서는 그곳 어둠 속에 앉아 있는

      그를 보고 낄낄거리며

거의 그에게 쓰러질 뻔했다,

　　　그가 생각하길,

늙은 줄리아노가 끝장났어,

그가 남겨놓은 것이 있다면 아이들이 그걸 갖도록 해야 해,

로베르토에게 그렇게 쓰자.

그리고 바니[249]는 그 농부에게 말 값으로 적절한 값을 주어야만 해,

내가 갚아주겠다고 말을 하지.

파노에 있는 아치 위의

긴 방에 쓰여져 있는 글,

'어부[250]의 반지에 의해, 궁궐인지 궁전인지, 한때 말라테스타 가문의 것'이

사라졌다, 아름다운 기둥의 체세나도,

커다란 다이아몬드는 베니스에서 저당 잡혔고,

그는 모레아[251]로 갔는데,

그곳에서 그들은 그가 이슬람교도들과 일을 하도록 하였으니,

5,000명으로 25,000명에 대항하도록 했던 것,

　　　그는 스파르타,

모레아, 라케데몬에서 거의 죽을 뻔하였으니,

　　　기운 하나 없이 되돌아왔던 것이라

여기 우리가 앉아 있노라. 이곳에서 나는

　　　4만 4천 년 동안 앉아 있었노니,[252]

그들은 '46에 그를 이곳 늪지대에서

함정에 빠뜨렸었고,
소라노 성에서는 그 불쌍한 것들이 추위로 죽어갔지,
그는 젊은 시절에 말했어,
        "우리의 바람은
여인네들이," 우리는 바란다, 그들, 여인들이 그들 좋을 대로
화려하게 하고 다니길, 그것은 그 도시의 영화이니.[253]

그 후로 플라티나[254]가 말했다,
        그들이 그와
로마 아카데미를
지하 묘지에서 제우스에게 노래 불렀다는 이유로 가두었을 때,
그래, 그가 이곳에 뚱보 바르보, '포르모수스'를
죽이러 왔을 때 그를 보았다,
우리가 무슨 얘기를 하였는지 알고 싶은가?
        "*de litteris et de armis, praestantibusque ingeniis,*[255]
고대든 우리와 동시대든, 책과 무기와
비범한 천재들에 대해,
고대든 우리와 동시대든, 간단히 말해 이해력 있는
사람들 사이에서 흔히 있을 수 있는 대화의 소재들."

그에게 운이 다했으니
그의 부대라고는 창기병 64명, 그의 보수는 일 년에 8,000,
64명뿐, 더이상 구하려고도 하지 않았으니

이 모든 것은 기록에 적혀 있는바

sexaginta quatuor nec tentatur habere plures[256]

그러나 그들은 리미니에 두었으니

      이는 베네치아인들을 망보고자 함이라.[257]

그가 그러지 못한 건 정말 안 된 일

      (그의 몸에 칼을 들이밀지 못한 것 말이다)

조그맣고 뚱뚱한 땅딸보 '포르모수스'

바르보는 "나를 포르모수스라 부르라"고 하였으나

하나 추기경 비밀회의는 그것을 인정하지 않았고

      그를 바오로 2세라 불렀다.

그는 문 한편에 세 마리 말을

      다른 문에 또 세 마리 말을 두었고,

뚱보는 '자신이 믿을 수 있는' 일곱 명의

      추기경에 둘러싸인 채 그를 맞아들였다.[258]

몬테피오레[259] 성주는 쓰기를,

"그를 이 지역에 들어오지 못하게 하는 것이 좋을 겁니다.

그가 스파르타에서 이리로 되돌아오면, 사람들은

불을 지르고 뛰쳐나와 '판돌포!' 하고 외쳐댈 겁니다."

어둠 속에서 황금은 어둠에 대항하는 빛을 모으는 법.

      하루는 그가 말했다, 헨리,[260] 자네가 가지게,

조건이 있지만, 자네가 가지게, 넉 달 동안

자네는 내가 자네에게 거는 그 어떤 온당한 농담도 견뎌야 하고,

농담을 되받아 할 수 있기는 하되

　　　너무 상스럽게 하면 안 되네.

이 모든 것은 글로 기록되었으니,

은빛 비단에 초록 덮개라

시지스문도 성에서, 발투리오의 로베르토가 보는 앞에서 시행되는 것이니

…… 자유의사로 분명히 납득된 상태로…… 엔리코 데 아쿠아벨로에게.

XII

그리고 우리는 이곳에 앉아 있다

　　벽 아래,

디오클레티아누스[261]의 로마 극장, 계단은

석회석으로 만들어진 마흔세 개의 계단.

머리가 좀 벗겨진 베이컨[262]은

　　쿠바에서 모든 작은 동전들을 사들였다,

일 센트, 이 센트,

　　자신의 일꾼들에게 "그것들을 거두어들여라"라고 말했다.

"그것들을 주 창고로 들여놓으라"라고 대머리는 말했고,

일꾼들은 그렇게 했다,

헨리[263]라면

"주 창고로 들여놓으라 그것들을"이라고 했을지 모르겠다.

　　하바나에 있는 니콜라스 카스티노,[264]

그도 약간의 금전을 가지고 있었다, 그러나 다른 이들은

이자를 지불해야만 했다.

　　금전을 원한다면 이자를,

공공의 금전일지라도.

　　대머리의 관심은

돈 장사에 있었다.

　　"다른 장사에는 관심 업써"

라고 대머리는 말했다.

그는 자신에게 두 명의 흑인 남자를 매어 놓고 잤는데,

근위대였던 셈, 밤에 그들이 도망가지 않도록

자신의 허리에 매어 놓았던 것,

쿠바인들에게 이제 인기가 없게 되고,

고열로 약 50kg 정도로 몸이 축나자

맨해튼으로 되돌아왔다, 결국엔 맨해튼으로.

이스트 47번가 24번지에서 내가 그를 만났을 때,

인쇄 대리인 노릇을 하며,

오랜 지기들을 찾아다니고

사무실은 나소가街에 두고서, 일거리들을 인쇄업자들한테 나누어 주었

는데,

상업 문구류,

그 후엔 보험,

고용주 책임,

별난 유의 보험,

매춘굴 화재 등등, 수수료는

주당 15달러부터.

그는 많은 이들을 보았고,

어떤 선박 회사가 가장 조심성 없는가를,

어느 곳에서 질 나쁜 기중기에 인부가

다리를 잃어버릴 가능성이 가장 큰가를 알았다,

또한 집주인의 대리인이

그를 찾아온 지 이 분 뒤에

불이, 갈보 집을 지나쳐갈 때처럼,

신출귀몰하는 헤르메스인 양 우연히도 찾아왔었다.

그 쿠바 때의 일로는

　　　　4개월에 11,000명의 사람들을 먹여 살렸었으나,

파산했고,

또 한때는 자신의 사업에 40,000명까지

　　　　부렸지만, '월가街를 몽땅 집어삼키고' 싶어 했다가

삼 주일 뒤에 모든 것에서 손을 놓았다.

지금은 대단히 좋은 친구인 퀘이드[265]와 같이 살고 있다,

넓은 흑색 리본에 달린 외알 안경을 썼던 몬스 퀘이드.

　　　　(어느 곳인가 기록되어 있다.)

도스 산토스, 호세 마리아 도스 산토스[266]는,

곡식 나르는 배가 타구스강[267] 어귀에서

난파되었다는 소식을 듣고는,

경매에서 그 배를 샀는데, 어느 누구도 말리지 않았고,

다른 어느 누구도 입찰하지 않았다. "바보 같으니!" "옥수수는

짠 물로 못 쓰게 됐으니,

소용없는 짓, 그걸로는 아무것도 못 해." 도스 산토스.

모든 물건은 바닷물로 썩어 갔지.

미친 포르투갈인인 도스 산토스가 그것을 샀고,

그리고는 자신의 모든 세습 재산과 그의 모든 소유물들을

　　　　저당 잡히고는,

포르투갈 전역에 걸쳐,

갓 난 새끼 돼지, 돼지, 작은 돼지, 식용 돼지들을 사고는,

　　　그 배에 실린 것으로 사육한 다음,

첫 번째 무리를 저당 잡혀 두 번째 무리를 사들이곤, 이하 동,

포르투갈의 식용 돼지들이

　　　시간이 지나감에 따라 살이 쪄 가고,

도스 산토스도 살쪘는데, 이제 그 포르투갈의 큰 지주는

선조들 곁으로 갔구나.

　　　물에 폭삭 젖은 곡식으로 그 일을 했으니.

(아마도 그 강어귀의 물은 깨끗했던 모양)

지옥에나 떨어져라 아포비치,[268] 시카고 전부가 엉터리는 아니다.

　　짐 X[269]는……

　　　　은행가들의 모임에서

　　　그들의 불운했던 이야기들에 진력이 나서,

그들의 지독한 점잔뺌과

　　　마치 두 벌의 양복 조끼를 입은 것처럼 보이게 하는

조끼 모서리 안쪽 둘레에 두른

작고 하얀 테에 진력이 나서,

그들에게 '정직한 선원의 이야기'를 들려주었다.

그들의 예의범절에 진력이 나서,

　　　　앉은 모습의 그들, 지체 높은 장로교인들,

중역들, 회사를 소유한 상인들,

빈민촌을 소유한 교회 집사들,

일명 뛰어난 고리대금업자들,

고리대금업자들의 정수精髓,
20% 이윤과
어려운 시절을 불평해대는,
브라질 증권업의 파산과
(남미 증권),
은행 건물들을 생산해내면서도
분배를 편하게 해 줄 가능성은 없는,
새로운 은행 건물들에 대한 투자 이외에는
일반적으로 모든 투자가 불확실하다고 불평해대는, 고용 조달인들,
그들의 입술이 담배 끝에서
경련해대는 그 모습에 진력이 나서,
짐 X가 이야기하기를……
옛날에 가난하고 정직한 선원 하나가 있었다네, 지독한 술꾼이었지,
지독한 욕설꾼이고, 법석꾼이고, 술꾼이었는데,
마침내 술이 그를 병원으로 보내버렸다네,
그들은 수술을 했어, 여자 병동에는
아이 하나가 있는 가난한 창녀가 있었지,
그들은 선원을 꾀었는데, 아이를 데려와서는
그가 정신이 들자 말했어,
"봐요! 이 애가 당신한테서 나온 거요."

그는 그 애를 쳐다보면서 나아져 갔다네,
병원을 나설 땐, 술도 끊었고,

몸이 충분히 괜찮아지자

　　　다른 배에 타기로 계약했고

봉급을 저축해 갔지,

　　　봉급을 계속 저축해서는,

배의 주식을 샀고,

　　　마침내는 주식의 반을 가지게 되었지,

결국엔 배 한 척을

　　　그리고는 멀지 않아 기선들 죄다.

그 애를 교육시켰다네,

　　　그 애가 대학을 다닐 때,

그 늙은 선원은 다시 드러누웠고

　　　의사들은 그가 죽을 거라 말했다네,

아이가 침대 곁으로 오자,

　　　늙은 선원은 말했지,

"애야, 내가 조금 더 오래 버틸 수 업쓰니 유감이구나,

네가 아직도 어린데.

　　　너한테 채-ㄱ-이-ㅁ을.

네가 조금 더 나이 드러서 사어블 보다 더 잘

이어바들 때까지 내가 지탱할 수 이섰다면……"

　　　"그러나, 아버지,

제 얘기는 하지 마세요, 전 괜찮아요,

아버지가 걱정이에요."

　　　"그렇다, 애야, 네가 바로 얘기했구나.

너는 나를 아버지라 불렀다만, 나는 아니란다.

나는 너의 아비가 아니다, 아니야,

나는 네 아빠가 아니라 네 엄마란다" 그가 말했다네,

"네 아빠는 스탐불[270]에 사는 돈 많은 상인이었어."

XIII[271]

공자가

      임금의 사원을 지나

삼목 숲으로 들어갔다가,

      아래 강을 따라 나왔다,

그와 함께 있는 이들은 키우, 치,

      그리고 낮은 소리로 이야기하는 티안[272]

"우리는 무명의 존재이니", 공자 왈,

"너는 전차 모는 일을 할 것이냐?

      그러면 너는 이름이 알려질 것이라,

또는 내가 전차 모는 일을 해야만 할까, 활쏘기를?

또는 대중연설을?"

추 루가 답했다, "저는 방어 시설을 정리하고 싶습니다,"

키우는, "제가 지방 군주라면

지금보다 더 낫게 정리할 것입니다."

치가 말하길, "저는 조그만 산사를 더 갖고 싶습니다,

의식을 질서 있게 지내고,

      제식을 적절하게 지내면서,"

티안은 악기의 현을 퉁겼는데,

그의 손이 현을 떠난 이후에도

      낮은 음은 계속됐고,

그 음은 나뭇잎 아래에서 연기처럼 솟아올랐다,

그는 음에 유의하며,

　　"오래된 수영터,

소년들은 판자를 철썩 던져대거나,

덤불 아래 앉아 만돌린을 치고 있네."

　　공자는 이들 모두에게 똑같이 미소 지었다.

쳉시는 알고 싶었다,

　　"누가 올바른 대답을 한 것입니까?"

공자 왈, "그들 모두 올바르게 대답한 것이다,

말하자면, 각각 제 본성에 따른 것이니라."

그리고 공자는 유안 장을 향해 자신의 지팡이를 들어올렸다,[273]

　　유안 장은 그보다 손윗사람으로,

길옆에 앉아 지혜를

　　　　받고 있는 듯이 하고 있었다.

공자 왈

　　"그대는 늙은 바보, 그곳에서 나오시오,

일어나 무언가 유용한 일을 하시오."

　　　　공자 왈[274]

"어린아이가 깨끗한 공기를 들이쉬는 순간부터

어린아이의 능력을 존경하도록 하오,

그러나 나이가 오십이라도 아무 것도 모르는 이는

　　　　존경받을 가치가 없소."

또 "군주가 자신의 주위에 모든 학자들과 예술가들을

모은다면, 그의 부는 충만하게 이용될 것이라."[275]

공자는 말하고는 보리수 잎에 쓰기를,

　　　　자신의 내부에 질서를 세우지 못하는 이는

자신의 주위에 질서를 펴지 못할 것이요,

자신의 내부에 질서를 세우지 못하는 이는

그의 가정이 온당하게 행동하지 못할 것이요,

　　　　군주가 자신의 내부에 질서를 세우지 못한다면

그는 자신의 영역을 바로잡지 못할 것이라.[276]

공자는 '질서'와

'형제다운 공경심'을 이야기했지만

'죽음 이후의 삶'에 대해선 말하지 않았다.

그는 말하길

　　　　"극단으로 가는 건 누구나 할 수 있다,

표적을 지나쳐가도록 활을 쏘는 것은 쉬운 법이라,[277]

하나 가운데 굳건하게 서 있는 것은 어려운 법."[278]

그들이 묻기를, 살인을 저지른 이가 있다면

　　　　그의 아비는 그를 보호해서 숨겨주어야 합니까?

공자 왈,

　　　　숨겨주어야 하리라.[279]

공자는 비록 공창이 감옥에 있었지만

　　　　공창에게 자신의 딸을 주었다.

그리고 난영은 관직에서 떠나 있었지만

　　　　난영에게 자신의 조카딸을 주었다.[280]

또 공자는 말하길, "왕[281]은 중도로써 다스렸으니,

그의 시대엔 나라가 잘 유지되었었다,

역사가들이 그들의 저술에 빈칸을 두던

때조차 있었으니,

말하자면 그들이 알지 못하는 것들 때문이었도다,[282]

그러나 그런 시대는 지나간 것 같구나."

또 공자 왈, "인품이 없이는 그대는

저 악기를 탈 수도 없고

노래에 알맞은 음악을 연주할 수도 없다.[283]

살구꽃들이

동에서 서로 날리니,

나는 저 꽃들이 떨어지지 않도록 하여 온 것이라."

XIV

빛 없는 곳에 이르렀으니,[284]

젖은 석탄의 악취, 정치꾼들

⋯⋯e와 ⋯⋯n,[285] 그들의 손목은

     발목과 묶여 있고,

엉덩이를 드러낸 채 서서,

궁둥이 위로는 더러워진 얼굴,

     납작한 히프에 큰 눈,

수염 대신 달린 머리털,

     똥구멍을 통해 군중들에게 얘기하고 있으니,

늪에서 대중들에게 얘기하고 있으니,

     영원蠑蚖, 물 괄태충들, 물 구더기들,

그들과 함께 있는 ⋯⋯r,

     꼼꼼하게 깨끗이 한 식탁 냅킨이

그의 자지 밑에 쑤셔 넣어져 있었고,

     ⋯⋯m은

회화체 언어를 싫어했는데,

빳빳하게 풀 먹인, 그러나 더러운 칼라가

     그의 다리를 둘렀고,

그 칼라 가장자리 위로는

     여드름투성이의 털 많은 피부가 밖으로 내밀고 있었다,

부당 이득자들은 똥으로 달콤해진 피를 마시고 있고,

그들 뒤로는 ……f^{286}와 금융업자들이
　　　그들을 철사로 족치고 있었다.

그리고 언어의 배반자들
　　　……n과 언론 갱단과
고용되기 위해 거짓말을 했던 이들,
도착자들, 언어의 도착자들,
　　　감각의 즐거움보다
돈에 대한 탐욕을 앞세우는 도착자들,

인쇄소에서의 닭장 같은 외침,
　　　인쇄기들의 털거덕 소리,
메마른 먼지와 흩어진 종이의 날림,
독한 악취, 땀내, 썩은 오렌지들의 냄새,
오물, 우주의 마지막 수채 구덩이,
신비의 제식, 황산,
소심한 것들이 악을 쓰고,
보석들을 진흙에 처박고,
　　　또 그것들을 더럽혀지지 않은 채로 건지려 외쳐대고,
가학적인 엄마들은 딸을 노인들과 잠자리를 같이 하라고 몰아대고,
암돼지들은 자신들의 새끼들을 먹어 치우고,
이곳엔 **지상의 이미지**라 쓰인 플래카드,
또 이곳엔, **사람이 바뀌었음,**

더러운 밀랍처럼 녹는,

  썩은 초들, 더 낮게 가라앉는 엉덩이들,

볼기 아래로 가라앉은 얼굴들,

그것들 밑 늪엔,

거꾸로, 발바닥과 발바닥을 댄,

  손바닥과 손바닥을 댄, 앞잡이들

피어스와 맥도나[287]의 살해범들,

  고문을 가하는 자들 중 으뜸인 H. 대위,[288]

돌처럼 딱딱한 배설물은 베레스,[289]

  고집통이들, 칼뱅과 알렉산드리아의 성 클레멘트![290]

똥을 파고드는 검정 딱정벌레들,

흙은 노쇠해가고, 늪은 부스러기들로 가득하고,

사라져가는 윤곽들, 부식, 침식.

  지옥의 부패물 위로는

커다란 똥구멍,

  부서진 채,

웨스트민스터 위의 하늘처럼 미끄러운,

  매달린 종유석들,

보이지 않는, 많은 영국인들,

  관심이 결여된 곳,

마지막 더러움, 완전한 노쇠,

비단을 통해 방귀 뀌며,

      기독교 상징물들을 흔들어대는, 십자군 대리전사들,

……생철피리 장난감을 문질러대며,

소식을 전달하는 날벌레들, 공중에 똥을 떨어뜨리는 하피들,

퉁명스런 거짓말쟁이들의 진창,

      온갖 아둔함의 수렁,

악의에 찬 아둔함, 아둔함,

흙은 살아있는 고름, 해충이 득실대고,

죽은 구더기들은 산 구더기들을 낳고,

      빈민굴의 소유주들,

게의 기생충을 짜내는 고리대금업자들, 권위에 달라붙은 이들,

돌로 된 책더미 위에 앉아,

텍스트들을 언어학으로 보호하게 만들고는

      자신의 이름 아래 묻어버리는, 늑대 방귀들,[291]

침묵의 도피처라곤 없는 공중,

      이빨 소리를 내는 이들의 표류,

그 위로는 연설가들의 떠벌림,

      설교자들의 궁둥이가 내뿜는 소리.

      그리고 시기,

부패, 악취, 곰팡내,

유동성 동물들, 녹아버린 뼈들,

천천히 썩어감, 악취를 내며 타오름,

씹어 먹는 담배 끝, 위엄도 없고, 비극도 없이,
……m 주교, 검정 딱정벌레들이 가득한 콘돔을 흔들어댄다,
독점자들, 지식의 방해꾼들,
　　　분배의 방해꾼들.

XV

포도당 속에 누워있는, 사탕발림들,

그라스[292]의 지방질 같은 냄새를 내며

    면화에 싸여 있는 거만함,

우툴두툴한 커다란 똥구멍은 제국주의 소리를 푸드덕 내며

    날벌레들을 배설해 대고,

궁극적인 오줌통, 퇴비, 하수로도 없는 오줌수렁,

······r은 덜 소란을 떨고, ······ 주교,

    ······sis,

    머리는 아래로 구덩이에 비틀어 박혀 있고,

농포가 덕지덕지 생긴 다리는 흔들거리고,

    받쳐 입은 성직복은 배꼽 위에서 덜렁대고,

콘돔에는 검정 딱정벌레들이 우글우글,

    항문 둘레에는 문신,

그를 원으로 둘러싼 여자 골퍼들.

용맹스럽고 포악한 자들은

    자신들을 칼로 베고 있고,

소심하면서도 폭력을 부추긴 이들

······n과 ······h는 바구미과 곤충들에 먹히고,

······ll[293]은 마치 부어오른 태아 같아라,

    백 개의 다리를 가진 짐승, **고리대금업,**[294]

이곳의 주인들에게 머리를 조아리며,

  이곳의 이점들을 설명해대는,

추종꾼들로 가득 찬 구덩이,

  지나간 세월의 찬미자들은

똥이 과거엔 보다 더 검고 보다 더 기름졌다고 주장해대고,

페이비언주의자들[295]은 부패물의 석화를, 그리고

새로운 오물이 마름모꼴로 정제되어야 함을 외쳐 대고,

재잘대는 보수주의자들은

  빈민 살갗의 각반을 둘러 눈에 띠고,

커다란 원을 한, 등 긁는 이들은

  불충분한 관심과 끝없는 수색에 대해

불평하면서, 행방불명된 긁기에 대해 반소反訴를 제기했는데

소송하기 좋아하는 이들,

녹색의 담즙 땀, 뉴스 소유자들, ······s

  익명의

······ffe, 망했느니

  대가리를 대포알처럼 유리문을 향해 쏘고는,

잠시 그 문을 통해 내다보더니,

  기둥 본체에 기대어 쓰러지는데, 간질병이라,

이 모든 이들에게는 어떠한 확신이라고는 없이,

  등은 비비꼬이고,

단검과 병 조각을 쥐고서, 방심한 순간을

  기다리는데,

콧구멍에 틀어박힌 악취,
밑에는

　　　　움직이지 않는 거라곤 없으니,
움직이는 땅, 추잡함을 부화시키는 오물,

　　　시초의 실수,
권태로부터 태어나는 권태,
영국의 주간지들, 쌓인 ……c,
다수의 ……nn,
내가 말하길, "어찌 이리 되었나요?"

　　　　나의 안내자[296] 왈,
이런 부류는 분리에 의해 자라나는 것,
이것은 사백만 번째 종양이지.
이 지옥의 원에서는 진절머리가 나는 것들이 모이지,
끝없는 고름 조각들, 만성 천연두 딱지들.

피부 조각들, 반복, 부식,
궁둥이 털에서 떨어지는 끝없는 비,
땅이 움직이면서, 중심이

　　　　연달아 모든 부분 위로 지나쳐가고,
지속적인 엉덩이 트림은

　　　　그 산물들을 배분하고 있다.
자 가자!

발이 빠지고,

진흙 구덩이가 사람을 잡는데, 난간이라곤 없고,

수렁의 빨아들임은 마치 소용돌이 같구나,

그가 말했다,

   네 발의 땀구멍을 막아라!

내 눈은 지평선에 고착되었고,

   검댕과 섞인 기름,

다시 플로티누스 왈,

   문으로,

눈은 거울에서 떼지 말고.

우리는 메두사²⁹⁷에게 빌었다,

   방패로 땅을 딱딱하게 하고자,

방패를 아래로 내리고서

   그는 길을 단단하게 만들어주었다

우리 앞길을 조금씩, 조금씩,

   그 물질은 반발을 했고,

방패에서 머리가 일어나서는,

   쉿쉿 소리를 내며, 아래로 내려갔다.

구더기들을 먹어 치우는,

   단지 반쯤만 효력 있는 얼굴,

뱀의 혀는

   수채 구렁의 윗부분을 스치며 지나가면서,

구정물을 단단하게 만들어 갔는데,

　　　　칼날의 폭 반밖에 안 되는,

좁고 긴 땅.

　　　　이 길을 따라 말로는 할 수 없는 악을 지나,

이번엔 빠지면서, 이번에는 매달리면서,

　　　　빠지지 않는 방패를 쥐고서.

망각,

　　　　얼마나 오랫동안이었는지 잊어버려,

잠, 기절할 것 같은 구토.

　　　　"나이샤푸르[298]에서인지 바빌론에서인지"

꿈속에서 들었다.

　　　　플로티누스는 가 버리고,

방패는 내 밑에 묶여진 채로, 깨어났다,

경첩으로 흔들거리는 문,

병든 개처럼 헐떡이며, 비틀거리며,

알칼리로, 산으로 흠뻑 젖은 채로.

그리고 태양, 태양

　　　　햇빛에 눈이 멀어,

눈이 부은 채로, 드러누워,

　　　　눈까풀은 내려앉고, 무의식의 어두움.

XVI

지옥 입구 앞에는, 메마른 평야와

      두 개의 산,

한쪽 산에는, 달리는 형체,

      언덕 모서리에

또 다른 형체, 단단한 강철로 된

길은 마치 느릿한 나사의 나선줄과 같고

각도는 거의 인지하기 힘들 정도,

      그리하여 그 에움길은 거의 수평의 모습,

그 달리는 형체는, 벌거벗은 블레이크,[299]

외치면서, 팔을 휘둘러대는데, 재빠른 손발,

악을 향해 울부짖으며,

      눈알을 굴리며,

불붙은 손수레처럼 빙빙 돌며,

      악으로부터 달아나면서도

악을 응시할 수 있도록 머리는 뒤로 붙어 있고,

      강철 산으로 숨어 들어갔다가는,

다시 북쪽 편으로부터 나타날 때,

      그의 눈은 지옥 입구를 향해 불타오르고,

목은 앞으로,

      그리고 그와 비슷한 페르 카르디날.[300]

서쪽 산에는, 자신의 거울을 통해 지옥을 바라본,

그 플로렌스인,[301]

      그리고 자신의 방패를 통해 지옥을 본

소르델로,

그리고 불가시를 응시하는, 성 아우구스티누스.

그들을 지나서는, 푸른 산酸 호수에 누워있는

      죄수,

느리게 상승하는, 두 언덕 사이의

       길,

칠기 무늬의 불길, 행동하면 죄라,

조각난 얼음과 톱밥의 연옥,

나는 지옥의 진드기들과 개각충들과 떨어진 이의 알들을

      내 몸에서 없애고자

산으로 몸을 씻었노라.

      레르나 늪지대,[302]

시체들의 호수, 죽은 물,

깡통 속에 쌓인 생선처럼 유동적이고 뒤섞인 사지들의 호수,

여기엔 대리석 한 조각을 거머쥔, 위를 향한 팔 하나,

밀려 들어오는 태아들,

      새로운 밀물에 잠기고,

여기엔 위를 향한 팔 하나, 뱀장어들에 의해 잠긴 송어,

      단단한 풀과 못 쓰게 된 메마른 길로 된

둑으로부터, 일순간에, 많은 알려진 이들과 알려지지 않은 이들을

보았다,

　　　잠겨 가는,

가 버린 얼굴, 세대.

　　　그리곤 묘목 아래, 가벼운 공기,[303]

에테르 아래 푸른 띠를 한 호수,

　　　오아시스, 돌들, 고요한 들판,

말 없는 풀,

　　　가지나무를 지나서

회색빛 돌기둥들,

　　　회색빛 돌계단,

화강암으로 된 명백한 정방형의 길,

　　　내려가며,

나는 이곳을 지나, 땅속으로,

　　　땅이 열려져 있느니,

고요한 대기 속으로 들어갔노라

　　　새로운 하늘,

일몰 후의 빛 같은 빛,

　　　그리고 자신의 샘물들 옆엔, 영웅들,

시지스문도와 말라테스타 노벨로,

　　　그리고 자신의 도시들 언덕을 바라보는, 창시자들.

평야, 먼 풍경, 샘 웅덩이에서는

물의 요정들이
올라와, 꽃장식을 펼치며,
　　　물 갈대를 가지로 엮고,
고요 속에서,
　　　이제 한 사람이 자신의 샘에서 일어나
평야로 떠나갔어라.

그 풀밭에 엎드려, 잠 속에서,
　　　나는 그 목소리를 들었으니……
　　　　　　　　벽…… 스트라스부르[304]
갈리페[305]는 그 세 번의 공격을 이끌었다…… 프로이센인들
그가 말하길　　　　　　　　　[플라[306]의 이야기]
　　　이는 군대의 명예를 위함이었노라.
그들은 그를 허풍쟁이라고 불렀다.
　　　나는 그게 뭔지는 몰랐지만
생각하기를, 그것 참 꽤나 그럴듯하군.
내 늙은 간호원은, 그는 남자 간호원이었다,
프로이센인 한 명을 죽였는데 우리 집 앞 거리에
삼 일간을 뻗어 있었다
악취가 나고……
　　　퍼시[307] 친구,
우리의 친구 퍼시……
　　　늙은 해군 장관인

그는 그 당시 해군 장교 후보생이었는데,

그들이 라구사³⁰⁸로 들어왔고

……비단 전쟁이 일어났던 곳……

그들은 언덕에 난 지름길을 따라 내려오는

한 행렬을 보았다, 무언가를 운반하는,

앞에서 여섯 명이 어깨에 기다란 것을

　　　　짊어지고서,

그들은 장례식인가 생각했으나,

　　　　그것은 주홍색으로 덮여 있었으니,

그는 단정短艇을 타고 육지를 떠났다,

　　　　그 당시 그는 해군 장교 후보생,

원주민들이 어떻게 하는가를 보기 위해서 말이다,

그들은 일어나 제복 차림의 그 여섯 친구에게 가서는,

그것을 바라보았다, 나는 아직도 그 늙은 해군 장관의 말소리가 들린다,

"그래? 그건

　　　　지독히 취한

바이런 경이었어, 얼굴은 천……

이렇게 축 처진 얼굴이었지,

　　　　천…… 사의 얼굴."

그 개XX 때문에,

　　　　오스트리아의 프란츠 요세프³⁰⁹ 말이야……

그리고 그 개XX 염소수염의 나폴레옹³¹⁰ 때문에……

그들은 올딩턴[311]을 '힐 70'에, 엄마를 찾아

　　　울부짖는 수많은

열여섯 살짜리 아이들과 더불어

시체를 파고 만든 참호 속에, 배치했다,

그는 한 아이를 그의 상사에게 돌려보내며,

　　　　나는 내 하사하고 기관총만 있으면

십 분은 버틸 수 있다고 했다.

　　　　그들은 그의 경솔함을 비난했다.

앙리 고디에[312]가 나가 보았지만,

　　　　그들은 그를 죽였고,

더불어 많은 조각들도 죽여버렸다,

늙은 T. E. H.[313]도 도서관, 런던 도서관으로부터 가져온

많은 책들과 함께

나가 보았지만, 포탄 한 방이 그것들을 지하호에 묻어버렸으니,

도서관은 분개심을 표현했다.

　　　　총알이 그의 팔꿈치를 치고 갔고

…… 그의 앞 친구를 관통한 다음에 말이다,

그는 윔블던에 있는 병원에서 칸트를

원어로 읽었는데,

병원 직원들은 그것을 좋아하지 않았다.

윈덤 루이스[314]도 중포병대로

참가했는데,

비행사가 기관총을 달고 와서는,
그의 부대원 대부분을 싹 쓸어버렸고,
그가 변소에 나가 있는 동안에
포탄이 양철로 만든 그의 가假병사에 내려앉아,
그는 그 부대에서 남게 된 유일한 사람이 되어 버렸다.

윈들러[315]도 참가해서는,
에게해에 나가 있었으니,
저 아래 배의 화물창에서
계류기구에 가스를 넣고 있는데,
수부장은 난간에서 내려다보고,
배 복판에서, 그가 말하길,
저것 봐! 선장 좀 봐,
선장이 배를 꾸미는 걸.

늙은 선장 베이커도 출전했는데,
그의 다리는 류머티즘 일색이어서,
뛸 수도 없을 지경이었다,
그래 그는 육 개월간 병원에서 있었는데,
환자들의 심리 상태를 관찰하곤 했다.

플레처가 참전했을 땐 열아홉 살,
그의 상사가 한밤중에 지휘 참호 속에서

미쳐서는 전화기를 주위에 내던지기 시작했고
그래서 그를 아침 여섯 시경까지
　　　　조용히 있게 하도록 해야 했고,
저 포탄 더미를 관리해야만 했다.

어니 헤밍웨이[316]도 나갔었지,
　　　　너무 성급히 말이야,
나흘 동안이나 땅속에 묻혀 있었어.

참말이지, 당신도 아시겠지만,
　　　　그 모든 신경 과민한 이들 말이에요. 아니,
한계라는 게 있지요, 짐승들, 짐승들은
그렇지 않아요, 한 필의 말은 대수로운 것이 아니에요.
34살 먹은 사람들이 네 발로 기면서
　　　　"엄마" 하고 외쳐대는 꼴이란. 하지만 그 강인한 자들,
종국에, 그곳 베르됭[317]엔, 그 덩치 큰 이들만 남았는데,
　　　　그들은 상황을 정확하게 알고 있었지요.
그들이 무슨 가치가 있나요, 장군들, 장교들 말이에요,
센티그램 무게밖에 안 나갈 걸요,
　　　　나무판자에 지나지 않아요,
우리의 지휘관은 자기 자신 속에 갇혀 가지고
　　　　늙은 공병처럼요, 하지만 단단한,
단단한 머리의 소유자죠. 그곳에선, 당신도 아시다시피,

모든 것, 모든 것이 제 기능을 다 하죠, 도둑들, 모든 악함,

육식 새는 말고요,

　　　우리 대원들 중 셋이 그러했는데, 모두 죽었죠.

공연히 시체 노략질하러 나갔는데,

　　　그 짓 하러밖에는 안 나갔을 겁니다.

그리고 그 독일 병정 놈들, 무엇이든 부르고 싶으실 대로,

　　　군국주의, 기타 등등, 기타 등등.

그 모든, 그러나, 하지만,

　　　불란서인, 그는 먹을 때 싸웁니다.

그 불쌍한 자들은

마침내 먹기 위해 서로를 공격했어요,

　　　명령도 없이, 야수들 같으니, 그들은

죄수들을 붙잡았죠, 불어를 할 줄 아는 이들이 말했죠,

　　　"뭣땀시? 먹기 위해 공격하는 거랑께."

그건 기-이-르-음, 기름,

　　　한 시간에 삼 킬로 속도로 공급됐지요,

그들은 소리 지르고, 이를 갈고 그랬는데, 오 킬로 밖에서도 들렸을 거요.

(이로 인해 전쟁이 끝난 셈이지요.)

　　　공식 사망자 수는 5,000,000.

그가 말하길, 글쎄, 봐, 전부 기름 냄새군.

하지만, 아니야! 하고 내가 그를 꾸짖었어요.

그에게 말했죠, 자넨 바보야! 자넨 전쟁을 제대로 몰라.

오 그래요! 내 인정하지요, 뭔가를 아는 모든 이들,

뒷전에 서 있는 모든 이들.

　　　　그러나 당신 같은 친구는!

저 사람, 저기 있는 사람 같은 자!

　　　　그가 참을 수 없었던 것은!

그는 공장에 있었지요.

시체 묻는 이들, 도랑 파는 이들, 머리는 뒤로 제치고,

　　　　이처럼 바라보면서,

그들은 한줌의 흙에 목숨을 건 것이지요,

매우 꼼꼼하고 정확해야 했을 거요……

그곳에 볼셰비키파가 하나 있는기라, 그를 놀려 먹었제,

자네의 트로츠스크[318]가 한 짓을 봐라카니, 수치스런

　　　　평화를 이루칸 것 아니가!!

"그가 수치스런 평화를 이루캤다코?

　　　　그가 수치스러운 평화를 이루캐?

브레스트-리토브스크,[319] 알제? 듣도 보도 못했나?

　　　　그가 전쟁에서 이겼다카니.

군대도 동부전선에서 풀리났고, 안 그러나?

그리고 그들이 서부전선에 도차캤을 때,

얼마가 왔다고?

거게 온 자들은 혁명심으로 가득캤는기라

불란서 사람이 왔을 때

그들이 '뭐라꼬?' 하자 그 치가 말했지,

     '안 들리나? 우리가 혁명을 이루캤따이.'"

그게 군중한테 쓰는 수법이지,

     그들을 길거리로 나오게 해서 선동하는 법.

늘, 저 아래, 강물 위로

지나가는 사람들이 있었지.

     그곳에서 얘기하는 한 사람,

수천 명에게, 단지 짤막한 연설,

그들을 선동한다. 그가 말하길,

그렇습니다, 이 사람들, 그들은 옳습니다, 그들은

어떤 일이든 할 수 있습니다, 단지 행동하는 것만을 빼고.

가서 그들 이야기를 들어보십시오, 그러나 그들 얘기가 다 끝나거든

볼셰비키로 오십시오……

연설이 중단된 다음에도 그곳엔 군중이 있었고,

예전과 마찬가지로, 코사크 기병도,

그러나 코사크가 말한 건, 단 한 마디,

     "부디."

이 말이 군중 사이에 돌 때쯤,

한 보병대 부관이

군중에 발포할 것을 명령했다,

　　　네프스키[320] 끝 광장,

모스크바역 앞,

그 말을 듣지 않자,

그는 웃었다고 한 학생에게 칼을 빼 들고는,

그를 죽여버렸다,

그때 광장의 다른 편에서

한 코사크 기병이 자신의 분대에서 이탈해서는

그 보병대 부관을 내리쳤고

이것이 혁명이었으니……

　　　혁명이라는 이름이 생기자마자.

그대들이 만들 수 있는 것이 아니니,

어느 누구도 그것이 다가오는 걸 알지 못했다.

그들, 그 늙은 집단은 만반의 준비가 되어 있었으니,

우체국과 궁전 꼭대기의 기관총들,

하지만 지도층 중에서 어느 누구도 그것이 다가오는 걸 알지 못했다.

몇이 군대 막사에서 죽었으나,

그건 군대들 사이에서 있은 일.

그래 우리는 그걸 오페라에서 듣곤 했다,

그들이 헤이그[321] 휘하에 있으려고 하지 않았다는 걸,

　　진격이 시작되었다는 걸,

일주일쯤 뒤에 시작되리라는 걸.

XVII

그리하여 덩굴이 내 손가락으로부터 터져 나오고
분가루로 무거워진 벌들이
덩굴줄기 사이에서 무겁게 오고 간다,

　　　찍찍 — 찍찍 — 찌르륵 — 그르릉 소리,
그리고 가지에서 졸고 있는 새들.

　　　자그레우스![322] 자그레우스시여!
하늘은 태초의 깨끗한 연푸른 색
언덕에 자리 잡고 있는 도시들,
아름다운 무릎의 여신[323]이
그곳에서 다니는데, 그녀 뒤에는 참나무 숲,
녹색의 비탈, 그녀 주위에서 뛰노는

　　　하얀 사냥개들.
그곳에서 저 아래 내포의 입구까지, 저녁이 이르도록,
내 앞에 흐르는 평평한 물,

　　　그리고 물속에서 자라는 나무들,
정적 속의 대리석 기둥,
궁궐 저 너머,

　　　정적,
햇빛은 아닌, 드러나는, 빛.[324]

　　　녹색의 광물,
그리고 투명한 녹색이기도 하고 투명한 파란색이기도 한 물,

저 너머, 호박색의 커다란 절벽에까지.

절벽들 사이엔,

네레아[325]의 동굴,

마치 휘어진 커다란 조개껍질 같은 모습,

소리 없이 당겨지는 배,

뱃일하는 냄새라곤 풍기지 않고,

새의 울음소리도 없고, 물결의 움직이는 소리도 없고,

돌고래의 풍당하는 소리도 없고, 움직이는 물결의 소리라곤 전혀 없는데,

그녀의 동굴 속, 네레아,

바위의 은근함 속에서

휘어진 커다란 조개껍질의 모습,

멀리엔 회녹색의 절벽,

가까이엔, 호박색의 관문 절벽,

그리고 물결은

투명한 녹색, 투명한 파란 색,

동굴은 소금처럼 하얗기도 하고 빛나는 자주색이기도,

서늘하고, 반암은 반들반들하고,

바위는 바닷물에 닳아 있고.

갈매기 울음소리도 없고, 돌고래 소리도 없고,

모래는 공작석 같고, 추위라고는 없는데,

빛은 햇빛이 아니라.

자신의 표범들을 먹이고 있는 자그레우스,

빛 아래 언덕 위 같이 깨끗한 잔디밭.

편도나무 아래에는, 신들,

　　　그들과 더불어 있는, 요정들의 합창. 신들,

헤르메스와 아테네,

　　　　　나침반의 축이,

그들 사이에서, 흔들거리는데 ─

왼편엔 목축의 신들의 자리,

　　　　요정들의 숲,

낮은 숲, 황야의 관목 숲,

　　　암사슴, 어린 얼룩 사슴들이

　　　금작화 무리 사이로 뛰어다닌다,

　　　　　황색 사이의 메마른 나뭇잎.

언덕의 한 지름길 옆엔,

　　　멤논[326]의 커다란 오솔길.

저 너머엔, 바다, 모래언덕 위로 보이는 파도 마루

잔돌들을 휘젓는 밤바다,

왼쪽엔, 사이프러스 오솔길.

　　　　　보트 한 척이 다가오는데,

한 사람이 돛을 쥐고서,

뱃전에 달린 노를 저으며, 말하길,

　　　"저곳, 대리석 숲속,

　　　돌 나무들 ─ 물에서 뻗어난 ─

　　　돌 나무들 ─

대리석 잎새, 잎새들,

은, 강철 위에 강철,

솟아올라 스쳐 지나는 은 돌출부들,

뱃머리에 댄 뱃머리,

돌, 층층이 포개지고,

금박의 뱃전은 저녁빛으로 타오른다"

보르소,[327] 카르마뇰라,[328] 기술자들, 유리 제조자들,

그곳으로, 한때는, 여러 번에 걸쳐,

유리보다 더 선명한 물결,

청동 황금, 은 위의 불꽃,

횃불 빛에 비치는 염색 항아리들,

뱃머리 아래 파도의 번쩍임,

그리고 솟아올라 스쳐 지나는 은 돌출부들.

　　　어둠 속에서 하얀, 백장미처럼 하얀 돌 나무들,

탑 옆의 사이프러스,

　　　밤에 선체 아래로 흐르는 물결.

　　　"어두움 속에서 황금은

그 둘레에 빛을 모으나니."……

이제 반쯤 둥글게 덮인 가시덤불 속, 은신처에서 드러누워,

저 구멍을 통해 한쪽 눈으로 바다를 엿보며,

아테네와 더불어, 희끄무레한 빛.

조타르[329]와 그녀의 코끼리들, 황금빛 샅바,

흔들리는, 흔들리는, 시스트럼,[330]

     그녀의 무희 무리.

그리고 해변 굽이진 곳엔, 알레타,[331]

     바다로 향한 그녀의 눈,

     그녀의 손엔 거품과 함께

소금기로 빛나는 바다의 난파물.

풀밭에 희끄무레한 녹색의 먼지를 일으키며,

     빛나는 잔디를 거쳐 가는 '따님'.[332]

"이 시간 동안은 키르케의 형제[333]라."

팔이 내 어깨 위에 놓이고,

삼일 동안 모래 평원 위로 떠오르는 태양을 보았다,

사자 같은 황갈빛 태양을,

     그 날,

그리고 삼일 동안, 그 뒤론 다시는 없는,

헤르메스의 찬란함 같은, 찬란함을,

그리곤 그곳에서 배 타고 떠났으니

     저 돌의 장소로,

물 위, 연하게 하얀 곳,

     이미 아는 바의 물길,

그리고 대리석의 하얀 숲, 굽은 가지 위에 또 가지,

가지가 서로 얽힌 돌 나무,

그곳으로 보르소가, 사람들이 그에게 가시 돋친 화살을 쏘았을 때,

그리고 두 기둥 사이엔, 카르마뇰라가,

달마티아[334]에서 난파한 후, 시지스문도가.

　나는 메뚜기 같은 해넘이.

XVIII

그리고 쿠블라이[335]에 대해,

"그 황제의 도시를 세밀하게 제가 얘기해 드렸는데,

이제는 캄발룩[336]에서의 화폐 주조에 대해 얘기해 드리지요

　　　　이른바 연금술의 비밀입니다,

그들은 뽕나무 속껍질을 쓰는데,

말하자면 나무와 껍질 사이의 피부조직이라,

이것으로 그들은 종이를 만들어서, 거기다 표시를 하는 겁니다

반 토르네셀,[337] 일 토르네셀, 은화 반 그로트,[338]

또는 이 그로트, 또는 오 그로트, 또는 십 그로트,

또는, 커다란 종이에는, 금화 일 베잔트,[339] 3베잔트,

　　　　　　십 베잔트라고요,

관리들에 의해 쓰여서는,

주홍색의 커다란 칸의 옥새가 찍히게 됩니다,

위조화폐 주조범들은 사형의 벌을 받게 되지요.

그런데 이 모든 일들에 칸은 돈 한 푼 안 드는 셈이고,

그리하여 그는 이 세상에서 부자일 겁니다.

그의 편지배달부들은 옷을 꿰매고 봉해 가지고 다닙니다,

단추를 코트 뒤쪽에서 채우고는 봉해 버리는 건데,

이런 식으로 이 항해 저 항해를 다니는 거지요.

그리고 도착한 인도 상인들은

보석으로 내놓아야만 하고, 대신 종이로 된

이 돈을 받습니다,

(이 거래는 그 해 400,000베잔트에 이릅니다.)

그리고 귀족들은 진주를 사야만 하지요"

— 이렇게 폴로 선생[340]이, 제노아 감옥에서 —

"그 황제에 대해."

콘스탄티노플에 한 소년이 있었는데,

어떤 영국인이 그의 엉덩이를 걷어찼다네.

"난 이 불란서인들을 싫어해"라고 나폴레옹이 말했어, 12살 때,

젊은 부리엔[341]에게, "난 내가 할 수 있는 한 모든 손상을

저들에게 끼칠 테야."

이와 비슷이 제노스 메테브스키.[342]

풋내기 늙은 비어즈[343]가 그곳에 나가 있었는데,

대포를 팔러 말이야, 메테브스키가 뒷문을 발견했지,

늙은 비어즈는 무기를 팔았고,

메테브스키는 죽어서 묻혔어, 말하자면 공식적으로,

이너 카페에 앉아 그 장례식을 바라보았지.[344]

이 사건이 있은 지 십 년 후,

그는 상당한 양의 험버즈[345]를 소유했지.

"평화! 펴엉화!" 하고 기딩즈 씨[346]가 말했다,

"온 세계의? 당신이 이조 원의 돈을"

하고 기딩즈 씨가 말했어, "전쟁 무기 제조에 투자한 동안엔

그럴 리 없지. 내가 그걸 어떻게 러시아에 팔았는데 —

그들한테 새로운 어뢰정을 가지고 갔는데,

모두 전기로 작동하는 거였지, 타이프라이터

크기 정도의 조그만 키보드로

움직이거든, 왕자가 올라탔어,

우리는 작동해 보고 싶으십니까? 하고 말했지.

그는 방파제에 꽝 부딪히고는,

앞 모서리 부분을 모두 망가뜨렸는데,

그는 정말이지 혼비백산할 정도로 놀라더구만.

누가 그 손실에 대한 보상을 하려 했을까?

그것이 회사를 위해 나간 나의 첫 여행이었지,

내가 말하길, 각하, 괜찮습니다,

새로운 것을 보내 드리겠습니다 했지. 놀라운 일이야!

회사가 내 뒤를 봐주었고, 그래 약간의 주문을 받았을 것 같은가?"

라 마르께사 데 라스 조하스 이 우르바라[347]는

샹젤리제에 있는 제노스 경의 저택으로

      마차를 몰고 와서는

그의 저녁 식사 모임을 주관하곤 했는데, 열한 시에

시종들과 제복 입은 마부들과 더불어

앞문으로 나가서는 네 블록을 돌아

뒷문으로 갔었지, 그녀의 남편은 개xx야,

그리고 메테브스키, "유명한 박애주의자,"

또는 "유명한 자본가이며, 더 잘 알려지기로는,"

매스컴에서 말하길, "박애주의자인" 그는,

— 에스테 집안이 루이 십일세에게 그러했듯 —

국가에 훌륭한 기린 두 마리를 기증했고,

탄도학 의장직을 맡아서는,

공격을 하기 전엔 자문을 하곤 했어.

오이지 씨[348]는 니스에서 파리로 가는 일등석에서

매우 성나 있었지, 그가 말하길, "위험!

이제 선원의 삶은 위험의 삶이야,

단 하나의 수뢰로, 모든 수뢰들을 다 체크하지만,

한번은 수뢰 하나를 빠뜨려 먹었는데,

그 폭발로 삼백 명이 죽어 버렸거든."

그는 동맹파업자들한테도 화를 냈는데, 그는

엔지니어로 시작해서 일을 하다가 잃어버렸거든,

그 탄광 파업으로 말이지, 그 수개월 전 기사거리.

제노스 메테브스키 경은 겟세마니

트레비존드 석유회사[349]의 사장으로 뽑혔다.

그리곤 또 다른 기사거리 : 맨체스터 카디프에 있는

80대의 기관차에는 새로운 기름 연소 기관이

시설되어 있다……

상당한 양의 보다 더 무거운 종류들(즉 기름)이

이 나라에 저장되어 있다.

그래 내가 오랜 퀘이커교도인 해미쉬[350]에게 말했지,

내 말하길, "흥미 있군." 그는 퍼티 색깔이 되더니

말하길, "그는 광고하지 않아. 그래, 난 자네가

많은 걸 알게 되리라곤 생각하지 않아." 그땐 내가

메테브스키 멜키체덱[351]에 대해 물어본 때였다.

그는, 해미쉬는, 3개의 강과 140개의 협곡을 지나

메네리크왕[352]에게 트랙터들을 몰고 갔던 인물이었다.

"사람들은 무얼 생각하지……?" 내가 말하길, "사람들은 생각하지 않아.

그들은 완전히 뼈다귀야. 골수를 위에서 자른다 해도

그 섬에서의 생활을 바꾸진 못해."

그러나 그는 계속하기를, "하지만, 사람들은 어떻게 생각하나,

야금술에 대해, 영국에서 말야, 메테브스키에 대해선

어떻게 생각하지?"

내 답하길, "그들은 그의 이름을 들어보지도 못했다네.

맥고어비쉬 은행[353]에 가서 물어보게."

일본 업저버들은 대단히 흥겨워했는데

왜냐하면 터키 프리메이슨 조합원들이

그들의 포병대에서…… 연대 배지를 떼려고 하질 않기 때문이었다.

늙은 해미쉬 왈, 메네리크는

예감했었다고…… 기계식 무기…… 등등이……

그러나 그것을 쓰지를 못했고,

　　　　어떤 세력도 얻을 수가 없었다.

독일인들은 그를 보일러에 집어넣으려 했지만,

낙타에 싣기 위해선 보일러를 뜯지 않을 수가 없었고,
두 번 다시 재결합시키질 못했다.
그리하여 늙은 해미쉬가 그곳에 가서는,
3개의 강과 백사십 개의
협곡이 있는 그곳을 둘러보고는,
한 대가 또 다른 한 대를 끌고 가도록 하여 두 대의 트랙터를 내보냈는데,
메네리크는 군대를 내려보냈다, 밧줄을 가진
5,000의 흑인 군대를, 그들은 모두 땀을 흘리며 기를 써댔다.

그들과 그곳에서 접했을 때 데이브[354]가 제일 먼저 떠올린 것은
기계 톱이었다,
그는 그것을 갈색 통나무에 대고 잘라갔다, 휘쉬쉬, 트트트,
이틀 걸릴 일을 삼 분 만에.

전쟁, 또 전쟁,
닭장 홰를 잘 세우지 못하는 이들이 그것들을 일으킨다.

또한 사보타주도……

XIX

사보타주? 그래, 그는 그것을 맨해튼으로 가지고 갔었어,

대회사로, 그들이 말했지, "불가능해."

그가 말했어, 내가 그걸 만드는데 만 달러가 들었고,

또 만들려고 하는데, 정말이지 당신이

그걸 써 주어야만 하겠어, 이곳 전부에.

그들이 말했지, 오, 그렇겐 할 수 없어.

마침내 그는 백만 달러의 이 분의 일 가격으로 낙착을 보았지.

그리하여 그는 허드슨 강변에 매우 좋은 집을 가지고 있고,

그 발명품 특허는 여전히 책상에 붙어 있지.

그것에 대한 답변 : 어쨌거나 그가 만 불은 벌었어.

그리고 1870년 고딕 기념비를 세웠던 늙은 스파인더,[355]

그는 나를 마르크스한테 끌어들이려고 했는데, 그는 나에게

"그의 로맨스적인 사업"에 대해 얘기해 주었지,

그가 어떻게 무언가를 들고서 영국으로 가서는,

                                팔았는지에 대해.

그는 단지 마르크스에 관한 이야기만을 하고 싶어 했기에 내가 말했지,

그렇다면 어떻게 자네가 이곳에, 샹젤리제 바로

                        떨어진 곳에 있는가 말야?

어떻게 자네가 이곳에 있을 수 있지? 왜 자네 나라 사람들이

자네한테서 모든 걸 뺏어가지 않지? 어떻게 자네의 거창한 사업에서 손

뗄 수 있었나?

"오," 그가 말했어, "난 돈을 빌리지 않아도 되었거든……
내가 돈을 빌리지 않아도 되었던 건 오래전 일이야."
자본론에 대해선 더이상 아무것도,
또는 신용에 대해, 또는 분배에 대해.
그는 "결코 그 책을 떼지 못했는데,"
이는 또 다른 친구, 자신을 멋지게 꾸몄던
가냘픈 외교관 겸 치과의사의 이야기.

그래 우리는 그곳에서 친절한 늙은 교수와 함께 앉아 있었어,
그 땅딸막한 친구[356]는 이 층에 있고.
또 다른 구석에서는 미끈한 친구가
태틀러지를 읽고 있었는데,
거꾸로 보는 것은 아니었지만, 페이지를 넘기진 않더군,
내가 침실로 올라가니, 그가 말하더군,
그 짜리몽땅 친구 말이야, 절대적으로 옳은 얘기야,
"하지만 그건 감정의 문제야,
그들을 경제학 같은 차가운 것으로 마음을 움직일 순 없어."
그래 우리는 계단을 내려와 밖으로 나갔지,
그 미끈한 친구가 창밖을 내다보더군,
그리고 길거리에선 "내가 그들을 처치하지" 하는 소리,
　　　　　　마치 방수 외투를 입은 불도그 같은.
　　　　　　오 나의 클리오[357]시여!
일주일간 전화가 고장 났다.

늘 보이는 프리쉬님,[358] 작은 꼽추,

그는 그 어떤 군대에도 들어갈 수가 없었다.

그가 말하길, 교수님 저전갈을 가가지고 와왔어요,

"많은 이들이 넘어가고 싶어 하는데,

그러나 그들이 넘어가려고만 하면,

러시아인들이 그들을 쏘아대요, 그래서 그들은 어떻게 보면

넘어갈 수 있을까 알고 싶어 해요."

블렛트만[359]?…… 그곳에 나가 있었는데, 말하자면,

두 달 뒤, 그가 말하길,

"흥겨운 친구들" 하면서, "그들은 내 창문 밑으로,

새벽 두 시쯤 해서 지나가곤 했지,

모두 '슬라브인들에게 영광이!'[360]를 부르며."

그래, 블렛트만, 러시아인들이 그들을 쏘진 않았어.

　　　짤막한 이야기, 그 제목은, 국가의 탄생.

단추 구멍에 장미를 꽂은

　　　같잖은 오스트리아 녀석도 있었지,

그가 이곳에 얼마나 끈질기게 있었는지,

　　　그 피비린내 나는 사건 내내 말이야,

예수님 코처럼 콧대 높은 채 하며, 모든 독일의 승리를 즐기면서.

나프타,[361] 또는 잠수함에 필요한 어떤 것,

그렇듯 그들은 로테르담을 통해 삼을

　　　들여와야만 했다.

당신이 한 일 아니에요, 앨버트[362]?

그런 옛날, 모두 안락의자에 둥그렇게 둘러앉았던 시절의 이야기,

그런 시대는 갔어, 네브스키 광장의 빵집들처럼.

"그들에게, 혁명가들에게, 어떤 얘기를 해도 소용없어요,

그들이 막판에 이를 때까진,

오, 정말이지, 그들의 수단이 다할 때까진.

통치했었지요. 그곳을 통치하는데, 기차 한 대를 타고,

또는 보다 더 정확히는, 세 대의 기차를 타고 말이에요,

그는 원외단院外團보다 삼 일 정도는 앞서갑니다,

내 말은 그가 자신의 행정부를 기차에다 갖고 있었단 거지요,

원외단은 그곳에 가려면 말 타고 가야 하지요,

그가 말하길, 정말 무지무지하게 웃기는군,

전 세계 석유의 반을 소유하면서도, 정부 엔진을

움직일 만큼 충분한 양을 갖지 못하다니!"

그리고 그들은 두 시간 동안 지루하게 지껄여댔는데,

마침내 스테프[363]가 말했다, 자네들 나한테 지도 좀 보여주겠나?

그들이 지도를 가지고 오자, 스테프 말하길,

"이 선들이 뭐지?" "그래, 그 직선들."

"그건 길이야." 또 "이 선들은 뭐지,

꼬불꼬불한 거?" "강."

그러자 스테프 왈, "정부 재산?"

그리하여 두 시간 후 엔진이 시동을 걸었다, 지시 사항은,
몰수하지 않고도 어떻게 파낼 것인가.

어느 날 토미 베이몬트[364]가 스테프에게 말하길,
"자넨 우리가 그걸 경영한다고 생각하지, 내 말하겠네,
우린 탄광을 하나 샀네, 저당 기한이 찬 걸 말이지,
자넨 우리가 그걸 경영할 수 있다고 생각했을지 모르겠네.

내 자신 직접 그곳에 가 보아야만 했지, 그 경영인이
말하길, '경영해 보시지요, 물론 우리도 경영은 할 수 있으나,
저 놈의 석탄을 팔 수가 없어요.'

그래 내가 X와 B 중앙철도사에 얘길 했지,
— 자넨 우리가 X와 B 중앙철도사를 장악했다고 말하겠나? —
내 말했지, 당신들은 석탄을 우리 탄광에서 사 가도록 하세요.
일 년 뒤 그들은 그러질 않더군, 그래 내가 그 이사들을 고소했지,
그들 왈…… 어쨌든, 그 석탄을
                   사 갈 수가 없다는 거야.
다음 주에 늙은 짐[365]이 왔더군, 다이아몬드를 지닌
그 뚱보 말이야, 그가 말하길, '베이몬트씨,
석탄 일 톤에 이 달러를 더 받도록
해. X와 B는 우리를 통해

사 갈 테니.'"

"그래 내 어르신네가 앉아 있고,

그들은 의례에 따라 차례로 안락의자에 앉아 있고,

그의 옆에는 그의 조카 부름스도르프 씨[366]가,

또 늙은 프티에르스토프[367]는, 순전히 집안의 이유로,

개인적인 이유로, 그의 친척들에 의해

　　　　　　　대단히 존경을 받고 있었는데,

그는 상트페테르부르크에서 온 공문서를 갖고 있었고,

부름스도르프는 비엔나로부터 온 공문서를 갖고 있었어,

그는, 그들은, 서로 서로는 알고 있었지

자신이 알고 있다는 것을 상대방이 알고 있음을 또 그 상대방이 알고 있

음을,

부름스도르프가 주머니에 막 손을 넣었는데,

이는 일의 개시를 뜻했지, 그때 내 어르신네가

말했어,

　　　　앨버트, 그리고 나머지 말씀을.

그 시절은 영원히 떠나갔구나."

"십 년이 가 버렸어, 내 인생의 십 년이,

다시는 그 십 년을 되찾을 수 없어,

내 인생의 십 년, 인도 군대에서의 십 년,

그러나 어쨌든, 야쉬Jassy[368]에서의 시절도 있었지,

그땐 괜찮았어, 이 주에 14명의 아가씨들."
"건강했지만 해악을 끼치는?" "맞았어, 건강했지만 해악을 끼쳤지.
　　　　　　　한번은 카슈미르에서,
집배에서였는데, 터키옥이
배 바닥에 일 미터 높이로 쌓여 있었지,
사람들은 십 실링 값어치의 터키옥을
싸게 사려고 하루 종일 그곳에 있곤 했다네."

XX

가느다란 소리, 마치 울리는 듯한,

명료하고 달콤한 노래[369] : "내 그대를 보지 못한다면, 내 관심의 초점인 여인이여,

그대를 보지 못하는 건 내 아름다운 생각에 대한 보답이 아니리니."[370]

꽃 피는 두 편도나무 사이에서,

그의 곁에 붙어 있는 비올,

또 다른 이[371] : "흠모를 받도다."

"어찌 내 그대의

천성을 잊으리!"[372] 여기 프로페르티우스와 오비드가 있도다.

편도나무 싹들이

삼월의 푸르름을 띠는 곳의

가지들은 더이상 신선하지 않구나.

그해 난 프라이부르크[373]로 갔었지,

레너트[374] 왈, "어느 누구도, 그래, 어느 누구도

프로방스어에 대해 알지 못해, 있다면,

레비[375] 선생 정도지."

그래 내가 프라이부르크로 갔었지,

방학이 막 시작되었고,

학생들은 여름을 위해 흩어지고,

브라이스가우의 프라이부르크,

모든 것이 깨끗했어, 깨끗하게 보였어, 이탈리아를 본 다음이라.

레비 선생한테 가니까, 그때가 저녁

6 : 30 정도, 그가 어기적거리며 프라이부르크 거리 반을 지나쳐갔는데

저녁 먹기 전, 두 장의 사본을 보기 위해서였으니,

아르노[376]의 것, 71 R 수페리오레(암브로지아나)[377]

내가 그에게 들려줄 수 있었던 건 아니다.

그가 말하길, "내가 당신에게 말해 줄 수 있는 것이 있나요?"

내가 말했지, 모르겠어요, 라고 했거나 또는

"네, 박사님, noigandres가 무슨 뜻인가요?"

그 왈, Noigandres! NOIgandres!

"육 개월간을 말이에요

매일 밤 잠자리에 들 때마다, 혼자 말하지요,

Noigandres, 에, *noi*gandres,

제기랄 도대체 그게 무슨 뜻이람!"

올리브 나무 위로 부는 바람, 정돈된 미나리아재비들,

바위의 명료한 끝 모서리 옆으로

흐르는 물, 소나무 냄새와

햇빛의 낫 아래 건초 밭 냄새를 풍기는 바람.

아고스티노,[378] 야코포와 보카타.[379]

그대들은 이곳의 냄새에 기꺼워하리라

혼자든 더불어서든, 이곳에 있는 것을

결코 싫증내지 않으리.

소리 : 나이팅게일의 노랫소리는 들리기엔 너무 멀어.

산드로,[380] 보카타, 그리고 야코포 셀라이오,

미나리아재비, 편도,

과수용 틀로 가꾼 가지들,

두치오, 아고스티노, 그리고 냄새 —

이곳의 냄새 — '권태로움을 막아주리니.'[381]

가지 아래 움직이는 공기,

태양빛을 받는 삼나무들,

언덕 비탈에 새로이 자른 건초,

지대 낮은 두 풀밭 사이의

수로로 흐르는 물, 소리,

소리, 앞서 말했듯, 나이팅게일 소리는

들리기엔 너무 멀고.

그리고 빛이 그 가슴에서

허벅지로 흐르는 것이 보인다.

그는 테니스 공을 치고 있었다.

파리시나[382] — 한 제단에 두 마리의 비둘기 — 창문가에서,

"마침내

후작[383]이

미칠 모양이야." 그땐 트로이가 멸망하던 때

사람들은 이곳으로 와 바위에 구멍을 팠고,

로마로 가는 길 저 아래로, 또한 대들보를 세웠다,

그리고는 이리로 와서, 데스테 가문을 만들었다……

　　　"평화! 평화를 유지해 봐, 보르소."384

그가 말하길, 어떤 암캐가 우리를 팔아 버렸어

　　　　　(그놈은 가넬롱385)

"그들은 그런 승리를 또다시 갖진 못할걸."

그는 삼나무 아래 둥근 언덕 위에 누워있었는데

지름길에서 약간 왼편(에스테가 이야기하고 있다)

산꼭대기 옆 편에서, 그가 말하길,

　　　"내가 뿔 나팔을 깨뜨려 버렸어, 내가

제일 좋은 상아를, 롤랑의 뿔 나팔을, 부러뜨렸어." 그가 말하길,

"그대가 그렇게 불행했구나!"

　　　　　자갈 위로 몸을 일으키며,

"맹세코! 저놈은 끝장났어,

그들이 그런 승리를 또다시 갖진 못할걸."

그들은 그곳 벽 앞에 있었다, 토로의 흙벽,386

(에스테, 닉 에스테가 얘기하고 있다)

　　　　　흙벽 아래

(벽 위) 햇볕에 타는 것에 대한 두려움,

왕이 말하길,

　　　"대단한 여인이군!

정말 대단한 여인이구나" 하고 왕이 곧은 창을 쥐고 말했다.

"누이!" 안쿠레스387 말하길, "그대의 누이라네!"

알프는 그 도시를 떠나 엘비라한테 갔고, 산초는

그녀로부터 토로와 자모라를 원했다.

　　　　　　　　　　　　　"잔인한 스페인 놈!

그녀를 가도록 해, 돌려보내……

　　　　　　　　가을에."

"에스테, 가 버려." 아라스 천으로 도배된,

아라스 천처럼 보이게 칠해진 벽들 사이.

　　　　　　　　　　　　정글,

초록빛 윤과 붉은 깃털들, 정글,

재생의 기반, 재생들의;

혼, 정글의 초록빛 혼 너머로 솟아오름,

마름모꼴의 보도, 명료한 형태들,

부서지고, 분열된, 영원의 육체,

재생들의 난잡함, 혼돈은

재생들의 기반, 유지,

정글의 윤나는 초록빛;

조이,[388] 마로치아,[389] 조타르,[390]

　　　　　　　　　깃발 위로 목청 높았던 이들,

윤나는 포도, 그리고 진홍빛,

생명,

　　　그렇게 헬렌이 보였나니,[391]

햇빛 속에, 그림자로 선이 그어진 문,

그리고 깎여진 공기,

떠다니는. 그 아래, 자갈을 휘젓는 바다.

떠다니는, 눈에 안 보이는 뗏목을 타고,

높이 흐르는, 눈에 안 보이는, 유동체를 타고,

평야 위로, 모로 누워,

오른팔은 뒤로 젖히고,

　　　　오른 손목은 베개 삼고,

왼손은 꽃받침,

넷째 손가락에 맞댄 엄지,

꽃잎처럼 올라간 둘째 손가락들, 남포등 같은 손,

꽃받침.

　　　　발가락부터 머리까지

향 같은, 자줏빛, 연한 푸른색 연기,

두건 달린 겉옷에 싸인, 유향 같은, 마치 환희에 찬 듯,

재빠른 연기.

쌓여 떠다닌다, 향의 연한 푸른색 연기

재빨리 솟아오르곤, 느리게 바람에 움직이니

　　　　마치 콩밭을 스쳐 가는 이올루스[392] 같고,

햇빛 속 건초, 유향, 사프란 같고,

방향성 수지가 없는 몰약 같구나,

각자 자신의 옷을 입고서, 뗏목을 타듯,

　　　　높이 눈에 안 보이는 흐름을 타고 가듯,

폭포를 향하여,

그리곤 폭포 위로,

공중에, 강렬한, V 형태의, 환한 불길,

사랑의 불에

그가 나를 넣었습니다, 사랑의 불에 그가 나를 넣었어요……[393]

노란, 환한 사프란, 그 색깔,

유향이 불길로 타오르자,

공중에서 그렇게 불타던 육체들이 타올랐으니,

　　　"…… 나의 새로운 배우자가 나를 넣었어요."

흐름으로부터 나선형으로 솟아오르거나,

혹은 물길을 따라갔어라. 혹은 그 흐름을 뒤로 하였거나.

다른 이들이 폭포로 오고 있고,

마치 음영에서 새벽으로 가듯, 감싼 옷들은

이제 자줏빛과 오렌지빛,

그들 아래 어스레한 푸른 물은

　　　　그곳에서 폭포로 쏟아 내리고,

자갈에 부서지는 바닷소리,

　　　　　　부서지는 소리,

　　　　　　하 하 아하 툼, 텀, 아

　　　　　　오 오 아라하 텀, 바아.

떠다니는 육체들로부턴, 향내

　　그들 위로 연한 푸른색과 자줏빛.

공중에서 잘려, 떠 있는,

망우수忘憂樹를 먹는 이들[394]의 선반.

　　　　　　　기대고서,

은빛 핀을 달고서,

녹은 호박으로 만든 것 같은 공, 둘둘 감겨, 올려져서, 돌려져 있는데.

말 없고, 조소적이고, 순한 손톱을 가진, 망우수를 먹는 이들,

굵고 낮은 목소리로,

　　"이 아름다움을 위해서라면 죽음도 고통도 두렵지 않아,

해로움이 있다면, 우리에게 있을진저."

그 아래, 저 밑, 명료한 뼈다귀들,

수천 수만 개의.

　　"오디세우스에게 무슨 이득이겠는가,

사람들이 소용돌이로 죽어가고,

그렇게 많은 헛된 노력 끝에,

훔친 고기로 먹고 살고, 노 젓는 자리에 매이고,

위대한 명성을 얻어

　　　밤에 여신과 잠자리를 같이 한들?

그들의 이름은 청동 비석에 새겨져 있지도 않고

　　　그들의 노 젓는 막대도 엘페노르[395]의 것과 함께 세워져 있지도

않으니,

해변가에 무덤도 세워져 있지 않도다.

　　　푸르렀다 푸르렀다 하지 않는 잎새를 지닌,

가지엔 반짝이는 빛이 어리는,

　　　스파르타 아래 올리브 나무를 보지 못했고,

청동 홀과 화로도 보지 못했고

그곳에서 여왕의 계집종들과 자 보지도 못했고,

잠자리 파트너로 키르케를, 키르케 티타니아³⁹⁶를 가져보지도 못했고,
칼립소³⁹⁷의 고기를,
또는 자신들의 허벅지를 스치는 그녀의 비단 치마를 가져보지도 못했어.
주라! 그들에게 무엇이 주어졌던가?

귀마개.³⁹⁸

독약과 귀마개,

       그리고 소 노는 들판 옆에 소금 무덤 하나,
고귀한 섬,³⁹⁹ 거품에 탄 바다오리 같은 그들의 머리,
검은 얼룩들, 번개 아래 해초,
아폴로의 소고기 통조림, 배 한 척에 열 통."
명료하고 달콤한 노래.

배수관이 놓인 평원으로부터,
건너편, 뒤, 오른쪽에 난, 길들, 숲길 하나,
칸汗⁴⁰⁰의 사냥 표범, 그리고 젊은 살루스티오⁴⁰¹와
이소타, 부드러운 잔디밭과
길들여진 야생동물들, 천천히 움직이는 전차들,
그리고 부드러운 발걸음의 표범들.
솜누스⁴⁰²의 평원과 같은 평원,

     개선의 표시인, 느리게 움직이는, 금박 입힌,
전차들, 느리게 돌아가는 수레바퀴,

     전차에 매여 있는 표범들,
부드러운 잔디밭 위로 움직여 가는데, 감싸인 형태가,

장밋빛, 진홍빛, 진한 진홍빛,

그리고 푸른 어둠 속에, 햇빛 속의 녹이 슨 빛 같은 색깔로,

흰 구름으로부터 나와, 평원 위를 움직이는데,

팔의 곡선을 따라 기울어지는 머리,

길은, 바위의 표면을 따라 나기 전까지, 뒤로 갔다 멀리 갔다 하고,

절벽은 커튼처럼 안으로 접혀 있는데,

길은 바위 아래로 뚫려 있고

절벽의 표면엔, 수도원 같은, 정방형 숲,

기둥머리에 공작이 새겨져 있는, 수정 기둥들,

전차를 끄는 짐승들의 부드러운 발,

삐걱거리지 않고, 느리게 움직이는, 전차,

길 안쪽에 난 창문엔,

　　　여인들과 남정네들

　　　헤닌[403] 아래 매끈한 얼굴,

꽃으로 수놓은 소매,

커다란 금빛 엉겅퀴, 혹은 아마란스인지,

금빛 또는 주홍빛 도토리,

벨벳에 하얀색이 끼어 들어간

　　　진홍빛 옷과 비단,

수정 기둥들, 아칸서스, 기둥머리에

그리고 마지막으로, 금박 입힌 바로크식의,

돌돌 감기고 세로 홈이 나 있는 두 기둥 사이,

반半나체로 기대서 있는 바노카,[404]

그녀 뒤엔 황량한 회랑.

"평화!

보르소……, 보르소!"

XXI

"평화를 유지해 봐요, 보르소!" 우리는 어디에 있는가?

"사업을 계속해요,

             그것이 나를 만들었으니,

국가는 그렇지 않았거든.

내가 쫄딱 망해 불쌍했던 시절,

사람들은 나를 알면서도, 이 모든 시민들 말이야,

나를 모른 척하더구만, 영광스럽게도."[405]

유언 없이, 1429년, 178,221 플로린 금화를 마지막 지불금으로 남겨놓은 채,

이는 코시모[406]의 붉은 가죽 노트북에 써진 바라. 마지막 지불금.

"그의 신용대출로 인해 베니스에선 돈이 고갈되었으니" —

이는 코시모 —

"그리고 나폴리 또한 그러했는데, 그들이 그의 평화조약을 받아들이게 했다."

또 그는 젊은 친구 피치노[407]를 붙잡아서

그가 희랍어를 배우도록 했다,

"한 사람당 약 이 미터 정도의 붉은 옷감[408]으로

난 당신들을," 하고 코시모 말하길, "당신들이

원하는 만큼 많은 정직한 시민들을 만들 것이오."

그 빚 때문에……

나폴리와 베니스에선 돈이……

어쩔 수 없이…… 나폴리와 베니스가…… 그 평화조약을……

혹은 또 다른 때…… 오, 이 얘긴 지나치자.

피에로[409]는 그 빚을 거두어들였는데,

(디오티살비가 이 막후인물이었다)

장사는 아비뇽에 이르기까지 실패였고,

피에로는 살해되려고까지 했다,

어린 로로가 그보다 앞서 길을 내려가서는,

말하길, 그래요, 아버님이 오십니다.[410]

유언 없이, '69년 12월에, 나에게 237,989플로린 금화를 남겨놓으셨는데,

이는 양피지로 된 내 커다란 녹색 장부에서

알 수 있을 것이오,

내가 그걸 셈했던 '34년부터 작년까지,

우리는 건축비, 세금, 자선비로

600,000 이상을 썼소.

닉 우자노[411]는 우리가 두각을 나타내기 시작하는 걸 보았지. 그걸 경계

했고, 정직하게도,

사람들에게 경고도 했어. 사람들은 그를 죽였을지도 몰라,

또한 코시모도, 그러나 그는 그들에게 뇌물을 썼지,

그들은 줄리아노[412]에게 그 짓을 저지르고 말았어. 어려워,

플로렌스에서 부자로 산다는 건 어려워

행정부를 컨트롤하지 못한다면 말이야.

"아무것도 가진 것 없는 피치니노[413]는

가진 이들에게 두려움의 대상이었다네,"

또 "저 사람[414]은 저 철로를 뚫기 위해 피를 흘렸다네,"

"당신께선," 하고 제퍼슨 씨[415]가 쓰길,

"프렌치 혼을 불 수 있는

정원사를 구해주실 수 있으신지요?

미국의 부의 한계로는

음악가들을 집안에 둘 만한 여유는

없어요, 하지만 난 음악에 대한 열정과

우리가 주시하지 않으면 안 될 경제가 서로 조화를

이루어야 한다고 생각해요. 난 우리 집안 일군들 중에

정원사, 직공, 캐비닛 제조기술자, 석공을 데리고 있는데,

여기다 포도 재배 겸 포도주 양조자를 첨가하고 싶어요. 당신네 같은 나
라에선

(즉 버건디) 음악이 모든 계층의 사람들에 의해 가꾸어지고

실연實演되는 까닭에, 내 생각건대 아마도 이런 직업들을

가진 사람들이면서도 프렌치 혼, 클라리넷, 오보에와 바순을

불 줄 아는 사람들이 있어서, 가계 지출금을 늘이지

않고도 두 명의 프렌치 혼 주자, 두 명의 클라리넷 주자,

두 명의 오보에 주자와 한 명의 바순으로 이루어진 밴드를

조직할 수도 있으리라 봅니다. 육 년간의

고용 보장과

　　　(좋든 싫든 진을 빼도록[416])

또 그 기간이 끝날 때, 그들이 원한다면,

그들 나라로 데려다줄 수도 있는데, 이렇다면
그들이 이곳에 적절한 임금을 받고자 오려 할지도 모릅니다.
당신을 귀찮게 할 생각은 없습니다만, 당신네 나라 사람들과
일상적으로 접촉하면서 미국으로 오고자 하는 그런 사람들을
찾아주시는 일은 해 주실 수 있으리라 생각합니다. 그들 성격이
진지하고 착하다면 바람직한 일이겠습니다"
                    1778년 6월 몬티첼로[417]

7월에 나는 세례를 받는, 갈레아즈 공작[418]의
아기의 대부가 되러 밀라노에 갔었다,
다른 이들은 보다 더 지체 높은 이들이었지만,
그의 부인에게 다이아몬드가 달린, 약 3,000다카트가 나가는,
황금 칼라를 갖다준 까닭에
갈레아즈 스포르자 비스콘티 씨는 내가
그의 아이들 모두의 대부가 되어 주기를 요망했다.

영광이 없는 또 다른 전쟁, 그리고 조용함이 없는 또 다른 평화.

옛 터키 술탄[419]은 그에게 자신의 동생을 자객으로 보냈고,
이집트 술탄은 사자를,
그는 교황 한 명[420]과 아들 한 명과 딸 넷을 낳았고,
피사에 대학 하나도,[421] (로로 메디치)
사업이 거의 파산 지경까지도 간 적이 있고,

시에나와 피사에선 땅을 샀고,

나폴리에선 말로 평화를 이룩하기도 했다.[422]

사원의 바닥, 혹은 바닥이 있었을

그러한 곳에 풀이 나 있다,

　　　　비잔틴 황제 파견 총독 관할의

　　　　플라키디아 성당[423]의 질푸른 지붕 아래,

금빛은 어둠 속에서 사그라지고, 우리는 이곳

투기장 옆에 앉아 있나니, 계단은……

기반이 없는 궁전이 새벽엔 매달려 있고

조수점 위엔 옅은 안개,

황혼엔 떠다니고

조수점 위엔 금빛 안개.

바닥의 모자이크 조각과 그 패턴.

새로운 도살장을 만들어대는 바보들,

　　　　　　초록빛 바다 위의 밤,

밤의 메마른 어두움.

　　　　　　금빛 호랑이의 밤,

그리고 공중에 메마른 불길,

　　　　　　행렬의 목소리들이

이제 우리 저 아래로부터 희미해지고,

바다는 현란한 햇빛 속에서 반짝거린다,

　　　　　　마치 웅달 속 검은 포도주처럼.

"바다와 산 사이로 부는 바람"

바다를 뒤로 하여 반쯤 어두운,

　　　　　석양을 뒤로 하여 반쯤 명료한, 나무의 영역,

구름을 실은 태양의 배,

그 시간 이후엔, 메마른 어두움,

공중에 떠다니는 불길, 무명천에 나타나는 생식선,

메마른 작은 불길, 바람에 날리는 꽃잎.

하나의 아름다운 것이 탄생하느니.

늙은 여인네들의 무지만큼이나 완고한.

새벽에, 악티움[424] 뒤로 들어오는 배들처럼,

동쪽 해변으로, 그리곤 방향이 바뀌는데,

낙엽을 쓰는 노인 왈,

　　　　"그대 미다스에게 저주가 있기를, 판 신이 결여된 미다스!"[425]

이번엔 계곡,

하루가 저무는 모서리 아래 계곡에서,

　　　　"이제의 소나무들[426]과 더불어 자라나라,

나일강은 이노포스강[427]과 더불어 불어나고.

　　　　나일강은 이노포스강과 더불어 줄어들고."

아폴로, 상아탑,

　　　　코발트에 대비되는 상아빛,

공중에서 갈라지는 가지들,

공중에서 갈라지는 잎새들,

언덕 옆 초록빛 비탈 위엔 사냥개들,

　　　　여전히 웅달 속에서 어두운 물.

상쾌한 공기 속,

　　　들쭉날쭉하는 신들,

아테네 여신, 잔 모양을 한 그녀의 손엔 어린 부엉이,

밤에 수사슴이 뛰고, 또한 표범이,

소나무 가지 사이 부엉이 눈.

종려나무 잎 위에 걸린 달,

　　　　　　　　혼돈,

혼돈, 재생의 원천,

달빛에 푸르른, 노란 날개,

달빛에 푸르른, 녹색 날개,

달빛에 푸르른, 석류,

달빛에 푸르른, 하얀 뿔, 물 마시는 구멍 옆

티타니아,[428]

　　　현무암에 난 계단들.

그곳에서 춤추는 아타메,[429] 춤추나니, 그리고 파에투사,[430]

혈관의 색이 드러나고,

한번, 피를 마셔 또렷해져서는,

혈관의 색이 드러나고,

연기처럼 희미한 목 줄기는 붉어. 디스[431]가 그녀를 채 갔나니.

늙은이는 노새를 아스포델로 치며

　　　그곳으로 나아갔다.

XXII

그 사람[432]은 철로를 뚫기 위해

피를 흘렸는데,

그가 얻은 것이 무엇이었던가?

그는 한 가지를 말했다, 돈이 들므로,

어떤 인디언과의 전쟁에서도 그 붉은 전사들을

죽이려면 한 명당 20,000달러의 돈이

정부가 들므로, 차라리 교육시키는 것이 보다 더 인간적이면서

돈도 덜 드는 것이 아닐까라고.

그보다 한 수 위로서, 그의 사업을 파산시켜 버린,

또 다른 친구, 워렌하우저[433]도 있었지,

미국 의회의 이야기에 따르면,

그에게 노스웨스턴 철로를 놓고

그 과정에서 그가 자르는 나무를 가지게끔 허락했다는데,

그래서 그는 숲에, 폭 이 마일의,

완전히 합법적인 길을 내었으니.

누가 그를 제지하리!

그[434]가 들어와서는 말했지, "할 수 없어,

그 가격으로는 우린 할 수 없어."

이곳 영국에서의 지난번 전쟁 때의 일이었는데,

그는 어떤 유의 군 비행기에

터빈 부품들을 만들고 있었지,

조사원이 말하길, "얼마나 여러 번 불합격품을?"

"무슨 뜻입니까, 불합격품이라니?"

조사원이 말했지, "얼마나 여러 번 그랬습니까?"

조가 말했지, "우린 한 번도 불합격품을……"

조사원 왈, "그렇다면 당연하지요

　　　　　　　　당신이 할 수 없다는 건."

서양에서의 생명의 가격.

C. H.[435]가 그 유명한 뷰코스 씨[436]에게 말하길,

"높은 생활비의 원인이 무엇입니까?" 뷰코스,

여러 나라들의 상담역인 경제학자, 왈,

　　　　　　　"노동의 결핍이지요."

이백만 명의 사람들이 실직하고 있었다.

말문이 막힌 C. H., 그가 말하길,

쓸데없는 참견은 하지 않겠노라,

그러나 나는 그렇지 않아서, 뷰코스 씨를 계속 괴롭혔는데

그는 마침내 말하길, "난 정통

경제학자이지요."

　　　　예수 그리스도시여!

지상의 낙원에 서서,

어떻게 하면 아담의 동무가 될 수 있을까를 생각하며.

H. B. 씨[437]는 사무실로 써 보내길,

C. H.의 책을 받아들이고 싶어요

하지만 거기에 비하면 내 책은 너무 낡은 것처럼 보일 것 같군요.

　　　범속한 독자들을

하늘이 보호하실진저. 맥나펜 회사[438]의

전 재산은 폴그레이브의 골든 트레저리에

기초한 것이라. 지상의 낙원에서

모든 것들을 다 써 버렸고, 예수 그리스도여,

모든 것은 제자리에, 남은 것 없이

아담의 동무가 되려고 말이죠. 어떻게 하면?

그리곤 그는 여우를 보았다

여우의, 보기 좋고, 죽 펴진, 매끈한,

암여우의 꼬리를, 그리고는 생각했다,

이거 사업에 쓸 만하군,

여우는 그의 눈을 보고 무엇이 닥쳐올 것인지를 알았다,

달린다, 여우가 달린다, 그리스도가 달린다, 여우가 달린다,

그리스도가 달린다, 그리고 점프를 해서 여우의

꼬리를 잡았다, 여우는 몸을 꼬아 몸을 빼고는

그의 손에 꼬리를 남겨놓았다, 이것으로

만들어졌고,

　　　또한 이것을 위해

여자는 분노,

분노 그리고 격분.

길에서 내 등 뒤에서 들리는 목소리.

"미이스터어 프리어!⁴³⁹ 미이스터어……"

난 내 가장 가까운 친지로부터도

삼천 마일이나 떨어져 있다고 생각했었다,

그는 나를 삼 일간, 그전엔 수년간 알았었는데,

그는 일주일 뒤 어느 날 말하길, 성스런 분을

만나고 싶지 않으십니까, 그래요 그는 매우 성스런 분입죠.

그리하여 나는 모하메드 벤 압트 엘 자미드⁴⁴⁰를 만났는데,

그날 저녁 그는 셔츠 판매상의 사업에 대해

문의하고 뜨거운 위스키를 마시는 데

온 시간을 보냈다. 뱃사람들이

그곳에 일주일에 이틀 밤을 찾아와 카페를 가득 메우는데

지브롤터인들이 모서리에 들러붙어 있어

마침내 그들은 견디다 못해

캘프(리세오)⁴⁴¹로 가 버린다

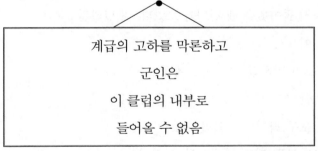

계급의 고하를 막론하고
군인은
이 클럽의 내부로
들어올 수 없음

이는 지벨 타라⁴⁴²의 총독을 위한 것.

"진-자! 진-자!" 하고 꽥꽥거리는 모하메드,

"오-아, 그에게 육 판스를 주어라."

그러자 붉은 상판대기를 한 놈이 들어와서는 모하메드에게 이를 드러내고 웃었는데,

모하메드는 사 미터의 테이블 저편 쪽으로 무스타파⁴⁴³에게

침을 뱉었다. 그 인사는 그것으로

끝이 났다, 사흘 밤 뒤

진저는 손님으로 다시 찾아왔고, 모하메드로부터 그 인사를 받았다.

그는 그 화요일 셔츠 한 장도 못 팔았다.

나는 길에서 유수프⁴⁴⁴와 여덟 사람을 만났어,

그래 내가 말했지, 무슨 문제지?

유수프가 말하길, 매우 바보짓이에요, 소환하는 데

칠 실링 육 펜스가 드는데

— 모하메드는 그를 명예훼손으로 고소하고 싶어 해요 —

그 돈 전부를 재판소에 갖다 바치다니!

　　　그래 난 그라나다로 떠났고

내가 다시 돌아왔을 때 진저를 보았다, 내 말하길,

무슨 일이요?

　　　그가 말하길, 오-아, 그에게

육 판스를 주었지요. 샤-하-리프의 손님들.

그들은 모두 리세오에 있었는데,

택시 운전사들, 담배 가게에서 온 사나이들,

그리고 에드워드 7세⁴⁴⁵의 안내인, 이들 모두는

탈퇴론자들이었다.

무도장은 총독의 명령으로 새벽 두 시에

문을 닫는다. 어느 날 부두에

로드 아일랜드에서 온 살찐 친구가 있었는데, 말하길,

"맹세코! 이탈리아를 모두 돌아다녔어도

　　　한 번도 곤경에 처해 본 일이 없어!"

"그런데 이곳은 정말이지 건달들로 가득 차 있구만."

유수프 말하길, 그래요? 당신네 나라

부자 사라믄 어떠캐 돈을 버나요,

가나난 사람드를 도둑질하는 건 아닌가요?

그 살찐 친구는 말문이 막힌 채 떠나갔지.

유수프 말하길, 뭐라, 이따리를 모두 당겨도

한 번도 당한 저기 업섰다고, 거짓말장이.

난 외구게 가면

당하는데.

　　　당신이 외구게 가면

당한다고 봐야지요, 사람드리 이리로 오면 내가 그드를 등치고.

우린 유대인 집회로 가 보았는데,

은빛 등잔들로 가득 찼고

위의 좌석은 오래된 벤치들로 꽉 찼는데,

제사장 보좌역과 여섯 명의 합창대 소년들이 들어왔고

마치 농담들로 가득 찬 듯한

제식을 길고 슬프게 노래 부르기 시작해서는,

책 한 권을 다 떼었고,

그러자 대여섯 명 정도의

장로들과 율법학자들 그리고 랍비가 들어왔는데

그는 자리에 앉아 씩 웃고는, 코담배갑을 꺼내서,

엄지로 한 줌을 쥐어 들이마시곤, 씩 웃고,

합창대 소년을 하나 불러내어, 귓속말을 하면서,

한 늙은이 쪽으로 고개를 끄덕였고,

소년이 코담배갑을 들고 그에게 가져가자, 그는 씩 웃으며,

고개를 수그리고는, 엄지로 한 줌을 쥐어 들이마셨고,

소년이 다시 그 갑을 랍비에게 갖다주자,

그는 씩 웃으며, 또 귓속말을 했고,

소년은 그 갑을 구레나룻이 시커먼

      또 다른 늙은이에게 가지고 갔고,

그도 엄지로 한 줌을 쥐어 들이마셨고,

이런 식으로 그들은 한 사람씩 다 들이마셨다,

그러자 랍비가 낯선 이를 바라보았고, 그들은

모두 입을 더 크게 벌리고 씩 웃었는데, 랍비는

이 분 정도 더 길게 귓속말을 하더니,

소년은 그 갑을 나에게 가지고 왔다,

나는 씩 웃고는 내 엄지로 한 줌을 집어 들이마셨다.

그리곤 그들은 율법이 적힌 두루마리를 꺼내서

행진을 조금 하고는

표식의 끝에 키스를 하였다.

참등나무로 빽빽한 커다란 파티오

뒤쪽, 법정에서는 겁탈과 협박 사건이

　　　심리되고 있었다,

붉은 상판대기의 흑인, 무스타파, 후에 보트를 타고서

내가 그에게 말했다, 유수프, 유수프는 참 좋은 친구야.

그는 말하길,

　　　"그래요, 조흔 친구죠,

허나 결국엔 유태인,

　　　　　유태인인 걸료."

판관이 말하길, 그 베일은 너무 길군.

아가씨는 핀으로 모자에 꽂아 놓은

베일을 걷으며,

"베일이 아니에요," 하고는, "그건 스카프에요." 했다.

판관 왈,

　　　그대는 그 단추들이 전부 허용되지 않는 걸 모르는가?

그녀 말하길, 그건 단추가 아니에요, 그건 장식 술이에요.

단추 구멍이 없는 게 안 보이세요?

판관 왈, 그러나 어쨌든, 담비 털가죽은 허용 안 돼.

"담비 털가죽이라고요?" 하면서 그녀 말하길, "그건 담비가 아니에요.

그건 라티쪼에요."

판관 묻기를, "라티쪼가 무언가?"

그 아가씨 왈,

　　　"동물이에요."

신사양반들, 가서 시행해 보시지요.

XXIII

"어떤 형상도 취할 수 있다," 프셀로스[446] 왈, "모든

지력은." 신의 불. 게미스토[447] :

"이 종교로서는

희랍인다운 사람들을 만들지 못할 겁니다.

대신 펠로폰네소스에 걸쳐 벽을 세우고

조직하십시오……

　　　　　　이 이따리아 야만인들과는 가까이하지 마시고."

노비[448]의 배가 폭풍우 속에서 가라앉고

혹은 적어도 책들을 바닷속으로 던져 넣었고.

어떻게 이롤[449]이 설탕 속에서 녹는가…… 수력,

무한궤도차, 간장 속의 모든 박테리아를 파괴하다,

설명되어야만-할-사물들의-수자만큼이나-

다소간-추상적인-실재물들의-발명……

　　과학은 그것으로 구성될 수 없다. "난

화상을 입었지요" 퀴리 씨[450]인지 또 다른 과학자인지

"치료하는 데 여섯 달이 걸렸어요."

　　　　　그리고는 실험을 계속했다.

향성向性! "우리는 인력引力이 화학적임을 믿어요."

태양은 황금빛 컵 속으로,

바다의 얕은 여울로 향해 가느니
히페리온[451]의 아들, 태양은 자신의 황금빛 술잔으로 내려갔고,
바다의 여울을 건넌 후
　　　희미한 밤의 가장 깊숙한 곳
검은 빵 곰팡이에서 성을 꼭 구분해내고자 하며……
엘리오스, 알리오스, 알리오스=마타이오스[452]
("출처 불명." 천치인
오디세우스는 모래에 고랑을 팠다.)
바다에 의해 지치고, 바다에서 먹을 걸 먹고, 그는 내려갔다, 아래로,
내려갔다, 바다 저 너머,
건너서,
　　　　　　깊고도 어두운 밤을,
그리하여 그의 어머니와,
그의 성실했던 아내와
그의 소중한 아이들을 만났다…… 월계수가 드리워진 곳으로 들어가
정확히 말하자면, 어두운 숲
아침에, 프리지아[453]의 머리 두건을 쓰고
맨발로, 보트에서 모래를 내던지느니
히페리온의 아들![454]
　　　내가 자는 동안 자라난 장미,
음악 소리로 흔들리는 현들,
염소 발, 발아래 맥 풀린 나뭇가지들,
우리는 이곳, 노를 저어 올라올 수도 있을지 모르는,

언덕에, 올리브 나무들과 더불어 있고,

보트는 저곳 내포에,

우리가 가을철에 그곳에서

아라스 천 아래, 또는 아라스처럼 칠해진 벽 아래,

그리고 위로는 장미 나무 정원이 있는 곳에 누웠을 때,

교차로에서 소리가 들려왔고,

우리가 그곳에 서서,

파 한[455]과 내가 창문에 서서,

창문 밖으로 길을 내다볼 때,

그녀의 머리는 황금빛 줄로 묶여 있었고.

산 위엔 구름, 안개 속의, 마치 해변 같은, 언덕 골짜기.

잎새 위에 잎새, 하늘엔 새벽 가지

바람 부는, 어두운 바다,

정박시에 느슨히 걸려 있는 보트 돛들,

     뒤집은 돛 같은 구름,

방파제 옆에서 모래를 부리는 사람들

노를 저어 올라갈 수도 있을지 모르는

  언덕 위 올리브 나무들.

내 형인 드 멩삭[456]과

나는 누가 성城을 가질 것인가 내기를 했는데,

동전을 토스해서 결정하기로 했다,

나, 오스토르가 동전 토스에서 이겨 성을 가졌고,

그는 생계를 위해 가인歌人이 되어

길을 나서, 티에르시를 찾아갔는데,

두 번 티에르시한테 가서는,

그곳에서 막 베르나르와 결혼한 여인을 데리고 도망갔었다.

그리곤 오베르뉴로, 그곳 황태자에게로 갔는데,

티에르시는 일군의 무리를 데리고 오베르냐로 찾아갔다가,

군대를 동원하러 다시 와서는

군대와 더불어 오베르뉴로 왔지만

피에르와 여인 다 얻지 못했다.

그는 셰즈 디으 사원[457]을 지나 내려가서는,

몽 세귀르[458]까지 갔는데,

　　모든 일이 끝난 뒤라,

그들은 계단조차도 내려가지 않았던 것이었으니,

그 당시 시몽[459]은 죽어 있었고,

사람들은 우리를 마니교도들이라 불렀다

도대체 그 말이 무슨 말인지.[460]

그땐 트로이가 무너지던 때, 그래,

　　　최상의 트로이가⋯⋯

그들은 고물의 빈자리에 앉아

섬 뒤쪽에서

돛을 올렸고,

섬으로부터 떠나가는 바람이 불어.

"텟, 텟……

　　　그게 뭐지?" 하고 안키세스[461]가 말했다.

"텟트네케,"[462] 하고 키잡이 왈, "제 생각엔 저들이

아도니스[463]가 동정인 채로 죽었다고 울부짖는 모양입니다."

"허! 텟……" 하며 안키세스,

　　"어쨌거나, 저 도시는 핏빛으로 엉망진창이 되어버렸어."

"프리지아의 오트레우스 왕,[464]

그분이 제 아버지입니다."

　　　그리곤, 형태를 갖추는 파도인 듯,

단단해진 바다는 수정의 빛을 내고,

솟아오르는, 그러나 형태를 갖춘 채 솟아오르는, 파도.

어떤 빛도 그 속을 뚫지 못했나니.

XXIV

명령서는 그러했느니,

1422년 2월.

우리는 우리의 대리인인 당신이 우리의 하인,
리미니의 조하네[465]가 경마 대회에서
우리의 바아베리산 말을 타고 세 번 상을 탄 데 대해,
우리가 약정한 값대로, 육 리라의 돈을 그에게 주길 바랍니다.
그가 이긴 경주는 모데나, 볼로냐의 산 페트로니오
그리고 산 조르조에서의 가장 최근 경주입니다.

(서명하기를) 파리시나 후작 부인

…… 트리스탄이라는 불란서 책을
제본한 데 대해 그들에게 돈을 주십시오……

근계

리미니의 조하네가
우리 말을 타고 밀라노에서의 경주를 이겼다 하며 지금
호텔에 묵고 있고, 돈이 필요하다 합니다.
그가 필요로 하다고 생각되는 만큼 보내 주십시오,
그러나 그가 페라라로 돌아오거든 처음 준 돈,
25 다카트 이상이라고 생각되는데, 그걸로 무얼 했나 알아보세요
하지만 그가 그곳에서 호텔에 있는 건

내가 바라지 않으니, 돈을 빨리 보내 주십시오.

…… 향료, 앵무새 모이, 후작 부인을 위한 빗들,

베니스산으로 두 개는 크고 두 개는 작은……

…… 20 다카트는

로마냐로 가는 여행 도중

우리 대신 돈을 내 준 우리의 친구에게 주었고……

…… 녹색의 사랑스런 빛깔, 25 다카트짜리 수놓은 재킷

주인어른의 아들 우고를 위한 은빛 수……

(1427년 11월 27일)

아버지의 대리인, 레오넬로 에스테[466]

(리미니의 로베르토 말라테스타[467]에게 시집갈

그의 누이, 마가리타의 결혼지참금을 준비하다)

마가리타, 앞서 말씀드린 고명하신

니콜로 에스테와 그의 부인 사이의 딸 :

구알도[468]의 탑은

민사와 형사에 관한 정식 재판권을 가진 것으로서,

나머지 영토에서와 마찬가지로

모든 범법자들에게 벌금과 형벌을 내리는데,

"이것들

이 탑, 구알도의 이 부동산은 고명하신

니콜라우스 에스테 후작이 앞서 말한

돈 카를로(말라테스타)로부터

고명하신 부인 파리시나 후작 부인의
결혼지참금으로 받은 것이라.”

　　　　페라라 공증인
　　　　　　D. 미카엘리 데 마그나부치스.
　　　　리미니의 D. 니코라에크 구이두치올리.
　　　　　재산 명세는 다음과 같다.

그는 젊은 시절, 오디세우스를 본떠
“파리스에 의해 헬렌이 납치되었던” 키테라[469]로 (서기 1413년)
오렌지 숲속에서 밥을 먹으며, 이물엔 돌고래들이 따르고,
폴라[470]에 로마의 흔적을 남기며, 순풍을 받아 낙소스까지
태양이 질 때까지 바람을 받으며 또 때론 노를 저으며
혹은 돛을 팽팽히 당기고서, 구부러진 육지의 내포 옆으로
케팔로니아섬[471]
그리곤 코르푸섬[472]에선, 희랍의 노래하는 이들, 풍차가 있는
로도스섬, 그리곤 파포스[473]로,
당나귀 탄 소년들, 먼지, 사막, 예루살렘, 팁
그리고 통행증에 대한 끝없는 시비,
가든 안 가든 요르단쪽으로는 일 그로트 은화,
소녀 시절의 성모 마리아가
글을 배웠던 학교, 일반인에게는 닫혀 있는 빌라도의 집,
(사라센인들에겐) 올리브산 가는 데 동전 2개

유다의 나무[474]에선 제멋대로 행동 못 함, 그리고
"이곳에서 그리스도께서 엄지를 바위에 대시며
말씀하시길, 여기가 세계의 중심이라."

　　(내 여러분들에게 확신해 말하건대, 이 일은 있었던 일이다.

　　　　　　　　칸토의 작가인 나.)

나빴을까? 좋았을까? 하지만 어쨌든 있었던 일.
그다음엔, 코르푸섬에서의 희랍 여인들, 그리고
베니스 여인들, 그들 모두는 저녁에 노래를 불렀다
비록 어느 누구도 노래 부르지 않고 어느 누구도 그러지 못했음에도,
루치노 델 캄포[475]가 그 증인이라.
터키 요술사 한 명을 더 데리고, 그들은
예루살렘에서 벗어나자 목욕을 했다
화물은, 키프로스의 표범 한 마리,
매들, 키프로스의 작은 새들,
새매들, 그리고 가느다란 다리의 페라라인들 사이에서
기르려는, 터키산 사냥개들,
부엉이들, 매들, 낚시 도구.

이 사악함의 원인이었던
알도브란디노[476] 참수되다(1425년, 5월 21일), 후에
후작은 우고가 참수되었는가 하고 물었다. 지휘관이
"네……그러하옵니다" 하고 답하자 후작은 울기 시작했다
"자 이제 내 머리를 베어 버려라

내 우고를 네가 그렇게도 빨리 참수시키다니."

그는 손에 쥐고 있는 막대기를 이빨로 지근지근 씹었다.

그날 밤 그는 울면서, 내 아들, 우고를 부르며 보냈다.

세 번씩이나 이탈리아의 평화조약을 썼던, 싹싹하고,

목덜미가 굵은 그는 통치법령에 강간 대신 간음을 넣었다,

소년들은 강에서 밧줄을 끌고

삼백 발의 조포가(장례식 때 쏜 대포)

그다음 해 베니스로부턴 깃발이

(그곳에서는 경마가 취소되었다)

플로렌스 행정당국으로부턴 관장官杖이.

"보기 좋은 외모, 점잖은 매너"

그때가 마흔 살,

그들은 다른 이들 가운데서도,

한 드높은 재판관의 부인을 처형했는데,

그녀의 이름은 마돈나 라오다미아 델리 로메이,[477]

법정에서 참수되었고,

모데나에서는, 남편을 독살한

아녜시나라는 여인이,

"간음이 드러난 모든 여인들은,

그만이 홀로 고통받지 않도록."

　　　그리곤 이 문서에는 더 이상은 쓰여지지 않았다.

'31년에 모나 리카르다[478]와 결혼하다.

샤를……⁴⁷⁹ 명성 있고…… 드높은…… 집안에서

태어났고…… 훌륭한 행위들…… 용기……

정 많은…… 앞서 얘기된 우리의 친척……

권력, 왕권…… 그와 그의 후손들……

그들은 금후 영원히

그들의 가문에 가로 세로로 4분된 무늬를 갖고 싶어 하는데

…… 부채꼴의 하늘빛 평야 위에…… 세 송이 황금빛 아이리스……

즐거이 쓰시라.

       1431년, 시농

회의, 왕, 트리무이,

방드와즈, 제앙 라바토.

'32년 살루초 후작은 그들,

그의 사위와 딸을 보러 와서,

자그마한 그의 손자, 헤라클레스⁴⁸⁰를 보았다.

'41년 폴렌타⁴⁸¹는 니콜로의

주의에 아랑곳없이 베니스로 갔다가

그 도시에서 삼킴을 당했다.

유언에서 지시된 대로,

이탈리아 평화조약을 세 번씩 썼던,

니콜로는, 아무런 장식 없이, 알몸으로 묻혔다.

그의 상像이 어찌 되었나 알고 싶다면,

본데노⁴⁸²에서 내가 라이플 강습을 가진 바 있는데

거기 신부가 소년을 철물점으로 보냈더니

그 소년은 못을 한 종이에 싸서 갖고 왔는데,

그것이 일기장의 한 장이더라고

그래서 그 신부는 나머지를 그 철물점에서 샀다는 것인데

     (서점상인 카씨니[483]의 이야기)

그 포장지의 첫 장에는

나폴레옹 시대에

모데나로부터 포[484]강 길을 따라

피아첸차로, 모두 강을 따라, 대포, 종, 손잡이,

그리고 광장에 기둥 위에 있었던

니콜로 후작과 보르소의 상 등

한 무더기의 황동 파편들이 실려 갔다는 기록이 있다.

그 기사騎士 양반은 내가 그에게 이 이야기를 해 주었고

그 신부의 이름도 알려주었다는 언급도 없이

이것으로 논문을 만들어냈다.

그와 그의 시대 이후에는

재미로 온종일 글을 읽고,

밤일은 하인들에게 맡기는,

케이크 먹는 이들과 단것 먹는 이들뿐,

페라라, 양복장이들의 천국, "구역질 나는 축제들."

"그럴 수 있을까요 신성한 아폴로,

내가 그대의 가축을 도둑질했다고요?

내 나이, 정말 어린애,

　　　게다가 난 여기서 온밤을 내 침대에 있었는걸요."[485]

"알베르트[486]가 나를 만들었고, 투라[487]가 내 벽을 그려 주었고,

줄리아 백작 부인[488]은 무두질 공장으로 팔아넘겼고……"

XXV

원로회의[489] 서書

1255년 실행할지니 :

회의장에서건 또는 조그만 뜰에서건

크래프 노름을 금하노니 이를

위반하는 자는 20다나르 벌금, 실행할지니 :

1266년 베니스의 양반들은 궁전내에서건

리알토의 로지아[490]에서건 어느 곳에서건

주사위 놀이를 하지 못한다 어기는 자 벌금은 십 솔도

애들인 경우는 그 반, 벌금을 내지 않을 땐

물속에 처박힐 것이다. 실행할지니

협정 문서로

영원히 남을 것들에게

살아있는 사람들과 미래의 사람들이 기억하도록

멀리 알려질지도 모르나니

앞서 말한 그해에,

고명하신 존 소란초,[491]

신의 은총으로 총독 관저의 내실에 있는

베니스 총독,

주랑 현관 아래 옆에는 청지기 우두머리와

총독 각하의 전령관들이 머무르는 것.

또 그 아래 덧댄 집인지 우리인지

또는 지하실처럼 나무를 댄 방인지엔

한 마리의 수사자와 한 마리의 암사자가 동거하는데

이 동물들은 새끼 때에 총독 각하에게

시실리의 프레데릭 전하[492]가 하사하셨던 것,

이 수사자는 이 암사자를 동물들이

관계해서 임신시킬 때 위에 올라타서 하듯

몇 사람들이 보는 앞에서

그런 식으로 관계해서 임신시켰으니

암사자는 약 삼 개월간 임신하고서는

(이는 암사자가 덮침을 당하는 걸 본 사람들의 증언이라)

앞서 말한 그해 일요일

구월 십이일 막 동틀 무렵

성 마가의 날[493] 이른 새벽이지만 이미 밝은 때

그 암사자는 동물의 본성에 따라

활기차고 털 많은 세 마리 새끼 사자를 낳았는데

그것들은 낳자마자 삶과 활동을 시작해서는

엄마 주위를 돌며 그 방을 온통

쏘다니니 이를 총독 각하께서 보셨고 또한

그날 모든 베니스인들과 베니스에 있던 다른

시민들도 그러했으니 그들은 이 소위 기적 같은 광경에

이구동성이었다. 그 새끼들 중 하나는 수놈이고

둘은 암놈이라

　　　　　　베니스공국의 공증인인 나

존 마르케시니[494]는 이 동물들의
출생을 목도한바 총독
각하의 명령에 의해 이를
써서 철해 놓는 바이다.

또한 "33년"이라 적힌 본시오 빌라도의 기록.

궁전의 성니콜라스 성당의 두 기둥(서기 1323년)
총 12리라.
성 마가의 관리인들에게 궁전에 들어가는 데
대해, 문 위의 상들과 사자상에 금박 입히는 데 대해
…… 돈을 지불……

실행할지니 :
소란티아 소란초 부인[495]에게 그리스도 승천제에
오려면 밤에 휘장을 친 보트를 타고
궁전 옆으로 내려, 희생양의 피를
보거든 즉시로 궁전으로 올라가 궁전에서
머무를지니 총독 아버님을 볼 수 있는 날은
8일간 그동안엔 궁전을 떠나선 안 되고, 궁전의
계단조차 내려갈 수 없으니 계단을 내려가는 날엔
앞서와 마찬가지로 휘장 쳐진 보트를 타고 밤에
되돌아갈 것이라. 의회의 뜻으로 취소할 수도 있음.

의회의 5인에 의해 인준

1335. 사자상 만드는 돌 값으로 3리라 15그로트.

1340. 마르코 에리지오, 닉 스페란초,

토마쏘 그라도니코와 같은 분[496]들로 이루어진 의회 :

야경꾼들의

방 위로, 인도가 나 있는 운하 쪽의

기둥들 위로, 회당을 새로 지을 것이니……

……왜냐하면 지하감방의 악취 때문이라. 1344.

1409…… 총독 각하께선 침실에서 똑바로

설 수도 없을 지경이니……

인준되다, 288리라,

1415, 궁전의 아름다움을 위한 돌계단

가 254

부 23

기권 4

이는 곧 : 그들이 아치 위로 건물을 지어 나갔다는 것이니

새벽안개 속, 그 희미함 속에 궁전이

걸려 있는 것이라,

혹은 벽을 지나쳐 노를 저을 때

떠오르는 달 뒤로 천천히 움직이는 배

돛 아래 울리는 목소리.

사라지는 안개.

　　　　그리고 술피키아[497]

푸르른 햇가지, 새로운 나무껍질 아래

새하얀 나무

"조각가가 나무망치에 손을 대기 전에

　　　　공중 속에서 형태를 바라보듯,

그는 그 내부와 그 속까지 온통 바라보나니,

　　　　　　　　화가에겐 한 면만이

아니라 사면 모두가

마치 부패하지 않은 상아처럼 :

　　　　　　　'두려움을 떨쳐버려요, 케린테'

그곳, 길고 부드러운 풀에 누워요,

　　　　그녀의 허벅지 옆엔 플루트,

술피키아, 나뭇가지들을 뒤덮은 목신들이

　　　　　　그녀의 주위에 몰려들었다,

풀 위로 지나는 유체

그녀를 통과해 가는 서풍,

　　　　'신도 사랑하는 이들에겐 해를 끼치지 않느니.'"

이날은 나에겐 신성한 날,

돌 구덩이로부터 들리는 둔중한 목소리들,

둔중한 소리 :

　　　　"너무 늦었어, 너무 늦었어……

우린 아무것도 만들지 못했고, 아무것도 바로잡지 못했어,

집도 조각품도,

그리고 생각을 너무 오랫동안 했어,

우리의 생각은 악한 생각은 아니었으나

너무 오랫동안 품은 것이었지.

우린 물로 가득 찬 체를 주워든 셈이야."

갈대의 골짜기로부턴, 노래와 합창 소리

움직이나니, 젊은 목신들 : 두려움을 떨쳐 버려요,

두려움을, 신도 해를 끼치지 아니하니.

그리고 그 형태를 따른 듯한 그림자,

생기 없는, 고귀한 형태들, 저 지옥 같은 웅덩이, 저 계곡

형태를 유지하는 죽은 말들,

그리고 외침 : 로마 시민이여.

어둡고, 어두운, 명료한 공기,

죽은 개념들, 결코 견고하지 못함, 피의 의식,

페라라의 허영.[498]

음영보다 더 명료하게, 바위의 틈새에서

솟아난 언덕길에, 파에투사[499]

그녀가 그들 사이를 걸어가는데,

연기처럼 희미한 목줄기엔 포도주,

산의 연기 아래엔 화염의 빛,

플레게톤[500] 잔디밭에서도 그러한데

이에 대비되는 플루트 소리 : 두려움을 떨쳐 버려요.

사라지며, 그들은 그들 앞에 내장을 달고 가며

생각하기를, 신들이 공중에서 취하던,

죽지 않는 형태, 형태와 재생을 생각했다,

눈에 보이는 형태들, 그리고 명료함,

이미지 없는, 밝은 허공, 신들을

정신 속으로 되돌려 넣은, 나피슈팀.[501]

"조각가가 공중 속에서 형태를 보듯……

물밑에서 본 유리처럼,

오트레우스왕, 내 아버지……[502]

수정 같은 형태를 취하는 파도,

공기의 작은 면들 같은 선율,

그것들 앞에서 움직이는 정신이 있어

선율은 움직일 필요가 없었으니.

…… 광장 쪽, 어느 누구도 기꺼이

시도해 보고 싶어 하지 않는, 방의 제일 나쁜 쪽,

그만큼 싸게 또는 훨씬 싸게 하고자……

(서명) 티치안,[503] 1513년 5월 31일

티치안이 그림을 끝내는 것이

좋겠는데, 문에서 대회의실 오른편으로

나 있는 네 번째 액자를 말하는 것인데,

카도레의 장인 티치아노가 시작해서

미완성인 채로 남아 앞서의 방에 모든 사람이 보는 쪽에

장식으로 걸려 있음. 우리는

이 의회의 권위로써 앞서 말한 티치아노 장인이

앞서의 그림을 끝낼 것을 제안한다,

만약 그가 그렇게 못한다면, 폰다멘타 델리 토데스키[504] 거리의

예상되는 구전을 받지 못할 것이고

게다가 앞서의 그림을 그리는 대가로 받은 모든 돈을

반환해야 할 것임.   1522년 8월 11일

레오나르두스 에모[505] 님, 의회 멤버,

필리푸스 카펠로[506] 님, 본토의 파견위원 :

1513년 5월 맨 마지막 날 카도레의 화가 티치안에게

폰다멘타 데이 토데스키의 수수료가

승계되다, 제일 처음 비는 방

1516년 12월 5일 더이상 기다림 없이

그가 화가 주안 벨린[507]이 차지했던

방을 차지하되

조건은 대회의실에 대운하 위 광장을

향한 쪽 면에 토지 싸움에 대한

그림을 그리는 것으로, 티치안은

주안 벨린 사후 앞서의 수수료를

갖게 되어 약 20년 동안 그 혜택을

받게 되리니, 즉 일 년에 18내지 20다카트의

세금을 면제받는 것 말고도 일 년에 약

100다카트를 받게 된다는 이야기인데,

따라서 그가 그 일을 하지 않으면 그 혜택도

받지 않는 것이 타당하므로 고로

앞서의 화가

카도레의 티치안은 이 의회의 권위로

그가 앞서의 방에 그림을 그리지 않은

동안 대리인으로부터 받은 모든 돈을 우리 정부에게

합당하게 반환해야 하리라고

제안하는 바이다

찬성 102, 반대 38, 미정 37

의회 기록

현세 1537년, 문서 136.

XXVI

그리고

난 젊은 시절 이곳에 와

     금요일 날 동쪽을 바라보며,

기둥 옆 악어상 아래 누워,

말하길, 내일은 남쪽으로 누우리라

그다음 날은, 남서쪽.

밤에 그들은 곤돌라를 타고서 또

초롱을 단 보트를 타고서 노래를 불렀고,

이물은 어둠 속에서 빛을 받으며

     은빛으로 은빛으로 솟아올랐다. "그를 놓아주어라!"

1461년 12월 11일 : 파스티[508]를 경고와 더불어

          내보낼 것

그가 터키 가는 것을 주의시킬 것, 그가 우리 정부의

        원하는 바를

소중히 여긴다면 콘스탄티노플로부터 떨어져 있을 것.

그 책은 의회가 보유할 것임

     (그 책이란 발투리오[509]의 『군사학에 관하여』임).

다음 해, 10월 12일, 니콜로 세군디노[510]에게

"말하자면…… 돌 하나도…… 뒤집어 놓지…… 마시고……

그, 비오[511]가 말라테스타와

화평하도록 돌을 뒤집지 않아야지요.
교회의 충실한 자식들(우리는)
                    (두 페이지에 걸쳐)······
모든 주교들과 조카를 찾아보고······
어떤 경우에도 그 일이 성취되도록 해야지요.

우리 배들은 엄격히 중립이며
그곳에 중립 자격으로 갔습니다.
페라라에서 보르소를 보도록 하지요."

10월 28일, 베르나르드 주스티니안[512]에게 :
"당신께서 이 편지를 받으신 지 이삼 일 후
세군디노가 소식을 가지고 올 겁니다."

10월 28일,
체세나로부터 하니발 씨[513]가 왔는데,
"그들이 성 마가의 깃발[514]을 들고서
포틴브라스[515]와 우리의 병력을 가질 수 있겠습니까?"
"그럴 수 없지요······ 하지만 조용히, 매우 비밀리에,
이 천······ 그리하여, 그는
이 천 다카트를 손에 쥘 수 있을지 모르지만, 그 자신
우리 병력에서 사람을 채용하여야 할 터이지요."
······   ······

…… 8배럴의 포도주를 영국의 헨리[516]에게……

주석, 능라綾羅, 호박을 우리를 통해 레반트[517]로,

코르푸[518]로, 그리고 코르푸 저 너머……

…………………………………………

이곳으로 셀보 총독[519]이 왔는데,

　　　그는 처음으로 산 마르코 성당을 모자이크 장식했고,

그의 아내는 음식을 포크로만 들었는데,

Sed aureis furculis, 번역하면 곧,

　　　조그만 금빛 갈퀴로만,

이는 사치라는 악덕을 몰고 온 셈이라,

그리고 로렌초 티에폴로[520] 총독을 맞이하기 위해

이발사들은 머리에 구슬을 두르고,

미가공품의 명공인 모피상인들,

세공품의 명공인 피혁상인들,

그리고 어린 양가죽의 명공들은

은 컵과 포도주병을 들고

대장장이들은 깃발과

　　　포도주로 채워진 병을 들고,

모 옷감의 명인들

유리 제조품을 나르는

주홍빛 옷의 유리 제조인들,

4월 25일엔 마상 창 시합,

니콜로 에스테 영주,[521]

　　　우가치온 데이 콘트라리니,[522]

프란체스코 곤자가[523] 영주, 그리고 처음으로

주홍빛 겉옷을 입은

금세공과 보석상 사람들

　　　은빛 천을 두른 말들 ―

광장에서, 삼 백 오십 마리의 말 중에서

어느 말이든 빌리는 데 삼 다카트이고,

상嘗은 보석을 단 칼라였는데,

이들이 말 타고 광장으로 왔고

마지막 시합에서 한쪽에 열네 명이 모였는데,

상은 곤자가님과 함께 온

만토바 출신의 흑인에게로 돌아갔다.

그해('38) 그들이 이곳으로 왔다

1월 2일. 페라라 후작은

　　　그리스 황제[524]를 마중 나가서,

운하를 따라 그를 자신의 집으로 데리고 왔는데,

황제와 더불어 대주교들이 따라왔었다,

모레아 아래쪽[525]의 대주교와

사르디스 대주교

라케데몬[526]과 미티레네,[527]

로도스와 모돈 브란도스[528]의 주교들,

그리고 아테네, 코린트, 트레비존드[529]의 대주교들,

비서관장과 종교예물 간수자.

또한 코시모 메디치[530]가 "거의 베니스인처럼 베니스로" 왔고

(이는 나흘 뒤였다)

25일에는, 리미니의 시지스문도 영주가

행정적인 일로 왔다가

숙소로 되돌아가기도 했다.

2월에 그들 모두는 짐을 꾸려

페라라로 떠났는데 성령에 대한 문제와

삼위 중에서 무엇이 무엇을 낳았는가를 결정짓기 위함이었다. —

게미스토[531]와 종교예물 간수자,

아마도 그대는 그 그리스인들의 모자와 수염을 보고는

하도 웃다가 엉덩이가 터질 지경이었으리라.

길드의 정신은 사라져가고.

그대, 내 아들 공작, 그리고 금반지를 한

그대의 후계자들, 바다를 아내로 맞이하니.[532]

마누엘 황제[533]를 이기다,

일천 일 백 칠십 육 년에.

서기 1175년 리알토[534]에 첫 번째 다리.

"지아니[535] 님, 당신의 행위를 납으로 봉할 수도 있겠지요."

보석상들은 주홍빛 줄이 난 모피를 입고

말들에겐 은빛 천을 두르고,

이 은빛 천은 'cendato'라 불리는 것으로

아직도 숄로 쓰이고 있고.

헝가리와의 전쟁 때

카를로 말라테스타 삼촌은 세 군데 상처.

투석기에서 쏜 돌, 칼 그리고 창에 의한 상처라,

우리의 장군 판돌포[536]에겐, 세 명의 사절들이,

비단과 은과

벨벳을 들고서, 그가 계속 싸움을 해 나갈 —

그의 기운을 북돋우고자 — 기분을 가지도록, 포도주와 사탕과자를.

"산 사무엘레 성당에 있는 저들(젊은 아가씨들)은

　　　모두 리알토로 가서는

그들의 보모들(뚜쟁이들)과 마찬가지로

노란 머릿수건을 쓸 겁니다."[537]

"훌륭한 지혜와 돈을 가진 대사,

이곳에 망명자로 와 있었지요, 코시모

아버지 말입니다."

"루이지 곤자가 영주에겐, 지우스티니안[538] 저택이 주어졌고."

"람파스쿠스[539]와 키프러스의 주교들

그리고 그밖에 동양의 성당들의

　　　주교들 오십 명."

3월 8일, "시지스문도는 불만족인 채로
만토바를 떠났는데……"

그들은 죽어서 몇 장의 그림을 남겼다.
"알비찌[540]가 메디치 은행을 약탈해 버렸어."
"베네치아인들은 상품을 갖고 갤리선이든 배든 보트든 타고
육로로도 자유로이, 해상으로도 자유로이
        가족을 데리고
있다가 왔다 갈 수 있을 것이다.
실제로 팔린 것의 2%. 그 이상의 세금은 없음.
        연도 6962년
        4월 18일, 콘스탄티노플."
개펄에 부는 바람, 남풍은 장미꽃을 꺾고.

누구보다 고명하시고 훌륭하신 군주님께
무엇보다 저의 주인님이신 스포르자,[541]
각하의 첫 번째 편지에 대한 회신입니다,
말에 관해 말씀드리자면, 여기 팔려고 내놓은 몇 마리가 있습니다.
그 때는 제가 그 모두를 다 보지 못했다고 말씀드렸지요.
지금은 제가 다 보았다고 말씀드릴 수 있는데,
열한 마리 정도의 좋은 말이 있고 또 필요한 때 쓸 수 있는
대충 또 그 정도의 숫자만큼의 하등 말이 있는데,
괜찮은 값으로 살 수 있을 겁니다.

80 내지 110다카트 나가는

　　　큰 말도 열 내지 열 한 마리 정도는 있는데

80다카트 이하의 말들에 비해 볼 때

가격이 좀 비싼 듯 생각됩니다

각하께서 1000다카트에서 천 500 정도의

돈을 보내 주신다면 각하의 마음에

잘 들 것들에게 쓸 수 있을 것 같습니다.

이곳을 뜨고 싶은 마음이므로

각하께서 빨리 답장 주시면 합니다,

그리고 그 말들을 구입하시길 원하신다면

제철공 피트로 씨를 통해 현금을 보내주시고

구두로든 편지로든 각하께서 어떤 걸

사시기를 바라시는지 그에게 얘기하여 주십시오.

80다카트 이상 나가는 것들 중에도 몇몇 좋은 말들이 있습니다.

인사의 말을 빼고는

각하께 더이상 드릴 말씀이 없습니다.

1453년 8월 14일 볼로냐에서

　　　고명하신 각하의 종

　　　　　피사넬루스[542]

1462년, 12월 12일 : "비토르 카펠로[543]께서

시에시나 섬으로부터

순교자 성 조지[544]의 머리도 가지고 오셨다.

이 머리는 은으로 둘러싸여 있는데
산 조르지오 마지오레[545]로 이송되었다.

1548년 2월 마지막 날, 만토바의 곤자가 주교에게
"2월 26일에 이 도시에서
로렌초 데 메디치[546]가 살해됐습니다. 주교님께서는
동봉된 설명을 통해 그 일이 어떻게 되어가는가를
아실 겁니다. 사람들은 그를 죽인 자들이 6개의 노가
달린 우편선을 타고 도망갔다고 합니다, 몇몇 장소와 통행로에는
이미 경계가 쳐 있을지 모르는데, 주교님께선 즉시
이곳 대사에게 편지를 쓰셔서, 다른 무엇보다
로렌치노를 죽인 두 명이 이미 만토바를 거쳐
지나갔는데 그들이 어디로 갔는지는 모르겠다고
하시는 게 좋을 겁니다. 주교님께서는 이 정보를
공표하시는 것이 아마도 그들이 자유로워지는 데 도움을 줄 겁니다.
이미 그들이 플로렌스에 와 있으리라 생각하지만,
어떻든 이렇게 하시는 게 나쁘진 않을 겁니다. 이 일을
빨리하시고 다른 이들도 똑같은 소식을 전하게끔
하시면 유익할 겁니다.
주님께서 고명하시고 가장 존경스러운 주교님을 보호해 주시고
주교님이 바라시는 바를 증진시켜 주시길 빌며.
                베니스에서, 1548년 2월 마지막 날
                주교님의 손에 키스를 드리며

후르타도 데 멘도사[547]

만토바 후작, 프란 곤자가님께
고명하신 영주님, 지난 며칠 동안
몇 사람들이 저한테 처음 보는 사람을 데리고 와
제가 그린 예루살렘을 보자고 하더니, 그걸
보여주자마자 자기에게 팔라고 그가 우겨대더군요,
너무나 만족스럽고 훌륭하다면서요
그래서 거래가 이루어졌고 그가 그걸 가지고 갔는데,
돈도 안 내고 그 후론 나타나지도 않더군요.
저는 그를 데리고 왔던 사람들을 찾아갔지요,
그중 한 사람은 대회의실에서 영주님과
같이 있는 걸 자주 보았던, 회색의 작은 모자를 쓴,
수염 기른 성직자였어요 그래 제가 그에게
그 사람의 이름이 뭐냐고 물어보니까, 영주님의
화가, 로렌초[548]라고 하더군요, 그래 저는 쉽게
그가 무슨 일을 하려는 건지 알 수 있었습니다, 그런 연유로
제가 지금 영주님께 제 이름과 그 작품을 알리고자
편지 드리는 바입니다. 우선 영주님, 저는 대회의실의
그림을 맡은, 행정부 소속의 화가로서
영주님께서도 황송스럽게도 그곳 발판에 올라
안코나의 역사라는 작품을 보셨을 것으로서,
제 이름은 빅토르 카르파티오[549]입니다.

예루살렘으로 말씀드릴 것 같으면 우리 시대에
그만큼 뛰어나고 완벽하고 또 커다란 작품은
없으리라 감히 말씀드립니다. 5½×25피트짜리로서,
주아네 잠베르티[550]가 종종 영주님께 말씀드린 것으로 압니다,
영주님의 화가라는 그는 한 부분만 가져간 것이지
전부를 가져간 것이 아닙니다. 두루마리에
수채화로 스케치해 보내드릴 수 있는데, 훌륭한
감정가들에게 보이셨으면 하며 그 가격은 영주님께
맡기고자 합니다.
베네치아, 1511년 8월 15일.
　　　　　　영주님께서 확실히
이 글을 보시도록 이 편지의 사본을 또 다른 편으로 보냈습니다.
　　　드높으신 당신의 미천한 종
　　　　　빅토르 카르파티오
　　　　　　화가.

최상의 돼지, 잘츠부르크의 대주교에게 :
지속되는 더러움과 파멸.
당신의 존귀한 농포처방제는 양이 너무나 얼마 안 되어서
저한테 합당한 수입을 주지 못합니다
이곳에서 제가 더이상 바랄 게 없다는 걸 이미 확신시켜 주셨으니
다른 데서 수입원을 찾아보아야 할 것 같군요,
그리고 그 이후로 세 번이나

아버지와 제가 떠나려는 걸 막아 오셨는데
보다 관대하게 처분해 주실 것을
네 번째로 간청드리니, 이번에는
제가 떠나는 걸 허락해 주십시오.

볼프강 아마데우스, 1777년 8월

(행간)

"소나타가 그러하듯, 귀여운 카나비히 양[551]도 그러합니다."

XXVII

욕망이 솟구쳐 새로운 인물을 만들려는데

한 사람은 죽고, 또 다른 이는 자신의 종말을 썩혀 떨어뜨리고

세 번째 사람으로 말할 것 같으면

그는 떨어져서

아내에게로, 그를 다시는 볼 수

없으리라, 배가 그들 중 하나를 데리고 가 버렸으니,[552]

"사 분의 삼 인치의 두께로

칠해진 것을 보고는 결론짓기를,

심하게 들이받혔으니, 저 순양함巡洋艦의

수명은." "더이상 그 빌어먹을

포르타구스라 불리지 않고, 대신

영국의 가장 오랜 동지로."[553] "평온한 지역 내 휴식소에서는

가능하다면, 사병들은 먹고 쉬고,

반면 장교들은……"

그의 얼굴에 천만 마리의 세균이,

"그게 위험의 한 부분으로

일 년에 두 번 정도 결핵 검사에서 생기는데, 스파링거 박사[554] ……"

"난 말이지오" 하고 퀴리 씨인지 다른 과학자인지 왈

"고치는 데 6개월 걸린 화상을 입었지요,"[555]

하면서도 그의 실험을 계속했다.

저곳 검은 어둠 속의 영국,

저곳 검은 어둠 속의 러시아,

문명의 마지막 부스러기들⋯⋯

너무나도 많은 왕자들이 있어

그중 생각하는 자들의 왕자를 뽑았는데,

인간은 개구리의 후예라고 주장하는

브리쎄[556] 씨를 뽑은 것이었다,

그리고 메씨나[557]에서의 지진에 항의하기 위해

미친 문지기를

하원의원으로 뽑을 뻔하기도 했다.

　　　부첸토로[558]가 그해 노래를 불렀다,

1908, 1909, 1910, 그리고 1920년이었던가,

빨래판을 두드리며, 미친 목소리로,

'포옹'의 노래를 부르던,

늙은 세탁부가 있었는데, 그것이 마지막이었다

다시 올해, '27년, 밀라노의 안지올리 호텔에서

클라라 델레뵈즈[559]의 분위기를 지니고서,

호수 같고 여우 같은 눈을 지니고서,

"요정들의 왈츠를 추는 베네트"의 분위기를 지니고서,

잡상인들의 그 호텔 로비에 있던,

자신들의 지방색을 드러내던 두 젊은 여인들이 있기까지는,

"아니에요, 우린 크로아티아 지방 상인들'commercianti'이에요,

우리의 역사에 별난 것은 없지요."

"아니 팔려는 게 아니구요, 사려는 거예요."

또 그 음악 출판업자,

볼리비아에서, 뼈를 발라내어 기름을 칠한,

쪼그라진 인디언의 머리를 가져왔던 그 친구, 왈,

"그래요, 내가 그곳에 갔었지요. 판을 녹인 후에도 오랫동안

장사를 할 수 없더군요,

페루에서든가 칠레의 어떤 방송국에서든가

200장 주문받은 정도예요."

플로라도라[560]를 인쇄만 한 채로 가져오고,

붉은 머리의 미라를 가지고 오다.

'포옹'의 노래를 부르는, 클라라 델레뷔즈의 분위기를 하고서.

성당의 모든 사람들 또한

다 달려나가 성당을 지었는데,

지도자도 없이 한 사람인 것처럼 나갔고

완벽한 치수가 형태를 갖추어 갔다,

"시민 글리엘모가" 돌이 말하길, "창안자였고,

니콜라오가 조각가였다"[561]

이 뜻이 무엇이건 간에.

그들은 매년 글을 썼다.

기준을 다듬으며,

혹은 그들은 꼭대기들이 내려앉을 때 일어섰다,

브뤼메르, 프뤽티도르, 페트로그라드.[562]

동지同志가 바람에 눕고

태양이 바람 위에 눕고,

세 형태들이 바람 속에서 형성되어

그의 주위를 맴도는데,

            그가 말하길,

이 기계는 매우 오래되었어,

               예전에 이 소리를 들은 것이 확실해.

숲 같은 파도

바람은 잎새들 사이로 너무나 가벼이

움직이고,

       소리 위를 달리는 소리.

       비너스와 포도주에서 태어난, 카리테스.[563]

돌 위에 돌을 조각하다.

잠 속에서, 깨어있는 꿈속에서,

공기에 꽃잎을 달다,

       단지 바람의 선만이 있던 곳에 가지가,

뿌리 없이 움직이는 가지,

            태양 옆.

하여 카리테스가 동지 위로 몸을 구부렸다.

이는 동지의 작업이니,

그 동지는 흙 속에 누워 있으되,

일어나서는 폭군들의 집을 깨부수었으니,

그 동지는 이제 흙 속에 누워 있고
　　　카리테스가 동지 위로 몸을 구부렸나니.

이는 동지의 작업이라,
그 동지는 폭군들의 집을 깨부쉈고,
일어나서는 어리석음에 어리석음을 이야기하고,
앞으로 걸어나가서는 흙 속에 누워 있으니
　　　카리테스가 동지 위로 몸을 구부리니라.

그 동지는 목적 없이 저주하고 축복하였느니,
　　　이는 동지의 작업이라,
왈,
　　　"나 카드모스[564]는 흙에 씨앗을 뿌렸고
　　　서른 번째의 가을과 더불어
나를 만든 흙에로 돌아오노라.
최후의 5인이 벽을 지을 것이니.

나는 짓지도 않고 추수도 하지 않는다.
황금빛 배를 타고 왔으니, 카드모스,
지혜로써 싸웠으니,
금박 입힌 뱃머리의 카드모스. 난 아무것도 짓지 않고
아무것도
추수하지 않으니, 서른 번째의 가을과 함께

난 잠을 자다가 안 자다가, 썩어 가서는
아무런 벽도 짓지 않으니.
　　　방타두어에
에블리스[565]의 벽이 있던 곳엔 지금 벌들이,
그리고 그 뜰엔 야생풀,
돌 위에 헐거운 돌들이 매달려 있는
틈새에 벌들은 제 맘대로 가져다 나르는구나.
난 카드모스와는 한 번도 항해하지 않았고,
　　　돌 위에 돌을 한 번도 올려놓지 않았다.”

“구워져서 먹힌 동지!
구워져 먹혔나니, 동지, 이 사람아,
그게 자네의 이야기일세. 그리곤 다시 일어나,
그들에게 대항하지. 돌 위에 돌을 한 번도 올려놓진 못하고.”

“공기가 터져 잎으로 화했나니.”
“저곳엔 꽃 핀 아칸서스가 걸려 있는데,
아래와 위를 구별할 수 있겠는가?”

XXVIII

하느님 영원하신 아버지(젠장!)

생각하실 수 있는 모든 것들을

만드시고서도, 무언가가

모자라다고 느끼시고는, 숙고를

더 하셨는데, 로마뇰로[566]에

부족함이 있다는 것을 생각하시고는,

진흙 속에서 발을 구르셨는데

로마뇰로가 다가와서는,

      "하느님, 당신 피비린내 나는 교수형 집행자시여! 접니다."

납니다. 저명한 알도 발루쉬니히 의사[567]는

자신의 두뇌의 힘과

기술과 꾸준한 배려로

가장 위험한 수술인 고전적인 제왕절개로써

산 조르지오의 세니[568]에서

버지니아 마로티 여인을 죽음에서 잡아채었고

또 동시에 그녀의 아들도 구해냈다.

모든 사람들의 칭찬과 그 가족의 감사가

그에 대한 찬미로 이어지기를.

     서기 1925년 5월 23일, S. 조르지오.

항목 : 항구와 강에서 발가벗은 채로

헤엄치며

활과 화살을 가지고 다니는 이들이 있는데,

이들은 경계와 경비가 잘 되어있지 않은

배를 발견하면 다가가서는 고기로 먹을

사람의 시체를 차지하려고 공격을 하는데,

그들에게 대항을 하면

       물에 뛰어들어 도망을 칩니다.

루르피 씨[569]는 하숙집 식당의 마루에 앉아

혹은 구석진 곳이었는지에 앉아 있었고

그의 주위엔 많은 양의 파스텔이 널려 있었는데,

말하자면, 파스텔 동강이와 부러진 조각들,

무언지 모르겠는 색깔들의.

그는 "마음을 하나로 딱 먹기엔 너무나 넓은"

       콩코드의 현인[570]을 흠모하였다.

그리하여 쉰 살의 루르피의 마음은

방으로 들어갈 때도 모호함이 깔려 있어

마치 들어가는 것도 아니고

밖에 있으려는 것도 아닌 듯하고

왼쪽으로 가는 것도 아니고

오른쪽으로 가는 것도 아닌 듯한데

그의 그림이 이 습관을 반영하였다.

크레플 여사[571]는 마음을 먹었는데,

아마도 환경의 압박 때문이었으리라,

그녀는 파리에 있는 자신의 훌륭한 아파트를

묘사했는데 돈도 안 내고 떠났던 것이라

실제로 그녀는 나중에 세비야에서 편지를 써서

숄을 달라고 해서 받았는데,

이는 집주인 여자가 300페세타를 들여서 보내준 것이니

(이 또한 갚지 않았다), 이는

그녀의 딸의 권태로움을 말해 주는 셈.

가장 값비싼 연극 평론가가

맨해튼으로부터 와서

화란인 통신원을 믿었던

'자신의 사람들'을 믿고서

갈보 집에 (즉시로) 들었는데,

벼룩에 뜯어 먹히자

(평론가와 그 가족이)

그 화란인과의 한 달 계약을 깨뜨리려고 노력했고,

웨스트버지니아에서 온 여인네들[572]은

고향의 냄새를 그대로 가지고 있었고,

키아쏘[573]의 철도 간이 식당에서

그녀는 마치 토피카[574]로 가는 열차를 기다리듯 앉아 있었는데

— 그 해는 파업이 자주 있던 해였다 —

우리는 협궤열차의 마지막 차를 타고서

키아쏘로 향해 갔던 것이었고,

투우를 좋아하던 여인을 그녀의 여덟 트렁크와

그녀에게 잡힌 스페인 신사와 함께 남겨두고

코모[575]에서 온 전차를 타고 갔던 것이었는데,

트리에스테[576]에서 보트를 타려는

화란인이 하나 있었거든,

확실히 그는 그럴 것이라,

그가 비엔나를 거쳐 빙 돌아가려 할까? 아니.

열차가 없다는 것도 그를 멈추게 하지는 못할 것이라.

하여 우리는 마침내 그를 키아쏘에 내려놓았는데

캔자스에서 온 그 나이든 여인과 함께 있게 된 셈,

탱글탱글한 캔자스, 그녀의 딸은 키아쏘에서

그 간이 식당을 경영하는 스위스인과 결혼해 버렸어.

이것이 그녀를 동요시켰을까? 동요시키지 못했지.

그녀는 대기실에 앉아 있었다, 탱글탱글한 캔자스,

'90년대'에나 보았음직한

바우어리[577]의 담배 가게 인디언처럼 뻣뻣이,

이 목질木質의 견고성을 생산해 낸

피 흘리는 캔자스[578]의 첫 번째 뗏장.

키아쏘에 가면 그 역의 간이 식당에서

들어가면 오른쪽으로 벽으로 나 있는 벤치에 앉아

토피카로 가는 열차를 기다리는 듯이 있는

그 불멸의 여성을 보게 될 것이다.

클라라 레오노라[579]는 숨을 훅훅 뱉으며 오곤 했으므로

그녀가 휘어진 철 테 안경을 쓰고서 구시렁거리며

이를 허옇게 드러내며 땅딸막하게

정방형의 몸매로 계단 아래로 오는 소리를 들을 수 있었고

레너트 선생은 한숨을 푹 내쉬며

안경알 꼭대기 너머로 쳐다보곤 했으며

그녀는 적당한 시간이 지난 후

그릴파처[580] 또는 — 프랏처든가 여하튼

그릴 뭔데 — 와 관련된 바람개비를 들고 오곤 했다, 대가

리스트 씨[581]가 그녀의 부모 집에 와서

그녀를 그의 당당한 무릎에 올리곤 했는데

그녀는 소네트는 소네트이며

결코 사장되어서는 안 된다고 주장하기도 했고

수많은 교과과정을 들어가며

학위 취득의 희망을 가지고 계속해 나가다가

결국엔 리오그란데 근처 어느 곳에

　　　　　침례교 초심자학교에 들어가게 되었다.

그들은 자신의 여인들로부터 더 많은 것을 원했고,

그들이 일을 더 잘하도록 조금 더 독려해서는

선생으로 보내버리고자 했는데(실론)

그리하여 입센 이후의 운동을 하던 로이카[582]도

그곳으로 가서는 죽었다.

하루는 스미스[583]의 방에서

혹은 1908년 의과 학생의 방에서였던가

벽난로에 덩어리를 넣는데

오울 바이어즈와 파이겐봄과 조 브롬리,[584]

조는 25피트의 거리에서 덩어리를 맞췄는데,

매번 금속에서 핑 소리를 내며

    (콤리 노인[585]은 아마도 이렇게 말하겠지, 여봐들!……

    다암배는 피들 말아! 흐으으 음!

    다암배는 피들 말라고!,

"선교사 놈들," 하고 조가 말하길, "난 자꽈[586]의 후방에 나가 있었지,

의복을 갖춰 입고 카페 가는 걸 즐기곤 했어,

우리 모두 그곳 바닥에 앉아 있는데,

문간에서 머리를 들이밀며, '이곳에,'

하고 그놈이 말하길, '영어를

말할 수

있는 자

있소?'

    한동안 누구도 아무 말을 못 했는데

내가 말했지, '당신 대체 누구요?'

'난 선교사라오 난'

하고 그놈이 말하길, '상하이에서 해군 보트에서 쫓겨났소.

삼 개월간 먹지도 못하고 일만 했지요.'

육지로 올라와선 차를 공짜로 타고 다닌 모양이더군.

그놈한테 꿔 준 이십 달러는 더이상 못 보는 거고."

커다란 도덕적 비밀 서비스, 계획, 트리뷴[587]은

부수를 삼만으로 제한하라는 얘길 들었는데,

단지 가장 높은 위치의 사람들만

베테랑급 이내의 선전용으로 포함시키라는 것으로,

이는 그들이 개인적 자유로…… 파리 경찰이 포함되는……

프랑스 기관들과 접촉하게 될 때

한계를 지키게끔 함이라……

미·불 간의 우호를 강화하는 것이니.

마약 혐의 : 프랭크 로버트 아이리코이스[588]는

그의 고향 오클라호마시에…… 7월 24일 추방되다.

"난……

(피레네 산맥의 한 식당의 판자 저편에서)

        …… 부처보다……

                …… 더 강하다!"

(모순은 없음)

"난……

        …… 그리스도보다……

                …… 더 강하다!

(모순 아님)

"몸무게를……

        제로로……

                만들 것을!"

(침묵, 무언가 믿을 수 없어서.)

그리고 그의 황폐한 집엔, 바위 부스러기,

말하자면 내던져진 찬란한 조각들,

마르티니크섬[589]의 항구, 모든 집을 그렸는데, 그것도 자세하게.

그 집들의 반에는 초록빛 셔터가 쳐 있고,

반은 아직 칠도 안 된 상태.

            "…… 식민지의

보……

      병……

           이라네"

울리는 소리

"저들은 늙은 해병들이야!"

그가 만들었다, 마르스브뢰[590]가 만들었다, 가사와 곡을,

평화의 날에 입을 유니폼

티베트 사원에 관한 그 거짓말

(그런데 진실이 되어 버렸다,

그들은 틀림없이 당신을 어깨에 메고 운반한다) 하지만

그의 의료행위에는 나쁜 일이었다.

"후퇴?" 하고 닥터 와이만스[591] 왈, "그건 굉장했어요……

갈리폴리……

기밀. 터키인들은 전혀 몰랐지요.

음! 내 환자들을 배에 싣는데 도움을 주었지요."

그 사람[592]은 철로를 놓기 위해 피를 흘렸는데,

그래서 얻은 것이 무엇이었나?

하루는 그가 갈보 집으로 차 몰고 갔는데

모든 농부들이 승낙해서

　　　통행의 권리를 주었기 때문이었다,

하지만 포주는 어떤 값으로도 그렇게 하지 않겠노라면서

측량사들을 쏘아버리겠다고 말했지만,

사륜마차를 탄 어르신을 쏘진 못했고,

그에게 통행의 권리를 주고 말았다.

그들은 그를 혼내 주었다고 생각했고,

어느 누구도 선로를 팔려고 하지 않았다,

마침내 그는 뉴욕주의 북쪽으로 가서

그곳에서 땅 위에 약간 놓여 있는 걸 보고는

지렛대로 들어 올려 배에 싣고 와서는

이 곳 숲을 따라 놓은 것이었다.

문제는 간단한 것을 발견하는 것

예컨대 파 쉬타트폴크,[593]

지붕에 낙수홈통을 매다는 고리,

긴 못에 반원, 그걸 특허 내서 만들었다,

충분히 백만 달러 값어치가 나가건만, 그 자리에 책 하나 없고.

약 이십 년 후 말 하나를 얻었는데, 토요일 오후

　　　　사람들이 낡은 울타리를 헐 때

그를 보았어,

그곳에서 못을 쳐 내고 있는 늙은 파를
(못을 아끼려고). 난 그가 좋은 여송연을 피운다고 들었다.

올트레파시모 군주[594]가 죽었을 때, 밀짚 매트리스가
관을 앞서갔고,
그는 성당 마루 위에
커다란 줄무늬 비단 위에 눕혀졌고
그의 둘레엔 순금의 벽
그리고 그의 양말 한 짝에 난 구멍 하나
그 날로 그곳은 일반에게 공개되었으니,
어린애들이 길거리에서 뛰어들고
고양이는 그곳에서 몸을 핥다가
그 군주 위를 타고 다니는데
이층의 원반 던지는 사람 조각과 정문은
교황이 바티칸에 틀어박히고
단식일 날 음식의 무게를 다는
저울을 식탁에 두던
'70년 이후로 공개되지 아니했으니,
그는 그곳에서 두건을 뒤로 한 채 누워 있고
그의 양말 한 짝에는 구멍이.

"책!" 하고 준남작 주니어[595]가 말하길, "에······
그것 참 재미있게 보이는 책이군" 하며 준남작이

금박 가죽으로 된 2절판, 벨,[596] 4권을 보면서, "아……

뭐…… 뭐…… 뭐 하려고 그러는지 아……

…… 아 읽으려고?"

　　　　　　　　기사는 이렇게 말하였나니.

일간신문과 함께 버려지는

매일의 뉴스처럼 지나쳐 가는 것이나 아닐까,

관에서 총애를 받는 이도

행운의 단추를 지닌 레바인[597]도

어둠 속으로 나아가지 아니했거늘,

위로는 가까이 있는 어둠 이외에는 아무것도 보지 못했고,

기체에는 얼음의 무게

폭풍우에 실려 온 검은 구름은 날개를 뒤덮고,

그들 아래엔 텅 빈 밤

새벽과 함께 바다로 떨어지고

하지만 밤 동안 하늘도 바다도 보지 못했다가

아조레스 섬 근처에서…… 왜?…… 어떻게?…… 배를 발견했다.

미스 아칸소던가 텍사스던가 그녀[598]는 씻은 듯한 아름다움이었고

그 남자는 (물론) 반은 익명이었는데

비흡연이나 비음주를 위한 또는

피오리아[599]시의 규약을 위한 플래카드도 지니고 있지 않았다.

혹은 애꾸눈 힌치클리프와 엘지[600]

친애하는 데니스와 결혼했던 까만 눈의 그 암캐,[601]

무無 속으로 날아가다
그녀의 아버지는 그 역시
파기를 해 보았던 이의 아들이었나니.

XXIX

진주, 커다란, 텅 빈, 구球,

호수 위엔 안개, 햇빛은 그득하고,

정부情婦 페르넬라[602]

그녀의 손 위엔 초록빛 때론 황금빛 소매자락

자신의 아들이 상속자이길 기원하며

장자가 전쟁에서 죽어 버리길 고대하는데

그는 용감하여 동생을 독살하고는

시에나에 그 탓을 돌리었으니

그녀는 사동을 시켜

피틸리아노에 다시 한번 전쟁을 유발하였으나

사동은 뉘우치고는 이를

니콜로[603] (장자) 피틸리아노에게 이야기하였고, 그는

"여전히 정부 페르넬라에 빠져 있는"

아버지로부터 그 보석을 되찾았다.

      그날 밤 모래는 남포등 아래에서 윤이 나는

      물개의 등과 같았다.

비아 사크라[604] 로부터

      (어떤 무리의 바다신들로부터 도망가는데)

대기를 날아

경주장 방축 위로 :

교차로에서 네 개의 손으로

왕의 손 또는 신부의 손으로

　　　자유를 얻었던 이들처럼

해방된 이들을 모든 쇠사슬로부터 풀어놓으니

— 산 제노 성에 있었던 이들은 제외하고……

아버지의 영혼의 죄를 경감시킨 데 대해, 신의 사랑을 받는 쿠니차[605]

— 제노의 반역자들을 지옥이 받을진저.

다섯째 자식이 알베리크[606]

여섯째가 쿠니차 부인이었으니.

　　　　카발칸티[607]의 집에서

　　　　　　　1265년 :

내 아버지 에젤린 다 로마노의 모든 농노들

그들 모두를 완전히 해방하노니 자유로운 몸이라

산 제노 성에서 알베리크와 함께 있던 이들은 제외하노니

저들 또한 지옥의 악마들을

몸에 지닌 채 가도록 허용하노라.

여섯째가 쿠니차 부인

그녀는 처음 리차드 세인트 보니파체에게 시집갔는데

소르델로가 그 남편으로부터 그녀를 끌어내서는

타르비소에서 그녀와 잠자리를 같이 했고

마침내 소르델로가 타르비소에서 내몰리자

그녀는 보니우스라는 이름의 군인과 떠나갔는데

그를 너무나도 좋아해서

이곳저곳으로 다녔으니

"이 별[608]의 빛이 나를 정복하였구나"

하며 스스로 대단히 즐기며

아주 기가 막힐 정도로 돈을 쓰고 다녔다.

그런데 이 보니우스는 일요일에 죽었으니

그녀는 다시 브라간자 지방의 한 영주를 붙들었고

그 후 베로나의 집을 차지했다.[609]

판자에서 하늘을 올려다보며,

유벤투스[610] 왈, "불멸의⋯⋯"

왈, "지금으로부터 만 년 전⋯⋯"

혹은 왈, "원추의 뾰족한 끝을 지나쳐

당신은 복제를 함으로써 시작하지요."[611]

이렇게 원기 왕성한 유벤투스는, 9월에,

시원한 공기 속, 하늘 아래,

딸들의 행실이 촌평을 불러일으켰던

장례지배인의 거주지 앞에 있었다.

하지만 그 노인네는 자신이 어떻게 느꼈는가를 알지 못했고

또한 무엇이 그 말을 촉진하였는지도 기억할 수 없었다.

그가 말하길, "제가 아는 건 죽 알고 있지요,

어떻게 앎이 앎을 그칠 수 있겠습니까?"

그 어르신네의 잔디밭에서

그는 계속 왔다 갔다 하며,

"물질은 모든 것들 중에서 가장 가벼운 것입니다,

에테르 속에서 공이 되어 굴러다니고, 던져지고, 빙빙 도는,

의심할 바 없이 무게 때문에 짜부라지는 찌끼인 셈,

빛 역시 눈으로부터 나오는 것이랍니다,

직경 이십 피트, 직경 삼십 피트의

거울 같은, 반짝이는 표면의,

내 머리 위 구球에는 ─

많은 영상들이 있어

때로는 고개를 아래로, 때로는 위로 하고

돌아다니는 그것들을 볼 수 있습니다."

그는 후에 파산한

아마추어 광물학도에게로 갔고,

또 그 웃기는 시골 친구, 카메라를 가진

조 타이슨[612] 집을 지나쳐 갔다. 그의 딸은 앙가발이였는데

지방의회 의원의 아들과 결혼했다.

　　　　마을에선 때론 소문에……

너무나 배운 게 많아 일자리를 유지할 수 없던

세 명의 은퇴한 목사의 집도 지나치고.

마시멜로 로스트에 대해

　　　　무기력함이 무기력함에 외쳐대고

(사람들의 삼투성에 대해 이야기해 보자)

축음기의 울부짖음이 그들의 골수에 파고들고

(사람들의⋯⋯

축음기의 울부짖음이⋯⋯)

　　　매미들은 방해받지 않고서 계속 울어댄다.

헛된 공허함을 지니고서 처녀들은 집으로 돌아가고

헛된 분노를 지니고서

젊은이는 거처로 돌아가는데,

재즈 밴드는 쿵쾅쿵쾅 대고,

쉰 살 난 신사는 다 그럭저럭 괜찮다고

　　　생각한다.

만사가 지금의 현실대로 지속되거라.

신화적 표면이 숲속 이끼 위에 드러누워

그에게 다윈[613]에 대해 물어본다.

그는 타오르는 환상의 불로

　　　"오! 작은 구름⋯⋯"[614] 하고 대답하는데

그리하여 그녀는 그의 떠남을 후회하였다.

　　　만에서 표류하는 잡초,

그녀를 이끌어줄 사람, 스승을 찾았고,

그는 웃어른들의 전철을 밟을

명예로운 경력을 원하는데,

　　　보다 큰 몰이해?

젊은이와 젊은이 사이보다

더 큰 몰이해는 없다.

젊은이는 이해를 추구하고,

중년은 자신의 욕망을 이루고자 한다.

해초가 메말랐다가, 떠올랐다가,

      마음이 표류한다, 잡초, 느린 젊음이 표류한다,

바위 위에 펼쳐져 바래서는 떠다닌다.

술, 여자, 노래[615]

이것들 중 으뜸은 두 번째 것, 여성은

하나의 요소, 여성은

혼돈

문어

생물학적 과정

      우리가 완수하고자 하는……

노래, 우리의 욕망, 표류하느니……

      아아 내 눈이 나에게 도움을 주지 못하느니

      내가 바라는 바를 보지 못하는 까닭이라.[616]

우리의 뽕잎, 여자, 노래,

"그대의 뱃속에서, 또는 내 마음속에서,

맞아, 내 여인아, 바로 그거야, 그대가

무언가를 제대로 만들고자 한다면."

"우리 같이 다 해요……

아니, 야자수 방에서는 말고." 여인은

야자수 방은 너무 춥다고 한다. 증권과 주식,

하느님, 더 많은

증권과 주식을.

그녀는 수중 동물, 그녀는 문어, 그녀는

생물학적 과정,

그래서 아르노[617]는 그곳에서 뒤돌아섰는데

그의 위로는 돌에 새겨진 물결무늬

우물의 귀틀과 수평인 뾰족탑

그 위로는 새겨진 돌이 있는 탑, 왈,

"난 죽음 뒤의 삶이 두려워요."

그리곤 잠시 뒤,

"자, 드디어, 내가 그를 놀라게 했구나."

또 다른 어느 날 낮이었는지 석양 무렵의 저녁이었는지 원형극장 근처

(계단들)

손목에 레이스 주름

하지만 그리 깨끗하진 않은 레이스……

내가 말했지, "그러나 이게 나를 어쩔 줄 모르게 하는군,

나를 어쩔 줄 모르게 해, 내 말은 그걸 내가 이해하지 못하겠다는 거야,

그들에게 있는 이 죽음에의 사랑 말이지."

사람들의 삼투성을 숙고해 보자

해뜨기 전,

탑, 상아, 깨끗한 하늘

햇빛 속 빳빳한 상아

하늘의 창백한 깨끗함

가는 넓적다리의 아폴로,

대기의 자른 듯한 서늘함,

바람에 잘린 꽃, 태양의 신 옆

빛의 군주의 모서리, 그리고 신의 발

주위를 부는 4월,

나귀 수레를 타고서

다섯 자루의 세탁물 위에 앉아 있는 가인佳人[618]

페루지아[619]를 거쳐 산 피에로[620]로 가는

길이었는지도 모르리. 갈색빛 황옥 같은 눈,

갈색의 모래 위를 흐르는 시냇물,

비탈 위 하얀 사냥개들,

미끄러지는 물, 불빛들과 뱃머리들,

밤에 드러나는 뱃머리의 은빛 돌출부들,

돌, 가지 위에 가지,

　　　　물속을 흐르는 남포등들,

검은 줄기의 자신의 그림자 옆 소나무

언덕 위 검은 줄기들의 그림자

나무들이 공기 속에 녹아 있느니.

XXX

불평, 불평을 난 어느 날 들었지,[621]

아르테미스[622]가 노래 부르는 소리를, 아르테미스, 아르테미스가

연민에 대해 목청 높여 비탄하는 소리를,

연민은 숲들을 빈약하게 하고,

연민은 내 요정들을 베어 버리고,

연민은 그렇게도 많은 사악한 것들을 용서한다네.

연민이 4월을 더럽히나니,

연민이 뿌리이자 샘인 셈.

아름다운 창조물이 나를 따르지 않는다면

그건 연민 때문,

연민이 베어버림을 금하는 때문이니.

이 계절에 모든 것들이 더러운 건

이 때문, 연민으로 더러워지고

사물들이 삐뚤게 자라느니

순수를 발견하지 못할지라.

더이상 내 화살은 날아가

베어 버리지 않느니. 깨끗하게 베어지는 것이란 없이

다만 썩어 가는구나.

파포스[623]에서도, 어느 날

　　　　　난 들었네,

…… 젊은 마르스와 즐기질 않고,

그녀는 절뚝거리는 바보에게 연민을 느끼곤,

그의 불을 보살펴주고,

그의 잿불을 따뜻하게 지키누나.

시간은 사악함. 사악함.

    하루, 또 하루

젊은 페드로[624]는 어찌할 바를 모르고 걸었다,

    하루 또 하루

이네즈가 살해된 후에.

리스보아[625]의 영주들이 왔다.

    하루, 또 하루

신하의 예로서. 그곳에 앉아 있는

    죽은 눈동자,

왕관 아래 죽은 머리칼,

그녀 옆엔 아직도 젊은 왕이.

제단의 불빛과

초값으로 치장한

물질 마담[626]이 들어왔다.

"명예라니요? 당신의 명예라니 좆 같은 소리!

이백만을 받아 처먹기나 해요."

    알폰소가 왔다가

배 타고 페라라로 떠나갔는데

'오' 소리도 못하고 이곳을 지나쳐 갔다.

하여 우리는 이곳 시저 사원[627]에서

금속을 새겼다,

　　　발렌트와 애멜리아 공작[628]

　　　케사르 보르지아 군주께

…… 제가 이곳으로 데리고 왔습죠 활자 새기는 자들과

인쇄공들을요 약하거나 천한 이들이 아니랍니다.

　　　(케사르님의 파노 땅으로)

유명하고 능력 있는 식자공들

그리고 희랍 활자와 히브리 활자의 틀 도안가도 데리고 왔는데

그의 이름은 프란체스코 다 볼로냐[629]라 하며

통상적인 활자뿐만 아니라 초서 또는 상서체라

하는 새로운 형태를 고안한 사람입니다.

알두스[630]의 모든 활자들을 알려진 바대로

그처럼 우아하고 매력적이게 새긴 이가

알두스도 아니고 다른 누구도 아닌 바로 이 프란체스코랍니다.

　　　히에로니무스 손치누스[631] 1503년 7월 7일

우리가 모사한 텍스트[632]는

로렌티우스[633]본과

한때 말라테스타 집안 것이었던 고사본인데……

그해 8월 교황 알레산드로 보르지아[634]가 죽었다.

교황 죽다.

칸토 XXX

끝나다

열한 편의 새로운 칸토들
XXXI~XLI

1934

말할 때가 있고,

침묵할 때가 있다.[636]

제퍼슨 씨[637]가 말했다. 우리에게 시간을 벌어 줄 텐데.

"당신의 동상에는 현대적 옷을……[638]

주 대표자 회의가 아나폴리스에서 열렸을 때,[639] 제가 당신께

우리 쪽 지역과 서부 지역 사이의 물 통로에 대해 써 보냈던 기억이 납니다,

특히 빅 비버강과 카요호가강 사이의 평야에 대한…… 정보 말입니다,

에리호와 오하이오를 운하로 항해할 수 있다는 희망을 갖게 했었죠.[640]

당신은

이 문제에 관해 더 나은 정보를 얻을 기회가 있었을 겁니다,

그러시다면, 그걸 알려주신다면

무척 고맙겠습니다. 저는 이 운하를,

실행할 수만 있다면, 매우 중요한 일로 생각하고 있습니다."

T. J.가 워싱턴 장군께, 1787년

……메릴랜드 북쪽으로는 노예가 없고……

……코네티컷에서 발견된 꽃은 공중에 매달려 있으면서 성장을 하는 것

으로 알려졌는데……

……수면 아래에 놓이면 더 효과적이 되는 스크루.

코네티컷의 부시넬 씨라는 시골 양반이 더 먼저

발견했던 것이 아닐까.[641]

애덤스 씨 각하.[642] 프랭클린 박사 각하.[643]

하여 제퍼슨 씨(대통령)가 톰 페인[644]에게 :
당신께서 공공 기관의 배를 타고 이 나라로 오고 싶다는
뜻을 밝히셨지요. 이렇게 갑작스럽게 떠나시는데 무리만 없다면,
당신을 태우고 오도록 '메릴랜드'호의 선장에게
도슨 씨[645]가 명령을 하달하였습니다……
옛 시절에 합당할 만한 감정이 새삼 생겨나는 걸 보셨으면 하는
기대가 듭니다…… 이 일에 당신은 살아있는 그 어떤 이만큼이나
노력하셨더랬죠. 오래 사셔서 당신의 일을 계속하시고
그에 합당한 보답을 거두시기를 바라는 마음입니다……
저의 확실한 존경과 애정을 드리며."

"영국의 신문들…… 그들의 거짓말들……"[646]

수년 내에…… 메릴랜드 북쪽으로는 노예가 없으니……

"9백만 개의 담배가 프랑스 항구에서 전해졌는데,
6백만 개는 제조공장으로 가고,
거기서 왕은 삼천만을 가져갔는데
거두어들이는 데 약 25씩 들어가니까
총합하면 소비자들이 7천 2백만 리브르를 지불하는
셈이 되지……
(나는) 이 세금에 있어
징수가 너무 과다하다고 생각하게 되었지."

(1785년 파리에서)

…… 우리의 모델이 될 것으로는, 님에 있는 메종 카레……[647]

그의 동기에 관하여 말하자면(매디슨 쓰기를) 내가 원하는 것 이상으로

인간의 본성을 더 깊이 보지 않고서는

그 어떤 자연스러운 동기도 알아내기에 당혹스럽다는 것을

인정하지 않을 수 없다.

            (로버트 스미스 씨에 관해)[648]

그 나라의 상황이 위기일발이라

내 생각건대 돈 있는 이들이 기꺼이 돈을 외국에 두고 싶어하리라 봅니다.

애덤스 씨가 그곳에서 우리를 위해 돈을 빌릴 수 있겠지요.

이 나라는 정말이지 XTZBK49HT 직전이라 여겨집니다

        (이 편지의 부분은 암호로 되어 있다)

        제퍼슨, 파리에서, 매디슨에게, 1787년 8월 2일[649]

난 보마르셰[650] 씨가 자신의 이야기가 먹히고 싶어한다는 말을 들었지……

…… 포토맥강을 통해서…… 에리호의 무역이……[651]

저는 유럽에서 왕관을 쓴 자들 중 어떤 이도 미국 교구의 대표자로

뽑힐 만한 재능과 장점을 가지고있는 자는 아무도 없다는 것을

확실하게 말씀드릴 수 있습니다

        T. J.가 워싱턴 장군에게,[652] '88년 5월 2일

"라파이엣[653]이 쿨드색에 있는 당신의 호텔에서 저녁 내내

당신과 저와 존 퀸시 애덤스[654]에게 이런저런 이야기를 늘어놓고 있었
을 때……

…… 당신은 입을 다물고 있었지요. 저는, 솔직히 말을 하자면,

정부와 역사에 대한 그의 조야한 무지에 대해 놀랐답니다,

수년 전 튀르고,[655] 라 로슈푸코,[656] 콩도르세,[657] 그리고 프랭클린 등도

그래서 제가 놀랬듯이 말이죠.”

　　　　　　제퍼슨 씨에게, 존 애덤스가.

지금 동봉된 편지들을 부탁…… 그 대부분은

경찰들 눈에는 보기 안 좋은 것들이라서.

　　　　　　몬티첼로에서, 4월 16일, 1811년

　　　　　　　　파리로 떠나는 발로우[658] 씨에게

갤러틴[659]보다 더 예의 바른 도움을 얻을 수 있는 사람은 없을 것……

“어데어[660] 또한 괴팍했지요. 그는 모든 아메리칸

인디언들이 유대인들의 후예라고 믿었답니다.”

　　　　　　제퍼슨 씨가 애덤스 씨에게.

“하지만 대중들이 그와 동시에 그것에다가

정확히 똑같은 액수(4백만 달러)의 이자를

지불하고 있다는 것을 생각해 봐. 그렇다면 양쪽 중 어느 쪽이라도

이득이 될 게 무엇인가, 대중들에게 축복이 될 것이 말일세?”

　　　　　　엡프스[661] 씨에게, 1813년

"인간은 이성적인 존재!" 하고 프랭클린은 말했다.

"자 이성적인 인간이 있다고 칩시다.

그에게서 모든 입맛을 다 빼앗아 봅시다, 특히 배고픔과 갈증을.

그가 방에 들어 앉아 실험을 하거나

또는 어떤 문제를 풀고 있다고 하죠.

그 순간 하인이 노크를 합니다. '주인님,

저녁을 차렸는데요.'

'햄과 치킨?' '햄이요!'

'내가 내려가 그 망할 놈의 돼지 엉덩이를 한 조각 씹기 위해

내 사고의 연결고리를 끊어야만 하겠는가?

햄을 치워, 내일 저녁 먹겠네.'

입맛을 빼앗아가 버린다면, 현재의 세대는 한 달도

못 살 것이고, 그 어떤 미래의 세대도 존재하지 않을 겁니다,

인간성의 드높은 위엄성 운운할 것도 없고……

　　　　　　애덤스 씨가 제퍼슨 씨에게, 1813년 11월 15일.

"…… 에피쿠로스의 철학에 대한 고신디의 신태그머에

내가 한 가닥 거들었으면."

　　　　　　　　　(애덤스 씨)

"…… 1785년의 상황이 그러했으니……"

　　　　　　　　　(제퍼슨 씨)

······ 합의하에 만나서, 그 회의의 말미에 ―

패트릭 헨리, 프랭크 리와 당신의 아버님,

헨리 리와 나······ 그 당시의 상황이 요구하는 듯이 보이는······

방법을······ 의논하고자······

접촉의 채널을 만들어야······ 이 때가 1773년.

제퍼슨이 D. 카[662]에게

······ 성 베드로 성당······[663] 인간의 이성, 인간의 양심,

그런 것들이 있다고 믿기는 하지만······[664]

애덤스 씨.

그런 법률에 의하면······ 옛 필사본에는, 그런데 이것을

그들은 『성경』으로 번역해 놓았다······[665]

제퍼슨 씨

그리고 그들은 이 실수를 계속하고 있다.

"보나파르트는······ 상거래라고는 아는 게 전혀 없어······[666]

······ 빈민들이 전체의 5분의 1은 되니······

　(1814년의 영국의 상황에 대해)

여기서 칸토가 끝나다

XXXII[667]

"혁명은," 하고 애덤스 씨는 말하길,

"사람들의 마음속에서 일어났지."

…… 60문의 대포와 10톤의 화약,

그리고 만 개의 머스킷 총과 총검, 납, 침대커버,

군복과 한 명의 대령, 자신들의 중립성을 보여주기 위해…… 암피트리

테호[668]는

3월 10일 첫 번째 목적지를 향해 출발했다……

4분의 1은 모레아[669] 상인들에게 주어야 할

남아있는 채무변제와 지불을 명령하였고

앞서 이야기한 에셸[670]의 빚에 대해선

1766년 12월 의회의 주요 법령에 따라

무기와 다른 도구들은 정부의 회계에 따를

수밖에 없고…… 생-리뱅 씨[671]는

그 나라 말도 잘 하고 태수들과도 잘 알고

특히 하이데르 알리[672]와

…… 그를 자극시켜서 영국에 적인 자들을 바싹 따르게 하고……

그 수단은 그리 정교하지 못해도……포르투갈과의 유대 관계를

끊어버리고……[673] 암피트리테호에 대해선, 각하

보마르셰의 관리하에 있는 게 좋습니다, 거기 실린 것들은

대체적으로 무기들이라……

증인들 중 몇몇은 그(버[674])가 오하이오 운하에

별 관심이 없다고 증언할 것입니다……

　　　　　　　　　　법관 앞에서가 아니라

늘 그렇듯이 하나의 의견이 옳다고 하는 쪽도 있고 그르다라고 하는 쪽
이 있을 때

소소한 이견들에 집착하고는 확고한 건 그냥 넘어가 버려요.

알갱이가 짧은 쌀, 고지대 또는 고산의 쌀……

다년생 치코리의 씨앗…… 매우 유명한 스웨덴산 순무……[675]

당신이 황제(알렉산더[676])와의 이 일에 있어 내가 법적인 면에서는

옳다고 받아주시고 내가 물러나더라도 그를 최상의 존경심으로 대할

것이라고 확신시켜 주시기 바랍니다……[677] 억압받는

사람들의 상태를 적어도 어느 면에서라도 개선시키려는

그의 성향을 말입니다……

우리에게 돌아오실 때는 양치기 개를 두 마리 정도

데리고 와 주세요, 순혈종으로요…… 전쟁을 피하게 되기를 정말 바랍
니다.

활자 주조에는 안티몬이 꼭 필요하지요, 그래서 로날드슨 씨를 당신 손
에 맡깁니다.[678]

…… 피해야죠, 상황이 허락하는 한 말입니다……

인디안들을 교화시켜야 해요, 효과적이지 못한 옛것들을

크게 개선시켜야…… 그러려면 먼저 종교적인 도움을 주어야 해요.

다음 사항들이 성공적이었습니다. 첫째로, 가축을 기름으로써

소유의 가치에 대한 의식을 갖게 해 주고……

그 가치를 계산할 수 있는 산술과 셋째로 그걸 기록할 수 있는

글 말이죠, 그렇게 그들이 노동을 하기 시작하는 거죠,

농장에 울타리를 치고, 여인네들은 물레질하고 짜깁기하고……

네 번째로는 이솝 우화를 들려주는 건데, 그건 로빈슨 크루소 이야기와 더불어

그들에겐 첫 번째 즐거움 거리이죠. 크리크족과 체로키족, 체로키족은 지금

스스로의 자치정부를 세우고 있죠.

…… 역시 명망 있는 많은 이들이 그 반대로 증언할 테지요

그들 모두는 그 설교에 참석했던 걸 테고요……

…… 그들을 힘든 노동과 빈곤과 무지로 억제할 필요가 있다고 보고,

끊임없이 노동해야 충분한 잉여물이 나온다고 하고는

마치 벌들로부터 빼앗듯 그들이 번 것에서 많은 걸 빼앗아가서

빠듯한 삶조차도 잘 하지 못하게 하죠. 이렇게 벌어들인 걸 그들은

놀고먹으며 화려하게 치장해서는 사람들의 눈이나 홀리며

자신들의 특권을 유지하는 데 써 먹죠…… 우월한 존재라는 계층에

걸맞게…… 1823년 6월 12일, 존슨 판사님께……[679]

우리나 마구간이나 또는 큰 응접실이든

그들 앞에 모든 게 굽신거리게 하고 생각을 하게끔 하는 모든 걸

추방시켜 버린다고 하면…… 그러면 그저 단순한 동물이 되어버리고 말죠……

유럽의 식인종들이 다시 서로를 잡아먹고 있어요……[680]

그의 평소 판례와는 다르게 논쟁의 여지가 있는 사건의 경우 법이 어떠 해야 할지를

말하는 건 마샬 판사답지 않아요……⁶⁸¹

…… 그 기관이 없어진다면

동물은 전혀 생각이라는 걸 할 수 없게 되는지……

애덤스 씨가 제퍼슨 씨에게……⁶⁸²

우리에서건, 마구간에서건 또는 커다란 응접실에서건……

루이 16세는 바보였고

스페인 왕 바보였고, 나폴리 왕 바보였죠

그들은 매주 두 명의 사신을 서로 보내며 이번엔 뭘 사냥했는지를 이야

기했어요

천 마일도 더 떨어진 거리를 말이죠…… 사르디니아 왕

다른 모든 부르봉가 사람들과 마찬가지로 바보였고, 브라간자 출신의

포르투갈 여왕 역시 천성적으로 천치였고,

프로이센의 프레데릭 대왕의 후계자는 육체적으로나 정신적으로나

돼지에 지나지 않았고, 구스타푸스와 오스트리아의 요세프는

당신도 아시다시피 정말로 미친 이들이었고, 조지 3세는

구속의拘束衣를 입었었잖아요,⁶⁸³

그러면 이제 늙은 카테리나밖에 안 남는데, 너무 늦게 일으켜져서……⁶⁸⁴

그렇게 하여 우리는 우리의 목적을 위해 기르는 동물들의 성격과 성향

을 바꾸는 일을 계속하고 있는데……

사자가 쉬고 있을 때의

유럽의 식인종들이 다시 서로를 잡아먹고 있는데

사자의 모습으로.[685]

XXXIII

퀸시⁶⁸⁶ 1815년 11월 13일

…… 전제 정치

혹은 절대 권력…… 무제한적 통치권,

이는 대다수의 인민 의회나

귀족 의회나 과두 체제의 도당에서나

또 그와 마찬가지로 자의적이고 잔인하고

모든 면에서 악마적인 유일 황제에서나 마찬가지입니다. 그것이 있는

곳엔

그것이 싫어하는 모든 기록들, 연대기들, 모든 역사들을

파괴해 버리고 말지요, 그리고 영리하게도

남겨두는 것들은 개악해 버리고……

만약 군대가 긴 편지들을 먹고 살 수 있다면, 저는

　그 군관부 본부(이 나라)의 신사분이 이 세상에서 으뜸가는

　병참부 장교라 믿습니다. 하지만 그가 글을 쓸 때가 아니라

　행동하는 걸 보기 전까지는 말이죠. 자신이 맡은 의무를 위해

　자신의 가정적인 편안함을 희생하는 것, 그리고 이 나라의

　자원을 쓸 때 쓰는 것을 보기 전까지는 그에 대해 다른

　의견을 가져야만 할 것 같습니다.

T.J.가 P. 헨리에게,⁶⁸⁷ '79년 3월.

…… 이천 오백만이 넘는 사람들이, 이천사백 하고도 오십만이

　　넘는 사람들이 읽지도 못하고 쓰지도 못하는 때에……

　　베르사유 동물원에 있는 코끼리들에게 그러하듯이

　　실행 불가능한 일이겠지요.

나폴레옹이 이데올로기라는 단어를 창안해냈는데, 이 말은

내 생각을 표현해 주는군요.[688]

…… 테오그니스[689]의 종마들 이래 귀족 정치학에서 우리가 얼마나

　　진보했는지…… 리빙스턴 대신[690]과 험프리즈 육군 소장[691]이

　　메리노양의 귀족정치를 도입하지 않았던가…… 우리에게

　　　영원히 따라다니는…… 후세의 끝없는 세대들에게 토지꾼들과 주식

꾼들을.[692]

　　　　　　　　　선善은 영원하고 자존하느니

　　　　　　　　　　　　J. A. 1815년

…… 관리와 봉급을 배가시키는 것은 단순히 당파들을 만드는 것일 뿐……

이것을 소유한 자는 완벽한 신사이니, 신정神政주의자이건

남작이건 러시아 귀족이건 부자이건 별문제 되지 않습니다.[693]

…… 우리가 우월하다고 하는 차이점은 발사할 때 조준을 잘 한다는 점

에서이니……[694]

"천성이 좀 탐욕스러웠던 토스카나 대공을 말씀드리는 겁니다

　　(T.J.가 J.A에게, '77년)……[695] 금고에 죽어 누워 있는

　　왕관들,…… 프랭클린 박사로부터의 추천서는 미리

받아두시는 게 현명할……"[696]

콩도르세[697]가 비밀을 이야기했더군요. 귀중한 고백을 했어요. 그의
『인간 정신의 진보에 대한 역사적 관점의 개요』를 영어
번역판으로만 가지고 있는 게 유감입니다. 하지만 247,
248, 249페이지를 보시면 18세기의 철학자들이
바리새인들의 모든 기술들을 차용하고 있다고 솔직히
시인한 대목을 발견하실 겁니다.[698]

…… 사람들의 마음에서 이미 그러했던 것이니, 1760년에서
1775년간의 십오 년 사이에서 이루어진 셈입니다……
렉싱턴 이전에 말이지요……[699]

보다 풍요로운 지방에게보다는 능력 있는 보다 많은 병참 장교들한테
옮겨주는 게 필요할 겁니다. (T. J. 식량에 대해)

보나파르트,[700] 불쌍한 놈! 그가 어찌 되었고 어찌 될 것인지
…… 크롬웰,[701] 왓 타일러,[702] 잭 케이드,[703] 말하자면 끝이 나빴지요.
웰링턴[704]은 모든 남작들과 백작들, 자작들에게 어정뱅이라고,
그들 머리 위로 솟아오른 벼락 출세자라고 질투 받고 멸시당했지요.
(애덤스 씨가 토머스 제퍼슨에게)

문학은 아무것도 고치지 못합니다…… 뱀의 이에서 인간이 솟아났는지……

이 지독한 폭풍우 속의 우리 군대에 대한 나의 울적한
　　동정심을 달래주지 못합니다 (퀸시, 11월 15일)[705]

하지만 두 가지를 내가 그(플라톤)에게서 배웠습니다. 전쟁의 약탈에서
　　농부와 뱃사람 등을 제외하자는 프랭클린의 생각이
　　그한테서 빌려 온 것이고
(둘째로) 재채기가 딸꾹질을 낫게 한다는 것입니다.

기금과 은행 체제를 유지하기 위해……
　　연설, 기도, 설교…… 그들이 워싱턴 장군을 좋아해서가 아니라
　　늙은 공화당파를 모욕하기 위해……

75,000불은 정화正貨 1,000에 해당함. (1781년 2월) 정착민은 우리의
　　지난번 계획에 의해 그가 한 번에 지불했을 돈보다 매년 20배 정도
　　공공에 더 가치 있을 것임.[706]

개체성의 한계들 (말살) 그리고 자신의 능력을 하나의 정화로 발전시킴.
　　(자본론) 1842년에 비난받았는데 여전히 그러하다 (1864년인 오늘날)
　　'42년의 보고서는 문서 보관소에 처넣어져 있는 동안 이 소년들은
　　파멸되고 이 세대의 아버지들이 되어 갔으니…… 작업장은
　　1871년에 이르기까지 공문空文에 지나지 않았고 그때에
　　이르러 지방 자치의 통제에서 벗어나…… 공장 감독관들의 손에
　　넘어갔는데, 그들에게 8명의 조수가 딸려서는 십만이 넘는

작업장과 300이 넘는 타일 제조장을 다루어야만 했으니.[707]

로지에(장관)[708]는 이 정부(브뤼셀)가 그러한 법을 도입하려고 하다가
　　(미성년자 노동을 하루에 12시간으로 제한하지 않는다는) 늘
　　노동의 절대 자유를 간섭하는 법이 야기하는 시기에 찬 불안에
　　의해 좌절되곤 한다고 저에게 말해 주었습니다.
　　　　　　　　　　　　　　1862년 브뤼셀에서 H. 드 월든 경[709]

그들(소유주들)은 감독관들을 자신들의 인본주의적 환상에
　　불행한 노동자들을 무정하게 희생시켜 버리는 일종의
　　혁명적 위원이라고 비난하였다(1848년의 법[710]에 관해).

면 방적에 관련된 경우 공장주는 치안판사 자리에
　　앉을 수 없다…… (존 홉하우스의 공장 조례)
또한 그의 아버지, 형제, 아들도 그럴 수 없다.[711]

만약 똑같은 어린 소년들이 단지 방적실에서 견직실로
　　자리바꿈하는 것이거나 이 공장에서 저 공장으로
　　옮기는 것이라면, 감독관이 어떻게 그들이 일한
　　시간의 양을 측정할 수 있겠는가? (1849년 레나드 호너[712])

흙과 모래가 90% 섞인 유연油煙이 '합법적인 혼합'인지
　　또는 상업적으로 '실질적인 유연'인지를 배심원('62)이

결정해야 했던 경우 상업의 친구들이 결정하기를

(배심원이 결정하기를) 소송비용을 들인 원고에

불리하게 '실질적인 유연'이라 하였다.

독일 혁명의 시작은 몇 가지 새로운 문제를 야기시켰는데,

　　상업상의 틀에 박힌 과정 대신 승리를 얻은 (독일) 프롤레타리아에

게로

　　돌아갈 금과 밀의 두 기금이 만들어질 것임

　　　　당의 구성원들인 베를린 공사관의 관리들에게(1923년)[713]

온화한 관료, 반 친 베이[714]는 피의 혁명의 주도자 역을

　　전혀 할 수 없는 사람으로 드러났다.

　　　　(베세도브스키에 따르면)

십 년 동안 우리(러시아) 대사들은 어떤 이론들이 모스크바에서 유행하고

　　있는지를 조사해서 적합한 사실들을 보고해왔다. (위와 같은 전거)

미드랜드[715]의 할인율보다 서너 배 되는 과도한 할인율로 할인된

　　어음들……

　　　　일 년에

1억 5천만 루블이 고리대금율의 할인으로……[716]

　　　　　　그[717]는 심지어

(화제를 바꾸어)

연방준비은행의 중역들의 입에 그들이 이야기해야 할 말을

담았다…… "당신은 당신의 몫보다 더 많이 가졌어,
우리는 당신의 것을 줄이고 싶어, 더이상 당신이
가지게 할 순 없어."

(브룩하트 씨[718])

의사록 34쪽 그들은 또 다른 해결책을 채택했다
42쪽 각 주간의 통상위원회, 철도 요금의 인상을 요청,
그들에게 말하길, 여러분, 할인율에 대한 어떤
얘기도 입 밖에 내지 않도록 조심하시기 바랍니다.
모든 이들을 혼란케 하고 즉각적이고도 엄청난 쇄도가
일어나니 신문에서 결코 논의하지 마시고……
…… 모 회사의 은행업자가 그 회의에 있었는데, 다음날
그는 6,000만 달러를 빌리러 나가서 얻어냈다는 겁니다.
스위프트아무르싱클레어[719] 하지만 온 나라가 그 사실을
몰랐어요. 회의는 우리가 과도한 인플레이션을 겪고
있다고 결론지었거든요.

XXXIV[720]

석유, 동물, 풀, 석화石化, 새, 외피外皮,

미첼 박사[721]의 대화는 다양해서……

흑인 하인을 데리고 러시아로 출발을 했는데……[722]

그들의 평화와 그들의 유럽으로부터의 분리에 맞추어서……

물 위에서의 독점적인 영국의 주장…… (서기 1809년)

"상업에 관해서는 이 친구(보나파르트)는 산만해서"라고 로만조프[723]는

말했다……

배가 들어오고 나가고 하는 자유, 사고파는 자유……

문학과 대화에 흥미를 느끼는 외교관 부류의 유일한 멤버들은……

우리는 셰익스피어, 밀턴, 버질 그리고 드릴[724]에 대해 이야기했었다……

"애덤스 씨," 하고 황제는 말하기를, "당신을 못 본 지 100년은 된 거 같

구려."

1811년 6월 4일 :

    무역 협정에 대한 생각이 문득 떠올랐다.

그의 정부가 필시 우리의 평화를 이룩해 줄 거라고 말해 주었다.

"어떻게요?" 하고 대사(프랑스)가 물었다.

        "약속을 지키지 않음으로써요."[725]

그리고 그, 보나파르트가 로만조프에게 말했다,

    "틸지트의 평화[726] 이후 내가 스페인 말고 어디로 가겠나?"

왜냐하면 그는 늘 어디로든 가야만 했으니까.

두 명의 왕비[727]가 그 도시로 돌아갈 거라는 이야기가 있었다

늘 그래왔듯이

적어도 조금은 흥미로운 전쟁에서 말이다, 그 전쟁을 알렉산더는

막을 수 있는 건 다 했었다.

프랑스 군대 50만, 러시아는 30만,

그러나 넓이와 시간에 의존했다.

"제5요소 : 진흙" 하고 나폴레옹이 말했다.[728]

황제 휘하에 있던 흑인 클로드 가브리엘은 미국에서는

아주 무시당했었다. 8월 14일 오라니엔바움[729]으로.

그곳에 캐스카트 경[730]이 있었는데(즉 스탈 부인[731]의 집)

그녀는 어떻게 하면 영국에 있는 동안에도

그리고 두 나라 사이에 전쟁이 있는데도

미국의 자금줄로부터 자신의 이윤을 받을 수 있을지 알고 싶어했다.

귀족들은 자신들의 농부들 10명 중에서 1명씩을

군대에 내보냈다.

　　　　　그는 모스크바의 어리석음을 저질렀는데

그, 보나파르트는 자신의 신하로부터 여섯 장의 셔츠를

빌렸다, 그리고 금화 4,000도…… 갤러틴 씨,[732]

베이어드 씨……[733] 로만조프로부터의 답변…… 갤러틴 씨는

"그들이 할 수 있다"고 생각하지 않았다 (플로리다에서의

우리의 행동이 정당화될 수 있을 거라 생각하지 않았다).

미시시피강에서의 권리에 대항하여…… 고기를

낚고, 말리고 치료할 권리…… 뉴펀들랜드섬 주변에.

오페라 극장에서 : 타메란, 그리고 텔레마크 발레.[734]

1815년 3월 18일 어젯밤 오세르[735]에

　　　오기로 되어있었다 (보나파르트)

네[736]가 내일 이곳(파리)에 오기로, 그날이 로마 왕[737]의

생일이므로……

3월 20일, 부르봉 왕은 튀일리[738]를 떠났다,

사람들이 말하길, 보베[739]로 가기 위해……

저번 목요일에 있었던 왕과의 회견에서 그는 나라를

수호하기 위해선 자신이 죽어도 좋다고 말했다.

군대가 환호를 지르게 하고 싶어하자

군인들은 소리 질렀다, "아, 와, 왕 만세."

오늘 아침 신문의 제목 *왕국의 일지*.

…… 그에 대항하기 위해 보내졌던 군대와 함께 어제저녁 도착했다……

그건 부르봉가의 잘못된 행동에 기인한 것.

나는 그(제임스 맥킨토시 경)에게

프랭클린 박사나 워싱턴이나 혁명을 반겼다고는 생각하지 않는다고

말했다…… 그는 그럼 지도자급 사람들 중 반긴 사람이 있냐고 물었다.

나는 제 아버님이나 아마도 새뮤얼 애덤스나 제임스 오티스가……[740]

(그가 돌아올 때 모리스 지사와 애스터 씨가

태머니 홀에서 그를 성대하게 맞이했다.[741])

어느 날 밤에 죽은 새가 오니스 씨[742]의 종 치는 줄에 매여 있었는데,

(그의 눈에는) 스페인에 대한 커다란 모욕이었다.

제퍼슨 씨는 자신이 농업을 좋아는 하지만

그것에 대해 아는 건 아무것도 없다고 하였다, 매디슨 씨와 달리.

매디슨 씨는 87년 회담에서 매우 능률적이었다.

"배곳 씨[743]는 보다 더 능력 있는 사람이 왔어도 그보다

더 나은 대사라고 할 만해요, 영국의

이익을 위해서도, 이 나라의 안정을

위해서도." 드윗 클린턴[744]은

뉴욕 지사로 (콤마) 반대 없이 (콤마)

뽑히기 직전만큼

더 미천하고 불신받은 적이 없었다.

"인간 혐오자, 반사회적인 야만인" J.Q.A.가 자기 자신에 대해.

은행들이 온 나라에 걸쳐 깨부수고,

어떤 건 은밀하게, 어떤 건 부적절한 방식으로……

경제의 모든 원칙을 넘어뜨리고.[745]

1820년 1월 18일. (J.Q.A.) 대통령 집무실에 들렀는데

대통령이 말씀하시길, 존슨 대령이 뒤에인을 위한 일을

만들어 주기 위해

베네수엘라에 만 개의 무기대를 제공하는

제안의 중재자로 나서는 것보다

더 가치 있는 일을 하면 좋을 텐데.[746]

서기 1820년

…… 대중적인 감정과 연계가 되지 않는 한

정치가들의 마음속에

　　　도덕적 고려가 별로

힘을 얻지 못하는 것 같아……

중립을 표방하면서도

　　(그 자신 은밀하게

우리의 군대에서 사람들을 차출하였고) 먼로는 그걸 인정했다.[747]

다른 어느 누구도 개의치 않았다.

　　…… 하지만 부통령의 자리가 ―

제대로 말을 하자면 ― 시중에 나온 셈.[748]

"기본 지식이 부족하고 매우 소화되지 못한

윤리 체계를 가진, 클레이 씨(헨리)."[749]

캘훈 씨[750]와 대화를 나눈 후 애덤스는 회고하기를,

지폐…… 의제擬制 자본의 감소……

크레딧을 쥐어짤수록 부채는 누적되고……

노아 씨[751]는 이 나라의 유대인들을 이용해 먹을 계획을 가지고 있었고

비엔나에 자리를 가지고 싶어했다.

1820년 크리스마스에 아침을 먹고 나서

교황님의 "메시아"를 큰소리로 읽었다. 조지[752]를 제외하고는

내 가족 중 어느 누구도

　　　조금도 관심을 보이는 것 같지 않았고,

또한 그들 중 어느 누구도

　　　문학에 취향을 가지고 있는 것 같지 않았다.

나는 밥 먹고 살기 위해 변호사가 되었던 것이고,

　　　　나라의 부름으로 정치가가 된 것이었다.

조지 클린턴과 엘브리지 게리에게 바쳐진 수수하고 볼품없는

기념비들……[753] 우리에겐 선조도 없고 후손도 없다,

　　　　　몇 년만 지나면 그들은 사라져버릴 것이라.

…… 이 나라의 모든 유명 인사들처럼 교육이 반만 이루어진……

…… 캘훈은 우리가 어떤 경우에도 연합국 모임에

　　　　　참가해서는 안 된다고 생각했다.

영국은 일반적인 자유 원칙에 따라서라기보다는

　　　자신의 이익에 따라……

우리는 유럽의 모든 이해관계와 떨어져 있어야만 한다.[754]

유럽에서 라파이엣 장군[755]을 따라 리세로

온 이들(처녀 아가씨들이 따라 왔다). '24년 10월 2일.

워싱턴은 상원을 떠나며 두 번 다시

여기 오나 봐라고 말했다.

그들(의회)은 아이들 교육을 위해서는 아무 일도

안 하면서 그저 군인들로 만들어내려고만 하지, 그들은

대학을 위한 재원을 마련하지 않아 (1826년).[756]

검은 호두, 봄에 경작한 아몬드는

땅 표면으로 나오는 데 정확히 두 달이 걸리지.

이날은 (5월 26일) 괴로운 날

하지만 난 타마린드가 넘버 투 텀블러 안에서 땅을 뚫고
솟아오르는 걸 보았지, 넘버 원 텀블러에는 심기를……[757]

공식 임무와 상충이 되냐고? 난 말했지
운하 회사가 백만 달러의 기금을 조성해 줌으로써
미국이 그 회사에 관심을 가지게 되었으므로 그럴 것이라고.[758]
에벌린의 『실바』[759]를 읽고, 어두워질 때까지
나무의 생성과정에 대한 소소한 관찰들을 하며.

헤어짐에 있어서의 어떤 감성? 클레이는 가끔씩 내 소식을
        듣고 싶다고 말했다……[760]
"뭔가 이상한 게 있네, 평범한 생각을
        평범하지 않은 말로 표현했던 셰익스피어의 언어로
치자면 매우 꾸민 것 같이 여겨질 거야."
        (1829년 3월의 일기)
하지만 최근 들어선 허구적 이야기에 대한 취미가 없어졌어……
12월 13일. 이튼 부인……[761]
그에 따라 그녀는 (캘훈 부인) 사우스캐롤라이나의
더렵혀지지 않은 분위기 속에 남았다.
영국의 「쿼털리 리뷰」 11월호,
        비방으로 가득 찬 두 개의 기사……
캘훈이 도덕적 군자들을 이끌었고, 밴 뷰렌[762]은……
잭슨 대통령의 침 뱉는 상자와 마루에 널린 깨어진 파이프……

나는 니콜라스 비들[763]에게 연락했고…… 내 은행 주식에 대해

두 번에 걸쳐 배당금을 받았다…… 공공의 문제에 관여하도록 부름을

받을지도…… 나는 모든 개인적인 문제들을

떨쳐버리고 싶다…… '31년 11월 9일.

"203번 자리를 얻었다." J. Q. 애덤스.[764]

…… 그에게 (웹스터 씨[765]) 관세의 감소에 대한

　　그의 의견을 물었다.

잭슨과 나 사이의 사회적 교류가 계속 방해받는 건

원하지 않는다고 말했다 (3월 2일)

지금까지는 그럭저럭……

그 관계의 회복은 틀림없이 나를 욕 먹게 할 것이다

3월 3일. 웹스터 씨와

　　뉴욕에서 보내져 온 연어로 식사를 같이 했다.

마티노 양……[766]『정치 경제에 대한 대화』의 저자……

젊은 여인…… 귀가 먹어서…… 보청기를 통해서만 듣는데

그녀의 대화는 활기차고 듣기 편해서……

클레이 씨와 캘훈 씨와 웹스터 씨의 논리는

얕고, 대중적인 편견에 호소하곤 한다.

옛 주들은 그렇게 자신들의

　　모든 권리를 공공의 땅에 바칠 것이니……

온 세계의 친구, 마틴 밴 뷰렌……

웹스터 씨, 밀짚 인형 같은 사람…… 대통령 집무실

마당에서. 그들의 목적은

하루에 열 시간 이상

일하는 것에 반대하는 것이라고 한다 ('37년 4월 13일).

대통령의 집무실에서 그와 함께

기후와 빅토리아 여왕과 날씨에 대해 대화를 나누다……

르가레는 노동자들에게 북부의 자본가들에게 대항하는 반란을

일으키라고 설교함으로써 그들에게 반박하였다.[767]

상원 회의실에서 나는 그가 (캘훈)

자신의 명예와 영광을 자찬하면서

클레이를 욕하는 것을 보았다.

…… 속죄에 관해 서로 싸우고는,[768]

예수와 삼위일체…… 골상학骨相學과 동물의 자성磁性……

티피카누 클럽……[769] 대학생들, 어린 학생들……

세상과 육신과 지옥의 악마들은 전능하신 하느님의

깃발 아래 뭉쳐 감히 아프리카의 노예무역을

저지하려는, 북미 유니온 소속의 인간과는

담을 쌓게 되리니…… 내가 무엇을 할 수 있겠나

생일을 앞둔, 칠십 사 년의 세월, 손은 떨리고

…… 아프리카의 노예무역을 억제하기 위해……

밴 뷰렌…… 하루에 열 시간이 넘는 것에 대한 반대……

해리슨이 누추하게 보이는 말에 대해……

　　　상냥하고 자비로웠다……

행정이 어기적거리고……

　　　치욕스런 일……

　　　　　체로키 나라에 대한 잘못들……[770]

이것이 조지아주의 죄악이다

이것이 거짓말이다

이것이 치욕스런 일이다

이것이 깨어진 계약이다……

부캐넌[771] 음지 속의 음지,

　　　스콧[772] 사진 속의 그럴 듯한 인물

댄 웹스터는 뽐어대고, 타일러의 코는 공문서 끝까지 뻗어있고

총신, 검은 호두……

모어디카이 노아가
창건한
아라랏 시

피라미드에 영어와 히브리어로 쓰여진

　　　이런 글을 읽었다.

소방수들의 횃불 행진,
소방수들의 횃불 행진,
정치적 행위의 원칙으로서의 학문
　　소방수들의 횃불 행진!
자유로운 주민들과 잘 균형 잡혀 있구나 ('43년 12월 21일)
전자기 (모스)

信　　목적이 한결같고
　　　올바르고 꾸준하고[773]

XXXV

그리하여 이것이 (그렇게 받아들이기를) 중앙 유럽.

코얼즈 씨[774]는 기관총 부대를 담당하고 있었는데

막상 발사할 때가 되자

그는 그저 담뱃불을 붙이고는 자신의 부대에서 걸어 나와

들판에 주저앉았다,

그래서 하위 장교가 발사 명령을 내렸고

코얼즈 씨는 극상의 벌은 면했는데

그의 집안이

비엔나의 꽤 괜찮은 부르주아 집안이었기 때문

그는 정신 건강 요양소로 보내졌다.

피대츠 씨[775]는

그 녀석 나타노비치[776]인지

어떤 다른 더 잘 알려진 무슨 노비치인지

명예훼손 법 때문에

존대해줘야만 하는 이름을 가진 어떤 놈이

검은 옷을 입어달라고 관중에게

요청한 다음 마태 수난곡[777]을 특별히

지휘하는 동안

바이올린을 켰을 때의 공포감을 설명해주었다.

독토르 부인[778]은 티롤 지방 때문에 거의 울 지경이었다,

좋은 기록이란 하나도 없는 수염을 기른 그 늙은 녀석 프랑수아 지우셉[779]

— 사실 아무리 끈기 있게 조사를 해 보아도 — 좋은 기록이란

하나도 없는…… 등등……

그 녀석에게 연민을 가진다 해도

이탈리아에 대한 백년이 넘은 농담이

이제는 다른 이를 향해 있다는 걸 알지 못하고……

이게 중앙 유럽

　　치에비츠[780]는

나에게 애정의 따뜻함에 대해

가정 안에서의, 집안의, 거의 질 내부 같은,

히브리적 애정의 따뜻함에 대해 이야기해 주었다, 그밖에 다른 거의 모
든 것들도……

루인숍 씨[781]도 같은 것이 없어짐으로써 또 미국의 속물근성에

노출됨으로써 피해를 입었다는 점을 지적하였고…… "저는요,"

하고 젊은 여인[782]이 말하길, "중앙 유럽의 산물이에요,"

하지만 그녀는 동원하는 능력이 있었던 것 같았고

잘한 건 불명확한 일반적 흔들림과 배치되는

콘서트를 방해할까 봐 가족이 아빠의 죽음을

알리지 않았다는 것이었다.

그건 차라리 어떤 내부 기관 같았다고 할까,

췌장의 어떤 공동의 삶 같은 것…… 방향성 없는

감수성…… 이건……

아 그래, 여전히 폴로에 관심이 있는 귀족들이 있지

하고 매춘부 같은 공작 부인이 말했다 물론 귀족들이 있어.

액손 씨[783] 보통 때는 매우 똑똑한데

도르트문트 맥주를 마시며 두 번의 점심식사를 한 이후엔

실제로 제대로 체스를 하질 못했지 보다 더 젊은

알렉시는 머피와 살고 나더니

아가미가 회색빛이 된 게 보여

활력이 감소되는 게 당연한 듯 보이는데 우린 말했지

어리석음은 전염이라고, 포템킨[784]의 이혼은

그의 할머님의 죽음과 집안의 감정이 다시 솟아나면서

방해를 받았지. 그의 아내는

그의 모델역을 하고 있고, 그의 정부는

말하자면 부동산업자와 결혼했다. 재혼하겠다는

드러난 의도를 거두어들인 과부는 한때 장미꽃이었지만,

지금은 딸을 못살게 구는 데 시간을 보내고 있다,

엘리아스 씨가 나에게 말하길,

　　"영감은 어디서 얻으세요?

내 친구인 홀 케인은 나에게 말하길

런던의 이스트 엔드에 사는 한 소녀의 매우 슬픈 경우를 알게 됐는데

그게 그에게 영감을 주었다고 하더군요. 내가 영감을 얻는

유일한 길은 때때로 소녀로부터 와요,

말하자면 때때로 레스토랑에 앉아

　　예쁜 소녀를 보며

아이디아를 얻어요, 비즈니스 아이디아 같은 거?"

　　이렇게 즐거운 엘리아스가 말했다고?

완벽한 비렁뱅이 이야기 : 돌의 심장을

녹일 정도의 목소리를 가졌으며

예술 작품을 만들고 싶어하는

아름다운 유대 소년이 있었는데

노부인이 이곳에 더이상 없을 때

어찌 된 영문인지는 모르지만, 골동품상에 그가

들어와 있었는데 어느 누구도 그가 어떻게 들어왔는지는 몰랐고

그의 형제가 아무런 서류도 안 남기고 죽자

카펫을 온통 적실만큼 눈물을 흘려서

나중에 옷을 다리미질을 해야 했고

성대한 장례식을 주문하고는

그 청구서를 아내에게 보냈다.

　　하지만 그들의 광대뼈가 튀어나온 걸로 봐서

그들은 몽골족으로 추정이 되었다. 만세! 하트바니[785] 만세!

그는 이상적인 생각을 가지고 있었고 회의에서 일반인들에게 말하였다,

"여러분에게 제빵업 단체의 장을 소개해 드리겠습니다.

여러분에게 벽돌공 단체의 장을 소개해 드리겠습니다……"

"뭐라고! 자네 그렇게 타락했나?"

　　라고 이름이 뭐더라 하는 프랑세 장군[786]이 응답했다

프랑스의 왕당파를 대신해서, 그럼으로써

도서관(응당히 도서관)과

꽤 괜찮은 회화 컬렉션을 가진

유대인 헝가리 남작에게 이상의 효용성을 보여준 셈? "이 땅에 머리 좋

은 이들이

　넘쳐나요."

라고 보야르[787]인지 옛 야만인들이 무어라 불렀건 어떤 이들이 말했다

그들은 통상적인 만찬과 음주 이후 그들의 오래된 사냥꾼 친구를

그의 식당에 있는 상들리에에 매달았다

힘! 뭣 같은 나라. 항목 :

폰테고[788](방)를 만들어서

옷감에 돈을 빌려줘서 그들이 돈이 부족해서 일을 그만두지

않도록…… 항목 : 특별 세일을 해서

옷감을 특별한 가격으로 마치 도매가격이듯이

팔겠다는 약속으로 옷감을 공급해서

소매세율만 덧붙여서

만토바의 옷감이 주변국들과 같은 정도로 싸게 해서

브레시아 사람들, 크레모나 사람들, 파르마 사람들, 레사나 사람들[789]은

물론

우리 도시 사람들도 싼 곳을 찾아 베로나로 가고 있는데,

그들이 이리로 오거나 머물게 해서

산업을 증진시키고 소매세뿐 아니라

다른 모든 세들을 증대시키게 합시다.

항목 : 이 기술을 증대시키기 위해

베네치아에 한 사람을 상주시키고…… 우리가 여기서

팔지 못하는 걸 팔게…… 항목 : 염색 작업…… 약속한 천을

염색할 수 있게…… 여기서 물감이 잘 든 천을 발견하는 건

⋯⋯ 어두운 색감으로 물들인⋯⋯

로마냐 지방[790] 사람들이 여기 만토바로 오게 만들고, 지금은 물건 사러

베로나로 가는 마르케 지방[791] 사람들도⋯⋯ 이 모든 일이

이 산업에 도움이 될 것이고, 더 많은 사람들이 이곳에서 살고자 오게

하면

당신의 세금에도 커다란 득이 될 것입니다.

만토바 1401년, 선언서.

뾰족한 끝이 4개나 5개가 있는

별들이 올리브 나무에서 떨어질 때

성 요한의 이브에[792]

이날 "물질" 부인,[793] 장신구들을 착용한 부인이 나타났다

로맨스의 분위기를 두르고,

발은 꽃가지 같았다. 거래가

이루어지는 베네치아 맞아

거래가 이루어지는 베네치아

물건 사는 마지막 사람의

호주머니에서 나오는

가장 확실한 이윤/ 관세가 면제되는

음식 재료들 그렇게 면제되는 또 다른 것들은 없지

들어갈 때 9 퍼센트, 나올 때 9, "지배자"[794]를 유지하기 위해

그리고 데 가마(바스코) 커다란 불편 사실 있을 수 있는

최악의 뉴스 하지만

포르투갈이 유지할 수 있을까?

모든 게 해외의 지역으로부터 오니

소금이 필요한 그들은 평화조약을 맺었다

"바다를 지배하고, 무역을 지배하는" 베네치아와

나머지가 "지배자"에게 공급하도록, "빅토리아?

그 이름을 어디서 들어봤더라?"

지나치게 싸게 팔고 지나치게 많이 사고, 바닷길을 수호하려니

     서기 1423년 등등

들어갈 때 9% 나갈 때 9, 모래와 알칼리와 헝겊의 수출은 없음.

질(質). 우리 물건이 사는 사람을 기쁘게 해 주어야 하니까.

고위관료에게 말해 주세요 물건이 이름만 우리 것이지

추방당한 저 유대 놈들이 만든 거라고, 라구사[795]에 있는

저 유대 놈들이 만들어서 베네치아의 표를 붙여서 파는 거라고.

베네치아의 밑바닥에 있는 물건들

베네치아를 벗어나서는 배도 만들 수 없지.

     모체니고,[796] 1423년.

적화 흘수선積貨吃水線을 지키고, 갑판에 화물을 무겁게 적체하지 말고.

통행세, 관세, 십 분의 일 세.

XXXVI[797]

한 여인이 나에게 물어보았지[798]

    나는 때에 맞춰 이야기를 했고

그녀는 하나의 감정에 대한 논리를 추구했어, 흔히 격렬하고

너무나 자긍심에 차 있는 사랑이란 이름의 감정에 대해

이를 부정하는 이는 지금 진실을 듣게 되리니

하여 난 미천한 마음을 가진 자가

그러한 논리를 밝혀낼 수 있으리라는 기대는 하지 않으므로

현재의 깨우친 자들에게 이야기를 하노라

현상적인 증명이 있을 수 없다면

    난 증명하려는 노력조차 할 뜻이 없노라

그것이 어디서 태어나고

무엇이 그의 힘이고 세력이며

그 존재와 모든 움직임

'사랑하다'라 불리는 기쁨에 대해

그리고 인간이 그것을 눈에 보이게끔 할 수 있는지에 대해 얘기하지 않

겠노라.

기억이 살아 있는 곳에,

    그것은 마치 웅달에 비치는

빛을 받아 형성되는 투명한 물질처럼 자리를 잡고

그 그림자는 화성[799]으로부터 와서 창조된 채로

남아 감각적인 이름을 지니게 되느니,

영혼의 관습,

　　　가슴으로부터의 의지.

눈에 보이는 형태로부터 생겨나서는 이해됨과 더불어

가능지可能知 속에 자리 잡아 머무르게 되는데

그곳에서 그는 무게도 갖지 않고 한 곳에 서 있지도 않으며,

질이 낮아지지도 않으며 오히려 자신의 효능을

끝없이 발산하는 것이니

이로써 기쁨을 얻게 되는 것이 아니라 자신과 진정으로

똑같은 것을 다른 어느 곳에도 남길 수 없음을 깨닫게 된다.

그는 힘이라기보단 완전함,

이성에 의한 자명한 이치가 아니라, 말하자면,

느낌에 의한 자명한 이치인 완전함으로부터 나온다.

구원을 넘어서까지 자신의 판단력을 행사하고

의도를 이성과 동등한 위치에 놓고 생각하며,

감식력은 형편없어 약함의 친구가 되기도 하며

흔히 그의 힘은 마지막에 죽음과 더불어 찾아와서

그것에 대항하는

　　　흔들리는 평행추가 되기도 한다.

본디부터 대립적이 아니라 단지

완전함에서 약간 비틀어진 것일 뿐,

어느 누구도 말하지 마라

사랑이 우연에서 생겨난다라고

또는 기억이 더이상 그를 지니지 않는다고 해서

　　　지배력을 확립하지 못했다라고.

넘쳐흐르는 의지가

　　　자연의 한계로부터

비틀어져 나올 때

그는 존재하게 된다, 하지만

휴식이라는 장식을 결코 하지 못한 채 그는 움직인다 색깔을 변화시키고

웃거나 울거나 하며

두려움으로 얼굴을 찡그리게도 하며

　　　휴식은 잠시뿐

하나 그대는 그를 보게 된다 그를 받아들일 만한

사람들과 자주 어울리는 것을

그의 기묘한 성질은 한숨을 쉬게 만들고

사람으로 하여금 불꽃을 일으킬 만한 격정으로

자신의 마음속에 형성된 흔적을 보게 만든다.

재주 없는 이는 그의 이미지를 그릴 수 없느니,

그 자신은 움직이지 않으면서도 모든 것을 자신의 고요함에로 끌어들

이고,

기쁨을 추구하고자 하지도 않으며

자신의 크든 작든 그걸 굳이

증명하고자 하지도 않는다.

그는 비슷한 모습과 색을 비슷한 천성에서 끌어내어

즐거움을 겉으로 보다 더 확실히 만들며

그처럼 가까이에서도 숨어 서 있지를 못한다,

아름다움들이란 잔인하지는 않다 해도 작은 창들 같은 것

그러한 두려움으로 숙련된 이는

꿰뚫는 소중한 정신을 따라간다.

그는 얼굴로는 알 수 없으나

총체성인 흰 빛을 받아들여서는

자신의 목표에 도달하는 것이니

그 목표가 되는 이는 듣긴 하나 형태는 보지 못하고

다만 그 발산되는 빛에 이끌려갈 뿐이라.

분리되고, 색깔로부터 떨어져 나오고,

짙은 어두움 속에서 분열되어

빛이 빛 옆으로 스쳐 지나가는데,

분리되어, 모든 허위로부터 분리되어

믿을 만하니

오직 그로부터만 자비가 흘러나온다.

틀림없이, 노래여, 그대는 그대가 만족하든 아니든

떠나갈 수 있으리니 왜냐하면

그대는 그대의 논리가 그대를 이해하는 이들로부터

칭찬받도록 장식이 된 것일 뿐

그렇지 않은 다른 이들과는 친교를 맺을 뜻이 없는 것이라.

"스론즈[800]라 불리는지, 밸러스 루비인지 황옥인지"
에리우게나[801]는 그의 시대엔 이해되지 못했는데
"이는 아마도 그를 뒤늦게 비난한 점을 설명해준다 하겠다"
그들은 마니교도[802]들을 찾아 나섰으나,
내가 알아낸 바로는, 마니교도들을 찾지 못했고
그리하여 대신 파내어 저주하기를 스코투스 에리우게나에게 그러했으니
"권위란 올바른 이성에서 생겨나는 것,

　　결코 그 반대는 아니다"
하여 뒤늦게 그를 비난했고
아퀴나스는 진공 속에 머리를 거꾸로 하고 있는데,[803]

　　아리스토텔레스는 진공 속에서 어느 방향으로?

신성하고, 신성하니, 교접에 대한 인식.
소르델로 집안은 만토바나 출신.

　　고이토[804]라는 성城의.
"다섯 개의 성!
다섯 개의 성!"[805]

　　(왕은 그에게 다섯 개의 성을 주었다)
"도대체 내가 염색물에 대해 무엇을 알겠나?!"[806]
성하聖下[807]께서 편지를 쓰시길,

　　"앙주[808]의 비열한 인간 카를로……

······ 그대가 그대 휘하 사람들을 다루는 수법은 고약하니······"

친애하는 친근한 군인이······ 테티스 구역의 몬테 오도리소와

몬테 산 실베스트로, 팔리에테와 필라 성을 소유하도록······포도나무 경

작지

경작지

미경작지

초원 숲 목초지

법적인 권한을 부여함

남성이든 여성이든 그의 상속인들은,

······ 6주 뒤 그곳을 팔아먹었구나,

소르델로 다 고이토.

곰곰이 잘 생각을 해 보건대.[809]

XXXVII[810]

"빚 때문에 그들을," 하고 마틴 밴 뷰렌이 말했다, "감옥에 넣으면 안 돼."[811]

"이민자가 유효한 지폐로 시작을 해서

그의 여정 끝에 지폐를 보게 해야

휴지가 되면…… 원시림에 오두막을

지으면 돈 많은 호족이 그것을 뺏는다?

대법관들? 나는 그들도 다른 위대하고 선량한 이들에게

감정이 영향력을 끼쳤듯이 감정에 좌지우지될 수 있다고 생각하고,

집단적 정신에도 휘둘릴 수 있다고 봅니다.[812]

"캘훈 씨 내외가" 하고 애덤스 씨가 말했다

"여성적 미덕의 깃발을 쳐들었어요"

"페기 이튼이 직접 쓴 이야기" (1932년 헤드라인)[813]

지방자치제를 끌어들여야

하려는지?

앰브로스 (미스터) 스펜서와 밴 렌슬러[814]는

선거권을 확대하는 데 반대하였다.

"공장에서 일하고 부자들에 의해 고용된 이들은

(1821년 주 의회) 하고 스펜서가 말했다,

"다른 이를 먹여주고 입혀주고 재워주는 이는

전적으로 자기 뜻대로 할 수 있는 법."[815]

켄트는 말하길 "상원이 지주를 대변하지

못한다면 상복을 입고 재가 된 채로

슬퍼할 거요, 재산권을 침해하는 것이

되는 것 아니요?"[816] 이에 대해 섬바디 톰킨스 씨는 응답하길,

"목사들이 폭동을 선동하는 설교를 하고

돈 있는 자들은 약탈품들을 챙기려

정부의 신용도를 비난해대는 동안

당신들의 군대를 채운 게 그들인데."[817]

두 단어가, 하고 밴 뷰렌 씨가 말하였다, 우리의 혁명과 함께 들어왔지요.[818]

사실상 우리가 무엇 때문에 여기 온 겁니까?

"스펜서 재판장님

만약 그들이 고용주들이 시키는 대로 투표를 한다면

재판장님이 그토록 보호하시기를 원하는 재산을 위해 투표하는 거겠지요."

…… 고속도로가 의회에 달려있다면

　　　지역의 관리를 잃어버리는 것이 되겠지요……[819]

우리의 행위를 외국의 연합에 내맡겨서는 안 되죠……[820]

노동계층은

　　　대체적으로

지폐를 잘 컨트롤할 줄 모르고,

은행 주식으로부터 이익을 끌어낼 줄도 모르니……[821]

상인들은 과다하게 무역을 한 것을 고백하지 않을 것이고

　　　투자자들 또한 투자하려는 성향에 대해 그러하리니……[822]

정부에 필요한 만큼의 수입이

　　　공공의 통제를 받아서…… 국가의 수입을

투자의 시기에

　　은행에 예치를

하려는 겁니까?[823]

…… 정부의 보호를 줄이고……[824] 수병이

재판에 의하지 않고는 매 맞지 않도록……[825]　　…… 땅을

실질적인 정착자에게 (클레이 씨는 반대했지만)[826]

그녀의 아버지가 파산했을 때, 이튼 씨는…… 워싱턴에

화제 거리를 제공했다……[827] 제퍼슨 씨의 헐렁한 도덕관,

마틴 밴 뷰렌의 노예근성, 하고 애덤스(J. 퀸시)는 말했다

다른 모든 이들은 무례한데 말이지.[828]

"사람들의 바지 주머니야말로 적립해 두는 가장 좋은 곳이지,

재산이야말로," 하고 잭슨 대통령이 말했다.

북부연합에 5년을 주었는데……

은행은 하나의 유일한 화폐를 발행하지 못했다……

곡식을 기르기는커녕 수입해야 했으니……[829]

영국은행도 신용 사용을 막지 못했으니……[830]

"은행 법인에서는," 하고 웹스터 씨가 말하기를, "부자와

가난한 자의 이익이 행복하게 결합되어 있지요."[831]

밴 뷰렌이 클레이 씨에게 말했다, "저에게

당신의 그 훌륭한 매커보이 코담배 한 줌 주신다면……"[832]

유럽에서는 은행의 도움이 없이도 흔히 사적인 가문들에 의해

구제는 부채를 증가시키는 게 아니라

부채를 경감시킴으로써 얻어집니다.

…… 마샬 법관[833]은 자기 사안들에서 벗어나서……

팁 앤드 타일러[834]

우린 밴의 보일러를 터뜨려버릴 거야……[835]

황금 포크와 같은 사치의 악덕을 들여왔어,

그 포크들은

먼로 대통령 시절에

보르도 영사였던 리 씨[836]에 의해 들여왔지.

"그 사람은 배신자 북부 사람이야, 방탕아지."

자신의 당에 동의한다고 말하지 않을 거야.

매스컴에 영향을 끼치려고

펀드를 자기 맘대로(그 펀드, 자기 판단 하에) 쓰게끔

(은행의) 장에게 승인하면……

은행이 기존의 특권을 계속 유지하는 것에 반대하는 데만

특별히 현명하게 비토권을 사용할 것이라.

"대통령 (잭슨 말이지

그의 서명이 빅토리아 공주에게 보내졌는데)

그의 마음에 우리 은행에 대해 좋은 감정을 가지고 있더군

　　　라고 비들은 1829년 12월에 레녹스[837]에게 보낸 편지에서 썼다

"근거가 없는 반대되는 소문들

난 대통령과 허심탄회한 대화를 나눴는데

그는 이 나라에 대한 (은행의) 봉사에 대해 아주 좋아했어"

비들이 11월에 해밀턴[838]에게 보낸 편지.

"그럴 목적으로 신용 대출을 확 늘려서
1830년 10월 4천만 달러가
1837년 5월 7천만 그 이상으로.[839]
소렌토에서 이 사실을 기억했다 베수비오산 근방에서
발굴해낸 헤르쿨라네움 근처에서……[840]
"3천만 달러가" 하고 댄 웹스터 씨[841]가 말했다 "미시시피강에 있는 주들에서
3년 9개월 안으로 모두 회수되어야
해요, 특권이 연장되지 않는 한 말이죠……
난 그렇게 되면 이곳저곳에서부터 미주리주의 수도에
이르기까지 모든 이들의 재산이 평가절하될 거고
농산물 가격과 땅값과 노동에 의한 생산품 가격에
그리고 이런저런 사업에 당혹할 정도로 영향을 끼치게
되리라는 걸 서슴없이 말하겠습니다……"
죽은 이들에 대해선 하고 밴 뷰렌 씨는 썼다
이 인물에겐 적용이 별로 되지 않는군요.[842]

국고 잔고는 4 내지 5백만
수입금 3천 1백만 내지 3천 2백만
총수입 3천 2백만에서 3천 3백만

은행은 3억 4천 1백만, 예치금에서

정부 돈만 6백만

(상원에서 다수를 차지)

대통령이 쓸 수 있는 공공의 돈은

1만 5천에서 2만 정도 (즉 기밀 행위를 위한 기금)[843]

"은행이 자기 맘대로의 수단을 동원하여

나라의 크레딧을 혼란시키고 공포심을 이용하여

대중의 마음을 조종하고" 하고 밴 뷰렌은 말했다

"은행의 진정한 이사회에서

정부의 장들은 배제되고.

은행의 장은 정부의 기금을 컨트롤하여

국가를 배신하고⋯⋯

정부의 기금이 정부를 방해하고 있으니⋯⋯

언급한 정부의 기금을 가압수하고⋯⋯

(장, 날자, 행과 인용구)

불법적으로 비밀리에 행동하고

매스컴에 기름을 잔뜩 붓고

있지도 않은 보증인에게 명목상의 대출을 행하고"

　　　1830년대에

"해밀턴 씨가 어떤 특정한 이익을 위해서 서슴없이

대중을 위험에 빠뜨리던 선례에 대해."

"은행이 6천 4백만 신용대출을

할 것에서 1천 7백만을

잘라버리니.[844]

"테이니 씨[845] (재무)가 그 지점(뉴욕)이 8백 7십만을
걷어 들이지 못하게 하지 않았다면 그리고
무역과 상업의 이 전쟁에서
우리(나라 전체)를 지키기 위해
우리 도시에게 9백만의 무기를 주지 않았다면,
　　캠브릴링,[846] 글로브 엑스트라 1834년
폐기 이튼 자신의 이야기. 마리에타[847]가
할머니의 옷을 걸치지 않았더라면
남았으리라, 미스테리로. 돌로레스가
가발 같은 모양의 모자를 쓰지 않았더라면
이국적으로 남았으리.
그녀는 눈을 즐겁게 했고, 강한 시가도 개의치 않았다.
짜증스럽고 불안정스럽고,
형성되었다 파괴되고,
재조합되었다가 다시 또 해체되고
　　(그리하여 내려와서는 삶을 심고)

6월 21일, 소렌토. 빌라 팔란골라[848]
베수비오산 근처, 기억의 거울 속에서
밴 뷰렌 씨 :
　　내가 기억하는 판사 예이츠[849]는……

…… 오랜 습관으로 제2의 천성이 되어버린……

위엄 있고 신중한 과묵함으로

그의 정신 능력을 제대로 검증해 볼

기회를 비껴가곤 했다

알렉스 해밀턴은 협박을 받았지만

결국엔 사적인 스캔들이 자신의 공적인 이력을

먹칠하도록 했다.[850]

로안은 말하길, 마샬이 미국의 헌법을 좀먹었다고 했다.[851]

내 집에서 그 누구도 톰 제퍼슨보다 앞에 둘 수는 없다

양모 상인들 중 한 명이 말했다,

　　"밴 뷰렌의 뛰어난 연설이군요

"그래요, 매우 훌륭했죠."

"그런데, 노우어 씨, 관세를 어떻게 하자는 쪽인 겁니까?"

"그 점이 저도 생각하고 있었던 점입니다"

　　라고 노우어 씨가 대답했다[852]

기억의 거울 속에서. 내가 관세에 대한 그 연설을 통해

진실에 커다란 봉사를 했다고 말들을 들었지만

모든 점에서 단도직입적인 면은 그 연설의 특출한

특징인 것으로는 보이지 않았다고 했다.

　　　　　　나는 그에게

(클린턴 씨[853]의 처남인 제임스 존스)

친절한 말씀에 감사하다고 하면서 하지만

화해하기에는 그 당시

나의 사정이 너무 썰물처럼

빠져나간 때라고 이야기했다.

존 애덤스가 전제군주의 개념을 싫어해서라기보다

하노버가보다 브레인트리 집을 더 좋아해서라고

말하는 사람들이 적지 않지요……[854]

별에서 빛을 찾으려 했던 그의 아들은

하원의원들이 유권자들의 의지에

마비되는 걸 개탄했지요.[855]

"난 다른 모든 대통령들을 다 합친 것보다

더 많은 질문들에 공개적으로 답하였습니다"

　　　라고 마틴 밴 뷰렌은 서명했다.

"은행에 빚을 진 웹스터 씨"

　　　누런색의 망할 놈, 하고 클레이가 말했다

"불필요한, 따라서 해가 되는……

정부에 대한 간섭.

그들과 의회 내의 그들의 동지들은

　　　3개월 동안을 격론을 벌였는데 그러면서도

테이니의 결정을 뒤집거나 또는 어떤 식으로든

갈등을 완화할 수 있는 제안은 단 하나도 내지 않았다.[856]

여기

재무의 해방자가

누워 있도다

XXXVIII

돈을 거짓으로 만듦으로써

센강에 야기된 고통.

「천국」XIX, 118.[857]

그 해 메테브스키[858]는 남미로 갔다

(교황의 매너는 조이스 씨와 많이 닮았는데,[859]

바티칸에 그런 식으로 입성한 이는 일찍이 없었다 한다)

마르코니[860]는 옛날식으로 무릎을 꿇었는데

　　마치 지미 워커[861]가 기도할 때 같았다.

교황은 각하가 어떻게 대기를 뚫고 지나가는

　　전기의 파장을 뒤쫓아 갔는지

점잖은 호기심을 표현했다.

　　루크레치아[862]는

토끼의 발을 원했고,

　　그 메테브스키는 한쪽에 대고 말했다

(세 명의 자식, 다섯 번의 유산, 마지막 유산으로 인해 죽다)

　　그는 말하길, 다른 자식들이 더 많은 탄약을 가져갔다라 했다

(그리하여 대단히 반복적인 일을 하는 시가 제조공들은

거의 자동적으로 필요한 작업을 수행할 수 있고

그와 동시에 그들이 일하는 동안

정신적 오락을 제공해주기 위해 고용된 사람들이 읽어주는 것을

들을 수도 있죠, 덱스터 킴볼,[863] 1929년)

우리 것을 얻을 때까지는 사지 마세요.
그는 국경 너머로 가서는
    저쪽 편에 대고 말했다,
상대방이 더 많은 무기들을 가지고 있어요. 우리 것을 얻을
    때까지는 사지 마세요.
애커스[864]는 이익을 엄청 냈고 금을 영국으로 수입함으로써
금 수입을 증대시켰다.
    점잖은 독자는 이걸 이미 들어봤으리라.
그해 휘트니 씨[865]는
공매空賣가 얼마나 유용한지를 이야기했다,
    우린 그가 브로커들에게 이야기한 것이라 생각하는데
어느 누구도 그를 거짓말쟁이라 부르지 않았다.
누군가가 무장해제를 한다는 소리를 듣고는
두 명의 아프가니스탄인들이 총을 싸게
살 수 있는지 알아보려 제네바에 왔었다.[866]
어느 부 장관인지가
유전에서 돈을 벌었다[867]
    (하느님의 이름으로 지체 높으신 다시 씨[868]께서
그 날 이후 50년까지
페르시아의 땅 밑을 팔 수 있는 권한을 부여받았다……)
멜론 씨[869]는 영국으로 건너갔고

그해 윌슨 씨[870]는 전립선염을 앓았고

새로운 메시아라는 말이 있었다[871]

(조금 더 이전이었을 것이다)

귀부인께서는 그 년 애콧 입스위치 때문에

제니에게 주는 돈을 깎아버렸다[872]

그리고 그해 (20년 또는 18년 이전일 것이다)

그들은 수백만의 사람들을 죽이기 시작했다

베를린의 이 한 마리 때문에

　　　오스트리아에 있는 프랑스와 주세프라는 이름의

기름기 흐르는 쌍놈 때문에.[873]

"전쟁이 있을까요?" "아니오, 와이렛 양,[874]

사업 관계 때문에 그렇진 않을 거요."

　　　하고 1914년 5월 비누와 고기뼈 판매상이 말했다

간디 씨[875]는 생각하기를,

　　　우리가 면을 사지 않는다면

그리고 또한 총도 사지 않는다면……

아무개 씨가 조키 클럽[876]에 보이지 않다가

…… 나중에 일본에 나타났는데

아무개가 미쓰이[877]에 주식을 가졌던 거야.

"나무(호두)는 개머리판을 만드는 데 늘 필요로 하죠."

그들은 모스크바 외곽에 시계 공장을 세웠고

시계는 잘 갔다…… 이탈리아의 늪지대는

티베리우스[878]의 시절 이후 기다리고 있고……

"여봐요" 하고 비브[879]가 말했다, "물고기가 어떻게 바다에서 살게요."

스페인의 독재자인 리베라[880]는 왕자가

승계하기에는 육체적으로 알맞지 않다고 지적했다……

　　　고딕 활자가 여전히 비엔나에서는 쓰이는데

나이 든 이들이 그 활자에 익숙해 있어서라고.

　　　　　　　슐로스만[881]은

오스트리아인들에게 부처가 필요로 하니

동맹에 대항하는 스파이로서

　　　내가 비엔나에 남으면 어떻겠냐고 제안했다

(여봐, 그건 너에게 맡길게!)

발루바에 폭풍을 일으킨 백인

발루바에 폭풍을 일으킨 자……[882]

　　　그들은 북을 치면서 그런 말을 했던 것,

"이 나라엔 똑똑한 이들이 너무 많아" 하고 헝가리의 귀족[883]이 1923년에

말했다. 코슈트[884](쿠슈트)는 내가 알기로

카페에 앉곤 했는데 ― 모든 게 대화로 이루어졌어 ―

모든 게 대화로 이루어졌는데,

　　　아마도 그건 말하면서 요점을 반복하기 때문이리라,

"비엔나에는 여러 민족들이 섞여 있어요."

　　　내가 머물러서 부처가 되어야 하나?

"그들은 황제의 존재에 익숙해 있어요. 그들은 숭배해야 할

무언가가 있어야 해요.(1927년)"

하지만 티롤[885]을 잃어버린 것에 대한 그들의 기분은?

그들의 기분은 그렇게 드러나지는 않았다.

허름한 차림의 아랍인이 프로베니우스와 이야기를 나누며 그에게

3,000가지 식물들의 이름을 말해 주었다.

　　브륄[886]은 어떤 언어들은 세밀함으로 가득 차 있고

어떤 말들은 반은 행동을 모방하고 있음을 발견했다, 하지만

일반화는 그들의 능력 밖이었다, 말하자면,

흰 개는 검은 개가 아닌 개였다.

그런 일 하지 마, 로미오와 줄리엣……[887] 불행하게도

난 그 잘라놓은 것들을 잃어버렸다 하나 명백히

그런 일들은 여전히 일어난다, 가족이

그녀의 시체를 묻으려 준비하는 동안

그는 그녀 문밖에서 자살을 했다,

그녀는 이게 그 경우임을 알았다.

녹색, 검은색, 12월. 블로드겟 씨[888]가 말했다,

"재봉틀은 결코 널리 쓰이지 않을 겁니다.

"나는 물론 현금이 일정하다고 말한 적은 없습니다

(더글러스[889]) 그리고 실제로 국민(1914년의 영국)에게는

모든 현금이 다 인출되어버리면

8억 개의 예치 계좌가 남게 되는데

이 계좌들은 재무부가 발행한 화폐를

인쇄함으로써만 채워질 겁니다

공장

또한 다른 면을 가지고 있는데, 우리는 그걸 재정적 측면이라 부릅니다

그건 사람들에게 사는 힘을 줍니다 (사는 힘이 되는

임금과 배당금) 하지만 그건 또한 가격들과 가치들

내가 말하는 재정적 가치들의 원인이 되기도 합니다

그건 노동자들에게 지불을 하고 또 재료에 대한 지불도 합니다.

그것이 임금과 배당금으로 지불하는 것은

사는 힘으로서 유동적인 것인데, 이 힘은

어쩔 수 없이, 당신의 골을 때리겠지만,

공장에 의해 만들어진 모든 지불들

(임금, 배당금, 그리고 원재료에 대한 지불

은행 수수료, 등등)의 합보다 적은 겁니다

이 모든 것, 이 모든 것의 합이

그 공장, 아니 그 어떤 공장이든 그 공장에 의해

만들어지는 가격의 합에 첨가되는 겁니다

따라서 막히게 될 수밖에 없는 것이고

사는 힘은 결코

(현 체제하에서는) 그 전체적인 가격을

따라잡을 수 없는 겁니다.

빛이 천국의 이 층에서 너무나 밝고

눈부셔서

사람의 정신이 나갈 정도였다.[890]

크룹 씨[891]가 말했다 (1842년) : 총은 하나의 상품이지요

난 그것을 산업적 목적으로 접근합니다,

그리고 그것을 기술적인 측면에서 접근하지요,

1847년 파리와 이집트에서 온 주문들……

크림반도에서 온 주문들,

표트르 대제 훈장,[892]

그리고 레지옹 도뇌르 훈장……[893]

상트페테르부르크로 500개가 염소수염 나폴레옹에게 300개가

크뢰소[894]로부터. 사도바[895]에서

오스트리아도 크룹 대포들을 가지고 있었고,

프로이센도 크룹 대포들을 가지고 있었다.

"황제('68년)께서는 당신의 카탈로그에 무척 흥미를 느끼시고

인류에 대한 당신의 공헌에 관심을 가지십니다"

(서명) 르뵈프[896]

슈나이더 씨의 친척

1900년 5만 명의 일군들,

5만 3천 개의 대포, 나라의 거의 반을 채울 정도,

볼렘과 할바흐,[897]

크뢰소의 슈나이더 씨

배는 하나인데 엉덩이는 둘.

외젠, 아돌프, 그리고 알프레드[898] "철강보다 총에서 돈이 더 나온다"

외젠은 의회로 보내졌다,

(손에루아르[899]) 국회의원, 장관,
나중에 장관까지 됐다,
　　　"총은 어디로부터도 오지만
정부 지출금은 의회로부터 온다"
1874년 자유로이 수출할 수 있는 허가를 받다
22개 국가가 채용하다
1885/1900만 개의 대포를 생산해내다
1914년까지, 3만 4천 개
그중 반은 나라 밖으로 나가다
늘 국회에, 늘 보수파로,
노동자들을 위한 학교, 교회, 병원
아이들을 위해선 모래더미.
슈나이더의 궁전 맞은편에
　　　앙리 씨[900]를 위한 기념비가 세워졌다.
샹티에 드 라 지롱드,[901] 파리 유니온 은행,[902]
프랑스-일본 은행[903]
　　　프랑스와 드 웬델,[904] 로베르 프로토[905]
내일의 동지들과 적들에게
"가장 강력한 협회는 두말할 필요 없이
　　　철강 협의회이다,"
"하느님이 당신의 생계 수단을 뺏어 가시길" 하고 호크우드[906]가 말했다
천 오백만 프랑을 주르날 데 데바에
3천만 프랑을 르 탕에

에코 드 파리에 11번의 선물[907]

슈나이더 특허에 폴록을

우리 은행은 50개 사단을 무장시키고

　　일본군대를 유지시키고 있는

미쓰이에 대한 더 많은 소유권을 가져다주고 있어요

그들은 큰 미래를 가지도록 되어 있어요

"국가의 문제보다 이 문제를

　　더 앞에 놓아야 합니다."

XXXIX

황량하구나 고양이가 앉았던 지붕,

황량하구나 그가 걸었던 쇠 철로와

그가 일출을 맞이했던 모퉁이 기둥이.

언덕길엔, "트크, 트크"

              베틀 짜는

"트크, 트크" 그리고 올리브 나무 아래에선

    날카로운 노랫소리

내가 키르케의 화롯가에 누워 있을 때

그런 노래를 들은 적이 있었다.

    살찐 표범이 내 옆에 누워 있었고

계집들은 성교 얘기를 하고, 야수들은 먹는 얘기,

모두들 잠으로 축 늘어져 있으니, 성교하고 난 계집들과 살찐 표범들,

키르케의 탕약을 마시고 축 늘어진 사자들

키르케의 탕약을 마시고 추파를 보내는 계집들

    그녀는 그들에게 무서운 약을 주었다

    kaka pharmak edoken[908]

멀리서도 보이는 반들반들한 돌로 된 집

산山늑대와 사자들

lukoi oresteroi ede leontes[909]

    먹을 걸 달라고 아양 떠는 늑대

— 헬리오스와 페르세이스 사이에서 태어나고

파시파에가 쌍둥이 자매였던[910]
시골 일들을 잘 처리하는, 아름다운 배복部의, 벨벳 같은 물가의
    새봄, 노래 부르는, 새봄
너무나 여름같이 무르익어가는 봄
    늦봄은 잎새 많은 가을이라
그녀는 아름답게 노래 부르누나
KALON AOIDIAEI[911]
    여신인지 여인이지…… 지체 없이 크게 불러봅시다
    e theos e gune…… ptheggometha thasson[912]
처음엔 꿀과 치즈
    처음엔 꿀 그다음엔 도토리
시작은 꿀로 그다음엔 도토리
꿀과 포도주 그다음엔 도토리
끝이 날카로운 노래, 어린 나뭇가지 같은 그녀의 가랑이
그녀는 슬픔으로 입을 다물고, 목소리도 슬픔으로

    하나 먼저 그대는 또 다른 여행을 해야만 하리니 490/5[913]
하계의 경외스런 페르세포네의 집으로 내려가
테베인 테이레시아스, 확고한 정신을 지닌 그 눈먼 예언가의
얘기를 들어야만 할 것입니다, 비록 그는 몸은 죽었으나
페르세포네가 그에게만은 그의 능력을 유지시켜주었지요

하토르[914]가 상자에 갇혀

바다 물결에 떠내려갈 때

머리칼에 바다 꽃을 두른 마바[915]가

경쾌한 손으로 휙휙 저으며 헤엄쳐 와서는,

"당신 상자 대체 누구요?"

　　"나는 하토르요."

밝은 번개의 즐거움으로부터

한 번도 떠나본 적이 없느니[916]

이곳에 글라우코스[917]와 함께 몰래 왔고, 난 돼지우리로 가지도

돼지우리로 들어가지도 않았다

　　침대에서 이 문젤 의논하자고 여인이 말했다

Eune kai philoteti ephata Kirkh[918]

침대에서 사랑의 행위를 하면서라고 키르케가 말했느니

es thalamon[919]

침실로

유리로쿠스, 마케르,[920] 눈알을 게가 물고 30길 속에

물고기들이 눈구멍 사이를 초록빛으로 휙휙 지나쳐가는 것보다는

그곳에서 좋은 도토리들을 먹고 있는 게 낫겠지,

　　키르케의 주랑 현관 아래에서……

"그대가 오디세우스에 틀림없으리라 생각합니다……[921]

　　드시고 나면 기분이 좋아질 겁니다……

늘 옛날을 생각하시니……

하지만 지금까지 어느 누가 하계로?

　　아직껏 검은 배를 타고서 가보지 못했는데……

배 타고 하계로 가본 적이?

우리는 보호를 받을 것이니

여인들은 우리를 노래 부르게 하고

밤의 덮개 아래에서……

    저곳 숲속의 빈 터

플로라[922]의 밤에, 히아신스,

코로커스 (봄이라

    풀잎이 날카로와라,)

모두 쉰 하고 마흔

    봄에 피는 마르멜로들

4월과 3월 사이

    새로이 수액이 오르는 가지

그들 위로 피는 서양 오얏꽃들

    검은 가지 위에는 편도扁桃

자스민과 올리브 잎새,

운율의 박자에 맞추어

별에서 반어둠으로

반어둠에서 반어둠으로

    끝없는 운율로

돌출부 위에서 옆구리와 옆구리

    바다를 향한 여신의 눈

치르체오[923] 가까이, 테라치나[924] 가까이, 바다를 향한

백색의 돌 눈
끝이 없는, 하나의 운율,
　　"신을 만들어라!" "만들어졌도다."
새봄!
　　새봄!
그렇게 봄이 만들어졌느니,
어둠 속 그들의 눈만 볼 수 있을 뿐
　　그가 걷던 가지는 볼 수 없구나.
내리찧어져 살에서 빛으로 화하고는
불덩이를 집어삼키니
잎새를 통해
그의 막대기가 내 뱃속에 신을 만들어놓았다
　　이렇게 신부가 이야기하고
　　이렇게 노래 부르는도다
어두운 어깨가 번개를 불러일으키고
여인의 팔이 불을 품어 안는데,
불을 붙인 건 내가 아니라 시녀이나
　　신부가 노래 부르기를
내가 그 불을 삼키었노라.

XL

항구적 단체들의 단결심

"같은 직종에 종사하는," 스미스, 애덤,[925] "사람들은

일반 대중을 등지는 음모가 아니라면

결코 같이 모이는 법이 없지."

돈의 독자적 사용 (우리만의)

우리 은행, 우리만의 은행을 보유하고자

그곳에 예치를, 입금이 되는 곳에 입금을.

    환전 거래장에서……

        베네치아 1361년,

'62년…… 일이백 년 동안 묵혀 있었던……

"사적인 것에 의한 것인지 공적인 것에 의한 것인지……

    국가의 (ㅇ, ㅡ, ㅣ) 통용 화폐.

깨끗한 넓은 잔디밭을 만들어내기 위해

저 사슴 공원을 위해 놀이터,

모임, 수영장, 등등을 위해,

황새치, 7마리 녹새치, 24시간 안에 끌어낸

세계 기록.

피바디[926]가 사업에서 물러난다면

80만 파운드를 대출해 드리지요.

    영국 1858년

하느님의 이름으로 지체 높으신 다시 씨께서는

50년간 페르시아의 땅 밑을 팔 수 있게 허락을
받았다.
'62년, 위원회 보고서 :
무기를 정부에 팔음으로써 얻어지는 이익, 모건은
(케이스 97) 정부에게 정부의 무기를 팔았다⋯⋯
내 말은 정부가 이미 무기를 소유하고 있었다는 말
엄청난 이익으로
16만 달러가, 한 번에, 모건 씨에게
금 매매를 함으로써.
"위급상황을 이용해서" (다시 말해 전쟁)
게티스버그 이후, 하루에 5포인트 떨어짐 —
금에게는 황소요 북부 연합에게는 곰
"사업이 전쟁의 실패로 번성하다."[927]

　　"국가가 국가의 돈에 정통하게 된다면"

바우트웰[928]은 채권을 재무부가 직접 팔아야 한다고 결정했다.
모건 씨 : 공화당에 기부, 공화당에
거금 기부.
　　비처[929]의 교회는 부동산업자들에 의해 조직되었다 —
벨몬트[930]는 로스차일드가를 대표하고
"정화正貨로 지불하는 것이 재개됨으로써
"소수의 소유자들을 배부르게 했다."
채권 출자 (철로 건설)[931]

30퍼센트가 넘는 적은 거의 없는데……

'76년에는 채무불이행이 전체의 39%

다시 말해 철로 건설을 위한

채권의 39퍼센트가

코리가 말하길 "런던처럼 중앙 기관이

없어서 그래요"

푸조[932] 조사 : 모건 씨가 말했다,

　　"내 생애 공매空賣해 본 적 없습니다"

알게 되기를 유동자산을 많이 가지는 것이……

1907년[933] "베이커 씨[934]가 없이는 할 수 없었을 거야

"우리는 그것(공황)을 막을 수 없었을 거야.

정부의 무기에 관하여 : 한 정부기관이 (수용된 상태로)

팔기도 전에 다른 기관(즉 정부기관)이 사들였다

이윤을 걸러내는 일종의 체를 거쳐서.[935]

"그리스인이," 하고 이오니데스[936]인지 어떤 다른 그리스인인지가 말했다,

"2만을 정리하고는 정직해졌지요"

2만 파운드를 말하는 것.

　　새로운 고딕 양식의 주거에 눈길을 주며, 팔라디오[937]에

눈길을 주며, 군주다운 화려함을 욕망하며

(장식품, 장신구, 시계, 청동, 양단,

태피스트리, 나무결 송아지 가죽으로 제본한 읽을 수 없는 책들,

반만 모로코 가죽인 제품, 모로코 가죽 제품, 세공질한 테두리, 녹색의

리본들,

귀마개, 파딩게일, 숄, 귀여운 것들, 작은 것들, 알록달록한 것들

그밖에 등등

　　이것들로부터 빠져나오려 하는데

카르타고인들에게는 듣기 좋은 이야기 : 한노[938]

그는 헤라클레스 기둥[939]을 지나 나아갔다

페니키아 도시들을 건설하고자 60척의 배를 가지고

각 배에는 50개의 노들, 전체로 치면

배에 3만 명, 양식으로 밀과 물을 싣고.

지브롤터를 지나 이틀을 가자 넓은 평야가

투미아테현,[940] 서쪽으로 솔로이스[941]까지 가다

나무들로 덮인 곳

저곳에 포세이돈의 사원이, 태양을 등지고 반나절을

해안은 늪지대 웅얼대는 골풀들.

저곳에는 거대한 코끼리들의 무리

　　그리고 다른 많은 야수들

그렇게 우리는 건설했다, 카리콘, 굿타, 아크라, 멜리, 아람보[942]

이것들이 그 도시들이다, 그리곤 릭소스강이

고지대 리비아[943]로부터 쏟아 내린다

릭소스강 지대에 사는 상냥한 가축몰이들

높은 곳에는 릭스투스산에 갇혀서

야생의 야수들과 함께 살아가는 에티오피아인들

말들보다 더 빠른 흉측한 사람들.

릭소스강 주민들이 통역해 주러 우리와 함께 떠났다

12일 동안 남쪽으로 항해해 갔다, 사막[944]을 끼고 남쪽으로

하루는 해를 등에 지고 항해해 갔는데, 항구가 있었다

둘레가 15마일 정도 되는 섬이었다,

우리는 건설을 하고는 그곳을 키르네[945]라 불렀는데

이곳으로 오기까지의 시간이 카르타고에서 기둥까지 걸린 시간과

같았기 때문에 카르타고의 반대편일 것이라 믿었다.

커다란 강인 크레스테스강[946]을 지나면

　　　약간 큰 3개의 섬이 있는 석호

하루를 더 나아가면 큰 언덕들이 나타나며 작은 만이 끝나고,

거기 사는 사람들은 야생 동물들의 가죽을 입었고

우리에게 돌덩이들을 던져서

　　　우리가 착륙하지 못하도록 했다.

다음엔 수량이 많은 강이 나타났는데,

악어들, 하마들이 있었고, 거기서 우리는 키르네로 배를 돌렸다

12일 동안 해안을 따라 나아갔고

에티오피아인들은 우리가 오는 걸 보고 달아났다

우리의 릭소스강 주민들은 그들을 이해하지 못했다.

12일째 되는 날 숲이 울창한 산이 나타났는데

나무들에서 부드럽고 좋은 냄새가 났고

여러 향기들이 뒤섞여났다.

이틀이 지나서, 널따란 호수 후미인지 작은 만 같은 것이 있었고
그 위로는 평평한 땅이 놓여 있었는데 밤마다 불길들이 보였다.
우리는 탱크를 채우고는 5일 동안 해안을 따라 항해했고
그리고는 웨스트 혼⁹⁴⁷에 다다랐다, 그 항구를 가리고 있는 섬
낮에는 숲만 보였고

　　　밤에는 불길만
피리 소리에 또 피리 소리
계속 겹쳐오는 소리, 심벌즈에 또 심벌즈 소리,
북, 숲, 가죽, 박자, 공포를 불러오는 박자 소리.
주술사들은 우리더러 떠나라 했다.
그 불길로부터 향내가 났고,
불길은 바다로 흘렀다,
두려워하며 재빠르게, 밤에는 땅이 불길로 뒤덮였다
그것들 중 하나의 빛 기둥이
하늘과 별들을 태웠는데
낮에 보니 높은 산이었고
그들이 신들의 마차라 부르는 산이었다.
불길을 보며 3일을 항해하여 사우스 혼⁹⁴⁸ 만에 다다랐다,
이 섬사람들은 털이 많고 야만적이었는데
우리 릭소스강 사람들은 그들을 고릴라라 불렀다.
우리는 남자는 하나도 잡을 수 없어서 여자 셋을 잡았다,
남자들은 바위로 기어 올라가
돌을 던져댔는데, 우린 여자 셋을 잡았지만

물고 할퀴고 하면서 그들을 잡은 자들을 따라오려 하지 않았다.

죽여서 가죽을 벗기고는 그들의 가죽을 카르타고로 가지고 왔다.

그 항해를 더이상 할 수가 없었다,

    식량이 다 떨어졌기 때문에.

그것들로부터 빠져나와

높은 대기로, 성층권으로, 지존의

고요함으로, 최고천最高天으로, 네 개의 탑의 외벽으로

정신, 말로는 표현할 수 없는 수정水晶 :

카르타고인들의 왕

    그들의 사원에 자신의 지도와 함께 이것을 걸어놓다.

XLI

"하지만 이건,"

    하고 보스[949]께서 말씀하시길, "재미있군."

심미가들이 채 이해하기도 전에 요점을 파악하셨던 셈.

다른 어느 누구도 쓸어버리지 못했던, 치르체오 옆

바다[950] 마을 늪지대로부터 퇴비를 쓸어 흘려보내셨다.

2,000년을 기다려, 늪에서 생산된 곡식을 먹게 되었고,

천만 명을 위한 물 공급, 백만의 'vani,'[951] 즉

사람들이 살 방 백만 채.

    우리의 책력으로 XI년.[952]

반半유대인인 이가 들려준 이야기 :

국제자본가협회가 있었는데

그 배불뚝이들 중 하나가 말하길,

    "1,200만이 생길 겁니다" 하자

다른 이는, 내 몫은 삼백,

또 다른 이는, 우리는 팔백,

그러자 보스께서 말씀하시길, 한데 그 돈으로

    "그 돈으로 무엇을 하실 작정이요?"

"아니! 아니! 자기 돈으로 무엇을 하겠냐고

물어보실 수는 없지요.

그건 개인적인 문제인데요.

보스께서 말씀하시길, 그렇지만 무엇을 하시겠소?

사실 그 돈 전부가 필요하진 않을 것 아니오
당신들 모두는 추방될 사람들이니까."
"무솔리니를 위해서라면 우리는 우리 자신의 목까지 칠 것이요"
     하고 광장의 통솔자가 말하였다.
"무지한" 치치[953] 왈 "사람들!
그중 최악은 내 유모예요"
     (그의 나이 세 살)
"교황이 가는 곳엔 돈이 모자란다
왜냐하면 그 성직자 집단이
     은행자 수표를 들고 다니는데,
은행이 그 수표들에 대해 돈을 지불해야만 하기 때문이다.
또 당신은 은행의 지불 방법을 알아야만 하고,
언제 어느 날 시장이 서고
어느 철에 장이 서는가를,
그리고 그곳의 돈이 필요할 때는
환율이 어떠한가도 알아두어야만 한다
     (우자노 씨[954] 1442년)
시간이나 장소에 모자람 없이 하며
돈을 딱 준비해 놓는 것
장사치들의 장사 수단인 배들을 움직이게 하기 위해
또 군인들에게 정당한 보수를 주기 위함이니
       이는 모두 지방자치 기구 혹은 대군주로부터 마련되는 것,
당신은 증명서류들에 어울리게끔

밤낮으로 일해야만 한다.

하루에 열한 시간, 한 시간에 32상팀[955]

"넌 훔친 거야"

　　하고 오르브[956]의 고용주는 보스가 그의

유일하고 제일 좋은 신발을 닳아 떨어뜨린 후 말하였다.

14일 월요일, 아침.

훈련부대에서 6일 지난 후

그들은 그를 전선으로 돌려보냈다.

　　(기록)

역사와 생활상

대단히 중요한 온도

종교적 삶의 부흥

산악 전투에서 특히나

독일의 해방전쟁들에 나타난, 빌헬름 바우르 작作[957]

이 특출한 저서는 아우구스타 빅토리아 여왕 폐하[958]께서

　　젊은 울란 장교[959]에게

어머니와 같은 부드러운 정으로

하사하셨던바

산악 전투에서,

독일의 자유를 위한 투쟁, 1900하고도 8년, 에서

보다 높은 삶의 회복,

질서, 반反질서, 무질서

"평화 어떤 유이든"

　　전쟁에 대한 사회적 만족.

젊은 울란은 전쟁이 끝날 때까지

8년째 군복을 벗지 않았다

　　반질서와 무질서

산 카스치아노[960]를 향한 나무들, 흰 가시 울타리들은

은빛으로 서리 맞아 딱딱하고 —

참호 사이는 20미터

"코리에레 디 도메니카[961]에 실린 사진으로 보아……

무솔리니가…… 했던 병원으로 확인되었는데, 그 후 폭격에……

제왕의 좌석에 앉은 힌덴부르크 사령관[962]은

모차르트를 처음 듣고선 이 소음이 무엇이냐고 물었다

이 모든 염병할 문화적 넌센스.

한데 프리츠의 아버지, 폰 누군가[963]는

일 년에 연금을 칠 달러 올려달라는

그의, 힌덴부르크의 출원을 자신이 지지해야만

하리라는 편지를 지니고 있었다 —

경비는, 칠십 년대였는지 여하튼 무기 파업의

전쟁에 참가했다는 이유로 그의 부담이었고,

평화 어떤 유이든, 우디네[964] 위로……

저 독수리를 전조라고 불렀을 것이라

"알았습니다, 철해 놓겠습니다"

하고 최후의 독일인을 맞이했을 때

오합지졸 중 일곱 번째가 말하였다,

나머지는 으레 무단휴가를 떠났고…… 1914년

"어쨌거나 그는 함대를 출항시키었다."

　　　라고 윈스턴의 엄마[965]가 말했다.

"결코" 하고 윈스턴이 그의 사촌[966]에게 말하길

　　"무기를 만드는 데 시간을 허비하지 마라.

총이 되어서는 다른 이의 무기들을 쏘아버려.

머리 쓰느라고 시간 허비하지 말고."

(사촌은 깊이 감명을 받았다…… 하나

지속적인 명성은 얻지 못하였다)

크레벨 씨[967]가 그린 세계

에스페란차, 프림로즈, 그리고 오거스타의 세계에서,

법석대기 좋아하는 늙은 뚱보 여인네들과 늙은 뚱보 사내들.

"그들이 전쟁을 원하는 건 확실해," 하고 빌 예이츠[968]가 말했다.

"모든 젊은 여인들을 자기 것으로 만들고 싶어 하지."

그 사랑스런 무의식적 세계는

　　엎치고 덮치고, 그리고 푸른 리본

"돼지와 실없는 말"[969]이라 사석에서는 불리었는데

한 부 제조가는 10펜스, 판매가는 6펜스

매년 이익은 2만

타임스[970]를 컨트롤할 만함, 시장에 끼치는 그 영향력

"국가에 의한 검열이 없는 곳에선

상당한 조종이 있는 법……"

그리고 뉴스 감각?

코시모 일세[971]가 보증했었다.

저축에는 5%, 몬테 데이 파스키[972]

대출에는 5와 1/2

모든 과잉 이윤은 조각품들로

그리고 관리 사원들에겐 웬만한 봉급을……

나폴레옹 이후까지도 존립했었다.

C. H.[973]는 "은행가들을 교살시키려면……?" 하고 말했는데

우리 시대의 뵈르글[974]은?

베르젠 백작[975]에게. 파리, 1785년 8월

소비 담배, 프랑으로 계산함

1,500내지 3,000만 파운드, 2,400만이라 쳤음

프랑스 항구에서 선적됨 일 파운드당 8수[976]

고로 960만

제조가를 6수로 치면

700만 플러스 알파

왕의 세입   3,000만

소비자에겐   7,200만

징세 비용은 따라서

2,500만 정도

가정하는 건 주제넘은 짓

이천만의 프랑스인들 중 1,900만은, 트리스트 부인,[977]

모든 물질적 상황에서 저주받은 상태이니……

공공의 빚은 일 년에 약 백만씩 늘어나는데

갤러틴[978]의 연설에서 알 수 있을 겁니다……

은행에 의해 짐 지워져서는, 고삐에 의해 이끌려져서

국가 재산은 늘어나고……

적절한 대표자를 제시해야만 하고……

모든 수입 상품들은 약 50% 증가했구요

제9권, 337쪽, 토지가 서류의 소용돌이 속에서 뛰어오르는데,

    은행의 손이 못 미치는 이곳은 그렇지 않아요

기계공들은 하루 1.50을 받는데

예전 임금 때보다도 못하고……

우리 돈의 독자적인 사용은…… 우리의 은행을 유지하는 쪽으로.

    먼로 대령[979]에게 제퍼슨 씨가

1억 2,000개의 독일 퓨즈가 독일인을 죽이기 위해 연합군에 의해 쓰여졌고

영국 총 가늠쇠는 예나[980]산産이었고

슈나이더 크뢰소는 터키를 무장시켰고

구리는 영국에서 스웨덴으로…… 해트필드 씨[981]는

자신의 새로운 포탄을 여덟 나라에서 특허를 얻었구요.

    1933년 중간에

다섯 번째 열 편의 칸토들
XLII~LI

1937

XLII

'내 생각에, 우리가 공손한 말로 해야 할 것 같아, 당신 저주나 받아라

하고'

(찰스 H. 애덤스[982]에 대하여 파머스턴[983]이 러셀[984]에게)

'어떻게 이 나라 사람들이 전쟁이 어찌어찌 하여 5년째 되는데

저 어찌어찌한 저 동상을 그대로 세워두고

있을까!' H.G.[985]가 E.P.에게 1918년

　　　살리카법![986] 게르만법, 안토니누스[987]는

법이 바다를 지배한다라 하였다

특권 계층[988]의 정신, 그런 정신으로

그들은 그런 몬테[989]를 십 년간 제시했다,

그건 일종의 은행 — 시에나에 있었던, 지독히 좋은 은행

산, 은행, 펀드 토대 신용의

기관

수표를 넣고 뺄 수 있는 곳

하지만 아직은 신용 이체 은행은 아님, 그 계층은

의회의 관점을 원했다 '아버지 같은 애정으로

정의 도시의 편리성 그 어떤 단체가

그런 예견력을 가졌던가 그리하여 기록부상 S.A.(폐하)[990]께서

1624년 11월

뒤따르는 세부사항 : 세 번째로는, 연간 대차대조

5번째 어떤 시민도 예치할 권리를 가지며

거기서 나오는 결실에 대해서는 연 5퍼센트의 이자를

빌린 자는 그것보다 약간 높게 지불하는데

그건 일하는 비용 즉 서비스(행정상의) 때문

반 크라운으로 치는 서류 작업 때문

일 년에 일백

(이 모든 것이 중요하다)

6번째 행정관은

돈을 가장 잘 **쓸 수 있는** 사람에게

(말하자면, 가장 유용하게)

돈이 대출이 되도록 각별히 신경 쓸 것

가계에 도움이 되고, 그들이 하는 일에 도움이 되게

천짜기, 양털 거래, 비단 거래 등

그리고 (7번째로) 남는 돈은 매 5년마다 그 단체가

참여한 동네(구역) 사람들에게 나누어준다

예측하기 어려운 손실에 대비하여 적정한 비율을 남겨두고

비록 그런 손실은 **없어야** 하겠지만

9번째 빌린 자는 기한이 끝나기 전에 갚을 수 있다

그게 그들에게 이익이 될 거니까. 어떤 빚도 오 년 이상

가지 않도록 한다.

1623년 7월

서명을 대신하여

[한 편에 십자가]

예치금에서 생기는 이익은 모든 손실을 커버하는 데 쓰일 것

매 5년마다의 분배금은 (아무리) 작은 손실이라도 그것을 메꾸고

미래의 손실에 대비하는 약간의 적정한 보존금을 남기고

그리고 남은 이익으로 할 것

나, 공증인, 시에나의 시민, 리비오 파스키니, 충실히 적다

1623년 7월 18일

집정관들, 재판관들, 그리고 가장 거룩하신 공증인께서

11월 가서 리비오의 사본을 입증하다.

　　　물결이 잦아들고 손이 내려가고

넌 늘 햇볕을 받으며 걸어선 아니 되고

　　　코니스 위로 잡초가 싹을 내는 것을 보아서도 아니 된다

너의 일은 정해진 햇수 안에 할 것이지 백 년이 걸려선 아니 된다.

연민의 산 (또는 전당포)[991]

자치 도시 시에나는 실제로 전당 잡힌 물건을

담보로 해서만 빌려주었다…… 합법적으로 돈을 빌리고

합법적으로 돈을 빌려주는

적정하고도 합법적인 이자를 붙여서

그런 곳이 있는 게 유용하고 유익할 것이라 믿고서

수개월 전 폐하께 새로운 산을 세우게

해 달라는 청원서를 보냈고

자금은 집단(즉 단체)이든

개인이든 어떤 곳에서건

즉 공적인 또는 사적인 회사나 개인들로부터 받는데

　　　　　　　그들이

그들의 지위나 상태로 인해

특권을 가져야 할 필요도 없고

어떤 조건의 사람에게도

　　　이 산은 좋은 보증(즉 담보)으로

같은 이자율에다가 약간만 더해서

관리인들과 고용인들에게 들어갈 비용만 더해서

폐하 등등(대비와 왕대비[992])께 전달했는데

알아두셔야 할 것은

처음엔 구두로 논의되었다가 나중에 명문화한

세부사항들과 함께 고려되어야 한다는 것

(아마도 1622년에 있었던 일처럼 보이는데)

시에나에게는 수입이 없으니 폐하께서

관세와 이런저런 세금들로부터

예치금을 제공하여 주시고

대공께서는 그런다고 손실 보시는 건 아무것도 없고

여기에다 시에나의 자산 목록(멋들어진)

여기에다 곡식 공급에 대한 유치권

이 모든 건 평범한 사람들과 물건들에 대한

조그만 약속에 지나지 않을 뿐임을 알고

이와 비슷한 약속을 하고자 하는

이 지방의 다른 도시들에도 문을 열어놓고

돈을 넣어 놓은 이들은 5% 이윤을 만드는

몬테에서 많은 걸 얻어갈지니

이 출자자들은 그들의 정당한 열매를 얻을 것이라

대공께서는 시에나에서

그 단체의 같은 대리인들에게 공표하시어……

하지만 이건 전당포와는 분리되어야 하고

그 자체의 행정관과 피고용인들을 가지며

폐하께서 그들의 뜻을 관장하는

의미로 인가하시어, 우리는 겸손되이 그 뜻을 받들어

…… 1622년 12월 29일……

　　폐하의 종

　　　　　니콜로 데 안틸레

　　　　　호라티오 지온필리올리

　　　　　세바스티아노 첼레시

공적이고 사적인 선을 위하고 용이하게 하기 위해

새로운 몬테를 세우자는

이런 요구를 하는 도시에

폐하께서는 만족하시고……

…… 수용하시는데 동의하시고

…… 200,000크라운에

해당하는 대공의

공적 예치금에 대응하는 자금을 빌려주기로

일 년에 5%의 과실을 위한 자본금

일 년에 10,000 정도의 과실

목초지의 사무실에 맡기고

앞서 말한 제공된 담보에 주의하며

참여하고자 하는

다른 도시들에게도 여지를 남겨놓고

　　　　　　폐하의

　　　　　　인가는 다음과 같다 :

후견인 마리아 마달레나[993]

　　　　　호르 델라 레나[994]　　1622년 12월 30일

스탬프가 필요하니

관리자를

참조할 것

스탬프가 필요하니

　관리자를

만나볼 것　　　　　　저명한 그 단체

그 전문鈐文 그대로 폐하의 답신

　　　　　　그대로

1622년 1월 2일

　　　　　첸치오 그르콜리니[995]

어떤 날짜가 시에나의 달력에 쓰이는지

12월이 열 번째 달이 되고

　　　　3월이 새해이니[996]

시에나에서 행해지다

대공의 궁전 지역의 산 지오니 교구

조안 크리스토포로 후작

저명하신 말라스피나의 안토니 메리 후작

그리고 가장 유명하신 조니 뭐라고 하는 데 비니스

피렌체의 상원의원, 증인이자 공증인인 나 아래 서명하노니

나 마리우스의 리비우스 파스키누스는

(돌아가신) 황제와 교황의 최고 공증인의 아들

독립 판사, 시에나의 시민

따라서

　　모든 이런저런 이들은

앞서 말한 산이 창립됨에 만족할 것.

메아리가 내 마음속에서 되돌아온다 : 파비아,

도시들이 하나의 그림으로 움직인다, 비첸차, 아디제강 옆

산 제노를 그린 그림……[997]

　　　　　　나 니콜라우스 울리비스

데 카냐시스 피스토자의 시민 피렌체의 공증인이

서명함

　　　　　시에나의 상원과 시민을 대리하여

돈이 부족하여

　　　　　빌리고, 환 시세를 조작하고,

합법적인 소비가 방해받고

　　　　　점점 더 악화되는데

현금을 풍부하게 가진 이들은 거래를 하면서 그걸 쓰지 않고

(젊다는 건 고생하는 것.

늙으면, 그것도 지나가 버리고)

거래하면서 쓰지를 않고 여기 모든 이들은

하는 일이 없고

시장에 사러 오는 사람 별로 없고

밖에서 일하는 이는 더 없고

몬테의 공적 자금은 소진되지 않으리

분담소유권은 없어지면서 끝나는 게 아니니…… 폐하께서

공적 예치금에 대응하는

명확히 할 것 ─ 이십만의 자본금

목초지의 사무실에 기재되는바

10,000 수입에 해당함

주의할 것은(주의)

어떤 가능한 손실에도 폐하의 것을 보증해 주는 것

이 생각은 적어도 1623년 7월

18일에

다른 사본들은 1624년, 1622년

'지난 10월'에 인가가 된 것으로 보이는데

델라 레나와 여성 후견인인 M. 막달레네,

후견인이라기보다는 섭정 황후

대공 페르디난도 2세

그리고 그의 대비 왕대비마마

공적이고 사적인 유용함을 위해

공적인 서류 작업

합법적이고 올바른, 그런 산을

세우는 것을 예견하심

키지, 소피치, 마르첼루스 데? 일루리,

아니, 마르첼루스 아우스티니, 칼로아네스 마레스코티

몬탈반의 영주[998]는 실시했다

이 산의 사무원들과

앞으로 올 모든 그 후임자들은

로카 몬티스라 불릴 분담소유권을 나눠 갖기로 ―

언덕에 자리가 있으신가요?

　확실한 지식으로부터

어떤 지식과 그들의 충분한 힘으로부터

깨트릴 수 없는, 파악하자면

일만 크라운

칠 파운드의 크라운

? 일 크라운은 7리라의 가치

200,000(이십만)에 관해서는.

XLIII

가장 거룩하신 군주(도미노라 발음함)와

그의 가장 저명하신 후계자들에게

사물들, 사람들과 그 밖의 다른 모든 권리들

         그밖에 등등

그리고 전당포에 있는 현금

         (연민의 산)

         같은 도시 시에나에 있는.

세 번째 것으로 말하자면

최고 행정관들과 대공의 신하들의

이름으로 예치된 2천 310

그리고 같은 산에

시민들의 이름으로 예치된 3756

그리고 제노아의 돈으로 불리는 공동의 돈

대공폐하와

드높으신 (여성) 후견인들

앞서 이야기한 특권 계층 단체의 대표자들에 의해

가장 좋은 방식과 책임과 주의사항들에 관하여

가장 충분한 고려

이것과 다음 것들에 대한 기도와 탄원

         복종하는 종들

전능하신 신의 이름으로

우리의 수호자이신 영예로운 동정녀의 이름으로

대공의 명예와 칭송을 위해

최상의, 우리의 가장 드높으신 토스카나 주인님이신 분

　　　　　　서기 1622년

3월 4일 토요일

뭐라고? 6번째 (시간? 일출 후인지 뭔지)

웅장한 시에나 시

의회당에 모여서

그 공동체와 가장 사랑하는

　　고향 땅의 상징적 선을 위해

시민들의 만족을 (만족을 얻는 것을)

첫 번째 취지로 하고

공동선을 위해 여기서 무엇을 다룰지를

제대로 설득하도록 하고

우리가 이미 십년 동안 이 산을 세울 계획을 해 왔듯이

이 도시의 커다란 미래의 이익을 위해

　　선택된 목적에 가치 있으리니.

돈이 풍족하지 못함으로 인해

　　　　　　　시에나의 의원들과 시민을 대신하여

이 도시를 관장하고 계신

고명하신 특권 계층 단체의 이름으로

시에나의 우르반 8세,[999] 대공 페르디 1세.

행복하신 지배자이신 페르디 1세

로마제국의 선출된 황제.[1000]

1251개의 조약에는 표시되기를

X, I, I, F, 그리고 숫자 4[1001]

돈이 풍족하지 못함으로 인해

11월에, 정화正貨의 부족

세금과 환전과 세금 축적과 고리대금업 등으로 인해

합법적인 소비가 저해되고

목초업 사무실에 들어가는 10,000

이러한 목적으로[1002] :

　　　　　네 마리의 살찐 황소가

엉덩이를 닦고는

보통은 내 창문 밑에서 신에게 봉헌하기 위해 깨끗이 닦이는데

황제의 자줏빛을 한 띠를 하고서

술을 달고서, 마차 앞에서 단장을 하는데

그 마차에는 여섯 개의 사자 머리가

　　　왁스로 윤이 날 것이고

황금 독수리들, 이웃 동네 깃발들이 도착하고,

그리고 양초 상자들

　　　　　　'문-야후!!!'[1003]

하고 갑자기 왼쪽 앞에 있던 황소가 외친다,

그의 붉은 앞쪽 띠를 묶으려하자 '판후!' 하고,

성 게오르기우스,[1004] 두 명의 야바위꾼과 유니콘

'니키오! 니키오네!'[1005]
예쁜 엉덩이를 가진 시에나의 여인들이
끊임없이 언덕을 메움으로써 생긴
    언덕길로부터 저쪽으로 걸어간다
상자 하나엔 '200리라'
        '찬양하라 소년들아'
말하자면 초로 하느님께 봉헌하라
경마 대회와 17개의 깃발들
마차에 탄 여섯 명의 사람들이 약간 비스듬하게
커다란 초를 들어 올리고 앞에 있는 황소가
마침내 엉덩이를 닦았을 때
그들은 대성당으로 나아가는데, 걸린
시간은 1시간 하고 17분.
        시민 각 개인의
유동이든 부동이든
담보로 하고
이 도시 또는 어디든
그 어디든 책임을 지고
이 약정, 이 의무는 부동 자산의
비율에 따라 나누어져야 한다
    그렇게 모두 모여서 숙의하다
전능하신 분과 영예로운 우리의 수호자
동정녀 마리아의 이름으로

구원의 해 1622년 토요일

그날은 3월 4일

이미 십 년 전부터 제안을 해 왔었다

모든 시민들의 대리자들과

아래 쓰여진 공증인들

이십만

     (크라운)

아우구스티노 키지오,[1006] 스테파노스 훈장(교황, 성인)의

영예를 가진 기사

금화? 이십만이라는 숫자

산 지오바니(세인트 존) 교구에

10,000크라운이 돌아옴

전당포와 엮이느냐 아니냐

그의 공국의 후계자들

    목초 재배함으로써 생기는 수입의 보장

(판독하기 어려운데) 얼마까지……

칠 파운드, 총액, 크라운의 총액은

일만

유동이나 부동의 담보로

             책

임

    시라쿠사[1007]로부터

채권자들이 위험 부담을 안고 아테네로

향하는 배에 돈이 없으니

돛을 자르고 기름을 섬에 내버리고

　　하지만 스탠다드 오일 사람은

그걸 마시지는 않을 것이라.

모든 시민의 예치금조로

200,000에 이르는 돈이

공공과 개인의 유용한 일에 쓰이기 위해

　　로카 몬티스라 불릴 분담소유권

말하자면 산에 자리 잡기

@100크라운이면 일 년에 5크라운을 내야

산이 지속되는 한

　　처음에 자연의 열매가 있었고

시민 전체의 뜻이 있었다

고명하신 대공과 그의 여성 후견인들

그리고 특권 계층 단체의 대리인들, 전능하신 하느님의 이름으로

　　가장 적합한 양식으로 등등, 영예로우신 동정녀

1622년에 소집되어 모이다

평의회에 117명의 의원들이

세계 지도의 회의실에 모였다, 종소리와 더불어

포고를 알리는 사람(타운 크라이어)의 목소리와 더불어

매 백마다 다섯 크라운의 수익을 내는 산의 몫

매년, 연민과는 구별되다

그 자체의 행정관과 그 자체의 관리인들이 있으니

모든 일들을 처리하는 고명한 특권 계층 단체

폐하의 포고

산 지오바니 교구의 시에나에서 행해지다

끝에 가서 색인에 이르기까지 빈 장들

이 18일에, 서기

1623년. 첼소[1008]는 밀 계획을 가지고 있었다

7월에서 12월까지, 7월에서 11월까지

풀은 어디에서도 제자리에 없는 적이 없고

소나무는 하늘을 셋으로 갈라놓고

하여 목초지 은행은 시에나의 중추기관이 되었다

중추 기관이 되다 파리스 볼가리니[1009] 참석

시에나 자치시의 크레딧

특권 계층 단체의 12명이 참석…… 위원회로 가다

나 수석비서관이 폐하께 글월 올립니다

새로운 산이 모든 부류의 사람들로부터

공적이거나 사적인 회사들로부터, 특권층이거나 아니거나

토대, 자금, 밑바닥, 확실하고도 확실한 것을 받을 것이니

도시는 '수입'이 있는 것

관세와 공공의 수입

200,000크라운에 따르는 150

그리하면 일년에 8,000 내지 10,000은

충분히 보장될 것이다

세금과 관세로

1622년 1월 3일 화요일에서 공현축일인 6일 수요일까지

새로운 산은 일 년에 @5%의 이윤을 갖도록

1622년 1월, 파스키에게 주어진 임무

파스키 사무실에

1622년 3월 어디 출신인지 도나 오르솔라[1010]가 장부에서 제거되다

시에나의 매춘부들 중에서 (특권 계층 단체가 승인한 안건)

3월 24일 또 다시 피렌체에서 검은 돈이 나타났다

피렌체의 산 (은행), 1591년, 텅 텅 비다시피,

매 두 달마다 8과 1/2 이자 붙여내야 하고

갱단도 받아주고.

1621년 사람들에게 일거리를 제공해주고.

등록, 공고

　　　　오—

라치오 델라 레나[1011]가 피에트로 데 메디치[1012]의

서자들의 계부로 받아들여지다

일 년에 100크라운

　　내 말을 잘 알아들었다면, 피에트로의 서자들의

합법적인 아버지가 되었다는 게 아니고

우르반 8세는 세상을 전쟁으로 채웠고, 도시들을 세금으로
채웠다.

1624년 6월 21일 금요일 또는 그쯤

마르구리타 데 페코라 갈로 부인을

도둑질의 죄목으로 시에나의

등록된 매춘부의 목록에서

제거하라는 행정관의 명령에

동의하였다

7월의 첫 번째 날 금요일

상인들이 특권 계층 단체에게 이야기를 했고, 새로운 산에

대한 행동이 지연되었다

1622년 1월 대공이 답신을 하였고, 이미 목초지에 대한

이야기를 했다

7월 16일, 새로운 산, 그걸 계획할 위원회.

새로운 산이 폐하에 의해 승인되다

12월 목초지의 산이 대공 관할이 되다 유지 감독을 위한

행정관들과 목초의 행정관직에 대한

공고가 나가다

1626년 5월 검은 돈(납덩이 돈)에 대한 염려가 커지다

공고 :

　　　앞서 말한 그곳에

카운트 경이나 그의 후예들을 위한 건 두지 말 것

도둑들이나 범죄자들에 대한 어떤 담보도

오로지 시민들의 빚을 위해서만, 범죄자들을 위한 안전한 은닉처가 되어서는 안 됨

피렌체의 대출부가 그러고 있는데

서기 천오백 몇 년인지

그로세토[1013]로부터 소금을 받아야 하는데

지금과 같은 가격으로

1676년 피렌체로 간 사절들

대공[1014]은 자기는 경제학을 이해하지 못한다고 말했다

그런 일은 이해하지 못한다고

자신의 대신들을 믿을 수밖에 없다고

1679년 이 년 동안 감옥에 간 사람 아무도 없고

14리라보다 빚이 적은 이들, 30이나 그보다 적은 빚을 진 이들은

재판소의 명령에 따라 석방될 수 있을 것이니

재판소는 중재의 기간을 조정할 것

몬테는 4736크라운을

톨로메이[1015] 재단에 빌려주되, 대학을 위해 쓰인 이 돈에는

이자를 붙이지 말 것

1680년 채무자들에게는 4%와 삼 분의 일

채권자들에게는 그 밑으로 1%의 2/3를 지불할 것, 동결자산

'22년 12월 모든 이들과

일반인들의 모든 재산에 대한 책임을 지도록

그리하여 산은 그 자산을 확고하게 하여

그곳에 돈을 넣는 사람이면 누구나 자신의 자리를 차지하게 되니니

일 년에 5%의 과실을 맺게 되리라

서명 니콜로 데 안틸레

호라티오 지안필리올리

세브 첼레시 LL AA(각하)

이 요구를 들으시어 산을 세우게 하셨다

공적인 선과 사적인 선을 위해

할 수 있게 하고 용이하게 하고 합법적이게 하고

자본금 200,000에 이르는

대공의 공적인 수입을 기반으로 한 자금을

기꺼이 융통해 주고 빌려주고

5%의 과실 그 말인즉슨 일 년에 만을

목초지의 사무실이 달성한다는 말

그 도시의 목초지

보증된 액수

어느 누구도 고통받아서는 안 된다

마리아 마델레나, 여성 후견인들

호르 델라 레나

(그의 서자들)

1622년 12월 30일 그의 사생아들이 아니다

저명하신 특권 계층 단체가 이 명령을 모든 면에서 시행할 것이다

(하지만 단지 공적인 그의 서자들만)

그분들의 충실한 포고령

1622년 1월 2일, 오라치오 그르콜리니

시에나식으로 또는 3월이 신년이 되는 달력에 따라

시에나, 산 지오니 교구, 궁전에서 시행되다

위에서 언급된 증인들, 교황 사절들, 황실 사람들, 시에나의 시민들

피렌체 1749년, 낮은 지대에서 배수하는 데

    1,000크라운

로마의 길을 손보는 데 2,000크라운 12,000까지 선불로 승인하다

메디치 가문의 끝 무렵에 공적인 빚

천 사백만 크라운

전전戰前 가치로 8천만 리라.

XLIV

그대는 그러지 말지어다, 피렌체 1766년, 그대는

빚 환수 때문에 그 어떤 농기구나

멍에를 단 황소나

그 황소와 일하고 있는 어떤 농부도 압류해서는 안 된다.

　　　　　　피에트로 레오폴도[1016]

너무나 풍작이라 안 팔린 곡식

산은 금전이 부족한 적이 없었으니, 비율을 4와 1/3로 줄이다

채권자들은 늘 돈을 받았고,

공작령 안에서의 거래는 방해를 받지 않을 것이며

곡식의 수입은 금지되었고

1783년, 합법적인 최대 금리는 4퍼센트

1785년, 교회 투자에 대해서는 3퍼센트, 그분의 뜻대로,

피에트로 레오폴도

페르디난도[1017] 만세!!

　　　　　　　수출 금지 명령

곡식은 먹기 위한 것이라 생각했다

깃발들 트럼펫들 나팔들 북들

그리고 플래카드

　　　　　페르디난도 만세

모든 카리용들이 소리를 낸다

폭죽들과 화톳불들 테데움 찬양가 소리

폐하에 대한 감사의 표시

선견지명이 있는 이 법에 대해

알렉산더 소성당[1018]에 불빛들이 켜지고

　　마돈나의 성상이 드러나고

연도를 부르며 산 도메니코의

성 캐서린 소성당으로 가서는

성인의 머리를 담은 성골함 옆에서 기도를 부르고

역시 연도를 부르며

폰테 지우스타로 갔다

이 감사제가 끝나자 행렬의 무리와

이웃사람들은 나팔 불며 북 치며

트럼펫 불며 깃발 흔들며

여러 이동 행상인들의 집으로 갔고, 그리고는

대공의 궁전의 기둥에 깃발들을 꽂았고

그 사이에 금박 입힌 플래카드를 걸었다

(이렇게 아침이 끝났다)

　　　오후에 다시 시작하려는 것

광장에 있는 큰 종들과 탑의 모든 종들이

오전 8시에서 저녁 7시까지 끊임없이

울려댔고 다음날에는 엄청난 숫자의

마차와 가면들의 행렬이 있었는데

온갖 종류의 이런저런 모습들이었다

　　늘 북소리와 트럼펫 소리에 맞춰

페르디난도 만세를 외쳐댔고 광장의 모든 곳에서는

많은 수의 불길들과 타오르는 폭약들

폭죽과 작은 대포 소리 그리고

총과 권총의 사격 소리 광장의 소성당에서는

이 선견지명 있는 법의 공표를 위한

많은 촛불들이 타오르고 석양 무렵에는 춤이 시작되고

　　가면 쓴 이들은 집으로 가고

호위병 부대의 대장들과

이웃사람들은 깃발을 들고 광장의 소성당으로 갔고

그곳에서 그들은 다시 한번 연도를 부르고

다시 페르디난도 만세를 외쳤다

페르디난도 3세 만세

이웃 사방에서 북소리가 계속됐고

트렘펫과 사냥 나팔 부는 소리,

횃불, 폭약, 사람들은 두오모 광장으로 가면서

새롭게 흥청댔고 총소리 작은 대포 소리 권총 소리

횃불이나 장작불이나 짚불 등으로

불타지 않는 거리란 없었고

행상인들은 무질서해질지 모르니까 물건들을 밖에 내지

　　말라는 주의를 받았고 그날 하루 내내 집 안에 있거나

아니면 시에나 밖에 있거나. 이 법은

공급의 풍요라 불렀다

　　　　　　허가의 속박으로부터도 자유로왔다

10월 9일부터 11월 3일까지

전례 없던 경축, 대리석 서판에 쓰인 넉 줄 :

　　　　　　곡식의 자유로운 배분

　　　　　　제한을 풀다 빈자나 부자나

　　　　　　그들의 선을 위해

　　　　　　페르디난도 1792년

나라의 재산이라 여긴 작은 부피의 물건들을

그는 가져가려 하지 않았다.[1019] 페르드 3세 1796년

군주는 그곳에서 최상의 신사였던 셈

시민 사제인 프란체스코 렌치니[1020]는 강단에 올라

시민 아브람과 합류했고

찬미하면서 조용히 앉아 있었다 시민

대주교

　　　　한 부셸당 7.50에서 12로

　　4월 26일에

6월 28일 아레초[1021] 사람들이 와서는

로마의 문[1022]을 지나 게토로 가서는

히브리인들을 약탈하고 불태웠다

일부는 광장에서 자유의 나무와 함께 태워졌다

그날 낮과 밤 동안

서기 1799년

약탈은 최고 명령에 의해 중단되었다 7월 3일 반역이 발견되다

부대에게 지급된 탄약통에

화약이 아니라 밀가루로 가득 차고

　　총알이 있어야 할 곳에 버찌씨가

다른 곳에도 너무 적은 화약뿐

사제들을 존중하라라고 탈레랑이 말했다[1023]

1800년 곡식과 포도주가 풍작이었던 해

　　그 반도의 농부들과 잘 지내려고

한다면 말이지.

　　　　무월 첫날[1024]

여러분 시민들이시여

당신들의 현금 상자 안에 들어 있는 모든 것을 내놓으시오

공동체, 형제의 앞에, 안부 인사.

　　　　들로르[1025]

뒤퐁 중장[1026]을 대리해서

에트루리아의 루이 왕, 1세, 절대적, 법을 초월하여.[1027]

세금은 영국 국민들이 내는 것보다 더 많다고

여겨질 정도로 무겁군요.

　　　　클라크 장군[1028]이 외무대신에게

그 산의 열매는 1퍼센트의 2/3인데

그것으로 모든 현재의 비용을 충당하다. 나의 누이이자 사촌인 부인[1029]

폐하께서 보낸 11월 24일 자

편지를 잘 받았습니다 제 생각에

현 상황에서는

시급히 스페인으로 가시거나 또는 적어도

위치에 맞는 위엄을 더이상

누릴 수 없는 나라에서 떠나십시오.

저는 이탈리아의 제 왕국과

프랑스 국가에서 걸맞은 격식으로

맞이하라는 명령을 내려놓았습니다.

폐하께서 12월 18일 이전에

밀라노나 토리노에 오신다면 제가

뵐 수도 있겠습니다. 제 보좌관인

레이유 장군을 통해 이 편지를 보내겠습니다.

그는 동시에 그 나라의 안녕을 위한 방도를

구하라는 임무도 가졌고

그래서 고요함을 깨뜨리는 자들을 몰아낼 것입니다,

　　폐하께서 리스본에서 군대를 들여올 필요가 있다고

생각하고 계시다는 걸 알았거든요.

제 군대가 지금쯤은 그 수도에 들어서서

포르투갈을 차지했을 겁니다

나의 누이이자 사촌인 부인, 하느님께 청컨대

그분께서 당신을 성스럽게 잘 지켜주시기를

베네치아에서, 1807년 12월 5일

　　　폐하의 다정한 형제이자 사촌

　　　　나폴레옹

(그의 비서가 폐하라는 말 대신

이인칭과 삼인칭을 섞어 썼다)

'야만적인 열정'으로 말을 몰았던 자들은,

군소 작가인 반디니에 따르면, 지방장관에게 돈 받고

미리 준비된 자들이었다.[1030]

"높은 위치의 예술가들, 사실 정치의 폭풍이

손댈 수 없는 유일한 사회적 정상들,"

　　　이 말은 나폴레옹이 한 말인 듯하다

1814년 '세미라미스'는 루카에서 떠났지만

　　　그녀의 오빠의 법전은 남았다.[1031]

시민 지혜의 기념비[1032]

늪지대를 마르게 하고, 면을 기르고, 메리노를 들여오고

담보 체계가 개선되고

　　　　'신이여 감사합니다 그런 사람들은 소수이지요.'[1033]

그들이 인간의 용기를 세웠지요

나폴레옹 이전에는 피에트로 레오폴도가 있었죠

그는 국가의 채무에 끝을 내고자 했고,

길드를 일반 법정 아래 두고자 했고,

봉건적 사슬의 흔적으로 명목상의 이름들을 남겼고,

다른 이들과 마찬가지로 군주와 교회도 세금을 내야 한다는

불변의 규칙도 완화했고, 빚 때문에 감옥살이하는 걸 끝냈고,

공직을 팔아서는 안 된다고 말하셨고,

그렇게도 많은 소비세들을 폐지시키셨고,

인쇄업자들을 감시에서 해방시키셨고

　　　　대역죄의 죄를 없애셨고,

형벌로서의 사형과 감옥에서의 모든 고문들을 금지시키셨는데,

그는 그것들이 사람을 차별하는 것이라 여기셨다,

경작자들 사이에 공동 재산을 나눠 주셨고,

도로들, 나무들, 양모 무역,

비단 무역, 그리고 소금에 대한 낮은 고정 가격,

이런 행위들에 대한 기록이 한 면 더 가득 합스부르크 로레인[1034]

그의 아들이 페르디난도 3세, 세금을 반으로 줄이고,

키아나계곡[1035]의 경작을 개선하고, 리보르노[1036] 자유 무역항을 지켜주다.

　　　　이날 전前 황제의 어머니이신

레티치아 부인[1037]이 오셨다가, 13일 떠나셨다.

'시에나의 토대는 고리대금업에 재갈을 물리는 것이다.'

　　　　니콜로 피콜로미니, 감독관.

고리대금업으로 인해

고리대금업으로 인해 어떤 사람도

그 정면을 감쌀 수 있을 만치

각각의 돌이 잘 어울리게 매끄럽게 세공된

훌륭한 돌로 된 집을 가지지 못하나니

고리대금업으로 인해

어떤 사람도 자신의 교회 벽에 그려진 낙원을,

하프와 수금이 있는[1039]

또는 처녀가 전갈을 받고 째어진 곳으로부터

후광이 투사되는[1040] 그런 그림을 가지지 못하나니,

고리대금업으로 인해

어떤 사람도 곤자가 그의 자손들과 그의 여인들[1041]을 보지 못할지니

어떤 그림도 오래 지속하거나 더불어 지내기 위해 만들어지는 것이 아니라

팔기 위해 빨리 팔기 위해 만들어지느니

고리대금업으로 인해, 자연에 거스르는 죄,

산에서 재배된 밀과 걸쭉한 밀가루가 없어

그대의 빵이 점점 더 한물간 넝마들로 만들어지고

그대의 빵이 종이처럼 메마르나니,

고리대금업으로 인해 선이 굵어지고

고리대금업으로 인해 선명한 구획이 없어지고

어떤 사람도 자신이 거주할 자리를 찾지 못한다.

석공이 자신의 돌에서 멀어지고

짜는 이는 자신의 베틀에서 멀어지느니

고리대금업으로 인해

모가 시장에 나오지 못하고

양이 고리대금업으로 인해 이득을 가져오지 못하나니

고리대금업은 역병이라, 고리대금업은

시녀의 손에 들린 바늘을 무디게 하고

실을 잣는 이의 솜씨를 가로막는다. 피에트로 롬바르도[1042]는

고리대금업으로 인해 생겨난 이가 아니었다

두치오[1043]는 고리대금업으로 생긴 이가 아니었다

또한 피에르 델라 프란체스카[1044]도, 주안 벨린[1045]도 그러했고

'라 칼루니아'[1046]도 고리대금업으로 그려진 것이 아니다.

고리대금업으로 안젤리코[1047]가 생겨난 것이 아니고,

암브로지오 프레디스[1048]도 그렇고,

*아담이 나를 만들었다*라고 세공된 돌에 서명된 교회[1049]도 그러하다.

고리대금업으로 생 트로핌[1050]이 생긴 것이 아니며

고리대금업으로 생 일레르가 생긴 것이 아니니,

고리대금업은 끌을 녹슬게 하고

손기술과 장인을 녹슬게 하고

베틀의 실을 갉아 먹으니

어느 누구도 그 무늬에 황금을 짜 넣지 못한다.

담청색이 고리대금업으로 인해 구암ㅁ癌을 얻고,

진홍 천엔 수가 놓이지 못하고

에메랄드빛은 멤링[1051]을 찾지 못하나니

고리대금업은 자궁 속의 아이를 살해하고

젊은이의 구애를 가로막고

침대에 중풍을 가져오고, 젊은 신부와

그녀의 신랑 사이에 드러눕는다

자연에 거스르느니

엘레우시스[1052]에 창녀들을 데려오고

고리대금업의 명령으로

시체들이 잔치에 놓인다.

참고. 고리대금업 ― 생산을 고려치 않고, 흔히 생산의 가능성마저도 고려치 않고, 구매력의 사용에 부과되는 돈. (고로 메디치 은행의 실패.)

XLVI

이 이야기가 가르치는 것이 있다고……

하신다면, 또는 엘리엇 목사[1053]가

보다 더 자연스런 언어를 발견해냈다고…… 재빨리

지옥을 지나쳐갈 거라 생각하는 그대가……

그날 조알리[1054]에 구름이 끼었고

삼일 동안 바다 위로 눈구름이

마치 산맥처럼 쌓여 있었다.

눈이 내렸다. 아니면 비가 억세게 내렸다, 빗줄기가 벽이 되어

대기가 어디서 막히고 비가 어디까지 내리고

눈이 어디까지 내리는지 볼 수 있었다. 이렇게

17년, 아니 19년, 이렇게

    90년[1055]

둔한 놈이 (어떤 바지에도 잘 안 맞는 다리) 말하길 **'만약**

그렇다면, 가치가 조금이라도 있는 정부라면

배당금을 줄 정도는 된다는 말이죠?'

소령은 잠시 곱씹더니 말했다, '그래요, 에……

세금을 거두는 대신에 말이죠?'

'세금을 거두는 대신에요.' 그 사무실?

10주년 기념[1056]을 봤나요?

?

10주년 전시, 일 포폴로[1057]의 새로 세워진 사무실,

음, 우리 건 그래, 밀스 수류탄[1058]과 차 주전자만 없지,

책상에 있는 입술 두꺼운 친구,

한쪽은 약간 녹색빛의 눈, 다른 쪽은 갈색, 이렇게

19년, **이백 년에 걸친**

범죄, 1919년까지

5백만 명이 죽어 나갔다, 그 이전엔

뉴욕에 진 남부의 빚, 말하자면 그 도시의 은행에

진 빚, 2억,

전쟁, 난 그렇게 생각지 않아 (당신은 당신 좋을 대로……)

노예에 대한 거라고?[1059]

5백만이 죽어 나가다…… 맥스[1060]의 그림 한두 점,

하나는 벨푸어[1061]와 낙타, 또 하나는

명백한 이유로 공표된 적이 없는,

손수건을 든 조니 불.[1062]

그건 한 번도 공표된 적이 없지.

　　　　'그는 의견이 없어요.'

라고 오리지[1063]가 G.B.S.에 대해 말했고 체스터턴에 대해서도 그리 말했다.

오리지가 웰스에 대해서 말하길, '그는 의견을 가지지 않으려 하지.

문제는 진심을 말하게 되면 저널리스트가 될 수 없다는 거지.'

이렇게 19년, 교외의 정원,

'그리스인들!' 하고 존 마머듀크[1064]가 말하길 '한두 가지 예술적 속임수!

'그밖에 뭐가? **나라** 하나도 세우지 못하고!'

'날 개종시키지도 못해, 내가 개종하게끔 못하지,

'말했지 "내가 당신에게 청한 건 아니란 건 알아, 당신 아버지가

"당신을 이곳으로 훈련 받으라고 보냈지. 내가 어떻게 느낄지는 알아.

"아들을 영국으로 보냈는데 기독교인이 되어서 돌아왔어!

"내 느낌이 어떨까?"' 교외의 정원

압둘 바하[1065]가 말했다, "내가 '종교에 관해 말하죠'라고 말하자

"낙타 모는 이가 내 낙타 젖을 짜야 해요라고 말을 했어요.

"그래서 그가 젖을 다 짰을 때 '종교에 대해 말하죠'라고 말했죠.

그러자 낙타 모는 이가 이제 젖을 마실 시간이에요라고 말했어요.

'좀 드시겠어요?' 예의상 난 그의 말에 따르려 했죠.

낙타 젖을 드신 적이 있으신가요?

난 낙타 젖을 못 먹겠더군요. 전혀 마실 수가 없어요.

그는 젖을 다 마시더군요, 내가 종교에 관해 말하죠라고 했죠.

'젖을 다 마셨으니 춤을 춰야만 해요'라고 낙타 모는 이가 말했죠.

우린 종교에 대해 이야기를 안 했어요." 이는 압둘 바하

첫 번째 압둘인지 바하인지를 잇는 세 번째 권리대행자,

현자, 통합자, 종교의 창시자,

우버튼, 구버튼, 또는 그런 어떤 교외의 정원에서

들려줬던 일, 여하튼 어떤 교외

찻잔이 왔다 갔다 하는 사이에 마머듀크가 말하길,

"우릴 결코 이해하지 못할 거예요. 그들이 거짓말해요. 내 개인적으로
말하자면

"그들은 거짓말쟁이들이에요, 그런데 그 족속이 뭉치면

"그들의 말은 지켜지죠, 그러니 영원히 오해가 생기는 거죠.

"영국인이 그곳에 가서, 정직하게 살고, 말도 지키고,

"10년을 살다 보면, 그들이 그를 믿게 되죠, 그러면 그가 그의 정부를 위한

조약들에 사인하게 되죠.

     "그런데 당연하게도 그 조약은 깨져요, 유목민들인

"이슬람교도들은 우리가 어떻게 이걸 하는지 결코 이해하지 못할 겁니다."

이렇게 17년, 우리가 처음도 아니다!

패터슨[1066]이 말했다,

       그것, 즉 은행은 무에서 창조해내는

모든 돈에서 이자라는 특혜를 가진다.

       반은 사적인 유인책

로스차일드 씨, 어떤 로스차일드인지는 모르겠으나, 그가 말했다

1861년인지 '64년인지 뭐 여하튼 그때쯤, "아주 소수의 사람만이

"이걸 이해할 겁니다. 그런 사람들은 이윤을 얻기 위해

"몰두할 겁니다. 일반 대중은 아마도 이게 그들의 이익에는

"반하는 것인지 알지 못할 겁니다."

       이렇게 십칠 년, 신사 계급 양반들,

여기에 고백이 있다오.

     "우리 이거 재판으로 가져갈까?

     "이 증거를 보고 유죄 선고할 판관이 있을까?

서기 1694년,[1067] 고리대금업의 시대 쭉

쭉, 마소직馬巢織에도, 낡은 빌딩에도, 런던 집들에도,

땅에 균열이 간 데도, 일층 셋방에도, 악취 나는 벽돌 작업에도 쭉
그들에게 유죄 선고할 판관이 있을까? 왕립 교수직은
거짓말을 퍼뜨리고 휘그주의를 가르치기 위해 만들어졌는데,[1068]

그들에게 유죄 선고할 **판관**이 있을까?
약 이백사십 년 뒤에 맥밀런 위원회[1069]가
아주 어렵게 패터슨에게로 돌아갔다
은행은 무에서 만들어낸다
5천 명의 교수들에 의해 부정당하는데, 어떤 판관이
그들에게 유죄 선고를 내릴까? 이 경우, 그리고 그와 더불어
첫 부분은 결론에 이르렀다,
이 저술의 첫 번째 양상에서 마르크스 씨, 카를은
이 결론을 예견치 못했다,[1070] 당신은 증거를 많이 보아왔다,
그것이 증거인지도 모르고, 엄청난 것을
둘러보라, 둘러볼 수 있으면 둘러보라, 성베드로 성당을
맨체스터 빈민가를, 브라질의 커피나
칠레의 질산 비료를 보라. 이 경우는 첫 번째 경우이다
당신이 기념비를 요구한다면?
이 경우는 마지막 경우나 모든 경우가 아니다, 우리는
개정을 요구한다, 우리는 동시에 발생하는 경우에 대한
깨달음을 요구한다, 하지만 이 경우는 첫 번째 경우이다,
은행은 무에서 창조한다. 필요에 맞추기 위해 창조해낸다,
여기에 초고리대금업이 있다. 제퍼슨 씨가 그에 대응했다,
빌려줄 그것을 가진 자 이외에는 어느 누구도

채권자의 직업을 행할 수 있는 태생적 권리를 갖지 못한다.

압수물건 회복, 말 뒤집지 못하기, 속임수 어떤 속임수이든, 밴 뷰렌은
그에 대응했다.

그 이전엔 차茶가 항구에 내던져졌고, 그 이전엔

많은 것이 여전히 학교 책에 있었다, 그곳에

증거로서가 **아니라**. 빈둥거리는 정신을 산란시키려고 그곳에 있었다,

살인, 기아와 유혈, 일흔네 번의 붉은 혁명

열 제국이 이 기름 낀 곳에 무너졌다.

'짐은 땅을 지배하나' 하고 안토니누스[1071]가 말했다 '**법**이 바다를 지배
한다'라고

우리는 그 뜻을 로도스의 법이라 받아들인다, 해상 법률가들의

        해상법.[1072]

고리대금업과 해상보험

그로부터 어떤 국가도 아테네보다 크게 세워질 수 없었다.

성베드로 성당을 세우려면 **세금**이 필요하겠지, 루터는 공고문 밑에서
생각했다,[1073]

1527년. 그 이후로 예술은 두꺼워졌다. 그 이후로 디자인은 나락으로
떨어졌다,

그 이후로 바로크, 그 이후로 돌 조각이 사라졌다.

'여기 사악함이' (화자) '공동묘지'

이렇게 19년/첫 번째 경우. 나는 그 증거의

일부를 적어놓는다. 일부/공동묘지

금은 공동묘지. 고리대금업, 공동묘지.

인간의 파괴자   도시의 파괴자   정부의 파괴자.

여기 게리온[1074]이 있다. 여기 초고리대금업이 있다.

일자리를 갖지 못한 **오백**만의 젊은이들

사백만의 어른 문맹자들

천 오백만의 '직업적 부적응자들,' 다른 말로 일자리를 가질 작은 기회

만 가진 자들

일 년에 **구백**만의 사람들, 예방 가능한 산업 재해로 상해를 입다

십만 건에 이르는 폭력 범죄. 미합중국

F. 루스벨트 3년 차, 그의 외삼촌, F. 델러노의 이름으로 사인하다.[1075]

기소를 할 만한 **경우.** 이건 하나의 경우, 일련의 것들 중

사소한 경우/미합중국, 서기 1935년

영국은 더 나쁜 경우, 프랑스는 섭정의 악취 아래 있다네.

'커밍스 씨가 팔리의 일자리를 원하다'[1076] 작금의 신문에 나오는 헤드

라인.

XLVII

죽었으면서도 정신은 온전히 가진 자![1077]

이 소리가 어둠 속에서 들려왔다

그대가 그대 여정의 끝에 이르기 전에

우선 그대는 하계로 가는 길을 따라

케레스의 딸 프로세르피나[1078]의 거처로,

드리워진 어둠을 지나, 테이레시아스를 보러 내려가야만 하리,

눈이 없는, 하계에 있는 한 영혼, 너무나 앎으로 가득 차 있어

고깃덩어리 인간들은 그보다 아는 것이 덜하리라.

       앎이란 헛것 중의 헛것,

하지만 약에 취한 짐승들보다 아는 것이 덜한

그대는 앎을 좇아 항해해야만 하리. *지체 없이*

목청을 높여[1079]

     작은 남포등들이 만을 표류하는데

바다의 발톱이 그것들을 모아간다.

넵튠은 소조小潮를 따라 물을 마셔대고.

타무즈![1080] 타무즈!

바다를 향해 가는 붉은 불길.

      이 관문으로 그대는 나아가는 것이니.

긴 배들로부터 불빛들이 물에 내려오고,

바다의 발톱은 저 멀리로 모아간다.

스킬라[1081]의 개들은 절벽의 밑둥에서 으르렁대는데,

하얀 이빨들이 바위 아래를 갉아 들어간다.

하지만 창백한 밤에 작은 남포등들은 바다로 떠나고

그대 디오네[1082]

그리고 운명의 여신들은 아도니스를[1083]

바다는 아도니스로 인해 피로 얼룩지고,

불빛들은 항아리 속에서 붉게 흔들거린다.

밀의 어린 가지들이 제단 옆에서 새로이 자라고,

　　　조생의 씨앗으로부터는 꽃이.

두 뼘, 여자에게는 두 뼘,

그 이상을 여자는 믿지 않는다. 아무것도 중요치 않다.

여자의 의도, 그것에 여자는 열심이니

그대는 그 돌고 도는 의도에 불려 다니는 것이라,

밤에 부엉이의 부름에 의해서인지, 가지의 수액에 의해서인지,

결코 쓸데없거나, 결코 간헐적인 간계에 의해서는 아니라

나방은 산으로 불려가고

황소는 칼을 향해 맹목적으로 달려든다, 자연에 따르는 것

그 동굴로 그대는 불리어 갔느니, 오디세우스,

그대는 몰리[1084] 풀로 약간의 시간을 끌 수 있었던 것이고,

몰리 풀로 인해 또 다른 침대로 되돌아갈 수 있도록

　　　이 침대에서 벗어날 수 있었던 것이라

별은 그녀의 셈에 포함되지 않느니,

　　　그녀에겐 그것은 단지 떠돌아다니는 구덩이일 뿐.

묘성昴星이 쉴 곳을 찾아 내려가는 때[1085]

그대의 쟁기질을 시작하라,

그대의 쟁기질을 시작하라

그 별들이 해변 아래 있는 40일간,

해변가 들에서

바다를 향해 구불구불 내려가는 계곡에서.

두루미들이 높이 날 때

　　　쟁기질을 생각하라.

이 관문으로 그대는 나아가는 것이니

그대의 시간은 문과 문 사이

두 마리의 황소가 쟁기질을 위해 멍에를 지고 있고

언덕 들엔 여섯 마리

올리브 아래엔 흰 무더기, 돌을 끌어내리는 데 스무 마리,

이곳에선 노새들이 언덕길 위에서 슬레이트로 박공이 되어 있다.

그렇게 때에 맞추었던 것이라.

이제 작은 별들이 올리브 가지로부터 떨어지고,

갈래 꼴의 그림자가 테라스 위에 어둡게

그대의 존재를 개의치 않는

　　　　떠다니는 흰털발제비보다 더 검게 내려앉는데,

그의 날개 자국은 지붕 타일에 검게 드리웠다가

울음소리와 함께 자국이 사라지는 것이니.

텔루스[1086]에 가하는 그대의 무게는 그렇게도 가벼웁고

그대의 눈금은 그렇게 깊게 새겨지는 것이 아니라

그대의 무게는 그림자보다 더 가벼운 것

하지만 그대는 산을 갉아 들어가니,

　　　실라의 하얀 이빨들도 이보다는 덜 날카우리.

그대는 음문陰門보다 더 보드라운 둥지를 찾아냈는가

그보다 더 나은 휴식처를

그보다 더 깊이 씨뿌리기를 한 적이 있는가, 그대의 죽음의 해가

그보다 더 빠른 햇가지를 몰고 오겠는가?

그대는 그보다 더 깊이 산에 들어가 본 적이 있는가?

빛이 동굴에 들어갔느니, 아! 아하!

빛이 동굴로 내려갔느니,

찬란하고 찬란하도다!

갈퀴로 나는 이 언덕을 들어갔느니, 풀이 내 몸에서 자라나고,

뿌리들이 서로 얘기하는 것이 들리고,

내 잎새 위 공기는 신선하며,

잘린 가지들은 바람에 흔들거리누나.

가지 위 서풍이 이보다 더 가벼울까, 편도나무 가지 위

동풍이 이보다 더 가벼울까?

이 문으로 나는 언덕을 들어왔느니.

넘어지도다,

아도니스가 넘어지도다.

결실은 그다음에 오는 것. 작은 불빛들이 조류와 함께 떠내려가고,

바다의 발톱이 그것들을 저 멀리로 모아가니,

매 꽃마다 네 개의 기치들

바다의 발톱이 남포등들을 저 멀리로 몰아간다.

그 일곱 별들이 휴식처로 내려가거든

그대의 쟁기질을 생각하라

그것들이 쉬는 사십일 간, 해변에서

바다를 향해 구불구불 내려가는 계곡에서

        운명의 여신들이 아도니스를

편도나무 가지가 그 불길을 낼 때,

새로 난 가지들이 제단에 갖다 놓일 때,

        그대 디오네, 그리고 운명의 여신들이

운명의 여신들이 아도니스를

        치료의 재능을 가졌고,

야생동물들을 다스리는 능력을 지녔던 그.

XLVIII

돈을 빌린다면

그 빌린 돈은 누가 갚을 건가?

빌린 날에 그걸 가지고 있는 자,

    아니면 가지고 있지 않은 멍청이?

마호멧 6세 야히드 에딘 한[1087]이 죽다

    '직업 전前 술탄'

산 레모[1088]에서 65세로 (1926)

압둘 메지드[1089] 자손. 시복식에서

80개의 확성기가 쓰였다.[1090] 터키 전쟁[1091]이

끝나면서 콜쉬츠키 씨[1092]는

스파이 노릇을 한 대가로

커피 자루 백 개를 받았다 (환전 거래장에서)

그리하여 비엔나에서 처음 커피하우스를 열었다

내 생각에, 천육백 년대 언제쯤이든지; 폰 운루[1093]는

시체들을 포개 쌓았던 중사를

모방하는 데 일가견이 있었다, 시체들이 널려 있는데

구덩이는 그 모든 시체들을 넣을 만큼 크지 않아서

중사는 군화로 시체들을 밀어 넣어서

카이저[1094]를 위해 그 장소를 깨끗이 만들었다.

폰 운루 씨는 그 중사를 흉내내는 데 일가견이 있었다

베르됭[1095]을 보라, 그가 써 내려갔던 것을, 베르됭에서.

찰스 프랜시스 애덤스 씨[1096]가 말했다

좋은 대화가 없었다고. 런던에서 그 어떤

일대일 접대 자리에서도 좋은 대화는 없었다고

그들은 브라우닝[1097]을 미국인으로 착각했는데,

그의 생각이나 행동거지가 비영국적이었기 때문.

　　　　　지하실에 묻혀 있었다

밴 뷰렌이 써 내려갔던 것이[1098]

'훼손시키고 흔적을 없애 버리고'라고 J. 애덤스가 썼다

'다음 세대의 아버지들이 될 건데'라고 마르크스가 썼다[1099]

……결핵……비스마르크[1100]

유대인들에 대한 미국의 내전을 비난하다,

특히 로스차일드에 대한

그 가문의 한 사람은 디즈레일리[1101]에게 말하길

그들의 크레딧 때문에 빌린 걸 갚는 나라들은 바보라고 했다

디고노스[1102]

두 번 태어난 이, 숲에서 길을 잃다, 하지만 숲에서 삼 년이 흐른 다음

표범이라 불리었다, 그들은 '두 번 태어난 이'로 알려졌다.

죄송합니다, 폐하[1103]　코도르,[1104] 9월 23일

폐하의 케언테리어 강아지의 족보를

보내드리는 데 너무 오래 걸려서요

폐하께서 사셨던 그 사람에게 편지를 썼는데

그의 아내(혹은 딸)로부터 답장을 받았습니다

그가 막 휴가를 떠나서

그가 돌아오는 대로 저에게 편지를 쓰겠다고요.

　　　제가 알아보니 두 아킬[1105](아비)이 케널 클럽에

등록이 되어있었어요, 근데 그 아비는 등록이 되어있지 않았고요.

두 아킬은 스코틀랜드 경연 쇼에서 상을 꽤 여러 번 탔어요

그 혈통에는 다른 좋은 개들도 있습니다

　　　(세 명의 상원의원, 위스키 네 병)

그러니 그 강아지는 꽤 혈통이 좋은 거 같습니다　(그리고 새벽)

편의상 자세한 것들은

(4시에 럼비 씨[1106])

별도의 종이에 쓰겠습니다

　　　(장관 말입니다) 그 작은 개가

(국무장관) 맥로커티 씨 댁에서 잘 지내면서 매우 행복해합니다.

사람들이 그를 매우 좋아해요 그는 가장 사랑스런 개입니다

　　　　　올림

갈릴레오, '개리 요'라고 발음하지요

그는 멍청이였고, 이 세상도

(내 창문 아래 목소리) 멍청이로 만들었어요[1107]

세일럼[1108] 박물관의 임원치고

희망봉과 케이프혼을 다 둘러가지 않은 사람은 없지요.

　　　곶보다 더 높이 솟은 듯한 바다

구름 속에 쌍둥이 바다가 있었다

비시니아[1109]에서는 12%의 이자,

국내 로마인들에게는 이자 6. 애설스탠[1110]은 말하길

이 땅에서 다른 땅으로 상인으로

세 번의 항해를 하지 않은 자는

무사 계급이 될 수 없다고 하였음

'조금 더 많은 채권' 하고 대통령이 전화에 대고

인쇄업자에게 말하길 '당신이 우리에게 인쇄해 준 것 모두를 팔았소'

　　　　그리하여 채권 세일즈맨이 해외로 나갔다.

노르웨이인 엔지니어가 나에게 들려준 건데, 하와이를 지나

뱃전에서 뱃전으로 어떤 식으로

줄을 펼쳐서는

3,000해리海里의 코스를 짜서는

그 직물 아래 누워, 별을 보며 갔다는 거죠

'그동안 그녀는 신발 두 켤레

면사포 두 장, 파라솔 두 개, 난초(인조) 하나를 샀는데,

그 대신 나에겐 어망처럼 생긴 망사 장갑을

줬어요, 결국 그날을 전적으로 허비한 건 아니었죠

여기 신부님이

새로 미사를 드렸어요

　　(파시스트력으로 12번째 해[1111])

아름다운 의식이었죠, 이곳의 신부님이 그의 첫 번째 미사를

드렸던 것이거든요

모든 산들은 불로 환해 있었고,

우린 그 읍을 지나갔죠

　　　　그 동네를 돌아서요

2명의 사람과 2필의 말

그리고 음악과 양쪽으로는

횃불을 든 아이들과 신부님들을

태운 마차, 새로 미사를 드려야 하는

신부님, 마차들은 예쁜 꽃들로 가득 찼구요

사람들도 엄청 많았죠. 난 그게 좋았어요,

모든 집들이 불빛으로 환했고

창문의 나뭇가지들은

손으로 만든 꽃들로 뒤덮였구요

그다음 날 미사가 있었고 행렬이 있었죠

내가 다시 그곳으로 돌아가서

일요일에 신는 신발 새로 한 켤레 가져도 될까요?'

벨벳, 노랑, 날개 없이

기어오르는 것들, 공 모양, 난초 속으로

그곳의 계단은 여전히 깨어진 채이고

그 길의 평평한 돌들, 세귀르산.[1112]

발 칼브레르로부터 생베르트랑[1113]에 이르기까지 지붕이 이 마일에 걸쳐 있는데

고양이가 길에 발을 델 필요가 없을 정도

이제 그곳엔 여관이 들어섰는데, 서까래가 드러나 보이고,

포장길에 이르려면 육 피트를 긁어내야

이제 그곳은 밀 들판, 그리고 이정표 하나

돌 뒤에 새겨진, 팔짱 낀 테르미누스[1114]에게

바쳐진 제단

그곳에선 태양이 석양빛을 발하고,

빛이 풀을 에메랄드로 깎아 놓는다

사바릭,[1115] 이곳으로 고베르츠[1116]가,

            그들은 파리 밑으로는 들어가지 않겠다고 했다[1117]

대기 속으로 떨어지는 화성

가지에서 가지로, 돌 벤치로

그곳엔 편자를 박기 위해 대장장이의 밧줄에 매달려 있는 황소가 있고

첨탑 꼭대기가 잔디 마당과 같은 높이로 있는 곳

그리고 성 위에 높이 있는 탑들 —

일격을 가할 때마다 넘어지는데, 칠흑의 복수復讐자는

구부리고, 굴리고, 가르고, 그리고는 수족을 하나씩 삼키고

시체의 나머지를 들어올려, 나무 등걸 20피트 위로,

여기서 세 마리의 개미가 커다란 벌레를 죽였다. 그곳에서

화성이 대기 속으로, 떨어지고, 날아갔다.

써 먹혔던 것, 과거 시제. 베네치아, 리도[1118]에서

돌 광주리를 든 늙은이,

즉, 나이 든 여자가 말하길, 해변에서의 옷이

더 길었던 때에,

바람이 불어오면, 그 늙은이가 돌을 그 위에 두었단다.

XLIX

일곱 호수를 위한, 이름 없는 이에 의해 쓰인 이 시들[1119] :
비, 텅 빈 강, 항해,
얼어붙은 구름으로부터 불, 황혼 무렵의 폭우
선실 지붕 아래엔 칸델라 하나가 달려있었다.
갈대는 무거워 몸을 숙이고,
대나무들은 흐느끼는 듯이 말을 하고 있다.

가을의 달, 호수 주위에 솟아오른 언덕들
석양을 배경으로
저녁은 구름 커튼과 같구나,
잔물결 위의 몽롱함, 그 사이로
계수나무의 날카롭고 긴 못들,
갈대 사이엔 차가운 노랫가락.
언덕 뒤편으로는 바람에 실려 오는
수도승의 종소리.
돛단배가 4월에 이곳을 지나쳐갔는데, 10월에 돌아오려는지
배는 은빛으로 사라지누나, 서서히,
강 위에는 태양의 작열하는 빛만이

술 깃발이 석양에 걸리는 곳
뜨문뜨문 있는 굴뚝들이 교차되는 빛 속에서 연기를 내고 있다

강 위엔 눈발이 날리고

세계는 비취로 뒤덮이는데

조그만 배들은 초롱불처럼 떠다니고,

흐르는 물은 추위에 의해서인 듯 엉기누나. 산 인[1120] 지방

사람들은 한가로운 사람들.

야생 거위들은 모래언덕으로 내려앉고,

창문 구멍 주위엔 구름들이 모여든다

널따란 호숫물, 거위들이 가을과 더불어 줄을 서고

땅까마귀들은 어부들의 초롱불 위에서 시끌시끌거린다,

한 줄기 빛이 북녘 하늘 위를 움직이누나,

어린 소년들이 작은 새우를 잡으려 돌을 쑤셔대는 곳.

일천칠백 년에 칭[1121]이 이 언덕 호수로 왔었도다.

한 줄기 빛이 남녘 하늘 위를 움직이고 있다.

국가는 부를 만들어냄으로써 빚을 지어야만 하는 것일까?

이는 불명예, 이는 게리온.

이 운하는 옛적 왕[1122]이 재미 삼아 지었으나

아직도 텐시[1123]로 흘러가고 있구나

다채롭게 빛나는 구름

꼬이고 펼쳐지고 하누나

아침마다

해와 달은 빛을 발하고[1124]

해가 떠오르면, 일
해가 지면, 휴식
우물을 파서 그 물을 마시고
들판을 파고, 그 곡식을 먹으니
황제의 권력이 존재하는가? 그리고 그것이 무엇이란 말인가?

네 번째 : 고요함의 차원.
그리고 야생동물을 다스리는 능력.

L

'혁명은' 하고 애덤스 씨가 말하길 '렉싱턴[1125] 이전에
이미 15년 전에 사람들의 마음속에서
일어나고 있었어요,'
            피터 레오폴드[1126]의 시대에도 그랬을 것이다
대공의 뜻에 따라 오르소 공작과 그의 후손들
적자이든 서자이든 그들에게 그곳의
민사와 형사의 관할권을 주었다

메디치가가 권좌에 오를 때의 빚은 5백만
그들이 떠날 때는 천사백만
그 이자가 최상의 수입도 다 먹어버렸다

첫 번째의 어리석음은 영국과 플랑드르에 모직을 위한
공장을 짓는 것이었다[1127]
            그러자 영국은 가공 이전의 모를 지켰다, 그리하여
그 교환은 축소되었다
            1750년 예술은 엉망이 되었다
레오폴도는 세금을 깎았고
'굶주리는 풍요'가 있음을 알았다[1128]
조비[1129] 왈
            레오폴드는 빚의 이자를 깎았고

예수회를 몰아냈으며

　　　　　종교재판에 종지부를 찍었다

1782년

　　그들은 이자에 대한 로크 씨[1130]의

글을 받아들였다

　　　　　　하지만 제노바가 우리의 무역을 가져갔고 리보르노는

영국과의 조약을 지켰지만 그건 리보르노에겐 손해되는 일

다시 말해 리보르노의 무역이 손실을 보았다는 말[1131]

당신, 오 위대한 워싱턴![1132]

　　　　리보르노 것들은 제노바 밑으로 들어가 버렸다네

토스카나가 약속을 지키고 조약을 지켰기 때문

당신, 대서양 건너편의 위대한 사람들이여!

라고 조비가 말했다, 60년 뒤에.

　　'우리의 짧은 이탈을 용서해주시오'라고 조비가 말했다.

미국은 우리의 딸이고 워싱턴은 시민으로서의 미덕을 가진 자.

레오폴도는 나라 빚의 삼 분의 이를 잘라내고자 했던 것,

없애버리고자 했던 것

　　　　그런데 그들은 그를 황제로 만들어 보내버렸다

지옥의 늪 속으로, 비엔나의 진창 속으로, 유럽의

　　똥 더미 모든 정신적 사악함의

검은 구멍 속으로, 프란츠 요제프[1133] 악취가 나는 변소로,

완전히 썩어 가는 메테르니히[1134]의 배설물 속으로,

피가 뒤엉킨 잡종들 속으로,

하지만 페르디난도는 연정을 막았고 파리는 폭발했다[1135]

‘종교라 부르는 어떤 행위들’ 하고 조비가 말했다[1136]
‘경제적 경험이 부족하다는 것’
비오 6세,[1137] 어리석음의 대리자, 유대인의 신은 권력의 자리에
그런 자를 앉히지 않았으리.
그리하여 마렝고[1138] 시기에 수석 집정[1139]은
썼다 : 나는 평화를 떠나보냈다. 난 전쟁을 찾았다.
　　　나는 그대의 전선 내부에서 적을 발견한다
　　　그대의 대포가 그대의 적에게 팔려갔다
1791년, 대리 정부의 끝
　　　　무월 18일, 11월 10일
1800년 6월 14일 마렝고
이 경우, 마르스軍神의 뜻은 질서
그날은 승리자와 함께 옳은 날이었고
　　　잘못에 대항하는 덩어리 질량이었다
서기 1800년
　　　　24에서 백에 이르는 이자
사람들은 ‘상업이 쇠퇴되었다’라고 말했다
1801년 세 명의 집정관들은 레오폴도 개혁으로 돌아가고자 했었다.
포르토페라이오[1140]에서 천 명의 옛 호위병들
　　　일 년에 2백만, 그 반은

황제 부인에게 되돌아갈 수도 있고

엘바로부터

　　　　날씨가 온화하고

그곳 사람들이 상냥해서

　　　　　　영국 호위함으로부터 내리다

페르디난도 합스부르크(하지만 로레인 가문)

그 가문의 깨끗한 부분의 진정한 이름인 합스부르크

그는 빚이라고는 없는 나라를 되찾았고

　　　　　　금고는 비었지만

나라의 빚은 없다 했다

영국과 오스트리아는 상업을 고려해 볼 때

군주제를 지지했다

　　교황을 다시 앉혀 놓았지만

공화국은 되돌려놓지 않았다 : 베네치아, 제노바, 루카[1141]

폴란드를 쪼개놓았는데 그들의 영혼 속에는 고리대금업이

그들의 손에는 피 묻은 억압이

그리고 그 개 같은 놈, 로스필리오시[1142]가

옛 토스카나인들을 농노로 만들기 위해 토스카나로 왔다.

염병할 영국의 왕좌, 염병할 오스트리아의 소파

그들의 영혼에는 고리대금업이 그들의 마음에는 어둠과

텅 빔이, 기름 낀 비계는 네 명의 조지[1143]

고름이 스페인에 흐르고, 웰링턴은 유대인의 포주로서

자신이 어떤 일을 하고 있는 건지를 아는 정신이 결여되어 있었다.

'공작을 떠나라, 금을 향해 가라!'[1144]

그들의 영혼에는 고리대금업 그들의 가슴에는 비겁함

그들의 마음에는 악취와 부패함

두 개의 상처가 나란히 가고,

지옥이 메테르니히에게 오물을 끼얹고

더러움이 오늘날처럼 악취를 풍긴다

　　　　'쌍돛대 범선 인콘스탄테에서'

지옥의 트림에 대항한 백일 동안

희망이 3월에서 6월까지 튀어나왔다

　　　　　　네가 말안장에서 떨어지고

그루시가 늦었다[1145]

　　　　벤틴크[1146]의 약속은 당연히

영국에 의해 지켜지지 않았다. 제노바는 사르데냐 밑으로. 희망이

3월, 칸에서 플랑드르에 이르기까지 튀어나왔다.

　　　　　　　'그것 때문이 아니라'

하고 나폴레옹이 말했다 '저 빈대 같은 연합 때문이 아니라

시대정신을 거슬렀기 때문에! 그게 나의 몰락이로다,

내가 내 시대에 역행하여 뒤로 갔다는 것이'

57세에 죽다, 단테 알리기에리 이후 5백 년 뒤.[1147]

여성의 가장 매력이라고 여겨지는 것 그래서 우리로 하여금

여성을 찬미하게 만드는 것 때문은 확실히 아닌바 그들은 그의 미망인

마리 데 파르마에 대해 썼다.[1148]

이탈리아는 반짝거리는 관념들을 좇다가, 1850년, 조비가 쓰기를,

그러다가 망한다라 했다.

마스타이, 비오 9세, 다젤리오는 쫓겨났다[1149]

그러다가 10월 30일 민토 경[1150]이

아레초에 있었고 (내 생각엔 보우링[1151]이 먼저였다고 생각하는데)

군중은 만세를 외쳤다

만세 관세 동맹

민토는 레오폴도 만세를 외쳤다

독립 만세, 이는 새 레오폴도[1152]

민토는 느렸지만 확실했다.

랠러지[1153]의 그림자가 프레스코화의 무릎으로 움직인다

그녀는 디르케[1154]의 그림자로 얼룩이 진다

새벽이 그곳에 꼼짝없이 미동도 않고 서 있다

      오직 우리 둘만이 움직인다.

LI

우리의 눈 속에서 빛나는

태양보다도 더

하늘의 마음속에서

빛난다 하느님

그것을 만드신 분.[1155]

다섯째 요소, 진흙이라고 나폴레옹이 말했다[1156]

고리대금업으로 인해 어느 누구도 돌로 만들어진 좋은 집을

가질 수 없고, 교회 벽에 낙원을 가질 수도 없느니

고리대금업으로 인해 석공이 돌로부터 떨어지고

짜는 이는 자신의 베틀에서 멀어진다 고리대금업으로 인해

모가 시장에 나오지 못하고

농부가 자신의 곡식을 먹지 못하누나

아가씨의 바늘이 그녀의 손에서 무디어가고

베틀이 하나하나씩 조용해져 간다

아니 수만 개씩 수만 개씩

두치오는 고리대금업으로 생겨난 것이 아니었고

'라 칼루니아'도 그렇게 그려진 것이 아니었다.

암브로지오 프레디스도 안젤리코도

고리대금업으로 솜씨를 얻은 것이 아니었으며

생 트로핌의 회랑도 그렇게 얻어진 것이 아니며

생 일레르의 균형미도 그렇게 얻어진 것이 아니다.

고리대금업은 사람과 끌을 녹슬게 하며

장인을 파멸시키고, 손기술을 파멸시킨다.

담청색이 암에 걸리고 마누나. 에메랄드빛은 멤링에게로 오지 못하고

고리대금업은 자궁 속의 아이를 죽이고

젊은이의 구애를 꺾어버리니

고리대금업은 젊음에 노년을 몰고 온다, 신부와

신랑 사이에 드러눕는

고리대금업은 자연의 번성에 거역하는 것.

엘레우시스에 온 창녀들,

고리대금업 하에서는 어떤 돌도 매끄럽게 깎이지 않고

농부는 자신의 양 무리로부터 이들을 보지 못한다

    블루 던,[1157] 어두운 날 대부분의 강에선

2번, 추울 땐

찌르레기의 날개가 그럴듯할 것이다

또는 홍머리 오리가, 날개 밑에서 깃털을 뽑는다면 말이다

몸통은 푸른 여우 또는 물쥐 또는 회색 다람쥐의

모피로 할 것. 이것을 앙고라 염소의 털 조금하고

다리로 쓸 수탉의 깃털하고 함께 가져갈 것.

3월 12일에서 4월 2일까지

암꿩 깃털은 제물낚시에 좋다,

녹색 꼬리, 몸에 딱 붙은 날개,

토끼 귀의 검은 털도 몸통으로 좋다

녹색빛 나는 자고새 깃털

회색과 황색의 수탉의 깃털

녹색 밀납, 공작의 꼬리로는

밝은 하체를, 머리통은 핀 크기

정도여야만 하는데, 아침 7시에서 11시까지

낚시할 수 있다, 그 시간엔 갈색의 늪 날벌레들이 나타나는데,

그 갈색이 계속되는 한, 어떤 고기도 그랜험[1158]을 물지 않을 것이리라

이는 행위자의 빛을 수반하는 것이니, 말하자면

그것에 붙어 다니는 형식.

어느 면에선 신과 같을 정도로

이 지력智力은 파악하노니[1159]

풀은 제자리를 찾지 못하는 법이 없구나, 쾨니히스베르크[1160]에서 이렇게 얘기했느니

사람들 사이에 하나의 삶의 양식이

성취되었도다.

밀려가는 공기 속에서 빙빙 돈다, 황급히,[1161]

12명이, 기름내 나는 바람 속에서 눈을 감은 채,

이들은 은행가들, 게리온은 자신의 접쳐진 배로부터 쉰내 나는

노래를 불러댔다, 나는 늙은이들의 의지요,

나는 평화를 이야기하고자 사람들에게 돈을 대지요,

여러 나라 말의 지배자, 옥수玉髓의 상인인

나는 고리대금업과 쌍둥이인 게리온이랍니다,

짜여진 무대에서 살아온 그대들.

그의 접혀진 겹에서 수천이 죽어갔다,

뱀장어 낚시꾼의 바구니 속

때는 캉브레 연합전선[1162]의 시기.

正名[1163]

어느 누구도 중국인들의 이름을 다른 나라 언어로 글자 그대로 옮겨 놓은 것에 만족할 수 없으리라. 억지로 기억력에 의존하려는 노력을 하지 않고 또 민족과 민족을 구별하려는 헛된 희망으로 분간하려 하지 않고, 나는 프랑스 형식을 차용하고자 한다. 중국에 대한 우리 유럽인들의 지식은 라틴어와 프랑스어를 통해 들어왔으며, 어찌 되었든 활자화된 프랑스 모음들이 일관된 함축을 지니고 있다.

칸토 LII~LXXI

1940

칸토

칸토 71의 제일 마지막 희랍어로 된 시행은 클레안테스[1164]의 찬미가에서 따온 것으로, 애덤스의 교양의 일부이다. "영광스럽도다, 여러 이름들을 가진 불사신이여, 모든 것을 지배하시는 제우스여, 자연의 선천적 성질의 창조자시여, 법으로 모든 것을 이끄신다."

열 편 묶음의 이 두 칸토군들과 앞서의 칸토들에 나오는 다른 외래어들과 상형문자들은 텍스트를 강화해주기는 하지만, 비록 이 강조된 말들의 영어 번역이 항상 그 근처에 나오지는 않더라도 영어로 기술된 말 이외에는 거의 다른 걸 덧붙이는 일은 잘 없다.

LII

내가 여러분들에게 말해 주었다 레오폴드 군주 하에서의

시에나의 사정을

신용 거래의 진정한 기반을, 즉

모든 사람들을 등 뒤에 업은

자연의 풍부함을.

'필요한 물품'이라고 샤흐트[1165]가 말했다 (16년[1166])

장사 물품, 송달 가능한 필요한 물건들.

고리대금업은 이것과 상치되는 것, 뱀

비반테[1167]는 자신의 낙원 속에 있었으니, 온화한 공기

동쪽으로 구르는 들판, 반은 무너진 탑

농부는 자신의 아들이 전쟁터로 끌려갔음을 불평하며

그가 말하길 '금권 정치가 보다 덜 폭력적이었어.'

복수를 부르는, 악취 나는 로스차일드의 죄, 가난한 유대인들이

그에게 돈을 바치고

이교도들에 가한 몇몇 거물 유대인들의 복수의 대가를 치르는 그들

내 생각건대, 벨 앙[1168]이 자신의 어머니에게 쓰기를

제국의 이익에 해가 되는 것이 아닌 때는

아랍인들에 대한 우리의 약속을 지켜야 한다고.

이렇게 우리는 제재 조치들을 겪으며 살아왔다, 스탈린을 겪었고

리트비노프[1169]도, 금 브로커들은 이익을 보고

환시세를 동요시켜 금에 불리하게 만들었다

이 이전에 조니 애덤스(어르신)[1170]가 말하길

무지, 돈의 성격에 대한 완전한 무지

    신용 거래와 유통에 대한 완전한 무지.

벤[1171] 왈, 유대인들을 내쫓는 것이 나으리

    그렇게 하지 않으면 그대의 손자들이 그대를 저주하리라

유대인들, 진짜 유대인들, 돼지들, 그리고 고리대금업

초고리대금업 또는 국제적 소동

악취 나는 로스차일드의 특기

    파리에 있는 그들의 집 밑은 폭탄에도 끄떡없고

그곳에 예술 작품들을 숨겨 놓고

    뚱뚱한 놈 옆엔 세 명의 보디가드

앞바다에 배불뚝이 요트를 띄워서 우리의 해안지대를 더럽혀 놓고

총 든 돼지들, 은행 말뚱가리들, 어정잡이들로 가득 채워진 정부들,

저질렀다, 이탈리아 왕국에서 그가……

두 고리대금업들 중, 지금 이야기된 건 보다 적은 쪽 것.

대영제국 등지에서 그가 저질렀던 것/

    공자와 엘레우시스 사이

황금 지붕, 황금 교회[1172]

    그 닫집 아래

리치오[1173]가 여전히 말을 타고 몬테풀치아노[1174]로 가고 있다

    비틀거리는 교회는 이빨이 다 빠지고

고리대금업에 더이상 대항하지도 못하고

    기름이 홀장笏杖[1175]을 뒤덮고 있고

높다란 부채와 주교관은 아무런 의미도 없어졌으니
단 한 번 부르고스¹¹⁷⁶에서, 한때 코르토나¹¹⁷⁷에서
　　　노랫소리가 확고하고 잘 불렸는바
늙은이들은 완고함을 지켰고,
　　　그레고리¹¹⁷⁸는 비난받았다, 늘 비난받았다, 반계몽주의자로.
그러므로 알라,¹¹⁷⁹
　　　태양이 히데아스 별무리에 드는 여름으로 가는 길목
불의 신령이 위세를 떨치고
　　　새들이 이달로 날아드는도다.
쓴 냄새와 타는 냄새를 풍기며
집안의 신에겐 희생물의 허파를,
　　　초록빛 개구리는 목청을 돋우고
　　　　하얀 유액은 꽃에 가득하니
심홍빛 보석으로 장식된 붉은 차를 타고서
　　　여름을 맞이하도다
이달엔 어떤 파괴도 있을 수 없으니
　　　이때엔 어떤 나무도 베어선 안 되며
야수들을 들판에서 내몰며
　　　이달엔 약초를 거두어들이는도다.
왕비는 천자에게 누에고치를 바치니
　　　이때 태양은 쌍둥이좌로 들고
처녀좌는 석양 무렵 하늘 복판에
　　　땅비싸리 무리는 베어선 안 되며

어떤 나무도, 태워서 숯으로 만들면 안 되고

　　　문이란 문은 모두 열어놓으며, 노점들엔 세금을 부과하지 않는도다,

이제 암말들은 풀을 뜯게 하고,

　　　　종마들은 매어놓고

말 기르는 공지사항들을 붙여 놓으라

　　　　낮이 가장 긴 날들의 달

생과 사가 이제 동등해지고

　　　　투쟁은 빛과 어둠 사이에 있으니

현명한 이들은 집에 들어앉고

　　　　수사슴은 뿔을 떨구고

메뚜기는 시끄러운데,

　　　　불길이 남쪽으로 확 번져가게는 하지 말지니.

이제 태양은 해사좌에 드니, 여름의 세 번째 달

전갈좌의 안타레스별이 석양에 중천에 뜨고

안드로메다는 일출과 더불고

　　　　물의 신령이 위세를 떨치느니

이달은 칠월,

　　　　쓴 냄새, 타는 냄새를 내며

집안의 신들에게 희생물의 허파를

　　　　바치는도다

따뜻한 바람이 불고, 귀뚜라미는 벽에서 때를 기다리고

어린 매는 자신이 해야 할 일을 배우고

　　　　죽은 풀은 개똥벌레를 길러내는도다.

명당¹¹⁸⁰에서 그는 그 건물의 왼쪽 날개에

      머무르는데

붉은 차와 밤색 말

      심홍빛 깃발.

어류 감시인은 악어를 가로막고

점을 치기 위해 모든 큰 도마뱀들, 거북들, 바다자라를

거두어들이는도다.

호수 감시인은 골풀을 모으고

      죽은 이들의 혼령에게 줄 곡식을 거두어들이고

산의 신령들에게 커다란 강의 신령들에게

바칠 짐승들에게 줄

      곡식을 거두어들이고

염색물들의 감독관, 색깔과 자수의 감독관은

흰색, 검은색, 초록색이 질서 있게 되었는가를

가짜 색깔이 있지 않는가를

검은색, 노란색, 초록색이 양질의 것인가를 감독하느니

      이달엔 나무들이 물이 오를 대로 오르고

비가 온 땅을 흠뻑 적시니

      죽은 잡초들이 마치 맑은 고깃국에서 끓은 것처럼 기름지누나.

향긋한 맛, 희생물의 심장

황제의 마차 위엔 노란 깃발

      그의 요대엔 노란 돌들.

석양에 사수좌가 제 갈 길을 반쯤 가 있고

찬바람이 불어오는도다. 이슬이 새하얘지느니.
이제 매미의 시간,

　　　새매는 새들을 영령들에게 바치는도다.
황제는 전차를 타고 나가니, 흰 말들이 그를 끈다,
흰 깃발, 그의 요대엔 흰 돌들
개를 먹으니 접시가 깊구나.

　　　이달은 가을의 지배하에
하늘은 금빛으로 활기차 있으니, 이제 수수를 거두고

　　　홍수 막는 벽을 마무리지을지니
일출에 뜨는 오리온별.

　　　말들은 이제 검은 갈기를 지니누나.
개고기를 먹으라. 이는 성벽의 달.
공물은 콩, 9월은 천둥의 마지막
동면을 하는 짐승들은 굴로 들어가는도다.

　　　세금은 낮아지고, 이제 참새들은 굴로 변한다고들 하고
늑대가 희생물을 바치는도다.

　　　사람들은 다섯 가지 무기로 사냥을 하고,
나무를 베어 숯을 만든다.

　　　개고기와 함께 먹는 햅쌀.
겨울의 첫 달이 이제 시작된 것이니

　　　태양은 전갈좌의 꼬리에 들어있고
일출에는 해사좌에 들어가니, 얼음이 시작되누나
꿩은 화이[1181](큰 강)로 몸을 던져

굴로 변하고
잠시 무지개가 숨어 있도다,
　　　천자는 구운 돼지고기와 수수를 드시고,
종마는 푸르스름한 회색빛,
　　　이달은 겨울이 지배하는도다.
태양은 사수의 어깨에 놓이고
　　　일출엔 까마귀의 머리에 드는데
얼음은 두꺼워가고, 땅이 갈라지고. 호랑이는 이제 짝을 찾고.
동지엔 나무를 베고, 대나무로 만든 화살대.
셋째 달, 기러기는 남쪽으로 날아가고,
　　　까치는 집을 짓기 시작하고,
꿩은 산신령에게 목청을 돋우니
낚시의 계절이 시작된 것이라,
　　　강과 호수가 깊이 어니
이제 얼음 창고에 얼음을 넣으라,
　　　바람의 훌륭한 연주회
사물을 부를 땐 그 이름을 불러라. 좋은 군주는 분배 때문에 이름이 나고
사악한 왕은 조세 때문에 이름이 나느니.
그대가 있는 곳에서 시작하라고 파머스턴 경[1182]이 말하고는
슬라이고[1183]의 늪지대를 배수하기 시작했고
런던의 매연 골치와 싸웠다. 슬라이고항구를 준설했고.

止

지¹¹⁸⁴

유[1186]는 나뭇가지를 꺾는 법을 사람들에게 가르쳤고

수진[1187]은 터를 세워서는 물물교환을 가르치고

　　　　끈을 매는 법을 가르쳤다

후히[1188]는 보리 기르는 법을 사람들에게 가르쳤는데

　　　　그리스도 탄생 2837년 전이니

사람들은 아직도 그의 무덤이 어디 있는지를 알고 있구나

튼튼한 벽 사이 높은 사이프러스 나무 옆.

오곡은, 친농[1189] 왈,

　　　　밀, 쌀, 수수, 보리와 콩이라 했고

쟁기도 만들었는데 이는 오천 년간 써 내려오고 있으며

궁전을 교푸헌[1190]으로 옮겼고

낮에는 시장을 열어

'우리가 갖지 못한 것을 가져오라' 했고, 식물지를 썼으며

수안 옌[1191]은 호랑이 열다섯 마리를 붙잡아 자루에 넣었고

　　　　새 발자국에서 기호를 만들어냈다

황티[1192]는 벽돌을 만들어냈고

그의 아내는 잠업蠶業을 시작했으며,

　　　　황티 시대에 돈이 융통되었다.

그는 시링크스[1193]의 길이를

　　　　관의 길이를 재어 노래에 맞는 가락을 내었으니

그리스도 탄생 (이는) 2611년 전이었는데

네 명의 아내와 아들 자손이 25이라

오늘날 그의 무덤은 캬오찬[1194]에 있도다

티코[1195]는 학자들로 하여금 노래와 가사를 맞추도록 하였는데

통 키우[1196]에 묻혀 있으니

이는 기원전 25세기의 일이라

태양과 같고 비와 같은 야오[1197]는

어떤 별이 지점至點에 있는가를 보았고

어떤 별이 한여름을 표징하는가를 보았으며,

물의 지도자인 유[1198]는

검은 땅이 비옥하고, 여전히 생사生絲는 샨퉁[1199]에서 나오느니

각 지역마다 곡식더미를,

나라 사람들로 하여금은 현물로 십일조를 내도록 하였다.

슈츄[1200] 지방은 오색의 흙을 바치도록 했고

유찬[1201] 산악 지방으로부터는 꿩의 깃털을

유찬은 무화과나무를 바치도록 하였으니

이 나무로 수금을 만들었고

세츄[1202] 강에서는 울리는 돌을

그리고 칭모[1203] 또는 몰리라 불리는 풀을,

슌[1204]은 태양과 별을 움직이는

하늘의 상제께,

그대의 시가 그대의 의도를 표현하도록

그리고 음악이 일치하도록

야오

슌

유

堯舜禹皋陶

카오야오[1205]

풍요로움.

그리고 한 왕비는 뱃속에 챠오 캉[1206]을 데리고서 도망갔다.

후히는 나무의 힘으로,

친농은 불의 힘으로, 황티는 흙으로 다스렸고,

찬[1207]은 금속으로 다스렸다.

츄엔[1208]은 물이 그렇듯 주인이었다.

슌은 다스리고,

유는 교화시키는데,

표면으로는 충분치 못하느니,

　　　상제로부턴 아무것도 숨길 수 없노라.

수년간 물이 없었고, 비도 오지 않았으니

　　　때는 칭탕왕[1209] 때라

곡식이 귀하니, 물가는 오르고

하여 1760년 칭탕은 구리 광산을 열어 (서력 기원전)

중간에 네모난 구멍을 뚫은 원반을 만들어

　　　나라 사람들에게 나누어주고는

그것으로 곡식이 있는 곳에서

　　　　　곡식을 사도록 하였다

사료 창고도 텅 비고

메마르기 7년

　　　　발루바에서 폭풍을 만든 이[1210]

칭은 산에 올라 기도를 하였고

　　　목욕통에

새롭게 하라고 썼다

　　　매일매일 새롭게 하라[1211]

덤불을 치고,

통나무를 쌓고

자라게 하라.

칭은 통치 13년 되던 해

일백 세를 일기로 죽었으니.

　　　'우리가 일어나고, 하가 무너졌도다.'

여자를 무절제하게 좋아하고

부를 무절제하게 좋아하고,

허례 행렬과 사냥을 좋아했으니.'

　　　다스리는 건 오직 위에 계신 상제뿐.

탕은 칭찬을 아끼지 않았느니,

新
日
日
新

왕좌에 고요히 앉아 있고자 한다면
그들의 땀, 그들의 땀을 생각하라.

하! 하가 무너졌다
　　　신령들을 화나게 함으로써
국민의 땀을 짜냄으로써.
　　　그대의 덕의 힘으로써가 아니라
　　　칭탕의 덕의 힘으로
물을 개심시켜 놓은 이, 유에게 경의를
칭탕을 존경하라
은에게 경의를
나이 든 사람과 새로운 도구를 찾으라
　　　오백 년 뒤 웬왕[1212]이 나타났으니
B.C. 1231
키 삼촌[1213] 왈, 보석들!
　　　그대는 곰 족발밖에는 먹지 않는구나.
루 타이[1214]의 대리석 탑의 문들은 벽옥으로 만들어졌으니
그 궁전을 만드는 데 십 년이 걸렸다
탄키, 궁전, 대낮에도 횃불과 남포등으로 밝히고
　　　키우의 딸[1215]은
　　　황소 안에서 구어져 요리로 대접되었다.
또한 그들은 역경[1216] 또는 예측을 할 수 있게 해 주는

변화들을 쫓아내었다

무예 평원[1217]에서 추신은 움직이는 숲처럼 다가왔고

　　　　우왕은 도읍에 들어서

재물 창고들이 다 빌 때까지 곡식을 내주었고

유[1218]의 아홉 단지들 옆에서 군대를 해체하고

　　　　말들을 화찬[1219]으로 보내었다

　　　　복숭아 숲으로

그리곤 연도를 동지로부터 셈하였다.

　　　　그의 왕조는 혁명적이었다.

8세부터 15세까지의 아이들은 학교에서, 그리곤 보다 높은 훈련

좌우명은 모든 벽에 쓰여 있었으니

　　　"그들의 풍습과 그들의 음악을 쓰라

　　　그들의 도표와 기치의 형태를 유지하라

　　　평화시에 군인들을 준비하라

　　　좋은 통치하에서 얻어진 모든 것이

　　　　밤의 오락장에서 잃어버리는 법."

마차엔 조그만 상자, 그 속에는 남쪽을

　　　　가리키는 바늘이 있으니

이는 남향마차[1220]라 불리었다.

　　　　왕국의 중앙에 있는 로양,[1221] 그 길이는

17,200피트에 이르렀다. 주공[1222] 왈, 진정한 현인은 휴식을 취하지 않
는 법.

　　　　일하지 않으면서 희망을 갖는 건 미친 짓

그대의 선조는 국민들 사이에서

　　　국민의 한 사람처럼 옷을 입고

국민이 필요로 하는 것을 염려하였으니,

　　　나이 들어 왕위에 올라

동지를 준수하였노라.

　　　서력 기원전 1106년에 죽었는바

　　　아직도 그의 글의 일부가 남아있으니

'훌륭한 통치자는 마치 풀 위의 바람 같은 것

훌륭한 지배자는 세금을 낮추는 법.'

칭왕[1223]은 관료들을 스라소니의 눈으로

　　　돈을 스라소니의 눈으로 감시하였으니

추[1224]의 무게는 24분지 일 온스

　　　또는 수수알 100개로 하고

천과 비단 한 묶음은

2피트 2인치×4창[1225]으로 하였으며 (1창은 4피트)

1079년까지 통치하였는바

　　　그의 나머지 통치 기간은 평화로웠다.

모르타르 보드처럼 각진 자신의 모자를 가져오라 하였고

　　　탁자 위에 보석들을 의장하였는데

말하길 이는 나의 유언 나의 마지막 유언이니

　　　평화를 유지하라

평화를 유지하라, 국민을 돌보라.

　　　그의 유서엔 다만 열 줄뿐.

차오공[1226]은 역사가를 부르고,

　　　칭왕이 군주들을 맞이할 때처럼

보석 탁자에 흰색과 자주색의 다마스크를 깔았다.

왕좌 서쪽 탁자에는

　　　헌장

옛 왕들의 법률과 두 종류의 보석

홍피와 유엔옌[1227]을 놓고

동쪽 탁자에는 화찬산의 진주들과

하늘의 자리들을 보여주는

순의 영역과 섬들에서 나온 진주들을 놓았다. 옛 왕조

은의 춤옷과 8피트 높이의 커다란 북은

음악을 위해 자리 잡고. 창과 활과

대나무 화살과 전쟁 도구는 동쪽으로 두었다.

다마스크로 가장자리 장식을 한 돗자리는 일등질의 골풀과

이등질의 대나무와 삼등질의

나무껍질로 만들어졌고.

왕관으로 쓸 회색빛 모피 모자, 그리고 20피트짜리 도끼창.

(서력 기원전 1078년)

'아버님의 명령을 받들어, 보석 탁자에 대고

우리에게 남겨진 법으로 통치해 나갈 것을 맹세하노니

　　　제국에 평화를 유지하리라

웬왕과 우왕, 그대의 선조들.'

이렇게 강이 황제가 되었느니/.

궁중 뜰엔 밤색 갈기의 흰 말들.

　　　'나는 주나라 편이노라'고 공자가 말하였다

　　　'나는' 하고 공자 왈 '정치에 있어 주 편이노라'

웬왕과 우왕은 곰처럼 강한 현인들을 가졌었노라

　　　고 젊은 강왕이 말하였다,

　　　　　　　평화를 유지하도록 나를 도와주오!

그대의 선조들은 하나씩 하나씩 우리의 통치하로 들어왔소

　　　　　　우리의 통치를 도와주러.

감독관 차오공에게 경의를.

　　　그의 이름이 3000년은 남게 되기를

한 사람 한 사람마다 일할 땅을 주었으니

　　　　　쟁기질하는 땅뿐만 아니라

누에치기를 위해

　　　뽕나무 숲을 다시 가꾸었고

　　　정기적인 시장을 서게 했으니

교환은 풍요를 가져왔고, 감옥은 텅텅 비어 있었노라.

'요와 순이 다시 돌아왔다'고

　　　　　농부들은 노래를 불렀지

'평화와 풍요는 덕을 가져온다'고. '나는

　　　주 편이노라'고 5세기 후 공자가 말하였다.

이 시절을 마음에 두고서.

周 _주

강왕의 16년째 되는 해 페킨[1228]이 죽었다

　　　루의 군주, 평화의 친구, 국민의 친구

　　　　　주공의 귀중한 아들이

그리고 강왕의 26년째 되는 해에는, 지칠 줄 모르는 차오공이

　　나라의 이로움을 위해 순방을 하다 죽었으니

이 이후로 사람들은 그가 앉아 정의를 생각하고

　　　　나라 땅의 정도를 생각하던

　　　　복숭아나무의 가지를 꺾지 않았다.

오늘날에도 사람들이 다음과 같이 노래 부르는 걸 들을 수 있으리라

　　　　복숭아 가지를 기르라, 두려움 없이

　　　　어느 누구도 이 나무의 가지를 꺾지 못하게 하라

　　　　차오공에게 그늘을 제공해 주었던 그 가지

　　　　그는 이 응달에서 햇빛을 피해 있었던 것이니

　　　　　그는 그대의 그늘에서 쉬었던 것이라.

그러자 강왕이 재위 26년째 되던 해 돌아가셨다　　　　　　B.C. 1503년

달이 여러 빛깔의 아지랑이 속에서 빛나고

물이 우물 속에서 끓었다, 그러자 국민의 기쁨 속에서

　　　　차오왕[1229]이 죽었다.

경작한 들판을 가로질러 사냥을 하던 차오왕.

무왕[1230] 왈,

　　　　'범이 나에게 대항하였듯,

　　　　　녹아내리는 얇은 얼음의 사내가

어두운 통치 시기에 나를 도왔다'

그리곤 허영에 빠져

의회에 대항하여 무수한 군대를 이끌고 나가서는

4마리 늑대와 4마리 사슴을 데려왔으니

그의 사람들은 단순한 야만인 이상이 되지 못하였다.

하나 백 년째 이르렀을 때

그가 보상을 했다고나 할까

형법은 슌으로부터 유래한 것이라

단지 어쩔 수 없을 때만이니

의심이 있을 땐, 죄의 선고란 없고, 부적절한 증거는 배제하였노라.

무의 법은 중용의 법, 추축이니라.

법정 상납금과 재판관의 취득금에서 생긴 부

이는 보배가 아니다

라고 『서경』의 「여형呂刑」에서 얘기되었다.

지방 관리의 딸, 그의 세 딸이

킹호강[1231]에 이르렀는데

십 개월간 왕은 침묵을 지키다가

십 이 개월째, 그는, 콩[1232]은 그 도읍을 불태우고는

단념하였다

노래는 의왕[1233]을 좋지 않게 평하였고, 큰 우박이

햐오왕[1234]에게 퍼부어

가축을 죽이고, 한강이 얼어붙었다.

그의 시절에, 몰락한 페이 집안 출신으로

근면한 마구간지기 페이체이[1235]가 있었는데

그는 마구간지기의 장이 되었고, 친의 영주가 되었다.

은을 탐냈던 리왕,[1236] 그를 위한 기념비엔

'임무를 수행하려 했던 군주, 돈이 돌도록

국민들 사이에 돈이 돌도록

　　　　　주의를 기울였도다.

후치[1237]의 영광에 먹구름이 드니

사람들이 자신들의 부를 사용하던 것을 보았던 그에 대한 찬미는 끝이 없어라.

그대 가문의 종말이 우리에게 다가와 있느니.'

　　　　　기념비를 쓴 유량푸.[1238]

차오공[1239] 왈, 국민의 말은

　　　　언덕과 같고 시냇물과 같으니

　　　　이로 인해 우리의 풍요로움이 생겨나는 것.

중국의 사해四海의 주인이 되려면

　　　　국민들이 시를 쓰게끔 해야 하며

　　　　희곡을 공연하게끔 해야 하고

　　　　　역사가들로 하여금은 사실을 쓰도록 해야 하고

　　　　　가난한 이들이 세금을 비난하도록 해야 하느니.

공허의 궐위 기간,[1240] 슈엔은 서쪽 야만인들에 대항했으니

그의 찬미는 오늘날까지 이어지도다, 슈엔왕은 야만인에 대항하여

군의 통솔자 차오무공[1241]을 임명하였으니,

화이강[1242]에 의해 기름진 화이 땅

희생 제식에 쓰인 검은 수수, 챵강[1243]의 술.

화이강변에 전투대형이 즉시로 도열하였으니

날짐승 같이 재빠른 이들, 양츠[1244]

     양츠처럼 강인한,

       그들은 산처럼 뿌리박힌 듯 서 있고

         분류처럼 움직인다

왕은 성급히 모임을 갖지 않고, 숙고하며 행동한다

한[1245]은 유이 도읍을 만들어

      사람들에게 오곡 심는 법을 가르치고

슈엔 재위 4년에는

      시에[1246]가 건설되었다.

그리곤 메마른 여름이 4년간 지속되었다.

        제식은 이러했으니,

봄에 첫 달이 뜨기 전 9일간

그가 단식을 해야 하리니. 그리고 밀술이 담긴 황금 술잔을 들고

       봄에 쟁기질을 하러 들판으로 나가

고랑 하나와 사분지 삼을 쟁기질하고는

        이 제식이 끝난 후 소고기를 드셔야 하는데,

         슈엔은 그렇게 하지 않았으니

기근이 든 이후 갈대가 얽혀 있고, 소나무들이 있는 곳으로

       사람들을 불러

슈엔은 강이 철썩거리는 이곳에 사람들을 정착시켰으니

        그는 기러기가 슬픔을 울부짖는 소리를 들었다

시골에

우리는 슬픔을 겪은 후 이곳에

우리의 거처를 정하였으니,

우리의 자손들은 우리의 땅을 갖게 될 것이나

파오츠 부인[1247]이 지진을 몰고 왔구나. 주가 몰락하느니,

어리석음, 어리석음, 거짓 화재 진짜 경보 전무

기찬산이 무너져 내린다.

기찬산은 유왕[1248] 재위 6년째 열 번째 달에 무너져 내렸다

태양이 어두워지고, 강은 얼어붙고……

이때 친[1249]이 일어나고 있었으니, 타타르족과 경계에 있는 영주라

영주들이 일어나면서 제국은 가라앉았고

친은 타타르족을 몰아내었으나, 땅은 게으른 왕의 것이라

주의 묘소들이 무너져 내리고

그해 이후 질서란 존재치 않았으니

어느 누구도 다른 이의 밑에 있으려 하지 않았다

주의 9공국은 같이 서 있으려 하지 않았으니

하나로 묶인 막대기라 할 수 없었도다

하늘이 어둡고, 구름도 별로 없고

한밤엔 별들의 비

전쟁들,

이득이란 없는 전쟁들

백년전쟁의 지루함.

상[1250]에서는 성미 급한 영주들이

좋은 왕을 바라며 나쁜 왕을 죽였으니, 이리하여 웬공[1251]이

숭[1252] 땅을 통치하게 되었는데

　　　사람들은 샹[1253]이 사냥하다가 죽었다고들 하며

웬은 나라 사람들을 소중히 여겼다.

　　　루공국은 불행하였으니

그 나라의 리처드들은 어린 왕자들을 독살하였던 것이다.[1254]

　　　피투성이, 살인, 반역

웬공의 첫 부인의 아들들.

린공[1255]은 울타리로부터 활쏘기를 즐겼으니

　　　걸어가던 사람들에게 상처를 입히는 재미로

벽 뒤에 화살을 들고 서 있는 그를 볼 수 있으리라

　　　이 영주는 곰의 발을 즐겨 먹었다.

유의 아홉 단지에 대고 킹공[1256]은

주의 음악 소리를 듣고 동맹을 맺었으니

이 해엔 두 번의 일식이 있었고

　　　내리닫이 문을 들어 올렸던 주랑[1257]은

　　　머리에 난 혹 때문에 '작은 언덕'이라 불리었다

숭나라 사람, 루나라의 혈통

　　　그의 둘째 아들이 공자[1258]였으니

배우기도 했고 못 배우기도 했다. 공자와 엘레우시스는

　　　단지 학도에게만.

　　　공자가 가난했을 땐 음식 감독관,

　　　피엔[1259]이 그를 추켜세우자

충

니

그는 가축 감독관이 되었고

그 당시 여느 때처럼 만찬이 있었던 고로, 공자는 시장 조사관이 되었다

그 해 전갈좌에 혜성이 나타났고

　　　밤에 그들은 키앙강[1260]에서 배를 타고 싸웠으며

킹왕[1261]은 돈을 바꾸어볼까 생각하였다

　　　화폐 개혁에 대해

　　　　　의회의 의견을 무시한 채,

이 수단으로 이득을 얻어 보려고.

불의에 대항한 펜양[1262]에게 찬미를

　　　그리고 킹공[1263]은 말하길 '그 생각은 참 좋은 생각입니다'

하나 그렇게 시작하기엔 내가 너무 늙었습니다.

　　　그렇게 일식이 많았던 적이 없었으니.

공자는 대신이 되었고 즉시로 C. T. 마오[1264]에 반기를 들어

　　　그를 참수시켰다

허위에 차고 술수가 많고

　　　거짓말을 술술 해대는 질긴 혀를 지녀

악을 기억하고 악을 행하는 데 만족해하는 그 자를.

루가 융성하였다. 치는 루를 멸망시키고자 여인들을 보냈고

　　　공자는 물러났다

칭에서 누군가 말하기를,[1265]

　　　　야오의 이마를 하고

카오의 목을 하고 체친의 어깨를 하고

유처럼 키가 큰 자가 있는데, 그는 동문 앞에서

주인을 잃은 개처럼 왔다 갔다 하더이다.

아니, 하고 공자 왈, 그 임금들에 말씀은 틀렸소이다

　　　하나 길 잃은 개에 대한 말씀은 정확하오.

그는 친에서 이레 동안 먹질 못하였고

　　　나머지는 아파서 누었는데 공자는 노래를 만들었다

'통상보다 훨씬 더 노래를 불렀다'

서자인 잉피[1266]에게 찬미를

친과 차이[1267]는 공자를 사막에 고립시켰는데

　　　　추[1268]의 군대가 그를 꺼내주었도다

　　　　　차오[1269]는 25세대 만에 무너지고

공자는 3,000 송가를 300으로 줄였으며

킹왕[1270] 재위 40년 해

잉별에서 신별[1271]에 이르는, 두 등급 길이의 혜성이 나타났었다

공자는 73세를 일기로 돌아가셨다

민공[1272]의 가문은 6세기 동안 지속되었고

　　　　84명의 영주들이 있었는데

돼지는 경계선을 확장하는 것을 생각하고

품격을 갖춘 통치자들은 내부의 질서를 생각하는도다

　　　　　판리[1273]는 다섯 호숫가로 찾아들고

선물을 받긴 하나 대로를 닦진 않았다

한여름에 눈이 내리고

　　　　살구가 12월에 열리니, 산은 어떤 나라도 방어해주지 못하고

급류도 그러하구나, 높은 산도 황호강[1274]도 막아주지 못하니

찬탈, 시기, 세금

탐욕, 살인, 시기, 세금과 세관

338년엔 공숭앙[1275]이 죽었고

수친,[1276] 군비 부정, 전쟁 선언.

　　　찬이[1277]는 친[1278]을 위해 일을 했는데

　　　　많은 것을 본 두뇌 작업

그리고 챠오샹[1279]은 자신을 '서역황제'라 칭하였는데

수치[1280]는 이를 농담이라 생각했고

요이[1281]는 강제 노역과 세금을 줄였다.

공자 그리고 그의 아버지 '작은 언덕'에 대한 얘기가 이러하니

그가 어떤 도시를 공격하는데

그의 사람들이 내리받이 문 아래를 지나가다

문지기가 그 문을 내려버렸을 때, 작은 언덕은 자신의 어깨에

그 모든 무게를 짊어지고는, 마지막 일인이 다 나갈 때까지

떠받치고 있었다.

　　　공자는 이러한 가문의 사람이라.

추 周

LIV

티엔탄[1282]은 황소 천 마리를 골라

커다란 가죽 마스크를 씌워서 용처럼 만들었다

그리고 그들의 뿔에 단검을 묶고

검게 칠한 횃불을 그들의 꼬리에 맨 다음

횃불에 불을 붙여서는

한밤에 열 군데에서 풀어놓았다

       포위자 키키에[1283] 캠프를 덮치게

그래서 키키에는 죽었고 그 마을(치치에[1284])은 해방되었다. B.C. 279년

    3백 년간, 4백 년간, 조용한 적이 없었다,

벽[1285]이 **진시**[1286] 때 지어졌다

주는 8세기 동안 지속됐고 이제 진이 들어섰다

진에는 중국 전부를 통일한 시황제가 있었다

그는 자신을 잉여물이라고

제국의 불필요한 조각이라고 불렀다

    그리고 천문학을 강화하였다

33년 뒤에는 리쎄[1287]의 조언을 받아들여

      어리석은 문인들 때문에

책들을 불살라버렸다

      의학과 병술에 대한 것만 빼고서

그리고 한이 43년간의 진 왕조에 뒤이어 왔다.

어떤 이는 고기 낚고 어떤 이는 사냥 어떤 것들은 변할 수 없다

어떤 이는 요리하고, 어떤 이는 요리하지 않고,

어떤 것들은 변할 수 없다.

체잉[1288]이 항복했을 때, 샤호[1289]는 궁전으로 달려가

보물에는 신경도 안 쓰고, 기록물을 손에 넣고는,

류팡[1290]을 위한 영토의 등본을 확보했다

그것이 한의 첫 번째 시작

이제 어[1291]의 시대가 끝나고 그의 환관이 죽은 후엔

류팡과 향유[1292]가 있었다

　　　　향유는 군사를 지휘는 잘했지만

文에는 소질이 없었다,

　　후세에 이름을 전하는 것에만 봉사하는 것이라 하였으나

그는 제국을 도려내길 원했다

　　　　잔인한 루션,[1293] 만 단위로 생각하고

그의 말은 아무 가치가 없었고, 펜싱은 배우려 하지 않았다. 그에 대적

하여

류팡은 음식과 군비를 모았다

그리하여 그는 황제가 되었다, 카오,[1294]　　　　　　　　　B.C. 202년

　　　　그는 평안과 풍요를 가져왔다

일 년간 세금을 면제했다,

　　　　　　　'사람들이 낼 수 있을 때까지 세금 없음'

'사냥감이 죽으면, 무기는 필요 없어짐.'

'내 생각엔' 하고 이 황제가 말하였다, '그건

각자가 무엇을 할 수 있나를 내가 보았기 때문.'

루키아[1295]가 난하이[1296]에 예절을 지켜 사절로 갔다 오고는,

경經(서경과 시경)이 권위를 되찾기를 바라자

카오는 나는 말 위에 올라타서 제국을 정복하였노라고 했다.

그에 대해 루는 그럼 그런 식으로 통치하시겠습니까?라 하였다

그리하여 루키아는 '새로운 강론'(신유)[1297]을

    12장으로 썼고, 경들은 권위가 회복되었다.

카오는 정책상 쿵푸츠[1298]의 무덤에 참배했다

       다시 말해 작가들과 학자들을 즐겁게 하기 위해

혈기 왕성하고 공부는 하지 않은 그는 자신의 결점을 고칠 줄 알았다

     정말이지 그가 처음 궁중의 여인들과 그들의 화려함을 보았을 때

      그럼에도 그는 판쿠아이[1299]의 말을 들었고

함양[1300]의 궁전으로부터 일어나 나갔다.

그리고 그는 샤호를 시켜 법령을 손질하게 하였다

그리하여 유행가를 부르던 이들은

     평화와 제국에 대한 노래를 불렀다

      봄이라는 향긋한 계절에

창총은 음악과 그 원리에 대해 썼고

     순통은 의례에 대한 기록을 했으며

이 모든 건 붉은 글씨로 쓰였고, 회의 참석자들에 의해 서명되었으며

황제의 옥쇄로 도장이 찍혀서는

     선조들을 모신 전당에 두어졌다

후손들이 참고하라고.

       햐오 회이 티[1301]가 그의 아버지를 승계했다.

피의 비가 이양[1302]에 내렸고

      배나무들이 겨울에 열매를 맺었다

류후[1303]가 대비가 되어 악행을 저질렀는데,

      그러다 고관들이 대왕이었던

        햐오 웬[1304]을 황제 자리에 앉혔다

그는 고조와 첩 사이에 난 아들

      (그의 통치 첫 해 공물을 바치지 않았다)

남쪽의 야만족의 수장은 불평하기를

자신의 은 수입이 중간에 가로채이고

      정화正貨의 순환이 가로막히며

      선조들의 무덤이 훼손되고 있다라 하였다

'49년간 난유에이[1305]를 통치해 왔으나

      내 손자들이 이어받을 때도 됐도다

난 늙었고, 거의 앞이 안 보일 지경이며, 북소리도 들리지 않을 정도이다

      난 황제의 칭호를 내려놓노라.'[1306]

키아이[1307]는 기아에 대비하여 곡식을 저장해야 한다는 상소를 올렸다

문제는 선포하였다

      대지는 모든 인간의 유모이다

      짐은 이제 세금을 반으로 깎는다

짐은 현인들을 따르고자 하고, 짐의 쟁기질로 상제上帝를 모시고자 한다

농부들은 자신들이 일할 도구를 갖도록 하며 이를 위해

짐이 세금을 낮추겠다 한 것이다

금은 먹을 수가 없는 것. 어떤 전쟁에도 우리는 대비가 되어있어야 한다.

이렇게 차오초[1308]가 그의 직무(전쟁)에 대해 말했다

'금은 어떤 인간의 목숨도 유지시키지 못한다 다이아몬드도

땅을 경작하라……

현명하게 순환시켜라. 빵은 생존의 기본이다.'

그들은 형벌로서의 절단을 폐하였다

감옥에 있는 사람이라곤 400명뿐

문제가 승하다, 기원전 157.

23년간의 재위 기간, 나이 든 이들에게 연금을 주었다.

큰 무리의 반란군들이 돈을 만들기 시작했다   B.C. 146년

메뚜기떼가 추수기에 나타났다

리쾅[1309]은 타타르족(흉노족)을 허풍으로 물리쳤다

천 명을 앞에 두고는, 그와 그의 척후병들은 말에서 내려

안장을 풀었다, 흉노족은

리의 군대가 그와 함께 있는 거라 생각했다.

덕은 하늘의 자녀라, 유는 순을 따랐고

순과 야오는 행동의 뿌리가 하나였다[1310]

햐오 킹[1311]은 그의 양심에 올바른 자의 피를 지녔다.

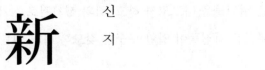

新　신
　　지

지

신[1312],

하나라의 운은 좋은 신하들에 달려있었다

지체 높은 이들은 자신들 생각으로만 가득 차 있으니

　　　배우긴 했으나, 방종하고 부적절하도다

　　　　그러한 토대 위에는 아무것도 서지 못한다

한 우[1313]는 사냥을 좋아했다, 호랑이, 곰, 표범 등을 사냥했다

　　　사람들은 말했다, 다른 모든 사냥꾼들보다 앞서 달리십니다

어느 누구도 그렇게 좋은 말을 갖지 못했다.

허난[1314]의 군주는 가벼운 읽을거리를 좋아했고

허베이[1315]의 군주는 역사를 선호했다,『서경書經』

그리고『주례周禮』와 맹자의『예기禮記』[1316]

그리고『시경詩經』또는 마오시[1317]의 노래들 그리고

초큐민[1318]의 주석이 달려 있는『춘추春秋』.

그리고 음악에 대한 해석이 있는『예악禮樂』.

한 차오 티[1319]는 곡창을 열었고

한 시은(또는 시운)[1320]은 감투 쓴 자들에 질려서는

　　　사람들의 관습을 아는 자들을 선호했다

'글 쓰는 자들은 자만심으로 가득 차 있다'

흉노족[1321]의 왕이 장안[1322]에 왔을 때

　　　모든 부대가 그 앞에 정렬했다

예복을 갖춰 입은 그 대인이 그 도시 앞에서 기다리는데

황제는

외국과 중국의 군주들과 함께

궁전으로부터 나왔다,

군대의 관리들과 문과의 관리들이

마치 궁전의 울타리처럼 나와 있고

황제는 그들 사이로 지나갔다

환호와 갈채 소리 사이로

만세! 만세!

만만세! 만년을 사시기를

빕니다!

그들은 황제를 위해 이렇게 외쳤고 기쁨이 모든 목소리에 가득했다.

타타르 왕은 타고 있던 데서 내려 한 시은에게 달려가서는

우애의 뜻으로 손을 내밀었다

그리고는 자신의 군마에 다시 올라탔고

그들은 도시로 들어와 준비된 궁전으로 들어갔다

다음날 두 명의 군주들이 타타르족의 왕

첸유[1323]에게 가서는 그를 모든 군주들이

계급에 따라 앉아 있는 접견실로 데리고 갔고

첸유는 한 시은에게 무릎을 꿇었다

그리고는 축제 속에서 그곳에서 사흘을 보냈다

그 후 그는 자신의 영역으로 돌아갔다.

그는 흉노의 왕이었고

장안으로부터 카스피해에 이르기까지의 시유[1324]의 왕들이

제국에 와서는

한 시은 티를 기쁘게 했다

　　　(꽤나 괜찮은 작전연습이었으나 기술자들은

　　　머리칼이 쭈뼛 선 채로 바라보았다

　　　　　　　16년, 나폴리만[1325])

장안에서부터 카시피해까지 모두 한 시은의 통제하에 있었다

경전들도 재확립시켰고. 그는 재위 25년 되던 해 죽었다　　　B.C. 49년

퐁치[1326]는 곰을 다시 우리로 넣었는데

　　　그 이야기는 다음과 같다.

퐁치와 푸치[1327]는 한 유엔[1328]의 비라는 지위만을 가지고 있었다

왕궁의 정원에서 곰 한 마리가 자신의 우리의 철창을 힘으로 밀어냈는데

궁중의 여인들 중 유일하게 퐁만이 곰과 마주 대하였고

　　　곰은 퐁을 보고 조용히 다시 자신의 우리 안으로 들어갔다.

불교도들의 침투가 있었다. 한 펑[1329]은

소박한 식사를 했고, 가난한 이들에게 동전을 나눠 주었다

추쿠와 총[1330]은 도적이 되었고

우엔 군주[1331]는 천 명을 죽이고

　　　군대를 밭을 가는 데 동원했다.

광우[1332]는 평범한 군인 시절 위험을 무릅썼다

한 밍[1333]은 우의 어떤 것도 바꾸지 않았고

　　　왕비의 친척들에게 아무런 지위도 내리지 않았다

양총[1334]은 흉노와의 전쟁이 시작된 이후로

음식 가격이 올랐다고, 세금이 올랐다고 진정서를 올렸다

가뭄의 해였던 77년 마치 황비[1335]는 대답하기를,

지금까지 왕비의 친척들이 문제를 일으키지 않고는

　　　부유해진 적이 없답니다

왕치[1336]의 다섯 형제들이 높은 위치로 가면서

　　　짙은 안개가 이 제국에 왔었지요

'역사는 군주들에게 교과서입니다.'

한 호 티[1337]는 사람들의 좋은 충고를 들었다

한 응안[1338]의 즉위년 셋째 달에　　　　　　　　　　서기 107년

왕비의 남형제인 텡치[1339]는 군주의 영예를 받지 않았다

하지만 학자들을 불러모았고 마침내는 양친[1340]의 소식을 듣고는

그를 행정관으로 앉혔다

　　　양친은 관료 왕미의 금을 거부했다

　　　지진과 일식.

그들은 레앙키[1341]가 만들어냈던

　　　300명의 관료들을 몰아냈다

그리고 환[1342]은 그렇게 환수한 돈의 대부분을 사람들에게 나눠 주었다

　5억 냥　　　　　　　　　　　　　　　　　　　　서기 159년

　　　전쟁, 세금, 억압

　　　뇌물, 도교 신자들, 불교 신자들

　　　전쟁들, 세금, 억압

몇몇 고위직들이 학당을 만들었으나

환관들은 학당을 좋아하지 않았다

　　　하지만 사람들은 환관들을 제거하지 못했다

테우치[1343]는 학자들을 불러들였고

책들이 돌에 새겨졌다   서기 175년

46개의 석판이 대학의 문에 세워졌는데

5가지 유형의 글자로 새겨졌다

한 환은 환관들에 의해 조정되었고

한 링[1344]은 환관들에 의해 통치되었다

전쟁, 살인과 범죄 소식들

한은 무너졌고 세 왕국[1345]이 있게 되었다

대나무 숲에서의 향연에서

그들은 노래 부르길, 무無가 모든 것의 시작이다라 하였다.

류친[1346]은 선조들을 모시는 방에서 죽었다 —

그의 아버지는 싸우다 죽으려 하지 않았다 —

아이들과 아내를 베고, 자결했다.

몰락하다! 한이 몰락하다. 친나라[1347] 때

투유[1348]는 황하 위에 다리를 건설할 것을 제안했고

친 우 티[1349]는 제국의 통일을 계획했고

자신의 뒤를 이을 사람으로 투유를 천거했던

양후[1350]를 애도했다,

왕슌[1351]은 황제에게 글을 올렸다, 산찬[1352]의

바람은 우리에게 불리해서 키앙[1353]을 따라 올라가지 못하겠습니다

되돌아가는 것도 이치에 맞지 않고요.

제가 아니라 순하오[1354]의 사람들이 그의 궁궐을 폐허로 만들었습니다.

친 우는 우나라[1355]의 정복당한 사람들에게 세금을 면제해 주었다.

땅과 바다에서 격전이 있었다. 순하오가 몰락한 뒤

그의 댄서들이 황제를 혼란스럽게 했다

　　통치 첫 15년이 지나자

　　　5천 명의 댄서들이 있었다

류이[1356]는 황제에게 답변을 했다,

　　'차이는 말입니다, 황제 폐하,' 환과 링 티[1357]는

돈을 탈취해서 공적인 금고에 넣어두었지만

　　폐하께서는 그걸 폐하의 개인적 금고에 넣어둔다는 것입니다

친 우는 너무나 많은 군대를 해산시켰고

　　용으로 찬사를 받았다

　　(군인의 우물에, 두 마리 청룡이 발견되었다)

나라는 양슌[1358]에 의해 통치되었다

그러는 동안 황제는 자신의 뜰에서 즐겼고

　　가벼운 마차를 만들게 해서 양들이 끌게 하고는

양들은 그가 어떤 소풍을 나갈지 선택했다,[1359]

그는 미식가로 생을 마쳤다. 흉노족 창은 말하길,

　　그의 밑에 있는 자들은 모두 아첨꾼들이 아니던가?

　　어찌 그의 나라가 평화를 유지하겠는가?

황태자는 술집을 운영하면서

　　　노자를 읽었다.

호아이 티[1360]는 폐위되었고, 민 티[1361]는 흉노에 잡혀가서는

한[1362]의 류총[1363]에게 하인 대접을 받았다

친 칭[1364]은 나라 사람들을 염려했고

친 웅안[1365]은 강장제와 도교도들 때문에 죽었다

친 히아오[1366]는 여인에게 네가 30이 되었구나 하자

　　　그녀는 그를 질식사시켰다

(이 희롱에 기분이 상해서는) 그때 그는 취해 있었다　　　서기 396년

이제 숭[1367]이 나타나기 시작하다.

　　　류유[1368]의 어머니가 묻혔을 때

그의 아버지는 이 아이를 맡아 줄 유모를 구하질 못했다

　　　　카오추.[1369]

　　　마지막 친은 불교의 궁지에 몰려 무너졌다[1370]

카오추는 분배를 해 주려고 했고

궁궐에서 허례허식을 하지 않았고, 흉노와 화친을 맺었다

리찬[1371]은 자신의 산을 떠나지 않았다

　　　그리고 인도인들은 부처에 대해 말하길[1372]

하얀 수컷 코끼리의 모습으로

　　　처녀였던 나나 왕비의 가슴으로 미끄러져 들어왔고

9개월간의 섭취 후

　　　　오른쪽으로 나타났다

위의 군주[1373]는 불교도들을 몰아냈다

주술사들과 도교도들도 몰아냈다

서기 444년, 그들을 몰아냈다

　　　웬 티[1374]의 시대에

　　　'장인들은 그들의 아들들에게 기술을 가르쳐 줄지어다'

사원에 무기가 잔뜩 있는 것을 발견하고는

토파타오[1375]는 중들, 불교도들을 쫓아냈고

마침내 감찰관은 최고 법관 유핑치[1376]의

     지나친 심판과 탐욕을 비판하는

     그의 청원을 글자화하였다   서기 448년

웬 티는 그(유핑치)를 강등시켰고

숭나라와 위나라 사이에 평화가 있었다

그들은 발투리오[1377]식으로 더 많은 전쟁 기계들을 주문했다

     징용, 암살, 도교도들,

     세금은 여전히 군주들의 손에 쥐어져 있고

우 티[1378]는 그것들을 중앙집권화했다

옌 옌[1379]은 검소했다. 위의 군주는 고양이 발걸음을 했다

하늘 '티엔'[1380]을 기리는 의식은

밭을 갈고 누에를 기르는 일이었다

우 티는 자신의 축제의 고랑을 갈았고   서기 460년

     그의 왕비는 누에를 치는 의식을 하였다

우[1381]는 즐거워했고 숭은 막을 내렸다.

카오[1382]의 아들인 샤오,[1383] 그가 황제

우 티로 불리다

     화병의 수집가

       (토파인들[1384]은 위나라 사람들이다, 그들은 흉노였다)

불교도들, 불제자들, 우연히 맞추는 재주

'사람의 얼굴은 깃발이다'라고 탄 친[1385]이 말하였다

'생각한다는 건 육체에 있어 검의 날과 같다'

'밀은 사람들의 땀에 의한 것이다'

그리하여 리앙[1386]의 우 티[1387]는 부흥을 가져왔다   서기 503~550년

눈이 6월까지 핑칭[1388]에 내렸다

황제는 사냥을 나갔고 황태자는 술로 거나했다

토파 홍[1389]은 비가 내리는 가운데 남쪽으로 왔다

'학생들이 적지 않은데, 현명한 자는 적구나.

아마도 이는 대학 때문이 아닌가 한다.'

지상의 군주인 토파는 자신을 유엔[1390]이라 불렀고

늙은이들에게 먹을 걸 나누어주었다

강당은 공자를 위해 다시 손질되었지만

다시 무너뜨렸다가 다시 세웠다가

반복되었다. 그리곤 황제 우 티[1391]에게 전쟁이 있었고

불교도들은 자신들의 안위만 생각했다.

요 랑[1392]에 아직도 서 있던 46개의 석판들이

부서졌고 부처의 사원을 세우는 데 들어갔다 (저 불교도 놈들 말이다)

이는 태후 후치[1393] 때 있었던 일.

우 티는 수도 생활로 들어갔고

제국은 불교도들, 중들에 의해 썩어 갔고,

술 중독의 왕이 또 하나 죽었다. 눈이 흉노족의 침입을 유일하게 막아내
고 있었고

사람들은 그들의 생각을 웬 티[1394]에게로 돌렸다

수의 양키엔[1395]은 사람들로 하여금 법전을 개정하게 했다

수웨이[1396]는 그에게 조언을 했고, 그의 창고로 곡물이 쌓여갔다

후[1397]는 세 개의 탑을 세웠고

늦게 앉아 시를 써댔다

그의 통치는 끝났다.

그리고 열두 번째의 왕조인 수가 왔다 서기 581년

양키엔은 거칠고, 능력 있고, 골을 잘 냈는데

　　　매일 몇 명씩을 매질을 했고

　　　　태산에 제물을 바쳤다

궁전인 긴 추[1398]를 세웠고

　　　자신에게 반발했던 자들을 사면했다.

흉노인 툴리칸[1399]은 공주를 하사받았는데

　　　지금은 학자들에게서 멸시를 받는다

웬은 뽕나무를 키웠고

　　　　그의 가족과는 실패를 하고 말았다

양(광) 티[1400]는 더 많은 건물들을 지으라 명했고

　　　2백만 사람들을 동원하여 일을 시켰으며

　　　자신의 동물원을 가득 채웠고

수의 양 티 자신을 위해 8,000킬로에 달하고

　　　폭이 12킬로가 되는 운하를 파게 했다

쿠추이 강[1401]이 황하와 연결이 되었다

　　　억압에 의한 거대한 작업

　　　　엄청난 억압에 의한

유린에서 체호[1402]에 이르기까지 벽이 세워졌는데

　　　그 벽에 동원된 사람만 백만 명.

페이큐[1403]는 상인들과 교류에 능했다,

그는 양이 먼 곳으로부터 오는 소식을 좋아한다는 것을 알고는
시유[1404]에서 알게 된 것으로 48개의 왕국의 지도를 만들었다.
콩[1405]은 의지 상실에 빠졌다. 탕[1406]이 융기했다.

첫 번째 탕은 카오 추,[1407] 창시자였다.　　　　　　서기 618년
그 해 10,000명의 군사를 이끌고 그를 도우러 왔던
리치[1408]가 죽었다. 전쟁터의 북소리가 그녀의 장례식 때 울렸고
그녀의 남편은 흉노족, 투쿠헨을 몰아냈다.[1409]
푸[1410]는 적인 저 불교도들에 대항했다
타이 총[1411]이 황제가 되자 그는 3,000 궁녀들을 내보냈다
그렇게 200년 동안 건설되었다 탕
만 명의 학생들이 있을 정도였다.

　　　푸는 그들이 사람들을 현혹시키는
애매한 말들을 쓴다고 말했다.

　　　콩[1412]은 물고기들에게 물이 필요하듯 중국에 필요한 존재라 하
였다.
전쟁, 문자, 돌아가며 한 번씩.

　　　지방은 산과 강으로 나뉘었다.

　　　'진정한 군주란 소식을 똑바로 듣기를 원한다'
타이 총은 도교 신자들 불교도들 불제자들에게 친한 사람이 아니었다.
계절을 지키는 사람으로서 말을 하기를,

　　　땅을 경작하는 사람들을 불러내지 마라
판관들은 무거운 형벌을 내리기 전 삼 일을 단식하라
웨이칭[1413]은 회의 때 바위 같았고

황제로 하여금 최상의 의복을 갖춰 입게 하였다

말하길, 전쟁 때에는 능력 있는 자들을 필요로 하고

평화 시에도 우리는 특성 있는 사람이 필요하다

300명의 사람들을 감옥에서 풀어내 봄에 쟁기질을 하게 하였는데

그들 모두는 10월에 다시 돌아왔다

'짐은 백성들과 함께 자랐노라' 하고 타이 총이 말했다

'짐의 아들이 궁전에 있도다'

황제의 아버지인 카오 추가 돌아가셨다

서기 635년

창순 치 황후[1414]가 돌아가셨다

'여칙'을 남기고

타이는 그의 법령에서 수나라 때에 비해

사형의 이유 92가지와

귀양의 이유 71가지를 쳐 냈다

공자와 주공[1415]을 위한 전당을 지었다

마추[1416]는 수나라 때에 있었던

강제부역을 반대하는 이야기를 했다

타이가 들어설 때에는 곡물 값이 높았다

조그만 양이 비단 한 필과 맞먹었다.

군주가 보물을 쌓아둔다면

그는 잉여물만 나눠줄 것이다

백성들이 먹고 살 것을 잠가 놓지 마라. 타이 총이 말했다,

어떤 행동을 하면 그 행동에 대한 군주의 예를 들어라.

이제 쌀 한 되의 값은 동전 세 닢이나 네 닢 정도,

       이는 한 사람이 하루 먹을 양.

웨이칭은 속에 있는 말을 황제에게 했다. 서기 643년 죽다.

      궁전에 음모들이 판쳤다.

타이 총은 고구려에 대한 야망이 있었다

사절들이 카스피해 북쪽으로부터

      지평선 위로 늘 빛이 있는

짧은 밤의 쿨리한[1417]으로부터

      붉은 머리의 키에쿠[1418]로부터 왔다

푸른 눈이었으며 그들의 우두머리는 아첸 또는 앗킨스 첼리사였다[1419]

황제 타이 총은 아들에게 '정관정요'[1420]를 남겼다

그중 3번째는 요직에 앉힐 사람을 뽑는 것에 관해서

5번째는 황제에게 황제의 결점을 직언하라는 것

7번째는 풍요로움을 견지하라는 것

10번째는 노동 헌장 같은 것

마지막은 문화를 유지하라는 것

     말하길 '짐은 궁전에 돈을 썼다

      말과 개와 매에 너무 많은 돈을 써 버렸다

하나 짐은 제국을 통일하였도다 (네가 한 게 아니로다)

나라를 정복하는 것보다 더 힘든 건 없고

     반면 나라를 잃는 건 정말 쉽다, 사실 그보다

더 쉬운 건 없다.

     타이 총이 재위 23년째 되던 해 몰하다.

제국의 모든 감방을 통틀어도 죄수가 오십 명도 채 안 되었고
그들 중 어느 누구도 심판에 대해 불평하지 않았다.

      흉노족도 그의 장례식 때 죽기를 원했으나

      타이가 그걸 미리 예측하고 그러지 말라고

      명백하게 써 놓지 않았더라면 그러했을 것이다.

그러고 나서 우후황후[1421]가 나라를

        멸망으로 몰고 갔다

하지만 타이 총이 고안해낸 정책이 여전히 작동하였고 ─   서기 662년

      지방의 행정은 질서 있게 돌아갔고

칭진타이[1422]는 흉노를 몰아냈으나,

        그의 부하들은 눈 폭풍에서 쓰러져갔다

      불교도들은 늙은 황후를 움직였고

그 늙은 암캐는 지시와 불교도들에 의해 지배당했다

그들은 그녀가 부처의 딸이라 꼬드겼다

      타이 총을 기억하는 흉노들은

타이 총의 행정을 유지했다

      젊은 총[1423]은 그의 아내에 의해 좌지우지됐다.

현[1424]에게 경의를 '자수는 무슨 자수,

진주 파는 상인들도 저리 가라'   서기 713~756년

현은 태양의 지점을 그림자로 측정했다

      34.4도에 있는 북극성

제국의 다른 장소에서도 관측하다

      랑추[1425]에서는 29와 반

춘이[1426]에서는 34도와 8

5년간 루추[1427]에는 세금이 없었다

　　　인구가 4천 1백만이나 되었다, 서기 726년

현종은 공자에게 사후의 영예를 하사했고

그리하여 앞으로 공자는 모든 의식에서 단순히 '선생'으로 불리는 게 아

니라

　　　　　　　　군주로 불려야 한다고 했다

북쪽의 도시들인 체푸칭[1428]과 융안융[1429]이 흉노(투산)[1430]의 손에

　　　들어간 것에 대해 슬퍼했다

그리고는 사람들이 끝없이 살 수 있게 해 준다는

　　　불로장생약에 대해 지껄여대는 도교 신자가 나타났는데

그 도교 신자는 곧 죽고 말았다.[1431]

음모자들은 쿠에페이 귀비[1432]를 비난하며 외쳐댔다

　　　'반역자의 딸'이라고 그리고는 그녀를 죽였다.

수 총[1433]을 위해 싸운 창순[1434]은 화살이 부족해서

융큐[1435]의 벽 아래 어둠 속에 1,200명의 밀짚

　　　허수아비를 세워놓았는데

흉노들은 이 허수아비들에게 화살들을 마구 쏘아댔다. 다음날 밤

창 장군은 진짜 군인들을 내보냈고, 흉노들은 창의 군인들이

　　　자신들에게 습격해 올 때까지 화살을 쏘지 않았다.

수 총에게 그들은 춤추며 절을 해대며 코뿔소와 코끼리들을

　　　바쳤는데, 하지만 리엔[1436]이 테 총[1437]에게

구름의 미묘함에 대한 글을 올리자 우리의 군주인

태 총은 이상한 동물들 또는 새로운 식물 종이나 다른 어떤 자연의 것들보다
보다
풍요로운 수확이 자신의
취향에 더 맞는 징조라 대답하였다
        닭싸움은 궁전의 시간을 낭비하는 것일 뿐
그리하여 그들은 관료들을 감시할
        새로운 사정기관을 세웠고
        우상 숭배의 사원들을 새로 더 짓지 않았다
군대에는 700,000의 군인들
        수입은 은량으로 3천만
곡식은 각각 100파운드씩 2천만 포대.
        네스토리우스교[1438]가 들어왔고, 쿠오체이 장군[1439]의
이름이 그들의 기념비에 새겨있다.
        30년간 쉼 없이, 그런 용맹과 그런 정직함.
그놈의 흉노들이 다시 또 활개치고
        이런 흉노들과는 화친하느니 전쟁하는 게 더 나았는데
세금은 오르고, 리칭[1440]은 밀애를 가졌고
태 총은 신티엔[1441] 근처로 사냥을 갔다가 다른 사냥꾼들에서 벗어나서
자신이 누군지를 숨긴 채로 한 농부의 집에 들어가서는
말하기를,
이삼 년간 풍작이었고
전쟁도 없었구려.
그러자 농부가 답하길, 글쎄요, 우리가 이삼 년간

풍작이었다고 한다면

황제에게 바칠 세금도 없을 겁니다

　　　우린 일 년에 두 번씩 내 왔고 그밖엔 없었어요

그런데 이제 그들은 새로운 걸 만들어낼 궁리만 한답니다

　　우린 늘 내던 세금만 냈는데, 만약 풍작이 되면

그들은 와서는 우리한테서 더 많은 걸 짜내어 간답니다

　　　그리고는 우리의 가격을 깎아내리고는

다시 우리에게 되팔아요

그렇지 않으면 우린 노새에 짐을 싸거나

우리 것을 축내거나 할 수밖에 없지요, 은량 하나도 제대로 가질 수 없

답니다.

이게 만족이라 할 수 있을까요?'

　　　이 말을 듣고 테 총은 그 농부를 강제부역에서

제해 주는 것 말고는 다른 것을 할 수 없었다.

　　　그리고는 차에 세금을 부과했다

후궁들, 반란자들, 흉노족들

　　　6개월간 비가 오지 않았다.

테 총이 죽다, 기만당했던 인간.　　　　　　　　　서기 805년

LV

세상을 전쟁으로 가득 채우고, 도시를 세금으로 가득 채우다[1442] 서기 805년

군대도 돈을 못 받고

새로운 군주인 춘[1443]은 죽어가고 있었다

하지만 일어나 리춘[1444]을 자신의 후계자로 세웠다

이때 과부들을 위한 연금을 제정했던

올바른 과세관인 웨이카오[1445]가 죽었다

 그의 군인들이 그를 위해 세운

 사원이 지금까지도 서 있다.

 병약한 자 춘총에게 경의를.

'그만! 이 못된 놈' 하고 린윤[1446]이 말했다

 '내 목을 숫돌로 만들 셈이냐?'

반역자 류피[1447]는 즐거워했다.

감찰관들이 리키[1448]가 지방 열 군데의 보물을 끌어모았다고 말했다

만약 이것들이 국고로 들어간다면

 유통되지 못할 것이고

그럼으로써 백성이 쪼들릴 것이다,

 그래서 히엔총[1449]은 이를 상업에 내던졌다

仁者以財

仁者

428 THE CANTOS

發身不

以
身
發
財[1450]

하지만 그는 환관들에 이용당했다,

군대는 80만

땅을 경작하지도 않고

제국의 반은 도교신자들과 불교도들과 상인들이 차지하고

너무나 많은 불교도들과 단순한 뜨내기들

백성의 십 분의 삼이 온 제국을 먹여 살리는 꼴, 하나

히엔은 과잉의 관료들을 축소시켰고

화이[1451]에서의 세금을 면제해 주었다

리 키앙[1452]과 티엔 힝[1453]은 그의 대신들이었다

칭왕,[1454] 캉,[1455] 한웬[1456]과 한 킹 티[1457]를

추모하며

'백성이 제국의 기본이다'라고 우리의 군주 히엔총이 말했다

하나 그는 불로장생약을 먹고 죽었으니[1458]

환관들에 의해 우롱당했고, 더 많은 투산(흉노)이 쳐들어왔다 서기 820년

무총[1459]은 도교신자들을 몰아냈지만

아버지 히엔에 대한 상복을 입기를 거부했다.

무의 시대에 암탉이 울고, 경주 놀이하고, 재즈 춤추고

연극 놀음하고, 흉노는 여전히 침입하는데

무의 첫 번째 아들은 환관들에 의해 목이 졸려 죽었다,

웬총[1460]이 와서는 3,000명의 후궁들을 쫓아냈고

　　　매들을 풀어줬다

하지만 그 역시 15년간의 통치 후 환관들에 의해 죽임을 당하였다

우총[1461]은 불교의 탑들을 부셨고,

　　　군사훈련하고 사냥하는 데 시간을 보냈고

청동 우상 조각들은 일 원짜리 동전으로 화했고

　　　사원에서 중들을 몰아냈는데

　　　4만 6천 개의 사원들

환관들도 몰아냈고

　　　그가 황후로 만들고 싶어 했던 차이긴[1462]은

　　　　　　　그가 죽은 후 스스로 목매달아 죽었다

구천[1463]으로 따라가리라 하면서.

그래서 슈엔[1464]은 그녀는 우총의 첫 번째 비로 받들어져야 한다고 칙령을 내렸다[1465]

　　　슈엔은 태 총의 '황금 거울'[1466]을 마음에 두고서 다스렸다　　서기 846년

　　　거기 쓰여 있기를, 혼란의 시기에는

　　　모든 사람들, 심지어는 건달들도 이용하라

　　　평화의 시대에는 현명한 자들을 거부하지 말고 받아들여라.

히엔은 황제에겐 쉴 틈이 없다라 하였다. 작은 불씨 하나가

　　　엄청난 밀짚에 불을 붙이는 법.

슈엔의 수입은 곡식이나 비단 등을 치지 않고

　　　소금과 술만 따져도

천 개씩 천팔백만 줄에 이르렀다

(1770년도 불란서 금화로 따지자면

　　　대략 9천만 파운드)

얼굴들을 기억했던

　　하지만 정당한 가격과 건전한 자료 편에 섰음에도

그는 도가들에 기만당했고

　　13년간 재위에 있었다.

그의 아들 이 총[1467]은 재즈 시대의 히총[1468]을 몰고 왔다

닭싸움 가난 활쏘기　　　　　　　　　　　　　　　서기 860년

　　절도사들의 반란, 환관들

　　　순 테[1469]는 환관들을 쳤으나

　　　　그 자신 살해당했다

그리고는 여러 소왕국들이 살인과 반역에 의해 생겨났고,

친왕[1470]이 일어났다.

리케용[1471]은 죽지 않았어라고 추[1472]가 말했다.

　　'그의 아들이 그를 이어가고 있거든'

내 아들들은 그저 돼지들이고 개들인데 말이야.

휴[1473]는 세금과 관세를 깎았다

　　강탈자들에게는 지옥 같은 존재

10년간 영웅담들의 노래

　　키탄족[1474]이 일어났고, 옐리우 아파오키[1475]와 출리우,[1476] 대단

한 여자,

　　휴, 용맹하고, 호전적임. 사람들이 말하길

칭추[1477]에는 하늘의 구름 같은 여인들이 있고,

비단과 금이 산 높이 쌓여 있다 했다.

친왕이 그곳에 도착하기 전에 가져가라.

그리하여 왕 유[1478]는 아파오키의 거란에게 갔는데

그의 아들이 뽕나무 숲에서 길을 잃었다

친이 제국이 되었고

스스로를 후당이라 불렀다   서기 923년

사냥꾼들과 음유시인들. 희극 배우들은 왕의 눈에 들었으나

불안정했고.

무질서를 불러오지 않고도 추[1479] 땅을 70일간 차지하였으니

이는 황제는 아니고 군주, 통치에는 무용지물인 용사.[1480]

흉노인 유엔[1481]이 섭정을 펼쳤다

세금을 깎고, 문맹자들을 줄였다.

그는 사냥은 농작물에 아주 안 좋은 거라 말하며

모든 매들을 풀어놓아 주었다,

밍 총이라 불린 이 리쩨 유엔은 팔 년간 좋은 정치를 베풀었다

리 총쿠[1482]는 그의 군대를 애정으로 다스렸으며

이 당시 공자의 나라인   서기 934년

루[1483]의 군주였다.

태후는 그를 밍 총 아래

장군으로 앉혔다

그들은 흉노에 대항할 군대가 필요했다

체킹탕[1484]의 관할에

아파오키라 불리는 출리우의 아들[1485]이 그를 도왔고

체킹 탕은 군인에서 나와

               왕조를 건설했다

메마른 봄, 메마른 여름

가을에는 메뚜기 떼와 비

      그거 말고도 돈도 부족했고

세금 징수원들은 비인간적이었다.

       흉노의 위대한 황후인 출리우

테 쾅[1486]은 황제를 사원에 모시고

       그에게 위안거리를 제공했다

흉노는 중국의 의복을 입었다

       만세!! 만만   서기 947년

       만세, 만세 류치유엔.[1487]

그는 차토 무리의 투르크인[1488]으로 도읍을 카이폰푸[1489]로 정하였다

    흉노는 그들의 죽은 황제를 '소금에 절인'이라고 불렀다

숭[1490]까지 13년의 세월이 흐른다.

투이추[1491]는 말하길, 루 땅은 문인들만을 배출해냈다.

타이추[1492] 왈, 쿵은 황제들의 스승이다.

      그들은 우차오[1493]의 판을 953년에 냈다.

타이는 겉치레 말 없는 간단한 벽돌무덤을 주문했고

    돌로 만든 인물상이나 양이나 호랑이도 필요 없다 했다

치충[1494]은 한과 흉노에 대항하기 위해 체추[1495]에서 매복했다

      자신은 오른쪽을 굳건히 지키면서

왼편으로 지원부대를 보냈다,

왈, 이제 그들은 자신들이 우리를 물리쳤다고 생각할 것이다!

치는 절과 불교도들을 몰아냈다

3만 개의 절을 없앴고

2천 6백 개만 남겨서

중과 비구니들은 6만 명만 남겼다.

추[1496]의 동전은 쇠로 만들어졌고

치의 사람들은 화이호[1497]에서 탕[1498]의 배들을 몰아냈다

거대한 키앙[1499]의 북쪽은 모두 치총에게 속했다.

그는 파괴된 호이난[1500]에 곡물을 빌려줬다.

조언자인 왕포[1501]가 죽었다.

숭은 300년간 지속됐다.

빛이 그가 태어난 방에 들었고 마치 아몬드 가지 같은 향기가 났다

그의 왕조의 의복은 붉은 색

지속이 된다면, 하고 그의 어머니가 말했다

그가 말하길, 형제들이 이어받게 하라

너는 여기에 덕으로 있게 된 것이 아니다

마지막 한은 미성년자였다[1502]

환관들, 불교도들과 세금징수원들

군주들이 너무 많은 힘을 가졌다

차오 쿠앙[1503]은 모든 주요한 재판 선고를 검토하였고

절도사들로부터 세금 징수 권한을 빼앗았으며

군대의 통솔을 중앙화하였다

남한[1504]은 관세로 썩어 들어갔고

　　　　고문으로 썩어갔다

추엔피우[1505]는 눈 속에서도 모든 추를 점령했는데

　　　　점령하는 데 66일밖에 안 걸렸다. 황제는

자신의 너구리가죽 외투를 이 장군에게 하사했고

　　　　장군은 즉시로 기뻐했다,

별 다섯 개가 쿠에[1506]에서 빛났다, 다섯 행성이

타이 총[1507]은 진정한 **책**[1508]을 내었다　　　　　　　서기 978년

관료들의 탐욕으로 인해

쎼추엔[1509] 지방에 반란이 일어났다

　　　　자신들의 봉급에 만족을 못하고

　　　　상인들에게 면허를 주면서 피를 짜내기 시작했다

그 저주받을 세금이 그 지방에 돈을 마르게 해서

사람들은 필수품들을 살 수 없었다.　　　　　　　　　서기 993년

　　　　그리하여 백성들의 대표인 왕 시아포[1510]는

정당한 분배를 요구했으며

　　　　칭친[1511]시에 들어갔고, 풍찬[1512]을 무력으로 탈취해서는

절도사의 배를 갈라

은으로 채웠다

　　　　(그가 착취했던 것의 일부)

타이 총은 22년간 재위했으며

　　　　농사일을 염려했다. 그러는 동안 흉노족, 거란인인

젤리 휴고[1513]가 자신이 다스리는 백성에게 세금을 면제해 주었고

노인들에게 위로금을 주기 시작했다. 젱기스[1514]가 일어나고 있었고

친송[1515]은 담비(흑담비) 선물을 받지 않았다
군인들에게도 추울 거라 하면서.
열 줄로 네 명씩 다시 만세를 외쳤다
만 년간 사시길
       친총
만세, 만수를 누리시길
       그가 말하길, 미래의 세월을 걱정할 필요 없다
       백성에겐 숨 쉴 시간이 필요하다.
그는 흉노와 조약을 맺었고, 만리장성에 이르기까지
       조용하게 있도록
비단과 은을 바쳤다.
거란의 왕[1516]은 총킹[1517]에 궁을 세웠고
우리 주군인 친은 미신에 빠졌다
       그들은 그를 하늘에 관한 책자와 함께 묻었는데
그에게 불명예를 가져다주었다[1518]   서기 1022년

진 총[1519]은 도교 신봉자들을 쓸어냈고
       흉노들이 책을 사용하기 시작했다
한, 거란, 흉노와의 전쟁, 권태.
돈과 그 모든 것, 안정화, 소동도 있을 거고
       1069년

흉노와의 1042년 강화협정을 맺게 해 준 푸피[1520]가

돌아와서는 재상이 되었다

친충[1521]은 탁자나 옷의 사치를 부리지 않고

똑바른 정신으로 살았다

이 시기에 웅안(보다 더 길게는 왕웅안체[1522])는

시장의 집정 기관을 재정비해야 한다고 주장하기 시작했다

매일 무엇을 팔고 그것의 올바른 가격이 얼마라는 걸 공지할 것

추[1523] 황제들 때 그러했듯

그리고 시장에서의 세금은 이를 통해 황제에게 갈 것

그럼으로써 빈민들로부터는 관세를 덜어줄 것

사람들이 물건을 사고팔기 용이하게 하고

전 국토의 부를 순환시킴으로써

상업을 활성화할 것.

말하길 이 일을 잘 관장할 사람을 찾는다는 것이

얼마나 어려운지 안다고 했다, 야오[1524]가 코엔[1525]을 지명했지만, 그는 하지

못했고, 유[1526]가 범람한 물을 빼내었던 것처럼

이 개혁은 관료들을 매우 기분 나쁘게 했는데

그는 이들을 쫓아냈다

말하자면 가장 완고한 자들을

그리곤 그들 자리에 젊은 사람들을 앉혔다.

류회[1527]는 말하길 웅안은 똑바르지 않은 사람이라 하였지만

황제는 회의 반대를 물리쳤다

그리하여 회는 물러나기를 청하였고,

텡추[1528]의 절도사로 보내졌다.

응안은 농부들이 뿌릴 것이 없어

　　　　땅이 놀려지는 것을 보고는

말하길, 그들에게 봄에 곡물을 빌려주어

　　　　그들이 가을에 조금만 더해서

갚을 수 있도록 합시다, 그러면 저장물도 늘어날 것이니,

이 일엔 관할 기관이 필요할 터

그 기관이 추수와 경작지에 따라

　　　　모든 땅과 모든 물건에 대한

형평을

　　　　추구하도록 하여

황제에게 바치는 십일조가

　　　　물건의 희소와 풍요함에 비례하도록 함으로써

상업이 보다 더 용이해지고, 사람들이 과다한 짐을 지지 않도록

그렇다고 황제의 수입이 덜해지지는 않도록.

응안은 세 번째 주요점을 제안했는데

그것은 돈의 가치를 고정시키고

　　　　충분하리만큼 동전을 만들어냄으로써

늘 같은 기반을 유지한다는 것이었다.

판충인[1529]은 반대를 했지만

　　　　　　　그러나

회킹[1530]은 응안을 지지하며 말하였다,

　　　　누구도 억지로 봄에 곡물을 빌려서는 안 되오

만약 농부가 그게 이익이 안 된다고 생각한다면
　　　그들이 빌리러 오지 않을 것이리니.
세마[1531] 왈, 이론적으로는 다 옳으나
　　　그 실행에는 오남용이 많을 것이니
그들이 가져가기는 하겠지만 다시 돌려주지는 않을 것이오
탕의 총[1532]은 당신이 세우고 싶어 하는 것과 비슷한
　　　곡물창고를 세웠고
십 또는 십이 파운드 되는 한 포대가 열 냥 정도밖에 되지 않았는데
　　　가격이 오르자
　　　사람들은 사재기를 했고
　　　　　　　그 전 지역이 망하고 말았다오
친[1533]은 응안을 지지했다, 가뭄이
　　　응안의 개혁 때문이라는 말이 돌았다,
그에 대해 응안은 예전에도 가뭄은 있었다고 말했다.
이 황제 재위 17년째 되던 해 12번째 달에
세마쾅, 판 추유[1534]와 류 주[1535]는
체치 통 키엔 항 무[1536]라 불리는
역사서를 내놓았다　　　　　　　　　　　　　　서기 1084년
　　　이는 초 키우 밍[1537]을 모델로 한 것
추 왕조의 웨이리에[1538]
재위 23년째부터 시작되었고
　　　294권으로 이루어졌다.
겸손한 친총에게 경의를

그 빛이 구석구석에

하늘로부터의 이성이, 하고 추 툰이[1539]가 말하길

　　　모든 것을 밝게 한다

스스로 번져나간다, 빛을 발한다

　　　모든 것의 시초, 결과적으로,

응안이 말했다, 야오, 슌[1540]은 그렇게 정치를 펼치셨으니

수련의 스승[1541]이 돌아가셨다

빌려간 곡물을 내놓으라고 농부들을 옥죄는 관료들

사람들은 말하길, 응안의 사전은 불교적 해석과

　　　도교적인 것으로 물들어 있다고 했다.

카이펑[1542]의 상인들은 세쾅을 애도하여 셔터를 내렸다

도교에도 반대했고, 불교에도 반대했으며, 응안의 반대자였던 그

　　　응안의 법칙은 20년간 작동했다

세쾅이 뒤집어 놓을 때까지

학생들은 응안을 거쳐 쿵을 받아들이기보다 불교도가 되었다,

홍수로부터의 구제가 응안 때문이라고?

　　　농담 따먹기 하나?

응안을 지지하는 차이 킹[1543]이 나타났는데, 아마도 비비꼬인 자

그들은 응안의 현판을 사원에 두었다

　　　휘[1544]는 도교 신자가 되었다, 내 생각에

차이가 국가 고리대금업을 해 먹었다. 흉노의 군주가

　　　알파벳을 원하였고

아쿠타라는 이름의 그가 킨족을 위한 문자를 달라 하였다[1545]

여우 한 마리가 궁전에 들어와서는

　　　왕좌 자리에 앉았고

미친 사람이 소리 지르며 달려갔다, 변화, 흉노들 더 많은 흉노들

흉노들이 황하를 가로질렀고

그들은 동전이 수송하기에 너무 무거울 땐 종이 지폐를 사용하였는데

그 지폐들을 삼 분의 일로 바꾸었다

온갖 종류의 반란자들이 있었는데

옛 투르크족의 나라를 점령하였던

　　　거란이라는 흉노들도 있었고,

　　　이 흉노는 료[1546]라고도 불리었고

아쿠타 지휘 아래 있었던 킨 흉노들

　　　이들은 코레아[1547] 북쪽에선 온, 누체[1548]라 불리었다,

그리고 젠기즈[1549](타이추, 테무진) 무리도 있었는데

　　　그중에는 치추 또는 쿠블라이[1550]가 있었다

황하, 황하, 흉노들이 황하를 건넜다.

승은 세금과 겉치레로 죽었다

물고기 가죽(샤그린, 또는 상어 가죽)을 한 오랑캐들

1157년까지 킨은 중국에서 만들어진 동전을 사용했다

울로[1551]는 비단과 히아[1552]의 장난감을 맞바꾸지 못하게 했다, 서기 1172년

왈, 사람은 보석을 먹을 수 없다

킨의 울로, 킨에서 가장 위대한 자, 그의 재위 때 책이 누체어로 발간되

었고

그의 시대에 참수된 사람은 18명에 불과했다

하지만 그의 꼬마[1553]는 첩에 의해 놀아났고

그들은 이념적인 전쟁을 벌었다

'얼뜨기 어린 시절은 중년까지 간다'

그들은 음악에 대한 교재도 발간했다

진기즈(친키스)는 알파벳에 대해 들었고

관습에 대해 들었으며

녹색의 외뿔소가 말하는 것을 보았다

1219년 지하에서 사악한 연기가 났다

옐리우 추차이[1554]가 말하였다, 세금, 없애지 마십시오

그들에게 세금을 과하면 더 많은 걸 얻으실 겁니다.

모든 땅을 목초지로 만들기를 원했던,

인간 거주자들에게는 아무런 쓸모가 없다고 보았던

몽고인들에게 이는 새로운 생각이었다

이 오랑캐들은 말 타던 이들이었다

술에 십 퍼센트의 세금, 필수품에는 삼과 1/3

회교도들은 다르게 말했지만

어쨌든 세금을 과하면 더 많이 얻어요

숭이 무너지다, 안차르[1555]가 킨에 대항하다

탕과 텡[1556]을 그들이 지나쳐가다.

LVI

지폐, 동전은 옮기기에 너무 무거워서, 지폐,

그걸 삼 분의 일로 정화와 교환하다

우키아[1557]는 흉노에게 한 방 먹이고

그들을 격퇴했다

첸시의 킹추[1558]의 절도사인 유총은

      말하길, 내 첩보원들이 나에게 등등을 말해 주었다/

      전쟁을 시작하기는 쉬우나,

         끝내기는 쉽지 않다고.

숭은 세금을 부과하고 겉치레로 인해

      죽었다, 숭은 미끄러지는 자인 휘[1559] 아래 죽었다,

흉노의 땅에 친키스라 불리는 자가 있었는데

      알파벳과 교훈과 관습에 대해 들었다

그리고 옐리우 추차이라 불리는 자가 있었다.

옐리우 아파오키[1560] 완옌 아쿠타,[1561]

      킨나라, 키탄족, 그리고 유엔[1562]의 젠기스,

      알파벳을 듣다

옐리우 추차이가 오고타이[1563]에게 말하였다,

        세금, 없애지 마십시오

미천한 족속들에게 세금을 과함으로써 더 많은 걸 얻을 겁니다

      그리하여 저 중국인들 수백만의 목숨을 구하였다

특권계급은 땅을 목초지로만 생각했다.

술에 십 퍼센트의 세금, 필수품에는 3과 1/3

그들은 흉노를 황하에서 멈추게 하려 했다

날이 펄럭이는 깃발처럼 저물었다

동쪽 군주들은 회양목 계곡을 지나쳐 갔다

쿠아이산[1564]을 궁전으로 덮으려고……

'불멸을,' 하고 도교 신자들이 말했다,

'가져오는 약이 있어요.'

배는 (리 사오[1565])를 싣고 일본으로 갔다.

타이 하쿠산[1566]은 하늘로부터 300마일

별의 숲에 싸여

솔잎 카펫에서 잠자다

말의 피를 뿌리며

몽골에서 용감한 자가 나오지 않기를 빌며

킨의 웬 안 친 호창.[1567]

야오, 슌, 유 물의 통솔자

다리 건설자들, 도로의 계획자들

백성에게 곡식을 나눠주었고

세금을 낮춰 주었다

불교도들, 환관들, 도교 신자들과 춤꾼들

나이트클럽, 겉치레, 색탐

무너지다, 무너지다! 한이 무너지다

숭이 무너지다

堯

舜

불교도들, 환관들, 그리고 도교 신자들
황비의 친척들, 그때 건국자가 나타나서는
쓸데없는 말은 하지 않고
도교 무리와 뇌물꾼들을 몰아내었고, 곡식을 나누어 주었으며
　　　산을 개방하였는데
또 도교 무리가 나타났고, 불교도들과 색탐
문인들이 그 누구보다 북쪽에서 똥먼지를 흩날리며 오는
몽골을 막아내려 싸웠다.
불교도들은 토끼처럼 남쪽으로
　　　한 지방에서만 오십만 명이
쥐여, 큰 쥐여, 내 곡식을 먹지 마라
　　　무능한 자가 왕조를 세운 적은 없다
역사가이자 공자 학도인 킨 루시앙¹⁵⁶⁸이 죽다
　　　파 양¹⁵⁶⁹의 모든 오디가 얼다
그곳엔 이백만 그루가 넘는 나무들이 있었다
문인들이 누구보다 치열하게 싸웠도다
우박이 나무들과 벽을 부셨다
　　　이칭추¹⁵⁷⁰에서
수확이 날아갔다.
오고타이의 투석기에 맞서 니키아수¹⁵⁷¹는 화약을 썼다
흰 새들이여 병참업무에 밝았던 이 전사를 기억해다오
오진(오딘) 유리악¹⁵⁷²은 뽕나무들을 심었다
겐소¹⁵⁷³는 무세금을 지지했고, 노동자로 자라났었다

동전 열 냥 즉 은 1/2 온스에

　　　백 치[1574]의 쌀

진콰는 금은 먹을 수 없다고 생각했다[1575]

기아에 대비하여 곡식을 저장하였고

　　　　옥은 먹을 수 없다고 생각했다

그들은 보이지 않는 글을 사용했으며

　　　텐 부[1576]의 시대에 흰 봉황이 찾아왔다

그리고 이 시대에 옐리우 추차이가 있었다

　　　멩 콩[1577]이 여전히 몽골에 대항하고 있었다.

　　　한, 랑, 웬, 콩,

　　　미에, 키엔, 총, 킹

　　　푸, 퐁, 춘 킹[1578]

　　　　　몰락하다

방돔, 보장시, 노트르 담 드 클레리,[1579]

그들은 옐리우[1580]를 탄핵하고자 했으나, 그가 남긴 건

13개의 피리와 수금과 서가뿐

　　　횡령의 비난을 물리치다

그를 이어 멩 콩도 죽다.

　　　　쿠작[1581]이 왕관을 쓰다

첫날 그들은 흰 옷을 입었고

　　　둘째 날에는 붉은 옷을

셋째 날에는 모든 군주들이 자주색으로 입었고,

넷째 날에는 진홍색을, 쿠작은 헝가리에 들어갔고

폴란드에 전쟁을 걸었으며, 프로이센에도
　　　멩코[1582]는 세금을 없앴다
카이 퐁에서 그들은 곡식 배당을 했으며
　　　농사일에 대한 가르침을 주었다
　　　　쟁기질, 돈, 곡식 창고

야오, 슌, 유, 쿵
친 왕,[1583] 웬,[1584] 젠기즈 칸
멩코는 바그다드로 들어갔고, 쿠카노[1585]에도 들어갔으며
　　　호추[1586]의 벽 근처에서 죽었다
오고타이는 구 년간 통치했다
쿠블라이는 향루산[1587]에 올랐다
　　　키앙[1588]은 숭이 수호 장비라 생각했던
　　　전쟁 정크선들로 가득했다　　　　　　　　서기 1225/65년
리 총[1589]은 그에게 전달된 소식을 잘못
　　　　　　　믿었다
그의 앞에는 쿠블라이
　　　그의 주변에는 저주받을 건달들, 고급 매춘부들, 궁전의 여인들
파벌들, 정당함이란 없는 쉬운 전쟁.
쿠블라이가 말하길, 숭의 법은 그들의 행동과는 달리
　　　　매우 아름답다
키아쎄[1590]는 몽고인들보다 더 숭에 해악을 끼쳤다
북쪽은 몽고인들의 요람이었다

파세파¹⁵⁹¹는 그들에게 알파벳을 주었다

1,000개의 몽골어, 41개의 글자

숭은 야이섬¹⁵⁹²에서 가라앉았다. 유엔이라 불리는 젠기즈의 후예

이 왕조는 몽골족   서기 1278년

별들의 바다에 있는 황하의 원천.

왕치¹⁵⁹³는 아하마¹⁵⁹⁴를 죽였다. 웬 티엔시앙¹⁵⁹⁵은 충직했다.

전쟁의 두려움이 상업을 가로막았다. 이제 돈은 청동으로 만들어졌고

무기를 판 이익이 정부에 귀속되었다

술에 높은 세금이 매겨졌고, 정착인들은 허가를 받아야 했다.

루치¹⁵⁹⁶는 뇌물꾼들을(아하마의) 다시 불러들였고

차 세금을 불렸다

친킨¹⁵⁹⁷은 세수稅收의 규모에 역겨워했다

L. 시우엔¹⁵⁹⁸은 일본과의 전쟁을 지연시켰고

안남¹⁵⁹⁹과의 전쟁도 지연시켰다

왈, 세금이 풍요가 아니다

옐리우¹⁶⁰⁰는 왕립학교를 재개했고, 학자들을 모았다

쿠블라이는 세금에는 젬병이었고

상코¹⁶⁰¹는 뇌물로 악취가 났다

완체¹⁶⁰²는 법령을 만들었고

세금 이외에는 별로 하는 일 없는 기관을 250개나 없앴다

쿠블라이는 세월의 무게로 죽었다   서기 1295년

그의 행운은 좋은 관리들이 있었다는 것, 재무성은 빼고.

'그들은 순전히 배고픔 때문에 산적이 되었던 것이니

굶주림이 해소될 까지는 도둑질을 계속할 것이리라'

이는 티무르[1603] 시대에 알려진 일

마지막 숭이 해군에서 남은 걸 타고 도망갔다

바다 파도에 가라앉았고, 몽골족이 왔다

젠기즈 도당이

쿠블라이가 융기했다

히아, 창, 주[1604]

쿵푸추[1605]까지 위대한 계보

그리고는 한   기원전 202년

친   서기 265년

탕   서기 618년

숭   기 950년

그리고는 이 몽골족 또는 유엔

젠기즈, 오고타이, 쿠블라이 칸

제국이 되다

야이섬에서 더이상 숭은 존재치 않게 되었다

그리고 몽골족이 전 중국 위에 우뚝 섰다

1368년, 밍[1606]이 들어설 때까지 89년간

젠기즈로부터 치면 백년 하고도 60년 (캠버스킨[1607])

남쪽 지방에서 친 티아우엔[1608]이 일어나서는

창추시[1609]를 점령하였고

왕 치[1610]에게 프로포즈를 했는데

그녀는 말하길, 영광입니다.

먼저 카누엔[1611]을 묻어야겠습니다. 그의 시체가 무겁습니다.

그의 재는 가볍네요

카누엔을 위한 불길이 환하게 타올랐다

  왕 치는 거기에 자신을 내던졌다, 영원히 충직하게

   티무르는 그녀에게 높은 사당을 지어주었다.

8번째 되던 달에 공공의 사무와 부역을 관장하던 부서가

긴 총[1612]에게 미아오 하오키엔[1613]이 쓴 뽕나무 문화에 관한 책을 바쳤다

그는 그 책에서 누에의 성장과

  고치가 풀리는 것에 대해

  상세하게 설명했다

황제는 모든 도표들과 함께 이를 새겨서

  온 중국에 배포했다

쓸 만한 인재들을 찾는 데 이 황제보다 더 신경을 쓴 황제는 없었다 —

쿠블라이가 의도한 대로 하고자 했던 것 —

  긴 총이라 불리는 아율리파타[1614]보다 말이다

(알기압투 칸[1615]) 그는 쿵을 제례로 모셨다   서기 1312/20년

그의 아들[1616]이 자객들의 손에 죽다

  티에무티에,[1617] 라마승들, 불교도들 무리의 손에 죽다

똥 그리고 늘 은밀한 협정 아래 악취 풍기는 종교

이 암살자들에 대항하여 나타난 제이슨[1618]

몽골의 마지막인 춘티[1619]가 왔다

이백만의 가족들이 굶었고

피가 고지대에 비처럼 내렸으며

녹색의 털이 비처럼 떨어졌다

한종[1620]은 사원들을 밀었고

땅을 다시 경작지로 만든 것에 대해

사람들은 환호했다

춘티는 통치 12년 동안 한 번도 안 했던, 대학을 방문했다

그리고 쿵의 추종자에게 은 표장을 주었다

하지만 갱스터들은 판쳤고

해적은 관료가 되기를 거부했다,

혜성 하나가 플레이아데스 성단에서 폭발했다

황하가 그 바닥을 이동했고

사람들은 대자대비 보살께서

내려와 몽골을 뒤엎으실 거라고 말했다,

사이비 승[1621]이 붉은 모자를 썼다

티에누안[1622]은 반란군들을 제압했고, 타이푸[1623]는 반란군들에게 죽임을 당했다

싱키[1624]는 존경을 받았다

라마승들이 춘티를 위해 발레를 췄다

머리에 하얀 걸 두르고

캐스터네츠가 칭칭 울어대고, 당나라의 춤을 추었다

요란한 옷은 걸치지 않고서

콩페이[1625]가 토토[1626]에게 말했다, 속달 편지 열어보지 마십시오.

용선이 음악과 함께 표류하고

배의 한가운데에서 동상이 물을 쏟아내고

혼령들이 밤의 시계를 울렸다

　　　　사람들은 춘티가 이런 시계를 발명했다고 말했다

붉은 모자들[1627]은 그들의 후보자를 마치 황제인 것처럼

　　　　　　　　밍 완[1628]이라 불렀다

중이기를 멈추고 남자가 되어

　　　　젠기즈 칸의 줄을 끊고자 했다

유엔창[1629]은 불교도이기를 끝내고

　　　　약탈하지도 않고 이토 엔[1630]을 손에 넣었다

그리고는 키앙강을 지나

　　　　타이핑[1631] 지역을 정복했다

창 별[1632]에 나타난 혜성, 타이 밍[1633] 위로 빗자루 모양의 유성이

　　　　　　　　빛났다

밍이 남쪽 지방으로부터 등장했다, 35년간의 와해 후

　　　　춘티가 왕좌에서 내려왔다.

유키우[1634]가 상처를 열 군데도 더 입고 죽었다

이제 창투[1635]는 폐허가 되고

　　　　　　쿠블라이의 높은 집이 무너졌다

밍이 서서히 나타났다, 천, 십만

해적 쿠에친[1636]이 그에게 찾아왔다

　　　　궁전에는, 환관과 아첨꾼들

　　　　몽골들 사이에서는 어느 누구도 남을 믿지 않았다

한국에 있는 황비의 무리가 페이엔[1637]을 죽여 없앴다

밍에는 이제 200,000이 있었고

　　　그들은 삼 일 동안 배에서 전투를 벌였다

페이안[1638] 호수에서

　　　황하에 이르기까지

유진과 칭 형제[1639]와

　　　루 리안이 화살에 맞을 때까지.

그들은 친리[1640]에게 그의 아버지의 보물을 남겨주었으나

　　　그의 곡식은 백성들을 위해 가져갔다.

그리하여 밍이 키안킹[1641]에 들어섰다, 1368년의 일

위임통치자였던 티무르 이후의 죄악상 때문

　　　　유엔 몽골족이 떠났다

　　　무능한 자가 왕조를 세운 적은 없다

젠기즈로부터 밍의 시대가 올 때까지 160년

유엔창이 말하였다

　　　난 가난한 일꾼의 아들이오

키앙난 지방의 쎄추[1642] 마을 출신

열일곱에 머리를 깎았고

　　　체힝[1643] 대장 밑으로 들어갔다

이는 운명이라 불릴 만한 것

　　　제국에 평화를 가져올 운명

리, 수, 퉁[1644] 그리고 나는

　　　네 명의 소총수

우린 한 동네 일꾼들이었다

우린 그저 평범한 군인들

우리가 찬퉁[1645] 지방을 접수할 수 있다면, 페킨[1646]도 그럴 수 있다

（실제로 그렇게 했다, 1368년）

그가 수 타[1647]에게 말했다, 그대가 생각하는 대로 하라

창, 추, 그리고 한이 재능으로 일어섰다

한때 우리 넷은 범포 천으로 된 외투만 있어도 운 좋게 여겼다

몽골이 충 니(공자)의 법을 잃어버림으로써

仲
尼

무너졌다

한이 민중으로부터 생겨났다

얼마나 많은 아버지들과 남편들이 무너져 내렸는가

인구조사를 하라

그들의 가족들에게 쌀을 주어라

그들에게 차례를 지낼 돈을 주어라

부자들이 그들의 물건을 보유하도록 하라

가난한 자들에게는 물자를 제공해 주라

난 유엔에 대항하고자 하는 게 아니라

아첨꾼들과 난동꾼들에 대항하고자 한다

난 쿠블라이나 젱기즈칸에 대항하려는 게 아니라

그들의 후예들을 갉아먹는 이에 대항하고자 한 것이다.

타이 총[1648]

카오 추[1649]

타이 추[1650]

그리고 이제 홍 부[1651] 삼 백, 삼 백

각각 통치 300년

       60년이 다섯 번

몽골족은 그 사이

야오

순

한

추

堯舜漢周

'전쟁이 또다시 끝났구려. 현인들의 말을 들어봅시다.'

그는 닝기아[1652]에 있는 부대에게 털 외투를 보냈다

외래인 혐오가 없었다. 몽골족은 관직에 중국인을 두면 안 되었다.

페킨에서 그는 군인들에게 급료를 주었고

농부들에게는 땅을 할당해 주었고

      연장과 멍에를 질 황소도 주었다

하인으로서가 아니면 환관은 쓰지 않았고

'관리들이 말하는 것을 다 믿지는 마시오

'내 바라노니,' 하고 홍 부가 말하였다, '그대가 능력을 갖추기를

    학생들의 숫자를 늘리기에 앞서 훌륭한 능력을 말이오.'

그는 아랍의 화장품을 거절하였다

     예왕[1653] 제독은 얼음으로 벽을 세웠다

유엔을 막으려고

      그들은 그것을 진짜 벽으로 생각했다.

'고려인들은 천성이 점잖아요.'

      그해 황제가 죽었다.[1654]

행성 다섯 개가 합삭하는 일이 있었다.

'84년에는 리우엔[1655] 장군이 죽었고, '85년에는 수 타가 죽었다

1386년 평화

홍 부는 도교 신자들이 제시한 영생에 대한

      논지를 거부했다, 그리고

그의 재위 31년째 되던 해

      그의 나이 60세가 되던 해

홍 부는 자신의 힘이 쇠약해지는 것을 알고서

      말했다, 덕이 추우엔[1656]에게 깃들기를.

그대, 충직한 관료들, 문인 학자들, 군인들이여

      내 손자가 이 권력의 위엄과

그 직위의 막중함을

      잘 견지해 가도록 도와주시오

그리고 옛날 한의

      웬 티[1657]에게 그러했듯

나에게 장례를 치러주기 바라오.

LVII

키엔 우엔[1658]이 황제위에 오를 때

그의 숙부[1659]가 그를 황제 자리에서 끌어내리며 말하길,

주공[1660]이 조카인 칭왕[1661]을 돌보아

그를 재상들의 간교함으로부터 보호하였다.

궁전이 더이상 버티지 못할 때

      그들은 홍 부가 남긴 상자를 기억했다

거기 쓰여 있기를,

      어두운 밤

쿠에멘[1662]으로 나가라, 그리고 친 로코안[1663]에 이를 때까지

      수로를 따라가라

붉은 서랍 안에 승복과

      승적이 있었다

아홉 명의 사람들이 키엔 우엔 티와 함께였다[1664]   서기 1403년

      쿠에멘에서, 도사인 왕친[1665]은

땅에 머리를 박으며, 완 수이[1666]를 외쳤다

      만년을 사시옵소서

홍 부가 저에게 환영으로 나타나셔서는

      쿠에멘으로 가 보라 하고 말씀하셨습니다

전하를 친로코안까지 모셔갈 거라고.

아홉 명의 관료들이 있었는데, 그중엔 양룽[1667]과 예 히히엔[1668]

그들은 키엔 티와 함께 갔다, 중이 되었다,

그는 잉충[1669] 때까지 35년간을 여기 숨었다

저기 숨었다 하며 떠돌았다.

용 로[1670]는 20년간 정찰의 일을 수행했다

그에게 벵갈[1671]에서 사신이 왔었고   서기 1409년

말라카[1672]에서도 우리 제국에 찾아왔었다,   서기 1415년

양 로는 '대전'[1673]를 편찬했는데

고전의 요점을 수정하려 한 것.

마하무[1674]는 조공으로 말을 바쳤다.

       진 충[1675]은 황제위에 10개월 있었다

흉노 치하에서 모든 게 싸움이 되었다. 1430년 평화가 왔고

여덟 살의 어린애인 잉충이 올랐다,

궁전을 습기로 썩게 하는 환관들

       홍 부가 황제의 질서를 회복하였건만

환관들, 도교 추종자들과 불교 신자들이 다시 또 나타났다

       무기 제조업자들이 밤낮으로 일했다

유키엔[1676]은 페킨 근방의 풀들을 불태웠다

       흉노의 말들이 먹지 못하게

이는 킹 티[1677]의 시대 때의 일

       판쿠앙[1678]은 불붙은 화살과

누군가 던진 창 같은 것에 맞았다

예시엔,[1679] 페이엔,[1680] 티에무르가 페킨 벽 아래까지 진출했다

체헹[1681]과 유키엔은 방어자들이었다

       '그들의 약속은 더이상 위로가 안 되었다'

'52년 황제는 호난 지방과 산퉁 지방의 기근[1682]을
	해소하기 위해 곡식을 배분해 주었다
곡식 일백 육십만 자루
그리고 전쟁을 위해서 그들은 사람이 끄는 수레를 15개 만들었는데
	밑에는 식량을 넣을 통이 달려 있었다
			(발투리오[1683]를 보라)
전진 발사 대포, 창으로 두른 탑
우리에겐 그런 수레가 천 개도 있어서
4 리에 걸친 들판을 채울 정도
한 번도 실행해 본 적은 없었다
복위를 가능케 했던 유키엔이 너무나도 사악한 보답을 받아서 서기 1459년
	감옥에서 자신의 손으로 죽었다.
체헹은 주술사들에게 의존했다
	자기밖에 모르던 인간.
새로운 지도가 출간되었다. 환관들의 반란이 있었다
우상숭배자였던 히엔 총[1684]은 유키엔에게 사후 명예를 회복시켜 주었고
쿵푸추가 모든 의식에서 섬겨야 할
	황제임을 선포하였으며,
		도교 추종꾼들과 불교도들을 몰아냈다
단 한 사람의 환관, 호아이응안[1685] 때문에 많은 환관들을 용서해 줄 수도
그들은 별도의 집무실을 만들고자 했고
	그걸 4년간 지속했다
히엔 총이 없애버릴 때까지.[1686]

불로장생약을 구한 또 다른 군주

금속의 변환을 추구하고

변화를 가져올 단어를 추구한

變

숭의 호아이[1687]는 도교 추종꾼들에 의해 망한 셈이고

탕의 히엔[1688]은 불로장생약을 찾다 죽었다

'97년에 법령을 만들었고

       곰 한 마리가 사람들 눈에 띄지 않은 채 페킨 안으로 들어왔다

그걸 들인 책임을 물어 경비원을 사살해버렸지만

제국의 인구가 5천 3백만

평균적으로 공물은 다섯 자루

       말하자면, 각 100파운드씩

'레앙의 우 티,[1689] 숭의 휘총은

다른 모든 황제들보다 더

       도교 신자였고 불교 신자였습니다, 둘 다 끝이 안 좋았죠.

피라미드 따위는 저리 보내십시오

       야오와 슌은 그런 기념물 없이도 살았습니다

주 공과 쿵푸추는 분명코 그런 걸 해 달라 하지도 않았을 터

그런 게 폐하의 날들을 늘이기는커녕

       폐하의 백성들의 삶을 축소시키기만 할 뿐

그들이, 많은 이들이 새로운 세금 때문에 죽을 겁니다.'

히아오 총[1690]이 재위 18년째 평화를 가져온 후 36세의 나이로 죽다

　　　　　　　　　　　　　　　　　　　　　　서기 1505년

8명의 잔학한 환관들이 리우[1691]와 공모했다

자연히 벼락이 궁전에 내리쳤다

홍 부에서 미성년자인 우 총[1692]에 이르기까지

　　　　백사십 년,

그리고 새로운 몽골인 만주가 올 때까지 140년

환관 리우킨이 붙잡혔을 때

그의 집에서 발견된 것만 해도

　　　　　　24만 개의 금괴, 각각 10냥 정도의 무게

　　　　　　　　　　돈으로 1,500만

　　　　　　　　　　은괴 5백만 개, 각각 50냥 정도로

　　　　　　　　　　가공하지 않은 보석 2 자루

　　　　　그리하여 황제의 신임을 뒤흔들었다

1512년 '젊은 기사들'이 나타났는데, 말 도둑을 말하는 것.

나태한 우 총이 죽다

황태후는 황제 히엔 총의 둘째 아들의 아들인

치총[1693]을 후계자로 택했다

그는 운문을 짓는 사람이었다,

　　　　사실 그는 퇴위하고 싶다고 말했다

그녀(창 치[1694])는 키앙펑[1695]을 잡아들이라 말했다

그의 지하창고에서 발견된 것들은

　　　　금 바구니 70개

은 바구니 2,200개

금 은 섞여서 500광주리

커다란 금 접시 은 접시 400개

최상급의 비단, 진주,

세공된 돌들과 보석들은 빼고도

흉노 만수르[1696]가 다시 나타났다

타타르족은 말 시장을 원한다고 말했다

일본 뱃사람들이 중국인들에게 입출항 금지령을 내렸다

'우리 왕국 주민들이 아니면 거래 안 함'

잉체[1697] 별자리에 다섯 개의 행성이 있었다

치총은 티엔추산[1698]에 있는 밍의 묘에서   서기 1536년

의식을 행하였다

일본인들이 하이 멘[1699]에서 소금 작업을 불태워 버렸다

와치[1700]는 그들에게 대항하는 군대를 보냈고

그들은 자신들을 '우리 마님의 늑대들'이라 불렀다

일본인들은 이 와치 부인만을 두려워했다

해적들은 푸키엔[1701]을 거의 점령했다

LVIII

신부[1702]는 태초에 태양의 땅인 니폰에 질서를 잡았다

그곳에선 조리토모 쇼군[1703]이 있기 전까지는 다이[1704]가 있었다

이 다이는 하늘에서 내려온 것이라고들 말하였다.

신들이 그들의 조상이라는 것. 쇼군 또는 통수권자가

내전을 끝낼 때까지 말이다

다이는 이 이후로는 왕의 기능을 하는 사제가 되었다

미아코[1705]에서 금빛 꽃으로 된 의복을 입고서

　　　의식을 행하였다.

매 식사마다 새로운 도기 접시로 서브되었다

'백만 년을 지배해 오셨던

　　　텐 소 다이신[1706]으로부터 내려온 것.'

이 군주들은 모두 하늘로부터 내려온 것이라 말한다

그들은 모양새를 유지하느라 빚을 지게 되었다

그들은 미아코에서 학문, 시, 역사, 춤을 하느라

음악과 테니스, 펜싱 등으로 바빴다

주둔군을 그들을 지켜보았고

　　　그들이 일에 참견하지 못하도록 했다.

그리하여 '귀하신 분에게 집사' 한 명이 나타났다

　　　언더트리 씨[1707]

하인이었고, 사 모[1708]에서는 생선 장수였으며

　　　마구간지기였다,

코리아와 전쟁을 일으켰으며

　　사후 전쟁의 신으로 불렸다

포르투갈 성직자들의 오만함으로 인해

　그들은 일본에서 기독교인들을 몰아내었다

섬에 그 교단의 어느 누구도 남아 있지 않을 때까지

완 리[1709] 재위 20년째 되는 다섯 번째 달에　　　　　　　서기 1578년

새로 정비한 배를 가지고

언더트리 씨는 코리아의 술고래 왕인

리콴[1710]에 싸움을 걸었다

　　　　그리하여 4개의 도시가 일본인들에게 문을 열었고

그, 언더트리는 주요 도시인 퓐양[1711]으로 가서

왕의 무덤들을 파괴하였고

코리안들은 중국으로 소리치며 달려가서는

　　　　완 리 황제의 도움을 요청하였다

이 당시에 '해적 조직'이 있었다

　　　　황제의 스승인 쿠 칭[1712]은 말하길, 사기꾼들에게 당하였다

친 송[1713]은 황제에 오를 때 10살이었다

다른 쪽에서는 말 시장 문제가 있었고, 흉노족

야만인인 여진족이 있었는데,

　　　　이들은 카이유엔[1714]에서 장사를 했고

또 다른 무리들인 페와 난코안[1715]이 있었는데

　　　　이들은 만리장성 저 너머에서 서로 싸우고 있었다

여진족은 몽골인들이 밍 군주들에 의해 중국에서 쫓겨날 때

몽골인들에게 피난처를 제공했다

그들은 너무나 가난해서 행상을 해야만 했는데

     인삼, 비버 모피 말 털

     검은 모피

그런저런 일곱 무리들이 연합했고, 그들 앞에서 밍을 몰아냈다

하지만 난코엔의 여진은 야인 여진과 먼저 싸웠고

     수엔 테[1716] 재위 4년

그들은 공물을 바치기를 중단했다 1430년 또는 그즈음

한 외교 사절이 흉노족에게 말했다,

     당신들은 서로 싸움으로써

        인삼 시장을 잃었고

        말 시장도 잃었소.

다른 한편에서는, 언더트리가 코리아와 전쟁을 하고 있었다

리치 신부[1717]는 황제에게 시계를 가져와서는

     탑에 맞춰 넣었다

쿠 창[1718]은 안전하지 않았다, 심지어는 묻히는 것도,

     궁중의 여인네들이 모략질을 했고, 갱스터들이 그를 깎아내렸다.

그의 아들은 걱정으로 인해 목을 매달아 죽었다.

티엔친[1719]의 환관들은 궁정으로 마티우 신부를 데리고 왔고

     의식을 관리하는 주무 관청에서 답하기를,

     유럽은 우리 제국과 아무런 관계가 없고

우리의 법을 받아들이지도 않는다

이 이미지들, 저 하늘의 신과 처녀의 그림들은

아무런 내적인 가치도 없다. 신들이 뼈대 없이 하늘로 오른다고?

우리가 그들의 뼈만 남은 자루를 믿어야 하나?

따라서 심의관 한 유[1720]는 그런 신기한 것들을 궁중으로

들여오는 건 무가치하다고 여겼는데,

우리 역시 이건 잘못된 것이라 생각하고, 이 뼈들을 또는

마티우 신부를 받아들이는 것에 반대하는 바입니다.

　　　　친 총 황제는 그를 받아들였다.

만 명의 용감한 자들, 만 명

　　　필사적인 포위

　　　종인지 서정시인지

반역들, 연애 사건들,

이제는 황소 탱크들이 제대로 작동하지 않았다

중국의 초기부터, 위대한 장군들, 충실한 신하들,

되풀이되다, 필사적인 포위, 팔아먹기

　　　피 낭자한 반항, 이제 황소 탱크들이 작동하지 않는구나

애초부터 지금까지의 포위들.

포위, 궁중에서의 배신과 나태함.

질서에 반하는, 도교 신자들, 불교 신자들, 라마교도들,

　　　나이트클럽, 황후의 친척들, 호앙 미아오[1721]

삶을 신기루의 독으로 물들이고, 질서를 어지럽히고, 아름다움

티 코엔[1722]은 숲에서 외침 소리를 들었는데

거기서 황소 탱크들이 나타났다

15피트에 달하는 배 같이 생긴 커다란 마차들이

　　　3층짜리 구조로 백 대씩 쏟아져 나왔다.

　　　　돌로 만든 커다란 수레바퀴로 움직이는데

　　　각각은 백 마리 아니 그보다도 많은 황소들이 이끌고 있었다

하지만 추예[1723]와 그의 부하들은

　　　　돌격을 감행했고

황소들을 혼란케 하는 폭죽들을 쏘아댔다,

　　　그리하여 전쟁 마차들이 뒤집어졌다.

추예 부하들은 포위군들을 베었다

호아이 총[1724]이 흉노의 발아래 쓰러졌는데, 춘호아[1725]에서 5리 떨어진 곳

만주의 타이 총[1726]은 중국의 법을 가져갔고

　　　만주인들이 자신의 누이들과 결혼하는 걸 금지시켰다

황제에게는 황색 허리띠

　　　같은 피를 받은 공주에게는 붉은 허리띠

모든 이들에게 편발을 자르게 명하였다

남밍[1727]은 북쪽과 북동쪽의 만주족에 의한 두려움보다

　　　내부의 썩음을 더 두려워해야 했다.

리 코엔[1728] 총독은 부대원들에게 돈을 주지 않고 자기가 이 모든 돈을

다 써 버렸고

그들은 도둑이 되었다.

만주의 군주는 밍 군주에게 다음과 같이 썼다,

우리는 압제에 대항하고자 무기를 들었다

압제에 대한 두려움으로 인해

우리는 당신을 지배하고자 하는 것이 아니다

수엔 푸[1729]에서 난 당신의 장교들과 만났었는데

나는 이 맹세를 하며 희생제물을 바쳤었다, 땅에게는 검은 황소를

하늘의 영에게는 흰 말을

비록 그들은 하급 장교들이긴 했으나

나는 이를 당신에 대한 경의의 표시로 했던 것이오

화친의 맹세로

우리가 평화를 원한다는 것을 보이고자

나의 모든 행동들은 그것을 향해 있소

나는 범죄자들을 추방하고자 하고

도둑맞은 가축들을 돌려주고자 하오

그런데 이런 제안에 아무런 답도 못 받았소

어떤 제대로 된 응답을 말하는 것도 아니건만

어찌 됐든 아무런 답도 못 들었소

콩 유[1730]는 타이 총과 합류하려고 왔고

타이는 이 반란군, 콩을 맞이하고자 족장을 보냈다,

그는 배 무기 탄약 그리고 가구들을 가지고 왔는데,

콩 유와 함께 온 사람들이 십만은 되었다

타이 총 왈, 하늘로부터 총애를 받았던 흉노치고

그들 자신의 관습에만 얽매어있었던 이들은 없었다

몽골족도 라마인들로부터 문자를 받았고

내 위에 군주가 없는 자유로운 군주인 나는

내가 좋은 대로 법을 채택할 것이라, 그렇게 할 권리가 나에게 있다

나는 중국에서 문자를 가져올 것이지만

　　　그 말은 내가 그 어떤 자로부터 명령을 받는다는 뜻이 아니다

나는 법을 가져오는 것이지 명령을 받는 것이 아니다.

　　　그리하여 그는 그의 군인들의 계급을 매겼다

아바 찬, 멘 찬, 티할리 찬

　　　중국 관료 체제에 따른 것

네 개의 섬이 더 그에게 따라왔다

그, 타이는 중국식으로 과거를 시행했다

　　　일등 학사로 16명

　　　　　이등 학사로 31명, 삼등으로 181명

그는 베를리츠식[1731]의 학교를 만들어, 만주어, 중국어 그리고 몽골어

상을 주었고, 다음 해에 쿠르방 투르하[1732]에 캠프를 쳤다

이곳으로 몽골인들이 그를 찾아왔고, 남쪽으로 협곡을 따라

중국으로 갔다

　　　톤[1733] 근처 호체[1734]의 계곡

　　　타이퉁[1735] 서쪽 타이 첸[1736] 계곡을 따라

첸시[1737]를 다음번 집합 장소로 거명했다

(타이 총, 타이 추[1738]의 아들, 무그덴[1739]에서 통치하다)

　　　　　1625/35

야오, 슌 그리고 쿵푸추로부터 학문을

　　　물의 지도자인 유로부터 배웠다.

이 흉노 제국의 군주 재위 일곱 번째 달에

수엔호아푸[1740] 근처에서 절도사에게 글을 써 보냈다

      그대의 군주가 나를 적으로 대한다

내 행동이 얼마큼의 힘을 가지고 있는지 묻지도 않고 말이다

      그대는 물론 거대한 영토의 신하이다

하지만 제국이 크면 클수록 평화를 위해 더 노력해야만 한다

아이들이 부모로부터 떨어지고

      아내들이 남편들을 볼 수가 없게 된다면

그대의 집들이 황폐화되고 그대의 재산들이 뺏긴다면

그건 나로 인한 것이 아니라 관료들 때문이다

      내가 아니라 그대의 황제가 그대를 도살한 것이다

그대의 군주가 백성들을 돌보지 않고

      군인들을 하찮게 여긴 것이다.

8번째 달 끝 무렵에

텡윤[1741]이 속달을 보냈다, 제가 흉노를 쳐부쉈습니다

      무수히 많은 흉노들을 베었습니다. 실제로는 그러지 않아 놓고도.

이에 대해 타이 총은 응답했다, 내 천 명을 보내 만 명을 상대하리라

그게 두렵다면, 천 명을 보내거라

      내 백 명으로 맞아주마.

그대가 그대의 황제에게 거짓말을 하지 못하게 하리라.

그다음의 공격을 가한 후 화평을 제안했다.

      헛되이 대답을 기다린 후

그의 흉노 사람들은 그에게 황제가 되시기를 간청했다

그가 말하길, 코리아의 임금[1742]이 나를 받아들인다면

이에 대해 흉노족이 코리아의 임금에게 글을 올렸다,

만주의 여덟 족장들과

우리의 깃발을 한 18명의 군주가 코리아의 임금에게

하늘이 그리 되기를 바라니

우리는 우리의 왕이 황제가 되고자 하노라

그가 통치를 위임받으시기를 간하였노라.

몽골의 군주들도 우리의 뜻에 동참하셨다

홍 부가 땅을 하나의 지배 아래 두었는데

그에 앞서 킨[1743]이 하나로 만들었고

그다음엔 유엔,[1744] 일체 통합

몽골족이 코리아에게 글을 써 보냈다,

49명의 몽골의 군주들, 코리아의 임금에게

밍의 아래 200년

그 관료들의 죄악 때문에

그들에게 등을 돌린다

우리는 압제에 끝을 내기 위해 만주와 손을 잡고자 한다

밍 군대의 약함, 그 지휘자들의 불충실은

그들의 통치가 무너졌다는 것을 보여준다

우리는 이제 만주의 타이 총을 인정한다

그에게 봉사하는데 우리의 피가 들어갔다

이 년 동안 우리는 그가 황제의 타이틀을 가지시길 간청해 왔다

사십만의 몽골족, 그들의 화살통과 화살이

이 뒤를 받치고 있다.

　　　　코리아는 부정적인 답을 보내왔다[1745]

다음 해 타이 충은 황제위에 올랐다

서기 1635년, 세 번째 달

　　　　관직에 세 민족을 기용했다

젠기스 이후의 몽골은 그러지 않았다

그리고 끊임없이 쳐들어갔다……

　　　　페킹 주변으로, 샨퉁(불어로는 샨퉁)으로

그리고 강남으로, 다시 돌아와 약탈하곤 했다.

마침내 우산[1746]은 반란군을 진압하기 위해 그들을 맞아들였다.

쌀이 자루당 6온스 은화에 해당했고

　　　　카이 퐁[1747]에서

인육이 시장에서 팔렸고

　　　　리체[1748]의 갱스터 무리가 허난에서 판쳤다

리 사오[1749] 왈, 울어라, 카이퐁을 위해 울어라, 피에 굶주린 키엔충[1750]

리체는 스스로를 황제라 칭했다

　　　　밍의 군대는 봉급을 받지 못했고

환관들이 세금을 먹어치웠다, 총리대신은

　　　　그들을 통제하지 못했다

환관들은 페킹의 문을 반란군에게 열어주었고

호에이는 자신의 허리띠로 목을 매 죽었다

궁전에는 피가 낭자했다. 리 사오, 리 사오,

잘못이 끊임이 없구나

리쿠에,[1751] 주검에 충직했다, 그리고 그 후

이 때에 우산은 만주에서 부름을 받았다

타이 총이 죽은 지 2년,

그의 형제들이 섭정을 했다.[1752]

무서운 밍, 무서운 종말

9개의 문이 불에 타올랐다.

만주는 우산과 더불어 많은 반란군을 진압했다

우산은 이 만주인들에게 봉급을 주고자 했지만

그들은 예의 바르게 대답했다,

우리는 평화를 위해 온 것이지 돈을 받으러 온 것이 아니다.

제국에 평화를 가져오고자 온 것이다

페킨에서 그들은 만세를 외쳤다

천년, 만년, 우리의 것

만세, 만세, 우산, 우산

평화를 가져오는 자 우산, 강에서, 갈대

피리가 우산을 읊조린다

중국에 평화를 가져왔도다, 만주를 들여왔도다

리체는 우산을 얻은 것으로 생각했다,

우산을 일어서게 했고 우산은

리체의 손에 죽은

아버지를 기억했다.

일은 이렇게 벌어졌다.[1753]

LIX

책 치킹[1754]에 대해 나는 이렇게 생각하노니

하고 젊은 만주인인 춘 치[1755]는 썼다,

정신의 작품이라기보다는 감흥의 작품이로다

내적인 성정을 끌어내서는

이 시들을 통해 노래 부르도다.

외적으로는 도회풍, 내적으로는 덕의 힘

　　　　어떤 것은 의식을 위한 고답적 스타일

어떤 건 겸손하게,

황제를 위한 것, 민중을 위한 것

여기에 모든 것이 정확하게 담겨 있도다

우리의 올바름을 배우고

우리의 올바름을 획득해야 하리라

공자 말씀하시길, 우리의 마음을 정화하기 위해, 그리고

이성의 빛으로 인도하기 위해

　　　　지속적인 효력으로/

이 책은 우리를 일의 적절한 경계 안에 있도록 한다

　　　기준

우리가 무엇을 행동에 옮겨야 하는가를 보여준다,

　　　계속 어떤 일이 이어서 따라올지를

치 킹은 보여주고 가르쳐준다. 정의로운 자와

색욕에서 자유로운 자는 그들의 주인을 그렇게 섬기리라

충직하게, 간교를 부리지 않고, 부모를 따르고

옆을 돌아보지 않는다

모든 질서는 그런 기준에 부합한다

그런 고로, 나의 찬사, 그런 고로 이 서문

춘 치 11년째

(서기 1655년)

여정, 지도에서 보이는 땅이 아니라

항해하는 사람들의 눈에 보이는 바다의 경계

흉노들이 칠흙 같은 밤에

매우 높이 쳐들은

남포등을 든 엄청나게 많은 수의 군인들을 보냈고

그리하여 행군을 하면서 빛을 사방에 퍼뜨려서

난킹[1756]에 커다란 두려움이 일었다.

밍의 마지막 사람들은 친키앙[1757] 길을 따라 도주했다.

제독은 바다에서 생각하기를

몇 분 더 항거를 해 봤자

아무짝에도 쓸모없다고.

열흘째 되는 날 장교가 와서는

항구가 흉노의 손에 들어갔다고 말했다

하지만 군주와 그의 먹고 노는 친구들은

그 전갈을 받아들일 만한 상태에 있지 않았다

그들은 다음날 한밤중까지도 맨정신이 아니었고

그때가 돼서야 그들은 줄행랑을 놓았다

난킹인들은 새로운 황제를 옹립했다   서기 1645년

변발을 하지 못하게 하는 명령이 항거를 단단하게 만들었고

밍 사람들에게 새로운 용기를 심어줬다

불운하게 태어난 쿠에이[1758]

밍 사람들은 서로 믿을 수 없었고, 다른 여섯 명과 의견 일치를 볼 수도 없었다

공적인 효용성, 너무나도 높이 잡은 동기

사악한 신하들에게는 말이다

어린 만주인[1759]이 14살이었을 때 그들은 그에게 몽골 여인을 아내로 주었다

갈릴레오의 천문학을 받아들였고,

회교를 금지시켰다

붉은 머리의 화란인이 왔고

포르투갈인들이 마카오로 왔다

사람들은 황제 춘 치가

슬픔으로 죽었다고들 한다,[1760] 그의 여러 비들 중 한 명의 죽음 때문이라

승진을 한 한 장교의 아내.

네 명의 섭정인들은 환관들을 고위직에서 내쫓았고

천명이 궁정에서 정화되었다

반 톤에 이르는 철판에 새기기를

이 이후로는 관직에 환관을 들이지 마라.

'64년에 그들은 기독교인들을 쫓아냈고

포르투갈인들은 마카오에 국한되었다

강 희[1761]가 등극하니

그는 조니 바크[1762]의 생일에 하프시코드를 연주했는데

이는 과장이 아니라/그는 적어도 그런 악기를 연주하였고

몇 가락(유럽의)을 알아낼 만큼 배웠다

러시아와의 경계를 구획 지었으며

포르투갈과 프랑스 사제를 통역관으로 데리고 있었고

그들에게는 각각 용 무늬의 비단 옷을 주었는데

수가 놓여진 것은 아니었다

>　비단 라이닝, 금 버튼이 달린 짧은 담비 코트

>　페레이라[1763]와 제르비용[1764]

>　관료들에게 두 번째 주문을 했다

대사들은 헐벗은 산맥을 거쳐 가서는

>　죽지 않는 라마인 호 포[1765]를 찾아뵈었다

그는 한 쌍의 커다란 쿠션 위에 앉아 있었는데

하나는 비단이고 하나는 평범한 노란색이었다

그는 그들에게 차와 점심을 주며 축복해 주었으며

>　다른 방에서는 격식 없이

>　또 다른 방에서는 기도를 노래 불렀다

또 다른 사원 방에서는 다른 이가 솔직히 말하기를

그가 어떻게 다른 몸으로 살 수 있는지 모르겠다 하였다

이 이전에도 그 어떤 경우에도 그런 기억은 가지고 있지 않으며

단지 호 포의 말씀만을

>　그들은 할하족[1766]의 족장들에게로 갔는데

거기서 그들은 되돌아 집으로 오라는 명령을 받았다

엘레우테족[1767]과 할하족 사이에 투쟁이 있었다

오로스(즉 러시아인들)에게 셸린가[1768]

또는 국경 지방 다른 장소에서든

　　국경을 정하자고 말하라는 명령.

그들은 그 다음 해 닙추[1769]에서 그 일을 완수했다.

　　이 사절들에게는 많은 하인들이 따라갔다

5,800명의 군인들

그리고 소수의 포병대

　　그들은 모두 차 후코엔[1770]에 있는 만리장성을 지나갔다.

강 히는 수도에서 500리 떨어진 곳까지 걸어가서

할머니의 장례에 참석했다.

이 사절들의 일은 아무르[1771] 국경에 관련된 것

그들은 상트페테르부르크[1772]에서 왔다

우리가 원하는 건 우리의 사냥감인 흑담비

산들이 있고 계곡 사이에 커다란 호수들이 있는

아무르 북쪽에서 사는.

강 히 재위 28년째 되던 해, 7번째 달에

이 조약이 라틴어로 맺어졌는데 흉노의 말과 모스크바 말로 된 복사본

중국인들은 기독교의 신에 대해 맹세했다

모스크바인들보다 더 힘센 건 없을 거라고 생각하며

'우리의 국경에서 더 이상의 피를 흘리지 않기 위해

우리는 여기 닙추시 근방에서

확고하고 영원한 평화를 맹세하노라

경계석을 세울 것을 명시할 것.

우리의 심장을 끓게 하는

만물의 신께 기원컨대

어느 누구든 이곳에 이 조약을 깨뜨리고

자신의 이익을 위해

구역이나 땅을 가지는 자가 있다면

그는 나이가 제대로 차기 전에 죽게 될 것을

그리하여 사절들은

악기의 음악에 맞춰 서로 껴안았다

루시아인들(오로시아인들)은 중국 사절들에게

점심을 제공했다

잼과 세 종류의 포도주

유럽산 빈티지로

이는 프랑스인과 포르투갈인 덕분이라

제르비용과 페레이라

특히 가장 중요한 순간에 그들이 결론에 이를 때까지

그들의 기질을 잘 조절했던 제르비용 덕분.

LX

하여 예수회 선교사들이 유럽으로부터 천문학

      (이교도, 갈릴레오의)과

음악과 물리학을 들여왔으니,

그리말디, 인토르체타, 페르비스트,

쿠펠린.[1773] 전하의 신하,

      제단에 대해 지시가 있었으니,

정말이지 유럽인들이 많은 위험들을 열성적으로 겪어내고는

우리에게 천문학을 가져다주고, 내란 때 우리에게 도움을 줬던

대포들을 만들어 주었으니,

러시아인들과 협상하는 데 있어 그들의 공로에 보답해야만 하리라.

그들은 아무런 문제도 일으키지 않았도다.

      우리는 라마교인들, 불교도들 그리고 도교도들이 자신들의

      예배당에 가도록 허용하고 있는데

단지 이 유럽인들만 그들의 성전에 가는 것을 금한다는 것은

부당한 것처럼 보이노라. 따라서 우리는

그들이 차별받음 없이

기도하고 향 피우는 것을 허용해야 한다고 생각하노라.

      강 히 재위 31년 두 번째 달 세 번째 날

제국의 17 대공들, 이 황제의 각료 열 한명

제르비용, 푸르테르, 부르나 신부들[1774]은

궁전으로 키니네를 가져갔으니, 때는 서기 1693년

하여 북경 황창,[1775] 즉 궁전 구내에

예수회 성당이 생기었다.

페옌코프[1776]는 칼단[1777]과의 싸움에서

엘레우테족과 회교도들과 싸웠고

황제는 여섯 발의 화살로 연속적으로 메추라기 여섯 마리를 쏘아서는

태자에게 엘레우테산 말 한 필을 보내며

말하길, 이 중국 콩 사료를 먹을지 모르겠군.

이와 함께 최고급 양고기 재료가 될 몇 마리 할하족의 양도 보낸다.

너를 사랑하는 아버지 강 히

황하가 얼었다. 사실 오르테스[1778]의 나라는 우리가 북경에서 생각했던 것과

매우 비슷하게 보였다,

작은 사냥은 꽤 즐거웠지. 많은 꿩들과 산토끼들.

목초는 훌륭했다. 황하가 1/2 피트 두께로 얼었다.

오르테스족은 매우 질서가 있었고, 몽골의 관습을 하나도 잃지 않았으며,

그들의 영주들은 의좋게 지내며, 고리대금업이란 없었다.

특히 동물들을 돌보는데 영리하며,

우둔한 궁사도 자신의 표적을 맞출 줄은 알았다.

페옌코프 장군은 엘레우테족이 항복했다고

그에게 적었으며

강 히는 그 사신에게 털모자를 주었고

그의 (강 히의) 말은 진분홍의 땀을 흘렸다

마치 전설 속의 타오엔[1779] 지방의 말인

천마, 하늘의 말처럼

이 말은 특히 차오메드[1780] 전투에서 사용되었다

그리고 그들은 그다음 새해에 북경에서 커다란 구경거리를 가졌으니

몽골족, 칼단족과 엘레우테족.

'이 일 이후론 라마교도들은 모두 반역자라는 걸

      쉽게 확신하겠군.

거짓말쟁이인 티파[1781]에게 팔렸던

이 죄수들을 별개의 방으로 나누어 감호할 것. 짐은

태양을 38° 34′으로 쟀는데

즉 북경에 비해 이곳은 1도 20분이 덜 하군'

              강 히

개들은 단지 낯선 이들에게만 짖는다. 파이첸[1782]에서

강 히는 초원이 마음에 들어

수도로 돌아오는 걸 지연시켰고

커다란 벽 밖에서 수사슴 사냥을 막았는데

그동안 칼다[1783]는 회교도들을 위해 보카라[1784]와

      사마르칸드[1785]를 손에 넣었다

1699년은 모든 흉노의 지방에서 평화의 해

그리말디, 페레이라, 토니 토마스[1786] 그리고 제르비용은

그들의 청원을 냈으니,

유럽의 식자층은

중국의 의식이 공자를 숭앙하고

하늘에 제물을 바친다는 것과

그 제식들이 이성에 뿌리박고 있다는 것을 듣고는

그것들의 진짜 의미와 특히

용어들의 의미를 알고 싶어하는데 가령 물질적인

하늘과 상제의 의미는? 그 통치자?

공자의 죽은 혼은

바쳐진 곡식과 과일, 비단과 향을 받아들이고

　　　자신의 두루마리로 되돌아갈까?

유럽의 교회 인사들은 이것이 서로 조화될 수 있는지 의아해한다.

안티오키아 대주교[1787]는 북경에는 가지 못한 채

캔톤[1788]에서 일 년을 빙빙 돌며 보내다가

그 다음 해 윤허를 받았다, 이는

교황 (제 XI), 클레멘스[1789]가 보낸

　　　마이야르 드 투르농 몬시뇰 이야기

포르투갈 왕[1790]은 전권대사를 보냈고

그들은 카나리아섬에서 가져온 포도주로 강 히를 치료하였는데

　　　이 때문에 그들이 좀 높게 대접되었고

너무 많은 쌀이 바타비아[1791]로 흘러가자

　　　우리의 군주 강은 출항 금지 명령을 내렸고

　　　(이는 토미 저퍼선[1792]의 시대보다 약간 앞서의 일)

또 군인 장군인지 이급 관료인지가

청원을 내기를,

　　　유럽과 기독교에 대항하고자 함

마카오에 아홉 척의 붉은 배가 있으니

화란인, 붉은 머리털의 사람들 영국인들이라.

칭마오[1793] 말하길, 우리 동쪽으로 일본만이

　　　　고려의 대상이 될 만한 왕국이라

일본은 명나라의 커다란 반동 시기 내내 평화를 지켜 주었으니.

사이암[1794]과 톤킨[1795]은 조공을 바치고 있고,

따라서 우리에게 유일한 위협은 이 유럽인들이라

붉은 머리털이란 북구의 모든 야만족들을 이름이니

옌켈리[1796]와 인차[1797] (말하자면 개구리들[1798])

　　　　　　　그리고 화란인들

이 모두 똑같이 야만족들

몇 년간 내가 바다를 돌아다녔어도

화란 놈들이 그들 중 제일 악질이라,

　　　　　　정말 호랑이 같은 놈들,

그들의 배는 어떤 바람도 견딜 수 있고 백 대의 대포를 싣고 다니니

그중 열 척만 캔톤에 들어와도

　　　　무슨 일이 일어날지 누가 알겠는가.

나는 이 위험을 원천에서부터 막아야 한다고 생각하며

적어도 우리의 항구에 들어오기 전에 그들을 무장해제 시키거나

아니면 한 번에 하나씩만 들어오게 하거나

　　　　아니면 성채 안에 짐을 풀거나 해야 하리라.

그들은 마닐라를 통해 일본으로 떼 지어 들어갔다가

내쫓겨났는데 아직도 들어가려고 한다

그들은 돈을 쓰고, 인간쓰레기들을 모으고, 지도를 만든다

나는 그들이 무슨 일을 하려고 하는지는 모른다

      그건 내 영역이 아니니까

내가 아는 거라곤 그들이 마닐라에 은신했었는데

지금 마닐라에선 그들이 주인 행세를 하고 있다는 것

소인은 소인의 청원을 제국의 판관들에게 맡기오니

이 메꽃이 들어와 뿌리박고 번성하게 되도록

      내버려 두지 않으리라 믿사옵니다

비천한 이 몸이 전하께 드리오니

      해군 제독, 칭 마오

'69년의 칙령을 들추어내어

      페르비스트와 그의 동료들에게만 허용하노니

우리는 그들의 교회들을 무너뜨리기만 한다면

모든 개종자들을 용서하기로 의결하였도다, 또 5월 11일엔

선교사들은 우리의 수학을 새롭게 만들고

대포를 만들고 하는데 이바지한 바가 크므로

      이곳에 머물러

그들의 종교를 행하도록 허용하노라 단

      중국인들을 개종시켜선 안 되고

교회를 세워서도 안 되느니

47명의 유럽인들은 허가를 얻어

그들의 의식을 계속 할 수 있으나, 그 이외에는 안 된다.

예수회 선교사들은 자기들과 화란인과를

      혼동하지 말아달라고 호소했다

유럽을 다시 보지 않겠다고 약속한다면, 머물게 내버려 두라

여러 교회들이 무너져 내렸고

러시아의 피터[1799]로부터 대사가 오기도 했다

1720년

군도를 뽑아 들은 기병대와 함께

그리고 로마의 교황으로부터도 새로운 친구가 하나 왔었다.

티베트가 굴복했고 '22년은 평화의 해였으니

황제는 평소처럼 사냥을 나갔는데

하이츠[1800]에서의 호랑이 사냥이었더라 그 달 20일 날 저녁 8시

승하하셨다

'우리 왕조만큼 정의로움이 있었던 시대는

없었노라. 짐은 나라의 재물을

국민의 피로 여겨 헛되이 쓰지 않았노라

매년 강둑 위로 오르는 3백만의 사람들

짐은 용칭[1801]이 짐의 뒤를 이을 것을 명하노라

그대는 군인들에게

돈을 빌려주지 마라.

사냥은 만주인을 건강하게 만들며

북경의 뜨거운 여름을 피하라.'

그는 흉노족 지방으로 여행을 하기 시작했다

역사가 만주어로 번역되었다. 번역진을 구성했다

페르비스트, 수학

페레이라 음악 교수, 중국어와 만주어로 쓴 논문

제르비용과 부베, 만주어로 쓰였는데

　　　문체상의 문제로 인해 황제에 의해 수정되다

철학(만주의)과 파리 학술원의 연구 논문들에 대한

최근의 보고를

간추려 집성한 것.

키니네, 연구소가 궁전 내에 세워지다.

그는 그들에게 철저한 해부를 준비하라고 명령했고, 또한

언어의 순수성을 유의하고

적절한 용어들만을 사용하라고 하였다

　　　(즉 정명)

正名

궁전 내부엔 여러 작업실이 있었고

　　　그림과 조각에 대해선

최상의 유럽 본보기들을 원하였으며, 그의 저술은 백 권에 이르니

이는 강 히 대제라 1662년부터

61년간 그리고 그에 뒤이어

LXI

용칭

그의 네 번째 아들, 그의 선조들과

대지의

정령들과

하늘을 경외하며

공적인 효용성

백성에게 도움이 되는 일을 추구하였다, 능동적으로, 절대적으로, 사랑받으며

세 번씩 재판을 받는 자만을 제외하고는 사형선고가 없었다

그는 기독교를 몰아냈는데

중국인들은 그것을 부도덕하다고 보았고

그의 관료들도 이 종파가 부도덕하다고 보았다

'종교를 위장하여' 하고 법령에 쓰여 있기를 '사람들을 기만하는

종파의 우두머리는 교살당해 마땅하다.'

불교나 도교나 또는 그와 비슷한 어떤 것을 위한 절은 금지

                    법령으로 그렇게 정해졌다

거짓 법이란 덕을 가장하여 반란을 부추기는 것.

부적절한 허위꾼들만 아니라면 어느 누구도

황제의 답변의 진실을 받아들이리라,

지금 내가 이야기하는 것은 황제로서 이야기하는 것

매일 하루종일 적용되는 것이라

애도 기간이 끝날 때까지

내 자식들과 황후를 보지 않으리라

기독교인들은 미꾸라지들이고 거짓말쟁이들.

기근이 들면 공공의 부엌

무직자들에겐 공공의 일자리, 1725년,

배급, 제르비용과 그의 동료들에게 사적인 감정은 없다, 하나

기독교인들은 좋은 관습을 뒤흔들고

쿵의 법을 뿌리 뽑으려 하고

쿵의 가르침을 깨부수려 한다.

티엔칭[1802]의 관리들이

　　　　쌀을 배급하는 것처럼 속여서

없는 이들에게 나쁜 쌀을 주었는데

그들이 횡령한 것을 잘 변제하도록.

정부 심사관인 리우유이[1803]는 말하길,

　　　　찬시[1804]의 4 마을에 창고를 두어라

(즉 저장고를 세우라는 것)

어떤 이들을 관리할 것인지 잘 보아두어서

　　　　과도한 일을 하는 총독들이 없도록 하라

뇌물을 없이 할 것이며…… 누구라도 비밀리에 쌀을 꾸어주는 이가 있

다면……

100,000파운드의 자본은

　　　　커다란 3만 자루에 해당하는데

봄에 알맞게 싼 가격으로 팔아서

시장의 가격을 적당하게 유지하도록 하고

그럼에도 조그만 세수를 거두어들여서는

다음번 더 많은 수확을 얻는데 사용하도록 한다

곡식의 공동 창고 또는 건전한 징수,

다음 해 더 큰 비축물을 갖기 위함,

다시 말해, 기근에 대비하는 것을 더 늘이기 위함이고

저장고에 쌀을 신선하게 유지하기 위함이다.

전반적으로 부족한 시기에는, 적절한 가격으로 팔며

아주 극심한 경우에는 사람들에게 빌려주며

커다란 재앙이 닥친 경우에는, 무료로 나눠준다

리우유이

황제에게 윤허를 받다

(저장고[1805])

그리고 일 년에 한 번씩 모든 마을에서

가장 정직한 백성에게는, 황제의 비용으로

식사대접을 한다

여자보다 남자를 더 우선시하지 않는

만주의 오랜 관습이 이제 용칭에 의해 되살아나다

노동하는 이들을 생각해 주다. 들판 일을 제대로 잘 하면

8번째 등급[1806]의 단추를 얻고

총독과 같이 앉아서 차를 마실 수 있는 권한이 주어진다

한 사람의 유럽인, 화가, 단 한 사람만이 허용됐다

교황[1807]의 특사들은 멜론을 받았다

그들은 론 코토¹⁸⁰⁸를 뇌물죄로 쫓아냈고
그를 유배 보내어 사람들이 첫 삽을 뜨는 것을 보게 했다
그는 소금값을 올렸다.
사람들은 궤 같은 휴대용 케이스에 든
나열된 역사책을 받았다
엄숙하게 쓰인 왕조의 역사.

       '짐은 못 하오,' 하고 강 히가 말씀하셨다
'사임' 하고 빅토르 엠마누엘¹⁸⁰⁹이 말하였다, 그대 카부르 공작¹⁸¹⁰께서는
편하신 대로 사임하셔도 좋소.

       '돌아가셔서 하늘에 계신 황제이신
짐의 아버지의 영혼을 위로하기 위해' 하고 용 칭이 말하였다,
미사여구의 말이 부족하다는 생각은 마시오
사실이라고 생각하는 것만을 적으시오
그대가 제안의 말을 할 때에는 돼지고기는 돼지고기라 말하시오
그대의 제안서는 은밀하고 봉해져야 하고 우리의 황제께서는

       그의 판단하에 공표하실 것이오,
열한 번째 달 23일에 쟁기질의 의식을 행하였는데

       (12월이었다고 생각하는데)
늙은 일군의 언덕¹⁸¹¹에 나가서
용은 반 시간 정도 쟁기질을 했고
세 명의 왕자들과 아홉 명의 장관들도 자기 몫을 했다
커다란 무리의 농부들이 이 들판 작업에 알맞은

       찬미하는 노래를 불렀다

옛날 리 키[1812]에 쓰여진 대로 말이다

그들은 씨앗을 뿌렸고 가을에 이 들판의 곡식은

의식의 목적으로 황제의 자루 안에 넣어졌다

이 목적에 걸맞은 황색의.

'당신 기독교인들은 두 개의 배에 다리를 걸치고 싶어하는데

　　　그 배들이 갈라져 버리면

그대들은 분명코 젖어버리고 말 것이오' 하고 궁전의 관료가

그들에게 말하였다.

　　　그들은 황색의 대형 천막을 치고는

　　　그 아래 뷔페를 차렸는데

접시들과 궁전의 은

엄청 고요하다가 갑작스레 트럼펫이 울렸고

용 칭 황제를 위한 음악

메텔로 특사[1813]와 유럽인들은 제자리로 갔고

메텔로 특사에게는 방석

황제의 술이 들어왔고, 황제는 메텔로 특사에게

따라주었는데

그는 무릎을 꿇고, 마시고, 자신의 방석으로 돌아갔고

그들은 그에게 피라미드처럼 높이 쌓인 과일을 대접했다

황제 용이 말하였다, 좀 더 시원한 곳으로 안내해 드려라.

그렇게 그들은 그에게 식사를 대접했고 희극을 보여주었으며

그에게 물건이 든 짐 가방을 일곱 개나 주었고

그를 보낸 포르투갈의 우두머리[1814]에게는 35개나 주었다

말하자면 그가 명예로운 접대는 받았으나 선전을 쏟아내진 못하였던 셈

중국인 고관들은 그를 운하로 데려가서

궁전 요리사들이 만든 식사를 대접하였는데

그의 장신구는 (사람들이 말하기를) 유럽의 영예를 떠받치고 있었다 한다

기독교인이었던 수누[1815]에 관해 말하자면, 그 역시 아마도 음모자

하지만 윤난[1816]은 인구는 늘어났고

곡식값도 올라갔다.

놀고 있는 땅이 있었고

       그래서 그들은 그 땅을 개방했다

쌀을 잘 생산해내는 땅에게는 육 년간 세금을 면제해 주었고

메마른 땅에게는 십 년 동안

그 사람이 얼마나 경작을 하는가에 따라

    명예를 주었는데

8번째 계급 단추는 충분히 주었고, 15 에이커 경작에는

상장도. 농부는 모자 대신 화관을 두 개나 쓰고

진홍빛 스카프와 머리띠를 집으로 가져갔다.

새로운 정착자들을 확보하는

     관료에게는 상여금도

배분금으로 800,000

운하의 개선비로 백만

제국의 어떤 부분이건 제국에 이익이 되는 것이

그가 어디에 있는 사람이건

    모든 관리의 관심사였다

마치 집안일 같았다

귀신도 정직한 사람에겐 겁을 못 준다. 이웃이 무너진 곳에

지은 집은 오래가지 못한다

정직한 농부가 그걸 예시像示해 준다

                    라고 용 칭이 썼다

총독의 편지에 담긴 또 다른 '예시'를 말없이 전하다

사람은 본디 올바름을 가지고 태어난다 그대는

아무리 조그만 동네에서도 좋은 사람을 발견하게 될 것이다

하나 관리들은 알아보지 못하였다

치유[1817]를 7번째 계급의 관리로 만들라

다른 이들에게 자극이 되게 그에게 은 100온스를 주어라

하늘은 부와 가난을 흩뿌렸다

하나 다른 이들의 손실에서 이득을 취하는 것은 도둑질과 다름없다

탐욕의 순간에는, 더이상 자신의 길을 제대로 갈 수 없다.

치유는 책을 읽어서도 아니고

        역사를 벼락공부해서 그런 일을 한 게 아니다.

지진의 위로금으로 백만

그리고 주요한 예수회 선교사들에게는 천 냥

하지만 나머지는 캔톤에서 추방한다

'그들은 돈으로 개종자들을 사고 있다'

            1735년 58세에 죽다

            재위 13년째 되던 해

키엔[1818]이 오다, '우리의 혁명'[1819]이 있기 40년 전

용 칭의 죽음을 건달들과 바보들은 아쉬워하지 않았다

'사람의 행복은 그 자신에게 달려있지

　　　　그의 황제에게 달려있는 게 아니다

내가 어느 누구를 행복하게 만들 수 있다고 내가 생각한다고 그대가 생

각한다면

　　　　그대는 내가 그대에게 보낸 푸

福

(행복을 뜻하는 문자)를 잘못 이해한 것이다.

그렇게 칭은 쿠페타이[1820]에게 교육을 받았지,

그 많은 세칙들

세세한 것에 기울이는 그의 주의력

　　　　건달들은 아쉬워하지 않았지

사형 선고가 그처럼 주목을 받은 적은 없지

세 번의 심판, 세부 조항의 포고, 심문

가장 못 사는 자에게나 가장 지체 높은 자에게나

　　　　카이 총 히엔 황 티[1821]라는 시호가 주어졌다

그의 아들 키엔 롱이 황제위에 올랐다

그 세기의 36년째 되던 해 —

애덤스[1822] 가문이 일어서고 있었고 —

광대한 회교국의 보물들

'이 정복당한 마을들에서의 동전의 문제는 매우 중요합니다.

폐하의 주조 관리 몇 명에게 조언을 했는데

옛 동전을 그대로 쓰게 내버려 두라고요.

여기 하스카이, 예르키[1823] 그리고 호티엔[1824]에서

　　　　쓰이는 것들은

우리 온스의 1/5 정도 무게의 청동으로 만들어지는 것인데

이 회교 동전 50개로 우리의 한 냥에 해당하는

　　　　　　일 테우케[1825]를 만듭니다.

여기에 쓸모없는 낡은 화포들이 있는데

이걸 녹여서 돈을 좀 만들어서

상업이 돌아가게 하는 게 어떨까 합니다.'

　　　　차오후[1826]가

　　　　　　황제께

　　　　하산[1827] 앞의 캠프에서

(또는 카스가르, 작은 부카리아[1828]의 도시)

이 황후[1829]는 용 칭이 황제였던 시절 궁전에 들어왔다

'재주가 좀 있고

아름다운 목소리로 낭송을 하고

　　　　다른 싹싹한 성질도 있는 젊은 아가씨로'

후궁이었지만, 아들을 가진 관계로 귀비가 되었다

그리고 사십 년간 이 아들이 아시아의 첫 번째

권좌에 오른 걸 보았다

　　　　그녀의 나이 86세에

사후 황후로 추존되었다

　　　　히아오 칭 히엔 황 후[1830]

그녀의 아들은 추모하는 뜻으로

그의 제국에서 토지세를 면제해 주었다
일 년 동안 그가 전에도 그녀의 생일 때 그랬듯이
그녀가 70세 때 또 그녀가 여든 번째 생일을 맞이했을 때
이제 지금은 추모의 뜻으로. 그는

무그덴[1831]의 아름다움에 대해 시를 썼고
밍의 역사를 축약했으며

문학도였고, 적어도 40년간
황제였다.

아마도 그가 쓴 시들을 살펴볼 수도 있으리.

'사악한 의도나 계속 실수하려는

　　　경향을 없이 하겠고

실수를 기쁜 마음으로 정정하겠으며

　　　유럽의 위대한 나라들의 행동의 동기에

대해 쓸 때 특히 그러하고자 한다.'[1833]

　　　　위도 40°에서 48°에 이르는

뉴잉글랜드의 경작과 통치와

질서 유지의 권리를

그곳 지사와 그곳 회사에 주느니[1834]

　　　　예컨대 토마스 애덤스

　　　　1628년 3월 19일

18번째 보좌관이 앞서 말한 토마스 애덤스

　　　(생략)

메리 마운트[1835]가 브레인트리[1836]로 되었으니, 웨스턴[1837] 땅 근처의 경
작지

월런스턴 대장[1838]의 지역은 메리마운트가 되었고,

　　　　10명의 식구에 40에이커, 에이커당 3/(실링)

그는 6년간을 지속하였는데, 양조업을 첫 번째 헨리[1839]가 시작하여

　　　　그 아들 조지프 애덤스[1840]에게 이어졌고, 그는

죽을 때 맥아 제조소를 남겨놓았다.

태생 1735년, 옛 양식[1841]으로 10월 19일, 새 양식으로 30일 존 애덤스

그의 봉급으로는 그저 간신히 살아나갈 뿐이었다.

'두려움에 대한 정통 교리를 믿는 열정, 칼뱅주의는 이외에는 다른 동인
이란 없다

신학 공부는

　　　　나를 끝없는 언쟁으로 끌어들일 것이다

아무런 목적도 없고, 아무런 계획도 없이 어느 누구에게도

　　　　도움을 주지 못한다……

자유만큼이나 질서의……

　　　　버크,[1842] 기본,[1843] 인물의 미화꾼들……

중도中道, 이류 정치가들의 자원……

　　　　영국에서 생산되지 못했으니,

　　　　　차　　　茶

　　　　세금이 식민지 사람들에게 부과되었다.

　　　　노스 경[1844]은 대륙의 권리에는 완전

눈이 먼 채, 소수의 런던 상인들만을 바라보고……

　　　　　더이상 영국 군인을

형제로 또는 보호자로 생각하지 않았다

(라팔로[1845] 크기만한 보스턴)

　　　16,000 될까 말까

　　　자유의 습관이 이제

분석까지는 잘 하려 들지 않는 사람들 사이에서조차 형성되었다

그리하여 아침 9시경 나프 경[1846]이 무감각하여지는데

바스턴, 킹가[1847]엔 눈이 살짝 내리고

브레튼가[1848]에는 제29 스타이셔[1849]

머리 막사, 이 사건[1850]엔

      보초를 못살게 군 이발소 소년이 있었으니

프레스턴 대장[1851] 등/

굵은 장작을 들고 '그저 법석을 떤' 하층민들

권리 주장에 대한 힘이었다고 촐즈 푸안시스[1852]는 말하였다

      그 당시에도, 그리고 구캐[1853]에서도……

너무나도 치명적으로 정확한 조준,

         조준하는 군인들??

문간에 서 있던 신사 양반은 팔에 두 발을 맞았고

다섯은 죽었으니 '전혀 카드모스라고는……'[1854] 등등은

      보다 더 함축성 있는 말

애국자들은 전문적 지식이 포함된 법안들에

      법적 조언자를 필요로 했다

실행될지니/ 지사 의회 그리고 주의회

      (블레이든[1855]은 이 문서의 형태에 반대했다)

예술 상업 그리고 농업을 권장하라

내 스스로는 아무것도 제안하지 않았다[1856]

      영국의 행정이 내버려 둔다면

      그리고 군인들의 분노

우호의 끈이 끊어진다면

그때까지는 법에 의해 사건을 처리하도록 해야 한다

      눈송이나 굴껍질이나 재 찌꺼기에 의해

자극이 된다면

그 응답은 살인일 수밖에 없다

내분비에 의한 인간 감정. 다시 말해, 뿌리 뽑힐 수 없는

인간 감정을 고려해 볼 때 말이다 —

단지 살인밖엔

그들의 손에 낙인을 찍자

하나 그들을 교수형에 처하진 말자 단지 인간 악당일 뿐인 그들

우리처럼 감정에

좌우될 수 있는

평범한 인간들인 것을

법은 제멋대로의 상상력이나

일개인의 기질에 따르면 안 된다

감정을 배제한 정신

이렇게 법이 다스리는 것이니

그리될지라

1770년 감정이 일어나서,[1857] 바스턴에서.

악법은 독재정치의 최악의 유형이다. 버크는

이교도의 땅을 빼앗아 왕에게 주는

권리를 주창하였다, 우리 정부가 봉건적이라면

국회는 우리를 통솔하지 못한다

우리는 다만

군주 하에 있을 뿐이다

충성의 맹세는 왕의 타고난 인물에 대해 하는 것이다 '스펜서 사람

들'[1858]은

코크[1859] 왈, 이를 부정하는 반역의 생각을 부화시켰다

충성은 타고난 인물을 따르는 것이지 정치적 인물을 따르는 것이 아니다

우리가 단지 어떤 다른 이들의 노예란 말인가?

        영국의 장사 기질

헌법…… 명문화되어 있지 않은 보다 높은 권력에 호소하지 않고서

92 대 8의 투표로 올리버[1860]에 항거했다

       말하자면, 식민지가 가발들에게 보수를 주는 대신

      왕이 재판관들에게 보수를 주는 것에 반발한 것이니

      어떤 배심원들도 봉사하지 않을 것이라

이런 것들이 주춧돌이 된 것이니

주지사[1861]에 대한 J. A.의 답변

올리버의 탄핵

이 돌들 위에 우리가 세웠던 것이니

나는 한 달에 일 실링도 받지 않았소, 라고 애덤스 씨가 애비게일[1862]에
게 썼다

              천칠백74년

6월 7일,[1863] 몇 식민지역에서 온 위원들의 회의를 승인하다

보우딘,[1864] 쿠싱, 샘 애덤스, 존 A. 그리고 페인(로버트)

'우울하고, 묵상에 잠기고, 곰곰이 되씹어본다'

사람이 없다 이 시대에 알맞은 인물이 없다

내 사랑하는 아내여 제경비를 줄이고 젖소들을 잘 돌보시오

수입하지 않음, 먹지 않음, 수출하지 않음, 이 모든 바보 같은 짓

하지만 그렇게 실제 시도에서
　　　　　증명되기까진
그들에게 이야기해 보았자이다.
지방 입법/ 그건 기본/
　　　　제국과의 무역은 승인해도 된다 외국과 교역을
하는 것이 절대적으로 필수적인 것은 아니다
　　　　채스 프란시스가 말했듯,[1865] 중국과 일본이 그걸 증명해 왔다
'74년부터 렉싱턴[1866] 때까지 보스턴 가제트[1867]에 매주
노뱅글러스[1868]가 글을 실었다, 그러자 사격이 시작되었다
그들 모두는 편들기를 미루었다
그리고 마지막으로 투쟁 동안 달러로 쓰일
지급 증권을 준비하는데 감독역을 하였고
그리고는 해군이 필요하다는 제의를 하였는데
　　　　이를 관철시켰다, 조롱을 좀 당하긴 했지만
또 주 헌법을 만드는 데 사람들의 마음을 인도하였다
예컨대, 뉴욕과 노스캐롤라이나
경험상 좋은 것으로 여겨지는 것들을 그대로 유지하였고,
중앙의 권위, 전쟁, 무역, 그리고 주 사이의 분쟁거리
남용이 두려워 모든 권력을 잘라내 버리고자 하는
공화 정치의 시기심은
전제정치만큼이나 해로운 것
2월 9일부터 그해의 끝까지는 아마도 매우 고됐으리라
　　　　　국가의 탄생[1869]

민간 약탈선은 독립이 아니다, 그럼 무엇이[1870]?

　　　　주권 국가

여러 나라들에 의해 승인되고 그 밖에 등등

　　　다른 나라들에 의해 승인된

　　　주권 국가

대영제국 상원의원 하원의원들이 왕의 보호로부터

제외시켜 주는 때

5월 12일, '12달 전에 이랬어야 하는데'

독립과 관련된 것이 제안되어 받아들여졌다 6월 7일

스파이들과 위조범들 ― 혹은 이를 방조하는 자들 ―

　　　우리 대륙의 지급 증권을 위조하는 자들

혹은 알면서도 이를 통용하는 자들에겐 벌을 줄 것

어떤 말도 웅변적이거나 그렇게 훌륭한 것은 아니었다

　　　루트리지[1871]는 훌륭했다

'지난 육개월 간 진부하지 않은 말이라곤 없었소'

　　　라고 J. A.는 아내에게 썼다

난 아무 말도 하지 않았어요 등등/ 체이스[1872]에게 존 애덤스가 보낸 편지

사람들은, 거물들도 마찬가지이지만, 부패에 물들어 있다

이 믿음이 별로 인기를 얻고 있지는 못하지만, 나는 믿는다, 신의 섭리를

운명, 이라고 지도자는 말하지만

7월 2일 그 어떤 사회 공동체가 실현했던 것보다

화려한 종과 큰 화톳불

　　　그 지리로 볼 때에만 합당한 행위

영국의 부적절한 양보,

　　　　늘 너무 늦다*sero*[1873]

한 번도 때를 잘 맞추지 못하는, 무역에 의해 교환만 할 줄 아는, 영국

　　　　캐벌리어,[1874] 원칙보다는 감정

독재자들이 돈 주는 것보다 더 높은 보수로 자유에 봉사하려면

　　　　그대의 연대의 수를 세야만 하오, 그대는 한 번도 나에게

예컨대 총에 대해, 수량에 대해, 포의 무게에 대해 보고서를 보내지 않
는군요

나는 어떤 크기인지 전혀 알 수가 없어요(프리깃함 등등)

　　　　워싱턴의 냉정한 중용책이

장교들 사이의 아옹다옹거림을 그치게 하여 우리를 살렸소

　　　　비례대표제에 대해 —

　　　　　의회에서 가장 명석한 두뇌

　　　　　　　(존을 말함)

혼魂

　　우리는 그 임무를 할 성실한 한 사람이 필요하오

보르도, 그리곤 파리로 들어갔다[1875]

　　　　프랭클린의, 이른바, 윤리학[1876]

　　　　　　도덕 분석이

역사서의 목적이 아니라면……

레이덴 가제트, 마가진 폴리티크 홀란다이스,[1877] 칼 코엔[1878]

암스테르담 은행가들, 워싱턴 장군이 A.씨에게 지시했던바

(콘월리스[1879]의 항복)

더 라위터르[1880]는 여전히 화란 해방의 기억을 간직하고 있었다

늘 자유를 부르짖어야 한다 — 프랑스의 친구들은 그래야 한다/

라고 폴라상[1881]은 말했다

특히 반 카펠렌[1882]의 공명

헤이그로 대표자들을 개인적으로 만나러 가다

레이던,[1883] 하를렘, 즈볼러엔 청원서들

제일란트, 오버리셀, 그로니에, 우트레흐트 그리고 길더란트

그럭저럭 4월 19일

존은 알아듣게 했고 응답을 얻었다, 명확한

애덤스 씨는 명확한 답변을 요구했다

북미합중국에 대한 신임장/ 우리는 이제 그가 특사임을

인정하노라 1782년 국가의 탄생

외교단

그의 문학적 교제가 없었더라면 낯선 이가

언어와 풍습을 접하게 되진 못했을 것이다 그와 뒤마[1884]와의

교류가 그러했으니, 돈과 친구도 없이, 모험에 대항하여

입체貸費를 받았으니

빌린크,[1885] 반 스타포르스트 그리고 피니에로부터 말이다

우리의 남발된 신용증권을 지탱하기 위해 5백만 길더를

1788년까지 연줄로

그와 암스테르담 은행가들과의 연줄로

10월엔 상거래 협정, 기교나 허식이나

아첨이나 부패에 전혀 의지하지 아니한

　　　　　그는 40세까지

자신의 지역의 테두리를 넘어선 적이 없었다

아담가[1886]의 아델피[1887]로 옮겨 갔는데

　　　　　자신이 그곳으로 간 것은 마부의 기분에 따른 것이 아니었나 생

각했다

기품 없는 사람들의 손에 들려진 잡지와 일간 팜플렛들

실제로 한 책장수가 나에게 말해 주었다, 저들에게 하루에 일 기니만 주면

어떤 것에 대해서건 찬이든 부든 쓰게 할 수 있지요. 고용되는 셈!

활쏘기가 아직도 행해지는 것을 보았다

　　　　　미국으로 돌아갈 때까지 신용을 지켜야지

얼음, 깨어진 얼음, 얼음물

죽음 같은 겨울에 터벅거리는 말 타고 500마일

　　　　　하나 화란으로 가는 이번만큼 혹독한 건 아니었다

(영국에서 화란으로)

우리 선원들을 내려쳤고, 큰 돛대를 부서뜨렸다

　　　　　하나 암스테르담으로 가는 것만큼은 아니었다,

중요한 시기에 기본 원칙들

　　　　　문학과 철학이 최첨단 사람들 사이에서도

　　　　　　　　　　　　　대유행이구려

세계의 기준보다 상당히 앞서

해상법을 완화시키는 방향이었던

　　　　　프레데릭[1888]과의 상거래 협정

새로운 국가가 이익을 보게 된다는 의심으로부터

완전히 벗어날 수 없는 자선 행위

공작[1889]은 존을 유심히 보아야 한다고 말했다,

이웃의 곤란으로부터 이득을 얻으려는 것

영국의 이차적인 불행.

유클리드의 증명에서처럼,[1890]

행정 체제

즉각성, 효력을 발휘하기 위해

맛과 멋을 깨달아라라고 외쳐댔는데

나는 그것들을 가지고 있지 못하다

자유, 우애, 충성[1891]

새로운 세력이 일어났다, 즉 공채 소유자들

너무나 돌리는 걸 좋아하여 그들의 욕을

나한테서 대통령(워싱턴)에게로 옮기었다

시간을 지키는 것, 내 자리에 붙어 있는 것

(상원에서)

아무 일도 되는 것이 없음을 보는 것(상원에 의해)

아무것도 말해지지 않음을 듣는 것, 아무것도 말하지 않고 하지도 않는 것

장사를 위해 빌리는 것은 매우 비상업적

생각이든 말에 의해서든 한 번도 전쟁을 권장하지 않았다……

평화가 지속될까봐 그들이 전전긍긍하는 모습이란

영구적인 빚을 축적시킴으로써

더 많은 혁명을 유도할 것이다

그(아데[1892])는 대통령에게 프랑스에서의 당파들은

       완전 분쇄되었음을 공표하였다 ('95년 6월 18일)

그(제이[1893])가 어제 뉴욕으로 돌아왔다

      매우 친근하고 활기가 있었는데

그를 뒤 이을 대심원장은 아직 지명이 안 되었다

다행히도 그는 협약이 공포되기 전에

           뽑히었다

왜냐하면 그를 반대하는 파들은

       그들의 반대를 더 채색하기 위해

옳든 그르든 논쟁을 했을 것이기 때문이었다

J. Q. A.[1894]의 문체의 세련됨은 찬탄을 받았다

평정한 성질은 관찰의 대상

하나 어디서 (1795년) 자리를 채울 선하고 진실한 사람들을 발견할꼬

워싱턴의 각료 자리는 구걸을 나갈 지경

네 명의 상원의원에게, 그리고 내가 잘 알지 못하는 더 많은 이들에게

킹, 헨리, 코츠워스(?)와 핀크니[1895]

       이들 모두는 거절을 했다 (전쟁성 장관 자리도)

이 자리에서의 비용은 봉급을 훨씬 상회하고

성실에 대한 보답은 악평이니

       나는 대통령이 은퇴할 것이라 믿소

대통령과 부통령이 다른 입장에 서있다면 위험한 일

최상의 능력을 가진 이들이 참여하여

습관적으로 공들인 토론을 하고

열심히 사람들에게 읽히게 한다면

나는 여름엔 필라델피아에서 사는 것이 싫으오

　　　　연설들 전언들 인사말들 접견들 그리고 회견들이 싫어

30년간 이 바위들 사이에서 휘파람을 불어댔다

　　　　(암피온[1896]) 그런데 어느 누구도 돈이 없인 움직이지 않으려 하

누나.

내가 웅변술 유머나 아이러니를 쓸 줄 안다면, 제퍼슨 씨가 선출된다면

내가 의회에 나서야 함을 믿는바

　　　　　　그 조직체에

내가 약간의 도움이 될 것을 믿는바, 은퇴는

(워싱턴의) 여러 당파들에 대한 억제력을

　　　　　　없애버리는 것이었다[1897]

제퍼슨 씨, 해밀턴 씨[1898]

후자는 대부분 사람들의 확신을 누리지 못하고 있었으니

햄[1899]을 제프[1900]에 대적시키려는 것은 헛된 일

이에 햄은 애덤스를 깎아내리려 했다

　　　　'96년부터 1854까지 어떤 대통령도 펜실베이니아의 뜻에 거슬려

뽑힌 적이 없었다

'그 영감은 좋은 대통령이 될 게지요' 하고 자일스 씨[1901]가 말하였는데

'하나 우리는 가끔 그를 통제해야 할 거야요'

'당신을 놀라게 할 만한 책략들' 하고 존은 애비게일에게 썼다

과학과 문학에 대한 사랑

　　　　우리의 헌법을 유지하는 유일한 수단으로서

학교와 학문 집단을 권장하려는 욕구
엘스우드[1902]는 대단한 열정으로 서약을 하였다
나폴레옹의 이탈리아 정복은
        군대업자들에게 낙원을 만들어주었다.
하여 세뇨르 미란다[1903]는
        거창한 정복을 꾀하였고 해밀턴은……
탈레랑[1904]은…… A.씨는 잠자는 것을 각료들에 의해 포착당한 적이 없
었다
2월 18일엔 상원은 머리[1905]의 임명과
탈레랑 문서를 받아들였다
탈레랑의 공언을 믿어도
        아무런 위험이 없을 것으로 보고.
앙심을 품은 적은 기억에 없소
        때때로 화를 내긴 했지만
어쨌든 전쟁은 피하되
        온 나라가 대비하도록 만들었다
모든 범법자들에 대한 사면
        (즉 가난한 독일인 프리즈[1906]와 그 동료들)
확실히 유럽과 티격태격하게 만들었을
해밀턴의 계략(그리고 그의 친구들의)에 대해 나름의 관점을 가졌는데
대화를 할 때 격한 뜻을
        충분히 실어서 하곤 했고,
햄과 그의 위성들의 궤도를 비난했는데

실망스럽게도 그들은

      방어든 공격이든

우리를 영국과 얽혀들게 하진 않았다

      워싱턴의 각료진에서 넘어온

스노트, 보트, 코트[1907]

        그리고 해밀턴으로 말하자면

이렇게 말할 수 있을 게다 (나의 권위로, 칸토의 작가인 나)

그는 미국의 전체 역사에서 으뜸가는 역겨운 녀석이라고

      (라팔로에서, 1938년 1월 11일)

의회에서 가장 명석한 두뇌가 없었더라면

           1774년과 그 후

      나라의 아버지

어떤 점들에선

      우리를 만든 이

어떤 점들에선

      우리를 구원한 이

공정함, 정직함 그리고 진솔한 감동으로

                만세 애덤스

LXIII

엘스워스[1908]를 보내고

프리즈를 사면하고

25년간의 재임, 협약을 잘 진행하고 대출을 올리고

영예로운 인물인 핀크니 장군은

참여하기를 거절했고

　　　　공모했다는 의심조차 주지 않으려 했다

초기 도덕적 토대의 결함 (해밀턴 씨의)

그들은 여기저기서 소박한 매너들을 행합니다

　　　　진실한 종교, 윤리, 이곳에서 꽃피웁니다

　　　　워싱턴 1801년 3월 4일[1909]

새로이 창출된 공급의 원천 (제퍼슨 씨)

제퍼슨 씨에 대한 강렬한 적대감으로

　　　　좋은 행위가 간과되다[1910]

피커링[1911]이 올라탈 수만 있었다면

　　　　J. 애덤스에게 투표를 해 주었으련만

그의 성실함은 그의 적들도 논쟁거리로 삼지 않았건만

…… 원칙에 대한

지식을 보급시킬 권리

정의를 유지하고, 평화협정을 기록하고

시대에 따라 변화를 가져오고, 반란선동 법에 의해

　　　　고통을 겪었던 것을

잊지 않고

채스 홀트[1912] 올림

영예로운 아버지

　　　　(존 퀸시 애덤스라고 (이름을 하나도 빼지 않고) 서명하다

　　　　1825년 (선출되던 해)

스콧의 소설들과 바이런 경의 좀 활기차고 과장된

시들

　　　　그들은 그에게 다른 건 읽어주지 않았다[1913]

J. A.의 성격에는 재산은 곧 땅이었다

환상의 꿈을 실제의 덕으로 돌리다[1914]

가톨릭 신자들은 그(프랭클린)를 거의 가톨릭 신자로 생각했고

영국국교회는 그를 자신들과 같은 패거리라 주장했으며

장로교인들은 그를 반은 장로교인으로

　　　　친구로, 같은 당파 사람으로 여겼다,

그는 하늘에서 번개를 훔쳤다

그리고는 지방에서 갓 올라온 가난한 자를 쑤셔 박으려고 했다[1915]

제2권 (주인공의 시각으로)

　　　　　책도 읽지 않고, 시간도 없고, 친구도 없고

이번 주 내내 새로운 생각도 없고

　　　　백파이프 소리조차 기분 좋게 들리누나

재미 삼아 그녀(사빌 부인[1916])에게 사랑의 기술을 읽어주다

1758년, 3시 반경, 사무엘 퀸시[1917]와 고든 박사[1918]와 함께

법원으로 갔다……

그리고 굉장히 널따란 방과

　　　　　　내가 지금까지 본

가장 우아한 여인네들을 보았다, 그리들리[1919]는

내가 공부를 어떤 식으로 하는지를 물었고

리브[1920]가 조카에게 했던 조언을 나에게 해 주었고

리튼 법관[1921]에게 쓴 자신의 편지를 읽어주었다, 법으로

　　　　얻으려고 하기보다 공부를 충실히 할 것, 다만

가시나무로부터 벗어날 정도까지는 얻을 것, 나는

내가 활동했던 17년 동안 나만큼 그렇게 열심히

얻을 것도 별로 없는 일을 한 법관은 없었다고 믿네

자네는 영국 법 원론을 정복해야만 하네

나는 리틀턴[1922]에 대한 코크[1923]의 글부터 시작했지

　　　　희랍어는 그저 호기심일 뿐 (법에서는)

새처 씨[1924]의 동의를 구하다

저녁 내내 원죄와

　　　　　우주의 질서에 대해

마침내 법에 대해, 그는 나라가 가득 찼다고 생각했다

반 마이덴[1925]의 3판 책의 디자인이

전문적인 용어들을 잘

　　　　　　正

　　　　　드러내고 있다[1926]

호킨즈[1927]의 형사소송법에 관해, 브랙턴,[1928]

브리튼,[1929] 글랜빌[1930]에 대한 플레타,[1931] 내 손가락으로 파야만 하리

어느 누구도 나에게 곡괭이를 빌려주거나 팔지 않을 테니까.

폐 운동을 하고, 원기를 회복하고 내 땀구멍을 열고

카탈린[1932]에 대한 툴리[1933]를 읽으면 내 피가 빨리 돈다

러글즈[1934] 대담한 생각을 하는 데서 대단하고 천한 것을 멸시하기를 즐

겼다

법률가로서 일하면서도 샌드위치[1935]에서 술집을 경영했고

       1788년 노바스코샤에서 죽었다 토리당원[1936]으로.

한 시간에 책 하나를 읽고

    식사하고, 담배 피고, 나무를 패다

             기억이 머무는

그곳,[1937] 챈들러 대령[1938]은 의식하지 못했다

이 조야한 생각들과 표현들이

자신의 성격의 증거로서 포착되어 보관될 것임을.

그 도시에서 그것들(라인 지방 포도나무의 접지)를 발견하지 못해서

70마일 떨어진 마을에 보냈다

     두 꾸러미를 보냈는데

하나는 수로로 나머지 하나는 혹시 잘못 배달될까 봐 우편으로

퀸시 씨[1939]에게 보냈는데 그에게 빚진 게 있는 것도 아니고

    그저 아주 약간만 아는 정도였지만

    순전히 이 지방에

라인 포도주를 보급시키려는 목적으로

    (하나는 프랭클린에게) 난

아테네의 티몬[1940]을 읽었다 인간 혐오자는

마음이 최상이 되기 전에 (분노가) 일으켜져야 한다
불길을 일으키다
　　　추잡하고도 말도 안 되는 소송들이 늘어나고
속담, 브레인트리[1941]만큼 소송 걸기 좋아하다
　　　기만과 아집의 체제
위에 교황의 찬탈이 세워졌고, 사제의 야심의 기념비
간교함이 체제 속으로 들어가다
'우리의 헌법' '모든 이는 각자가 전제군주'
　　　이 모든 잘난 척하는 연설들이 들려왔고 (1760년)
거친 웃음을 자아내곤 했다
　　　코클이라는 이름의
　　　세일럼[1942]의 한 하급 관리가
법원에 배와 가게들과 지하실, 집들을 수색할 수 있는
밀수검색 허가령을 청원했는데
쑤얼 씨[1943]는 합법성을 의심했고,
　　　옥슨브리지 세이어[1944]와 오티스[1945] 또한,
논쟁의 장이 열리다.

LXIV

존의 남동생,[1946] 보안관에게 우리는 지나치듯이 친근한 말 한마디를 해
주었다

크롬웰은 신중하지도 못했고

              정직하지도 않았으며

                  칭찬받을 만하지 못했다.[1947]

기도, 손을 위로 치켜들다

고독, 한 사람, 한 요양사[1948]

깃털, 그녀는 천사일까 새일까, 그녀는 새일까 천사일까?

헝클어진, 엉긴, 들쭉날쭉한…… 날개

내려다보며

        왕관을 쓰고 있는 이들을 불쌍히 여기다

말하자면 (물어보자면) 조지, 루이, 또는 프레데릭[1949]?

아름다운 곳, 난 거의 완전히 물에 둘러싸였는데

부제 (뒤에는 장군이 되는데) 파머[1950]는

독일에서 온 유리 부는 사람들로

       둘러싸였지

그들은 1752년 미국으로 그 일을 하러 왔던 것,

       그의 자주개자리 풀

일 년에 네 번 수확을 하는데, 애빙던[1951]의 그리들리[1952]에게서 받은 씨앗

콩 꼬투리 이상한 것, 밀짚으로 된 일종의 달팽이[1953]

1/4에이커의 땅에서 약 70부셸

그의 감자들

        믿음의 조건하에서[1954]

올리버[1955]가 우리에게 내부세를 부과하려고 했던 것을 아는지?

또는 인지세 관청을 만들려고 했는지를?

단지 구경거리 삼아 읍내를 끌고 다니고

언덕에서 불사르고, 그의 집을 부숴 놓고……

그러나 부지사[1956]는 있지 않았던가

가까운 친척 등/

        아들 등/

          한 집안에 등/

40개의 읍이, 문자 그대로, 그들의 대표자들에게

내린 지침 샘 애덤스[1957]는 몇 문단을 따 갔다[1958]

인지 조례법은 조지아로부터

뉴햄프셔에 이르기까지 기운을 뻗쳐 갔다

        경의를 표하면서도, 그 특권에 대해 점점 알고 싶어 하니

가장 미천한 이들조차도

        당신들의 법정은 문을 닫았고, 정의는 진공 상태

난 11월 1일 이후로 영장을 하나도 발부하지 않았다[1959]

이 권위가 한번 받아들여지기 시작한다면

              미국을 무너뜨릴 것이다

난 내 용돈을 줄여야 하겠다.

미국뿐 아니라 내가 무너질까……

나무 밑에서, 아니 그들이 그의 모형을 목매달았던

바로 그 가지 밑에서 철회해야 했다……

   만장일치로 그리들리, 재스 오티스,[1960] J. 애덤스

기도하는 심정으로 법정이 열리기를

   (이 원본은 보관되었다)

어젯밤 내가 썼던 것이

   베이컨 경[1961]이 법에 대해

썼던 것을 상기시킨다면…… 불가시적인 교류들……

      의회는

우리에게 내부세를 부과할

   아무런 권한이 없다.

보통법. 제1권. 142

코크, 제3권. 법은 국민의 생득권이다

권리의 결핍이나 치유의 결핍은 매 한가지이다.

어떤 선량한 자도 문자 그대로의 해석에 의해서는

   해를 입지 않는다는

의미로 풀이된다 법의 행위는

   어느 누구에게도 해를 끼치지 않는다

검인檢認 최고 법정으로서 지사 자문위원회를 열어

…… 더 욕심 사나운 야심 또는 탐욕에

     의해……

역병처럼 회피하누나

일군의 사람들을 무지와 의존성과 궁핍으로

몰고 가려는 그 법의 경향

종교적 아집장이들

최악의 인간들, 식민지

유행 학문이 되다…… 아마도

얼마간 점점 더 들여다보아야 할 것이다. 입스위치 지침[1962]

인두세의 권리,

　　　　　폐하의 국민들로서라기보다는 동맹으로서

첫째 정착은 국가적 행동이 아니다

　　　　또한 국가의 돈으로 이루어진 것도 아니며

　　　　왕의 땅에서 이루어진 것도 아니다

눈을 헤치며 내 가축을 몰아 물가로 몰고 갔다

법정을 닫는 것은 왕위를 내려놓는 것과 같다

　　　　루이스버그에 정박한 배에 들어가서

　　　　10자루의

　　　　럼주를

　　　　약탈하다[1963]

피트[1964] 대 그렌빌,[1965] 그 법의 철회를 위해

의회는 입법적 권한을 가진 것이 아니라 대표적 권한을 가져야 한다

　　　　그런데 새처는 그를 소송 교사죄로 기소하였고

　　　　거의 유죄를 받게 만들 뻔했다. 고프[1966]는 열을 받아서

이튼[1967]의 성격은

　　　　법정에 있는 누구와 비교해도 괜찮은 사람이라 말했다

펀치 포도주 빵 치즈 사과 파이프 담배와 궐연

목요일에 마틴즈[1968]에서 원기를 차렸다

우리는 세일럼에서 보스턴으로 가는 말수레에

　　　　돈이 든 다섯 상자를 보았다

영국으로 가는 것이었는데, 대략 18,000달러가 들어있다고 했다

　　　　　호두나무들을

베고 다듬고, 소나무와 향나무들을 넘어뜨리고

불규칙하게 흉한 소나무는 어떤 곳에서는 전 경치를

　　　　　　　　어둡게 만든다

흑인과 주인 사이에 있었던 사건. 같은 때 욕심꾸러기 인간(허친슨)

터프트[1969] 집에서 쇠꼬챙이에 꿰인 야생 거위와 스튜 냄비에 담긴 크랜

베리를 보았다

브래틀가에 있는 흰 집[1970]으로

그 자체로는 수입이 쏠쏠한 직무 하나 의회에서 통과된

　　　　　새로운 법령들

J. Q. A.가 7월 11일에 태어나다

유리에 매겨지는 세금은

권리와 정의와 정책에 관한

　　　　나의 생각들과는 맞지 않는다

흑인과 주인과의 사이 홀리 씨[1971]의 주목을 끌다

100개의 읍, 일주일의 예고

10시경에 군대는 군함의 대포의 지원 아래 상륙을 하기 시작했다

방해받지 않고

　　　　　10월 1일.

보스턴의 인구가 이전의 25년 동안에

후퇴했다

이제는 16,000도 넘지 않았다

순회법정 가느라 내가 빈 사이에

바일즈 씨[1972]가 말하길, '우리들 불만이 붉은 옷을 입었다네'

광장의 내 창문 밑에서

북소리, 파이프, 저녁에는 바이올린과 노래

세라나데의 플루트, 즉 자유의 자식들[1973]

사람들의 지나친 행동 또한

그들이 속기 쉬운 그런 것들,

공평성의 억압, 완전히 열나면 말이죠

내 원고는 '68년과 '69년에 보스턴 가제트에서 볼 수 있을 겁니다

마데이라[1974]에서 온 포도주 화물

핸콕 씨[1975]에게 가는 것

관세를 내지 않았다고 걸렸는데

이 사건을 맡아서 힘든 고역을 치렀다,

이 법령에 대해 내 의뢰인은 동의를 하지 않았다

핸콕 씨는 결코 동의하지 않았고, 그것을 한 번도 지지한 적이 없었다

그런 법을 만든 자를 지지한 적이 없었다

언제나

우리는 원칙들을 그대로 두고 제안을 명확히 했고

이리저리 짜 맞추기도 하고 망망한 상태가 되기도 했다

자의적인 힘이 쇠로 만든 홀笏을 가진

청동 권좌에 주어질 때의 어두움……

사실 렉싱턴 전투[1976] 이후에 유보되었는데

　　　그 전투는 그런 모든 기소들을 끝내버렸다

월런스턴산,[1977] 우리 선조들의 자리

　　　　　　　동쪽

방으로부터 보이는 모든 배들 슬롭선 스쿠너선 브리간틴선

삼백오십 명이 자유의 나무[1978] 아래에

　　　　　　젊은 버즘나무,

다음날의 서류를 준비하고, 이런저런 글들을

만들어내고, 정치적 엔진에 시동을 걸고

　　　　아침을 브래킷 주점에서 보내며 고래 사건을 생각해 보고……

나는 런던으로부터 영국 법령의

전질을 들여왔는데,

　　　　아마도 내 생각에 보스턴에서뿐만 아니라

이 식민지역 전체에서 유일할 것이다, 그 책에는

그 출판을 두려워할 만한 법이 있는데, 명백히 미국에서

강제징용을 금지한다라는 명백한 법이 있어서 이 법을

　　　　그들은 폐기하고자 했고

1769년 12월이 끝나갈 때쯤 그렇게 하는 데 성공했다.

저녁 9시쯤, 사격의 시그널이 될 무렵

막사 앞의 군인들과 앞서 이야기했던 빵 가게 소년[1979]

'아일랜드 아기'라고 불렸던 포리스트 씨[1980]는

　　　　얼굴에 눈물을 줄줄 흘리면서

'그 불행한 사람, 감옥에 있는 프레스턴 대장[1981]은

조언자를 구하는데 아무도 구할 수 없어요, 당신께서만 해 주신다면

퀸시 씨[1982]도 도와줄 겁니다

당신이 관여하지 않는다면 오치무티[1983]도 거절할 거예요'

'하지만 그가 이것이 여기든 또는 어느 나라에서든 재판을 받는

케이스들 중 어느 것 못지않게 중요하다는 걸 알아야 합니다……

내가 기술이나 궤변이나 얼버무리기를 쓸 거라고는 기대하지 마세요'

그는 나에게 의뢰료로 일 기니를 주었고

나는 그것을 받아들였다

(이것에 관해 허친슨 의심의 여지없이 연주창에 걸린 놈[1984]

칸토의 작자인 나, Ez. P.)

총 다해서 프레스턴 변호로 10기니

군인들 걸로 8기니를 받았다

(그렇다면 도대체 애덤스 집안의 이 받침대는 어디서 튀어나왔을꼬!

(옥슨브리지 새처……[1985] 혹서酷暑의 위험

그런데 코네티컷에서는 모든 가정이 조그만 제조 창고를 가지고 있어서

스스로들 물건들을 만드는데 그러느라

상인들에게 빚을 지곤 한다.)

베카리아[1986]로부터의 인용

그는 나가서 내 말에 안장을 얹고 굴레를 씌웠다

'자유를 사랑하는 사람으로서 나는 당신을 존경합니다

여기서부터 케이프 코드에 이르기까지 그렇지 않은 자를 열 명도 보지

못할 겁니다'

인간적인 것은 그 어떤 것도 낯설지 않다[1987]

이 집주인, 지체 높은 아들

표시하기를,

　　　　　自由의 자식들이 여기서 봉사했노라……

그는 떠나면서 혜성을 보았다

…… 돌아다니며 몸을 식히고는 흰 인동을 먹고

우리의 말들이 그 장소에서 벗어났다.

　　　　　　　쿠마의 시빌[1988]

내 눈으로 직접

창문 아래에서 잠들어 있고, 나를 위해 기도해 주어요,

피부가 시들고 신경도 무엇을 원하오 그녀가 답하기를

죽는 거요, 나를 위해 기도해 줘요 신사 양반들

내 기도는 응답을 받곤 했다오, 그녀는 해방되기를 기도했다

110살, 어떤 이들은 그녀가 그보다 더 나이가 많을 거라 했다

낸태스켓[1989]에 핀 아네모네, 힘에 의해 억지로가 아니라 계속 읽음으로써

버지니아의 세번 에이어즈,[1990] 불 씨,[1991] 사우스캐롤라이나의 트래피어 씨[1992]

채스 2세[1993]의 시대에 세금이 캐롤라이나에서 투표에 부쳐졌다

대마 씨앗을 이리로 가져오면 되고, 뽕나무는 우리 기후에서 잘 되지요

유럽 사람들이 그들의 자유를 기만적으로 빼앗긴다면

그건 배심원들을 그저 장식품이나 허식으로 만들어버릴 거지요

녹차가 네덜란드산이라 기대하지만 잘 모르겠고,

…… 브레인트리에서 회복을 하고, 내가 가지치기를 했더니, 아주 잘 자

라고

소나무는 가지치기에 좋고

사람들이 스스로를 지키는 것보다 더 오랫동안 그들 곁에 서 있었다.

1771년 탄산칼륨을 만들고 여러 마리의 수망아지들을 키웠는데

서인도제도로 가져가서 럼주를 만들었다

하트포드와 미들타운[1994]의 화려함

우리가 그곳에 도착했을 때

　　　식탁에 차려진 인디언식의 푸딩 돼지고기 야채들

나라의 자유를 희생한

　　　　대가로

　　　　한쪽이 잘 먹고 잘 살고[1995]

전쟁, 살육, 혼돈

그들의 예속된 상태에 대해서는 관심 없고

　　　내 보기에 나만 홀로 남은 것 같구나

　　　　　　13일, 목요일

집 안주인 엔디콧 지사[1996]의 증손녀

새로운 빛, 끊임없이 이런저런 말을 늘어놓고……

인디언 목사가 말하길, 아담! 아담 당신은 알았죠

　　　그걸로 좋은 사과술을 만들 수 있다는 걸![1997]

롭스 부인,[1998] 괜찮은 여인

　　　아주 예쁘고 대단히 품위가 있었다

마법에 관한 옛이야기들, 지폐 그리고

　　　벨처 지사[1999]의 행정에 대해 이야기하다

나라의 자유는 다른 어떤

누구로부터보다 한 사람(허친슨)으로부터

  더 위협을 받을 것이라 늘 확신해 왔고

  이 점을 늘 자유롭게 적절하게 얘기해 왔다

부는 겸손함이나 창의력이나 인간성에 있어 별로 크게 도움이 못 된다

'단순한 주제넘음이 멸시인가요?'라고 오티스 씨가 물었다[2000]

나는 영국에 지옥보다 더 정의가 남아 있지 않다고 말했다

허친슨 등등.

무어의 보고서[2001]라는 책을 빌리다, 그 주인은

사기만 했을 뿐 책을 읽는 사람은 아니었다

  그리들리 씨의 소유였다

N/Y/주는 부분적으로 그리했다[2002]

22일, (월요일) (이 해는 1773년)

   허친슨의 편지를 받다

올리버, 모팟,[2003] 팩스턴[2004]과 롬[2005]

   1767년, '8년, '9년

탐욕스럽고, 야심에 차 있고, 앙심 품은

이 편지들을 프랭클린이 갖게 되었는데

우리들 뼈 중의 뼈, 우리들 중 교육받은 자,

뱀 같은 친구

  존 템플경[2006]이 손에 넣었는데

  어떻게 누구한테서 그랬는지는 하느님만이 아실 것

어젯밤과 오늘 아침 약한 빗줄기

조지 3세에게 아첨하는 허친슨

롬의 편지에 나오는 거짓말 너무나 명백하고

호워스 대령

　　　　고양이를 싫어한다는 걸 내비치기 전까지는

　　　　주목을 별로 받지 못하다

　　　　　　　　보히차[2007] 세 보따리가

비워졌는데, 이는 재산에 대한 공격인 셈

나는 필요하고, 절대적이고, 불가결하다고 생각하나니

　　　　원천적인 힘에 비정상적으로 기대려는 것

　　　　상원 이전에 하원에서 탄핵하기

성문화되지 않은 보다 높은 힘에 기대지 않고

　　　　법으로 진행할 수 있다면 좋겠는데……

　　　　그리들리[2008]가 말하길, 당신 매우 늦게까지 있는군요!

　　　　　　　　이 칸토의 끝.

LXV

배심원들이 선서하기를 거부했다

이 법정의 재판장이 탄핵되고 있는 동안에는 하고 말하며.

모지즈 길[2009]은 여러 번에 걸쳐 돈으로 정의正義를 만들어나갔다.

      H. M.(폐하)[2010]의 동상

말을 타고 있는

엄청 큰

금박을 한 단단한 납

높은 대리석 대좌에 얹혀 있네

우린 브로드웨이를 따라 걸었고

      엄청난 빌딩, 뉴욕 화폐로

          20,000파운드짜리

적재량

800톤의 배 뉴잉글랜드의 평등화 정신이

뉴욕에 전파되면 어쩌나

      이 지역의 전 과세금이

뉴욕 돈으로 5에서 6천 파운드 사이

매사추세츠는 합법적으로 만이천 정도

이는 뉴욕으로 치면 약 16,000

해크루이트[2011]로부터 J. 캐봇[2012]의 항해까지

출판하라고 조언하다

프린스턴의 후디브라스 선술집,[2013] 뉴욕의 장로교인들처럼 지독히도

노래를 못 부르다

　의회가 돈을 만들어서

　　　　신문(영국에서 나오는)에 글을 쓸 사람들을 고용할 것을 말했다

　워싱턴은 자기 돈을 들여서

　　　　　천 명의 사람들을 동원해서는

　보스턴을 해방시키겠다고 행진했다

　　　　　버지니아 사람이 아니라

　　　　　미국 사람인 패트릭 헨리

　왕의 명령으로 땅을 가진 거주자들, 갤러웨이[2014]는 내 논지가

　우리의 선조들이 여기로 온 이후

　의회에 의해 만들어진 법에 구속받지 않고

　　　　　　식민지가 독립되는 쪽으로 기울어짐을 잘 알고 있었다

　권리장전[2015]

　　　　　대표 의회에서 듣기를 바라다

　자연법/ 영국법

　　　　　제국의 무역이 의회의 지배하에 들어갈 수도

　사우스캐롤라이나의 러트리지 씨[2016]는 말하길,

　　　　　　　　'애덤스,

　우리가 뭔가에라도 의견 일치를 봐야 하겠군요.'

　　　　　거북이와 그 밖의 다른 모든 것들

　화란식으로 변한 영국 기도

　　　　　9월 17일,[2017]

　미국이 매사추세츠를 지지할 것이다

'그 국가는

새로이 그 체제의 부분으로서 뇌물을 주려 할 것이다'[2018]

헨리 씨, 미국 입법부

12월 1일 이후엔 당밀 없음

도미니카로부터 들여오는 커피 향료

좋은 잔디밭과 좋은 거북이, 마데이라 백포도주

의회는 여전히 이런저런 말들을 늘어놓고

행복하고, 평화롭고, 우아한

필라델피아로부터

엄청나게 비가 쏟아지는데 떠났다

2명의 젊은 아가씨들이 우리에게 새로운 자유의 노래를 불러주었다

총에 맞을 준비가 되어 있음/ 대 / 세금

판단이 인간성의 3분의 1인 두려움에 길을 내어주다

두 번째 청원[2019]의 어리석음 핸콕 씨[2020]의 야망

애덤스 씨(새뮤얼)는 아무 말도 하지 않았고, 숙고에 빠져있는 듯이 보였다……

그러나 의회에서 내가 제안한 것에 동의해 주었다

워싱턴 씨는 문 옆 가까이에 앉아 있었고

겸손하게 서고로 종종걸음으로 들어왔다

디킨슨[2021]은

중용을 지나쳤고, 탐욕이 그에게 자라났다

칼룸명반

부인[2022]께서 안절부절못하고 있는 거 아닌가 생각이 되네요

난

레드 라이언[2023]에서 원기 회복하고 있어요

6세트의 작업이 한 빌딩에, 대마 공장, 기름 공장, 무두장이들을

위해 탠 껍질을 갈아주는 공장, 베들레헴에 있구나, 천과 가죽을

위한 축융공장, 염색공장, 양털을 깎는 곳

　　　　　그들은 엄청난 양의 꼭두서니를 길렀다

군대를 위해 모 제품들을 구입할 위원회

　　　　　　1775년 9월, 5000 영국 파운드

펜실베이니아의 위원들은 화약에 대한 안을 내어놓지 못했다

　　　　　화약 100톤이 부족했다

쿠싱이 말했다, 겨울에 군대를 지킬 수단을

　　　　　고려할 것을 제청합니다.

우리가 우리의 항구를 열지 않는 이상 무기를 가질 수는 없습니다

무역이 없이는 전쟁을 버티지도 못하구요

프랑스와 스페인에 궐련 담배를 팔아야. 러트리지[2024]가 말했다,

　　　　　　　　　　　　　농업에서

　　　　　사람들을 끌어다가 공장에 넣어요

농업과 제조업은

　　　　　사라질 수 없지만 무역은 위태로워.

　　　　　'미국인들은 이제 스스로 운반인이 되었네요

우리의 항구를 열라는 지상명령,'하고 주블리 씨[2025]가 말하였다

돈을 위해 스페인에 식량을 보내고

　　　　　화약을 얻기 위해 현금을 영국으로 보냈다

'우리는 매와 대머리수리의 중간 정도' 하고 리빙스턴[2026]이 말하였다

기쁘게도 뉴저지가 두 개의 대대를 만들었는데

       그 각각에는 중대 여덟 개씩

68명의 병사, 대위, 중위, 소위, 4명의 중사, 4명의 하사

대포부대를 지휘할 장교로 누구를 임명하나

개인적인 친구는 적당하지 못하고

그 어떤 모임의 말보다 차라리 워싱턴의 말

무역해야 하나 말아야 하나

       화약, 장교의 임명

무역을 어떻게? 누구의 운반선으로? 농장들, 제조공장들

지금까지는 돈이

       대륙의 것이 아니라 지역의 것인 듯이

존 애덤스가 본 존 애덤스, 의회에서의 쓸데없는 언쟁

세관을 닫을지 말지

       '우리가 전쟁에서 원하는 모든 것은 화약과 총알'

                     하고 주블리 씨가 말했다

두 번째로는 무기와 탄약

세 번째로는 우리가 돈을 가지고 있어야 한다는 것

우리는 이 서류가 무엇인가에(무역에)

         좋다는 생각을 유지해야만 한다

프랑스에서의 미시시피 계획

영국에서의 남쪽 바다

       우리 보고 배우라고 쓰여 있었다

해군? 우리가 그걸 가질 수 있을까? 무역하지 않고서?

우리가 해군 없이 전쟁을 유지할 수 있을까?

우리가 정보를 얻을 수 있을까?

스페인 사람들이 물품을 위해 여기로 오기에는 너무 게으르고

영국 또는 외국과 무역을?

그렇다면, 누가 운반하나? 그들이 우리에게, 우리가 그들에게?

나는 원론적으로 말하는 것이다, 우리가 경고를 주고자 연합했다고들

말들을 한다

아주 좋아요, 주블리 씨.

딘[2027]은 무역업자들이 불필요한 것을 수입하지 못하게……

말을 제외한 모든 가축들을 수출하는 것도

구아달루프, 마르티니크[2028] 등은 퀼런 담배에 대한 대가로 화약을 공급
할 것임

각 식민지는 이 무역을 실행해야 함, 개인들은 말고

체이스,[2029] 1775년 10월 20일

제이[2030]가 말하길, 미적지근한 회담보다는

개인적인 사업으로부터 더 많은 걸

프랑스의 모 제품들과 화란의 소모사 제품들

독일제 강철 등을 원하다

와이스[2031] 왈, 우리의 무역을 전면적으로 여는 게 더 좋을 겁니다

왜 미국은 해군을 가지면 안 되나요? 우리에겐 전나무 재목과 철광석,
타르가 풍부한데

로마인들은 카르타고에 대항하는 해군을 갑작스레 만들었지요

배 두 척을 제대로 만들기로 결정하다.

4월 6일, 무역에 관한 모든 제약들을 제거하다

영국이 해군을 유지하지 않을 수 없게 만들었는데

　　　그들이 우리에게서 가져가는 것의 두 배의 비용이 들 것임.

　　　플라톤의 국가에서가 아니라 로물루스의 배변에서![2032]

'미국' (와이스) 무역 없이는 살아남지 못하리라

　　　나는 우리와 조약을 맺게 하기 위해서라면

타국 선박 나포 허가증도 내줄 것이고 화약도 쏠 것이다,

　　　우리 스스로를 충실한 신민이라 부르는가?

프랑스가 브리스톨이나 리버풀의 말에 귀 기울이는가?

결정되다, 식민지 동맹 초고를 쓸 위원회.

농업, 기술, 제조업을 증진시키기 위해

　　　각 식민지 사회에

아마, 대마, 모와 면을 제공하고

이 사회들 사이의 교류를 촉진함으로써

　　　자연적 이점들을 놓치지 말도록

　　　무지 면포와 돛 천

중립을 지키는 게 프랑스의 이득이 되는 건가?

의무에 대한 적의, 사람 됨됨이, 재산, 자유

　　　그것 없이는 안전하지 못함

노스캐롤라이나의 후퍼[2033]가 말하길, 노예가 필요 없는

　　　날을 보고 싶군요

리, 셔먼, 그리고 개즈덴[2034]이 내 편에 섰고

러시, 프랭클린, 베이어드와 미플린²⁰³⁵은 우리를 헐뜯는

　　　소문에 대해 알게 해 주었다

'매사추세츠에서 온

　　　모험가들, 파산 변호사들

인기에 영합하는.' 그렇게도 재빨리 제대로 명백하게.

'제퍼슨 씨, 당신이 나보다 열 배는 더 잘 쓸 겁니다'

1/4 가량을 줄이고 그중 가장 좋은 부분도

난 종종 J의 첫 번째 원고가 왜 출판되지 않았을까 의아해 하곤 했다

아마도 그 이유는 흑인 노예에 대한 격렬한 공격적 언사 때문이었으리라

　　　그렇게 애덤스가 40년 뒤에 말했다

화약을 수입하기 위한 계약

만약 그게 힘들면, 초석硝石과 황산을 들여와서

　　　500톤 정도를 만들기에 충분할 만큼

40개의 청동 야포(6파운드 포) 10,000개의 총과 총검

6월 12일 J. 애덤스 전쟁성의 수장이 되다

　　　'77년 11월 11일까지

고등어와 고래를 낚는 어부들과

　　　많은 이야기를 하다

바다에 한 번 풀어놓으면 우리 뱃사람들은……

사람들은 말하길, 우리 뱃사람들의 성격을 망쳐놓을 겁니다 등등

'그들을 상인들로 만들어서 약탈에만 매달리게 할 겁니다'

'어떤 경우에도 귀하께서는 영국 신민으로서의 자격을

　　　예외로 해 주시기 바랍니다'

(협상 때 존이 하우 경[2036]에게)

88개의 대대, 9월,

대시[2037]는 파리에서 이미 이윤이 남는 연결고리를 형성하고 있었다

        D 씨(딘)의 추천을 받아서

        특히 레이 드 쇼몽[2038]과

그는 배에 물건들을 싣고 가서 커미션을 받고 팔았다

늘 그래 왔듯이 여전히 미국에서 스파이이다 (1804년)

나는 어업에 대해

        숙고했다.

보스턴을 지휘하고 있는 샘 터커 대장[2039]에게

      (바람이 많이 불고 바다가 매우 거칠다)

그에게 당신이 해 줄 수 있는 한 모든 숙소를 제공해 주고

어떤 항구에 도착해야 할지를 그와 상의하세요.

        W. 버논

        J. 워렌[2040]

        동부 해양성

15일 일요일 아침 먹기 전 항해를 떠나다

        바람이 나를 남쪽으로 밀고 갔고

        그들이 나를 뒤쫓는 것을 알았다

        항해일지, 새뮤얼 터커 2월 19일

        서쪽으로 3시간을 달아나

        내 배가 바람 불어오는 쪽으로 돌아섰는데

        그 배는 여전히 온종일 우리를 쫓아오고 있었지만

내가 그 배보다 앞서갔다.

석탄의 연기와 냄새, 고인 썩은 물의 냄새

구토가 올라오려 했지만 그러진 않았고

       대포를 바깥에 내놓고 고요하게

터커는 그가 지시받은 건 나를 프랑스로 데려다주는 것이라 말했다

       가는 도중에 전리품도 있으면 챙기고

밤에 바람이 더 세지더니 폭풍이 되었다

북쪽, 북동쪽, 그리곤 북서쪽

퉁 탕 펑 오르락내리락 앞돛에 딩

         기우뚱

고통, 선원들의 표정 말 행동

제대로 서 있는 사람 없고 제자리에 있는 것도 없고 상자건 통이건 병이

건 등등

젖지 않은 곳이나 사람도 없고

       번갯불이

       큰 돛대와 중간 돛대에

       다친 사람 23

         새뮤얼 터커의 항해일지

계속 하나씩 둘씩 무너지고

       큰 돛대 아래 늘어놓고

       톱갤런트 활대를 내리고

       오후 4시 매다는 쇠사슬과 뒷돛대를 끌어내고

       오전 4시 돛을 만들고 색구들을

수선하기 시작했다

조니 씨[2041]의 행동이 만족을 주었다 (즉 어린 J. Q. 애덤스

갑판 사이가 너무 좁음으로써 생기는

말로 표현할 수 없을 정도의 불편함

숙소에 있는 사람들을 행동하게 하는 건 권총에 대한 두려움일 뿐

유리가 제대로 잘 갖추어지지 못한 배

　　　　그렇기만 해도 그들의 비용을 천 가지로 절약할 수 있을 텐데

육군에서처럼 해군에서도 무관심

해군 병사들의 건강에 대한 무관심

속된 쌍욕과 저주의 말들

3월 1일, 큰 돛대가 두 곳에서 갈라진 게 발견되다

바다, 구름, 바다, 모든 것이 축축함, 바다,

　　　　구름, 밝은 태양, 9노트로 가는데 소음 없이

재정, 채권 그리고 육군의 상태는? 대포알이

곧장 내 머리 위로 날아왔다. 나이 들어 터커가 말하길

J. A.가 일반 해군 병사처럼 소총을 들고 나갔다라고

　　　　'그에게 지시를 내렸건만 또다시 나가더군요

내가 말했죠, 내가 받은 명령은 당신을 유럽으로 데려가는 거라고'

나포 허가를 받은 배였는데, 우리의 뒷돛대의 활대 사이로 쏘아댔다

우리는 이에 뱃전을 돌렸고

그 배는 이를 보자마자 부딪쳤다. 마사[2042]는 영국 돈으로 80,000파운드

의 가치

매킨토시 선장은 상당히 신사였다

승선한 지 5주째

'북부 영국의 매킨토시 씨는

그 싸움에서 미국에 대항하고자

군세게 결심했다. 그의 열정이 불타올랐다'

배에 불을 켜는 즉시로

해변에서 몰려오는 많은 작은 새들

피로해서 곧바로 쓰러져 자다

해양법으로 유명한 올레롱[2043]

적어도 나는 이곳이

메를루사, 홍어, 성대 등이 잘 잡히는 곳으로 아는데

강은 양쪽으로 매우 아름답고

말, 황소, 거대한 떼, 농부들은 밭을 갈고

괭이를 들고 여섯 명씩 무리를 지어 일하는 여인네들

교회당, 수녀원, 신사 좌석

매우 훌륭하다.

바다의 위험, 음모, 사업의 속임수 등으로부터 벗어나

강가에 시골의 개선을 가져왔구나

진흙탕, 커다란 좌석들, 아름다운 숲들

강변에 있는 수많은 배들, 가축, 말들

그렇게도 긴 여정 뒤에 마주치도다

보르도에서, 블라이[2044]에서

저 멀리

첫 요리는 좋은 프렌치 수프 그리곤 삶은 고기

한쪽은 송아지 조각 또 다른 쪽은 간

매우 좋은 빵과 좋은 샐러드

건포도는 너무나 맛있었고

우리들 중 누구도 불어를 이해 못 했고 그들 중 누구도 영어를 못 했다

후갑판에서 암탉들 세례를 받았는데

       거세한 수탉들은 닭장에 있고

블라이라는 조그만 마을에서 예포를 쏘았는데

       독립의 인사였다

       즉 식민지 13곳[2045]을 뜻하는

모든 신사들은 일치하며 말하길 프랭클린 박사가

       화려한 예식으로 왕[2046]에게서 환대를 받았으며

       조약이 결정되었다고

4종류가 있다, 샤토 마고, 오트 브리용, 라피트 그리고 라투르[2047]

생선과 콩 샐러드, 클라레 적포도주, 샴페인

새 희극을 보러 갔고, 그 뒤로, 오페라

       아주 흥겨운 춤 (우리

미국의 극장은 그때 아직 생각도 못 하고 있었다)

보방[2048]의 작품인 트롱페트[2049]

루이 15세 시대에 말셰르브[2050]와 손잡았다고 추방되었었지

나는 찬사들로 장식이 되어 있는

       그 안에 진지함의 형식이 있다고 결론지었다

       '두 명의 수전노'[2051]를 보다

터커는 비록 세련되진 못했지만

활기차고 성공적인 지휘관이었다

정원에 들어온 불빛 써져 있길

신께서 자유와 대표 회의와 애덤스를 구하소서

칼을 팔고자 하는 그들의 열기는 관직을 얻으려는

사람들에게서 본 것만큼이나 대단했다

초원, 포도밭, 성

하지만 모든 곳이 거지들로 넘쳐나누나

리셰리우가, 발루아 호텔[2052]

그리고는 한때 발랑티누아 호텔이기도 했던 바스 쿠르[2053]

돈은 슈웨이하우저[2054] 손에 있고

서명 : 프랭클린

리[2055]

애덤스

J. 윌리엄스[2056]에게

더 이상의 비용은 자제하고

당신의 계좌를 막아 놓으세요

보마르셰 씨,[2057] 딘 씨의 또 다른 친구.

그날 엘베시스 부인[2058]과 저녁을 하다

모든 마차들이 행렬을 이루는 롱 샹[2059]으로

점잖고 겸손하고 괜찮은

가족을 프랑스에서 늘 보듯 보았다

그들 중엔 콩도르세 씨[2060]도 있었는데 그의 얼굴은 백지장처럼 희었다

프랭클린, 딘, 밴크로프트[2061]는 친구였다

　　　　내가 여기 오기 전까지는 없었다

　　　　　편지대장

　　　　　의사록

　　　　　회계장부

딘 씨는 호사롭게 살고 있었다. 프랭클린 박사

뛰어난 머리, 훌륭한 유머리스트, 대단한 정치가, 리 형제는

　　　　　다 도덕적인 사람들이었다, 편지대장이나

의사록이나 회계장부 등이 있었다고 해도, 리 씨는

　　　　　그것들을 보지 못했으리라

그 유명한 볼테르 근처 첫 번째 석에[2062]

아젱 공작부인[2063]에게는 그 지방의 관습과는 다르게

　　　　　5 또는 6명의 자식들이 있었다

데 노아이유 가문[2064]은 왕으로부터 일 년에 1,800만 금화를

우리의 조그만 재물에 눈길을 주고 있는 여러 사람들

우리가 필요하다고 생각한다면 송장을 보내겠다고 당신은 썼지요

왕이 옷 단장을 하는 왕의 침실[2065]

　　　　　한 손은 칼에, 한 손은 코트에

　　　　　나는 그에 맞춰 샘 애덤스에게 쓰기를,

엄청난

액수의 돈이 쓰였어요, 미국에서 얼마만한 돈이

들어왔는지를 알 수 있는

회계장부나 서류가 하나도 없어요

사무관이 세 명씩이나 있는 건 잘못이에요 한 명이면 충분해요

봉급을 불확실하게 내버려 두고

공적인 사무관과 상업적인 중개인과를 섞은 셈

딘 씨는 프랑스에서의 거래를 어떻게 하는지

제대로 밝히는 데 성공하지 못하고 있어요.

나는 다른 많은 성질들을 미덕과 구별하기가 어려웠다[2066]

폐하께서는 왕처럼 식사를 했다, 묵직한 소고기

　　　　그 밖의 것들도 알맞게

200명의 동급의 사람들을 구성하겠다고 제안하다 (미국에서)[2067]

　　　　우리를 초대하겠다고 사람을 보낸

　　　　뒤 바리 부인[2068]의 거처로

튀르고,[2069] 콩디약,[2070] 엘베시스 부인

즈네 씨[2071]의 아들이 나와 같이 갔고 내 아들은 동물원으로

　　　　극장(낭트)에서의 세비야의 이발사[2072]

　　　　무관심한 연기.

　　　　　전기 뱀장어에 관해

많은 이야기를 하다.

　　　　　그의 목소리(P. 존스[2073]의)는

조용하고, 나긋하고, 조그마하다

갈리시아[2074]에서는 서고트[2075]와 유스티니아누스 법이 여전히 통용되고

있다

13마리의 노새와 2명의 몰이꾼이 코루나²⁰⁷⁶에 7시에 도착하다

이 나라의 돼지고기는 훌륭하고 맛이 좋다

      베이컨 또한, 법원장은 나에게 이 대부분이

호두와 옥수수를 먹고 살찌운 것이라 일러줬다

다른 돼지고기는 사람들이 말하길 독사를 먹고 살찐 것이라 했다

      스페인으로 수입될 만한 것들,

모든 종류의 곡식 피치 테레빈유 목재,

소금에 절인 대구, 경랍과 쌀.

궐련 담배는 자신들의 식민지에서 들여오고

           남색 물감도

왕의 궐련 담배로 일 년에 무게로 따져 천만을 들여온다

여인들이 스페인식으로 초콜릿을 받는 것을 보다

      아름다운 암탉²⁰⁷⁷에서 저녁을 먹다

갈리시아, 마루는 없고 사람들과 돼지들과 말들과 노새들에 의해

      진흙으로 짓밟힌 땅뿐

굴뚝은 없고 방으로 반쯤 올라가다 보면

밀짚으로 덮인 다이가 있고

      거기에는 살찐 돼지가 누워있었다

위에는, 옥수수가 막대기와 가늘게 쪼갠 것에 매달려 있었고

한쪽 구석에는 평지씨로 가득 차 있는 통

다른 구석에는 귀리로 가득 차 있는 통

      그 사이에서 잤는데 스페인에 도착한 이후 그 어떤 때보다 잘 잤다

대체적으로 산은 가시금작화로 덮여 있고

느릅나무나 오크나무나 다른 나무들은 거의 없다

오브라이언[2078]은 나중에 나에게 민스파이와 고기 파이를 보내줬다

성 야고보 성당[2079] 그리고 프롱티냑[2080] 포도주 2병

교회만 풍성하고, 성직자들만 살쪄 있다

상업의 징표라고는 없고 내부적 왕래조차 없어 보인다

1780년 갈리시아와 레온[2081] 사이에

모든 색깔은 염색하지 않은, 검은 양의 털로 만들었다

     두 줄로 난 산 사이로 흐르는 발카이레강[2082]

     코루나 이후로 집다운 집은 없고

4일. 화요일, 깨끗한 침대, 스페인에서 처음으로 벼룩 없이 지내다

          아스토르가[2083]에서

이렇게 큰 순무는 처음 보았고

마우레가토[2084]의 여인들, 북미 인디언 여자들만큼 괜찮지만 훨씬 더 불
결하다

오늘 이 기사 광장에

    도착했다

      존 애덤스 멤버가

등등/ 영국인들이

    로드아일랜드를 떠났다

      미국인들이 차지했다……

    12월 24일, 마드리드 가제트[2085]

거대한 양과 가축 떼들

    아스투리아스 산맥[2086]

강이 아래로 흘러 포르투갈로

그들이 판당고라 부르는 춤

11일 화요일 부르고스

우리는 재채기와 기침을 하면서 지나갔다

내 인내심이 이때만큼 소진된 적은 없었다

부르고스에 33개의 종교적 건물들

스페인의 마지막 집에서 굴뚝 하나를 발견하다

코루나의 프랑스 영사의 집 이후 처음이었다.

샤랑트강²⁰⁸⁷이 그 옆으로 흐르고

베르젠²⁰⁸⁸은 내가 순진하게

그에게 내 지침을 보낼 거라 생각한 것 같다

어업을 주장하고자 하는 나의 결심

(사실상 존이 바스턴에게 대구를 구해 주었다²⁰⁸⁹)

내가 그의 동기를 의심했었는지는 난 잘 모르겠다

미국은 자유로이 상업을 조정할 수 있다, 평화로이

그들은 우리가 영국과 계속 분쟁하게끔 할 의도였다

평화조약 이후 가능한 오랫동안, 실행이 되었는데

제이가 자신의 인기를 희생시키고 워싱턴의 인기가 줄어들 때까지

십일 년 동안을

위원회에서 누구인지를 조사하고자 한 사람들

(베르젠이 부정직한 사람이라는 점을 우리가 의심하지 않게 했다)

내 두 아들들을 데리고 암스테르담으로

호밀 보리 귀리 콩

대마 곡식 클로버 자주개자리 그리고 된장풀

도로도 잘 닦여 있고, 포도주 가축 양 모든 것들이 풍성하고

저런 밀 수확은 다른 어느 곳에서도 볼 수 없고

교회 음악은 이탈리아 형식

태피스트리, 여러 명의 유대인들이 밀떡을 찌르고 있고

거기에서 피가 터져 나오고 있다

브뤼셀의 돌은 브레인트리 노스 커먼[2090]과 같구나

…… 훌륭한 성격, 황제는 그를 좋아하지 않았다

혼합 가옥들 나무들 배들 운하들 매우 놀랍다

눈에 띌 정도의 깔끔함

반 데르 카펠렌 톳 데 폴[2091]

영국의 돈줄을 쥐고 있는 사람들이 어떨 것이라는 두려움

이곳에서의 봉건적 짐에 끝을 내고자 했다

그러다 자신이 비판을 받았다

오케이, 반 베르켈[2092] 역시나

돈 호아스 톨로메노,[2093] 미국의 독립이 확인되다 '82년 9월 14일

미라벨[2094](사르데냐) 왜 그들이 받아들이지 않으려 하나?

복사본 5부, 영국과 네덜란드가 나란히,

다음 주에 서명될 거라 이야기하다

나이 46세[2095]

외무부 장관들이 모두 모이다

라인그라브, 데 살름,[2096] 벤틴크 대령[2097]

프로이센 대사는 천문학 자연사 뉴스 재앙 등에 대해서는

이야기를 하곤 했지만 정치에 관해서는 말을 아꼈다

　　　　　　　　　　말하자면

렉싱턴 전투

애덤스 씨의 첫 번째 회고

　　　　　　네덜란드 해군에 끼친 영향

네덜란드와 제일란트[2098]의 대표자들

우리는 상업 협정 등을 서명했다

　　　　　　'82년 10월 8일

하늘이 당신에게 내린 확고함

브뤼헤, 오스텐데[2099]와의 상업 우리의 혁명과 더불어 자라나다

　　　　　　포구에 있는 스물 내지 스물 다섯 척의 배

　　　　　　　　　　　　　(사르스필드 백작[2100])

마을의 창고는 가득 찼고,

사람의 하루는 음식 포함/ 15수.[2101]

　　　　　　보기용 공작[2102]의 저술

저녁 먹고 이름을 16,000번 서명하다

내가 알았던 것 이상으로 열린 사람인 비셔 씨[2103]는

말하길 원수[2104]는 이 나라에서 가장 t…… 한 사람이고

암 노새만큼이나 고집스런 사람이라 했다

발랑시엔[2105]으로 가다가 차축이 부러진 걸 발견하다

또다시, 산책길, 장미 정원, 분수, 물고기 호수

잉어가 당신 앞에 떼를 지어 몰려와

물 밖으로 입을 쑥 내밀 것이다

부르봉 양[2106] 머리도 안 빗고

    둥근 방으로부터 나왔다

그녀의 어깨에 걸치고서, 희게

    프랑스는 그렇게 유럽에 세금을 매겼다

궁의 정책의 큰 부분은

    유행에 국가적 영향을 마련하는 것이었다[2107]

상업의 필요에 따라 제이는 데 쁘티 오귀스텡[2108]에 있었다

프랭클린 계책을 꾸미고 전략적 행동을 하고 은근한 말들을 하고

    평화를 잘 맺든가 아니면 어떤 평화도 맺지 않든가

"방해를 받지 않고 고기 낚을 권리를 누리리라

    강둑에서 세인트로렌스만[2109]에서

    또는 지금까지의 그 어떤 곳에서건

    노바스코샤에서 생선 건조하든지

    세이블곶[2110]이나 사는 사람 없는 만에서"

인사말 타타르 지역에서 오는 증기와 발산물들에 대한 대화

내 생각으로는 미국인들이

유럽의 전쟁에 너무나 오랫동안 끌어들여졌었다

    프랑스와 영국이

우리를 끌어들이려 한다는 것은 쉽게 알 수 있다

유럽의 모든 세력들이 우리를 그들의 실제적 또는 상상 속의

균형 속으로 끌고 들어가려고 끊임없이 획책할 거라는 건

    명백했다, J. A. 1782년 어업

우리의 타고난 권리, 훈작 별 열쇠 호칭 훈장

이것들이 상류층 사람들의 목표

프랑스는 결코

그 돈(그 일부)을 영국으로 보내지 않을 것이다

반면 우리는 포르투갈로부터 돈을 받아서

런던에서 써야만 할 것이다, 나에 대한

그들의 공격을 어업에 대한 공격으로 여기겠다.

'내가' 하고 말하길 '틀리지 않는다면

처음부터 지금까지 내가 프랑스의 정책을 본 바에

따르면, 그들은 당신들이 그랬듯

우리의 독립을 인정하는 다른 세력들에 대해

적대적입니다.'

'맙소사!'

하고 그가 말했다 (오스월드[2111]) '이제 알겠군요.

이 주제에 대해 내 즉시로 본국에 글을 써 보내겠소'

앞으로 있을 전쟁의 사악으로부터 가능한 한

어부들 농부들 상인들을 빼돌릴 것

프랭클린 박사 (어쨌든 좋은 가르침[2112])

왕[2113]이

핸콕 씨[2114]를 닮았다

옥수수를 뿌린 자는 옥수수로 먹고사는 곳은 말고

(아일랜드에 대한 루칸 부인[2115]의 시)

로슈푸코 공작[2116]이

나를 찾아왔다

(아일랜드에 대한 루칸 부인의 시)

나를 찾아왔다

　　　　그리고는 코네티컷 헌장의 몇 구절들을

설명해 주기를 원했다

　　　　(그때 엘리엇 씨²¹¹⁷가 우릴 떠났다)

본 씨²¹¹⁸는 그가 본 거며 이런저런 이야기를 했다

‘그렇지만’ 하고 그가 말했다 ‘이 점을 시장으로 가지고 나가서

그것으로 무언가를 얻어내려 하는 우리를

　　　　비난할 수는 없습니다’

　　　　(매우 영국적으로 보였다)

빌리(프랭클린)²¹¹⁹를 이곳의 대사로 만들려는 것

　　　　그리고 박사는 런던으로

부르봉 양이 매우 뚱뚱해지다, 채섬²¹²⁰이 사르데냐의

　　　　열기에 물을 적시다

　　　　부끄러워하라, 오 너 기록들이여!

위원회가 나를 배신했다

그들이 어찌 그걸 씻으려는지? 나는

루제른²¹²¹의 삼촌인 말셰르브 씨²¹²²와 식사를 같이 하다

　　　　제3계급에는 30개의 계층이 있다

파시²¹²³에서 식사하다, 잘못된 지식이 판을 치면

완고함이 허영이라 불린다 프랑스의 정책은

영국과 미국 사이에 장애물을

　　　　놓으려는 것

영국인이 아닌 이들이 위험이 있는 이곳에 와서

　　　　그 진가를 인정했고

평화가 이루어졌다. 모든 협정이 내가 '82년 1월의

　　　　리빙스턴[2124]의 편지에 대해 듣기 전에 통과되었다

프랭클린 박사가 그런 사람이었다[2125] (1783년 5월 3일)

　　　　침착한 사람

전형적인 영국인 공작이자 맨체스터 대사.[2126]

나는 하틀리[2127]에게 네덜란드에 대한 영국의 정책이 잘못되었다고 모
두 틀렸다고 말해 주었다

그들이 원수 편[2128]을 든다면 황제[2129]와 프랑스인들은

공화주의자들을 지원할 것이고 모든 유럽을 들끓게 할 거라 말이다

　　　　영국은

이제 네덜란드를 길들일 보다 큰 이유를 가지고 있으며

부르봉가를 밀어붙이지 말아야 한다

　　　　교류와 상업이 열려야 함은

시의적절한 것, 식민 무역에 관한 대영제국의

법은 오로지 영국의 이익만을 위해 고안된 것

　　　　네덜란드의 배들이 마, 더크 면포, 돛 천 등을

　　　　싣고 미국으로 갔다고 말했다

　　　　구리가 배의 철을 부식시켰다

베르사유에서 보냈던 가장 기분 좋았던 날

　　　　　　（'83년 6월 17일）

사르데냐 대사[2130]는 허드슨 베이 회사에서 출발한 모피가

런던으로 보내졌다가 시베리아로

보내지는 상업의 진행에 대해

의아하다는 말을 했다

LXVI

우리가 그들의 설탕을 유럽으로 가져가게 내버려 둘 순 없겠죠

프랑스와 스페인 선원들의 숫자를 줄여야 할 겁니다

이 흥미로운 숲(불로뉴 숲)을 잘 알게 되기까지

보통 하루에 두 번씩 말 타고 돌아다녔다

이시의 경치와 뫼동성[2131]

사냥감들이 그리 많지는 않았다. 아미엥에서 식사를 하고

　　　아브빌[2132]에서 묵다. 도버가 보이다. 그레이트 타워 힐의

존슨 씨[2133]가 나에게 알려주었다

귈런 담배 천 통을 실은 배가

　　　해협을 지나 위원회로부터

　　　빌린크[2134]에게로 갔다고 '83년 10월 27일

헤이그 '84년 6월 22일

　　　나에게는 미국적이지 않은 건 한 방울도 없어요

그래요 우린 그걸 알았지요 하고 대사가 말했다

모로코에 선박용 물자는 보내지 않았다

그들에겐 거울과 값비싼 다른 것들을 보냈다

카매슨 경[2135]이 말하길 나를 소개할 거라

하지만 피트 씨[2136]와 매우 자주 거래를 해야만 하리라 했다

　　　항복하지 않은 주둔지들로

프레스킬,[2137] 샌더스키[2138] 등/ 디트로이트[2139] 미쉴리마키노[2140]

　　　세인트 조지프 세인트 메리.[2141]

좀 시끌벅적하게 결혼시킨 딸

그들[2142]은 그녀를 미국으로 보낼 생각을 하고 있었다

해밀턴 씨[2143]를

접견실에서 왕비[2144]에게 소개시키다

제퍼슨 씨[2145]와

나는 역마차를 타고

워번 팜,[2146] 스토우, 스트랫포드

스토어브리지, 우드스톡, 하이 위콤을 방문했고

그로스브너 광장[2147]으로 돌아왔다

국가의 부채가

2억 7천 4백만 파운드/

한 세기를 지나오는 과정에서

일자리 계약 봉급 연금 등으로 쌓인 것

이 모든 장대한 것들을 쉽게 만들어낼 수 있었을 거라

포프[2148]의 파빌리언과 톰슨[2149]의 자리가 나들이를 시적으로 만들어주었다

셴스톤[2150]이 그중 가장 시골다웠다

19일, 수요일, 렉싱턴 전투의 기념일

그리고 네덜란드에서의 나의 접대

그건 추후 은행가 차일드[2151]의 자리를 보는데

별로 중요한 것이 아니었다

사실상, 광장 주변의 세 개의 집

흐드러진 장미들, 익은 딸기 자두 체리 등

사슴 양 숲비둘기 호로호로새 공작새 등

그레이 박사[2152]는 뷔퐁[2153]에 대해 아주 가볍게 말했다

    H.씨[2154]는 이 집의 건축이 팔라디오[2155]를 떠올리게 한다며

        좋아했다

마호가니 기둥이 있는 창문

난로가 두 개 있지만 그 어떤 것도

추운 날씨에 학생을 편안하게 만들어줄 건 못 된다

어제, 7월 18일, 스토니 힐[2156] 땅에 있는 모든 잔디를 옮기다

오늘 나의 새로운 창고가 지어졌다

        그들의 노랫소리가 오늘 아침보다 더 다양했던 적은 없다

두 종류의 벌레가 끼는 옥수수

        밀혹파리는 밀에 위협을 준다

T.[2157]는 적색 삼나무들을 벌목하고 있었다

5마리의 소 떼와 함께 22개의 삼나무들을 가져왔다

오티스는 선거에 대한 생각으로 가득 차 있었고, 헨리, 제퍼슨, 버[2158]

T.는 흰 오동나무와 그 잎들을 베었다

해변의 보리와 검은 풀

한 가지면 로드아일랜드를 하나로 규합할 수 있다고 말했는데

— 말하자면 자금을 뜻하는 것 —

        그들은 해밀턴을 부통령으로 원했는데

        나는 아무 말도 하지 않았다.

어느 곳으로 논지가 흘러가는지

러닝 미드²¹⁵⁹에서의 의사록을 거부하는 것으로?

오렌지 공,²¹⁶⁰ 국민에 의해 윌리엄 왕으로

그들의 권리가 침범되지 않게

제임스 2세를 몰아내고…… 여전히 유효하다.

이 정도가 우리를 위해 영국의 어떤 사람들이

생각해주는 것으로 보인다

      토마스 홀리스²¹⁶¹에 의해 재판이 나왔다

      1765

돈의 부족으로 인해

이 법, 인세 조례법은 이 나라에서 현금을 마르게 할 것이고

게다가 비합법적이기도 하다

      그대의 인간성은 거짓이고

      그대의 자유는 가짜로 병들어 있다

클래런던 백작²¹⁶²이 빌 핌²¹⁶³에게 보스턴 가제트에서

      1768년 1월 17일

토지세가 땅에서 모든 동전들을 쓸어갔지요

미국에 있는 이 새로운 해사재판소의 권위는 무엇인가

      동료들과 토지법에 의해

      기소를 할 대배심이 있는지

      증거 제출을 하는 것에 대해

          사실을 판단할 소배심

이 재판이 토지법에 의한 것인지

아니면 로마법의 요람에 따른 것인지?

그들의 자유에 주의를 기울이다

군, 읍, 개인 클럽과 조합

바람이나 기후에 대한 것이 아닌

      진정한 헌법에 대한

가장 정확한 판단

      거기에서 이야기되는 것은

진정한 정의

正名 _{칭 밍}

라기보다는

어떤 성격. 이는 제대로 본 것이다.

배심원은 사실에 관련된 질문에 답을 하고

그럼으로써 대상이 되는 사람을 보호하고……

허식의 의식들과 극적인 의식들이

      기만적으로 사람들을 겁주어서

미덕과 자유를 잃게 하는데 너무나도 성공적으로 이용이 되었다

엘리자베스가 시도를 하고, 제임스 1세가 굿윈을 내몰려 했는데

      하원이 그를 뒤집었다[2164]

      (런던 연대기)

이런 과정으로 인해, 하고 한 의원이 말하길, 자유선거가 빼앗기고

입회권을 우리 선조들이 우리에게 남겨주었다

이런 과정으로 인해, 하고 또 다른 이는 말하길, 대법관이

자기가 마음에 들 때에만 의회를 의회라 부른다

      미국의 인세 조례법이 철회된 이후에

우리는 의회의 법령들이 줄줄이 오는 걸 보는 게 참기 힘들다,

우리의 동의도 없이 끊임없이 우리에게서 돈을 끌어가는데

우리하고는

　　　　관계없는 헌법의 권위로 말이다

우리에게 남아 있는 작은 동전들이

돌아올 기약 없이

　　　　　먼 곳으로 가는 걸 보는 것

우리의 군주에게 의무와 충성을 지키려는 결심

또 모든 필요의 경우들에 의회를 입법 기관으로 인정하려는

　　　　　제국을 하나로 유지하려는

　　　　　1768년, 6월 17일

　　　　　브레인트리의 대표자들에게 보내는 지침

우리가 말하는 건 앤 국왕령 37장 9절 6항[2165]

실행될지니

　　　　그 어떤 선원도

미국의 어떤 지역에서도 사나포선私拿捕船이나 배에

붙들려 있어선 안 되니…… 1707년 성 밸런타인데이 이후

그 어떤 때에도 여왕 폐하의 그 어떤 배에도 징용되어선 안 되고

　　　　이걸 어길 시는 한 사람당 20파운드씩 물어야

작은 박격포가 우연히, 하고 허친슨 지사가 말하길,

법정의 문을 향해 있었다고

존경하는 제임스 오티스와 토마스 쿠싱 귀하

샘 애덤스와 존 핸콕 귀하

…… 여러분들의 확고함과 미덕과 지혜를 구하는 바입니다

놀라게 하거나 위협할 것처럼 보이는 것들을 없애주시길

헌법 자체에 대한

그리고 우리의 선언이 법에 저촉되지 않는다는 것에 대한

지난번의 명백하고도 형식적인 공격

그 세수稅收에 대한 우리의 알려진 감정들을 되풀이할 필요는 없음

        41절[2166]은 마그나 카르타의

        29장[2167]을 파기시켰음

다음과 같은 구절이 나오는데, 그 어떤 자유인도…… 그의 동료들이나

                토지법에 의하지 아니하고는

이에 대해 코크 경은, 엠프슨과 더들리[2168]에 대해 말하면서,

이 두 억압자들의 말로가

다른 이들이 그와 같은 짓을 저지르지 않도록

그들이 방향성을 가지고 절대적이고 부분적인 재판을 끌어들이지 않도록

……모든 법적 방법으로, 여러분들에게 권고하노니……

법이라는 직업은 자연적으로 권위 쪽과 손을 잡는 경향이 있는데

자유 토지 보유자들과 다른 거주자들 (케임브리지[2169] '72년 12월 21일

       자연적 권리……

선언의 권리…… 바로 잡을 수 있는 헌법적 수단

우리로부터 착취해가는 돈, 우리의 짐이 점점 더 커지게 만드는데

이용되니

       우리 보통사람들이 내는 돈과 별개로.

       증인

앤드루 보어드먼[2170] 읍 서기

법관들의 봉급은 왕이나 대중들로부터 독립적이어야 한다

위임료가 이 둘 중 어디로부터 나오는 건 위험한 일

시민으로부터의 보수는 새로운 힘을 주지 않는다

　　　　그걸 당연한 것처럼 여기는 건 독재

영국의 보통법, 이곳과 고국에서나 모든 이의 생득권

'내 자신이 자연의 상태에 있다고 보지 않아요

다른 이들이 그래야 하다니 안 됐군요/'

　　　　　　윌리엄/ 브래틀[2171]

애덤스는 답하기를, 거의 모든 선량한 이들의 바람이죠

브래틀이 말하는 것이 좋은 법이기를요.

하지만 에드워드 1세[2172] 때부터 지금까지 특허장은

다르게 써져 있죠

　　　　　우리의 기쁨에 맞춰

　　　　　왕의 명령대로 그대로 유지하기

　　　　　　　포테스큐[2173]

　　　　　　　대법관

'법관'이라는 말이 브래틀 장군에게는

재무성의 대신들을 뜻한다는 것이 드러날까?

공문서 관리자와 치안 서기는

보통법에 의해 만들어지지 않은 법령에 의해 창안되었다

에드워드 코크 경은, 왕의 불만을 사서,

반면에 등등///……를 그만두게 되었으니……를 읊어대는

왕의 칙령에 의해 자신의 자리에서 물러나게 되었다

기쁜 맘으로 머물러있던 소심한 배심원들과 법관들은

왕의 의견을 두둔하지 않은 적이 없었다

그, 제임스 2세[2174]는 헤일즈 케이스[2175]를 올리기 전에

그의 법관 4명을 갈아치워야만 했다

제임스 왕과 에드워드 경 사이의 타협에 의해……

그의 마부가 그 건을 제기하는데 동원이 되었다……

존스[2176]는 왕의 면전에 대고 12명의 법관을 구할 수는 있겠지만

왕의 의견을 따를 12명은 구할 수 없을 거라 말할 강직함을

가지고 있었다.

'브래틀 장군이 성공적인 조사를 하시길 바라며'

J. 애덤스

다른 절에 따르면(우리의 헌장에 있는)

입법 대의회[2177]는

기록 법원을 비롯하여

청원과 절차와 고소와 소송 등을 결정할

다른 법원들도 세울 수 있는

     권한을 갖는다/

그로 인하여 법(윌리엄 3세[2178])이 세워졌으니 등/

그리고 에드워드 4세[2179] 때에 이 비첨[2180] 임무는

정해지지 않은 기간 동안 무효가 되었다

국새가 찍힌 특허장에 의해

모든 주에서, 팔라틴 백작[2181]이 다스리는 지역에서 그리고 웨일스에서

다른 모든 영토에서.

LXVII

그에 관한 인간의 기억은 그 반대로 가지 않습니다

돔 북,[2182] 이나,[2183] 오파[2184]와 에설버트,[2185] 일천 년간 지속된

국민의 권리

나는 위대한 가말리엘[2186] 밑에서 교육받은 신사분인 리드 씨[2187]가

법률고문으로서 한마디의 권위 있는 인용으로서 'arguendo'[2188]라는 말을

마치 이 말이 '예전과 보다 최근의 위대하고 현명한 법률가들에 의해'

무엇인가를 결정지어 주는 것처럼

그 뒤에는 다른 어떤 권위의 기미나 허세도 없는 채로

자신의 논지하고는 상관도 없이, 자신의 말에 장식물인양

내뱉는 것이 너무나 별나게 보였다는 점을 덧붙여야 하겠군요.

노르만 시대에 최고법정은 4개의 법정으로 분리되었고,

대법관은, 카페[2189]가 그랬던 것처럼, 왕위에 오르지 않도록

하기 위해 옆으로 젖혀 두었다. 군주의 특권(색슨)

이로부터 대부분의 왕의 권리가 유래되었다

그 시대에는

      법관은 그저 왕의 하수인

왕 앞에서 그(법관)의 권위는 사라졌다

위임자를 보낸 자가 그를 다시 불러들일 때 (브랙턴[2190])

             바스턴 가제트 '73년

         정의定義에 관해

正   명료하게

그런데 그(브래틀)은 그와 정반대되는 편에

브랙턴, 포테스큐, 코크, 포스터,[2191] 흄,[2192] 라팽[2193]과 러시워스[2194]가

있다는 점에서 매우 불행했다

그 재료들은 공공의 영역에 있는바

나는 그것들을 보석상이나 보석세공인들에게 맡겨서

다듬고 손질하고 닦게 할 겁니다.

드 버[2195]는 자신의 권력을 계속 행사하려는 헛된 희망을……

셜리 씨[2196]는 1754년 프랭클린 박사에게 의회의 법령으로 식민지에

세금을 부과하려는 계획이 있다는 비밀을 털어놓았다

이에 대해 벤은 말하기를, 바보들

하고 매우 정확하게 말했다.

'지사들은' 하고 그가 말하길 '대체적으로 재산을 불리는 게 목적이죠'

셜리는 스컹크, 파우널[2197]은 정직한 신사,

버나드[2198]는 악의를 실행할 만큼 법을 잘 아는 사람이라

총체적인 행정은 전적으로 시민들과는 상관없이

이루어질 것이고

그래서 그 떡고물이 그들의 봉급으로

(지사의, 부지사의, 법관의)

(서명) 노뱅글러스

그렌빌 씨[2199]의 이 얼토당토않은 '개선'은

모든 것을 거의 망하게 했다

시초에 저항하라

군대는 여기서 단지 공공의 해악일 뿐

진지한 작가라면 다른 세금들을 부과하려는 계획이

각료들에 의해 행정부의 새로운 구성에 의해

젖혀질 거라고 정말로 믿는가?

그들은 이제 그 수입으로부터 지사의 봉급과

많은 연금들과 자리들에 대한 걸 얻겠지요 나는 매사추세츠가

민주주의가 무엇이고, 공화국이 무엇인지를 알기를 바랍니다

짜증나게 했다가 달랬다가 거짓 두려움을 심고^{2200}

식민화는 보통법에 나오지 않는 케이스

그러한 제목은 그 법에 나오지 않고

심지어는 영토 바깥에서의 반역에 대한 형벌도 보통법에서는

나오지 않는다

헨리 8세^{2201}까지는

폴 추기경^{2202}을 붙잡아두려는 법령.

인간의 두개골에 들어갈 수 있는 가장 광신적인 생각

즉 그의 신민들이 발견하는 모든 땅에 자신이 권리를 갖는다는,

심지어는 의회에서 그 어떤 권리도 끌어낼 수 없는 곳에서도……

봉건 군주가 계약권을 갖는다는(그 조항으로)

봉건 왕은 영국이 아닌 영토 밖의 영국인들에 대해선

절대적 권리를 더이상 갖지 않는다

사실 그 반지르르한 작가는 법을 뛰어넘고

사실도 뛰어넘고 이제는 특허장과 계약도 뛰어넘었다

정복된 나라가 아닌 다음엔 영국의 왕을 어디에서건

절대적인 것으로 만드는 근본적인 법은 없다,

그의 권한을 제한군주로까지 축소시키는 시도도 있다

150년간 스스로에게 세금을 부과하고

      그들의 내부적 관심사들을 통치해왔다

의회가 그들의 무역을 관장했고

      웨일스는 어느 점에서 비슷한 처지이다

왕에게 달려있기는 하지만 하나의 구역은 아니다[2203]

      신의 은총으로 영국의 왕 에드워드[2204]

우리의 사유권을 가진

아일랜드의 군주이자 아키텐의 공작 웨일스 주민들과 그 땅

부분적으로 이제 자신의 신민들의 관심을 베케트[2205]의 살해에서 벗어

나게 하고자

아일랜드인들이 몇몇 영국인들을 노예로 팔아먹었다는

      구실을 들먹였다

태생이 영국인인 아드리안[2206]은 교황이 되었고

왕국과 제국을 없애는 자신의 고유 권한을

매우 명확하게 확신하고서 베드로의 동전[2207]의 힘으로

세계의 제국을 건설하고자 했다

아일랜드에 대한 헨리[2208]의 요구는 신성한 동기에서 비롯되었던 것

복음의 씨앗 등이 에이레의 영원한 구원을 위해 결실을 맺다

모든 집에 일 년에 일 페니씩 로마에 내도록

강간범 맥모랄[2209]과 미스의 루어크[2210]를 우리의 도당 멤버로

어떻게 아일랜드인들이 헨리 5세 때 영국으로 들어오게 되었는지에 대해

"그들의 좋은 태도를 담보로 잡을 것,'²²¹¹

포이닝의 법²²¹²이라 불리는 계약

아일랜드의 동의와 그들의 의회에서의 법령

(포이닝 법) **에드가²²¹³ 잉글랜드의 왕**

바다의 여러 섬들의 황제이자 통치자 전능하신 신에게 감사드리나니

선조들의 왕국을 넘어서게 저의 왕국을 넓혀주시고 확장시켜 주신 데

대해

신성한 좋은 일을 할 수 있게 해 주신 데 대해……

아일랜드에 의회가 있으니 (J. 필킹턴²²¹⁴의 케이스를 보라)

칠십 세에 가까운 폐하,²²¹⁵ 붙임성 있는 계승자²²¹⁶

나의 가장 가까운 친구들의 보살핌 아래 교육받고……

군인다운 기백, 매우 많은 빚을 진 나라.

우리가 어찌 헤쳐나가야 할지? 이 고상한 이들과 비열한 이들

맨스필드 경²²¹⁷의 말과 그의 예찬자 (허친슨 지사)

미국의 행정부는 결코 영국 의회에 의해 건립된 것이 아니다

이 군주의 특권과 사법권이 의회에 의해 주어지지 아니했다

신민의 작은 지식이 우리에게 해가 되지는 않을 터

체스터²²¹⁸는 팔라틴 지역으로 특권을 가지고 있었다

국새도 체스터에게는 안 먹혔었다

그 처방으로 3명의 주의 기사와

2명의 시의 주민이 구성됐다

왕권과 영토에 있어서 권위로부터 면제된 체스터

대표를 보내도 될 것을 원하자 즉시로 허락되었다

'더럼[2219]에서는 여왕의 칙서도 통하지 않았다'

찰스 2세 칙령 25 기사와 주민의 대표를 허용하다

정말 우리의 반지르르한 상대방은

      여기서 지식보다 열정이 앞섰다

우리의 헌장에 그런 문구나 생각을 도입할 만큼

나라가 친절하지 않았다

왕 또는 그의 의회가 투표하거나 해 준 건

단 하나도 없었다.

왕가의 문체라고? 프랑스 왕으로? 아일랜드? 스코틀랜드? 아니면 잉글랜드?

봉인, 동맹, 동전은 절대적 특권

봉인, 동맹, 동전은 절대적 특권

의회의 승인이 없이도 왕에게는

국민의 동의 같은 것에 구애받지 않고

신의와 충성의 맹세는 그 사람에게 하는 것이지

      정치 단체나 정치 체제에 할 수 있는 게 아니다

왕이 그들에게 돌아오라고 지시를 할 수 있었음에도 그러지 않았다

      보스턴 가제트 4월 17일

렉싱턴에서의 적의감은 4월 19일에 시작되었다

다른 몇몇의 글도 써서 인쇄소에 보냈지만

아마도 혼란스런 와중에 없어진 듯

    (노뱅글러스의 1819년판에 붙은 노트)

행정부의 플랜

('76년인지 '75년인지 필라델피에서)

버지니아의 R. H. 리[2220]에게

　　　갑작스러운 급한 일로……

입법, 행정, 사법…… 출판업자 존 던럽[2221]

마찬가지로 버지니아의 와이스 씨[2222]에게, 어떤 형태는

다른 것들보다 나아요…… 사회의 행복이 그들의 목표

쿵 조로아스터 소크라테스 그리고 마호멧

'진실로 성스러운 다른 권위자들은 말할 것도 없고'

두려움이 사람들을 어리석고 비참하게 만든다……

　　　　명예는 미덕의 한 조각일 뿐, 하지만 성스러운……

모든 정부의 기반은 어떤 원칙으로

또는 국민의 열정

　　　　　말하자면, 느껴지는 바대로

로크 밀턴 니덤[2223] 네빌[2224] 버넷[2225] 그리고 호들리[2226]

인간이 아니라 법에 의한 제국

…… 모형에 있어 일반 대중의 초상화……

　　　　(대표단)

……법을 알고 그 경험도 있고, 모범적인 도덕관

대단한 인내심 평정함 주의 기울이기

　　　　일군의 사람들에게 의존하지 않기.

법관들, 집행하는……

비밀과 신속함…… 그래서

너무 많은 사람들의 집합은 해낼 수 없으니, 너무 굼떠서.

그처럼 세 가지 체계의 정부하의 식민지는

유럽의 모든 전제군주들에 의해서도 정복당하지 않을 것이라

그 어떤 인류도 공기, 땅 또는 기후를 떠나

정부를 선거로 뽑을 이런 기회를 가져보지 못했으리라

이 이전에 3백만 명의 국민들이 정부의 총체적 형태에 대한

선택을 가진 적이 있었던가?

      (패트 헨리, 이렇게 계속하다)

나는 만장일치를 위해 선언서를 참고 기다렸다

내가 썼다면 그랬을 만큼 신랄하지는 않다

넬슨 대령[2227]이 우리의 결심을 실행하고 있다……

적이 우리보다 앞서 파리에 와 있지 않도록

동맹은 미결정의 연합을 선수 쳐 잡아야 한다

저 위임자 브랙턴[2228]이 선호하는 논지는

      약하고 얕고 회피적이다

신에게 청컨대 그대와 샘 애덤스가

      여기 버지니아에 있었으면

그대의 모든 특성들이 여기에 보존될 수는 없다고 해도

      적어도 어떤 가족적 유사성이라도 우리가 가지게 되기를

그대와 S. A.가 가끔씩 편지 써 주기를.

1814년 캐롤라인의 존 테일러[2229]에 의해 활자화되다

'76년 J. 애덤스가 존 펜[2230]에게 :

최선의 정부를 공부하는 것보다

더 기분 좋은 일은 없군요

형태를 결정하기 위해서는 끝(즉 목적)을

　　　　　　　　　　결정해야만 합니다

단독 의회는 모든 악덕 어리석음과 결점들에 노출되기 쉬워요

……특권, 노예의 표징……

　　　　　　　(조녀선 서전트[2231]에게 보낸 것과 비슷함, 그도

정부의 권력을 쥐는 것에 관련된 명백한 조언을 요구했다)

자신들 스스로가 만든 고착된 법

법을 공정하고 적절히 실행할 수 있는

　　　　　　　법으로 만드는 형평성.

일 년에 3파운드의 가치가 있는 땅을 소유하는 자유 토지 보유자

또는 60파운드의 가치가 되는 땅을 가진 자.

입법관과 행정관의 의무로

　　　　　　문학의 이득을 소중히 할 것……

원칙으로…… 낙천적인 기질……

　　　　　　　(매사추세츠 헌법)

나는 '자연사'와 '낙천적인 기질'이 제외될까 봐

특별히 신경이 쓰입니다,

　　　　　　존이 34년 전에 썼다

출스 팬시스[2232]는 그 이후로 선출된 사람들이

그렇게 문학에 조예가 깊지 않았다는…… 등등

사실은 주목할 만하다고 썼다

　　　　　　1850년에 이르기까지 그 어떤 공적인 인물도

다수에 의한

　　행정의 흠 없는 성격에 대해

　　　　의문을 제기하지 않았다.

'미국의 헌법에 만족을 한 것이든지

아니면 전반적인 헌법에 대한 숙고를 하기에는 너무 소심한 것이든지'

시민의 대표자들…… 개선의 여지에 열려있는

　　　　　　(의문?)

…… 떨지 않고 투키디데스를 읽는데

　　　　말들이 그 의의성을 잃어버리고

……흄 씨는 D. 시켈로스[2233]로부터 대학살을 모으고

　　　　　　그리스의 가장 세련됐던 시절

에베소에서 서른네 명이 살해당하고

키레네[2234]에선 500명의 귀족들이

포이비다스[2235]는 300명의 보이오티아[2236]인들을 쫓아냈고

필리아시아[2237]에서는 300명을 죽였다

에제스타[2238]에서는 40,000명의 여성들과 어린이들이

　　　돈 때문에 살해당했다

군대를 빼앗으면, 귀족들이 유럽의 모든 전제군주들을 뒤집어엎고

　　　귀족정치를 세울 것이다

이 일을 하고 있는 이들은 신들과 인터뷰 계획이 없다

　　　　　　　　그로스브너 광장[2239] 1787년

하지만 비트루비우스[2240]와 팔라디오를 참조로 하고 있는 건축가들처럼

미국의 젊은 문학도들은

이런 유의 탐구에 참조할 것이.[2241]

…… 타키투스는 그 이론은 좋다고 인정은 했으나 의심하기를……

칭찬받기는 쉬어도 발견하기는 그리 쉽지 않은데

     지속되지 않거나

적당히 훌륭하게 섞여서, 라고 키케로가 말했다.

그럼에도 불구하고 하나로 합쳐지게 되었는데…… 동의에 의한 국가

정의가 없는 곳엔, 법이 있을 수 없다.

산 마리노,[2242] 그 창건자, 출생으로는 달마티아[2243] 사람

     생업으로는 석공……

제네바의 전 역사 :

     사람들은 모든 균형을 다 포기하고는

자신들의 권리와 행정관들의 권리를

몇몇의 저명한 가문의 손에 맡기었으니……

     일반적인 방식으로 무역을 하던 귀족들

벨벳, 비단, 옷 제조를 해 나갔다

베네치아는 처음엔 민주적이었으니……

아나페스테[2244]의 진정한 공적. 5명은 살해당하고, 5명은 눈이 멀고 쫓

겨나고

9명은 직위 박탈당하고, 한 명은 외국과의 싸움에서 전사하고

이런 식으로 50명의 총독 중 20명, 여기 더해 5명은 스스로 물러났고

이러다가 권력을 제한하는 걸 생각하게 됐고

또다시 200년이 지나서야 정부 형태에 대한 플랜을 짜기 시작하고

귀족정치는 국민들의 대표 모임 형태보다

늘 더 영악하다

국민은 귀족을 누르라고

       왕에게 군대를 주었고

그로 인해 귀족들은 왕관에 매달려 있는데

사람들은 여전히 그들의 지배하에 있다

베네치아에만 2천 5백 명의 귀족들

아버지에서 아들로 이어지는 원수직

롬[2245] 이후 누가 왕제 공화국에 대해 쓸 필요가 있나?

최근의 예

      우크라이나 항거

뇌샤텔[2246]에서만

       통치하고 통치받고

옛 로도스에서처럼, 세 분야로 나누어

     권리 체제…… 형평법……

원수, 행정장관, 집정관, 행정처장?? 만약 튀르고 씨[2247]가

     발견이라도 했다면……

미국에서는 직책의 위아래는 있으나 사람 간의 그런 건 없다

입법, 행정, 사법의 명확한 분리가 이전에는

    영국 이외에는 없었다.

LXVIII

철학자들은 말한다 : 하나, 소수, 다수.

왕   귀족   대중

스파르타의 리쿠르고스[2248] 역시, 왕들, 원로들과 대중

      그리스인들이나 이탈리아인들이나

행정장관, 행정처장, 또는 집정관

아테네인들, 스파르타인들, 테베인들, 아카이아인들

일반인들을 괴뢰로, 이면공작원으로

      어떤 전제군주를 위한, 믿음을 가장한 뚜쟁이로 이용을 하고

유지하기보다는 끌어내리는 걸 더 잘하다. 튀르고는

연방의 정의를 자유의 정의로

      받아들였다.

야망이 있는 곳에는 모든 이의 직업은 땅 파는 일이 아니다

쟁기가 어찌 고용된 이들이 아니라 소유주의 손에서 간직이 되겠는가?

      리쿠르고스는

어떤 분야도 더 부풀어나지 않는다는 목적으로⋯⋯

플라톤과 토머스 모어 경의 어떤 부분은

      베드럼[2249]의 미친 소리만큼이나 엉뚱하다고 말하다

(밀턴을 혼미한 정신의 천치로 보았는데, 다만 이를 좀 더 신중하게

      말하기는 했다)

빚을 없애지는 않되 이자를 내려주고⋯⋯

이 거래에 있어서⋯⋯ 원문에는 이런 건 없다

포프 씨는 이를 영국인들과 미국인들의

  생각에 맞추었다[2250]

타키투스와 호머에 보면, 그리스에서나 독일에서나, 3체제가

인류는 감히 아직까지 **헌법**에 대해

  잘 생각하지 못한다

'미국의 아무도 날 믿지 않는다'

  J.A.가 자신의 다빌라[2251]에 대해, 회상하면서.

소수의 유명한 이름들에 의해 그들의 자유의 거품에서 나오다,

  흄은 아마도 그들을 읽은 게 아니었을 것이다.

프랑크족의 왕이 그 의회에 부정적이었는지

'진보적인 젊은이'라고 서명하지 않은 J. A.에게

  평론가가 이야기했는데(J. A.는 그때 53살이었고 부통령이었다)

살라 강둑의 파라몬드[2252]

  여기 또다시 프랑스의 알 수 없는 말

  '모든 권위'라는 말의 의미가 무엇인지 하나도 명쾌하지 않음

권리가 정의되지 않은 곳에서 예속은 비참이다

원시적인 사람은 군집적이다, 정열, 식욕과 선입관

지켜지고, 장려되고 존중되어야.

  나는 힐하우스 씨[2253]가 진지하다고 생각한다

모든 식민지가 지사와 의회와 상원과 하원을

가져야 한다고 말하는 것이

  더 대표적이지 않은가?

그중 그 어떤 것도 세습적이지 않으면서 말이다

영국과 프랑스의 사절들은 연설도 하고 지방대회도 개최할 수 있다

프랑스로의 사절 '77년

'적을 반마일 쫓아갔다'

(모건[2254]의 라이플부대를 이끈 라파이엣[2255])

헨리 로렌스.[2256]

'당신에게 브로이에 백작[2257]께 드릴 소개장을

써 드리게 해 주십시오.'

데 클럽[2258]

'최상의 편지들로 그들을 즐겁게 해 주려고'

라파이엣

('우리가 싸우고 있는 고귀한 목적을 위해')

'처음 보는 광경, 배우들의 서투름……

우리가 주문하지도 않은 것들에 돈을 내는 것을 하지 않도록'

J. 애덤스

'미국은 분명히 프랑스의 사나포선들에 편의를 제공해

줄 겁니다'

드 사르틴[2259]

평소에 일할 때 필요한 것보다 훨씬 더 많은 액수가

의회는 이자를 주면서 화폐를 가진 자들로부터

많은 액수의 돈을

빌려왔고

유럽에서 이 돈을 갚을 것을 약속했다

B. Fr. A. Lee J. A.[2260]

베르젠에게

당신(보마르셰[2261])이 테레사[2262]를 당신에게 속한 배로 주장을 하는데,

몽티유 씨[2263]는 그 배는 자기 거라고 주장을 하고 있고.

초과 정박했는데, 그 초과 정박료의 부분을 우리가 지불했고……

그리고 종 밥티스트

　　　라자루스……[2264] 카롱 드 보마르셰의 대리인

로데리크 오르탈레즈[2265]의 대표자……

　　　　'제 집을 프랭클린 박사와 동료들에게

바칩니다…… 그 보상은 바라지 않는다는 것을 이해하시죠

　　　저는 당신이 이대로 지속되는 걸 허락하셨으면 합니다……

　　　　　　　　레이 드 쇼몽[2266]

베르솔[2267]에 관해, 드레이크호[2268]의 수선에 대한 비용

　　　　　　존스[2269]가 내야

레인저호[2270]에 공급하는 물품들이나 의복들

　　　　　　존스가 내야

(폴 존스) 채섬호[2271]가 반은 일반대중에게

　　　　반은 포획자에게

비용은 반반씩

무기와 수선은 레인저호에게

　　　　우리에게

　　　　B. F.　A. 리　J. A. 대리인들

　　　　은행가인 슈웨이하우저[2272]에게

어떤 배가 미국으로 보내지던 간에

모직으로 만든 옷들과 담요와 장갑 등이 충분히

제공되어야만 한다

추운 계절에 이런 것들이 없이는 어렵다

대리인들, 프랭클린

A. 리   J. 애덤스가

드 사르틴에게

돈을 대출받는 것이 매우 필요하다는 것은 분명합니다

다정한 맘으로/ 조니[2273]에게

저를 믿어주십시오 큰 존경심으로, 귀하께

B. 프랭클린

레그혼,[2274] 만약 비엔나가 미국 대사를 받아준다면 말입니다……

당신의 봉급을 확인시켜 줄 4항과 15항의 2가지 법령들……

당신이 프랑스에 머무는 동안의 생활에 대한 준비로

헌팅턴,[2275] 의장

나의 친애하는 장군

가짜 뉴스를 만들어내는

우리의 적(영국)의 재능…… 이 거짓말 잔뜩 실은

화물들을 연중행사로 내보내는 건

저들이 겨울을 나는 방법이지요

그리하여 '아일랜드의 고민을 완화시킴'으로써

독일의 군주들과 계약을 맺음으로써

특히 페테르부르크 : 20,000명의 러시아인들

12척의 전열함

또한 덴마크 45척의 배(전열함)

(라 파이엣과 즈네[2276]에게)

'정치적 거짓말의 기술은 그 어느 곳보다 영국이 뛰어나다)

19일(다음날)

'독일 군주들과 계약 없음'

버크 씨[2277]의 의안은 아직 알려지지 않았다

허친슨 지사에 대한 폭스 씨[2278]의 혹독한 관찰

정확한 지점至點

하고 볼링브로크[2279]가 말하였다

그들은 가라앉으면서도 습관적인 편견을 쉽게 버리지

못한다.

'2억 달러가 요구됐다

취소되는 일이

대체적으로 잘 받아들여졌습니다'

엘브리지 게리[2280]

재무성의 요구는 대체적으로 인허증에 의해 충족되었다

지폐 40달러는 금화 1.

베르젠은 말했다 : 외국인을 위한 것?

'지폐의 평가절하, 세금(ㅅ, ㅔ, ㄱ, ㅡ, ㅁ, 세금)

미국인들이 스스로에게 부과한……

만약 프랑스인들이 그걸 감수해야만 한다면 그들은

미국인들에게 무기와 옷과 탄약을 제공하려는

열의와 성급함의 희생양이 될 것입니다'

드 베르젠

'각하의 신임에 감사드립니다,

슈발리에 드 루제른[2281]이 이미 그런 지시를 받았다는 말씀이신가요

아니면 그 지시가 그에게 가고 있는 중이라는 말씀이신가요?

당신에게 보스턴의 물가를 좀 알려드려야 하겠군요,

외국인들은 은과 교환해서 받는 지폐 사이의

차이로 인해 이득을 본답니다

은 1에 지폐 25불

그러나 교환할 때 하나당 지폐 12를 넘지는 않게

또한 보스턴과 필라델피아 사이의 지폐 가치 차이

만약 어느 유럽의 상인이 예외가 되는 좋은 이유를

제시한다면 내 분명코 우리는 그를 정당하게 다룰 겁니다.'

1780년

마체이[2282] : 성공할 가능성 희박 @ 이자가 너무 낮음

유럽의 세력들에 의해 더 많이 제공됨 (T. 제퍼슨에게)

친하게 지내시고, 당신에게 헌신하고 있으니, 와이스[2283]와

버지니아의 신사들은 당신이 그를 어떻게 느끼고 있는지 몰라요.

'프랑스와 미국 사이에 존재하는 결합을

당신과는 다르게 평가합니다

프랑스는 미국과 협정도 맺고 있지 않고

미국이 독립을 아예 인정하지도 않고 있는

나라들보다

더 선호되어야 마땅하다고

　　　　생각하는 바입니다……'

　　　　　　드 베르젠

군대의 규율이 현저히 개선되다

　　　　러시[2284]

'프랑스 함대가 계속적으로 이 해변에 머무를 거라면'

　　　　　　　(드 베르젠에게)

'반추해보아도 내가 왜 나의 권리를 2월에 공표하면 안 되는지

이유를 찾을 수가 없습니다'

　　　　　　(베르젠에게, 7월 17일)

암스테르담으로 갈 의향이 있었고

유럽에서는 논쟁은 별로 대접받지 못하고 힘만 대접을 받는데……

언어를 명확히 하기 위해

언어에 일찍부터 주목해야 할 중요성을 미국에 보여주기

正名　청　밍

비커 씨[2285] :, 어떤 집안이 잉글랜드와 연결이

　　　　　　되어 있는지를 고려할 것

또한 '어떤 끈들'이 마찬가지로 돈 빌리는 걸

　　　　방해하거나 막을 것인지도

　　　　(내가 알아낸 바로는. 프랑스 각료)

그리고 또한 누가 충분할 만한 신용을 갖지 못했는지

　　　　　　(특히 뇌프빌[2286])

자본 2%를 협상하기 위한 조항

기업가들이 자본 2%를 내어놓도록

수수료 1/2% 비용 수입인지 붙인 증서 1/2

분할상환 2 1/4

　　　　3백만 길더[2287]에 대해

나는 칼코엔 씨[2288]의 질문에 글로 대답했다

통역자들에 의한 대화가 너무 무거워서

　　　　그는 사람들의 모임에서 그걸 읽었고

　　　　그래서 알려지기를…… 전쟁과

더불어 십 년을 가는 건 우리에게 버거운 것이지만

영국인들에게도 똑같이 그럴 것이다

찰스턴[2289]을 점유한 것이 반대로 그들에게

　　　　　　힘이 되지 못했다……

영국은 매년 수출하는 총액만큼에 해당하는 걸

　　　　　　빌리고 있으니

우리가 수출하는 것의 1/12(12분지 일)만큼을

　　　　빌리고 싶어 하는 것 때문에 웃음거리가 되어서야?

우리는 정규직 대사를 보내야만 한다

'로렌스[2290]의 유감스런 불행이 저를 몹시도 불행하게 만듭니다……

　　　　　　（영국에 붙잡혔다는 것）

그가 거기에 화란 돈으로 이만 플로린을 투자할 의향이 있다고

　　　　　　한 친척이 나에게 귀띔해 주었습니다'

　　　　　　　　　　반 데르 카펠렌[2291]

벤 데르 켐프[2292]는 대표회의에 매우 도움이 될 만합니다

'스페인 왕은 이자와 자본에 대해 자신이 담보를

　　제공하겠다고 할 만큼 친절하게 대해줍니다'

　　　　　　　　　　　　　B. 프랭클린

추신 그가 보장해 주겠다는 액수는

　　　　　　　150,000달러로

　　　3년 안에 갚는 걸로

상당한 액수의 돈은 여기서 얻을 수가 없네요 네커 씨[2293]가

대출을 만들어주고는 있는데

　　　(대출 한 건을 의미)

그(로렌스 씨)가 탑에 갇혀 있는 고로

　　　　(즉 런던탑)

미국은 정당한 이자를 기꺼이 낼 겁니다

'모르티에와 메르케매르[2294]는 스타포르스트를 위해 일하는 이들

블롬버그 씨[2295]가 아프다니 유감이군요

제 생각에 그들(두 명의 텐카테[2296])이 능력은 있는데

제가 어떻게 해 볼 수 없는 영향에 매우 취약해요

반 블로텐 씨[2297]는 위트레흐트에 있어요'

　　　　　　　　H. 비커

'근데 어떤 돈도 얻지 못했어요

　　　　(1780년 11월 12일)

얻을 희망도 조금도 없구요'

　　　　　　　　J. A.

조 요크 경[2298]이 20년이나 살고서도

네덜란드의 헌법을 모르는 건지

　　　　아니면 단지 모욕을 주고자 한 건지

암스테르담의 시장市長은 통치권의

　　　　한 필수적인 부분이다

…… 프랑스인들을 싫어하기 때문에 그들은 영국을

　　　　자연스러운 동맹국으로 여기는 데 익숙해 있다

영국의 왕은 대리 통치자들에게 벌을 줄 것을 요구했다

'반 베르켈 씨[2299]와 그의 동료들에 대한

　　　　　기소'

　　　　　　　　카펠렌 데 폴

너무 빨리 떠나지 마십시오

일…… 위기…… 시간이 해 줄 수

네덜란드 공화국을 즐겁게 해 주는 것 말고 영국의 목적은

　　　　찰스턴을 잃음

　　　　네덜란드가 중립에 서게 되다

국민 전체의 신용으로든 개인의 신용으로든

…… 두 가지 점

　　　정직함에 대한 의견

　　　　그리고 그가 마주 대하게 될

　　　가능성……

일(크리스마스, 암스테르담)은 아직 미결 상태이고

하지만 증권일은 방해 없이 진행되고 있고

　　　거래소가 열지 않는

일요일과 공휴일에는 커피집에서
'네덜란드의 역사에서 또는 지난 25년간의
프랑스 역사에서 배울 수 있는 것'
J. A. 29년 뒤

LXIX

그럴 경우 대표회의에서 여기로 오는 대사가 유용할 텐데

······ 중립, 모든 중립적 조정에 대사를 보내는 게

         유익할 것임

        1780년 암스테르담 12월 31일

1781년 필라델피아 1월 1일

      당신을 전권대사로 보냅니다

        헌팅턴, 의장

주소를 비밀로 하기 위해 커버를 씌우고 보내도 됩니다

     후그스트라트에 있는

       아그스테르부르크 벽 근처의

        헨리 쇼언 씨의 미망인에게[2300]

        돈의 평가절하 국민에게는 선불로

      나가는 세금인 셈

그럼으로써 대중이 빚을 지지 않은 것처럼 보이게 하는데, 정말로

그것은 불공평한 세금이고 당혹감을 유발한다

하지만 그렇다고 국민이 전쟁을 못하게 하지도 않는다

상인들, 농부들, 무역상들과 일군들은 이득을 얻는다

      그들은 돈 있는 이들이다,

자본가들 이자로 돈 버는 이들

       고정된 봉급을 받는 이들은 잃는다.

영국은 빚을 6천만으로 늘렸다

우리는 6백만을 넘지 않는다

누가 더 오래 버티겠는가?

평가절하가 사람들을 영국에 복종하게 만드는 것

같지는 않다

1774년 미국의 수출, 1천 2백만

영국의 빚   2억

미국의 빚은 단지 6

영국 장관과 증권꾼

베르젠은 아무 일도 안 하기로 마음먹고 있었다

미국과의 조약조차도 이제는 없는 걸로

미국을 속여서 자유를 뺏을 목적으로

두 명의 황제들과 함께 비엔나에서 열기로 제안된 이 회의

영국의 감언이설의 한 부분

런던의 조정은 간접적으로든 직접적으로든

미국의 독립을

인정하는 걸 어떻게든 피하려 할 겁니다

콘월리스[2301]의 운명이 네덜란드 사람들에게 용기를 불어넣어 주었다

'81년 12월 4일

미국의 수확 알려진 최상의 것

'12,000 플로린, 내가 네덜란드인인 게 부끄럽소'

1월 6일 카펠렌

'2명의 시장, 2명의 치안관, 그리고 한 명의 연금 수령자.'

'나는 이들이 미국에 돈 빌려주지 말라고

두둑한 돈을 받았다고 믿어요

영국의 대사들, 네덜란드의 궁정, 그리고 영국 주식 보유자들'

(프랭클린에게. 1월 25일)

프리슬란트 지방[2302]과 베르스마 씨는 기억되어야 한다

애덤스 씨를 북미 미국 회의에서 온

         사절로 받아들였고

지방의회(프리슬란트)에서 한자 동맹[2303]의 자격으로

         대할 것을 결정했다

나는 그 늙은 신사[2304]가 완벽히 건전한 정치 체계를

         가지고 있음을 보았다

새 각료진과 이전의 각료진에 대한

         아주 낮은 평가, 불성실성

이중성 셸보언[2305]은 여전히

         회유의 논지로 왕에게 아첨하고 있었고

         이 모든 건 주식 가격을 높이기 위한 것

암스테르담 4월 26일

피조우,[2306] 호드숀, 크로멜린스, 반 스타포르스트

         8월에 5백만

      이 도시의 사업가들은

모든 국민들에게 그들의 찬사를 덧붙이고자 합니다

         J. 놀레, 스히담[2307]

'스히담의 이 신사들이 백 명의 사람들에게

         식사를 제공했다는 이야기를 들었고

로테르담으로부터 많은 이들이 온다는 말도 들었습니다.'

뒤마[2308]

내가 5백만 정도 대출을 열 수 있을 거라는 건 맞습니다

이 나라에 현금이 무한정하지는 않습니다

우리는 따라서 (1780년 5월 11일)

배상으로 4와 1/4%을 제시한 당신의 조건을 받아들이겠습니다

빌린크

스타포르스트

피니에[2309]

쪼잔한 등의 말들/ 내가 큰 낭패를 본 적이 있지요

처음에 3백만을 해 준다면

…… 반 블로텐[2310]과 내가 합의하기를

하나당 1,000프랑으로 3,000 채권

빌린크

등

황제[2311]의 재상이 90세나 돼서 밖에 나타나지 않는다 한다

오스왈드[2312]의 신임장

미국(나라 이름을 제대로 붙여서)과

이런 조건으로 대할 것

친애하는 장군님(라파이엣)

3백만 중에서, 백오십만, 현금으로

암스테르담, 9월 29일

조약이 월요일이면 준비되니(J. A.가 제퍼슨에게)

'82년 10월 7일

프랑스가

러시아로부터 사 들일 필요 없을 것임

전쟁이 끝난 후 미국으로부터 얼마를 얻을 수 있을 텐데?

왕이 빌려주는 것으론 차지 않다

파리, 11월 7일

베르젠은 분명 이를 알고 있을 테고 그렇지 않다면

유럽의 정치가도 아니다

/…… 유럽의 어느 한 힘에

너무 의존하지 말 것

우리는 다른 지방의 정세와

결과적으로는 프리슬란트의 예를 따라

공화국 전체가 인식하게 되었음을 보게 되어

기쁘다

서명 상공회의소 멤버들

레우바르데[2313]

W. 봅킨스[2314]

V. 카츠

암스테르담의 상원과 주민들은 매우 행복한 마음으로 합쳐서

(메달에 대해)

파당, 음모, 그리고 중상모략

나에 대해 많은 거짓말들이, 더 많이 있을 거라 보는데

계속된다면 다른 것들도 아무 소용이 없을 거요

런던, 1785년 5월 27일

별실에서 폐하[2315]에게

T. J.에게/ …… 할 수만 있다면 우리의 무역을 무너뜨리려는

(나머지 페이지는 암호문자로)

센트제임즈[2316]와 베르사이유 사이

항해조령 찰스 2세 12장, 18항

미국 선장에 의한 항해

선원의 사분지 삼은 미국인일 것

우리 자신의 철학적 관대함이 만들어낸 거품

(제이[2317]에게, '85년 8월 19일

미국이 바르바리[2318]에서 시장을 찾을 수 있는데

두 정부[2319]가 우체국에서 내 편지를 열어서

그 내용을 갖게 된다면……

피트 씨[2320]는 전쟁이 부채의 이자를

중단시키지 않았다는 것에 사람들이 놀라워할 거라

말했다

경랍 고래의 기름은 자연에서 알려진 그 어떤 것보다

가장 밝으면서도

가장 아름다운 빛을 준다[2321]

결과…… 포르투갈이, 팔십 년 동안,

영국의 식민지처럼 영국산 모로 옷을 입었고

자기 땅에 모직 제조업을 도입하지 못했다

그런가 하면 영국의 섬들은 포트,[2322] 리스본, 마데이라

      아니면 마시지 않았다

프랑스 포도주가 훨씬 나은 데도 말이다.

       그분[2323]도 그렇게 바랐다.

       백만 길더 네덜란드로부터의 새로운 대출

파리 1787년

      '이 나라는 앞으로 12년에서 15년 안으로

      꽤 그럴듯한 모양새를 갖추게 될 겁니다'

             라파이엣/ 드림

T. 제퍼슨에게 :

      '당신은 하나를, 나는 소수를 두려워하죠.'[2324]

군인들에게 봉급을 주는데 쓰였던

      증서들을 변제해 주는 일에 대해

         가장자리의 장식그림

         킹,[2325] 노스캐롤라이나의 샘 존슨[2326]

         사우스캐롤라이나의 스미스(W.), 워즈워스(제러마이어[2327]

         J. 로렌스,[2328] 빙엄,[2329] 캐롤턴의 캐롤[2330]

         해밀턴[2331]을 위해 누렇게 부패해갔다

         캐봇,[2332] 피셔 에임즈,[2333] 토마스 윌링[2334]

         로버트 모리스,[2335] 세지윅[2336]

                   자연의 지하 감옥[2337]

         분홍빛 머리카락의 속물들의 진열

         아놀드[2338]보다 더 검은 반역자들

밴크로프트[2339] 보다도 더 검은

왼쪽으로 빙 돌다[2340]

그 가면 뒤로 스카일러 씨(필리포)[2341]

이 반역자들, 이 매독에 걸린 자들

지옥의 기름기의 전위 부대

그 자손들에게서도 회개라고는 없구나

그리곤 코퀴투스,[2342] 커다란 사지의 카시우스[2343]

매디슨 씨[2344]는 원래부터 가졌던 이들은

액면가대로 받아야 하지만,

그 증서를 공짜로 사들인 투기꾼들에게는 그래선 안 된다고 했다.

하원의원 64명 중에

29명이 그 보증서를 가진 자들이었다.

크림을 홀짝 마시고는, 참전용사들로부터는

빼앗아버리고.

매디슨 씨의 동의가 패배-애하였다.

매클레이[2345]와 짐 잭슨[2346]은 매디슨이 냄새 맡기 전

또는 그 톰[2347]에게 그에 대해 말하기 전

이 더러움에 반기를 들고 일어나 이 냄새를 맡았던 것이다.

LXX

'내 상황은 아마도 이 세상에서 유일하게

확고함과 인내가 무용지물인 상황일 겁니다'

J. A. 부통령 그리고 상원 의장

1791년

프랑스가 핀크니 씨[2348]를 받아주지 않을 것인가?

애덤스 씨를 이끌려는 생각……

블라운트[2349](상원의원)는 영국과 투자를 하고 있었고……

그대는 유령회사 발기인들과 사기꾼들에 둘러싸일 것이오, 게리,[2350]

우의, 보통사람 마샬[2351]과 개구리들

우리 헌법의 적들만을 후원하고.

쿠바의 산트 야고[2352]에 우리 선원들을 내려놓으니

우리의 배들이 무장할 때까진…… 대통령의 경쟁자로서의 장관 부서[2353]

목적은 그 부서를 다섯 배로 키우려는 것…… 베르벤[2354]의 친구들은

그 사실들이 그를 비난하는 것이 되는 걸 싫어했다.

해밀턴에겐 아무런 지휘권도,

너무나 많은 책략들. 맥헨리[2355]는 전쟁성 장관이었다, 98년에

우리는 프리깃함을 가져야 한다, 어떤 유럽의 평화도 지속될 순 없다.

프랑스와의 전쟁을 권장하는 것이 상책인가?

(그들이 우리에게 선전포고를 하진 못하리라는 걸 전제하고서

(이렇게 피커링[2356]에게.) '탈레랑[2357]은

전혀 모르는 척합니다, 게리 씨가 전언해 주었습니다,

앞서의 X, Y, Z 사건에 대해 게리 씨보다 탈레랑이

훨씬 많이 안다는 것을 알면서도 말입니다.

(게리의 서명)

헤이그, '98년 7월 1일

공금 횡령꾼들, 그들이 프랑스인들을 내몰고자 일어설까……

밴스 M^{2358} / 굉장한 뇌물을 주러 모든 것을 탕진했는데' (암호문으로)

탈레랑, 속임수를 남겨 두었긴 하지만,

머리는 헤이그에서 아직 물러나진 않을 것이다

'평화'에 대해선

조금 전까지도 영국과의 전쟁을 부르짖었던 이들이, 평화, 전쟁

선거를 염두에 두고서. 내가 머리를 임명한 것은

적어도 나에게는 활달한 인물들을 등용한 것이었다

'그대를 이로써 면직시키노라'

미국 대통령, 존 애덤스

팀 피커링에게

동봉된 임무에 봉인을 붙이는 일을 시행할 것

버지니아의 존 마샬을 대법원장으로

그 대신 그대의 이름을 분명히 밝힐 것

국가의 실례實例와 관례에 대한 (또는 그 어느 것에 대한)

해밀턴의 온통 무지.

유럽의 모든 전쟁들에서 영구적 중립.

나는 국고를 가득 채우고서 국정에서 떠난다

1800년 12월 28일

제퍼슨 73표

버 73표[2359]

몇몇의 외국의 거짓말꾼들, 미국에는 미국인이 없고

우리 연방주의자들은 그 반대파들과 마찬가지로 미국인이 아니라

기억의 거울에 형성된 공간

워렌 부인[2360]에게 안부를

    바다 요정들

하이슨, 콩고, 보헤아[2361] 그리고 몇몇의 보다 급 낮은 신들에 대해

사이렌도 끼어야 할 게지요.

     영국파들이 이처럼 사근사근해 본 적은 없었어요

     영국파들이 이처럼 사근사근해 본 적이 없었어요.

우린 시계추처럼 왔다 갔다 해야 할 거예요.

서서히 굶어죽이기, 비밀회의, 의회,

    우리가 그곳에 가서 무엇을 해야 할지

(필라델피의 첫 번째 대표 회의) 미국 정치가들의

    보육원

반역, 중범죄, 새로운 교황 종신죄

버지니아는 담배 대신 밀을 심었다[2362]

    큰 문어발식 기업들과는 한 번도 마음이 좋아본 적이 없었다

보스턴항에 대한 퀸시의 지식, 증권으로 발행된 2백만

늙은이들은 젊은이들을 허락도 없이 붙들어 매는데, 무슨 권리로?

여자들은 왜 투표권에서 배제시키는가?

    권력은 땅의 균형에 뒤따른다

이곳에 수 개월간 있었으나, 한 번도 말 타 본 적은 없다.

유스티니아누스[2363]의 원천

깊이, 브랙턴,[2364] 도마,[2365] 아일리프[2366]와 테일러[2367]

'61년부터 이곳 브레인트리에

종이돈에 등을 돌리고, 그들은 장사를 물물교환으로 하는 걸 더 좋아했다

자네 말이 맞아, 러시, 우리의 문제는 무지일세.

특히 돈에 대해 말이지

영국의 보고서들을 여전히 믿는 증권 거래인들

'그 어떤 낭비도 그리 대단한 것이 아니다

워싱턴 장군의 군대 만 명이

클린턴에게로 건너갔다. 데스텡 백작은 보스턴에서 군대를

거느리고 행군했고, 예배당으로 쓰이는

회의장과 그밖에 이것저것을 점령했다.'[2368]

40,000의 러시아인들이 막 몰려나온다 하는데

내 봉급의 액수보다는 그걸 손에 넣는 수단이 더

염려가 되오

어쨌든 나에게 소식을 전해 주오.

메추라기, 자고새, 다람쥐

하느님 뜻하신바, 나는 버몬트로는 가지 않을 것이니

나는 있을 거요

(프랑스 정책의 총체)

바다

(단지 우리가 완전히 가라앉지만 않게 우리를)

냄새나는 곳에

    (끌고 가는 것일 뿐, 그들의 목적을 위한 만큼만 우리가

강하도록, 하나 우리가 우리 스스로를 위할 만큼 강하지는 못하게, 우리가

유럽에서 주목을 얻지 못하도록 하려는 것일 뿐. 하여 네덜란드에

    깃발을 세운 데 대한 나의 즐거움.

인기 있게 만들다, 인기 없게 만들다

    제퍼슨 씨를 인기 있게 만들려는 것

그리고 워싱턴 장군을 인기 없게 만들려는 것, 이 모두 체계에 따른 것.[2369]

    우리의 이익이 그들의 이익과 같다면

우리는 그들을 믿어도 좋을 것이다, 하나 완전히는 말고

왜냐하면 그들은 그들 자신의 것조차도 이해하지 못하고 있기 때문에.

    나는 지금까지 네덜란드에 관련된 이익을 원금으로부터 지불해

왔다

    ('85년 런던 아트 리[2370]에게

암스테르담만큼이나 악취가 나는 재판소, 정치라는 신성한 학문.

나라의 빚을 줄이기 위한 육백만 에이커의 판매 —

소수의 문학도들의 모임.

런던, 뉴잉글랜드 커피하우스에 두고 온 것

어떤 보스턴 선장에 의해 나에게 전해질 것이라

    내 시냇물을 홀리스[2371] 시냇물이라 부를까 합니다

자유를 위한 관대한 논쟁 이후, 미국인들은

    이십 년의 투쟁이 지난 후

자유가 무엇으로 이루어졌는지를 잊어버렸다 기억하는 건 즐거운 일

'모든 방면에서 정보를 얻고자 하며 내가 만난

그 누구보다 독자적으로 판단을 한다'

                        J. A가 G. 워싱턴에 대해

어업에 무관심한 미국인들

            심지어 어떤 이들은 그 권리를 주어버리려 하니

            이는 내가 두 번씩이나 유럽에 간

            가장 강력한 동기였다.

내가 없을 때 생선 상자들을 받아놓았다.

'그들의 헌법, 실험, 프랑스가 오랫동안

그 헌법으로 통치되리라고는 생각지 않아요.'

                        프라이스[2372]에게, 1790년 4월 19일

내 인생의 목적은 쓸모 있으려 한 것이었어요, 어느 나라에서건

헌법이나 행정의 체계를 이해하는

이들의 숫자는 그 얼마나 적은지

            그런데 이 소수들은 뭉치지 않거든요.

미국인들은 내가 '74년에 생각했던 것보다

            훨씬 빨리 선거의 타락에 물드는군요

군주제와 공화국이라는 단어들의 기만적인 사용

나는 균형을 지지합니다   中

그리고 어찌 그런지는 모르겠지만 인류는 정부에 대한

            그 어떤 탐구도 싫어해 왔어요

템스강은 허드슨강에 비하면 그저 자그만 개울

제퍼슨에게 73표, 버 씨에게 73표

　　　　　　내가 숨을 쉬는 한

늑대에게 양을 맡기지 않으리

　　그들은 합리적 논지에는 그처럼 맞지 않는 것이라

　　내가 숨을 쉬는 한 나는 사랑하리라

LXXI

한 독일의 대사가 한번은 나에게 성 바오로를 참을 수 없다고 하더군요

그가 말하길, 그가 간통에 너무 엄하다는 거예요.

양당이 다 기뻐하며 내가 물러났는데,[2373] 그렇다고 내가 공적 임무를

하기 시작했던 날을 저주한 적은 없어요.

첫해 의회 앞에서

(이는 '74년 이전)

나는 내 새들백을 말리고 있었고 바에는 네 명의 하사관이

정치 이야기를 하고 있었다 : '만약에' 하고 그중 한 명이 말하길 '그들이

핸콕 씨의 부두와 로우 씨[2374]의 부두를 접수한다면

내 집과 네 헛간도 접수할 거야.' 반동자!

나는 그들이 반동자라고 말하는 데 역겨움을 느꼈다. 영국의 지사들과

장군들이 그걸 시작한다면, 즉 헌법의 원칙에 그들이 반항하고자 한다면

나는 그 반항에 응전할 것이다.

'그리고 그런 동안에 프리깃함을 만들어야'

(1808년 그는 처음에도 그랬듯이 이렇게 썼다)

모든 주요 항구에서…… 바다에서 함대들과 싸우지 말고

빨리 가는 프리깃함을 만들 것

프랑스보다 영국으로부터

더 큰 손실을 입고 있는데,

나는 그 어느 쪽이든 우리를 처음 전쟁으로 밀고 가는 세력과 대항할 것

이다.

등쳐먹는 은행들에 의해 가치가 떨어지는데, 그런 등쳐먹는 수많은 은행들이

        우리의 수단을 망쳐놓고 있다.

그들이 발행하는 건 금에 반대하는 것이거나 아무것도 아닌 것이거나.

        소년 시절 '45년에

나는 케이프브리튼[2375] 전투와 영국인들의 배은망덕에 대한 이야기들을 들었다

셜리와 브래덕[2376]과 애버크롬비,[2377]

그리고 웹[2378]과 특히 루돈경[2379]의 불의.

'59년 피트, 울프, 애머스트에게 나는 열광했었지만,[2380] 그건 잠시

'61년 가택 수색 영장이 발부되었다.

서류가 없이는 지난 20년간의 역사는 없다

특히 회의의 멤버들에게 보낸

        같은 내용의 편지들, 이 고소장들이 없다면

'89년부터 '09년까지의 이십 년의 역사는 없다

        나는 내 온힘을 다해

그 어떤 분열에도 맞설 것이다. 노스리버[2381]로든

델라웨어강으로든 포토맥강으로든 나는 그 어떤 강이나

산맥으로 미국 땅을 나누는 것에 반대한다. 영국의 정책에

대항하는 독립? 프랑스의 간섭에 대항하는 독립,

영국에 고용된 연방의 신문들.

공공의 의견이 제대로 전달이 된다면, 지금은 그렇지 않지만,

베르젠이 나에게 말했다, 애덤스 씨, 신문이 세상을 지배해요.

매트록, 캐넌과 영²³⁸²의 헌법을 가지고

　　　그것이 프랭클린이 만든 것이라 믿고는, 그들은,

보마르셰와 콩도르세는 돈을 지불했다. 그들은 내가 쓴 건 좋아하지 않
았다.

　나는 영국의 헌법이 유럽의

　　　　　대국에는 맞는

　　　　　　　것이라 말하였다.

프랑스나 영국과의 연합은

　　　　　우리의 자유 체계에 종지부를 찍게 되리라.

그들의 미숙함, 너무나 피상적이어서 그들의 독서는……

상인들은 말할 것이다 : 상인들은 자기들이 하고 싶은 대로 하겠다고.

　　　　루이지애나가 없이는 미시시피강을 얻을 수 없다

서부인들은 그 강을 자유로이 사용하기 위해 무슨 일도 할 것이다

그들은 영국이나 프랑스와 손을 잡을 수도 있을 것이다

그 *때에* 라는 말의 의미를 밝히고

　　　　그 의도들을 결정하는 것

과두정치, 채워지지 않는 틈, 거역할 수 없는.

　　　　　나는 교회에 나가는 동물이지만

내가 결혼의 침대에 지조를 가르치고 있다면

사람들은 해밀턴 장군²³⁸³에 대한 유감에서 나오는 행동이라 말할 것이다.

　　　　　나는 핀크니 장군이 영국에서 고용했던

네 명의 영국 아가씨들, 나에게 두 명, 자기에게 두 명,

그들의 이야기를 잊어버렸다.

　　　　　판매허가를 받은 가게들의 수자가

곧 다시 원상회복되었으니, 차라리 인디언들에게 럼주를 마시지 말라고

　　　　　　　　　　　　　가르치는 게 나을 거다

작은 거북[2384]이 나에게 청원을 했다

그걸 금지시켜 달라고 '왜냐하면 한 해에만 자기 부족에 있는

자식들 중 3,000명을 잃어버렸으니까.'

　　　　　　　펀드나 은행이나

난 한 번도 승인한 적 없고 나는 우리의 모든 은행 체제를 혐오한다

하지만 세계의 지금 상황으로 보아 모든 펀드를

다 금지시키는 시도는 오베론이나 돈키호테에서의

모험만큼이나 낭만적인 게 되고 말 것이다.

선불 이자를 받는 모든 은행은 한마디로 저질

개인의 사적 이익을 위해 대중에게 세금을 매기는 꼴.

　　　　　만약 내가 이를 유언장에 쓴다면

미국인들은 내가 미쳐서 죽었을 거라 말하리라.

　　　　　　저들[2385]의 천막

월귤 블랙베리 딸기 사과 서양자두 복숭아 등

나에게 항상 그런 것들을 주었지

그들은 자기들 주변에 여러 열매 나무들을 심었거든

하지만 여자애들은 서비스업으로 나가고 남자애들은

바다로 나가니 아무도 그곳에 남지 않고……

　　　　　내 말을 믿어요, 우리가 식민지 주민들처럼 느끼는 동안에는

프랑스나 영국에 의존하게 될 테니까.

　　　　나무와 대마와 철만 있으면, 하고 함대 사령관이 말하길

그 나라는 자기 하고 싶은 대로 할 수 있지요.

세금은 있어야 하고, 전쟁을 뒷받침해야 하니까. 그래야만 한다.

　　　　1813년 퀸시에서 글 쓰는 애덤스

역사는 파괴되거나 끌어 넣어지거나 금지되거나……

　　　　우리의 '순수한 부패되지 않고 때 묻지 않고 희석되지 않은 등등'

1739년 윌리엄 키스[2386]는 내각에 그런 모임을 제안했었다

인지세 같은 — 그는 그때, 플리트 교도소에 있었던 것으로 아는데,

　　　　그가 제시한 것이 '54년과 '64년 받아들여졌다

그 어떤 재능 있는 신사도 이 역사를 집어 들려 하지 않았다.

　　　　토마스 맥키언[2387]

당신이 말하는 기간 동안

　　　　(1600에서 1813년)

　　　　영국의 우애라고는 전혀 기억이 없네요

　　　　헤라, 창시자[2388]

'74년의 회의에서 단지 팻 헨리만이

　　　　그 위기에 대한 감을 가지고 있었다

　　　　…… 그리고 그에 맞설 용기도

친프랑스, 친영국, 그리고 잡종들

　　　　우리는 이렇게 삼등분이 되어 있다

우리가 독립함으로써 자신들의 봉급이

　　　　(런던의 복음사단에서 오는)

필연적으로 끊길 거라고 보는 이들.

카론다스[2389]의 법은 내 추측건대 당파의 기운으로 파괴되었으리라.

시민의 정치의식 교회의 고집은

옛것에 대한 진정한 빛과 명료한 통찰을 줄 수 있는 모든 것을

파괴시킨다……

      귀족주의와 민주주의의 분노……

모세에 의해 채택된, 하지만 결코 그 사실들을 설명하지 못한다

     …… 성인들의 발자취라는 제목

안트워프에 전시되어 있는 포피包皮가 진짜인 건지……[2390]

어떤 임무에 대한 기록들이나 영광에 찬 군사적 이야기들에서

찾아볼 수 있듯 많은 애첩들은 자신의 연인들이

위험과 시련을 감히 겪어나가기를 바란답니다.

    '그의 아들[2391]이 그것들(어업의 권리)를

       다시 한번 구할까?'

클레이,[2392] 갤러틴,[2393] 러셀[2394]을 믿지 못하겠으니……

   호수! 우리가 바다를 통제해야 하는데![2395]

J. 불[2396]은 여전히 포효하고 있다 (1814년 7월)

    나는 프랑스가 아직도 보나파르트를 그리워하지 않기를

불은 더 큰 전제폭군, 1783년의 우리의 조약은 아직 끝나지 않았다.

별개의 나라들 사이의 조그만 상호교류. 내 행정부의 그 어떤 부문도

그처럼 인기가 없지는 않았다, 마블헤드[2397]에서도,

   해군을 지지하는 나의 투쟁 또한

해군을 만들자는 것 말이다.

나는 보스턴의 그 어떤 출판업자도 그걸 내지 않을 거라 믿는다.

　　　　　　　애덤스가 L. 로이드[2398]에게 1815년)

나는 오늘날에도 보스턴의 그 어떤 신문에도 그 글들이

출판될 거라 믿지 않아요. 회람 편지들, 그것들 대다수가

성인들의 행전만큼이나 수많은 거짓말들로 가득 차 있습니다.

펜실베이니아의 에고이스트들. 그들은 보나파르트가

교황에 종지부를 찍게끔 신의 섭리에 의해 선택되어

지복천년을 가져 올 '도구'였다고 굳게 믿고 있다

제퍼슨은 그들을 알고 있다…… 모두들 그에게 15년간 구애를 했다

내 대답은 : 라이만 장군 당신이 말한 것처럼

그리되기는 하겠소만 그들 집단보다 더 정직한 이들을 망하게 할 것이오.

버는 아주 심각하게 그걸 접으며, 말하길 :

　　　　　내 그들을 아주 납작하게 만들 거야.

(해밀턴의 대리자들을 말함)

　　　　　월코트[2399]는 8%를 고집했다

그들은 남미인들에게 자유로운 정부가

　　　　가능하다고 믿었던가?

명료한 휴식 기간. 프랑스 총재 정부가 그런 순간을 한 번 가졌다

　　　　유럽의 어느 누구도 헌법에 대해

아무런 관심이 없다, 1815년, 그 어떠한 것에 대해서도

그들 중 어느 누구 하나도 그 어떤 헌법이든

　　　이해하거나 이해할 능력이 없다

우리의 해군이 영국 해군이 그랬듯

　　　　천벌을 받지 않게 하여 주소서.

내가 대통령으로 있는 동안 인디언의 도끼가 단 한 번도 치켜들어지지

않았다

자연에 의해서든 사람 손에 의해서든 바다를 제국이나

　　　　어떤 구역이나 기사의 봉토로 나누어진 적이 없다

장식적인 농장이든 아니든 없게 하고, 공원이나 정원도 없게 하고

우리에게 물고기를, 어업권, 영국이 아직도 미시시피에 대한

　　　　항해권을 가지고 있다

돈으로든 아니든, 영국은 결코 이 나라를 정복하지 못하리라.

　　　'그들은 팔릴 것은 뭐든 출판할 겁니다.

'우리 사이의 서신은 양당 모두 호기심 있어 할 겁니다'

　　　　애덤스가 제퍼슨에게 1815년

누가 손을 대거나 한 것 같지는 않아요

　　　당신의 편지들이 개봉되지 않은 채 전달되는 것 같아요.

프라이스[2400]는 '우울한 예견'을 정말로 좋아하지 않았다

애덤스가 프랑스혁명이 실패할 거라 말했을 때 말이다

'그(모건[2401])의 책에 실린 다른 나머지 모든 것들보다

　　　제퍼슨 편지들을 더 갖고 싶군요.'

연설들, 스페인에선 종교재판이 다시 시작되고……

검은, 하얀, 또는 잡색의 영국 동맹들.
팩스턴, 버치, 템플²⁴⁰²을 방어하기 위한 함대
　　　　　내 논지의 대부분으로 오티스²⁴⁰³에게 신임을
그는 비합법성을 보여주었다, 특권을 없애는 쪽으로
불쌍한 군인들은 무엇 때문에 여기 왔는지를 모른다
노스²⁴⁰⁴는 그들을 샘 애덤스의 두 부대들이라 불렀다
　　　　　허친슨이 이리로 가져온 엄청나게 큰 가발
마치 양털들 같고. 내 믿건대 미국에서
　　　　　　　　영국 법령집을 가진 사람은 나뿐일 것
…… 주의회 의사당에 소총과 총검을 들고
　　　　　패덕²⁴⁰⁵ 아래
예수회원들 교황들 소르본 대학 출신자들 모두 일말의 양심은 가졌을 것
술라와 마리우스²⁴⁰⁶도 그러했으리라, 핸콕²⁴⁰⁷에게 허영심이 있다면
나 또한 그러할 것이고, 그가 나를 화나게 한다면, 나도 그에게 그러할
것이고
　　　　　보스턴과 런던을 오가는 4개의 커다란 배
'55년에 그의 삼촌은 그에게 사업을 물려주었는데
　　　　　그렇다고 존 핸콕이 변한 건 아무것도 없었다
그에게 의지하는 집안만 해도 천은 되니
사람들이 그를 뽑았을 때 샘 애덤즈는 그들이 잘했다고 인정해 주었다
조셉 홀리, 오티스, 샘 애덤스, 핸콕
거기다 제이도, 그들의 행동을 모른다면
무엇이 우리의 혁명을 만들어냈는지 당신은 모르는 겁니다

시적인 신화에 더 어울릴 법[2408]

오티스는 그리스의 작시법에 대해 글을 썼는데

　　　나는 그가 라틴어 작시법에 대해 쓴 것은 출판하였다

그의 딸은 나에게 말하길 그가 우울에 사로잡혀

　　　모든 원고들을 불태워 버렸다 했다

아마도 그것은 머리에 일격을 맞은 것 때문이 아닐까

　　　'74년부터 중립

나는 오티스에게 그것(그리스 작시법)을 출판하자고 간청하였으나

그는 미국에 그리스어 활자가 없다고 말하면서

만약에 있다 해도, 그것을 사용할 수 있는 식자공이 없다고 했다.

오티스는 자신의 지위(법무관)에서 사임했고

　　　옷을 잘 차려입은 커피하우스의 강도들에게 두들겨 맞았다.

수색 영장에 반대한 오티스, 사법부에 대항한 J. A.,

프레스턴을 변론했고, 군인들을 변론했다,

어업권, 평화, 워싱턴을 추천했고, 1800년 프랑스와

평화를 맺다. 금과 은은 그저 상품일 뿐

트라시[2409] 왈, 그것들이 무게 이외의 것으로 규정지어진다는 건 슬픈 일

그것들은 밀이나 목재와 같은 상품일 뿐인데.

　　　유럽에서 발 빼기

그리하여 찰리 모어디카이[2410] 앞으로 :

　　　'그들을 자유롭게 하여 더 나쁘게 되게 하지 말 것' 계속 인용하

자면

　　　'무엇을 줄지 고려하고, 그들(노예)로부터 어떤 노동을

뽑아내어야 나의 이익을 이렇게 부풀려 나갈지
평균적으로 그들을 6년간 부려먹으면
            농장주에게 가장 이익이 된다네'
다음과 같은 코멘트 :

        '우리가 평균 2년이라는 석탄 운반 인부의
기대치를 계산해 본다면 이는 확실히 인간적임 :
50,000명이나 되는 길거리의 여자애들은 삼 년 잡는다 해도
'농장 무역을 보다 잘 확고하게 하기 위함'
윌리엄 3세의 7조 8조의 여러 법령들

22장의 전문前文
십장들에게 훈령을 내리는 참사의원 베크포드[2411]를
굳이 연상시켜 드리지 않아도 되겠지요
            (그들을 거칠게 다뤄) 서인도에서
                애덤스가 윌리엄 튜더[2412]에게
                1818년
                홉하우스[2413]보다 24년 전
'동전과 신용과 유통에 대한 무지!'
            불사신들 중에서도 가장 영광스러운 이,
                여러 이름으로 숭배를 받는 이,
                    영원히 전능한 이,
            제우스, 자연의 질서의 창시자,
                법으로 모든 것을
                    다스리도다.[2414]

칸토 LXXII~LXXIII

1945/1987

똥 전쟁에 대해 생각해 보면

어떤 사실들이 솟아오르게 되리라. 태초에 하느님은

위대한 미학자로서 하늘과 땅을 창조하신 후,

화산과 같은 석양이 지난 후, 바위를

이끼로 일본식으로 색칠한 후,

처칠 같은 임자들의 원형인, 거대한 고리 대금업자

사탄-게리온[2416]을 배설해 내셨다. 나는 이제 거친 방언으로

노래 부르고자 하니 (토스카나의 노래는 아니노라[2417]), 왜냐하면

이미 죽은 필리포 토마소[2418]가 나에게 찾아와 말한 까닭이라 :

      "그래, 난 죽었어,

하나 난 천국에 가고 싶지 않아, 난 계속 싸우고 싶어

자네 육체를 빌렸으면 해, 내가 계속 싸울 수 있게."

나는 대답하였지, "토마소, 내 육신은 이미 늙었어,

그리고 내가 그러고 나면 어딜 가겠나? 나도 내 자신 몸뚱이가 필요해.

대신 내 자네에게 이 칸토에 자리를 마련해 줌세, 자네가 말할 수 있게

말일세.

하나 그래도 여전히 싸우길 원한다면, 가서 젊은이를 취하게.

뭔가 모자라고 심약한 친구를 골라내어

그에게 약간의 용기를 주고 얼마간의 두뇌를 주어서

많은 영웅들 사이에 또 한 명의 영웅을 이탈리아에 안겨 주게나.

      말하자면 다시 태어나 표범이 되는 거지.

그리하여 자네는 두 번의 탄생을 알고 두 번의 죽음을 겪는 걸세.

침대에서 늙어서 죽는 게 아니라

전장의 소리를 들으며 죽어서

천국으로 들어갈 테지.

자네는 이미 21번째 9월,[2419]

그 몰락의 날, 그 반역 이후

연옥을 지나쳐 간 셈이지.

가게! 가서 다시 영웅이 되게.

나는 말로써 할 걸세.

내 자신을 설명할 걸세

왜냐하면 난 빛과 진흙탕 사이의

영원한 전쟁을 노래 부르고 있으니까.

잘 가게, 마리네티!

애기하고 싶을 때 다시 찾아오게나."

"이리 와!"

하고 크게 외치고는 그가 슬픈 목소리로 덧붙였어,

"여러 가지 점에서 나는 공허한 허영을 뒤쫓았어,

난 지혜보다는 외양을 사랑했지

그리고 옛 현인들을 잘 몰랐고 공자나 맹자를

단 한 줄도 안 읽었어.

난 전쟁을 노래 불렀고, 자네는 평화를 원했지.

우리 둘 다 눈먼 셈!

난 내적인 것에서 실패했고, 자넨 현실적인 것들에 실패했어."

　　　　　그는 전적으로 나에게만

이야기하는 것도 아니었고, 옆 사람에게 이야기하는 것도 아니었으니,

자기 자신의 부분과 이야기하는 셈인데,

자신의 중심과 이야기하는 건 아니었다. 그의 회색 그림자가

점점 더 회색빛으로 되어 가는데,

텅 빈 공허의 투명함으로부터

또 다른 톤의 목소리가 나타났다,

　　　　"콧구멍이 불길의 숨결들을 토해낸다"

내 응답하길,

　　　　"토르카토 다찌,[2420] 자네가 왔는가,

　　　　　　20년 전 무싸토를 깨우고자 자네가

번역했던 시행으로 자장가를 부르려고?

자네와 마리네티는 한 쌍이지,

　　　　　　둘 다 극단적으로 사랑하니까, 그는 미래를

자네는 과거를.

지나친 의지는 극단적으로 잘못된

지나친 결과를 가져온다네, 그는 파괴시키고 싶어 했는데

우리는 지금 그가 원했던 것 이상으로 폐허를 보고 있어."

그러나 첫 번째 혼령은, 마치 급박한 소식을

가지고 있어

덜 급한 문제는 참을 수 없어 하는 사람처럼

다시 말을 했는데, 그건 아드리아나 광장에서,

티베르강 주변의 길거리에서 들었던 마리네티의 목소리였다.

"가자! 가자!

마칼레[2421]로부터, 고비 사막의

저 끝 위, 모래에 하얗게 묻힌 해골은

　　　　노래 부른다

지치지도 않고서, 노래 부르고 또 부른다.

　　'알라메인![2422] 알라메인!

　　　　　우리는 돌아온다!

　　우리는 돌아온다!'"

"나도 그걸 믿어" 하고 내가 말하자,

그는 내 대답에서 평화를 얻는 듯 보였다.

하나 두 번째 혼령이 다시 읊조렸다

후렴을,

　　　"황소와 같아……"

　　　　(이는 라틴어에서 번역된,

『에체리누스』의 한 구절).

　　　　그는 그 행을

끝마치지 못했다.

　　　　왜냐하면 모든 공중이 흔들렸고, 모든 그림자들도

무너지듯 흔들렸으며

억수 같은 비를 몰고 오는 천둥처럼

의미 없는 문구들이 재빨리 날아다녔기 때문. 그리곤

아마도 죽음을

분명히는 커다란 고통을 몰고 오는

　　　　한 줄기 빛이 잠수함을 강타했을 때의 삐직 소리처럼

나는 계속되는 외침을 들었다,[2423]

　　　　"교황당의 중상모략, 그들의 무기는 늘

저 옛날부터 중상모략이었으니.

오래된 전쟁이 로마냐에서 맹위를 떨치고,

배설물이 볼로냐에까지 이르러

겁탈과 방화가 난무하니, 바냐카발로엔

모로코인들과 언급하기에도 수치스러운

다른 쓰레기 더미,

　　　　하여 묻힌 흙이 저 깊숙한 곳에서

뚜껑을 열고 나와, 움직이고, 숨을 쉬며,

외지인들을 몰아내려고 다시

살아나고 싶어 하누나.

난 내 시대에도 많은 쓰레기들을 보았거니와,

역사는 도시나 지방을 팔아먹는 그런

더러운 것들을 연이어 보여주는구나.

　　　　하나 그 미숙한 태아가

온 이탈리아와 제국을 빨아먹었다니![2424]

리미니가 불타 무너지고, 폴리가 파괴되었으니,

누가 다시 비록 그리스인이었지만 그렇게도

현명했던 게미스투스[2425]의 무덤을 볼 것인가?

아치도 무너지고, 벽도 불에 타고

그 신성한 이소타의 신비의 침실이……"

　　　"그대는 대체 누구신가?" 하고 나는

그의 폭풍 같은 분노에 대고 소리쳤다.

"시지스문도이신가요?"

　　　　　　그러나 그는 내 말에는 들은 척도 않고,

분노에 찬 소리로,

　　　　"보르지아²⁴²⁶ 같은 자는 파첼리²⁴²⁷ 같은 자에 비하면

교황의 권좌에서 더 일찍 사라지는 셈.

식스투스²⁴²⁸는 고리대금업자의 아들

그리고 부인하는 자 베드로²⁴²⁹를 뒤따른

그 모든 무리들,

고리대금업과 뛰어난 계약을 통해 살이 쪘구나!

이제 그들이 그대들에게 다가와 외쳐댄다.

파리나치²⁴³⁰는 거친 손을 가졌다고, 그는 꿰뚫어 보는 자였건만.

그는 하나의 거친 손을 가졌었지, 다른 하나는 바쳤거든,

그래서 그는 영웅들 사이에서 명성을 얻었지,

그 수많은 영웅들 말이야, 텔레라, 말레티,

미엘레, 데 카롤리스와 로렌치니,

기도 피아첸짜, 오르시와 프레디에리,

그리고 발다싸레, 보르사렐리와 볼피니,

장군들만 이야기한다 해도 말이야.²⁴³¹

클레멘트²⁴³²는 은행가의 아들이었고,

레오 10세[2433]는 고리대금업자한테서 태어난 자이니……"

나는 "대체 누구시오?" 하고 소리쳤다.
"난 이 세계가 유대인에 의해 창조되었다는 걸
믿지 않는 에첼리노요.
내가 다른 돌발적 일들로 비난받고 있다 해도
　　　　그건 그대와 상관없는 일.
난 그대의 친구가 번역한 자에 의해 배반당한 꼴.
무싸토 말이지, 그는
내가 마귀의 아들이라 썼거든.
만약 그대가 그러한 꾸며낸 말을 믿는다면
어느 홍당무도 그대를 나귀로 만들 것이오.
잘생긴 아도니스가 멧돼지에게 죽었다는 건
아름다운 아프로디테가 눈물지으라고 그런 것.
만약 내가 이성理性을 노리개 삼아 말한다면
도살장이나 동물 연구가 집의
황소는 비둘기나 매한가지라고 말하리다.
우화에서 즐거움과 기쁨을 얻는 이들은
동물이 곧 종교는 아니라고 말하겠지.
단 하나의 거짓이 내가 행한 모든 강탈들보다
이 빌어먹을 세상에서 더 나쁘게 통하니! 거미, 추악한 거미!
저 야수를 그 구멍에서 꺼내주시오,
　　　　이렇지 않으면 좋겠지만,

인간이란 동물은 자신의 족쇄를 사랑하는 것인가?

여하튼 황제가 그 기증을 하여

비잔티움이 혼란의 근원지였으니,

그는 그것을 형식도 갖추지 않고 불법으로 행하여

자신을 자신과 정의로부터 분리시켰던 셈.

시저도 자신을 조각으로 나누지 않았고,

베드로도 아우구스투스가 모든 힘과 기능을

가지기 전까지는 바위가 아니었거늘.

단지 가진 자만이 합법적으로 줄 수 있는 법,

피렌체인은 황제파들에게 어떤 일이 있었는지를 잘 알고 있어요."[2434]

마치 여럿의 송신 장치에서 나오는 전파처럼

목소리들이 뒤섞이고

말소리들이 깨어지는 걸 들었는데,

여름날 아침

여러 마리 새들이 대위법으로 노래 부르는 듯하여

그중 하나가

아름다운 톤으로

　　　"나는 플라키디아,[2435] 나는 금빛 아래서 잠들었다네"

튜닝이 잘된 현에서 나는 소리 같구나.

　　　"여인의 우수와 달콤함……"

　　　하고 내가 시작하자

곧 내 피부가 내 어깨 사이에서

비틀리고,

　　　내 손목이

쇠 같은 올가미로 꽉 조여서

　　　손도 어깨도

움직일 수 없었는데, 보니

팔뚝이 없는

　　　주먹이 내 손목을 잡고서

나를 벽에 못처럼 붙들어 놓고 있는 것이었다,

이를 겪어 보지 않은 이는 내 말을 바보 같은 소리라 하리라.

그러자 앞서 폭풍 같았던 목소리가

나에게 격렬하게, 격렬하지만, 적대적이지는 않게,

오히려 전투할 때 미숙한 젊은이가

어찌해야 하는지를 말해 주는 아버지처럼 말하였다.

　　　"의지는 오래되었으나, 손은 새로운 손.

잘 들어라! 내 말을 잘 들어라, 내가 밤 속으로

되돌아갈 때까지.

　　　해골이 노래하는 곳으로

군인들이 돌아오고, 깃발이 돌아오리라."

LXXIII

(카발칸티-공화국 통신)[2436]

그러고 나서 나는 잠을 자다

검은 대기 속에서 깨어

보고 들었다,

내가 본 그는 말을 타고[2437] 있는 듯이 보였다,

그리곤 들었다,

"내 민족이 수치를 뒤집어쓰고

비열한 놈들에게 지배당하며

속임을 당한 채

죽어가야만 한다는 것은

나에게 기쁨이 될 수 없구나

루스벨트, 처칠, 그리고 이든[2438]

개새끼들과 소인小人 유대인들

돼지들과 거짓말쟁이들

모든 일에서 쥐어짬을 당하는 이들

바보 같은 이들!

사라자나[2439]에서 죽은 이후

나는 회복의

나팔 소리를 기다렸지.

나는 그대가

나의 자긍심에 찬 정신과

내 지성의 명료함 때문에 사랑했던 구이도라네.

나는 키프로스²⁴⁴⁰ 천상의

광휘를 알고 있지

한번은 말 타고

(앞말잡이²⁴⁴¹는 결코 한 적 없다네)

보르고 거리²⁴⁴²를 지나갔지

또한 이름 하여

슬픔에 찬 도시²⁴⁴³

(피렌체)

늘 분열되어 있으니,

성격 못되고 경솔한 사람들,

노예의 무리로구나!

아리미눔²⁴⁴⁴을 지나다

그곳에서

한 자긍심에 찬 혼을 만났다네

기쁨으로 도취된 듯

노래를 부르는.

그건 한 시골 소녀였어

약간 키가 작지만 예쁜 얼굴의.

두 명의 독일인들과 팔짱을 끼고

노래를 불렀지,

사랑 노래를,

천상으로 갈

　　　　필요가 없었어.

그녀는 캐나다인들을

　　　　지뢰밭으로 이끌고 갔었지

사랑스런 이소타의

　　　　사원이 있는 그곳.

그들은 걷고 있었어, 네 명인지 다섯 명인지

　　　　　난 내 나이에도 불구하고

　　　다시 한번

　　　　　사랑에 굶주렸다네.[2445]

로마냐[2446]의

　　　소녀들이 그러해.

캐나다인들은

　　　독일인들을 물리치기 위해 왔었지,

리미니에 남아 있는

　　　것들을 무너뜨리기 위해.

그들은 소녀에게

　　　비아 에밀리아로

　　　　가는 길을 물었지,

　　　　　방금 전에

그 오합지졸들에게 강간당한 소녀에게.

　　　"이보세요! 이보세요! 군인 아저씨들!

　　　　　이리로 가면 돼요.

가요, 가요

　　　　　　비아 에밀리아로!"

그녀는 그들과 함께 갔어.

　　　그녀의 남형제가

지뢰 구멍을 팠지,

　　　바다를 향한 저 아래에.

바다를 향해 아래로 그녀가,

　　　약간 키는 작지만 예쁜 얼굴의 그녀가,

군인들을 데리고 갔지.

　　　훌륭한 소녀로고! 훌륭한 소녀로고!

그녀는 순수한 사랑을 위해

　　　장신구를 내던졌다네,

　　　　　여장부로고!

그녀는 죽음을 무시했지

그녀는 변덕스런 운명을

　　　극복했어.

약간 키가 작은, 그러나 많이 작지는 않은,

　　　그녀가 목적을 달성했던 것이야.

　　　　　그 얼마나 멋진 일인가!

지옥으로 날아간 적,

　　　죽은 자 스물,

그 무리 사이에서

　　　그 소녀도 죽었지,

붙잡혔던 자들은 풀려나고.

그 조그만 소녀의 정신은

자긍심으로 차 있었으니

노래하누나, 노래하누나

기쁨에 도취되어,

바다로 이어진

길 위에서 지금껏.

조국의 영광!

영광! 로마냐에서

조국을 위해 죽는 것은

영광이로세!

죽었어도 그들은 죽은 것이 아닌 것이니,

나는 제3천에서

돌아와

로마냐를 보누나,

회복되는

산들을 보누나,

얼마나 아름다운 겨울인가!

북쪽에서는 조국이 다시 태어나누나

하나 얼마나 대단한 소녀들인가!

검은 옷²⁴⁴⁷을 입은

대단한 소녀들,

대단한 소년들!

피사 칸토스
LXXIV~LXXXIV

1948

농부의 구부러진 어깨에 담긴 꿈의 거대한 비극

마네스![2449] 마네스는 무두질당하고 박제되었으니,

그렇게 벤과 클라라는 밀라노에서

        밀라노에서 거꾸로 매달려[2450]

구더기들[2451]이 죽은 황소[2452]를 파먹는구나

디고노스,[2453] 디고노스, 하나 두 번 십자가에 매달린 자

       그 어느 역사에서 그걸 발견하리?

이 말을 포섬[2454]에게 하리라, 쿵 하고, 흐느낌이 아니라,

      흐느끼면서가 아니라 쿵 하고라고,

별들의 색깔인 테라스를 한 다이오스[2455]의 도시를 건설하려는 것.

온화한, 고요한, 멸시적이 아닌 눈동자,

       비 또한 과정의 부분이라.

그대가 벗어난 건 길이 아니라

바람에 하얗게 날리는 올리브나무

키앙과 한에 씻기니[2456]

그 어떤 하얌을 이 하얌에 덧붙이랴,

        그 어떤 진솔함을[2457]?

"그 거대한 여정은 별들을 우리 해변으로 이끌고 왔다."

그 기둥[2458]을 지나 헤라클레스 저 밖으로 나간 그대

루시퍼[2459]가 노스캐롤라이나주에 떨어졌을 때.

온화한 공기가 남동의 열풍에 밀려난다면

오이 티에,[2460] 오이 티에? 오디세우스

　　　　　　　우리 집안의 이름.

바람 역시 과정의 부분이라,

　　　　　　　달 자매

대중의 어리석음과 신을 두려워하라,

하나 정확한 정의定義

　　　그렇게 후세에 전해졌나니 시지스문도

　　　두치오,[2461] 주안 벨린,[2462] 혹은 성당이 있는 티베르강 저 너머 지역

우리 시대에 이르기까지 모자이크를 한 예수의 신부[2463] / 황제의 신격화

그러나 탕[2464]의 역사를 모르는 추저분한 야만인[2465]은

어느 누구도 속일 필요 없다

　　　또한 익명으로부터 빌려온 찰리 숭[2466]의 돈도

즉, 우리는 찰리가 어느 정도 갖고 있었다고 생각한다

그리고 인도에서는 100대 18의 비율[2467]

지방의 대여꾼들은 수입된 은행가들로 채워지고

하여 모든 이자는 인도의 농부들로부터 짜내어졌는데

　　　처칠만큼이나 거창하게 증가되어 갔으니

때는 그가 그 악취 나는 금본위제로 환원하였던 때라

대략 1925년경 오 나의 영국이여

자유로운 라디오 연설이 없는 자유 언론은 무나 마찬가지

　　　스탈린에게는 단 한 가지 점이 필요한바

당신은 생산수단을 이어받지 않아도 됩니다,

행한 일을 지시해주는 돈, 체제 내에서

측정되고 요구되는 대로 말입니다

"나는 불필요한 수작업은 하지 않습니다"

라고 천주교 신부의 노트엔 적혀 있다

            (고백 전에는 준비를)

사형수 감방 위의 종달새처럼 짹짹거리느니

            서쪽으로 전진해 가는 군국주의

서부엔 새로운 것이란 없다[2468]

헌법은 위험에 처해 있고

상황 또한 별로 새로운 것이 아니었으니

"사파이어 이 돌은 잠을 선사하는도다"

말로써 성실하다거나

        행동으로 결단을 보임이 아니라

            다만 새가슴만한 공평함이 목재를 만들고

                대지를 거머쥐나니

라우스[2469]는 오디세우스의 이야기를 함에 있어

그들이 엘리아스 이야기를 함을 발견하였다.   오이 티에

                        오이 티에

"난 무명씨, 내 이름은 무명씨요"

하나 완지나[2470]는, 뭐라 할까, 완진[2471]

또는 교육받은 자

그리고 너무나 많은 것들을 만든 까닭에

        아버지에 의해 입이 제거되어버린 자

하여 총림 지대 주민의 짐 꾸러미가 덜거덕거렸으니

1938년경 호주로 떠났던 프로베니우스[2472]의 생도들의

               탐험 참조

완진은 말을 했고 그리하여 명명된 것을 창조하였고

                    그리하여 덜거덩거리게 하였도다

움직이는 인간들의 해독

그리하여 그의 입이 제거되었으니

그를 그린 그림에 보면 입이 없음을 알게 되리라

                 태초엔 말이 있었으니

           성령 또는 완벽한 말인 '성실'이

태산이 보이는 사형수의 감방에서 @피사

가르도네[2473]의 후지야마[2474]라고나 할까

고양이는 난간의 맨 꼭대기 살을 걸어 다니고

물은 서쪽에서 고요하게

빌라 카툴로[2475]로 흘러가는데

소리는 점점 더 작게 철썩거리며

               끊임없이 움직여 가느니

모든 전쟁들을 뛰어넘고 살아남은 고요함이로고

"여인" 하고 니콜레티[2476]가 말하였다

              "여인,

                  여인이여!"

"왜 그렇게 계속되어야만 하는가?"

"내가 쓰러진다 해도" 하고 비앙카 카펠로[2477]가 말하길

"내 무릎을 꿇진 않으리라"

하루 동안의 독서로 열쇠를 손에 쥘 수도 있는 법

가시르의 수금.[2478] 파사 만세

벼룩을 몰고 오는 사자 색깔의 강아지

그리고 하얀 반점의 새, 특이한 걸음걸이를 하는 자

여섯 개의 교수대 아래

사하여주오, 우리 모두를 사하여주오[2479]

저곳에 바라바스[2480]가 누워있고 그 옆에 두 도둑이 누워있구나

애들의 집합 같은 바라바스,

헤밍웨이를 뺀, 앤타일[2481]을 뺀, 열정적인

그 이름은 토마스 윌슨[2482]

K씨는 어리석은 말이라곤 한마디도 안 했다, 꼬박 한 달을 말이다,

"우리가 침묵을 지키지 않았다면, 이곳에 있지 않을 것이다"

그리고 레인[2483] 무리.

나비들, 박하, 그리고 레스비아[2484]의 참새들,

쿵쿵 울리는 깃발과 드럼을 가진 소리 없는 이들,

그리고 보초실의 표의문자

슬픈 생각이

우셀[2485]로 향하는구나 방타두어[2486]로

생각이 향하니 그 시절이 돌아오는구나

리모지[2487]에서 그 젊은 외판원은

프랑스적인 공손함으로 고개를 숙이고는 "아니 그건 불가능하네요."

난 어느 도시였는지는 잊어버렸다

하나 그 동굴들은 덜 숙련된 탐험가들에게는 관재 엽서에 등장하는

유럽 들소들보다 덜 매력적이리니,

우리는 그 오래된 길들을 다시 보게 되리라, 의문,

아마도

이보다 가능성이 더 없는 것은 없을 것 같구나,

마담 퓌졸,[2488]

특히 비 온 뒤엔

텐트의 드리워진 천 아래 박하의 냄새

그리고 마치 그 탑을 마주보듯

피사로 가는 길을 보는 흰 소,

연병장엔 검은 양들 그리고 습한 날엔 구름이

산에 끼는데 마치 보초실 밑으로 드리우는 듯하였다

한 마리 도마뱀이 나를 격려해 주었고

야생의 새들도 흰 빵을 먹으려 들지 않았으니

태산으로부터 석양에 이르기까지

카라라[2489] 돌에서 탑에 이르기까지

이날 온통 기쁨으로 찬 쿠아논[2490]을 위해

대기가 활짝 열려 있었나니

리누스, 클레투스, 클레멘트[2491]

그들의 기도,

커다란 딱정벌레가 제단에서 고개를 숙이고

초록의 빛이 그 껍질 안에서 빛나누나

신성한 들에 쟁기질하고 누에를 일찍 풀었도다

뻗어나는 顯

빛의 빛 속에 힘이 들어있다

      "빛들이로다" 하고 에리우게나 스코투스[2492]가 말하였다

        태산 위에 올랐던

그리고 선조들의 기념관에 있었던 슌[2493]

          경이로움의 시작

야오[2494]에게 내재되어 있었던 신령, 정확성

슌에게는 동정심

유[2495]에게는 치수治水

네 모퉁이의 네 거인들[2496]

    문간에는 세 명의 젊은이들

그리고 그들은 습기가 내 뼈를 갉아먹을까 봐

    내 주위에 둥그렇게 수렁을 파 주었다

      정의로움으로 시온을 구제하리니

라고 이사야[2497]가 말하였다. 이자 받고 돈놀이하지 말라고 으뜸가는

           개XX인 다윗 왕이 말하였다

뻗어나는 순수한 빛

     흠 없는 태양의 끈

"빛들이로다"라고 그 에이레인이 카롤루스 왕[2498]에게 말하였다

        "모든 것들,

존재하는 모든 것들은 빛들이로다"

그들은 아마도 마니교도들을 찾다가

그를 무덤에서 파내었다.

레 잘비주아,[2499] 역사의 한 문젯거리,

국가가 조선공들에게 빌려준 돈으로 만든 살라미스[2500]의 함대

말해야 할 때, 침묵을 지켜야 할 때.[2501]

결코 국내에서 생활수준을 높이려는 것이 아니라

늘 국외에서 고리대금업자들의 이윤을 늘리려고,

하고 레닌이 말하였다,

총 판매는 더 많은 총 판매를 몰고 오니

그들은 무기시장의 판을 깨지 아니한다

포화상태란 결코 없다

피사, 그 노력[2502]이 23년째 되는 해 그 탑을 바라보며

어제 틸[2503]이 살인과 강간죄로

매를 맞고 교수형 당하였다   콜키스[2504]와

신화를 덧붙여, 그는 자신을 제우스의 양이나 뭐 그런 것으로 생각

했다

여봐 스내그[2505] 성경에 대체 뭐가 있지?

성경책엔 어떤 것들이 있나?

말해 봐, 나한테 뻥 튀길 생각하지 말고.

莫 오이 티에[2506]

태양이 그 위로 지는 사람

암양, 그 눈이 무척 예뻤다고 그가 말했다,

그리고 하고로모[2507]의 요정이 나에게 찾아왔다,

천사들의 화관처럼

하루는 태산 위로 구름들이 쌓였느니

혹은 석양의 광휘 속에

그리고 길 잃은 축복을 받은 동지는

저녁에 빗물 도랑 속에서 흐느꼈다

빛들이로다

이 드라마란 전적으로 주관적인 것이니

돌은 석공이 자신에게 부여한 형태를 안다

돌은 그 형태를 아는 법

키세라이든, 이소타이든, 혹은 피에트로 로마노[2508]가 그 초석을 만들었던

기적의 성모 마리아 성당[2509]이든

오이 티에

태양이 그 위로 지는 사람

다이아몬드는 산사태에도 소멸하거나

있던 자리로부터 떨어져 나가지 않는 법

다른 이들이 그를 파멸시키기 전에 먼저 자신이 스스로를 파멸시켜 버

리누나.

네 번이나 그 도시가 다시 세워지곤 했었으니, 만세 파사,

가시르, 파사 만세 배반당한 이탈리아

이제는 파멸될 수 없는 마음속에, 가시르, 파사 만세,

네 모퉁이엔 네 명의 거인들

중간 벽엔 네 개의 문 파사 만세

테라스는 별들의 색깔

새벽 구름처럼 엷은 색, 달

데메테르[2510]의 머리카락만큼이나 가늘구나

파사 만세, 재생의 춤

　　　그리고 대위법으로 노래 부르는 두 마리의 종달새

　　　　달래주는

　　　　　　황혼에

짧은 바지를 통해 본

　　　왼편 탑.

넋을 잃고 넘어지다

알크메네[2511]와 티로[2512]가 있는 혼령들의 세계와

　　　　행동하는 카리브디스[2513] 사이에서

　　　　태산의 고독으로

머리칼 잡혀 낙원으로 끌려 들어가진 않을 여인, 여인,

여정의 회색빛 절벽 아래

　　　그녀의 별들을 끌고 가는 태양

　　　태양이 그 위로 지는 사람

바람은 내리쬐는 햇빛 아래 나무 요정처럼 다가오고

　　　　결코 홀로는 아니었어라

　　　　　　홀로는 아니었다

굴종을 배우는 노예들과

　　　정글로 내몰린 둔치들 사이에

　　　결코 홀로는 아니라 태양을 둘러싼 태양

　　　　빛이 수증기를 빨아들이고

　　　　조류는 루치나[2514]를 뒤따르도다

어떤 면으로는 무정한 사람이었을 것이라

하루가 천년 같구나

마치 표범이 자신의 물그릇 옆에 앉아 있듯.

들소와 유럽 들소를 죽였어 하고 번팅[2515]이 말하였다

그 전쟁이 끝난 뒤 육 개월간

평화주의자로서 닭고기로 유혹받았으나 끝내 전쟁을

인정하지 않았다 "요강들의 모음집"[2516]

자비로 출판되었으니

여러 평론가들에겐 부끄러운 일

그럼에도 불구하고 국가는 돈을 빌려줄 수 있는바

살라미스로 나간 함대는

조선공들에게 국가가 빌려준 돈으로 지었던 것

따라서 고전 공부에 대한 공박이 있었던 것

이 전쟁에서 조 굴드,[2517] 번팅 그리고 커밍스[2518]가

우둔함과 비만함에 대항하였었다

포획되어 죽어가는 흑색

그의 눈동자의 흑녹색, 포도빛 살갗과 바다 물결

영원히 빛나고 투명하였건만

끝났노라, 가거라,[2519]

무리와 군대에 둘러싸여 태산을 바라보았다

하나 나는 탕헤르[2520]에서 보았다 밀짚의 불로부터

뱀의 깨물음으로부터

불이 밀짚에 옮겨붙음을

탁발승의 혀를 물어 조그만 구멍들을 만드는

팔만한 길이의 뱀과 더러운 밀짚을

불어대는 탁발승으로부터

그 구멍에서 나는 피로부터

그가 길가에서 주운 더러운 밀짚을

그 밀짚을 입에 쑤셔 넣자 불이 일어났음을

처음엔 연기가 그다음엔 희미한 불길이

때는 라이스 울리[2521]의 시대였으리라

그때 난 퍼디캐리스의 별장 근처

엘슨[2522] 집에 갔었다

이보다 사 년 전이었던가

기본적이라고 그는 생각했지, 말하자면, 어린아이의 영혼이 말이다

하나 시리아에서 걸어서 오는 길손들을 위한

휴식처를 세내었다, 그들 중 몇몇을 위해서

유충들이 공중에서 짝짓기를 하는 것은 쓸데없이 그러는 것이 아니다

빛의 색깔

녹색의 광채 그리고 엷은 색의 손가락을 통과해 가는 태양빛

귀족다운 이들이 대지로 돌아갔으니

이들이 그 친구들이라,

거인들에 대해 썼던 포디[2523]

그리고 고귀함을 꿈꾸었던 윌리엄[2524]

그런가 하면 "블라니가 나를 둘러쌌어요
       그댄 이젠 돌일 뿐이에요"
          하고 노래 부르던 희극배우 짐[2525]
그리고 수학에 대해 이야기하던 플라[2526]
       또는 비취를 애호했던 젭슨[2527]
역사소설들을 썼던 모리[2528]
       그리고 두 번 목욕한 것처럼 보이던 뉴볼트[2529]
             대지로 돌아갔구나.
          이날 태양이 구름에 가리어졌다
―"더 조용히 앉아 있어야 해요" 하고 코카[2530]가 말하였다
"당신이 움직일 때마다 무언가가 달그락거린다면요."
늙은 후작 부인은 페테르부르크에서의 만찬회를 기억하였다
코카는 스페인에 어떤 사교모임(좋은)이 남아 있을 거라
             생각했다, 자주 들르고 싶으냐니까, 천만에, 아니요!
    1924년의 의견
시르다르, 부이예 그리고 레 릴라스,[2531]
          또는 디우도네 런던,[2532] 또는 보아쟁,
조지 아저씨[2533]는 정치인같이 서 있었다 모든 것들은 흘러서[2534]
움푹 꺼진 곳들을 다 채우지
    네브스키[2535]의 빵 가게, 그리고 쇼너스[2536]
볼사노의 데어 그라이프[2537]는 물론이고   여후견인은 점점 늙어가고
40년 후의 무캥[2538] 또는 로버츠[2539]
    피에르 후작 부인[2540]은 전에 한 번도 미국인을 만난 적이 없었지

"그들 세대 모두"

　　　아니 이건 합창에 들어있진 않군

　　허디[2541]가 등장했고 거기 있던 어느 누구보다 키가 컸다

　　　　　　그 해 좋은 시절은 어디로 갔는가[2542]

제임스 씨[2543]는 자신을 호크스비 부인[2544]으로 감쌌는데

그가 문으로 향해 갈 때는

마치 걸어가는 지팡이로 감싼 그릇이라고나 할까

애덤스 씨[2545]가 말하였다, 교육에 대해,

　　　　가르친다고요? 하버드에서?

　　　　가르쳐요? 그건 안 될 걸요.

이 얘길 난 그 기념비적 인물[2546]로부터 들었다

　　　　여기 축제들이

　　　　태산 아래 7월 14일

태산 북쪽 언덕은 타오르고

앰버 라이브즈[2547]가 죽었다, 그 장의 마지막

　　　　　　7월 25일자 타임을 볼 것,

틀림없는 그레이엄 씨[2548] 자신

　　　말 타고, 귀와 수염 끝만 내보이고 있는

　　　그리고 파르벤 공장[2549]은 여전히 본래대로 있으니

　　릴리불레로[2550] 곡조에 맞춰

그리고 그들은 아델피[2551]를 망쳐놓았다

중간쯤 먼 곳에서

　　　　장애물 울타리를 오르는 흑인들

탁월한 녹색과 갈색의 에드워즈 씨[2552]

       4번 감방에 있는 이웃의 자비심,

발루바[2553] 탈 같은 얼굴, "제가 그 탁자를 만들어줬다고

    아무에게도 말하지 마세요"

         메드나민은 방뇨를 쉽게 해 준다

정말로 굉장한 것은

규칙을 지키지 않는 사람들에게서 자비심이

         발견된다는 것

    물론 우리가 지지하는 규칙은 아니지만 —

    하나 중절도죄에 기반을 둔 정권에서의

    경절도죄는

    순응 이외에 다른 아무것도 아니다

    정의로움으로 구제되리니

이윤을 보고 돈을 내지 않는 이

    "계량에서나 중량 측정에서나 치수 측정에서나"[2554]

       레위기 19장 혹은

테살로니카 첫째 서간 4장 11절

300년의 문화가 장도리에 좌우되어

      지붕을 뚫고 내던져졌다

산 위에 구름, 구름 위에 산

나는 제국도 사원들도 복수複數 헌법도

또한 다이오스의 도시도 아직 포기하지 않았다

각자는 자신의 신의 이름으로

마치 테라치나[2555] 근처 바다에서 그녀 뒤로 서풍이 일어나듯

그리고 그녀의 걸음걸이에서

마치 안키세스[2556]가 그러했듯

사당이 다시 대리석으로 하얗게 될 때까지

돌로 만든 눈이 다시 바다를 향해 보게 될 때까지

바람은 과정의 부분

비도 과정의 부분

그녀의 거울에 박힌 플레이아데스 별자리

쿠아논, 이 돌은 잠을 가져오누나,

술잔을 바쳤다

풀은 있어야 할 제자리에 피어나고

지하의 땅, 어머니,

당신의 풀들 멘데 백리향 그리고 바질,

누구로부터 누구에게

지금보다 더 현재 같은 적은 없을 것이라

일요일 새로운 녹색 여치가 찾아왔는데

에메랄드보다 더 연한 에메랄드빛,

오른쪽 날개가 없구나

이 텐트엔 나 그리고 티소너스[2557]

포도 과육을 먹는 자

성교하는 동안엔 빛이 빛나나니

마네[2558]는 그 해, 라 시갈[2559] 또는 레 폴리[2560]의 술집을 그렸고

그녀[2561]는 1880년경에 아마 그랬듯이 고수머리를 했는데,

빨갛게 했고, 옷은 드레콜이나 랑뱅²⁵⁶²을 입었었다

위대한 여신, 그녀를 아이네이아스는 즉각 알아보았다

그 어떤 다른 시대도 불멸이 아니나 그림으로 불멸이나니

십구 세기의 프랑스

드가²⁵⁶³ 마네 기스²⁵⁶⁴ 잊혀질 수 없다

땀으로 그림을 그리는 덩치 큰 야만인 하고 반더필²⁵⁶⁵이 블라맹크²⁵⁶⁶에 대해

40년 뒤에 말했다

이 돌은 잠을 주나니

더이상 타오르지 않고 쉴 것이라,

추억을 위한 유칼립투스

올리브 나무 아래, 삼나무 옆, 티레니아 바다²⁵⁶⁷

들판에 있는 말메종 성²⁵⁶⁸을 지나 강 옆에 식탁

시르다르, 아름농빌²⁵⁶⁹

또는 방타두어에서의 그 성의 열쇠,

비, 우셀,

멋진 탑의 왼쪽에 우골리노²⁵⁷⁰의 탑

그 탑의 왼쪽에 있는 탑 안에서

자기 아들의 머리를 씹고 있었다

조금이라도 흥미 있는 일을 한 유일한 이들은 H., M.²⁵⁷¹

그리고 발루바에서 폭풍을 만들었던 이

사적인 문제의 상담역 프로베니우스²⁵⁷²

그리고 장 씨²⁵⁷³는 때때로 희곡을 쓰고 있고 또는 주머니쥐²⁵⁷⁴

늘고 가난하여 난 글자 하나 안 읽었노라[2575]

나는 어떻게 인류가 그것을 견디어낼지 모르겠노라

세상 끝에 그려진 낙원이 있다면

세상 끝에 그려진 낙원이 없다면

자그마한 아침의 광휘가 풀잎 주위에 감겨 있구나

영혼의 거대한 호두[2576]　　　내 옆에는 바라바스와 2명의 도둑들,

노예선 같은 감방들,

에드워즈 씨, 허드슨,[2577] 헨리 비참함의 동료

동료들 커언즈, 그린 그리고 톰 윌슨

신의 전언자 화이트사이드[2578]

그리고 ……의 보초병 관측소는

죄수들의 관측소보다도 낮다

"그 모든 지랄할 놈의 장군들은 다 파시스트들이야"

"듀크스[2579] 한 부대를 얻으려"

"내가 말하고 행한 것들"

나 또한 돼지우리에

키르케의 돼지우리에 인간들이 그렇게 누워 있다

돼지우리로 가 영혼의 시체들을 보았다

"이리 와 조무래기야"하고 작은 깜둥이가 덩치 큰 깜둥이에게
말하였다,

부두 사이에서 본 노예무역선

그리고 그 모든 대통령들

워싱턴 애덤스 먼로 포크 타일러

또 캐롤(캐롤턴의) 크로포드[2580]

개인적인 이득을 얻기 위해 대중을 도둑질하는 마법을 거는

선이자를 떼는 모든 은행은 노골적인 범법 행위

　　개인적인 이득을 얻기 위해 대중을 도둑질하는 것이니

　　아름다운 머릿결의 키르케도 그러지 아니했다

　　아! 그녀는 그들에게 두려운 약을 주었다

사자도 표범도 거느리지 아니했으나

　　　　다만 독, 독이

국가의 모든 핏속에

높은 곳에서 그러하다면, 아래로 속속들이 흘러 내려가리니

　　프레다피오[2581]의 대장간에서는? 늙은 업워드[2582]가 말하였다

　　　"사제가 아니라 희생양"

　　　그의 인장 시탈카스,[2583] 그 늙은 전사가 말하였다, "희생물,

템스와 니제르에서 그들에게 대항하였지 니제르에서는 권총으로

　　토마스[2584] 둑에서는 인쇄소로"

　　　내 노래를 그칠 때까지

　　　　그리곤 스스로를 쏘았다,

　　　　　음각한 보석을 칭찬하며

바빌론에서 벗어난 마테오[2585]와 피사넬로[2586]

　　　우리에게 남겨진 그들

둥글게 혹은 평평하게 찍은 것

　　혹은 비취덩이에 네모나게 새긴 것

군대와 똥구멍이라 명명된 것 사이

태산 아래 텐트로부터의 거대한 영혼의 밤

의견을 지닌 보초병들, 말하자면

홍조를 띤 요염한 장의사의 딸들을 꿈꾸는 것

지나가는 시간의 하얀 날개와 더불어 공부하는 것[2587]

　　　　　이는 우리의 기쁨이 아닌가

친구가 먼 지방으로부터 찾아오는 것

　　　　　이는 우리의 즐거움이 아닌가

우리가 명성을 날리지 못한다 해도 신경 쓰지 않는 것 또한?

　　　　　부모에 대한, 형제에 대한 애정은 인간성의 뿌리

　　　　　과정의 뿌리

꾸민 말이나 능란한 민첩성은 그렇지 않다.

　　　　사람들을 적절한 때에 맞춰 쓰라

　　　　그들이 추수할 때는 쓰지 말 것

　　　　삼면이 있는 모서리에, 쿠니차[2588]와

　　　또 다른 여인, "나는 달이로다."

메마르고 부서지기 쉬운 흙은 점점 더 가루가 되어가고

　　　뿌리에서부터 닳아빠져 버린 풀

　　　더 검은가? 더 검었던가? 영혼의 밤?

　　　더 어두운 것이 있는 건가 아니면 복부에 통증을 지니고서 후대를

향해

　　　　　　글을 썼던 산 후안[2589]이었었나

　　　짧게 말해 우리는 더 깊은 것을 찾아보아야 할 것인가 아니면 이것

이 밑바닥인가?

　　　　우골리노, 죽 늘어선 나무 저곳의 탑

베를린　　　　　이질　　　　　인燐

　　　　　캉디드[2590]의 늙은 여인

　　　(여봐 케이시 상등병[2591]) 더블 X 아니면 관료제?

　　　　　　　　　낙원은 인위적이 아니다[2592]

　　　다만 명백히 부서져

다만 단편적으로만 존재할 뿐 예기치 못한 홀륭한 소시지,

　　　　　　　박하향, 예컨대,

　　　　　　　밤 고양이 라드로,[2593]

네미[2594]에서 언덕으로 둘러싸인 곳에 가라앉아 있는 호수 위 비탈에서
기다렸다

작은 간판 위로 삐져나오게 지은 간식 먹는 오래된 오두막으로부터의
결정을 고대하며,

차라투스트라,[2595] 지금은 폐물화되었구나

주피터와 헤르메스에게 기원하던 곳엔 지금은 무너진 성이

　　　　흔적은 공중에만 있나니

돌에는 아무런 인각이 없고 시대 표징이 없는 회색빛 벽

　　　　　올리브 나무 아래

　　　　　태고적부터의 아테네

　　　　　빛나는 눈을 가진 작은 부엉이[2596]

　　　　　　　　올리브 나무들은

공기의 흐름에 따라 잎사귀가 뒤집히며

빛났다 안 빛났다 한다

서풍 동풍 남풍

"저기 도깨비 있네" 하고 젊은 애엄마는 말을 했고

헤엄치던 이들은 독수리 눈 아래의 작은 새들처럼

티굴리오[2597]의 작은 우물에 있는 절벽 모서리 아래에서

움츠러들었다

"그들을" 하고 보초 왈 "모두 잡아들여야 그 빌어먹을 장군들

모두 파시스트들인 그들을"

오이디푸스, 위대한 영혼 레무스[2598]의 후예들

그리하여 불링턴 씨[2599]는 유인원처럼 드러누워

노래하니, 오 부드럽고 사랑스러운

오 여인이여 착해집시다"

돼지우리로 나 또한 들어갔다

죄인들은 아무런 지적 흥미를 갖고 있지 않을까?

삼 개월간 음식의 맛도 몰랐으니

치에서 슈의 음악을 들었기 때문[2600]

그 광채 아래로 태양을 지닌 명료한 노래

λιγιρ[2601]

그림자라는 제목이 붙은 하나의 단가[2602]

도깨비, 혹은 매의 날개

운이 없는 하지만 미래에 기억될[2603]

정말로 불법이야 하고 J. 애덤스가 말하였다 [2604]

21.65 대신 35[2605]

틀림없이 그의 아버지가 비잔티움에서 들은 것에 의해 정해

진바

틀림없이 그 위대한 마이어 암셀[2606]의 알에 의해 정해진바

늙은 H.[2607]가 비잔티움에서 당나귀 귀를 한 군사 전문가로부터 들은 바

　　"왜 중단하지요?" "우리가 더 강해질 때 다시 시작하고자."

젊은 H[2608]는 파리의 더러운 마구간으로부터 팁을 받고

　　시프[2609]가 그 자리에 있었는지 없었는지는

　　경우에 따라,

　　　　　　　　　그렇게 정해진 것이라.

마이어 암셀 하나의 로로로 로맨스, 그래, 그래 정말

하나 당신이 2세기 뒤에 그것에 빠진다면 더 당신을 우롱하게 될 것이라

……

　　그들의 자리로부터 그 금발의 개자식들을, 그들을 내던져라

　　　유대인들은 자극제이고, 이교도는 다량의

　　가축이니 최대한 순응하며

　　많은 수요의 도살로 나아가리니. 하나 만약

소금이 과다하게 뿌려진다면?

정의롭게,

법에 의해, 법으로부터 그렇지 않다면 계약에는 있지 않았으니

　　　유는 아무것도 여호와의 책임으로 돌리지 아니했다

　　　　순을 보내며 그를 지명하였으니 그는

가을 하늘을 향해 그 음율 아래 태양을 지닌

왕의 계승의 춤을

자비로운 하늘을 향해

또한 레위기 19장.

"그대는 평야를 돈으로써 사들여야 하느니라."[2610]

　　　예레미야 서명

하나넬의 탑[2611]으로부터 고아[2612]까지

마구간 문에 이르기까지 아나토트[2613]에서는 $8.50

그건 벤야민에 있는데, $8.67

　　　단풍나무의 땅에 있는 쇼코루아[2614]의

　　　　순수한 공기를 위해

법으로부터, 법에 의해, 그대의 사원을 세우라

계량과 치수 측정 시 정의롭게 하라

검은 섬세한 손

햄 같은 백인의 손

　　　텐트의 축 처진 천 아래 지나쳐간다

　　　　진료 소집, 명령

　　　　명령, 진료 소집 명령

두 가지 가장 큰 소동은 돈의

　　가치의 교체

　　(돈의 단위의 교체　통화를 사용하는 이들이 그걸 버리고

　　　　　다른 통화를 선택한다면[2615]

그리고 고리대금업 @60 또는

　　무로부터 만들어낸 것을 빌려주기

국가는 돈을 빌려줄 수 있는바 과거

아테네인들이 살라미스 함대를 만드는데 그러했었다

소포가 운송 도중 없어지면

그것이 어디로 가야 되었는지

처칠의 후원자들에게 물어보라　국가는 빌릴 필요 없고

또한 고참병들도 사적인 고리대금업 대여를 위해

국가의 보증을 필요로 하지 않는다

사실 그것은 목재 헛간 속의 고양이

국가는 빌릴 필요가 없으니

이는 뵈르글²⁶¹⁶ 시장市長이 보여주었던바

그는 우유배달로를 갖고 있었고

그의 아내는 셔츠와 짧은 반바지를 팔았고

그들의 책꽂이에는 헨리 포드의 일생과

신곡 한 부와

하이네²⁶¹⁷의 시집이 있었으니

인스부르크²⁶¹⁸ 근처 넓고 평평한 계곡이 있는

티롤의 한 조그만 도시였다 이 뵈르글 소도시의

지폐가 인스부르크의

카운터에 나타났고

은행원은 그것이 제시되는 것을 보았을 때

유럽의 모든 열간이들은 공포에 질렸다

"이 마을의 어느 누구도" 시장 부인 왈

"신문 기사를 쓸 수 있는 이는 없어요.

그것이 돈인 줄은 알지만 그렇지 않은 척하지요

법에 저촉되지 않으려고요."
하나 러시아에서 그들은 실패했고 명백히
작업 증명서라는 생각을 파악하지 못하고는
신경제 정책²⁶¹⁹을 시작하였으나 파멸뿐
기계에 대한 인간의 희생
          그리고 운하 일과 대단히 많은 사망자 수
                    (그랬으리라)
그리고 고리대금업자들의 지옥의 물을 휘저어 놓기 위해
                덤핑을 하곤 했으니
이 모든 것은 죽음의 감방으로 나아가는 것
각각 자체의 신의 이름으로
또는 장수長壽 왜냐하면 하고 아리스토텔레스 왈
철학은 젊은이들을 위한 것이 아니라
보편적인 것들을 특정한 것들로부터 충분히
     끄집어낼 수 없다
보편적인 것들은 특정한 것들의 충분한 집합으로부터
                    탄생될 수 없다²⁶²⁰
자신의 말을 때에 맞추어 만들어내는
          자신이 하는 일의 주인이자 언변의 대가
          야오는 슌을 장수하는 자리에 뽑았으니
그는 극단적인 것들과 반대되는 것들을 손아귀에 잡아넣어
그것들 사이에 진정한 길을 유지하였고
사람들이 잘못하지 않도록 막았으며

그들이 발견한 선船에 매달렸고

모르타르로 붙이지 않은 듯 제국을 손에 쥐고 있었으니

　　　현혹되지도 않았다

아마도 자신의 아버지를 어깨에 메고

　　어떤 메마른 해변가로 사라졌을지도 모를 일

일본인 보초가 말하였다, 당신 지프차 저곳에 대요,

가장 뛰어난 군인들 중 몇을 우리가 가지고 있어 하고 대장이 말하였다

　　　필리핀으로부터 대일본 만세

가게기요[2621]를 기억하며, "그대의 목 자루가 얼마나 단단한지."

　　　그리고는 그들은 각자 자신의 길을 갔다

"나보다 나은 검술가" 하고 쿠마사카[2622]의 혼이 말하였다,

"나는 이탈리아의 부활을 믿어　　불가능하나니

　　가시르의 노래에 따라 4번

　　　이제 무너질 수 없는 마음속에

　　　　　·　·　·　·　·　　·

　　　따님, 맹인의 빛나는……[2623]

　　유리눈의 웨미스[2624] 물을 밟으며

　　　고물 난간의 고정 못이 박혀 있지 않은 부분 때문에

　　바다 물결에 서서 목수에게 말을 하고 있구나

　　　우리는 당신이 해군에서 생각하는 것만큼 무지하진 않아요

게젤[2625]은 린드하우어[2626] 정부에 들어갔는데

그 정부는 채 5일도 가지 못했으나

　　　아무것도 모르는 이방인으로 취급되어 사면되었다

오 그래, 돈이 있어,

　　　　돈이 있어요, 하고 펠레그리니[2627]가 말하였다

　　　　　　(그 상황에서 매우 기이하였던바)

　　　　이십 년 하고도 수년 뒤의 소총 병사들

윗가지 라켓으로 작은 돌들을 서브하는

여전히 활동적인 늙은(또는 늙은 듯한) 이

태산 아래 페르세포네

　　　　기우는 탑이 바라보이는 곳

이와 같은 들것에 폰티우스[2628]가 타고 있다

　　　　이와 같은 텐트 아래

군대의 똥구멍 속

　　　　"불"이라는 상표가 붙은 두 개의 붉은 깡통이 보인다

폰 티르피츠[2629]가 딸에게 말했다, 그들의 매력을 조심해라

사이렌[2630] 이 십자가[2631]는 태양과 함께 돈다

그리고 이교도들은 의심의 여지없이 다량의 가축 떼

반면 유대인은 정보를 얻으리니

　　　　　정보를 수집하게 될 것이니

　　　　보다 더 확고한 것……이 없어서

　　　　　　하나 모든 경우에 다 그런 것은 아니다

사이렌　　　그의 말을 음미하였다

　　부드러운 대기 속엔 아마도 카리테스[2632]가

　　돛대를 왼손으로 잡고서

　　쿠아논이 있을 것 같은 대기 속

시간과 계절을 잊게끔 하는 수수께끼

하나 이 대기는 그녀를 해변으로 해변으로 데려다주었다

파도 위엔 커다란 조개껍질을 신고서

　　　　　　하얀 조개껍질

　　결코 질서 있는 단테식의 상승은 아니니

하나 바람이 바뀜에 따라

　　　　　　남서풍이 불어오누나

지금은 수마[2633]에 있는 겐지,[2634] 남서풍이 불어오나니

　　　바람은 바뀌고 뗏목은 밀려가고

　　　들리는 목소리들, 티로, 알크메네

　　　그대와 함께 있는 유로파[2635] 정숙하지 못한 파시파에[2636]

　　　　　바람이 여정에 따라 바뀌어 남동풍 또는 동풍

"나는 달이로다." 쿠니차

　　　　　바람은 여정에 따라 바뀌고

　　타르페이아[2637] 절벽 아래로부터

　　카스텔리[2638] 포도주에 취해

　　"신의 이름으로" "오시라 성령이여"

　　　오시라/ 형태를 띠고서는 아니고

　　　　"젊은이들을 위한 것은 아니니" 하고 스태지라 출신 아리[2639]

가 말하였다

　　　하나 서풍 아래 풀처럼

　　　　동풍 아래 풀잎처럼

시간은 악, 시간은 사랑받지 못하는데

사랑스러운 장밋빛 손가락의 시간

　　창문의 어스름을 등지고

　　저 너머의 바다는 수평선을 만들고

빛을 등지고 보이는 양각한 조가비의 선

"아카이아[2640]를 조각한" 옆모습

　　어스름 속 얼굴 위를 스치는 꿈,

　　비너스, 키세레아, "혹은 로도스"[2641]

　　리구리아의 바람이여, 오라

"미美는 어려운 것" 하고 비어즐리 씨[2642]가 말하였다

　　케틀웰 씨[2643]는 신입생 솜씨로 그린

비어즐리 모방화를 쳐다보며

　　W. 로렌스[2644]에게 말하길,

　　　　　　그런 일을 하고서도

끝마치지 못해 유감이군요"

　　W.L.은 똑같이 신입생이었던 미래의 군주답지 못한

에드바르두스[2645]와 자전거끼리 충돌하였던 것

　　　　　1910년 또는 그 무렵

미는 어려운 것

베를린에서 바그다드까지의 계획[2646]이 있던 시절

　　그리고 아라비아 페트라의 바위 사원을 찍은 톰 L.[2647]의 사진들

그러나 그는 LL.G.[2648]와 개구리 대사[2649]에 대한

　　얘기는 하지 않으려 하였고, 현대 예술

　　일류가 아니라 이류에 대해

이야기하고 싶어 했다 (T.L.이 그랬다)

　　　미는 어려운 것.

그는 내가 저항을 너무 많이 했다고 말했고　인쇄업을 시작해서

그리스의 고전들을 찍고 싶다 했다⋯⋯ 여정

　　　　매우 매우 늙은 스노우[2650]는 "대기를 진동시키다"[2651]에 대한 응답으로

"그가 나에게 보이네요"[2652]를 인용하며

대단히 흥겨워했다

　　　　　　　　미는 어려운 것

그러나 반면 마그들린[2653]

(도들린[2654]과 각운이 되는데) 학장 왈

그가 읽은 현대시인 「천국의 사냥개」[2655]에는

　　　　　너무 낱말들이 많다고 했다

그리고 학감들이 대학에서 잘 지내고 있음에는 의심의 여지가 없는데

내 기억이 맞다면 그것은 신입생들이 따라가지 못하는

불타오름과 얼어붙음[2656]이거나

혹은 단순히 킥킥거리고 싶어 하는 욕망이거나 등등

그리고 (괄호에 넣어 이야기하자면) 그들에게 φαινεται μοι[2657]를

　　　　운각으로 나누는 것을 가르치는 것보다

고릴라처럼 포효하는 걸 가르치는 것이 쉬운 것은 물론이다

　　　　　　물론 바람 자루가 부족한

열등한 고릴라들

　　　그리고 비록 시키[2658]가 꽤나 주목할 만하기는 했지만

우리는 그 합계 고릴라+총검을 아직 계산하지 못하고 있다
그리고 버²⁶⁵⁹라는 이름의 선량한 친구가 있었는데
　　　　다른 전쟁에서 영국을 보고
재미있어 했던 아론²⁶⁶⁰의 후예
　　　　하나 그는 오래가지 못했고
케이시 상등병은 나에게 말하길 스탈린
　　　　그 사람 좋은 스탈린은
　　　　유머 감각이 없다고 했다 (친애하는 곰!²⁶⁶¹)
또 나이든 리스, 어니스트²⁶⁶²는 미를 사랑했던 사람으로
　　　　그가 아직 탄광의 엔지니어였을 때
　　　　한 사람이 탄광의 갱도 속에서 빛을 발하며 대단히 빨리 그를 지나
쳐 갔는데
그의 얼굴은 황홀함으로 빛나고 있었다는 거야
　　　　"내가 토미 러프²⁶⁶³를…… 했어."
　　　　러프가 그 친구보다 몸이 두 배나 컸기 때문에 리스는 어리둥절했지
시의 여신들은 기억력의 딸들
　　　　클레이오,²⁶⁶⁴ 테르프시코레²⁶⁶⁵
그랜빌²⁶⁶⁶ 또한 미를 사랑했던 이
세 여인들 모두 기다렸나니
　　　　"미래에 기억될"
　　　　미래의 세대들에게

　　　　숲은 제단을 필요로 하느니

루크레치아 부인[2667]이 다가왔다

그리고 체세나[2668]의 문 뒤에는

여전히 머리글자들이 있다, 아니, 있었다

유쾌한 15분, (말라테스티아나 안에서)

　　　　토르카토[2669] 그대는 어디에 있는가?

티베르강가 자갈길 위 말발굽의 딸깍 소리에

"내 가장 아끼는 기사가 죽었소"…… 다시 말해 스튜어트가[2670]의 사람

"혼령들이 내 주위를 돌아다닌다" "역사로 덧댄"

　　　　　하나 미드[2671]가 말했듯이, 만약 그들이 존재했었다면

에 또, 윤회전생에 의해 ……에 이르는

　　　　　그동안에 그들이 과연 무엇을 하였을까?

또한 포트 협회[2672]가 추측했던 것들도 있다

미는 어려운 것…… 평지가

　　　　　　색깔을 앞서는 것이니

이곳 텐트 천 아래 풀인지 뭔지 이것은

　　　　명백히 대나무의 형태로구나

전형적인 붓질은 이와 비슷한 것이라

……광대뼈, 언어적 표현에 의한,

　　　"탄생"[2673]에서와 같은 그녀의 눈

　　　그리고 아이의 얼굴은

카포카드리[2674] 집 문간 위 프레스코로 그려진 정방형 벽면에 있을 법하니

　　　중앙 배경

태양 아래 해변으로 끌어 올려진 모습

　　　　　　순수함이 움직이나니,

어떤 이미지들은 마음속에서 형성되어

　　　　　그곳에 머무른다

　　　　　　　준비된 장소에

　　아라크네[2675]가 나에게 행운을 가져다주었다

그곳에 머무르도록, 소생하는 이미지들

아직도 트라스테베레에 있는데

황제들의 신격화를 위함이었어라

그리고 아카이아를 만들어내던

　　　　　　메달들

또 지금은 리츠칼튼 호텔이 서 있는 통 위에서

　　　검둥이 짐과 함께 서양장기를 두던 일[2676]

그리고 푸케 씨[2677]의 목소리 또는 내 생각에

나폴레옹 3세[2678] 같은 염소수염을 했던

퀘켄보스인지 퀘켄부쉬[2679]인지 하던 이,

그리고 치튼든 여사[2680]의 고고한 품위

　　　　조류에 밀려 맨해튼과 고급 건물로 온

　　　　오랜 남부의 유물

　　　　또는 (후에) 무켕[2681] 음식점으로

이어지던 바깥 정문 계단

　　　또는 보도 위의 평범한 나무의자에 앉아 있던 늙은 트레인(프랜

시스)[2682]

또는 복숭아 바구니와 자루를 스치게끔

시장에서 칼을 던지던 사나이

　　　　　　　한 자루에 일 달러

그리고 42번가 터널의 시원함 (여정)

흰 도료와 마차, 렉싱턴로의 케이블

세련, 전통의 자랑, 설화석고

　　　　　　　피사의 탑[2683]

　　　　　　(상아가 아니라, 설화석고)

유럽의 컬러 사진들

베네치아산 목각품 베네치아 유리와 사모바르

그리고 소화용 물통, 1806년 매사추세츠 배리[2684]

　　　　그리고 코네티컷의 헌장 나무[2685]

　　　　또는 콜로뉴 성당부터 시작하자면

　　　　토르발센[2686]의 사자상과 파올로 우첼로[2687]

　　　　그리고는 알함브라로, 사자 정원과

　　　　린다라하 왕비[2688]의 갤러리

탕헤르에 이르는 동방, 절벽 퍼디캐리스의 별장

라이스 울리, 여정

조이스 씨 또한 지브롤터와 헤라클레스의 기둥에 몰두해 있었으나

나의 스페인식 정원과 등나무 테니스 코트에는 그러지 아니했으니

제본스 부인의 호텔[2689]의 빈대들

　　　선원들에게 파는 맥주의 질

나폴리를 보는 것과 로마네스크 양식의 파비아[2690]를 보는 것 중

어느 것이 더 나은지

그리고 유추에 의해 떠오르는 산 제노[2691]의 형식

    그 제작자가 사인을 해 놓은 기둥들

        산 피에트로[2692]의 프레스코화와 정원의 마돈나

그리고 시청에 있는 원고에 쓰인바

"대기를 밝게 진동시킨다"

제자들(열둘)이 묵는 곳[2693]

"여기 차가 있어" 하고 웨이터장이 햇병아리에게

그 불가사의를 설명하며 말했는데 때는 1912년

찻주전자는 다른 호텔 것이었고

커피는 아시시[2694]에 훨씬 뒤에 들어왔으니

         말하자면 사람들이 마실 수 있도록

오를레잉[2695]에서 잃어버리는 바람에 프랑스가 반은 망하고

따라서 비엔나의 다방 실태도 그러했던 반면

     카버 씨[2696]는 땅콩 재배로

언급할 만하다,

arachidi[2697] 말이다, 군인은 아직도 유럽을 구해야만 하고

        이탈리아인들은 단풍 당밀을 사용하지 않으므로

유용하게 이루어지는 상거래

     하나씩 내던져지는 아름다운 돌들

기생충들에 의해 논의되는 진짜들

       (라구사[2698]산) 또는, 어떤 예술을 다루시오?

"제일 좋은" 게다가 현대적이라구요? "오 현대적인 건 사양합니다

현대적인 건 하나도 팔질 못했어요."
하나 바허 씨의 춘부장[2699]은 여전히 전통에 걸맞은 마돈나 상들을 만드니
성당에서 볼 수 있는 바대로 나무를 조각하였고

　　　또 다른 바허 또한 이소타 시절의 살루스티오[2700]의 것과 같은

　　　　　음각을 여전히 파고 있도다,

티롤 지방에 탈들이 어디서 오는지

　　　겨울철에

　　　모든 집을 뒤져 악마들을 몰아내누나.

분수가 쳐올리는 밝은 공 같은

　　　다이아몬드의 명료함 같은

(베를렌[2701]) 수정의 분출 속에서 고요하게

　　　태산 아래 바람은 그 얼마나 부드러운가

　　　　바다가 기억되는 곳

　　　웅덩이, 지옥으로부터

　　　흙과 번들번들한 악으로부터

　　　서풍/ 동풍

이 액체는 마음의 고요한 성질이

　　　확실하나니

속성이 아니라 마음을 구성하는

　　　　하나의 요소라

하나의 동인動因으로서 작용하는도다　그렇지 않다면 분수터의 흙일지니

　　　그대는 쇠 부스러기로 된 장미를 본 적이 있는가

　　　　(혹은 백조의 솜털을?)

모든 힘은 그처럼 가벼운데, 검은 쇠 잎사귀들은 그처럼 정돈되느니
레테강²⁷⁰²을 지나쳐 간 우리.

LXXV

플레게톤[2703]으로부터!

플레게톤으로부터,

　　게르하르트,[2704]

　　　그대는 플레게톤으로부터 나왔는가?

그대의 자루에 북스터후더[2705]와 클라게스[2706]를 담아서, 그대의 짐 가방에

자크스[2707]의 노래 모음집을 담아서

　　　　　— 새 한 마리가 아니라 여러 마리의

살라씨로부터 들어오는 빛 : 새들의 노래

바이올린을 위해 만들어진　밀라노의 프란체스코(15세기)　게르하르트

뮌히(g 칸토) [변형으로][2708]

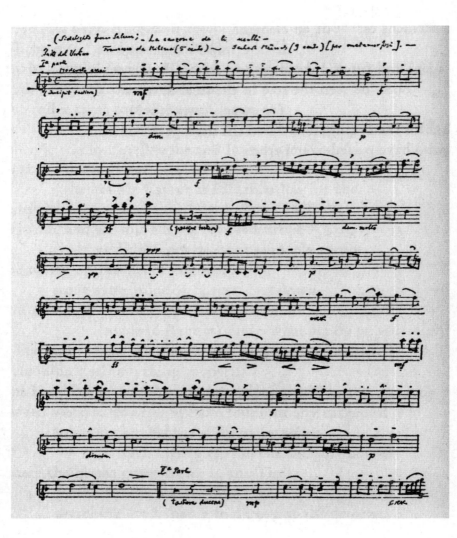

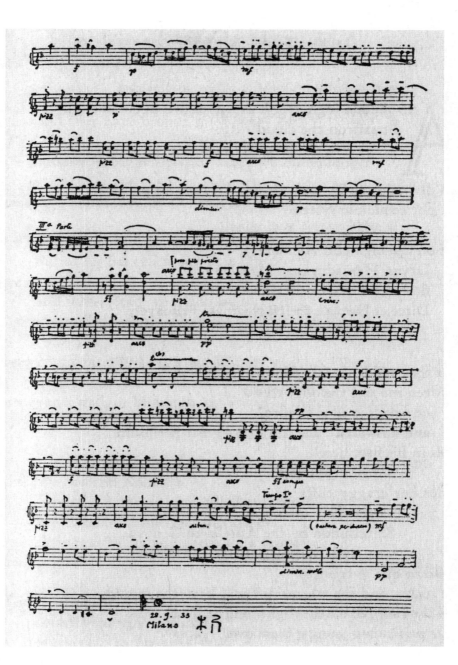

LXXVI

구름 무리에 가려진 지평선 위 저 높이 떠 있는 태양
구름 마루를 사프란색으로 물들였느니
$\qquad$ 기억이 살아있는 곳

아그레스티 부인[2709] 왈, "그의 정치 체제는 깨뜨리겠지만
경제 체제는 그렇게 못 할 겁니다"

하나 높은 절벽 위엔 알크메네,
$\qquad$ 나무의 요정, 하마드리아스[2710] 그리고 헬리아데스[2711]
$\qquad$ 꽃이 핀 나뭇가지 그리고 움직이는 소매
$\qquad$ 디르케[2712]와 이소타 그리고 봄이라 불린 여인[2713]
$\qquad$ 초시간적인 대기 속

그들이 갑자기 여기 내 방에 서 있느니
나와 올리브 나무 사이
$\qquad$ 또는 비탈길과 삼면의 모퉁이에?
$\qquad$ 답하길, 태양이 그의 거대한 여정 도중
이곳으로 그의 무리를 이끌고 왔노라
$\qquad$ 우리의 절벽 아래로
우리의 험한 절벽 아래
$\qquad$ 그들의 돛대 꼭대기와 같은 높이로

오렐리아[2714]를 거쳐 제노바로 향하는 시지스문도
　　산 판탈레오네 아래의 늙은 여인[2715]을 따라
이곳 모퉁이의 쿠니차,
그리고 맨발의 소녀, 그리고 난 아직도 틀을 가지고 있다고 말했던 여
인,[2716]
우셀에선 밤 내내 비가 내렸고
톨로사[2717]로는 나쁜 바람이 불어왔고
세귀르산[2718]엔 바람의 공간과 비의 공간이 있을 뿐
　　미트라[2719]에게 바치는 제단은 더이상 없구나
삼거리의 교차점으로부터 성에 이르기까지
　　올리브 나무들은 회색빛으로 짙게 벽을 둘러싸고
그 잎새들은 남동의 열풍 아래 빙글 돈다

　　맨발의 소녀 : 나는 달이로다
　　그들이 내 집을 부쉈도다

부서진 석고상의 여자 사냥꾼[2720]은 더이상 망을 보지 않고 있다

시간, 시간 그리고 관습에 대해

양각으로 새긴 (치버[2721]가 기억하는바)
　　바빌로니아의 벽으로, 그 행으로 인해
우리는 그를 기억하느니

누가 죽었고, 누가 안 죽었으며

이 세계는 다시 그 길을 따라갈 것인가?

내 매우 은밀하게 그대에게 묻노니, 그럴 것일까?

디우도네[2722]가 사라져 묻혔노니

벽 하나도 남지 않고, 무캉도, 보아쟁도, 네브스키의

빵가게들도

그라이프도, 그래, 그럴 테지, 그리고 쇠너도 또 아마도

타베르나와 로버츠도

라 루페도 더이상 있지 않으니 라 루페, 끝났구나

프레 카탈랑, 아름농빌, 부이에

윌리[2723]처럼 사멸했느니 내 생각건대

재판再版이란 없을 것이라

테오필[2724]의 골동품 콕토의 골동품

바다의 표류물이 그것들을 파묻어버리고

모든 이들은 각자의 고물상으로

그럼에도 불구하고 집들은 80년대에

(또는 60년대에) 지어져야만 했다

하나 아일린[2725]의 속임수 햇빛은 런던의 11월을 부드럽게 하누나

진보, 그대들의 개X 같은 그대들의 진보

게으름 땅과 이슬을 알게 해 주느니

　하나 삼 주일을 지속한다는 것은　　충　　中
　　　　의심스러운 바이다

그리고 치세함에 있어 그것을 실행하는 데 게으르지 않는 것
　　　　　　　　　이를 나타내는 말은
완벽하게 되었느니　　　　誠 이라
중니라 불린
　　공자의 판단력보다
　　　　나라에 더 나은 선물은 있을 수 없다
　　역사 편찬이나 시가 선집을 만드는 데 있어서도

　　(개X 같은 그대들의 진보)
　　각자는 자신의 신의 이름으로

하여 지브롤터의 유대인 집회에서는
　　유머 감각이 준비 부분에서
　　지배하는 듯 보였는데
하나 그들은 적어도 두루마리 율법 문서는 존경하였느니
　　　그것으로부터, 그것에 의해, 구원이
　　@$8.50, @$8.67 들판을 양화로 구입하였구나[2726]
계량과 치수 측정 시 부당함이란 없이 (가격에 대해)

기독교인들은 자기네들이 레위기를 쓴 척

　　　특히 19장을 쓴

　　　척할 필요 없다

　　　　　정의로움으로 시온을

돈 풀라노²⁷²⁷라든가 또는 이놈 저놈으로부터

　　　　　눈깔과 이빨을 사기 쳐 빼내지 않고서,

왜 재건하지 않는가?

죄수들은 지적인 흥미를 갖고 있지 않다고?

"헤이, 스내그,²⁷²⁸ 성경엔 어떤 서들이 있지?"

"얘기해 봐" 등등.

"라틴어? 라틴어를 난 공부해 봤어."

　　　　　하고 흑인 살인자가 감방 동료에게 말했다

(그들 중 누가 말하는 건지는 확실치 않았다)

"이리 와 봐, 쪼무래기야" 하고 작은 검둥이가

　　　　　덩치 큰 검둥이에게 말했다.

"그냥 놀자" ante mortem no scortum²⁷²⁹

(이게 진보지, 나나 그대들이나/ 그것을 진보라 부르지/)

해안 절벽 위 초시간적인 대기 속

"우리 D.T.C. 모두의 자랑은 권총을 찬 번즈²⁷³⁰야."

그러나 이곳에 프랑스의 길들을 배경으로 놓아보자,

카오르[2731]의 길, 샬뤼의 길,

　　　강가 옆 낮은 곳의 여인숙,

포플러 나무들, 이곳에 프랑스의 길들을 배경으로 놓아보자

오브테르,[2732] 푸아티에 저쪽에서 파낸 돌 —

　　　　— 뷰처 하사관[2733]의 우아한 옆모습을 배경으로 한 것과 같은 —

그리고 타라스콩[2734]의 산타마르타 성당[2735]에서 보이는 것과 같은

　　　　　거의 삼각형 기반 위의 탑

"천국에서 내가 무얼 하랴?"[2736]

　　　하나 다람쥐 모피를 한 모든 아름다운 여인들

　　　또한 멤링[2737]에서 엘스캄프[2738]에 이르는,

단치히[2739]의 선박 모형들에게까지 이르는 보다 북부의(북구가 아니라)

　　　　　전통도 있다……

그들이 갈라[2740]의 안식처와 더불어

　　　　그것들을 파괴하지 않았다면,……

누구에게 그 일이 일어났는가에 따라 평가된다

　　　그리고 무엇에게에 따라, 만약 한 예술작품에 그러했다면

　　　본 모든 이들 그리고 보지 못할 모든 이들에게 일어난 거나 매한가지

워싱턴,[2741] 애덤스, 타일러, 포크

　　　(크로포드와 더불어 약간의 식민지 시대의 식구들이 들어왔다)

무법자들

　　운은 지속되지 않는다고 누구나 말들을 한다

실제로 한 작은 폭풍우가……
　　　　　　　　말하자면 구름 산으로부터 나온 생쥐 하나가
조이스와 아들이 카툴루스가 자주 다니던 곳에
　　　　　　　찾아왔었음을 상기시키누나[2742]
짐[2743]은 천둥과 장엄한 가르다시[2744]에
　　　경의를 표하였었지
하나 천치들의 대화(또는 "행진")에 대한
　　　노튼 양[2745]의 기억은
뛰어난 에이레 작가조차도
　　　때때로 필적할지는 몰라도 (? 종합해서)
　　　단언컨대 결코 뛰어넘지는 못할 정도였다네

　　　운은 지속되지 않는다고 누구나 말들을 한다

한데 대운하[2746]는 적어도 우리 시대에까지 이르고 있다
　　　비록 플로리안즈[2747]는 새로 수리되고
광장에 있는 가게들은 인공호흡으로
　　　　　　지탱해 오고
조리오의 딸[2748]에 대해서는

단눈치오를 희화한 책이

   (개펄의 오이디푸스[2749]라 제목이 붙은)

특별판으로 나오는 지경이긴 하지만

     연단 위의 제단

그 꿈[2750]의 20년 세월

   피사 근처의 구름은

     이탈리아의 여느 구름처럼 보기 좋구나

젊은 모차르트 왈,[2751] 만약 그대가 소량의 코담배를 쥔다면

     혹은 폰세[2752]("폰스")를 따라

     플로리다의 샘으로

데 레온을 따라 꽃이 만발한 샘으로

   혹은 그녀의 공기로 된 옆구리를 붙잡아

자기에게 끌어당긴 안키세스[2753]

      강한 키세라, 두려운 쿠세라

구름 없음, 다만 수정 같은 물체

    손으로 만든 컵 속에서 형성된 접선

   마치 너도밤나무 숲의 신선한 바람 같은

    마치 삼나무 사이의 힘센 공기 같은

따님, 두려운 델리아[2754] 그들은 감정을 모르나니

천체는 움직이는 수정, 액체,

   그 속에 있는 어떠한 것도 원한이나

죽음, 미침을 수반하지 않노라/ 자살 쇠퇴 또한

다시 말하노니, 늙어가면서 더 어리석어질 뿐

많은 것을 겪는다는 것,

       결국엔 ―

기억이 살아있는

마음속에 흔적을 새겨놓는 ―

애정의 질만이 문제일 뿐

만약 도둑질이 행정의 주된 원칙이라면

     (J 애덤스 왈 선이자를 떼는 모든 은행들[2755])

소규모의 절도도 있을 것이라

약간의 군용차들, 흐트러진 설탕 부대

       그리고 영화의 효과

     보초는 총통이 그걸 시작했다는 걸 생각지 못했다

XL 하사관[2756]은 인구가 과다하면

            때때로 학살이 필요하다고 생각했는데

       (누구에 의해서인지는……) '내릴톱'이라 불렸다.

     절벽 모서리 옆 부드러운 풀숲에 누웠는데

바다는 이 밑으로 30미터 아래에 있고

       한 뼘 되는 곳, 일 큐빅 되는 곳에서 움직이는,

수정체, 마치 물이 뒤집힌 것 같으니,

암반 위로 투명하구나

　　　야생동물들을 길들였으니
보석 박힌 들판 오른쪽으론 새끼 사슴, 퓨마,
　　　수레국화, 엉겅퀴와 창포
　　　50센티미터쯤 자라난 풀,
절벽 모서리에 누워
　　　　　…… 하나 이는 아직 접신의 경지는 아니라
　　　이곳엔 혼들도 없고, 탈들도 없으니
　　　이곳은 본질적인 신인神人의 합일은 아니구나
이곳은 디오네[2757]와 그녀의 유성의 지배 아래
　　　헬리아[2758]에게 바쳐진 포플러 나무들 있는 긴 초원
키프러스를 향해
　　　산과 꽃 핀 배나무들의 둘러싸인 정원이
이곳에서 쉬고 있도다

"두 눈, (의 상실) 그리고 자기가 쓰는 방언을
　　　얘기하는 이를 발견하는 것. 우리는
　　　그 계곡의 모든 소년 소녀들에 대해 얘기했는데
　　　하지만 그가 휴가에서 돌아왔을 때
그는 자신의 암소들의 모든 갈비뼈들을
　　　느낄 수 있는 까닭에 슬퍼했다……[2759]
카라라[2760]에서 불어오는 이 바람은

세 번째 천상²⁷⁶¹만큼이나 부드럽구나

하고 지사²⁷⁶²가 말하였는데

고양이는 가르도네의 현관 난간을 걸어 다녔고

그쪽에서 흘러나오는 호수는

시르미오에서와는 전혀 다르게 고요했다

그 위로는 후지야마,²⁷⁶³ "그 부인……²⁷⁶⁴"

하고 지사가 말했다, 침묵 속에서

삑삑거리는 그들의 인형²⁷⁶⁵의 용수철은 부서졌고

브래큰²⁷⁶⁶은 쫓겨났으며 B.B.C.는 거짓말도 할 줄 아느니

어쨌거나 적어도 상이한 허튼소리가 적어도 당분간은

그곳으로부터 흘러나올 것이라, 그 본성이 그러하니

계속 거짓말을 해댈 것이다.

부서진 개미언덕에서 나온 한 마리 외로운 개미이듯

난파된 유럽으로부터 나온, 나, 저자,

비가 내렸고, 바람은 불어오누나

산으로부터

루카,²⁷⁶⁷ 포르티 데이 마르미, 그다음으로 베르히톨드……

부분들이 다시 조립되다,

…… 그리고 수정 속에서 테티스²⁷⁶⁸처럼 재빠르게 오르는데

색깔은 석양 전의 붉은 기가 있는 푸르름과

진홍과 호박색,

이들은 혼령들인가? 탈들인가?

실체가 있다고 해서 곧 접신은 결코 아니라

하나 수정은 손안에서 저울질될 수 있어

그 공 안에서 모양을 갖추고서 지나가느니, 테티스,

마야,[2769] 아프로디테,

그 어떤 과도한 손발의 놀림도

그 어떤 돌고래도 그보다 더 빨리 움직이지 못하리라

공중으로 나올 때 살아있는 화살 같은

조알리[2770] 아래의 날개 달린 고기의 나는 하늘색도.

또한 피사의 초원 위 구름은

의심할 바 없이 반도에서 바라보이는

그 어떤 구름과 마찬가지로 멋있으니

시지스문도의 사원을

신성한 이소타를 (피사에 있던 그녀의 초상도 말이지?)

십자가로부터의 내려오심을 위한 듯한 폭이 큰 점프를 해야 할

사다리를 파괴했던 그 야만인들이 이는 파괴치 못했음이라

오 하얀 가슴의 흰털발제비여, 우라질,

그밖엔 다른 누구도 전언을 하지 않을 것이니,

소중한 사람에게 말해다오, 내가 사랑하노라고.

그녀의 침대 다리는 사파이어로 만들어졌느니

    이 돌은 잠을 가져오기 때문이노라.

    그리고 그 야만인들에도 불구하고

    빈카와 풀숲에 한아름 모인

    자그마한 아침의 광채, 그리고 미나리아재비

그리고 그 결과물들

천국은 인위적인 것이 아니노라[2771]

    마음의 상태는 우리에게 설명 불가능한 것.

    <u>흐느끼고</u>   <u>흐느끼고</u>   <u>흐느끼고</u>

L.[2772]   P.   정직한 이들

        내 남들에 대해 동정심은 가졌었으나

아마도 충분치는 못했으리니, 그것도 나에게 편리했기 때문이었으리라

      천국은 인위적인 것이 아니노라,

        지옥 또한 마찬가지.

동풍이 위로를 주듯 불어오고

석양에는 돼지들을 집으로 몰고 가는

    자그마한 돼지치기 아가씨, 아름다운 머릿결의 여신[2773]

      두 날개 달린 구름 아래

하루 정도로

산 비오^{2774}와 대운하가 만나는

비누 같이 매끈한 돌기둥 옆

살비아티^{2775}와 돈 카를로스^{2776}의 집 사이

조류에 한 뭉텅이를 쑤셔 넣어야 하나?

　　교정쇄 "꺼진 촛불"^{2777}을/

　　　　토데로 기둥^{2778} 옆에서

다른 쪽으로 움직여야 하나

　　　　아니면 24시간을 기다려야 하나,

　　　그땐 자유로웠느니, 그 점에서 차이점이 있구나

　　　커다란 빈민굴에, 서 있었지

눈에 거슬리는 것이 오래도록 있던 자리에 놓인 그 시대의 새로운 다리

와 함께

　　　벤드라민,^{2779} 콘트라리니, 폰다, 폰데코,

　　　툴리오 로마노^{2780}는 사이렌을 조작하였는데

　　　늙은 수위 왈, 그리하여 그 후로는

그 어느 누구도 보석 상자, 산타 마리아 데이 미라콜리^{2781}를 위해

　　그것들을 조각할 수 없었으며,

데이 그레치, 산 지오르지오^{2782}에는 카르파치오^{2783}가 그린

　　　　해골들의 장소가 있고

당신이 들어오면서 오른쪽에 있는 성수반에는

　　　산 마르코^{2784}의 모든 금빛 둥근 지붕들이 있습지요

나에게 행운을 가져오는 거미여, 저 텐트 줄 위에 줄을 쳐 다오

브라씨탈로[2785]의 대수도원 건물 안의 조지 아저씨[2786]

　　　이 거리를 지나쳐 가는 당신

　　단눈치오가 이곳에 사나요?

하고 외국 여인 K. H.[2787]가 말하였고

　　"모르겠는걸" 하고 나이 든 베네치아 여인이 말하였지,

　　　"이 남포등은 처녀를 위한 것이라오."

　　"싸우지 말아요" 하고 지오바나[2788]가 말했는데,

　　이는 그렇게 너무 심하게 일하지 말라는 뜻,

나에게 행운을 가져오는 거미여,

　　　　아테네여, 누가 그대를 잘못 대하였는가?

　　　　τιζ αδικει[2789]

저 나비는 저 연기 구멍 사이로 지나가누나

리도[2790]에서 볼페 백작[2791]의 목을 보고서는 그의 정력을

　　짐작했던 조지 아저씨. G. 아저씨는 동상처럼 서 있다

　　"기념비 위의 러더포드 헤이즈[2792]처럼"

　　　왕비[2793]가 그에게 다가섰을 때

　　"뉴잉글랜드 출신이신가요?" 하고 10번 지구가 소리를 질렀는데,

이는 다프네의 산드로[2794]야 하고

　　　그가 얘기했을 때 난 불현듯 생각났다 ─

　어떻게? 30년이 지난 후에도,

트로바소,[2795] 그레고리오, 비오

"그들이 당신을 휘어잡지 말게 하이소" 하고 텁석부리 박사[2796]가 사투
리로 말했는데

　때는 베네치아의 스코틀랜드 교회가

　　바빌로니아 음모[2797]에 대해 경고를 하던 때라

　　　　그 후로 감독 제도의 변덕이

　대단히 심했던 바였으니

　　　　어쨌거나, 내 창문은

　　오니 산티[2798]와 산 트로바소가 만나는

　조선소를 내려다보는데

　　　만물은 시작과 끝이 있는 법

금박의 보석함은 그때도 지금까지도 보이지 않고

감추어진 둥지,[2799] 타미의 꿈, 두꺼운 마분지로 제본된

　　위대한 오비드,[2800] 이소타의 얕은 돋을새김

　　　　그리고 한때는 말라테스타의 것이었던

파노[2801]의 아치 위로 난 긴 낭하를

한때는 말라테스타의 것이었던 것을

설계해보고자 꾀함

　　　"64개국[2802] 끓는 화산 아래로"

　　　　　하고 한때는 주류 밀수꾼이었던

하사관이 말하였다 (럼이란 붉은 포도주)

　　"위스키 장사를 했지요"는 그의 말, 산에서 난 굴[2803]이라고?

　　눈물로 마음을 달래느니

　　윤나는 눈물 흐느끼고

　　생각함으로써 무로부터 존재하게 된 벽돌들

　　바위의 텅 빈 곳에 유순하게 있는 조가비

　　　　화려하신 불사의 여왕,[2804]

　　　　저 나비는 내 연기 구멍으로 지나가고

불사이신, 잔인하신. 담황색을 기조로 배경으로 그려진,

레오넬로[2805]에게 바친, 장미꽃, 페트루스 피사니[2806]가 그렸도다

　　돋을새김을 한 조가비가 남아 있도록

아레초[2807]엔 제단의 파편 (코르토나,[2808] 안젤리코[2809])

　　　　　불쌍한 자들

살육에 보내진 불쌍한 자들

　　봄봄거리는 엉터리 드럼 소리에 맞춘

　　노예와 노예와의 싸움,[2810] 찌꺼기를 먹어대고

고리대금업자의 휴일을 위해

통화의 가치를 바꿔대고[2811]

　　　바꾸고……

　　　고귀한 섬[2812]

군대로 정복하는 자들

정의라곤 자신들의 힘뿐인 자들에게 재앙이 있으라.

LXXVII

오늘 애브너[2813]가 삽을 들었다……

　　　행동을 취하게 될지 보는 대신에

폰 티르피츠[2814]는 자신의 딸에게 말했다…… 어딘가에

기록해 놓은바/ 그가 말하길, 그들의 매력을 조심하거라

　　　그러나 반면 마우크[2815]는 나를

카틴[2816]에서의 집단 무덤을 조사하는 위원회에 넣음으로써

나에게 호의를 베푸는 것이 된다고 생각했다,

　　　사교계가 지배한다

　　　비록 늘은 아니어도 어쨌든 그건

사물들이 되돌아가는 어떤 유의 차원이다

　　　충

　　　가운데　　　**中**

수직인지 수평인지

　　　"그것들(유리함, 특권)을 갖게 되면

사람들은 그것들을 유지하기 위해 하지 못할 게 없는 법

이탤릭체로 *못할 게 없는 법*"

　　　소생 올림　　　쿵푸추

뉴욕 클린턴에 있는 왓슨 브러더즈 가게에 들어서다

　　　그에 앞서 부딪혔는데, 말하자면

　　　커다란 여행 가방인지 부대자루인지에 부딪힌 건데

　　　그게 떨어지더니 복도를 따라 6미터 정도를 죽 미끄러지다가

유리제품을 뒤흔들면서 멈추었지

(깨어지지 않는 것으로 판명됐지만)

그리곤 물었지, 뭐가 온다고요?

"내 뭐가 오는지 말해 드리리다

사회주의인지 뭔지가 온답니다

(서기 1904년, 좀 지났지만 즉각적인 목적을 위해서는

효과적이로다

사물들에는 끝(또는 목적)과 시작이 있다.

선행하는 것 先 과 뒤따르는 것 後 를 안다는 것은

도道를 이해하는 데 도움이 될 것이라

또한 에픽테토스[2817]와 시루스[2818]를 보라

아크투루스[2819]가 내 연기구멍 위로 지나쳐 갈 때

굉장한 전기적 빛이

자신이 열 수도 없는 금고를 훔친 자[2820]에게

지금 집중되고 있다

(막간의 제목 : 트럭을 타고 가는 여정)

아오이[2821]의 악령이   텐트의 처진 자락에서 장난치고 있다

클락…… 투우우우우우

비를 오게 하고

우우우

2,   7,   후

발루바에서의 그

파사!   4번이나 그 도시가 재건되었다,
이제는 마음속에 파괴될 수 없게
          4개의 문, 4개의 탑
(남서풍이 질투를 하누나)
          사람들이 대지로부터 나왔다
          아가다,[2822] 간나, 실라,
태산이 도자기에 대한 이야기를 하러 온
내 첫 친구의 혼만큼이나 희미하구나,
          안개가 산 위에서 반들거린다   何

"얼마나 멀까요, 당신 생각엔?"   遠
북풍이 기린[2823]과 더불어 와서는
하사관의 가슴을 찢어놓았다

          밝은 새벽   旦   똥간에서
          다음날
                    교수대 관리자의 그림자와 함께

피사에서의 구름은 스쿨킬[2824]의 스커더 폭포 이후
          내가 보았던 그 어떤 구름과 마찬가지로
확실히 다양하고 황홀하구나

696 THE CANTOS

그 강물을 따라 난 한 사내가 기억나노니
그는 허름한 통나무집에 앉아 아무 하는 일 없이
        고기를 낚는 것도 아니고, 그저 강물만 바라보았지,
    대략 마흔 다섯 정도

    애정의 질 이외에는 어떤 것도 중요치 않다

    입, 신의 입인 태양
또는 다르게 연결해 보자면   (여정)   口
        리젠트 운하[2825]에 있는 스튜디오
    소파에서 자고 있는 시오도라,[2826] 젊은
    다이미오[2827]의 "양복 청구서"
        또는 수년 뒤 다시 발견된 그리쉬킨[2828]의 사진
            어쨌건 엘리엇이 그의 소품[2829]을 만드는데
무언가를 놓쳤을지도 모른다는 느낌을 주었지
                여정

(춤은 하나의 매체)
        "자신의 고향으로"
        당신은 시체를 받들고 있는 작은 영혼이다[2830]

잠시 동안 황제 발레단에
보관되었지만, 극장에서 한 번도 춤추지 않았던 작은 불꽃[2831]

유스티니아누스가 남겨놓았던 대로였지

　　　호세 신부[2832]는 무언가를 알고 있었는데

　　　　　호사스럽게 보이는 차가 와서는 그를 절벽 너머로 데려갔지

　　　　　　배가 그들 중 한 명을 데려갔다네

미사의 의미가 무엇인지를 알았고,

　　　　어떻게 미사가 행해져야 하는지를

성체성혈대축일에서의 춤　　　오제르[2833] 제례 때

　　　　쓰이던 장난감들

팽이, 줄, 그리고 그 밖의 나머지들.

[나는 그것을 똥간에서 들었다네　전쟁이 끝났다는 걸

듣기에 적당한 장소였지]

非
其
鬼
而
祭
之

진주를 머금고 있는 하늘의 조가비

　　　아름다운 머릿결　　　이다.[2834]

네미[2835]에서처럼 칼을 빼 들고

　　　　하루 또 하루

시라쿠시[2836]의 부두에서 거짓말쟁이들이

　　　　여전히 오디세우스와 겨루고 있다

일곱 마디의 말이 폭탄 하나로

諂

그가 카피톨리누스 언덕[2837]을 오르는 동안

나머지는 터질 수가 있구나 　　　　　　　也[2838]

정말로 그럴 수 있는데, 그들이 마치 반쪽짜리 인장 두 개처럼,

또는 부절符節 막대기[2839]처럼 다시 하나로 합칠 수가 있을까?

　　　　　　순의 뜻과

　　　　　　완 임금[2840]의 뜻은 　　　　　志[2841]

인장의 반쪽짜리 두 개와 같다

　　　　중세 왕국에서의

　　1/2들

그들의 목적은 하나

의지의 방향, 마음의 주인

　　　　결합된 두 현인

　　　　바이런 경[2842]은 그(쿵)가

그 말을 운문으로 남겨놓지 않았음을 한탄했다

　　　"인장의 두 반쪽짜리"

　　　　　　　　　　　　　　符

볼테르[2843]는 거의 내가 그랬던 것처럼 　　　　　節

　　"루이 14세"를 마무리 지었다

분배의 기능에 대해

　　　　기원전 1766년[2844]

기록이 있다, 국가는 살라미스[2845]에서 증명되었듯이

돈을 빌려줄 수 있다

독점에 관한 얘기에 대해선

　탈레스,[2846]　　신용에 대해선, 시에나,[2847]

　믿음과 불신,

　"땅은 살아있는 자들의 것이다"

　모든 것엔 이자를　무에서 만들어내다

쌍놈의 은행이 그런 짓을 한다,　순전한 사악 무도

　돈의 가치, 돈의 단위의 가치를

멋대로 바꾸다

　　　　METATHEMENON[2848]

　우리는 아직 그 장章에서 벗어나 있지 못하다

　　천국은 인위적인 것이 아니다

키세라,[2849]　　키세라,

땅 아래로 움직이는데　기록실로 들어서고

　　인간의 형상들이 땅으로부터 솟아 나왔다[2850]

　　천국은 인위적인 것이 아니다

　　제비는 폭풍우가 불면 고요한 대기를 날 때처럼

날지 않는다

"화살처럼, 나쁜 정부 아래에서도

　　　　화살처럼"[2851]

"정중앙 과녁을 맞히지 못한다면 그 원인은 자신에게서 찾을 것"[2852]

"오로지 전적인 성실, 적확한 정의"

그런 경우에도 비단 주머니에서

　　암퇘지의 귀가 나오는 건 아니니……

피사 위의 구름, 대지 텔루스[2853]의 두 꼭지 위로 걸쳐진

"그는 프로이트에" 하고 피란델로[2854]가 말했다 "빠질 리가 없어,
　　　　그(콕토)는 너무 괜찮은 시인이거든."

참, 그날 이후 캄파리[2855]는 사라졌지
　　　　디우도네도, 브와쟁도
로우얼[2856] 양의 대지적인 물량을 바라보는 고디에[2857]의 눈

"플라톤의 정신…… 또는 베이컨의 정신" 하고 업워드[2858]가
　　　　자신의 것과 비교할 만한 것을 찾으며 말했다
"정치저긴 여르정은 어브써?……
데모크리토스, 헤라클레이토스" 하고 슬로님스키 박사[2859]가 1912년 외쳤다
미시오[2860]는 가스비를 낼 돈이 없어 어둠 속에 앉아 있었는데
　　　　말하기를, "독일어 하세요?"

　　　　애스퀴스[2861]에게, 그때가 1914년

"에인리[2862]가 어떻게 저 가면을 쓰고서
　　　　　　내내 공연을 할까"
하지만 팅키 부인[2863]은 그가 동양의 요리를 위해서가 아니라

쥐를 잡으려고
　　　　자신의 고양이를 원한다고는 믿지 않았다

"일본의 춤은 늘 외투를 입고 해요" 하고 그가
완벽하게 꼭 찍어 말했다

"꼭 잭 뎀프시[2864]의 글러브 같군" 하고 윌슨 씨[2865]가 노래 불렀다

　　그래서 그녀 가슴의 어느 쪽으로건
　　벼룩을 때려잡을 수 있지
하고 나이 든 더블린의 조종사가 말했지
　　　　또는 적확한 정의

　　아름다운 가슴 (흔치 않은 운율로, 위를 보라)
　　그들 사이를 흐르는 것으로 여겨지는 아르노강이 있는 산
콘크리트 위에서 잠을 자다 대지에 입 맞추다

　　아름다운 가슴　데메테르　교미하누나
　　　　　그대의 고랑

　　림보[2866]에서는 어떤 승리도 없다, 그곳에선, 어떤 승리도 ―
그게 림보, 노예 수송선의 갑판 사이에
　　　10년, 5년

"그가 치아노²⁸⁶⁷를 제거할 수만 있었다면" 하고 장군²⁸⁶⁸이 신음 소리를 냈다

"명령을 받는 데만 익숙해져 있는 사람들" 그가 말했다

　　함대가 항복을 했을 때

"내가 할 수 있었을 텐데"(치아노를 끝장내는 것) "살충제

　　한 방으로."

　　하고 킬란티²⁸⁶⁹의 12살짜리 딸이 말했다.

가이스²⁸⁷⁰에 있는 학교를 팔았고,

그 잎사귀로 가축의 잠자리를 만들곤 했던 나무들을 잘라 버렸고

　　　　그래서 거름이 부족했다⋯⋯

중니의 법을 상실함으로써

　　　　브루닉²⁸⁷¹에 있는 산악부대원의 동상 옆에 배낭이 놓이고

　　　　　긴 느릿한 깃발들의 행렬

비슷한 일들이 달마티아에서 일어나고

　　　　　나라의 보물인

정직함이란 보물이 부족해지고

　　빌어먹을 이탈리아놈들은 몇몇 예외만 빼고는 영국놈들이

진실하지 못한 것만큼이나 행정에서 정직하지 못하다

허풍, 허영, 횡령이 20년간의 노력²⁸⁷²을 망하게 했다

페타노[2873]에 울리는 종소리는…… 다른 종보다 부드럽구나
앨리스와 에드메[2874]를 기억나게 하누나
　　어릿광대라는 이름의 개가 빙빙 돌고
　　　　구름 낀 오로라로 언덕의 형상을 한 담요

　　그리고 이다,[2875] 여신　　　　　아폴로를 마주보다

　　미란다[2876]만이 역할을 바꾸면서 개성을 바꿨던
　　　　　유일한 이였다

이 사실은 모든 비평가들은 아닐지 몰라도 대부분의 비평가들이 놓쳤던,
　　적어도 놓친 것으로 보였던, 것이다

"염병할 놈의 뇌라도 있다면 당신은 위험한 인물이요"
　　　하고 로마노 라모나[2877]가 말했다
　　그가 고문관이라고 명명한, 옴 붙은 감방에 있는 자에게
　　　군대 용어는 거의 48개의 단어로 이루어진다
동사 하나 불변 실질어 하나　똥
　　　형용사 하나에 중성中性의 구문 하나로
이것은 일종의 대명사처럼 쓰여서
보초의 곤봉으로부터 요부나 또는 요조숙녀에 이르기까지 쓰인다

마게리타[2878]의 목소리는 클라비코드의 소리만큼이나 낭랑했다

그녀는 토끼 우리를 돌봤고,

오 일곱 슬픔의 마가렛[2879]

연꽃으로 들어갔구나

"장사, 장사, 장사……" 하고 래니어[2880]가 노래 불렀다

사람들은 제프 데이비스[2881]를 위해 그녀의 할머니가 스커트 밑에
숨겨 가져갔던 금이

그녀가 상륙한 배에서 미끄러졌을 때 그녀를 익사시켰다고 말을
한다,

아트레오스[2882]의 운명

(오 머큐리[2883] 도둑들의 신, 그대의 지팡이가

지금은 이 소포 상자가 증명하듯이

미국 군대에 의해 사용되고 있다)

부처의 눈을 하고 메이슨과 딕슨[2884]의 남쪽에 태어나서는
반대하기를 :

그것들은 존재하지 않는다, 그것들의 환경이 그것들에게

존재를 부여해 준다…… 에마누엘 스베덴보리[2885]의
경우…… "논쟁하지 않는다"

제3의 영역에서는 논쟁하지 않는다

그 위로는, 연꽃, 흰 수련

쿠아논, 신화

레테강을 지나쳐 간 우리들

      사실 군대에서 쓰이는 몇몇의 거친 표현들이
있는데 바르정 씨[2886]는 틀림없이 서기 1910년에 대한 하나의 생각을

가지고 있는데 난 그가 그 생각으로 무얼 했는지는 잘 모르겠고
      왜냐하면 난 누구의 논지를 훔치는 사람이 아니니까
           늙은 앙드레[2887]는
이사야의 분노로 자유시를 설교하고 있었고, 나를 늙은 루슬로[2888]에게
보냈는데
   그는 센강에서 소리를 낚아 올리려 하고 있었고
         감지기를 끌어들였다
"자신의" 하고 그가 말하길 "발걸음 소리를
      감추고자 하는 동물"
             루슬로 신부는
드 수사[2889]의 시들을 감쌌고 (훌륭한 귀)
그의 하인이 그가 뭐를 들고 가는지 모르도록
   그것들을 돌려줄 때에도 똑같이 해 달라고 나에게 부탁했다.

"변장한 신부" 하고 / 콕토가 마리탱[2890]에 대해 말했다
   "변장한 신부처럼 보였어요" 문에서

"모르겠지만, 보세요, 변장한 신부처럼 보인다니까요.

"난 내가" 하고 콕토가 말하길 "문인들 사이에 있다고 생각했었지
  근데 보니까 일군의 기계공들과 차 정비 조수들이었던 거야."
"도데²⁸⁹¹가 살아있는 한 그를 아카데미 공쿠르에

들이지 않을 겁니다"
          라고 로한 백작 부인²⁸⁹²이 말했다, 마틴 씨²⁸⁹³는
이와 비슷한 잘못을 자신의 당에 저질렀다고 우린 믿는다

          "30,000, 그들은 자신들이 똑똑했다고 생각했지만,
웬걸, 사실은 6,000달러면 그럴 수 있었는데 말이지,
랜든²⁸⁹⁴ 다음으로 그들은 웬델 윌키²⁸⁹⁵를 선택했지

          난 왕은 아니지만, 그렇다고 영주가 될 생각은 없소
플로렌스 시민,²⁸⁹⁶ 귀족의 칭호를 받을 수는 없었지만
          오늘날까지 그 문장을 지니고 있다
우매한 자들이 플로렌스를 "매우 멸시하며" 불태우고자 할 때
아르비아에서 항거하던 자²⁸⁹⁷ "사람들은 명령에 순종하곤 했지"
          "그 칙령에 사인을 했던 왕²⁸⁹⁸도 있었고"
          설사 내가 넘어진다 해도 무릎을 꿇진 않겠다'²⁸⁹⁹

— 장애물 펜스를 넘어오는 흑인들

스키파노야[2900]에 있는 삽입화에서처럼

(델 코싸[2901]) 일정한 비율로 10,000개의 교수대 모양의 막대가

철사 줄을 받치고 있고

"성 루이 틸"[2902]이라고 그린은 그를 그렇게 불렀다. 라틴어!

　　"난 라틴어를 공부했었어" 하고 아마도 그의 덩치 작은 동료가 말했다.

"헤이, 스내그, 성경에 뭐가 있는 거야?

　　　성경의 서書라는 게 대체 뭐야?

제목을 대 봐! 날 엿 먹일 생각하지 말고!"

　　　"호보 윌리엄스,[2903] 저 모든 이들의 여왕"

"헤이/ 크로포드, 이리로 와 봐/"

　　　　　로마에서 탈출해서 사비니인들의 땅으로[2904]

"천상의 슬라이고" 하고 윌리엄 아저씨[2905]가 읊조렸다

　　안개가 마침내 티굴리오[2906]에 내려앉았을 때 말이다

하지만 조이스 씨는 일급 호텔에서 샘플 메뉴를 요구했고

킷선[2907]은 꼭대기[2908]에서 빛과 장난치곤 했다

안개가 텔루스-헬레나의 가슴을 덮고는 아르노강을 따라 올라간다

밤이 찾아왔고 밤과 함께 폭풍우가

　　"어느 정도나 먼 거 같아요, 당신 생각엔?"

배실[2909]이 샤 나메[2910]를 노래한다면, 그는 자신의 문에

피르다우시[2911]

피르두시라 썼다

그렇게 카비르[2912]가 말했다 : "정치적으로" 하고 라빈드라나드[2913]가 말
했다

　　"그들은 수동적이다. 그들은 생각은 하지만, 기후가

문제이다, 그들은 생각은 하지만 덥고 파리 떼나 곤충들이

날아다닌다"

"금본위가 회귀하면서" 하고 몬태규[2914]가 쓰기를

　　"모든 농부들은 세금과 이자를 감당하기 위해

　　　　곡식 두 배를 지불해야 했다"

이자가 지금은 법적으로 낮아졌다는 것은 맞지만

은행은 대부업자들에게 돈을 빌려주어서

그들이 더 많은 돈을 희생자들에게 빌려줄 수 있게 했다

비열한 매스컴이나 쓸데없는 소리나 지껄이는 잡지들은 이것에 대해선

한마디도 없다

　　그렇게 카비르가 말했다, 본질적으로

　　만약 그들이 핸콕[2915]의 부두를 취할 수 있다면 그들은 당신의 암소나

내 곡식 창고

그리고 코이누르²⁹¹⁶와 왕의 에메랄드 등도 다 취할 수 있을 거요.

톰²⁹¹⁷은 양철판을 두르고 있었는데, 자신의 이름이 쓰여진
            둥그런 깡통 뚜껑 같은 것 :
완지나²⁹¹⁸는 자신의 입을 잃어버렸다,

        미래의 전쟁들을 가로막을 것으로
올바른 평화만한 건 없다
정전협정이 사인된 이후로 프라스카티²⁹¹⁹에 가해진
        폭격을 보라

빚과 전쟁의 이윤으로 먹고사는 이들
            은행이 하는 일
            "…… 워배시 포탄"²⁹²⁰
평평한 페라라 지방에서는 태산 아래나 여기나 같이 보인다

사람들이 일정하게 움직인다   델 코싸의 삽입화에서처럼
            양자리와 황소자리 아래에서의 스키파노야

주거용 배에서 반나절 동안 십 실링 값어치의 터키옥을
            싸게 사려고

마음은 아무것도 더이상 들어가지 않으면 꽉 찬 것

카산드라[2921]만큼이나 미친 듯한 바람

　　그녀는 다른 많은 이들만큼이나 제정신이었건만

누이여, 나의 누이여,

　　황금빛 동전 위에서 춤을 추는구나[2922]

成　　집중을 하게 하누나　　成
쳉　　　　　　　　　　　　　쳉

　　자그레우스[2923]

　　자그레우스

中	1 - 중앙	非	7 - 아님
先	2 - 앞서다	其	자신
後	3 - 따르다	鬼	혼령
何	4 - 어떻게(얼마나)	而	그리고
遠	멀다	祭	제물을 바치다
旦	5 - 새벽	之	이다
口	6 - 입	諂	아첨하다
		也	(감탄사)

자신과 관련 없는 혼령에게 제물을 바치는 것은 아첨(아양)이라.

符	8 - 차용증 막대기의 반쪽	志	9 - 의지의 방향
節		成	10 - 완벽하게 하다
			또는 집중시키다

LXXVIII

이다[2924]의 커다란 느릅나무 옆

    40마리의 거위들이 모여서

(6펜스 동전 위에서도 춤출 수 있는 자그만 누이)

    세상의 평화를 조율하려 하는구나

      황금빛 동전 위에서!

카산드라, 너의 눈은 범 같구나,

  그 눈에는 아무런 글자도 쓰여 있지 않고

너 또한 가지고 있는데 나는 어느 곳에도 가지고 가지 못하고

    해로운 집으로만 그 여정엔 끝이

      없구나.

      체스판은 너무나 투명하고

그 정사각은 너무나 똑같고…… 전쟁의 극장……

"극장"은 좋은 건데. 전쟁을 끝내고 싶어 하지 않는

  자들이 있다

빨랫줄 옆 흑인들은 델 코싸의 인물들과 너무나

      흡사하구나

그들의 녹색은 풍경과 어울리지 않는다

4가지 색으로 그려진 2개월의 삶

    세 번씩 슬프게 : 이틴[2925]

두 얼굴의 야누스 사원을 닫는 것

두 얼굴의 개자식[2926]

"경제 전쟁이 시작되었다"

　　　　나폴레옹은 조은 사람이었지, 우리가 그를 부시는 데

　　　　20년은 걸렸으니까

근데 무솔리니를 부시는 덴 20년은 안 걸려"

　　　　그 형제인 대영화학연합이 발보가[2927]에서 그런 말을

했지.

　　　　회사들은 저 멀리 아비뇽에 이르기까지 쓰러졌고……

…… 내 붉은 가죽 공책

　　　　　　　　메디치의 평화

　　나폴리에서 그 자신의 입으로, 로렌조[2928]

　　　　그는 또한 오늘날까지 사람들이

　　　　노래 부르는 시를 남겼다

"버려진 대지에"

　　　　　　　메타스타시오[2929]가 그를 뒤이었다;

베로나 강령에 "della"가 아니라 "alla"가 쓰였다

　　아직도 그 교묘함을 지닌 스타일리스트로서의 늙은 손[2930]

물은 그 호수의 저 변에서 흘러내려 갔고

시르미오에서와는 전혀 달리 고요했다

　　　　　아치 아래

방문객 숙소, 살로, 가르도네

　　　　공화국을 꿈꾸다. 산 세폴크로[2931]

　　　　　불길에 휘감긴

금속으로 만든 네 명의 주교, 폐허 속, 믿음—

　　　제단 위에 드러나 있는 성해함聖骸函.

"우리가 그 위로 미끄러져 넘어지기라도 하면 누군가는 비난받아야 해"

그 중앙에 있는 괴델[2932]의 매끈한 손,

　　　낙소스에서 나와 파라 사비나를 거쳐 가고 있는 사나이[2933]

"오늘 밤 주무실 거면"

"우리 모두에게 단지 방 하나밖에 없다는 건 사실이에요"

"돈은 아무것도 아니죠"

"아니, 저 빵값으로 낼 게 아무것도 없어요"

　　　　　　"저 수프 값도요"

"여긴 여자 이외에는 남은 게 없어요"

　　　　"여기까지 끌고 왔네요, 잘 간수하세요" (배낭)

　　　아니, 저들이 당신에게 아무 짓도 안 할 거예요.

"누가 저 사람이 미국인이라 했어"

　　　　침상 위에 가만히 있는 형체, 볼로냐

"아이구머니나," "선생님!" "아빠가 왔어!"[2934]

　　　　긴 깃발들이 서서히 들어 올려지다

　　　　　　로마에서 탈출하여 사비니인들의 땅으로

도시를 둘러싸고 드높은 명성에

　　　고대 로마인들이 자신들의 이름을 따왔고

그[2935]의 신을 라티움으로 들였다

　　　　낡은 것들을 구제하면서

"그가 그의 여신을 라티움으로 데려오기 전에"

"각자는 신의 이름으로"

그 속에는 고삐를 쥔, 목소리들이

고디에의 말이 지워지지 않았고

　　　　　또한 늙은 흄의 말도, 윈덤²⁹³⁶의 말도,

마나 아보다.²⁹³⁷

그의 목 뒤에서 느껴지는 사디즘

채색된 정의, "스틸²⁹³⁸이라니 참 거시기한 이름이군."

　　하고 명랑하고 생각 많은 검둥이가 말했다

그를 도와주는 블러드와 슬로터²⁹³⁹

　　　　　수세 구멍에서 오고 가는 대화

물고문 의자의 막대처럼 꼿꼿하게 "자부심을 느꼈다"

미국에 가면 살 수 있을 것이야

　　　　　여기선 참아

고양이 울음소리 같은 걸 내는 수염 난 올빼미

　　　　　정의正義의 아테네 여신이 나를 지탱시키누나

"정의定義는 상자 뚜껑 아래 닫아둘 수는 없는 것"

하지만 젤라틴이 지워진다면 기록은 어디에?

"그곳엔 앞이름, 뒷이름, 주소가 있는

　　　책임질 사람이 없다"²⁹⁴⁰

"권리가 아니라 의무"²⁹⁴¹

　　　　　그 말은 아직 취소되지 않고 남아 있다,

　"여기 있소!"²⁹⁴²

　　　　　독과점자들에게는 똥을

그 개새끼 같은 족속들

노예무역을 가라앉히고, 사막이 생산을 하게 하고

대부업자 돼지들에게 으름장을 놓고[2943]

　　　시탈카스,[2944] 이중의 시탈카스

　　"사제가 아니라 희생양"

　　하고 앨런 업워드가 말하였다

무언가가 거짓임을 알아챘다, 그(펠레그리니[2945])가

　　말하길/ : 돈이 거기 있었지.

앎이 유스티니아누스와 함께, 그리고 티투스[2946]와 안토니누스와 함께

사라졌다

　　("법이 바다를 지배한다"는 말은 로도스 법을 뜻한다[2947])

국가는 개인적인 불행과는 다른 윤리함을 가져야 한다는 것

아니! 혹은 로스토프세프[2948](로스토프세프였던가?)에게 있어서의

　　재산에 관한 이야기

고정된 과세보다 더 나쁜 건 없다

　　　　수년간의 평균

맹자 III, I. 등문공[2949]

　　　　제3장 7절

어서 오거라, 오 귀뚜라미여 나의 귀뚜라미여, 하나 소등나팔이 울린 후엔

　　　　노래 부르지 마라.

교도관의 모자 15세기

　　　　때때로 마을에선 헬멧이 아무 소용이 없다고

　　　　아무짝에도 소용없다고

말하지

전혀 아무것도 없는 사람들에게

용기를 준다는 점만 빼면 말이지

그렇게 잘츠부르크가 다시 문을 열었다

여기 귀뚜라미 볼프강[2950]이 노래 부르다

약하게 비올라 다 감바[2951]

가르다호에 선술집을 여는 것보다 더 안 좋은 일을 할 수도 있는 것이

거늘

생각해보자

타이야드[2952]와 "윌리"(고티에-비야르)[2953]

모켈[2954]과 라 왈롱…… 핑크빛의

크리스털 헬멧을 쓴 사기꾼들[2955]

네브스키에 있던 케이크 집들

시르다르, 아름농빌 혹은 카슈미르에서의 집배들

핑크빛 크리스털 헬멧을 쓴 사기꾼들

모차르트 씨의 집을 엉망으로 만들어놓고

새로운 콘서트홀의 문에서 떠났지

산 제노의 서명된 기둥을 보면서 그[2956]가 말했어,

"기둥을 한 다발씩 주문을 해야 하는 요즘에

어찌 우리가 건축물을 가질 수 있겠나?"

주변에 돌로 된 둥근 고리가 있는 붉은 대리석, 네 개의 기둥,

뜰에 무릎을 꿇고 있는 파리나타,[2957]

혈족인 우발도[2958]처럼 세워졌다,

칸 그란데^{2959}의 미소는 토미 코크란^{2960}의 미소 같구나

       "대기를 빛으로 떨게 만들다"

       그렇게 쓰여 있었고, 베로나에 보존되었다(아니 있었다)

그렇게 우리는 그 장소 근처에 앉아 있었다,

       밖에는, 티와 데카당한 친구^{2961}

레이스로 된 소맷부리는 그의 손가락 관절 위를 덮고 있고

   로슈푸코^{2962}를 생각하는데

하지만 프로그램 (카페 단테^{2963}) 1920년인가 그 무렵의 문학 프로그램은

       출판되지도 이어지지도 않았다

그보다 수년 전, 그리피스^{2964}가 말했지, : "그들을 경제학 같은

차가운 것으로 움직일 순 없어   여기(런던) 의회에

오지 않기로 언약을 했지"

      숲은 제단을 필요로 한다

빗줄기 아래 제단들처럼

망상(혼란)을 어떻게 발견해낼 수 있느냐고 묻자

    "카오야오^{2965}를 고르니 올바르지 못한 자들이 사라졌소."

    "이 인^{2966}을 택하자 올바르지 못한 자들이 비틀거리며 없어졌소."

     2시간의 삶, 그들은 떠나면서

상원에서 대단한 싸움이 있을 것임을 알았다

     세상의 뒤얽힘에 대항한 롯지, 녹스^{2967}

박카스의 제어^{2968}에 대항하여 의회를 통틀어 그와 함께 한 두 사람

빌어먹을 수정 제18번을

    폐지하는 안을 냈다

팅컴 씨[2969]

제네바 고리대금업자들의 소굴

　　　개구리들, 영국인들, 그리고 몇몇의 화란 뚜쟁이들

서론적 착취에 톱 드레싱을 하는 격

　　　그리고 흔히 있는 더러움

자세한 건 오돈[2970]의 자그마하지만 깔끔한 책을 보라

　　　, 다시 말해, 몇 가지 보다 명확한 세부적인 것들에 대해 말이다,

근본 악취는 고리대금업이고 화폐 바꾸기이고

처칠이 거짓말로 홍보했던, 미다스로의 회귀[2971]였다.

　　　"더이상 필요치 않아," 세금은 더이상 필요치 않아

그것(돈)이 한 일에 기반을 둔 것이라면 예전 방식으로

　　　체계 안에서 그리고 인간의 필요에 따라 측정되고 맞춰진다면

국가 또는 체계 안에서

道

사용되고 낡아진 것에 비례해서

　　　　　상쇄가 되는 것으로

뵈르글 식으로.[2972] 그것에 대해 생각해봐야 하겠다 말했었지만

그의 생각이 적절하게 효과적으로 행동에 옮겨지기 전에

　　　거꾸로 매달려 죽고 말았다[2973]

"돼지를 위해," 젭슨[2974]이 말했다, "여자를 위해." 고리대금업의 악명을 위해,

　　　암말을 훔치다,[2975]　전쟁의 원인, "글러브"

하고 윌슨 씨가 노래 불렀지,[2976] 우드로가 아니라 토마스, 해리엇[2977]의

활기찬 후예

    (부츠를 신은 채 있었던 두 번의 영예로운 일,

          웰링턴 말이다)

    만약에 정부의 주된 동기가 커다랗게 해 먹는

          도둑질이라면

    분명히 작은 도둑질도 있을 것이라

    사회주의자들이 조력자들을 미끼로 사용한다면

    그래서 돈을 만들어내지 못하게 사람들의 주의를 흩뜨리는 한

    많은 사람들의 행동양식   그[2978]는 보았다 도시들을 다재다능한

    이 빈틈없는 인간, 오티스,[2979]   하여 나우시카[2980]는

    빨랫감을 내려놓았고 아니면 적어도 하녀들이 일을 느슨하게

    하지 않도록 보러 갔고

          아니면 창문가에 앉았다

바니 로마나[2981]에서   아무 일도 일어나지 않을 거라는 걸 알고서

여행자를 비딱하게 바라보고

          카산드라 그대의 눈은 범 같구나

어떤 빛도 그것을 통과하지 못하는구나

          연꽃을 먹는, 아니 정확히는 연꽃은 아니고, 아스포델

산에 있는 잃어버린 읍에서 여인으로 있는 것

          쇠 난간이 있는 발코니에

      뒤에는 하인

          마치 로페 데 베가[2982]의 희곡에서처럼

누가 지나간다, 혼자는 아니고,

질투가 없이는 사랑도 없고

비밀이 없이는 사랑도 없다네[2983]

　　　미친 여인 도나 후아나[2984]의 눈,

구석에 있는 쿠니차의 그늘 그리고 공중에 떠도는

　　　　예감

그것이 의미하는 건 하사관들의 눈에 보일 만한 일은

　　일어나지 않으리라는 것

세 명의 여인들이 내 마음에 떠오르는구나

하나 뒤이어오는 대화에 대해선,

올리비아[2985]의 계단에서의 그 싫증나는 중세 이야기

　　　　　그녀의 환영 속

저 돌의 각도 그의 모든 경관

　　　　　　　난간이 있고, 하나의 대척점

이 모든 것에서 흰 소들의 견고함에 대해선

　　　아마도 유일하게 윌리엄스 박사(빌 칼로스)만이

　　　　그 중요성과 그 은총의 순간을

　　　이해하리라. 그는 수레에 담으리.[2986]

텐트의 꼭대기의 그림자가 시간을 나타내며

모서리 못을 밟고 있다. 달이 갈라지고, 구름은 저 멀리 루카[2987]에.

봄과 가을에

　　"봄과 가을"[2988]에

　　　　　올바른

　　　　　전쟁이란

단
하나도
없었다

LXXIX

달, 구름, 탑, 한 조각의 세례당

　　　　　　온통 흰색,

델 코싸 삽화마다 쌓인 먼지

내 마음으로부터 그들의 아주 조그만 애무조차 사라진다 해도

그대가 얻을 것이 있다고는 생각하지 마오

나는 그대를 그 반만큼도 잘 사랑하지 않았으리니

내가 여자를 사랑하지 않았다면 말이오"²⁹⁸⁹

　　　　　　　하여 잘츠부르크가 다시 열리었고

　　　　내 머릿속에 불이 붙어 그 시절은

　　　　　　아마릴-리²⁹⁹⁰　　아마-리-ㄹ-리!

그를 잃어버림으로써　　하얘진 그녀²⁹⁹¹의 머리

　　　　아직 서른도 안 되었는데.

극장에서는 그녀의 결혼식 날과 그리고는,

　　　　그 다음번은,

　　　　…… 아마도 그보다 이 년 뒤였을 것이다.

또는 위그모어²⁹⁹²의 길에 난 문 안쪽에 있는 아스타피에바²⁹⁹³

　　　　　　그녀를 몰라보고는

　　　　틀림없이 곤경에 빠트렸을 것이다)

현재 이곳에 있는 G. 스콧 씨²⁹⁹⁴는 릴리 마를렌²⁹⁹⁵을 휘파람으로 부는데

　　　　　내가 여태껏 만난

　　　　유색인들에 비해

분명히 처지는 음악적 소양을 가졌지만

쾌활하고 명랑하다

(추억 속의 괴델[2996]에게)

하나의 혼돈으로부터 나를 구해준 단정한 머리

난 G. P.[2997]가 이 내내 연어처럼 물길을 거슬러 올라왔다고 들었다

그 어느 곳에 있는가? 그리고 누가 표면에 나타날 것인가?

페탱[2998]은 죽임을 당하지 않았다   여섯 시간의 토의 끝에

　　　14 대 13

물론, 물론 스콧에 대해선

　　　　난 내 경치에 약간의 음지가 있는 걸 좋아하고말고

"내가 당신에게 저 탁자를 만들어 줬다고 아무한테도 말하지 말아요"
같은

또는 화이트사이드 같은,

　　　　"아 분명코 저 망할 개놈들이

　　　　당신을 집어삼키려 할 거구만요"

(아니, 필자에게 하는 말이 아니라, 마음 내켜 하지 않는 저 당사자 개
에게)

　　　　　한 철사 줄 위에 앉은 8마리의 새

아니면 3개의 철사 줄 위였던가, 앨링엄 씨[2999]

새로 나온 베흐스타인[3000]은 전자 제품이고

종달새의 지저귐은 철이 지났으나

착한 흑인이 눈에 보이는 건 흥겨운 일

　　나쁜 놈들은 똑바로 쳐다보려고 하질 않지

15세기의 보초 모자가 말 타고 지나가누나

　코시모 투라[3001] 혹자는 생각하기를 델 코싸의

　　　경치 속을 말 타고서,

이를 없애려 물결을 거슬러 오르고 똑같은 목적으로 흘러 내려가고

바다 쪽으로

서로 다른 이들은 서로 다른 물속에서 산다

어떤 마음들은 대위법에서 즐거움을 찾고

　　　대위법에서 즐거움을 말이다

하여 새로운 베흐스타인을 치는 후기의 베토벤,

가령 성 마가 광장[3002]에서

크기의 조화 같은 것을 발견하게 된다

　　　　연주회장에서는 발견치 못하던 것을,

저것이 둥둥거리는 엉터리 북소리를 끝까지 견디어낸 교황청의 소령인가?

그 어떤 로마의 요새, 그 어떤

　　　"겨울 진지로 돌아갔다"[3003]는 식의 것이

우리 아래 있는가?

어떤 가치들을 위해 논쟁하듯

　　　한창때의 말이 튜바에 대항하여 울어댄다

(예컨대, 잔캥,[3004] 오라치오 베키[3005] 또는 브론지노[3006])

희랍의 악당 근성 대 하고로모[3007]

쿠마사카[3008] 대 속물근성

　　　　트로아스[3009]로부터 나오자마자

그 지독한 바보들이 시코네스의 이스마루스[3010]를 공격했었지

3개의 철사 줄 위에 앉은 4마리의 새, 하나 위에 하나

음각의 찍힘은 부분적으로

어디를 누르는가에 달려있고

주형은 그 속에 부어진 것을 지켜야만 한다

담화에서 　　　　　　　　　　　　　　辭

　　　중요한

　　　　　것은

뜻을 이해시키는 것뿐 　　　　　　　　達

지금은 2개 위에 5마리,

3개 위, 4 위에 7

　　　　그래 그 친구 이름이 뭐더라

노래책을 쓰는 데 있어서의 변화

3 위에 5 　　향기로운 신선한 장미여

하여 그들은 아시시 위쪽의 교회를 떠났는데

하나 공쿠르[3011]는 프랑스 혁명에

약간의 빛을 던져 주었다네

"지프차를 저곳에 대시오"

베이컨 껍질 같은 깃발 일명 워싱턴 문장이

성 스테파노 기사 성당[3012]에서

우골리노[3013]에 대항하여 펄럭이고 있구나

하느님이 헌법을 축복하시고

구하시도다

"그것의 가치"

　　이것이 문제의 핵심이니

왜곡하는 자들은 저주받으라

　　만약 아틀리[3014]가 램지[3015]처럼 굴려 한다면

"공작에게서 떠나라, 금을 찾아 나서라"[3016]

　　"지질학적인 한 시대 안으로는"[3017]

살라미스에서 승리했던 그 함대[3018]

　　그리고 윌크스[3019]는 빵 가격을 고정시켜 놓았었으니

윤리

　　아테네는 섹스 어필을 더 할 수 있었을 텐데

침침한 눈

"용서하세요, 올빼미의 눈을 가진 이[3020]여"

　　　　　　(관둬, 난 바보가 아니야.)

그렇다면?

　　"그 대가는 세 개의 제단, 벌금으로."

　　　"　저곳에 지프차를 대요."

　　　　　　　2 위에 2

그 녀석 이름이 뭐였지? 다레초,[3021] 기 다레초

기보법

　　　　3 위에 3　　　　　　　　　　　　黃
　　수다쟁이　　황조　　　　　　　　　　鳥
　쉬러 왔군　　병 속에서 3개월　　　　止
　　　　　　(필자)

텔루스[3022]의 두 가슴이여

　　　　내 단추들을 축복하시라, 참모 차를/
마치 그는 지옥을 대단히 경멸하는 듯이
카페네우스[3023]

　　　　3 위에 6, 제비꼬리들
헬렌의 가슴으로 만든 듯한, 백금의 잔
세 개의 제단을 위한 2개의 잔. 텔루스 풍성한 대지

　　　　"각각은 자신의 신의 이름으로"

　　　　박하, 백리향, 그리고 꿀풀,
한창때의 말이 둥둥거리는 악대의 소리에 대항하여 힝힝거린다,
그 '장치'에 대해, 그 산출과 살육에 대해
(양편에서 다) 추억하며
"젠장, 저들은 휘파람을 불 시간도 없나?"

　　　　만약 궁전이 학문의 중심점이 아니라면……
간단히 말해 타락정치의 야바위꾼이……

　　　　　　　　뚱뚱한 잔소리쟁이
늙은 여인과 씩씩거리는 살찐 늙은 종마들의

　　　　금박 입힌 싸구려 조각들

　　　　"꼭대기에서 반쯤 죽은 듯이"[3024]
나의 친애하는 윌리엄 B. Y. 당신의 1/2은 너무나 온건했어요
"실용주의적인 돼지"(비유대인인 경우)가 3분지 2를 그렇게 지내야 할
걸요
물론 유엔미[3025]에의 자본 투자라든가 소규모 무기와 화학제들에 대한

비슷한 투기들은

　　　말할 것도 없구요

반면 키스 씨³⁰²⁶는 도나텔로³⁰²⁷에 아주 근접해 가는군요

　　　　　오 스라소니, 내 사랑, 내 사랑하는 스라소니,

　　　　　내 포도주 단지를 지켜다오,

　　　　　신이 이 위스키에 오실 때까지

　　　　　내 산을 가까이서 지켜다오.

　　　　마니투,³⁰²⁸ 스라소니들의 신, 우리의 곡식을 기억하시오.

　　　　카르다스,³⁰²⁹ 낙타들의 신

　　　　　　　대체 그대는 여기서 무엇을 하고 있소?

　　　　내 그대의 용서를 비오……

"여행을 떠날 준비를 하라."

　　　"나는……"

　　　"여행을 떠날 준비를 하라,"

또는 페니키아 말로 양을 헤아리는 것,

　　　　　생각건대 얼마나 멀 것 같소?

하여 그들은 리디아³⁰³⁰에게 말을 하기를, 아니, 당신의 보디가드는

　　　　　그 읍의 사형집행인이 아니구려

사형집행인은 당분간 이곳에 있지 않아요

당신의 마부 옆에 타고 가는 자는

　　　　카자흐인으로 집행하는……

　　　　사정이 그러하므로, 그녀가 친애하는 H. J.

(제임스 씨, 헨리[3031])의 단추 구멍[3032]을 말 그대로 붙잡은 것은……

그렇게 신성한 환경에서 말이야

(더도 말고, 템플학회[3033]의 정원에서)

그리고는 단 한 번 제대로 말을 했었지

즉, "친애하는 어르신" 하고

그의 체크무늬의 조끼에게, 바리아틴스키 공작부인이,

마치 물고기 꼬리를 한 이들[3034]이 오디세우스에게, *트로이에서* 하고 말

하듯,

달은 부어오른 볼을 하고 있구나

그리고 아침 햇살이 서쪽의 대군단 같은 선반들,

구름 위에 구름을 비출 때

늙은 에즈[3035]는 자신의 담요를 포갠다

새벽별도 저녁별도 내 손에 의해 잘못 고통을 당하지는 않았으리니

오 스라소니, 실레누스[3036]와 케이시[3037]를 깨워다오

박카스 신의 시녀들의 캐스터네츠를 흔들어다오,

산림은 빛으로 가득하고

나무 볏은 붉게 빛나는데

누가 스라소니들의 평야에서

나무 요정들의 과수원에서 잠자는가?

(커다란 푸른 대리석 눈을 하고서

"*왜냐하면 그가 그러기를 즐기므로,*" 그 카자흐인)

진료 소집 때 불리는 살라자르, 스콧, 돌리

  포크, 타일러, 반은 대통령 이름들 그리고 캘훈³⁰³⁸

"북부의 자본가들에게" 캘훈 왈 "보복해야지"

아 그래, 생각들이 보다 명료했던 시절

  뉴욕 시민들에게 진 빚

  나무 요정들의 언덕에서

비너스의 좁은 정원에서

    밀집한 스라소니들 사이에서 잠이 든

프리아포스³⁰³⁹에게 화환을 씌우자 만세 이아코스 만세 키세라!³⁰⁴⁰

    평등에 뿌리를 두는바

만세!

  일 년에 5,000달러를 벌 수 있는 길이 있는데

할 일이란 그저 나라를 죽 돌아보고는

상하이로 돌아와서

    개종자들의 숫자에 대한

연보를 제출하기만 하면 되는 것

    진료 소집에 나가는 스위트랜드³⁰⁴¹

   자비를 베푸소서 주여 자비를 베푸소서

  각자는 자신의 무화과나무 아래로

  혹은 타오르는 무화과 잎새들의 냄새와 더불어

겨울철의 불은 이래야만 하느니

땔감은 무화과나무, 삼나무, 솔방울

오 스라소니여 내 불을 지켜다오.

하여 아스타피에바는 비잔스[3042] 때부터의

그리고 그 이전부터의 전통을 지켜왔느니

　　　마니투여 이 불을 기억하시라

오 스라소니여, 내 포도나무에 진디벌레가 오지 못하도록 막아다오

이아코스, 이아코스, 만세, 아아

　　　"지하세계에서는 그걸 먹지 마라"

　　　　태양이 또는 달이 그대가 먹는 것을 축복하도록 하오

따님,[3043] 따님, 잘못 먹은 여섯 개의 씨앗 때문에

또는 별들이 그대가 먹는 것을 축복하도록 하오

　　　오 스라소니여, 이 과수원을 지켜다오,

　　　데메테르의 밭고랑으로부터 지켜주오

이 열매 속엔 불이 담겨 있나니,

　　　포모나[3044]여, 포모나여

그 어떤 유리도 이 불길의 공보다 더 명료하지 못할지니

그 어떤 바다가 이 불길을 지니고 있는 석류의 몸뚱이보다

　　더 명료하리오?

　　　포모나여, 포모나여.

　　　스라소니여, 멜라그라나[3045] 또는

석류 평야라고 불리는

이 과수원을 지켜다오

바다도 그 푸르름이 이보다 더 명료치 못하고

태양의 신의 딸들도 빛을 몰고 오지 못하누나

여기 스라소니들이 있도다　　여기 스라소니들이 있도다,

숲속에서 소리가 들리는가

표범의 또는 박카스 신의 시녀들이

또는 방울뱀의　　또는 움직이는 잎사귀들의 소리가?

키세라, 여기 스라소니들이 있소

관목 숲의 오크나무가 터져 꽃으로 피어날 것일까?

이 관목 숲에는 장미 덩굴이 하나 있는데

붉을까? 하얄까? 아니, 그 중간의 색깔

석류가 터지고 빛이 그 사이를 반쯤 뚫고 들어갈 때와

같은

스라소니여, 이 덩굴 가시를 조심하라

오 스라소니여, 올리브 정원으로부터 올라가는 번들거리는 눈

쿠세라, 여기 스라소니들과 캐스터네츠의 딱딱거림이 있소

고엽에서 먼지가 일어나누나

그대는 장미와 도토리를 맞바꾸겠소

스라소니들이 가시 난 잎들을 먹으려 하겠소?

그대는 포도주 단지에 무엇을 담아 두었소?
　　　스라소니들을 위해, 즙액을?

스라소니들 사이의 나무요정들과 박카스 신의 시녀들
　　　얼마나 될까? 오크나무 아래엔 더 많이 있구나
우리는 이곳에서 스라소니들 사이에서
　　　사흘 밤 동안
일출을 또 그다음의 일출을 기다린다네. 오크나무로 만든
　　　사흘 밤 동안을
덩굴가지는 두껍고
　　　꽃이 피지 않은 덩굴이란 없으며,
꽃으로 된 줄을 타지 않는 스라소니란 없고
　　　포도주 단지가 없는 나무요정이란 없으니
이 숲은 멜라그라나라 불린다

　　　오 스라소니여, 내 사과즙을 선명하게 하여 다오
　　　구름이 끼지 않도록 깨끗하게 지켜다오

우리는 이곳 받침꽃과 창포꽃 사이에 누워있느니
　　　태양의 신의 딸들은 야생의 장미 덩굴에 붙잡히고
소나무의 냄새가 장미 잎들과 섞이누나
　　　오 스라소니여, 얼룩무늬의 털과
　　　뾰족한 귀를 한 그대들이 많아지기를.

오 스라소니여, 그대의 눈은 누렇게 되어버렸는가,
얼룩무늬의 털과 뾰족한 귀를 하고서?

저곳에 박카스 신의 시녀들의 춤이 있고
    저곳에 켄타우로스[3046]들이 있구나
지금 프리아포스는 파우나[3047]와 더불어 있고
    미의 여신들은 아프로디테를 데려왔으니
    그녀의 방은 열 마리의 표범이 끌고 가누나

    오 스라소니여, 포도가 덩굴 잎 아래에서 부풀어 가느니
    내 포도밭을 지켜다오
    태양의 신이 우리의 산에 오시니
    소나무의 뾰족한 잎들의 양탄자에 붉은빛이 어리누나

    오 스라소니여, 포도가 덩굴 잎 아래에서 부풀어 가느니
    내 포도밭을 지켜다오

이 여신은 바다의 물거품으로부터 태어났으니
    저녁별 아래에선 공기보다 가볍도다
        그대는 무섭도다, 키세라시여
    반발하면 무섭나니
        따님 그리고 델리아[3048] 그리고 마이아[3049]
    서곡으로서의 삼위三位

키프러스 아프로디테

바다 물거품보다 가벼운 꽃잎

키세라

숲은

제단을 필요로

하느니

오 헤르메스에게 신성한 퓨마여, 태양의 신의 충복 침비카[3050]여.

LXXX

연방법에 걸릴 만한 죄는 짓지 않았죠,

그저 경범죄 정도죠"

이렇게 A. 리틀 씨 또는 아마도 넬슨 씨, 또는 워싱턴[3051]이

우리가 법을 변덕스럽게 적용하는 것에 대해 생각했다

나는 사랑한다 고로 존재한다, 그리고 바로 그 비율로

마곳[3052]의 죽음은 한 시대의 끝으로 여겨질 것이다

친애하는 발터[3053]는 핀란디아[3054]의 약탈물들 사이에 앉아 있었다

극지방의 희디흼

하나 가스는 끊기고.

드뷔시는 그의 연주를 선호했는데

그 연주 또한 한 시대였다(W. 룸멜 씨)

크루아상의 시대

그리곤 밀크 롤의 시대

유칼립투스 고리가 사라졌다

"빵 먹어, 애야!"

그것 또한 한 시대, 스페인식 빵은

그 시대에 곡식으로 만들어졌다

늙어가지만

그래도 사랑하련다

마드리드, 세비야, 코르도바,

그 시대의 빵에는 곡식이 똑같이 들어있었다

늙어가지만 그래도 사랑하련다

제르베[3055]는 자신의 치즈에 우유를 넣었으리라

(심한 노동의 작업이 연기되었다)

시녀들[3056]이 방에 스스로 걸려 있었다

말을 타거나 타지 않고 있는 필립[3057]과 난장이들

그리고 오스트리아의 돈 주안[3058]

브레다, 처녀, 술꾼들[3059]

이 모두 프라도에 지금 있는지?

또한 실 잣는 사람들도?

"라스 아메리카스"[3060]에서는 여전히 그처럼 오랜 청동들을 팔고 있는가

늪지대로부터는 뜨거운 바람이 불어오거나

산으로부터는 죽을 만큼 차가운 바람이 불어오거나 하면서?

시몬즈[3061]는 타바랭[3062]에서 베를렌을 회상하고

또는 에니크,[3063] 플로베르[3064]

죽은 이외엔 어떤 것도, 하고 투르게네프[3065]가 말했다 (테이레시아스)

손볼 수가 없어

빛나는 페르세포네가 눈먼 자에게 주었지

그의 마음은 흐트러지지 않았고

하지만 가능한 협력에 믿음을 잃어버리는 것

상아로 된 벽을 쌓아 올리는 것

또는 동갈방어가 가까이 가면

산호가 일어나듯 일어서는 것,

(그들이 개XXX를 쏠까)

아니면 고래 입　　　　북부 연맹을 원해서

스칸디나비아 노르웨이 연합을 요구하면서

　　　　　멈출 수 없다

　　　　　　　이는 하늘로부터 온 것이니

　　　날줄과

　　　씨줄

바다처럼 젖은 하늘은

액체 석판이듯 흐르고

페텡[3066]은 베르덩을 옹호했고 블룸[3067]은

　　　　　비데를 옹호했다

빨갛고 흰 줄무늬들이

　　　　　그 어떤 거리를 배경으로 하는 것보다

　　　석판을 배경으로 훨씬 더 명료하게 드러나고

푸른 들판은 구름의 흐름과 함께 녹아든다

소통하고는 멈추는 것, 그것은

　　　담화의 법칙

　　　멀리 가서 끝에 다다르는 것

소박하게 깔끔하고, 키르케의 머리는

아마도 깔끔하지 않았을 듯

늙은 레그[3068]의 표제 면과 우아하게 멋들어진 책의 그것들

사이의 차이처럼

　　　추체[3069]의 붓글씨가 어떠했는지 궁금하다

사람들이 말하길 그녀는 나무에서 새를 떨어뜨릴 수 있다 했다,

그건 정말로 제왕적이긴 했다, 하나 궁중을

엉망으로 만들어놓았다

누군가 말하길, 어두운 숲

날줄과 씨줄은

하늘의 이치

"난 저주받았다네" 하고 공자가 말하였지 :

남부인 낸시[3070]의 이 사건

그리고 우리 친구의 변덕스러움에 대해

하트만 씨,[3071]

사다키치 그와 같은 사람이 몇만 더 있다면,

그게 가능하다면, 맨해튼 또는 그 어떤 다른 도시나

대도시의 삶을

보다 윤택하게 했으련만

그의 초기 글들은 아마도 야반도주의 잡지들이

사라짐과 더불어 없어져 버린 것임

그리고 호비, 스티크니, 로링[3072]에 대한

우리의 지식,

잃어버린 무리 또는 산타야나[3073]가 말했듯,

그들은 그저 죽었을 뿐   그들은 견딜 수 없었기 때문에

죽은 것

카먼[3074]은 "시들어버린 베리처럼 보였다"

20년 뒤

휘트먼은 굴을 좋아했다

적어도 나는 그게 굴이었다고 생각한다

    구름들은 태산의 이쪽에

                가짜 베수비오산을 만들고

네니,[3075] 네니, 누가 후임이 될까?

이 하얌에, 쳉[3076]이 말했다

     "이 하얌에 무엇을 덧붙이랴?"

불쌍한 늙은이 베니토[3077]에 대해선

           누군 안전핀을 가졌고

누군 줄을 가졌고, 누군 단추를 가졌으나

    그들 누구도 그보다는 한참 밑

설구워진 아마추어

      또는 그저 불한당들

나라를 오십 만에 팔아먹고

         사람들로부터 더 많은 걸 속여 뺏어내려 하지

전해 주지 못하는

       문지기로부터 그곳을 샀고

하지만 반면   강조

   실수인지 강조의

         과잉인지

어떤 혁명이든 그 이후의 문제는 당신의 소총수들을

어떻게 할 것인가 하는 것

늙은 빌리엄[3078]은 아일랜드에서 알아냈지

상원에서, 아이쿠, 그 이전일 수도

당신의 소총수들이 내 꿈을 밟고 있어

오 백조와 같은 모습의 여인이여,

당신의 소총수들이 내 꿈을 밟고 있어

그(포드릭 콜럼[3079])는 왜

　　그 전류로 계속 시를 쓰지 않았는가

"그들의 화폐를 하나라도 가지게 된다면

(말하자면 북아일랜드 지방 화폐) 그때마다 불살라 버려요"

　　　　북아일랜드를 정복할 계획을 가진

　　　　상원의원들 중 한 명이 말했다

이 말을 그는 아일랜드 상원에서 말했는데

　　　잘 아는 듯이……

　　　　　아마도 하나도 잘 모르는 듯이,

심심풀이로 상원에 앉아 있는 것이 아니라면

　　　상원의원의 검은 속마음을 어찌 꿰뚫어 볼 수 있으랴?

저곳에서 그들은 경마시합을 가져왔다

"탑! 탑! 올빼미!"

　　난 그들이 그 오랜 극장을 부서뜨리진 않았으리라

믿는다

　　　　복고에 의해, 그리고 최근의 르네상스적 환상에 의해,

　　　　　바릴리[3080]는 어디에 있는가?

이 기병대 "우린 그 후예가 아니라오," 하고 신부가 말하였다

빌어먹을 딱딱한 벤치에서 말들을 기다리며

　　　행렬과 선두마차와 깃발의 유희

지역의 깃발을 쳐듬

　　　"네 시간 더"

"그건 하나의 지역이 아니야 하나의 복합체지"

전문가가 비전문가에게 설명을 했다

길드 또는 *arti*³⁰⁸¹의 흔적에 대해

사람들이 말하길, 들판의 카밀레

　　　프란체스코파 성당이 부수어졌지

　　　델라 로비아³⁰⁸²의 최상의 것들이 조각나고

　　　무엇 근처에? 리 사우³⁰⁸³

리미니 사원의 정문

무솔리니를 깨부수는 데

　　　　　　이십 년도 안 걸릴 겁니다

경제전쟁이 시작되었다

　　　　　　　발보가 35³⁰⁸⁴

(나폴레옹 등등) 워털루 이후

아무것도 등등　　　공작에게서 떠나요, 금을 찾아!

행동은 좀 간헐적이고

　　　"국내에서는 결코 쓰이지 않겠지만

　　　　　해외에서는 대부업자의

등등을 증대시키는 데 쓰이겠지," 어······ 투자자들

　　　모스크바의 붉은 광장에 묻히겠지

앤디 잭슨,[3085] 나폴레옹과 다른 몇몇이 같이

몇몇 작가들에 따르면 시체들이 부분적으로 부활한다고

　　하는데

카이로에서 위령의 날에

　　또는 아마도 이집트 전반에 걸쳐

　　비슷하게 아주 똑같은 모습으로는 아니어도 말이지

하나 사두개인[3086]들은 엘리엇 씨의 버전에

거의 믿음을 주지 않지

카이로에서의 부분적 부활.

베도즈[3087]는 그걸 빼먹었던 거라 생각한다.

　　　　루즈[3088]라는 뼈가 그의 출발점이었다고 난 생각한다

엘리엇 씨가 장의사들의 왕자인 (T. L.)

베도즈에게 더 많은 시간을 할애하지 않았다는 게 　何

　　　흥미롭지 않은가

　　어느 누구도 그의 언어를 말하지 못하는데

축적된 수세기

한 무더기의 해조 (그리고 진주를)

　　　　　　끌어 모으다

또는 유칼립투스의 냄새 또는 난파물

　　고양이 얼굴, 몰타의 십자가, 태양의 이미지

　　각각의 나무에는 각각의 입과 향기가 　　　達

　　"핫　홀　헵　캣"[3089]

빌어먹을 또는 비러머글

신병들이 알아듣는

그와 비슷한 음량의 말

돌아다니는 한밤중의 고양이가 나의 단단한 정사각형들은 건드리지 않
는구나

그것들은 전혀 고양이 먹이라고 할 수 없지

생각이 있는 사람이라면

고기가 엄청 풍부한

식사 시간에 오시구려

원고도 먹을 수 없고 공자도 먹을 수 없으니

히브리 경전조차도

베이컨 상자에서 나오지 못하고

계약 넘버 W, 2 0 0 9 0

지금은 옷장처럼 쓰이고 있는데

전에는 총량 53파운드짜리

고양이 얼굴을 한 유칼립투스의 뾰족한 끝은

당신이 찾을 수 없는 곳에

곡조: 건반 위의 고양이[3090]

라디오는 칼리오페[3091]를 품어내고

그 전엔 공화국 전투 찬가[3092]가 흘러나왔지

분뇨 운반차가 고약한 냄새를 풍기기를 멈추어

코가 평화롭게 쉬고

"내 눈은 보았네"

그래 보았지

엄청나게 많이 보았지

　　볼거리도 많았고

꽤나 단단하고 폭파될 수 없는

　　　　그리고 찬가……

빌어먹을 감상 빨며 노래 부르는 것과는 너무나 대조되는구나

　　저 옛날로 날 내려놓아 주게

　　　　오이 티에[3093]

　　　　시간과는 상관없네

이제는 더 이상의 날들이 없구나

　　　　오이 티에

　　　　시간과는 상관없네

물이 병의 봉인 밑으로 스며들어오고

　　마침내 달이 푸른 포스트카드처럼 떠올랐다

라인강변의 빙엔[3094]을 담은

　　페르케오[3095]의 술통처럼 둥그렇게

번득이는 새벽의 여신이 달을 정면으로 바라보누나　　　犬

　　(올리브 나뭇가지를 한, 권총을 찬 존스[3096])　　추안

　　사람과 개

　　　　　남동쪽 지평선에 떠오르고[3097]

　　　서양에서는 개가 인간보다 앞서간다고

　　　물론 동양에서도 인간이 오른쪽으로

　　　나아가는 거라면 그렇지만

"왜 전쟁을 하지?" 하고 럼주를 마시는 하사가 말하였다

"너무 사람들이 많아! 너무나 많아지면

그들 중 얼마를 죽여 없애야 돼."

"관중이 없었다면," 하고/ 공자가 말하길

"우리는 여전히 코트 단추를 거꾸로 매고 다닐 거야."[3098]

우리의 훌륭한 군대에서의

정치 교육의 수준은

아마도 아직 확립되지 못했으리라   하나

나는 악의적인 공기를 뚫고 내려갔으니

사람은 날씨를 있는 그대로 받아들여야만 할지니[3099]

말을 나눌 사람이 없으니

대화를 글로 쓰는 것

양떼를 몰고 초원으로 나갈 것

그대의 점잖은 독자를 영양 보충시킬 것

점잖은 독자를   담화의 핵심으로

동물 같은 것들을 걸러내게 할 것[3100]

난 80달러를 가지고 미국을 떠났었지

영국에선 토마스 하디의 편지 한 통[3101]

이탈리아에선 유칼립투스 씨앗 하나[3102]

라팔로에서 올라가는 길에서

(내가 간다면)

"성 바르톨로메오에서 난 조그만 소년을 보았지,

십자가에 박힌 듯이 팔을 죽 뻗치고

땅에 못 박힌 채로.

신음하며 말했어, 난 달이로다."

발은 은빛 낫 위에 올리어져 있었는데

그 모습이 나에겐 불쌍하게 보였다

젊은 뒤마[3103]는 울었다 젊은 뒤마에겐 눈물이

있었기에

죽음의 씨앗이 그 해에 움직였다

움직이는 씨앗

바다의 물통에 다시 빠지며

달의 엉덩이가 이번엔 먹히고 말았다

움직이는 씨앗

"우리에겐 속임수가 안 통해"

하고 달 요정이 말했다   티라곤 없는 요정

내 외투를 돌려다오, *하고로모*[3104]를,

내가 하늘의 구름을 가졌다면

등나무가 해변으로 떠가듯

재앙을 맞아

해변에 쓸려온 조가비들

바다와 더불어 사라지는 구릿빛

앞바다엔 어두운 에메랄드빛

젊은 뒤마는 연말로부터 멀리 떨어져서 눈물을 지었다

에베소에서 그녀[3105]는 은세공장이들에 동정심을 표했다

몬테 지오요사[3106]에서 달의

뾰족한 끝에

　　　서서 신령한 빛을 드러내며

　　종달새가 알레그레[3107]에서 일어나고

　　　　　　　자만심에 찬 키세라

　　하지만 악타이온[3108]에겐

　　영원의 무드가 떨어져 나갔으니

카이사르의 파노[3109]에 있는 아치 위로 나 있는 긴 방

한때는 말라테스타 것이었느니

　　　　　완[3110]　　　　카리타스[3111]　　　　카리테스[3112]

나쁜 정부가 지배를 할 때에는, 마치 화살처럼,

안개가 늪지대로부터 일어나서는

　　　　　안개의 폐쇄공포증을 몰고 온다

영창 저 너머로는 혼돈과 무

　　　　　　잘 가거라 피커딜리여

　　　　　　잘 가거라 레스터 광장[3113]이여

거미가 가버린 후 거미집 같은 그들의 작품은

햇빛을 머금은 수정으로 곁을 덮고

40년간 늙은 벨로티[3114]를 제외하곤 그 어느 누구도

　　　　　"무지라는 어둠뿐"[3115]

　　　동상 받침대에 새겨진 글을 읽다

내가 당신에게 말해 줄 수 있는 것, 그는 레이디 드 엑스[3116]에 대해 이

야기했다

또한 그가 어떻게 곧 왕의 외투 자락이 될 애무꾼[3117]의 옷자락을
　　　붙잡았었는지에 대해서도
그리고 단지 두 번만 3페니를 받았는데
　　　한번은 로스차일드로부터 한번은 드라라[3118]로부터
그 첫 번째 어마어마했던 전쟁 동안의 리소토를 위해
약 2온스의 사프란을 가지고 왔었다
　　　　　그래, 그 시인의 동상 받침대는 레스터 광장에 있지
런던시에 있는 거 말이야
하지만 그 인유는, 정확한 독자라면 알아채겠지만,
샘 존슨[3119]의 판에는 나오지 않아
사람이 행한 죄악은 그 뒤로도 살아남지”
음, 이는 줄리어스 시저에 나오는 말일 걸
　　　　기억이 나를 속이지 않는다면 말이야[3120]
그는 리미니 근처의 루비콘강을 건넜었지
그곳엔 아우구스투스의 아치가 있는데, 아니, 있었는데 말이지
　　　“그걸 다시 빌리고 싶어” 하고 H. 코울[3121]이 말했다
　　“난 왜? 하고 말했죠 그는 자기가 그 비슷한
걸 만들 거라 생각했던 거죠” 그렇게 호레이스 C.는
이름은 잊어버렸지만, 이네스[3122]는 아니겠지,
　　　어떤 사람의 그림들을 사기 시작했었지
그런데 잔지바르[3123]였던가 거기의 술탄으로
행세하면서 본드가[3124]의 포장도로에 나타났던 거야
　　　삶의 재미의 일부분을 잃게 만들었다고 느꼈던

약간 귀가 먹었던 것에 대한 보상 차원에서 말이지

그리고 호주 사람인지 뉴질랜드 사람인지 또는 남아공 사람인지

그를 설득해서 카르도마³¹²⁵ 찻집 바깥에서

　　같이 꿇어앉아 기도하자고 했지 뭐야

또 소호³¹²⁶에서 19년인가 15년인가?

　　　이탈리아가 전쟁에 참여한 걸

　　　　지지하는 거리 데모도 벌였다니까

내퍼, 바텀(바텀리라고 수정해야겠군)이 지나쳐가다

　　　　　　개디³¹²⁷ 또한 진료 소집 땜에

개머리판이 필요하다거나 또는 벨라도나³¹²⁸가 필요로 하거나

　　　　　뚱한 것에 대해 말하자면

내 시절에 아킬레스³¹²⁹라는 한 사람만을 알지

그는 바티칸에 머무르게 되었지

　　　　　　　한니발 같은 이들, 하밀카르³¹³⁰ 같은 이들

많이 있지만 거의 다 겸손한 사람들

"유쾌한 여자" 하고 반짝거리는 급사장이 말하였다

그 후, 다시 말해 올드 케이트³¹³¹ 이후 20년 뒤

그녀는 집주인이 했던 일에 관해

분노로 끓어올라서 입에 거품을 물었었지

　　　　　세 들었던 사람 이름은 모르겠고

티치필드가³¹³² 근처 선술집 바로 옆집이었지

"결혼한 여자야, 당신은 그녀를 우롱하지 못해"

신부神父들로부터 떼어져서는

소용돌이로 내던져지고, 익시온³¹³³

삼각형의 맨 섬 사람³¹³⁴

그렇게 늙은 사우터³¹³⁵

현관은 비스마르크와 폰 몰트케³¹³⁶의 커다란 사진들로

채워져 있었다

보어 전쟁³¹³⁷ 동안 휘슬러³¹³⁸는 와서 전략에 대해

이야기하곤 했다

그러나 그, 사우터는 사라사테³¹³⁹의 초상화를

전혀 보지 못했다

"캔버스에 달라붙은 검은 파리 같네"

그러다 휘슬러가 죽은 후 어느 날

이자이³¹⁴⁰가 같이 있었다고 생각하는데

처음 휘슬러의 그림을

보고는 외쳤다,

저 바이올린 좀 봐!

호머가 희랍의 군대를 따라 트로이까지 갔던

군의관이었다라고 말하기도 한다

그리하여 홀랜드 파크³¹⁴¹에서 그들은 몰려나와 레버 씨³¹⁴²를

(레스토랑 주인) 두들겨 팼는데 될락 씨³¹⁴³는 기겁을 했고

한 일꾼이 처치가³¹⁴⁴(켄싱턴 엔드)에서 나에게 다가와서는,

당신 도길놈이지!

난 대답했지, 나 아닌데.

소용돌이로 내던져지고, 익시온[3133]

삼각형의 맨 섬 사람[3134]

그렇게 늙은 사우터[3135]

현관은 비스마르크와 폰 몰트케[3136]의 커다란 사진들로

채워져 있었다

보어 전쟁[3137] 동안 휘슬러[3138]는 와서 전략에 대해

이야기하곤 했다

그러나 그, 사우터는 사라사테[3139]의 초상화를

전혀 보지 못했다

"캔버스에 달라붙은 검은 파리 같네"

그러다 휘슬러가 죽은 후 어느 날

이자이[3140]가 같이 있었다고 생각하는데

처음 휘슬러의 그림을

보고는 외쳤다,

저 바이올린 좀 봐!

호머가 희랍의 군대를 따라 트로이까지 갔던

군의관이었다라고 말하기도 한다

그리하여 홀랜드 파크[3141]에서 그들은 몰려나와 레버 씨[3142]를

(레스토랑 주인) 두들겨 팼는데 될락 씨[3143]는 기겁을 했고

한 일꾼이 처치가[3144](켄싱턴 엔드)에서 나에게 다가와서는,

당신 도길놈이지!

난 대답했지, 나 아닌데.

"음 당신 뭔가 외궁놈 가태."

　　　　뿌리를 뽑아낼 수는 없었으므로

하나 덩치 큰 그레이하운드종이었던 토시[3145]는

　　　　톨로사[3146]에서

　　　　　　커다란 비프스테이크가 주어지면

대단히 흥분하곤 했는데

　　　　하루는 마침내

커다란 식탁의 중앙으로 뛰어올라서는

그곳에 정중앙의 물체처럼 누워버렸는데

　　　　그 근방 찬장에는 일 프랑짜리 옛 판으로 나온

"윌리"[3147]의 소설 등등으로

　　　　반이 채워져 있었다

당신은 바흐 합창곡에서

　　　높은 제단에 핑 소리를 울릴 정도의 합창단 목소리 중에서도

명료하게 될락 아버님의 목소리를 들을 수 있으리라

　　　　피스톨 총성만큼이나 진짜로

그는 이년 또는 그보다 좀 더 긴 침체기를 지나

　　　자신이 가지고 있던 모든 캘리코를

독일인들에게 그대로 던져 버렸다

　　　레버의 가게에서 늙은 잭슨 대령[3148]이

고디에에게 말했지,

　　　　　　"경의를 표합니다"

고디에가 전쟁이 일어나면 조국을 위해 싸울 거라 말했거든

하나 아나키야말로 정부의 진정한 형태

(그 뜻은, 내가 이해하는 한, 어떤

　　신디케이트 같은 조직

80살이나 된 잭슨은 북아일랜드 군대를 위해 요리를 하겠다 했다

　　"좋은 수프는 좋은 군인을 만들거든")

　　그리고 그는 보티시스트[3149] 그림 전시회에서 예이츠에게 말하길,

　　　　"당신도 같은 조직 사람이오?"

그러나 돌메치[3150]는 될락이 그의 클라비코드들 중 하나의 뚜껑을

　　받쳐 주는 대를 부셨다가 고쳤다는 사실을 모르고

죽었다, 돌메치의 클라비코드는 그 특별하게

　　신성한 주홍색으로 칠해지고 색조를 더한 것이었는데,

"마치 빵 같구만"

　　　　　　하고 "윌리"의 모켈[3151]이 말했다

(고티에 비야르) 하나 난 그(윌리)에게 설명할 수 없었지

다이얼지[3152]가 무엇을 원하는지 그리고 글루크[3153]의 "이피게네이아"가

　　모켈의 정원에서 공연되었었는데

　　관습은 사라지고 고통만 남네.

"크리스털 헬멧을 쓴 사기꾼들"[3154]

　　말라르메, 휘슬러, 찰스 콘도,[3155] 드가

그리고 폴리[3156]의 술집

　　　　마네가 보았던 대로, 드가, '라 콩코르드'[3157]를 횡단하는

　　　　　　두 신사 또는 그걸로 말하자면

테오필[3158]의 안락의자가 있는

주디스[3159]의 골동품 가게

파리의 지붕을 보면서

그런 아파트에서 살 수 있다는 말씀

그건 다락방이라 불리지

자콥가[3160] 근처의 오래된 나무들이

쓰러지지 않게끔 받쳐져 있었다

우정을 위한[3161]

장 씨[3162]는 이 건물을 보존하고 싶어했다

뭐라고 하더라,

사관학교가 될 수는 없는 걸까?

"변장한 신부처럼," 하고 그의 가정부가 말했다

"나한테 그렇게 보였어요"

(그건 마리탱이었다)[3163]

나탈리[3164]가 그 조직원[3165]에게 말했다,

넌 버릇없이 컸구나

그의 동료가 말했다, 봐, 저 여자가 말하잖아……

그래서 그들은 그녀에게 그녀의 핸드백을 맡기고는

목발을 한 자가 그것을 삐딱하게 쳐들고는

대략 140도 가량으로

그게 바이올린인 것인양 했다

그동안 60년이나 된 박쥐는 그 술집의

커다란 환호를 받으며 떠들썩하게 굴었다

"오세요, 어서 들어오세요,

여긴 온 세상의 집이랍니다"

(이 말을 나에게 그리고 H. 리버라이트[3166]에게 크리스마스 근처였지)

세 개의 자전거를 타고 가던 세 명의 소년들이

　　　　지나가면서 그녀의 엉덩이를 치고 갔는데

그 첫 번째 찰싹거림에서 채 놀라움이 가시기도 전에 가버렸던 거지

그게 옛 파리의 도덕관

　　　　경기장 모습도 거의 남아있지 않고 말이지

클뤼니 박물관.[3167]

　　　　경기장이었나 아니면 로마식 극장이었나?

롱사르[3168]의 소네트에 작업을 하던

　　　　　　윌리엄 아저씨도 있었지

높은 빛을 그리던 잉크의 상속자[3169]

　　라 팔랑지[3170]에게 대금지불을 했던, 내 생각에, C. 씨[3171]

그리고 아놀드 베넷 씨[3172] 등등

" 아 형씨" 하고 카롤루스(뒤랑)[3173]가 말했다

"캔버스를 밀어버릴 생각이에요?"

퓌뷔[3174] 이후 카리에르[3175]가 왔는데

　　　　　(마을에선 때로 소문에)

그들은 늙은 브리쎄[3176]를 생각하는 자들의 왕자로 뽑았고,

　　　　로맹, 빌드락과 쉔느비에르[3177] 그리고 나머지 사람들

　　　　이건 세상이 전쟁으로 나아가기 전의 일

　　　　그대가 나이가 많이 들거든

　　　　　　내가 기억한 것을 기억하여라,

내 작은 소녀여,

    그리고 그 전통을 전해 주어라

재능을 억누르지 않으면서도

        정직한 마음은 있을 수 있다

아마도 난 그 전통이 사그라짐을 보았을 수도

(변소간 뒤 웅달진 곳에

    일류 손수레에서 쉬고 있는 젊은 검둥이가

    나에게 말을 걸었다, 만드런네, 헤이, 만들게 해써.

흰 소년이 말했지, 유고슬라비아어 해요?)

또한 박물관 근방에서 그들은 휘핑크림과 함께 내놓았지

    그 시절엔 (1914년 이전)

    그 카페의 사라짐은

        B. M. 시대의 종말을 의미했지

          (대영박물관 시대)

루이스 씨[3178]는 스페인으로 갔었지

      비니온 씨[3179]의 젊은 신동들은

그 단어를 발음했어, 펜세실리아[3180]

      저 먼 오지에서 나오는

신비로운 인물들이 나온다고 했지

      먹는 건 비에나[3181] 카페에서 먹고

죽어서 은행이 되고 말았지, 요제프[3182]는 자신의 황제를

따라갔을지도 모르리라.

"한 인간의 내부에 갇혀 있는 건 아들들이라"

하고 늙은 넵튠이 중얼거렸다

"라오메돈, 아히, 라오메돈"[3183]

아니면 "라오메돈" 앞에 "아히"가 세 번 나오던가

"그는 서 있었다"라고 후에 헨리경이 된 뉴볼트 씨[3184]가 썼다,

"문 뒤에"라고 그런데 지금 그들은 커밍스[3185]에 대해 불평하고 있다.

그래서 내가 루이스 씨, P. 윈덤 루이스를 얻게 된 건,

기본적으로, 비니온 씨 덕분. 말하자면,

늙은 스터지 M의 불도그, T. 스터지 무어의 불도그에 대항하는

그의 불도그, 나,

나의 의도는, 내 목적은 말이야

선술집에서, 아니 또는, 비에나 카페로 가서

아직도 이탈리아를 다 다녀도 중국 음식 한 접시도 못 살 거야

그런 고로 붕괴

"버려졌어" 하고 브릿지스(로버트)[3186]가 말했지

"우린 그걸 다 돌려받을 거야"

옛 언어들을 두고 한 말 예전에 퍼니볼[3187]이라는 이름의 꽤 괜찮은

노인네가 있었지 침착한 위어 미첼 박사[3188]도 있었고

프랭클린 인 클럽[3189]

젊은 친구들은 식민지로 나아갔고

하지만 대가를 치러야 했고

늙은 윌리엄은 좋은 집을 부수는 것은

어느 누구에게도 이익이 되지 않는다라고

올바른 주장을 했고

　(켈트 것이든 아니든)

게젤 밑에서는 그런 일이 일어나지 않겠지만

메이블[3190]의 붉은 머리는 볼 만했고

그가 노래 부를 만했다

바다 절벽을 노래한 혀 또는 "천상의 슬라이고"[3191]

또는 그, 윌리엄의 "아빠"[3192]가 코니아일랜드에서 코끼리를 타고

이사야 예언자처럼 활짝 웃고 있었지

　J. Q.[3193]는 말하자면 8살 (존 퀸 씨)

사격 게임을 하던.

　"액체와 유체!"

　　하고 손금 읽는 자가 말하였다. "화가?

그게 액체와 유체를 말하는 거 아닌가요?" [경애하는

　　J. B. 수염이 난 예이츠에게][3194]

"친구," 하고 커밍스 씨가 말했다, "난 알았지 그가

나에게 보험을 팔 생각을 전혀 안 했거든"

(패친[3195]의 크리스 콜럼버스인 워렌 달러[3196]에 대한 추억)

여기엔 전통이 살아있어요, 캠든[3197]에 있는 휘트먼에 따르면

렉싱턴가 596³¹⁹⁸에 있는 새김판,

24 E. 47번,³¹⁹⁹

바나나 바스켓 옆에서 서양장기를 두던 짐

"나무가 우습게 보이네, 제임스," 하고 F. 종조모從祖母가 말했다
"이미 벌써 다 타버린 거 같네"

[원저 화재³²⁰⁰]

"지붕의 일부예요 마님."

그 당시 접이식 침대들 중 하나를

보유하고 있는 박물관이 어디 있을까?

지금, 왜? 리젠트 공원³²⁰¹에는

알마-타데마³²⁰²의 집이 있었고

(분수도 있었지) 리튼 하우스³²⁰³도 있지 않았던가

그렇게 따지자면 말이지?

그리고 셸지³²⁰⁴에 벽이 쳐진 지하실 트렁크에 들어있던

많은 양의 라파엘전파 유물들

"그를 욕실로 데리고 가요"(스윈번³²⁰⁵을 말하는 것)

"테니슨조차 벽난로를 통해서 밖으로

나가려 했다니까."

그게 그, 포디³²⁰⁶가 내가 그릴 수 있기를 바라던 것이었다 생각해

그가 나를 리치몬드³²⁰⁷에 있던 (배경이 그렇다는 말)

미스 브래던³²⁰⁸의 집으로 데려갔을 때 말이지

페리귀³²⁰⁹에서 본 뉴욕

　　　　사라센인들을 좇은 흔적이 담긴

아를³²¹⁰에서처럼

　　　"브레다의 항복"(벨라스케스)은

아비뇽에 있는 프레스코보다 뒤졌었다

　　　수직으로 쳐든 창을 들고 완전무장을 한 말을 타고

붉은 수염의 친구는 자신의 어린 딸의 구두를

　　　고쳐주고 있네

"맹세코! 거긴 우리 구역인데"

("보르,"³²¹¹ 정확히 알타포르트³²¹²는 아니고)

　　　위엄을 갖추고

방타두어와 오브테르³²¹³에

또는 사람들이 조그만 강 옆에 탁자를 내려놓던 곳,

그 시내의 변두리는 풀로 덮여 알 수 없구나

　　　(조지 아저씨는 그 길에 있던 장소를 알아볼 수 없었는데

왜냐하면 그 길이 산 옆으로 날아가 없어졌기 때문

하나 그는 탑의 200계단을 올라갔지

더이상 없는 헛간의

　　　지붕을 통해 보았던 것을 보려고 말이지

　　　　　　　피아베강³²¹⁴ 위

그곳에서 그는 곡사포를 쏘았지

그를 쳐다본 커다란 눈은

그 높이에 있던 기린의 눈이었어

새벽, 그의 보금자리에서, 사냥하던 표범들.

"그 자세는" 하고 그가 말했지 "박제제작자의 속임수야
        코브라는 먹이를 감아 죽이질 않아
몽구스를 감으려 하지 않지"
하지만 식용거북에 대해선
        그것들이 날 수 있다고 믿지 않았다
            주교는 중상모략에 대한 소송을 걸었고
(오십만이었던 걸로 생각하는데 하지만, 결국엔,
                재판으로까지 가진 않았다)

그 무렵 조지 아저씨는 리도 엑셀시오르[3215]에서 본
        볼페[3216]의 목 뒤를 보고는
그의 킬로와트적
        에너지를 계산하고 있었다
그리고 그 해 플로리안즈[3217]에서 로날드 경[3218]은
말했지, 느구스[3219]는 그리 나쁜 친구는 아니야.
        사실 그의 사촌 소유의 우유 빛 흰 사슴은
        이집트 은행과 메네리크[3220] 궁전에 있던
금괴와 피(엔리코)[3221]가 가져다 놓은
알렉산드리아에, 거기 맞지, 있던 지점의
마호가니 카운터와 책상 등을 생각나게 하네

휘트콤 라일리^{3222}가 여전히 질 높은 시선집에 들어가 있기를

　　　낸시^{3223} 어디 있노?

그 모든 모피와 비단 가운이 가는 곳으로

높은 흉벽(엑시될^{3224})에 있는

돌에는 파도 무늬가 흐른다

세귀르산과 다이오스^{3225}의 도시

매달 새로운 달이 뜨고

에르비에(크리스티앙)^{3226}는 도대체

자신의 그림으로 뭘 하려는 걸까?

프리츠^{3227}는 여전히 기드뤼삭가^{3228} 13번지에서 외쳐대고

그의 돌 조각머리는 여전히 발코니에서 볼 수 있나?

오리지,^{3229} 포디, 크레벨^{3230} 너무 급격히 사라지다

　　　나의 고독으로부터 그들이 나오게 하라^{3231}

로세티^{3232}가 남아 있는 걸 발견하기 전까진 그곳에 있었는데

　　　약 이 펜스로

(키세라,^{3233} 달의 배를 타고서 어디로?

　　　어찌 그대는 초승달을 차로 쓰는가?

아니면 그들은 음악에 대한 질 낮은 안목 때문에 몰락한 걸까

　　　"여기! 그 수학 같은 음악은 그만!"

뮌히^{3234}가 부대에게 바흐를 들려주자 대장이 말했다

또는 이탈리아반도에서 사랑받고 있는

　　　너무나도 인간적인 스푸치니³²³⁵에게

그럭저럭 해명할 수 있는 이유를 대며

　　　그래서 이제는 나도 봐줄 수 있는데

　　　보기는 하지만 기준은 상실된 채

거의 테너급의 뜨내기가 나에게 설명했다,

　　　음, 통상적인 레퍼토리에서 오페라는

걸러내지요, 거기에는 이유가 있어요

인간은 잘 모르긴 하지만 뭔가 아름다움에 대한,

　　　아무개 씨가 말했다, 묘한 두려움이 있어요

아름다움, "미는 어려워요, 예이츠" 하고 오브리 비어즐리가 말했다

　　　예이츠가 왜 공포를 그리느냐고 물어봤을 때였지

　　　적어도 번-존즈³²³⁶는 아니었고

　　　비어즐리는 자신이 죽어가고 있다는 걸 알고 있었고 그래서

　　　빨리 히트를 쳐야 했다

그리하여 그의 그림엔 B-J는 더이상 나오지 않고.

　　　너무나 어려워요, 예이츠, 미는 너무나 어려워.

　　　"난 햇불이로다" 하고 아서³²³⁷가 썼다 "그녀가 말했지"

달의 배를 타고 장밋빛 손가락의 새벽[3238]

그녀 앞에 희미한 구름의 베일을 쓰고서
　　기류에 날리는 잎새 같은 두려운 키세라
불이 없는 것처럼 보이는 창백한 눈

산드로가 알고, 자코포가 알고
　　　　벨라스케스가 한 번도 의심해본 적이 없던 모든 것이
렘브란트의 갈색 고기와
　　　　루벤스와 요르단스의 날고기에서 사라져 버렸다[3239]

"이것만이, 너와 토 판 사이에 가죽과 뼈,"
　　　　　　　[토 판, 모든 것]
　　　　　　(주희의 해석)[3240]
　　　　또는 그 뼈, 루즈[3241]
낟알로 이두근으로
　　시지스문도에게 책, 무기, 사람들이 그러했듯이

우리 시대의 초상화에 대해선 마리 로랑생[3242]이 그린 콕토
그리고 휘슬러가 그린 미스 알렉산더[3243]
　　　(그와 반대로, 사전트[3244]가 그린 세 명의 뚱뚱한 여인들)
　　　누군가가 그린 로덴바흐[3245]의 초상화
　　　　그 뒷배경으로는

아마도 고요함을 위해 상루이섬,[3246] 아벨라르[3247]의 다리 아래
저 나무들은 엘리시온[3248]

　　고요함을 위해

　　　　아벨라르의 다리 아래
저 나무들은 고요함이로다

그가 비의 제단 아래를

　　　또는 그 숲의 나무 아래를

　　　아니면 그 흉벽 아래였던가를 거닐 때에
그의 움직임에는 고요함이 깃들어 있었다[3249]
알리스캉[3250]에서의 회색 돌처럼

　　아니면 세귀르산[3251]에서였던가
나에게 처음으로 오디세이에 대해 열변을 토했던 늙은 스펜서(,H.)[3252]
머리는 빌 셰퍼드[3253]의 머리 같았는데
어느 시라쿠사의 부두에서?

　　아니면 어떤 소나무 근처의
어떤 테니스 코트에서?

연맹과 연합을 형성하는 데 들어가는 세심과 기교

　　신의 뜻에는 아무 소용없고
그 섬을 공격한 우매함

　　운명지어진 것을 넘어서는 힘의 우매함

저런 정신을 가진 자 그는 우리와 같은 자다[3254]

　　　　부드러운 미풍을 가져오는, 서풍

　　　　난 막다른 골목에 와 있어요/

죽음의 문턱에서,

　　　죽음의 문턱에서 : 변소에서 발견된

　　　　그것도 싸구려 판으로 나온

휘트먼과 러브레이스! [스피어 교수님[3255] 덕분]

뗏목이 부서지고 물이 너를 덮쳐왔을 때

　　　　그대는 무無의 영겁永劫을 지나

활주로 같은 바다를 헤엄쳐 왔는가,

죄 없이 깨끗하게, 제가 들어갑니다

　　　쓰디씀을 마신 이들을 위하여

페르페투아, 아가타, 아나스타시아

　　　　온 세대에 걸쳐[3256]

그들에게 안식을

　　　끊임없이 움직인다[3257]　　　원죄 없으신 여왕

　　　　내가 만든 눈물이 나를 뒤덮는구나

뒤늦게, 뒤늦게 내 그대의 슬픔을 깨달았느니,

난 육십 년간 젊음처럼 단단했었노라

　　　폭풍우 뒤의 고요함에

개미들이 비틀거리듯 보이는데

　　아침 햇살은 그들의 그림자를 붙잡고

　　(나다스키, 듀엣, 맥캘리스터,

　　또 특별히 언급하자면, 식사 당번 콤포트

　　진단 소집차 나온 펜리스, 터너, 어제는 토스[3258]

　　(운 없고 미래에나 나올 이름)

뱅커즈, 사이츠, 힐더브랜드와 코넬리슨

　　특별히 언급하자면 식사 당번 암스트롱

　　화이트 고마워요 베델 고마워요

　　아프리카에서 온 와이즈먼 (윌리엄 말고).[3259]

연기 나는 횃불을 들고 지하의

　　　끝이 없는 미로 속으로

또는 칼턴[3260]을 기억하며 곡식에 든 예수님을 찬미하게 하든가

옥수수 먹는 고양이가 두드려 맞았다면

　　데메테르가 내 밭고랑에 누워있다네

　　이 바람은 백조털보다 가벼웁구나

　　하루가 전혀 움직이지 않는다

　　(줍, 버포드, 그리고 보혼[3261])

운이 없고 미래에나 올 이름을 가진

그의 헬멧은 요강단지로 쓰이고

이 헬멧은 내 발을 씻는 데 쓰인다

엘페노어는 조알리³²⁶² 아래

내가 수채 구멍 옆에 누워있는 동안

페피톤이 이닦이를 낭비하고 있다

간수의 의견은 죄수의 의견보다도

못하다

군대에서 말이지

오 이제 윈스턴³²⁶³이 나갔으니 영국에 있다는 것

이제 의혹의 공간이 마련되었으니

은행이 나라의 것이 될 수도 있으니

그리고 오랜 세월의 인내와

노동의 부침이

베이컨을 집으로 오게 할 수도 있으리니,

그들이 어떻게 미끄러지며 나아갈지 보는 것

그들이 어떻게 진정한 징후를 숨길지

보는 것

잊어버린 채로, 오 정말이지 잊어버린 채로

죽은 파리들이 수북이 쌓여 있는 오래된 헌장을

하지만 존의 첫 번째 것을 확인했던 것을,

다락의 서까래로 기어오르면 아직도 여전히 거기 있는 것을

탑에서 잠시 바라보는 것³²⁶⁴;

들판을 바라보는 것, 들판이 경작되었나?

돈이 다시 자유로워진다면

오래된 고지대 주거단지가 모든 이민자 집단과 함께

　　　　생기 있게 될까?

그래왔었지와 왜아니야의 나라 체스터턴[3265]의 영국,

아니면 그저 녹슬고, 무너지고, 상속세와 저당과

커다란 마차 마당은 텅 비고

　　　　더 많은 그림들이 세금을 내려고 없어지는 곳일까

　　개가 키는 크지만

　　저 모든 것만큼 크지는 않은

　　그 개는 탤봇[3266]

　　　　(발목은 좀 길었지?)

엉덩이가 온 엉덩이의 반 정도 크기라면

그 엉덩이는 작은 엉덩이

　　　　등과 옆구리가 드러나게 놔두라

오래된 부엌은 수도승들이 내버려 두었던 그대로

나머지는 세월이 갈라지게 내버려 둔 대로.

[인간들이 나와 석양 사이로 지나갈 때

　　　　그림자들만이 내 텐트에 들어오누나,]

저 동쪽 가시철사 너머로

　　아홉 마리 새끼들이 있는 암퇘지

클래리지 호텔[3267]의 그 어떤 공작부인만큼이나 점잖구나

모리 휴렛³²⁶⁸ 집에서의 크리스마스에 대해 말하자면

사우샘턴³²⁶⁹에서 나가서

차로 수십 명을 지나쳐갔는데

    그들은 계량기에 올라도 무게가 안 나올 사람들

        타고 간다네, 타고 가

            노엘을 위한 녹색의 서양구골나무

    노엘, 노엘, 녹색의 서양구골나무

    서양구골나무를 위한 어두운 밤

그건 아마도 솔즈베리 평원이었을 터, 난 요즘 십이 년간

    레이디 앤³²⁷⁰에 대한 생각을 안 했었네

        또한 르 포르텔³²⁷¹에 대한 생각도

    그들이 거의 그녀, 라 스투아르다³²⁷²의 품에 있던 그³²⁷³를 찔렀던

        그 패널로 장식되어 있던 방이 얼마나 작았는지

    이 모든 슬픔과 애도와 아픔이

        표범과 금작나무를 위한 것³²⁷⁴

튜더³²⁷⁵는 정말로 사라졌네 그리고 그 모든 장미도,

피처럼 붉고, 표백한 것 같은 흼이 석양에 빛나며

외쳐댄다, "피, 피, 피!" 하고 잉글랜드의 고딕 양식의

돌에 대고, 하워드³²⁷⁶ 또는 불린이 잘 알겠지만.

진홍색의 꽃잎이 뭘 암시하는지도 찾지 않겠고,
세월의 심문관인 흰 새싹도 그 새롭게 마디진 뿌리가
요크의 머리에서 또는 랭커스터의 배에서
비틀어져 나온 것인지 알고자 조사하지 않으련다,

아니면 어쩌다 이성적인 영혼이
줄기 안에서 또는 여름의 싹 안에서 움직여서
회한을 저 멀리 끝까지 내던지며, 프랑스여,
그대에게서 용서가 아니라 단지 망각만을 추구한다면.

어린 도마뱀이 개미 반만한 크기의 녹색의 작은 곤충을 찾아다니며
　　풀잎에 자신의 표범 자국을 넓혀놓는구나
서펜타인못[3277]은 여전히 똑같은 모습일 것이라
갈매기들은 연못에 얌전히 있을 것이고
가라앉은 정원도 변함없을 것이라
런던에 어떤 것들이 남아 있을지 모르겠구나
　　　　나의 런던, 그대의 런던
그 녹색의 우아함이
　　내 빗물 도랑의 이쪽 편에 남아 있다면
　　귀여운 도마뱀이 어떤 다른 T-본 스테이크로 점심 식사를 하겠네

석양 마스터 디자이너.

LXXXI

해뜨기 전, 키세라 아래

제우스는 케레스[3278]의 품에 누워 있고

      태산은 사랑으로 보살핌을 받고 있구나

그가 말하길, "이곳은 가톨릭으로 가득 찼지만 ― (카솔릭이라 들리더군)

      종교란 거의 없어요"

또 말하길, "난 왕들이 사라지고 있다고 믿어요"

(난 왕들이 사라질 거라 생각해)

이는 호세 엘리죤도 신부[3279]였으니

      1906년 그리고 1917년

아니면 1917년경의 이야기

      또 돌로레스[3280]는 말하길, "빵 먹어, 친구," 빵 먹어, 내 친구

사전트[3281]가 그녀를 그렸었지

      그가 전락하기 이전에 말이지

(즉 그가 전락했다고 본다면

      하나 그 당시엔 그는 간략한 소묘들,

프라도 박물관의 벨라스케스 흉내품들을 그렸었어

책값은 일 페세타 정도,

      균형 잡힌 놋쇠 촛대들,

늪으로부터는 뜨거운 바람이 불어왔고

    산으로부터는 무서운 싸늘함이.

후에 바우어즈[3282]가 쓰기를, "그러나 저런 증오,

저런 증오를 난 결코 생각해보지도 못했다"
그런가 하면 런던의 빨갱이들은 그의 친구들
        (즉 런던에서 일하는
프랑코³²⁸³의 친구들)을 폭로하지 않으려 했고 알카사르³²⁸⁴에선
사십 년 전, 그곳 사람들이 말하길, 식사는 역으로 돌아가서 하세요
여기선 일 페세타면 잘 수 있습니다"
       염소 종이 밤 내내 딸랑거렸는데
       여주인이 씩 웃으며, 저건 애도하는 거죠, 호!
내 남편이 죽었거든요
       (그건 애도의 표시, 내 남편이 죽었어요)
그녀는 나에게 쓰라고 반 인치 또는 그보다 조금 더 되게,
5/8라고나 할까, 여관으로
     검게 테두리 장식한 종이를 주었었다
"우린 외국인이라면 모두 불란서인이라 부르지요"
달걀이 카브레네즈³²⁸⁵의 주머니에서 부서지며,
      역사를 만들었다네. 배실³²⁸⁶ 왈,
저들은 북 가죽 모두가 찢어질 때까지
사흘간 북을 쳐대지
      (소박한 마을 축제)
그리고 카나리아 군도에서의 생활에 대해선……
주머니쥐³²⁸⁷는 포르투갈의 지방 민속춤이 여러 지방에서
똑같은 사람들에 의해 정치적 환영의 뜻으로
     추어진다는 걸 발견했다……

시위示威의 기술

　　　코울이 연구한 것이 바로 그것(G. D. H. 말고 호레이스)[3288]

"당신은 발견하게 될 겁니다" 하고 늙은 앙드레 스피르[3289]가 말하기를,

위원(농협)에 오른 모든 이들은

저마다 다 처남이 있다는 걸 말이에요

　　　　"그대는 일인을, 나는 소수를"

　　　　하고 존 애덤스가

두려움을 추상적으로 표현하며

　　　그의 다재다능한 친구 제퍼슨 씨에게 말했었지.[3290]

(오보격을 부수는 것, 그것이 첫 번째 끌어올리려는 노력이었다[3291])

또는 조 바드[3292]가 말하듯이, 그들은 서로 얘기를 하지 않아,

겉으로는 빵장수와 수위인데

　　　말하는 걸 들으면 라 로슈푸코[3293]와 드 맹트농[3294]이거든.

"난 네 내장을 잘라내겠어"

　　　　"난 네 것을"

지질학적인 한 시대의 안으로는

　　　　　하고 헨리 멩켄[3295]이 말했었지

"어떤 이는 요리를 하지만, 어떤 이는 요리를 못해

　　　어떤 것들은 변할 수가 없는 법이지"

작은 수레바퀴…… 저 이를 내 집으로[3296]

중요한 건 문화적 수준,

　　　포장 상자로 이 탁자를 만들어준 데 대해 베닌[3297]에게 감사하노라

　　　"내가 그걸 만드러줬다고 아무에게도 마라지 마세요"

하고 말하는 프랑크푸르트에 있는 것들만큼이나 훌륭한 탈
"그게 당신을 날 쑤 이께 해 줄 꺼예요"
　　　　　쿠아논[3298]의 가지만큼이나 가볍구나
처음엔 허술하고 무너질 듯한
부두에 실망하였으나, 높다란 마차 바퀴를
보고는
　　　　　마음이 풀리었으니,
보스턴항에 도착한 조지 산타야나[3299]는
죽을 때까지 마치 무스[3300]가 로마냐식으로
u를 v라 하였듯
　　　　　외견상 감지할 수 없는 우아함으로써
스페인 사람 특유의 그 어렴풋한 혀짜래기소리를 했었는데
말하길 그 슬픔은 매 새로운 여자 조문객이 올 때마다
　　　　처음부터 다시 완전히 되풀이되어
극에 도달하곤 했다고 하였다.
또 조지 호레이스[3301]는 "비버리지(상원의원)를 잡겠다"고 했는데[3302]
비버리지는 말도 하지 않으려 했고 신문에 글도 쓰지 않으려 했었지
하나 조지는 그의 호텔에 진을 치고는
점심 아침 저녁 때마다 그에게 들이닥쳐 얻어냈어
　　　　　세 편의 기사를
조지가 그에게 말을 하는 동안
　　내 어르신은 곡초에 괭이질을 계속하셨지,
허허벌판에 나가 보시구려

가끔 야생토끼를 볼 수 있는 곳
아마도 끈 매지 않은 것만을
아아!
날리는 잎새 하나
내 창살엔 알세아³³⁰³가 오지 않누나

리브레토

그렇지만
계절이 얼어 죽기 전에
서풍의 어깨에 올라타고
나는 금빛 하늘 사이로 날아올랐다
로즈³³⁰⁴와 젠킨즈³³⁰⁵가 그대의 휴식처를 보호하고
돌메치³³⁰⁶가 항상 그대의 손님이 되기를,
저음과 고음을 모두 이끌어내도록
바이올의 나무를 다듬어 놓았는지?
류트 통을 곡선으로 처리하였는지?
로즈와 젠킨즈가 그대의 휴식처를 보호하고
돌메치가 항상 그대의 손님이 되기를
뿌리로부터 잎을 끌어올릴 만큼
경쾌한 분위기를 만들어놓으셨는지?
안개처럼도 음영처럼도 보이지 않는
그렇게도 가벼운 구름을 발견하셨는지?³³⁰⁷

그렇다면 내 의문을 풀어주구려, 월러[3308]가 노래 부른 것인지
다우런드[3309]가 연주한 것인지를 나에게 올바르게 말해주구려.

그대의 두 눈이 나를 순간적으로 죽이리라
그 아름다움을 내 견딜 수 없나니[3310]

그리곤 180년간 거의 아무 일도 없었구나.[3311]

가벼운 속삭임을 듣고 있는데
　　내 텐트에 새로운 미묘한 눈이 나타났느니,
혼령의 것인지 또는 신성의 나타남인지,
　　하나 눈가리개가 가리는 또는
사육제 때의 눈은 아니라
　　　　　　그 어떤 두 눈도 화를 드러내 보이지 않았으니
　　다만 눈과 그리고 눈 사이의 모양,
색깔, 양미간의 거리만을 보았고
　　부주의한 듯 또는 무관심한 듯
　　텐트의 온 공간을 차지하지 않고서
완전한 앎을 위한 장소도 아니긴 하였으나
또 다른 빛들 너머로 음영만을 내려뜨리며
　　지나가는 것을, 뚫고 지나가는 것을 보았노라
　　　　하늘의 명료한

밤의 바다

산 웅덩이의 푸르름이

반쯤 탈을 쓴 공간 속에서 탈을 벗어버린 눈으로부터 빛났다.

그대가 정말로 사랑하는 것은 남는다,

나머지는 더껑이

그대가 정말로 사랑하는 것은 그대로부터 떨어져 나가지 않으리

그대가 정말로 사랑하는 것은 그대의 진정한 유산

누구의 세계일꼬, 나의 또는 그들의

아니면 어느 누구의 것도 아닌?

처음엔 눈에 보이는, 그 다음엔 손에 느껴질 정도의 낙원이,

비록 지옥의 소굴에 있었을지라도, 다가왔었느니

그대가 정말로 사랑하는 것은 그대의 유산

그대가 정말로 사랑하는 것은 그대로부터 떨어져 나가지 않으리

개미는 자신의 용과 같은 세계에서는 반인반마의 괴물.

그대의 허영을 넘어뜨려라, 용기 또는 질서 또는 우아함을

만들어낸 것은 인간이 아니니,

그대의 허영을 넘어뜨려라, 내 말하노니 넘어뜨려라.

자로 재는 고안능력이나 진정한 예술적 수완 속에

그대의 터전이 될 수 있는 것을 초록빛 세계로부터 배워라,

그대의 허영을 넘어뜨려라,

파켕[3312]이여 넘어뜨려라!

초록빛 껍질이 그대의 우아함보다 나으니라.

"그대 자신을 통솔하라, 그러면 다른 이들이 그대를 받아들이리라"[3313]
　　　그대의 허영을 넘어뜨려라
그대는 우박 아래 지쳐 빠진 한 마리 개,
발작하는 태양에 부어오른,
반은 까맣고 반은 하얀 한 마리 까치
그대는 날개와 꼬리도 구별 못 하나니
그대의 허영을 넘어뜨려라
　　　　　거짓 속에서 자라난
그대의 증오는 얼마나 천한 것이냐,
　　　　　그대의 허영을 넘어뜨려라,
파괴할 때는 재빠르면서, 자비로움에는 인색하다니,
그대의 허영을 넘어뜨려라,
　　　　　내 말하노니 넘어뜨려라.

그러나 아무 일도 안 하는 대신 일을 해 온 것
　　　　　이것은 허영이 아니다
블런트[3314]와 같은 사람 보고 문을 열어달라고
정중하게 노크를 해 온 것
　　　공중으로부터 살아있는 전통을 모아온 것
또는 아름다운 노안老眼으로부터 정복되지 않은 불길을 모아온 것
이것은 허영이 아니다.

이때 모든 잘못은 일을 행하지 않는다는데,

비틀거리는 자신 없어 하는 태도에 있느니……

LXXXII

그의 사냥개와 함께 내가 구름을 보고 있을 때
"좋은 아침이에요, 선생님" 하고 짐마차에서 흑인 소년이 소리 질렀다

(제퍼스, 러벨과 할리
　　　또 나에게 면도날을 빌려줬던 윌스 씨
　　　퍼샤, 나타스키와 하벨[3315])

스윈번 내가 유일하게 보지 못했던 사람[3316]
난 그가 랜더[3317]를 보러 갔었다는 걸 몰랐다
　　　　　그들은 나에게 이런저런 이야기들을 들려주었다
늙은 매슈즈[3318]가 갔을 때 세 개의 찻잔을 보았는데
　　　두 개는 차를 식히는 걸 좋아하는 와츠 던턴[3319]을 위한 것,
그렇게 늙은 엘킨은 단 하나의 영광만을 가졌는데
　　　그가, 엘킨이, 처음 런던에 왔을 때
한번은 앨거논의 수트케이스를 들었었다고.
　　　하지만 지금 내가 아는 것으로 볼 때 내가
　　　어떻게든 해 냈을 텐데…… 디르케[3320]의 혼령
　　　　　혹은 해적 깃발.
프랑스인 어부가 그를 건져내자 그는
그들에게 낭독을 했는데
　　　아마도 아이스킬로스[3321]였으리라

르 포르텔³³²²에 들어설 때까지, 또는 어디였든지 간에
원어로

　　　　　"아트레우스 후예의 지붕 위에서"
"개처럼…… 잘한 일
　　　　내 남편…… 손
　　　　　　　이 오른손으로 죽었으니
　　　　　　　이 손에 의해 죽었으니³³²³
믿건대 리턴³³²⁴이 투우장에 있는 블런트³³²⁵를 처음 보았던 거지
　　　　형제 패커드³³²⁶였을 지도 모르지만
그리고 "우리의 형제 퍼시"³³²⁷
　　　　　가장자리에 희랍어 양식을 써 놓은
바시니오³³²⁸의 원고
　　　　오티스,³³²⁹ 손치노,³³³⁰
"대리석의 인간들"은 무無로 사라질지니,
철사 줄 위에 앉아 있는 세 마리의 새들이
　　　클로즈 씨³³³¹에게 같은 문제를 하룻밤 자면서 생각해보라고 청했다
그리고 만약 그것들이 쓰이지 않을 거면
그 시작詩作들에 대해서 누가 돈을 지불할 것인지에 대해
　　　　　　(엘킨 매슈즈, 나의 싸움닭)
　　　결국엔" 하고 비렐 씨³³³²가 말하길, "톰 무어와 로저스³³³³에 관한
낡은 이야기인 거지"

　　　　　그 귀부인이 밤중에 일어나서

모든 가구를 이동시켰고

　　　　　(즉 귀부인 YX^{3334})

귀부인 Z^{3335}는 혼자 식사하는 것을 싫어했다

　　　자존심 센 사람들은 자존심 센 사람들 옆에 눕지 않는 법

　　　　　촛불로 희미하게 녹색의 빛이 비치는 가운데

메이블 비어즐리^{3336}의 붉은 머리는 영광스러운 빛을 내고 있고

메이스필드 씨^{3337}는 중얼거리길, 플로베르에 대해 토론하는 도중에

　　　죽음과 늙은 넵튠^{3338}은 무언가 포착할 수 없는 것을

　　　뜻하지

톰칙 양,^{3339} 형이상학적 연구 때문에

사회를 당혹스럽게 했던 영매靈媒

　　　　　그 대화에 대한 생각은⋯⋯

　　　　　완전히 사그라들어서는 안 된다

난 그렇게 기억을 한다

　　　오우번 빌딩 18번지^{3340}에서

탠크레드 씨^{3341}는

　　　　　예루살렘과 시칠리아의 탠크레드들^{3342}에 대해 예이츠에게 이야기

했다,

"당신의 뛰어나고

　　　　　완벽한

　　　　　　시를

　　　　　　　우리에게 읽어주신다면"

탠크레드가 사라지면서

디킨스[3343]가 두 번 죽었다는 건 더욱 슬픈 일

그 모든 것들에도 불구하고 포드의 대화가 나왔다,

말이 아니라 사물로 이루어졌으므로,[3344]

윌리엄[3345]의 일화들에도 불구하고, 포디[3346]는

구문을 위해서 생각에 흠집을 내는 적은 한 번도 없었고

누구보다 인간적이기도 했다　仁 젠[3347]

(키세라　　키세라)

범선에 태워진 디르케

기뻐하라 불쌍한 동물아, 사랑이 그대를 뒤쫓아오리니

귀뚜라미가 뛰어놀면서도

훈련장에서는 울지 않누나

9월의 8번째 날

f f

d

g

새들이 그들의 최고음의 음계로 써 나간다

테레우스![3348]　　테레우스!

"봄과 가을(춘추)"에 정의로운 전쟁은 없다

다시 말해, 어느 한쪽으로 완벽하게 올바른 것

전쟁의 양쪽에서 어느 한쪽으로 완전히 올바른 것

소식은 움직이는 데 한참이 걸리고

도착하는 데 한참이 걸리누나

뚫을 수 없는

수정체의, 파괴될 수 없는 걸 통해

장소의 무지無知

트로이의 시대에 소식이 더 빨랐도다

크니도스[3349]에서의 성냥불, 미틸리니[3350]에서의 땅반딧불이,

그 후로 40년, 화가 난 라이트물러,[3351]

"제길! 덴마르크에선 농싸꾼들조차 그를 아는데 마리야,"

캠든에서 사 마일 떨어진

이국적이고, 여전히 수상한 휘트먼을 의미한 것

"오 흔들리는 비친 그림자여

"오 목구멍이여, 오 고동치는 심장이여"[3352]

얼마나 끌리는지, 오 **대지**여,

무엇이 끌어당기는가 두 팔을 벌려

그대를 끌어안으며 그대 속으로 가라앉을 때까지

그대가 끌어당길 때. 끌어당기누나,

진정으로 그대가 끌어당기누나.

지혜가 그대 옆에 눕는다,

단순히, 은유를 넘어서.

내가 누운 곳에 사향초가 일어서게 하라

그리고 바실리카

허브가 4월에 풍요롭게 일어서게 하라

페라라 옆에 벌거벗은 채로 묻혀 있구나, 니콜로[3353]가

여기 포강 저 너머에,

바람, 나의 남자

땅속으로 가슴뼈까지, 왼쪽 어깨까지 누워있구나

　　　　키플링[3354]은 의심했지

　　　10인치 또는 그보다 좀 더 높이

사람, 흙 : 부절符節의 두 반쪽

하나 난 이것으로부터 헤쳐나가리라 아무도 모른 채로

그들 또한 날 모를 것이고

　　　　　　대지의 결혼　　　그녀가 말했다, 내 남편[3355]

　　　　　　　　땅에서 태어난, 신비

대지의 유체가 나를 뒤덮는다

　　　대지의 유체 속에 눕다,

　　　　　　대기의 단단함 아래

누워

　　　땅에서 난 즙액에 취해

　　　　　물러나는 파도의 역류만큼이나

　　　강한, 대지의 유체

하나 사람은 저 더한 공포 속에 살아야만 하고, 그렇게 살아간다

　　　죽음의 외로움이 나를 덮쳐 온다

　　　(오후 3시에, 일순간)　　　　　　흐느끼다

　　　　　　　　　　그러자

세 개의 진중한 반음

　　　테두리는 검은 저 하얀 솜털의 가슴

가운데 철사 위에
여정[3356]

LXXXIII

물

물과 평화

게미스토[3357]는 모든 것은 넵튠으로부터 생겨난 것이라 하였다

  하여 리미니의 얄은 돋을새김

예이츠 씨(W. B.)가 말하였다, "우리의 대화 말고는

  이들에게 영향을 주지 못해요"

왜냐하면 빛은

  불의 속성이거든 그리고,

사제[3358]는 자신이 편찬한 스코투스[3359] 책에서 쓰기를,

환희 환희의 덕목

여왕[3360]은 카롤루스 왕[3361]의 셔츠 또는 그런 것을 꿰맸고

그 사이 에리우게나는 자신의 뛰어난 시에 희랍어 딱지를 붙였다

  사실상 훌륭한 시인, 파리

   늘 파리

    (대머리 찰스)

  금속 성체용기인지 하는 것에

  약간의 에나멜

   짙푸른 에나멜을 볼 수 있을지도

  존재하는 모든 것, 그것은 빛이로다, 등등

하여 그들은 드 몽포르 (시몽)³³⁶² 시대에 그의 뼈를 파내었다

        천국은 인위적인 적이 아니다

윌리엄 아저씨³³⁶³는 노트르담 근처를 서성이면서

무언가를 찾았는데

        그 안에 서 있는

노트르담의 상징물³³⁶⁴을 찬탄하며 머물렀다

성 에티엔³³⁶⁵에는 또는

        데이 미라콜리³³⁶⁶도 왜 아니겠냐만

인어들, 그 조각,

    젖은 텐트엔 고요함

        메마른 눈이 쉬고 있다

    비가 장석長石의 색으로 내리치는데

    조알리³³⁶⁷ 해안에 나는 물고기 같이 푸른 색깔

평화, 물   물

   현인은

물에서 기쁨을 얻고

    인자로운 자는 언덕과 친밀하다³³⁶⁸

풀이 둑 옆에서 자라듯이

라고 윌리엄 아저씨가 생각했다   슬픔에 차서[3369]
이름이 뭐든가 성 누구의 지붕에 난 풀처럼
　　"개와 고양이" 근처[3370]
　　　그대의 사랑이어라
창문과 비슷한 높이였으리라
　　　풀이 자란 게, 아니면 그보단 좀 높았을 수도
　　　그들이 팔리오[3371]를 위해 밀랍을 축복할 때

한때는 말라테스타의 것
　　　그곳 프레스코화에 있는 마리아의 얼굴
　　　이 세기 전에 그려졌는데,[3372]
　　　적어도 그녀가
그런 얼굴을 하기 이전
　　　1820년경의 가족 모임에서의
몬티노의 얼굴처럼
　　　전적으로 하디의 소재는 아니지만

　　　또는 모든 것은 흐른다

그가 비의 정령들의 제단 밑에
　　　서 있을 때
　　"모든 빈 곳이 채워지면
　　　그것은 앞으로 나아간다"[3373]

구름 위 환영의 산으로
하나 우리에 갇힌 표범의 눈으로,

　　　　"아무것도. 당신이 할 수 있는 건 아무것도……"

정글의 푸르름 아래, 푸른 웅덩이,
갇힌 채, "아무것도, 당신이 할 수 있는 건 아무것도."

나무의 요정, 그대의 눈은 마치 구름 같구나

사형수 감방에서 한 달을 지낸 자는
　　　사형을 믿을 수가 없다
사형수 감방에서 한 달을 지낸 자는
　　　동물들을 위한 우리를 믿을 수 없다

나무의 요정, 그대의 눈은 마치 태산 위 구름 같구나
　　　비가 조금 내렸고
　　　아직 반은 더 내릴 것이고

뿌리는 강의 모서리로 내려가고
　　　숨겨진 도시는 위로 오른다
　　　나무껍질 아래 흰 상아

태산-쇼코루아³³⁷⁴ 위 구름과 더불어

　　　블랙베리가 익어가고

이제 초승달이 태산을 마주보누나

새벽별을 보며 헤아려야 하리

　　나무의 요정, 그대의 평화는 물 같고

웅덩이엔 9월의 태양

더 많은 투명한 것들

　　　헬리오스³³⁷⁵의 딸들이 어린 수양버들에서 안개를 걷어주누나

태산 아래 보이는 베이스란 없다

　　　다만 물의 밝음　　물

포플라의 끝이 밝음 속에서 떠다니고

서 있는 건 영창의 기둥들뿐

이제 새벽의 태양이 그들의 그림자들을 덧씌우자

　　　　개미들이 비틀거리는 것처럼 보이누나,

이 숨결이 산을 전적으로 뒤덮고

　　　그것³³⁷⁶은 빛을 내며 가르고

그 올곧음으로 양분을 제공하고

해를 끼치지 않으며

땅 위에 군림하며 하늘에 이르기까지

　　　　아홉 평야를 채운다

공평정대함에 은혜로운 동반자
　　과정에 합류하누나
　　　그것이 결핍하면, 무기력증

공정함이 모이면
마치 새들이 내려앉듯
활기를 품어낸다

행동이 마음속에 다발로 묶여 저장되지 못한다면
무기력

　　(내가 혹시 클로워[3377]라는 이름의 사람에게 빚을 진 적 있던가)

보리 이삭을 먹고
씨앗의 숨결과 더불어 움직이도록

어두운 구름과 산 사이에
　　금빛 눈과 같은 태양

"투쟁하지 말아요" 하고 지오바나[3378]가 말했는데
　　그 뜻은, 이미 앞서 말했듯이, 너무 열심히 일하지 말라는 뜻
그러지 말라
　　勿

助
長³³⁷⁹

공손추에 나오듯이 말이다.

산 그레고리오, 산 트로바소³³⁸⁰

늙은 지오반³³⁸¹은 나이 칠십에 자신의 영광을 좇아 달렸고

마침내 마지막으로 들어왔다

가족의 눈은 삼 세기 동안

똑같은 아드리아해 빛깔이었고 (산 비오³³⁸²)

내 생각에, 지난달에도 여전히 레덴토레³³⁸³였다

지우데카를 내 다시 볼 수 있을까?

또는 그 섬을 배경으로 한 불빛을, 포스카리 성, 지우스티니안 성,

또는 사람들이 데스데모나 성이라 불렀던 것들³³⁸⁴을

또는 사이프러스 나무들이 더이상 없는 두 탑을

또는 레 자테레³³⁸⁵에 정박해 있는 배들을

또는 센사리아³³⁸⁶의 북쪽 부두를   흐느끼누나   흐느끼누나

말벌 동지가 방 네 개짜리 아주 깔끔한 집을

짓는데, 그중 한 방은 땅딸막한 인디언 병처럼 생겼구나

말벌, 말벌, 진흙, 흡수 시스템

하여 브레이스론드³³⁸⁷와 페루기아³³⁸⁸에 대한 꿈

그리고 대광장의 커다란 분수

또는 늙은 불라가이오³³⁸⁹의 고양이 타이밍을 잘 맞춰 훌쩍 뛰어서는

지렛대 모양의 손잡이를 돌릴 줄 알던 녀석
월스 씨[3390]는 여인네들하고는
백발백중이었을 것이라는 생각이 든다
해 떠오를 때의 싸늘함 다음의 따뜻함 속
새로 난 풀처럼 푸른, 꼬마 하나가
머리 또는 끝을
말벌 부인의 병에서 쏙 내민다

존스[3391]의 설치류 동물들에도 불구하고
　　　박하가 다시 솟아오른다
고릴라 우리 옆에 클로버가
　　　네 잎으로 났듯이

마음이 풀잎으로 흔들거릴 때면
　　　개미의 앞발이 그대를 구해 주리라
클로버 잎이 그 꽃과 같은 냄새와 맛을 낸다

　　　꼬마가 내려왔다,
　　　진흙에서 텐트 지붕을 타고 텔루스[3392]로,
유사한 색깔을 띠고서 그는 풀잎 사이로 다닌다
　　　대지 아래 거주하는 그들을 환영하며　　대지
대지의 것들,　　　우리의 소식을 가지고
　　　　대지 아래의 것들에게　　대지 아래 사는 것들에게,

대기로부터 태어난, 딸의 침실에서

노래 부르리니,　　　　　페르세포네[3393]

테베인, 테이레시아스와 대화도 나누는 그들

그리스도 왕, 태양 신

반나절 정도 걸려서 그녀는 자신의 기처를 만들었다

(말벌 말이다) 조그만 진흙 플라스크 형태

그 날 난 더이상 쓰지 않았다

무덤만큼이나 깊은 피곤함.

족자가 안개를 뚫고 평평한 땅에 펼쳐진다

태양이 산 위로 비스듬히 떠오르고

나는 굴뚝 속의 소리를 기억해 냈는데

다시 말하자면 굴뚝 속의 바람소리

하나 실제로는 윌리엄 아저씨가

아래층에서 글을 썼던 것[3394]

자신감에 찬 눈길로

위대한 공작이 된

위다이한 공자악새가 된……

자시인감에 차안 눈길로

위대한 공작이 된

자시인감에 차안 눈길로
정말이지 그가 그랬는데, 영원할 것 같았지

청동보다 더 영구적일 것 같은 위대한 공작
　　　또는 젊은이에게 했던 충고
애 낳고 결혼하라는(또는 하지 말라는)
　　　　　당신이 생각하는 대로 선택하고

황량한 황무지(그게 뭐든) 그리고 구골나무 숲이 있던
서섹스의 스톤 카티지[3395]에서
　　　뛰어난 질에도 불구하고
뜨겁게 먹을 때의 즐거움이 있음에도 불구하고
　　　농부들이 햄을 저녁으로 먹는다는 이유로
햄을 저녁에 안 먹으려 했지

어쨌든 그 시절은 영원히 지나갔구나
　　　너구리 가죽 띠가 달려 있던 여행용 무릎덮개
그는 양심상 워즈워스의 시를 거의 모두
　　　들었었지 하지만
마녀들에 대한 엔네모소르[3396]를 더 좋아했지

우리가 다우티[3397]를 끝까지 읽었었나,

대영제국의 새벽?

　　　　　　　　아마도 아닐 걸

　소환이 취소되었습니다, 선생님.)

(금지된 영역에 있었던 타지인들)[3398]

구름이 더 오래된 언덕들 앞에

　　조그만 산들을 더 솟구쳐 보이게 만든다

뚱뚱한 달이 산 위로 비스듬히 솟아오른다

눈동자, 이번에는 나의 세계,

　　내 눈꺼풀 사이로

　　　그저 스쳐 지나가며 내 눈동자로부터 바라본다

　　　　바다, 하늘, 그리고 웅덩이

　　　　바꾸어서

　　　　웅덩이, 하늘, 바다,

일출에 반하여 있는 아침의 달

마치 옛 희랍의 최상의 동전 조각 같구나

　　그리고

여인들이

나에게 말하지

그대는 늙은이

아나크레온[3399]

20세기의 마돈나[3400]가

15세기의 마돈나처럼 될 수 있다네
난 이걸 티롤에서 알았지
            완벽하게 말이지
그곳에서 사람들은 집의 바깥을 인물상으로 도배하지
내부의 깊숙한 뜰은 역으로 삼중으로 되어 있고

    "여기는 발터플라츠[3401]라고 불려요"
    보젠(볼자노)에서 들린 소리
내 어머니의 시대에는 상원의 객석에,
또는 심지어 하원의 객석에 앉아,
            상원의원들의 불꽃놀이를 듣는 것이
(가능하다면 하원의원들의 그것도)
    존경받을 만한 일
분명코, 사회적인 일이었지
내 시대에도 여전히 웨스트민스터에서 그렇게 행해지고 있듯이
내가 한번 봤을 땐 아주 형편없는 쇼였지)

하지만 에드워즈 상원의원[3402]이 말을 하게 된다면
그리고 40년, 60년 뒤에도 기억 속에 남을 만한 비유를 하게 된다면?

간단히 말해/ 직함 상속은

상원에도 "사회"에도

또는 국민들에게도

이익이 되는 게 없다는 것

미연합국은 망할 거만한 시기를

지나쳐 왔다네

어야디야, 어야디야/

오 늙은이 좀 쉬게 해 주소.

LXXXIV

10월 8일,

　　　　모든 슬픔과 눈물이[3403]

　　　　　　앤골드[3404]　그가 죽다

그 모든 가치, 그 모든 선함

　　　　　　앤골드 그가 죽다

"그가 항상 이랬다저랬다 한다고 생각할지 모르지만

노새처럼 완고하지, 그럼, 노새처럼 완고하고 말고,

돈에 대해 동양적인 생각을 가졌다오"

　　　　　　이렇게 뱅크헤드 상원의원[3405]이 말했다

"당신 같은 사람이 여기서 어떤 일을 하는 게

　　맞을지 정말 모르겠어요"

　　　　　　하고 보라 상원의원[3406]이 말했다

워싱턴에 있는 의원들이

서기 1939년 행정부와 나라에 대해 이러했다

검기도 하고 희기도 한

　　　　얼룩무늬 양

눈이 즐거우라고 우리에게 주어졌네

이제 리처드슨, 로이 리처드슨,[3407]

자신은 다르다고 말하네
내가 그의 이름을 언급해야 하나?

데마티아가 나간다네.
        화이트, 파치오, 베델, 축복받은 이들
사년, 두 명의 워싱턴들(검은) J와 M
        배씨어, 스타처, H. 크라우더
그리고 비록 이름이 슬로터이지만 군인은 아닌 그³⁴⁰⁸

10월의 이 날 몇 일인지는 모르겠으나   나이 91살의
콕시 씨³⁴⁰⁹가 채권과 그 이자 이야기를 했다
분명히 문제의 기본
싱크 루이스 씨³⁴¹⁰는 아니고
        바르토크³⁴¹¹ 우리에게 남겼지
비어드 씨³⁴¹²는 찬탄할 만한 압축으로
(찰스 비어드 씨) "젊은 공화국"의 426쪽에서인가에서
통화에 대해 한 줄을 적었지³⁴¹³
우리는 존 애덤스 씨만큼의 대중적 인기를 가질 것이고
덜 널리 읽힐 것이리라³⁴¹⁴
수표범은 너무나 권태로워 드러누워 지푸라기와
놀고 있구나,
        (로마 동물원의 수상록)
                너무나 권태로워

아폴로에게 바친 향

카라라[3415]

대리석 위의 눈

산 위의

백석白石에 대비되는

설백雪白

깎아지른 절벽들 사이의 협곡을 누가 지나쳐갔던가

그럴 수 있었다면 말이지, 가론[3416]이든가?

그곳에선 스페인으로 걸어 들어갈 수 있지

타오 치엔[3417]이 복숭아꽃 분수에서였던가

옛 왕조의 음악을 들었던 것이

그곳엔 부드러운 잔디밭, 그 사이로, 은빛으로,

가르며 흐르는 투명한 시냇물,

호 시우[3418]에선 여자를 숨겨줬다가

마을 전부가 파괴당하고, 두려운 키세라

사막의 쥐인 카슨[3419]이 말하였지

"우리가 바깥으로 나올 땐

8만 달러어치를 가지고 나오죠"

("그만한 값어치의 경험")

광맥에서 캐낸다는 건데

자본을 장비에 써버리고

돌아오는 데 들어가는 시간 계산은 하지 않았다

내 늙은 대고모도 너무나 컸던 호텔 경영을 하며
딱 그 짝이었다
하지만 그래도 적어도 그녀는 모든 유럽을 다 보았고
        탕헤르에서 노새를 탔고
            대체적으로 그럭저럭 먹고 살았다

나탈리[3420]처럼
        "아마도 겉으로 보이는 것보다 더"

        피사의 하늘, 흰 구름 아래
이 모든 아름다움으로부터 무언가가 나와야만 하리니,

오 내가 핀으로 고정시켜 놓은 달이여,
                크로노미터
웨이, 키 그리고 피칸
인에는 인간다움(사람다움)이 충만한 자가 셋 있었다[3421]
                말하자면 젠
만세 알레산드로[3422]
            만세 페르난도,[3423] 그리고 지도자,
피에르,[3424] 비드쿤,[3425]
            앙리오[3426]
불황이 임박하자
산업체에서 정부로

점진적인 갈아타기를 한 것에 대해
미리 내다보고는, 임피리얼 케미컬에서 1938년에 나왔던
자 하고는 달리
피의 욕탕으로부터 영양공급을 받지 않으려고?[3427]

그대가 계단의 꼭대기에 오르거든[3428]
             윤리 점진적인 갈아타기
이는 명백함 속의 구별이로다

밍 **明** 구별이로다
존 애덤스, 애덤 형제[3429]

     거기에 우리의 정신의 기준이 있다
우리의 **中** 충
    여기에 우리의 존경을 바쳐야
            하리니
   미카[3430]가 말하길,
       각자는 이름으로……[3431]
니코틴과 맥 빠진 위스키가 들어있는 부글부글 소리 나는
    탱크를 바라보며
      (빠져나가면서)
곰 동지[3432]가 말했다,
    난 미국인들을 믿어.

베를린 1945년

그와 연관하여 수상 윈스턴[3433]의 마지막 모습

　　　돼지 치는 작은 목동의

누이에게 물어보았지 :

이 미국인들?

　　　그들 행실은 괜찮아?

그녀 대답 : 별로.

　　　별로야, 별로.

나 : 독일인들보다 못해?

　　　그녀 : 똑같애, 철사 줄 사이로 대답했지

　　　　　당신은, 하고 스테프(링컨 스테픈스[3434])가 말했었지

혁명분자들하고는 아무 일도 못해요

　　그들이 막다른 골목에 다다르면 몰라도요

밴더버그[3435]는 스탈린을 읽었는데, 스탈린이 존 애덤스를 읽었는지는,

아무리 봐도, 증명이 안 된다.

회백색의 서리가 그대의 텐트를 꽉 붙잡거든

밤이 다 지나갔다는 것에 감사를 드리자.

록 드릴 칸토스
LXXXV~XCV

1955

링³⁴³⁷　　靈

우리 왕조는 위대한 감성으로 생겨났도다

모든 것은 이인³⁴³⁸의 시대 때　　　　　　　　伊

모든 뿌리는 이인의 시대 때 이루어졌느니.

갈릴레오는 1616년에 금서목록에 들어갔고,　　尹

웰링턴은 바털루³⁴³⁹ 이후 평화를 이루었구나

　　　　　　止　　　　치³⁴⁴⁰

　　　　　　　해시계 바늘,³⁴⁴¹

우리의 학문은 그림자들을 관찰함으로써 얻어진 것,

베스 여왕³⁴⁴²은 오비드를 번역하였고,

　　　클레오파트라는 통화에 대해 썼느니³⁴⁴³

이에 반해 오랜 기록들을 흩뿌려버리고

　　　어질 현을 무시하고

　　　　　賢

　　　힘 있는 편에 뛰어드는 이들

　　　　　　(오합지졸)

II. 9.³⁴⁴⁴ 엔 넓이와 시작이 있느니　　총³⁴⁴⁵

仁　　　智　　　취³⁴⁴⁶

젠　　　치³⁴⁴⁷　　　이-리³⁴⁴⁸

충[3449]이라 불린다

衷 仁 好 *(1508, 매슈즈)*

甲

체계화되지 않은 단순한 요약은 아니노라.

　　　이 모든 것 밑엔 태양,[3450]

　　　공손함과 지혜의 정당함

웨이 후,[3451]　　　소피아(지혜)

감추어진 풀의 기대감, 췌,[3452] 결합하다.

　　　(아니, 이건 언어학적인 건 아니다)

탐욕에 이끌리지 아니하고, 계책에 이끌리지 아니하고

　　　마치 풀과 나무처럼

탁월함

　　　탐욕에 이끌리지 아니하고,

　　　구더기와 계책에 이끌리지 아니하고

4단[3453]

　　　端　　혹은 토대들.

부활절에 껍질 깐 벼와 비단

　　　(그들은 부엌 앞치마 아래 누에고치를 넣어 가는데[3454]

탕[3455]의 시대부터 지금까지 그러하느니)

그대는 하늘의 나무에 기대어,

　　　이그드라실[3456]을 아는구나

하여 **時** 시

　　　　　　　　　忱 첸[3457]

　　恋

"새들과 거북이 하나라 아래서 살았고,

　　　　짐승과 물고기도 질서를 유지하였으며,

홍수와 화재도 과다하게 일어나지 않았나니"[3458]

　　　　　　　　　이

　　　　　　　　무아

　　　　　　　　푸

　　　　　　　　닝[3459]

자기 자신을 닦는 이는 명민하다,

호기심이 없는 이들의 글은 시들어간다,

이 "지도자,"[3460] 장대 위에 들려진

　　　　도려내진 호박,[3461]

하나 당신께서 이 도를 따르기만 한다면

　　　　德

여러 기호들이 아니라 단 하나의 기호

　　　　기타 등등

　　　그리고 늘 덧붙여지는 기술

그리고 기술로부터 다시 자기 자신에게로

중국인들, 또는 궤변론자들)

　　　또는 미숙한 힌두인들에 의해서는 결코 이루어지는 것이 아니라,

성 빅터(리차르두스)[3462]를 연구한 단테,

자신의 운문에 희랍의 인용구를 썼던 에리우게나.

이인은 사물의 이치를 깊이 생각해보라고

어린 왕을 당의 무덤 옆으로 은둔시켰도다,

　　　저들은 명상에 전면전을 벌이는구나.

이 고집불통의 응석을 받아주지 않기 위해

　　　"텅 궁궐의 장소에"[3463]

이 전 세대를 고기 잡는 장치 속에서 망쳐 놓지 않기 위해

　　　코

　　　　충

　　　　　윤

　　　　테[3464]

땀을 흘려야만 하리라

　　　세 번째 세우[3465]

　　　祀 쭈　　　매슈. 5592

헛된 논쟁에 의하지 아니하고

　　　다된 일에 올라앉아 거드럭대지 아니하면

이 젠 유앤[3466]

　　　以

　　　그로 인해, 결국엔,

　　　　貞 쳰[3467]

그는 행정을 임금에게 되돌려주었다

　　　陳 쳰

　　　戒 치아이[3468]

이인에 의해 인식된 중추

　　　　임금의 혼은 그 얼마나 순수한가

다른 도당들이 말하길, 젠장! 그가 벌써 갈파를 해 놓았어.

III. 6. xi. 바로 이곳에 권리장전이 있도다

獲
夫　自
匹　盡
婦　匹³⁴⁶⁹

판³⁴⁷⁰에 이르기까지 삼백년

盤　판 켱
各
長
于
厥
居³⁴⁷¹

담보로 잡힌 남작들!³⁴⁷²

　　　　알렉산더는 자신의 부대의 빚을 갚아주었다.

희한한 발견 능력보다는

　　　　국민들 사이에 테

　　　　　　德

　　　　　　　를 널리 퍼뜨리는 것.

겁쟁이들은

　　　　모든 이들을 벌레 크기로 축소시키기를 바랐다.

루스벨트 씨는 덱스터 화이트[3473]를 뽑았다.

'48년 (1848)[3474] 이후

       문화에 대한 반동이 유사流砂처럼 흘러

        언어학이 세분되었고,

나폴레옹 3세는 문안 작성을 세분화시켜

    인쇄소의 각 작성자들에게

    몇 행만을 주었으니,

      어느 누구도 그 선언서 전부를 보지 못하였도다.

그들을 4년간 시장에 가지 못하게 하여

      아무런 이해도 갖지 못하도록 하고,

고전 공부 없음,

    미국 역사 공부 없음,

      중심점 없음, 전반적인 뿌리 없음,

정당한 가격이 핵심에 없음.

법이 불확실한 곳.

알렉산더는 자신의 군대의 빚을 갚았느니.

탕의 깨우침을 다시 불러일으키고 싶구나

      高　카오

      宗　충[3475]　　　1324

               1265 a.c.

                 ————

                59

갈기 위해 빙빙 도는 숫돌,　주

                                    초

                              리³⁴⁷⁶

              배와 노³⁴⁷⁷

나무들이 구름을 떠받치고 있구나,³⁴⁷⁸

선善을 염두에 두고 행동하시라

              그리고 그 시기를 고려하시라

              류³⁴⁷⁹   慮

              체우³⁴⁸⁰   時

"과도한 제사는

              불경입니다"

                    푸 유에³⁴⁸¹

III. viii. 11.³⁴⁸²   中   충

의례는 번거롭지 않게 하소서.

      "그때까진 난 제대로 뭘 알지 못했노라."

                    충

                    왕

                    시엔³⁴⁸³

              顯 하고 카오 충이 말하였다

황제. 포도주와 포도액처럼

          이 방향으로 끓어오르라, 체우,³⁴⁸⁴

발효와 결실,

          손자의 마음으로 공부하시고

          때를 매의 눈으로 바라보십시오

타오 치[3485]

1/2의 연구와 1/2의 기술

1/2의 관찰과 1/2의 기술

1/2의 훈련과 1/2의 기술

쳉탕[3486]을 안내자로 삼으소서.

貞

먼 길을 가시더라도 미끄러져 넘어지거나

엎어지는 일이 없을 겁니다.

현명한 자와 더불어 통치를 하지 않으면 안 되느니,

현명한 자 또한 독이 든 여울통을 먹을 순 없느니라.

200년 후,

"태자께서 물러나심이 최선입니다.

하나 소인으로 말씀드리면, 소인은 가지 아니합니다

罔 왕.

僕 푸.

이 왕조 이후에는 결코 아니할 겁니다."[3487]

키[3488]는 한국으로 갔다,

"떠나심이 최선입니다," 대가 끊어지지 않으려면.

IV.[3489]

때는 봄

맹 여울에 모여

타 훼이 맹 친,[3490]

순 시대의 후치[3491]로부터

세 개의 물줄기, 세 개의 강을 따라,

  평과 풍은 그 도시들이었고,

북동쪽으로 키 산[3492]에 이르렀도다.

  탄 푸[3493]에서 완 임금[3494]까지.

"우리 왕조는 위대한 감성으로 인해 생겨났도다."

도덕이 개혁되고,

    덕이 번창하였느니   靈

멩 여울에,

  황강의 남쪽 둑에,

즉 황하.

하늘과 땅은 깨닫는 자를 잉태하였느니,

   "그가 내 안에서 지시한 대로"[3495]

헌데 추[3496]는 재앙을 불러일으켰도다.

  링

   靈

  은 통치의 근본.

충   聰

탄   亶   초

밍   明   유엔

     후[3497]

추는 재앙을 불러일으켰도다,

"서방 제국에서 온 장졸들이여,

하늘의 도는 매우 일관되고

그 요체는 완벽하게 명료하다.[3498]

顯 시엔.

우武는 황색 도끼 창에 기대어 섰는데[3499]

오른쪽엔 흰색 깃발을 들고서,

"암탉이 울어대고,

" 공갈단으로 둘러싸여 있도다

"6보 또는 7보, 그리곤 재편성하라.

"4번, 5번, 7번 공격을 하곤, 다시 모이라

止 체우

齊 치

나이 체우 치[3500]

그리고 도망가는 자들을 쫓지 마라."

추의 군대는 무 평야의 숲과 같았다,

林 숲처럼 모이어

조 린.[3501]

"어떤 이들은 좋아하고, 어떤 이들은 싫어하며, 누구에게도 불공평하지
않았도다."

極

血

偏[3502]

제4장,[3503] 방주旁註들.

류의 개들,[3504] 희한한 발견? 천만에.

恫 퉁

요　쿠안　　　　　　9.6[3505]

퉁 쿠안 나이 첸[3506]

乃
身

물이 아니라, 우 유 추에이[3507]

戾 민
監 키엔　　　　10.12[3508]

백성을 그대의 거울로 삼으라.

土
中
旦 탄
曰 유에
配 페이
皇 횡[3509]

XIII. 9[3510]　키 펑

其
朋 오디세우스 "이름 없는 자에게"

火
초

敬[3511]

그리하면 충심을 알게 될 것입니다

쳉탕께서

戈³⁵¹²
成
湯

하를 넘어뜨리셨고

가장 탁월하게 통치할 사람들이

甸 티엔³⁵¹³

쳉탕으로부터 티이³⁵¹⁴에 이르기까지

모든 이들은 그것을 빛나게 만들었고,

모든 이들은 그에 동참하였도다   (티엔)

키체,³⁵¹⁵ 그 은혜를 입었도다.

추는 자신을 뒤돌아보지도

않았고, 그 업적들을 존경하지도 않았다.

우리 왕조는 위대한 감성으로부터 생겨났도다

靈 감성
不 피³⁵¹⁶

화살 끝은 두 개가 아니다

貳 푸 얼 취³⁵¹⁷

푸 얼

"오 다수의 관리들이여

짐이 단언하노라 邑³⁵¹⁸

내 다시 말하노라

太 타이 무³⁵¹⁹   1637
戊   1562

武　우 팅　　1324

丁　　　　1265

그는 어려움을 알았으니

추 키아[3520]는 33년간 재위에 있었습니다

惟　웨이

正　쳉

之　취

供　쿵[3521]

XV : 11[3522]

　　정당한 공물 이상은 받지 않았고

　　번갈아 가르치고 배우며[3523]

胥　시우　M. 2835

　　슈, 일성으로[3524]

이것이 전통이나니　教　키아오, 치아오

時　취

我　워[3525]

그 깨달음을 지속시키지 못한다면 우리는 쓰러지고 맙니다　XVI.4[3526]

미래를 생각하십시오

그 깨달음을 공경하고

　　　적당한 인물들을 기르십시오.

明　밍 워 춘[3527]　俊　　　　XVI.20

　　　춘　　　1727.매슈즈.

그것(밍[3528])이

命 백성의 지지에까지 뻗치리라는 걸,

그것이 어떤 미묘한 방법으로 백성과 연계된다는 걸 보지 못하십니까

"그리고 당신의 관리들을 성가시게 하지 마십시오" XIX.18[3529]

"사사로운 싸움에 끼어들지 마십시오

　　　히오 쿠 주 쿠안[3530]　　　　　　　XX.16

"행동하기 전에 정확한 말부터 구하십시오."

　　　　　　　斷　　투안[3531] 참고 : 타쉬[3532]

깨달음은 편안하고 속임은 고달프도다.

XXI.7.[3533] 법을 억압의 수단으로 삼지 말 것.

　　　한 사람에게서 모든 걸 구하지 말 것

　　　　備　　(페이4)[3534]

　　　　容　융

말하자면, 어떤 경우에는, 관용

　　　유 융 테 나이 타[3535]

　　　　　　깨달음이 넓어지리라

　　　生　총　　　XXI.14

　　　厚　호우[3536]

다섯 법칙[3537]은 늘 움직이는 깨달음에

　　　　　　그 뿌리가 있도다.

"그 당시엔," 하고 브란쿠시[3538]가 말하길,

　　　"난 하늘 아래 어떤 것에도

내 시간의 15분도

　　　할애하려고 하지 않았을 때였지."

로레토 광장[3539]에서 죽어갔느니,

홀로한 사건에서는, 살인이 옹호되었구나.[3540]

배심원에 의한 재판은 아테네에서도 있었는데.

폭군들은 저항받고

이 모든 우리의 사악함에 비겁함까지 덧붙여야 하나요?[3541]

웬왕[3542]은 그의 주위에 사람들을 거느렸으니,

쿠오 군주,

황 예오, 산 이 쳉

教 전통

마치 손이 밀을 쥐고 있는 모습, 秉[3543]

위험을 무릅쓰고 연기를 뚫고 전진하다

冒[3544]

그대들에게 마음을 열었으니,[3545]

주 : 공자는 자기가 덧붙인 건 아무것도 없다고 하였다. 칸토 85는 통치의 기본 원리들은 서경에서 발견된다는 공자의 견해를 좀 세밀하게 뒷받침한 것이다. 숫자들은 쿠브뢰르의 서경에 의한 것이다. 한자의 뜻은 대체적으로 영어 본문에 나온다. 발음은 쿠브뢰르와 매슈즈에 나온 대로이다.

LXXXVI

걱정하는 마음으로

恤　　IV.xvi.18³⁵⁴⁶

　　　혼란을 거울삼아,

잊혀진 비스마르크,³⁵⁴⁷ 균형 잡는 수레바퀴가 없는 판타지아,

"'70년 이후로는 더 이상의 전쟁은 없을 것"(비스마르크)³⁵⁴⁸

"사악함 때문이 아니라 우둔함 때문,"이라고 늙은 마르게리타³⁵⁴⁹는 말

했다

　　　　(엘레아노르? 미망인)

"저들은 모두 이교도들이에요, 교황님,

　　　하지만 사악하지는 않아요."

정신(카이저³⁵⁵⁰의)은 마치 상자 안에 아무렇게나 놓인 주사위 같았다.

발린³⁵⁵¹이 말하길, "내가 진작 알았더라면,

　　　정말이지 함부르크 전체를 곡물로 가득 채웠을 텐데."

뷜로³⁵⁵²는 그를 믿었다. 하나 탈레랑³⁵⁵³은 벨기에를 세웠고,

두 왕조, 두 완충국을 세웠으며,

　　　폴란드도 세웠을지 몰랐다.

그렇게 하여 벨기에가 개구리나라³⁵⁵⁴를 구했지, 스위스는 중립이었고.

xvi.20 : 오직 우리 둘만이 소매를 걷어붙일 것이지요.³⁵⁵⁵

브란쿠시가 되뇌었지, 난 매일

　　　무언가를 시작할 수 있어, 하지만

　　　　　　　끝을 맺는 것

LXXXVI

걱정하는 마음으로

恤　　IV.xvi.18[3546]

　　　혼란을 거울삼아,

잊혀진 비스마르크,[3547] 균형 잡는 수레바퀴가 없는 판타지아,

"'70년 이후로는 더 이상의 전쟁은 없을 것"(비스마르크)[3548]

"사악함 때문이 아니라 우둔함 때문,"이라고 늙은 마르게리타[3549]는 말

했다

　　　　(엘레아노르? 미망인)

"저들은 모두 이교도들이에요, 교황님,

　　　하지만 사악하지는 않아요."

정신(카이저[3550]의)은 마치 상자 안에 아무렇게나 놓인 주사위 같았다.

발린[3551]이 말하길, "내가 진작 알았더라면,

　　　정말이지 함부르크 전체를 곡물로 가득 채웠을 텐데."

뷜로[3552]는 그를 믿었다. 하나 탈레랑[3553]은 벨기에를 세웠고,

두 왕조, 두 완충국을 세웠으며,

　　　폴란드도 세웠을지 몰랐다.

그렇게 하여 벨기에가 개구리나라[3554]를 구했지, 스위스는 중립이었고.

xvi.20 : 오직 우리 둘만이 소매를 걷어붙일 것이지요.[3555]

브란쿠시가 되뇌었지, 난 매일

　　　무언가를 시작할 수 있어, 하지만

　　　　　　　끝을 맺는 것

詳 시앙[3556]   xvii, 7

백성의 느낌을 잃어버리고 靈   xviii, 5[3557]

xviii, 19   典
                              教
                              簡[3558]

여러 번에 걸쳐 길이 깨끗지도 않고, 시끄럽고, 그대들의 마음엔 애정이
없구나.[3559]   22

사람들을 구하라, 일어날 것이다

곰과 같은 전사들, xxiii, 5, 곰처럼 강한 사람들

두 마음이 아닌[3560]   중

端   투안[3561]

고諳함

體   티
要   야오[3562]

타 수에[3563]   타 히운[3564]   (xxiv, 11)

테 이[3565]   타 히운

기록이 없으면 사람이 무엇을 가르치겠는가?[3566]

코트 단추를 반대로 하는 야만인들조차도[3567]   13

결코 망하지 않는

既   키우에 신[3568]   (xxiv, 15)
心

                결국엔 다시

멘시우스,[3569] 치[3570](453, 매슈즈)

무왕³⁵⁷¹

穆
王　　무왕　　1001-946

되새기기를

篤　투
忠　충
貞　첸³⁵⁷²

쿤야에게,

　　　그의 가계에서 3대째 관료가 된,

"그들의 이름이 깃발에 올려 있도다,

　　　태창³⁵⁷³에 기록되었도다

태　常　창

이제 얇은 얼음과 호랑이를 대하는 내 차례로구나.³⁵⁷⁴

　　　너의 가계에 걸맞게 행동하라

그리고 법령　　憲³⁵⁷⁵
　　　　　　　呂³⁵⁷⁶

외양도 살펴야 한다

貌　마오³⁵⁷⁷
亦
尙
一
人³⁵⁷⁸

한 사람에게 달려있을 수도 있지

　　　…… 전화 통화를 했던 에드워두스와

폰 회쉬[3579]와의 경우에서처럼,

　　　삼 년간 좋은 결과를 가져왔는지,

　　　　　아니면 나쁜 결과를 가져온 것인지

에바[3580]의 아버지는 그 전화 통화를 엿들었다고 하는데,

　　　　　비스마르크에 대한 건 잊어버린 거지,

이[3581]　　義에 졌던 것

"'70년 이후에는 전쟁이 없을 것."

　　　"사악한 게 아니에요, 멍청해서 그렇지!"

"저들은 모두 이교도들이에요, 교황님,

　　　하지만 나쁜 놈들은 아니에요."

모든 게 한 언어로 될 수는 없죠"

　　　"저들은 모두 개신교도들이요 교황 성하,

　　　　　그렇지만 악하진 않아요.

그래요 교황 성하, 저들 모두는 개신교도들이에요."

"함부르크를 곡물로 채워버렸을 텐데."

"아니요, 와일렛 양, 사업 관계 때문에 그렇진 않을 거요."[3582]

보나파르트를 깨부수는 데 20년,

　　　금을 프랑스를 통해 스페인으로

그 매입과 판매

　　　그 장사

군주제에 대한 부캐넌[3583]의 말

　　　(1850년 피어스[3584]에게 한 말)

구대륙의 군주들만을 언급했었지

질문? 아직 영국은 수에즈 때문에 팔리진 않았지[3585] —

그건 20년 뒤였던가,

아니면 '74년이었던가?

어찌 됐건, 강을 팔아 치우고,

의회를 건너뛰고,

"그가 무엇을 믿었던 간에,

그건 대표성 있는 정부가 아니었지"

가시적인 책임도 없었고.

과거에 그래왔듯, 모든 건 그래야만 했던 대로,

그러나 그들이 무엇을 믿을 것인가

信　　지금?

베로나 정강에, "of가 아니라 to"[3586]

모든 사악함에…… 아니[3587]

록 드릴 부분.

알렉산더는 자신의 군대의 빚을 갚았다.　그들은

무언가 속임수가 있지 않나 생각했으나, 그는 캠프의 모서리에

탁자를 놓고는, "어떤 증서도 갚으리라."

그는 바빌론 사람들 사이에서 죽었다

(일시…… 아리안[3588])

위대한 함무라비 법전에 새겨있기를,

그들이 거짓말을 하였다.

그게 바로 흠정 강좌 담당교수[3589]

(크리스 홀리스[3590]의 저술에 따르면)

역사를 날조하고

　　　　휘그당의 관점을 강요하기 위한 것.
"저런 증오"

　　　　　　　하고 바우어즈[3591]가 말했고,

　　　　　　　　　스페인 여인은 말하길,
"우린 정말 쓸모없어, 게다가 말이지,

　　　　　그들이 빵 가게 사람과 구두 수선공도 죽였어."
"나에게 그에게 말할 것을 더이상 써 보내지 말아요

　　　　　　(우드워드, W. E.[3592]가 쓰기를)
"이런 경우들에 대해

　　　　　　　그가

　　　　　　말을 해요." (인용 끝)
"살인에 대해" (카토가 말하길) "어떻게

　　　　　　　　생각하는지요?"[3593]
어떤 합스부르크 사람인지 누군가가

　　　　　황제의 고랑을 팠지,[3594]
늙은 테레사[3595]의 길은 아직도 벨기에에 있다.
나무들에 의해 그림자 지고

　　　　　　그녀의 동전은

　　　　　아프리카에서 통용되었지,
우리 시대에는 표준,

　　　　　　"동전을 보면 사람을 알 수 있다,"
클레오파트라가 자신의 동전에 대해 썼지.

(요제프 2, 확인해 봐? 자신의 고랑을 팠다)

토스카나로부터, 레오폴드.[3596]

"우리는 아무도 미워하지 않아요."

코노디[3597]가 인용해 썼다.

"우리는 황제가 그러라고 해야 싸웁니다."

(오스트리아인들 1914년)

"괜찮은 친구들" (슈어츠[3598] '43년)

"그들과 우리가 싸워야 하다니 안 된 일이에요."

"하지만 프로이센인!

프로이센인은

말쑥해요."

이빨 네 개가 빠져나간 나이든 부인이 말했다.

"당신은 나하고 하고 싶겠지만,

나하고

못 할 거요,

"내가 너무 늙어빠졌거든."

소송의 이득 　　非　페이

　　　　　　　　寶　파오[3599]

하늘이 중립이 아닌 것이 아니라

사람은 명에 따라야 하느니[3600]

? 너무 지나친 번역인가?

운명의 수레바퀴를 돌리는 여인[3601]

운명 아래의 인간,

첸　　震3602

유 왕, 770

주 왕3603

　　幽

　　王

　　야만족에 의해 죽임을 당하다

"이　　　義

　　　和　　후오3604

　　그대는 내가 어려울 때 나를 지켜주었소,3605

"기장으로 만든 향기로운 술,

　　화살 백 개와 함께

　　　　붉은 활 하나

　　검은 활 하나와

　　　　백 개의 화살.

　　편안하게 무용하게 있지 마라."3606　　　　(인용 끝)

"가축을 훔치지 마라,

황소와 말들을 취하지 말 것이며,

모든 덫과 함정을 막아

　　　　그들이 야생에서 뛰어놀도록 하라"

페　　伯

킨　　禽3607

　　화이 강 저편의 사람들에 의한

반란에 대항하는 동원령

　　때는

쳉　　成

왕　　　王　　　1115~1078

"백성들의 논밭을 싸다니지 말라

　　도망친 자들을 쫓아다니면서 말이다, 진짜든……

"십일 일 안으로 수이로 들어갈 것이니

　　그대들의 식량을 준비하여라."

　　　　　　　　　　인용 끝.

"이런 경우들에 대해

　　　그가

　　　　　이야길 해요."

　　인용 끝, 우드워드 '36년

열한 명의 학식 있는 자들

　　그리고 드와이트 L. 모로우 정도"[3608]

　　상원의 명단에 관하여

　　　　　Br…… C……g[3609]

　　질문? '32년도[3610]

"이 모든 것을 관장하고 있는 히스테리 환자"[3611]　　'39년

　　의회, 외교 관계.

　　　　영원한 전쟁을 난 노래 부르나니……[3612]

LXXXVII

······ 고리대금업자와 좋은 일을 하기를

원하는 이 사이의

(영원한)

생산에 대한 고려 없이 —

돈이나 신용대부를

사용한 것에 대해 물리는 비용.

"그대는 왜

" — 그대는 왜 잡으려 하는가 —

그대의 생각들에 질서를 잡으려 하는가?"[3613]

일시 '32년

또는 그록[3614] : 이거 어때?

(나에겐 생각이 하나 있지.)

그록 : 이거 어때?

베르히톨드[3615]는 마치 다이나마이트에 날아간 것처럼 보였고,

겉으로는 고요하게 보였지만 말이지.

그때 내가 좀 더 알았더라면,

그에게 물어보았을 수 있었을 텐데,

바르키[3616]처럼 — 사실적 증거들이 부족해서.

로우노크의,[3617] 1831년 :

"그 자신을 빌리는 어리석은 나라."

포크,[3618] 타일러,[3619] 영예로운 이름들.

앎은 사라지고,

부캐넌[3620]은 그런대로 깨끗하구나,

유아적 상태가 우리 시대까지 점점 커지고,

원천에는 무관심한 채, 출력에만 신경 쓰고 있으니,

다시 말해, 발행의 문제.

누가 발행하나? 어떻게?

1600년 이후 나카에 토지[3621]는

와이 아[3622]

(어떤 방언에서 닳아버린 이름)

민[3623]의 램프를 일본으로 가져갔다.

온통 흙투성이인 루스벨트,

그리고 익살맞은 촌극인 처칠

(가짜 전쟁에 대해 그렌펠[3624]을 보라)

"하지만," 하고 안토니누스[3625]는 말하였지,

"법이 바다를 지배한다."

"국가가 개인의 불행으로부터

이득을 취하는 것,

내 시대, 내 통치 아래에서는 없을 것."

살마시우스[3626]에 이르기까지, 정확함이 결여되었구나,

결여되었어, 크레이아.[3627]

"통상적인 행위!"라고 아리[3628]는 상업에 대해 말했지,

"궁리, 숙고, 명상."

리차르두스[3629]는 그렇게 썼고, 단테가 그를 읽었지.

원의 중심.[3630]

깨끗한 가치들을 정립하기 전에 신화를 걷어치워라.

"유럽은" 하고 피카비아[3631]가 말했다

　　　"알자스 로렌[3632]의 정복으로 인해 소진되었어."

블라밍크[3633] : "…… 지엽적이야." "예술이 말이지."

모든 인간이 벌레의 크기로 축소되기를 바라는 겁쟁이들.

단순히 부정직성으로 인해 무너져 내린 유럽인들, 구더기들.

내부의 어떤 것으로 파괴된 것이 아니라…… 스스로에게 파 먹혀,

버려지는구나, 우리의 고통에 비겁함까지 덧붙이랴?

　　　　그건 불가능하도다.

상큼한 봄

　　　　물론 보호되고 있다,

　　　　여기에 중심이 있다

　止　　삼성으로 치[3634]

　　　　하나의 근본.

만장일치가 아니었도다

　　　　아테나가 동수를 깼다,

즉 6 대 6의 배심원들

　　　　아테나가 필요했다.[3635]

그 모든 올바름이 상나라 아래 있었도다

　　　　아테네에 들어왔던 것 말고는.

이 인,[3636] 오켈루스,[3637] 에리우게나 :

　　　　"모든 것들은 빛이로다."

에리우게나의 시들에 희랍어 주석들이 붙어 있었다.

그들이 알렉산더[3638]를 바빌론에서 밀쳐 넘어뜨렸을 때

그건 정말 재앙이었다라고 골리에프스키[3639]가 말했다, "엄청난."

　　　그리스에는 15세기[3640]가 없었다.

유스티니아누스 법전으론 효능이 덜 하고

　　　"우리가 쌓았지요……"

(종이 위의 법률더미)

　　　　　　　　　무솔리니가 구두로,

"그들 사이의 문제를 잘 해결하라고 그들에게 요청을 했다.

　　　만약 그들이 못한다면, 국가가 개입을 할 것이다."

그들은 물론 부인했지만, 점점 퍼져나갔다,

오켈루스,

　　　지　　**日**

　　　신　　**新**

봄철에 옅은 녹색.

번개 같은 불빛으로 형성된 극[3641]

　　　시민 데이아네이라,[3642] 휘황찬란함, 모든 것이 들어맞도다

새벽의 불길로부터 석양까지[3643]

"일어났던 것들은, 일어나야만 했던 것들이다[3644]

　　　"물물교환품으로서의 모든 금속"

　　　　　데스튀[3645]인지 누군인지,

"무게에 따르지 아니한 직인은 안 됐어."[3646]

늘 역류 같은 자들,

그 어떤 질서에도 대항하는 금 벌레들,

통상적인 (아리가 말했듯이) 행위를

　　　　　　자신의 이문을 위해

추구하는 자들.

志 치

의지의 방향

"척도라기보다는

　　　정책의 수단" 하고 더글러스(C. H.)[3647]가 말했다

꿈틀거리는 자들이 인간의 마음을 약탈하다,

　　　모든 인간을 벌레의 크기로 축소시키기를 바라며.

"소수의" 하고 장 C.[3648]가 말하길

　　　　　"커다란 야채들."[3649]

소수,[3650]

　　　동력의 원인,

　　　　　　소나무 씨앗이 절벽의 모서리를 쪼갠다.

세쿼이아들만이 충분하리만큼 느리구나.

　　　빈빈[3651] "아름다움이로다."

"느림이 아름다움이지." :

三 산
孤 쿠[3652] 로부터

　　　　푸아티에[3653]에 이르기까지

그 탑에는 어느 지점에서는 그림자가 생기지 않는다,

　　　자크 드 몰레이[3654]는 어디에?

"황금률," 비율,

　　아마도, 이자를 받지 않고, 저항을 해서.

그리고 잘못된 현관, 바로크 양식.[3655]

　　　"우리가 아는 거라곤," 하고 맹자가 말씀하시길, "현상뿐."

조각물들. 자연에는 언어적 전통이 필요치 않는

　　특성이 들어있다,

오크 잎은 결코 플라타너스 잎이 아니다. 존 헤이튼.[3656]

　　　셀로이[3657]는 그곳 땅 위에서 잠을 자고

늙은 자지[3658]는 단순히 인식론이 아닌,

　　전통이 있다고 하였다.

모하메드교도들은 남으리라, — 자연적으로 — 개종하지 않은 채로

극락으로부터 천녀天女[3659]를 뺀다면 말이지

　　　신　　　　　心 에 대해선

간단히 말해, 우주는 지속될 것이고

　　　모리슨[3660]의 어디엔가에는 관찰한 게 있으리라.

레미[3661]로 인도해준다?

　　　폭탄들이 떨어졌지만, 산트 암브로지오[3662]에는 그리 많이 그러지

는 않았구나.

바친[3663]이 말하길, 내가 저 나무를

　　　　심었어, 저 나무를(올리브)

F. 씨[3664]가 거의 빛으로 만들어진

　　자신의 스승을 보았다.

(윈들러[3665]의 비전 : 그의 편지 파일

설탕 두 덩어리의 크기,

하지만 읽어볼 수는 있는 종이. 산타 테레사……[3666]

보다 약한 가축들을 도살한 이들, 그들의 악당은 곡식의 신.

뿔들 사이로 넘어졌지만, 일어나서는……

　　　그리고는 중얼거리길, "장대 없이 타넘기,"[3667]

염소의 경우에는 그런 유희가 없지.

비록 페이지 씨[3668]가 리구리아[3669]의 도살을 묘사하긴 하였지만,

사냥족들은 준비가 필요로 할 것이다.

헬리오스에게 신성한 몽세귀르,[3670]

　　　있었던 일들에 대해, 상 베르트랑 드 코멩지.[3671]

　　　　　"우리가"

하고 프로베니우스[3672]가 말하길 "이 그림들을 발견하는 데마다,

　　6 피트 정도 되는 물을 발견하게 된다,

진흙으로 된 머리가 없는 사자에는 머리를 둘 자리를 남겨두었다."

흰 다람쥐들, 아마도 견디기 힘든 겨울이 오기 전에, 오크 고양이[3673]들,

인디언들은 말하길, 잡초들이 무성할 때.

바퀴 물벌레가 돌 위에 꽃을 떨어뜨리면

　　　　　웅덩이에,

하나의 상호작용.　테　　德　　상호작용. 그림자?

"그를 폭파시켜. 그는 다시 올라와" 하고

　　하사가 아마도 나에게 인상을 주려고 상술했지.

"저드른 저고세 이써, 신사양반들,

　　눈무리 어를굴 위로 흘러어 내리면서 마리지

"신사양반들, 정갱이뼈!!"

　　　수학적 집합 때의 황홀, 19세기.

뼈는 삼각법인지 뭔지에 따라

　　　실제로 구성되었다. 정강이뼈!

그건 말을 하나의 매개체로 보여주었다,

　　　　질서의 문제.

하나 경제적 관념은 (저자 멘켄[3674]) 한 지질학적 시대에는

　　　그들 머릿속에 들어가지 않을 것임.

"분담금보다 더 나은 건 없고 (맹자)

　　　고정된 과세금보다 더 나쁜 건 없다."

이거야말로 위대한 장이로다, 맹자, III, I, iii, 6[3675]

탕 완 쿵[3676]　　　　上

푸 어.[3677] "왜 이윤 이야기를 해야만 합니까[3678]

　　　　　利　　(잘려진 곡식).[3679]

둘이 아님.

　　　누가　　　　치　智에서

　　　　태양을 빼어버리는가[3680]

종교? 제단에 춤추는 여인들이 없이?

　　　　　　　조응교라고?

키세라 추종자들.

　　　　　　네루다[3681]의 촌평을 보라,

하지만 초점, 그들이 초점에 비난까지 할 수 있는 건가?

또는 진정한 편집에?

"또는 과정의 효용조차도?

그 훌륭한 오래된 말"

　　"구린내 나는" 손더스[3682]가 말하였다,

　　　　"독립."[3683]

그 별명은 그 사람됨을 반영한 건 아니었고

그 당시, 1900년 또는 그 무렵쯤,

화학과 교수들 모두에게 붙여졌던 것.

그들은 일관성의 양에 매달렸지,

끈질김의 양,

　　　　시간의 양,

"와해의 관점"에 대한 헨리[3684]의 언급은

기록되어야만 하겠다.

　　　　기념비에 새겨진 지도자의 이름들,

새어나감,

기운, 막힘,

　　　와해.

止

다시 헨리, "우리는, 말하자면,

　　　　도착했어.

이르렀어, 난 그가 "이르렀어, 모두 이르렀어"라고 말한다고 생각해.

있다라는 걸 확인해야만 한 거지.[3685]

드 몰레이는 이자 없이 돈을 빌려주었을까?

교회의 회의는 우물거리며 넘어가고. 광신자들은 이자를

이해 못하고.

정의, 의지의 방향,

　또는 리차르두스가 대ᄎ벤자민³⁶⁸⁶에서 정의내린바대로의 명상.

정신병원에서 죽어가는 늙다리들,³⁶⁸⁷

갤러거(패트릭)는 런던에서 티베트에 대출해 준 것을 언급했고,

늙은 대령은 석공을 하다 때려치웠다.

그리고 늙은 T. F.가 재무성에서 보았던 것에 대해선……

　　　아마도 아무것도 아닐 것이다.

호랑이들이 알렉산더 대왕을 위해 슬퍼하도다.

LXXXVIII

그날은 4월 1일 토요일, 정오를 향해 가던 시간,

상원은 그날 열지 않았는데……

　　브라운 호텔[3688]의 내 방으로 와서는 묻기를 내가

클레이 부인과 혈연관계가 되는지?를 물었다

만나기로 곧장 합의를 봤고…… 그를 불러낸 클레이의

　　권리에 이의를 제기한 건 정확한 일이었다. "관직에 있는

　　태트놀 대령[3689]에게 권한을……

클레이에게가 아니라 애덤스에게 반발을 한 것이었는데,

　　상원 연설에서 말이다.[3690] 하나 제섭[3691]에게 말했다 하는데

특권을 포기하겠다고 말이다,

　　　　그건 매우 명백한 차이를 불러일으키는 일인데.

확실치 않은 보고에 따르면 그가 살라자르[3692]의 편지에

　　표시가 있었다고 말했다고 하는데

　　　　　　("전염병 사기꾼")

그게 절대적인 결투 신청과 절대적인 수용을 몰고 왔던 것,

그 당시에 그게 "위조"였다고

　　　　　　　(제섭이 태트놀에게)

"위조 혹은 꾸며진 것"

(태트놀이 인용한 자신의 원칙 : 샬롯[3693]의 배심원들이

"스타일 면에 있어서" 다른 서류들과

　　　　매우 흡사하다고 여길 수 있었을 것이지만,

증거는 없고 단지 의심만, 그에 대해서는 그는 아무런 설명을

하지 않았다.

애덤스와 클레이는 서로 얽혀 있었다.[3694]

리틀 폴즈 다리 위

버지니아에 있는, 오른쪽 둑

열 걸음

그곳에선

결투는 불법이었다.

나만이 그가 그걸 어떻게 피하려 했었는지 안다.[3695]

난 금요일 클레이 집으로 갔고, 막내는

소파에서 자고 있었다.

클레이 부인은, 딸이 죽은 이후로,

황량한 그림 같았지만

침착하고 대화를 나눌 만했다.

클레이와 난 한밤에 헤어졌다.

토요일, 조지타운에 있는 랜돌프의 집,

그에게 물어볼 순 없었지만

소파에서 자고 있는 아이 얘기를 했다.

그가 말하길,

"난 그 아이의 잠이나 그 아이 엄마의

평안함을 깨뜨릴 어떤 짓도 안 할 거요,"

그리고는 별 가치 없는 것들에 대한 유서 항목을 계속 써 내려갔다,

메이컨[3696]에게, 그가 카드놀이를 할 때

게임을 계속할 수 있을 정도의 영국 돈 몇 실링,

젊은 브라이언[3697]은 만약의 경우 충격을 줄일 수 있게

학교로 돌아가고…… 등등.

그 당시 통용되지 않던 금화나 동전 등을 원해서,

몇 개 구하려고 자니[3698]를 브랜치 은행에 보냈는데,

그는 돌아와서 말하길, 은행에 없다고 했다.

"그들은 애초부터 거짓말쟁이들이야. 내 **말**!"

말이 대령待令이 됐고, 그는 자니의 말은 타지 않았으므로……

펜실베이니아가를 죽 따라 내려가다 지금은 코코란, 리그스가 된 곳까지,

자니는 그의 뒤로 40보 정도 떨어져서.

자신의 계좌 상태가 어떠냐고 물었다. 창구 직원은

지폐더미를 들고 와서

얼마짜리 화폐로 원하시냐고 물었다.

"난 돈을 원해."

라고 랜돌프가 말했다.

그를 이해하기 시작한 창구 직원이 말했다, 은으로?

"내 **돈**!"하고 랜돌프 씨가 말했다.

"카트 있으세요? 랜돌프 씨?"

그때쯤 창구 직원이

자니에게 했던 대답이 잘못됐었다고 말했다

원하던 대로 가져갔어야 했다고.

그는 받았고, 계좌를 없애버리고는,

돌아와 나에게 그가 죽거든

열어보라고 봉투를 하나 주었다,

그리고 내가 땅속에 들어가기 전에 읽어보라고 메모지를,

그의 바지 주머니에 손을 넣어보라고,

　　　　내 생각에, 아홉 개의 동전이 있었는데,

나, 태트놀, 해밀턴에게 각각 3개씩

　　　　서로 간의 함묵적 의미로, 추억거리로.

그 당시 우리 셋은 모두 그의 숙소에 있었다.

　　　　그와 보조인들이 수레를 탔고,

　　　　　　난 말을 타고 뒤따랐다.

그의(R의) 양아버지³⁶⁹⁹가

　　　　"블랙스톤"을 들고 왔다　　　　(서기 1804년)

그 장소는 우거진 숲이었고, 약간 오목하게

　　　　　　꺼진 곳 또는 저지대였다.

영원한 전쟁 :

1694년,³⁷⁰⁰ 무로부터 만들어낸

1750년,³⁷⁰¹ 식민지 화폐 폐쇄.

렉싱턴,³⁷⁰²

　　　　'64년 "가장 커다란 축복" 하고 링컨이 말했다.³⁷⁰³

1878년,³⁷⁰⁴ 화폐로 통용이 되는 것으로.

　　　　피, 군대 작업복, 우리의 시대.

의심의 여지 없이, 저들의 은에는 피가 묻어 있을 것이라,

명예가 없이는 인간은 노예 상태로 빠져든다.

책임감 있는, 또는 책임감 없는 정부?

감시가 없는 최소한의 땅.

세습귀족들에 대해선,

에드워드 1세, 6권, 12장[3705]

의회에 자리와 발언권을 가지고 있는, 의회의 귀족들과 나라의 세습귀족들은 첫 번째 범죄에 대해, 비록 그들이 읽을 수 없다 해도, 그리고 성직자의 특권으로 용서받을 수 있는 모든 범죄들에 대해, 또한 주거침입이나 노상강도, 말 도둑질과 교회 내의 도둑질 등에 대해, 손을 불로 지짐을 당하지 않은 채, 성직자들에 준하는 귀족으로서의 특권을 가질 수 있다.

Hal. P. C. 377

학자에게는 책이, 농노에게는 (농기구)가

　　　　그 겉모습.

이러한 것들이 역사로다

또는

요약한다면 이렇게 :

　　　　탕[3706]이 구리 광산을 열어서

(돈의 분배적 기능).

그가 어느 쪽으로 기울어지는 것이 아니니, 춘쯔,[3707] 하늘 아래

　　　　그가 기울어지는 데란 없어야,

또는 독점, 탈레스,[3708] 통상적인 행위, 하지만 더러운,

안토니누스는 4퍼센트로 돈을 빌려주었다

　　　　그건 제국의 최고치였다

(로마)

"무이자의," 하고 그가 말하길, "국가 빚 중 얼마를 화폐로

　　　통용시키고자 노력하며.[3709]

　　　　　일, 팔, 칠, 팔

십일조에 대한 맹자,

영원한.

영원히 내 노래 부르리니,

　　　　난 다이 가쿠[3710]를 믿는다.

밸러스 루비 또는 토파즈, 짓눌러 찌그러뜨리지 않다,

　　"옥좌," 신이 짓누르지 않고도

　　　　앉을 수 있는 어떤 것,

자신의 뛰어난 시에 희랍어 쪽지를 달았던,

　　　　　　에리우게나,

카롤루스 칼부스[3711]의 시대에,

　　　"추수를 돼지 같이 거두어들이는 놈들

국민들 사이에서 저주받으리!"

　　　이건 암브로시우스.[3712]

"추수를 돼지 같이 거두어들이는 놈들!" 델크루아[3713] (적절하게),

　　　　"늘 똑같아."

뜻을 전달하면 그것으로 끝.

　　바친[3714]이 말하길, "저 나무, 그리고 저 나무,

　　"맞아요, 내가 저 나무를 심었어요……"

　　　　　　올리브나무 아래

어떤 건 대대로 내려가는, 어떤 건 반은 대대로 내려가는

　　나무들, 수로들, 물통들, 보다 더 큰 것으로

이제 그는 암브로지아[3715]로 올라간다,

　　　　　　　신성한 숲으로.

　　　　　　　　　말없는 또 다른 사람

형제의도 끊기고, 범법자로 찍히고, 난로도 갖지 못하리니[3716]

황제로부터 평민에 이르기까지.[3717]

정점으로서의 안토니누스, 하지만 노예제도와 남색에 대해……

아니-인간 하지 말고, 나의 에스틀린[3718]이여, 모든 인간

　　　敬　　칭
　　　　　사성으로

식물의 힘 또는 "아무리 조그마한 삶"(힌두스타니[3719])에게도

　　경애를 표하다.

용수철이 달린 나무로 그를 만들다."[3720]

　　　尸　그 행위, 아이를 훈련시키다[3721]

　　　尸　시, 일성으로

앙리 자크 신부[3722]는 여전히

　　로쿠에서 세닌과 대화를 하고 있다,

"이 사람들은" 하고 추 씨[3723]가 말하길 "형제 같아야

해요. 그들은 똑같은 책들을 읽거든."

　　　그들이란 중국인과 일본인.

애덤스 나리[3724]께서 그들에게 이미 말했죠.

소령³⁷²⁵이 그들에게 이미 말했다

　　　자신의 개인 상자에 첫 번째 이절판(섹스³⁷²⁶)을 가지고 있어서
그걸 언제든 볼 수 있었다.

　　　　　　"모두…… 등등……

정말 부패한 겁니다.""소비자에게,"

　　　　말이야, 그들³⁷²⁷은 풍요를 박살내고
유럽에 갚아야만 해,

　　　　아나톨³⁷²⁸이 그들에게 말했지 :

　　　　"수출이 없어요? 전쟁할 필요 없잖아요."

　　　　　　펭귄의 섬.

그리하여 페리³⁷²⁹가 일본을 "열었다."

1819년까지 외국 동전의 사용.³⁷³⁰

　　　그 예외는 스페인에서 가공한 달러,

모든 취급상들은 그것들을 반출하는 데 전념하고 있었고,　446쪽³⁷³¹

그것들을 예외로 한 건 헌법에 위배되는 사기……

내적인 가치를 지닌 화폐로

　　　　누구에게도 이자를 주지 않는 것이거늘

　　　　　　　　　　446쪽

　　　　　　　　　두 번째 세로 난

　　("삼십 년," 벤튼)

부침이 있는 화폐를 위해 억제되었으니,

　　　　이 나라는 그저 지나쳐가는 통로일 뿐.

　　　　그들이 서거하다 1826년, 7월 4일.³⁷³²

성벽이 아니라, 땅은 정착민들에게 돌아가야 한다,

관세? 드 토크빌 씨[3733]는

　　　　유럽에서는 미국 역사가로 통할지 모른다.

메이컨,[3734] 길포드,[3735] "은행 설립 허가의 갱신이 그 목적을 이루진 못했지.

영국에선, 소금세가 번복되다.

　　　앤디[3736]는 메이즈빌 통행 청구를 기각했다……

　　　가치 변환이 불가능한 지폐

　　　　　금광은 생산하기를……[3737]

페루에 비견할 만큼, 일 년에 오십만 정도의 전망치

그보다 더 나은 건, 수출을 하고 있다는 것.

　　　게리온의 첫 번째 개새끼, 니콜라스 비들.[3738]

벤튼 씨는 수정을 제안했다 :

　　　수입하는 인디고에 25센트 과세 그리하여

귀중한 주산품을 고향 땅에서 공급하게끔,

조지, 2세에 의해 독려되어,

　　　　1740년경, 처음으로 남북 캐롤라이나에 심어졌고,

혁명이 발발할 때쯤엔 백만 파운드가 넘게 생산되었는데,

영국은 인도로 눈길을 돌렸고, 캐롤라이나의 생산량은

　　　　　급감했다.

1814년 : 4만.

　　　우리의 제조자들이 이제는 해외에서 찾아야 하고,

파운드당 2불 50을 현금으로 내어야 한다.

인디고 없이는 천을 만들 수 없다,

면, 모, 수입이 이미 일 년에 이백만에 이른다.

남부는 네 가지 주산품을 **가졌었다**

(사르데냐 1954년, 물음표[3739])

쌀, 면, 인디고, 그리고 담배,

8억불 어치가 수출이 되었는데,

가치로 따지자면 코르테스[3740] 때부터 지금까지

만들어낸 멕시코 금화의 반에 해당한다.

1816년의 관세가 인디고를 죽였다.

자유인은 정부 보조금을 바라는 것이 아니다.

자유 토지 보유권, 페르시아의 아바스 왕명으로 미르자 모하멧[3741]

"보리, 쌀, 면 재배를 위해

세금도 없고 그 어떤 조세로부터도 면제됨."

1823년, 7월 8일.

잭슨 183 대 애덤스 씨 83[3742]

그때만 해도 북부에 시기심이란 없었다.

법을 유예하고, 법을 정지시키고, 동산 반환 청구 소송.

그리고 그는 국가의 빚을 없앴다.

다른 지방에 세금을 매김으로써 어느 한 지방을

구해주려는 데는 관심이 없었다,

뉴올리언스 일은 1815년 일어난 것이에요, 드 토크빌 씨[3743]

당신은 외국의 언어로 쓰여서 미국 역사 권위자로

유럽에서는 통할지 모르겠네요. 길포드가

요크타운[3744]을 가능하게 만들었지요. 1828년 메이컨이 은퇴했다.

그는 60세가 될 때까지 쟁기와 호미를 썼다

그는 없어질 수 없고 소진될 수 없는 땅을 팠다[3745]

자신의 집에 모든 손님들을 받았고,

　　랜돌프 씨를 방어하고자 칼을 빼어 들었다.

불필요한 것이 (즉 빚) 지속되는 건

　　　　진정한 독립과는 양립될 수 없는 겁니다,

넘쳐나는 과잉이 몰고 오기 쉬운

　　　　공적이고 사적인 낭비를 막아낼 겁니다.

마틴 밴 뷰렌, 작고한 해밀턴 장군의 아들인

　　　　제스 해밀턴, 잉검, 베리언, 베리 비준되다.[3746]

정복을 위해서가 아니라, 방어를 위해서,

　　　　서인도제도와 직접 무역을 하다

　　　　　　　　(124)[3747]

북서부 주들의 건립에 있어서

　　　　네이선 데인[3748]이 초안을 썼지요, 봉사하겠다는 의지에

의하지 않는 다음엔 종살이를 배제하는 것 말입니다.

　　조례는

　　　　　　　　북부에 의해서만 통과된 것이 아닙니다.

소금세의 철폐[3749]

이미 A. J.의 첫 번째 메시지에 나타났지만……

　　　　그리곤 메이즈빌 도로에 거부권을 행사했다.

불충분하다고 끌어내렸다.[3750]

경화硬貨의 통용을 보고자 했다

(그 시기의 상황 아래)

　　　　토지 어음과 토지 채권의 시대 이후 프랑스에서처럼.

프랑스를 금속으로 채웠는데,

　　　　자신의 땅에는 광산도 없고, 다른 이들의 경화를

관장하는 수출도 없었다.

　　　　우리의 생산량은 일 년에 오십만,

우리의 광산도 있고,

　　　　　게다가 광산 말고도 수출도 있다.

파넬스, 흄즈, 엘리스, 윌리엄 펄트니즈에 대한

　　　　그의 언급[3751]

탁자 위에 놓여지기만 하였으나

　　　　활자화는 되었다.

"기관의 목적에 전적으로 위배되는 체제를

　　　전당잡고 있는 역할을 하고 있다."[3752]

　　　　흄(조셉)이 말하였다

"그 어떤 고안물에도" 하고 엘리스가 말하길

　　　　"없는 특권."

벤튼 씨는 계속 이어가길, 주주들의

　　　미국 관계자로서, 나는 외국의 불만에 대답하지 않겠습니다.

이걸 알았음에 틀림없습니다. 그들은

　　　삼백만에 해당하는 부동산을 쌓아놓았죠……

특이한 특권들이 그들이 이익을 볼 수 있게 해 주었으니

주주들은 감사해야 할 것이라

　　　백분의 46.[3753]

이유 밝히기

　　　　　기관이 너무 커지고 너무 힘이 세지니까,

부통령은 벤튼 씨가 계속하라고 지시했다.

　　　직접 권한이 막대하고…… 끝없는 발행,

누구에게 이 힘이 허락되었는가?

　　　먼 구석에 있는, 한 회사.

누구에 의해 지시되는가?

　　　일곱, 넷, 국민들이 선출한 자는 하나도 없고

그들에게 책임을 지지도 않을 것들.

　　　국가의 힘을 침해하는,

　　　　절대적 독점.

'95년의 대영제국에서 있었던 일,

　　　"이사회의 바람은"[3754]

금전적일 뿐 아니라 정치적이로다. 그러한

　　　은행은 정부를 밑에 두려 하고,

공모하고 결탁하고,

　　　50을 빌려서는 백을 갚아서,

　　　공공의 **빚**을 만들어내려 한다.

1694 : 대출 일백 200,000.

　　　이자 80,000, 소요경비 4.[3755]

싹, 핵, 이제는 9억.[3756]

무용의 전쟁들을 낳고 길게 늘이려 하고,

　　　　불평등을 악화시키고, 재산을 흥하게 했다 망하게 한다.

"미 연방국의

　　　　　이름으로,

　　　　　　세입에 기반을 두고

은행 거래를 지속하는 것,

　　　　　　그 자신의(은행 자체의) 약속어음으로

정부에

　　　　　총수입을 지불하는 것. 보상을

하지 않은 채, 미 연방국의 돈을

　　　　　예치하는 것,

다른 은행들을 불신하고 깎아내리는 것,

　　　　　부동산을 보유하면서, 차지인借地人들을

　　　　　유지하고, 나라의

허가나 인가를 받지 않은 채 나라에 지점들을 내는 것,

실패를 해도 면책이 되는 것,

　　　미국을 파트너로 갖고, 이 나라 바깥에도

　　　　파트너들을 갖는 것,

통상적인 법의 통제에서 면제되는 것,

　　　이 모든 것을

　　　　　독점적으로 갖는 것.

　　　　　　　　찬성 :

　　　　　　　　바나드, 벤튼, 20.

은행은[3758] 일관된 통화를 생산하는 데 실패했고,

"필라델피에서 현금화할 수 있는"

불법적이고 사악한 종이를 발행하였다

일반적으로 멀고 접근이 힘든 지점들에서 발행이 되어서

거리에 의해 보호가 되는

지방 통화로 전락하였고

게다가, 액면 금액이 소액이었던 관계로,

노동하는 사람들 손에서 만지작거려지다가

"닳고 닳아서" 커다란 이득의

물건이 되어버리고 말았다

(은행 측에서 볼 때).

이건 애버딘에 있는 스코틀랜드 은행가에 의해 고안된 것으로

그는 잉글랜드의 런던에서 현금화할 수 있는 지폐를 발행하였고

늘 액면 금액이 소액이어서

어느 누구도 굳이 그걸 들고 현금화하러 그곳까지 가질 않았던 것.[3759]

벤튼 씨는 청하기를……

성격상 공동으로

통화에 대한 이 명령들에 반대하여……

"그것들[3760]이 총재에 의해 서명되었나?"

아니다.

그것들이 법인의 인감을 받았는가?

그것들이 그 조직의 이름으로 발행된 것인가?

그것들은 크레딧으로서 시간과 액면가의 영향을 받는가?

그것들은 60일을 초과할 수도 있다.

재무성의 감독은 받지 않음.

그 소유자는 소송할 권리를 갖는가?

아닙니다, 그는 스스로 알아서

자기 돈으로 필라델피아로, 자기 비용을 들여가는 것이 허락되는 것뿐

헌장에 관해서는,

일곱 건의 위배,

15건의 오남용."

이것들을 클레이튼 씨[3761]가 의회에서 읽었다. 포크[3762]가 아니라,

클레이튼 씨는,

좁다란 길쭉한 종이조각을 그의 손가락에 빙빙 돌려 감아서

글이 보이지 않도록 하였는데,

그는 복사해서 확대할 여유가 없었던 것이었다.

 그리고

 4계절의

 오십 하고

 2주[3763]

LXXXIX

역사를 안다는 것　　**書**

　　　　　　　　　선과 악을 구분한다는 것

　　　　　　經

누구를 믿어야 할지 아는 것.

　　　　　　청 하오.³⁷⁶⁴

키울 사람

　　(천국)³⁷⁶⁵

　　"사회들로" 하고 에마누엘 스베덴보리³⁷⁶⁶가 말하였다.

제퍼슨 씨는 루이 필립과 같은 편이었는데,

　　　　이건 드 토크빌 씨에게 알려졌어야만 했던

　　　　　　　　사실이었다.

킹³⁷⁶⁷과 메이컨 그리고 캐롤라인 출신의 존 테일러³⁷⁶⁸와 함께

　　　　일할 수 있는 건 특권이다.

어느 누구하고의 동맹에도 끼지 말고,

　　　　그걸 경작함으로써,

다시 말해, 노는 땅으로부터 수입을 가져와야.³⁷⁶⁹

소작인들은 자유를 그리 달갑지 않게 여기니,

　　　　위에서 얘기했던 아바스 미르자와 비교해 보라

　　　　"밀, 면, 보리" 1823년 7월.

인디언들³⁷⁷⁰과의 조약에 의해 법이 폐지될 수 있는지에 대해……

　　　　"계몽된 계급"이 빠뜨렸던 것.³⁷⁷¹

메이컨은 묘지 터로 언덕배기를 말하였다.³⁷⁷²

웹스터 씨는 잘못 생각했다.

피카비아³⁷⁷³ 죽다 '53년 12월 2.

지폐는 국가에 맡겨야.

프랑스를 귀중한 금속들로 채우고

반면 잉글랜드는 너무 자라난 은행으로……

프랑스에는 이 금속들을 생산할 광산도 없었는데.　　　(187)

공공의 빚이 (잉글랜드) 4억으로 늘어나고.

빚은 영국은행으로부터 생겨난 것.

지폐로 인해, 은행은 그 스스로의 공표를 통해

한 푼도 가지고 있지 않으면서.

과도한 발행,

갑작스런 축소.

"자의적인" 힘을 써서

해석하기를.³⁷⁷⁴

앨라배마에 억지로 지점을 세우고,

대용의 지폐로 생산품을 사들이고　　　(199)

그리하여, 30년 후, **전쟁**이.³⁷⁷⁵

스레드니들가³⁷⁷⁶의 원형이 실패했는데…… 과도한 트레이딩으로.

그들에게 주었던 우리 **자신의** 돈으로 **우리는**

일백오십만을 이자로 내고 있다.

그보다 더 심각한 건, **정치적**인 측면.

그것으로부터의 타격뿐 아니라 그것과의 친분에도 대항하기 위해 나는 윌리엄 펄트니 경[3777]을 이야기합니다.

이름에 걸맞은 이름, 왕에 걸맞은 왕

王　왕

王　왕

외국인들이 7백만을 소유하고

위반을 하면서도 46에 달하는 고리대금,

만약 유익한 것이라면, 여러 개는 왜 안 되는가?

끝까지 하원의 절반과 맞먹을 정도였던 애덤스.[3778]

부패에 천벌을 내리던 랜돌프.

"득이랍니다, 밴 뷰렌 씨."

(탈레랑 집에서의 오크랜드)[3779]

2개의 완충국과 3개의 왕조.

카부르,[3780] 직공.

필자 : 하느님 맙소사 그들이 저 집단보다 더 나쁘다는 건 아니지요?

보라[3781] : "에…… 에…… 아니,

난…… 에…… 그렇다라고 정확히는…… 말 못하겠어요."

"그 자신의

(나라 자체의)

돈을 빌려서."

하고 로우노크의 랜돌프가 말하였다,

"이자를 지불하니."

관세는 분리적 정서를 부추겼다.

과도한 발행, 공공의 예치금 모두에 대해.

재무부는 60 얼마 정도로 살 수 있는 것을

　　달러당 100센트를 내야만 할 것이다.

우리 시대에 인디언 은은

　　21이었는데 미국의 바보 같은 놈들이 75를 냈다.[3782]

캐트론[3783](내 생각에 그였다고 생각하는데)은 말 그대로의 상식으로 보
여주었다.

　　우리의 정부가 독점권을

　　　　　必　　　필히 팔아야만 한다면!

　　　　　　　　하고 앤디 잭슨이 말했다

7천만,[3784]

　　　　　아이쿠머니나!

보이 칼을 들고서

　　　　　공직을 맡고서가 아니라 공직을 맡기 이전.[3785]

캔튼[3786]과 캘커티[3787]에서 팔리는 우리의 면이

　　　　　우리나라에서 그런 보호가 필요한가?

그리고 소금에 세를 물리지 말 것, 하고 아우렐리우스가 말하였다.

테이니 씨.[3788]

　　　　　버[3789]는 20년 늦게 자신의 일을 했다.

웹스터 씨는 빈둥거리기를 좋아하지요.

움직이고, 가르치고, 기쁨을 느끼는 것

노예제도에 대한 J. Q. A.의 반대

　　　로마법은 2/3인데 그와 똑같이 꼼짝못하게 했지만[3790]

펀드에 대해 늙은 존,[3791] 아래를 보라,

가치의 저하에 대해서도,

　　　상업적인 것에 대해서도,

"만약 지폐의 시세가 바닥을 치게 된다면……" 하고 제퍼슨 씨가 말하
였다

　　　　　1816년 크로포드에게 보낸 글에서[3792]

우리 자신의 광산에서, 금속

1824 : 5,000 북캐롤라이나

1833 : 868,000 (6개 주)

그리고 '34년에는 아마도 2백만은 될 것

　　　그리고 우리의 보다 더 큰 자원은 외국과의 교역.

수석집정관 나폴레옹 때부터 "34년의 오늘날까지"

　　　　정화로 지불이 되어 왔다.

해밀턴 씨는 하나당 15, 금화 하나당 15 은화로,

스페인과 포르투갈에선 16이었다,

　　　내치즈와 뉴올리언스로부터, 스페인 금화[3793]

수출꾼이 매 15마다 일 불씩을 벌 수 있는데

　　　금속이 우리에게 남아 있으리라고 생각하는 건……

스페인 금화, 기니, 포르투갈 금화

　　　그리고, 위대한 상원의원의 가장 예의 바른

　　　　　말에서 출발하자면,

1819년까지 6가지의 보류안들,

　　　체제로부터 외국 동전을 배제하는 것.[3794]

통화(외국 동전)는 그들이 어느 누구에게도 감사해 하지 않는 것이었다"

교환의 과정에 대서양 쪽의 주로부터 서양으로

　　가져갈 것이 아무것도 없으니

쪽수는 "삼십 년의 시각"

　　애덤스가 사람들, 브룩스와 헨리,[3796]

　　　그들은 할아버지에게로 되돌아갔지, 괘씸하게도,

　　　　늙은 존에게 가지 않고 말이야.

국내 제조자들의 수출이라는 제목의 기사에

　　이백만 하고도 058474

…… 최고의 가장 섬세한 통치권 행위……

　　　헌장은 은행이 동전을 취급하지 못하게 금하였지만……[3797]

권한은 하나에 있는 게 아니라, 정부의 3파트에 주어져 있다.

　　　모든 도시는 그 자체의 상업을 보호하고

　　　금 : 대신관大神官, 은 빼돌려지다,

　　　　동은 어떤 도시들에게로,

　　　　　몸젠[3798]을 보라

발행의 권한은 통수권자에게.

　　　벤튼의 언제? 금속이 있을 때.

　　　벤튼의 왜 : 지불할 이자가 없으니까.

통화가 한 회사의 뜻에 따라 좌지우지되면서

　　　정부는 독립적이기를 멈추었다.

　　　　450. I 쪽

모든 재산이 그들의 손에.

"난 친구가 있거든" 하고 볼테르가 말하였다.[3799]

신을 몰아낸 게 아니라 황제, 임페라토르를 몰아낸 셈.

그렇게 델 마[3800]가 말했다.

"로마와 동양에서의 금은 비율."

정부는 "예치를 원하는 것이지 통용되는 걸" 원하는 게 아니다.

義　　이[3801]

엄청난 정전이 없다면

그들은 끊임없는 전쟁을 유지할 수 없을 것이다.[3802]

테이니('34년)는 모든 지점들에서

수입이 늘어난 걸 보여주었다

벤튼 출생 1782년, 몰 1858년.

"무역이 마비되고 배들이 놀고 있다고

그들에게 얼마나 자주 이야기하였던가?

"장부는 숨겼을지 몰라도 주간 보고서들은 숨기지 못하겠지."[3803]

"정화로 이자는 없이.

이에 대해 그러한 은행은 골치덩어리일 뿐."

스페인 지배 영토에서는 300년간 16대 1.

비들을 대상으로 백만 하고도 약간의 잔돈

그 증표가 발견되지 않았으니.[3804]

저당권. 루이 필립은 잭슨이 단호하고

달콤한 말을 하지 않는다고

하였다.

공공의 빚은 소멸되었다.　　　　1834년.

何必曰利 호
피
유에
리[3805]

이 질문은 웹스터 씨가 한 게 아니다.

클레이는 뉴올리언스와 북캐롤라이나에 있는 화폐 주조소에 반대를
했다.

남북전쟁은 관세에 뿌리가 있다.

필라델피아는 유포를 시키지 않았다,

    프랑스에는 열 개의 주조소, 멕시코에는 8,

모든 시민은 이제 어찌 됐건 속고 있는 셈.

     B. 씨[3806]는 단 두 개의 은행 발행 지폐를 가지고 있는데

       둘 다 위조지폐라 했다.

프랑스의 통화는 두 번의 혁명과 한 번의 정복을 버텨냈고,

    2천만이 이 나라에 들어왔는데,

      그 사용에 대한 이자는 한 푼도 내지 않았다.

"발행"[3807]에 안전한 땅 없고

    "발행"에 안전한 수확물 없다

      통수권은 동전 발행에 대한 권한을 가지는 것이다.

"무로부터 그것(은행)이 만들어내는 모든 것."

    600개의 은행이 무너질 것이며,

      가공의 고통, 그리고 상원의 조직적인 애도.

"친애하는 나의 노예 소유자여

하고 랜돌프 씨가 말하였다

(그는 집안의 노예들을 해방시켰다)

"만약 나의 불도그가" 하고 비숍 씨[3808]가 감방 동료에게

　　말하기를 "당신과 같은 얼굴을 하고 있다면, 내 그놈의 궁둥이를

밀어버리고 그놈이 거꾸로 걷게 할 거요, 내 손에 장을 지지리다."

랜돌프 씨, 벤튼 씨, 밴 뷰렌 씨의 시대에

　　그, 앤디 잭슨은

　　　국민을 교화시켰다

이 말은 이 칸토의 끝을 장식할 만하고, 시지스문도와

　　　운이 맞기도 할 것이다.

로저스 해독[3809]은 바다에 서인도 과일의

　　파편이 널려있는 걸 보고

그 흔적을 따라갔다.

　　자일즈[3810]가 이야기를 하고 듣곤 했는데,

듣기는 잘 듣지만, 독서는 별로 하지 않았다.

　　젊은 제씨[3811]는 속달 공문서를 보내지 않았고

그래서 프리몬트는 북서부를 향하여 나아갔고

　　우리는 캘리포니를 껴안게 되었다

콜링우드[3812]에는 80개의 대포가 장착되어 있었다.

　　"말하고 싶은 이들은

지금 떠나셔도 좋습니다" 하고 로시니가 말했다,

　　"브왈로 부인[3813]께서 연주하실 거거든요."

"장사,

장사,

　　장사!"

　　　하고 래니어³⁸¹⁴가 노래 불렀다.

밴 뷰렌은 이미 '37년에 탈레랑의 더러움을 벗겨 주었다.

'90년대에 16살의 소녀였던, 나이든 아이다³⁸¹⁵는

　　뉴잉글랜드의 매우 뻣뻣한 친구들을 방문해서는

어떤 아이들이 그들 사이에 끈으로 연결된

　　물병을 가지고 앞 잔디밭을 가로지르며

"마티 밴 뷰렌, 오줌 병" 하고

　　　노래 부르며 갈 때

　　　　키득거렸다

(그럼으로써 언짢은 표현을 불러일으켰다).

　　　　전통의 계승, 또는

구전의 전통.

"열 명의 인간들이," 하고 우베르티³⁸¹⁶가 말하길, "한 세트의 기관총 값을

　　전표에 이름을 올릴 한 사람에게 부과할 거요."

"개도 없고, 염소도 없네요."

　　　하고 펌펠리³⁸¹⁷가 말하였다.

　　보나파르트³⁸¹⁸가 말하였다 : 상상력.

220명의 소총수들과 대포 하나³⁸¹⁹

"우리를 둘러싸려는 것" 하고 딕스 씨³⁸²⁰가 말하였다.

　　"아일랜드인들은 독실하고, 도덕적이고, 근면해요"

그는 이런 말까지 덧붙였다 : 맨정신이고요.³⁸²¹

킷 카슨[3822]은 배멀미를 하고.

로스 앙헬레스 도시.

g는 h로 발음되고.

3일 동안 먹을 거라곤 장미 봉오리뿐,

내가 그 상태를 없애니.

돈 예수스[3823]는 가석방을 어겼다.

구아달루페 ('48년) 히달고.[3824]

폰 훔볼트[3825] : 아가시즈,[3826] 델 마와 프로베니우스

잘못된 길 : 절망.

(내 생각에 벤튼의 글에 나온 것)[3827]

로우노크의 랜돌프 : 샬롯 재판소,[3828] '32년,

헨리의 열정 : 깽깽이 켜고, 춤추고 즐겁게 놀기[3829]

(패트릭 헨리)

"우리는 당신을 쫓아내지 말았어야 했어요."

하고 어떤 늙은 작자[3830]가 밴 뷰렌에게 말했다

"테네시에서 온 커다란 촌놈인데, 이름이 잭슨이라고."[3831]

"여기 수도에서 노예 경매는 안 될 말씀."[3832]

모든 일의 시작

노예 노동은 매우 비싸다.

프라이스가 없었더라면, 슬로우트는 거길 잃어버렸을지도.[3833]

그처럼 작은 지혜는 편협하도다

易

맥콜리[3834]는 결론을 내는데 있어 약간 도를 넘기도 하지만,

파머스턴[3835]은 자신이 믿지 않는 것은 결코 표현하지 않았다

25년 뒤 그가 정부의 수반인 것을 알고는

　　　　　매우 좋아했다."[3836]

이웃의 배심원들.[3837]

　　　　디즈레일리는 영국의 바보들을 강 아래로 팔아치웠다.[3838]

수색의 권한을 포기한 것은 자유당이 아니라 토리당원이었다.[3839]

　　　맹자로부터 갈릴레오　　孟

　　　　　　　　저녁 안개

　　그는 바다에 불을 놓았다

"여기 마치 세례식에 온 세 명의 창녀들처럼

새침하게" (T.H.B. 왈) "캘럽 존슨과 또 다른 두 명이 있군요."[3840]

캘훈은 그를 네 발 달린 족속이라 불렀다.[3841]

벤튼과 밴 뷰렌 씨 두 사람이 보여준

　　　　좋은 동료에 대한 확고한 안목,

우리 같은 시대에도 있는 (생존)

　　　　돔빌[3842]과 델리 우베르티 같은 사람들

"그의 싹싹한 질녀인 디노 공작부인."[3843]

미하일로비치[3844]를 배신하고, 앙리오[3845]와 젠틸레[3846]를 암살하고

　　"중국, 가장 오랫동안 관료적 행정의 간섭을

　　　　　가장 받지 않고 해 왔던 나라.

"200년간" 하고 황제가 말했다 "그런데도 아무 문제없었지 않나."

　　　　벤튼 : 아무 문제없으니, 조약 필요치 않음.[3847]

"절 잘 봐두십시오," 하고 캠브렐링[3848]이 썼다,

"만약 S/가 4년간 근무 태만하지 않는다면

"내 재무성을 삼켜버리리다."

테이즈웰은

　　　　성 야고보 코트 주변에 서기보다는

　　　　쇠고리 던지기를 더 즐거워할 것입니다.[3849]

"대단히 말끔하고 행동이 점잖은데,

　　　　　　밴 뷰렌 씨 말이에요."

그의 신경에 하나의 실험이 행해졌다,[3850]

게자리가 그러한 수정을 가졌다면, 겨울은 하루와 같을 것을.[3851]

　　　당신은 노예들을 선원들로 만들 순 없을 거요

　　　　그리고 진흙, 진흙, 하고 기니첼리가 말했다[3852]

타일러 씨[3853]

　　　　이　　　一

　　　　진　　　人

"그걸 시도하는 독자적인 출판사가

　　　　　발견된다 해도"

　　파리에 있는 오텡귀에 씨[3854]

배링턴 자작부인, 레이디 블룸필드

　　　테시어와 다른 유명한 법률단에 의해 변호를 받고서도

　　　　그들은 14년의 유배령을 받았다,[3855]

제2 재무청[3856]이 살아나다.

루이 필립은 그들이 통화를 200으로 줄이게 내버려두지 않을 겁니다.[3857]

'34년에서 '41년 사이에 우리의 정화는 1억으로 늘어났다,

한 무리의 감정인들과 연관되는 "종가세從價稅."

라이트[3858]는 감정에 대고가 아니라 정신에 대고 말하였고

　　　포크를 끌어들인 것이 그였다.

　　　　　본질, 하고 D. 알리기에리가 말하였다.

"의약품"이라는 제목 아래 : 위스키, 석탄, 마구,

　　　건초, 옥수수, 난로, 소고기와 양고기.[3859]

　　　　　　많은 이들을 그는 보았노라

약간의 무기와 대포 하나뿐이었던, 프리몬트,

두 시간 뒤 사위가 들어왔고,

　　　사람들의 지적인 능력이 떨어진다고 여기고는

　　　　"그가 뭐라고 하는 거야?"

마처 씨[3860] : 유대인들이 돈을 바라요.

　　　"힘에 의해서건 속임수에 의해서건

강요는 있으면 안 된다, 힘에 의해서건 속임수에 의해서건,

　　　그것이 법의 목적이고, 또 그래야만 한다.

아테나 여신이 불일치 배심의 향배를 바꾸었다

端　　투안, 4가지가 있다.[3861]

貞　　첸, 흔들림이 없는 마음

샤를마뉴[3862]의 곡물가, 베네치아, 한자로부터

　　　위조된 "콘스탄틴의" 기증[3863]에 이르기까지

"왜 정돈을?" (당신의 생각들을)

　　　　무솔리니가 말했다.

마리아 테레사 탈러,[3864]

길은 아직도 벨기에 그곳에.

황제의 고랑,³⁸⁶⁵

　　　안토니누스 : 법이 바다를 지배한다,

　　　　즉 로도스 법,

　　그들은 돈 대여와 보험을 혼합했다,

이 부분의 제목 : 록 드릴.³⁸⁶⁶

함부르크를 곡물로 채웠을지도. 뷜로³⁸⁶⁷는 그를 믿었다

　　젊은 윈저에게 우린 3년의 평화를 빚지고 있다.³⁸⁶⁸

"그 시절 *그가 우리*에게 뜻했던 바는"

　　　하고 늙은 이미지(셀윈)³⁸⁶⁹가 러스킨³⁸⁷⁰을 두고 말했다.

타쏘,³⁸⁷¹ 키드,³⁸⁷² 롤리,³⁸⁷³ 모두 감금되었도다.

내 아버지(프레몽 장군)³⁸⁷⁴께서는 어느 누군가가 나폴레옹을 사살한다면

　　절대 자신(프레몽)의 창문에서 그럴 일은 없다고 말씀하셨다.

내 할아버님께서는 모르스 전보를 추어올리셨다.³⁸⁷⁵

"그저 인물을 바라보라"라고 늙은 구스타브³⁸⁷⁶가 말했다

　　　당신에게 카르타고의 안락의자를 그려줄 그.

헨리 J.는 코번³⁸⁷⁷이 사진을 찍게 했다.

난 더 첨가할 게 없군, 하고 벤튼 대령의 묘사에

　　　대해 썼다.

"잘 있어요 테이즈웰, 잘 있어요 밴 뷰렌!"

　　　　(이건 랜돌프의 말)³⁸⁷⁸

"빌린 자본금이라, 매우 비상업적이군,"

　　　　하고 존 애덤스가 말했다.

마샬 법관,³⁸⁷⁹ 전쟁의 아버지.

아가멤논은 사냥의 제식에 반하여 그 수사슴을 죽였다.

"공작에게서 떠나, 금을 찾으러 가자."³⁸⁸⁰

그들은 우리의 시대에, 그 탈러를 주조했다,

바로 이날에.

영국인들이 그랬다, 자연적으로 영국인들이 그랬다.

"벤튼이 나를 이해하기 시작했군"

(랜돌프)

베네치아에서는 빵값이 안정적이었다,

배의 모델들이 여전히 단치히³⁸⁸¹에 있다.

알렉스³⁸⁸²가 말하였다, 탁자를 놓아라,

어떤 군인의 전표도 다 지불받을 것이다.

금은 대신관大神官의 관할 아래,

카이세르가 그걸 탈취했다.

비잔틴 동전은 단돌로³⁸⁸³가 스탐불로 쳐들어가기 전까지는 안정적이었
는데,

아랍인들의 불안이 좀 있었다.

그 위조는 무지에서 비롯된 것,

발라³⁸⁸⁴가 그것을 발견했다.

로마에서는 12 대 1, 카라치에서는 약 그 반.³⁸⁸⁵

포르투갈인들은, 우리가 빼먹지 않고 언급하지만,

월계수들을 뿌리째 뽑았다³⁸⁸⁶

오리지³⁸⁸⁷는 "권력의 후퇴"에 대해 말했다

조지 아저씨[3888]는 그가 나올 때 상원에서 (롯지, 녹스[3889])

엄청난 혼란이 있을 거라는 걸 알았다고 말했다.

"공격적이고, 수비적이고"

　　　　　　　어쨌든 하나는 있었다.[3890]

"50마리의 앵무새와, 40마리의 지빠귀," 하고 랜돌프가 썼다.

　　　　그리고 "우리의 모든 자유를 우리로부터 멀리 떨어져서 해석할 것

임"[3891]

마찌니[3892] : 의무

　　　　　　살육에 대항하다

뉴올리언스 시럽 농도 8

　　　　서인도는 16……

　　　　　내가 도덕에 이의를 제기하는 건 아니다.

그래, 이미 잭슨에게 이야기했던 건 캐트론[3893]이었다.

"클레이를 쏘고 존 캘훈을 매달았어야 했는데."

　　　　A. J의 유일한 후회.

안토니누스에 대해선 거의 기록이 남아 있지 않다.

　　　움직임의 씨앗　　　機

립 랩스에 있는 늙은 매를 홍수로 둘러싸고,[3894]

　　　비들 씨는 어린애를 꼬집었으니,

"당신 사디스트 아냐!" 하고 커밍스 씨가 말했다,

　　　"당신은 사람들이 생각하게 만들어."

"그래요, 밴 뷰렌 씨, 은행이 나를

　　　죽이려고 하네."

테이니 씨의 진술은 결코 반박당하지 않았다.　　'33년 8월

삭제에 관해?[3895]

　　　아마도 그건 산문이었을 터,

　　　　벤튼에서 발견할 수 있으리라.

선거에서 그의 (단테의) 장엄함에

　　　그의 (A. J의) 찬탄을 확보하다[3896]

"문명이 없어요" 하고 니틀[3897]이 말하였다,

　　　"그들에겐 돌이 없거든." (흐루시아[3898])

그걸 이용해 먹기 위해서 체제에 고통을 주다.[3899]

"화가 나면 날수록, 그(벤튼)는 더욱더 냉정해졌다."

　　　우리에게는 한 가지 "떠맡음"이 있다.[3900]

영국의 빚은 조지 2세 시대쯤 되면 갚을 수도 있었을 것이었다.

　　　그들은 그걸 후세까지 전하려 했다.

"**제거했을**" 때, A. J. 는 그 총알을 돌려줬다,[3901]

　　　이건 당신이 어떻게 바라다보는지에 따라,

재미있을 수도 있고 아닐 수도 있는, 의회 역사의 한 부분이리라.

　　　난 산을 바라다보고 있는 프리몬트를 보고 싶다

　　　　또는, 당신만 괜찮다면, 비와 호수에 있는 렉,[3902]

XC

인간의 혼은 사랑이 아니라,

사랑이 그것으로부터 흘러나오는 것이니, 그러므로

그 자체로서는 기뻐하지 못하고, 그로부터 흘러나오는

사랑에 기뻐하는도다.[3903]

"색깔로부터는 본성이

본성에 의해서는 표징이!"[3904]

이그드라실[3905]의 양물푸레나무처럼

축복에 넘친 영들이 서로 뒤엉키누나

바우키스, 필레몬.[3906]

카스탈리아[3907]는 저 언덕의 우묵한 곳에 있는 샘의 이름,

아래에는 바다,

좁은 해변.

사원을 짓누나, 하지만 대리석은 아니라,

"암피온!"[3908]

그리고 산 쿠[3909]

三
孤

로부터 그림자를 만들지 않고 서 있을 수 있는

푸아티에[3910]의 방에 이르기까지,

이것이 전통,

이것이 바로 전통이라.

건축가들은 그 비율을 지켜왔었느니,

자크 드 몰레이[3911]는

이 비율들을 알았던가?

또한 에리우게나는 우리 패거리가 아니던가?

우유빛 푸른 물 위의 달 배

두려운 쿠세라

영원한 쿠세라

사랑이 있는 곳에 눈동자가 있어라.[3912]

목적 없이 생각하는 이들에게 화가 있으라.

그것을 통하여 신성의 이미지가 우리 안에서

발견이 되리니.

"그대의 무릎에 안겨 있는 대지"

랜돌프가 말하였다

이 여자는 극진한 사랑을 보였도다[3913]

자신의 노예들을 풀어주었다.

달빛 같은 카스탈리아

물결은 오르고 내리누나,

에비타,[3914] 맥주 홀, 움직임의 씨앗,

바싹 마른 풀에 이제 비가 오누나

습관이 거만한 것은 아니나,

감성이 격렬하였도다,

시빌라[3915]여,

깨진 돌더미 아래로부터

그대는 나를 들어 올려주었도다[3916]

아픔이 지나쳐 무디어진 모서리로부터

　　　　　　그대는 나를 들어 올려주었도다

깊숙이 묻혀 있는 하계의 암흑으로부터

　　땅 밑의　바람으로부터,

　　　　　　그대는 나를 들어 올려주었도다

탁한 공기와 먼지로부터,

　　　　　　그대는 나를 들어 올려주었도다

훌쩍 날아오름으로써,

　　　　　그대는 나를 들어 올려주었도다,

　　　　　　이시스여 쿠아논이여

　　달의 뾰족 끝으로부터,

　　　　　　그대는 나를 들어 올려주었도다

독사가 먼지 속에서 꿈틀거리고,

　　　　　푸른 뱀이

바위 웅덩이로부터 미끄러져 나온다

　　그리고 이제 그들은 물가로 등불을 가지고 가니

등잔불들이 노 젓는 이들로부터 떠내려가누나.

바다의 발톱이 그 불들을 저 멀리로 내모느니.[3917]

"깊은 곳의" 하고 후안 라몬[3918]이 말하였고,

　　　마치 인어처럼, 위로,

수직의 빛, 위로

카스탈리아에게로,

　　　　물이 바위로부터 품어져 나오고

아레투사[3919]와 같은 편평한 웅덩이 속

　　　　파피루스에 감도는 침묵.

숲에는 제단이 있으니

　　　　저 사원 속, 느릅나무 밑, 침묵 속에

웅덩이 옆 외로운 요정.

　　　　웨이와 한[3920]은 같이 흘러내리느니

두 강이 함께

　　　　빛나는 물고기와 표류물들

물에 떠내려가는 꺾어진 가지

　　　　물은 흐르면서 깨끗해지고

어떤 정신도 움직이지 못할 정도의 무거움으로부터

　　　　"새들은 정신적인 것" 하고 리차두스[3921]가 말하였고,

"동물은 육체적인 것을 이해하고"

흥겹도다! 흥겹도다!

　　　　여섯 명의 천사들을 앞에 거느린 제우스

화가와는 다른 건축가,

　　　　형태를 취하기 시작하는

느릅나무 밑 돌,

　　　　부조들,

　　　　가장자리의 휘어진 돌

숲의 신, 바다 요정들,

　　　　공중에서 형태를 취하는 돌

　　　　그리고 야생동물들,

사슴,

다가서는 커다란 고양이들.

삼림지대에서 이곳으로 몰려온

퓨마, 표범, 흑퓨마,

땅 위의 삼림

나무들이 일어서는데

그것들 사이에는 널따란 초지가 있어

하계의 영들 제단대 위의 몰약과 향은

냄새를 피우니,

아무것도 없었던 곳에

털투성이들이 모이고

가지에는 소리들이 일어난다

회색 날개, 검은 날개, 진홍빛 감도는 검은 날개

팔라틴 언덕[3922]에 있는 듯한,

소나무숲 속에 있는 듯한,

금송들, 제비여, 제비여

성체 행렬을 위해

깃발이 나타나고

플루트 가락이 나타나니

하계의 영들이

새로운 숲으로 간다,

자줏빛 짙은 연기가 솟아오르고,

제단 위에는 밝은 불길

대기는 수정의 좁은 통로로 화하고

암흑계로부터 벗어나는 영들,

   티로,[3923] 알크메네, 이제 자유로워져, 위로 오른다

그리고 또한 말 탄 이들,

    위로 오른다,

더이상 응답은 없느니,

    그것들 사이에 불붙은 불빛들,

반면 용기의 어두운 혼령

     엘렉트라[3924]는

여전히 아이기스토스의 악행으로 풀이 죽어있구나.

나무들은 죽어가고 꿈은 남느니

    사랑이 아니라 그것으로부터 사랑이 흘러나오는 것

    즉 영혼으로부터

    그리고 그 자체로서는 기뻐하지 못하고

    그로부터 흘러나오는 사랑에 기뻐하는 것.

사랑이 있는 곳엔 눈동자가 있더라.

XCI

내 가슴에 들어온 즐거움으로

AB LO DOLCHOR QU'AL COR MI VAI[3925]

빛의 육체가

       불의 육체로부터 생성되도록

그리고 그대의 눈동자가 가라앉아 있던

       깊은 곳으로부터 표면으로 올라오도록,

레이나[3926] ─ 300년 동안,

       지금은 가라앉아 있으나

그대의 눈동자가 그 동굴로부터 나와

       그땐 빛을 내도록

          마치 호랑나무가시 잎처럼

      일하는 자가 기도하는 자이니,

하여 운디네[3927]가 바위로 올랐구나,

         치르체오[3928] 근처

돌로 된 눈동자가 다시 바다를 향하느니

　　하여 아폴로니우스[3929]와

　　　　（그게 아폴로니우스였다면）

타이어의 헬렌[3930]이

　　　피타고라스[3931]에 의해

　　　오켈루스[3932]에 의해

（정욕이라고는 모르는, 타이어의 방어鰤魚），

유스티니안, 데오도라[3933]

　　　　갈색 잎과 가지로부터

거대한 수정水晶[3934]

　　　　　　소나무를 이중으로 만들고는, 구름에게로.

　　　　　그녀를 생각하는 것이 나의 휴식이라[3935]

미스 튜더[3936]가 큰 돛배들을 탄 그들을 움직였느니

깊은 눈동자로써, 스페인 무적함대에 대항하여

깊고 푸른 곳으로부터

　　　그[3937]는 그것을 보았다.

눈동자의 깊고 푸른 곳에서 말이다 :

　　　수정의 물결은 서로를 누비며 거대한 치유를 향해 나아가고

혼령들의 꿰뚫는 빛

라-셋[3938] 왕비는 거대한 돌 무릎으로

　　　올라섰느니,

그녀는 보호막 속으로 들어서고,

　　　거대한 구름이 그녀를 감싸누나,

그녀는 수정의 보호막 속으로 들어섰느니

마음이 사랑으로 인해

움직여야 한다는 건 당연한 일

XXVI, 34[3939]

빛 그리고 흐르는 수정

조각한 유리잔 안의 진도 그처럼 명료하진 못하리니

드레이크는 그러한 명료함 속에서

광휘와 난파를 보았도다

수정 속에서 움직이는 신

신성한 분비액, 사랑

자연의 대신大臣, J. 헤이든.

여기 아폴로니우스, 헤이든

이곳에 오켈루스

(이 숙소로)

돛이 아니라, 노에 의해 움직이는

황금빛 태양선[3940]

별들을 움직이는 사랑 그 제단 옆

제단 경사지 옆

"타무즈![3941] 타무즈!"

사람들은 이제 바다에 불빛들을 띄우고

바다의 발톱이 그것들을 바깥으로 몰고 간다.

농부의 아낙네들은 타무즈를 위해

그들의 부엌 치마 아래

누에들을 숨겨 가누나

태양의 비단[3942]

　　　쉬엔　　**顯**　　뻗어나고

　　　　　　　명료하도록

엘레나우스,[3943] 드레이크는 무적함대와

　　　　　바다 동굴들을 보았다

수정 위의 라-셋

　　　　움직이는데

여왕의 눈동자에 비치는 그림자

그리고 해초 ―

　　　　　바다 동굴의 깊고 푸르름

그[3944]는 묻지를 않았다.

　　　　　그는 묻지도 않고

흔들리지도 않았으며, 바라보면서도 숲의 여왕 아르테미스

　　　　　즉 디아나 여신에 대한 두려움도 없었고

사냥 의식에 의하지 않고서는 죽이는 법이 없었으니,

　　　　　　　　신성하도다.

하여 노래 부르길[3945] :

　　　디아나 여신이여, 귀하신 디아나여

　　　높으신 디아나여, 내가 필요할 때 나를 도와주옵소서.

내가 쓸 만한 땅으로 가려면

　　　어디로 가야 하려는지

영험하신 능력으로 나에게 알려 주시옵소서.

그 당시 로마엔 사람이 살지 않았었다.

하여 그는 제단 가까이에 사슴 가죽을 펼쳤고,

이제 리어[3946]는 야누스의 사원에 누워 있으니

震　　천둥과 때를 맞추어

콘스탄스[3947]는 다시는 두건을 쓰지 않았고,

멀린의 아버지는 아무도 모르리니

멀린의 어머니는 수녀가 되었도다.

낮을 창조하신 주여,

그녀가 아는 거라곤 밝게 빛나는 영이었을 뿐,

황금빛 옷을 걸치고 그녀의 방으로 들어온

하나의 움직이는 물체였을 뿐.

"돌 아래, 흰 용에 의해

멀린의 아버지는 아무도 모르지요."

내 친척들이 누워 있는, 스톤헨지의 동쪽 끝에

오릴리 옆에 나를 묻어주오

해악을

증오를

뒤덮는, 빛 위에 또 빛

그는 길드를 세우기 시작했다

(서기 940년 이전에 애설스탠[3948])

별들을 삼키는, 흐르는 빛.

수정의 강 위에 떠 있는

라-셋의 배 안

그렇게 시빌이 책에 기록하였느니.

오물들을 뽑는 민주주의

드디어는 신성함에 대한 명료한 생각이 없어져 버리고

1913년부터는 똥물이 흘러내리니

이에는 저 유대 족속들이 한몫하였도다, 마르크스, 프로이트

  그리고 미국의 싸구려 음식점들

더러움 밑에 또 더러움,

   마리텡,[3949] *허친스,*[3950]

또는 방다[3951] *가 말했듯이, "반역"*

    그 모든 염병할 것들

    다시 베로나가 보고 싶구나

"여기에 차가 있어요" 하고

    웨이터장이 말하였지 ─

석회석으로 된, 마흔네 계단,

  "열두 사도"[3952] (레스토랑)

그리고 "카피톨라레"[3953]에 있지 않았다 해서

구이도의 철자를 바꾸고 싶어 했던 상냥한 창녀.

  "순교자와 매우 닮았어요! 하고 소년이 말하였지

"이곳에도 불란서인들이 있었어요,

  그러나 어느 날 아침 몇몇이 길거리에 죽어있는 것이 발견되었고,

다시는 되돌아오지 않았어요"

  (그래 그건 전쟁이었어. 세례자 순교자)

산 피에트로 성당, 산 제노[3954]의 정원에서였지

 그리고 고약한 계집들,

"정말 참 이 나라는" 하고 그 꼬마가 에드[3955]에게

 산 제노의 청동 문을 보고 말했지

"지금은 기둥들을 통째로 사들이거든"

 돌 환상 무늬가 있는

 네 개의 반암.

나니(토르카토)[3956]는 바티스타[3957]와 더불어 3년을 일했는데

살로 이후까지도 총살당하지 않았었지.

친구 앞에 몸을 던졌으나 (아르피나티[3958])

 그를 구할 수는 없었고.

파리나타[3959]는 여전히 그 수도원 안에 땅딸막하게 자리 잡고 있었고,

칸 그란데의 미소는 아직 토미 코크란처럼 유쾌함에 가득 차 있었느니.[3960]

 라푼첼[3961]은 그렇지 않았지.

그리고 후원자들 : 아다 리, 아이다[3962]

 (제단 장식물로)

그녀의 조문복 칼라에는 좁은 레이스.

 "황금빛 옷을 입은 영靈 하나"

 멀린의 어머니가 그렇게 말하였지,

아니 말하지 않은 거나 마찬가지,

 본질은 남겨두고 떠나갔으나

 기억은 하느니

빛의 육체를 통하여

불로부터 수정에 이르기까지,

황금빛 날개들은 모여들고

레아[3963]의 사자들이 그녀를 보호하니

(강인한 자 무소니우스[3964]에게 영예를)

장밋빛, 하늘빛,

빛들이 그녀 주위를 천천히 돌고,

서풍이 선회하니,

꽃잎들이 공중에 내려앉누나.

어떠한 두건도 묶어놓지 못할 밝게 빛나는 매,

불에 능숙한 이들은

탄　　旦　　새벽을 읽으리라.

신비에 대한 갈망을 조금도 포기하지 않으며

(자신을 지탱시켜 줄 마음을 가지고서)

카드모스의 딸

"자잘한 소지품들을 버려요"

인내로 견뎌야 할 고통

도미티아누스[3965]의 시대에도

한 젊은이[3966]는 괴롭힘 당하기를 거부했었다.

"여기가 목욕탕인가요?"

동풍이 서풍에게 데리고 놀라고 그를 버리는 것인가?[3967]

"아니면 법정인가요?"

하고 아폴로니우스가 물었으니

그는 사자와도 이야기하던 사람이었다

무적의 사랑[3968]

저 높은 곳에 오르는[3969]

　　　　　하고 헤이든이 썼느니

활발하고 변화 가능한

　　　　　"속력을 얻고자 분투하는 빛"

그리고 명예와 쾌락이 통제되지 않는다면

　　　하나 마음이 저 높은 도시에 이르러……

　　　그는 타오르미나[3970]에서 피타고라스와 더불었고

영혼은 포르피리오스[3971]의 물의 요정들

　　　하나 밤으로부터 낮과 하늘이 생겨났나니 제우스의 밀

격식. 헤이든 오염되다. 아폴로니우스 오염되지 않다

　　　모든 창조는 "넷"과 연결되는데[3972]

　　　　　"내 비키니가 그대의 뗏목 값은 할 겁니다"[3973]

지복으로 가는 길은 없다고 말하는 이들이 있으라면 있으라지

　　　제비들은 애기똥풀을 먹고

　　"내 눈앞에서 자연의 에테르 속으로"

물속 곤충의 권투 장갑이

　　　　　　물 밑의 바위에 꽃잎 무늬를 그리고,

물뱀은 사파이어 빛으로 바위 웅덩이 속으로 미끄러져 들어간다.

　　　　둥글게 뒤덮는 밤의 여신

"내 피넬라에게 보내노라"

　　　하고 구이도가 말하였다

　　　　　"강물을,"[3974]

"혼령들이 수정 속에 잠겼다가,

꾸며져서 나오누나"

가락이 애가哀歌에서 변화하기를

"그리고 잔"³⁹⁷⁵

(로렌 처녀)

잃어버린 경험일까?

아니 단연코,

오 키세라,

세 번째 천상을 움직이는 여왕이시여.³⁹⁷⁶

XCII

이 산³⁹⁷⁷으로부터 씨앗이

날렸으리라

하여 모든 식물은 그 씨앗을 지니고

족제비는 루타³⁹⁷⁸를 먹고,

제비들은 애기똥풀을 쪼아댄다

금에는 새겨지는바, 하나

둘은 청동,

셋은 수은

넷은 은이라³⁹⁷⁹

육두구와 유황의 냄새가 풍기느니

이로부터 새로운 변모?

그리고 영예?

피츠제럴드,³⁹⁸⁰ "나는 있었노라."

우체국에 있지 않았던

자를 그가 풀어주었을 때

(아일랜드 1916) 또는 "여러분들,

내가 보초를 엄호했습니까?

아니면 보초를 엄호하지 않았습니까?"

폭격 때 피신하지 않았다고 비난을 받았으니.

"대단한 경멸."

"영예를 소중히……

(구이치아르디니[3981])

  …… 여기는 이에게는"

은빛 동그라미의 웅덩이

  사파이어처럼 고요한데

깊은 사파이어 위로

     배를 타고 있는 라-셋

하나 아이는 파도 아래에서 놀고……

  사랑의 비가

  우리 안에서 내리는데[3982]

  커다란 강, 수정에 잠깐 담겼다 나오는 혼령들

그리고 피넬라에게 보낸……

하나 "그녀의 사랑엔" 하고 휴렛[3983]이 말하였느니

  "마치 우리처럼 창살이 있어

내 머리를 부수고, 별들과 손잡고자 하누나."

또 다른 이에겐 비가 마치 은처럼 내렸도다.

    달의 여왕.

에크바탄[3984]에서처럼 금은 아니었으나

오 아누비스[3985]여, 이 입구를 지켜주오

  지성소 같은 몽 세귀르[3986]를.

성스럽노니

  피가 이 제단을 더럽히지 않도록 할지라

물에서 탄생하였노니

  물로부터의 탄생[3987]

"가까이의 이 빛 안에"³⁹⁸⁸

              세 번째 천상 속, 폴케.³⁹⁸⁹

"내 그녀를 보지 못한다면,

       어떤 광경도 내 머릿속 생각의 아름다움과 비견하지 못하리라."³⁹⁹⁰

그녀의 손으로 매만져야만 할

수정의 구와 함께 무릎 꿇고 있느니,

              천상의 여왕,³⁹⁹¹

그곳의 네 모서리에 있는 네 제단,

하나 커다란 사랑 속에서 우왕좌왕하는,

         어둠 속 비를 맞으며 나는,

폭풍우 속의 나비 :

             무수한 연약한 날개들

네발 나비, 줄 나비, 그리고 주홍부전 나비,

얼룩무늬 나비, 흰 나비, 그리고 멧팔랑 나비

그리고 저 멀리로부터는

         바다의 흔들림³⁹⁹²

철   썩

   조약돌은 파도와 함께 뒹굴고

철   썩

      "내 이름은

         여기 이렇게 빛나고 있어요"³⁹⁹³

천국은 인위적인 것이 아니로다

        하나 들쭉날쭉하구나,

번득이는 순간,

　　　　　한 시간.

그리곤 고통,

　　　　　그리곤 한 시간,

　　　　　　　　그리곤 고통,

힐래리³⁹⁹⁴는 비틀거리지만, 신성은 풍요롭도다

　　　　　끊임도 없는

　　　　　즉흥 창조가

모든 형상들은

　　　　　늘 움직이는데

이蟲들이 적하목록에서 꿈틀거려 나왔느니,

　　　　　세세한 것을 간과하는

그것들의 더러움은 이제 단지 힘만을 중시하누나,

최고 신관은 비역질을 당하여

　　　　— 시저의 시대에 —

　　　　　이미 성스럽기를 그치었고

하여 금전도 성스럽기를 그치었으니,

　　　　물론, 그들은

　　　　　　　황제를 숭배하였던 것이라.

마르가레테 폰 타우퍼스³⁹⁹⁵와

　　　　　카를로 아저씨³⁹⁹⁶는

깨끗이 청소를 하려고 하였으니,

말하자면, 리미니의 얕은 부조와

가루화한 세멜레³⁹⁹⁷의 인물과 마찬가지 일이었던 셈.

그대조차도 지난 수요일엔 행복했었지.

      "내가 눈이" 하고

델크루아가 말했지

      "멀었어" 얼마나 많은 수만의

          이탈리아인들이었는지 잊어버렸으니.

"두 사악함들 :

          은행에서 썩어가는 고리대금업

그리고 익명의 단체들에서 벌어지는 도둑질."

      수화기를 집어 들어 장관을 불러냈다.

보타이³⁹⁹⁸ 역시 토리노³⁹⁹⁹에게 돌연히 전화하여

         비발디를 꺼내라고 하였고,

그리곤 장관들은 전선으로 나갔다

늙은 마리네티⁴⁰⁰⁰가 그랬던 것처럼

"한스 자크스⁴⁰⁰¹는"

         하고 슈니츠 브란트⁴⁰⁰²께서 말씀하시길

            "제화공이기도 했고

또한 시인이기도 했다."

      헌데, 무적함대가 되돌아가는 것을

         보았는지?

아마도 그런 일은…… 바다동굴로부터

300년간.

      아니! 단지 구름 속에서만.

고리대금업에 대항하여

　　　그리고 신성한 것들의 타락에 대항하여,

40년간 나는 이를 보았노라,

　　　　이젠 양자강처럼 홍수가 지는 것을

또한 감각의 무디어짐도

　　　2500년에 걸친 감각의 무디어짐

　　　2천 년간, 감각의 무디어짐

아폴로니우스 이후, 감각의 무디어짐

　　　헌데 변방으로부터의 약간의 빛 :

　　　에리우게나,

　　　아비세나,[4003] 리차르두스.[4004]

힐래리가 오크 잎인지

　　　호랑가시나무인지 마가목인지를 바라보느니

이는 갈색 기름과 시체의 땀에 대항하는 것이고

또한 중국인들에게 아편을 들이미는 대포에

또한 향료나무들을 뿌리째 뽑아대는, "흔한," 아리[4005]가 말하는바,

　　　"장사 수단"을 행하는 포르투갈인들에 대항하는 것이라

XCIII

"사람의 천국은 그의 좋은 성품이다"

라고 카티[4006]가 말했다.

"천사의 양식"[4007] 안테프[4008]

표징의 두 반쪽

자신을 받쳐줄 정신을 가지고서

카드모스의 딸

아폴로니우스는 동물들과 평화롭게 지냈고,

대주교는 두툼한 외투 아래

민간인 옷의 왼쪽 뒷주머니에

무엇이 있을까를 뒤적이더니

"탑"으로부터 풍요의 뿔을 끄집어내었다[4009]

또는 아우구스티누스가 말했듯이, 아니면 교황이 아우구스티누스에게 썼듯이

"밥을 먹인 뒤에 개종시키기 쉬워요"

하지만 이는 성 베드로 성당 앞

마차를 향해 가면서 있던 일

내부의 공포들(모자이크)로부터

산타 사비나[4010]로

산 도메니코[4011]로 가던 길

그곳에선 정신이 명료하게 돌에 새겨져

군소의 가축을 도살했던,

힉소스[4012]의 더러움에 대항하다.

클라세[4013]에, 산 도메니코에 있는,

햇빛을 받고 있는 좁은 설화석고

(그래, 나의 온단[4014]이여, 이 바위들 위가 너무 말라 있구나)

"파도가 일고, 파도가 가라앉고

하나 그대는 달빛 같구나 :

늘 그곳에 있도다!"

늙은 그리넬[4015]이 그걸 기억해냈다.

유향으로, 정중한 인사로, 연기의 표시로,

혼령들을 괴롭히지 마라.

"시민이 아니라면"

단테는 그렇다고 했다.[4016]

어떤 예의바름

그리고 에이번[4017](사람들은 이곳으로부터라는 걸 의심치 않
는다)으로부터

마치 "용이 울분을 품은 듯이,"

또는 "하찮은 농장"이라고 말하듯이,[4018]

톨파[4019]에서 칼륨명반에 의한 유동성

— 교황권, 과거지사.

메디치는 과도한 예치금을

받음으로써 실패했다.

"자네 거기 있군, 나의 부리엔."[4020]

서로 끌어당기는 흐름,

하늘색의 신성한 뱀

터키옥과 금으로 만든,

터키옥과 금으로 만든, 이시드.[4021]

난 금발의 여인 이졸데로 인해   엄청난 슬픔을 겪은

연인 트리스탄보다

사랑의 고통을 더 겪고 있다[4022]

처음엔 풀잎   그리곤 서늘한 비

다시 카스탈리아[4023] 풀숲으로

난 금발의 여인 이졸데로 인해

엄청난 슬픔을 겪은

연인 트리스탄보다

사랑의 고통을 더 겪고 있다

처음엔 풀잎

그다음엔 서늘한 비

다시 카스탈리아 풀숲으로

자살은 그리 심각하지 않다   유죄와는 다르게

사람은 우선 귀찮은 걸 털어내어야 한다.

순전히 육체적인 기운 떨어짐과는 다른, 그건 다른 것이다.

산 크리스토포로[4024]는 자신의 머리칼을 꽉 쥐고 있는

어린 예수를 안고 건너가 주었다

안개가 가르다세[4025] 위로 둥글게 드리웠고

동쪽은 황으로 인해 더욱 푸르구나

페스키에라[4026]가 있는 곳

소렌토 북쪽에는 그런 푸르름은 없구나

예절 바름, 정직성

신성한 뱀으로부터

아홉 개의 앎[4027]

止 치[4028]

아비세나와 알가젤[4029]

8번째는 자연과학, 9번째는 도덕

8번째는 구체적인 것, 9번째는 행동 지침,

아가시즈[4030]는 고정된 별들과 더불어 있고, 쿵[4031]은 수정의 천상으로,

네페르타리 왕비[4032]에게 이 향료를

이시스에게 이 향료를

"사랑하는 것 바깥을

"봄으로써 마음 안에 있는 것과

이처럼 하나 되기"[4033]

빛나누나

바다의 동굴로부터

눈동자에

명백한 것이니 추상적인 것이 아니로다

누마 폼필리우스[4034]의 시대에

자신을 피타고라스라고 불렀던 자

"늘 그런 건 아니나" (향연[4035]의 제3장)

또는 위에서 얘기됐듯이 "들쭉날쭉"

    그대를 아름답게 만드는 사랑

("그리하여 그대는" — 고트샬크[4036] — "아름다워질 수 있느니")

    사랑은 철학의 "형태,"

그 형상 (철학의 형태)

어쨌든 그의(단테의) 관점에서 보자면

   사람들은 천성적으로 친절한데

그는 내가 그래야 하는 것보다도 더 지식을 우위에 두었다

그리고, 또 다른 글에서 : "그녀의" 미는,

           즉 선이로구나,

빗물 같은 불의 파편들,"[4037]

    하지만 지식에 대한 이야기는 하지 않았다.

야코포 셀라이오[4038]는 그것을 포함시키긴 하였지만

  "충실함을 보이는 것만으로도 그것은 기뻐하도다"[4039]

그리고 "선함을…… 듣는 것" 과거 시대이든 현시대이든,

그리고 또 다른 점에서

      보마르셰[4040] 이전의 600년간

   카티 이후 3800년

"사회적 동물"[4041]

    또는 "왜" 하고 우두머리께서 말씀하시길

"그대의 생각을 정돈하려 하지요?"

   "제 시를 위해서입니다."

아름다움 (페루자 외곽,

　　　세 뭉치의 세탁물 위에 앉아 있는,

　　　　　조그만 소녀

"명예가 빛나누나," 첫 번째 선이신 하느님,

　　　이에 상응하는 글자는　　**義**　　이 (4성)

하여 아우구스티누스가 말하였다.

　　　알레산드로와 살라딘 그리고 갈라소 디 몬테펠트로[4042]

그리고 분배의 정의를 언급하였다, 단테가 향연에서 그랬듯이

　　　　　4장 11절

"이 선함에 의해 장식된 것." 그 자체의,

　　　그 힘(덕)의 극대치까지

행동의 도덕률을 안다는 것.

　　　　　이 모든 것이 독자에게는 좀 느리게 보일 수 있고

진부하게 보일 수도 있으리라

　　　　　주말 외출허가증은 단 한 번도

에플리 씨[4043]는 스위스로 하나의 조그만 소책자를 보냈는데

　　　그의 은행 친구는 "긴급히"라는 답을 보내왔다,

"없애버리고 눈앞에 안 보이게 해."

　　　시버즈[4044]는 (다시) 후보지명을 받았고

"알팔파"[4045]는 최근호의 후즈후에서

　　　빠져 있다.

그렌펠[4046]의 죽음은 (다른 사람들에서도 그렇지만)

　　　수상할 정도로 갑작스러웠다.

에이번의 시인[4047]은 그 주제를 언급했고,

단테 역시 그 주제를 언급했다,

　　문학 교수들은 의지상실증 속에서

　　　　또는 완전 무의식 속에서

다른 문구들에 대해 토론했다

　　카티 이후 4천 년

내가 자하로프[4048] 이야기를 꺼내자 태피[4049]의 얼굴이 황회색이 되었다
(1914년)

　　30년 뒤 모 장군이 아쿠아로네[4050] 이름을

　　　　　읽었을 때도

또는 우브[4051]가 말했지, "기관총 한 세트 값을 물리는 이가 열이라면

　　인수증에 이름을 쓰는 이는 한 명.

가을 잎새가 내 손에서 바람에 불려 나가고,

　　그가 움직이면 우리는 불의 성령을 받아……[4052]

　　바람이 가을을 향해 서늘해지누나.

투명함 속의 빛,

　　어머니,

　　　기도합니다.

축복받은 우르술라,[4053]

　　기도합니다

열정의 시간에,

　　사랑스러운 시간에,

그대의 후계자를 인도하소서,

이졸데, 이도네,[4054]

동정을 베푸소서,

피카르다,

동정심

날개 달린 머리에 대고,

헤르메스의 지팡이에 대고,

동정을,

이시스-루나의 뿔에 대고,

동정을.

검은 퓨마가 장미나무 아래 누워 있다.

난 다른 이들에 대한 동정을 가져왔다.

충분치 못하구나! 충분치 못하구나!

나에겐 아무것도. 하나 저 아이[4055]는

바실리카 안에서 평화롭게 걷고 있구나,

그곳에서의 빛은 거의 꽉 차 있고.

力　리
行　싱
近　친
乎　후
仁　젠[4056]

에너지는 자비에 가깝다라는 말.

잠자고 있는 숲으로,

아직은……! 아직은!

깨우지 말라.

나무들이 자고 있고, 수사슴도, 풀도,

가지들이 꼼짝하지 않고 자고 있구나.

"크르! 크르!" 찌르레기 소리 :

　　　　"결코 늦지 않아……

미지의 것을"[4057]

　　　그리고 영혼이 할 일? (오켈루스)

　　　"새롭게 하라"

탕의 욕탕에 써져 있듯이 :

　　　　새롭게 하라

　　지　　**日**

　　신　　**新**

　　새롭게 하라

덧붙여 빛나는 눈

　　　　見　치엔

모든 허풍장이들의 공포

단눈치오가 극장의 관객을 들었다 놓았다

　　　　할 수 있다는 건 의심의 여지가 없는 일

아니면 브레시아[4058]에서 돌이 일어나거나,

　　　　　　암피온!

비너스와 로마를 위해

　　　생령生靈이 떠다닌다

말의 점프 때문에 라피카볼리[4059]를 잃고.

제4 지역[4060]

공기처럼 순간적이었구나

카르타고 이후의 황폐.

아직은! 아직은!

깨우지 말라.

그리곤 플로라[4061]가 찾아왔다 카스탈리아

"지금 대기엔 꽃잎들이 없구나,

가지에 잎새들이 날지니

공기 이외엔 아무것도.

"두려움을 떨쳐요, 케린테,[4062]

신은 상처를 주지 않아요

로렌의 아가씨[4063]의 목소리가 들판에 들려왔다.

스케이터가 빠르게 또는 느리게 움직인다 해도

얼음은 견고해야

두려움을 떨쳐요, 케린테

나르는 돌고래들이 듣고 있는 사람들에게

가락, 물결, 물결

가락이 돌고래를 유인한다면

顯 시엔

새로운 삶[4064]

그대를 위해 내 불길이 되리다[4065]

그러한 빛은 바다 동굴에 있다

그 아름다운 키프러스인[4066]

　　불길에 구리를 던져 넣는 곳

고정된 눈으로부터, 불길은 치솟았다가

　　　　녹색의 대기 속에서 사그라지다.

발자국? 어떤 흔적?

　　5천 년간 그러했다

　　그렇게 말했다  (카티).

발끈하는 마음에 대해

　　　별들 사이에서

　　위험들 사이에서, 심연

일요일 하루에 여섯 개의 길을 가다니,

　　　　　언어학자들은 어떻게?

전기작가들을 위한 조각들,

　　　본질!

　　　　그들이 이걸 들어나 봤을까?

"오 그대," 단테가 말하길

　　"거기 작은 배 뒤에 타고 있는"[4067]

미지의 것들이 있음이라

　　　바다 동굴에

　　혼령으로 가득 찬 빛

　　　그리고 추억들,

두 사람이 같은 것을 똑같이 알까?

　　페르세포네의 문지방을 감히 넘은 그대,[4068]

사랑받고 있는 이, 내 손에서 무너지지 말지어다.

"키울 이들" 그들은 개인들이었을 것이라.

　　스베덴보리는 이끄는 작용에 의한

　　　　　　　"사회들" 이야기를 했다.

"앞을 못 보는 눈과 그림자들"

　　해가 떠오를 때 현존이 되고자

　　지옥으로부터 위로, 미로로부터

　　　길은 한 올의 머리칼만한 폭

마음의 속력에 대해,

　　이언 해밀턴[4069]에 대한 예이츠의 말 : "너무나도 멍청해서

대포 소리가 울리지 않으면 생각을 할 수가 없다고 하는군."

　　　　마음의 속력과 관련한

　　　　유지되는 기간

안테나에 대해

악의에 대해

　　　일요일 날

　　　여섯 개의 길을 한 번으로. 속력.

인도자도 없이, 있는 거라곤 용기뿐

대담함이 견고함으로 지속될까?

　　내 사랑, 그대는 접시꽃처럼 연약해요,

　　나는 그대를 지주支柱로 쓸 수가 없어요.

　　　그대는 먼지로부터 내 마음을 털어내는군요.

플로라 카스탈리아, 그대의 꽃잎들이 공기 속을 떠다니고,

바람은 꽃가루로 반쯤 빛을 내네요

투명함,

모나 바나······[4070] 그대는 내가 기억하게 만드는구려.[4071]

"브레데로데"[4072]

(러시[4073]에게, 1790년 4월 4일)

…… 상업 조약일 뿐,

푸른 어치,[4074] 나의 푸른 어치

그녀가 밤에 날개를 펴기를

롤랭[4075]에서 언급되는

타이 太

우 武

추 子

의 왕국[4076] 옆에,

링컨[4077]에 대하여, 1810년 5월 14일

"그 가치 저하가 온 국민의 선호에 더 맞는 것을"[4078]

애덤스 씨는 은행의 사기를 꿰뚫어보았다

그리고 한 세기 하고도 20년을 더 한 뒤의 수비크[4079] :

"다-다-다이너-마이트!

그래 그그래

다-다-

다이너마이트!

메디치가는 너무나 많은 예치금을 받음으로써 실패했다.

알렉스…… 존경받을 만한

또는 적어도 괜찮은 비들, 1890년 생존해 있었다[4080]

"그리하여 결과적으로 역사의 타락"

　　　J. A.가 러시에게

　　　　1811년.

시민의 질서를 넘어 :

　　　　사랑.

그게 에지디오 형[4081]이었지 —"마음을 통하여"

　　아래를 내려다보며 비난하였지

"눈을 마음으로 착각하는 자를."

우주의 기운 위, 빛,

　　　　　빛을 지나, 수정.

수정 위, 옥!

견디어내는 클로버,

　　　　　세월과 함께 무너져 내리는 바위.

"저것들은 같은 잎새일까?"

　　　이건 총명한 질문.

모든 문들은 신성하도다.

　　　(가이우스[4082]에 기반한 법전 1권 8장)

인간의 법과 신의 법 사이의 교류

　　　가장 높은 충실성으로.

이탈리아 법 (법전 50권 15장)

　　안토니누스는 이 법을 티레[4083]에 주었다 (파울루스,[4084] 2권)

4번의 집정관, 12월 7일 파울루스

　　　콘스탄티노플에서

그리고는 재미가 시작되었다

        "법전"과 함께

    1권, 3장[4085] :

        "그들을 먹여라"

불가리아족은 오랜 상식에 매달리려 했는데

    아마도 너무나도 진부한 표현을 쓰자면,

콘스탄티누스는 비열한 놈이라고 하는

        인상 때문이었는지도

하지만 새로운 법에 의해,"

        127[4086]

        "애정만으로도"

법전 5권 27장, 2장을 앞서는 대목.

    법전 5권 4장, 23절, 5항. 역시 "안달하는 고양이"[4087]

공자에게, 그들의 포위에서 벗어나려면,

관념적인 수다를 회피하려면 서경을,

    형태의 씨앗을 얻으려면,

      맹자, 단테, 그리고 아가시즈에게,

전염된 자에게는, 물론, 연민을,

          하지만 소독을 유지하고,

빛이 쏟아져 들어오게 하라.

      아폴로니우스는 동물과도 평화롭게 지냈느니

아프로디테의 제단에 피가 묻어져 있지 않구나

유스티니아누스는 그 문장을 삽입했다 :

"애정으로" 신법, 127

매왕인 고트[4088]로부터,

아그두[4089]

콥트의 프라부, 애시 왕비[4090]

이시스가 그대를 보존하시길

마니스[4091]는 땅에 대한 대가를 지불했다

1평 : 곡식 60홉. 은 1돈

검은 오벨리스크[4092]에 그리 새겨져 있으니

아비도스 동쪽 긴 보트들 사이

어둠, 그대는

어둠을 원하는가, 어둠을?

양철을 얻기 위해 반년이 ―

아가다, 가나……[4093]

양철을 얻기 위해 반년.

백조들이 잔디밭에 왔다[4094]

많은 이들을 떠받드시되 비밀스러운 이야기는 극소수와 하십시오[4095]

때죽나무 때문에 팜필리아[4096]로,

표범들

아폴로니우스가 혜왕에게 말하였다[4097]

梁 리앙

惠 후이

： 以 이

財 차이

發 파

無

우 以

이

파오 寶　탁실라[4098]와도 운이 맞는구나

프라오테스의 호랑이들이 태양을 숭배하도다.

요정들에 의해 홀리면서…… 멀쩡한 정신으로 향연을 즐기는구나

매일 찬미가를 부르고

살아있는 생명체…… 우주…… 그것이 모든 것을 잉태하였으니[4099]

III 34[4100]

사랑으로…… 모든 것을 짜깁기한답니다

III 34 F. P.

1811년까지/ 제대로 번역된 적 없으니

라고 대학 강사인 F. C. 코니베어[4101]가 말하였는데,

그는 이 글은 (그대로 인용하자면) "가볍게 쓰였다"고 말했다

어떤 신학자도 이 글을 접한 적이 없고…… 글쎄?

아니! 리차르두스조차도

이아르카스

아폴로니우스와 리차르두스

또는, 스베덴보리가 말하듯, "사회들의"

그리핀들이 금이 박힌 바위들을 캐내고

봉황은

자신을 위한 장송곡을 노래 부르고

들을 귀를 가진 자들에겐 백조도 그러한다고 하는데.

요정들에 의해…… 황홀경을 가진다네, 멀쩡한 정신으로

우주는 살아있다고

      사랑으로

오른손에 갠지스를 두고서

열흘간 바다를 향하여 나아갔다

그리곤 청색의 그 색깔 때문이 아니라

    에리트라스의 이름을 받아 "붉은" 바다로 명명된 바다[4102]

당신은 저에게 바다를 선물해 주셨군요 안녕히

머틀과 대추야자가 많은 발라라

    샘들이 많아 물이 많은 곳

지혜를 사랑하는 모든 이들 사이에

그들은 배에 종을 달아 물개들을 몰아내고

허락해주소서, 오 뮤즈여,

      우리가 서로를 좋아하게 되기를

그곳은 스미르나,[4103]

    에페소스가 피리와 남색꾼과 소음으로 가득 차 있는 걸 보았다.

"우리가 식물인데" 하고 휴고 레너트[4104]가 말하였다

또는

호머가 말했듯이 :

      여러 가지의 형태들[4105]

그저 단순한 석상이 아니라

자신이 알고 있는 대로…… 최선을 다하는 것

배에 올라탔다 이미 저녁이라

　　　　석양에 출발하였다.[4106]

그는 아킬레스의 흙 둔덕에서 밤을 지냈다

"폭풍과 불을 다스리는 자"

　　　　　그리고 그는 팔라메데스[4107]를 세웠다

나, 필로스트라투스가 보았던 이미지

　　　열 명이 앉아 마실 수 있는 제단.

"구멍을 파거나 양의 내장을 꺼내서가 아니라……

　　　"메심나에 가까운 아이올리스에"[4108]

여름철 번개처럼, 수탉이 울 때쯤.

하여 여기 천국의 낙엽송 아래를 거니는 것

강물은 너무나 투명했고

　　　가장자리와 거의 수평을 이뤘다

"내가 가는 길에 시금석이 던져졌도다

인간적인 것은 아닌 깨끗한 시금석

"여기 사자들이 있구나,"

　　　　　　곳,[4109]

　　　　　북쪽으로는 "헬리아데스의 포플러[4110]에서 금이 떨어지듯"

　　　그리고 가다라(카디스)에서는 그들의 기둥에게 새겨진 수메르의 대
문자들

　　　　신성함을 행하는 이들을 위하여

신성한 제식을 행하는 이들을 위하여

바다는 안전하구나

그들이 배를 타고 가든, 헤엄을 치든, 안전하도다.　　　　　v. 17[4111]

우리는 이미 삽을 가진 자, 무소니우스[4112]에게

비석을 세웠다

5, 22[4113]　　**發**　파

　　　　　　財　차이[4114]

29-[4115]　　　**中**　융충으로서의 충[4116]

베스파시아누스 서기 69년

나는 기록을 새롭게 썼노라

하나 그리스에서는 좋은 양식을 보이지 못하였다.[4117]

안토니누스는 말하길,

"법이 바다를 지배한다"

즉 로도스 법

바빌론에서의 태양의 사제의 딸[4118]이

필로스트라투스에게 티아나의 이 기록을 적으라고

말하였다

그의 자식들에 의해 신들에 의해[4119]

이론적인 조직에 대해서는 별 특별하게 신경 쓰는 거 없고

一

人

V. 35는 주목받을 만하다

자신이 정말로 생각하는 것을 말해야 하는 것

그대가 내 가슴 속에 들어와 사는 자라 할지라도[4120]

그리고 높은 줄기를 잘라내지 마십시오

안토니누스는 138년에서 161년까지 통치했다

세베루스와 율리아 돔나는 198년경

王

王

그리스인들에게는 그리스말을 할 줄 아는 사람들을[4121]

저 거지 같은 자 유프라테스[4122]에 대항하여

그리고 그는 디온에게 말하길,

음악으로 만드시죠

그리고 아마시스[4123]에게 그를 기리는

희생제물을 바친 후

사자를 윗지방으로 데리고 갔다

오른쪽으로 나일강을 끼고서

약 열 명의 사람들이 아폴로니우스와 함께 갔다

"동전 한 닢은 또 다른 한 닢을 낳아야"

"그건 엉터리 같은 말" 하고 아폴로니우스가 말했다

"아프리카인들이 그리스인들보다 더 센스가 있어."

제6권, 2장[4124]

새벽의 멤논[4125] 새벽의 멤논

불타서 따뜻하게를 뜻하는 단어

산 자들 사이에서 공경을 받아야 할 불멸의 혼

本

좌품천사들,

　　　　　그들 위에는 : 정의正義

다시, 아크레,[4126]

　　　　　그의 상처에서 독을 빨아냈던

엘레아노어[4127]

　　　　　파도바[4128]를 거쳐 올라왔었다,

포도주와 양모 값으로,

　　　　　동산 압류와 징수의 굴레에서 벗어나지 못했고

1288년 천둥이 그들 사이를 지나쳐갔는데

　　　　　이때는 페데리코 2세[4129] 때였다,

알폰소,[4130] 성 루이,[4131] 그리고 노르웨이의 마그누스[4132]

이년 뒤 그녀는 죽었고 그의 운은 다했다,

브루스에 대항하여 발리올 대역을 했던 에드워두스[4133]

　　　　　그는 돌을 런던으로 가져왔는데

　　　　　　　오늘날에도 볼 수 있다.[4134]

노예 협정

　　　　　안전하게 있기를

자신의 복을 혼자서만 누리려는 이들에게 대항하고자 하였고,[4135]

　　　　　그다음엔 우리는 폭포까지 가려 한다

폭포의 우렁찬 소리를 듣고자

　　　　　모방보다 현명한 상상력

두려움에 떨지 않았고,

　　　　　스파르타, 스파르타를 유지하기를 원했기 때문

왕은　　　王　　　다워야만
　　　　　　　王

　　섞이지 않게

　　　용광로가 되지 않게

아테네가 아리스티데스[4136]가 정한 공물을 더 올리자,

의회에 진출한 이후, 코크,[4137]

라-셋의 배가 태양과 함께 움직인다.

　　"빛을 건설하려는 것

　　　　　日　　지

　　　　　新　　신

　　　　　오켈루스가 말했다.

XCV

사랑, 번개처럼 지나가고,

     5,000년의 세월을 견뎌내다.

혜성이 움직임을 멈춘 것인지

     아니면 커다란 별들이 한 곳에 묶여 있는 것인지!

  "조화를 보여주는 자"

        베다[4138]가 말했다

신은 세상의 혼,

     최상의

        영원한 존재.

시간은 어디에나 있으니,

        움직임이 아니로다

        금성[4139]의 영역 속에서.

내실에서 깨어나, 야생 사향초에 내려앉는 안개

안개가 야생 사향초에 내려앉누나.

  "모든 국민을 위해서." "그들이 되뇌었다"

        델크루아[4140]가 말했다

탈레랑을 나쁘게 보지 않았던 밴 뷰렌,

     그 이전, 1811년, 러시에게 보낸 애덤스의 편지

비잔티움에는 길드가 존재했었다.

  ""정치적이 아니라," 하고 단테가 말하길,

     "친절한 동물"[4141]

비록 도시로 몰려들기는 하지만

      도시, 공동체

번식하고,

     세금 내고. 그려진 낙원

하나 '폴레이오'는 땅을 간다는 의미

    여러 말을 할 줄 아는

    저 오크 숲에서는 여러 소리가 난다.[4142]

벤튼 : 금속이 많이 있을 때에는,

밴 뷰렌은 이미 탈레랑의 오명을 씻어주었다

J. A. "모든 국민 (가치 절하)."

알렉산더는 자기 군대의 빚을 갚아주었다

    그리고 비첸차[4143]의 아치 위, 문장,

문장, 돌 : "라포,[4144] 기벨린 유배."

   "나도 울타리에서 불어오는 바람에 당할지 누가 알랴?"[4145]

육백 년 후 "데 리 우베르티."

    하늘의 여왕이시여 안식을 주소서

    카드모스의 딸

    투명함을 통해 빛을 가져오누나

흰 레우코테아[4146]

    흰 거품, 바다 갈매기

젠장 내 시대에도 남성들이 있었다네

   니콜레티,[4147] 람페르티,[4148] 데스몬드 피츠제럴드[4149]

    (한 명은 1919년 살아 있었다)

수정의 파도는 홍수의 수위로 불어 오르고

近　친
乎　후
仁　젠[4150]

그곳에서의 빛은 거의 굳어 있다.

야오의 근심 : 후계자를 찾는 것

一
人

삼 년의 평화를 우리는 윈저에게 빚지고 있다[4151]

'36-'39

테라스로부터, 생베르트랑

몽트르조[4152]에서 남쪽으로

라이트풋 노인장[4153]은 우울해하지 않았지,

　　라이트풋 노인장은 확실히

　　　　우울해하지

　　　　　　않았다니까,

그는 이 우주의 과정에 틈이 있음을 알아챘지.

감옥소의 창살 옆 미스 아이다[4154]

　　　　"낭트 출신의

죄수가 있다오," 40년도 더 이전의

마드리드로부터의 여정,

　　　　파리에서의 카리에르[4155] 전시회,

그랑드 쇼미에르가에 있는 "브렛"[4156]

일본 아가씨 : "하지만 렘브란트"

　　　　황홀경에 빠져서

그리고 러시아식으로

　　　　투르게네프의 모든 "연기"[4157]를 가져 오다.

"기억의" 하고 윌리엄 아저씨[4158]가 말했지 "딸이지"

"피란델로,[4159]

　　　　왜냐하면 그건 말이지……

사람의 마음속에 있는 것이거든."

　　　　　　누구의 마음?

이 모든 시시한 놈들과 퓰리처상이나 빨아먹는 것들 사이에서

　　　　미국 헌법을 위한 목소리는 없구나,

엄청난 기억상실에도 아무런 이의 제기도 없고.

　　　　"내 비키니는 그대의 뗏목만한 가치가 있어요" 라고 레우코테아가

말했다

내 그녀를 보지 못한다면

어떤 시야도 내 생각의 아름다움만한 가치가 없구나.

홍보되는 문인들의 엄청난 소심함

　　　　그에 비해 엘사 카산드라, "남작 부인"[4160]

폰 프라이타크 등등이 말했지/ 몇몇의 진실한 것들을

옛날이로구나/

　　　　정신이 좀 돌았었지,

어쨌거나, 물론, 그 당시의 맨해튼에 있던

　　　　그녀에게 가만히 두고 보지 못하는

기질이 있었지

짐처럼 놓여진.

딩클리지[4161]여, 어디 있는가,

폰이 이름이 있었나, 없었나?

당신은 검은 군대의 이빨이

멧돼지 사냥을 생각나게 한다고 했었지,

난 당신의 첫 번째 멧돼지 사냥을 생각했었지만,

검은 죄수들은 아이들하고 같이 잘 놀지,

계류 끈에 걸려서 밤새 공중에 매달려 있던

그 친구 이름이 뭐였더라.[4162]

바다 갈매기를 위한 외로운 바위

어쨌든 물 위에서 쉴 수 있으니!

힌두인들이

공허를 탐하였든가?[4163]

우리 손에 쥐어진 가르다 호수가 있는데.

"오 세상아!"

하고 베도즈[4164]가 말하였다.

"그곳에 있는 어떤 것."

하고 산타야나가 말하였다.

응답 :

정지 상태는 아님/

적어도 우리와 즉각적으로 인접한 곳에서는 아님.

그림패가 없는 손,

거대한 조직화된 비겁함.

이 우주에는 고귀한 무엇인가가 있다

　　　내 이 모든 걸 느낄 수 있다면, 천 번도 되풀이하리

무슨 시대이든지 간에.

난 성 힐래리[4165]가 오크 잎[4166]을 바라보았다고 생각한다.

(포도나무 잎? 산 데니스,[4167]

　　　(디오니시오라고 쓴다)

디오니시오와 엘레우테리오.[4168]

디오니시오와 엘레우테리오

　　　"그들의 기둥을

칼뱅[4169]이 결코 없애지는 못했지

　　　　　　일[4170]에서.)

파도가 부서지고, 뗏목을 빙그르 돌리고,[4171]

그의 손에서 노를 떼어내 버리고,

　　　　　　　돛대와 활대 끝을 부서뜨리고

그는 파도 밑으로 밀려 내려가고,

　　　　　바람이 뒤흔들어대고,

남풍이 불고, 북풍이 불고,

　　　　마치 엉겅퀴에 붙은 솜털 마냥.

그러다 레우코테아가 불쌍히 여겨,

　　　　　　"한때는 인간이었으나

지금은 바다의 신 :

　　　　　파이아키아의 땅에

도달하였으니……"

스론즈 칸토스
XCVI~CIX

1959

베일······[4173]

베일······

파도는 그녀를 감추고,

       커다란 물결의 어두운 덩어리.

교회 정치로서의 미학, 종교라곤 거의 말할 수 없지.

난로 위로는 삼나무와 향나무가 타고 있다······

      이 투명함을 통해 그를 데리고 갈 것이니

대기는 동전을 비 내리고

대지는 시체들을 뱉어내고,

      향에서부터 온 토스카나,[4174]

향의 이름에서, 이 지방에는

      로마, 예전에는······

토스카나 지방에 로마가 있다, 예전에는 ······인 도시

그들의 깃발에 까마귀가 있던 사비니족.[4175]

브레누스[4176]는 그 맛을 좋아해, 포도주 때문에 왔었지,

베르가모, 브레시아, 티치노,[4177]

그의 아내를 초빙하여 그녀의 아버지의 해골로 만든

(쿠니문두스) 컵으로 마시도록, 나, 파울루스가 보았으니······[4178]

티베리우스 콘스탄틴[4179]은 분배자였고,

유스티니안,[4180] 코스로스,[4181] 아우구스타 소피아,[4182]

세상의 빛, 사람들에게······ 구호품을

말하자면 나눠주기. 연대기로 말하자면 586년

　　　(대략 그때쯤)

오타르,⁴¹⁸³ 놀라운 통치, 폭력도 없고 통행증도 필요없었도다,

　　　축복받은 비탈레⁴¹⁸⁴

노아 이후 흘렀던 물보다 더 많은 물이 산 제노⁴¹⁸⁵ 주변에

　　　11월 16일에

서기 589년, 킬디베르트⁴¹⁸⁶로 치자면 15일

　　　곡창지대에 물과 뱀들이.

테오돌린다,⁴¹⁸⁷ 브룬힐다⁴¹⁸⁸로부터 유래한 테오도릭,⁴¹⁸⁹

로마, 교회의 우두머리,⁴¹⁹⁰ 페르시아인들이 예루살렘으로 쳐들어왔으니

내 할아버지⁴¹⁹¹가 지금의 유고슬라비아에서 빠져나오셨는데

활과 화살을 들고, 늑대를 길잡이로 삼아

헌데 할아범이 너무 배고파하자 이 늑대는 달아나버렸다

　　　　길동무였었는데

로타리⁴¹⁹²는 아리우스 이단에 빠져

아버지와 아들과 성령을 이 순서대로 놓았다

반면 우리 가톨릭은 그 동등함을 지지한다,

　　　여기, 77년 동안, 랑고바르드인들이 티치노에 있었다,

로타리는 법을 문자로 남겼고

　　　그게 서막, 이미 마약이 사용되고,

심지어는 뱀 숭배까지,

첩질, 오입질, 그리고 산 지오반니

　　　성당⁴¹⁹³에서의 살인.

콘스탄스 아우구스투스[4194]는 판테온[4195]으로부터 청동 타일들을 벗겨냈고,

그것들을 콘스탄티노플로 운반하였다,

그리고는 시라쿠사에서 목욕탕 안에서

　　　　　　죽임을 당하였다.　　　　　　　620

레이나[4196]는 랑고바르드인들이 성 미카엘을 위해 금을 두드렸다고 말했다

　　　　(미냐 95, 620[4197])

케드발트,[4198] 궁재宮宰[4199]

황금 성수반으로부터 왕들이 순서대로 누워있다

　　　　쿠닌크페르트,[4200] 멋들어진 전사……

리구리아인들[4201]의 지역으로부터…… 교활한

아리페르트[4202]는 가라앉았다, 금 때문에 무거워서, 금을 가지고 가려 하였기 때문.

감탕나무 숲에 불어오는 바람을 타고 들리는

지빠귀의 소리와 개똥지빠귀의 소리를 누가 구분하리오

홍수가 비아 라타[4203]로 들어왔고

　　　성 베드로 성당을 지나 다리, 밀비우스 다리[4204]에 이르기까지

카롤루스[4205]가 피핀[4206]을 따라 왔는데,

　　　　플렉트루데[4207]의 아들이 아니라 알파이데[4208]의 아들

잠깐, 잠깐, 마르텔은 피핀의 아버지,[4209]

　　　샤를마뉴의 피핀,[4210]

알파이데의 아들, 그들 중 하나, 플렉트루데의 아들은 아님

그대가 바라다보면서 오른쪽으로, 산 제노 바깥에 있는 빈 무덤,

밀라노의 또 다른 놈, "일곱 명의 추기경들이 그의 장례식에 참석했다,"[4211]

픽타비움 근처, 아키텐, 나르본과 프로엔사.[4212]

마르텔, "삼십 년대"에 있었던 일,

카롤루스를 위한 랑고바르드 :

티치노 궁전의 칙령,[4213]

그리고 리미니, 모데나 성당 뒷부분에 있는 돌⋯⋯[4214]

머리를 깎으려 그의 아들을 리우트페란트[4215]에게 보냈을 정도,

프랑크족과 아바르족[4216]과도 평화롭게 지냈으니

말과 행동에서 찬란했다

왕[4217]의 중간 이름은 매슈즈에 나오지 않는구나　　燊

에이레네[4218]의 둘째 해에 콘스탄스를 카롤루스 대제에게 보냈다

파로스의 대리석, 장미와 릴리의 혼합,[4219]

티아나[4220]에서 그들은 어떤 사상은 인정하지 않았다.

디오클레티아누스,[4221] 아우구스투스 이후 37번째, 그는 생각했다 : 그들
에게 과세를 하자

쓸어버리지 말고. 살로에서 멀지 않은 곳

살로에서 멀지 않은 곳 출신 조용히 늙어갔다, 조용히.[4222]

언급한 사투르누스[4223]는 청동 화폐를 시작했다

"시골집을 대리석으로 바꾸고"[4224]

베스파시아누스[4225] 아래⋯⋯ 도시들이 재건축되고

안토니누스 아래에선, 23년간 전쟁이 없었다⋯⋯ 요크 근처[4226]

세베루스의 부인이 필로스트라투스에게 그 전기 이야기를 꺼냈던 것[4227]

그 도시의 1165년 (로마 연법[4228]에 따라)

 갈라 플라키디아,[4229]

피트인들,[4230]

반달인들,[4231]

 "황소 세금으로 인해 보스포루스라 불렸다"[4232]

유스티니아누스 때 랑고바르드와의 조약,

 베로나와 브레시아로부터 쫓겨 나간 고트족,[4233]

모든 이탈리아인들은 "공화국" 법 아래.

 문서 보관소 사서와 도서관 사서들에게 기념비를 :

라베나에서 베르니콜리, 그리고 그처럼 멋진 포스트카드를

 썼던, 뻣뻣한 친구.[4234]

일종의 입출항금지 명령, 테오도라는 유스티니아누스 19년째 죽었다.[4235]

돈놀이하는 자들인 아블라비우스와 마르셀루스[4236]는 유스티니아누스
를 죽이리라 생각했다.

유행의 홍수가 전 유럽을 휩쓸었다.

 하나 두 명의 압둘[4237]이 있었을 수도 있는데

그래도 짜증나는 일은 아니었으리라.

 이건 주목할 만한 일. "동양 일이잖아" 하고

말할지 모르지만, 내가 말하는 건 사람을 보고 하는 말. 세 번째 바하
이[4238]는

별 특별한 걸 말한 게 없다. 에드가 월리스[4239]는 나름대로 겸손했다.

케드발트는 로마로 갔고, 어림짐작으로 쳐서 689년 세례를 받았다.

이 모든 것 아래 저 밑에는 행정관의 서,[4240]

행정관의 서,

500년이 지난 후에도, 여전히 바다 갈매기에게 바쳐졌다,

페니키아인들의 영토 철썩이는 바다 해변

알프리드, 노르단힘브로룸, 노섬브리아의 왕[4241]

       705에 죽다,

알델모,[4242] 브리튼인들의 잘못을 꼬집었고,

      6보격 시행으로 처녀성을 옹호했다,

리모델링에 관하여, 깨끗지 않은 물에 관하여, 그리고

몇 백 년간 지속된 유행들,

      북쪽을 향해 가는 혜성,

머리칼 자르기에 대한 이런저런 말들,

      이성에 호소하는 건 13%나 되려나

       현실적인 호소,

우리 시대의 일자리 구하기, 유스티니아누스와

      소피아 아우구스타[4243] 3년째

      돈놀이하는 자들이 무언가를 게워내도록 했다,

돈놀이하던 자들 말이다, 12년째에는

      예배당을 넘겨받았고,

엘레우시스에 유행물들을 쌓아놓고는, 쓰레기 밑에 불을 지폈다

      티베리우스 5, 7, 3

      소비하다

트라키아,[4244] 카파독스,[4245]   發

      랑고바르드족, 아바르족.

(테오파네스⁴²⁴⁶를 따르다.)

　　　행정구역에 있던 랑고바르드인들, 마우리키우스 황제⁴²⁴⁷

야민족들은 로마의 재앙들을 좋아했다,

　　　　　안 좋은 일들에 박수를 보냈다,

말 거래 그리고 능수능란한 처리로써

　　　그는 빛나는 도시를 회복시켰다,

　　　　이게 마우리키우스, 오백칠십칠,

물론 지방의 자유는 없었다

　　　지방의 구매력에 대한 지방의 통제는 없었다.

델 마⁴²⁴⁸는 "도시들에서 동전"을 발견했다,

　　　피 보기를 즐기고, 살육을 사랑하고,

　　　　불륜, 허세와 폭력을 즐겼으니 (호르미즈드⁴²⁴⁹).

프리스쿠스⁴²⁵⁰는 자신의 동생의 철야 장례식 때　　　만취한 (무사키

우스⁴²⁵¹) 왕을 붙잡았으니,

문제가 없는 날이 없었고,

　　　여러 가지의 소동들이 그치질 않았다,

파란색의 눈,

　　　달 아래 모든 것은 운명 아래

 　첸,

완전히 바꾸는구나.

　　　성처럼 보이는 배와 하느님의 어머니의 이미지,

헤라클리우스,⁴²⁵² 육, 공, 이

지휘관이자 신랑,

　　　"공화국의" 일이 엉망진창으로 된 것을 보았다,

다시 말해, 아바르족이 유럽을 사막으로 만들었고,

　　　페르시아인들이 모든 아시아를 쑥대밭으로 만들었다

호스로(2세)[4253]는 태양을 위하고자 하였으니　　　日

교회의 그릇들을 녹여서 동전을 만들었다

　　　　　유통하는 동전과 은전

(이 단어는 리델 사전[4254]에는 안 나옴)

　　　부제는, 1026쪽을 보면, "은"으로 생각했었다,

금전과 은전, 헤라클리우스 대 호스로

호스로를 물리치기 위해 촛대로 동전을 만들었다

이콘[4255]

유스티니아누스 527

티베리우스 유스틴

마우리키우스 577

포카스

헤라클리우스, 육 공 이, 모든 날짜는 대략적인 것.

　　　덜레스,[4256] 미합중국, 아래의 독일, 유프라테스강 위

배다리船橋에서 약간 향수에 젖다.

　　　세바스티아[4257]에서 겨울을 나다,

법이 지향하는 건? 강압에 대항하려는 것.

　　　그들을 황금창, 황금창 부대라 일컬었다,

아바르족, 불가르족,[4258] 게피드족[4259]

저 멀리 훈족에 이르기까지,

　　　푸린시[4260]에 대항하려.

하자르족[4261]이라 불리는 투르크족. 618년, 말하자면.

하느님의 어머니 매우 찬미를 받으시도록

　　　사람들은 호사로운 잔치를 벌였다

　　　하느님을 찬미하면서,[4262]

후추와 생강, 놀라울 정도로 큰 호랑이들

　　　살아있는 것들, 그리고 영양들,

그리고 하늘엔 커다란 음영이

　　　메셈브라[4263]에서 대각성大角星에 이르기까지

　　　아라비아의 세력을 미리 알려 주었도다

그리고 콘스탄스[4264]의 11년 되던 해 하늘로부터 재가,

　　　12년 되던 해엔 무하비스[4265]가 일천 삼백 육십년,

일천 하고도 삼백육십 년을 서 있었던

　　　거상을 부수고는, 낙타 900마리에 실을

정도의 청동을, 그 청동을, 유대인에게

　　팔았다

(이 모든 연대는 일반적으로 받아들여지는 연도보다 칠 년이 덜 하다).

합디멜리크[4266]는 두 번째 유스티니안[4267]과 화평을 맺었다

…… 주비르[4268]와 싸워서 그의 집과 그의 우상들을 태워버렸다

그 우상숭배자와 함께, 그들은 받을 수밖에 없었다,[4269] 우리는 한 문제의

핵심에 이르고 있다

유스티니안은 재위 6년 되는 해 알말리크와 맺었던 평화협정
을 어리석게도 깨뜨리고는 말도 안 되게도 키프로스의 섬과
주민들을 이주시키고자 결정하였고, 생전 처음 보고 한 번도
사용한 적이 없다는 이유로 알말리크가 그에게 보낸 형식을
접수하기를 거부했다. 이 모든 이야기를 듣고, 알말리크는, 악
마의 부추김을 받고는, 평화를 깨뜨리지는 않겠지만 아랍인
들이 동전에 로마인의 표징이 있는 것을 쓸 수는 없으므로 자
신들만의 통화를 발행하겠다고 요구했다. 그는 말하기를, 금
의 무게는 똑같으므로 아랍이 새로운 동전을 만든다고 로마
인들이 손해 볼 일은 없을 거라 하였다……

이렇게 일이 이루어졌고, 알말리크는 무칸을 보내 사원을 짓
게 하고 기둥들을 가져오기로 결정하였다……

— 1,060쪽, 부제, 미냐의 총서

사실 이것은, 행정관의 서에서 따온 부분과 함께
우리 시대 케말[4270] 때에도 있었다,

　　모든 건 흐른다, 라고 뒤벨레[4271]가 번역하며 말하였다,
근거라고 할까, 비잔티움의 쇠락,
가방들, 아마도 동전으로 가득 찬 바스켓들,
이만 명의 슬라브인들을 끌어모았다.[4272]
티베리우스[4273] 7년째 알말리크가 죽었고
　　유스티니안은 수로를 통해 돌아왔다.
트라키아 지방으로부터 떠돌아다니는 프랑크족들,

대리 정부에 의해 무너져 내린, 와틀링 거리[4274]에 피.

　　　주색朱色,

성대한 양식 왜 가짜 자주색이 아닌가,

단어 리델 박사에는 들어있지 않구나,

체벌을 받고 가택연금 되니(물건도 압류당하고)

벌 받고 압류당하니

형벌을 받고 몰수당하니

아우레우스[4275] 열 개를 넘는 모든 비단 구입은 기록할 것

금전 열 개 (니콜[4276] : 비단상) 비단 상인

뻔뻔한이라는 번역은 꽤 괜찮았어요, 니콜 박사,

가격을 올리거나 내리지 말 것

정당한 가격에 대한 생각이 어딘가에 나와 있다,

　　　가격 흥정에 대해서도, 어딘가에,

또한

　생각 없이라는 말도 아주 잘 쓰였는데　　　紫 추

　　　　좀 이상적이기는 하지만

소매상들　　　또는　　　　　　　之 지

외판원들　　　즉 "큰소리로 외치는 자들"

법정法庭　　법정法廷　　　　　　　奪 토

수다쟁이　　지껄이는 자　　　　　朱 추[4277]

싸움하기 좋아하는　　보케르[4278] 로부터 동쪽 둑에

행정관의 낙인이 찍히지 않은

행정관의 도장이 찍히지 않은 채　인감 말이야

대저울 모든 장인

뒤캉지[4279] : 스타테르[4280]

여기, 분명히, 언어의 세련됨이 있다

> 우리가 이미 알고 있는 것 이외의 것에 대해서 전혀 글을 쓰지 않는다면,
> 이해의 영역은 확장될 수가 없다. 우리는 때때로 특별한 관심을 가진,
> 호기심이 보다 세세한 곳에 이르곤 하는, 소수의 사람들을 위해 글을
> 써야 할 권리를 요구한다.

동전을 다듬는 자

테타르테론[4281]인 것으로 보이는데

    아우레우스에 영향을 주진 않았고

합의된 가격을 올렸는데

    돈을 쌓아두는 것에 대해서도 몇 마디

부족함의 시대에 쌓아두는 자들

집세　렌트비

다른 이들의 집세

"저, 하고 후온……이 말했다"

    이는 드 보쉐르[4282]의 말.

구두를 위한 게 아니라, 마차를 위한 가죽,

돼지 도살자들은 양을 사지 못하며

    집정관의 집에 돼지들을 숨기면 안 된다

    고위 관리의 집에

각인되지 않은 스타테르를 쓰는 자

사는 이에게 매매가

사는 이에게 파는 가격 금전 하나당

이렇게 니콜이 약간 비틀었는데, 오미크론에다가 그라브 악센트를 붙인 것,[4283]

의미는 일 아우레우스, 은행가들[4284]

일 케라티온 플러스 이 밀리아리시아[4285]

공공의 서비스를 위해

예배(위의 공공의 서비스)는 아니고

그들의 동물들도 아니고,

하나 빵 만들기는 간섭을 받지 않아야 하니

그들은 불이 나지 않게 적절한 주의를 기울였다.

술집 주인들은 행정관에게 포도주가 도착했음을 알려서

그가 판매의 양식을 정리하도록 하게 했다

일 처리…… 어떤 식으로…… 팔 건가

그들을 유사한 판매를 하게 옥죈다

측량 도구, 대체적으로 무게 그리고 측량 그릇, 그릇

잘 들어맞고, 같이 쓰이는.

측량 도구는 30리터를 담고

미나라고 부르는 것은 3리터,

커다란 축제일이나 주님의 날인 일요일에는

2시 이전에는 열지 않고

그 2시라는 게 어떻게 계산이 되는 것이건 간에

두 시간

밤의 두 번째 시간에

문을 걸어 잠그고 요리 불을 *끄고*

　　　　솥, 가마솥

하루 종일 그곳에서 노닥거리던 자들

　　밤에 돌아와 소동을 벌이지 않고

포도주에 취해 가지고

"콘스탄티노플" 하고 윈덤[4286]이 말했었지 "우리의 별,"

예이츠 씨는 비잔티움이라고 불렀었고,

엠포리오, 붕 뜨다, 가득 차다의 뜻

오이노스, 발효된 것의 뜻

카타크렘니초, 저 아래로 내려 꽂다

디아포라, 가변성

비아스, 활기

만약에 포도주 판매상이 거짓 측량기를 가지고 있거나

　　　　제대로 된 낙인을 가지고 있지 않은 게 들통나면

채찍질 당하고 귀를 잘리고

　　　　길드에서 추방당하게 될 것이다

대리인에 관하여

외국의 수입업자들을 말하는 것 같은데,

　　　　　단지 3개월만을 머물 수 있다,

그리스어 "보스론"이 무엇을 뜻하는지 설명을 해야 하겠는데

설명을 말이지 헌데 정확하게는 되지 않는데

동물들을 뜻하는 보톤을 다루는, 아마스트리아니 광장에 있는 목동인

보테르

　동물들을 사고파는 자

　어떤 동물들은 완전하지 않다.

　세공품 계약자들에 관해, 분말 석고,

　　　대리석, 가죽 술 부대, 페인트 그밖에 등등

　세공장이들

　아스코스는 가죽 부대를 말한다,

　　　　알맹이 없는 언변으로 임금賃金을 올리고

　덜 떨어진 말솜씨로 임금을 올리고

　　　미련퉁이 같은, 서쪽 느낌의 장황함

　이익을 얻으려는 동기의 악취가 그들의 이름을 뒤덮고

　그 악질 G.[4287]는 팔라티노를 불태웠고

　　　　말을 분명히 하고자

　　　　음악을 엉망으로 만들었다

　채워지지 않는 욕망 만족할 줄 모르는 사악함

　뒤죽박죽에서 발견되는 것과 같은,

　　　벌금을 부과하기 위한 단순한 책략이 아니다.

　둥그런 빌딩

　아치 형태로

　떨어질 것 같지 않은 견고함

　겪어본바

　토대, 휘청거리고 썩지 않았으니

　결국엔 유스티니안의 소년[4288]이 산타 소피아를 세웠다

"매우," 하고 N. H. 피어슨[4289]이 말하였다 "흥미롭군요."

이런저런 옴폭 파진 것들과 단단한 것들로

경사진 곳에 세우지 않았으니, 경사진 곳에

모리슨[4290]의 어딘가에 상형문자가 있을 것,

드 소매즈,[4291] 드 리츠[4292]

      불, 공기, 물, 흙

줄리앙 다스칼롱[4293]을 따라 : 불, 공기, 물, 흙

흔들거리는 탁자에 앉아 있는 노인네들

생가죽

유연제, 두 번째 공정

가죽들

요리방, 오븐에서 나온 제빵사,

행정관들, 오븐관들

그 어떤 유고슬라브인도 그가 50그루의 올리브 나무를

      심기 전까지는 아가씨에게 프로포즈 못 한다

(로니,[4294] 올해)

순환 교육

      카바레의 목사

저 니케포라스[4295]가

      테타르테론을 저하시켰다

아우레우스에게 적용할 필요는 없었다

니콜은 명목상의 동전을 이해하게 되었고

통화의 통제자들과 고리대금업자들

(요즘 식으로 말하자면 개자식들)

사이의 기나긴 투쟁

12%라고 니콜이 말했는데, 불법적임

질質에 관하여

　　(동물 고기의)

　　　　질에 관하여

태양이여 안녕, 가을이 죽어가는구나

안녕 태양아

스며 나온다고 검어질 수는 없으나

밝음이여 안녕

　　　　　유스티니안 재위 6년째 악마가 알말리크에게 들어가서는,

　　　　　우리의 금전에 같은 양의 금을 넣는다면 로마인들에게

　　　　　아무런 해가 되지 않을 거라 그가 말하게 했다. 위에

　　　　　라틴어로 쓰여진 것과 동일하다. 그는 또한 무칸을 위한

　　　　　기둥들을 원했다.[4296]

정의…… 이보다 더 오래된 것은 없다

"정직한 깃털" 하고 단테가 말했다, 혹은, "살인에 대해선?"[4297]

　　　『의무론』, 2권, 89쪽 : "살인은?"

가축이나 잘 키워라,[4298] 혹은 20년대에(우리 시대)

　　　학교에서 라틴어를 추방해 버리고

　　　　　(프랑스에서인지 어디에서인지)

모든 서민들이 부정직하지는 않다. 키케로
           방목지의 끝자락 주위를 배회하다.
"검은지, 흰지" 하고 카툴루스가 의문문으로 말했다.[4299]
"유머 감각이 있는 괴이한 놈," 하고 키케로가 바라보며 말했다 :
저렇게…… 푸른 건
카프리 북쪽으로 저처럼 푸른 건 없지
           페스키에라[4300]를 향한 쪽만큼 말이야,
베로나의 눈.
           레오 치하에서 행정관의 서
고요하신 우리의 신의 모범을 따라
           (고요함, 바다의 고요함 같은)
누가 누구를 짓밟지 못하게
           정치적 본론으로 성문화하다
(니콜을 짜증나게 만들었겠지만) 레오 886~911년
: 봄바진에 안감을 대려고 리넨을 사기도
           "거래를 위한 보증금" 포목 장사꾼들에 관련한 것
               레오 왕
공증인은
       어느 정도 문화를 알아야만 하리니 그렇지 않으면
       계약을 엉망으로 만들 수도 있을 것이라.
   : 금, 은, 진주들은 살 수 있으나
               구리는 아니 되니
               구리나 리넨 천은 아니고

다시 말해, 되파는 것 금지.

축적해 두었다가 오를 때에 대비해 가지고 있으면 안 됨,

　　　　다른 이의 세를

술수를 써서 올림으로써

　　　　이득을 보는, 향료 상인은

털이 뽑히고, 매질 당하고, 쫓겨나리라.

동전 역시 보유하지 말 것,

　　　　외지인들은 삼 개월 안으로 팔고 떠날 것,

향료 상인들은 과일 채소 등을 사지 못하며,

　　　다만 감송향, 침향, 계피만을

　　　저울이 아니고, 천칭으로 재어 판 것만 유효하며

　　　활대 끝 모양이 있는 것들 중의 하나인, 천칭.

향료 상인이든 과일 채소상이든,

　　　양초 만드는 이들은 자신들의 구역 안에서 일할 것이며,

과일 채소상들은

　　　누구든 어디서나 과일 채소를 살 수 있도록

　　　어디에서나 가게를 열 수 있으며/

만약 그의 중량 단위가 행정관의 인장이 찍혀 있지 않으면

　　　이윤은 16과 3/4 (두 밀리아리시아)

제빵사나 방앗간 동물은 다른 일에 종사할 수 없으며,

　　　　빵은 계속 만들어져야 하고,

어느 누구의 지하실에도 오븐은 있어도 안 되며,

곡식 가격이 오르고 내릴 때

올바른 빵값을 알기 위해

행정관에게 찾아갈 것,

못된 장난질을 시도하려는 자는

나귀에 태워서 천천히 길거리를 돌며 구경거리가 되게 하고,

매질하고, 털 뽑고, 추방한다. 주류점은

저녁 8시에 문을 닫는다.

돔 건물을 짓고자 하는 자는 그 경력을 증명해야 한다.

벽이 십 년 안으로 무너진다든가 하면 지은 이는,

신의 분노였다는 것을 증명하지 못하면, 자기 돈으로

다시 지어야만 한다.

공증인이 되려면 법전을 외울 정도로

알아야 하며, 60권에 달하는 바실리크를 알아서

바로 그 자리에서 법령을 꺼낼 수 있어야 하고,

장長과 동료들에 의해 지지를 받아야 하고

글씨를 깨끗이 잘 써야 하며

떠벌리거나 무례해서도 아니 되고, 습관이 좋지 못해서도 안 되고

나름의 문체가 있어야 한다. 완벽한 문체가 없이는

의미를 바꿔 버리는 부호나 구를

알아채지 못할 수도 있어서,

만약 그가 이문異文을 썼다면

그를 지지했던 이들이 책임을 져야 하리라.

그가 가진 것을 보여줄 시간을 주라.

그의 임명식 때의 연기,

주님 앞에서의 향이

그의 생각이 어디로 가야할지를 보여주리라. 말하자면, 위를 향하여.

행렬에 빠진다면 벌금을 물어야 할 것이고

단체가 그의 장례에 참석해야 할 것이다.

은세공인들은 그들의 일에 관련이 되는 것은 살 수 있지만,

구리는 아니 된다,

정말로 구리는 말고

개인적 용도가 아닌 다음엔 리넨도 안 된다.

만약 여인네들이 (누구라도) 보석을 팔고자 한다면

금세공인이 행정관에게 보고를 해야 하며

수출하기 위한 것이 아님을 확실히 해야 한다.

만약 그들이 불순물을 섞어 그 질을 떨어뜨린다면

손을 잘라 버릴 것이다

속임수로 그 질을 떨어뜨린다면 말이다

외지인들이 두 개의 금속을 팔고자 한다면,

위에 알려라.

은세공인이 손대지 않은 채로든 어떤 형태로든 신성한 그릇을 사고자
한다면,

행정관에게 그 사실을 알려야 하고

금세공인이 표식이 없는 금을 일 파운드 넘게 구입하고자 해도

그래야 한다,

작업은 메인 스트리트에 있는 센터에서 이루어져야 하지

금세공인의 집에서 해선 안 된다

또한 어느 누구도 미리 통보 없이 길드에 가입이 되어서는 안 된다

　　　(행정관의 승인) 이 경우 aveu에 해당하는

그리스어는 무엇이었나요? 행정관의 동의

　　　　　교수님, αϵυ를 보고서도

　　　　　　aveu를 쓰신 건 꽤 좋았어요.[4301]

궁전에서 보면, 그 거리는 반원 형태로,

　　　　7층짜리 성 근처에서 끝난다.

은행가들은 동전에 줄질을 하거나

　　　　　　　위조 동전을 만들면 안 되며

또한 노예를 써서 자신들의 일을 맡겨도 안 된다

　　　동전을 판별하는 이들은 〈　　　〉 위조(m 두 개)[4302]

위조된 것이 누구한테서 어떻게 들어온 것인지

　　　　　공지하지 않는 자는

매질 당하고, 털이 뽑혀서는 추방당할 것이다

이 점에 있어서 새로운 것이란 거의 있을 수 없다

그 전에 알말리크의 일이 있었다[4303]

재위 6년째, 유스티니아노스 2세

　　　　"평화."

XCVII

멜리크[4304]와 에드워드[4305]는 검으로 동전을 주조해냈다.

"에미르 엘 무메닌"[4306] (체계,[4307] 134쪽)

　　　일 대 6과 1/2,[4308] 혹은 예언자의 검,

은이 일반인들의 손에 있으므로

　　　"내 생애 처음으로

"내 핸드백 안에 몇천 달러가 들었어요"

　　　　　(A. 공주[4309])

27/75 이후 뉴딜 속임수[4310]

디나르로 십일 억 몇천, 고딕 비율 8,

발리콘, 하베, 투수지, 다니크, 일 미트칼,[4311]

샤피와 한발[4312]은 다 12 대 1을 이야기했다,

로마의 기독교 개종자들

　　　"대단한 교묘함으로 알멜리크"

　　　　하고 위에서 얘기한 부제 파울루스가 테오파네[4313]를 인용하여
말하였다,

　　　100분율로 되었다,[4314]

　　　　　예언자[4315]는

　　　　　　　금속에 세금을 매겼다

(즉 구별되게) 살찐 자들이 여윈 자들에게 돈을 대 줘야 한다,

　　　　　　　라고 임란[4316]이 말하였다,

왕의 머리와 "건강의 만찬" 페르시아,[4317]

교조적 글귀가 아니라, 기원을 나타내는,

　　　　사실 예의와 왕의 자비로움을

　　　　　나타내는 표시.

1859년 "헤지라 40"이라 찍힌 디르햄[4318]이

　　　　이스탄불의 우체국에서 쓰였다.

바소라[4319]에서 주조되고

　　　　영국 무게 단위로 하면 36.13그레인.[4320]

"이라크에 디나르를 두고 왔어,"

　　　　오분의 일은 신에게.

공화국의 정화正貨로 가죽을 무두질하다, **야누스 이에스.**[4321]

리어가 말했다 : "날 주조하진 않겠지." "날 그렇게 만들 순 없어, 내가

왕인데."[4322]

"이 가죽" (세네카)

　　　　　　스칼리제[4323]에 의해 인용된 카리시우스,[4324]

　　　　　　　파이오니아의 안돌레온,[4325]

　　　　금전 스크루풀룸 : 20이에스. 로마력 437[4326]

하지만 지금 그들은 12개의 말로 게임을 하고,

　　　　스크루풀룸은 아우레우스의 구분의 일

　　　　　　　기원전 316년

"도량서 이외에도,"

　　　　2000이에스 : 일 더블 이글,[4327]

기본 씨가 이 점에 있어서는 몸젠보다 더 사실에 가깝고

또는 레노르망[4328]보다도 더

        "그들이 가치를 떨어뜨렸던"[4329]

              칼리굴라 이후의 일

네로 이후 상원이 주조를 하였고

68년, 6월 9일,[4330]

        자유를 위하여[4331]

              다음 해 7월까지

회복된 자유.

        £. s. d.는 카라칼라[4332]에서부터 온 것,

베네치아, 피렌체, 아말피에서는 12대 1의 비율이 유지되었다,

        금전 하나 당 그에 해당하는 은전,

파엔차[4333]가 점령당했을 때 찍혀져 나왔던 가죽

서기 1250년 매슈 패리스에 기록됨 (아우구스탈리스 금전).[4334]

아비뇽에서는 변질에 대해 썼다, 다시 말해, 교황 요한 22세[4335]가

        금속의 변질에 대해 썼다,

다리우스,[4336] 그리고 타르기타우스,[4337] 독점은 새로운 것이 아니었다.

키케로는 자신이 상원의 집정관 시절 나라에 금을 유지시키려 노력했다,

"내가 집정관인 동안 더욱 엄격하게."

        테오도시우스 법전[4338] 13, 11, 11

        £. s. d.는 카라칼라로부터

처음엔 물고기나 옷감으로 돈을, 그다음엔 반지 형태의 돈

로마식 모방, 그리고 그다음엔, 무슬림

        디나르, 마라베디,

켈트 동전과 고대 스칸디나비아 "헤링," 8스티카는 일 스캇[4339]

"그 가장 강력한 엔진" 하고 델 마가 말했다.[4340]

오파왕은 6과 1/2[4341]

알프레드, 마침내는, 애설스탠 12;

비잔티움에 대항했던 크누트,[4342] 20 스캇은 일 디나르,

100스캇은 일 마르크 (회계 장부)

에드가[4343]의 가죽(?)은 애설스탠으로부터 온 것

"그리곤 그는 길드를 세웠다"

즉, 잉글랜드에 길드를 도입했다는 말,

"그,[4344] 대통령 말이에요, 그는 자신의 신분에 충실했죠

"그 신분이란," 하고 늙은 램프먼[4345]이 말했다, "지하세계예요."

1948년

멩켄은 시기에 맞지 않는 농담을 했다. "죄송하지만,"

하고 런던의 판사가 말하기를, "이건 형사 사건이 아니라 민사 사건으로

올라온 거예요."

미셴덴, 던모어[4346]는 동전을 만든 죄로, 내가 아니라, 하고 리어가 말했다,

셈핑엄의 성직자, 은밀한 수출.

오파의 금, 그리곤 휴지休止, 그리곤 헨리,[4347]

왕권에 대한 죄, 3세, 서민들은

공공의 일에 끼지 말 것

전혀, 완전히, 그리고 1914년 영국 군주들은

필라델피아 주조소에 엄청난 양을 쏟아붓고는

그리곤 곧장 독수리들로 새로 인장을 찍었다.

사자심왕[4348]에 의해 푸아투에서 제조된 동전,

캑스턴[4349] 또는 폴리도어,[4350] 비용 : "은전,"

　　　당신의 계산판에 놓인, 바쿠스가 새겨진 금전,

헨리 3세의 두 번째 학살, 밀 1쿼터에 12펜스

빵 6과 4/5 파운드가 일 파싱[4351]

51조, 헨리 3세. 일 페니의 땅이 일 퍼치[4352]이면

　　　이는 화폐의

기본 원리로서 작시법을 닮아가는구나

세금의 정기적인 거둬들임

단돌로[4353]가 비잔티움에 온 이후로 바뀌고

악화되고 **그리고**……

　　　에드워드 3세

　　　　(7세는 말할 것도 없고)

하여 단테[4354] : "세나," 그리고 비용 : "가치를 떨어뜨렸던"

1311년에는 남작들이 자신들도 목소리를 내고 싶어 했다

"양철로 만든 동전"

　　　"다른 모든 이들과 마찬가지로 종교인들도

　　　　몰수당하리라."[4355]

알모라베디스의 금[4356]은 베잔트와 더불어

　　　대영제국에 있다

　　　　그리고 그 후

　　　　　순금 40 내지 43 그램.

아라비아의 옛 기준, 9, 7, 9?[4357]

콜키스의 스칸다로부터,

게트족들이 키테라에 있었다

(파우사니아스,[4358] 라코니아편을 보라)

2도이트는 일 부들, 13과 1/3 보비는 160도이트.[4359]

그들이 루스벨트가 싸 놓은 똥 언덕을 없애고

워즈워스 대위[4360]를 교과서에 다시 실으려나?

에드 3세, 신의 은총으로,[4361] "옛 기준"

그리고 많은 양의 사포砂布[4362]가 주문되었다,

소문나지 않은 채로 이동하는 것처럼 보이는 주산물.

주트족의 몬스[4363]는 기록에 이름이 남겨져야 한다,

　　　왕권, 용기, 몬스는 기록에 이름이 남겨져야 한다.

바사[4364]는 국민을 위해 동전을 발행했다, 리쿠르고스, 노미스마,

"제한을 두는 것이 좋은 노미스마의 본질"

하지만 괴르츠 폰 쉴리츠[4365]는 이를 생각하지 못했고,

　　　스웨덴, 폴타바, 그리고 어떻게 해서든,

　　　　어떤 죄목으로든 처형되었다[4366]

1745년 코펜하겐, 9년 된 은행으로 태환兌換하지 않아도 되었다.

왕이 물러나자, 은행가들이 다시 작업을 시작했다.

15.08 덴마크와 스칸디나비아 (비율[4367]) '73

　　　18, 즉 1873년

이에 대해 벤튼 씨는 다음과 같이 생각했을 것이다 :

다른 곳에서는 그와는 다르게 하려는 지속적인 노력.

만약 프리슬란트에서 1/4디르헴이라면

　　　스페인의 1/4 (그와 같이)디나르에 대해

6과 1/2의 비율이어야만 할 것이다.

>　　"오랜 더블 다카트,

>　　　　오랜 터키의 은화."

그리고 암스테르담(1609)은 비셀은행을 부셔버리고는[4368]

환전은 누가 해야 하는지를 말하였다,

하지만 델 마 씨는 이 점에서

>　　　　발행과 뒤처리를 연관시키지는 않았다,

비록 총 발행 규모와 거두어들일 수 있는 것 사이의

>　　　　적절한 전체적 균형을 지지하기는 했지만 말이다,

'55년, 아이크[4369]는 그 지점까지 갔다.

>　　바피코[4370]는 신문, 매일 매일의 신문, 신문을 팔았다.

"레스터로부터의 사절, 토마스[4371]에게 :

>　　　　우리 동전도 황제의 그것과

>　　　　같은 가치로 올리도록."

"우리 동전이 영토에서 빠져나가고 있으니.""그들의

신성한 해방을 영원히 기억하며," 라고 흰 판지에 그 화란인들이 썼다.[4372]

"이 세상의 어떤 것도 그러지 못하니," 하고 비용이 포괄적으로 말했다

>　　　　"신이 보호하시니."

>　　　　조국을 위한 투쟁.

그 무슨 무슨 황제들과 왕들과

그 무슨 무슨 공작들 그밖에 등등이 저질렀던

가치 저하와 평가 절하가 그 후로 엄청 더 행해졌는데,

>　　　　킷선,[4373] 펜턴,[4374] 그리고 톨스토이가 이를 목도하였다.

흥미롭게도 따로 분리를 시킴으로써 브룩스 애덤스[4375]는 그, 델 마를 경시하였는데,

　　내가 그들을 만나본 바로, 그, 애덤스가 그랬는데,

　　　　문체상으로 닮았으면서도 말이다.

"잘츠부르크만이 제대로의 무게로 주조하였지."

1806년 프로이센의 화폐가

　　　　　　90년을 지속했고,

태양을 숭배하는 발트 국가들의 8행시.

델의 시대 은 371과 1/4 그레인[4376]

난 가스 불빛에 반짝이면서 한가득 삽으로 퍼 날라지는

　　　　　　그것들을 보았지.

　　　　테레사의 것은 390일지도,[4377]

　　　　하지만 분명한 건, 353과 몇 분의 몇,

잘츠부르크에선 5가 더해졌고, 또는 아마도 361, 또는

브라이언[4378]이 킷선에게 인정했듯 "겉치레."

"관세동맹의 모든 주에서 합법이었고 (1841)

1873년엔 위기가 있었고

　　　　흄[4379]의 노력은 허사였고, 폰 훔볼트[4380]도 허사였다!"

저 사기꾼들, 또는 적어도 궤변론자들

　　　　콥덴[4381]과 리버풀.[4382]

훔볼트에게 비쳐지는 빛 한 줄기.

폰 슐츠[4383]와 윌리엄 하코트 경[4384]

　　　　두 사람은 나라의 독립성을 유지하고 싶어 했다,

"국가가 위임을 하게 되면……

　　"그 가치를 알 수 없는"

　　　"어떤 것" 하고 프랭크 해리스[4385]가 말했다.

알부케르크[4386]는 고아에서 원판을 만들었다.

　　　18조, 찰스 2세 5항[4387]

1816년엔 비율에 대한 권력을 포기하였고

　　1870년엔 남아 있던 특권마저 포기했다.

"빅토리아, 빅토리아, 내가 어디서 그 이름을 들었던가?"[4388]

금세공장이들은　　　義를 목적으로 하지도 않고

　　　지혜(소피아)의 통치도 받지 않았다

　　　　믿음, 지혜

델 마는 간슬[4389]을 탐구했다,

　　독립 백주년 시기였으리라

제퍼슨 씨의 사후 50년.

　　"의존도가 두 배가 되도록 속아 넘어가고,"

"창살 무늬 문양이 있는 동전"이 왕에 의해 주조되었지만, 찰스는

　　동인도가 그걸 하도록 해 주었다

"회사가 자기들 식으로 해도 되게."

아시리아, 바빌론, 마케도니아,

　　어느 곳에서보다 늘 더 어느 곳인양,

하지만 (축소하다) 그 큰 차이는 줄어들고.[4390]

　　스티드[4391]는 더글러스에게 루피에 대해 물었다.

1858년 : 회사의 종말.

실라 9 (비율 9), 카이사르 12

비잔티움이 무너질 때까지 이 비율은 지속되었다.

"그 표시는 마블 씨[4392]가 보였다"

　　　　(어떤 각도에서 보면 참 겸손한 이름)

"제목 이외에는 읽지 않음." 칼라일 씨,[4393]

"게리온의 이 줄"(괴물) 하고 칼라일 씨가 말했다,

　　　　　　의회에서,

　　　　　　그러다 재무로 갔다,

새로운 잎,

새로운 식물　　新

　　　　깨끗이 정리하려면 어떤 도끼가?

親 친　　旦 탄　　親 친

　　포도주처럼 거무스름한 반사 빛, 아마도,

색깔이라기보다는. 시빌이 그렇게 책에 적어 놓았으니

햇빛의 옻칠은 깊은 바다의 자줏빛

아님 금빛 적갈색이라 말할까.

　　　　　　　　이런 색깔이 공중에 존재한다는 것

불길도 아니고, 진홍색도 아니고, 구릿빛, 횃불에 의해

비추어지는 수정,

　　　자연으로부터 표징이,

산 마르코 옆 작은 사자상들. 링으로부터

자비가

쿠아논,[4394] 황금 난간 옆,

　　하늘로부터 내려 온 나일강, 불길이 공중에서 빛나고

공중에서 퍼져나가고

베레니케,[4395] 별자리가 되기엔 늦긴 했어도, 신화 만들기는 끈질기니,

　　(지금은 민간 전래라 부른다)

곰팡이를 없애주는 레세르핀,

　　윌리엄 아저씨는 자신의 가장 똑똑한 말

(예컨대, 모든 개별적인 영혼에 대한 것/ 같은)을 미친 듯이 부정하고

있다

오랫동안 노를 저어

仁　　爲　　親
親　　寶　　以[4396]

"일군의 기관총들에 대해 비용을 물리는 자가 열이라면"

　　　　하고 델리 우베르티[4397]가 말했다

"영수증에 이름을 적을 이는 한 명이지요."

모든 건 달 아래, 운명의 여신 아래,

　　지상의 찬란함,

지복을 즐기며, 풀 사이에 숨은 뱀장어,[4398]

　　모든 건 달 아래, 운명의 여신 아래

이 표징　　貞　　첸[4399] (4성), 이 표징

도금닝[4400]의 눈,

　　삼대三代, 산 비오[4401]

도금낭보다 더 어둡다고?

　　　　창백한 바다의 녹색, 난 그런 눈을 한 번 본 적이 있지,

롤리[4402]는 말했지, 제노바의 비생산적인 대출에 대해,

　　　　고리대금업밖에는 남지 않았다고,

그리고 38세에 죽은, 마케도니아의 총통[4403]이 있다,

　　　사원　巫　은 신성하다,

　　　　왜냐하면 파는 게 아니니까.

"아니, 조지,[4404] 대통령이 되고자 하는 그 친구와 있지 말아요,

　　"우린 그가 다음에 뭘 할지를 몰라요."

범죄와 재앙 사이의

　　　　희미한 연결,

　　　　　나날, 나날

적어도 몇은 이 　旦　 탄을 지각해야만 할 텐데

아르노[4405]는 자신의 언어로 말했다, 26번째 연옥,

달 위로는 질서,

　　　　달 아래로는, 아마도.[4406]

그리고 만약에, 우리에게 교황이 있다면, 피사니[4407] 같은?

　　　　살 수 있는 힘을 배분하는 것보다

빠르게 그 힘을 줄이고 있으니,

　　　　하지만 그 간격, 15, 16, (벤튼을 보라)

12에서 6과 반으로까지,

　　　　하지만 다른 어떤 속임수를 발견할 때쯤엔,

'78년 무렵, T. C. P.[4408]는 "무이자"를 이야기했었고

　　　　애덤스로부터 러시까지, 또는 바사(구스타부스)로부터

몇 번의 전쟁을 치른 이후로 죽.

　　　　피에르 카르디날[4409]이 그 주제를 언급했다.

운명의 여신 아래 대지,

　　　　　　　각 영역에는 그 주인이,

늘 바뀌는 변화, 늘 지탄을 받고,

　　　　스스로는 즐기고,

　　　　　　"만드는 건 어렵지 않아"

　　　　　　　　　　하고 브랑쿠시가 말했다

"하나 그렇게 만들도록 하는 마음의 상태를 우리가 만드는 게."

"난 매일 무언가를 시작할 순 있어,

　　　　　　하나 끝을 내는 건!"

"모든 건 맞아," 하고 그리피스[4410]가 말했다

　　　　　　"하나 그걸로 그들을 움직일 순 없어."

소유권? 효용? 차이점이 있다.

사원 은 파는 게 아니다.

"늘" 하고 델 크루와[4411]가 말했다, "똑같애."

"알자스-로렌을," 하고 피카비아가 말했다, "정복함으로써."

　　　　　　예술은 지역적,

아이크는, 거의, 한 생각의 끝까지 내몰렸다.

자격이 되는 자들만의 제한적인 (교리에 의해서가 아니라 실제적으로)

참정권으로 시작했다,

지금은 꼭대기 층에서 벌어지는 악행들.

에사드[4412]를 몰아내려 하였는데,

             그는 문기둥에서 죽었다,

만약 당신이 천국에서 천녀들을 제거해 버린다면

      분명코 그들을 개종시키지 못하리라.

아퀴나스조차도 그녀, 운명의 여신을 깎아내리지 못했다,

    자줏빛, 푸른 빛, 깊숙한 홍채,

      지복을, 지복을 즐기며,

메마른 볼록배는 그녀, 보름달을 깎아내리지 못하리니,

     양상은 수시로 바뀌고.

단테는 그 칸초네[4413]를 읽었던 것.

     새들은, 하고 허드슨[4414]이 말했지, 자동인형이 아니라고.

조너선 에드워즈조차도 나무들을 바라보았다고 전해지는데,

누가 규준은 있고 원칙은 없는지에 대해……

12표법[4415]은 풍자를 범죄로 취급했다,

     어떤 이가 루킬리우스[4416]의 대부분을 싹 지워 버렸다

그리고 물론, 그들의 기록에서 안토니누스에 대한 것은

    별로 남아 있지 않다,

꼽추, 루이지[4417]는 밀알과 교감을 나누었다

    언덕길에서

        태양이 떠오를 때

하나, 열, 열하나,[4418] 나와 함께 움직이누나　旦　탄?

교조주의자들은 자신들이 믿는 바를 유지하기 위해

　　　때때로 거짓말을 해대지만,

군자君子는 절대 그러지 않는다.

그리고 원죄에 대한 그 소동은…… 마녀의 속임수,

비구름을 몰고 오는 아슈빈,[4419]

　　　숲에 있는 후히.[4420]

돈이 잔뜩 담긴 통을 들고 사륜마차를 타고 : 젠장, 내

　　　그걸(보수) 가질 거라 말했었지.

　　사원은 신성하다 　　　　　파는 게 아니니까

아가데의 사르곤[4421]으로부터

　　　　　탕[4422]이 있기 천 년 전,

인도로부터의 고딕 아치,

　　　물탄[4423]으로부터 700리,

　　　물탄에서, 횃불은 향을 내었으니,

헤라클레스의 아들, 나팟[4424] 물의 아들,

판치,[4425] 티아나 출신의, 페니키아인[4426]

　사자 머리

4월에 가을이 찾아왔고
　　　"매니 언덕[4427]에 미노스 왕[4428]이 누워있도다,"
사르곤으로부터 티아나에 이르기까지
　　　　　　　　제단의 돌에 피를 흘리지 않았도다.
"저와 같이!" 하고 웅가로[4429]가 말했다,
　　　　　　　　　"저와 같이 단단해"
(연필 뒤끝으로 철로 된 큐브를 꼭꼭 찌르며
　　　정신이란 반발적인 것이라 말하였지).
빌 다브레,[4430] 프레 카탈랑,[4431] 영구적임,
공정함에 대한 관심
　　　　　　　그저 전문용어에 대한 관심이 아니라
물리학 이후[4432]
　　메타, 외적인 것은 아닌, 아마도 그렇게 외적인 것은 아니니
대부분의 "메타"란 내적인 것으로 보인다.
"행정에 대해 *생각해 보지* 못했다," 애덤스,
　　"또는 문명에 대해" 하고 보나파르트 씨가 말했다,
적어도 난 보나파르트였을 거라 생각한다.
　　장인이 어설프게 기술을 써 먹고,

"버키"[4433]는 구조를 위해 나아갔는데 (꽤 올바르게)

하지만 여전히 동물들이 소비를 하고 있구나.

"그대의 눈동자에 있는, 자비로운 빛,

내가 원하는 것, 그대도 원하나요?

그대도 원하는구나."

5월 4일 끼어듦

명청이 인형들과 공작부인들 사이로

내 비록 자주 헤매긴 하였으나,

어떤 여인네들은 괜찮았고,

어떤 여인네들은 나빴으니,

다른 이들과 비교해볼 때 말이다.

하지만 자유롭게 태어난 이들이 미친 듯 노예제도로 달려갔으니

이는 좋지 않구나,

일자리를 얻으려 미친 듯 달려가니,

이는 좋지 **않다**.

"돌이 없어" 하고 니틀이 말하였다.[4434]

사원 안에 놓인, 꽃들, 향,

사원에 피의 흔적이라고는 없으니

크로커스는 지고 장미가 피어나누나.

폴, 부제, 미냐 95.

움살라,[4435] 황금 사원이었다네,

용맹스러운 행위를 했다네, 프리코,[4436] 평화. 욕망,

　　　프리아포스[4437]가 만들었지.

자유의 여신, 비너스.

　　　아겔문트,[4438] 아이온의 아들, 33년간 통치하다.

아풀리아의 소년[4439]

　　　　　"신선한 장미" 하고 알카모[4440]가 노래 불렀다.

안토니누스에 대해선 기록이 별로 남아 있지 않다

그는 매에 대한 책을 쓰기도 했다.[4441]

그는 놀라운 간결함으로, 하고 란둘프[4442]가 말하길

　　　유스티니아누스 법을 정리했다

소피아 대성당을 세웠으니, 하느님의 지혜

正
名

베리우스 플라쿠스[4443]로부터 페스투스[4444](S. P.)까지

　　　희랍인들이 남자다운이라 말했는데,

마초적인이라는 말은 덜 우아하므로.

이 모든 것이 레토(폼포니오)[4445]에게 전수되었는데

　　　여성스러운이라는 적절한 말을 원하며.

죽은 자들의 영혼의 신, 주피터와 포모나의 제사장

(신의 이름을 찾고자 하며)

"모든 지상과 천상의 것들에 남아 있도다"

신들의 혼령, 예언자들이 그들을 불러일으키도다

지상과 천상의 것들을 통하여

     그것들은 남아 있는 것으로 믿어지니

      잔존하는 것으로 믿으니

그늘진 숲 속에

   하지만 지금은 어떤 힘이 게걸스러운 사자를 쓰러뜨리는구나

타이게토 산[4446]에서 스파르타인들은

     바람에 말을 제물로 바친다,

마르티오 평야[4447]에서처럼, 10월에,

     라케다이몬에서, 최대한 먼지를 털어내듯이

로도스에서는, 태양의 차가 바다로 내던져지고,[4448]

파슬리로 무기를 문지르며,

      포르투누스[4449]의 제사장

"죽고 묻힌 말言語들"　　**伯**
　　　　　　　　　　　　　馬
　　　　　　　　　　　　　祖[4450]

애설스탠은 그곳에 길드를 세웠다

긴병꽃풀, 땅콩, 단풍나무,

    눕지 않으리　**無**
　　　　　　　　　　倦[4451]

XCVIII

라-셋의 배가 태양과 함께 움직인다

"빛을 세우려는 우리의 작업" 하고 오켈루스가 말했다,

아가다, 간나, 파사[4452]

新 신

새롭게 만들어라

이집트산 약

레우코테아는 자신의 베일을 오디세우스에게 주었다

시간

신의 혼

그리고 사랑의 지혜

사원(신탁)은 팔기 위한 것이 아니다.

그것을 느끼는 것, 그의 혼을 느끼는 것,

그들이 헬렌 때문에 소동을 일으키는 동안에

그리스의 그 어느 누구도 나라 밖으로 노예를 팔지 않았다

　　　그는 묻지도 않았다

나라의 광산, 채석장, 염전,

　　콘스탄티노플의 길드 체제

이탈리아의 법, 사벨리족[4453]의 관습,

　　　광장에 더 이상 보이지 않는 검은 숄들

사벨리족의 관습, 데메테르를 위한.[4454]

　　　"그대가 아름답게 보이려"

불이 없이는 아무것도 볼 수가 없다.

　　　　노의 물갈퀴를 가늘게 하며

　　　　해변에

　　　　그곳에 있는 것이라곤 앎뿐

비잔티움에선 천 년간 12%

　　　　만주에선 법정 최고 36, 성유聖諭4455

　　　　다음으로 넘어가기.

안셈4456 : 누구는 육화된 앎,

　　　　그리하여 삼위일체, 누구는 영으로 남는다.

"육체는 내부에 있다." 그리하여 플로티노스,4457

하나 게미스토4458 : "신들은 환희로 존재하도다,"

　　　　소통에 있어서의 그들의 속도.

　　　　안개 낀 구름 속 미끄러지듯,

　　　　　　　신들의 모습으로

그들이 움직일 때 불길은 더 타오르고

담을 위해 싸우듯 법을 위해서도 싸워야 하리

― 헤라클레이토스의 삽입구 ―

레우코토에4459는 향나무로 일어났다

― 오르카무스, 바빌론 ―

　　　　아폴로에 반항하다.

참아요, 내 적당한 때　소금을 관리하는 소장에게

　　　　가리다.4460

신은 우리 안에 있도다.　　그리고

그들은 여전히 저 바다 갈매기에게 희생제물을 바치고 있네
신은 우리 안에 있도다

　　　베일
그녀는 카드모스의 혈통을 이어받았으니,

　　　눈의 레이스가 마치 바다 거품처럼 그곳에 펼쳐지누나
하지만 그들, 예이츠, 포섬[4461] 그리고 윈덤은

　　　그들 밑에 땅이 없구나.

不

　　　오리지[4462]는 있었는데.

　　　이성理性에 어울릴 만한
데메테르를 위한 검은 숄.
"열한 명의 식자識者" 하고 커팅 상원의원이 썼다.[4463]

　　　"드와이트 L. 모로우 정도 덧붙일까."
데메테르를 위한 검은 숄.
고양이가 말을 한다 — 마오 하고 — 희랍어의 굴절어미로,[4464]

　　　모하메드는 공감을 하고 : "종교의 일부분"

　　　포이보스에게서 난 자매,[4465]
누군가가 새가 말하는 어조로 말한다
"우리 중산층 시민들은

　　　광장에서 군중에게

　　　능률적으로 말을 하지 못한다,"
라고 의원이 말하였다, "우린 무솔리니를 통제할 수 있을 거라 생각했
었지."

윌리엄 아저씨[4466]는 롱사르의 열 줄에 대해 두 달을 바쳤다

　　　하나 소금 작업이……

　　　그는 거짓말을 하지 않아

　　　　…… 현명하거든

참아, 내 그리고 가고 있으니.

　　　　　애초에

　　　　　앎

셴시[4467]에서, 왕, 소장 이우--푸

토착어에 관하여[4468]　又 樸

왕의 일, 백조가 나는 것만큼이나 거대하다 :

전통에 기반을 두고 세워진 사고 :

　　　시민의, 군인의

태양이 떠오르고, 태양이 그림자 속으로 들어가고

슈안,[4469] 일성으로 示 공표하다

모든 걸 묶어주는 효孝.

첫 번째 펜 예[4470]　本

　　그리고 기술 業

나이 들어 철학하는 것 (대체적으로 아리[4471]의 말)

"부처는 그러한 화려함을 버렸는데,

　　가당하기나 하나!" 하고 용칭[4472]이 말하였다……

"도교의 사제들이 대낮에 날아다니는 걸 그 누가 보았는가?[4473]

그들은 5가지의 인간관계[4474]를 망치고 있다,

노새들이 장식용 마구들로 짐 지어져 있고,

매일 빚에 더 깊숙이 빠지며

다음엔 농장을 팔아치우고 만다.

佛

이 원수 같은 불자들에 대해 말하자면,

　　　그들은 제국을 경영하는 데 필요한

정신적 수단을 제공해주지 못한다, 또한 도교 신봉자들도 그러하니

그들의 내적이고 외적인 약으로는 어림도 없다

— 외적이라고? 황금 약? —

신체적 죽음으로부터 그들을 보존해줄[4475]?

　　　약강의 어조로 사고를 뒤틀어버리는 자들 또한……

수십억의 말들

　　　다섯 가지 인간관계를 망치고,

부처가 이런 심술쟁이 노파들에게 돌아가리라 보는가?

　　　궁전 뜰이 있고

용 모양의 베란다가 있으며, 내실이 있으며

아마도 봉황으로 장식되어 있었을 터인데

그는 이것들을 버리고 거부하였다[4476]

棄　捨

그를 요양원 같은 곳으로 꾀려 하는가?"

嗎

이 기호는 말과 입.[4477]

천상에 앉아 있는 그가 그대들이 그의 위로 지붕을 씌우려는 걸 원할까?

"풀 수 없는 것 신의 본성을

풀려고 함 (프로코피우스[4478]와 늙은 피바디[4479]).”

안토니누스와 레오는 그 퍼센티지에 집중했는데

스틱[4480]이 말했듯, “역사가들은 그것을 놓쳤다.”

신은 진흙 모형이 필요할까? 금박 입힌?

후아 토우,[4481] 이 혀 말들!

위로 오르는 말들을 만들어내는 자,

      그 아래엔 흰 뼈들.

천상에 있는 자가 그대의 잔돈을 원할까?

      그걸 갖지 못했다고 원한을 품을까,

(참조/ 게미스토) 시아오 젠[4482]? 小

           人

그 모든 그들의 “고전”에 쓰인 언어

    판 후아[4483]

그대들이 그들의 허튼소리를 삼키지만 않는다면

     그들을 몰아낼 필요도 없으리라.

          王

왕-이우--푸   又

    강희의 칙령에 대해

통속적인 말을 써서 그 뜻을 일반국민들에게.

“건설적인 상상력을 보이지 못하고,

     연결시키지 못하니, 모르타르에 모래알,

방해물.

     그대, 그대는 그 이유를 알고 있어야만 하리니,

고의성은 없는 부주의함 이후로 다시 새롭게 시작해야

義이　셴深그 뿌리

리 裏　그 안쪽

유안 原　그 원천

작고…… 희고…… 덮여 있는.[4484]

그리고 제국의

太 타이

平 핑

평정은 대지를 올바르게 붙잡고 있으니

대지와 물은 그대의 골짜기에 바람을 물들이누나

초 펑 風 초 펑 수[4485]

사람의 감정은 자연의 색을 띤다

엔 恩　칭 情

포드[4486]가 말했었지 : 사전을 가져와서

말의 뜻을 배우라고.

"셋에 대해……," 그리고 매에 대한 책, 시칠리아의

페테리코.[4487] "너무나 향긋한" 하고 알카모[4488]가 노래 불렀다

"봄 여름"

진주보다 또는 카시아보다 더 단단하구나

이　　　　　　義

치　　　　　氣康

카티에서 강희에 이르기까지　　　熙

봉인의 두 반쪽

"서경書經," 하고 그의 아버지[4489]가 말하였다 : "보여주고, 자극을 준다,"

　　햇빛을 거두어들일 수 있도록

영혼은, 하고 플로티노스가 말하길, 영혼 안에 육체가.

"환희로 인해," 하고 게미스토가 말하길, "환희로 인해 : 신들,

　　소통을 하는 그 속도로.

안셀름은 수다를 줄이고, 고요함을 위해 침잠했다.

하여 신들은 존 발리콘을 제 추로 임명했다,[4490]

비잔스는 이율(%) 때문에

　　만주보다 오래갔다.

사고는 전통을 기반으로 세워지고,

　　여기서 우리는 볼러[4491]에게

통속어에 대해 빚을 지고 있다.

　　매슈즈와는 달리 이 왕은 스타일리스트였다.

웬리는 사람들과 이야기를 하는데 도움을 주지 못할 것이라

　　용칭은 그 칙령을 다시 내었다[4492]

하지만 소금 관리소장은 일반사람들의 수준으로 끌어내렸는데

　　볼러의 의견에 따르면, 일반사람들은 인용으로 이야기를 하며,

　　인용으로 생각을 한다는 것이다 :

"그걸 지불하려 다른 누군가를 보내진 마시오."[4493]

델크루와는 되풀이를 잘했지.

　　볼러는 종교가 필요하다라고 생각했지.

무안 포[4494]가 없이는…… 하나 난 예상한다.

　　일생을 대체할 만한 건 없다.

황제의 뜻,

　　　만년 마음의 소리 생각하고 말하다,[4495]

그는 61년간 통치하였다

敬　경의

그리고 아름다움

질서　孝

"부모들은 당연히 자식들이 신사이기를 기대한다."

正　쳉

經　킹

텍스트는 무언가 주목을 요구하는데, 아마도 그대는

쳉正

킹經

의 의미를 쿵[4496]의 현관 門 멘에서 바라보아야 하리,

　　　정부를 기만하지 말 것.

효란 매우 포괄적인 것, 하지만 거기엔

가족 간의 소모적 싸움은 들어가지 않는다

田　땅이나　錢　돈, 등등

또는 가식 등에 대한 싸움들.

II. 만년의 세월은 사람들에게 부족과 후손들이 있었다는 것을 말해준다.

III. 구역들이 존재한다. 법적 다툼을 피하라.

IV. 곡식이 없이는 먹지도 못할 것이고 누에를 키우지도 못한다,

　　　황제의 예는 쟁기질을 하는 것이었다.

V. 그리고 허비하지 말 것이며,

바늘 끝에서 쇠가 깎여 나가지 않도록 하라.[4497]

VI. 만년의 세월 : 학자들의 습관을 개선하라

　　　"짐들이 실린 황소처럼"

　　　또는 멋들어진 안장이 놓인 노새처럼,

그대가 읽어야 할 책들은

　　　　　　　챙

　　　　　킹이어야 하리라

　　　　　　위에 언급되었듯

그대의 친구들도 그것들을 읽을 만한 사람들이어야.

　　　16이 이자율(%) 때문에 망쳤다[4498]

비잔티움이 차라리 더 생명력이 있었다.

　　　"갈비뼈에서 그 미각이 엄청난 대가를 치렀던 볼에게로"[4499]

밋포드 양[4500](또는 그들 중 하나)은 이게 "고딕적"이라 생각했다

　　　천국, XIV : 이 빛은 분리가 되지 않으니.[4501]

VII. 무언가를 만들어내려고 할 필요 없음.[4502]

VIII. 법을 명료한 말로 쓸 것.

IX. 유안[4503]은 길 잃은 암소를 묶어놓고 풀을 먹게 했다.

X조는

　　펜　本
　　예　業

　　　　　에 관한 것 자신의 본업에 충실하고 그걸 넘지 말 것,

그걸 확립할 것. 어린아이들이 악에 대해 무엇을 알리?

그리고 XV. 고정된 세금이 아닐 것.

이는 망 추[4504]로부터 온 것　孟

XVI. 쉽게 분노하지 말 것.

XVII. "법정에서 거짓말하는 사람들에 대해!"

　　　(1670년 강희) 여기에 대해 용칭 :

"그대들은 똑똑히 들어야 할 것이다"　　母

의도적으로 반대로　　　　　　　　忽[4505]

　　　자연의 색깔로

용칭, 칸토 61

　　빛　顯　시엔

　　　　明　밍,

햇빛의 비단실,[4506]

햇빛의 실(피타고라스)

　　　분리가 되지 않으니 (xiii)

황홀함

　　　두 번째 해

　　　두 번째 달

　　　두 번째 날[4507]　셩　聖

　　　　　　　칙령　諭

"매년 봄이 되는 첫 번째 달에,

전령은 그대들의 순종을 요구하리니.

그 축제에는 여섯 번의 제식이 있을 것이니

　　　모두 모여야 하리라!

고약한 성질로 삶을 잃는 일이 없게 하라.

XCIX

푸른 풀이 노랗게 되고

     노란 잎새들이 공중에 떠다니게 될 때까지

그리고 용 쳉 (칸토 61)

        강희의 후손

햇빛의 비단실

     분리가 되지 않구나,

두 번째 해

두 번째 달

두 번째 날

     셩 유, 칙령

매년 초봄, 즉 봄의 첫 번째

     달에,

전령이 그대들이 따라줄 것을 독려할 것이니

축제에는 여섯 번의 제식과

     7번의 지침이 있을 것이라

그 모든 것이 뿌리로 모이니   툰 펜[4508]

뿌리에 대한 경배 (모하메드로부터는 그 어떤 교조적 교리가 없었다)

사물들을 분별하기

     쉬[4509]   단단하다

무[4510] 패턴

파[4511] 법률

쿵[4512]　공적

추[4513]　사적

크고 작은

　　　　(오디세우스의 어머니는 그의 말을 듣지 못했다)

빛이 쏟아지는 것을 보는 것,

　　　　　　다시 말해, 충실함을 향하여

그 단어의, 포괄적인

　　　　　　　일반인들의 생각

모든 예민한 사람들은 그것이 감싸는 것을 볼 수 있다.

추[4514]는 그것을 보았다, 나의 **조상** 또한,

황홀에 둘러싸인,

　　　　　　　보편성,

질서 있게 짜인,

　　　　　　　베틀의 실처럼

이름, 주소 (피엔,[4515] 후[4516]

성실, 단순, 붉음 : 남쪽, 그리고 순진성

멩,[4517] 백성, 다수, 음모,

　　　　　　　　　멸망.

현명한 이들은 계획을 한다,

단순함 천 번에 걸친 세대, 어느 누구도 바꾸지 못한다.

현명한 황제의 마음은 우리의 마음,

그의 정부는 우리의 정부

　　　　　　　야오[4518] 높다, 시아오[4519] 새벽

경애하는 황제께서는

　　　　　　사물들이 자라는 것을 애정으로 바라본다,

그의 생각은 선반 위에서 메말라 있지 않고

소진되지도 아니하며, (쿠에이⁴⁵²⁰) 가게에서 융통이 되니.

그 일은 백조의 비상 (홍⁴⁵²¹ 예)

찾아내서 같이 묶는 것

이는 자식됨에서 부족 무리로 넓혀가는 것

법적 다툼을 피할 것

　　　　들판으로부터, 숲으로부터,

먹는 것이 뿌리로다.

　　　백성이 밥 먹고 살게 하라.

이 많은 것을 나, 첸⁴⁵²²은 들었다. 요 엘 레이.⁴⁵²³

양⁴⁵²⁴　기르다

치 마⁴⁵²⁵　대마를 묘목하다

충 미엔⁴⁵²⁶　면

　　　　　　퉁⁴⁵²⁷　모두 같이.

IV. 기능들.

쥐들의 갉아댐과 새들의 쪼아댐 : 법적 다툼,

소나무 쥐와 오크 고양이, 그대에게는 다람쥐라고 하는 것,

참새, 대마새, 쥐들의 갉아댐과 박새의 울음소리

　　　　　　　아무 이유도 없이 법에 호소한다,

매듭을 묶어 재산을 무너뜨리고

페이(4성),[4528] 시간을 허비하고, 사업을 망가뜨린다,

그 조직은 기능적이며

유동성을 유지하고자 하는 것······

　　　구역 차원에서 시작하니······

동정이 흘러넘쳐 다툼을 부채질하고,

　　　봉인된 문처럼 행운을 가져오기를,

바늘의 끝에서 쇠를 긁어내지 말 것.

전쟁에 나간 사람들이 시경詩經을 알던 때에는

　　　쟁기질하고 잡초 뽑고 하는데 공정함이 있을 수 있었다.

배우는 과목에서 제대로 된 정신을 숭상하다.

　　　고전을 뒤로 제칠 수는 없다.

확고한 원칙들이 없다 보니 사람들을 등쳐먹는다

도교 신자들에 대해, 추[4529]가 말하길,

　　　하늘과 땅 그 어떤 것과도

　　　그 밖에 그 어떤 것과도 제대로 마주 대하지 않고

그저 전적으로 주관적일 뿐, 신음하는 용,

부르짖는 호랑이, 수은, 약, 이런저런 약들,

불교도들도 썼었으니 : 떠돌이 탁발승들은

　　　자신의 가산家産을 지키지 않고 밥을 얻어먹는다

　　그리하여 학식 있는 붉은 아들[4530]의 촌평이 있는 것.

그들이 달력에 도움을 주었다는 이유만으로

로마가톨릭교도들[4531]을 믿지 마라.

오디세우스의 어머니는 그의 말을 듣지 못했다.

네스토르는 "너무나 현명하여 거짓을 꾸미지 않으리니."

뜨거운 말들을 거르지 아니하고, 처음엔 그저 아양 떠느라

마치 동물처럼 그의 눈은 빛을 삼키고

　　혹은 쥐구멍으로 달려가고

법은 보편적 선을 위해 있어야 하는 것,

　　　백성의 올바름을 위해,

　　　그들의 도덕적 올바름을 위해.

충[4532]　숭배하다

파괴자들을, 시에,[4533] 없애 버리고

　　　정직한 자들을 존경하라

커다란 균형은 하루아침에 이루어지지 않으니

　　　하루 논다고 이루어지지 않으니.

친척이 해야 할 일은 효를 행하는 것,

　　　신사의 일은 충직성.

펜 예[4534]를 세워라

　　　가족의 직업

그것은 어디선가부터 행운을 가져오리니

그대의 일을 잘 행하기만 한다면 그들(사기꾼들)은

　　　몰아내기도 전에 사라지리라.

왕[4535] : 사람의 남근적인 마음은 하늘로부터 온 것

올바름의 깨끗한 원천,

탐욕이 그것을 삐뚤게 하는 것,

밝은 빛, 밍[4536]

가로지르는 쿠잉[4537]

향을 피우기 위해 멀리까지 갈 필요가 있는가?

VIII. 법은 명확하게 만들 것,

　　　절차의 용어들을 밝히고,

평화란 좋은 풍습으로부터 오는 것

　　　　　펭 수 리 펭 수[4538]

의도 리[4539] 펭 수 장[4540]

한의 현자들은 말하길,

　　　풍습은 땅으로부터 그리고 물로부터 오는 법

　　　그것들은 언덕과 시냇물로부터 생겨나고

　　　대기의 정령은 그 지방의 것이라

　　　사람의 풍습은 하나일 수 없다

　　　　　(같을 수, 똑같을 수)

쿵이 말하길, 하늘의 근본이라,

그것들은 대지를 통해 묶여서

　　　　　　반복되면서

흐른다,

　　　행동, 인간성, 공정함

자신의 본분을 넘지 마라,

　　　보다 더한 정확성을 위해

열 번째는 **펜 예**

"끈기로 인해 발전된 기술"

그렇게 망 추⁴⁵⁴¹

(크리스포스,⁴⁵⁴² 짐바브웨⁴⁵⁴³ : "좋지 않은 것은 그저 사라져 버린다")

*시민이 아니라면*⁴⁵⁴⁴

"몫, 고정된 세금이 아님"

학자들을 괴롭히지 마라,

나쁜 성격 때문에 목숨을 잃지 마라.

하늘, 사람, 땅, 우리의 법은 그 자연의 색깔

바깥에서 쓰여진 것이 아니다,

물, 땅과 이두근,　　　파 루⁴⁵⁴⁵　　法

십자군의 활은 금을 먹는 이들에 의해 갉아 먹히고,

노르망디는 전당 잡혔다,

"무이자인 어떤"

(T. C. P. '78)⁴⁵⁴⁶

사람의 천국은 그의 선한 천성이다

(카티)

쿠앙 밍⁴⁵⁴⁷을 배가시켰다

시네시오스⁴⁵⁴⁸는 신화가 편의주의적이라 여겼다. 알 킨디⁴⁵⁴⁹ : 우리의

의도가 진지한 것이라면 고전을.

멘켄은 말했다, 더이상은 순수하지 않다.

한(IX, 즉 9)⁴⁵⁵⁰은 사람들을 믿었다,

각각은 다르고, 다른 풍습이나

그 공정함에는 하나의 뿌리,

통찰력은 하나,

　　　　　태양(치[4551])을

　　　　　　　그 모든 것 아래 두고

　　　　　그 단어와 더불어 믿음

언덕과 시냇물이 대기를 물들이고,

　　　　활기, 고요, 규칙이 하나만 딱 정해진 것이 아니라.

활기, 고요, 등도 장소에 따른 것

한 시대의 우엔 옹[4552]은 학교를 짓고,

　　　　순행을 도는데,

　　　　　　　　제대로 골라 뽑아 썼으니

지금도 사천四川에서는 관직을 살 수가 없다

　　　　투안[4553]

　　　　쳉[4554]

　　　　　선생의 일은 우회적인

것들로 종이를 채우는 것이 아니고

가볍게 떠다니는 것도 아니다 (푸 포[4555])

사단,[4556] 그리고 진정성.　　VII

그럼에도 여전히 사람들은 욕망을 추구하고, 한쪽으로 기울어진

　　　　　채로 지으려 한다.

퉁[4557] 나무에 오는 봉황새

물에 비치는 달처럼, 거울에 비치는 꽃들

"개의치 마라," 하고 송의 궁전에 있던 추완쿵[4558]이 말하였다,

"그 사람의 정치관이나 그의 종교 그 어떤 것과도"

"그 사람의 정치관이나 하늘과도"

그리고 플로티노스,[4559] 그의 배앓이

배앓이를 겪은 플로티노스로부터 나온

거대한 뒤틈,[4560]

비록 그는 여전히 생각하기를, 모든 인간들의 신.

육체는 그 내부에 들어있다.

"이는 깨끗하게 해 주며 그것으로 다다."

대학자인 추가 말했다

도교에 대해[4561]

"그것으로 다야."

그게 전부지, 동물적 기운을 늘려주는 것,

하지만 그대들(V.)은 가서 그들을 믿을 테지.

칠 : 빈약한 토대를 없애 버려라.

우리 선조들은 닫힌 마음은

제국에 아무런 도움도 되지 않는다 생각했고,

위에 나왔듯 "바늘 끝에서 쇠를 긁어내지도" 않는다 생각했다.

사람이 거래를 할 때 제대로 일을 하게 하라,

그곳에 정직함이,

그곳에 좋은 매너,

좋은 풍습이

그것이 투안   쳉

좋은 삶

그것이 다

다섯 가지의 상관관계[4562]가 있다 : 국가, 가족과 친구,

친구 관계.

얼간이, 명료한 음악가, 정확한 사람과 둔한 사람.

네 개의 책[4563]과 5가지의 상관관계가 있다.

어리석은 자들은 무기와 독에 빠져든다,

그대들 모두가 다 천치들은 아니리니,

그대들 중 많은 이들이 이 저속한 것들에

빠져드는 건 아닐 것이다.

하나 그대의 여인네들은 향을 피우는 걸 좋아하고

군중과 행렬에 섞여 떠들썩하는 걸 좋아하리니

(볼러 씨는 모든 사제직에서의 유사점들에 대해

주목했다

(주제를 보라 : 몇 번 칸토인지에서의 "선교" 부분[4564])

부처 자신은 그러한 저속한 것들에 짜증을 냈던 것으로 아는데

저들의 은어에 대해서도……

저들의 주문에 쓰이는 그들만의 언어에 대해서……

도교 신자들이 악마들을 좇는 것으로 나타났다

(로마가톨릭교도가 달력에 도움을 준 것은 맞다

푸

코

신[4565]

하늘과 땅, 그리고 그림자라고는 없는 것들,

수다는 집어치우고 그들을 믿지 마라.

세뇌당하는 것보다는 육체의 독이 낫다

신 수[4566]

하이[4567]

원래 처음의 마음에는

쳉[4568]

탐욕이 그것을 빼앗으니

어떤 이들은 평생에 자신들이 얻을 수 있는 것보다 더 많은 걸 원한다.

모든 집마다 2 화신化身들이 있는데   **佛**

후오 푸[4569]

그대들은 언덕을 올라 목조로 된 것을 찾는다.

쿠앙

쿠앙

밍   카티가 말했다

밍

티엔

탕

신

리[4570]

공자를 따르는 이들은 날씨를 관찰했고,

천둥소리를 들었으며,

포괄적이고자 했다.

부처 : 현실을 부정함으로써 출발했던 인간.

하나 그들의 첫 번째 고전 : 마음은 올곧아야 하고,

남근은 그 목적을 인식하고 있다.

짤랑, 짤랑, 두 개의 혀? 아니.

언어를 정확하게 하고자 함이니,

    이를 가는 소리에 대해 (윗 앞니)

        치,[4571] 치!

        오[4572] 치 치

        오 오 초[4573] 초, 시시한 잡소리

        오 오 초 초

             시시한 잡소리.

하지만 추[4574]가 말했듯, 하늘이든, 땅이든 그 밖에 무엇이든

    우주의 네 개의 모서리에서

        그 어떤 것도 붙잡으려는 것과는 상관없고,

그 어떤 손잡이도,

        그 어떤 명백한 쿠안[4575]도

            차오 쿠안[4576]

                말아서 관리하기도,

하지만 달빛처럼,

        비치는 꽃들처럼 살아가는 것,

애정으로 소유하려는 그 모든 것에서 벗어나서

추가 말하듯, 자기중심적인 것에서.

계약자들의 이익을 위해 사원을 짓는 것

또는 금박 제작자들의 이익을 위해 상을 세우는 것,

향 시장 상인들은 그대의 여인네들이 입는

붉고 푸른 옷들로 인해 이득을 보리니

그녀들은 하찮은 것들로 뛰어다니며

희극을 벌임으로써 또는 어리석은 맹세를 한 뒤

비극을 겪음으로써 공과를 얻게 될 것을.

종이를 불태움으로써 혼령을 놓는다고?

부처? 신이라고?

은전 몇 푼으로 살 수 있다고?

그의 사제들이 그걸 내지 못하면 화낼 거라고?

하나 한번 냄새를 맡음으로써 자신의 명성을 억지로 높이고 싶은

학자가 있다면

또는 그 대가로 곡식을 얻는 데 눈길을 준다면

환전업 같은, 이익 동기가 있다면,

관아를 들락날락하면서, 관리들 일에 끼어들고

나눠주거나 이양하는 것에 다리 걸치고

불 같은 말을 소리 내 지르고

그러면서도 그의 행동에는 단 한 점의 예의라고는 없다면

그저 예전 각모角帽를 써 봤다는 걸로 한번 드리블해 보는 것일 뿐

체 양 티 젠[4577]

낮은 흐름 류[4578] 흐름

쌀 개 머리 망할 때의 파이[4579] 루이[4580]

안 팅[4581]은 규칙을 만들고 그것들을 지켰다,

행정 준비를 위한 2개의 학교,

　　　　　　고전과 행정학,

그들은 새의 부리처럼 깔끔했다, 그들의 학생들 말이다

한나라 시대에는 웬 웡[4582]이

　　　　　사천에서 직책을 가졌었다

　　　　　　　　　　　　　　　　펜

　　　　　자신의 본분을 넘지 마라　　예

돌메치[4583]처럼 또는 빅 톱[4584]처럼

학자들은 시경을 읽고

　　　　　정의를 향한 대화를 나눈다

집에서는 시우 찬[4585]

관직에서는 쿠안 창[4586]

양식을 논하고,

　　　　뿌리에 마음을 둔다,

능력이란 밀 이삭의 곡식[4587]

가산을 확립하라

XI 아이들이 잘못을 저지르지 않도록 하고,

　　　　마지막 구석까지 씨를 심으라,

대부분의 사람들에게는 아들과 형제들이 있을 터,

컴퍼스와 T 자처럼

옛 현명한 왕들을 공부하고

쓰레기가 아니라 고전을 가르쳐 줄

선생님을 마을 학교에 둘 것이며

그리고

키앙 셍[4588]을 한 달에 한 번은 읽히게 할 것이며

    (마치 의례적인 쟁기질처럼)

세대는 후대로 이어지는 것이니

        뛰어남은 배움으로써 얻어지고

        하오 신[4589]

          약자[4590]

무지로부터 오,[4591] 더러움.

완전함, 집중,

      또는 폐허, 후아이,[4592] 4성.

그대의 아이들이 공부를 하지 않는다면, 그건 그대의 잘못.

그들에게 말하라. 장난치지 말고, 속일 생각하지 말라고.

제대로 답변을 하고, 대화에서는

        이런저런 말로 꾸밀 생각하지 마라 (치아오[4593])

       언제나 네 자신의 길을 추구하라.

행동을 취하기 전에 물어보도록 하라,

그리고 남편과 아내 사이에

      점잖지 못한 일들이 없게 하라.

큰 것은 큰 것. 작은 건 작은 것.

친구들과의 거래에선 하나는 하나

둘은 둘

부주의에서 비롯된 거짓이 없게 하고

　　　　술책에서 비롯된 것은 말할 것도 없고

어투도 말에 맞춰 하라

　　　　마치 물이 물레방아 바퀴 위를 흐르듯.

그들을 이런저런 장식물로 치장하고

　　　　그들에게 맛있는 것을 먹여라,

결국엔 그들은 가산을 팔아먹게 될 것이다.

세금, 공공을 위해 유용하게 쓸 것,

　　　　생산품의 나눔,

사람들의 조직이 있어서

　　　　씨 뿌리고 거두고 한다,

군대에도 조직이 있으니,

　　　　그 조직을 도구로서 잘 관리하라,

그대들을 홍수와 이런저런 행패들로부터 보호해 주는데

유용하리라.

푸른 하늘과 야생 고양이로부터 태어나니

　　　　천둥과 비 속의 구름,

현무암, 돌로 된 북

　　　"만약에," 하고 야오가 말하길, "이 두 명의 사랑스러운 이들[4594]을

　　　　질서 있게 유지할 수 있다면!"

그대는 예산의 시기를 잊어버리누나

다시 말해 그대는 관리들이 시간 속에 존재한다는 사실조차
아마도 모를 거라는 말이다. 그대는 거의 무의식적일 것이지만
시앙 이 시앙[4595]
하지만 혼란과 몰이해 속
지출에 대한 숙고
시아오[4596]
추[4597](4성) 추모
카오 쳉[4598]은 추수에 따라,
세금은 생산된 산물의 나눔.

비밀정보나 책략 등에 더 많은 걸 허비하게 될 것이다
(티에르[4599] 탈레랑으로부터의 진보,
머리는 덜하지만 도덕은 더 강해졌다)
사악함? 지혜 :
그건 별로 소용이 없을 것임,
소용이 없으리라는 점 때문에 구분이 된다 —
식인종들은 통조림을 거부할 것이다, 대용물
기존의 계몽의 상태, 학문
XIV[4600]
전통의 열 가지 목소리를 통해
땅은 경작되어 왔다
티엔 티[4601]
그리고 종류와 (량[4602]) 측량에 따른 세금들이 있어 왔다

이것은 중요하다

    그러한 세금의 범위에 대하여

모든 조정은 그것들을 부과해 왔다

      징세의 올바른 양식은 양 챙[4603]

        다시 말해 : 유용有用

이런저런 장식물의 원천이 아니다

상층의 수다스런 맵시꾼들을 위한 것이 아니다.

        언쟁이 그대를 끌어내 줄 수 있는 건 아니다

높거나 낮거나, 상층이거나 하층이거나

    규합하라

하나의 조직체.

위에 있는 자들이 사악한 것은 아니다,

      그대는 저들의 복잡함을 생각하겠지만,

홍수에 대비한 제방,

       누군가는 그것들을 세워야만 하리니,

       그것들에 대한 계획을 해야 한다,

전통의 열 개의 입을 통해,

      평화를 누려야 하리니

그 말은 위법을 없애야 한다는 말. 그걸 붙잡아라!

조상의 원천이 자손을 불리니, 하나의 패턴

용[4604] (2. 2. 3)

"12인치, 1인치 당 기니!" 하고 엘킨 매슈즈[4605]가 말하였다

코트니[4606]의 리뷰를 보고서.

국가란 마치 몸속에 맥박처럼

　　　　통합적인 것

그 뿌리엔 주[4607]의 의식

그 뿌리는 모든 것에 걸쳐 있다.

　　　　모든 공공의 가르침에 들어가는 어조,

이건 허구의 작품이 아니다

　　　　또한 어느 한 사람이 만들어낸 것도 아니다,

여섯 가지의 행위, 효를 기반으로 한, 상호적인,

예부터 지금까지의 진실함,

　　　　모든 걸 하나로 묶고

그 언어 사용에 있어서 얕은 것이라곤 없고

　　　　관계 끊기에 있어서도 그러하다,

천박한 자만심, 근거가 미약한 관계 끊기,

소문을 왜곡해 퍼뜨리는 데 시간 쓰기,

　　　　요점 없이 중상모략하고 입만 싸게 놀리고,

악담하기, 잔소리와 소동 피우기, 말썽 피우기

　　　　그리하여 모든 집들이 고통을 겪는다.

모든 부족은 한 사람의 몸통에서 나온 것,

　　　　어떻게 다르게 생각할 수 있는가?

성姓, 그리고 9가지의 예.[4608]

　　　　아버지의 말씀은 측은지심,

　　　　아들은 효,

형제의 말 : 상부상조,

손아래의 말 : 경애심.

작은 새들이 합창으로 노래를 한다,

조화는 가지들의 비례에 따른 것

명료함(차오^{4609}).

측은지심, 나무의 뿌리이며 물의 샘,

국가 : 질서, 경계의 안쪽,

법 : 상호성.

상호성이 없다면 법률이 무엇이란 말인가?

한 마을이 질서 잡히면,

계곡 하나가 사해四海에 이르리다.

첸,^{4610} 왕인 나는 그대들이 성유를 생각하기를 바라오.

4.

식량 공급이 백성의 근간이 됨을 들었으니

(보급)

능^{4611}

상^{4612}

계절에 맞춰 싹을 키우고

누에를 키울 나무를 심고,

커다란 장정이 한 명이라도 땅을 갈지 않고,

한 명의 여인이 물레를 돌리지 않으면

부족함을 뜻하는 것이라,

예부터 임금은 경작을 좋아하였고

왕비는 나무들을 경애심으로 돌보았노라,

　　노동의 열기 때문에 위축되거나 하지 않았도다

兆 징조

계획은 자연 속에 들어있다

　　　　뿌리처럼 박혀 있다

땅으로부터 나오고, 시간을 (창^{4613}) 공경하고

그것들의 힘이 합쳐져서

　　　　(추^{4614} 4성 모으다)

그 뿌리에는 당위성이 있다

　　　　　한 사람의 힘만으로는 되는 일이 아니다,

고지대이든 저지대이든, 말라 있든 축축하든

고지대이고 마른 곳은 기장이나 수수

축축하고 낮은 곳은 쌀(글루텐이 없는)과 벼농사를 위한 것

　　우 무 치 잉 페이 리^{4615}

　　　　　(이익)

고리로 손쉽게 돈을 벌려 하지 마라

합법적인 이윤은 사물들을 소진시키지 않는다

　　　(비잔티움이 더 잘 했었다)

생산을 버리고 장사를 하려 몸 달지 마라,

　　　뿌리를 파서 가지들을 쫓아라

미슐레^{4616}와 암브로시우스^{4617}의 "토비아에 대해"를 보라

　　　비잔티움에서의 비율이 더 낮았으니,

그렇게 지속될 수 있다면

　　　　　(그렇게 지속된다면)

모든 이들이 교육을 받게끔 되었고

그리고 관리직에 공자를 따르는 학식 있는

　　　　　　　　이들이 있을지라,

능력 있는 이들은 우리의 좋은 관습을 굳건히 하는 데 그들의 초점을 맞

추었다.

우아 떠는 고집쟁이들을 가두고

　　　　천둥 치는 남근을 조절하다

　　　　　(이건 오역)[4618]

강함, 약함, 하나로 협력하다,

　　　　　우리의 **현명한 선조**들을 탐구하여

　　　　　　　　명상을 고취할 것

더욱 더 학교들을 확대해 나가고 —

단체정신을 고취시키는 것은 무엇이든지

　　　　　엔　**恩**

관리들을 훈련시켜 행정이 기울어지지 않게 할 것이며

　　　　어떤 일에도 준비가 되게 할 것.

자기 자신이 실천함에 있어 첫 번째 기본을 행하고,

　　　　그리하면 동네가 그의 본을 따라

　　　　행함에 있어 어떤 양식이 맞을지를 보게 되리니

효와 우애가 그 뿌리이다,

재능은 가지로 여겨지는 것.

적확한 용어 사용이 첫 번째 도구이다,

　　　　　　　그릇과 용기,

그다음엔 9가지 예.

그리고 고전을 공부하라,

　　　　　곧은 역사

　　　　　　　　그 모든 것을 정직하게.

곧은 관리들과 친구가 되라

　　　　　　　치아오⁴⁶¹⁹　교류하라,

그들은 그대의 대화 상대,

　　　　　성급한 지저귐은 폐허를 몰고 오리라.

그대들, 군인들, 민간인들,

　　　　　　그대들이 가르치는 자들이 될 수는 없다.

근간은 인간,

　　　　　관리들을 정화하기

하지만 4단端은

　　　　　　　자연으로부터 나온 것

　　　　　젠, 이, 리, 치⁴⁶²⁰

학교의 세칙들로부터 나온 것이 아니다,

그것은 학자의 몫,

　　　　　신사와 관리의 몫.

쟁기질에 존경이 있고

　　　　　잡초 뽑는 호미에 공정함이 있으며,

야전사령관도 학식이 있을 수 있다.

우리 시대에도 그걸 다시 볼 수 있을까?

7

내가 원하는 건 관습에 들어 있는 관대한 혼

첫째/ 정직한 사람의 가슴은 온전한 학식을 요구한다

(아니, 이건 텍스트에 나온 건 아니다)

속임수 프로그램들과 거짓 토대들을

분석하게 하라

푸 젠[4621]은 하늘, 땅, 그 가운데를 받아

커 간다.

C

"대법원을 꽉 채워서

　　그가 하는 것은 무엇이든 합헌적이라고 선언할 겁니다."

　　　　　　　　　　　　상원의원 휠러,[4622] 1939.

…… 합스부르크의 어떤 이는 황제의 고랑을 팠는데[4623]

　　　　　　　　잘 살았다 ―

결코 그러지 말아야 하는 것은 아니지만, 만약 너무 지나친데

　　아무도 이의를 하지 않으면,

　　　　　　　그대의 모든 자유를 잃어버릴 것입니다.

"아마도 다른 걸 생각했겠지"

　　　　　　하고 조프르[4624]가 나폴레옹에 대해 말했다.

그리고 레닌 : "이솝의 언어(검열 아래에서는)

　　내가 '일본'이라 써도 당신은 '러시아'라 읽을 거요,"

소액의 은행 계좌들이 보장을 받고 있다.

　　빚을 늘림으로써[4625]? 강화한다고??

　　회교도인 것처럼…… 해서?

"재판이 아니라 평가" 회부된 당통.[4626]

　　그 어떤 헨리가 조 스켈턴[4627]을 회부했던가?

와이즈먼[4628]이 아이작스[4629]에게, 1918년, 8월 18일

　　"행정부로 권력을 이동시키려고 했다"

　　다시 말해 의회로부터.

프랑수아[4630] 이전에는 프랑스의 공적 빚이라곤 없었다

(100에 8과1/2의 이율)

— S…… W……[4631] 오리가 노는 호수에서 고기를 낚았다 —

마자랭[4632] 이후 4억이 넘었다

내 생각엔 4억 3천

영원한

전쟁 "건설적이지 못한"

하나 코르시카에서 나온 법령[4633]

펠로폰네소스로부터 온 문명[4634]

그리스 일꾼들이 만든 메종 카레.[4635]

영국에 넘기다 (1708)

노예무역의

독점을,[4636]

이때의 지브롤터

늙은 암여우 데 메디치[4637]가 비참하게 죽다,

'29년, 존 로[4638]가 죽다

보도 아래, 산 모이세에서 읽었을지 모른다,

들어맞도다

그레비치,[4639] 정신병원, 철자 바꾸기 : "커다람으로부터

정말로 비율의 감각

그것도 즉각적으로."

내가 자신의 이름을 손수건에다 타이프로 쳐 넣기를 바랬다.

1766년 참수당했다, 매혹적이고 자그마한 동네인 아브빌[4640]에서,

젊은 라바르가 아루에 드 볼테르[4641]를 읽었다는 죄목으로,

시냇물이 집들 사이로 가까이 흐르는 곳이건만.

1810-'61, 카부르,[4642] 1819에서 1901까지 호엔로헤 클로트비히

카를로스 빅토어[4643]

'70년부터 1914년까지의 평화

우리나라에서 출판업은 여전히 별로 발전되지 못했어요

이 말은 나폴레옹 3세에게, '67년.

'69년 : 남쪽 슬라브인들은 러시아와 합하는데 반대하고

2월 24일 : 관세조합[4644]

"프랑스인들 성격의 특이성"

하고 나폴레옹 왕자가 말했다,

이오니데스[4645]는 그를 좋아하지 않았다.

쓸모나라 백작 : 비스마르크, 모든 독일인들처럼, 열혈분자,

평화의 열혈분자. 1868년 12월.

(참조/ '70년 이후로는 더이상 전쟁이 없었다)

클로트비히는 사형에 반대했고

무역에 의한, 어떤 유의, 국가대표제에는 찬성했다.

산 저 너머[4646]가

프랑스를 좀먹었고

그리고 오스트리아, 귀족들은 무지하고

관료들은 문맹이고.

"어머나!!"

하고 여왕이 말했다, 서기 1584년, "스털링,

스털링 파운드 얼마라고요? 13,000. 찾을 필요 없겠군요."

경작하는 것에서부터 정의가,

언어가 단단하지 않다면

폰 몰트케,[4647] 퐁텐블로[4648] 1867년, "수사슴 사냥"

"사막의 장소에서

"우리는 숲속 가운데에서 기뻐합니다.

"털을 깎고, 죽이고, 젖을 짜고

"그렇게 하여 그대는 땅을 경작합니다.

"그대는 그 피를 흘리고,

"그 살이 그대의 내부를 채우고

"그럼으로써 그대는 시체들의 살아있는 무덤이 되지요."

암브로시우스 "인도의 브라만에 대해."[4649]

"버지니아는 주권이 있어야," 하고 앤디 잭슨이 말하였다

"결코 상실해서는 안 되며……"

오 하느님!!! 저 십조[4650]가……

"그 어떤 부분도……"

젠장.

조지 2세 권장되었으나,

1816년의 관세가 인디고를 죽였다.

자유인은 보상금을 위해 위를 올려다보지는 않는다.

보리, 쌀, 면, 세금 면제

환희로다.

기쁨, 단테, 칸토 18   하나의 종교

힘, 들어서다.[4651]

　　　의지는 그 자체로는 선한 것.

빛은 없다, 드높으신 분으로부터가 아니라면

　　　돌에서 돌로, 마치 내려가는 강물처럼

소리 보석 같은 빛,

　　　　수금의 목에서 형성되도다.

잭슨 83, 83 애덤스,[4652]

　　　　그 당시 북부에 시기심이란 없었다.

"드 토크빌 씨의 더한 실수들"……

　　　"뒤에인 대신 테이니[4653]를"

　　　　　그 어떤 마음도 전혀

움직이지 않는 에레보스[4654]로부터.

　　　　수정으로 된 통풍대를 통해

　　　　무거움으로부터

모든 문들(길, 문)은 신성하도다

　　　　가이우스[4655]에 기반한 법전 1권 8장.

4번의 집정관,[4656] 12월 7일.

　　　　원저로 인해 우리는 3년의 평화를 누렸다.

아가시즈, 쿵, 고립을 피하고자,

　　　　프랑스, 고립된 집.

　　　　"종교가 너무 마나."

라이트풋[4657]이 말했다

　　　　"등에 털 난 개보다 만아."

해변의 그 지역에서는 안개가 하얗었다

르 포르텔,[4658] 파이아키아[4659]

그는 거센 파도에 스카프를 떨어뜨렸는데

베일

다시 바다로 흘러가고,

재빨리

그녀의 손에 들어가서는

사랑스러운 손으로

다시 거두어들이고

그들의 기술은 한 번에 두 개의 거짓말을 하는 것

하여 그 갈등에 아무런 이득도 없으니,

유스티니아누스의 법전은 모든 라틴 국가들에서 작용을 했는데

불가리아인들조차 유스티니아누스의 마을에

자신들의 법전을 가지고 있었다

"della가 아니라"(베로나)[4660]

그리고 J. 오스틴,[4661] 잉글랜드 사람,

그는 법과 도덕 철학과를 분리시키고자 했다.

그 가치를……

프랭크 해리스[4662]는 말했다, 사람들은 늘,

그 가치를 알 수 없는 것들을 거래한다고.

어떤 그리스인도 헬라스[4663]로부터 노예를 내다 팔지 않는다

수도승들에 의해, 인도로부터 비단 소식이 들어왔다,

나방의 날개에 날리는 조각들. 금전적 (서기 218년)

임무. 벨리사리우스[4664]는

논밭에서 자라고 있는 그 어떤 이의 곡식도 손대지 말라고 기마대에 명
령했다.

      "아니, 저 배는 말고"

    하고 라토의 선장이 외쳤다, 어뢰를 잘 조준하고

있던 참이었는데

            트리에스테 지점의 로이드를 향해

이탈리아인들이 주식을 가지고 있던.[4665]

      자신의 (%) 이자를 원했다, 드 스탈[4666]이 그랬다.

"로마에는" 하고 산타야나가 말했다 "세 명의 나폴레옹보다 많았어."

      난 그 말을 나폴레옹이 파리에 한 것보다 더 많은 걸 했다는 뜻
이라 생각한다.

가운데   中 수정水晶,

      해가 진 후 녹색의 노란 불빛

佛 푸[4667]는 제국을 운영하는 데 아무런 정신적 수단을 주지 못한다

또한 어느 누구도 도교를 믿는 자들이   파이 白

                               지 日

하얀 빛을 받으며   白

      파이 지   日

끝없는 말들을 하며 위로 오르는 것을 본 적이 없다.

알리기에리,[4668] 눈을 가리고,

"그들이 타일러를 그리워해요"

      (스탁[4669]이 썼다)

"   포크와 밴 뷰렌뿐 아니라."
"뿔 모양의 달을 찻주전자로 쓰는
"   그에게 진흙 모형이나 금박으로 장식한
"   혀로 하는 말이 필요로 할까?
"말 거래를 하기 위해 떠도는 손들,
"   존경스러운 한나라 사람들
"   서로 안고 있는 이 빛나는 인간들 ―
"빛나는, 천상의,
"   그대의 잔돈을 요구하는데
"   얻지 못하면 원한을 품는다
"(왕[4670]은 성유 편,
"   센시 위의 불꽃)
"저 어리석음으로 인해 잘못 인도되지 않을 것이라,
"   저들의 허튼소리를 삼키지만 않는다면,
"   저들을 몰아낼 필요도 없다.
"평화가 대지를 좋은 모습으로 붙잡으리로다,
"대지와 물이 그대 계곡의 공기를 물들이고." 인용 끝.

               "셋에 대해" (시칠리아의
페데리코,[4671] 너무나 향긋한

               봄 여름,

               그리고 포디[4672] :

"사전

          말의 뜻을 배우라!"

쿠안　光
밍　　明

한 번 더 하자

　　　쿠안　光
　　　밍　　明

은행 때문에 파첼리[4673]는 타협을 했다

B. 스윈[4674]은 내전이 일 달러어치의 석유로 오 달러$를

　　　　　　　(스페인인들로부터)

　　　얻어내는 유일한 수단이라고 생각했다.

그는 "저 배들 중 하나"에 타고 있었다.

　　　　　　　　올림피아드

　　　　　　　　236[4675]

아테네의 장작더미, 페레그리노스[4676]

플라[4677]의 관점을 갖지 않았던 자,

　　　　　　　파리온 태생.

하늘은 나의 지붕, 신이 파신 것이 아니다,

대지는 소파 침대, 그분이 주신다

　　　자애심이 고요함으로 이끈다.

스테드[4678]는 루피에 관해 더글러스에게 물었다……

　　　　자신들을 이끌어 줄 그들만의 신과 함께

비슷하다고 묶어버림으로써

　　　잘못 명명命名하는 죄를 짓지 말 것

"인간의 비난은 그녀의 귀에 들리지 않아."[4679]

레뮈사[4680] 때까지 : "하지 않았지." 아퀴나스도 하지 않았다

"선험적 지식을

　　잘 밝혔는데."[4681]

"나머지 모든 것을 당신에게" (콕토)

　　"짐 지우고 싶어 해."

　　에리우게나,

　　안셀무스,

　　처베리,[4682]

　　레뮈사,

　　티에르[4683]는 소득세에 대해 반대했다

　　　　"심문을 당하러 가는 지름길"

프셀로스[4684]로부터

　　　　드가에 이르기까지

그러한 미묘함은 없었다,

　　　　이름이 뭐던가 하는 노친네[4685]가

비잔티움의 여름 열기 속에서 향수를 끓이는데

　　　　하인들에게는 고통스러웠지.

"러시아는 동맹"

　　　　하고 늙은 관장이 말했다 (아그라[4686])

어느 누구도 금을 택하지 않았다

　　　　　　"내

　　　　　　　　목

　　　　　　　　　구멍에

　　　　　　　　　걸려."

가드너, A. G.[4687]

　　　　　8월 1일, 1914

　　　　　　　또한 구체적이었다

헨리 1세 읽을 줄 알았던 첫 번째 노르만 공작,

땅의 반, 그리고 노예들 혹은 얼마나 많은 것이

　　　　사원에 속해 있었는지

율리아누스[4688]는 주목했다 ("배교자")

2백만이 의식[4689] 때문에 죽어 나갔다,

　　　로마, 오툉,[4690] 푸아티에, 베네벤토[4691]

　　　십자가 (+) 그리고 반지 (○)

　　　1075, '77, '78, '87[4692]

　　　　뮈앙블레[4693]의 포피包皮

"다른 관점들을 피하는 것" 하고 허버트[4694]가 말했는데 (진리에 대해)

　　　"그들의 첫 번째 고려"

　　　　　　준비된 주제에서처럼

부드럽고

　　사랑스럽고

　　　간직할 만큼

본질로부터…… 정수

III, 5, 3　**사랑에 관하여[4695]**

　　　사원

마음은 그 자체가 가장 성스러운 것

　　　　빛이 물을 뚫고 들어가 어디에나 비치듯

그것이 애정

　　　　분리되지 않는"

　　　　　　그렇게 플로티노스가

　　　　　　　　더한 투명함을 뚫고서

재 보거나 방해받거나 하지 않고서,

　　　　　　드높이.

　　　　　　　　'58년 1월 1일

CI

자신을 이해하는 드 레뮈사 씨를 제외하고는

　　아무도 보이지 않자

(남쪽엔, 향나무) 탈레랑 씨는

　　가문비나무와 전나무는 북쪽을 차지하고

샬레, 오브테르,[4696]

　　손바닥만한 눈발, 그리고 비.

나무들이 강둑에 줄지어 섰고, 대부분 버드나무, 쿠빌라이,

티무르[4697]라고 불린, 쳉의 테 테가, 1247년, 이곳으로 왔다

숲이 얼음을 지나 에메랄드로

　　　　旦　탄(즉, 새벽)에

　낙엽송, 골담초나무와 매자나무,

　　　두 역을 지나면 아툰추[4698]

　　　　백 리의 거리

소나무,

　　탈레랑, 티에르, 군주들에게 깨우침을 주고자 했다.

대중에게는 6, 3%, 그리고 국가에게는 일

　　(시몽[4699]은 그걸 인정했다)

특허권을 담은 4개의 편지들, 5개의 봉인

　영로[4700]의 재위 4년째

　　1406, 5월 12일, 꽃으로 수놓아진

　　　황금 벨트, 통행증을 가진 군대들에게 돈을

지불해 주었다, 배급품, 짐꾼들, 말들.

—"오늘날에 대해 쓰는 것은," 하고 케넌 씨[4701]가 말했다, "공부해서 되는 게 아니죠"

노예제에 대해서는, 가족의 이름들을 잘못 쓰곤 했다.

40년간 트레일러에서의 생활, 비생산적,

비농업적

(델 펠로 파르디[4702]가

지하 통로를 따라왔다)

바보들에 의해 부과된

세금의 추함을 피하려는 것이긴 했지만,

"피바디 코크 앤드 코울"의 워렌 G. 피바디[4703]가 말하듯이

불가사의한 것을 풀어보려 시도한 것은 아니고

"끝이 없다" 르닝[4704]이 측량한 바에 따르면

"인간의 우둔함이."

일 달러어치의 석유가 5달러에 팔린다.

탈레랑, 아우스터리츠,[4705] 레뮈사 부인[4706] :

"천 프랑 지폐를 위한 금을 확보하는데

90프랑의 비용"(1805)……

그리고 캉바세레스[4707]

이탈리아에 주어진 헌법,

그해 크리스마스, 보나파르트의 최고치.[4708]

"지성인들은 믿겠지만"

어떤 분파에도 속하지 않는

마르부아 그다음 몰리앙이 재무성에

　　　그리고 고댕,[4709]

　　　　　몽 세니, 심플론,[4710] 레뮈사 부인은

삼킬 수 없었으리라 (즉 위대한 정신이

　　　전쟁에서 영예를 추구할 수 있다는 것을)[4711]

　　　1806년, 12월 12일.

"예나에서의 학업은 지속될 것이다,"

　　　"자유란 소수의 특권층을 위한 것"[4712]

　　　　　　필요성

오텡귀에, 뇌플리즈, 그들의 네소스[4713]

　　　"프랑스에 있다 보니" (레뮈사 부인) "밖에서 무슨 일이

　　　벌어지고 있는지 전혀 몰랐다."

고댕은 정부의 예금에는 이자를 지불하지 않았다. 강희[4714]도 그러지 않

았다.

　　　두드토 부인[4715]은 어느 누구에게서도 악을 인식하지 않았다.

"일종의 무식이," 하고 늙은 사제가 기차에서 예이츠에게 말했다,

　　　"매일 학교에서 퍼져나가고 있어요!"

1933년 죽다, 충-쿠안,[4716] 명예롭게.

　　　곰들이 도토리를 먹고 사는데

　　　우리의 논밭에 침범도 해요.

　　　　　　부피에,

엘제아르[4717]는 베르공에 숲을 만들었다

　　　쿠아논[4718]의 눈 아래 오크나무. 셍폐 가무,[4719]

그에게 우리는 흰 연기를 내며 솔을 태운다,

아침이나 저녁이나.

이곳의 언덕은 향나무로 남청색이고,

강물은, 마치 우리 밑의 아켈루스[4720]처럼,

이곳에선 한 사람이 모든 고개를 지킬 수 있다

이 산을 넘어, 몽 세귀르[4721]에는 수령의 거처

그곳은 옆으로밖에는 들어갈 수 없다, 초 筰[4722] 라 부른다

밧줄 다리에서, 대마 밧줄? 갈대 밧줄?

그들은 토지세를 메밀로 낸다.

톨로사[4723]엔 먹을 게 있었다, 화학제품이 아니라, 구비오[4724]에도

라디오에 나오던 릴 조세핀[4725]과 황소 장터

그리고 그들은 돌로 만든 문틀을 아메리카로 보냈다

전쟁 때 말고, 골동품들을.

"돈은 말고, 스위스는 말고" 하고 윌슨(McN)[4726]이 말했다

고귀하고도 용감한, 그리고 마렝고,[4727]

이 아우라는, 붉은 섬광과 함께,

다이아몬드의 형태를 갖게 되리라, 또는 진홍빛의.

아폴로니우스, 포르피리오스,[4728] 안셀무스,

플로티노스 **정신이 몰입하고 있는 것들에 대한 명상 속에서**

오로지 하나의 비전만을 가졌다, 만약 별들이 외뿔소라면……

또는 별들을 저 영양들이라고 여긴다면.

수안 총,[4729] 1389년 태생, 고양이를 그렸다,

조이[4730]가 말하길, "저거 진짜예요?"

멜론 갤러리에서 르네상스 이전 화가들을 보고서,
워싱턴
"그래야 해요," 하고 H. J.[4731]가 말했다, "인류의 이름을 위해서
                    그들이 존재하는 척해야

해와 달을 그녀의 어깨에,
        그녀의 코트에 수놓아진 원판의 별들
            리 치앙[4732]에, 눈 덮힌 곳,
                        넓은 초원
토-음바[4733]의 얼굴 (무당)
                매우 동정적인
돌로 된 북[4734]의 물가,
                두 명의 지도자들
설산雪山 기슭에 박하가 자라고
        첫 번째 뜨는 달은 호랑이의 것,
            꿩이 양치류 관목에서 소리 낸다
로쏘니[4735] : "그래서 국가가……" 등등
        델크루아 : "얼마나 굉장해!"
                (시효에 따른[4736])
그는 인식했었던 것 :
        푸른 가지, 흰 초원
        "그들의 우물이 가득해지고,
        아들에게는 의지할 아버지의 팔이 있을 것이며
            좋은 소식만 들을 것이라,

(명사 글자체는 똑바로, 형용사는 옆으로)⁴⁷³⁷

　　"그의 말 갈기가 흩날리니,

　　　　그의 몸과 영혼은 안식을 찾으리라."

CII

난 이걸 칼립소에게서 들었지

        그녀는 헤르메스에게서 들었던 것이고[4738]

"교육받은 자는 열한 명 정도, 그리고 내 생각건대,

        드와이트 L. 모로우"[4739]

피선된 이들,

        영국과는 달리 거주가 요구됨[4740]

"철재 화물"

        아테나 여신이 거짓말을 했고[4741]

        페넬로페가 왜 기다려야 하는가에 대해선

그 사람은⋯⋯⋯한 적이 없어요. 639행.[4742] 레우코토에[4743]는

아폴로를 물리쳐,

        향나무로 자라났느니,

        오르카무스, 바빌론

그 뒤로 500년 후에도

        여전히 저 나무를 바다 갈매기[4744]에게 바쳤도다,

파이아키아인들,

        그녀는 카드모스의 후예

눈빛 레이스는 이곳에서 바다 거품처럼 떠밀려왔고

  不 하나 그들 무리, 예이츠, 주머니쥐,[4745] 늙은 윈덤 등은

        설 땅을 가지고 있지 못했다

검은 숄은 여전히 데메테르를 위해 걸쳐졌었지

베네치아에서,

　　　내 시절에,

　　　　　내 젊은 시절에

일과…… 사랑을 다 완수한다는 것[4746]

고양이는 희랍어의 어형 변화를 보이며

　　　μάω(마오) 하고 말하누나.

보리는 인간의 뼈대,,

　　　　　내 시절엔 40전 하였지

보리죽이.

　　　프로코프[4747]에선 점심 한 끼에 일 프랑 십오 전

웨이터에겐 십 전 팁. 우리 같은 또 다른 보통사람들은

그 광장에 내려가지 못했지요. 우리는 주무를 수 있을 거라

　　　　　　생각했는데……

그대는 나른한 물길 위로 항해하고……

　　　눈꺼풀 아래……

빙켈만[4748]이 그 눈까풀에 주목했고,

　　예이츠는 롱사르의 소네트 하나에 두 달을 보냈다.[4749]

르 포르텔[4750] 근처 표지에 쓰인 "자크 페르,"

　　벨기에인들이 늘 하던 대로 발음되겠지.

에바[4751]는 자유에 대한 그 행을 개선해 주었고.

　　"역경易經에 대해 50년을 더"

또는 그렇게 할 수 있으리라고 그[4752]가 말했다고 전해진다.

스완[4753]은 30피트 높이 벽을 사다리로 오른 뒤

내리다가 종지뼈를 부러뜨렸는데,

　그럼에도 침착하였고,

　　또 다른 친구[4754]는 로프에 밤새 매달려

두 명이 떨어지는 걸 보았다.

　　고양이의 끝 글자 이를 고양이의 꼬리로 보는 데 대해

프로베니우스를 참조하라 학생과 선생의 상대적인 우둔함에 대해[4755]

"도서관에" (잉그리드[4756]) "돔빌[4757]의 저술이 없어요." 1955년 1월

　　자연스러운 일이었지

　"그는 거짓말을 할 사람이 아니야…… 너무 똑똑한 걸"[4758]

제물로 바치는 보리 종자 (라케다이몬)

하나 그 향 속에 레우코토에의 마음이 들어 있어

　　온 바빌론도 그것을 억제할 수가 없었다.

　　"내 암캐 눈을 위해" 일리온에서[4759]

햇빛을 받은 새끼 곰, 말하자면 아탈란테[4760]의

　　　눈빛 같은 구리빛과 포도주빛

탄 것 같은 색깔

　　　　　아마도 그 뜻은

　　　　　　　　포도주처럼 어두우면서 밝은 색

햇빛을 받은 옻칠 색

　　　　바다의 자줏빛,

　　　　　황금 갈색

공중에 잔존하는, 진홍색이나 주황색은 아닌, 연구리빛,

　　　　　횃불로 밝혀진

아름다운 구리빛,

　　　　　本性으로부터, 표징이.

산 마르코⁴⁷⁶¹의 왼쪽에 작은 사자들이

　　　　　정스런 모습으로 서 있구나

　　　　이리저리 날아다니는,

　　　　　　　　혼령들,

베레니케,⁴⁷⁶² 최근의 별자리.

　　　　　　　"똑같은 책들" 하고 추⁴⁷⁶³가 말하길

형제 같아야 할 터인데.

　　　　　수정 같은,

　　　　　　　노간주나무를 위한 남쪽 경사지,

기러기는 산속에서 태양새를

　　　　따라가고, 소금, 구리, 산호,

　　　　　이제는 쓰지 않는 사어死語들

말로는 할 수 없도다,

　　　자연은 알 수 없는 것이니,

　　　　솔잎은 달구어진 철사처럼 타오른다

OU THELEI EAEAN EIS KOSMOU⁴⁷⁶⁴

　　　　그들은 우주 밖으로 터져나가고자 하누나

강변에 풀이 나 있는 강

　　　　안토니누스,

　　　　율리아누스⁴⁷⁶⁵는

　　　　　숭배받지 않으리니

"너무나 빽빽해 쓰러질 수도 없을 지경"

마르켈리누스[4766]
"머리가 빠개진 채 내 앞에서 죽은 친구도
쓰러지지 못하였다."
XXIII, 6, 같은 책 곳곳에[4767]
그는 아시리아의 변경을 지나가기도 했고,
곡창을 짓기도 했는데, 통상적으로 높은 가격으로,
당연히 "배교자"라 낙인찍히었다.
약간의 열이 나에게서 그를 뺏어갔도다,[4768]
불행한 도미티아누스[4769]는
평화를 돈으로 사려고 했었으니.

CIII

1850년[4770] : 백악관에서 그 어떤 정직함에도 이의 제기를 크게 하였으니

'56년, 캘리포니아 출신의 의원이

　　　　윌러드에서 웨이터 한 명을 죽였다[4771]

22일. 브룩스[4772]가 상원의원 회의실에서 섬너를 내리쳤다

"우리 자신의 권리와 다른 이들의 권리를 지키기 위해"

　　　　그 그럴듯한 관점 때문에 그는 내몰렸다

　　　　홈스테드 법[4773] 대 러시아 집단 농장

　　　　로마 대 바빌론

통치권의 본질에 대한 감이 없음

　　　　다시 말해, 발행할 수 있는 권력

노예들은 주의를 딴 곳으로 돌리기 위한 방편,

　　　　발행한 이들에 대항하여 땅이 확보되지 않았던 것

에머슨, 아가시즈, 올콧[4774]

　　　　호손의 장례식에 참석하다

　　　　주요 채권소유자들의 이름들

— 스페인을 설득하여 쿠바를 팔게 하자고

　　　　　　시클스를 통해서가 아니라 벨몬트[4775]를 통해,

퇴역 군인들에게 땅을, 몸젠

　　　　160에이커, 33번째 국회

"저는 하나만을 연관시키나,

　　　　휘는 열 가지를 떠올립니다."[4776]

돈에 대해 아는 것, 이것이 없으면 그 결과 자유를 상실하게 된다

지하 통로, 수로

     백성臣은 먹고

     그는 하늘을 회복시켰고

        동물들은 춤추고,

          혼령들이 찾아오고.

1831년 1월 의정서 : 벨기에를 영원히

       중립국으로

50년 후 (T.C.P.[4777]) 무이자를 유지하려는

     노력

        통화로

        유통되니

조용한 시장, 브로커들에겐 별무신통.

     탈레랑이 유럽에서 하나의 전쟁을

       치른 다음, 프랑스.

비스마르크 : '70년 이후엔 전쟁 무, 그것이 그의 목표

그가 말했다 : '70년 이후엔 더 없음

카지미르[4778]는 나폴레옹을 기둥 위에 다시 올려놓았다

     4월 12일, 주르날 데 데바,[4779]

         1831년

저 암캐 마담 드 리벤[4780]

저 암캐 마담 드 스탈

     볼리바르[4781] 죽었으니, 다른 누가 거기 있나?

톨로사, 1919년, 구비오,

　　　　　사람들은 먹을 수 있었고

　　"유럽" 하고 피카비아가 말했다 : 알자스 로렌이

　　정복됨으로써 소진되었다

T.가 브로이에[4782]에게 '33년 4월 9일,

　　　　제가 기억하기로는 대중의 의견이라는 건

　　　　　　없는 걸로 압니다만 (비엔나)

메테르니히는 마리아 테레지아[4783]를 파괴했다. 마렘마

　　　흐루시아,[4784]

　　　　　　"왕의 집만을 제외하고"

　　　　　　　　B. 무솔리니

　　　　프레다피오[4785]에서 온 친구에게

아직은, 내가 아는 한, 쓰여진 건 아니었고.

　　　슬픈 놀,[4786]

　　　　　바르샤바의 점령

파리, 팔레 루아얄

　　　"그곳은 어울릴 사람들이 없어 별로인 곳"

드 보[4787]는 투우에 대한 이야기밖에 하지 않았다

　　　　3천 2백만 개의 주제들뿐 아니라, 모든 유럽을

　　　　　통치하는 듯한 모양새였다

그(대주교[4788])는 잘 파악하지 못하고 있다

생 루, 보아르네, 타세[4789]

　　　시민 탈레랑이 오르탕스 양에게 준 이름

"사파이어, 십자가의 부분

　　　진짜 십자가, 카롤루스 대제[4790]의 해골과 함께 발굴된.

마담 드 장리스[4791] :

　　　내가 그린 여섯 개의 그림, 과일, 곤충, 동물

비스마르크는 중앙화가 프랑스를 망쳤다고 생각했다

이바르 크뤼게르,[4792] 로리머[4793]의 신문에 따르면

　　　　　　거인, 아니 그보다 더,

에디슈[4794]는 폴란드에서 살해된 독일인들의 숫자에 영을 하나 더 보탰다

1831년, 뉴욕주, 채무자들이 감옥에 가지 않도록

"그의 내각에서 **나온** 마지막 우월한 자"

　　　존 퀸[4795] / 랜싱[4796]이 떠난 것에 대하여

　　　새벽 3시에……

　　　나의 이전 파트너가

　　　　　　"국무

　　　　　　　　장관

　　　　　　　　　　이었어요."

1841년 필리모어[4797] : 호수에서의 동등함을 위해

　　　　　　피츠버그에서 울버린을 만들었다.

전보 법안. '43년 3월 3일[4798]

"차가운 것으로는 안 되요"

　　　　　　하고 그리피스[4799]가 말했다

　　　　　　"그들을 움직일 수가 없어요"

　　　　　　　　재미 삼아

맷 케이[4800]는 비밀리에 희랍어를 읽었다. 비처 씨[4801]는

보스턴, 벙커 힐에서 가져왔다고 하는

녹슨 포탄을 자신의 연단에 가져오곤 했다.

서기 784년, 나라[4802]에서 전시회가 있었다 :

힌두, 그리스, 페르시아

페리[4803]로부터 칠칠치 못한 얼굴을 한 자[4804]까지 90년

"엄청난 미국인들의 자만심," 하고 그리피스 씨[4805]가 말하였다, 서기

1915년

하늘은 듣고 보는 사람들이 통치를 하도록 했다

최[4806]

이[4807]   통치자

히아[4808]는 이성에 눈먼 식으로 행동했다

체이스[4809]를 재무에 앉히려는 생각을

절대적으로 버렸다

"14이 죽었는데," 스탠턴[4810]이 뷰캐넌[4811]에게, "천 명이라는 이전의 보

고보다는

한참 밑이네요"

레인 양[4812]에게 안부를 전해 주세요.

비들은 1814년에서조차 강제 징수에 찬성했다

A. J.[4813]가 뷰캐넌에게 : 미국의 이익이 미국이 아닌 다른 손 안에서

더 안전할지 이해가 안 되는군요.

허미티지[4814]에서.

외무장관들은 마부가 있는, 4마리의 말이 끄는 마차를
꘍야 하고
'32년 상트페테르부르크[4815]
"난 여왕[4816]의 정숙함을
솔직히 옹호할 자신이 없다,
황제[4817]는 영국이 헌법에 싫증을 내고 있다고
생각하고,
프랑스인들은 이례적인 사람들이다.
나폴레옹의 세금은 지금의 베르크하임[4818]의 1/2도 안 된다."
뷰캐넌은 러시안들과 조약을 맺었다
"인간이 만든 것 중 최악" (은행 체계에 대해)
인간이 고안해낼 수 있는 것 중,
영국의 소득세는 혐오감을 불러일으킬 정도인데, 파운드 당 칠 펜스까
지 올랐다
빅[4819]의 인간됨에는 흠이 없었다, 런던 1852년
데일리 텔레그래프[4820]는 넘어가 있었다
그리고 (그의 "취임"[4821])
사람들은 합중국의 그저 물질적인 가치만을 고려할 정도로 바닥이었다
각 주들로부터 허용된 제한적인 권력
그는 사원을 지은 것도 아니었고
무엇을 복원한 것도 아니었다
하지만 눈으로 볼 때 그의 잘못이라곤 할 수 없었다.
폰토스[4822]에서의 겨울은 괴로울 지경

하지만 여전히 술모나[4823]에는 사자 머리,

페데리코는 매에 대해 썼고[4824]

오르시[4825] : "나 역시 늙은

시라쿠사 사람."

아랍의 동전이 스웨덴의 산에서 발견되었다

운명의 여신 아래

롤리[4826]는 제노바의 대출은 생산적이지 않다는 데 주목했다

"그것이 남긴 거라고는 그들의 고리대금업뿐"

보덴[4827]은 힘을 장악하고 있다

프리코,[4828] 쾌락,

아겔문트[4829]는 33년간 지배했다.

"유향으로부터 그들은

희생에 익숙해 있었다"……

토스카나에서의 일.

이 지역에 로마가 있다,

브레누스[4830]가 이곳으로 포도주를 가지러 왔으니,

그 질을 좋아했고

그 여행의 늑대 동무, 아리우스 이단의 로타리[4831] —

『행정관의 서』에 붙은 서문[4832]

마취제가 이미 쓰이고 있었고

"우물을 사제들의 고환으로 가득 채우리라"

하고 알키스[4833]가 말했다

우물을 가득 채울 거야 사제들의 고환으로,

이단자들의, 당연히

대부자본

물론 멘스도르프 편지[4834]가 있지

공표가 (1958년에도)

된 적 없는.

CIV

나시족의 언어는 바람 소리로 만들어진다,

　　북서에선, 숲 소리뿐 아무 소리도 들리지 않는다

짐승들이 알아차리지 못할 정도로 그곳에 끼어들어 가는 것,

하나 젊은 촌놈이 늙은 촌놈을 팔아먹을 때

　　　　　　미하일로비치[4835]를 배반하려는 생각

방의 공기가 무거워졌고 젊은 S.는

　　F. O.에서 나와서 "도시로 갔다"[4836] —

레판토[4837] 이후 그들이 가져왔던 깃발들

　　　하지만 지금은 인쇄한 질을 누르기 위해

　　　　　"출구에 대한 통제권"을 가져왔다[4838]

링　　靈　　오로지 링에 의해서만 :

　　　　　　　　씨앗이.

불길이 사그라지고, 바람은 혼란을 가져오고

　　　　　　　　巫

$가 프랑처럼 보이고,

　　　　　프랑은 일 첸테시모

1 프랑 15　프로코프,

　　　　타바랭에 있는 돈도,[4839]

물랭 루지에선 풀 먹인 칼라를 하지 않으면 입장이 안 됨

　　　　타바랭에선, 모자 없이는.

콩코르드 광장에서의 드가의 눈,[4840]

쪼개진 빛, 쇠라,[4841]

또는 피타고라의 빛[4842]

디즈레일리, 울프(f가 두 개) 헨리[4843]

영국을 망치고

의회도 건너뛰고,

금속 실린더, 낙타가 집어삼키고

경계를 넘어서자 죽임을 당하였고

뻔뻔하게도, 사악한 짓, 그리고 헤로인.

부족하게 만드니, 공급과 수요를 분리시켜.

"좋은 친구들인데" 하고 슈미트[4844]가 말했다

"그들과 싸워야 하다니 안 좋아."

증오는 참호에서 생겨나는 것도 아니고

소위들 사이에서 생겨나는 것도 아니다.

늙은 로크[4845](끝에 e가 있는, 식물학자는 아니고)는

아비시니아어를 배웠고,

새미[4846]의 조카는 궁전의 침실에서 금을 빼냈다

롱드르[4847]의 책은 무시되었고,

프랑스인들은 그걸 배우지 않았다.

솔잎이

불타는 것 같은 빛이 없구나

무안 포가 없이는

어떤 현실도 없고

눈 덮인 비탈 위의 바람   흔들리게 된

우리는

　　　　뜨거워진다

옥을 등지고

　　　뜨거워진다,

　　　옥은 먼지 소용돌이를 뚫고 지나가고.

세우고, 번역하고,

　　　교황 니콜로[4848]는 이 두 가지 열정을 가지고 있었다.

라틴어로도 얻게 했고

　　　　　　(발라[4849])

　　　　　　순수 라틴

바시니오[4850]는 책의 여백에 그리스 문구를 남겨

　　　　리듬을 주조했고

카를로 아저씨[4851]는 그 강의 입구를 깨끗이 했다

　　　　　루비콘

적갈색의 돛을 한 (빌란트[4852])

　　　　상륙할 때

여기 쿵, 저기 쿵

　　　적어도 어뢰선을 육지로 올렸으니,

폴란드인들은 거짓 약속에 걸렸고,

　　　　　　"흑해"

"흑해를 통한 도움"

　　　폴란드인만이 그 약속을 삼킬 수 있었으리라[4853]

푸른 하늘과 표범,

피토네사[4854]

삼각대 위 눈으로 부드럽게 덮인 조그만 가슴

구름 아래

靈　세 가지 목소리[4855]

그리곤 멈추었다 (의식이 맑을 때)

금속을 파내는 걸,

한때 금은

개미들에 의해

파내어졌지

아니야

파오삼성　寶

이건 보물이 아니야.

파오삼성와 파오사성, 표범을 구별할 수 있겠는지 :

뿌리가 흐릿하니

豹　명료하지 않구나

누가 정신을 감각 대신 쓰려고 하나

나사를 망치로 들이밀려고 하는가

될대로 되라지

아돌프[4856]는 알아차리고 분노했지.

하지만 내부로부터 오는 눈가림도 있었지 —

그들[4857]은 자신들이 무가치하지 않다는 걸 설명해내고자 했다.

"신사분께 댁으로 즉시 가시라고 해요

내가 연락을 드린다고 말씀드리고."

이게 예의 바름

삼림관리인이 쓰는 모자는

       미묘함을 알려주네.

1910 : 라마교 승려들을 위한 피어스[4858]의 비누

       포디를 의식하지 못하는 레 두즈,[4859]

의사들 중에는 : 앙브루아즈 파레[4860]

    제우스 앞, 그 앞에 여섯 마리의 어치

    군주 연합에 맞서는 테미스[4861]

요요[4862]가 말했다 :

    "당신 어느 부분이 시인 거요??"

    주변에서, 그의 동료들 옆에서

신성한 빛에 의해 미트라를 받은

        달빛 왕들의 시대에

    길드를 세우는 것

"발 씻었어요?

    낯선 땅을 밟는데."

언덕길의 루이지[4863]는

    해가 떠오를 때

       자신의 성체인, 그 곡식, 밀을 씹는다.

별들이 외뿔소라고 한다면,

    올가미에게 빛을.

이졸데[4864]가 죽었다, 그리고 발터[4865]도,

    그리고 포디도,

가까웠던 친구들

"내 오랜 친구가 어떻게

— 에 — 에

어떻게 잘[4866]?

"등등을 할 수 있겠지

레미[4867]의 단어는 "밀레지엔"[4868]이었다

윌리엄[4869]은 : 외뿔소,

그의 스테로판을 보라.

그 산물은 사랑받았다.

글래드스턴[4870]은 작은 차 상자 하나를

파머스턴이 좋아하던, 이름이 뭐든가 양에게 가져갔지만

영국을 사백만 파운드를 받고

……에게(생략함…… 팔지는 않았다……

수에즈 운하 채권

홀리스[4871]가 말했다 (크리스토퍼)

왕립…… (생략) 교수직[4872]

거짓을 위해서

코크[4873]가 교과에서 사라졌다.

폰 뷜로[4874]는 기관에서 첩보를 들었다 :

프랑스가 탈레랑을 배반했고,

"데이지를 따고 있는데" "그(웰스)는 의견을 가지려 하지 않아
요."

하여 오리지[4875]는 뒤늦게 존경을 받고 있다. "비겁하지 않음"

황후 마르게리타[4876]인지, 또는 그들 중 한 명인지가 말했다, "우둔함."

미라보[4877]는 더 안 좋았고, 오비디우스는 폰투스에서 그보다 더 안 좋았다.

"고아[4878]에 들어서자마자

  그들은 향나무들을 뽑아내기 시작했고,

인토르체타[4879]의 초상화는 여전히 시칠리아에 있는데

  그의 부채에는 읽을 수 없는 문자들이 쓰여 있고

그리하여 웹스터, 볼테르, 그리고 라이프니츠

  엽서葉序[4880]

    잎의 결

하나 베네치아에서는

  셀보[4881]로부터 프란케티[4882]에 이르기까지,

그 어느 곳에서보다, 개인을 인정한다.

포강이 우리 아래에 있는 지도처럼

    "아주 깨끗하게 빠져나갔다"

    라고 죄수의 호송인이 말했다.

     라라나기[4883]는

유행에서 한 요소를 찾아냈다 :

  명확한 정의가 없이는 어떤 학문도 없다.

    그 시대의 스타일이 있는 법

     "나의 촌시 올콧[4884]

    그대가 나의 몰리가

      되어 준다면

오!"

재정가들이 알 리 없는 도덕적 경계심

그 당시에는

사업상 흔한 관습.

루키 이오니데스[4885] : 할 거예요, 그리스인이면

어떤 것도

이만(스털링 파운드를 뜻함)을

받을 때까지

그 뒤로는, 그게 정직함의 대가임을 알게 되지.

아름다운 예증들

기관들로부터 알게 된 뷜로

"신문에 내려고 시간 허비하지 말 것"

기관을 접수할 것.

요약할 것 :

금은 최고 사제의 통제를 받고 있었다,

비잔티움에서의 기준

그리고 엘 멜렉[4886]

1204년까지 그랬다.

아름답고도 좋은 집안에 태어난

델 마는 스파르타의 동전의 철에서

12가지의 표를 찾아냈다

어치의 화려함

모두 아름다운 키테라[4887]

몬드[4888]는 잉글리시 리뷰를 죽였고

  포드는 파리로 갔다 (그 사이 인터벌)

14일[4889]에 있는 마을 축제

영국이 프랑스 주머니에서 지불했다

  단 한 번에,

알렉스,[4890] 자신의 군인들의 빚을

왕이 독점권을 잃은 이후 어떤 일이 있었는지에 대해

  델 마조차도 놀라 숨을 멈췄다

맥네어 윌슨,[4891] 라라나가, 또는 새벽 2시의 트레메인[4892]

  "뭔지 모르는 바보 같은 이유로……

게인즈버러 소품들이 들어있을지 모르는 필복스 모자처럼 별 의미 없는,"

시효에 따른 돈[4893]을 지칭하는 것

    또는

정부가 효율적으로 무엇을 **할 수** 있는지를.

잘못된 두 번째 명제는 상업을 진작시키지도 못하고

  정신이 활동하게끔 하지도 못한다

저 멋진 오래된 말 (구린내 나는 손더스[4894]의 말) "독립"

  本 펜 예
  業

홈스테드 대 러시아 집단 농장

  농장에 조언을 할 것, 통제하려 하지 말고

표, 몬레알레[4895]

  토파즈, 신이 앉을 수 있는.

30년간 별 흥미로운 일이 그 나라에 일어나지 않았다.

하지만 시장의 처남은

　　　　종이 조각을 불신했다

그곳에선 사슴의 발이 숲의 가장자리에서

　　　　그림자 속 먼지를 일으키는데.

　　　　영원한 것들에 대해 신경 쓰다

풍 황 리 이[4896]

　　　　천연 바니시와 비단이 그들의 공물

이우[4897]의 중량 단위는 여전히 보물에 들어간다.

CV

1956년 2월[4898]

이야기가 옆길로 샌 걸까 :

        탈레랑은 일세기 동안 유럽을 구했다

프랑스는 탈레랑을 배신했는데,

        독일은, 비스마르크.

무스[4899]는 구했었지, 세상을 구했어,

        스페인에서

          도움을 주는 자.

機 움직임의 씨앗

술모나에서

      사자 분수 —

        술모나가 맞아, 오비디오의,

페데리코는 매의 형태를 주목했고

        아직 그 누구도 "장군"[4900]을 번역하지 않았다,

        (체세나, 아름다운 기둥의 체세나)

모차르트 35세의 나이에 죽다,

        너무나도 선명하게 그려진 크리스티앙의 모자와 장갑

        (에르비에[4901])

반 인치 넓은 복도,

        어딘가에 있겠지

"존재의 알 수 없는 수단."

안셀무스 "모노로기온" 쓰다, 1063년

"공간이 아니라 앎 속에,"

빈 공간이 아니라 우리의 인지 속에[4902]

동등하지 않음, 그 위엄에 있어 같지 않음[4903]

사물의 본성.

사고하는 데 그들의 수학을 쓰지 말 것……

그들은 란프랑코[4904]의 지혜를 두려워하였다,

란프랑코의 세속적 상식을 경계하였던 것.

메뚜기를 그리며 그날을 보냈지

"티베트로부터의 대출" 하고 늙은 갤러거[4905]가 말했다,

패트릭, 이 정신병원에서 죽었던가?

템스강의 소돔이 나폴레옹을 팔아먹었다

호우 제[4906] 稷 지상의 천국에 서서 后

람 평야의 양들은 색깔에 따라

다른 이름들을 갖는다,

명사들로 이루어진, 명사 하나에 형용사 하나가 아니라,

"나의 소소한 것들"[4907] 내 사소한 것들, 하고 안셀무스가 말했다.

"사람들이 그걸 흠모해요" 하고 바리[4908]의 교회 관리인이 말했다

"산타 루치아처럼요"

그래서 그것, 큐피드 석상은 성물 안치소에 보관되어야 했다.

바로크, 영혼 : 5와 10에서 남겨진 것

방황하는, 가느다란[4909]

또한 화려하게

"태어난 것이 아니고" 57장, "내려온 것임"⁴⁹¹⁰

구이도 C.⁴⁹¹¹는 "모노로기온"을 읽었다

진정한 이미지

정신을 통해 그대가 다다를 수 있는 가장 가까운 곳,

"이성理性"

하고 안셀무스가 말하였다.

구이도 : "의도意圖."

이성,

달,

거울은 이미지가 아님,

거울, 이미지 아님,

맛, 향,

아름다움

지성知性에서 나누어질 수 없음

삼단논법에 의한 추론으로 쪼개질 수 없음

축복받은 섬으로 (축복받은 섬)

벌들처럼

나아가다, 벌들처럼…… 빛의 외투를 걸친,

하늘 사원의

벌집들

군복 외투처럼 빛이 감싸다.

카푸아⁴⁹¹² 위, 캔터베리 우물

안셀무스의 지시대로,

그가 말했다 : 거기를 파라.

캔터베리 우물

카푸아에서 동쪽으로 약 구 마일

그가 말했다 : ",,,,,,에……

자고새를 먹을까 하는데."

그래서 우리는 하루 종일 헤맸지만　　　　　鬼

자고새는 발견하지 못했다

그러다 마구간 소년이 자고새 하나를

물고 있는 담비를 보았다.

…… 해변가 이곳 저곳……　　　　　　　　諂

강과 숲도

강물과 숲속도

다른 모든 특권들,

타고난 권리, 샌드위치 항[4913]

정의…… 중앙집중화,

동전은 동등의 상징

롬바르드족에 의해 세워진 로체스터[4914] 성당의 중앙홀

높은 홀과 조각

루푸스[4915]는 임대료를 5에서 40으로 올렸다

땅을 사용할 목적으로

자비의 통합,

관습의 다양,

카티의 지혜를 상실했으나

　　　정부의 야만적 힘이 아닌 어떤 것을 위하여
"질서"

　　　　　　보에몽[4916] 대 알렉시스,[4917]

　　　　　　　저 미친 자 보니파체,[4918] 클레르몽.[4919]

대중이 엄청 흥분해 있었다.

　　　　　　　　11월의 어느 날,

　　　　　　　　이슬비를 맞는 조지 5세[4920]

　　　　　　　　잘못을 저지를 것 같지 않은 사람.

셰익스피어 사후 33년……[4921]

　　　　　　　　　　"달레랑"

엔 베르트란 이후 800년

　　　　"저당," 탑이 네 개,

　　　　　　　　　　　"달레랑 베리고르!"[4922]

우르반,[4923] 추잡함

　　　　　임대료를 5에서 40으로 올리다니,

수에비의 카롤루스[4924]

　　　　　빛의 올가미가 그의 어깨를 동그랗게 감싸고,

안토니누스는 신이 되기를 거부했다.

애설스탠[4925]은 때때로 나누어주었고,

　　　　　에셀발트[4926]는 세금을 면제해 주었고,

　　　　　　에그버트[4927]는 지방의 법을 내버려 두었다,

　　　　　　　　　타고난 권리

"우리는 결단코 그대가 보낸 주교들을 거부합니다."

파스칼[4928]이 안셀무스에게.

이 때에 기욤 드 푸아티에[4929]가 있었다,

헨리[4930]는 100,000파운드를 금전으로 남겨 놓았다

또한 배들도

파편들 :

(매버릭[4931]은 이 질문을 교조적으로 반복하고 있다.

모자이크? 어떤 모자이크도.

당신은 이것들을 빼놓을 수 없지요.

그들은 우주에서 터져나가고 싶어 해요

하지만 적어도 여기서부터는 마그나 카르타

이를 따라가기 위해 난 그리스어를 좀 배워야만 하겠어

당신도 마찬가지, 쯧쯧.

"그들이 코스모스로부터 터져나가고 싶어 하지"

확 타오르는 불길

안셀무스 대 염병할 루푸스

"추하다고? 싫증 나,

예뻐, 매춘부!"

동지 안셀무스는 염세적이야,[4932]

소화도 약하고,

하나 삼위에 대해서 명확한 글을 썼지,

순전히 문법으로만 보면 : 본질

여성형[4933]

무결점

오점이 있을 수 없음. 암브로시우스[4934]

　　"첫 번째 반역 : 양떼에게 목동을."

　　그들은 그걸 경외전으로 보고자 했다.

프랑크족 : 십년간 세금 면제

　　발렌티니안[4935]은 알라니족[4936]을 내쫓고자 했고

　　그리고는 온통 갈리아, 파라몬드,[4937] 425년

페핀,[4938] 자그레우스[4939]에게 바치는 제단 위에서,

　　에셀발트 : 세금 면제

　　　카롤루스[4940]가 오파[4941]에게, 벨트, 헝가리의 검.

퀜드리다는 동생 케넬름을 밀쳤고,[4942]

　　에그버트는 지방의 법을 그대로 두었다.

"내 어깨 위로 빛이 둥글게 비추고,"

　　　　(수에비의 카롤루스)

"나를 불타는 산 너머로 이끌었다"

아리울프[4943]의 연대기에 쓰인 대로. 그렇게 꿈을 꾸었다고.

천 년 동안 야만인들 대 미친 자들

　　　　　아니면 그 반대이거나.

알프레드는 수백을 가려내었고, 십일조,[4944]

　　아마도 그들이 에리우게나를 살해했다고 하고,

　　　애설스탠은 길드를 세우기 시작했고, 925년 이후

　　고모 에셀플레드[4945]는 유식했고,

　　　　크누트[4946]는 알프스 통행세를 경감해 주었다

아스트롤라베를 보는 제르베르[4947]는

프톨레미보다 낫구나,

십분의 일 십일조 그리고 곡식의 둥근 묶음.

포미砲尾에 있는 크로멀린[4948]

또는 델 발,[4949]

이는 돼지가 저들의 악행으로는

도저히

얻을 수 없는 것

구이도는 프로스로기온[4950]을 읽었다

생각건대, 비용도 그랬을 것이지만.

CVI

그녀의 따님[4951]의 모습이 저러했던가,

데메테르의 가운만큼이나 검든가,

　　　　　　눈동자가, 머리칼이?

디스[4952]의 신부, 플레게톤[4953]의 여왕,

　　　소녀들이 그녀 주위에 안개처럼 스러진다?

사람의 힘은 곡식에 있느니.　　　　　　管　쿠안

아홉 법령들, 8번째 에세이, 쿠안[4954]　　子　추

장미는 너무나도 천천히 꽃을 피운다.

성냥개비 하나가 눈 아궁이 속에서 확 타오르곤,

　　　　　그리곤 어둠

"데메테르의 가운에서 만들어진 베네치아의 목도리들"

이 추[4955]는 몇몇 점들에서 그대를 이끌어줄지도 모르나,

　　　　　　　　이곳으로는 그러지 못하리니,

통치하는 법은 쿠안 충의 시대로부터 내려오지만

　　파테라[4956]에 있는 백금의 잔은

헬렌의 가슴이 부여했던 것.

　　　　　신성이

그의 황도대를 통해 흐르나니,

　　칼레돈[4957]의 이름을 잘못 부르진 않으리라,

기억 속에서라면 몰라도,

　　　　　영원 속에서는

　　　　　　　한데 "바람의 숨결이듯

방향이 바뀌면 그 이름도 바뀌나니,"

　　　　　　　　아펠리오타[4958]

모이지 못한 채

　　　　　　　위로 솟구쳐 오르는 금빛 밀

목화밭의 페르세포네

　　　파도 가까이의 화강암

명료함을 위함이니

　　　모든 불을 반사하는 깊은 바닷물

새로운 반사 빛들,

　　　　대지, 공기, 바다

　　　　　　거대한 강들, 아마존,[4959] 오리노코 위를

지나가는 불꽃 같은 배 안.

"쿠안 충이 없었다면 우리는 아직도 야만인들처럼 옷을 입어야 했으
리라."[4960]

안토니누스가 그만한 데까지 이르렀다 해도, 감추어졌느니

　　　쿠안, 감추다　　關[4961]

후손들에게 그는 도시 문명을 전해 주었으니,

　　　　　　동전에 박힌 아르테미스[4962]

동전 기술에 비하면 모든 물품들은 가벼운 것

구리를 품은 산이 400개가 있다면 —

진사辰砂 밑에는 구리가 있을 것이니라 ─

금 강은 코루[4963]에서부터 시작되느니,

가격은 금에 의해 정해지고,

야오와 슌[4964]은 구슬로 통치하였도다

하여 여신은 자신의 내부에서 수정으로 변화하누나

이는 곡식 의식

언덕길의 루이지

곡식 의식

엔나[4965] 근처, 니사 근처에서의,

키르케, 페르세포네

바다와 골짜기는 너무나 달라

그녀의 성스러운 나무는 노간주나무이니

두 소나무 사이에 있는 건 키르케가 아니지만

키르케도 저와 같았고

매끄러운 돌로 만든 집에서 나왔으니

"어느 신인지 모르겠구나"

파고든다고 해서 그녀의 눈에 들어갈 수도 없고

그녀의 뒤에서 빛이 타오르지만

이는 황혼의 빛도 아니었도다.

미래를 아는 아테네,

신성의 나타남인 아테네

헬리오스, 페르세, 키르케[4966]

제우스 : 레토에서 난 아르테미스[4967]

자연림 아래

      내가 필요할 때 나를 도와주옵소서

치르체오 가까이, 바다를 향한 돌 눈

    파고든다고 해서 그녀의 눈에 들어갈 수 없으리라.

     사원은 언덕의 가장자리에서

마치 표범으로 인해 그러하듯, 아폴로로 인해 떨리었고,

    빛은 그녀의 뒤에서 타올랐도다,

     나무들이 열리고, 그들의 마음이 그들 앞에 서 있구나

마치 카라라의 백색 같도다 :

    춤추는 이들. 술모나에는 사자머리가 있음이라.

     엽맥의 질서 속, 황금빛.

바위 웅덩이 위를 나는 수백의 청회색 나비들,

    또는 이동해가는 임금 날개 나비들

     당신의 마음속엔 아름다움이 있나니. 오 아르테미스여

아스포델 위, 질경이 위에 계시는구나,

    저 꽃은 목신의 귀에까지 이르렀고.

     야오와 슌은 구슬로 다스렸도다.

내가 어디로 가야 하려는지

     내가 필요할 때 나를 도와주옵소서.

꽃들은 벼락으로부터 지켜지나니

     내가 필요할 때 나를 도와주옵소서.

밖으로 부풀어가는 저 거대한 빛의 도토리,

    아킬레이아,[4968] 카파리스, 금잔화

울렉스, 말하자면, 가시금작화, 거미줄풀,

작은 오크는 구름벽을 타고 기어오르누나 —

삼 년간의 평화, 그들은 그⁴⁹⁶⁹를 제거해야만 했겠지,

— 자줏빛, 바다 녹색, 그리고 이름 없는 빛.

키르케의 눈은 그렇지 않았으니, 그 뒤로 불길이 타올랐기 때문.

수사슴은 양물푸레나무 숲 아래 서 있고,

재스민은 신전을 감고 오르는데

셀레나 아르시노⁴⁹⁷⁰

참으로 뒤늦게 왕비들이 하늘로 올랐도다.

제피리움에, 때는 7월, 제피리움에

함대 사령관이 그곳에 세웠던 것이라.

세웠던 것

아프로디테에게 무사한 항해를

"아이올리아 사람⁴⁹⁷¹이 그것을 공물로 내놓았도다

아프로디테 같은 아르시노.

미오⁴⁹⁷²에서는 달 도끼가 새로워지누나

이해력이 있는

셀레나,⁴⁹⁷³ 소용돌이 파도 위의 거품

회랑 앞마당에 흘러넘치는 황금빛으로부터

나무들은 파로스⁴⁹⁷⁴에서 열리고

카라라의 백색 같은, 춤추는 이들의

하얀 발들.

그대는 신의 눈동자.

기둥들은 칠보자기처럼 빛나고,

하늘은 느릅나무 가지들로 무겁게 덮여 있느니.

CVII

우리가 셀리눈테[4975]와 아크라가스에서

잠자는 동안

　　　진달래가 피는구나

코크, 『영국법 원론』 2.,

　　　모든 성당에서

　　　　그 해 4번씩 읽힐 것

　　　20. H. 3[4976]

　　　평정平靜의 어머니이자

유모인 확실함

　　　성지기직을 충실히 하는 자는

　　　　　병역면제세를 내지 않아도 됨

명료함에 대해 말하자면

　　　　군인, 코크, 에드바르두스[4977]

""저 빛은 시지에"[4978]

　　　…… 베랑제의 상속인들 중에는 이 엘레노어[4979]가 있었지

모든 땅은 쟁기들로 쌓여 있고, 적어도 그가 받았을 때와 같은 상태여야

그런 관리물은…… 팔면 안 됨

입방체의 빛

　　　덩어리

하여 단테의 시각은 자연스러운 것,

　　　(10번째, 천국, 태양 속)

색에 의해서가 아니라, 빛에 의해 보여지누나

노르망디의······   관습법

　　　　숲에 대하여

　　　　해가 지고 나면 황록색

정치적 능력에서는 왕은 죽지 않는다

　　　　예전의 자유를 갖는다,[4980]

　　　　　　　정당하지 않게 괴롭힘을 당하지 않음

　　　　하다 보면 드러나게 된다[4981]

　　　　　　　　마그나 카르타, 12장

돌아다님, 돌아다니는 순회재판

　　　　쿵 역시 재상이었다

　　　　　　本 펜

그 뿌리는 저 헌장.

　　　　"글랜빌[4982]에 나타나는바"

　　　농기구(손수레)를 건드리지 말고[4983]

그 마을의 정직하고 법을 준수하는

　　　　이들의 맹세에 의해

세속적 거처[4984]

　　　　"글랜빌에 나타나는바"

　　　　"어디엔가에"

　　　　　　　　내가 아는 한

학자의 책은 그의 얼굴

　　　　헨리 2세 에드워드 1세

그들에게 영광을[4985]

헨리 2세의 시절에

저 침 질질 흘리는 남색꾼 짐 1세[4986]가

　　　우리의 유산을 망쳐 놓았다

죽다, 1616 스트랫퍼드에서, 셰익스피어 죽다,

　　　33년 지나 놀이 찰리를 베어 버렸다[4987]

죽다 코크 1634년 그리고 '49년

　　　　　놀이 찰리를 베어 버렸다

아풀리아의 소년⋯⋯[4988] 여름으로

볼테르는 할 수가 없었을 것,

프랑스인들은 할 수가 없었을 것.[4989]

　　　그들에겐 마그나 카르타가 없었다

여름에, 아크라가스의 여왕[4990]

튼튼한,

　　　사원을 세웠다

　　　　　세제스타[4991]에

환대⋯⋯ 영국에 예전부터 있던 장식품과

　　　추천품들 중의⋯⋯

　　　　　　II. 원론. xxi:[4992]

그 어떤 나무도,

　　　숲은 살투스라 불렸다,

　　　플레타에선, 마에레미움[4993]

법적 위임을 받은 자

옛 법령을 이해하기 위해

이 옛 작가들을 읽는 것……

고기잡이 망으로 고기 낚는 이들 또는

보통의 것이어야만 하는 몇 가지를 만드는 이들에 반ᅕ하여

…… 다시 돌아오는 건 우리 수출의 10분의 9

(25장에 붙은 주석)

일군의 못된 망나니들(삭발한 자들) 다음

또 다른 못된 녀석들

(삭발하지 않은 자들)

이 모든 것들 중 가장 추잡한 자는 지미 스튜어트.[4994]

코크 : 영국에서 가장 명석한 정신

나무, 흰 장미목

격자 형태를 통해 나오는 덩굴손처럼

엑시뵐[4995]에서의 물결 패턴

뾰족탑이 우물틀과 높이가 같고,

마담 피에르[4996]는 그 시장에서 양 한 마리를 샀다.

공공의 이익을 위해 전쟁의 법칙은 준수되어야 하리……

수입관세라 불렸다

외국 상인들만이 지불하던 것 (xxx장)

모 모피 그리고 가죽

벽난로세 없애다

메리[4997] 이전까지는 새로운 과세는 없었다

알롬에 대해, 스카카리오 문서. 319[4998]

교황의 영토에

　　　　　iii s. iiii d

건포도에 과세하는 건 위법적

　　　보통법에서는……

　　　　　재었다,

에드가[4999]의 법 : 사법권이 미치는 모든 지역에서

　　　순회 재판

10명의 그룹에 들어가지 않으면

　　　나누어진 행정구역은 전적으로 지켜져야 하고

　　　　10명의 모임

종교적 기관에만 예외로 하고……

　　　　　브랙턴[5000]을 보라

기증이라는 명목으로

　　　　증인들은 이러하니……

　　　　　헌장이라 불렸다.

그것이 우리의 **중심축**

　　　머턴[5001]의 법령 :

　　　　　율수사제律修司祭

런던시에서 칠 마일 떨어진 곳……

　　　그와 빙엄의 수도원 원장 사이에

　　　성 빈센트 축일 다음날에

　　　브랙턴에 따르면 H. 3세 18년째

이 엘레아노어[5002]는 레이몽 베랑제의

딸이자 상속인

　　그리고 캔터베리 대주교의 누이였다

　　　가장 아름다운

그리고 세뇌에 대해

　　　첫 번째/ 상징[5003]/

　　　　　상징의 타락

그리고 비드[5004] 시대 때의 침략

　　제임스 왕의 찌꺼기 밥

　　　그의 "버전"[5005]

그리하여 1850년에 이르러선 라틴어를 배우지 않아도 되게 했고,

　　학습에서 진리를 몰아내 버렸다.

　　　코크의 인용들이 무언가를 말해주었으리라.

알렉스,[5006] 안토니누스를 지워 버렸고

　　　　　랜돌프도,

곡식 단을 압류하지 말 것

　　　에드워드[5007] "군주들의 거울"

　　　머턴의 법령, 5장.

은 일 온스당 5그로트[5008]

　　외국의 법에 종속되지 않으니

　　일천이백육십칠

　　　헨리 왕 52[5009]

성 마르티누스 축일 8일째 되는 날[5010]

　　"신분 고하를 막론하고"　　　　終

현인은 끝에서 시작한다　　　　**始**

사각의 울타리, 정돈된 정원,

　　　　헬리오트로프, 칼리칸터스, 바질[5011]

붉은 새, 즉 붉은홍관조,

　　　　제철이 아닌 종달새

알레그레[5012] 들에 가득했었는데

　　　　40마리가 동시에 날아오르고,

　　　　　　짧은 꼬리.

1560년 새 동전을 찍어내다[5013]

　　　　'65년, 노리치[5014]에 있는 네덜란드 출신 직공들

네 번의 순회 재판 기간에, 성 바오로 주변의 매춘부들,

　　　　삼위일체 축일, 성 미가엘 축일,

　　　　　　힐래리는 1월 23일부터.[5015]

각각의 매춘부들은 기둥 하나씩 붙잡고

　　　　"법정 최고변호사들도 그러하듯이."

곡식은 단지 음식을 위해서만,

　　　　런던에 더이상 집은 짓지 말 것이며

이교도들을 화형시키는 것에 대해

　　　　베이컨[5016]은 지지했지만, 코크는 반대함.

사보이에 흰 옷을 입고

　　　　500마르크, 투옥될지니

　　　　　　헨리 (1628년) 마틴 경이 선고를 내리다.[5017]

그의 신하들의 권리 침해

인신 보호를 위해 3개월[5018]

      B. 18[5019]

양탄자는 아직도 셰즈 디으[5020]에 있었고,

    하늘의 유리는 느릅나무 가지로 창살이 달리고

말로는 그리스어로 μή όν[5021]

에이본의 남자는

     영어로 말했다[5022]

        만약 돌이 완벽하다면

고디에[5023]는 우리에게 세 개의 니나를 남겼다,

    디아나[5024]는 노트르담 데 샹에서 허물어져 가고

    하지만 청동상은 어디엔가에 있어야만 하리니,

        또는 돌이.

암피온은 박물관을 위해서가 아니라

   물빛 파도와 같은

     그녀의 마음을 위해서라

연안 쪽 두 길 깊이의 반짝임은 아니라,

   산호의 빛은 부채 산호 사이로 서서히 빠져나가누나

     커다란 해조

   좋아하는 색깔

대기의 수정체

   하늘색 위 짙푸름

사이렌[5025] 뻥 뚫린 바위 수정 같은 사이렌

   어두운 해마海馬 매혹

신의 안테나.

노픽 텀블러, 세실[5026]에게 주는 일종의 조그만

그레이하운드.

550개의 뽕나무를 심었고 —

햇필드[5027]에 —

해협의 남쪽으로부터는 포도나무가

하나 공공의 초원을 둘러싸 버렸구나

곤데마르[5028] "똥수레를 탄 악마"!

플라쿠스[5029]의 번역자는 왕관을 쓰고 있었는데

유대인과 남색꾼이 그걸 내려 버렸다 :

"똥수레를 탄 악마" 곤데마르

제임스 왕의 쟁반 위에 놓인 롤리[5030]의 머리."

"죽은 자들은 자신들이 승진하기 위해 아양을 떨진 않으리다"[5031]

1621년, 12월 11일.

단테의 시각은 정말로 자연스러운 것 :

이 빛은

강물 같구나

쿵[5032]에게서도, 오켈루스,[5033] 코크, 아가시즈[5034]에게서도

흐르다, 흐름

이 끈질긴 인식

고디에에게서 나온 세 개의 니나,

그들의 광증은 저 먼 것을 욕망하는 것

올리브 잎을 바라보지 못하는 것,

　　　오크의 결을 보지 못하는 것.

예전엔 밀이 빵 안에 들어있었다.

　　　(한밤중 지난 I.46[5035])

앨런 업워드의 인장은 시탈카스를 보여주었다.[5036]

동전이 암브라키아[5037]에서 통용되었다,

세공사의 아들, 그 이름은 피타고라.[5038]

CVIII

쪼개다

　　　바위의 표면에 서리가 있구나

산업의 유모 (25 에드워드 3세[5039])

　　　머리를[5040]

베로나 강령에 나온 "알라"[5041]

　　　용기

아무것도 없으면 그걸[5042] 지킬 이유도 없지

本
業 　펜 예

불의 공에 들어가

　　　　　　밝음

　　　　　　　　명료한 에메랄드

친절함을 위한,

　　　　무한함,

　　　　　그녀의 손

헌장에서 장전으로　　　　　　1628년[5043]

　　　6월 해가 질 무렵

　　　권리 허하노라[5044]

조세에 관한 법령[5045]

　　　람바르드 대 발라[5046]

　　　　　"모든 독과점은"[5047]

"의지에 반하여 아일랜드로 가게 할 수는 없었고"

독립성

영토 밖으로 나가는 옷감에는 말고

우즈, 훠프, 니드, 더웬트,

스웨일, 요어, 타인[5048]

성 힐래리 축일 이후

여러 사악함과 유산 탈취

18 E. I[5049]   서기 1290

성 에드워드 축일부터는 횡행하지 않으리라[5050]

그 이후로는

그 이전 그의 아버지인 H. 3

어느 누구도 해를 입지 않으리라

안전한 관리

18일 7월 II,   18 E.I

18일

15,000 하고도 60명[5051]

여럿[5052]이 쫓아냈다

하지만 고리대금업, 그 이전엔 그 어떤 왕도 그러지 못했다.

홀 285

왈스

플로릴레기우스 던스타블[5053]

영국을 떠나갔다

그리고 카를로 아저씨[5054]

그리고 캄포 투레스에서 온, 마르게리타[5055]

우리 또는 우리 상속인의 그 어떤 관리도

　　　당사자의 허락 없이는

　　　곡식, 가죽 또는 가축을 가져가지 못한다

　　　　　　누구 좋으라고

그리고 삼림

　　　신의 가호에 의해

　　　　잉글랜드

　　　공표가 되어야

　　　　25 에드워드[5056]

판단에 있어 그들에 앞서

　　　　알아야

　　　우리의 영역을 바로잡고

　　　　　　이끌어야 하리니

그 반대의 일은 없던 일로 하고

　　　무효로 여겨져야 한다

일 년에 두 번은 읽혀야 하고

　　　일 년에 두 번

부과하지도 말고 가져가지도 말 것이며　　　1272

　　　전례로 여겨져서도　　　　　　　　　　25
　　　　　　　　　　　　　　　　　　　　　————
　　　　　　　　　　　　　　　　　　　　　1297

재확인

　　　헌장

디즈레일리에 의해 짓밟힌 제6장[5057]

법의 약탈에 대해

        40실링

우리의 이 서한들

       런던에 있는 우리 아들 10월 10일

          20 하고도 5년째

관세 6실링 8펜스

       모피 300개에 반 마르크[5058]

다른 자유인들의

         34년째

        조세 없음

        (또는 관세)

        개정된 의회에서

관료들을 늘이지 않음

       그 어떤 신민에게, 또는 그를 위해

무효화되고 좌절되어야,

      그 어떤 위반

       그 어떤 것도 가져가지 말아야

헤리퍼드의 보훈 사면하다

      존 드 페라리스도[5059]

이는 교회에서 읽혀야 하리니

      보훈, 펠턴, 페라리스

      수호자들

헨리 3세

1216-'72

E.I. 1272~1307

조항[5060] : 짐의 신민들

다시 말해

일 년에 4번은 읽혀야

성유聖諭

미카엘, 크리스마스, 부활절, 성 요한

그 지역에서 재판받아야

투옥, 보석, 벌금

그 죄질에 따라

찰스는 이것[5061]을 7년간 숨겨 놓았다

1634-'41

펠턴[5062]의 칼은 십 페니짜리

헌장의 조항들

에드워드 28년

관리될 것이니

…… 세 명의 정의로운 사람들

또는 다른 마음씨가 제대로 된 사람들

"경계"에 대해선 플레타를 보라, 왕의 거처 주변 12마일.

헤이스팅스 도버 하이드 롬니 샌드위치[5063]　　畿[5064]

그곳 바다의

협소함으로 인해　　　　幣[5065]

선출된 지방 행정관들

      그 직은 상속되는 것이 아님

지방 행정관직은 상속되지 않음

그 판결에 있어 옆 이웃들

    "가장 자격이 있는"

이는 한 보따리의 배심원들에 의하지 않으려는 것이니

      한 보따리의 배심원들 말이다   엘핑[5066]

                                            서기

민사와 형사 판사들   하원

    헴스웰의 윌리엄 목사[5067]에게 대항하여

표범의 머리로 표시가 되고

    파리의 솜씨에 비해 결코 못하지 않은

          조항 20[5068]

자연스러운 것이 아니라면

    그 어떤 돌도 금에 놓지 말 것

      에드워드 I 28년째, 서기 1300

표범의 문양으로 표시되어야 하고

    거짓 돌을 진짜 금에 놓지 말 것이며

      동전에 가치를 주기 위해선

        오로지 왕에게만 귀속되는 것이어야

그 양量에 대한 가격도 매겨야

      20장

중간 크기의 이삭으로 12 그레인[5069]

중간 크기의 밀

왕의 중요한 권리

엘리자베스

잉글랜드의 사랑,

그 가치를 환원시켰다.[5070]

광맥을 녹이기 위해 나무를 썼으니

아주 옛날부터

⋯⋯ 금, 은

죽은 자들의 영혼들은 속임을 당하였고[5071]

에드워드 35년째[5072]

왕국으로부터 나가거나

내보내지거나

옥쇄를 네 명의 매우 덕망 높은 이들에게 맡겨지게

수도원 원장은

외국의 수도원장들이 방문은 할 수 있으나,

밖으로 내보내지는 말 것

매일의 빈민구호금이 그로 인해 썩어 나간다

⋯⋯ 패러고츠[5073]에게만

10,000마르크

외국의 수도원장들

로마의 브로커들은 나쁜 놈들을 천거하고

학식이 썩어 나간다

의회 기록문서 E. 3세 50년

저주받을 관습들이 새롭게 로마에 들어가다.

저 커다란 나무들은 오크, 서양물푸레나무, 느릅나무,

　　　　　　　너도밤나무, 마로니에 그리고 서어나무

하나 도토리에 대해선 십일조를 내야

양 한 마리당 일 페니

　　　　옛날부터

　　　　　　티롤에서 양 한 마리당 일 리라

거래는 뒷방이 아니라

　　열린 장소에서 이루어져야

해가 뜨고 지는 사이에

　　　　　해가 밝을 때

소수에게 행해지는 벌이

　　　　많은 이들에게 전해지도록

2개의 권리 중에는 더 옛날 것이 우선시되고

　　　　　　구매자는 조심할 것

마시장馬市場은 오전 10시에서부터

　　　　해질 때까지

여왕의 영토

　　　필, 메[5074]

색, 적어도 한 가지의 특별한 표시를 하고

　　　모든 말, 암말, 수망아지, 거세한 말

　　　이를 어길 시엔 40실링

　　　오전 10시 이후

한 시간은 자유로이 타 볼 수 있게

캐딜락. 포드나 그밖에 그런 것들도 그러하듯이

타거나, 이끌거나, 걸리거나 세워 두거나

자유 시장에서 책방 주인에게 일 페니를 주듯

따로 내는 돈은 없고

코크, 용 칭⁵⁰⁷⁵

홍수를 뜻하는 불어인

불어난 물에 대한

책임.

다리들을

개수改修시킴,

모든 새 주택들은 적어도 4에이커는 될 것

엘리자베스 31년째의 법령⁵⁰⁷⁶

잉글랜드의 사랑.

CIX

진실을 위해……

      주택에 사는 이들,

          그들 각각에게 충분한 땅을

16 하고도 반 피트로 폴[5077]이 되고

          뱃사람이거나 그런 등등이면 예외로 하고

마을, 해변 또는 벽돌 건물

        나태함, 떨어진 것 주워 먹기의 원천

           『행정관의 서』

영토 안에서 똑같은 것을 팔고 영국제를 사라

     동전, 금속도금류, 또는 덩어리를 나라 밖으로 가지고 가지 마라,

상인, 이방인

     8년 H. 6세 현금만 교환 가능

     5년 H. 4세 삼 개월간의 신용거래

       책은 제본되어서는 못 들어옴.

어떤 인간도 만드는 데 오래 걸린

     그의 (리틀턴[5078]의) 글을 흉보지 못하리라,

          예술적 언어

법적 용어는 바뀌어서는 안 된다,

        브랙턴:

전체적인 것을 모르는 채로 판단을 내리는 것은 야만스러운 것

      모든 세부사항을 모르면서 그러는 건

이성의 바위 위에 올려진 사람들의 마음

　　　그들은 "배심원의 일을

　　　　　　면할 수가" 없었는데

그의, 참회왕[5079]의 시대에 배심원들이 없었다면 그런 말이 있을 수 없었을 것.

즐길 거리는 암브라키아[5080]에서 온 것

　　　간단히 말해 포도원

　　　　　그리고 셀라이오[5081]가

　　　　　그 여신을 그렸다

하모니를 가져오는 마침 부분

　　　　코크

　　　　　합치되는도다

　　　　엘리자베스 43년째 해

마침 부분은 그 어떤 것도 빠뜨릴 수가 없다

　목적이 유효한 한

　　　헌장은 확실하다고 말할 수 있다

　　　땅이 살아있는 한

　　　　　(책이 그렇게 말한다)

확실함은 평정함을 낳는다

　　어떤 임차권을 위해서가 아니라 명료함을 위해서

"이 이웃들."

　　　　시간 영지領地의 어머니

왕도 새로운 관습을 만들어낼 수는 없다

작은 활자체로 인쇄된 세목細目

왕들의 시간이 아님

매, 한 쌍의 금박된 박차나 그와 비슷한 것으로

코프는 언덕

데네 : 계곡, 경작지

드루스는 잡목림

이름을 모르면 사물의 지식은 소멸하리라

예술의 장인은 태어나지 못하리라

서약을 한 열 가구와 그중 주된 서약자[5082]

주교 관할구가 와해되었어도

도시는 존속했다

투안　端　　또한 관습

"워즈워스[5083]에게 감사한 감정을 담아서, 20실링

5월 15일,

하트퍼드 시청

찰스, 신의 은총, '62년

브루엔, 캔필드,[5084]

정치 단체

단순한 제안

규정하고, 상속자들, 후임자들, 울콧, 텔콧, 영원한

인장, 지사, 부지사와 12명의 보좌

2일 목요일, 5월과 10월

맹세, 배, 타고 떠나야

공인公印을 받고서

어업을 방해하지 말 것이며

소금으로 절여 저장하게끔

내러갠셋[5085]까지

남쪽으로는 바다에 이르기까지

광산, 광물질 보석 채석장

우리 영지인 이스트 그리니치　스스로의 농역農役에 의한
토지보유이지

영주로부터 받은 토지보유가 아닌

모든 광석들 금과 은의 오분의 일

4월 23일, 웨스트민스터

하워드[5086]

장석長石과 같은 날개

그리고 균형을 잡고자 확고히 붙잡고 있는 발

녹황색의 햇빛, 더욱 빠르구나,

눈 덮인 경사에 핀 진달래.

그[5087]가 주저해서는 동원령에 서명을 하지 않을까 두려워서,

없애야 해, 하고 먼로가 말했지, 그를 없애야 해

(에디)

그는 병원을 돌아다녔었지

아테네에서 배심원에 의한 재판이 있었지

다리를 개수改修시킨

이들

모든 새로운 주택에게   4에이커

　　　　　　　엘리자베스 31년째 때의 법령

　　　　　　　　　영국의 사랑

거짓 돌을 진짜 금에 놓지 말 것

가치를 매기는 건 오로지 왕만

　　　　　　　그 양에 대한 가격도 매길 것

또한 표범의 머리 문양

타오르미나[5088]에서 저 아래 깊고 명료한

　　　　　　　드높은 절벽과 그 아래 푸른 색

형태는 류트의 목 부분에서 깎이고, 음색은 몸통에서 울려 나오고

셀로이[5089] 위에는 오크 가지들뿐

　　　　　　　이 날개, 장석의 색깔

　　　　　　　　엽서葉序[5090]

쪽문 위

　　　　이노 카드모스의 딸

에리우게나, 안셀무스,

　　　　　　　허버트[5091]와 레뮈사를 통한 싸움

헬리오스,

　　　　　아름다운 발목 카드모스의 딸,

산 도메니코, 산타 사비나,[5092]

　　　　　　　　티베르강 저 너머 스타 마리아

　　　　　　　　　인 코스메딘[5093]

성 베드로 성당의 멜론 모자

보트 (작은 배) 뒤에 타고 있는 그대여!⁵⁰⁹⁴

칸토 CX~CXVII 초고들과 단편들

1969

CX⁵⁰⁹⁵

그대의 고요한 집⁵⁰⁹⁶

주교장主教長의 곡선이 벽을 타고 흐르고,

술은 깃털처럼 새하얀데, 마치 바닷가의 돌고래 같구나

난 압제 없는 상호교제⁵⁰⁹⁷를 적극 지지하노라

　　　　— 말 타고 멋지게 돌면서

　　　　　　　의기양양하게 깨어 있으라

그대는 바다-벽 위에 배가 지나간 자국을 보았는가,

　　　　　　어떻게 그것에 물마루를 일으키리오?

어떤 깃 장식이라고?

　　　　　발의 툭 침, 파도의 철썩거림,

　　　　　　　이것이 흥겨움이라,

토바 소조,⁵⁰⁹⁸

　　　　투명함을 위해 나아가느니,

　　　　　　　이는 환희라,

　　　여기 물마루가 벽 위에 지나가는도다

바람 속에 그렇게 나타났던 이들⁵⁰⁹⁹

　　　　　　하르라루코⁵¹⁰⁰

　　　바람의 지배,

아홉 운명과 일곱 운명,⁵¹⁰¹

　　　검은 나무는 말을 하지 못했느니,⁵¹⁰²

물은 푸르렀으나 청록색은 아니었어라⁵¹⁰³

수사슴이 짠 샘물에서 물을 마시고

　　　　양떼가 용담이 싹틈과 더불어 내려올 때,

그대는 산호빛 또는 청록빛 눈으로 볼 수 있고

　　　　오크의 뿌리로 걸을 수 있는가?

저 하상河床에 핀 노란 붓꽃

　　　　유에

　　　　밍

　　　　모

　　　　시엔

　　　　펑⁵¹⁰⁴

수메르산 위의 케르쿠스⁵¹⁰⁵

　　　그대는 청록빛 눈으로 볼 수 있는가?

　　　하늘　　　　땅

　　　　그 중간엔

　　　　　노간주

　　　　　나무⁵¹⁰⁶

정화시켜 주는 것들은

　　　　눈, 비, 향쑥,

　　　　또한 이슬, 오크와 노간주나무

그대의 마음속엔 아름다움이 있나니, 오 아르테미스여,

　　　　마치 새벽의 산속 호수와 같도다,

거품 같고 비단 같은 그대의 손가락,

쿠아논,

나긋하고 온화한 그녀의 움직임,

버드나무와 올리브나무가 투영되고.

시냇물이 한가롭구나,

황옥은 아랫잎새의 창백함과 대조를 이루고

호수의 물결은 하늘보다 더 창백한

푸른 빛 아래 카날레토[5107]의 그림 같구나,

바위의 층들은 마치 컴퍼스로 그린 듯 둥그런 모양인데,

이 바위는 마그네시아로다,

코찰리오, 디노 마르티나치[5108]는 이곳에 길을 만들었나니(가르데사나)

사보이아, 베네토의 노바라,[5109]

솔라리가 그 일에 끼었었지 ─

슬프고도 기억할 만한 일이라

"내가 그런 일에 낀 적이 있었던가?" 즉 기병대의 돌격,

G. 아저씨[5110] 왈 : "내가 그런 식으로 나왔다간

상원에서 한바탕 소동이 있을 것을

알았지."

녹스[5111]가 들어왔고, 롯지가 말하길, "자네 그거 읽었나?"

"마지막으로" 그는 이게 마지막이라 생각했었으나,

베토니[5112]는 갈리페[5113]처럼

(이부케르키에서).

바위 미끄러짐에 대항하는 삼나무,

코찰리오, 도로 기사,

리카르도 코찰리오.

올레아리[5114]에서, 특수부대는

명령을 거역하여 승리를 앗았고,

말들을 보유하고 있었다.

행복한 결혼,[5115]

하나의 끝.

이제 죽은 지 5,000년이나 된

카티[5116]와 사랑에 빠져.

자정보다 더 푸르른 물 위

겨울 올리브나무가 옮겨진 곳

이곳에서 땅의 가슴이 거울에 비치듯 보이는데,

모든 에우리디케[5117]들,

도망자를 뒤덮은 월계수 껍질,

뿌리뽑힌 한낮의 영혼?

이 제단 밑엔 엔디미온[5118]이 누워있나니

칼리아스트라갈로스

아름다운 발목

新 신

다시 말해, 대낮에 발표할 것[5119]

新

新 신

사랑이 미움의 원인이 되려면,

　　　무언가가 비틀어져야 하느니,

아오이.[5120]

　　　헐벗은 나무들이 지평선 위를 걸어가는데,

　　　오로지 한 계곡만이 네 바다에 도달하고,

산속 황혼은 거꾸로 누워있구나.

라 투르,[5121] 산 카를로 사라졌고,

　　　디우도네도, 보아쟁도

비잔스, 무덤, 하나의 끝.

　　　갈라[5122]의 안식처, 그리고 토르첼로의 그대의 고요한 집

"홧! 홧!" 하고 이곳의 지빠귀새가 말하는데,

버지니아의 새는 "툴룹" 하고 말했었지,

　　　　　그 의미는?

전쟁은 음식점들의 파괴자

　　　내가 페르세포네에게 가져갈 것들이건만

　　　　止 치

　　　제트 비행기를 타고서는 아니지만,

신성할 정도의 그들의 용기는 잊혀지고

　　　브레시아의 사자들은 말살되었느니,

마침내 마음은 짓기도 전에 뛰어오른다

　　　　止 치

아무런 '치'도 없고 아무런 뿌리도 없구나.

번팅[5123]과 업워드[5124]는 무시되고,

　　　모든 저항자들은 소멸되었느니,

시간의 난파물로부터 상륙한,

　　　이 파편물들이 폐허에 대항하여 떠받치고 있고,[5125]

그리고 태양은　日　지

　　　나날이 새로워지는구나.

락 씨[5126]는 여전히 키나발루산[5127]에 오르고자 바라는데

그의 파편물들은 (20년간의)

보르네오, 제셀턴[5128]을 향하는 곳에서 13,455피트 아래로,

떨어지는 거미들과 전갈들,

떨어지는 독에 대항하는 빛을 내고,

어둠의 바람은 숲에 휘몰아치느니

　　　　　촛불이 흔들거리고

　　　　　　희미하구나

이 폭풍에 대항하는

　　　빛 그 자체.

소나무 숲속의 대리석 형체,

　　　　보이기도 하고 안 보이기도 하는 사당

세쿼이아의 뿌리로부터

　　　　기도하라　敬　칭

　　　　　기도하라

여기에 힘이 있느니

아오이 또는 코마치,[5129]

　　달걀 모양의 달.

CXI을 위한 노트

전, 하나를 하나와의 관계로만 보나,

　　휘는 열 가지의 관련성을 봅니다.[5130]

20실링을 워즈워스[5131]에게

　　"감정을 담아" 하트퍼드 시청.

지조르에서 돌에 맞아 죽은 로슈-기용[5132]

　　본질적으로, 발행할 수 있는 권위와

　　　　　세금을 부과할 수 있는 권위.

총재 정부[5133]는 이탈리아를 보루로 만들 수도 있었다

우편낭 B.[5134]

　　아우스터리츠

　　　프랑스 은행

　　　　마담 드 장리스[5135]

란[5136]은 전쟁터의 광경을 즐기지 않았다.

탈레랑의 모든 교훈

　　　　　우[5137]

　　　　시에 (마음의 들판)

　　　　　추

자신의 제국을 확대하고

　　군대는 줄이고,

십 년간의 축복,

　　오 년의 말썽,

그게 헌법적 보장을 받았던

나폴레옹이었다

4월 22일.

"관심 있는 이는 아주 적음"

나폴레옹이 탈레랑에게, "문명에 대해."

알렉산더[5138]는 탈레랑에게 프랑스를 어떻게 할지를 물었다.

"회의가 달라질 때마다 용어들 자체의 의미가 바뀐다는 것."

비엔나, 10월 31일[5139]

진먼[5140]에서 600명 이상이 죽었다 —

그들은 이걸 정치적이라 불렀다.

조용하고 좋은 천국,

오리지[5141]는 그 기본은 연민이라 보았다

연민 말이야,

사랑

차가운 인어가 검은 물에서 나오고 —

바다 절벽에 부딪히는 깜깜한 밤

산호의 낮은 모래톱 —

역류와 맞서는 회색 모래

게리온 — 그곳으로 꾀여서 — 하지만 눈부시구나,

흘러 터져 나오듯, 바다 깊숙한 곳으로부터의 진실

해변에 있는 보트처럼

곤란함을 담은 눈 —

빛 없음

깊은 곳으로부터 ―

기만해서는 아무것도.

영혼이 공중 속으로 녹아들고,

영혼이 빛남으로,

명료함.

동전이 된 금

또한 8,000명의 비잔틴인들을 죽였으니

서문이 있는 칙령

로타리.[5142]

CXII에서[5143]

······ 올빼미, 그리고 할미새

그리고 후오후,[5144] 불여우

암르타,[5145] 감로주

　　　　　　흰 바람, 흰 이슬

이곳에 태초부터, 우리는 이곳에 있었으니

　　　　　　태초부터

그녀의 숨결로부터 여신이

　　　　　　라 문 미[5146]

우리가 땅에 희생 제식을 드리지 않는다면

　　　　　　어떤 것도 굳건하지 않으리니

하늘에 드리는 희생 제식이 없다면

　　　　　　그 어떤 현실도 없으리라

민첩함, 향나무에서 오는 것,

벼가 자라나 땅이 보이지 않게 덮는다

석류 물가,

　　　　　　깨끗한 대기 속

　　　　　　리 치앙[5147]

소나무 숲속 굳건한 목소리,

　　　　　　많은 샘들이 시앙 샨[5148] 기슭에

　　　　　　　있다

사원의 웅덩이 옆, 룽 왕[5149]

명료한 이야기

비취의 강

玉 ^유
河 호⁵¹⁵⁰

쑥

대나무

운명의 채에서 가려지고

 달

아래 ﹆

CXIII

하늘의 12궁[5151]을 지나며

       정의와 불의를 바라보고,

달콤함과 슬픔을 맛보며,

태양 아버지가 회전하누나.

"인간의 칭찬은 그녀의 귀엔 들리지 않는도다"[5152]

            (그녀란 운명)

애가哀歌

더이상 아름다움으로부터 신들을 만들어내지 않는 이들

애가   이는 죽음이로다.

하나 태양의 영역 아래 드리워진 대기 아래

    모차르트, 아가시즈 그리고 린네[5153]와 함께 걷는 것

이곳에 그대의 마음의 공간이 있도다

이 정원으로, 마셀라[5154]여, 늘 꽃잎에 의해, 엽맥에 의해 길을 찾아

      어둠을 뚫고, 어스름 빛을 향하여

리 치앙 저 너머, 설원은 청록빛

우리에게 기억하라고 남겨준 략[5155]의 세계

      드높은 공중의 가는 흔적

또한 파레(앙브루아즈)[5156]와 죽음에 대항하는 이들

트위델,[5157] 도널리,[5158]

      늙은 펌펠리[5159]는 고비사막을 건넜었지

"말도 없고, 개도 없고, 염소도 없었어."

"네 간을 먹어버리겠어, 하고 그 자식에게 말을……
그런데 젠장 실제로 그렇게 해 버렸구만"
　　　　　　　　　5월 17일,

　　　　　　　　　　　혼령들은 아니고?

하나 태양과 밝음에 대해 말하자면
　　　　　('59년 5월 19일)

H.D.가 언젠가 아주 오래전
　　　　　　　(아티스,[5160] 등등)

　　　　디우도네에서

　　　　　　"밝음"에 대해 얘기했었지.

개도 없고, 말도 없고, 염소도 없는데,
기다란 옆구리, 단단한 가슴
　　　　　　아름다움과 죽음과 절망을 안다는 것
지금까지 있어 왔던 것이
　　　　　　흘러가면서 늘 움직이리라는 것을 생각한다는 것.

먼지바람 저 너머 자고새 모습의 구름 조각 하나.
지옥들은 순환하느니,
　　　　　　어느 누구도 자신의 끝을 보지 못한다.
신들은 돌아오지 않았다. "그들은 결코 우리를 떠나지 않았다."
　　　　　그들은 돌아오지 않았다.

구름이 행렬을 지어가고 대기는 그들의 삶과 더불어 움직이누나.

자만심, 질투와 소유욕

　　　지옥의 3가지 고통

그리고 꽃들 위로 부는 맑은 바람

　　　포르토피노[5161] 위로는 삼각형을 이룬 세 개의 불빛

그런가 하면 헤스페리데스[5162]의 사과가 환영의 나무로부터

　　　그들의 무릎에 떨어진다.

그 늙은 백작 부인[5163]은 (1928년이던가)

　　　상트페테르부르크에서의 그 무도회를 기억했고

스테프[5164]가 어떻게 폴란드로부터 빠져 나왔는지에 대해선……

　　　이언 경[5165]이 그들에게 도움을 주겠다고

　　　바다를 통해 오겠다고 했는데

(검은 바다, 흑해)

　　　페탱[5166]은 그들에게 경고했었지.

사과나무 가지 아래 길은

　　　대부분 풀로 덮여 있고

올리브나무들은 바람 부는 쪽으로 향해 있는데

　　　칼렌다 마자.[5167]

리 사오,[5168] 리 사오, 슬픔에게

하나 버찌 씨앗에도 무언가 지능이 있느니

운하들, 다리들, 그리고 집의 벽들

　　　햇빛을 받은 오렌지빛

한데, 효율성에다 감수성을 매단다?

풀 대對 화강암,

약간의 빛과 보다 나은 조화를 위함이니

오 한 사람도 배제되지 않은, 모든 이들의 신이여

또한 회의에서 감소화폐[5169]를 지지하는 아우성 소리

(우리의 헌법 제정

천칠백…… 무슨무슨)

그들의 무지함밖에는 더이상 새로운 것이 없으니,

영원히 그러하리라

제식에 쓰이는 파슬리

그리고 (바오로를 베드로라 부르면서) 12%는

하나, 영, 넷, 104%를 뜻하는 것이 아니다

혼돈의 오류. 정당함은 마음의 친절함으로부터 오며

그녀의 손으로부터는 자비가 흐르는구나.

정의보다 믿음을 요구하는 이들에게는.

이집트의 주인, 피라미드의 건설자는

그곳에서 태어나길 기다린다네.

저곳 다리 저 너머에 더이상 사이비고딕식으로

모양 없이 퍼져 있는 집은 없기를

(뉴욕시 워싱턴 다리)

하나 모든 것이 경제 때문에 갇혀 있구나.

영혼 내부에 육체가 있으니 —

밝음을 건져 올려 포갬

부서진 어두움,

　　　　파편.

예이츠는 그 주랑 현관 위에서 상징을 발견했느니

　　　　　　　　(파리).

자신의 내부에 있는 힘에 의해 움직이는 황소 —

　　　　주인이 되지 못하고,

　　　　　　지배당하누나.

이자와 고리대금과를 구별하는 것

(성물지기 카이롤리,[5170] 정당한 가격)

　　　　이 영역에 정의가 있다.

산의 대기 속 에메랄드빛으로 얼어붙은 풀

　　　　그리고 그 빛에 빠진 마음과 더불어

　　　　　　　스며드는,

　　　　　　　　사프란빛, 에메랄드빛.

"하나 이런 유의 무지는" 하고 늙은 성직자가 예이츠에게 말하길

　　(열차 안에서) "매일 학교에서 번져나가지요" -

　　다른 유의 것들은 말할 것도 없고.

예컨대 제10조[5171] — 무시되어 오다가, 그걸 다시 깨닫는데

　　　　　　　100년이 걸리었으니

　　　　　　(그 회의 때 그의 이름이 뭐더라)

그대의 마음속엔 아름다움이 있느니,

　　　　오 아르테미스여.

죄로 말할 것 같으면, 그들[5172]이 만들어낸 것 — 에?

지배를 꾀하기 위해

에? 대규모로 말이지.

언짢은 기분이 남누나,

불유쾌함이

바다, 지붕들 저 너머, 하나 여전히 바다와 곶이 있으니.

그리고 모든 여인들에겐, 그르렁대는 소리 속 어딘가엔 부드러움이 있느니,

별들 아래의 푸른 빛.

폐허화한 과수원, 썩어가는 나무들. 리모네[5173]의 공허한 틀들.

어느 곳에선가 약간의 아량을 위하여,

그리고 비용과 몫을 구별할 줄 안다는 것

(다른 이의 계단[5174])

그대는 신의 눈동자. 지각력을 포기하지 마라.

그대의 마음속엔 아름다움이 있나니, 오 아르테미스여

맨발로 헛되이 달려가는 다프네.

시리아의 얼룩마노[5175]가 부서질 때.

어둠으로부터, 그대, 아버지 헬리오스가 앞장서지만,

하나 마음은 익시온[5176]처럼, 조용히 있지 못하고, 늘 빙빙 도느니.

CXIV

"프레롱[5177]조차도

　　난 누구도 미워하지 않아요

　　　프레롱조차도,"

"난 누구도 미워하지 않아," 하고 볼테르가 말했다

"프레롱조차도."

로 씨[5178] 이전에는 300도 안 됐는데

　　이제는 1,800개의 큰 배들

그, 존 로는 베네치아에서 빈한하게 죽었다.

　　　우리는 빚져 있다는 걸 몰라도 한참 몰라요.

　　　"톰 피크[5179]조차도"

"좋은 책은 반박을 하는 게 존경하는 거지요 —

　　나머지는 가루만큼도 가치가 없어요."

복도와 대사들 사이에서

　　　반딧불과 남포등, 이 움직임은

　　　　　내부로부터

　　　오, 자연의 다양함에 대해 (조르다노 브루노[5180])

이 삼각형의 공간에서?

여기 심각한 인물들 사이에서

　　배앓이와는 다르게 추론하는구나.[5181]

또는 아리[5182]가 물고기들에 대해 들었을 수도,

알렉스⁵¹⁸³에게 감사를.

하얗게 떨어지누나 흰 폭포

　　감각은 살아있으나

　　　　보지 못하누나.

그것들의 이분법 (여성) 천국과 지옥에도 존재한다.

　　파도 아래 바위에 붙잡힌

　　　　늘어진 덩굴손.

번갈아 가며, 거울처럼 햇빛을 받는 보석들,

질투에 대항했던 이 단순한 이들,

　　　　오나이다⁵¹⁸⁴의 남자로서.

　　소유! 소유!

맥클리오드⁵¹⁸⁵라는 사려 깊은 사람이 있었지 :

　　　　소유를 누그러뜨리기.

그의 시대(피렌체, 산드로⁵¹⁸⁶)의 문예적 소양은

　　　　그림에 있었지.

나무에 의해 지배를 받고 (그걸 통솔하기)

　　木 무

또 금속에 의해서도 (그것의 통솔)

　　푸 히,⁵¹⁸⁷ 등등.

이건 허영이 아니다, 집에 좋은 사람들이 있다는 건

또는 여성의 흥겨움 — 빠르게 알아듣는다는 것

"백 년간 모든 게 똑같아."

"하브가 저랬다니까" (늙은 고양이 머리가

　　　행동의 문제에 관해)[5188]

"어쩔 수 없을 때는 약속이 정해지고 —

　어떤 것도 그 앨 건드릴 수 없을 땐 자유롭고."

늙은 사라조차도,

　　머리가 빨리 돌아갔다니까

속물근성 — 무無 —

　가계家系.

가문家紋

　난 저 발끝!!

앨[5189]의 대화 — 알려진바.

　늙은 조엘[5190]의 "로크"가 텍사스에서 발견되었고

델 마는 희미하게나마 화폐 위원 일(H.L.P.)을 했지

　그게 델 마였다면 말이지.[5191]

나의 타나그라,[5192] 암브라키아,[5193]

　미묘함을 위해,

　　　상냥함을 위해,

풀꽃이 서풍 아래 줄기에 매달려 있구나.

두려움, 잔인함의 아버지,

　우리가 악마의 계보를 써야만 하리까?

7월 14일에 말하길 :

"저 도마뱀의 발이 꼭 눈발 같구나"

네 개의 발가락

(창백하게 어린 네 개의 발가락)

사랑이 있는 곳에, 지각력이 있다.

하나 이것들엔 옥좌가 있다,

　　내 마음속에선 고요하고, 서로 경쟁하지 않는다 ―

그 근본에 있어, 소유함이 아닌 것

　　어떤 거울의 홀.

　　　　어떤 그림에

"루브르에 있는 어떤 그림에"

　　통치하고, 미로 속에서 춤추는 것,

한순간에 천년을 사는 것.

　　　뉴욕주 또는 파리 ―

어떤 것도 시작하지 않고 끝내지도 않기.

과일 가게 소년도 무언가를 쓰고 싶어 했을 테지만,

말을 했지 : "사람은 영감을 받아야 해요."

그녀 손의 무한한 상냥함.

　　　절벽 아래 푸른, 바다, 또는

중얼거리는 윌리엄[5194] : "천상 속의 슬라이고" 안개가

　　　티굴리오에 내리고. 진실은 상냥함에 있나니.

CXV에서

과학자들은 공포에 휩싸이고

　　　　유럽의 정신은 멈추는데

윈덤 루이스는 자신의 정신을 멈추게 하기보단

　　　　차라리 눈이 머는 걸 택하였다.

꽃들 사이로 부는 바람 아래의 밤,

　　　　꽃잎들이 대체로 고요하다

모차르트, 린네, 술모나,

친구들이 서로 미워할 땐

　　　　어떻게 이 세상에 평화가 있으리오?

그들의 신랄함은 내가 젊은 미숙한 시기에 나를 즐겁게 해 주었지.

다 끝난 하나의 끝장난 껍질

　　　　하나 빛은 영원히 영원을 노래 부르노니

염습지 건초가 조류의 변화에 맞춰 속삭이는

　　　　늪 위에 너울거리는 하나의 창백한 불길

시간, 공간,

　　　　삶도 죽음도 그 해답은 아니리.

선을 추구하면서도,

　　　　악을 저지르는 인간이란.

내 고향에선

　　　　죽은 자들이 걸어 다녔고

　　　　　　산 자들은 마분지로 만들어졌었으니.

CXVI

넵튠이 따라오는데
> 그의 마음은 마치
> > 돌고래처럼 뛰놀았느니,

이 관념들을 인간의 정신이 획득해 왔노라.

우주적 질서를 만들려는 것 —

가능한 것을 성취하려는 것 —

무스,[5195] 오류를 범하여 난파하였으니,

하나 기록은
> 다시 쓰고 다시 쓰고 한 종이 —

거대한 암흑 속의
> 하나의 조그만 빛 —

지하 통로 —

버지니아에서 죽은 한 늙은 "괴짜,"[5196]

기록문서들을 잔뜩 짊어진 준비 없는 젊은이들,

담배꽁초 위로
> 정문 위로 보이는
> > 마돈나의 환영.

"잔뜩 법만 만들어 놓았어"
> (잔뜩 법만)

글은 아무것도 치유하지 못하는데[5197]
> 유스티니안[5198]은

미완성의 뒤엉킨 작업들.

나는 수정의 거대한 구를 가져왔느니,

　　　　누가 그걸 들 수 있을까?

그대는 빛의 거대한 도토리 안에 들어갈 수 있는가?

　　　　하나 아름다움은 미침이 아니노라

비록 나의 잘못들과 난파물들이 내 주위에 널려있다 해도.

그리고 나는 반신반인이 아니니,

그것을 꽉 짜이게 만들 수가 없노라.[5199]

사랑이 집안에 없다면 아무것도 아닌 것.

들리지 않는 굶주림의 목소리.

이 어둠에 어떻게 아름다움이 대항했으리,

느릅나무 밑의 두 번에 걸친 아름다움 —

　　　　다람쥐들과 어치들에 의해 구원되는가?

　　　　"개들을 더욱더 좋아한다"[5200]

아리아드네.[5201]

　　　　형이상학자들에 대항하는 디즈니,[5202]

그리고 사람들이 생각하는 것보다 더 많은 것을 가지고 있는 라포르

그,[5203]

스피르[5204]는 나에게 의도적으로 고마움을 표시했는데

나는 줄로부터 많은 것을 배웠으니

　　　　　　(줄 라포르그) 그 이후론

그의 속에 든 깊숙한 곳,

그리고 런네.

　　　　우리의 ……을 증대시켜 줄[5205]

하여 그 세 번째

　　　제3의 천상,

　　　　　그 비너스에 대해,

다시 모든 건 "천국"

　　아수라장 저 너머의

　　　　　훌륭하고 고요한 천국,

도약하기 전

　　　　약간의 오름,

"다시 보기 위함"인데,

동사는 "본다"이지, "그 위를 걷다"는 아니니

그래 비록 내 단상들이 잘 짜여 있지 않다 해도

　　　　그것은 훌륭히 짜여 있는 셈.

그의 지옥과

　　　나의 천국의 변명거리가 될,

수많은 잘못들,

　　　　약간의 올바름.

그리고 올바름을 생각하며,

　　　　　그것들이 왜 잘못 나가게 되는지에 대해

그리고 누가 이 쓰고 또 쓴 종이를 베낄 것인지에 대해?

　　　약간의 빛

　　　　　반면 거대한 음영의 원

하나 그 장식무늬에서 금빛 줄을 긍정하는 것

                    (토르첼로)

황금로[5206]

        (티굴리오).

올바름을 잃지 않고 잘못을 고백하는 것 :

난 때로 자비심을 가져보건만,

        그것이 계속 흐르도록은 할 수 없구나.

찬란함으로 다시 이끌어주는,

        마치 골풀 촛불 빛 같은, 약간의 빛.

C를 위한 부록⁵²⁰⁷

악은 고리대금업, 깨무는 고리대금업

뱀

고리대금업의 알려진 이름, 모독꾼,

인종을 넘어서 인종을 더럽히는

모독꾼

이자놀이 이게 악의 정중앙

여기에 악의 핵심이 있으니, 멈춤 없이 불타는 지옥,

모든 것들을 부패시키는 궤양, 파프니르⁵²⁰⁸ 벌레,

국가의, 모든 왕국의 매독,

공화국의 사마귀,

혹을 자라나게 하는 것, 모든 것들의 부패꾼.

어둠 모독꾼,

시기의 쌍둥이 악,

히드라, 모든 것들에 비집고 들어가는, 일곱 머리의 뱀,

사원의 문을 지나, 파포스⁵²⁰⁹의 숲을 더럽히누나,

고리대금업, 기어 다니는 악,

     점액물, 모든 것들을 부패시키누나,

샘에 독을 푸는 것,

     모든 샘물에 독을 푸니, 고리대금업,

뱀, 자연이 커지는 것을 막는 악,

아름다움에 대항하누나

아름다움에

아름답지도 않고 품위 있지도 않구나

수천이 그의 포개짐 속에서 죽어 나가고,

장어잡이 어부의 통 안에서

만세! 오 디오네,[5210] 만세

순수한 빛이여, 우리는 그대에게 간청합니다

수정이여, 우리는 그대에게 간청합니다

명료함이여, 우리는 그대에게 간청합니다

미로 속에서

늦게, 늦게! 스페인이 수은임을 알았구나,

핀란드는 니켈임을.[5211] 때늦은 앎!

R…… 자리에서 악을 행하고 있는 S……[5212]

"시인들이 상징과 은유를 사용하는데,

어느 누구도 비유를 써서 말함에 있어

그들로부터 배우지 않는다는 게 안타깝군요."

다른 모든 죄들은 열려 있는데,

고리대금업만이 이해되지 못하고 있다.

아편 상하이, 아편 싱가포르

"은빛 핀을 달고서……

호박琥珀, 감겨 올려져 돌려져 있는데……"

망우수를 먹는 이들

[1941년경]

이제 태양이 양자리에 떠오른다.

　올리브 뿌리줄기에 대나무가 부딪치며 딱딱거리는 소리
우리는 새들이 잔캥⁵²¹³을 찬미하는 소릴 듣는다
　검은 고양이의 꼬리가 의기양양해 하누나.

산 판텔레오⁵²¹⁴의 교회지기가 카리용을 치며 "변덕스럽다네"를 부르네
"하나 둘…… 여자의 마음은 변덕스러워"⁵²¹⁵
　언덕 탑에서 (도시들을 바라본다네)
흰 체리 나뭇가지 아래 검은 머리가
　언덕길을 우리보다 앞서가네.
물벌레의 벙어리 손장갑이 그 밑의 밝은 바위 위에 나타나고.
[1941년경]

CXVII 이하를 위한 노트들[5216]

푸른 섬광과 순간들을 위해

        축복받았다네

늙은이들 대신 젊은이들이

       그것이 비극

아름다운 하루 동안 평화가.

    소나무 몸통의 빈 곳에 있는

       브란쿠시의 새

또는 눈이 바다 거품처럼 내릴 때

    느릅나무 가지들로 납으로 씌운 듯한 황혼의 하늘.

타르페이아 절벽[5217] 아래

     그대의 질투를 울부짖어라 ―

자그레우스[5218]에게 성당을

     또는 제단을 만들라 자그레우스에게

세멜레의 아들 세멜레의 아들

질투 없이

    창문의 이중 아치와 같은

또는 어떤 커다란 주랑柱廊 같은.

내 사랑, 내 사랑
　　　　내가 무엇을 사랑하는가
　　　　　그대는 어디에 있는가?
나는 세상과 싸우다
　　　　　내 중심을 잃어버렸으니.
꿈들은 부딪치고
　　　　　부서지누나 —
난 지상의 천국을 만들고자
　　　　　　　노력하였건만.

나는 천국을 글로 써 보고자 해 왔으니
움직이지 말고
　　　바람이 이야기하도록 하자
　　　그것이 천국이나니.
신들이여 내가 해 온 일들을
　　　　　용서하소서
내가 사랑하는 이들이여 내가 해 온 일들을
　　　　　용서하소서.

파리의 프랑스와 베르누아르⁵²¹⁹의 파산

또는 알레그르⁵²²⁰에 있는 종달새들의 들판,

　"그가 떨어지게 내버려두자"

태양을 향해 너무 높이 그리곤 추락,

　"환희에 찬 그의 날개"

여기에 프랑스의 길들을 마련하자.

두 마리의 쥐와 나방 한 마리가 나의 안내자 ―

나비가 세상 위로 난 다리를 향해가듯이

　숨을 헐떡거리는 소릴 듣는 것.

제왕나비들이 극지방에서 날아와 아무런 먹이도 없는,

　그들의 섬에서 만나누나.

자양분은 밀크위드

　신비의 영역으로 들어서기 위한 것.

파괴자들이 아니라 사람이 되고자 함이라.⁵²²¹

그녀의 행동들

      올가의 아름다움의

            행동들

    기억되리.

그녀의 이름은 용기

그리고 올가라고 쓴다

내가 그 중간에

    무엇을 썼건

이 행들이 궁극적 **칸토**를

    위한 것이라

[1966년 8월 24일]

주석

1   칸토 I은 '지하세계 Nekuia' 칸토라 불리는데, 호머의 『오디세이』 제11편이 이 칸토의 원천인 까닭이다. 오디세우스는 키르케 여신의 조언에 따라 지하세계로 내려가 테베의 예언자인 테이레시아스로부터 고향인 이타카로 돌아가는 것에 대한 예언을 듣게 된다.

2   지하세계 입구의 땅. 늘 안개와 구름의 암흑으로 뒤덮여 있다.

3   둘 다 오디세우스의 부하 선원들.

4   지하세계의 왕. 페르세포네는 그의 부인.

5   오디세우스의 부하 선원. 오디세우스가 키르케와 지내던 때 지붕에서 떨어져 죽었다.

6   나폴리 근처의 호수. 이 근처의 동굴을 통해 아이네이아스가 지하세계로 들어갔는데, 그런고로 여기서처럼 지하세계를 뜻하기도 함.

7   오디세우스의 어머니.

8   오디세우스가 지하세계에 이 이전에 온 적은 없었다. 그런데 파운드가 텍스트로 썼던, 디부스의 『오디세이』 라틴어 번역본에서는 디부스가 잘못된 희랍어 원본을 쓰는 바람에 이런 번역의 결과가 나왔다.

9   오디세우스를 방해하는 바다의 신(희랍 신화의 포세이돈).

10 디부스의 『오디세이』 라틴어 번역본은 1538년 파리의 베셀 워크샵에서 출판되었다.

11 『오디세이』에 나오는, 선원들을 유혹하여 배를 난파시키는 요물.

12 조르지우스 다르토나를 지칭하는 것으로, 그는 미의 여신 아프로디테에게 바치는 찬미가(희랍어 원문)를 라틴어로 번역하였다.

13 신들의 사자(使者)인 신.

14 로버트 브라우닝의 『소르델로』의 한 구절로, 다음 칸토 II로 이어지는 교량 역할을 하는 접속사이기도 하다.

15 19세기 빅토리아 시대의 시인. 낭만주의 시에서 20세기 현대시로 넘어가는 교량 역할을 한 시인. 복잡한 현대적 정신이 그의 시에 스며 들어가 있다. 그의 '탈 mask' 수법 — 즉 '극적 독백 dramatic monologue' 수법 — 은 파운드에게 큰 영향을 주었다. 파운드의 시집 제목에 *Personae*라는 것이 있는데, 이는 '탈'을 뜻하는 라틴어이다.

16 브라우닝의 시 제목. 소르델로는 13세기 중세 음유시인이었다.

17 모호한 이름. 장자라고 해석하는 이도 있고, 이백이라고 해석하는 이도 있다.

18 켈트족의 바다 신.

19 트로이 전쟁의 원인이었던 헬렌의 이름을 가지고 말장난을 한 것이다. 엘레아노르는 헬렌을 뜻하기도 하지만, 또 영불 백년 전쟁의 씨앗을 뿌렸던 아키텐의 엘레아노르(1122~1204)를 뜻하기도 한다. '엘레나우스'와 '엘렙톨리스'는 각각 '배를 파괴하는,' '도시를 파괴하는'을 뜻하는 희랍어로, 아이스킬로스가 헬렌의 이름을 이용하여 그와 비슷하게 말을 만들어 헬렌을 수식하는 말로 이용했던 것이다.

20 아탈란타를 뜻하며, 그녀 역시 헬렌처럼 아름다움으로 인해 여러 사람의 목숨을 앗아갔다.

21 바다 신인 넵튠에게 겁탈을 당한 여인.

22 히오스가 원 발음. 호머의 탄생지로 알려진 에게해의 섬.

23 술의 신 디오니소스 숭배의 중심지인 에게해의 섬.

24 여기서부터 저 뒤의 "바다 가운데 스라소니의 그르렁 소리……"까지는 오비디우스의 『변신』에서 따온 부분으로, 아코에테스는 디오니소스에 대항하려는 펜테우스 왕에게 자신이 직접 목격한 소년 디오니소스의 납치극과 그 과정에서 보여준 디오니소스의 신으로서의 능력을 들려준다.

25 '고통으로부터 해방시켜 주는 자'라는 뜻을 지닌, 디오니소스를 지칭하는 이름.

26 제우스에 의해 납치된 여동생 유로파를 찾아 나섰다가 테베를 건설하였다는 인물.

27 산호로 변신한 바다 요정.

28 아폴로 신의 추격을 피해 달아나다 월계수로 변신한 여인.

29 자유자재로 변신하는 바다의 신(넵튠보다 급이 낮은).

30 브라우닝의 『소르델로』의 한 구절에 나오는 소녀들. '한 소녀'란 정확히 누구를 지칭하는 것인지 확실하지 않다. 아마 그 당시 파운드의 머리에서 브라우닝의 시를 몰아내고 그 자리를 차지할 만한 어떤 여인이 있었는지 모를 일이다.

31 20세기 초 나폴리에서 유행하던 노래.

32 '황금 배'라는 뜻을 지닌, 노 젓는 사람들의 클럽 이름이다.

33 베네치아의 귀족 가문.

34 '따님'이란 곡식의 여신인 데메테르의 딸인 페르세포네를 뜻한다. '공작새'가 나오는 이 구절은 이탈리아의 시인인 단눈치오의 시에서 따온 것이다.

35 14~5세기 이탈리아 르네상스 시대의 인본주의자.

36 스페인의 유명한 서사시 『엘 시드』의 주인공인 루이 디아즈를 말한다. 디아즈는 카스틸리아의 행정 수도인 부르고스에서 약간 떨어진 비바르에서 태어났다. 그는 알폰소 6세의 밑에서 일하다 추방당하게 된다.

37 유대인 전당업자들. 시드는 모래만 잔뜩 든 상자를 그들에게 주고 돈을 빌렸다.

38 스페인의 귀부인으로 나중에 포르투갈 왕이 되는 페드로 1세(1320~67; 재위 기간 : 1357~67)의 부인이었으나, 페드로가 왕위에 오르기 전 페드로의 아버지인 알폰소 4세에게 살해당한다. 페드로는 왕위에 오른 후 그녀를 위한 묘비를 세웠다.

39 15세기 이탈리아 르네상스 시대의 화가. 곤자가 집안의 후원을 받아 만토바에서 말년을 보냈다.

40 만토바 지방의 유지였던 곤자가 집안의 여인 이사벨라 데스테 곤자가의 방에 써 있던 모토.

41 첫 이 두 줄은 베르길리우스의 『아이네이스』를 드라이든이 영시로 번역한 것을 기초로 하고 있다.

42 그리스의 시인인 핀다로스의 「올림퍼스 신들에게 바치는 송가 2」의 시작 부분에 나오는 문구.

43 파운드가 애호하는, 로마의 시인 카툴루스(기원전 1세기)의 시에서 찬미의 대상이었던 여인.

44 테레우스와 프로크네 사이에서 난 아들. 원래 이름은 이티스. 테레우스가 처제 필로멜라를 겁탈하고 난 뒤 비밀 발설이 두려워 그녀의 혀를 잘라 버리자, 나중에 이 사실을 안 프로크네는 복수로 이티스를 죽여 그 살을 테레우스에게 요리로 대접하였다. 언니 프로크네는 죽어서 제비가 되고, 동생 필로멜라는 죽어서 나이팅게일이 되었다고 한다.

45 12세기의 음유시인. 소레몬다와 밀통을 하였는데, 그녀의 남편은 그를 붙잡아 죽이고 나서 그의 심장을 요리하여 소레몬다에게 주었다. 소레몬다는 다시는 입에 아무것도 안 댈 것을 맹세하고, 결국은 자살해 죽는다.

46 남부 프랑스의 지역.

47 사냥하다가 우연히 목욕하는 벌거벗은 디아나 여신을 보았다가 수사슴으로 변화되어 자신의 동료들과 사냥개에 쫓겨 죽었다는 인물.

48 프랑스의 도시. 그곳에 있는 생틸레르 성당을 말한다.

49 음유시인. 늑대 가죽을 쓰고 구애를 하려 하다가 사냥개에 쫓겨 죽었다.

50 시칠리아의 엔나 시 근처 호수. 엔나 근처에서 페르세포네가 지하세계의 왕 플루톤에게 납치되어 지하세계로 들어가 왕비가 되었다.

51 달의 여신 디아나가 목욕하다 악타이온에게 들켰던 계곡.

52 살마키스 요정이 지내는 못으로, 이곳에서 이 요정은 자기가 사랑하는 소년을 범하려 실패한다.

53 오비디우스에 따르면, 바다의 신 넵튠의 아들인 시그누스는 아킬레스에게 도전을 했다가 땅에 내던져지는데, 갑옷만이 텅 비고 그는 백조의 모습으로 도망을 간다.

54 아르노 다니엘(단테의 스승격인 시인)의 시에서 따온 구절.

55 일본의 '노(能)'극을 참조한 것. 타카사고의 소나무는 사람이 변해서 되었다는 전설을 바탕으로 한 극. 이제도 소나무 숲으로 유명한 곳이기는 하나, 그 전설에서는 이제가 아니라 수미요시의 소나무로 나옴.

56 프로방스의 도시.

57 주나라 시대 중국 시인. 상왕과 담화하는 식으로 바람에 관한 시를 썼다.

58 에크바타나의 도시. 헤로도토스가 이 도시에 대해 상설하고 있다. 파운드에게 있어 이 도시는 이상향적인 도시로 상정되고 있다.

59 아르고스의 왕 아크리시우스의 딸. 이 딸의 아들이 자신을 죽일 거라는 신탁을 듣고 아크리시우스는 그녀를 탑 속에 가두나 제우스가 황금빛으로 내려와 그녀를 수태시킨다. 그 아들이 페르세우스이다.

60 프랑스의 예수회 신부.

61 어떤 산인지는 확실치 않으나, 산의 이름.

62 공기의 정령.

63 자기의 아내를 음유시인이 유혹하는 데 자신도 모르게 일조를 했던 자작의 이름.

64 리디아의 왕 칸타울레스의 호위병. 칸타울레스는 자신의 아내의 아름다움을 과시하기 위해 기게스를 침실로 불러들인다. 하나 그의 아내는 이 사실을 알고는 기게스를 부추겨 남편을 죽이고 자기와 결혼하게끔 만든다.

65 프로방스의 강.

66 성모 마리아 찬미 행렬.

67 포강에 이어 이탈리아에서 두 번째로 긴 강.

68 14~5세기 베로나의 스테파노가 그린 그림. 카발칸티는 파운드가 무척 찬미했던 13세기 이탈리아 시인으로, 파운드의 글 곳곳에서 그의 이름이 거론된다.

69 4세기경 시리아 출신의 신플라톤주의자로 빛의 철학자로 알려져 있다.

70 단테의 『신곡』 중 「천국」에 이와 비슷한 구절이 나온다.

71 3세기경 신플라톤주의자인 포르피리오스의 철학에서 나온 말로, '모든 이지력(理知力)은 어떤 형상도 취할 수 있다'라는 의미이다. 파운드는 이 말을 17세기 영국의 신플라톤주의자였던 존 헤이든으로부터 따왔다.

72 황옥이나 세 종류의 푸른 빛(담청색, 사파이어(청옥), 코발트)은 파운드에게는 시간에 얽매인 이 현실을 초월하게 해 주는 상징적 색깔이고 빛이다. 파운드에게 있어 시적인 영감의 순간들은 시간의 미늘이 아닌, 빛의 미늘에 걸린 순간들이다.

73 카툴루스의 시 구절들을 파운드가 자기식으로 인용한 것이다. 섹스투스는 카툴루스와 동시대(기

원전 1세기)의 시인으로, 파운드는 섹스투스의 시들을 자기식대로 각색하여 『섹스투스 프로페르티우스에게 바치는 헌정시』를 썼다. 견과류를 던지는 것은 결혼을 축하하는 로마의 풍습이었다.

74 '저녁별……' 노래란 카툴루스의 시이고, 그다음 이어지는 '더 오래된 노래'란 그리스의 시인 사포(기원전 6~7세기)의 시를 말함이다. 파운드는 사포와 카툴루스의 시를 병치해 놓고 있다. 뒤에 나오는 아티스는 사포의 연인 — 사포는 소위 '레즈비언'의 시조라고 할 만큼 레즈비언으로 유명한 여성 시인이다 — 이었는데, 사포를 떠나 다른 연인에게로 갔다. 이와 관련된 시 구절들이라 보면 된다.

75 사바릭 드 몰레옹. 많은 음유시인들의 후원자 역할을 했던 인물.

76 몰레옹으로부터 후원을 받은 음유시인 중 한 사람. 그는 수도 생활을 포기하고 여성 편력을 위해 방랑길을 떠났다. 그는 자신은 여성 편력을 하면서도 자신의 부인은 수절하고 집에 있을 것으로 생각했으나, 부인도 영국 기사와 눈이 맞아 바람이 났고, 뒤에 기사에게 버림을 받고는 부인은 창녀가 되어 남편이었던 포와스보를 손님으로 맞게 된다. 이를 알게 된 포와스보는 그 뒤로 방랑벽이 없어짐과 동시에 붓을 꺾고 노래도 안 부르게 되었다 한다.

77 음유시인. 형제가 땅 상속을 놓고 내기를 하였는데, 피에르는 재산을 다 양도하고 음유시인이 되었다. 그는 베르나르 드 티에르시의 아내와 눈이 맞아 사랑의 도피를 하였는데, 오베르냐 지방의 영주('도팽')가 그와 그녀를 화가 난 그녀의 남편으로부터 지켜주었다. 이 이야기를 파리스와 헬렌의 도피로 인한 트로이 전쟁에 비유해서 파운드가 쓴 것임. '틴다리다'란 '틴다레오스의 딸'이란 뜻으로, 헬렌은 레다와 제우스의 딸이지만, 레다의 남편이 스파르타의 왕인 틴다레오스이므로 헬렌은 틴다레오스의 딸이기도 한 셈이다. 드 티에르시의 아내가 헬렌으로 비유되었으니, 헬렌의 남편인 메넬라오스는 드 티에르시의 남편을 뜻하는 셈이다. 여기서 파운드는 같은 음유시인이라도 포와스보와 맹삭을 비교하고 있다. 포와스보는 재산도 밝히고 여자도 밝혔다가 모든 것을 다 잃게 되지만, 재산 욕심을 내지 않은 맹삭은 여자를 차지하게 되는 것이다.

78 지오반니 보르지아. 교황 알렉산데르 6세의 아들. 그 유명한 체자레 보르지아와 루크레치아 보르지아는 그의 형과 누이이다. 그는 살해당해 티베르강에 버려졌다. 형인 체자레가 살해에 관련된 것으로 잘못 여겨졌었다.

79 베네데토 바르키. 16세기 이탈리아 학자로, 피렌체의 역사에 대해 썼다. 그 당시 피렌체에서는 피렌체를 지배하던 메디치 가문과 공화정을 지지하는 반(反)메디치 세력 사이에 싸움이 있었는데, 메디치가를 대표하는 알레산드로 메디치 공작을 그의 사촌인 로렌치노('로렌차치오'는 '나쁜 로렌치노'의 뜻)가 전제군주를 제거한다는 명분으로 살해했던 일이 있었다. 따라서 그렇게 볼 때 알레산드로는 시저가 되고, 로렌치노는 브루투스가 된다.

80 아이스킬로스의 희곡 〈아가멤논〉에 나오는 희랍어 대사로, 주인공 아가멤논이 아내에 의해 두 번 찔리는 것을 말한다.

81 호머의 『일리아스』에 보면, 아킬레스가 아가멤논을 묘사할 때 '개의 눈 같은'이라는 표현을 썼다. 여기서 가까운 친척에게 살해당하는 알레산드로는 아내에게 살해당하는 아가멤논과 같은 선상에 놓인 것이다.

82 '카이나'는 단테의 『신곡』 중 「지옥」 제32편에 나오는 지옥의 일부로 얼음 호수로 이루어진 것으로 묘사되는데, 가족이나 친척을 배반한 사람들이 가는 곳이다. '카이나'라는 말 자체가 동생 아벨을 죽인 카인에서 따온 것이다. '카이나가 기다리고 있나니'라는 문구는 「지옥」 제5편에 나오는 말이다. 「지옥」 제5편에는 격정을 이기지 못해 욕정에 빠져버린 이들이 벌을 받는 곳이 나오는데, 거기서 벌을 받고 있는 이들 중에 프란체스카 말라테스타와 파올로 말라테스타가 있다. 그

두 사람은 형수와 시동생 사이로 불륜을 저질렀는데, 그것을 안 프란체스카의 남편은 아내뿐 아니라 동생인 파올로도 죽여 버렸다. 프란체스카는 단테에게 '카이나가 기다린다'라는 말을 남편에게 전해달라고 한다.

83 알레산드로가 살해당할 것이라는 것은 이미 그 자신의 꿈을 통해서, 그리고 점성술가인 델 카르미네에 의해 예견되었다 한다.

84 지오반니 보르지아의 시체가 티베르강에 떠오른 것을 목격한 '슬라보니아 사람('스키아보니'의 뜻).

85 바라벨로나 모짜렐로나 다 교황 레오 10세의 후원을 받던 시인들이었다. 하지만 바라벨로는 교황이 내준 코끼리를 타고 가다 코끼리가 중간에서 더 나아가기를 거부해 내려야만 했고, 모짜렐로는 주민들에 의해 노새와 함께 질식사 당했다.

86 지오반니 보르지아의 살해에 대해 쓴 시인.

87 의사 겸 시인. 어머니가 번개에 맞아 죽을 때 어머니의 품에 안겨 있던 그는 살아났다 한다.

88 시인으로, 프라카스토르와 친구였고, 달비아노 장군을 도와 예술원을 창설하게 만들었다 한다.

89 오르시니 공작을 섬겼던 장군으로, 지오반니 보르지아의 살해와 관련설이 있다.

90 베니스에서 활약하던 시인. 서기 1세기 로마의 유명한 풍자시인인 마르티알리스(영어 이름으로는 마셜)풍으로 시를 잘 쓴다는 칭찬을 받자 자신의 시를 불태워 버렸다 한다. 마르티알리스의 시 중에 어린 하녀의 죽음을 애도하는 시가 있다.

91 지오반니 보르지아의 시체를 목격한 스키아보니.

92 호머의 『오디세이』에 나오는 사이렌의 노랫말을 변형한 것이다. 오디세우스의 방랑과 기욤의 방랑을 평행선에 놓고 있는 셈이다.

93 아키텐의 9대 공작이자 푸아티에의 7대 백작인 기욤(윌리엄 9세; 1071~1127)을 말한다. 그는 수많은 여인들을 거느렸으며, 첫 번째 진정한 '음유시인'으로 여겨지고 있다. 그는 칸토 II에 나왔던, 아키텐의 엘레아노르의 할아버지이기도 하다.

94 기욤의 시에는 두 여인과 만나 진탕 놀았던 것에 대한 시가 있다.

95 루이란 엘레아노르의 첫 번째 남편이었던 루이 7세를 말한다. 엘레아노르의 아버지가 기욤의 아들이었다. 엘레아노르는 루이 7세와 이혼한 뒤 후에 영국의 왕이 되는 헨리 2세와 결혼하고, 그 사이에 여러 자식을 두는데, 그중에는 후에 아버지의 뒤를 이어 영국의 왕들이 되는 리처드 1세('사자왕'으로 잘 알려진)와 존 왕이 있다. '젊은 왕'이란 리처드 1세와 존 왕의 형이 되는 헨리를 말하는데, 아버지와 같은 이름이었기에 '젊은 헨리'라 불렸다. 그는 어머니와 손잡고 아버지에게 반기를 들었다가 도중에 병에 걸려 죽는다.

96 루이 7세가 행했던 안티오크까지의 두 번째 십자군 원정을 말한다. 아크레는 예루살렘 왕국의 항구. 하지만 실제로 루이와 엘레아노르가 아크레에 상륙했던 것은 아니다. 루이와 엘레아노르는 이 십자군 원정 이후 사이가 벌어지게 된다.

97 아르노 다니엘은 13세기 남부 프랑스에서 활약했던 음유시인으로, 파운드는 그를 역사상 가장 뛰어난 시인으로 평가하고 있을 정도이다. 다니엘의 시 중에 '손톱과 삼촌의 노래'라는 구절이 나오는 게 있는데, 손톱의 'ongla(옹글라)'와 삼촌의 'oncle(옹클)'의 발음의 유사성을 가지고 유희한 것이다. 엘레아노르의 삼촌이 되는 레이몽(엘레아노르의 아버지의 동생)과 엘레아노르는 서로 이성 간의 감정을 가졌던 것이 아닌가 여겨질 정도로 매우 가까웠다고 알려져 있다.

98 아이게우스의 아들인 테세우스는 아테네의 전설적 영웅이다. 그는 미노스의 왕의 미로에 갇혀 괴물 미노타우로스를 처치한 후 왕의 딸인 아리아드네의 도움을 받아 살아나온다. 기욤의 아들이자 엘레아노르의 삼촌인 레이몽 역시 여자의 도움을 많이 받았던 인물로 알려져 있다.

99　살라딘은 유럽의 제3차 십자군 원정에 맞서 아랍 세계를 막아냈던, 아랍의 영웅이다. 하지만 엘레아노르가 참여했던 제2차 십자군 원정 때는 그는 아직 채 10살이 안 되던 아이였다.

100　영국 왕 헨리 2세를 말한다.

101　앞서 해설했듯, '젊은 왕'은 헨리 2세와 엘레아노르 사이에서 난 아들 헨리를 말한다. 영국의 왕 헨리 2세와 프랑스의 왕 루이 7세는 서로간의 정치적인 이유로 헨리 2세의 아들인 헨리와 루이 7세의 딸(엘레아노르가 아니라 루이와 그의 두 번째 부인 사이에 난 딸)인 마가렛을 혼인시킨다. '노팔,' '벡시스', '지조르,' '뇌프샤스텔' 등은 마가렛의 지참금에 해당하는 프랑스 영토들이다.

102　헨리 2세와 루이 7세는 헨리 2세의 또 다른 아들인 리처드(추후의 리처드 1세)와 루이 7세의 또 다른 딸인 아들레이드를 약혼시켰다. 그러나 헨리 2세는 자신에게 피보호자 신분으로 왔던, 아들의 약혼녀인 아들레이드를 임신시킨다. 이 사실을 안 리처드는 약혼 무효를 선언했고, 결국 루이 7세도 약혼을 파기하는데 동의한다. 리처드가 형이었던 헨리와 마찬가지로 아버지 헨리 2세에게 반기를 들게 되는데, 아마도 그 이유들 중의 하나가 이것이었을 것이다. 파운드는 이름이 잘못 적혀진 원전을 인용하는 바람에 아들레이드를 잘못 앨릭스로 적고 있다.

103　엘레아노르를 찬미한 음유시인 베르나르 드 방타두어의 표현.

104　남불 프로방스의 코레즈강 근처의 말모르 성.

105　방타두어 자작인 에블리스 3세. 그는 음유시인 베르나르의 후원자였다. 에블리스 3세는 마가리타와 결혼했으나 그녀를 의심하여 방에 가두었다. 결국 둘은 이혼하여 각자 다른 사람과 재혼했다. 여기 구절들은 베르나르의 시구들을 따서 파운드가 재구성한 것이다.

106　파운드는 엘 코트를 에스코트라 잘못 썼다.

107　소르델로는 그의 주인인 리카르도 산 보니파치오의 부인인 쿠니차 다 로마노와 눈이 맞아 도망쳤다. 그녀는 뒤에 남형제의 집에 있던 모든 하인들을 자유인으로 풀어주었다. 파운드는 쿠니차의 이 행위를 여러 곳에서 찬미하고 있다. 쿠니차의 오빠인 에젤리노 다 로마노는 황제파(기벨린)로서, 이탈리아 역사상 가장 포악했던 인물로 기록되고 있다. 단테의 『신곡』에도 「지옥」 제12편('포악한 자들')에 나온다. 쿠니차의 행위는 오빠의 이런 면과 극명하게 대비되고 있다.

108　이들은 모두 파리나타 델리 우베르티의 아들들이다. 그 당시 피렌체(플로렌스)에서는 교황파(겔프)와 황제파(기벨린)가 첨예하게 대립하고 있었다. 겔프가 지배하던 피렌체를 기벨린이었던 우베르티는 주변의 기벨린 도시들과 손잡고 피렌체를 기벨린의 도시로 만들었다. 그러나 그가 죽고 난 다음 피렌체는 다시 겔프의 수중에 들어갔고, 우베르티의 식솔들은 처형당하거나 노예가 되었다. 쿠니차의 남편은 겔프였다. 역시 겔프였던 단테에게도 우베르티는 이단이었기 때문에 우베르티는 『신곡』 중 「지옥」 제10편('이단자들')에 나온다.

109　샤를라 출신의 케렐 역시 그 당시 음유시인들 중의 한 명이었다.

110　아테네의 영웅 테세우스의 아버지는 아테네 왕 아이게우스였지만, 장성할 때까지는 어머니 아에트라의 고향인 트로에게네에서 컸다(신화에 의하면, 아에트라는 아이게우스와 합방한 날 그날 밤에 바다의 신 넵튠(포세이돈)과도 몸을 섞었다고 한다. 그렇게 보면, 테세우스는 인간 아버지와 신 아버지 둘을 아버지로 둔 셈이다). 아이게우스는 아에트라 곁을 떠나 아테네로 돌아가면서 바위 밑에 칼을 묻으며 아에트라에게 말하길, 나중에 아이가 바위를 들어 올릴 만한 정도로 크거든 그 칼을 가지고 찾아오라고 일렀다. 나중에 장성하여 그 칼을 들고 아테네로 간 테세우스를 아이게우스는 못 알아보았으나 아이게우스의 새 부인이 된 메데이아는 그를 알아보았다. 자신의 아들 메도스가 아이게우스의 후계자가 되지 못할 것을 우려한 메데이아는 계책을 꾸며 독이 든 잔을 테세우스가 먹게 하려 했다. 그러나 마지막 순간 아이게우스는 칼을 알아보고 테세우스가 자신의 아

들임을 알게 되고, 독이 든 잔을 내려친다.

111 『변신』의 저자 오비디우스의 또 다른 저서인 『사랑의 기술』에 나오는, 여자를 유혹하는 기술을 가르치는 문구. 마음에 드는 여자를 쫓아가 좁은 자리에 같이 끼어 앉고, 먼지가 여자의 무릎에 앉거든 손가락으로 털어주라고 가르친다. 설사 먼지가 없어도 털어주라고 덧붙이면서. 이 칸토 앞부분에서는, 여러 나라의 언어들을 우리나라 말 하나로만 번역을 했기 때문에 우리나라 독자들은 알아채기가 힘들지만, 호머의 희랍어 표현, 오비디우스의 라틴어 표현, 중세 음유시인 베르트랑 드 본느의 프로방스어 표현, 단테의 이탈리아어 표현, 플로베르의 프랑스어 표현, 그리고 헨리 제임스의 영어 표현이 연이어 등장하면서 서양 문학의 위대한 전통이 거론되고 있는 셈이다.

112 같은 시기의 음유시인 베르나르 드 방타두어가 여인을 찬미하는 여성적인 시들을 썼다면 베르트랑 드 본느은 전쟁을 찬미하는 남성적인 시들을 썼다. 그리고 실제로 그는 영국의 헨리 2세와 그 아들들('젊은 헨리'나 리처드 1세)과의 싸움에 끼어들었다. 단테는 그래서 본느을 '불화의 씨앗을 퍼뜨리는 자'로 그리면서 『신곡』 중 「지옥」 제28편에 넣었다. 파운드는 전쟁을 묘사한 본느의 시구를 인용했다.

113 칸토 V의 주석 70번을 보라.

114 이 행부터 다음 인용되는 두 줄까지는 플로베르의 단편 「단순한 마음」에 나오는 문구.

115 헨리 제임스를 지칭한다. '인조 대리석 기둥 아래'에서부터 '끝없는 문장을 엮어대고'까지는 제임스 스타일의 분위기를 흉내낸 것. 제임스에 대한 긍정과 비판이 섞여 있다.

116 단테의 『신곡』 중 「지옥」 제4편에는 그리스도 이전 시대에 태어났기 때문에 신의 영광을 알지 못하는 고대의 영웅들이나 철학자들, 시인들이 머무는 곳이 묘사되고 있다. 플라톤을 비롯하여 고대 문학의 4명의 대가들(호머, 호라티우스, 오비드, 루카누스)이 이곳에 있다. 인용된 구문은 그들에 대한 단테의 표현을 파운드가 약간 변형한 것이다.

117 파운드가 7년 만에 다시 파리를 찾은 일. 이 이후 지금까지 과거가 지배하던 칸토에 현대적 사실들과 상황들에 대한 언급이 많이 등장하게 된다.

118 '빌어먹을 얇은 분할'이란 시간을 얇은 종이 하나로 나누고 건너뛰고 할 수 있는 글을 뜻한다고 여겨진다.

119 이러한 제목의 파운드 시가 있다. 이온이 누구인지 설이 분분하다. 그중 가장 설득력 있는 것은 1912년 자살한 19살 난 프랑스 댄서 잔 에즈라고 한다. 그녀의 예명이 이온 드 포레스트였다.

120 전한(前漢)의 임금 무제(武帝). 자신의 시에서 무제는 자신의 여인이 죽고 나서 시간의 흐름에 따라 어떻게 변모하는가를 노래 부르고 있는데, 여인의 끝은 문지방에 매달려 있는 낙엽이었다. 파운드는 문지방을 상인방(문 위의 가로대)으로 위치를 높였다.

121 엘리제는 파리에 있는 엘리제 호텔을 말한다. 파운드 자신도 묵었었고, 제임스 조이스(떠올려지는 이름)도 묵었었다. 과거에 대한 회상에 빠지려는 자신을 다시 버스가 현재로 돌려놓는다.

122 프랑스의 유명한 피아노 상표.

123 프리츠-르네 반더필이라는 화란 작가. 파리에서 파운드, 조이스 등과 교우했다.

124 바스코 다 가마. 15~6세기 포르투갈의 유명한 탐험가였던 그는 아프리카를 거쳐 인도로 가는 항해를 개척했다.

125 오비드의 『변신』에 나오는, 아탈란타에 대한 표현을 흉내낸 것. 엄청나게 빨리 달리는 여인인 아탈란타는 구혼자들에게 자기보다 더 빨리 달리면 결혼해 주겠지만, 그렇지 못하면 죽이겠다고 했다. 히포메네스를 만나기 전까지 그녀는 그렇게 해서 수많은 남자들을 죽였다. 히포메네스와 경기를 할 때 아탈란타의 달리는 모습을 묘사한 표현 중 그녀의 흰 살결이 주홍빛으로 물들며 달

려가는 모습을 그린 것이다.

126 아르노 다니엘은 부빌라의 귀족 부인을 연모했었다. 그의 시구에서 인용한 것.

127 누구를 가리키는 것인지 명확하지 않다. 앞에 나온 이온을 가리키는 것이라고도 하고, 승리의 여신 니케를 언급하는 것이라고도 한다. 어쨌거나 당대의 천박하고 얄팍한 예술품이나 상품들에 대항하여 파운드에게 떠오르는 것은 여인의 아름다움이다.

128 『신곡』의 「천국」 제2편 첫 행. 단테는 자신의 글의 독자들에게 앞으로의 여정에 대해 주의와 경고를 하고 있다.

129 로마를 창건한 로물루스의 아버지로 여겨지기도 하는 아이네이아스(베르길리우스의 『아이네이스』의 주인공) — 물론 로물루스의 아버지는 일반적으로는 전쟁의 신인 마르스라고 되어 있다 — 는 트로이 전쟁 후 방랑을 하다 카르타고의 여왕 디도를 만나 남편인 시카에우스의 죽음을 슬퍼하고 있던 그녀에게 새로운 에로스 역할을 하였지만, 곧 그는 이탈리아를 향해 떠나고, 남은 디도는 슬픔에 못 이겨 자살을 한다.

130 데스몬드 피츠제럴드(1890~1947). 1916년 더블린에서 있었던 부활절 봉기에 관련되어 영국 정부로부터 종신형을 선고받았다. 그는 뒤에 감옥에서 나와 아일랜드 자치 국가의 장관이 되었다.

131 칸토 V의 주석 79와 83을 참조하라.

132 오피초 다 에스티. 13세기 이탈리아의 폭군. 『신곡』의 「지옥」 제12편에는 폭군이었던 이들이 들어있는데, 앞 칸토인 칸토 VI에 나왔던 쿠니차 다 로마노의 오빠인, 흑발의 에젤리노 다 로마노와 함께 금발의 오피초가 나타난다.

133 T. S. 엘리엇의 『황무지』에도 이 비슷한 구절이 나온다. 파운드가 칸토 VIII을 쓰기 몇 달 전 엘리엇이 『황무지』의 초고를 파운드에게 가지고 와 조언을 구했다고 한다. 『황무지』가 그렇듯이, 파운드의 『칸토스』도 '단편들'의 집합이라 할 수 있다.

134 칼리오페는 서사시(epic)를 관장하는 여신. 트루트라는 시신(詩神)이 별도로 있는 것이 아니라 '진실'이라는 뜻의 영어 단어 'Truth'를 의인화시킨 것이다.

135 칸토 V에 나왔던 알레산드로 메디치를 말하는데, 알레산드로는 교황 클레멘트 7세(줄리아노 디 메디치; 재위 기간: 1523~34)와 아프리카 혈통의 무어족 하녀와의 사이에서 난 자식으로 알려져 있다.

136 시지스문도 판돌포 말라테스타(1417~68). 이탈리아 리미니의 군주. 전사(戰士)이며 정치인이며 예술 애호가. 파운드에게 있어 시지스문도는 추후 파운드가 찬미했던 무솔리니의 전신과 같은 인물이다. (물론 파운드가 무솔리니를 잘못 판단했다는 너무나 당연한 비판은 여기서는 접어두자. 파운드 자신도 잘못은 인정한다.) 특히 시지스문도의 지시로 세워진 리미니 사원은 파운드에게 문명의 한 보고로 여겨진다.

137 지오반니('지오한니') 데 메디치(1421~63)는 플로렌스의 메디치 가문의 맏형격인 코시모 데 메디치(1389~1464)의 막내아들이다. 시지스문도와 지오반니가 주고받은 편지에서 인용한 것이다.

138 시지스문도 휘하의 고위 관리.

139 아라공의 왕으로서 시칠리아와 나폴리의 군주였던 알폰소 1세를 말한다. 1447년 밀라노의 군주였던 필립 마리아 데 비스콘티가 적자가 없이 죽자 알폰소는 밀라노를 자신의 것이라 주장하며 시지스문도를 자신의 편으로 끌어들였다. 하지만 뒤에 시지스문도는 알폰소와의 협약을 파기하고 베니스와 플로렌스 편에 선다.

140 피에로 델라 프란체스카. 그는 시지스문도를 위한 프레스코 벽화를 그렸다.

141 '낭비한다'는 뜻의 이탈리아어.

142 시지스문도의 이 이탈리아어를 파운드는 '그가 일하고 싶을 때……'에서 '부족함 없이'에 이르는

세 행으로 번역해 놓고 있다.

143 여기서의 밀라노 군주란 필립 비스콘티 사후 필립의 혼외정사로 낳은 딸이었던 비앙카 비스콘티
와 결혼하여 밀라노 군주가 되었던 프란체스코 스포르자(1401~66)를 말한다. 스포르자는 시지
스문도의 가장 큰 정적이었다. 그러나 시지스문도는 스포르자의 사생아인 폴리세나와 정략결혼
을 하기도 했었다.

144 플로렌스 시에서 시지스문도에게 알폰소의 공격으로부터 플로렌스를 수호해달라는 요청을 하
러 보냈던 인물.

145 이 이탈리아어는 '기마병과 보병'의 뜻.

146 둘 다 리미니 근처의 높다란 바위.

147 리미니 근처의 산.

148 리미니 근처 아드리아해로 흐르는 강.

149 이하 인용 부분은 시지스문도가 자신의 세 번째 아내가 되었던 이소타 델리 아티를 위해 지은 시
에서 따온 것이다. 리미니 사원도 그녀를 위한 것이었다.

150 이소트는 중세의 유명한 비극 로맨스인 트리스탄과 이솔트 이야기에 나오는 이솔트를 말하는 것이
고, 바차베는 다윗왕의 부인 밧세바(솔로몬의 어머니)를 말하는 것이다.

151 '낚시'란 뜻의 이탈리아어.

152 'di cui'는 '이를,' 'godeva molto'는 '줄겼던'을 뜻하는 이탈리아어.

153 요한 팔레오로구스(재위 기간 : 1425~48). 그는 그리스 땅에서 터키를 몰아내는 데 심혈을 기울였
던 왕이다. 그는 로마 교황청과 그리스 정교 사이의 화해를 도모함으로써 자신의 목적에 이탈리
아 군주들의 도움을 얻고자 했다.

154 로마 교황청과 그리스 정교 사이의 회합이 원래는 페라라에서 있을 예정이었으나 도시에 역병이
돌아 자리를 플로렌스로 옮겼다.

155 그리스 정교를 대표하는 자들 중 한 명으로 페라라와 플로렌스 회합에 참석했던 인물. 그는 신플
라톤주의자로서, 기독교에 고대 그리스 신화의 다신론적 사상을 접목시키고자 했다. 그의 영향
을 입고 코시모 데 메디치는 플로렌스에 플라토닉 아카데미를 창설했고, 그곳은 인문학과 그리
스 연구의 중심지가 되었다. 시지스문도는 후에 게미스토스의 유해를 가져와 리미니에 있는 자
신의 사원에 안치했다. '구체적 보편성'이란 즉, 물을 말한다. 만물은 물에서 유래한다고 보았다.

156 플라톤은 시라쿠사의 폭군 디오니시우스 1세의 집에 머물며 그의 아들(디오니시우스 2세가 됨)을
'철학자 왕'으로 만들려 했으나 실패했다.

157 리미니보다 약간 밑에 있는 도시인 페사로도 시지스문도 가문에 속하는 도시였으나, 그의 사촌
인 갈레아초가 스포르자에게 돈을 받고 팔아버렸다. 시지스문도는 도시를 다시 갖기 위해 스포
르자의 사생아인 폴리세나와 결혼했던 것이었으나 아무 소용없는 일이 되고 말았던 것이다. 브
롤리오는 시지스문도의 전우로 전쟁 기록을 남겼다.

158 리미니, 페라라, 볼로냐, 라벤나, 페사로 등의 도시들을 포함하는 지방 이름.

159 스포르자가 밀라노 군주가 되었던 1450년을 말한다.

160 시지스문도의 고조부가 되는 말라테스타 다 베루키오(1212~1312)의 별칭.

161 '미남자 파울로'의 뜻. 파울로는 마스틴의 둘째 아들이었다. 그는 형수인 프란체스카와 사랑에 빠
졌다가 형에 의해 죽임을 당했다. 형으로부터 도망치다 옷이 못에 걸렸었다 한다. 칸토 V의 주석
82번을 보라.

162 시지스문도의 사촌(삼촌인 카를로 말라테스타의 딸). 그녀는 어린 나이에 페라라 군주인 니콜로 데

스테에게 시집을 갔는데, 나중에 니콜로의 전처 소생의 아들인 우고와 불륜을 저질렀다는 의심을 받고 니콜로에게 죽임을 당했다.

163 아가멤논과 메넬라오스의 아버지. 메넬라오스의 부인이었던 헬렌으로 인해 트로이 전쟁이 일어났고, 트로이 전쟁에 참전했다 돌아온 아가멤논은 부인에 의해 살해당했다. 아가멤논의 아들과 딸인 오레스테스와 엘렉트라는 어머니를 죽여 아버지 복수를 한다. 아트레우스 집안은 이렇게 풍파를 겪었는데, 파운드는 시지스문도 집안을 그에 비견하고 있다.

164 시지스문도의 아버지를 뒤이어 리미니 군주였던 삼촌 카를로가 죽었을 때 시지스문도는 12살이었다.

165 시지스문도의 형인 갈레오토 말라테스타는 프란체스코 수도회의 수사였다. 이 형 때문에 잠시 말라테스타 가문과 교황청 사이에 화해 분위기가 있었으나, 카를로가 죽고 난 후에는 다시 둘 사이가 나빠졌다. 시지스문도는 어린 나이에도 리미니를 장악하려는 교황청의 시도에 맞섰고, 그런 연유로 교황청은 추후 시지스문도를 파문했다.

166 형인 갈레오토가 죽은 후 15살의 어린 나이에 리미니 군주가 된 시지스문도는 리미니가 교황청 소속이 되기를 원하는 신부가 이끄는 농민 시위대와 길거리에서 충돌한 적이 있었다. 그는 그 신부를 나중에 교수형에 처했다.

167 15살에 리미니 군주가 된 시지스문도를 얕보고 페사로의 군주였던 그의 친척이 리미니를 수중에 넣으려는 생각을 가지고 리미니를 침공하려 했으나 시지스문도는 옆 도시인 체세나로 가 군인을 징집해 가지고 왔다. 이에 페사로의 군주였던 그의 친척은 시지스문도에게 적으로 온 게 아니라 친구로 온 것이라 말하며 꼬리를 내리고 돌아갔다. 폴리아 강은 페사로를 지나 아드리아해로 흘러가는 강.

168 로마냐 지방의 파엔차의 군주. 말라테스타 집안의 적이었다. 앞에 나오는 건 리미니에 1440년에 홍수가 있었던 것, 1444년 눈보라를 맞으며 싸웠던 것, 1442년 리미니에 우박이 떨어졌던 것을 말한 것이다.

169 리미니와 안코나의 사이 중간쯤에 있는, 페사로보다 약간 밑의 도시.

170 신성로마제국의 황제 시지스문드 5세(재위 기간 : 1433~37). 로마에서 교황에게서 황제를 인정받고 위로 올라가는 도중 리미니에 들러 시지스문도와 그의 동생에게 기사 작위를 주었다. 피에로 델라 프란체스카는 이 장면을 리미니 사원 벽에 프레스코화로 그렸다.

171 시지스문도가 후원했던 시인. 그는 포르첼리오('반희람적인 인물')가 그리스 문학을 공부하지 않고도 훌륭한 라틴 문학을 쓸 수 있다는 데 대항하여 로마 문학은 그리스 문학에 토대를 두고 있다는 논지를 폈고, 시지스문도는 바시니오가 포르첼리오를 이겼다고 선언했다. 그의 유해는 리미니 사원에 안치되었다.

172 니콜로 데스테와 파리시나 말라테스타의 딸로, 시지스문도의 첫 번째 부인이었다. 첫 아이를 낳고 난 후 건강이 좋지 않다가 22살의 나이로 일찍 죽었다.

173 시지스문도는 20살 되던 해 베네치아인들과 도시를 지키는 용병대장으로 계약을 맺었다.

174 리미니에 있는 요새.

175 몬텔루로 전투에서 시지스문도는 그 당시 장인이었던 스포르자를 위해 싸웠지만, 자신이 원했던 페사로는 스포르자의 수중에 들어가고 말았다. 시지스문도의 또 다른 적인 우르비노의 페데리고 공작과 스포르자는 시지스문도의 사촌인 갈레아초를 회유하여 페사로를 프란체스코 스포르자의 동생인 알레산드로 스포르자에게 팔게 하고, 말라테스타 가문의 또 다른 소유지였던 포셈브로네는 페데리고에게 팔게 했다. 칸토 VIII의 주석 157번 참조.

176 안코나를 중심으로 한 지역.

177 칸토 VIII의 주석 139번을 보라.

178 15세기 이탈리아의 기술자. 시지스문도가 라 코카 요새를 지을 때 책임자였다. 리미니 사원에 묻혔다. 시지스문도가 처음엔 알폰소 편이었다가 태도를 바꾼 것은 발투리오의 조언 때문이었다고 한다.

179 교황 비오 2세(재위 기간 : 1458~1464). 시지스문도를 파문했던 교황이 비오 2세이다. 그는 시지스문도의 변신이 플로렌스를 구했다고 말했다. 'bladder'란 '허풍쟁이'란 뜻이 되지만, 원뜻은 '방광'이다. 비오 2세는 담석으로 고생했다 한다.

180 스포르자의 딸. 역병으로 일찍 죽었다. 비오 2세는 시지스문도가 목 졸라 죽였다고 비난했다.

181 베니스 총독. 시지스문도가 베니스(베네치아)를 위해 일하는 대가로 페사로를 다시 찾는데 도움을 주겠다고 했다.

182 시지스문도는 리미니에 짓는 자신의 사원을 장식할 대리석 조각을 라벤나의 클라쎄에 있는 유명한 성 아폴리나레 성당 건물에서 떼어갔다. 라벤나인들은 포스카리 총독에게 탄원을 했다.

183 그 당시 볼로냐 추기경이었던 필리포는 시지스문도에게서 아마도 돈을 받고 시지스문도가 조각들을 떼어내 가는 걸 눈감아 주었다.

184 시지스문도는 리미니에 사원을 지음으로써(공식적으로는 성 프란체스코(아시시의 성 프란시스)를 위한 것이었으나 실질적으로는 자신과 세 번째 아내인 이소타 델리 아티를 위한 것이었다) 트리비오의 산타 마리아 성당을 대체하고자 했다.

185 성 아폴리나레 성당의 베네딕트 수도회의 장.

186 버건디 와인으로 유명한 버건디는 현재 프랑스의 행정구역상으로 부르고뉴와 프랑쉬-콩테 지역인데, 옛날에는 독일 쪽에 속하기도 했었다. 시지스문도가 지나가던 여인을 덮쳤다는 설이 있다.

187 '도시들의 탈취자'란 원래는 기원전 3세기 마케도니아의 왕이었던 데메트리우스 1세를 수식하는 말이었다. 피사넬로가 만든 시지스문도 메달에 이 문구가 쓰였다.

188 '여러 궁리가 많은'이라는 표현은 호머가 오디세우스를 묘사할 때 잘 쓰던 문구였다.

189 이 이탈리아어 속어는 "그가 나를 놀려 먹었어"라는 뜻이다.

190 베네치아만을 사이에 두고 베네치아와 마주 보고 있는 반도. 현재는 대부분이 크로아티아에 속해 있다. 이곳의 대리석이 유명하다. 베네치아 건물의 많은 대리석들이 이곳의 대리석으로 만들어졌고, 시지스문도도 이 대리석으로 사원을 만들고자 했다.

191 현재 아드리아해를 따라 있는 크로아티아의 도시들 중 가장 남쪽에 위치해 있는 두브로브닉이 중세에는 라구사 왕국의 수도였다. 라구사는 그 당시 아드리아해를 중심으로 베네치아에 대적할 만한 비단 산업을 가진 유일한 도시국가였다.

192 토스카나 지방의 한 마을.

193 시지스문도는 시에나하고도 용병 계약을 맺었는데, 나중에 그가 양다리를 걸치고 있다고 생각한 시에나인들은 그의 부대를 급습했는데, 시지스문도는 도망을 갔고, 그들은 그가 남기고 간 편지 꾸러미를 발견했다. 나중에 시지스문도의 적이 되는 교황 비오 2세도 시에나 출신이다.

194 피틸리아노 백작인 알도브란디노 오르시니를 말한다. 시에나가 시지스문도를 고용했던 것은 오르시니로부터 도시를 방어하려는 목적이었다.

195 시지스문도의 사원을 총괄하는 건축가인 알베르티가 로마로 호출되자 그를 대신해서 일하던 마테오가 시지스문도에게 보낸 편지에서 인용한 것임.

196 루이지 알비제. 그는 현장감독이었다.

197 피에트로 디 제나리. 시지스문도의 비서실장.

198 알비제의 아들. 아버지를 대신해서 편지를 쓴 것이다.

199 시지스문도의 사원을 총괄하던 건축가인 레온 바티스타 알베르티(1404~72). 그 당시 최고의 건축가였고, 약간 뒤에 나오는 레오나르도 다 빈치에 앞서 그와 필적할 만큼 다재다능한 인물이었다.

200 시지스문도의 보좌관.

201 옛 이탈리아 동전. 이 세 번째 편지는 제나리와 마테오가 알베르티에게 보냈던 것.

202 바로 앞에 "거의 소상하게 파헤친 것으로 저는 생각하고 있습니다"라고 번역되어 있다.

203 이 편지는 D. de M.(누구인지 확인되지 않았음)이 시지스문도에게 보낸 편지이다. 그는 어느 어린 소녀('갈레아초의 딸')와 관계를 가졌던 것으로 소문이 나 있었는데, 그 당시 아직 그의 정식 부인이 되기 이전의 이소타가 이 소녀를 찾아갔던 것을 적고 있다. 루크레지아는 시지스문도의 자식들 중 큰 딸이다.

204 시지스문도와 이소타 사이에서 난 아들인 살루스티오의 가정교사인 팔라가 시지스문도에게 보낸 편지. 조르지오 란부티노('램보톰')는 석공이다.

205 살루스티오가 아버지인 시지스문도에게 보낸 편지. 그 때 살루스티오는 6살이었다.

206 시지스문도의 후원을 받은 시인인 이아코포 트라쿨로가 시지스문도에게 보낸 편지. 이 편지에서 트라쿨로는 시지스문도에게 시에나를 장차 그의 소유지로 만들 계획을 세우라고 한다. 한니발은 기원전 2~3세기의 유명한 카르타고의 장군. 시지스문도는 자신의 가문이 한니발의 피를 이어받고 있다고 말했다 한다. 한니발이 코끼리를 타고 알프스를 넘은 것으로 알려져 있는데, 시지스문도는 자신의 문장으로 종종 코끼리를 사용했다.

207 피에트로 디 제나리가 시지스문도에게 보낸 편지.

208 이소타의 남자 형제.

209 오타비아노. 시지스문도 사원의 그림을 그렸던 화가.

210 아고스티노 디 두치오. 시지스문도 사원의 조각을 담당했던 조각가.

211 파운드가 여러 원전에서 문구들을 차용하여 만든 것이다. '마음먹는 것이 늘 한결같아'는 호라티우스의 시구에서 뽑은 표현인데, 이 라틴어 문구를 추후 파운드는 미국 대통령들 중 자신의 영웅 중의 하나인 존 퀸시 애덤스에게도 쓰고 있다. 앞서도 말했지만, 시지스문도 사원은 공식적으로는 성 프란체스코를 위한 것이라 되어있지만, 실제로는 자신과 이소타를 위한 것이었고, 그래서 성당에 실제로 기독교적인 성물과 상징물들이 별로 없고, 대신 그리스 신화를 비롯한 이교도적인 상징물들이 많다. 교황 비오 2세는 그런 점도 싫어했다.

212 찬란했던 나라들은 사라지지만, 아름다운 여인을 찬미하는 건축물은 살아남는다는 의미.

213 라벤나에 있는 비잔틴 양식의 성당.

214 토스카나 지방, 좀 더 좁혀서 말하면, 그로세토 지역의 한 마을.

215 앞 칸토의 주석 194번을 보라. 오르시니는 시지스문도에게 시에나를 위해 자기와 싸우지 말고 오히려 시에나를 차지하라고 제안했다.

216 시에나에 고용되었던 세 사람들인 곤자가, 코레지오, 그리고 시지스문도를 말한다. '카레지'란 코레지오를 말한다.

217 프란체스코 카르마뇰라(1380~1432). 그 당시 가장 유명한 용병대장이었다. 원래 밀라노를 위해 일했으나 나중에는 베네치아를 위해 일했다. 하지만 카르마뇰라가 미적대자 베네치아인들은 그가 이중 플레이를 하고 있다고 여기고 그를 점심에 초대하곤 붙잡아 처형을 했다. 이는 시지스문도가 시에나인들에게서 의심을 받았던 상황과 비슷했다. 카르마뇰라는 자신의 딸을 시지스문도

에게 시집보내려 했고, 그 당시 15살이었던 시지스문도도 받아들였으나, 카르마뇰라가 처형당하는 일이 벌어지면서 혼담은 없었던 일로 되었다.

218 플로렌스의 유명한 가문의 일원. 플로렌스에서 쫓겨나 나폴리로 가서 은행을 하여 큰 돈을 벌고는 다시 플로렌스로 돌아오게 되었다. 그는 편지에서 시지스문도가 시에나인들에게 쫓겨 도망가던 일에 대해 쓰고 있다. 스트로치의 예상대로 플로렌스는 시지스문도가 플로렌스의 영역을 통과할 수 있게 해 주었다.

219 카르마뇰라 이후 베네치아의 용병대장으로 일했던 자로, 시에나가 피틸리아노와 전투를 벌이자 시에나와 동맹지간이었던 베네치아가 그를 시에나에 파견했다. 오르베텔로는 피틸리아노 서쪽에 있는, 마렘마 지역의 해변 도시. 곤자가는 시지스문도가 그곳에 나타나자 못마땅해 했다.

220 그 당시 시에나 주교(나중에 교황 비오 2세가 되는)의 조카. 처음에는 시지스문도의 편이었으나, 나중에는 돌아섰다.

221 그 당시 유명했던 용병대장들 중 한 명. 시지스문도에게 배신당한 나폴리의 알폰소 1세는 피치니노가 리미니의 시지스문도를 공격하게 하였으나 피치니노는 마음을 돌려 공격을 거둔다. 알폰소가 죽은 뒤 그를 이어 왕이 된 그의 아들 페르디난드는 피치니노를 죽임으로써 아버지의 한을 갚는다.

222 교황 비오 2세는 교황이 된 후 무슬림인 터키에 대항하려는 목적을 가지고 만투아(만토바)에서 회의를 개최했다. 그는 터키의 주변국들이 터키와 싸우고, 이탈리아는 돈을 대는 식의 제안을 했지만, 시지스문도는 거꾸로 이탈리아 군인들이 싸우고 주변국들이 돈을 대는 식으로 해야 한다고 맞섰다.

223 보르소 데스테는 아버지 니콜로 데스테를 이어받아 페라라를 통치하고 있었다(니콜로에 대해선 칸토 VIII의 주석 162번을 보라). 보르소는 주변의 다른 이탈리아 도시국가들이 끊임없는 전쟁을 하는 데 비해 페라라를 피 흘리지 않고 잘 통치하고 있었다. 그는 시지스문도와 페데리고 두르비노 사이를 화해시켜 보자는 의도를 가지고 두 사람을 자신의 별장 벨리구아르도('벨 피오레')로 불렀다. 하지만 두 사람은 서로 으르렁거렸다.

224 지아코모 백작이란 피치니노를 말한다. 스포르자는 자신의 딸들을 늘 정략결혼시켰는데, 딸들 중 한 명인 드루시아나를 피치니노에게 시집보낸다(딸들 중 한 명을 시지스문도에게 시집보냈던 것은 앞의 칸토들에서 나왔다). 그래서 피치니노의 위협을 줄이려 한 것이었다. 플로렌스 메디치 가문의 맏형격인 코시모는 밀라노의 군주로 있던 스포르자와 좋은 관계를 가지는 정책을 지지했다. 그렇게 함으로써 밀라노, 플로렌스, 베네치아 사이의 힘의 균형을 유지하려는 것이었다. 하지만 앞 주석에서 나오듯, 피치니노는 결혼에 대한 축하연을 베풀어주겠다는 페르디난드의 초대를 받고 나폴리로 갔다가 목 졸려 죽임을 당한다. 페르디난드는 피치니노가 창문에서 떨어져 죽었다고 말했다.

225 이리아르트는 프랑스의 역사학자로, 『15세기의 한 용병대장』(1882)이라는 책을 통해 시지스문도를 알린 인물이다. 칸토 VIII 이후 시지스문도에 대한 많은 인용 부분들은 이 책에서 파운드가 인용한 것이다. 비오 2세와 시지스문도와의 관계에 대해서는 앞서 여러 번 언급되었는바, 비오 2세는 자신의 저서인 『실록』— 교황이 직접 쓴 자신의 일대기는 교황들 중 비오 2세의 이 저술이 유일하다 — 에서 시지스문도의 상을 불태웠던 사건에 대한 기록을 적고 있다. 이리아르트는 비오 2세의 이 글을 자신의 책에서 인용하고 있다.

226 교황 비오 2세의 명을 받아 주교회의에 시지스문도를 다루는 안을 올린 이.

227 이 중세 라틴어 의미를 순서대로 적으면, "방탕, 학살, 간통, 살인, 존속살해 및 위증자, 원로들의

살해자, 건방지고, 방종한 자, 간음자이자 살인자, 배신자, 강간자, 근친상간적인 자, 방화자, 첩질
하는 자"이다.

228 시지스문도는 교회가 재산을 갖는 것과 세속적인 정치적 권력을 갖는 것에 대해 비판적이었다.

229 이 이탈리아어의 의미는 "호색적이고, 근친상간적이고, 배신을 잘하고, 추하고 폭음을 하며, 살인
자이고, 탐욕스럽고, 인색하고, 자만심에 차 있고, 불성실하며, 위조화폐범이고, 남색꾼이고, 부인
살해범이라"이다.

230 비오 2세는 시지스문도에 대한 벤지의 비난에 대해 이렇게 칭찬했다.

231 니콜라스 쿠사누스를 말한다. 그는 비오 2세의 명에 따라 시지스문도를 궐석재판에 회부했다.
'산 피에트로 인 빈콜리'는 '사슬에 매인 성 베드로'를 뜻하는데, 로마에 있는 성당 이름이다.

232 앞의 주석 223번을 보라. 보르소 데스테는 시지스문도에 대한 종교재판이 그 시대의 인본주의적
정신과 어울리지 않는다고 보았다.

233 우골리노 데 필리. 시지스문도의 선생이었는데, 시지스문도에 대항하는 무리에 끼었다가 오히려
감옥에 갇혔다. 벤지는 시지스문도가 우골리노를 죽였다고 비난했지만, 실제로는 우골리노는 감
옥에서 살아서 나왔다.

234 프랑스와 영국의 100년 전쟁(1337~1453)을 언급하는 것이다. 그리고 아마도 100년 전쟁 말미에
있었던 영국인들에 의한 잔다르크의 화형을 파운드가 시지스문도의 초상 화형식과 연관하여 떠
올린 것일 것이다. '앙제뱅'은 프랑스의 앙주 지방에 살던 사람들을 일컫는 말인데, 앙주 지방의
영주였던 제프리가 나중에 영국의 왕이 되는 헨리 2세의 아버지이다. 따라서 헨리 2세는 '앙제
뱅'인 셈이고, 이처럼 앙제뱅으로서 영국의 왕가가 된 가문을 '플랜태저넷'이라 한다. 영불 백년
전쟁은 헨리 2세와 엘레아노르 사이에서 난 후손들(영국 앙제뱅들)이 프랑스 왕들과 벌인 프랑스
영토 전쟁이다. 지조르가 속해 있는 노르망디 지방은 특히 영토 전쟁의 핵심이었다.

235 여기서의 '앙제뱅'은 시지스문도의 시대인 15세기 앙주의 영주였던 르네 공작을 말한다. 르네 공
작은 나폴리의 군주였던 알폰소(칸토 VIII의 주석 139번을 보라)에게 나폴리가 자신의 영역이라고
하였다. 시지스문도는 르네 공작을 끌어들여 알폰소에게 맞서고자 했다.

236 시지스문도는 비오 2세에게 맞서기 위해 프랑스의 왕 루이 11세를 끌어들이려 했다. 하지만 루
이는 오히려 비오 2세가 나폴리에 대한 앙주의 권리를 인정해 주는 조건으로 비오 2세에게 붙고
자 했다.

237 1458년 교황 칼릭스투스 3세가 죽고, 나폴리의 알폰소도 죽었다. 비오 2세가 뒤이어 교황이 되
었고, 알폰소의 뒤를 이어 그의 아들 페르디난드(앞의 주석 221과 224번을 보라)가 나폴리 군주가
되었다.

238 비오 2세. 버질(베르길리우스)이 『아이네이스(이니어드)』에서 주인공 아이네이아스를 기술할 때
"경건한(pius)"이라는 문구를 썼다. 교황은 그 문구를 따서 자신을 'Pius II'라 불렀다.

239 로마의 북서쪽에 있는 도시. 이 땅에서 황산 알루미늄이 대량으로 발견되었다.

240 앞 칸토 IX의 주석 195번에 언급된 마테오를 말한다. 마테오 다 파스티는 시지스문도의 지시를
받아 터키의 왕을 그리게 되었으나 베니스인들은 그것을 문제 삼아 파스티를 붙잡았다가 나중에
놓아 주었다.

241 시지스문도의 막내 동생으로, 피치니노와 가깝게 지냈다고 한다. 그런 연유로 이 동생이 형인 시
지스문도에게 반(反)하는 계략에 동참했다는 의혹이 제기되었다.

242 시지스문도가 교황의 군대에 맞서기 전에 자신의 군대에게 말한 것. 마지막 말에는 우리가 진정
한 남자들이라는 의미와 함께 저쪽 편에는 남자 아닌 남자들이 많다는 의미가 깔려 있다.

243 로베르토는 시지스문도의 큰아들. 시지스문도의 세 번째 부인인 이소타의 소생인 살루스티오를 시지스문도가 총애하자 로베르토는 살루스티오를 살해하였다고 전한다.

244 타란토만의 주된 항구 도시인 타란토. 시지스문도는 힘에 부치자 이탈리아 남부의 '앙제뱅'들에게서 도움을 구하고자 했지만, 그들은 페르디난드와 스포르자의 군대에 패해 있었다.

245 시지스문도의 리미니가 페데리고에 의해 포위를 당한 적이 있었는데, 그때 안팎으로 역병이 돌아 도시는 빼앗기지 않았다.

246 1463년 비오 2세는 일방적으로 평화조약을 선포하고, 시지스문도의 영지들을 대거 빼앗아 자신의 편에 나누어 주었다.

247 앞 칸토 X의 주석 241번을 보라.

248 시지스문도 휘하의 장교들 중의 한 명인 피에로 델라 벨라.

249 시지스문도의 아들인 지오반니 말라테스타.

250 '어부'란 결국 교황을 말한다. 베드로가 어부였으므로.

251 펠로폰네소스. 베니스는 펠로폰네소스를 터키로부터 탈환하기 위해 시지스문도를 재고용했었는데, 그는 패해서 돌아왔다.

252 파운드는 마치 극장에 앉아 과거의 역사가 연극무대 위에 오르고 있는 것을 보는 듯이 말한다.

253 시지스문도는, 귀족과 평민을 구분하기 위해 옷차림새에 대한 규율을 정했던 그 당시 이탈리아의 다른 곳과는 달리, 자신의 영토 안에 있는 여인들이 자기네들이 하고 싶은 대로 꾸미고 다니는 것을 허용했다.

254 바르톨로메오 사키(1421~81). 르네상스 인본주의자. 비오 2세의 뒤를 이어 교황이 된 바오로 2세는 로마 아카데미가 그리스 신화와 같은 이단적 사고를 숭상했다는 이유로 그 멤버들(플라티나도 그들 중 한 명)을 감옥에 넣었다. '뚱보 바르보'란 바오로 2세를 말한다. '포르모수스'란 '잘 생긴'이란 뜻인데, 바오로 2세는 자신의 외모를 과시하려는 경향이 있었다. 바오로 2세는 처음에는 시지스문도를 잘 대했으나 곧 그의 영토를 빼앗으려 했다. 이에 격분한 시지스문도는 바오로 2세를 암살하려 직접 로마에 갔다 한다. 플라티나는 시지스문도와의 공모에 대해 질문을 받자 본문에 나오는 대답을 했다.

255 뒤에 나오는 '책과 무기와 비범한 천재들에 대해'에 해당하는 이탈리아어.

256 '64명뿐 더 이상 구하려고도 하지 않았으니'에 해당하는 이탈리아어.

257 바오로 2세는 시지스문도를 살려두는 대신, 바티칸과 전통적으로 적대관계에 있는 베니스를 견제하기 위해 리미니에 자신의 군대를 두었다.

258 시지스문도의 바오로 2세 암살 계획이 실패로 돌아갔던 상황.

259 말라테스타 가문의 영역에 있는 성.

260 시지스문도의 집사인 엔리코 아쿠아벨리. 역경 속에서 역경을 견디는 정신을 보여주는 일화. 시지스문도는 얼마 지나지 않아 죽는다.

261 로마 황제(284~306).

262 파운드가 만났던 미국의 사업가.

263 헨리 제임스? 헨리 롱펠로우? 헨리 뉴볼트?

264 아마도 쿠바의 은행가.

265 베이컨의 동료. 파운드는 그를 좋게 평가했다.

266 아마도 포르투갈의 상인.

267 스페인과 포르투갈을 흐르는 강.

268 누구인지 명확하지 않다.

269 존 퀸(1870~1924). 미국의 변호사로 현대 예술의 후원자. 파운드와도 잘 알았다.

270 이스탄불의 가장 오래된 주거 지역.

271 소위 '공자' 칸토. 주로 『논어』, 그리고 『대학』에서 추출해서 파운드 나름대로 시화(詩化)한 것이다.

272 『논어』 제11편, 「선진(先進)」에 나오는 이야기이다. 추 루는 자로(子路), 키우는 염유(冉有), 치는 공서화(公西華)은 증석(曾晳)을 말한다.

273 『논어』 제14편, 「헌문(憲問)」에 나오는 이야기이다. 유안 장은 원양(原壤)이다.

274 『논어』 제9편, 「자한(子罕)」에 나오는 말로, 우리가 '후생가외(後生可畏)'라는 표현으로 잘 알고 있는 구절이다.

275 이 말은 『중용』 제20편에 나온다.

276 『대학』에 나오는 유명한 말. '수신제가치국평천하(修身齊家治國平天下)'.

277 『논어』 제11편, 「선진」에 나오는 말로, 우리가 '과유불급(過猶不及)'이라는 표현으로 잘 알고 있는 구절이다.

278 『논어』 제6편, 「옹야(雍也)」에 나오는 말로, '중용의 덕을 가진 자가 드물다'는 뜻이다. 이는 『중용』 제3편에도 나온다.

279 『논어』 제13편, 「자로(子路)」에 나오는 이야기로, 아버지의 잘못을 입증한 아들을 올곧은 사람이라고 추켜세우는 것을 들은 공자는 아버지와 아들이 서로 잘못을 숨겨주는 것이 올곧음이라 하였다.

280 『논어』 제5편, 「공치장(公冶長)」의 맨 앞에 나오는 이야기이다. 공치장과 남용(南容)은 모두 공자의 제자들이다.

281 여기서의 '왕'은 중국의 고대국가인 주(周)나라의 초대 황제인 무왕(武王: 기원전 1169~1115)을 말한다. 『중용』 제20편에서 공자는 무왕 시대를 예찬하고 있다.

282 『논어』 제15편, 「위령공(衛靈公)」에 나오는 이야기이다.

283 『논어』 제3편, 「팔일(八佾)」에 나오는 말이다. "사람이 어질지 않으면 악(樂)을 연주한들 무엇하랴?"

284 단테의 『신곡』 중 「지옥」 제5편에 나오는 구절. 칸토 XIV와 XV는 소위 '지옥' 칸토라고 불리는데, 파운드는 1919년과 1920년 시기의 런던의 정신적인 풍경을 그렸다고 말한바 있다.

285 파운드는, 단테가 그랬듯이, 자기의 마음에 들지 않은 자들을 지옥편에 넣었는데, 이름을 제대로 밝히지 않고 끝에만 ……e, ……n 하는 식으로 썼기 때문에 정확히 누구인지 확인하기가 쉽지 않다. ……e는 로이드 조지, ……n은 윌슨을 가리키는 것으로 보고 있다. 조지와 윌슨은 제1차 세계대전 당시 각각 영국의 수상, 미국의 대통령을 하고 있었다.

286 아마도, 추측건대, 무기 판매상인 베실 자하로프를 말하는 것이 아닐까 한다.

287 둘 다 영국에 대항하여 부활절 봉기를 주도했던 아일랜드의 인물들.

288 J. 보우엔-콜트허스트. 아일랜드인들을 무자비하게 잡아 죽였던 영국의 장교로 악명이 높았다.

289 기원전 1~2세기의 로마 행정가로, 부패와 타락이 심했다.

290 칼뱅은 루터의 뒤를 이은 개신교의 이론가로 유명한 인물. 성 클레멘트는 2~3세기의 그리스 사람으로, 처음에는 그리스의 신화를 바탕으로 한 정신세계를 가졌었지만, 추후 하느님 신앙으로 개종했다.

291 대학교 학자들을 조롱하는 표현.

292 프랑스의 도시로, 지방을 원료로 비누나 향료 등을 생산해낸다.

293 윈스턴 처칠을 말하는 것으로 이해되고 있다.

294 단테의 『신곡』 중 「지옥」 제17편에는 고리대금업자들이 등장하는데, 이들과 함께 게리온이라는 괴물 역시 등장한다. 파운드는 단테의 이 비전을 차용하고 있다. 고리대금업은 파운드에게 있어 인류 최대의 적이다. 파운드가 반유대적인 태도를 가지게 된 데에는 유대인들이 전통적으로 고리대금업과 연결되기 때문이다. (셰익스피어의 『베니스의 상인』에 나오는 샤일록이 유대인인 것을 생각해 보자.) 파운드는 제2차 세계대전도 유대인들이 뒤에서 조종해서 일어난 경제 전쟁으로 파악했다. 뒤에 파운드는 소위 '고리대금업' 칸토(칸토 XLV)를 따로 썼다.

295 1884년 영국에서 형성된 점진적 사회주의자들.

296 단테의 『신곡』의 지옥의 여정에서 단테를 이끌어주는 이는 버질(베르길리우스)이었다. 여기서 파운드는 자신의 안내자로, 신플라톤주의 철학자로서 '빛의 철학자'로 널리 알려진 플로티노스(205~270)를 택했다.

297 원래는 아름다운 여인이었으나, 자신의 아름다움을 믿고 미네르바 여신에게 도전장을 내었다가 흉측한 모습으로 변한 여인. 너무나 흉측해 메두사를 보면 돌로 굳어버리게 된다. 페르세우스는 미네르바 여신에게서 받은, 거울 같은 방패를 이용하여 메두사를 직접 바라보지 않고도 그녀를 해치울 수 있었다.

298 이란의 북동쪽 도시. 에드워드 피츠제럴드가 영역한 『오마르 카얌의 4행시』로 유명한, 페르시아의 시인 오마르 하이얌의 출생지. 이 구절도 그 시에서 인용한 것이다.

299 영국의 유명한 낭만주의 시인 윌리엄 블레이크(1757~1827). 파운드는 그를 진정한 '환영의 시인'으로 보았다.

300 12~3세기의 남부 프랑스 시인. 그 당시 타락하고, 싸우기 좋아하는 이들을 신랄하게 비꼰 시들을 썼다.

301 즉 단테. 『신곡』의 「지옥」의 맨 마지막 편에서 단테는 상징적으로 사탄을 보게 된다.

302 헤라클레스가 히드라를 죽인 곳.

303 여기서부터는 잠시 동안 지옥에서 벗어난 비전을 바라본다.

304 프랑스의 도시. 19세기에 있었던 보불전쟁(프로이센-프랑스, 또는 프랑코-프러시안 전쟁)의 격전지이기도 했다. 이 부분에서부터는 다시 전쟁이라는 지옥으로 돌아온다.

305 보불전쟁 당시 프랑스의 장군. 도저히 이길 수 없는 전투에서 세 번씩이나 자신의 군대를 이끌고 적진에 돌진해 들어갔다. 세 번째 때는 적이었던 독일군마저도 그 용기에 감탄했다고 한다.

306 프랑스 스트라스부르 출신의 문인(1863~1929)으로 보불전쟁 이후 영국으로 건너와 살았고, 파운드는 그로부터 보불전쟁에 관한 생생한 이야기를 전해 들었다. 파운드의 「휴 셀윈 모벌리」에서 '베로그 씨'로 나온다.

307 아마도 영국 해군 장교였던 앨거넌 퍼시 경(1792~1865).

308 달마티아 지역의 항구. 칸토 IX의 주석 191번을 참조할 것.

309 오스트리아의 황제(1830~1916; 재위 기간 : 1848~1916). 그의 조카이자 왕위 계승자였던 프란츠 페르디난트가 암살되면서 제1차 세계대전이 일어났다.

310 나폴레옹 3세(1808~1873; 재위 기간 : 1852~1870). 우리가 잘 아는 나폴레옹 보나파르트(나폴레옹 1세)의 조카이다.

311 리처드 올딩턴(1892~1962). 파운드와 어울렸던 영국의 문인. 소위 '이미지즘'의 한 멤버로서, 미국의 여류시인인 H. D.와 결혼했었다. 그는 제1차 세계대전에 참전하여 전쟁의 참상을 직접 목도하였고, 그 자신도 죽을 고비를 여러 번 넘겼다고 한다.

312 프랑스의 조각가(1891~1915)로, 파운드가 특히 좋아했던 조각가였다. 그는 제1차 세계대전에서

젊은 나이로 전사했는데, 파운드는 그의 죽음을 조각의 죽음으로까지 여겼다.

313　T. E. 흄(1883~1917). 파운드뿐 아니라 엘리엇에게도 영향을 끼친 영국의 철학자이자 시인. 제1 차 세계대전에 참전해서 부상을 당해 병원에 있다가 다시 전선으로 나가서 전사했다.

314　영국의 작가이자 화가(1884~1957). 파운드의 예술적 동료.

315　윈들러뿐 아니라 이 뒤로 나오는, 베이커, 플레처 등은 정확히 누구를 말하는지 알 수 없다.

316　『무기여 잘 있거라』, 『누구를 위하여 종은 울리나』, 『노인과 바다』 등으로 유명한 미국의 작가인 어니스트 헤밍웨이(1899~1961)를 말함. 그가 제1차 세계대전에 병사로서가 아니라 적십자 단원 으로 참가했을 때가 열아홉 살이었다.

317　제1차 세계대전의 전투지들 중에서도 가장 유명한 격전지이다.

318　레온 트로츠키(1879~1940). 레닌의 참모로 러시아 혁명의 지도적 이론가였지만, 뒤에는 스탈린 에게 밀려 도망을 다니다 멕시코에서 스탈린이 보낸 비밀 경찰에게 살해당했다.

319　지금의 벨로루시 공화국과 폴란드와의 접경에 있는 도시로, 지금은 브레스트라고만 불린다. 여 기서 제 제1차 세계대전에서 서로 적이었던, 연합국들 중의 하나인 러시아와 동맹국(또는 중앙유 럽세력) 간의 평화조약이 맺어졌다. 그렇게 함으로써 러시아는 전쟁에서 발을 빼서 러시아 혁명 이라는 내부의 문제에 집중하고자 했다.

320　상트페테르부르크(예전의 레닌그라드)에 있는 대로.

321　더글러스 헤이그(1861~1928). 제1차 세계대전 시 프랑스 북부에 있던 영국군을 지휘했던 장군.

322　술의 신, 도취의 신, 황홀의 신인 디오니소스의 다른 이름.

323　달의 여신, 숲의 여신, 사냥의 여신인 아르테미스(디아나).

324　신비한 신플라톤주의적인 빛. 이 칸토는 단테의 『신곡』의 「천국」을 연상시키는 빛으로 차 있다.

325　바다의 정령들.

326　티토누스와 새벽의 여신 에오스 사이의 아들. 아킬레스와의 싸움에서 멤논이 져 죽었다. 새벽의 이슬은 아들의 죽음을 슬퍼한 에오스의 눈물이라 한다. 옛날 이집트에는 커다란 조각상이 하나 있었는데, 새벽의 햇빛을 받으면 노래를 불렀다고 하여 '멤논의 거상'으로 불렸다고 한다.

327　칸토 X의 주석 223번을 보라.

328　칸토 X의 주석 217번을 보라.

329　누구인지 알 수 없다.

330　이집트의 신 이시스를 숭배하는 제식 때 쓰이는 방울.

331　역시 누구인지 알 수 없지만, 아마도 바다 정령의 이름.

332　'따님'이란 곡식의 여신인 케레스(데메테르)의 딸 페르세포네를 말한다. 그녀는 지하세계의 신인 플루톤(하데스)에게 납치되어 그의 부인이 되는데, 그녀가 주기적으로 지상에 나타날 때의 시기 가 봄이라고 한다.

333　콜키스의 왕 아이에테스를 말한다. 그는 제이슨에게 황금 양털과 딸인 메데아를 빼앗긴다.

334　지금의 크로아티아에 속한 아드리아 해변의 지역 이름. 칸토 IX에 '라구사 왕국'이라고 나오는 곳 에 해당된다.

335　원나라의 시조인, 쿠빌라이 칸(1214~94)을 말한다. 그는 칭기즈 칸의 손자이다.

336　카발릭. 원나라의 수도인 대도(大都)를 말한다. 지금의 북경이다.

337　이탈리아가 통일되기 전 통용되었던 작은 은화 또는 동화.

338　옛 은화.

339　6~15세기에 통용되었던, 동로마제국(비잔틴)의 금화.

340　『견문록』으로 유명한 마르코 폴로를 말한다. 베니스(베네치아)인인 그는 적이었던 제노아인들에게 잡혀 감옥에 있을 때 쿠빌라이의 원나라를 보고 왔던 기억을 되살려 글을 썼다.

341　루이 앙트완 부리엔(1769~1834). 나폴레옹의 비서로 나폴레옹에 대한 회고록을 쓰기도 했다. 나폴레옹은 프랑스 본토 출생이 아니라 코르시카섬 출신이다.

342　배실 자하로프(1849?~1936). 유명한 무기 판매상. 콘스탄티노플(이스탄불)의 그리스계 집안에서 태어나 어렵게 살다가 영국으로 건너와 나중에는 무기 판매로 갑부가 되었는데, 나폴레옹이 코르시카섬 출신으로 본토 프랑스인들에게서 조롱을 받고 자랐듯이, 자하로프도 영국인들에게서 멸시를 받고 자랐던 것을 병치시켜 이야기한 것이다.

343　아마도 맥심 기관총 — 최초의 휴대 가능한 자동 기관총 — 을 만들어낸 하이럼 맥심(1840~1916)을 지칭하는 것으로 여겨진다.

344　자하로프가 죽었다는 잘못된 소문이 있었다.

345　비커즈 회사를 말한다. 비커즈는 영국의 유명한 무기 판매회사(맥심 기관총을 팔던)였는데, 자하로프는 그 임원이었다.

346　누구인지 정확히 알 수 없다.

347　아마도 자하로프가 75세 되던 해 재혼했던 부인을 말한다고 여겨지고 있다. 그 부인은 원래 스페인의 공작부인이었으나 남편이 죽은 후 자하로프와 결혼했다. 원래 두 사람은 정식결혼하기 30년 전부터 만나 밀회를 즐겼던 것으로 알려져 있다.

348　누구인지 알 수 없다.

349　아마도 자하로프가 관여를 하고 있었던 석유회사.

350　태피 파울러라는 엔지니어를 말하는 것으로 여겨지는데, 그의 부인은 런던의 나이츠브리지에서 음악가들과 시인들을 위한 살롱을 경영하고 있었다.

351　멜키체덱은 아론보다 더 이전의, 아브라함 시절의 제사장이었다. 자하로프가 제사장과 같은 위치에서 막강한 영향력을 발휘했던 것을 빗댄 것이다.

352　에티오피아의 왕(1844~1913; 재위 기간 : 1889~1913). 이탈리아와의 전쟁을 통해 에티오피아를 이탈리아의 지배에서 벗어나게 했다.

353　아마도 바클레이즈 은행이거나 웨스트민스터 은행을 말하는 것. 무기판매상과 은행과의 은밀한 연결고리를 시사하고 있는 것이다.

354　누구인지 알 수 없다.

355　누구를 말하는지 알 수 없다.

356　아일랜드 신페인당의 지도자인 아서 그리피스(1872~1922)를 말한다. '친절한 늙은 교수'는 누구인지 알 수 없다.

357　역사를 다루는 글을 관장하는 뮤즈.

358　제1차 세계대전을 촉발시켰던, 페르디난트 공작 암살 사건의 범인인 가브릴로 프린칩을 말하는 것 듯.

359　누구인지 알 수 없다.

360　제2차 세계대전이 끝나는 해인 1945년 이 노래는 유고슬라비아의 국가가 되었다.

361　'휘발유'를 뜻하는 말.

362　주영 오스트리아-헝가리 대사(1904~14)였던 알베르트 백작.

363　미국의 저널리스트인 링컨 스테픈스(1866~1936)를 말한다. 그는 사회의 어두운 이면을 들추어내는 글로써 많은 영향력을 끼쳤다. 그리고 사회주의 혁명이나 공산주의 혁명에 심정적으로 동

조를 하는 글들을 많이 썼는데, 여기서의 많은 부분은 그가 카란짜가 이끄는 멕시코 혁명을 동행하며 쓴 글에서 뽑은 것이다.

364 미국의 은행가인 토머스 레이몬트(1870~1948). 그는 J. P. 모건의 파트너였다.

365 제임스 부캐넌 브레이디(1856~1917). 별명이 '다이아몬드 짐 브레이디'라고 할 만큼 보석을 좋아했다. 출신은 어려운 집안 출신이었으나, 철도와 관련된 판매로 돈을 벌기 시작하여 나중에는 주식으로 떼돈을 벌었다. 식성이 엄청 좋아 한 자리에서 십 인분의 식사를 할 정도였다고 한다. 결혼을 하지 않아 그의 모든 돈은 그의 사후 여러 기관에 분산 기증되었다. J. P. 모건이 함부로 건드릴 수 없는 인물이었다.

366 위에 나온 알베르트 백작을 말한다.

367 알베르트 백작이 주영 대사로 있을 당시 주영 러시아 대사를 했던 인물.

368 루마니아의 북동쪽 상업 도시.

369 '명료하고 달콤한 노래'라는 구절은 호머의 『오디세이』에서 오디세우스가 사이렌의 노랫소리를 두고 한 말에서 따온 것이다.

370 베르나르 드 방타두어(칸토 VI, VII을 참조)의 시구에서 따온 것임.

371 카발칸티를 말한다.

372 기원전 1세기의 로마시인 프로페르티우스의 시구에서 따온 것이다. 파운드는 프로페르티우스를 높이 평가하여 『프로페르티우스에게 바치는 송가』를 쓰기도 했다.

373 독일 남서의 브라이스가우 지방의 도시.

374 파운드가 다녔던 펜실베이니아 대학의 로망스어 교수.

375 독일 언어학자(1855~1918).

376 아르노 다니엘. 칸토 VI의 주석 97번을 보라.

377 밀라노에 있는 암브로지안 도서관에 아르노 다니엘의 시 원고가 있는데, 그 원고의 도서관 열람 번호. 파운드는 다니엘의 원고에 나오는 'noigandres'라는 단어의 의미 때문에 고민을 했다.

378 아고스티노 디 두치오. 칸토 IX의 주석 210번을 보라.

379 두 사람 모두 15세기의 이탈리아 화가들.

380 「비너스의 탄생」으로 유명한 보티첼리.

381 레비 교수는 생각다 못해 결국엔 'noigandres'를 'd'enoi gandres'로 읽었다. 'd'enoi gandres'의 뜻이 '권태로움을 막아주리니'이다.

382 칸토 VIII의 주석 162번을 보라.

383 파리시나의 남편인 니콜로 데스테.

384 칸토 X의 주석 223번을 보라.

385 프랑스 문학의 고전인 『롤랑의 노래』에 나오는, 배신의 기사.

386 스페인의 유명한 희곡작가 로페 데 베가(1562~1635)의 『토로의 흉벽』. 토로는 마드리드 북서쪽 도시.

387 『토로의 흉벽』에 나오는 인물로 산초 왕의 친구이다. 산초는 아버지가 돌아가시면서 토로와 자모라를 누이(엘비라)에게 준 것에 불만을 품고 토로에 군대를 이끌고 간다. 거기서 산초는 토로의 흉벽에 나타난 여인이 자신의 누이인줄 모르고 그녀에게 반한다. 알프스는 산초의 동생인 알폰소.

388 동로마제국의 왕비로 남편인 로마누스 3세를 독살해 죽였다.

389 로마의 알베리쿠스 1세의 부인으로, 교황 세르지오 3세의 애인이기도 했다. 그녀는 세르지오 3세 이후의 교황 선출에 막강한 영향력을 행사했다.

390 앞 두 여인과는 달리 누구인지 알 수 없다.

391 단테의 『신곡』 중 「지옥」 제32편은 욕정에 사로잡혔던 이들이 등장하는데, 버질이 단테에게 "저기 헬렌이 보이지 않나" 하는 대목이 나온다.

392 그리스 신화의 바람의 신.

393 아시시의 성 프란시스의 글에서 따온 것이다.

394 호머의 『오디세이』 제9권에 'lotus-eaters'에 대한 이야기가 나온다.

395 칸토 I의 주석 5를 보라.

396 '태양의 딸'이라는 뜻.

397 오디세우스를 7년간 붙들고 있던 요귀. 일설에는 칼립소도 태양신의 딸이라 하는데, 그렇게 되면 키르케와 자매지간이 된다.

398 사이렌의 노랫소리에 현혹되지 않기 위해 오디세우스의 선원들은 귀마개를 했다.

399 아폴로의 가축이 관리되고 있는 섬.

400 아마도 시지스문도 말라테스타에게 표범을 보냈던 군주.

401 시지스문도와 이소타 사이에서 낳은 아들.

402 로마 신화에서의 잠의 신.

403 중세기에 여인들이 머리에 뒤집어썼던 일종의 모자.

404 누구인지 확실히 알 수 없다.

405 그 유명한 메디치 가문의 창시자인 지오반니 디 비치 데 메디치(1360~1429)의 말.

406 코시모 데 메디치(1389~1464). 지오반니 디 비치 데 메디치의 아들로, 메디치 가문을 실질적으로 플로렌스 제일의 가문으로 키운 인물. 별칭이 'Pater Patriae'(나라의 아버지)이다.

407 코시모의 주치의의 아들로, 코시모가 그리스 철학을 공부하도록 밀어주었다.

408 자줏빛이나 자줏빛 옷감은 부의 상징이었다.

409 피에로 데 메디치(1416~69). 코시모의 큰 아들. 코시모가 죽은 후 메디치가를 이끌었는데, 그의 재정고문역을 하던 디오티살비는, 메디치가에게 타격을 입히기 위해, 모든 빚을 다 거두어들이라고 피에로에게 자문을 했다. 그에 따라 행동을 했던 피에로는 시민들로부터 탐욕스런 자라는 손가락질을 받았다. 나중에 디오티살비는 그의 숨겨진 의도가 드러나 플로렌스에서 추방당했다.

410 로로는 피에로의 아들인 로렌조 데 메디치(1449~92)를 말한다. 피에로를 살해하려는 매복조가 길에 있었는데, 로렌조는 그것을 알아채고, 기지를 발휘해 아버지를 무사히 빠져나가게 했다. 아버지의 뒤를 이어 메디치가의 수장이 된 로렌조는 흔히 '위대한 로렌조'라 불린다. 할아버지인 코시모와 더불어 메디치가를 가장 융성시킨 그는 이탈리아의 문예부흥을 이끌어, 다 빈치나 보티첼리 같은 많은 예술가들이 그의 후원을 받았다.

411 니콜로 다 우자노. 플로렌스의 알비찌 가문의 지도자격 인물이다. 알비찌 가문은 메디치 가문이 점점 커지는 것을 막고자 했고, 그래서 지오반니 디 비치 데 메디치가 죽었을 때 그의 아들인 코시모를 제거하려 했지만, 니콜로가 그것을 막았다. 하지만 니콜로가 죽고 그의 아들인 리날도가 알비찌가를 이끌게 되자 리날도는 코시모를 감옥에 넣는데 성공한다. 하지만 코시모는 재판관을 매수하는 데 성공하여 사형을 당하지 않고 추방당하는 정도로 매듭을 짓는다. 얼마 안 있어 리날도가 죽게 되고, 코시모는 다시 돌아온다. 그 이후 알비찌가의 세력은 몰락했다.

412 로렌조와 형제. 플로렌스의 또 다른 유력 가문인 파치가는 로렌조와 줄리아노가 미사에 참여했을 때 그들을 제거하고자 공격했다. 여기서 로렌조는 피해 살아남고, 줄리아노는 살해되었다. 그 후 플로렌스의 민심은 메디치가에게로 돌아왔고, 메디치가에 적대적이었던 가문은 몰락의 길로

접어들었다.

413 칸토 X의 주석 221을 보라.

414 파운드의 할아버지인 새디우스 콜맨 파운드(1832~1914)를 말한다. 위스콘신주의 국회의원도 했고 부주지사이기도 했던 그는 주민들을 위해 철로 건설에 앞장섰다고 한다.

415 미국 제3대 대통령(1743~1826)인 토머스 제퍼슨. 미국 독립선언서의 주저자이기도 한 그는 미국 대통령들 중 가장 존경받는 대통령 중 한 명으로서, 파운드에게도 영웅 같은 존재이다.

416 파운드는 칸토 VIII에서 원문이 이탈리아어인 이 문구를 '일하고 싶을 때 일하고, 놀고 싶을 때 놀수 있게'라고 풀이한 바 있다.

417 버지니아주에 있는 제퍼슨의 집.

418 갈레아조 스포르자. 시지스문도의 적이자 밀라노의 군주이기도 했던 프란체스코 스포르자의 아들.

419 모하메드 2세. 줄리아노 데 메디치의 살해에 관여되었다가 콘스탄티노플로 도망친 반디니를 모하메드 2세가 잡아 로렌조에게 건네주었다. 이집트 술탄과 사자 이야기는 어떤 일을 언급하는 건지 알 수 없다.

420 로렌조의 둘째 아들인 지오반니 디 로렌조 데 메디치(1475~1521)는 후에 교황 레오 X(1513~1521)가 되었다.

421 로렌조는 피사에 대학을 하나 설립하기도 했다.

422 줄리아노가 살해되었던 사건은 파치가가 주도적이기는 했지만, 그 뒤에는 메디치가를 싫어했고, 플로렌스에 적대적이었던 교황 식스투스 IV가 있었다고 알려져 있다. 교황 식스투스 IV는 플로렌스를 다각적으로 압박했는데, 로렌조는 전통적으로 교황과 동맹 관계에 있는 나폴리를 찾아가 나폴리의 군주였던 페르디난드를 설득하여 플로렌스에 평화를 가져왔고, 그 일 이후 로렌조의 성가는 더욱 높아졌다.

423 서로마제국의 왕비였던 갈라 플라키디아(392~450)는 이탈리아의 라벤나에 있는 성당에 묻혀 있다. 파운드는 이 무덤의 장식을 좋아했는데, 이 무덤은 현재 유네스코 세계 유산에 등재되어 있을 정도로 아름답다.

424 악티온. 그리스 북서쪽 항구 도시. 옥타비아누스가 이끄는 해군과 안토니와 클레오파트라의 군대가 맞붙은 해전으로 유명한 곳.

425 미다스는 술의 신인 디오니소스의 양아버지격인 실레누스를 극진하게 잘 대접했다. 그 답례로 미다스는 손을 대는 것마다 금으로 바꿀 수 있게 된다. 하지만 그 결과 음식도 금으로 변해 먹을 수 없게 되자 축복은 저주로 바뀌게 된다. 그 저주를 디오니소스가 풀어주었고, 그 이후 미다스는 재물에 대한 욕심을 버리고 목축의 신인 판의 피리소리를 들으며 지냈다 한다.

426 칸토 IV의 주석 55번을 보라.

427 델로스섬의 강. 밀물과 썰물의 시각이 나일강과 같은 것으로 알려져 있다. 델로스섬은 아폴로 신과 아르테미스 여신의 출생지로 알려져 있다.

428 오디세우스를 붙잡고 있었던 여신 키르케의 또 다른 이름.

429 아마도 태양의 딸?

430 오디세우스를 떠나보내며 키르케는 헬리오스(태양)의 가축이 길러지는 섬에 도착하게 될 것임을 이야기하면서 그 가축이 조금이라도 다치게 되거나 하면 모든 부하 선원들을 다 잃고 고향에도 늦게야 도착하게 될 것이라고 말한다. 파에투사는 그 가축을 돌보는, 헬리오스의 두 딸들 중 한 명의 이름이다. 키르케의 이 예언은 오디세우스가 지하세계에서 만난 테이레시아스가 피를 마시고 한 예언을 연상시킨다.

431 지하세계의 왕인 플루토(하데스)의 또 다른 이름. 플루토는 페르세포네를 납치해 갔다.

432 앞 칸토 주석 414를 보라.

433 프레데릭 웨이어하우저(1834~1914). 독일 태생의 그는 미국으로 이민 와 목재사업으로 크게 번영했다. 그가 창립한 목재 회사는 아직도 전 세계 목재업에서 가장 큰 비중을 차지하고 있다.

434 여기서의 '그'('조')가 누구인지는 정확히 알 수 없다. 대충 빨리 대량으로 생산하지 않으면 수지를 맞출 수 없다는 뜻. 대충 빨리 대량으로 생산하다 보면 위험이 따르는데, 그것이 '생명의 가격'이다.

435 클리퍼드 휴 더글러스(1879~1952). '사회적 신용(Social Credit)' 개념의 창시자이다.

436 존 메이너드 케인스(1883~1946). 20세기 초중반 가장 유명한 영국의 경제학자.

437 존 메이너드 케인스를 말한다.

438 맥밀런 출판사를 말한다. 영국인 시인인 폴그레이브(1824~97)가 편찬한, 『골든 트레저리』는 대중들이 가장 많이 읽는 영시모음집이다.

439 파운드의 왕고모의 성인데, 파운드 자신이 이 성을 한때 쓰기도 했다.

440 아마도 파운드가 만났던 지브롤터의 상인.

441 지브롤터의 바위산 이름이나 여기서는 지브롤터에 있는 카페 이름.

442 지브롤터.

443 아마도 지브롤터의 또 다른 상인.

444 유수프 베나모어라는 사람으로, 파운드가 지브롤터를 여행할 때 가이드를 했던 사람.

445 영국의 왕(1841~1910; 재위 기간 : 1901~10). 지브롤터를 몰래 잘 찾았다고 알려져 있다. 영국 여왕 엘리자베스 II(1926~2022)의 증조부.

446 11세기 비잔틴의 신플라톤주의 철학자.

447 칸토 VIII의 주석 155번을 보라.

448 칸토 X의 주석 241번을 보라. 도서관을 채울 책을 그리스에서 가져오게 했으나 그 책을 싣고 오던 배가 침몰하고 말았다.

449 프랑스산 모터 연료.

450 피에르 퀴리(1859~1906). 부인인 마리 퀴리와 함께 노벨상을 받은 물리학자. 자신의 몸에 직접 실험을 하여 화상을 입었다.

451 그리스 신화에서 우라누스(하늘)와 가이아(땅)을 부모로 하는, 소위 '12 타이탄(거인)들' 중의 하나. 그들 중 막내이면서도 리더격인 크로노스가 아버지인 우라누스를 물리치고 세상을 지배하지만, 크로노스 역시 그의 막내아들인 제우스에게 주신의 자리를 빼앗긴다. 히페리온의 아들이 헬리오스(태양)이다.

452 희랍어 '알리오스'는 세 가지 뜻을 갖는다. 그 자체로는 '바다의'라는 뜻이지만, '태양'을 뜻하는 '엘리오스,' '헛된'을 뜻하는 '마타이오스'와 같은 의미로 쓰이기도 한다.

453 옛날 소아시아의 나라.

454 사실 여기서의 이야기는 히페리온의 아들인 '태양'에 관한 이야기가 아니라 제우스의 아들인 헤라클레스에 관한 이야기이다. 헤라클레스는 해야 할 열 번째의 힘든 일로, 태양의 보트를 타고 게리온의 가축을 찾아 나선다.

455 아마도 파운드가 개인적으로 알았던 어떤 여인.

456 칸토 V의 주석 77을 볼 것.

457 '신의 자리'라는 뜻의, 오베르뉴 지방에 있는 사원.

458 남부 프랑스 스페인 접경 가까이에 있는 산. 12~3세기 알비파라는, 반가톨릭적인 소위 '마니교

파'가 이곳에서 끝까지 남아 저항하다 몰살당한 것으로 유명하다.

459 12~3세기 몽포르 백작. 알비파를 격멸시키는 전투에 참가했다 죽었다.

460 알비파를 격멸시키면서 동시에 남부 프랑스의 소위 'troubadour'라 불리던 가인들도 싸잡아 격멸시켰던 것을 언급한 것이다. 파운드는 이 사건으로 인해 남부 프랑스의 음유시인들의 문화적 전통의 맥이 끊겼다고 보았다.

461 트로이 근처의 나라인 다르다니아의 왕자. 트로이 전쟁 때 트로이와 같은 편에 섰다가 트로이가 망하면서 그곳을 떠났다. 그 이전에 안키세스는 인간 여인으로 변한 미의 여신 아프로디테의 유혹을 받아 아프로디테로 하여금 아이네이아스를 낳게 한다. 아이네이아스는 아버지 안키세스를 업고 불타는 트로이로부터 빠져나간다. 그리하여 지중해를 건너 이탈리아반도에 정착하게 된다. 이 아이네이아스의 먼 후예가 로마를 건설하게 되는 로물루스와 레무스 쌍둥이 형제이다.

462 희랍어로 '그가 죽었어요'의 의미.

463 아프로디테가 사랑했던 미소년. 야생 멧돼지에 받혀 죽었다. 아프로디테는 그의 피에서 아네모네가 피어나게 했다. 또 일설에는 원래는 하얀색이었던 장미가 붉게 된 것은 다친 아도니스를 돕기 위해 달려가던 아프로디테의 발이 가시에 찔리면서 그 피로 붉게 물들게 된 것이라 한다. 어쨌든 죽은 아도니스가 아네모네로 다시 피어난 것을 보고, 사람들은 아도니스를 재생의 의식의 중심인물로 만들었다.

464 아프로디테가 안키세스를 유혹할 때, 자신이 여신임을 숨기기 위해 자신은 프리지아의 왕 오트레우스의 딸이라고 했다.

465 파리시나 말라테스타의 하인. 파리시나에 대해선 칸토 VIII의 주석 162번을 보라.

466 니콜로 데스테의 아들로 아버지가 죽은 후 그 지위를 물려받았다.

467 칸토 XI의 주석 243번을 보라. 시지스문도는 큰아들인 로베르토와 레오넬로의 누이인 마가리타를 정략 결혼시킨다.

468 이탈리아 중부에 있는 소도시.

469 그리스의 펠로폰네소스 반도 남쪽에 있는 섬. 미의 여신 아프로디테를 섬기는 제식이 있었던 것으로 알려져 있다.

470 또는 폴라. 현재 크로아티아에 속한 이스트리아반도의 남쪽 항구 도시.

471 이오니아해에 있는 그리스 섬들 중 가장 큰 섬.

472 이오니아해에 있는 그리스 섬들 중 제일 북쪽에 있는 섬.

473 지중해 동쪽 끝에 있는 키프로스공화국의 해안 도시.

474 예수 그리스도를 배신한 유다가 추후 목을 매 자살했다고 알려진 나무.

475 니콜로 데스테가 예루살렘을 여행했을 때 같이 동행했던 사람으로 그 여행에 대한 기록을 남겼다.

476 파리시나와 우고가 참수되었을 때 같이 참수되었던 우고의 친구.

477 니콜로는 파리시나가 자신에게 했듯 그렇게 남편을 속인 여인들을 참수시켰다.

478 니콜로는 파리시나가 죽은 6년 뒤 살루초 후작의 딸인 리카르다와 결혼했다.

479 프랑스의 왕 샤를 7세(1403~61; 재위 기간: 1422~61). 샤를 7세는 니콜로의 결혼을 축하하는 메시지를 보냈다. '시뇽'은 프랑스의 도시로 샤를이 머물던 곳이기도 했다. '트리무이,''방드와즈,' '라바토' 등은 샤를르 7세의 신하들.

480 니콜로와 리카르다 사이의 아들인 에르콜레 데스테(1431~1505). 이복형들인 리오넬로 데스테와 보르소 데스테의 뒤를 이어 페라라를 통치했다.

481 베네치아와 동맹관계에 있었으면서도 베네치아인들에게 라벤나를 뺏겼다.

482 페라라 통치구역 하에 있던 도시.

483 아마도 로마의 출판인인 게라도 카시니.

484 이탈리아 북부를 관통하는 이탈리아에서 제일 긴 강.

485 신들의 전령 역할을 하는 헤르메스는 아폴로의 가축을 훔치고도 시치미를 뗐다.

486 니콜로 데스테의 아버지.

487 코시모 투라. 페라라 학파를 이끈 화가.

488 아마도 한때 에스테 가문의 궁으로 쓰인 스키파노이아를 소유했던 집안의 부인. 이 건물이 후에 담배공장이 되기도 했는데, '무두질'과 '담배'가 같은 이탈리아어 동사를 공유한 데서 나온 혼동.

489 베니스(베네치아)는 총독이 다스리는 체제였다. 총독은 베니스인들이 선출하는데, 일단 선출되면 종신 총독이 되었다. 하지만 세습은 되지 않았다. 총독을 감독하기 위한 원로회의가 만들어져 있었다.

490 '리알토'는 베니스의 다리가 있는 구역. '로지아'는 탁 트인 홀 같은 곳.

491 지오반니 소란초(1240~1328; 총독 재위 기간 : 1312~28). 베니스 총독들 중 가장 유명한 총독들 중 한 명.

492 시칠리아의 왕 프레데릭 2세(1272~1337; 재위 기간 : 1296~1337).

493 성 마가는 베네치아의 수호성인이다. 성 마가의 날은 4월 25일.

494 14세기 초엽에 베니스에서 활약하던 공증인.

495 소란초 총독의 딸. 남편이 아버지에게 반기를 드는 바람에 쫓겨났다가 아버지가 아프게 되자 귀향이 허락되었다.

496 베니스 원로회의의 멤버들.

497 서력 기원전 1세기에 활약했던 로마의 여성 시인. 케린투스('케린테')라는 남성을 향한 열정을 담은 시들로 유명함. 여기에 그 시구 몇 구절이 인용되어 있다.

498 인간들이 신에 관한 교리들을 만들어내는 것에 대한 파운드의 반응.

499 칸토 XXI의 주석 430번을 보라.

500 지하세계에 있는 불의 강.

501 바빌로니아의 서사시, 『길가메시』에 나오는 인물로서, 대홍수에서 살아남은 후 불멸을 얻게 된다.

502 칸토 XXIII의 주석 464번을 보라.

503 베네치아의 유명한 화가 티치아노(?~1576)를 말한다.

504 베니스에 있는 상업 거리.

505 베니스의 장군.

506 베니스의 귀족.

507 베니스의 화가 지오반니 벨리니(?~1516)를 말함.

508 칸토 X의 주석 240번을 보라.

509 칸토 IX의 주석 178번을 보라.

510 베니스 의회를 대변하던, 로마 주재 대변인.

511 교황 비오 2세를 말한다. 그 당시 베니스는 교황과 말라테스타 가문 사이의 중재자 역할을 하고자 했다.

512 비오 2세와 말라테스타 사이의 중재를 놓기 위해 베니스가 로마에 파견했던 인물.

513 말라테스타 가문이 베니스에 보냈던 특사.

514 성 마가는 베니스의 수호성인이다.

515 베니스의 용병대장.

516 영국의 왕 헨리 6세(1421~71; 재위 기간 : 1422~61, 1470~71).

517 이집트에서 터키에 이르는 지중해 해안 지역.

518 이오니아해에 있는 섬.

519 베니스 총독(1071~84). 실비오라고도 불린다.

520 베니스 총독(1268~75).

521 페라라 영주(캔토 VIII과 IX에 나오는 그 니콜로이다). 4월 25일에 그의 아들 결혼식이 있었다.

522 니콜로 데스테의 절친한 친구.

523 만토바의 지배 귀족. 그의 딸이 니콜로의 며느리로 들어갔다.

524 동로마제국 황제 요한네스 팔레오로구스(1392~1448; 재위 기간 : 1425~48). 칸토 VIII의 주석 153번과 154번을 보라.

525 그리스 남부 펠로폰네소스 반도를 뜻한다.

526 펠로폰네소스 반도의 아래 지역. 스파르타가 그 주요 도시이다.

527 레스보스섬의 도시.

528 아마도 펠로폰네소스의 남서쪽 끝자락에 있는 도시 메토니.

529 흑해의 남부 해안가에 있던 도시국가.

530 칸토 XXI의 주석 406번과 411번을 보라.

531 칸토 VIII의 주석 155번을 보라.

532 베니스가 아드리아해에 대한 지배력을 확보한 것을 기리는 제식에서 베니스 총독은 반지를 바다에 던진다.

533 동로마제국의 황제(재위 기간 : 1143~80). 베니스인들을 물리치던 그는 1176년 패하고 만다.

534 베니스 상업 중심지구. 그곳 대운하에 있는 다리도 역시 같은 이름으로 불린다.

535 베니스 총독(재위 기간 : 1172~78). 교황 알렉산데르 3세로부터 밀랍 대신 납을 봉인하는 데 써도 좋다는 특별 허가를 받았다. 그건 황제들만이 그렇게 할 수 있었다.

536 시지스문도 말라테스타의 아버지. 판돌포와 카를로는 말라테스타 가문의 힘을 넓히기 위해 베니스를 위시한 주변의 세력들과 손을 잡고 일을 해 나갔다.

537 베니스 법령에 따라 창녀들은 표시가 나는 옷차림을 해야 했다.

538 앞의 주석 512번을 보라.

539 헬레스폰트(지금의 다르다넬스 해협)에 있던 도시.

540 칸토 XXI의 주석 411번을 보라. 몇 행 뒤에 나오는 "연도 6962년"에 대해선 알 수 없다.

541 알레산드로 스포르자. 칸토 IX의 주석 175번을 보라.

542 안토니오 피사노. 피사넬로라는 이름으로 더 잘 알려져 있는, 이탈리아의 초기 르네상스, 소위 '콰트로첸토'(15세기)의 대표적 화가들 중의 한 사람. 나중에는 리미니 사원을 만드는 데 시지스문도에게 고용되었지만, 이 당시에는 시지스문도의 최대 적이기도 했던 스포르자 가문에게 고용되어 있었다. 이 당시 시지스문도는 프란체스코 스포르자의 딸과 정략결혼을 한 상태였다.

543 베네치아의 장군이자 총독 자문관 멤버였다.

544 누구인지 정확하게 밝혀져 있지는 않다. 다만 전하는 바에 의하면 그는 로마 황제 디오클레티아누스(재위 기간 : 284~305) 아래에 있던 훌륭한 군인이었으나, 디오클레티아누스가 기독교에 대한 전쟁을 선포하고 기독교를 박해하자 그의 명령을 거역하였고, 그에 따라 투옥과 고문이 그에게 가해졌다 한다. 그를 기리는 교회들이 많이 있다.

545 베네치아에 속한 섬들 중의 하나.

546 칸토 V의 주석 79를 보라. 로렌치노는 알레산드로를 죽인 후 11년간이나 피해 다녔으나, 결국엔 1548년 2월 26일 살해당했다.

547 주베니스 신성로마제국 대사.

548 아마도 화가 로렌초 레온브루노(1489~1537). 곤자가 집안의 후원을 받았다.

549 비토레 카르파치오(1455?~1525?). 베네치아의 유명한 화가. 벨리니의 제자였다.

550 아마도 유명한 건축가 집안인 상갈로의 지오바니 지암베르티.

551 만하임 오케스트라의 지도자였던 크리스티안 카나비히의 큰딸. 아마데우스 모차르트로부터 지도를 받고 있었다. 1777년 그녀를 위한 소나타를 작곡하면서 모차르트는 카나비히 양이 안단테 곡조와 닮았다고 말했다.

552 이 첫 구절들은 카발칸티의 시, 프랑스 민간 노래, 고대 영어로 쓰인 「방랑자」등에서 파운드가 자의적으로 뽑아 합성한 것이다.

553 '포르타구스'란 포르투갈들을 말한다. 영국은 포르투갈의 식민지들을 독일과 나눠 먹으려 하였으나, 독일이 제1차 세계대전을 일으키자 포르투갈에 유화적 제스처를 보냈다.

554 스위스 세균학자(1882~1965). 결핵 백신 발명자.

555 칸토 XXIII의 주석 450번을 보라.

556 프랑스 언어학자 겸 작가(1837~1919). 인간은 개구리의 후예라고 주장했다.

557 시칠리아의 북동쪽에 있는 도시. 1908년에 이곳에서 대지진이 있었다.

558 칸토 III의 주석 32번을 보라.

559 프랑스 작가 프란시스 잠(1868~1938)의 작품에 나오는 인물.

560 영국의 오페라타. 미국 브로드웨이에서 공연된 뮤지컬로서는 20세기 첫 대히트작으로 기록되고 있다.

561 페라라의 한 성당에 있는 돌에 새겨진 문구.

562 '브뤼메르'와 '프뤽티도르'는 프랑스혁명력의 2월(10월 22일에서 11월 20일까지)과 12월(8월 18일에서 9월16일까지)에 해당하며, '페트로그라드'는 지금의 상트페테르부르크인데, 원래의 이름이 상트페테르부르크였던 이 도시는 제1차 세계대전 때 페트로그라드로 이름이 바뀌었고, 러시아 제2차 혁명의 진원지가 되었다. 그것을 기념하여 레닌의 이름을 따 레닌그라드로 불리기도 하였다.

563 미(美)의 3여신.

564 칸토 II의 주석 26번을 보라. 카드모스가 부하들을 죽인 용을 죽이고 용의 이를 뿌리자 거기서 전사들이 생겨 나와 서로 싸우다 5인만이 살아남는다.

565 칸토 VI의 주석 105번을 보라.

566 이탈리아 로마냐 지방 주민.

567 베니스에 있던 오스트리아 출신 의사.

568 산 조르지오는 베니스의 섬. 세니는 아마도 병원 이름.

569 아마도 파운드가 마드리드에서 개인적으로 만났던 프랑스 출신의 화가.

570 미국의 작가인 랠프 월도 에머슨(1803~82).

571 역시 파운드가 마드리드에서 알았던 부인.

572 역시 파운드가 마드리드에 머물 때 알았던, 미국 웨스트버지니아에서 온 자매.

573 이탈리아와 스위스 경계에 있는 도시.

574 미국 캔자스주의 주도.

575 이탈리아 코모호수에 있는 도시.

576 예전에는 오스트리아에 속했었지만, 지금은 이탈리아에 속한 해변 도시.

577 뉴욕 맨해튼의 한 지역.

578 '피 흘리는 캔자스'라는 표현은 1854년의 캔자스-네브래스카 법령에 뒤이은 수년간에 걸친 내전 상태에서 온 것이다. 즉 노예제도를 지지하는 세력과 폐지하려는 세력 간의 다툼을 말한다. 후에 대통령이 된 에이브러햄 링컨이 이 다툼 사이에서 명성을 얻게 된 것이었는데, 그 자신이 캔자스주 출신이다.

579 파운드가 다녔던 펜실베이니아 대학의 학생으로서, 파운드가 사사하고 있던 레너트 교수(로망스어 전공) 수업에 파운드와 함께 출석했었다. 프란츠 리스트가 어린 시절의 그녀를 무릎에 앉힌 적이 있었다 한다.

580 오스트리아 극작가 겸 시인(1791~1872).

581 피아노의 대가 프란츠 리스트(1811~86).

582 영국 여배우인 플로렌스 파(1860~1917)를 말한다. 그녀는 여성해방 운동의 1세대에 속한다. 버나드 쇼의 여인이기도 했던 그녀는 시인인 예이츠에게도 뮤즈의 역할을 했었다. 암을 앓던 그녀는 실론(지금의 스리랑카)에서 죽었다.

583 윌리엄 브룩 스미스. 파운드가 필라델피아에서 알고 지냈던 화가.

584 이 세 명들 중 확실히 신원 확인되는 이는 조 브롬리인데, 그는 펜실베이니아 대학생이었다. 나머지 두 명은 아마도 파운드가 알았던 인물들.

585 그 당시 파운드의 이웃.

586 팔레스타인 해변 도시.

587 뉴욕 헤럴드 트리뷴 파리판.

588 프랑스에서 추방된 미국인인데, 일설에는 체로키 인디언이라고 한다.

589 서인도제도에 있는 프랑스령의 섬.

590 12세기 프로방스 지방의 음유시인인 마르카브뤼.

591 아마도 제 제1차 세계대전 때 갈리폴리 전투에 가담했던 군의관.

592 칸토 XXI의 주석 414와 XXII의 주석 432를 보라.

593 무엇을 지칭하는 말인지 알 수 없다. 독일어 뜻에 따라 유추해 본다면, '펜실베이니아 시민'의 뜻이 된다.

594 아마도 필리포 마씨모 란첼로티(1843~1915).

595 존 딘 폴 2세 준남작(1802~68).

596 피에르 벨(1647~1706). 프랑스 철학자. 18세기 계몽주의에 영향을 주었다.

597 찰스 레바인(1897~1991). 제1차 세계대전의 물자를 사고팔면서 30세에 거부가 되었다. 대서양을 비행기로 횡단하는 최초의 조종사가 되고자 했으나, 린드버그에게 그 영예를 뺏겼다. 대신 그는 다른 조종사가 모는 비행기를 타고 대서양을 횡단한 최초의 여객으로 기록되어 있다.

598 아마도 루스 엘더(1902~77). 최초로 대서양을 횡단하고자 시도했던 여류 조종사. 그러나 실패로 끝났다. 그녀와 또 다른 조종사였던 조지 홀드먼은 아조레스 섬 근처에서 구조되었다.

599 일리노이주의 도시.

600 월터 힌치클리프(1894~1928)는 제1차 세계대전에서 영국 공군의 영웅이었다. 그는 그 전쟁에서 눈 하나를 잃었다. 레바인이 유럽에서 미국으로 다시 돌아올 때 힌치클리프를 조종사로 쓰려고 했다고 하는데, 불발로 끝났다. 대신 그는 대서양을 횡단한 최초의 여성이 되고 싶어 했던 영국의

여배우 엘지 맥케이와 함께 1928년 비행기를 타고 떠났다가 실종되었다.

601 엘지는 세력 있는 아버지의 반대에도 불구하고 동료 배우 데니스 윈덤과 결혼했었지만, 몇 년 뒤 그 결혼은 파기되었다.

602 피틸리아노 군주였던 알도브란도 오르시니 백작의 정부. 알도브란도 오르시니에 대해선 칸토 IX 의 주석 194, 그리고 칸토 X의 주석 215번을 보라.

603 알도브란도 오르시니의 큰아들인 니콜로는 아버지의 정부와 그녀의 아들을 죽였다.

604 길 이름.

605 칸토 VI의 주석 107번을 보라.

606 쿠니차의 바로 위 오빠. 그는 산 제노 성에서 자신이 다스리던 주민들로부터 배신을 당해 붙잡히 고 죽임을 당한다.

607 쿠니차는 카발칸티의 집에 머물 때 농노를 해방시켰는데, 여기서의 카발칸티는 그 유명한 로마 시인 카발칸티의 아버지를 말한다.

608 즉 사랑의 별인 비너스(금성).

609 쿠니차는 소르델로가 쫓겨난 후 보니오라는 기사와 오랫동안 정분을 나누었으나, 보니오가 알베 리크를 위해 싸우다 죽자 포르투갈 브라간자 지방의 유지 집안의 사람과 결혼하였는데, 그도 죽 자 베로나의 귀족과 결혼했다고 한다.

610 '젊음'이라는 뜻의 라틴어인데, 의인화해서 쓴 것이다.

611 아일랜드의 유명한 시인 예이츠의 역사관에 따르면 인류의 역사는 2,000년을 주기로 원추 형태 로 도는데, 가장 큰 원이 그려지면, 그 순간에 그 가장 큰 원 안에서 점 하나가 생겨나 반대 방향으 로 원추를 만들며 진행한다고 한다.

612 누구인지 알 수 없다.

613 『종의 기원』을 쓴 찰스 다윈(1809~82).

614 단테의 시에서 따온 구절.

615 "술과 여자와 노래를 사랑하지 않는 자는 평생 바보로 남는다"는 독일어 구문에서 나온 것. 확인 되지 않은 일설에는 놀랍게도 종교개혁자 마틴 루터의 말이라 한다.

616 소르델로의 시에서 따온 구절.

617 칸토 VI의 주석 97번을 보라. 하지만 여기서의 아르노는 아르노 다니엘을 지칭하는 것이 아니라 T. S. 엘리엇을 지칭하는 것이다. 엘리엇은 '죽음 뒤의 삶'을 두려워했기 때문에 기독교와 같은 종 교에 귀의하려 했던 것이라고 파운드는 보고 있다. 파운드는 공자는 죽음 뒤의 삶을 두려워하지 않았다고 했다. 또한 엘리엇의 여성기피증 내지는 여성혐오증을 파운드가 암시하고 있다.

618 아마도 난파한 오디세우스를 구조해 준 나우시카아.

619 중부 이탈리아 움브리아 지방의 도시.

620 페루지아에 있는 산 피에트로 성당.

621 첫 행에서 18행까지는 초서의 「연민에 대한 불평」을 기초로 파운드가 나름대로 재창작한 것이다.

622 즉 달과 사냥의 여신인 디아나.

623 키프로스(사이프러스) 섬의 해변 도시. 아프로디테(비너스) 여신의 숭배지. 이 여신은 절름발이 신 인 헤파이스토스(불칸)와 결혼했으나, 군신인 아레스(마르스)의 연인이기도 했다.

624 칸토 III의 주석 38번을 보라.

625 포르투갈의 수도 리스본.

626 루크레치아 보르지아(1480~1519). 나중에 교황 알렉산데르 6세가 되는 로드리고 보르지아의 딸.

로드리고와 그의 아들 체자레 보르지아는 정치적 이유로 루크레치아를 니콜로 데스테의 손자가
되는, 페라라의 군주 알폰소 데스테와 세 번째로 결혼시키려 했는데, 데스테 집안에서는 대놓고
반대는 못하고 대신 대단히 많은 지참금을 요구했다.

627 '시저(케사르)'와 '체자레'의 발음이 비슷한 것을 가지고 파운드가 말장난한 것이다. 또한 체자레
의 영향력 아래 있었던 도시 파노와 '사원'이라는 뜻의 라틴어인 'fanum'의 음이 비슷한 것도 이
용한 것이다.

628 체자레 보르지아의 또 다른 작위.

629 활자 도안가.

630 베네치아의 유명한 인쇄업자. 이탤릭체라는 활자체가 그의 고안이었다고 전해진다.

631 파노에서 활약하던 유대인 인쇄업자.

632 손치누스가 체자레를 위해 인쇄했던 페트라르카의 시집.

633 로렌조 데 메디치. 칸토 XXI의 주석 410번을 보라. 로렌조는 피렌체에 로렌조 도서관도 만들었다.

634 교황 알렉산데르 6세.

635 소위 "제퍼슨 칸토들"(XXXI-XXXIV)의 첫 칸토이다.

636 전도서(천주교에서는 '코헬렛'이라 부른다) 3장 7절에 나오는 구절이다. 시지스문도 말라테스타의
개인적 모토이기도 하여, 그는 이 구절을 리미니 사원에 새겼다.

637 미국의 제3대 대통령 토머스 제퍼슨(1743~1826; 재위 기간 : 1801~09). 독립선언문의 주저자이기
도 하다. 말라테스타와 마찬가지로 파운드의 영웅들 중 한 명이다. 칸토 XXXI에 나오는 제퍼슨은
주프랑스 미국대사 시절의 제퍼슨이다.

638 워싱턴 동상을 좀 더 고전적으로 만드느냐 아니면 좀 더 현대적으로 만드느냐에 대한 논의를 언
급한 것.

639 주 대표자 회의란 미국이 독립운동을 하던 시절 각 주의 대표들이 모이던 회담을 뜻한다. 초기에
는 필라델피아에서 열렸으며, 1776년에는 독립선언서를 선포하였다. 아나폴리스는 메릴랜드주
의 항구도시로서, 1783~84년 주 대표자 회의가 열리던 곳이었다.

640 빅 비버는 펜실베이니아주 서쪽에 있는 강이고, 카요호가(또는 쿠야호가)는 오하이오주에 있는 강
이다. 제퍼슨은 5대호의 하나인 에리호와 오하이오를 운하로 연결하는 구상을 가지고 있었다.

641 제퍼슨은 스크루로 추진되는 배를 보러 가서는 그 스크루가 배 밑에서 작동하면 더 좋겠다고 했
다는데, 부시넬은 그보다 앞서 잠수함을 발명했다고 알려져 있는 인물.

642 존 애덤스(1735~1826)는 조지 워싱턴에 뒤이어 미국의 제2대 대통령(1797~1801)을 지냈다. 역
시 파운드의 영웅들 중 한 명.

643 벤저민 프랭클린(1706~90)은 미국의 정치가, 과학자, 저술가로서 독립선언서의 초안을 쓴 인물
이기도 하다. 미국의 지성을 대표하는 인물들 중 한 명이다.

644 정치사상가(1737~1809). 원래는 영국 태생이나, 미국으로 건너와 미국의 독립혁명에 불을 지핀
인물이다. 프랑스혁명에도 큰 영향을 주었다. 1802년 대통령이던 제퍼슨의 권유로 다시 미국으
로 돌아온 그는 뉴욕에서 생을 마감했다.

645 미국의 하원의원(1762~1814).

646 제퍼슨은 먼로에게 보낸 1785년 8월 2일 자 편지에서 영국 신문들이 미국의 상황에 대해 악의적
인 거짓말을 늘어놓고 있다고 불평했다.

647 제퍼슨은 버지니아주 리치먼드에 새로 세워질 국회 의사당이 프랑스 남부 도시 님에 있는 메종
카레 사원을 모델로 하기를 바랐다.

648 제퍼슨 밑에서 국무장관을 역임했던 제임스 매디슨(1751~1836)은 제퍼슨의 뒤를 이어 미국 제4
대 대통령(1809~17)을 지냈는데, 로버트 스미스는 그 밑에서 국무장관(1809~11)을 지냈던 인물
이었다. 스미스를 마음에 들지 않아 했던 매디슨은 결국 그를 물러나게 했다.

649 제퍼슨은 프랑스에 진 빚을 갚기 위해 네덜란드로부터 돈을 애덤스가 빌려 올 수 있으리라 말하
고 있다. '그 나라'란 네덜란드이고, '이 나라'는 프랑스이다. 암호처럼 되어 있는 부분은 제퍼슨이
'*****'라고 한 것을 파운드가 제멋대로 친 것이다. 아마도 제퍼슨은 '파산'을 뜻하고자 하였던 것
이 아닌가 짐작할 뿐이다.

650 프랑스의 극작가이자 외교가(1732~99). 희곡『세비야의 이발사』와 『피가로의 결혼』(모차르트의 오
페라로 유명해진)의 작가로도 널리 알려진 그는 미국에서 독립혁명이 시작되었을 때 프랑스의 밀
사로 파견되어 미국에 무기를 몰래 조달해 주는 역할을 했었다. 후에 그는 자신의 역할에 대해 보
상을 받기를 원했는데, 미국은 미루다가 나중에 그의 후손들에게 어느 정도 보상해 주었다.

651 앞서 나왔던 대로, 제퍼슨은 오하이오 운하를 건설하고자 했다.

652 민주주의의 신봉자인 제퍼슨은 유럽의 왕권 제도(군주제)를 비판했다.

653 프랑스의 군인 겸 정치가(1757~1834). 미국의 독립혁명 때 미국을 위해 싸웠다.

654 존 애덤스의 아들(1767~1848)로, 미국의 제6대 대통령(1825~29)을 지내게 된다.

655 프랑스의 경제학자(1727~81).

656 프랑스의 사회 개조론자(1747~1827).

657 프랑스의 철학자, 수학자, 정치학자(1743~94).

658 미국의 외교관(1754~1812). 몬티첼로는 버지니아주에 있는, 제퍼슨의 거주지.

659 스위스 태생의 미국 정치가(1761~1849). 주불 미국대사, 주영 미국대사 등을 역임했고, 매디슨
대통령 밑에서는 재무장관도 했다. 갤러틴과 로버트 스미스 사이가 안 좋았다고 하는데, 제퍼슨
은 그 중재를 서고 싶어했다.

660 18세기 미국의 무역상. 그는 『아메리칸 인디언의 역사』(1775)라는 책을 썼는데, 그 책에서 그는
아메리칸 인디언들이 유대인들의 후예라는 논지를 폈다.

661 미국의 정치가(1773~1823). 제퍼슨의 조카이자 사위.

662 미국의 판사(1773~1837). 제퍼슨의 조카. 제퍼슨이 1773년의 상황을 이야기하는 대목. 독립혁명
을 하기 전 미국의 각 지방과 접촉하는 방법을 의논한 것이다. 패트릭 헨리(1736~99)는 그 당시
미국의 독립을 주창하는 애국적 연설로 유명했다. 프랭크 리(1734~87)와 헨리 리(1756~1818)는
그 후 주 대표자 회의의 멤버가 되었다.

663 애덤스가 제퍼슨에게 보낸 편지들 중의 하나에서 애덤스는 로마의 성 베드로 성당이 레오 10세
의 탐욕으로 만들어진, 인간의 위선을 극명하게 보여주는 한 예라고 말했다.

664 애덤스가 제퍼슨에게 보낸 또 다른 편지에서 애덤스는 인간의 이성이나 양심이라는 것이 있다고
는 믿지만, 그것들이 인간의 열정과 상상력에는 못 미친다고 말했다.

665 제퍼슨은 옛 필사본이 성경으로 번역되면서 오역되는 바람에 생긴 실수가 계속되고 있다고 말했다.

666 제퍼슨은 애덤스에게 보낸 한 편지에서 나폴레옹 보나파르트를 아무것도 모르는 무식쟁이 찬탈
자로 비난하고 있다.

667 제퍼슨의 이런저런 편지들에서 인용이 많이 되어 있다.

668 앞 칸토에 나온 보마르셰 소유의 배 이름(포세이돈의 아내이자 바다의 여신의 이름). 이 배에 미국독
립혁명군들에게 전해질 무기들이 실려있었다.

669 펠로폰네소스 반도의 옛 이름.

670 지중해의 항구 도시들.

671 영국에 저항하고 있던 인도의 마라타족과의 관계를 맺기 위해 프랑스 정부가 인도에 파견했던 인물.

672 인도의 왕(1722~1782). 그는 영국에 성공적으로 저항하고 있었다.

673 포르투갈의 요세프왕이 재위 시절에는 영국과 포르투갈이 좋은 관계를 유지하고 있었으나 1777 년 요세프왕이 죽은 이후로 세력을 차지한 정권은 영국과의 관계를 끊고자 했다.

674 아론 버(1756~1836). 토머스 제퍼슨과 미국의 세 번째 대통령 자리를 놓고 경쟁했던 인물이다. 대통령 선거인단 투표에서 제퍼슨과 동률을 이루게 됐는데, 우여곡절 끝에 제퍼슨이 대통령으로 버가 부통령으로 선출이 되었다. 부통령을 마친 후의 행적이 문제가 되어 반역죄로 기소되었었 으나 무죄로 풀려났다. 제퍼슨은 버가 오하이오 운하를 만든다는 구실로 수백 명의 사람들을 끌 어들이고자 했는데, 버가 그들과 함께 무장봉기를 일으키려 했던 것이라고 생각했었다. 버가 무 죄로 풀려난 것에 대해 법관에 대한 제퍼슨의 비판적 견해가 표현되어 있다.

675 중농주의를 표방했던 제퍼슨의 관심이 표현된 구절들.

676 러시아 황제 알렉산더 1세(1801~1825).

677 제퍼슨이 러시아 전권대사로 임명했던 인물로 윌리엄 쇼트(여기서 "당신"으로 언급되는 인물)라고 있었는데, 제퍼슨의 후임 대통령이었던 매디슨이 쇼트를 재임명하려 하자 상원이 재임명을 거부 한 일을 언급하고 있다.

678 제임스 로날드슨은 필라델피아에 활자 주조 회사를 차린 사람으로 활자 주조에 필요한 금속인 안티몬을 가져올 수 있게 해 달라는 제퍼슨의 편지를 가지고 스페인으로 갔었다.

679 윌리엄 존슨(1771~1834). 제퍼슨이 임명했던 대법원 배석 판사. 존슨에게 보낸 편지에서 제퍼슨 은 유럽의 전제군주제에 비판을 가하고 있다.

680 유럽의 전제군주들에 대한 제퍼슨의 또 다른 비판.

681 존 마샬(1755~1835)은 대법원장이었다.

682 제퍼슨은 애덤스에게 보낸 한 편지에서 뇌의 기능에 대해 이야기하면서 뇌가 없으면 동물은 전 혀 생각을 할 수 없는지를 묻고 있다. 파운드는 애덤스가 제퍼슨에게 보낸 편지에서라고 거꾸로 적고 있다.

683 제퍼슨이 유럽의 전제군주들의 어리석음과 광기를 나열하고 있다. 영국의 조지 3세 때 미국이 독 립했다. 조지 3세는 말년에 정신병과 치매에 걸렸다.

684 러시아의 예카테리나 대제를 말한다. 뇌졸중으로 쓰러졌지만, 일으켜 세웠을 때는 이미 회복할 수 없었다. 제퍼슨은 러시아의 중흥을 이끈 예카테리나 2세이지만 좀 더 살았다면 이성을 잃었을 것이다라고 말하고 싶었던 것이다.

685 "사자가 쉬고 있을 때의…… 사자의 모습으로"는 단테의『신곡』중「연옥」편 여섯 번째 칸토에 나 오는 구절로 소르델로를 묘사한 구절이다. 소르델로와 버질, 그리고 단테는 서로 헐뜯으며 갈라 진 이탈리아를 한탄하고 있다.

686 매사추세츠주의 도시. 존 애덤스와 그의 아들 존 퀸시 애덤스(미국의 6대 대통령이 되었다)의 고향. 첫 9줄은 존 애덤스가 제퍼슨에게 보낸 편지에서 인용한 것이다.

687 패트릭 헨리는 "자유가 아니면 죽음을 달라"는 말로 유명한 미국의 애국자이다.

688 애덤스는 많은 이들이 문맹인 사회에서는 민주주의가 실현 불가능이라고 말하고 있고, 또한 비 실제적인 추상적 관념 — 이것이 나폴레옹이 말한 "이데올로기"의 의미이다 — 으로서의 민주주 의도 배격하고 있다.

689 B.C. 6세기경의 시인. 그는 인간사에서의 귀족의 가치를 보다 나은 새끼들을 낳아주는 순수 종마의 가치에 비유했다.

690 미국의 법률가이자 정치가(1746~1813). 미국의 초대 외무장관이었고 주불 대사도 역임했다.

691 조지 워싱턴의 부관을 지낸 장군. 메리노양을 잘 길렀던 것으로 소문이 나 있었다.

692 땅과 돈에 눈먼 탐욕에 바탕을 둔 것이 아닌 보다 나은 양질 ─ 메리노양은 양 중에서도 양질의 양이다 ─ 의 정치를 바라는 애덤스의 마음이 읽히는 대목이다.

693 마르크스의 『자본론』 제1권 제3부, 10장 2항에 나오는 구절로 "이것"은 생산 수단.

694 제퍼슨은 한 편지에서 영국군보다 미국 독립군의 사상자가 훨씬 적은 이유로 이렇게 이야기했다.

695 토스카나 대공이란 수전노로 유명했던 찰스 벨리니를 말하는데, 제퍼슨은 애덤스에게 독립운동 자금을 벨리니에게도 한번 부탁해보라고 이야기하고 있는 것이다.

696 벤저민 프랭클린(1706~1790). 프랭클린은 유럽에서 특히 인지도가 높았기 때문에 벨리니에게 이야기를 할 때 프랭클린의 추천서가 있는 게 현명할 것이라는 말을 하고 있다.

697 18세기 프랑스 철학자.

698 철학자들이 궤변을 이용하고 있다고 애덤스는 생각했다.

699 렉싱턴은 매사추세츠주의 도시로 여기서 독립전쟁이 시작되었다. 하지만 이미 그 전에 사람들의 마음에서 독립은 싹트고 있었다는 말.

700 즉 나폴레옹.

701 올리버 크롬웰. 청교도 혁명의 지도자. 그의 공화정은 오래가지 못했다. 왕정복고가 된 이후 그의 시체는 파내어져서 참수되었다.

702 14세기 영국의 농민 반란의 지도자. 리처드 2세의 군인들에게 죽임을 당했다.

703 15세기 켄트 지방 반란의 지도자. 역시 실패로 끝나고 말았다.

704 워털루에서 나폴레옹을 격파한 유명한 장군.

705 전쟁의 소용돌이 속 암울하고 울적한 상황에서 문학책을 읽어야 별로 도움이 되지 못했다는 말. 카드무스가 뿌린 용의 이에서 군사들이 튀어나왔다는 그리스 신화를 읽어 봤자 현실의 전쟁 상황에 어떤 도움이 되는지 회의하는 말.

706 독립전쟁에 참여했던 용사들을 정착시키려는 계획을 말함.

707 마르크스의 『자본론』 제1권, 4부에 나오는 글로, 어린아이들의 노동력 착취에 대한 글이다.

708 벨기에 수상(1847~1852).

709 영국의 외교관.

710 어린아이들의 노동 시간을 통제한 법.

711 홉하우스는 어린아이들의 노동 시간을 통제하는 법을 지지한 남작으로, 그의 공장 조례에 의하면 공장주는 이 조례를 관장하는 치안판사가 될 수 없도록 규정하고 있다.

712 홉하우스 공장 조례의 주감독관이었다.

713 이 대목과 다음에 나오는 두 대목들은 소련의 외교관이었던 그리고리 베세도브스키의 『한 소비에트 외교관의 비밀수첩』에서 따온 것이다.

714 왕 칭웨이(1855~1944). 중국의 정치가. 장개석의 국민당의 좌파 지도자였으나 국민당에서 떨어져 나와 1940년 남경 정부 ─ 실제로는 일본의 지배를 받는 ─ 의 수반이 되었다. 스탈린의 친구가 왕을 혁명가로 교육시키려 했으나 왕의 성격상 그럴 수 없었다는 대목.

715 영국의 은행.

716 베세도브스키가 러시아의 부패한 관리들의 행태와 스탈린의 경제 정책을 싸잡아 비판하는 대목.

717 여기서의 '그'는 미국 연방준비은행의 이사장이었던 W. P. G. 하딩을 말한다.

718 아이오와주 출신 상원의원. 몇몇 대기업들만이 정보를 미리 알아 돈을 벌었다는 점을 꼬집고 있다.

719 스위프트 앤드 아머는 미국의 정육업 회사이고 싱클레어는 정유 회사. 이 회사들은 일반인들은 모르는 연방준비은행의 내부정보 — 경기침체가 온다는 것과 이자율이 내려갈 것이라는 것 — 를 알았고, 그에 따라 막대한 돈을 미리 대출받았다.

720 존 퀸시 애덤스의 일기에서 인용이 많이 되어있다.

721 컬럼비아 대학교 교수를 지냈던 인물로 폭넓은 분야에 대한 지식을 가지고 있었다. 제퍼슨과 이 교수와의 대화 자리에 존 퀸시 애덤스가 참석했었다.

722 제퍼슨 다음의 대통령이었던 매디슨의 임명에 따라 퀸시 애덤스는 러시아 전권대사로 떠났는데, 흑인 하인 한 명을 데리고 갔다고 하며, 러시아의 알렉산더 황제를 접견한 자리에서 러시아의 평화와 유럽과 분리된 러시아의 상황을 이해한다는 말을 하였다.

723 그 당시 러시아의 외무장관. 러시아가 영국을 좋아하는 하지만 영국이 해상에서의 권세를 너무 부리므로 영국의 상대가 될 만한 다른 무역 국가가 필요로 한데, 미국이 그런 국가가 되기를 희망한다고 함.

724 18세기 프랑스 시인(1738~1813). 프랑스대학 교수로 있었으나 프랑스대혁명이 일어나면서 모든 지위를 잃고 수도원으로 들어갔다. 말년에는 다시 교수직을 되찾았다.

725 프랑스가 미국에 항구를 내어주지 않는다는 베를린 조약을 파기함으로써 영국과 미국과의 관계를 개선해 줄 수 있을 거라는 퀸시 애덤스의 말.

726 프로이센 도시 틸지트에서 맺어진, 나폴레옹과 알렉산더 황제 사이의 평화 조약. 1812년 깨졌다.

727 알렉산더 대왕의 어머니와 부인.

728 평화 조약이 깨지고 나폴레옹은 러시아를 침공해 들어갔다. 나폴레옹의 군대가 더 우위에 있었지만, 러시아가 믿는 것은 따로 있었다 — 즉 넓은 땅덩어리와 시간. 나폴레옹의 군대는 결국 추위와 군량 부족으로 퇴각해야만 했다. 나폴레옹은 러시아와의 이 전쟁을 겪으며 전쟁에서 이겨내야만 하는 자연의 4대 요소 — 물, 땅, 공기, 불 — 에 진흙을 하나 더 추가했다고 알려져 있다.

729 레닌그라드 근처에 있는 읍. 황제의 거처가 있었다.

730 주러시아 영국 대사. 러시아를 반나폴레옹 연합에 끌어들였다.

731 프랑스의 유명 인사(1766~1817). 그녀의 주변에는 많은 문인들과 명사들이 들끓었다.

732 칸토 XXXI의 주석 659번을 보라.

733 미국의 정치가. 갤러틴과 더불어 영국과 협력하여 나폴레옹과의 전쟁을 끝내게 하는 데 공을 세웠다.

734 『타메란』은 독일 오페라 작곡가 페테르 빈터의 오페라. 『텔레마크』는 프랑스 작곡가 브왈디우의 발레곡. 쫓겨났던 나폴레옹이 1815년 2월 엘바섬에서 탈출해서 파리로 들어왔는데 그때의 상황을 퀸시 애덤스가 기록한 것으로, 그 소식을 들을 때 그는 오페라를 보고 있었다.

735 프랑스 북동쪽 도시로 이곳을 거쳐 나폴레옹이 파리로 들어왔다.

736 미셸 네. 나폴레옹의 오른팔이라고 할 정도로 나폴레옹 밑에서 유명한 장군이었는데, 나폴레옹이 엘바섬으로 쫓겨나자 부르봉 왕가에 충성을 맹세했었지만, 엘바에서 탈출한 나폴레옹이 다시 많은 이들의 지지를 얻자 나폴레옹 편으로 다시 돌아섰다. 소위 "백일천하"가 끝나고 나폴레옹이 다시 실각하여 헬레나섬으로 쫓겨난 다음에 붙잡혀 총살형 당했다. 총살형 당할 때 군인들에게 발사 명령을 스스로 내렸던 유명한 일화가 남아 있다.

737 나폴레옹의 아들. 나폴레옹이 아들을 명목상의 로마 왕으로 임명했다.

738 파리에 있는 궁. 부르봉 왕(이 당시에는 루이 18세)이나 나폴레옹이나 다 자신의 주거처로 이용했다.

739 북프랑스의 도시.

740 퀸시 애덤스가 영국과 무역 협정을 맺고자 영국에 건너갔을 때 학자이자 의원인 제임스 맥킨토시 경과 식사를 했을 때의 대화. 맥킨토시는 프랑스혁명 옹호자였다. 새뮤얼 애덤스나 제임스 오티스나 미국 독립혁명의 핵심인물들이었다.

741 퀸시 애덤스가 뉴욕에 들렀을 때 성대한 환영을 받았다. 애스터는 모피업으로 재산을 축적한 인물. 태머니 홀은 정치력이 컸던 태머니 협회의 뉴욕 본부.

742 그 당시 주미 스페인 대사. 스페인 정부가 플로리다를 미국에 양도하는 조약을 성사시켰다.

743 그 당시 주미 영국 대사.

744 (1769~1828). 뉴욕지사를 두 번이나 연임했다. 1812년 대통령 선거에 나섰지만 실패했다.

745 은행들이 대중을 기만하는 것에 대한 비판.

746 존슨 상원의원이 먼로 대통령과 퀸시 애덤스를 설득하여 자기 친구인 뒤에인(언론인이었다)을 남미에 무기 판매 중개인으로 앉히고자 하였다.

747 제임스 먼로는 제임스 매디슨에 이어 미국의 제5대 대통령(1817~1825)을 지낸 인물이다. 퀸시 애덤스는 그 밑에서 국무장관을 지냈고, 먼로에 이어 제6대 대통령이 되었다. 중립이라는 정책과는 달리 미국은 은밀하게 남미의 혁명을 지원하고자 했다.

748 먼로가 연임을 구상할 때 부통령의 자리에 많은 사람들의 이름이 오르내렸다.

749 미국의 정치가로 먼로가 연임하려 할 때 부통령 자리에 하마평이 있었다. 하지만 원래 먼로 밑에서 부통령을 하던 다니엘 톰슨이 그대로 부통령직을 계속했다. 헨리 클레이는 먼로 다음의 대통령 선거에서 퀸시 애덤스를 밀었고, 퀸시 애덤스 밑에서 국무장관을 지냈다.

750 퀸시 애덤스 밑에서 부통령을 지냈다. 하지만 애덤스와 많은 면에서 서로 이견을 표출했다. 남부의 가치관을 대변하는 인물로 노예제도도 옹호했다.

751 미국의 언론인 겸 외교관.

752 퀸시 애덤스의 큰아들.

753 클린턴과 게리는 독립의회 멤버들. 퀸시 애덤스는 나라의 위대한 인물들이 죽은 후 홀대받는 것을 비판했다.

754 먼로 대통령 밑에서 퀸시 애덤스는 그 유명한 '먼로 독트린' — 유럽의 열강이 미국뿐 아니라 남미에서도 손을 떼고 각국의 독립적 지위를 인정하라는 독트린 —을 만들어냈다.

755 칸토 XXXI 주석 653번 참조.

756 퀸시 애덤스는 대통령 선거인단의 과반수를 얻지 못한 세 명의 대통령 후보자들(애덤스, 앤드루 잭슨, 윌리엄 크로포드)을 두고 의회가 투표를 해서 대통령이 된 케이스이다. 그래서 의회의 힘에 휘둘려서 자신의 뜻(예컨대 교육 개혁)을 잘 이루지 못하는 경우가 많았다.

757 그 날은 군대 내부의 문제로 시끄러운 날이었다. 퀸시 애덤스는 식물을 보며 마음의 평온을 얻고자 했다.

758 운하 회사와 철도 회사 간의 다툼에 대한 애덤스의 답변.

759 영국의 작가 존 에벌린이 쓴 수목 재배에 관한 책.

760 애덤스가 1828년 대통령직에서 물러날 때 그의 밑에서 국무장관을 지낸 클레이가 했던 말.

761 하층민 출신의 그녀는 국방장관이 되는 존 헨리 이튼의 부인이 되었는데, 다른 각료들의 부인들이 그녀와 어울리는 것을 거부하자 어쩔 수 없이 이튼은 국방장관직을 사임하게 되었다. 퀸시 애덤스와 그다음 대통령인 앤드루 잭슨 밑에서 연이어 부통령을 지냈던 캘훈의 부인은 이튼 부인

과 어울리기 싫다고 아예 워싱턴에 오지 않고 있었다.

762 앤드루 잭슨에 이어 미국의 제8대 대통령이 된 인물인데, 이 당시 잭슨 밑에서 국무장관을 하고 있었고, 잭슨 대통령의 뜻을 따라 이튼 부인을 옹호하고 있었다.

763 미국 중앙 연방 은행의 장으로서 잭슨의 은행 정책과 충돌하고 있었다.

764 애덤스는 대통령직을 그만둔 후 하원의원에 출마하여 당선되었다.

765 미국의 법률가이자 정치가로 비들과 마찬가지로 잭슨의 금융 정책에 반대를 하고 있었다.

766 영국 여인으로 『정치 경제의 예시들』의 저자(애덤스는 제목을 잘못 쓰고 있다.).

767 르가레는 미국의 정치가. 북부의 노예폐지론자들이 남부의 흑인 노예들에게 반란을 부추기는 설교를 한다면, 그에 대한 대응으로 북부의 자본가들에게 노동자들이 반란을 일으키도록 하는 설교를 하겠다라고 하는 내용인데, 실제로는 르가레가 말한 것은 아님.

768 칼뱅주의자들과 유니테리언파와의 논쟁.

769 밴 뷰렌에 반대하였고, 밴 뷰렌 다음의 대통령들인 윌리엄 해리슨과 존 타일러를 지지한 계층. 티피카누는 인디애나주에 있는 소도시로, 이곳에서 군인 시절의 해리슨은 토박이 인디언들과 전투를 벌여 승리함으로써 명성을 얻게 되었다.

770 조지아주는 체로키족의 모든 소유재산들을 빼앗고 그들을 몰아내었는데, 남부의 주들은 그 행위를 옹호하였다.

771 이 당시 펜실베이니아주 상원의원이었다. 나중에 미국의 제15대 대통령이 되었다.

772 군인 출신으로 14대 대통령 선거에 나왔으나 실패했다.

773 "목적이 한결같고"는 호라티우스의 『오드』에서 따온 구절. "올바르고 꾸준하고"는 어느 회사에서 애덤스에게 지팡이를 선물하였는데, 거기에 쓰여져 있던 구절. 한자 "信"을 파운드는 말을 지키는 인간(말씀 언 자 옆에 서 있는 인간), 즉 믿음이 가는 인간의 뜻으로 쓴 것이고, 애덤스를 가리키는 것이다.

774 오스트리아 태생의 작가인 알프레드 펄레스. 그는 파운드와 만났을 때 제1차 세계대전에서의 자신의 경험을 이야기했다.

775 아마도 파운드가 알았던 헝가리 출신의 작곡가인 티보르 셜리.

776 영국의 유명 지휘자인 레오폴드 스토코프스키(1882~1977).

777 바흐의 곡.

778 아마도 파운드가 알았던 마리 스티아스니. 비엔나의 서점에서 일하며 파운드가 필요로 하는 책들을 찾아주었다.

779 1차 세계대전 때 오스트리아의 황제였던 프란츠 요셉 1세.

780 아마도 파운드가 알았던 사람이겠으나 누구인지는 확실히 알 수 없다.

781 아마도 독일 작가인 리하르트 레빈손.

782 아마도 파운드가 알았던 주디스 코엔이라는 여인.

783 아마도 파운드가 알았던 사람이겠지만 누구인지는 알 수 없다. 역시 이 뒤에 나오는 알렉시와 머피, 엘리아스도 그러하다.

784 18세기 유명한 러시아의 정치가. 러시아의 예카테리나 대제의 남편 역할을 했다. 하지만 실제로 여기서의 포템킨은 역사상의 이 인물을 말하는 게 아니라 파운드가 알았던 어떤 인물을 이 이름으로 지칭한 것으로 보아야 한다. 아마도 화가였던 듯.

785 아마도 유대계 은행가들인, 헝가리 하트반 출신의 베른하르트 도이치와 요셉 도이치.

786 루이 펠릭스 마리, 프랑셰 데스페리. 제1차 세계대전 때 전공을 세운 프랑스 장군.

787 표트르 대제에 의해 없어지기 전까지는 러시아 최고회의를 이루었던 귀족 계층.

788 '방'을 뜻하는 이탈리아어. 여기서는 돈을 빌려주는 장소를 뜻하는 말.

789 북이탈리아 도시들.

790 볼로냐, 페라라, 라벤나 등의 도시들을 포함하는 북부 이탈리아 지방.

791 안코나가 중심 도시인, 이탈리아반도의 중앙에서 동쪽 지방.

792 올리브 나무의 조그만 꽃들은 한여름이 되면 떨어진다. 세례자 성 요한 축일인 6월 23일은 거의 하지와 비슷한 시기로 한여름이다.

793 칸토 XXX의 주석 626번을 참조하라.

794 베네치아의 별칭.

795 시칠리아섬에 있는 도시.

796 베네치아 총독(1414~1423).

797 소위 카발칸티 칸토. 칸토 IV의 주석 43번 참조.

798 첫 행부터 84행("…… 친교를 맺을 뜻이 없는 것이라")까지는 카발칸티의 「한 여인이 나에게 물어보았지 Donna mi priegha」라는 형이상학적 사랑시를 파운드 나름대로 옮겨본 것이다.

799 남성적 충동의 은유.

800 단테의 「천국」의 제7 천상을 다스리는 천사들을 '스론즈'라 부른다. 이 천사들은 루비 보석에 대한 문구와 곧 연결된다. 「스론즈 칸토스」의 주석 4172번도 참조할 것.

801 9세기 아일랜드 출신의 철학자. 파운드는 그를 신플라톤주의의 주요 인물로 본다.

802 페르시아의 마니가 만든 이단적 기독교.

803 너무 논리에만 집착하는 스콜라철학을 비판하는 파운드를 볼 수 있다.

804 소르델로가 태어난 성의 이름.

805 나폴리와 시칠리아의 왕인 카를로 1세는 소르델로에게 다섯 개의 성을 하사했다.

806 후에 소르델로는 팔레나라는 고장도 얻게 되는데, 이 고장은 염색으로 유명했다.

807 교황 클레멘트 4세. 카를로 1세에게 보낸 편지에서 그의 휘하 군인들을 비인간적으로 다룬 것을 나무라는데, 그중 소르델로를 언급하는 곳에서 그에게 다섯 성을 줄 것을 명한다.

808 이탈리아의 아브루초 지방.

809 소르델로의 시에서 따온 구절.

810 칸토 XXXVII과 XXXVIII에서는 제퍼슨의 전통을 이으려는 마크 밴 뷰렌과 그에 반대하는 무리들을 대비시켰다.

811 미국의 8대 대통령인 밴 뷰렌은 빚으로 고통받는 이들을 구제하는 법을 통과시켰다.

812 밴 뷰렌은 이민자들이 새 출발을 할 수 있도록 은행이 펀드를 조성해야 한다고 했고, 대물림으로 커다란 땅을 상속받은 자들이 그 땅에 오두막을 짓고 살아가는 자들을 쫓아내지 못하고자 했고, 대법관들이 다른 모든 주들의 재판에 관여하기를 원하지 않았다.

813 칸토 XXXIV의 주석 761번을 참조할 것. 페기 이튼은 죽은 후 자손에게 글을 남겼는데, 그 글이 『페기 이튼의 자서전』이라는 제목으로 출간되었고, 이 책에 대한 서평이 1932년 보스턴 헤럴드 지에 실렸다. 이 글에서 이튼은 부통령이었던 캘훈이 자기 말을 잘 안 듣는 각료 중의 하나로 자신의 남편을 찍었고, 남편을 물러나게 하기 위해 자신을 친한 여자로 몰아갔던 것으로 자신은 이런 정치적 술수의 희생양이었다고 적었다.

814 뉴욕 공화당원들이었던 그들은 선거권을 확대하려는 밴 뷰렌에 반대하고 있었다.

815 일반 노동자들에게도 선거권을 주려는 밴 뷰렌에 맞서 스펜서는 그들은 그들을 고용하고 있는

816 뉴욕주의 법관이었던 켄트는 선거권이 지주계층에게만 주어져야 한다는 생각을 가지고 있었고, 그래서 선거권을 확대하는 건 재산권을 침해하는 것이 될 거라고 말했다.

817 다니엘 톰킨스는 제임스 몬로 밑에서 부통령을 지낸 사람으로 이 당시 국무장관이 퀸시 애덤스였다. 톰킨스는 재산권을 지키려는 자들에 대해 일반 보통사람들이 영국과의 전투에 동원되었다는 점을 상기시키고 있다.

818 두 단어란 과세(taxation)와 대표(representation)를 말한다.

819 밴 뷰렌은 연방정부 주도의 고속도로에 반대를 했는데, 각 주의 권리를 침해하는 것이 된다고 했다.

820 밴 뷰렌은 노예무역에 반대를 했지만, 그렇다고 영국이 미국의 배들을 수색하는 것에도 반대했다.

821 밴 뷰렌은 은행을 잘 이용할 줄 모르는 노동계층을 위하고자 했다.

822 밴 뷰렌은 상인들의 욕심에서 생겨나는 부채와 은행의 무분별한 투자에 대해 한탄을 했다.

823 밴 뷰렌은 정부가 과다한 세수를 걷지 않고, 걷힌 수입을 공공의 책임 하에 두고자 했다. 그리고 정부의 돈을 은행에 둠으로써 은행의 배를 불리기를 원치 않았다.

824 밴 뷰렌은 정부와 은행과의 연결고리를 끊고자 했다.

825 밴 뷰렌은 해군에서의 불법적인 처벌행위를 금하고자 했다.

826 밴 뷰렌은 공공의 땅을 실질적으로 정착해 사는 이들에게 나누어 주고자 했는데, 클레이는 법을 지키지 않는 어중이떠중이들에게 나누어 주는 것이라며 반대했다.

827 페기 이튼의 첫 남편이 아직 살아 있던 시절 그녀의 아버지 사업이 망할 지경이 된 적이 있었는데 그때 이튼이 나타나서 그 모든 부채를 해결해 주었다.

828 퀸시 애덤스는 밴 뷰렌에 대해 말하길, 조용하고 예절 바르고 신사다운 점에서는 매디슨을 닮았고, 속을 알 수 없는 면에서는 제퍼슨을 닮았지만, 너무 비위를 잘 맞추려 한다는 점을 비판하면서 이 점에서는 매디슨이나 제퍼슨을 전혀 닮지 않았다고 했다.

829 밴 뷰렌은 미국이 농업국가로서 곡식을 수입하는 것은 잘못된 것이라고 말하였다. 즉 농업에 쓰여야 할 노동력이 다른 곳에 쓰이고 있다고 비판한 것이다.

830 중앙 정부 은행을 다시 세워야 한다는 압박을 받던 밴 뷰렌은 영국의 정부 은행을 예로 들며 그 필요성을 절하하고자 했다.

831 웹스터는 중앙 정부 은행의 필요성을 주장한 사람이긴 하나, 실제로 이 말을 한 사람은 웹스터가 아니라 클레이이다.

832 잭슨 대통령이 미국 연방 은행에서 돈을 빼내 각 주의 은행에 분산해서 넣으려 하자 그에 반대하는 클레이가 그 당시 부통령이었던 밴 뷰렌에게 대통령에게 가서 그렇게 하면 안 된다는 말을 전하게 시키자 밴 뷰렌은 엉뚱하게 코담배 한 줌을 달라고 하면서 비껴갔다.

833 칸토 XXXII의 주석 681번을 참조.

834 칸토 XXXIV의 주석 769번 참조.

835 밴 뷰렌에 반대한 그들의 노래에 이런 가사가 들어있었다. 그리고 그들은 해리슨이 평범한 대중의 사람인 반면 밴 뷰렌은 좋은 포도주를 마시며 황금 스푼을 쓰는 사람이라고 선전해댔다.

836 윌리엄 리. 영사였던 그는 프랑스의 비싼 앤틱 가구들을 백악관에 들여놓았다.

837 그 당시 뉴욕 상공회의소의 소장이었다. 비들은 잭슨 대통령의 마음을 잘못 읽고 있었다.

838 미국의 초대 재무장관을 지낸 사람이다. 미국의 연방 은행 설립을 지지했던 인물이다.

839 비들은 잭슨 대통령이 중앙 연방 은행의 특권을 연장하는 데 비토권을 행사하지 못하도록 사람들에게 대출을 많이 늘려서 해 주고 있었다 — 즉 은행이 연장되지 못하면 재정적 파탄이 일어나

게끔.

840 밴 뷰렌은 은퇴하여 이탈리아에서 휴양하며 자서전을 쓰고 있었다.

841 칸토 XXXIV의 주석 765번 참조.

842 "죽은 이들에 대해선 좋은 말만"이라는 문구를 말하는 것인데, 웹스터에 대해선 그러지 못하겠다라는 뜻. 밴 뷰렌이 자서전을 쓸 때에는 웹스터는 죽어 있었다.

843 밴 뷰렌은 정부가 컨트롤할 수 있는 돈의 액수와 은행이 컨트롤하는 돈의 액수를 비교하고 있다.

844 대중을 공포에 빠뜨리기 위해 은행이 약 1년 사이에 신용·대출 가능액수를 확 줄여버렸다.

845 잭슨 대통령 밑에서 재무장관을 했다.

846 뉴욕 하원의원으로 은행의 횡포에 맞섰던 재무장관 테이니를 칭찬하는 내용이다. 워싱턴 D. C.의 신문이었던 엑스트라 글로브지에 실렸던 것이다.

847 이후에 등장하는 마리에타나 돌로레스의 이야기는 누구를 말하는 건지 알 수 없다.

848 밴 뷰렌이 휴양하며 머물던 곳. 여기서 자신의 자서전을 썼다.

849 뉴욕 주지사를 했었다.

850 해밀턴이 레이놀즈라는 사람으로부터 협박성 발언을 받았을 때 해밀턴은 레이놀즈가 이러는 것은 자신이 레이놀즈의 부인과 밀통했었기 때문이라는 것을 스스로 밝혔다.

851 로안은 미국의 법률가로 밴 뷰렌과 대화하는 자리에서 마샬 대법원장이 중앙 연방 은행을 지지하기 위해 미국 헌법의 중요한 부분을 훼손했다고 비판했다. 그리고 매디슨이나 먼로와 같은 대통령들 중 제퍼슨이 첫 손에 꼽혀야 함을 시사했다.

852 자유무역주의자였던 밴 뷰렌은 보호무역주의의 한 예였던, 뉴욕 양모 상인들이 제출하여 의회에서 통과되었던 법에 관한 연설을 하였는데, 2시간이 걸렸던 이 연설을 듣고서 과연 밴 뷰렌이 어느 쪽 편을 드는 이야기를 한 건지 듣는 사람들 모두가 고개를 갸우뚱했다(노어 씨는 밴 뷰렌의 친구로 그 자리에 참석했었다). 밴 뷰렌 자신도 이 연설이 자신의 가장 뛰어난 연설들 중의 하나로 생각하면서도 자신의 연설의 약점이 포인트를 단도직입적으로 전달하지 못하는 것이라 하였다.

853 칸토 XXXIV의 주석 744번 참조.

854 미국의 2대 대통령이었던 존 애덤스는 기본적으로 영국식 체제를 좋아했지만 그러면서도 영국에 반기를 들었던 것은 영국의 가문보다 자신의 가문(브레인트리는 애덤스가 태어난 곳으로, 매사추세츠주의 보스턴 근방의 소도시로 지금은 퀸시라고 부른다.)을 더 좋아했기 때문이라는 말이 돌았다.

855 존 애덤스의 아들이자 미국의 6대 대통령이었던 존 퀸시 애덤스는 정치적 현실에 둔감하다는 평이 있었다.

856 위 주석 845, 846번 참조. 테이니는 중앙 연방 은행에 있던 정부의 예치금을 빼내서 각 주의 은행에 분산 예치하려고 했었다.

857 단테의 『신곡』 중 「천국」편, 칸토 XIX, 118~119행. 자신의 전쟁의 재원을 조달하기 위해 프랑스 돈의 가치를 절하했던 프랑스 왕 필립 4세를 비판하는 내용.

858 칸토 XVIII의 주석 342번 참조.

859 교황은 비오 11세를 말하는데, 파운드는 비오 11세가 교황이 되기 전 만난 적이 있었다. 조이스 씨란 소설가 제임스 조이스를 말한다. 교황은 매우 학구적인 인물이었던 것으로 알려져 있다.

860 무전기를 완성한 이탈리아의 공학자.

861 뉴욕 시장(1925~1932).

862 교황들 중 가장 악명 높은 교황인 알렉산데르 6세의 사생아로 유명하다. 결혼해서 세 명의 자식을 낳고 다섯 번의 임신중절을 했던 그녀는 아마도 임신되지 않기를 바라는 부적으로 토끼의 발

을 원했을 것이다. 칸토에 '물질 마담'으로 등장하는 여인.

863 미국의 엔지니어이자 경제학자. 1929년 『산업 경제학』이란 저술을 냈다.

864 무기상 자하로프가 일했던 비커즈 회사를 말하는 것.

865 뉴욕의 주식 브로커.

866 제1차 세계대전이 끝나고 승리한 국가들이 주축이 된 국가연맹이 만들어졌고, 국가연맹은 더 이상의 전쟁을 막기 위해 본부가 있는 제네바에서 무장해제를 논의하고자 했으나 성과 없이 끝나고 말았다. 국가연맹은 유명무실하게 되긴 하였으나 이 이념을 이어받아서 지금의 유엔(UN)이 창설하게 되었다.

867 아마도 미국 제29대 대통령이었던 하딩 밑에서 내무장관을 지냈던 앨버트 폴을 말하는 것. 폴은 유전 회사로부터 뇌물을 받은 것으로 유죄가 되어 전직 각료로서는 처음으로 감옥살이를 했던 인물로 기록이 되었다.

868 호주인이었던 윌리엄 다시는 페르시아 왕으로부터 페르시아 유전에 대한 독점권을 60년간 받았다.

869 제29대 대통령이었던 하딩에서 제31대 대통령이었던 후버에 이르기까지 10년 이상을 재무장관을 지냈던 인물로서, 마지막에는 영국대사로 임명되었다.

870 미국의 제28대 대통령 우드로 윌슨을 말한다. 윌슨의 주치의 기록에 윌슨의 여러 병들이 나오는데 사실 전립선염은 나오지 않는다.

871 윌슨이 제1차 세계대전이 끝난 후 했던 역할에 대해 영국과 프랑스에서는 그를 새로운 메시아라는 말로써까지 칭송했다.

872 제니는 미국의 시인이자 예술 애호가인 낸시 쿠나드를 말하며, '귀부인'은 그녀의 어머니를 말하는 것이다. '애곳 입스위치'는 영국의 수상을 지낸 바 있는 허버트 헨리 애스퀴스의 두 번째 부인인 마곳 애스퀴스를 가리킨다. 마곳은 그 당시 런던 상류사회에서 저술가로 유명세를 타고 있었다.

873 제1차 세계대전을 언급하는 것이다. '베를린의 이 한 마리'는 독일의 빌헬름 2세, '기름기 흐르는 쌍놈'이란 오스트리아 황제인 프란츠 요셉.

874 파운드의 지인이었던 소설가 포드 매독스 포드의 부인이 된 여류소설가 바이올렛 헌트.

875 인도의 정신적 지주인 마하트마 간디. 영국으로부터 면이나 총을 사들이지 않고 그렇게 아낀 돈으로 식량과 평화를 인도에 가져오고 싶어했던 간디의 바람.

876 파리의 친선 클럽.

877 일본의 회사. 일본 은행의 이름이기도 하다.

878 로마의 2대 황제.

879 미국의 동물학자. 바다 밑을 탐험한 것으로 유명하다.

880 스페인 내란이 있기 전의 마지막 왕이었던 알폰소 13세 밑에서 수상을 지냈다.

881 아마도 파운드가 알았던 유럽 주재 미국의 특파원. '동맹'이란 독일과 오스트리아의 동맹을 말한다.

882 파운드가 경애했던 독일의 인류학자인 레오 프로베니우스가 아프리카에 있을 때 아프리카 토착민들로부터 공격을 당할 뻔했으나 그날 폭풍우가 치는 바람에 공격을 모면했는데, 토착민들은 프로베니우스가 폭풍우를 일으킨 것으로 생각했다.

883 칸토 XXXV의 주석 785번 참조.

884 헝가리 독립당의 지도자.

885 알프스의 유명한 지역으로 제1차 세계대전 이후 오스트리아는 이 지역을 이탈리아에게 넘겨주게 되었다.

886 프랑스의 철학자이자 인류학자.

887 『로미오와 줄리엣』의 비극처럼 남녀가 사랑 때문에 자살을 하는 경우들을 언급하고 있는 것임.

888 아마도 『필라델피아의 직물 산업』을 쓴 로린 블로드켓을 말하는 것일 것이다.

889 '소셜 크레딧'라는 경제 시스템을 고안해낸 인물. 파운드의 열렬한 지지를 받았다. 현 자본주의 시스템 하에서는 노동자가 정당한 배분을 받을 수 없다는 것을 설파하고 있다.

890 단테의 『신곡』 중 「천국」편 칸토 XXVIII의 16~19행 참조.

891 아버지의 조그만 주물공장을 물려받아서 그것을 전세계에서 가장 큰 철강과 무기제조 공장으로 만들었던 인물.

892 크룹이 러시아로부터 받은 훈장.

893 나폴레옹이 만든 훈장으로 크룹은 나폴레옹 3세('염소수염')로부터 받았다.

894 프랑스의 철강 및 무기제조 회사. 잠시 뒤에 언급되는 슈나이더가 이끌고 있었다.

895 오스트리아와 프로이센이 교전했던 체코의 도시.

896 프랑스의 장군으로 슈나이더와 친척이었다. 크룹이 나폴레옹 3세에게 자기 회사의 무기 카탈로 그를 보냈는데 그것에 대해 르뵈프가 나폴레옹 대신 답장을 보냈다.

897 크룹의 맏사위로 회사를 이끌었다.

898 외젠 슈나이더와 아돌프 슈나이더는 형제이고, 알프레드는 외젠의 사위이다.

899 프랑스의 지역 이름. 외젠은 이 지역을 대표하는 국회의원이었다가 나중에 잠시 상무장관까지 했다.

900 프랑스의 오랜 철강회사의 수장으로 슈나이더와 협력을 했었다.

901 보르도 지방에 있는 조선소. 슈나이더 가문은 그 조선소의 일부를 소유하고 있었다.

902 외젠 슈나이더가 장으로 있던 은행.

903 외젠은 그 이사 중의 한 명이었다.

904 앙리의 아들. 철강 협의회의 회장. 이 협의회의 가장 중요한 멤버는 슈나이더 회사였다.

905 아마도 프랑스와 드 웬델의 비서실장.

906 14세기 영국의 용병. 그는 사람들이 그에게 다가와 "하느님이 당신께 평화를" 하고 말하면, 그에 대한 답으로 "하느님이 당신의 생계수단을 뺏어 가시길" 하고 했는데, 그 이유를 물으니 "나는 전쟁으로 먹고 사는데, 나에게 평화를 준다면 나는 굶어 죽으라는 말이나 마찬가지이다. 따라서 그렇게 말하는 사람에게 역시 당신의 생계수단도 뺏기라는 뜻으로 그렇게 말한다"라 하였다.

907 주르날 데 데바, 르 탕, 에코 드 파리 등은 모두 그 당시 신문들로서 프랑스와 드 웬델의 후원을 받고 있었다. 제1차 세계대전이 끝난 후 무장해제에 반대하는 논지의 글들을 싣고 있었다.

908 호머의 『오디세이』 10장에 나오는 문구로, 바로 위 행에 번역이 되어있다.

909 위와 같은 인용처에 나오는 문구로, 역시 바로 위 행에 번역이 되어있다.

910 키르케는 헬리오스(태양신)와 페르세이스 사이에서 태어났고, 파시파에는 그녀와 자매지간이다.

911 역시 위와 같은 인용처에 나오는 문구로, 역시 바로 위 행에 번역이 되어있다.

912 위와 동.

913 이 숫자는 『오디세이』 10장의 490행에서 495행까지라는 뜻. 키르케가 오디세우스에게 지하세계로 내려가 테이레시우스의 조언을 들어야 한다고 말하는 대목.

914 이집트의 풍요의 여신.

915 아마도 바다의 요정.

916 이 두줄은 단테의 『신곡』 중 「천국」, 칸토 XXVIII과 XXX에 나오는 구절에서 한줄씩 따온 것이다.

917 마법의 풀로 인해 바다의 신이 된 인물.

918 역시 『오디세이』 10장에 나오는 문구로, 아래 행에 번역이 되어있다.

919 위와 동. 아래 행에 번역이 되어있다.

920 둘 다 오디세우스의 부하 선원.

921 키르케가 자신의 주술이 오디세우스에게는 먹혀들지 않자 하는 말.

922 로마의 꽃의 여신.

923 이탈리아 서쪽 해변에 있는 산.

924 이탈리아의 항구 도시. 이곳에는 아직도 주피터 신전의 잔해가 남아있다. 파운드는 이곳에 비너스(아프로디테) 상을 복원하고 싶어했다.

925 『국부론』의 저자로 유명한 애덤 스미스를 말한다.

926 19세기 미국의 금융사업가로 런던에 본부를 두고 사업을 벌이고 있었다. 나중에 J. S. 모건을 파트너로 받아서 같이 사업을 하였다. 1863년 은퇴를 하였고, 그러면서 J. S. 모건은 피바디 이름을 빼고 자신의 이름만으로 사업을 했다. 그 아들이 J. P. 모건으로, 아버지의 사업을 이어받아 그 유명한 J. P. 모건 앤드 컴퍼니를 만들었다.

927 금에 대한 투자는 전쟁 같은 시기를 이용하여 이루어진다. 남북전쟁 당시 모건과 그 일파는 금에 대한 투자를 함으로써 돈을 벌어들였다.

928 미국의 제18대 대통령인 율리시스 그랜트 밑에서 재무장관(1869~1873)을 지냈다.

929 조합교회의 유명한 목사였다.

930 모건과 경쟁하던 금융업자.

931 철로를 건설하기 위해 채권을 발행했는데, 그때 은행가들이 농간질을 벌여서 채권의 액면가만 높인 다음 되팔아서 채무불이행 사태가 불거지게 만들었다.

932 금융 조사위원회의 위원장이었다. 지금의 연방준비은행(Federal Reserve Bank)의 시초를 놓았다.

933 1907년 있었던 뉴욕증시의 공황. 모건이 이 공황을 수습하는 데 큰 역할을 하였으나, 반면 금융시장의 혼란을 초래하고 그로 인한 이득을 챙겼다는 비판도 받고 있었다.

934 미국의 금융가로 모건가와 밀접한 관계를 맺고 있었다.

935 모건은 워싱턴의 전쟁 부서에서 못 쓰게 된 라이플을 사서 텍사스의 군부대에 팔아먹었는데, 돈은 텍사스에서 먼저 받았다.

936 파운드가 알았던 그리스인.

937 16세기 이탈리아의 건축가.

938 BC 5세기의 카르타고인. 지브롤터 해협을 건너 모로코에 도시들을 건설했다.

939 지브롤터 해협을 말한다.

940 한노가 세운 첫 번째 도시.

941 아마도 칸틴 곶.

942 한노가 건설한 도시들.

943 아마도 지금의 알제리.

944 웨스턴 사하라.

945 서아프리카의 섬.

946 지금의 세인트 존강.

947 기니비사우 — 예전에는 포르투갈령 기니라 불렸는데, 1974년 독립했다 —의 주항구인 비사우.

948 시에라리온 해변.

949 무솔리니.

950 중부 이탈리아 토스카나 지방의 마을.

951 '방'이라는 뜻의 이탈리아어. 무솔리니로 인해 주택과 수도 사정이 좋아졌다는 이야기.

952 파시스트 정권 수립 11년.

953 어린애 이름.

954 피렌체의 정치가. 상인들을 위한 책을 썼다 함.

955 파시스트 정권 이전의 이탈리아에서의 노동시간과 임금.

956 스위스의 마을.

957 19세기 독일 작가로,『독일의 해방전쟁들에 나타난, 종교적 삶의 부흥의 역사와 생활상』을 씀.

958 독일의 마지막 황제인 빌헬름 2세의 부인.

959 프리츠 폰 운루. 독일의 문필가.

960 중부 이탈리아 피렌체 지방의 마을.

961 신문의 이름.

962 제1차 세계대전 시 동부전선을 맡았던 독일 장군. 바이마르공화국의 대통령이 되었다.

963 칼 폰 운루. 독일 장교.

964 북동 이탈리아 도시.

965 제니 제롬. 윈스턴 처칠의 어머니.

966 셰인 레슬리. 저널리스트.

967 20세기 초 프랑스 소설가. 다음 행의 세 여인들은 그의『실족』에 나오는 등장인물들이다.

968 즉 윌리엄 버틀러 예이츠.

969 아마도 영국의 저널인 *Sport and Country*를 가리키는 말.

970 런던에서 발행되는 신문, *The Times*.

971 코시모 데 메디치.

972 토스카나의 페르디난도 2세의 허락을 받고 1624년에 창설된 시에나의 은행. "목초지들의 산"이라는 뜻의 이름이다. 파운드는 이 은행을 진정한 은행의 표본으로 누차 여러 곳에서 언급하고 있다.

973 C. H. 더글러스. 파운드에게는 현대 경제의 문제점을 해결하는, 진정한 경제학자였다. 칸토 XXII의 주석 435번과 칸토 XXXVIII의 주석 889번을 보라.

974 오스트리아의 소도시. 더글러스와 함께 파운드 경제학의 주인물로 나오는 실비오 게젤의 아이디어에 기반을 둔 화폐를 발행한 적이 있었다.

975 18세기 프랑스 정치가. 제퍼슨의 주불대사 시절 외무장관이었다.

976 프랑스의 옛 동화(銅貨).

977 엘리자 하우스. 제퍼슨이 유럽에 있을 때 그의 딸을 돌보아주었던 여인.

978 하원의원. 칸토 XXXII의 주석 659번 참조.

979 후에 미국 제5대 대통령이 된 제임스 먼로를 말한다.

980 독일의 도시.

981 누구인지 확인되지 않고 있다.

982 퀸시 애덤스의 아들로 주영대사였다. 찰스 프랜시스 애덤스이므로 H.가 아니라 사실은 F.여야 한다.

983 영국 수상이었다.

984 외무성 장관이었다.

985 영국의 소설가 H. G. 웰스가 파운드에게 했던 말로, '저 동상'이란 빅토리아 여왕의 동상을 말한다.

986 여자는 왕위 계승을 할 수 없다고 명시한 법. 반면 게르만법은 여자도 왕위 계승을 할 수 있도록

하였다.

987 로마 황제. 그는 바다에서는 로마법보다 상업과 무역을 중시한, 로도스의 관습법을 따라야 한다라고 했다.

988 시에나를 다스리던 특권층 단체. 이 단체가 주동이 되어 '몬테 데이 파스키' 은행이 창립되었다.

989 몬테 데이 파스키.

990 토스카나 대공(Grand Duke of Tuscany)인 페르디난도 2세를 말한다. 시에나의 특권 계층 단체는 페르디난도 2세에게 몬테 데이 파스키의 설립 허가를 요청했다.

991 '몬테 데 피에타'. 몬테 데이 파스키 이전에 있었던 것으로, '연민의 산'이라는 뜻의 일종의 전당포, 돈이 필요한 사람에게 물건을 담보로 잡고 돈을 빌려주었다. 후에 몬테 데이 파스키에 흡수되었다.

992 페르디난도 2세의 어머니와 할머니. 이 당시 페르디난도 2세는 어렸기 때문에 어머니와 할머니가 뒤에서 큰 역할을 하고 있었다.

993 대공 페르디난도 2세의 어머니.

994 페르디난도 2세의 비서.

995 아마도 피렌체의 공증인.

996 그 당시 시에나에서는 율리우스력을 쓰고 있었기 때문에 이런 현상이 나타났다.

997 파비아와 비첸차는 이탈리아 북부의 도시들. 산 제노는 성당 이름. 아디제강은 이탈리아 북동쪽을 흘러 아드리아해로 나가는 강.

998 이 4명은 시에나의 특권계층 단체를 대표하여 몬테 데이 파스키 설립 인준에 서명했다.

999 교황 우르반 8세. 시에나와의 연관성은 정확히 알려진 바 없다.

1000 여기서의 '페르디 1세'가 정확히 누구를 지칭하는 것인지 불확실하다. 사실 페르디난도 1세는 몬테 데이 파스키 은행의 설립과 관계되는 페르디난도 2세의 할아버지로서, 토스카나 지역을 통치하는 공작 가문의 실질적 창시자나 다름없는 인물이다. 다만 그 뒤에 나오는 구절인 "로마제국의 선출된 황제"라는 구절을 '페르디 1세'와 동격으로 보게 되면 문제가 생긴다. 그때는 신성로마제국의 페르디난드 1세를 가리키는 말이 되기 때문이다. 토스카나 공작인 페르디난도 1세와 신성로마제국의 페르디난드 1세는 전혀 다른 인물로서 별로 연관성이 없다. 어떤 설명에는 '페르디 2세'라 써야 할 것을 '페르디 1세'라 잘못 쓴 것이라고 나온다.

1001 19세기 말에서 20세기 초에 시에나에서 발간된 책에 몬테 데이 파스키 은행 설립 관련 사본이 인쇄되어 있는데, 이 책의 등에 이런 기호와 숫자들이 나와 있다.

1002 시민들이 은행 설립을 축하하는 경축식 때의 모습들이 나열되어 있다.

1003 소의 울음소리이지만, 하느님을 뜻하는 'YWWH'의 철자를 딴 울음소리.

1004 3세기 후반의 성인.

1005 잃어버린 아이를 찾는 엄마의 목소리.

1006 칸토 XLII의 주석 998번 참조. 4명 중의 한 명('키지').

1007 시칠리아섬의 남동 항구 도시. 데모스테네스가 남긴 연설문에 따르면, 어떤 이가 돈을 빌려놓고도 갚지 않을 생각으로 배를 일부러 가라앉히려 했다는 이야기가 나온다.

1008 시에나 특권 계층 단체의 멤버로 곡식 재배를 늘려야 한다고 주장했었다.

1009 몬테 데이 파스키의 첫 번째 감독관이었다.

1010 그 당시 시에나의 공식적으로 인정되었던 매춘부. 왜 그녀의 이름이 제거되었는지는 알 수 없다.

1011 칸토 XLII의 주석 994번을 보라.

1012 메디치가의 코시모 1세의 막내아들. 아마도 방탕했던 모양으로 많은 서자들을 두었는데, 피에트로 가 그들의 합법적인 아버지로 인정될 수 없었기 때문에 대신 델라 레나가 계부 역할을 했었던 것.

1013 티레니아해 방향으로 있는 해변 도시.

1014 여기서의 대공은 페르디난도 2세를 말하는 것이 아니다. 이때는 페르디난도 2세의 아들인 코시 모 3세가 토스카나 대공으로 있었다.

1015 시에나의 가문으로 대학을 설립했다.

1016 토스카나 대공 레오폴드 1세. 신성로마제국의 황제 레오폴드 2세가 된다.

1017 레오폴드 2세의 아들인 페르디난도 3세.

1018 '알렉산더 소성당'에서 '폰테 지우스타'까지는 시에나에 있는 성당들이다.

1019 토스카나 대공이었던 페르디난도 3세는 프랑스 군대에 쫓겨 토스카나에서 떠나 비엔나로 피신 해 있었다. 피신할 때 자신 소유의 보물 같은 것들을 챙겨가지 않았다고 한다. 그는 나폴레옹이 몰락한 후 1814년 다시 토스카나 대공의 지위를 환원받았다.

1020 시에나 대주교. 프랑스 지배하에서는 대주교도 그냥 '시민'이라 불렸다. 아브람은 시에나에 파견 된 나폴레옹의 대리인.

1021 피렌체의 남동쪽 도시. 시에나의 동쪽 도시. 이곳에서 프랑스 지배에 항거하는 운동이 처음 시작 되었다.

1022 시에나에 있는 문.

1023 탈레랑은 프랑스의 정치가. 하지만 실제로 이 말을 한 것은 나폴레옹이라고 알려져 있다. 이탈리 아에서 이탈리아인들(특히 시골 농부들)과 잘 지낼 수 있는 유일한 길은 사제들을 존중하고 그들과 잘 지내는 것뿐이라고 나폴레옹이 말했다 한다.

1024 무월은 '안개의 달'이라는 뜻으로, 프랑스혁명력에 따른 두 번째 달을 말한다. 프랑스혁명은 1789년에 일어났지만 그 이후 정식으로 군주제를 폐지하고 공화국을 선포하였던 1792년을 프 랑스혁명 원년으로 하여 프랑스 혁명력이 만들어졌는데, 공화국으로서의 첫날인 9월 22일을 기 점으로 하여 한 달씩 12개월을 만들었다. 따라서 프랑스혁명력에 따른 첫 달은 9월 22일부터 10 월 21일까지가 되며, 이 첫 달은 'Vendemiaire'(포도의 달)라 불린다. 두 번째 달은 10월 22일부터 11월 20일까지로, 'Brumaire'('안개의 달')라 불린다. 따라서 '무월 첫날'은 10월 22일을 말한다.

1025 프랑스 장교로 이탈리아에서 뒤퐁 중장을 대리했다.

1026 나폴레옹의 휘하 장군.

1027 원래는 파르마 공작이었으나, 나폴레옹이 새로 만든, 토스카나가 포함된, 에트루리아 왕국의 새 로운 왕으로 추대되어 루이 1세가 되었다.

1028 나폴레옹의 휘하 장군이었는데, 에트루리아에 프랑스 대사격으로 가 있었다.

1029 위에 언급된 루이 1세의 부인. 남편이 일찍 죽고 어린 아들을 대신하여 여왕으로서 섭정을 하였 다. 하지만 나폴레옹이 에트루리아를 자신의 직속령으로 만들면서 쫓겨났다. 쫓겨나기 전 그녀 는 나폴레옹에게 호소를 했지만, 나폴레옹은 그녀의 호소를 받아들이지 않았다. 이 편지는 나폴 레옹이 보낸 답장인데, 나폴레옹이 직접 쓴 것이 아니라 그의 비서가 쓴 것이라 전해진다.

1030 나폴레옹은 1809년에 자신의 여동생인 마리아 엘리사를 토스카나 공국의 통치자로 앉혔다. 그 녀가 시에나로 들어설 때 어떤 자들이 그녀의 마차를 모는 마부 역할을 했다고 하는데, 그 당시 기록을 썼던 반디니라는 작가에 따르면 그들은 돈 받고 그 일을 한 것으로 묘사되어 있다.

1031 세미라미스는 바빌론을 세웠다고 하는 아시리아의 여왕. 여기서는 마리아 엘리사를 실었던 배의 이름. 루카는 피렌체에서 서쪽으로 있는 토스카나의 한 도시로 나폴레옹은 자신의 여동생인 마

리아 엘리사를 이곳의 통치자로 앉혔었다. 1809년엔 그녀를 토스카나 지방 전체를 관할하는 통치자로 앉혔지만, 1814년 나폴레옹이 몰락하고 이탈리아에서 떠나면서 그녀도 떠나야 했다.

1032 나폴레옹 법전을 말한다.

1033 나폴레옹이 이탈리아에서 물러간 이후 나폴레옹의 업적을 기리며 하는 말이다.

1034 유럽의 가장 영향력 있었던 가문. 피에트로 레오폴도(신성로마제국의 레오폴드 2세)와 그의 아들인 페르디난드 3세(토스카나 대공)는 그 대표적인 인물들.

1035 키아나는 토스카나의 강.

1036 리구리아해에 접해 있는 항구 도시.

1037 나폴레옹의 어머니. 아직 이탈리아령이던 시절의 코르시카에서 태어나고 자란 이탈리아 여인으로 죽을 때까지 불어를 배우지 못했다고 한다. 나폴레옹은 코르시카가 공식적으로 프랑스로 양도된 해의 바로 다음 해에 태어났다.

1038 소위 '고리대금업' 칸토.

1039 프랑스 시인인 비용의『유언시』에 나오는, 천국을 묘사한 구절.

1040 수태고지의 그림.

1041 여기서의 곤자가가 누구를 지칭하는 것인지 명확하지 않고, 따라서 어떤 그림을 말하는 것인지 알 수 없다. 다만 만토바를 다스리던 집안인 곤자가 집안의 누구인가를 지칭하는 것임은 분명하다. 곤자가 집안의 사람들은 예술 후원자였다고 알려져 있고, 레오나르도 다빈치도 그 집안의 사람들을 그린 화가 중의 한 명이었다.

1042 15~16세기 이탈리아 조각가.

1043 13~14세기 이탈리아 화가. 칸토 IX의 주석 210번 참조.

1044 15세기 이탈리아 화가.

1045 15세기 이탈리아 화가.

1046 보티첼리의 그림.

1047 15세기 이탈리아 화가.

1048 역시 15세기 이탈리아 화가.

1049 베로나의 산 제노 성당.

1050 프랑스의 아름다운 성당으로 뒤의 '생 일레르'도 마찬가지이다.

1051 15세기 플랑드르의 화가.

1052 고대 그리스의 아티카 지방의 마을. 소위 '엘레우시스 신비의 제식'으로 유명하다.

1053 『황무지』로 유명한 T. S. 엘리엇을 말하는 것인데, 엘리엇이 독실한 성공회 신자로 개종한 것을 두고 목사라 칭한 것이다.

1054 제노바 근방의 해변 마을.

1055 바로 아래 나오는 대로, 더글러스 소령(C. H. 더글러스)의 '소셜 크레딧' 이론에 파운드가 경도되었던바, 파운드는 그 이론을 자본주의의 고리대금업적 측면에 대항하는 이론으로 생각했고, 이 햇수는 그 이론을 더글러스로부터 듣기 시작했던 해(1916년 또는 1918년)부터 이 칸토를 쓰고 있는 해(1935년)까지의 연수를 말하고 있다. 1935년에서 '90년'을 빼면 1845년이 되는데, 이 해의 무엇을 말하는 것인지는 정확히 알 수 없다. 다만 자본주의의 고리대금업적 측면에 대항하는 투쟁 90년의 의미일 것이다. '둔한 놈'은 파운드 자신을 가리킨다.

1056 이탈리아 파시즘 10주년을 말한다. 무솔리니의 '파시스트 국민당'(PNF)은 1922년부터 1943까지 이탈리아를 지배했다. 10주년 되는 해는 1932년이 된다.

1057 1914년에 무솔리니가 창간한 신문.

1058 영국인 윌리엄 밀스가 만든 수류탄으로 영국 및 연합군이 사용했다.

1059 파운드는 남북전쟁을 꼭 노예 때문에 일어난 전쟁이라 생각하지 않았고, 북부와 남부의 경제 전쟁인 측면이 있다고 보았다.

1060 맥스 비어봄(1872~1956). 영국의 작가이자 풍자화가.

1061 영국의 정치가로 1916~19년까지 외무성 장관을 지냈다. '밸푸어 선언'은 유명한데, 이 선언은 추후에 중동지방에 유대인 국가인 이스라엘이 탄생하는 결정적 배경이 되었다.

1062 '조니 불'은 대영제국을 의인화한 이름이다.

1063 알프레드 오리지(1873~1934). 문학잡지 『뉴 에이지』의 편집자. G.B.S.는 아일랜드 극작가 조지 버나드 쇼를 말하고, 체스터턴은 영국의 작가 G. K. 체스터턴을 말한다. 웰스는 영국 작가 H. G. 웰스.

1064 윌리엄 픽솔(1875~1936). 영국의 작가. 중동에서 살면서 이슬람교로 개종했다.

1065 바하이즘 종교 지도자(1844~1921). 그의 아버지가 창시한 바하이즘은 모든 종교의 통합과 인류의 평화와 통합을 강조하였음.

1066 윌리엄 패터슨(1658~1719). 영국의 금융가. 영국은행의 실질적 창시자.

1067 영국은행의 창립 해. 파운드는 영국은행을 몬테 데이 파스키 은행과 대비되는, 고리대금업의 대표적 기관으로 보고 있다.

1068 휘그당은 그들의 정책을 뒷받침해 줄 사람들에게 교수직을 제공해주기 위해 옥스퍼드 대학교와 케임브리지 대학교에 왕립 교수직을 만들었다.

1069 1929년에 있었던 위원회. 금본위제가 대체되어야 한다는 결론을 도출해내었다.

1070 파운드는 카를 마르크스가 돈에 대해 잘 몰랐다고 보았다.

1071 로마 황제(137~161).

1072 파운드는 해상법이 고리대금업의 단초를 제공했다고 생각했다. 그래서 아테네가 클 수 있었다고 보았다.

1073 진정한 것은 생각하지 않고 성당 짓는 데만 골몰하는 구교나 모든 것을 돈으로 척도를 재는 신교 ― 루터는 신교의 대표격 인물이니까 ― 나 다 파운드의 비판의 대상이 되고 있다.

1074 헤라클레스에 의해 죽임을 당한 괴물인데, 단테의 『신곡』의 「지옥」에 등장하기도 한다.

1075 F. D. 루스벨트가 처음 대통령직을 수행한 지 3년째 되던 해(1935년)의 안 좋은 미국의 모습이 쓰여있다. 루스벨트의 어머니가 델러노 가문이다. 루스벨트의 이름에는 어머니 가문의 이름인 델러노가 들어가 있다. 따라서 프랭클린 델러노나 그의 외삼촌인 프레데릭 델러노나 다 약어로 쓰면 F. D.가 된다. 파운드는 일반 보통 대중의 생각과는 달리 F. D. 루스벨트를 아주 싫어했다.

1076 커밍스는 그 당시 주 최고 법무관(attorney general)을 지냈던 사람이고, 팔리는 우정장관(postmaster general)을 했던 인물이다.

1077 테이레시아스를 말한다. 테이레시아스는 제우스와 헤라의 내기 ― 남자와 여자 둘 중 어느 쪽이 더 성적 쾌감을 느끼겠는가 하는 내기 ― 에서 제우스 편을 들었다가 헤라에게서 앞을 못 보는 소경이 되는 벌을 받는다. 신이 행한 일을 되돌릴 수는 없기 때문에 제우스는 테이레시아스가 다시 앞을 볼 수 있게 하지는 못하지만 대신 멀리를 볼 수 있는 예견의 능력을 준다. 호머의 『오디세이』에 보면, 오디세우스가 고향으로 돌아가기 위해서는 지하세계로 내려가 테이레시아스를 만나 그의 조언을 들어야만 하는 대목이 나온다.

1078 곡식의 여신인 케레스의 딸인 프로세르피나(그리스 신화의 페르세포네에 해당)는 하계의 신인 하데

스에게 납치당하여 하계로 끌려가서 그와 결혼하게 된다. 일 년에 한 번 프로세르피나가 어머니인 케레스를 만나러 하계에서 올라오는데, 그때가 봄이라는 계절이 된다.

1079 『오디세이』 10장에 나오는 문구.

1080 아도니스의 또 다른 이름. 아도니스는 재생의 의식과 깊은 관련이 있다.

1081 바다 괴물.

1082 원래 디오네는 아프로디테 여신의 어머니로 나오는데, 여기서는 아프로디테 여신을 지칭하는 것으로 이해해야만 할 것이다. 아프로디테는 아도니스와 사랑에 빠졌었다.

1083 그리스 시인 비온(약 BC 1~2세기)의 「아도니스를 애도함」이라는 시에서 따온 구절.

1084 오디세우스는 이 풀 덕분에 키르케의 마법에 걸리지 않을 수 있었다.

1085 이 이하 14행은 헤시오드(BC 7~8세기)의 시 『일과 나날들』에 기반을 둔 것이다.

1086 로마의 대지의 여신.

1087 마지막 오토만 군주(1918~1922). 1926년에 죽었다.

1088 이탈리아의 항구 도시.

1089 오토만 군주로 마호멧 6세의 아버지.

1090 1930년 성베드로 성당에서 있었던, 성녀 도시 수녀회의 창시자인 프라시네티에 대한 시복식을 다룬 기사에서 따온 구절.

1091 1683년 무스타파가 군대를 이끌고 비엔나를 쳐들어갔던 전쟁.

1092 터키군의 상황을 염탐하는 일을 하다가 전쟁이 곧 끝나면서 그 대가로 비엔나에서 처음 커피하우스를 열 수 있는 허가를 받았다.

1093 칸토 XLI의 주석 959번 참조.

1094 독일 황제 빌헬름 2세(1888~1918).

1095 제1차 세계대전에서 가장 치열했던 전투지. 양쪽에서 2백만의 병력이 동원됐고, 그 반인 백만이 죽었다.

1096 존 퀸시 애덤스의 아들로 영국대사를 지냈다.

1097 영국 시인 로버트 브라우닝을 말한다. 칸토 II의 주석 15번을 보라.

1098 밴 뷰렌의 『자서전』이 밴 뷰렌이 죽은 후 한참 뒤에 출판된 것을 두고 파운드가 하는 말.

1099 마르크스가 그 당시 아이들의 노동 착취에 대해 비판을 했던 것은 잘 알려져 있는바, 그 자체로도 그렇지만 이 아이들이 다음 세대의 아버지가 될 것이라는 점 때문에도 심각히 우려했다.

1100 결핵과 비스마르크의 연관 관계는 알 수 없다.

1101 영국의 수상(1874~1880)이었다.

1102 '디고노스'란 그리스어로 '두 번 태어난'이란 뜻이다. 그리스 신화에서 술의 신인 디오니소스는 두 번 태어난 것으로 되어있다. 한 번은 어머니인 세멜레에게서, 또 한 번은 아버지인 제우스의 허벅지에서. 표범은 디오니소스에게 신성한 동물이다. 하지만 여기 문맥에서 '두 번 태어난 이'가 정확히 무엇을 뜻하는지는 아리송하다.

1103 아마도 빅토리아 여왕(1837~1901).

1104 아마도 스코틀랜드에 있는 코도르 성.

1105 켈트어로 '검은 아킬레스'의 뜻. 어떤 개를 지칭하는 것이다.

1106 미국의 28대 대통령인 우드로 윌슨의 마지막 국무장관이었던 베인브리지 콜비의 별칭이다.

1107 갈릴레오의 지동설에 대해 교회는 이단 취급을 했다.

1108 매사추세츠의 도시로 마녀사냥으로도 유명하지만 한때 무역의 주요 항구 도시 역할을 했다.

1109 북서 소아시아 고대국가. 로마에 합병되었다.

1110 10세기 앵글로색슨 잉글랜드의 왕. 앵글로색슨족을 통일시킨, 사실상의 영국 통일을 이룩한 앨프레드 대왕의 손자이다. 그는 영국 왕들 중 가장 위대했던 왕들 중의 하나로 꼽힌다.

1111 칸토 XLVI의 주석 1056번을 볼 것.

1112 칸토 XXIII의 주석 458번을 볼 것.

1113 두 곳 다 세귀르산으로 가는 길에 있는 마을들.

1114 로마의 군소 신. 이 신이 새겨진 돌은 경계석 역할을 하였다.

1115 칸토 V의 주석 75번을 보라. 사바릭의 고향이 세귀르산 근처라고 한다.

1116 칸토 V의 주석 76번에 언급된 포와스보를 말한다. 그는 세귀르산을 거쳐 스페인으로 향했다.

1117 남부 프랑스에 있던 마니교도들은 파리 교회의 명령에 저항하였다.

1118 베네치아 외곽에 있는 섬에 있는 마을.

1119 파운드는 '일곱 호수 칸토'라 불리는 이 칸토를 후난성에 있는 동정호(洞庭湖)(중국명 : 둥팅호)로 흘러드는 강을 배경으로 한, 유명한 여덟 편의 그림을 기반으로 하여 쓰여진, 작자 미상의 여덟 편의 중국 시와 여덟 편의 일본 시를 토대로 하여 썼다.

1120 원래는 '산의 북쪽'이라는 뜻이지만 파운드는 그냥 지방 이름처럼 쓰고 있다.

1121 중국 청나라. 특히 청의 4대 황제인 강희제(1661~1722)를 지칭하는 것으로 여겨진다. 뒤에 칸토 LVIII-LXI에서 강희제의 시대가 다루어지고 있고, 칸토 XCVIII-XCIX에서는 그의 「성유16조(聖諭16條)」('Sacred Edict')가 다루어지고 있다.

1122 수나라의 2대 황제인 양제(604~618). 북경에서 항주에 이르는 대운하를 건설하였다. 앞서 나온, 명군으로 알려진 청의 강희제와는 달리 악평을 듣는 황제이다.

1123 마을 이름.

1124 파운드의 원문은 유명한 중국시를 일본식으로 발음한 것을 로마자로 표기해 놓은 것이다.

1125 매사추세츠주의 마을. 1775년 미국 독립혁명의 전투가 최초로 시작되었던 것으로 유명하다.

1126 칸토 XLIV에서 여러 번 언급되는 피에트로 레오폴도 — 토스카나 대공이었고 신성로마제국의 황제가 되었던 — 를 말한다.

1127 피렌체의 상인들이 모직 공장을 해외에 지음으로써 토스카나의 재정이 어려워졌다는 말.

1128 굶주리는 이들을 위한 기관 — 그 기관 이름이 '풍요' — 이 있었지만, 이름이 '풍요'임에도 불구하고 그 기관 자체가 돈이 없어 굶주리고 있다는 것.

1129 토스카나의 역사를 기술한 저자.

1130 영국의 유명한 철학자이자 정치 이론가인 존 로크(1632~1704)를 말한다. 레오폴도가 신임한 재무관인 안젤로 타반티는 로크의 글을 번역하기도 했다.

1131 제노바는 토스카나와 라이벌 관계에 있었다. 리보르노는 토스카나의 주무역항. 미국 독립전쟁이 일어났을 때 토스카나는 미국 편에 서지 않았다. 그 결과 미국이 독립하면서 토스카나는 뒷전으로 밀리고 제노바가 무역의 주된 위치를 차지하게 되었다.

1132 독립전쟁의 영웅이자 미국의 초대 대통령인 조지 워싱턴을 말한다. 조비는 이 말을 함으로써 미국과의 관계 개선을 의도한 것이다.

1133 오스트리아 황제(재위 : 1848~1916)로 제1차 세계대전을 촉발시킨 장본인이다.

1134 나폴레옹이 몰락한 뒤의 유럽의 정세를 주도했던 이가 메테르니히(1773~1859)로서, 그럼으로써 오스트리아를 유럽의 주도국의 위치에 올려놓았었다. 레오폴도가 신성로마제국의 황제가 되었을 때 메테르니히는 아직 권력의 중심에 있지 않았다. 프란츠 요제프나 메테르니히나 다 파운드

가 싫어했던 인물들로, 여기서 자기가 싫어하는 미래의 인물들을 끌어다 쓰고 있다.

1135 레오폴도의 아들이자 토스카나 대공인 페르디난드 3세는 토스카나와 오스트리아와의 합병을 막았다. 1789년엔 프랑스대혁명이 일어났다. 페르디난드 3세가 토스카나 대공이 된 것은 1790년이니 사실 연대 순서로는 프랑스대혁명('파리의 폭발')이 앞선다. 페르디난드 3세는 나폴레옹이 1799년 프랑스의 실권자가 되면서 프랑스의 지배력 밑에 있었던 토스카나의 대공 자리에서 물러났지만, 나폴레옹이 실각하면서 1814년 다시 대공 자리로 올 수 있었다.

1136 조비는 신생국가 미국에 비해 이탈리아가 실패한 이유에 대해 너무 종교적 행위에 몰두하는 것과 경제에 대한 무지를 꼽았다.

1137 제250대 교황(재위 : 1775~1799). 프랑스 왕과의 친분을 과시하다가 나폴레옹의 눈 밖에 나게 되었고, 나폴레옹이 로마를 침공하여 교황청을 접수하면서 교황 자리에서 물러나고 죄수의 신분으로 죽었다.

1138 이탈리아 북서쪽의 조그만 동네지만, 여기서 나폴레옹은 오스트리아군을 무찌르는 결정적 승리를 거두었다.

1139 즉 나폴레옹.

1140 엘바섬(이탈리아령)의 주 도시. 엘바는 연합군에 패퇴한 나폴레옹이 유배되었던 조그만 섬. 연합군은 그에게 일 년에 2백만 프랑을 주었다. 나폴레옹은 그곳을 택한 이유로 날씨와 그곳 사람들의 상냥함을 꼽았다.

1141 나폴레옹 몰락 후 영국과 오스트리아가 맺은 비엔나 조약. 이탈리아의 세 옛 공화국들을 없앴다.

1142 오스트리아의 집정관으로 페르디난드 3세가 다시 토스카나 대공으로 오기 직전 잠시 토스카나를 통치했었다.

1143 영국의 왕이었던 조지 1세에서 4세까지(재위 : 1714~1830)를 말하는 것이다. 스페인에 부르봉가가 복권이 됐었다. 나폴레옹을 무찌른 워털루 전투로 유명한 웰링턴을 파운드는 고리대금업의 앞잡이로 보았다.

1144 여기서의 공작이란 웰링턴을 말한다. 보수주의자인 웰링턴에 맞서 개혁주의자들이 내걸었던 슬로건.

1145 나폴레옹이 엘바섬에서 인콘스탄테라는 이름의 조그만 배를 타고 탈출해서 프랑스로 가서는 소위 '백일천하'를 이루지만, 그의 장군들이었던 사람들 중 네가 말에서 떨어지는 불상사를 겪고, 그루시는 지원군을 늦게 데리고 오는 바람에 워털루 전투에서 완전히 패퇴하게 되었다.

1146 시칠리아에 있던 영국군의 지휘관. 제노바를 침공해 들어가서 제노바를 예전의 공화국으로 회복시키겠다 했으나 이루어지지 않았음.

1147 단테가 죽은 해가 1321년, 나폴레옹이 죽은 해가 1821년이니 정확히 5백 년 지나서이다. 하지만 나폴레옹이 죽은 해 그의 나이는 57세가 아니라 51세였다.

1148 나폴레옹의 두 번째 부인이었던 마리아 루이사 데 파르마를 지칭하는 것이다.

1149 마스타이와 비오 9세는 동일 인물. 다젤리오는 1848년 이탈리아에서 있었던 민족주의 운동의 지도자. 비오 9세나 다젤리오나 1848년 있었던 민족주의 운동(이탈리아반도에서 오스트리아 통치를 끝내고자 했던 운동)이 실패로 돌아가면서 쫓겨났었다.

1150 영국 정부가 사르데냐에 보냈던 대사. 이탈리아인들은 영국이 이탈리아의 독립혁명을 지지한다고 생각했다.

1151 영국의 여행 작가. 이탈리아를 다니며 영국 정부에 이탈리아의 상황을 보고했다.

1152 아버지 페르디난도 3세를 이어서 토스카나 대공이 된 레오폴도 2세로 신성로마제국의 2대 황제

인 레오폴도 2세의 손자가 된다.

1153 고급 매춘부를 흔히 이런 통칭으로 부른다.

1154 그리스 신화에서 테베의 왕인 리쿠스의 아내. 제우스의 사랑을 받아 쌍둥이 아들을 낳은, 조카딸 안티오페를 시기하여 안티오페의 쌍둥이 아들 — 안티오페가 자신들의 친어머니인 줄 모르고 있던 — 을 시켜 그녀를 죽이게 하였으나 안티오페가 자신들의 친어머니인 것을 안 그들은 되려 디르케를 죽였다.

1155 구이도 기니첼리(1230~1276)의 「사랑은 늘 고귀한 가슴에 기대누나」라는 시에서 따온 구절.

1156 위의 기니첼리의 시에 진흙이 나오는 구절이 있다. 또한 나폴레옹은 아마도 자신의 전투 경험에서 진흙 때문에 고생을 많이 한 까닭에 예부터 내려오는 4대 요소(물, 불, 땅, 공기)에 진흙을 덧붙일 정도로 그 중요성을 강조했을 가능성이 있다.

1157 제물낚시의 상표. '2번'은 낚시 바늘의 사이즈. 자연에 거역하는 고리대금업과 자연에 순응하는 낚시 행위를 대비하고 있다.

1158 제물낚시의 상표.

1159 이 두 줄은 13세기 독일의 스콜라 철학자인 알베르투스 마그누스에서 따온 것이다. 그는 토마스 아퀴나스의 선생이기도 했다.

1160 동부 프로이센의 도시. 아래 두 줄은 루돌프 헤스 — 히틀러의 최측근 중의 한 사람 — 가 이곳에서 했던 라디오 방송에서 따온 것이라 한다.

1161 단테의 「지옥」을 상기시키는 문구. '12명'은 누구를 가리키는지 확실치 않다.

1162 1508년과 1510년 사이에 베네치아에 대항하고자 만들어진 연합전선.

1163 '정명'은 말 그대로는 '올바른 이름 짓기'가 되겠는데, 모든 사물들과 개념들을 그에 상응하는 올바른 언어로 표현하는 것을 뜻한다. 이는 또한 공자 사상의 핵심 개념이기도 한데, 자신의 위치에 맞는 소임을 다하는 것을 뜻한다고 할 수 있다. 이 두 가지 중 어느 의미로든 '정명'은 파운드에게 대단히 중요한 개념이다.

1164 기원전 3~4세기 희랍의 철학자 겸 시인. 「제우스에게 바치는 찬미가」로 유명하다.

1165 히틀러 휘하의 재정가.

1166 파시스트 정권 16년, 즉 1938년.

1167 이탈리아의 현대 작가. T. S. 엘리엇이 서문을 쓴 『영시』(1950)를 출간하기도 했다.

1168 근동 지방에 대한 권위자.

1169 1930년대 스탈린 정권 때의 인물.

1170 '어르신'이란 존 퀸시 애덤스의 아버지인 존 애덤스를 말하는 것이다.

1171 벤저민 프랭클린.

1172 프랑스의 툴루즈에 있다.

1173 시에나의 영웅. 그가 말 타고 가는 프레스코화(1328)를 가리키는 것이다.

1174 아마도 몬테마씨 — 시에나의 남서쪽 마을 — 의 잘못일 것이다.

1175 주교의 지팡이.

1176 스페인 북쪽의 도시. 엘 시드의 고향.

1177 토스카나 지방의 마을.

1178 교황 그레고리 1세.

1179 여기서부터 이 칸토 마지막 세 줄 전까지는 『예기』에서 따온 것이다.

1180 황실 선조를 모시는 곳.

1181 황하로 흘러 들어가는 강.

1182 1860년대 영국 수상.

1183 아일랜드의 항구 도시로 예이츠가 사랑했던 곳이다.

1184 파운드에게 '止'는 중요한 의미를 갖는다. '멈춤의 순간'이라는 뜻을 갖는데, 즉 모든 사물의 '정지점'이라는 뜻을 갖는다. 이는 더 나아가 사물의 '중심축'이라는 의미로까지 확대된다.

1185 소위 '중국(또는 중국사) 칸토들'의 첫 편.

1186 유씨(有氏). 중국의 전설적 왕. 살 집(住)을 가르침.

1187 수인씨(燧人氏). 중국의 삼황오제에서 삼황(三皇) 중의 첫 번째.

1188 복희씨(伏羲氏). 삼황 중의 두 번째. 사냥과 어업을 가르침.

1189 신농씨(神農氏). 그 세 번째로 농업을 가르쳤다.

1190 산둥반도의 도시.

1191 헌원(軒轅). 신농왕의 충신.

1192 황제(黃帝). 오제(五帝)중의 한 명.

1193 원래는 요정이었으나 후에 갈대로 변하였다. 갈대 피리.

1194 협서 지방의 산.

1195 제고(帝高). 요임금의 아버지라 한다.

1196 하북 지방.

1197 그 유명한, 중국의 이상적 왕의 대명사인 요임금으로 오제 중의 한 명.

1198 하나라의 시조인 우. 요-순-우의 우.

1199 산둥 지방.

1200 동부 지역.

1201 그 지역의 산.

1202 그 지역의 강.

1203 약초.

1204 오제 중의 한 명인 순임금.

1205 순임금 때의 수상. 형법 도입.

1206 소강(少康). 하나라 제7대 왕(B.C. 2079~2055). 그의 어머니 민은 하나라에 반란이 일어났을 때 뱃속에 소강왕을 임신한 채 도망갔다.

1207 오제 중의 한 명인 소호(少昊).

1208 오제 중의 한 명인 전욱(顓頊). 하나라 시조인 우는 전욱의 손자라 한다.

1209 성탕(成湯). 상나라(도중에 은나라로 바뀜)의 시조.

1210 칸토 XXXVIII의 주석 882번을 보라. 원래는 프로베니우스를 지칭하는 표현이지만, 여기서는 칭탕왕의 기도가 비를 몰고 왔다는 것을 말하고 있는 것이다.

1211 성탕의 목욕통에 '일일신(日日新)'이라 쓰여 있었다 한다.

1212 주나라의 시조가 되는 우왕(무왕-武王)의 아버지로 웬왕(문왕-文王)으로 추존되었다.

1213 은나라의 마지막 왕인, 타락한 추신의 삼촌. 조카에게 직언을 하다 핍박을 받았다.

1214 추신이 자신의 애첩인 타치(탄키)를 위해 만든 궁전.

1215 추신의 신하인 치우(키우)의 딸은 추신과 그의 애첩을 싫어하다가 사지를 잘렸다.

1216 『역경』은 웬왕(문왕)이 감옥에서 쓴 것으로 되어있다.

1217 추신과 우왕(무왕)이 맞닥뜨린 전투지. 여기서 추신이 패하여 은나라가 끝나고 주나라가 시작된다.

1218 즉 하나라의 시조였던 우임금.

1219 산시성(섬서성-陝西省)의 산.

1220 나침반 비슷한 것.

1221 낙양(洛陽).

1222 우왕(무왕)과 형제로 우왕과 그다음 왕 성왕에게 국정을 위한 좋은 충고를 많이 했던 인물로 알려져 있다. BC 1106년에 죽었다.

1223 성왕(成王). 우왕(무왕)의 아들로 주나라의 2대 왕.

1224 한 냥의 1/24.

1225 약 141인치.

1226 우왕의 친척으로 복숭아나무 아래에서 나라의 정의를 일깨운 것으로 유명. 이 이하는 우왕의 아들 강왕(康王)이 3대 왕으로 등극하는 준비의 묘사.

1227 둘 다 옥(玉) 종류의 보석.

1228 차오공의 아들로 강왕의 주요 신하.

1229 소왕(昭王). 강왕 다음의 왕으로 주의 4대 왕.

1230 목왕(穆王). 주의 5대 왕.

1231 간쑤성(감숙성-甘肅省)의 강.

1232 공왕(共王). 주의 6대 왕. 지방 관리의 세 딸에게 반했으나, 일 년을 기다려도 응답이 없자 그 마을을 쓸어버렸다.

1233 의왕(懿王). 주의 7대 왕.

1234 효왕(孝王). 주의 8대 왕.

1235 진시황의 선조이다.

1236 려왕(厲王). 주의 10대 왕. 후에 국민들로부터 쫓겨난다.

1237 요임금 아래에서 농무장관격이었던 인물.

1238 리왕 휘하의 일급 신하.

1239 리왕 밑의 영주. 앞에 나온 차오공과 혼동하지 말 것.

1240 리왕과 그의 아들 슈엔왕(宣王) 사이의 궐위 기간.

1241 슈엔왕 휘하의 장군.

1242 회강(淮江). 허난성(하남성-河南省)에 있다.

1243 황하강과 연결되는 강.

1244 즉, 양자강.

1245 슈엔왕 휘하의 장군. 유이 도읍을 하사받는다.

1246 산시성(산서성-山西省)의 마을.

1247 유왕의 부인. 그녀가 왕비가 될 때 지진이 일어났다 함.

1248 유왕(幽王). 주의 12대 왕. 파오츠에 흘려 정사를 돌보지 않음. 이 이후 주나라는 쇠약해지고 춘추시대로 들어가게 된다.

1249 진나라.

1250 하남 지방의 한 지역.

1251 노나라(루공국) 군주.

1252 화이강 주변 고대 공국.

1253 웬공의 형제.

1254 영국의 리처드 3세가 왕자들을 죽였듯, 웬의 두 번째 부인의 추종자들은 첫 번째 부인의 두 아들들을 죽이려는 음모를 실행에 옮겼다.

1255 진나라의 군주.

1256 린공 이후의 진나라의 군주.

1257 공자의 아버지.

1258 옆의 한자어인 '중니'는 공자의 별칭으로, '둘째 태생'의 의미를 갖는다.

1259 공자의 부인.

1260 양자강 상류.

1261 경왕(景王). 공자 시대 주나라 24대 왕.

1262 킹왕의 부하. 왕의 부당한 명령을 듣지 않았다.

1263 치(齊)공국의 군주.

1264 루공국의 관리. 공자의 간언으로 잡혀 참수되었다.

1265 루에서 떠난 공자가 칭(鄭)공국 근처에서 어른거리자, 어떤 자가 군주에게 아뢰길, 요임금의 이마에 카오야오의 목을 하고 체친의 어깨를 하고 우임금만한 키를 한 자가 길을 잃어버린 개처럼 왔다 갔다 하더라고 전했다. 공자는 그 말을 듣고 옛 임금들과의 비유는 맞지 않으나 길 잃은 개 같다는 비유는 옳다고 하였다.

1266 린공의 서자. 린공은 이 서자를 자기 뒤의 왕으로 세우려 하였으나 잉피가 사양하였다.

1267 하남 지방의 공국.

1268 초(楚)나라.

1269 작은 공국.

1270 경왕(敬王). 주나라 25대 왕.

1271 이 두 별이 어느 별을 가리키는 것인지는 확실치 않다. 신별은 전갈좌의 별이라고 한다.

1272 진나라 군주.

1273 위나라의 재상. 후에는 은둔 생활을 하였다.

1274 황하.

1275 진나라의 유명한 재상인 공손앙.

1276 진나라의 재상이었으나 후에 진나라에 등을 돌리었다가 죽음.

1277 이 나라 저 나라에서 용병대장직을 맡았던 인물.

1278 수친을 말함.

1279 진나라 군주. 주나라를 거의 망하게 하고 진나라가 전국시대를 통합하는 하나의 제국으로 발전시키는 데 큰 역할을 함.

1280 챠오샹왕 휘하의 장군.

1281 3세기 옌(燕) 나라 재상.

1282 치(제나라)의 장군.

1283 옌(연나라)의 장군.

1284 산둥성(산동성-山東省)의 마을.

1285 만리장성을 말한다.

1286 즉 진시황제.

1287 모든 소요의 근원은 책에 있다고 하여 진시황제에게 책을 없애버리라고 조언한 인물.

1288 자영(子嬰). 진시황제의 손자(맏아들의 아들)로 진의 마지막 왕이었다. 환관 조고에 의해 왕이 되기

는 했지만 자신의 손으로 조고를 찔러 죽인다.

1289 소하(蕭何). 한나라 고조인 유방의 재상.

1290 즉 유방.

1291 호해(胡亥). 진시황제의 막내아들로, 환관인 조고(趙高)에 의해 형을 제치고 아버지의 뒤를 이어 황제에 올랐다. 하지만 조고에 의해 죽임을 당하고 그의 조카가 되는 자영이 왕 자리에 올랐다.

1292 항우.

1293 '러시안'을 뜻하는 것인지, '루공(魯公)'을 뜻하는 것인지 불명확하다. 항우가 러시아인은 아닐 터 이지만, 파운드가 항우의 잔인한 성격을 'bloody Russian'이라고 표현을 한 것인지, 아니면 항우가 초나라 왕으로부터 '루공(魯公)'이라는 작위를 받은 것을 지칭한 것인지 모르겠다. 항우에게 펜싱 을 가르치려는 시도도 있었던 모양인데, 일대일의 펜싱에는 별로 관심 없고 한 사람이 만 명을 대 적하는 전투에 관심을 두었다는 말.

1294 고(高). 즉 한나라 고조 유방.

1295 육가(陸賈).

1296 관동지방의 소국.

1297 『신어(新語)』. 『서경』이나 『시경』같은 고전을 싫어했던 고조 유방에게 육가가 써서 바친, 치세에 관한 글.

1298 孔夫子. 즉 공자.

1299 번쾌(樊噲). 유방과 어릴 적부터 동네 친구로 개잡이였으나, 유방을 끝까지 도왔다.

1300 진나라의 수도였다. 지금의 서안(西安). 놀기 좋아하던 유방은 궁전의 화려함과 여인네들을 보고 는 궁전에 머무르려 하였으나 번쾌의 조언을 듣고 머무르지 않았다.

1301 혜제(惠帝). 유방과 여태후 사이에서 난 아들로 유방이 죽은 후 2대 황제가 되었다.

1302 의양(宜陽). 중국 허난성(하남성-河南省)의 도시. 뤄양(낙양) 근처에 있다.

1303 여태후. 유방의 정부인으로 중국 역사의 3대 악녀로 불릴 정도로 유방이 죽은 후 온갖 악행을 저 질렀다.

1304 문제(文帝). 유방의 서자들 중 한 명으로 대왕(代王) — 유방이 제압했던 소국의 군주 자리 — 으로 있었는데, 여태후가 죽은 후 여러 고위 관료들의 힘을 얻어 5대 황제 자리에 올랐다.

1305 남월(南越). 지금의 베트남. 중국에서는 베트남을 안남(安南)으로 부르기도 한다.

1306 조타(趙佗). 남월(베트남)의 초대 황제였으나, 중국 한나라의 문제에게 황제 자리를 반납했다.

1307 가의(賈誼). 한나라 문제 아래의 주요 신하들 중 한 명.

1308 조착(晁錯). 역시 한나라 문제 아래의 주요 신하들 중 한 명.

1309 이광(李廣). 한나라의 장군. 소수의 이광 부대는 수천의 흉노족과 대치하고 있었는데, 이광은 군 사들에게 말에서 내려 안장을 풀게 시켰다. 이를 본 흉노족은 필시 대군이 그 뒤에 진을 치고 있 을 것이라 생각하고는 지레 겁먹고 도망을 갔다.

1310 칸토 LIII에 나오는바, 유는 하나라 시조인 우임금, 야오는 요임금, 슌은 순임금.

1311 한나라 6대 황제인 경제(景帝). 아버지인 문제와 더불어 흔히 '문경지치(文景之治)'라 일컬어지는, 한나라의 태평시대를 이끌었다.

1312 칸토 LIII의 주석 1211번을 보라.

1313 한나라 7대 황제인 무제(武帝).

1314 하남(河南).

1315 하북(河北).

1316 『예기』는 맹자가 쓴 것이 아니라 공자의 가르침을 후대에 대대(大戴)와 소대(小戴)가 모아 정리한 것이다. 여기서 파운드가 '맹자의『예기』'라 한 것을 어떻게 받아들여야 할지 모르겠으나, 『예기』를 맹자의 저술로 잘못 기술한 것이거나 아니면『맹자』를 뜻한 것이거나 둘 중 하나일 것이다.

1317 모시(毛詩). 『시경』에 대한 해석본이 4가지가 있었다 하는데, 모시는 그중 하나로, 현재 우리에게 전해지고 있는 유일한 판본으로 알려져 있다.

1318. 좌구명(左丘明). 공자의 제자로 『논어』에도 나오는데, 이 좌구명이『춘추』에 해제를 붙인 것으로 알려져 있다. 좌구명의 해제가 붙은『춘추』를『춘추좌씨전(春秋左氏傳)』이라 한다.

1319 한나라 8대 황제인 소제(昭帝).

1320 한나라 10대 황제인 선제(宣帝).

1321 타타르족이 아니라 흉노족이라 해야 맞다. 뒤의 주석 1430번 참조.

1322 지금의 서안(西安).

1323 선우(單于). 흉노족의 우두머리를 일컫는 용어.

1324 서역(西域). 산시(섬서(陝西))에서부터 지금의 신장(新疆)지구에 이르기까지의 넓은 지역.

1325 1938년(파시스트력 16년) 무솔리니는 나폴리만에서 히틀러에게 잠수함 군사작전을 시연해 보였다.

1326 빙소의(馮昭儀). 한나라의 11대 황제인 원제(元帝)가 아낀 두 명의 후궁 중의 한 명.

1327 부소의(傅昭儀). 위에서 이야기한 두 명 중의 또 다른 한 명.

1328 원제(元帝).

1329 한나라의 14대 황제인 평제(平帝).

1330 두 명 다 원래는 장군이었으나 도적의 우두머리가 되었다.

1331 이에 대한 해석은 혼란한데, 어떤 해석에서는 후한의 명제(明帝)에게 패해 죽임을 당한 흉노족의 우두머리라고도 하고, 어떤 해석에서는 추쿠와 총을 제압한 장군이라고도 한다.

1332 후한의 초대 황제인 광무제(光武帝). 지방의 호족 신분이었던 그는 주변 다른 호족 세력들을 규합하여 난을 일으켜 후한을 건국했다.

1333 광무제의 아들로 후한의 2대 황제인 명제(明帝).

1334 후한의 3대 황제인 장제(章帝)의 측근 신하.

1335 명제의 비로서 장제의 어머니이다. 마황후라 불리며 어린 아들 장제가 올바른 정치를 할 수 있게 해 준 훌륭한 어머니로 여겨지고 있다. 자신의 친척들, 즉 아들의 외척이 권력의 자리를 차지하지 못하도록 하였다 한다.

1336 전한 원제의 비였던 왕황후를 말한다. 남편 원제가 죽은 후 실권을 장악하였고, 전한이 멸망하게 되는 원인이었던 인물인 왕망은 그녀의 조카이다.

1337 후한의 4대 황제인 화제(和帝).

1338 후한의 6대 황제인 안제(安帝).

1339 안제의 비인 염황후의 남형제로 지방의 왕에 봉해지는 것을 거부하였다.

1340 소위 '관서의 공자'라 칭해지는 양진(楊震)을 말한다. 그는 청렴결백을 대표하는 인물로, 그가 산동성의 태수로 있을 때 왕밀이라는 평소 알고 지내던 자가 찾아와 금을 내어놓으며 아무도 모르니 청을 들어주십시오 하자 그는 "하늘이 알고 땅이 알고 자네가 알고 내가 아는데 어찌 모른다 하는가"라 했다는 유명한 일화가 전해진다. 이를 '양진의 사지(四知)'라 한다.

1341 양기(梁冀). 후한의 9대 황제인 충제(沖帝)의 삼촌으로 11대 황제인 환제(桓帝) 때 재상을 지냈으나 너무 전횡을 일삼자 환제는 그를 제거했다.

1342 후한의 11대 황제인 환제.

1343 환제의 비였던 두황후를 말한다. 후한의 12대 황제인 영제(靈帝)의 초기 4년간 섭정을 했다.

1344 후한의 12대 황제인 영제.

1345 이것이 유명한 삼국지 — 위, 촉(또는 촉한), 오 — 의 시대이다.

1346 유심(劉諶). 촉한의 창건자인 유비의 손자. 유비의 아들로 유비에 이어 촉한의 2대 황제로 오른 유선(劉禪)의 아들. 촉한이 망할 때 유선은 항복하여 살아남았으나 유심은 자결했다.

1347 진(晉). 삼국시대를 끝내고 잠시나마 다시 중국을 통일했던 나라.

1348 두예(杜預). 진나라 때의 인물로 사마의의 사위였다. 즉 진무제가 되는 사마염의 고모부였던 셈이다. 중국의 시성(詩聖)으로 추앙받는 두보의 선조라고도 한다.

1349 진나라의 초대 황제인 진무제(晉武帝). 이름은 사마염(司馬炎). 조조의 위나라의 신하였던 사마의의 손자.

1350 양호(羊祜). 진나라의 인물로 삼국시대를 끝내고 중국을 통일하는 데 일조를 하였다.

1351 왕준(王濬). 양호, 두예와 더불어 삼국시대를 끝내고 사마염으로 하여금 중국 통일을 이루게 한 인물.

1352 중국의 강남 지방 — 양자강 남쪽 지방을 뜻하는 말로 행정구역은 아니다 — 에 있는 산.

1353 '강(江)'이라는 말이지만, 양자강을 의미한다.

1354 손호(孫皓). 삼국시대 오나라의 4대 황제로 마지막 황제. 오나라 초대 황제인 손권의 손자. 폭군으로 여겨지고 있다.

1355 즉 오나라.

1356 유의. 진나라 때 인물로 진무제의 사치와 향락에 직언을 했다고 전해진다.

1357 바로 위에 나온 주석 1342번과 1344번을 보라.

1358 양준(梁駿). 사마염의 장인.

1359 진무제 사마염은 중국 역사상 가장 많은 후궁을 거느렸던 것으로 알려져 있는데, 양이 끄는 마차를 타고 가다 양이 멈추는 곳에 있는 후궁의 처소에 들었다고 전해진다. 그래서 양이 좋아하는 음식을 자기 처소 앞에 두는 후궁들이 많았다 한다.

1360 진의 3대 황제 회제(懷帝).

1361 진의 4대 황제로 마지막 황제인 민제(愍帝).

1362 5호16국 시대의 전조(前趙).

1363 전조의 3대 황제.

1364 진나라가 흉노족이 세운 나라인 전조에 의해 민제를 마지막 황제로 막을 내리는데, 이때의 진나라를 서진이라 하고, 전조를 피해 남동쪽으로 내려가 사마예 — 사마염과 증조부가 같다 — 가 세운 나라를 동진이라 한다. 동진의 3대 황제인 성제(成帝)를 말한다. 5살의 어린 나이에 즉위해서 태후가 섭정했다.

1365 동진의 6대 황제인 애제(哀帝). 곡기를 끊고 소위 불로장생의 약이라는 것만 먹다가 재위 5년 만에 25세의 나이로 죽었다.

1366 동진의 9대 황제인 효무제(孝武帝). 하루는 총애하는 후궁에게 이제 네 나이가 30이 되니 다른 여자를 취해야겠구나 하고 농담조로 말을 했는데, 이 말에 기분이 상한 후궁은 그날 밤 효무제를 질식사시켰다.

1367 송(宋)나라. 뒤에 10~13세기 때의 송나라와 구별하기 위해 이 위진남북조 시대의 송나라를 유송(劉宋)이라 부르기도 한다.

1368 유유(劉裕). 유송의 초대 황제. 동진의 하급 군인이었으나 동진의 10대 황제인 안제(安帝)를 복위

시키는 데 큰 공을 세웠고, 그 후 동진의 마지막 황제인 공제(恭帝)로부터 황제 자리를 물려받아 송나라를 세웠다.

1369 고조(高祖). 즉 송나라의 고조인 유유.

1370 동진의 마지막 황제인 공제는 독실했던 불교 신자로 알려져 있다.

1371 중국 강서성(江西省)의 여산(廬山)을 말하나, 여기서는 유송의 3대 황제인 문제(文帝)가 세운 학당을 관장하다가 이 여산으로 들어와 다시는 산을 떠나지 않았던 학자를 말한다.

1372 부처(석가모니)에 관한 전설. 이에 의하면 마야 왕비가 흰 코끼리 꿈을 꾸고 석가모니를 수태하였으며 오른쪽 옆구리에서 태어났다고 한다.

1373 남북조시대의 북위(北魏)의 3대 황제였던 태무황제 탁발도를 말한다.

1374 유송의 3대 황제인 문제.

1375 탁발도(拓跋燾).

1376 문제 밑의 형법 집행관.

1377 칸토 IX의 주석 178번을 보라.

1378 남북조시대 제(齊)나라 — 남제(南齊) — 의 2대 황제인 무제(武帝). 제나라는 유송을 뒤이은 나라이다.

1379 무제 밑의 재상.

1380 즉 '天'.

1381 유송의 7대 황제인 욱(昱). 9살에 황제 자리에 올라 14살에 살해당했는데, 어찌나 망나니였던지 그가 살해당했을 때 울어주는 사람조차 하나 없었다고 하며 추후 황제 칭호조차 박탈당했다.

1382 남제의 초대 황제인 고제(高帝).

1383 무제의 이름인 색(賾).

1384 즉 북위 사람들.

1385 유송 시대 학자라는 주석도 있으나 확실치 않다.

1386 제(남제)를 이은 양(梁)나라. 양을 세운 이가 소연(蕭衍)인데, 그의 성을 따서 소량(蕭梁)이라고도 한다.

1387 양의 초대 황제인 무제(武帝), 즉 소연.

1388 북위의 옛 수도였던 평성(平成). 지금의 이름은 다퉁(대동-大同)으로 산시성(山西省)에 있다.

1389 북위의 6대 황제인 탁발홍(拓跋弘).

1390 탁발홍의 아들로 북위의 7대 황제로 오른 탁발굉(拓跋宏)은 호족(胡族)의 성인 탁발을 한족(漢族)의 성인 원(元)으로 바꾸었다.

1391 양무제(위 주석 1387번).

1392 낙양(洛陽).

1393 호태후(胡太后). 북위의 9대 황제인 효명황제의 어머니로 그 당시 실권을 쥐고 있던 인물.

1394 수나라의 초대 황제인 문제(文帝), 즉 양견.

1395 양견(楊堅). 남북조시대를 끝내고 중국을 다시 통일시켰던 수(隋)나라의 초대 황제. 원래 북위가 망하면서 생긴 나라 중의 하나인 북주(北周)의 권력자였다.

1396 양견의 측근.

1397 후주. 양나라가 멸망하고 그 뒤를 이은 나라가 진(陳)나라인데, 그는 진나라의 마지막 황제이지만 황제 시호도 없이 그냥 후주(後主)라고만 불린다. 양견이 진나라를 쳐서 무너뜨리고 북과 남을 하나로 합쳐 중국을 통일시켰던 것이다. 세 개의 탑이란 후주가 세 명의 후궁들을 위해 세운 건축물

을 말한다.

1398 수문제가 세웠다고 하는 궁전.

1399 수문제는 돌궐족의 지도자들 중 한 명이었던 돌리카간(突利可汗)에게 딸을 주어 돌궐족의 북방 침입을 막는 화친정책을 폈다. 이 정책으로 인해 돌궐족의 세력이 분열되고 약해졌다.

1400 수문제를 뒤이어 수의 2대 황제가 된 양광(楊廣). 그는 아버지인 문제를 죽이고 황제 자리에 오른 것으로 알려져 있다. 그리고 원래 황태자였던 형도 악소문을 퍼뜨려 폐위되게 하고 자신이 태자가 되었고, 황제에 오른 후 부하를 시켜 형도 살해했다. 중국 역사에서 손꼽히는 악한 황제이다. 그도 그럴 것이 그가 거의 수나라를 말아먹었다고 해도 과언이 아니라 그의 악행에 반기를 든 그의 부하에게 죽임을 당하고 그의 손자가 수의 마지막 황제로 오른 지 일 년도 안 돼 당나라에 항복하였으니 아버지가 중국을 통일한 대업을 이루었음에도 불구하고 수나라가 37년밖에 안 되는, 중국 역사상 가장 기간이 짧았던 나라 중의 하나라는 오명을 갖게 된 원인이 그에게 있기 때문이다. 그가 우리나라 고구려를 침공했다가 패퇴했던 것은 우리나라 역사에서도 잘 알려진 일이다.

1401 산동성에 있는 강.

1402 산시성(섬서성-陝西省)에 있는 도시들로 수양제가 이 부근의 만리장성을 재축조했다고 한다.

1403 수양제가 서역에 보낸 행정관.

1404 즉 서역(西域).

1405 수나라의 마지막 황제인 공제(恭帝).

1406 즉 당(唐)나라.

1407 당 고조(高祖), 즉 이연(李淵).

1408 이소(李昭). 이연의 딸로 여장부였다 한다. 원래 이름은 이수녕(李秀寧). 소(昭)는 시호이다. 흔히 '평양공주'라 부른다.

1409 이소의 남편인 시소(柴紹)는 돌궐을 물리쳤다.

1410 당 고조와 태종 때의 재상.

1411 당의 2대 황제인 태종(太宗). 당 고조 이연의 아들인 이세민(李世民). 태자였던 형을 물리치고 황제가 되었다.

1412 즉 공자.

1413 위징(魏徵). 당 태종 휘하 재상. 원래는 태종의 형이 태자였던 시절 그 형의 재사였으나 태종이 그를 거두어들여 자신을 보필하는 신하로 만들었다.

1414 당 태종의 비인 문덕황후(文德皇后). 성이 장손이라 장손황후(長孫皇后)라고도 불린다. 그는 중국의 역사에서 가장 현명하고 후덕했던 황후들 중 한 명으로 꼽힌다. 당 태종도 그녀가 35살이라는 이른 나이로 죽었을 때 이제 자기 옆에서 충언을 해 줄 훌륭한 사람을 하나 잃었다고 무척 슬퍼했다고 하며, 그녀 사후 다른 정비를 들이지 않았고 죽은 후 그녀와 합장되었다. 그녀는 태종 몰래 여인들이 지녀야 할 덕목들을 기술한 글을 남겨놓았는데, 황실에서는 이 글을 모아 『여칙(女則)』이라는 제목으로 펴냈다.

1415 칸토 LIII의 주석 1222번을 보라.

1416 마주(馬周). 당 태종 때의 관리.

1417 서돌궐의 나라.

1418 역시 서돌궐의 나라.

1419 아마도 서돌궐의 마지막 가한인 사발라가한(沙鉢羅可汗).

1420　『정관정요(貞觀政要)』. 태종과 신하들 사이의 어록으로 실제로 이 책은 태종의 증손자로 당의 6대 황제로 올랐던 현종 때 오긍이라는 사람이 엮은 책이다.

1421　측천무후(則天武后). 원래는 당 태종의 후궁이었으나 그의 아들(문덕황후 사이에서 난)이 태종을 이어 3대 황제인 고종이 되었을 때 고종의 비가 된다. 측천무후는 중국 역사상 전무후무한 여걸이자 악녀로 전세계에 그 이름이 널리 알려진 인물이다. 고종과 자신과의 사이에서 난 아들들 중 첫째와 둘째 아들 둘을 죽였는데, 그 이유는 똑똑해서 자신의 말을 잘 안 듣는 것이었다. 고종이 죽은 다음 고종과의 사이에서 난 아들들 중 가장 유약하고 자신의 말을 잘 듣는 아들을 4대 황제인 중종으로 앉힌다. 그러나 곧 폐위시키고 막내아들을 5대 황제인 예종(睿宗)으로 앉힌다. 그러다가 결국엔 예종마저도 폐위시키고 자기 자신이 직접 황제의 자리에 오르는, 중국 역사상 유일무이한 여황제가 된다. 이런 잔혹 무치한 여인이었지만, 그녀가 여황제로 있을 때 나라가 비교적 잘 돌아갔다고 알려져 있다. 나이 들어 황제의 자리에서 물러나면서 중종을 다시 불러들여 황제로 삼았다. 중종이 다시 황제가 된 그해 12월 81세로 천수를 누리고 죽었다.

1422　고종 밑에서 흉노(돌궐)를 물리치기 위해 군대를 이끌었던 장군.

1423　당의 4대 황제인 중종(中宗). 어머니인 측천무후에 의해 황제에 올랐다가 폐위되었다가 측천무후가 황제 자리에서 내려오면서 다시 또 두 번째로 황제가 되었다. 하지만 그의 아내였던 위황후가 시어머니를 흉내 내어 자신이 황제가 되려는 야심을 품었고, 중종과 위황후 사이에서 난 딸인 안락공주마저 어머니하고 손잡고 아버지를 없애는 비극이 벌어졌으니, 아마도 중국 역사상 가장 여자 복이 없었던, 아니면 가장 마마보이였던 황제.

1424　당의 6대 황제인 현종(玄宗). 그는 5대 황제였던 예종의 아들이다. 큰아버지였던 중종을 죽인 위황후와 안락공주를 죽이고 중종의 뒤를 이어 다시 아버지 예종을 황제로 복위시킨 공을 인정받아 황태자로 책봉되었다가 아버지 예종으로부터 황제 자리를 선양받아 황제에 올랐다. 그가 황제로 있을 때의 당나라는 태종 때와 비견될 정도로 좋은 상황을 회복하였으나 말년에는 그 유명한 양귀비와의 사랑 때문에 당나라의 국운을 쇠퇴케 하였다는, 명군과 암군이라는 양면성을 가진 군주로 평가되고 있다.

1425　허난성(하남성)에 있는 도시.

1426　허난성(하남성)에 있는 도시.

1427　낙주(洛州). 우리가 흔히 뤄양(낙양-洛陽)이라 부르는 시의 또 다른 이름. 현종은 자신의 고향인 이곳의 세금을 면제해 주었다.

1428　중국 북부 도시.

1429　안양(安陽). 허난성의 제일 북쪽 도시.

1430　토번(吐蕃)족. 우리가 티베트족이라고 알고 있는 민족. 파운드는 중국 역사에 나오는 흉노족, 돌궐족, 토번족 등, 중국의 한족을 북방에서 괴롭혀 왔던 모든 이민족들을 다 'tartar'(타타르족)라는 영어 단어 하나로 통칭하여 쓰고 있는데, 이는 무척 불친절하고 부정확한 사용이라 아니할 수 없다. 물론 파운드가 중국 역사에서의 그 모든 이민족들의 북방 침입 하나하나에 대해 정확한 인식을 가졌으리라고 기대하는 것부터가 잘못일 것이다 — 우리도 잘 모르는 것인데. 여기서 'tartar' 번역은 다 '흉노'로 통일하여 번역하되 주석에서 그때그때 구별하여 설명하였다.

1431　현종은 말년에 도교에 심취했었다. 실제로 한 도가가 궁전에 와서는 자신이 불로의 비법을 가지고 있다고 큰소리쳤으나 곧 죽었다는 이야기가 있다.

1432　그 유명한 양귀비. 그녀는 정식 황후는 아니었고, 귀비(貴妃)라는, 후궁들 중 가장 높은 직위의 칭호를 받았다. 원래 현종은 무혜비라는 후궁을 무척 사랑했는데, 그 후궁이 죽자 너무 슬퍼했고,

그 슬픔을 달래고자 측근이 현종에게 며느리가 되는 양귀비 — 현종과 무혜비 사이에서 난 아들의 부인이었다 — 를 소개했다고 한다. 반란이 일어났을 때 양귀비는 스스로 목매달아 죽었다고 알려져 있다.

1433 당의 7대 황제 숙종(肅宗).

1434 숙종 휘하의 장군.

1435 허난성의 도시.

1436 당의 9대 황제 덕종 때의 관료.

1437 당의 9대 황제 덕종(德宗).

1438 옛 콘스탄티노플의 주교였던 네스토리우스의 교리를 따르는 파. 중국에서 경교(景敎)라는 이름으로 한때 꽤 퍼졌었다.

1439 곽자의(郭子儀). 당나라 때 현종, 숙종, 대종, 덕종에 이르기까지 4명의 황제를 모셨던 유명한 장군이자 관료.

1440 토번족에 맞서 싸우던 당군의 장교였으나 숙종의 딸과 밀애를 즐긴 것이 탄로나 쫓겨났다.

1441 당나라 수도인 장안(長安) 근처의 마을.

1442 칸토 XLIII에 교황 우르반 8세를 언급할 때 나오는 구절.

1443 당의 10대 황제인 순종(順宗).

1444 이순(李純). 아버지를 뒤이어 11대 황제가 된 헌종(憲宗).

1445 위고(韋皐). 지금의 쓰촨성(사천성-四川省)의 관찰사였던 장군이자 관료.

1446 임온(林蘊). 유벽의 부하 장교였으나 유벽이 반란을 일으켰을 때 그에 반대하였다. 임온이 한 말은 유벽에게 한 말이 아니라 자신의 목을 치려던 망나니에게 한 말이다.

1447 유벽(劉闢). 위고 밑에 있던 부장으로 위고가 죽자 쓰촨성을 장악하고 반란을 일으켰다가 황제군에 패하여 참수되었다.

1448 이기(李錡). 지금의 장쑤성(강소성-江蘇省)의 한 지역을 관장하던 관료. 자신의 탐욕이 들통나자 반란을 획책했으나 잡혀서 참수되었다.

1449 헌종.

1450 『대학(大學)』에 나오는 공자의 말. 그 의미는 "올바른 자는 재물로 자신을 발전시키지만, 올바르지 않은 자는 재물을 모으려 자신을 써먹는다".

1451 화이강 지역. 칸토 LIII의 주석 1242번 참조.

1452 이강(李絳). 헌종 밑에서의 재상.

1453 전흥(田興). 허베이성(하북성-河北省)의 관찰사였다. 전홍정(田弘正)이라는 이름으로도 알려져 있다.

1454 주나라의 2대 왕인 성왕(成王). 칸토 LIII, 주석 1223번을 보라.

1455 성왕의 아들로 주의 3대 왕인 강왕(康王).

1456 한나라의 문제(文帝). 칸토 LIV의 주석 1304번 참조.

1457 한나라의 경제(景帝). 칸토 LIV의 주석 1311번 참조.

1458 헌종은 말년에 불교에 귀의했던 것으로 알려져 있고, 불로장생약이라는 것을 먹고 — 아마도 환관들에 속아서 — 죽은 것으로 알려져 있다.

1459 당의 12대 황제인 목종(穆宗).

1460 당의 14대 황제인 문종(文宗).

1461 당의 15대 황제인 무종(武宗).

1462 재인(才人). 무종이 총애했던 후궁으로 성이 왕씨라 왕재인으로 불린다. 재인은 후궁들 중의 계급

의 하나. 왕재인은 무종이 죽자 무종이 선물로 준 스카프로 목을 매어 죽었다. 평소 왕재인을 질시했던 다른 후궁들도 이것을 보고는 눈물을 흘렸다 한다.

1463 구천(九泉). 땅속 깊은 곳으로 죽은 혼이 간다는 곳.

1464 당의 16대 황제인 선종(宣宗).

1465 선종은 무종을 따라간 왕재인의 이야기를 듣고 슬퍼하며 그녀를 재인보다 높은 지위인 현비(賢妃) ─ 후궁들 중 두 번째로 높은 위치(후궁들 중 제일 높은 위치는 양귀비의 귀비이다) ─ 로 승격시켰다.

1466 '금경(金鏡)'. 이는 아마도 앞 칸토 주석 1420번에 언급된 『정관정요』를 말하는 것일 것이다.

1467 당의 17대 황제인 의종(懿宗).

1468 당의 18대 황제인 희종(僖宗).

1469 손덕소(孫德昭). 당의 19대 황제인 소종(昭宗)을 복위시켰던 장군.

1470 진왕(晉王). 희종 때 일어났던 '황소의 난'을 진압하는 데 큰 공을 세웠던 이극용(李克用)에게 희종이 하사한 칭호. 진은 산시성(산서성-山西省)의 한 구역.

1471 이극용.

1472 후량(後梁)의 초대 황제인 주전충(朱全忠). 주전충은 당의 마지막 황제인 20대 황제 애제(哀帝)를 옹립했다가 애제를 압박하여 황제 자리를 물려주도록 한 다음 후량을 건국하여 초대 황제에 올랐다.

1473 이극용의 아들인 이존욱(李存勖). '욱(勖)'의 중국 발음이 '슈'. 그는 후량을 무너뜨리고 후당(後唐)을 세워 초대 황제로 올랐다.

1474 거란족.

1475 야율아보기(耶律阿保機). 거란족을 통합하여 하나의 대국으로 건설함으로써 추후 요(遼)나라가 되는 토대를 세운 인물. '요'라는 나라 이름은 그가 죽은 뒤에 만들어진 것이나 사후 그는 요의 초대 황제 태조로 추존되었다.

1476 술율평(述律平). 야율아보기의 아내. 남편이 살아 있을 때는 응천황후(應天皇后)로 불렸으나 사후에는 순흠황후(淳欽皇后)로 불렸다.

1477 아마도 허베이성(하북성-河北省)의 정주(定州).

1478 왕욱(王郁). 이존욱 휘하의 장교였으나 아버지의 뜻에 따라 이존욱을 배신하고 거란에 침입을 제안했다.

1479 전촉(前蜀). 쓰촨성(사천성) 일대를 기반으로 한 나라. 이존욱이 멸망시켰다.

1480 이존욱의 아들인 이계급(李繼岌)을 말한다. 그는 아버지의 명을 받들어 전촉을 멸망시키고 그 땅을 차지하고 있었으나 아버지의 뒤를 이어 황제가 되지 못하고 죽었다. 아버지가 죽은 후 수도로 들어가려 하였으나 이미 이사원(다음 주석 참조)이 앞섰다는 것을 알고 죽었는데, 일설에는 자결했다 하고, 일설에는 부하에게 죽여달라 했다고 한다.

1481 이극용의 양아들이었던 이사원(李嗣源). 이존욱이 황제가 된 후 초기에는 잘하였으나 점차 정사를 등한시하자 도처에서 반란이 일어났고, 그러는 와중에 반란군들의 추대를 받아 황제 자리에 올랐다. 이존욱이 죽은 후 처음에는 섭정을 하였으나 곧 이존욱의 뒤를 이어 후당의 2대 황제 명종(明宗)이 된다. 그는 돌궐족의 후예로 알려져 있다.

1482 이종가(李從珂). 후당의 4대 황제로 후당의 마지막 황제인데, 추후 폐황제가 되고 만다. 이사원이 이극용의 양아들이었듯 그도 이사원의 양아들이었다. 3대 황제로 있던 이사원의 친아들을 밀어내고 황제가 되었으나 이사원의 사위, 즉 자신에게는 매제가 되는 석경당에게 몰리게 되자 스스로 불을 질러 죽었다.

1483 노(魯).

1484 석경당(石敬瑭). 이사원의 사위였는데, 처형인 이종가가 후당의 황제로 있을 때 거란족(요)의 도움을 받아 이종가를 몰아내어 후당의 명맥을 끊고 자신이 후진(後晉)을 세워 초대 황제로 올랐다. 거란에게 조공을 바치고 땅도 많은 부분 거란에게 넘겨주었던 관계로 중국에서는 매국노 황제라는 오명을 받고 있다.

1485 야율덕광(耶律德光)을 말한다. 야율아보기와 술율평 사이의 아들로 아버지에 이어 요의 2대 황제 태종이 되었다.

1486 즉 야율덕광.

1487 유지원(劉知遠). 후진이 요나라에 멸망하고 요나라의 군대가 물러가자 이사원과 석경당 밑에서 장군과 절도사를 지냈던 유지원이 후한(後漢)을 세우고 초대 황제로 올랐다.

1488 유지원은 돌궐족의 한 부류인 사타족(沙陀族) 출신이다. 유지원뿐 아니라 이사원, 석경당도 모두 사타족(돌궐족)의 후예이다.

1489 개봉(開封). 허난성(하남성-河南省)의 도시.

1490 송(宋). 오대십국 시대를 끝내고 당에 이어 통일된 중국 왕조를 열었다. 추후 남송과 구별하여 북송이라고도 한다.

1491 후한을 무너뜨리고 후주(後周)의 초대 황제가 된 곽위(郭威)의 휘하 장군.

1492 태조(太祖). 후주의 초대 황제가 된 곽위를 말함. 곽위는 후량 이후 28년만에 한족(漢族)의 황제였다. 송은 후주를 이은 나라이다.

1493 후주의 태조의 윤허를 받아서 공자의 『서경』과 『시경』을 출판한 인물.

1494 세종(世宗). 곽위에 이어 후주의 2대 황제가 된 시영(柴榮).

1495 도시 이름. 시영의 '시(柴)'가 산의 잡목 숲이라는 뜻인데, 파운드는 이 한자의 뜻을 이용하여 "in the thick"('매복했다'로 번역한)라는 표현을 썼다고 볼 수 있다.

1496 즉 후주.

1497 회강(淮江).

1498 원래는 오(吳)나라였으나 당나라를 잇는다는 뜻으로 당으로 국호를 바꿨는데, 역사에서는 남당(南唐)으로 부른다. 오대십국에서 십국 중 하나. 지금의 장쑤성(강소성-江蘇省) 지역.

1499 즉 양자강.

1500 회강 근방의 도시.

1501 세종의 조언자.

1502 유지원의 아들로 후한의 2대이자 마지막 황제가 된 은제(隱帝)는 황제로 오를 때 17살이었다.

1503 조광윤(趙匡胤). 후주의 태조 곽위와 세종 시영 밑에서 장군을 하던 인물로 세종 시영이 일찍 죽고 그의 아들 시종훈이 7살의 어린 나이로 3대 황제 공제(恭帝)로 올랐는데, 너무 어린 나이의 황제에 불안을 느낀 밑의 사람들이 조광윤을 황제로 추대하였고, 조광윤은 공제로부터 황제를 선양 받아 황제 자리에 오르면서 국호를 송으로 짓고 그 초대 황제가 되었다. 조광윤의 어머니는 죽을 때 조광윤에게 "네가 어떻게 황제 자리에 오를 수 있었겠느냐? 후조의 황제가 7살밖에 안 되었기 때문이다. 이 나라가 계속된다면 어린 네 자식들이 아니라 네 형제가 대를 잇게 하라"는 유언을 남겼다 하는데, 위 구절에 나오는 어머니의 말이 이것이다. 따라서 '마지막 한'이 아니라 '마지막 주'라고 해야 맞다. 파운드가 의도적으로 이렇게 잘못 썼다고 보기는 힘들고 뭔가 착각해서 잘못 썼다고 보는 게 맞을 것 같다.

1504 오대십국에서 십국 중 하나. 지금의 광둥성(광동성-廣東省)과 광시성(광서성-廣西省) 지역의 나라

였다.

1505 조광윤 휘하 장군.

1506 안드로메다 별자리.

1507 태종(太宗). 송의 2대 황제. 형인 조광윤을 이어 2대 황제가 되었다.

1508 소위 "송사대서(宋四大書)"라 불리는 『태평어람(太平御覽)』, 『태평광기(太平廣記)』, 『문원영화(文苑英華)』, 『책부원구(册府元龜)』를 말한다. 모두 태종 때 나온 책들이며, 태종은 독서광으로 알려져 있다. "책을 펴기만 해도 이득이 있다(開卷有益)"는 말을 태종이 했다고 한다.

1509 쓰촨성(사천성-四川省).

1510 왕소파(王小波). 쓰촨 지방에서 일어났던 대규모 농민반란의 지도자.

1511 청성(靑城).

1512 쓰촨성의 도시.

1513 후진의 석경당이 거란(요)의 도움을 받아 후당을 무너뜨린 것에 대한 보답으로 지금의 북경을 포함한 그 일대의 땅을 거란에게 내어주었는데, 그 지역을 연운십육주라 한다. 요는 지금의 북경에 남경(南京)이라는 이름을 붙였는데, 옛날 춘추전국시대의 연(燕)나라의 수도가 이곳에 있었다 하여 연경(燕京)이라고도 부른다. 이 지역을 다스렸던 거란족의 지도자.

1514 몽골대제국을 건설했던 칭기즈 칸.

1515 송의 3대 황제인 진종(眞宗).

1516 요의 6대 황제 성종(聖宗) 야율융서(耶律隆緒)를 말함. 요의 가장 전성기를 이끌었던 황제. 송을 침공하여 송의 진종과 조약을 맺었는데, 송으로서는 굴욕적인 조약이었다.

1517 충칭(중경-重慶). 원래는 쓰촨성에 속해 있었으나 독립해서 직할시가 되었다.

1518 진종은 말년에 미신에 빠졌는데, 하늘에서 자기에게 조(趙)씨 가문을 칭송하는 책이 내려왔다고 믿었다.

1519 송의 4대 황제 인종(仁宗).

1520 부필(富弼). 인종을 도운 신하.

1521 송의 6대 황제 신종(神宗).

1522 왕안석(王安石). 우리에게도 '신법(新法)'으로 잘 알려진 인물.

1523 옛 주(周)나라.

1524 요임금. 칸토 LIII의 주석 1197을 보라.

1525 곤(絲). 하나라 시조 우임금의 아버지. 요임금이 황하가 범람한 것을 보고 곤에게 치수를 맡겼으나 그 일을 완수하지 못하고 죽었고, 순임금의 추천을 받은, 곤의 아들 우가 그 일을 완수했다.

1526 즉 우임금. 칸토 LIII의 주석 1198번을 보라.

1527 여혜경(呂惠卿). 원래 왕안석과 신법의 동지였으나 추후 배신을 했다.

1528 산둥성(산동성-山東省)의 도시.

1529 왕안석의 신법에 반대를 표시했던 재상.

1530 여혜경.

1531 사마광(司馬光). 왕안석과 대항하는 구법의 태두 역할을 했다. 『자치통감』의 저자로 유명하다.

1532 즉 당 태종.

1533 즉 신종.

1534 범조우(范祖禹).

1535 유서(劉恕). 범조우와 유서는 『자치통감』을 만드는 데 조력자 역할을 했다.

1536 즉『자치통감』. 뒤에 '항 무'라는 말이 붙은 것은, 뒤에 남송 때의 학자인 주희가 자신의 관점으로
『자치통감』을 재해석하여『자치통감강목』이라는 이름으로 편찬해냄으로써『강목(綱目)』이라는
말이 붙은 것을 말한 것인데, 중국 발음으로 '항 무'가 아니라 '캉 무'라 해야 맞다.

1537 좌구명. 칸토 LIV의 주석 1318번 참조.

1538 주의 32대 왕인 위열왕(威烈王).『자치통감』은 위열왕 재위 23년째인 기원전 403년부터 후주의
세종 때인 959년까지의 역사를 다룬 것으로 총 294권이다.

1539 주돈이(周敦頤). 추후 남송의 주희에게 큰 영향을 끼친 학자로 소위 성리학(性理學) — 영어로는
'Neo-Confucianism'이라 한다 — 의 기초를 놓은 인물로 여겨지고 있다.

1540 즉 요임금, 순임금.

1541 아마도 주돈이. 수련꽃으로 뒤덮인 개울가 옆에서 살았다고 전해진다.

1542 즉 개봉.

1543 채경(蔡京). 휘종 때의 재상. 매우 기회주의자였다고 전해진다.

1544 송의 8대 황제인 휘종(徽宗).

1545 '킨족'이란 금(金)나라의 여진족을 말한다. 여진족은 아골타(阿骨打)라는 명장 아래 힘을 모아 거
란족의 요나라와 송(북송)나라를 몰아내고 거대한 금나라를 건국한다. 아골타는 초대 황제가 되
었고, 그는 한자와 거란 문자를 바탕으로 여진 문자를 만들었다 — 비록 널리 보편화되지는 못했
지만. 우리나라 일각에서는 아골타가 신라의 후손이라는 주장도 한다.

1546 즉 요나라.

1547 즉 우리나라.

1548 즉 여진.

1549 즉 칭기즈 칸. 금나라를 멸망시키고 몽골제국을 세웠다. 몽골제국의 초대 칸으로 추후 손자인 쿠
빌라이에 의해 원나라의 태조로 추존되었다. 원래의 이름이 테무진.

1550 칭기즈 칸의 손자인 쿠빌라이 칸. 몽골제국으로 볼 때는 5대 칸이지만 남송까지 멸하고 원나라를
세운 것으로 볼 때는 원나라의 초대 황제인 세조.

1551 완안오록(完顏烏祿). 금의 5대 황제인 세종. 금나라의 최고 군주로 여겨져서 그가 다스리던 시대
를 사람들이 '작은 요순시대'라 부르기도 했다고 한다. 여진 문자로 역사서를 내기도 했다.

1552 서하(西夏). 지금의 간쑤성(감숙성-甘肅省)과 산시성(섬서성-陝西省) 일대에 있던 나라. 북송시대부
터 요나라, 금나라까지 존속했던 나라였으나 몽골에 의해 무너졌다.

1553 세종에 뒤이어 황제에 오른 장종(章宗)은 세종의 손자였는데, 그는 이사아라는 노비를 사랑해서
그녀를 황후에 앉히고 싶어했으나 황후로는 앉히지 못하고 후궁의 비로 승격시켜 지냈는데, 그
녀를 워낙 사랑해서 그녀 주변에 아첨하는 이들이 많았다.

1554 야율초재(耶律楚材). 이름에서 보듯 그는 원래는 거란족의 요나라 가문의 사람이지만, 그가 태어
날 때는 이미 요가 망하고 금나라의 지배를 받고 있었다. 칭기즈 칸이 금나라를 정복할 때 그의
지식과 덕망을 높이 사서 그를 자신의 조언자로 삼았다고 한다.

1555 몽골제국의 2대 칸인 오고타이 칸 휘하 장군.

1556 허난성(하남성-河南省)의 남양(南陽)시 근방의 마을들.

1557 오개(吳玠). 남송의 장군.

1558 산시성(섬서성)의 도시.

1559 즉 휘종.

1560 앞 칸토 LV의 주석 1475번을 보라.

1561 완안아골타. 앞 칸토 LV의 주석 1545번을 보라. 완안은 성(姓)이다.

1562 즉 원(元)나라.

1563 아버지인 칭기즈 칸을 이은 몽골제국의 2대 칸.

1564 회계산(會稽山). 저장성(절강성-浙江省)에 있는 산.

1565 중국 춘추전국 시대 초나라의 뛰어난 재상이자 시인이었던 굴원(屈原)의 작품 「이소(離騷)」를 말한다. '이소'의 뜻은 '슬픔에 빠지다(또는 근심을 만나다)'이다. 춘추전국 시대를 끝내고 중국을 통일했던 진나라의 대항마였던 나라가 초나라였는데, 자신의 나라가 진나라에 굴종하는 사람들에 의해 지배되고 자신은 유배당하자 그 슬픔을 노래한 시이다. 5월 5일 강에 투신하여 죽었는데, 중국에서는 이날 용머리의 배를 타고 굴원의 시체를 찾는 의미의 행사를 갖는다고 한다. 참고로 항우도 유방도 다 초나라 출신 사람이다.

1566 아마도 산시성(섬서성)에 있는 태백산(太白山).

1567 완안진화상(完顏陳和尙). 금나라의 유명한 명장. 몽골과의 전투에서 승리한 유일한 명장이었으나 결국엔 몽골군에 잡혀 고문당하고 처형당했다. 처형당할 때도 당당한 모습이어서 몽골군도 감명을 받았다고 전해진다.

1568 남송 시대 학자.

1569 아마도 산시성(산서성)의 도시.

1570 아마도 허난성(하남성)의 정주(鄭州).

1571 아마도 금의 9대 황제이자 사실상의 마지막 황제인 애종(哀宗). 이름을 완안수서(完顏守緖)라 한다. 몽골군에 쫓겨 목매어 자살했다. 사실상의 마지막 황제였다는 말은 후손이 없던 그가 쫓기면서 같은 황족이자 자신의 호위대장을 하던 완안승린에게 황제 자리를 물려주었으나 황제 자리를 물려받은 지 채 하루도 넘기지 못하고 완안승린이 몽골군에 잡혀 죽임을 당하였기 때문이다. 이는 중국 역사에서 가장 짧은 황제 재위 기간 — 12시간도 넘지 않았다 한다 — 으로 기록되고 있다. 애종은 나름 금을 지키기 위해 애썼던 황제로 평가받고 있다.

1572 누군지 확인되지 않고 있다.

1573 아마도 칭기즈 칸.

1574 측량 단위. 우리나라로 치면 '홉' 정도. 백 홉이면 한 말이 된다.

1575 진콰는 누구인지 불명확하나 이 구절에 대해서는 앞 칸토 LV의 주석 1551번을 참조할 것.

1576 아마도 금의 8대 황제인 선종(宣宗) 완안순(完顏珣). 여진 이름이 오도보(吾睹補)인데, '도보'의 중국식 발음인 '투 푸'를 본 따서 부른 이름일 것이다.

1577 맹공(孟珙). 금나라와 몽골에 맞서 대등하게 싸웠던 남송의 명장.

1578 이 모든 도시들과 지역들은 지금의 쓰촨성(사천성)에 있는 것들이다. '총 킹 (푸),' '춘 킹'은 예전에는 쓰촨성 소속이었으나 지금은 별도로 떨어져 나와 직할시가 된 충칭(중경-重慶)을 말한다.

1579 방돔과 보장시는 프랑스의 루아르 현에 속한 소도시들이고, 노트르 담 드 클레리는 그 지역에 있는 성당이다. 영국과 프랑스의 100년 전쟁 때 프랑스가 영국에 많은 영토를 영국 왕에게 양도한 때가 있었는데, 그때 이 지역만큼은 프랑스 왕의 통치권 아래 존속했었다고 한다.

1580 옐리우 추차이. 그가 너무 총애를 많이 받자 그를 시기하는 사람들이 그를 뇌물죄로 엮으려 했으나 그의 집에서 나온 건 본문에 나오는 대로뿐이었다 한다.

1581 오코타이를 이은 몽골제국의 3대 칸인 구유크(貴由). 유럽 정복을 꿈꿨으나 이루지 못하고 일찍 죽었다.

1582 구유크를 이어 몽골제국의 4대 칸이 된 몽가(夢哥).

1583 성왕. 칸토 LIII의 주석 1223을 보라.

1584 문왕. 칸토 LIII의 주석 1212를 보라.

1585 지금의 칭하이성(청해성-靑海省)을 말한다. 이 지역에 큰 호수가 있는데, 이 호수의 이름이 예전에 코코노라 불렸다. 지금은 칭하이호라고 불리며, 칭하이성이라는 지역명도 이 호수 이름을 딴 것이다.

1586 합천(合川). 충칭(중경)직할시의 북쪽에 위치한 면.

1587 향산(香山). 북경에 있는 산으로 그 꼭대기를 향로봉(香爐峰)이라 부른다. 쿠빌라이가 지었다는 한시가 하나 남아 있는데, 봄에 산에 올라 그 흥취를 적은 시로, 이때 오른 산은 향산이 아니라 지금의 이화원에 있는 만수산이었다고 알려져 있다(이화원이나 만수산이나 다 추후에 청나라 때 생겨난 이름이다). 이 한시를 영역한 것을 보면, 한시에 나오는 '난봉(蘭峰)'이라는 말을 영어로 'Fragrant Hill'이라 옮겨 놓았는데, 아마도 이를 보고 향산과 착각한 것이라 여겨진다.

1588 즉 양자강.

1589 남송의 5대 황제인 이종(理宗).

1590 가사도(賈似道). 남송의 장군이자 재상. 이종이 매형이기도 했고, 몽케(몽가)가 죽으면서 몽골군이 철수할 때 몽골군을 물리쳤다는 명분으로 재상으로 되었고, 이종이 죽은 이후 더욱 자신의 세력을 부풀렸다. 하지만 몽골과의 약속을 지키지 않았기 때문에 쿠빌라이는 그것을 이유로 남송을 정복하게 된다.

1591 파스파(한자로는 팔사파-八思巴라 쓴다). 라마승으로 자신의 언어인 티베트어를 기반으로 몽골 문자를 만들어주었다고 한다. 쿠빌라이는 그를 국사(國師)로 대접했다.

1592 애산(崖山). 광둥성(광동성-廣東省)에 있는 조그만 섬. 여기서 남송은 몽골군에 의해 완전 멸망하게 된다. 여기서 7살밖에 되지 않았던 남송의 마지막 황제였던 회종(그냥 소제라고도 한다)을 비롯하여 황족들과 많은 신하들이 다 물에 몸을 던져 죽었다. 떠오른 시체만도 수만이었다고 한다. 이로써 한족의 왕조가 막을 고하고 이민족인 몽골족에 의해 중국 본토가 원나라라는 이름으로 지배받게 된다.

1593 왕저(王著). 북경의 관리.

1594 아합마(阿合馬). 아흐마드라는 원이름의 중국어 이름. 원래는 지금의 우즈베키스탄 지역 출신(즉 서역 출신)의 사람으로 원나라 때 몽골족에게 귀속하여 높은 위치에까지 올랐으나 너무 탐욕을 부리다 왕저에게 살해되었음.

1595 문천상(文天祥). 끝까지 몽골군에 맞서 저항했던 남송의 장군이자 재상. 탐욕스러웠던 가사도에 비해 충신으로 대접받는다.

1596 아마도 노세영(盧世榮). 아흐마드의 뒤를 이어 재상이 되었던 상인 출신의 인물.

1597 친킴. 한자어로는 진금(眞金), 알파벳으로는 Cinkim. 쿠빌라이의 차남으로 쿠빌라이에 이어 황제에 오를 황태자였으나 아버지보다 먼저 죽고 말았다. 그의 아들, 즉 쿠빌라이의 손자가 쿠빌라이의 뒤를 이어 원의 2대 황제에 오른다. 우리나라 고려 충렬왕의 왕비가 쿠빌라이의 딸이었으니 친킴은 충렬왕의 처남이기도 하다. 그는 워낙 인간적으로 훌륭한 평가를 받고 있어서 그의 이른 죽음은 원나라의 큰 손실로 여겨지고 있다.

1598 쿠빌라이에게 일본과 베트남의 침공을 단념하게 만든 인물.

1599 즉 베트남.

1600 거란족 사람이지만 쿠빌라이 밑에서 학문을 중흥시킨 인물.

1601 상가(桑哥). 아합마와 마찬가지로 서역 출신(아마도 터키족이나 위구르족)으로 아흐마드와 노세영의

뒤를 이어 재상이 되었던 인물.

1602 쿠빌라이를 보좌했던 고위 관료.

1603 테무르. 쿠빌라이에 이어 원의 2대 황제(성종)로 오른 쿠빌라이의 손자. 원나라 멸망 후 지금의 중
앙아시아를 중심으로 세워졌던 티무르 제국의 시조인 티무르와 혼동하지 말 것. 물론 티무르는
칭기즈 칸의 후예임을 자처했기는 하지만. 테무르가 적자를 남기지 않고 죽은 후 원나라는 권력
투쟁에 휘말리고 망하는 길로 들어서게 된다.

1604 즉 하나라, 상나라, 주나라.

1605 즉 공자.

1606 즉 명나라.

1607 초서의 『캔터베리 이야기』 중 「지방 유지의 이야기」에 나오는 타타르의 왕. 흔히 칭기즈 칸이나
쿠빌라이 칸과 동일시되기도 한다.

1608 산적의 두목.

1609 푸젠성(복건성-福建省)에 있는 도시인 장주(漳州).

1610 뒤에 언급되는 카누엔의 처. 티아우엔에게 겉으로는 잘 대하는 척하다가 티아우엔에게 살해당한
남편을 화장할 때 그 불길에 뛰어들어 남편과 같이 죽었다.

1611 장주를 지키던 대장.

1612 몽골의 8대 칸이자 원의 4대 황제인 인종(仁宗). 테무르의 조카가 된다. 테무르 이후 그나마 이때
가 비교적 괜찮았던 시기였다.

1613 뽕나무 재배와 비단 생산에 대한 책의 저자.

1614 인종의 몽골식 이름은 아유르바르와다였다.

1615 즉 인종.

1616 원의 5대 황제인 영종(英宗). 아버지 인종에 뒤이어 황제에 올랐으나 3년 만에 독살되었다.

1617 인종 밑에서 총리 역할을 하던 인물. 잘 한 것도 있겠으나 공자 — 인종이 섬겼던 — 학자들은 그
를 나쁘게 보았고, 파운드는 그 관점을 따랐다.

1618 그리스 신화에 나오는 이아손의 영어식 이름. 여기서는 영종에 뒤이어 원의 6대 황제가 된 진종
(晉宗) 또는 태정제(泰定帝)를 말한다. 몽골식 이름은 예순 테무르. 쿠빌라이의 증손자로 인종과
사촌지간이 된다.

1619 순제(順帝). 원의 마지막 황제인 혜종(惠宗)을 말하는데, 원을 멸망시킨 명나라는 혜종을 순제(順
帝)라 불렀다. 우리나라 고려인 기황후의 남편으로 알려져 있다.

1620 순제 때의 감찰사.

1621 송나라를 잇는다는 명목으로 원에 반란을 했던 것을 말한다.

1622 천완국(天完國). 반란군들 중 서수휘가 이끄는 무리가 잠시 세웠던 나라 이름. 따라서 본문은 사실
말이 안 된다. 반란군이 만든 나라 이름이 천완인데, 천완이 반란군들을 제압했다는 게 말이 되지
않는다. 아마도 반란군을 제압한 관군의 장군 이름이 나와야 할 자리에 파운드가 반란군의 나라
이름을 잘못 쓴 것이 아닌가 생각된다.

1623 순제 밑의 관군 장군.

1624 역시 순제 밑의 관군 장군.

1625 관군 장교.

1626 토크토아. 순제 밑의 장군이자 학자. 흔히 '탈탈(脫脫)'이라고 불린다. 반란군 토벌에 큰 공을 세우던
장군이었으나 정략에 밀려 추방되고 독살되고 만다. 학자이기도 해서 역사서를 남기기도 했다.

1627 즉 홍건적을 말한다.

1628 명왕(明王). 원래 명교(明敎)라는 종교 무리 — 마니교가 중국에 토속화되었다고 볼 수 있는 — 의 우두머리라는 뜻에서 왔다고 볼 수 있다. 원나라를 무너지게 한 가장 큰 원인은 홍건적의 난이라 할 수 있는데, 붉은 두건을 썼다는 뜻에서 온 홍건적 무리의 큰 세력은 백련교라는, 불교를 기반 으로 한 민간 신앙 집단이었다. 그런데 그 당시 워낙 일반 민중이 못 먹고 못 살다 보니 꼭 종교적 신앙심에서라기보다 많은 일반 민중이 이 백련교를 중심으로 한 난에 가담을 했고, 그러는 와중 에 명교 집단도 같이 여기에 가세하게 되었다(백련교와 명교의 교리가 오버랩되는 면이 있다는 해석이 있다). 명나라를 건국하게 되는 주원장이 명교 집단의 사람이었고, 그래서 나라 이름을 명나라라 고 했다는 설도 있지만, 이것은 어디까지나 하나의 설일 뿐이지 정말로 주원장이 그래서 국호를 '명'이라 했다는 것을 제대로 정확히 뒷받침할 근거는 없다(오히려 주원장이 황제로 오른 이후에 백련 교와 명교를 금지하는 칙령이 내려지기도 했다). 사실 주원장은 부모도 다 죽고 집안이 찢어지게 가난해 서 탁발승이 되어 이리저리 동냥을 다니는 신세였다가 난이 일어나자 거기에 가담을 했고, 난의 지도자의 눈에 띄어 출세를 하게 되었다.

1629 즉 주원장.

1630 안후이성(안휘성-安徽省)의 도시.

1631 역시 안후이성의 도시.

1632 히드라별자리(바다뱀자리)를 말한다.

1633 대명(大明). 명나라의 정식 국호.

1634 안후이성의 안경시를 지키던 순제 밑의 관군 지휘관.

1635 상도(上都). 몽골에 있던 옛 도시. 쿠빌라이가 지금의 북경을 원나라의 수도로 정하고, 이 상도는 여름 궁전으로 삼았다. 우리가 영어로 '제너두(Xanadu)'라는 이름으로 알고 있는 곳이다.

1636 방국진(方國珍). 해적이었으나 주원장에게 투항하였다.

1637 고려의 31대 왕인 공민왕을 말한다. 공민왕의 몽골식 이름이 바얀 테무르였다. 원의 순제의 황후 가 된 고려 출신의 기황후가 공민왕이 반원 정책을 쓴 것을 구실 삼아 고려를 침공하게 하였던 사 실은 있으나, 사실 공민왕은 고려에 있는 기황후의 친정 식구들이나 그 무리에게 죽임을 당한 것 은 아니다. 공민왕의 왕비는 원나라 출신의 몽골 여인이었으나, 공민왕의 반원 정책을 지지해 주 었던 인물이었는데, 왕비가 죽자 공민왕은 개혁의 의지를 잃어버리고 슬픔 속에서 방탕한 나날 을 보내다 반란이 일어나 죽었다.

1638 포양호(파양호-鄱陽湖). 장시성(강서성-江西省)의 큰 호수. 여기서 벌인 해전에서 승리한 주원장이 일거에 원나라에 맞설 한족의 지도자로 우뚝 섰다.

1639 주원장과 포양호에서 해전을 벌였던 진우량(陳友諒)과 진우인(陳友仁) 형제를 말한다. 그들은 반 원 세력으로 원나라에 대항하던 세력이었으나 반원 세력의 지도자 위치를 놓고 주원장과 포양호 에서 대결을 벌이다 패하고 말았다. '유진'은 진우인을 말하고, '루 리안'은 진우량을 말한다.

1640 진리(陳理). 진우량의 아들. 고려로 보내졌고, 고려에서 죽었다 한다.

1641 난징(남경-南京). 명의 초기 수도.

1642 아마도 호주(濠州). 지금의 안후이성의 봉양현이라 한다.

1643 곽자흥(郭子興). 반원 투쟁의 지도자였다. 주원장은 그의 눈에 띄어 그의 양딸과 혼인하게 된다.

1644 세 명 모두 주원장의 동네 친구들로 반원 투쟁 군대에 같이 들어갔다.

1645 산둥성(山東省).

1646 즉 북경.

1647 아마도 서달(徐達). 개국공신.

1648 당 태종.

1649 당 고조.

1650 송 태조.

1651 주원장은 홍무제(洪武帝)로도 불린다. 당나라, 송나라와 마찬가지로 명나라도 대략 300년 정도 지속된다.

1652 내몽고의 서쪽 지방.

1653 홍무제 시대 때의 장군으로 몽골족을 막아냈다.

1654 여기서의 황제는 홍무제를 말하는 것이 아니라 명에 쫓겨 몽골 내륙으로 도망간 원 — 이때의 원을 북원(北元)이라 한다 — 의 2대 황제인 소종(昭宗)을 말한다. 몽골 이름은 아유르시리다르이고, 1378년에 죽었다.

1655 이문충(李文忠). 주원장의 작은 누나의 아들로 여러 전투에서 큰 공을 세워서 명장의 반열에 올랐으나 주원장이 황제가 된 후 주변의 많은 사람들을 죽이자 그러지 마시라고 탄원을 올렸다가 외삼촌인 주원장에 의해 독살당했다고 알려져 있다.

1656 명의 2대 황제인 혜종(惠宗) 건문제(建文帝)를 말한다. 그는 홍무제의 손자로, 아버지가 일찍 죽자 홍무제에 의해 후계자가 되었고, 할아버지가 죽자 그에 이어 명의 2대 황제로 오르게 된다.

1657 한나라의 5대 황제인 문제를 말한다. 칸토 LIV의 주석 1304번 참조.

1658 즉 명의 2대 황제 건문제를 말한다.

1659 홍무제의 4남 주체. 조카인 건문제를 폐하고 자신이 명의 3대 황제인 성조 영락제(永樂帝)로 올랐다.

1660 칸토 LIII의 주석 1222번을 보라.

1661 칸토 LIII의 주석 1223번을 보라.

1662 남경의 관문.

1663 남경 외곽의 사원.

1664 숙부에게 쫓긴 건문제의 최후에 대해 이런저런 설들이 있으나, 가장 많이 알려져 있는 설은 그가 궁전을 불태우고 도망쳐 나와 승려가 되어 전국을 떠돌았다는 것이다.

1665 주지승. 본문에는 도사(즉 도교 신봉자)로 적혀 있는데, 이는 파운드의 부주의에 의한 잘못인지 의도적인 실수인지 알 수 없다.

1666 즉 만세(萬歲).

1667 건문제를 보필했던 신하.

1668 역시 건문제를 보필했던 신하.

1669 명의 6대 황제인 영종(英宗). 정통제(正統帝)로 더 알려져 있다.

1670 즉 영락제. 사라진 건문제를 찾으려 했다. 뒤의 '양 로'도 영락제를 말한다.

1671 인도의 북동부 지방. 지금은 반은 인도, 반은 방글라데시에 속한다.

1672 지금의 말레이반도의 한 지방.

1673 『영락대전(永樂大全)』을 말한다.

1674 몽골족의 족장.

1675 명의 4대 황제인 인종(仁宗). 홍희제(洪熙帝)로 알려져 있다. 영락제의 장남으로 아버지에 뒤이어 황제에 올랐으나 일 년도 가지 못하고 병사하고 만다. 하지만 능력 있고 좋은 황제였던 것으로 기억되고 있다.

1676 우겸(于謙).

1677 명의 7대 황제인 경태제(景泰帝)를 말한다. 이복형인 정통제가 몽골족에게 잡혀간 이후 황제 자리에 올라 7년간을 재위했으나, 정통제가 다시 명으로 귀환하여 황제에 복위하였고, 경태제는 급사하였다. 정통제는 몽골족에 잡혀간 최초의 황제였고, 또한 황제로 복위한 최초의 황제이기도 하다.

1678 몽골족의 침입에 대항한 북경 수비대의 장군.

1679 몽골족의 장군이자 지도자. 정통제를 포로로 잡아간 것으로 유명하다.

1680 몽골족의 장군으로 '티에무르'는 그의 이름이다.

1681 석형(石亨). 우겸과 석형은 몽골에 대항했던 장군들이었는데, 정통제가 복위한 후 경태제를 모셨다는 죄목으로 둘 다 죽임을 당했다.

1682 허난성(하남성)과 산둥성(산동성).

1683 칸토 IX의 주석 178번을 보라.

1684 명의 8대 황제인 헌종(憲宗). 성화제(成化帝).

1685 명의 9대 황제인 효종(孝宗) 밑에서 재상을 지낸 인물. 효종은 명나라의 중흥을 이끌었던, 어느 의미에서 명나라 최후의 명군으로 홍치제(弘治帝)라 불린다.

1686 아마도 환관이 맡아서 관리하던 동창, 서창 같은 기관을 말하는 것. 일종의 국가 정보원 같은 기관인데, 결국은 환관들의 전횡이라는 폐단을 가져왔다.

1687 송의 휘종. 칸토 LV의 주석 1544번을 보라.

1688 당의 헌종. 칸토 LV의 주석 1458번을 보라.

1689 칸토 LIV의 주석 1386과 1387번을 보라.

1690 즉 효종. 홍치제.

1691 유근(劉瑾). 환관으로 명의 10대 황제인 무종(武宗)의 총애를 받아 전횡을 일삼다 신하들의 간언으로 황제에게 죽임을 당하였다. 유근을 포함한 8명의 환관들이 세력을 부풀려갔는데, 그들을 팔당(八黨)이라 하기도 하고 팔호(八虎)라 하기도 한다.

1692 즉 무종. 정덕제(正德帝)로 불린다. 그가 황제에 오를 때 14세였다.

1693 명의 11대 황제인 세종(世宗). 가정제(嘉靖帝)로 불린다.

1694 황태후 장씨(張氏). 홍치제의 부인. 즉 무종의 어머니. 무종이 아들 없이 죽자 무종의 사촌을 가정제로 옹립했다.

1695 강빈(江彬). 무종이 총애했던 신하였는데, 무종에게 여자를 소개하는 역할을 했다고도 하고, 무종과 남색의 관계였다고 보는 설도 있다.

1696 투르크 계열의 타타르족 지도자. 지금의 신장 위구르 자치구(신강성-新疆省)에 출몰하였다.

1697 '다섯 자매' 별자리.

1698 천수산(天壽山). 명 황제들의 무덤이 있다. 북경에서 서북쪽에 있다.

1699 장쑤성(강소성-江蘇省)의 한 구역.

1700 광시성(광서성-廣西省) ― 지금의 정식 명칭은 광시좡족 자치구이다 ― 의 여걸.

1701 푸젠성(복건성-福建省).

1702 진무 텐노. 일본의 왕조를 기원전 660년에 처음 설립한 전설적 인물.

1703 '쇼군'은 장군(將軍)의 일본어 발음이다. 미나모토 요리토모는 12세기에 텐노의 상징적 권위에 반하여 실질적인 통수권을 잡은 최초의 쇼군으로 알려져 있다.

1704 '대(大)'의 일본어 발음. 텐노(천황-天皇)에게 붙여져 왔다.

1705 지금의 교토. 1869년 동경으로 수도가 옮겨지기 전까지 일본의 수도였다.

1706 천소대신(天照大神). 일본어로는 '아마테라수오미카미'. 태양의 여신. 일본의 왕(천황)은 이 여신의 후예로 알려져 있다.

1707 즉 도요토미 히데요시(豊臣秀吉)를 말한다. 그의 다른 일본 이름이 기노시타 도키치로 또는 기노시타 히데요시인데 '기노시타'라는 말이 '나무 아래'라는 뜻의 한자어 '木下'의 일본 발음이다.

1708 규슈섬에 있던 봉토.

1709 명의 13대 황제인 신종(神宗)을 말하는데, 그의 연호가 '만력(萬曆)'이라 흔히 만력제(萬曆帝)라 불린다.

1710 이연(李昖). 조선 14대 임금인 선조(宣祖)를 말한다. 선조가 술고래였는지는 모르겠으나 그의 재위 때 임진왜란이 일어났기 때문에 흥청망청 세월을 지내다 난을 맞은 왕으로 묘사한 것이다.

1711 즉 평양.

1712 장거정(張居正). 만력제를 보필한 최고의 대신이었다는 평가와 만력제를 형편없는 황제로 만들고 자신은 누릴 것 다 누렸다는 혹평이 병존한다.

1713 즉 만력제 신종.

1714 만주의 남부 도시.

1715 여진족의 두 분파를 말한다.

1716 아마도 명의 4대 황제인 선덕제(宣德帝).

1717 마테오 리치. 중국에 가톨릭 예수회를 창설한 신부.

1718 즉 장거정.

1719 지금의 텐진(천진-天津)직할시.

1720 한유(韓愈). 당나라 시대의 학자이자 대신. 불교를 반대하는 글을 올렸다가 독실한 불자였던 헌종에게 배척을 당했다.

1721 홍모(紅毛). '붉은 머리털'. 중국인들이 유럽인들을 멸시하면서 부르는 말.

1722 천계(天啓). 명의 15대 황제인 희종(熹宗)으로 천계제(天啓帝)로 불린다.

1723 희종 밑의 장군으로 반란군을 제압했다.

1724 명의 마지막 황제인 회종(懷宗). 보통 숭정제(崇禎帝)로 불린다.

1725 북경 근처의 도시. 숭정제는 스스로 나무에 목을 매 죽었다고 알려져 있다.

1726 청의 2대 황제인 태종(太宗)을 말한다. 우리에게는 흔히 홍타이지로 알려진 인물이다. 아버지 누르하치가 여진족의 여러 분파들을 통합시킴으로써 청나라의 근간을 만들었고, 홍타이지는 처음에는 나라 이름을 만주국이라 하였다가 곧 대청(大淸)으로 바꾸고 자신을 황제로 칭하면서 아버지를 초대 황제로 올렸다.

1727 남명(南明). 명나라가 숭정제의 죽음으로 끝난 후 지금의 중국 남부 저장성(절강성-浙江省)과 푸젠성(복건성-福建省)을 중심으로 약 20년간 존재했던 정권. 결국엔 청나라에 완전 복속되고 만다.

1728 만주족의 침입을 막는 부대의 장이었다.

1729 북경 근처의 도시.

1730 명 왕조에 대항했던 반란군 지도자였다가 홍타이지에게 투항했다.

1731 막시밀리안 베를리츠(1852~1921)가 세웠던 언어 학교.

1732 내몽고의 도시.

1733 산시성(산서성-山西省)의 계곡.

1734 홍타이지가 명을 칠 때 같이 손을 잡았던 몽골족의 추장.

1735 산시성의 다퉁(대동-大同)시.

1736 역시 홍타이지와 손을 잡았던 몽골족의 추장.

1737 산시성.

1738 청의 태조. 즉 누르하치.

1739 지금의 랴오닝성(요령성-遼寧省)의 선양(심양-瀋陽)시. 청의 초기 수도였다.

1740 위의 주석 1729번을 보라.

1741 명나라 군대의 장교. 쳐들어오는 만주군을 물리쳤다고 황제(회종, 숭정제)에게 거짓으로 편지를 보냈는데, 이 편지가 홍타이지에게 가로채였고, 홍타이지는 그에 대한 응답을 보냈다.

1742 그 당시 조선의 임금은 인조였다.

1743 즉 금나라.

1744 즉 원나라.

1745 인조가 부정적인 답변을 보내자 이에 화가 난 홍타이지는 조선에 쳐들어왔고, 이것이 바로 병자호란이다.

1746 오삼계(吳三桂). 명나라의 장군이었으나 명이 무너지는 것을 보고 청에 붙었다.

1747 즉 허난성(하남성)의 개봉시.

1748 이자성(李自成). 명나라의 국운을 무너뜨린 이자성의 난을 일으킨 자. 북경에 들어가서 대순(大順)이라는 국호를 짓고 스스로 황제위에 올랐으나 40일 만에 오삼계와 청의 연합군에 의해 쫓겨났고 죽임을 당했다(일설에는 자결했다고도 한다).

1749 칸토 LVI의 주석 1565를 보라.

1750 장헌충(張獻忠). 이자성과는 별도로 명 말기에 반란을 일으킨 자로, 매우 잔혹했던 것으로 알려져 있다.

1751 북경의 수비대장. 이자성에게 항복을 할 수밖에 없었으나 이자성에게 회종(숭정제)의 시체를 거두어 제대로 장례를 치러 줄 것을 요청하였다.

1752 청 태종(홍타이지, 숭덕제)가 죽은 후 그의 아들이 3대 황제(순치제)로 올랐으나, 순치제 초기엔 태종의 이복형제인 도르곤이 거의 실권을 장악하고 있었다.

1753 그리스 비극작가 아이스킬로스의 『아가멤논』에서 클리타임네스트라가 남편 아가멤논을 죽인 다음 말하는 대목에서 차용한 문구.

1754 즉 『서경(書經)』.

1755 청의 3대 황제 순치제(順治帝). 북경에서 통치를 시작한 첫 번째 황제.

1756 즉 난징(남경-南京)시.

1757 난징시 바로 오른쪽의 도시인 전장(진강-鎭江)시.

1758 소위 남명의 5대 황제인 영명왕(영력제)을 말한다. 명의 마지막 황제인 숭정제의 사촌이 된다. 황제가 되기 전 계왕(桂王)이라는 타이틀이 있었는데, 그 타이틀로 부른 것이다. 청군에 쫓겨 버마까지 도망갔으나 결국 죽임을 당하였다.

1759 즉 순치제.

1760 순치제는 동악씨(董鄂氏)로 알려진 비 ― 후에 효헌황후로 추대되었다 ― 를 너무 좋아했는데, 이 비가 일찍 죽자 그 슬픔에 못이겨 병을 얻어 23세의 나이에 죽었다 하는데, 일각에서는 스스로 황제위에서 내려와 출가해서 살았다는 설도 존재한다. 이 비가 장교의 아내였다는 본문의 구절에 대해서는 아는 바 없다.

1761 청의 4대 황제인 강희제(康熙帝). 청의 국력을 최대한 키운 황제로 평가받으며, 무려 60년이 넘는 동안 황제에 재위했었다.

1762 즉 요한 세바스티안 바흐.

1763 포르투갈 출신 예수회 선교사.

1764 프랑스 출신 예수회 선교사. 이 두 선교사들은 청과 러시아 사이의 네르친스크 조약(1689년)을 맺는 데 큰 역할을 했다.

1765 생불(生佛).

1766 몽골 북동부에 사는 몽골족의 한 분파.

1767 아마도 오이라트족을 말하는 것으로, 몽골 북서부에 사는 몽골족의 또 다른 분파.

1768 지금 러시아의 셀렌긴스크.

1769 네르친스크.

1770 산해관(山海關). 만리장성의 동쪽 끝에 있는 관문. 누르하치와 홍타이지도 이 산해관을 뚫지 못해 명을 완전 정복하지 못하고 있었으나 이자성의 난 때 명의 장군 오삼계가 청과 결탁하여 이 관문을 열어줌으로써 비로소 청이 북경으로 진격하여 명을 쓰러뜨리게 되었었다.

1771 헤이룽강(흑룡강).

1772 예전 레닌그라드라고 불렸던 도시로, 모스크바 다음의 러시아 제2의 도시.

1773 네 명 모두 중국으로 갔던 예수회 선교사들. 앞의 두 사람은 이탈리아인들이고, 뒤의 두 사람은 벨기에인들이다.

1774 푸르테르(장 드 퐁타네)와 부르나(조아킴 부베)는 프랑스 출신 선교사들.

1775 황정(皇庭).

1776 강희제 휘하의 장군.

1777 가르단 또는 갈단. 오이라트족의 족장으로 할하족을 침공했고 또한 청나라도 침공했으나 실패하고 결국 음독자살했다.

1778 오르도스. 지금 중국의 내몽골 자치구에 있는 고원(사막) 지대. 이 지역에 살았던 또 다른 몽골 부족의 이름이기도 하다.

1779 대완(大宛). 지금의 우즈베키스탄 남쪽에 있던 고대 왕국. 한나라의 무제가 여길 침공하여 이 나라의 말을 가져왔는데, 이 말은 붉은 피를 흘리며 나는 듯이 달렸다는 이야기가 전해진다.

1780 차오모도. 고비사막 북쪽의 도시. 한자로는 소초다(昭草多)라 쓴다. 강희제는 직접 군사를 이끌고 가서 이곳에서 가르단의 군사를 격파했다.

1781 티베트를 통치하던 총독의 칭호.

1782 아마도 칭하이성(청해성-靑海省)의 시닝(서녕-西寧)시.

1783 즉 가르단.

1784 지금 우즈베키스탄의 부하라.

1785 역시 지금 우즈베키스탄의 사마르칸트.

1786 예수회 선교사.

1787 샤를르-토마 마이야르 드 투르농. 중국의 의식 문제를 해결하기 위해 교황특사로 중국으로 갔으나 붙잡혀 옥사하고 말았다. 예수회 선교사들이 중국을 위해 여러 가지 일을 하자 강희제는 그들의 청원을 받아들여 천주교를 허용하였으나, 교황청에서는 중국어로 미사를 진행하고 중국인도 미사 의식에 참여할 수 있게 해 달라는 선교사들의 청원을 불허하고 중국의 의식을 미신적 행위로 규정함에 따라 강희제가 태도를 바꿨던 것이다.

1788 광동성(광동성-廣東省)의 광저우(광주-廣州).

1789 교황 클레멘스 11세.

1790 주앙 5세.

1791 자카르타의 옛 이름.

1792 즉 토머스 제퍼슨. 아직 제퍼슨이 태어나기 이전이다.

1793 광저우 총독. 강희제에게 선교사들과 유럽의 상인들을 추방하도록 권고했다.

1794 지금의 태국.

1795 지금의 북부 베트남.

1796 즉 영국인.

1797 인도인들을 지칭하는 말일 것이나 여기서 파운드는 프랑스인들을 의미하는 것으로 쓰고 있다.

1798 프랑스인을 속어로 '개구리'라 부른다.

1799 러시아 제국의 초대 황제인 표트르 대제.

1800 북경 근처의 사냥터.

1801 청의 5대 황제인 옹정제(雍正帝). 강희제의 4남이다.

1802 즉 톈진(천진).

1803 이위(李衛). 옹정제가 아끼던 신하들 중의 한 명이었다.

1804 즉 산시성(산서성-山西省).

1805 파운드가 쓴 단어는 이탈리아어인 'fontego'인데, 그 뜻은 '방(chamber)'이다. 칸토 XXXV의 주석 788번을 참조하라. 거기서는 돈을 빌려주는 장소를 뜻하는 것이었지만, 여기서는 돈이 아니라 곡식을 저장해 두었다가 필요할 때 사람들에게 나눠주는 저장고를 뜻한다.

1806 이 당시 관리들은 총 9등급의 체제로 이루어져 있었다.

1807 베네딕토 13세.

1808 룽코도(융과다-隆科多). 옹정제에게는 공신이었으나, 나중에는 그를 뇌물죄와 조정 문란죄 등의 명목으로 숙청하였다.

1809 빅토르 엠마누엘 2세. 이탈리아의 왕(1861~1878).

1810 이탈리아의 정치가. 엠마누엘 2세가 아버지의 선양으로 아버지의 뒤를 이었는데, 카부르 공작은 그에 반대하다 사직서를 제출하였다. 하지만 그 뒤 다시 총리로 복귀하였다.

1811 즉 신농단(神農壇)을 말한다.

1812 즉 『예기(禮記)』.

1813 포르투갈이 옹정제에게 보낸 특사로 포르투갈 선교사들을 잘 받아들여달라는 말을 하러 간 것이었으나 접대만 잘 받고 실제로 하러 간 일은 성공시키지 못하였다.

1814 칸토 LX의 주석 1790번 참조.

1815 누르하치의 피를 이어받은 가문의 인물로 옹정제와는 친척이 된다. 그의 아들들이 기독교인으로 세례를 받으면서 황제의 박해를 받아 벽촌으로 유배당했다. 정작 그가 세례를 받았는지는 정확하지 않다.

1816 즉 윈난성(운남성-雲南省).

1817 가난한 농부였는데, 길에서 주운 지갑을 보상도 안 받고 그대로 주인에게 돌려주었다. 이 이야기를 들은 옹정제는 그에게 커다란 포상금을 내렸고, 이 일화를 예로 들며 백성들에게 도덕적 훈계의 글을 썼다.

1818 청의 6대 황제인 건륭제(乾隆帝). 할아버지인 강희제, 아버지 옹정제와 더불어 청의 최전성기를 이끌던 황제. 중국사에서 최초로 스스로 물러난 황제인데, 그 이유는 존경하는 할아버지인 강희제의 61년의 재위기간을 감히 넘어서는 안 되기 때문에 스스로 재위 60년째 되던 해 아들에게

물려주고 자신은 상황이 되었다고 하는데, 사실은 아들의 뒤에서 실질적으로 통치한 거나 마찬가지였고, 그 후 4년이 더 지나 죽었다.

1819 '우리의 혁명'이란 미국 독립 전쟁을 말한다. 미국 독립 전쟁을 1775년부터 시작된 것으로 침으로, 건륭제가 즉위한 1735년은 그 40년 전이 된다.

1820 구바다이. 옹정제가 왕자이던 시절 그를 가르쳤다.

1821 지성헌황제(至誠憲皇帝).

1822 즉 존 애덤스 가문. 존 애덤스는 건륭제가 즉위한 해인 1735년에 태어났다.

1823 하스카이나 예르키나. 지금의 우즈베키스탄의 부하라 지방에 있던 영토.

1824 신장 위구르 자치구에 있는 허텐(화전-和田).

1825 예전 러시아인들이 쓰던 돈.

1826 건륭제 휘하의 장군.

1827 신장 위구르 자치구의 카스(또는 카슈가르).

1828 부하라.

1829 옹정제의 비, 즉 건륭제의 어머니를 말하는 것이다.

1830 효성헌황후(孝聖憲皇后).

1831 칸토 LVIII의 주석 1739번을 보라.

1832 소위 "애덤스 칸토"의 첫 편.

1833 존 애덤스의 전기를 그의 아들인 존 퀸시 애덤스가 쓰다가 그의 아들 — 즉 존 애덤스의 손자 — 인 찰스 프랜시스 애덤스가 이어받아 완성시켰는데, 찰스 프랜시스 애덤스는 그 서문에서 이와 같이 쓰고 있다.

1834 영국 왕 찰스 1세는 매사추세츠 주지사에게 그곳 땅의 관장권을 주었다. 그 주지사의 보좌관 중하나가 토마스 애덤스이다.

1835 매사추세츠주 퀸시시(市)의 동네 이름.

1836 퀸시시 바로 아래 남쪽에 있는 도시.

1837 16~17세기 영국의 상인 겸 탐험가. 메리마운트 근방에 정착을 한 것으로 되어있는데, 파운드의 외가쪽으로 먼 선조가 된다는 말도 있다.

1838 영국의 모험가. 퀸시시의 월러스턴이란 이름의 동네를 생기게 한 사람.

1839 헨리 애덤스. 미국의 애덤스 가문의 창시자.

1840 헨리 애덤스의 막내아들로 존 애덤스의 증조부가 된다.

1841 '옛 양식'이란 율리우스 달력, '새 양식'이란 그레고리안 달력.

1842 에드먼드 버크. 18세기 영국의 정치가 겸 저술가.

1843 에드워드 기본. 18세기 영국의 역사가.

1844 18세기 영국의 정치가. 조지 3세 밑에서 수상을 지내며 인지 조례와 차 세금안을 지지하였는데, 퀸시 애덤즈는 미국이 영국에 반항하게 만든 인물들 중의 하나로 지목하고 있다.

1845 이탈리아 북서부 제노바 근처의 도시. 파운드가 살았던 곳.

1846 노스 경(Lord North)을 보스턴식 액선트를 가미하여 발음한 것.

1847 보스턴의 킹가(街).

1848 보스턴의 거리로 한때 존 애덤스가 살았던 곳. 영국 군인들이 머물렀던 머리 막사가 있었다.

1849 연대(聯隊)를 뜻하는 파운드의 신조어. 돼지우리를 뜻하는 'sty'와 영국의 지방 이름 끝에 붙는 'shire'를 합쳐서 만든 것.

1850 보스턴 대학살. 이 사건의 시발은 이발소 소년과 보초와의 사소한 실랑이였다.

1851 보스턴 대학살시 영국 부대의 대장.

1852 즉 찰스 프랜시스 애덤스.

1853 즉 국회.

1854 카드모스는 그리스 신화에 나오는 인물로 테베를 건설하였다. 찰스 프랜시스는 보스턴 대학살 때 흘렸던 피를 카드모스가 용을 베었을 때 나온 피에 비유하였었다.

1855 영국의 상무성과 식민성의 의원.

1856 이 이하 22줄은 존 애덤스가 보스턴 대학살시 영국 군인들을 변호하면서 감정이 아닌 이성에 의한, 정당한 의법 정신을 이야기했던 부분이다.

1857 원문이 'since affectu'이다. 바로 위에 '감정을 배제한'이라고 번역한 구절의 원문은 'sine affectu'(라틴어)이다. 여기서 파운드가 'sine'라고 써야 할 것을 'since'라고 잘못 쓴 것인지 아니면 고의로 그렇게 쓴 것인지 모르겠다.

1858 13~14세기 잉글랜드의 에드워드 2세 재위시 왕에 대한 충성은 왕이라는 인물에 대해 하는 것이 아니라 왕관을 쓴 정치적 능력을 가진 이에 대해 하는 것이라는 사상을 가졌던 스펜서 부자(父子). 반역자로 몰려 참수되었다.

1859 16~17세기 영국의 법관이자 법률가로 4권으로 나온 『영국법 원론』은 그의 대작이다.

1860 매사추세츠의 최고 법관으로 영국 지지자. 그는 영국의 왕이 매사추세츠의 재판관들('가발들')에게 돈을 주는 것을 받아들이려 했다. 하나 존 애덤스가 이를 저지했다.

1861 토마스 허친슨. 영국이 임명한 매사추세츠 주지사였다.

1862 존 애덤스의 부인.

1863 아마도 6월 17일의 잘못일 것이다. 그날 보스턴 차 사건으로 손실된 찻값을 영국에 보상해 주지 않기로 하는 모임이 있었다.

1864 이 다섯 명은 모두 독립운동가들이다.

1865 찰스 프랜시스는 영국과의 교역을 끊음으로써 영국을 파산으로 몰아가려고 했던 일부 사람들의 생각에 대해 중국과 일본의 역사가 증명하듯 외국과의 교역이 나라의 존망에 필수적인 것은 아니라는 의견을 개진했다.

1866 미국 독립전쟁의 시발지.

1867 보스턴 신문 이름.

1868 존 애덤스의 필명. '뉴잉글랜더'의 뜻.

1869 독립 전후 열렸던, 특히 1776년 필라델피아 주 대표 회의(Continental Congress)에서의 존 애덤스의 역할을 강조한 구절이다. 이 제목의 D. W. 그리피스의 영화가 있다.

1870 영국의 배들을 미국인들이 약탈하는 것을 보고 존 애덤스는 그것은 독립의 행동이 아니다라고 하면서 이 다음의 행들을 적어 보냈다.

1871 주 대표자 회의의 멤버. 연설이 훌륭했다고 한다.

1872 주 대표자 회의의 멤버.

1873 'too late'의 뜻인 라틴어.

1874 버지니아주 사람. 버지니아주는 영국이 17세기 초에 미국 땅에 최초로 건설했던 영국 직속의 식민지였다. 따라서 최초의 버지니아주 사람들은 영국왕에 충성하는 사람들이 많았다. 그러나 결국엔 1776년 영국으로부터 독립할 때 매사추세츠가 주축이 된 뉴잉글랜드와 손잡고 같이 독립했다.

1875 존 애덤스는 미국 독립운동의 후원을 얻고자 프랑스로 갔다.

1876 존 애덤스는 벤저민 프랭클린의 윤리학을 탐탁지 않게 생각했다.

1877 화란의 신문들. 존 애덤스는 이 신문들에 미국 독립운동의 정당성을 담은 글을 기고했다.

1878 화란의 법률가. 존 애덤스를 지지해 주었다.

1879 버지니아에서 미 독립군에 항복한 영국의 장군.

1880 17세기 화란의 독립 영웅.

1881 18~19세기 프랑스의 외교관 겸 역사가.

1882 화란의 정치가. 미 독립운동을 지지했다.

1883 이후 길더란트까지는 모두 화란의 도시와 지방 이름들.

1884 스위스 사람으로 네덜란드에서 미국의 일들을 처리하는 사람으로 프랭클린에게 고용되었었는데, 애덤스가 네덜란드에 있는 동안 그의 비서로서 일을 했고, 애덤스가 떠난 후 미국의 대리대사 역할을 했다.

1885 셋 다 화란의 은행들.

1886 런던의 거리 이름.

1887 애덤스가 머물렀던 호텔 이름.

1888 프로이센의 프레데릭 2세. 미국과 자유무역 협정을 맺었다.

1889 도셋 공작. 주불 영국대사였다.

1890 존 애덤스는 미 헌법의 이념들은 유클리드 증명에서처럼 틀릴 수 없는 진리라 했다.

1891 타키투스의 문구에서 따온 세 단어인데, 이 단어들은 애덤스의 모토가 되었다.

1892 주미 프랑스 총영사.

1893 주 대표자 회의의 멤버였다. 영국과의 협정을 성사시켰으며, 뉴욕 주지사로 뽑혔다.

1894 즉 존 퀸시 애덤스.

1895 킹은 상원의원이었던 루퍼스 킹, 헨리는 패트릭 헨리, 코츠워스와 핀크니는 코츠워스 핀크니를 말한다. 세 명 모두 국무장관 자리를 거절했다.

1896 수금을 연주하여 돌들을 움직이게 했다는 신화 속 인물. 존 애덤스는 자기가 아무리 말을 많이 해도 어느 누구도 돈이 없이는 움직이려 들지 않는 돌들 사이에 있는 셈이라고 생각했다.

1897 워싱턴이 4년씩 두 번에 걸쳐 8년의 대통령 임기를 마치고 더이상은 대통령직을 하지 않겠다고 하자 그 후임 자리를 놓고 당파심이 표면화되었다.

1898 알렉산더 해밀턴. 주 대표자 회의의 멤버였고, 미국의 첫 재무장관이었다. 존 애덤스의 정적이었다. 파운드는 영국은행을 고리대금업의 대표적 기관으로 보았는데, 미연방 은행을 영국은행의 체제를 기반으로 하여 만들려 한 해밀턴은 파운드에게 사악한 인물이었다.

1899 즉 해밀턴.

1900 즉 제퍼슨.

1901 하원의원이었다가 상원의원이 되었다. 해밀턴에 반대했던 인물.

1902 올리버 엘즈워스. 미 정치가 겸 대법관. 존 애덤스에게 충실한 인물이었다.

1903 베네수엘라의 혁명 지도자. 해밀턴은 남미 문제에 있어 미란다와 비밀스럽게 교감하고 있었다.

1904 프랑스 외무장관이었다. 탈레랑이 미국에 뇌물을 요구했다는 사건(소위 'XYZ사건') — 탈레랑 개인적인 뇌물이 아니라 프랑스 정부에 돈을 비밀리에 제공해 달라고 했다는 사건 — 이 알려지자 반프랑스파 사람들(그중의 주요 인물이 해밀턴)은 친프랑스였던 존 애덤스(그 당시 대통령)를 공격했다.

1905 프랑스에 친선의 임무를 띠고 갔던 정치가.

1906 존 프리즈. 연방 재산세에 반기를 들고 폭동을 일으켰던 인물. 존 애덤스가 사면을 해 주었다. 아버지가 독일에서 온 이민자였다.

1907 이 세 명은 존 애덤스가 대통령 시절에 각각 국방장관, 국무장관, 재무장관으로 재직하면서 뒤로는 해밀턴과 손을 잡았던 인물들이다.

1908 대법관직을 마치고 그는 머리와 함께 친선의 임무를 띠고 프랑스로 갔다.

1909 이 날은 토머스 제퍼슨이 존 애덤스에 이어 미국의 3대 대통령으로 취임한 날이다. 따라서 여기서의 워싱턴은 워싱턴 DC를 말한다.

1910 존 애덤스의 아들인 존 퀸시 애덤스가 하원의원에 출마했다가 낙선한 것을 두고 하는 말이다.

1911 앞 칸토 주석 1907에 '보트'라고 지칭된 이가 티모시 피커링이다. 존 애덤스에 의해 국무장관직에서 해임되었다.

1912 신문 편집장이었는데, 존 애덤스를 비판하다 반란선동죄로 옥고를 치렀다. 하지만 1825년 존 애덤스의 아들 존 퀸시 애덤스가 미국의 6대 대통령으로 선출되었을 때 애덤스에게 축하의 편지를 보냈다.

1913 존 애덤스는 나이 들어서 가족들이 스콧의 소설과 바이런의 시들을 읽어주는 것을 즐겼다고 한다.

1914 이 문구는 존 애덤스의 묘비에 쓰인 문구이다.

1915 '지방에서 갓 올라온 가난한 자'란 존 애덤스 자신을 말하는 것이다. 애덤스는 프랭클린이 무슨 종교든 다 좋다는 식의 태도를 보인다고 지적했다. 애덤스와 프랭클린은 지적인 면에서 서로 앙숙이었다.

1916 존 애덤스의 친구의 부인. '사랑의 기술'은 오비디우스의 저술을 말하는 것이다.

1917 미국의 변호사. 존 애덤스와 친구였으나 영국을 지지하는 사람이어서 나중에는 미국이 독립전쟁을 하자 미국을 떠났다.

1918 의사. 역시 영국을 지지하는 사람이어서 나중에는 미국을 떠났다.

1919 매사추세츠 지방의 최고 법무관. 존 애덤스에게 법 공부에 대한 조언을 해 주었다고 한다.

1920 영국의 법률가. 법률 공부에 관해 자신의 조카에게 해 주는 조언을 책으로 냈다.

1921 로드아일랜드의 법관.

1922 15세기의 토머스 리틀턴 경. 재산의 소유에 관한 글을 쓴 인물.

1923 칸토 LXII의 주석 1859번을 보라. 『영국 법 원론』의 제1권이 리틀턴의 소유법에 대한 코크의 해석이다.

1924 매사추세츠의 법관이었다. 존 애덤스는 그에게 법관으로서 자신을 밀어주겠는지 동의를 구했다.

1925 유스티니아누스 법에 관한 책을 쓴 사람.

1926 책의 디자인이 전문적인 법률 용어의 명확한 정의라는 목적과 잘 부합한다고 말하는 것으로, 파운드는 이를 공자의 '정명(正名)'이라는 개념으로 풀이한 것이다.

1927 17~18세기 영국의 법률가. 형사소송법에 관한 책으로 유명하다.

1928 13세기 영국의 법률가. 최초로 영국의 법에 관한 체계적인 글을 쓴 것으로 알려져 있다.

1929 13세기 영국의 주교이나 법에 관한 책을 썼다.

1930 12세기 영국의 정치가 겸 법률가.

1931 13세기에 라틴어로 쓰인, 영국 법에 관한 책의 제목.

1932 루치우스 카틸리나. 기원전 1세기의 로마 정치가. 로마에 대한 반역을 기획했었다.

1933 로마의 정치가 겸 웅변가로 유명한 키케로를 말한다. 카틸리나의 역모를 막았다.

1934 미국의 법률가였지만, 영국의 지지자였다. 존 애덤스는 법률가로서의 그를 평하고 있다.

1935 매사추세츠의 마을.

1936 미국 독립운동 시절에 영국을 지지했던 사람들을 말한다.

1937 파운드가 좋아하는 카발칸티의 시 구절.

1938 보스턴 부대의 지휘관.

1939 존 애덤스의 친구.

1940 셰익스피어의 작품. 자신의 모든 재산을 아낌없이 주변 사람들에게 나누어주었지만, 나중에 자신이 필요할 때 도움을 청해도 돌아오는 건 차가움뿐이라는 걸 안 티몬은 인간 혐오자가 되어 황야에서 죽는다.

1941 애덤스는 자신의 고향이 소송전으로 얼룩지고 있다는 것을 안타까워했다.

1942 매사추세츠의 항구 도시.

1943 매사추세츠의 최고 법관이었다.

1944 위 각주 1924번과 동일 인물.

1945 보스턴의 법률 조정관. 칸토 XXXIV의 주석 740번도 참조. 쑤얼, 새처, 오티스 모두 영국 형식의 밀수검색 허가령(Writ of Assistance) — 일종의 수색 영장 — 에 반대했다.

1946 피터 애덤스로 형의 노력으로 지방 부보안관이 되었다.

1947 코롬웰은 영국의 청교도혁명을 주도했던 올리버 크롬웰을 말하는데, 브레인트리의 한 목사가 애덤스에게 이렇게 말했다고 한다.

1948 고독이 요양사와 같은 역할을 한다는 뜻.

1949 조지는 영국의 조지 3세. 루이는 프랑스의 루이 15세. 프레데릭은 프로이센의 프레데릭 2세.

1950 미국의 군인으로 보스턴과 로드아일랜드를 지키는 부대의 대장이었다. 그의 집이 이민 온 독일인들이 많이 사는 동네라는 의미에서 'Germantown'이라는 이름이 붙은 동네에 있었다.

1951 애빙턴. 매사추세츠의 한 읍.

1952 신원 미상의 농부.

1953 파운드가 인용한 출처에서는 '양뿔 피리인지 밀짚인지(ram's horn or straw)'로 되어 있다고 하는데, 파운드는 그것을 '밀짚으로 된 달팽이(ramshorn of straw)'라고 썼다.

1954 애덤스가 보스턴에서 주도해서 모였던 법률가 모임에서의 문구.

1955 매사추세츠의 부지사. 칸토 LXII의 주석 1860번의 형이다. 그가 인지세를 강행하려 하자 보스턴 시민들이 들고 일어나 그의 집을 부수고 그의 모형을 목매달고 불태우고 했다. 애덤스는 시민들의 그런 행동을 비판하면서도 올리버나 허친슨 같은 영국 지지파들이 그들을 부추겼던 셈이라고 보았다.

1956 여기서의 부지사는 올리버를 말하는 것이 아니라 토마스 허친슨을 말한다. 허친슨에 대해선 칸토 LXII의 주석 1861번을 보라. 허친슨은 올리버의 매제였다.

1957 보스턴 티파티 사건의 주동자였고, 독립 선언서에 서명한 사람들 중의 하나. 칸토 XXXIV의 주석 740번을 참조.

1958 존 애덤스는 영국의 인지 조례법에 반대하는 글을 써서 브레인트리의 대표자들에게 주었는데, 그 글은 추후 40군데에 이르는 다른 도시나 읍에서도 자신들의 대표자들에게 지침서가 되었다.

1959 11월 1일은 인지 조례법이 시행되는 첫날이었다.

1960 그리들리에 대해선, 앞 칸토 LXIII의 주석 1919번. 오티스에 대해서도 앞 칸토 LXIII의 주석 1945번.

1961 프랜시스 베이컨. 16~17세기 영국의 정치가 겸 철학자.

1962 매사추세츠의 읍인 입스위치가 인지 조례법에 대한 회의 때 읍 대표에게 전달한 지침.

1963 법정이 다시 열린 후 애덤스가 제일 처음 맡았던 사건. 루이스버그는 노바스코샤의 항구 도시.

1964 윌리엄 피트. 영국의 정치가로 인지 조례법에 반대했었다. 아들과 구분하여 '대 피트'로 불린다.

1965 조지 3세 밑에서 수상을 역임을 인물로 인지 조례법을 도입한 사람이다.

1966 매사추세츠의 법관.

1967 고프가 이튼을 법관으로 추천하려 했으나 새처가 이튼을 기소함으로써 그 계획이 무산되었다.

1968 보스턴과 세일럼 사이에 있던 여관.

1969 애덤스의 친구인 의사.

1970 보스턴에 마련한 애덤스의 첫 번째 집.

1971 미국의 정치가. 제임스 오티스, 새뮤얼 애덤스, 그리고 존 애덤스와 생각을 같이 했던 인물. 독립 선언을 하자는 최초의 주창자였다. 존 애덤스가 흑인과 주인 사이에 있었던 사건을 맡았었는데, 그때 홀리가 애덤스에게 주목을 하게 되었다.

1972 목사로서 애덤스의 지인이었다. '붉은 옷'이란 붉은 군복을 입은 영국 군인들을 말한다.

1973 영국군에 맞서고자 형성된 조직의 이름. 새뮤얼 애덤스는 그 지도자들 중 한 명이다.

1974 모로코의 섬들 중에서 가장 큰 섬으로 포도주가 유명하다.

1975 미국의 상인이자 정치인. 매사추세츠의 주지사도 지냈고, 독립선언서에 최초로 서명한 인물들 중의 한 명이기도 하다. 본문에서 이야기되는 이 인물에 얽힌 사건, 영국(즉 영국 왕)에 낼 관세를 내지 않았다고 해서 걸린 사건을 애덤스가 맡았었다.

1976 미국 독립전쟁의 시발점이 된 전투.

1977 칸토 LXII의 주석 1838번 참조. 그의 이름을 딴 산.

1978 이 이름이 붙여진 나무 아래 인지 조세법을 찬성하는 영국 지지파들의 초상화나 모형이 교수형 당하는 모습으로 매달렸었다. 버즘나무가 아니라 느릅나무였다고 한다.

1979 칸토 LXII의 주석 1850번 참조. 빵 가게 소년이 아니라 이발소 소년이었다.

1980 아일랜드 출신의 사람으로 보스턴 대학살 때 프레스턴을 비롯한 영국 군인들을 변호해 달라는 부탁을 애덤스에게 했다.

1981 칸토 LXII의 주석 1851번을 볼 것.

1982 미국의 법률가. 애덤스와 더불어 프레스턴을 변호했었다. 칸토 LXIII의 주석 1917번에 언급된 퀸 시의 동생이다.

1983 미국의 법률가. 애덤스와 더불어 프레스턴의 자문 역할을 하였는데, 근본적으로 영국 지지파였 기 때문에 독립운동이 일어나자 영국으로 갔다.

1984 칸토 LXII의 주석 1861번 참조. 허친슨은 애덤스가 돈을 많이 받고 프레스턴과 영국 군인들을 변 호하는 일을 맡았을 거라 하였다. 그에 대한 파운드의 코멘트.

1985 칸토 LXIII의 주석 1924번을 보라.

1986 18세기 이탈리아의 경제학자 겸 법률가. 애덤스는 프레스턴을 변호하면서 그의 글에서 인용을 했다.

1987 기원전 2세기경에 활동했던 로마의 극작가 테렌티우스의 극에 나오는 구절.

1988 로마의 작가 페트로니우스의 작품에 나오는 구절. '쿠마의 시빌'이란 이탈리아 나폴리 근처의 쿠 마라는 지역에 있던 아폴로 신전을 관장하던 여사제를 말한다. 쿠마는 이탈리아에 세워진 옛 그 리스의 첫 번째 식민지역이었다. 시빌은 아폴로에게 죽지 않는 장수를 허락받았지만 늙지 않는 것을 같이 요청하지 않았기에 죽지는 않아도 계속 늙어가고 쭈그러들었다. 시빌은 결국 무엇을

원하냐는 물음에 죽기를 원한다고 답한다. 애덤스는 100살이 넘은 한 할머니를 방문했던 것을 기록하고 있다.

1989 보스턴 근방의 해변.

1990 버지니아 주의원.

1991 사우스캐롤라이나의 부지사였다.

1992 애덤스의 지인.

1993 영국 왕 찰스 2세를 말한다.

1994 두 곳 다 코네티컷의 도시들. 애덤스가 그곳을 방문했었다.

1995 허친슨이 다시 사람들의 호의를 얻는다고 생각하자 그에 대한 애덤스의 반응.

1996 17세기에 매사추세츠만 지역을 영국으로부터 사들인 인물. 초기 식민지역을 다스렸던 관리로 지사를 역임했다.

1997 애덤스는 아담과 이브에 대해 인디언 목사가 한 재미있는 말을 기록해 놓았다.

1998 애덤스가 알고 지낸 판사의 부인.

1999 18세기 초엽에 매사추세츠의 지사였다.

2000 오티스는 매사추세츠 법관들에게 매사추세츠 주민들의 동의 없이 매사추세츠 주민들로부터 거둔 세금을 영국 왕으로부터 받는 것이 옳은 것인지를 따졌는데, 그걸 두고 하는 말. 애덤스는 영국 왕으로부터 그 돈을 계속 받겠다고 하는 법관을 탄핵하는 안을 올렸다.

2001 무어는 16~17세기 영국인으로 재판 사례를 기록한 책으로 유명했다. 애덤스는 이 책에서 자신의 논리를 뒷받침할 근거들을 뽑아냈다.

2002 애덤스는 법관들이 영국 왕으로부터 돈을 받는 것에서 벗어나야 한다고 주장하면서 여러 원칙들을 제시했는데, 그 원칙들 중의 몇 가지가 나중에 뉴욕주법, 매사추세츠법, 나아가 연방법에도 들어갔다.

2003 로드아일랜드의 영국 지지자.

2004 보스턴의 세관청장.

2005 로드아일랜드의 영국 지지자.

2006 미국이 독립한 후 미국에 주재한 영국의 첫 번째 총영사였다. 태어나기도 보스턴에서 태어났다(영국 외교관으로서는 미국 땅에서 태어난 첫 번째 인물이라 한다). 매사추세츠를 관장하던 허친슨과 올리버 등에 반감을 가지고 있었다. 허친슨, 올리버, 모핏, 팩스턴, 롬과 같은 영국 지지파들이 쓴 편지들을 템플이 어떻게 손에 넣어서 프랭클린에게 전달했고, 이 편지들이 공개되면서 허친슨과 올리버를 사임시켜야 한다는 청원이 제기되었다. 이 부분에서도 프랭클린에 대한 애덤스의 애증이라는 이중적 표현이 나타나고 있다.

2007 일종의 홍차. 보스턴 티파티 사건을 언급한 것이다.

2008 칸토 LXIII의 주석 1919번에 설명된 이의 조카. 영국 지지파로 독립혁명이 일어날 때 영국으로 떠났다. 영국 왕('원천적인 힘')의 이름으로 봉급을 받으려는 올리버를 탄핵하고자 한 애덤스를 보고 하는 말이다.

2009 매사추세츠의 부지사를 지냈는데, 돈으로 정의를 사곤 했다고 한다.

2010 뉴욕의 보울링 그린 파크에 세워져 있던, 조지 3세의 동상. 1776년 독립선언서가 뉴욕에서 낭독되면서 뉴욕시민들이 이 동상을 끌어내렸다.

2011 16~17세기 영국의 역사가이자 지리학자.

2012 15세기 이탈리아의 탐험가. 한데 영국 왕의 후원 아래 탐험을 했기 때문에 영국식 이름으로 많이

알려져 있다. 북미 대륙에 대한 과거의 문헌들을 출판하라고 출판사에 애덤스가 조언을 했던 일을 언급한 것이다.

2013 뉴저지의 프린스턴 근처의 선술집.

2014 미국의 법률가로 그 당시 영국 지지파였다.

2015 여기서는 독립선언을 의미한다.

2016 사우스캐롤라이나의 지사였다.

2017 영국 의회는 보스턴 티파티 사건 이후 매사추세츠가 보상을 하지 않으면 보스턴을 봉쇄하겠다는, 무관용 법을 통과시켰는데, 이 날 열린 주 대표 회의는 이 영국 의회의 법에 불복하는 결정을 내렸다.

2018 미국 땅에 영국 왕의 윤허를 받은 의회(입법부)를 만들게 되면 그 의원들을 매수할 거라는 말. 패트릭 헨리가 그런 입법부를 만드는 것에 반대하면서 한 말.

2019 이를 흔히 '올리브 가지 청원'이라 부른다. 노아의 방주 때 비가 다 끝난 것을 확인하고자 날려 보낸 비둘기가 올리브 가지를 입에 물고 나타난 것을 두고 흔히 올리브 가지를 평화나 화해의 상징으로 본다. 따라서 '올리브 가지 청원'이란 영국 식민지로서의 미국이 영국과 전쟁을 원하지 않고 영국과 화해를 원한다는 내용의 청원을 영국 왕인 조지 3세에게 보낸 것을 말한다. 주 대표 회의 멤버들의 사인을 받아 보냈지만, 조지 3세는 이를 읽어보지도 않고 거부했고, 미국은 곧 영국과 독립전쟁을 치르게 된다. 애덤스는 애초부터 이 청원이 쓸데없는 짓이라 생각했다.

2020 앞 칸토의 주석 1975번을 볼 것. 주 대표 회의의 의장이었던 핸콕은 자신이 독립전쟁 사령관이 되기를 원했다. 하지만 애덤스는 정치 역학 관계상 남부 쪽 사람이 사령관을 맡는 것이 좋다고 생각했고, 그래서 버지니아 출신인 워싱턴을 추천했다.

2021 주 대표 회의의 멤버로서 영국과 전쟁을 피하고 영국과 화해를 하자는 '올리브 가지 청원'의 주창자로서 미국의 독립운동에 반대하고 있었다.

2022 애덤스가 편지에서 자기 부인을 두고 한 말.

2023 여관 이름.

2024 칸토 LXII의 주석 1871번을 볼 것.

2025 목사이자 주 대표 회의 멤버.

2026 칸토 XXXIII의 주석 690번을 보라.

2027 주 대표 회의의 멤버였으나 뒤에 자신의 이득을 챙겼다는 죄목으로 쫓겨났다.

2028 구아달루프나 마르티니크나 프랑스령 서인도제도의 섬들.

2029 칸토 LXII의 주석 1872번을 볼 것.

2030 칸토 LXII의 주석 1893번을 볼 것.

2031 미국의 법률가 겸 정치가. 주 대표 회의 때 버지니아주의 대표였고, 독립선언서에 서명한 인물들 중 한 명.

2032 키케로가 소 카토에 대해 '마치 자기가 로물루스의 배변에서가 아니라 플라톤의 국가에 있는 듯이' — 즉 로마가 아니라 아테네(그리스)에 있는 듯이 — 행세했다고 말한 것을 와이스가 거꾸로 플라톤의 국가가 아니라 로물루스의 배변에서라고 말한 것. 즉 와이스의 말에서 플라톤의 국가는 영국이 되는 것이고, 로마는 미국이 되는 셈이다.

2033 주 대표 회의의 멤버로 독립선언서에 서명했다.

2034 세 명 모두 주 대표 회의의 멤버로서 — 리와 셔먼은 독립선언서에 서명한 인물들이다 — 애덤스가 프랑스와 조약을 맺는 것을 지지해 주었다.

2035 러시, 베이어드, 미플린 역시 주 대표 회의의 멤버들로서, 러시는 독립선언서에 서명하기도 했다. 이들 역시 애덤스 편을 들어준 사람들이다. 다만 벤저민 프랭클린은 이 그룹에 없었는데, 파운드가 여기에 집어넣었다.

2036 미국 독립전쟁 당시 영국 해군을 이끌던 장교.

2037 존 랭든. 주 대표 회의의 멤버. 딘과 손잡고 개인적인 이득을 취하고 있었다.

2038 프랑스인으로 미국 독립혁명에 동조하여 많은 물품들을 대주었으나, 그러면서 한편으로는 개인적 이득을 챙겼다.

2039 미 해군 장교(〈보스턴〉호의 함장)로서 영국 배들을 몰아냈고, 파리로 가는 애덤스를 태워주었다.

2040 버논과 워렌은 해양성 관료로서 터커에게 애덤스를 잘 모시라는 지시를 내렸다.

2041 애덤스는 파리로 가면서 당시 11살이었던, 자신의 큰아들 존 퀸시 애덤스를 데리고 갔다.

2042 영국 상선. 〈보스턴〉호에 붙잡혔다. 매킨토시는 그 선장이었다.

2043 프랑스 비스케만에 있는 섬. 올레롱 법이라는 중세의 해양법으로 유명하다.

2044 보르도 북쪽의 마을.

2045 주 대표 회의에 13곳(뉴햄프셔, 매사추세츠, 로드아일랜드, 뉴욕, 코네티컷, 뉴저지, 펜실베이니아, 델라웨어, 메릴랜드, 버지니아, 노스캐롤라이나, 사우스캐롤라이나, 조지아)의 주 대표들이 모였던 것이다.

2046 프랑스의 루이 16세를 말한다.

2047 포도주 종류.

2048 프랑스의 엔지니어.

2049 보르도 근처의 성.

2050 프랑스의 정치가로 루이 15세 때 쫓겨났다가 루이 16세 때 다시 복귀되었다.

2051 프랑스 희곡.

2052 파리 리셰리우가에 있는 호텔로 애덤스가 묵었었다.

2053 쇼몽이 미국 대사들에게 헌납했던 저택.

2054 프랑스에 주재했던 미국의 무역 사무관.

2055 아서 리. 프랑스와의 조약을 맺기 위해 프랑스로 파견됐던 미국 외교관.

2056 미국의 외교관. 프랭클린과 친척 관계가 된다.

2057 칸토 XXXI의 주석 650번을 볼 것.

2058 프랑스 철학자인 클로드 엘베시스의 부인.

2059 광장 이름.

2060 칸토 XXXI의 주석 657번을 볼 것.

2061 미국의 첩보원으로 파리에서 미국의 독립혁명을 위해 일했지만, 영국을 위해서도 일한 이중 첩자였던 것으로 밝혀졌다.

2062 애덤스는 한번은 볼테르의 극 공연을 보러 갔다가 자신의 극 공연을 보러 온 볼테르가 근처 좌석에 앉아 있다는 걸 알았다고 한다.

2063 노아이유 가문의 부인.

2064 프랑스의 유지 가문. 왕에 대한 봉사를 해 왔던 대가로 그렇게 받았다 한다. 미국 독립전쟁 때도 미국 편에 서서 도왔다.

2065 애덤스가 프랑스의 왕 루이 16세를 알현했던 것을 말한다.

2066 프랑스 사람들의 좋은 점들을 이야기하면서 애덤스가 말한 부분이다.

2067 아마도 미국 사무관들에게 익명으로 전달되었던, 영국 왕 조지 3세의 의견이라고 여겨지는 내용

의 편지. 그 편지에는 미국은 영국 왕이 임명하는 200명의 의원들로 이루어진 의회에 의해 통치되어야 한다는 내용이 들어있었다 한다.

2068 루이 15세의 애첩이었다.

2069 칸토 XXXI의 주석 655번을 보라.

2070 프랑스의 철학자.

2071 프랑스 외무성 통상국장으로 애덤스와 가깝게 지냈다.

2072 애덤스는 낭트의 극장에서 『세비야의 이발사』 공연을 보았다.

2073 미국 해군 장교.

2074 스페인 북서부 지역으로 옛날에는 왕국이었다.

2075 고트족은 3~5세기에 스페인과 프랑스 지역에 왕국을 건설했던 종족인데, 동고트와 서고트로 나뉘었다.

2076 스페인 북서부 항구 도시.

2077 배의 이름.

2078 애덤스가 스페인에 있을 때 만난 아일랜드 사람.

2079 갈리시아에 있는 성당.

2080 피레네 지방산 백포도주.

2081 스페인 북서부 지역.

2082 발카르세. 레온의 강.

2083 레온 지방의 마을.

2084 아스토르가 근처의 마을.

2085 신문 이름. 여기에 위의 기사들이 났다.

2086 스페인 북서부 산맥.

2087 프랑스 서쪽에 있는 강.

2088 칸토 XLI의 주석 975번을 보라. 애덤스는 베르젠의 조언에 따르기도 했지만 주 대표 회의의 지침을 보여 달라는 그의 말은 거절했다.

2089 '바스턴'이란 보스턴을 보스턴 억양으로 발음한 것. 애덤스가 대서양에서 미국이 고기를 낚을 수 있는 바다의 영역을 넓힌 것을 언급한 것이다.

2090 공원 이름.

2091 칸토 LXII의 주석 1882번을 볼 것.

2092 네덜란드와 미국 간의 무역 협정이 맺어지는 데 역할을 했다.

2093 파리 평화조약(1783) — 영국이 미국의 독립을 인정한 조약 — 에 보낸 포르투갈의 특사.

2094 사르데냐 왕국의 특사.

2095 이 당시 애덤스의 나이.

2096 라이그라브 데 살름. 파리 평화조약의 멤버.

2097 역시 파리 조약의 한 멤버.

2098 네덜란드의 남서부 지역.

2099 브뤼헤와 오스텐데는 모두 벨기에 북서쪽의 무역 도시들.

2100 프랑스 장교로 애덤스와 친교를 맺고자 했던 인물.

2101 옛날 프랑스 동전 단위.

2102 네덜란드에 주재하던 프랑스 대사. 위에 나오는 구절, "하늘이 당신에게 내린 확고함"은 이 사람

이 애덤스에게 했던 말이다.

2103 네덜란드에서 애덤스가 알았던 인물.

2104 네덜란드 연방정부의 원수. 즉 그 당시 윌리엄 5세(오렌지 공)를 말한다. t는 'trouble' 또는 'tyrant'.

2105 프랑스 북쪽 도시.

2106 부르봉가의 여인.

2107 옷을 비롯한 유행의 면에서 있어서는 프랑스가 그 영향력을 견지하고 싶어 함을 말하고 있는 것이다.

2108 파리의 길 이름. 여기 있는 호텔에 존 제이가 머물고 있었다.

2109 캐나다 동부의 제일 큰 강.

2110 노바스코샤의 남쪽 밑의 섬.

2111 파리 평화조약 때의 영국 대표.

2112 위의 두 줄은 프랭클린이 조약 때 넣자고 했던 구절이라 한다.

2113 스웨덴의 구스타브 3세(재위 : 1771~1792).

2114 앞 칸토 LXIV의 주석 1975번을 보라.

2115 영국의 시인이자 화가(1740~1814).

2116 칸토 XXXI의 주석 656번을 볼 것.

2117 『황무지』의 저자 T. S. 엘리엇을 말한다. 아마도 엘리엇이 파운드에게 찾아왔다가 떠나는 장면을 이곳에 끼워 넣은 것일 것이다.

2118 영국의 외교관으로 프랭클린의 친구였다. 미국의 독립전쟁 때 미국편을 들어주었다.

2119 프랭클린의 손자인 윌리엄 프랭클린.

2120 영국의 정치가인 윌리엄 피트(1708~1778).

2121 프랑스의 외교관. 주미 대사도 했고 주영 대사도 했다. 파리 조약 때 중요한 역할을 했다.

2122 프랑스 최고 법정의 수장이었다.

2123 파리의 북서쪽 지역.

2124 칸토 XXXIII의 주석 690번을 볼 것.

2125 외무장관이던 리빙스턴이 프랭클린에게 파리 평화조약에 관련한 훈령을 보냈는데, 프랭클린은 그 편지를 애덤스에게 보여주지 않았다 한다.

2126 조지 몬태구. 맨체스터 공작. 영국이 프랑스 평화조약에 보냈던 대사.

2127 영국 외교관으로 미국의 프랭클린과 더불어 영국과 미국의 파리 평화조약 초안을 쓴 인물.

2128 위의 주석 2104번을 보라. 또는 원수를 둘러싼 귀족계층이나 엘리트계층.

2129 프로이센의 프레데릭 2세.

2130 위의 주석 2094번을 보라.

2131 이시는 파리 교외 지역. 뫼동성은 그곳에 세워져 있는, 루이 14세가 만들었다는 성. 애덤스가 불로뉴 숲 근처에 거주했었다.

2132 아미엥과 아브빌은 모두 프랑스 북부 도시.

2133 미국의 상인으로 미국독립 후 런던에 주재하는 첫 번째 영사를 지냈다. 그의 집이 런던 타워 근처의 그레이트 타워 힐에 있었다. 그는 애덤스의 아들인 존 퀸시 애덤스의 장인이기도 하다.

2134 칸토 LXII의 주석 1885번을 볼 것.

2135 리즈 공작. 피트 밑에서 외무장관을 했다. 애덤스를 영국 왕 조지 3세에게 소개시켰다.

2136 영국의 수상을 지냈다. 아버지와 구분하여 '소 피트'라 한다.

2137 메인주 북쪽의 군사 기지로 캐나다에 주둔하던 영국군의 관할이었다.

2138 오하이오주 북쪽에 있었던 영국군 기지.

2139 디트로이트의 영국군 기지.

2140 미시건주 북쪽에 있던 영국군 기지.

2141 둘 다 오대호 주변에 있던 영국군 관할 기지였다.

2142 애덤스가 만났던 영국의 어느 주교 부부를 말한다.

2143 펜실베이니아의 부호.

2144 조지 3세의 부인.

2145 유럽 특사로 프랭클린 후임으로 토머스 제퍼슨이 왔었다.

2146 워번 팜부터 하이 위콤까지 애덤스와 제퍼슨이 다녔던 영국의 사유지와 지방 이름.

2147 런던의 명소로 그 근방에 애덤스가 머물고 있었다.

2148 18세기 영국의 시인.

2149 18세기 스코틀랜드의 시인.

2150 18세기 영국의 시인.

2151 영국의 유명한 은행가 집안.

2152 대영박물관의 자연사 수집물들을 관장하던 사람.

2153 프랑스의 박물학자.

2154 브랜드홀리스. 애덤스의 영국인 친구.

2155 칸토 XL의 주석 937번을 보라.

2156 브레인트리의 애덤스의 소유지.

2157 애덤스 농장 일군.

2158 패트릭 헨리, 토머스 제퍼슨, 아론 버.

2159 러니미드. 템스강 남쪽의 잔디밭으로 여기서 1215년 존왕이 마그나 카르타를 서명하였다.

2160 잉글랜드 왕 찰스 1세의 외손자(찰스 1세 장녀의 아들)로서 네덜란드의 원수였는데, 명예혁명으로 제임스 2세가 물러나면서 영국왕 윌리엄 3세가 되었다. 그 당시 서명된 권리장전으로 인해 영국은 절대군주제가 아니라 입헌군주제가 되었다.

2161 영국의 정치철학도로서 애덤스의 글을 출판했는데, 처음 초판에서 저자를 잘못 표기했다가 다시 바로잡았다.

2162 애덤스가 보스턴 가제트에 글을 실으며 썼던 가명.

2163 영국 신문에 글을 실은 어떤 이의 필명. 이 사람의 글에 애덤스가 답장 형식의 글을 보스턴 가제트에 실었던 것이다.

2164 영국 의회사에 '굿윈 케이스'라는 게 있는데, 굿윈이 하원의원에 뽑힌 것을 두고 하원과 왕(그 당시 제임스 1세) 사이에 헌법상의 충돌이 있었다.

2165 칸토 LXIV의 주석 1975번을 보라. 핸콕이 이 조항을 어겼다고 기소되었던 것이다. 앤은 영국 여왕(1665~1714).

2166 조지 3세가 내린 칙령.

2167 정당한 법 절차에 의한 것이 아닌 다음엔 그 누구도 구금되거나 자유를 뺏기거나 내쫓기거나 하지 않는다는 문구가 있는 부분. 조지 3세가 미국 땅에 내린 칙령은 이런 영국 스스로의 법을 어기고 있는 것이라는 애덤스의 지적.

2168 엠프슨과 더들리는 헨리 7세 때의 재판관들로 마그나 카르타의 정신을 지키지 않고 왕을 위해

법을 마음대로 집행했던 인물들로 헨리 7세가 죽은 바로 다음 해 반역죄로 몰려 참수되었다.

2169 매사추세츠주의 도시. 이날 대표자들이 모여 매사추세츠 법관들이 시민들의 동의 없이 영국 왕 으로부터 하사금을 받는 것을 거부하는 결의를 했다.

2170 케임브리지 읍 서기.

2171 매사추세츠의 미군 장성으로 애덤스와 논쟁을 벌였고, 영국 지지자였던 그는 미국 독립전쟁이 일어나자 영국으로 갔다.

2172 잉글랜드 왕(재위 : 1272~1307).

2173 15세기 영국의 법률가.

2174 잉글랜드 왕(재위 : 1685~1688).

2175 제임스 2세에게는 에드워드 헤일즈라는 측근이 있었는데, 이 측근에게 의무적 사항을 면제해주 는 권리를 행사하려고 했었다.

2176 토마스 존스. 제임스 2세가 면제권을 행사하려 하자 그것에 맞서 반대의견을 냈고, 왕이 자기 의 견을 따를 12명의 법관을 만들겠다고 하자 왕의 의견을 따를 12명의 법관을 구하기는 어려울 거 라고 말했다.

2177 독립하기 전 매사추세츠 등에 있던 의회로 입법권과 사법권을 가졌었다.

2178 잉글랜드 왕(재위 : 1689~1702).

2179 잉글랜드 왕(재위 : 1461~1470, 1471~1483).

2180 가터훈작사단의 수장으로 종신직을 윤허 받았지만, 그 윤허가 무효화되었다.

2181 '팔라틴 백작'이란 자신이 영주로 있는 영토에서 왕에 준하는 권리를 행사할 수 있는 허가를 받은 귀족을 말한다.

2182 흔히 'Domesday Book'이라 불리는, '정복왕' 윌리엄 1세(재위 : 1066~1087) 때 만들어진 영국의 토 지대장을 가리키는 것으로 생각하기 쉬운데, 여기서는 그것이라기보다 아마도 윌리엄보다 앞서 영국 왕이었던 에드워드 '참회왕'(재위 : 1042~1066)이 구술했다고 알려진 법전을 가리키는 것일 것이다.

2183 8세기 초반 고대 영국의 서쪽 지방의 왕. 그의 법령집은 추후 앨프레드 대왕 ― 9세기 고대 영국 웨섹스의 왕 ― 의 법전에 부록으로 붙어 있다.

2184 8세기에 가장 강력했던 고대 영국의 왕. 그의 법령들도 앨프레드 대왕의 법전에 들어가 있다.

2185 6세기에서 7세기 고대 영국 켄트 지방의 왕. 로마법에 근거한 그의 법령들은 지금까지 남아 있는 앵글로색슨 문헌들 중 가장 오래된 것이다.

2186 1세기에 활약했던, 유대법을 가르쳤던 인물로, 법을 가르치는 훌륭한 선생을 뜻하는 고유명사가 되어버렸다.

2187 미국의 법률가. 애덤스와 반대편에 서 있었다.

2188 '논하다, 주장하다(arguing)'에 해당하는 라틴어.

2189 10세기 프랑스의 왕. 카페 왕조의 시조.

2190 칸토 LXIII의 주석 1928번을 보라.

2191 17세기 영국의 법률가.

2192 18세기 스코틀랜드의 철학자.

2193 17~18세기 프랑스 역사가.

2194 17세기 영국의 역사가.

2195 헨리 3세(재위 : 1216~1272) 밑에서 대법관을 지냈던 인물로 자신의 직위가 종신이기를 바랐다.

2196 영국의 법률가로서 그 당시 영국의 식민지였던 매사추세츠를 다스리는 주지사 역할을 했다.

2197 셜리에 이어서 매사추세츠 주지사를 했는데, 셜리나 허친슨과는 달리 독립을 원하는 미국인들의 심정을 이해주었다.

2198 파우널에 이어 매사추세츠 주지사를 한 인물로, 독립을 원하는 미국인들을 교묘히 피해 나갔다.

2199 칸토 LXIV의 주석 1965번을 보라.

2200 이 구절은 자신과 논쟁을 벌였던 상대방 필자의 글이 의도하는 바가 이런 것이라는 것을 애덤스가 지적해서 하는 말.

2201 잉글랜드 왕(재위 : 1509~1547). 로마 가톨릭교회와 손을 끊고 독자적으로 영국 국교를 창시하고 자신이 그 수장이 되었던 왕. 웨일스와 아일랜드를 잉글랜드의 왕이 겸했던 첫 번째 왕.

2202 헨리 8세의 이혼과 종교개혁에 반대했던 영국의 추기경으로 헨리 8세의 종교개혁으로 인해 영국의 마지막 로마 가톨릭 출신 캔터베리 대주교가 되었다.

2203 매사추세츠(영국 식민지로서의)의 처지가 어느 면에서 웨일스 비슷하다는 — 잉글랜드의 왕에게 복속되어 있기는 하지만, 엄밀히 말해 잉글랜드에 속한 땅은 아니라는 — 애덤스의 문구.

2204 잉글랜드 왕 에드워드 6세(재위 : 1547~1553).

2205 12세기 캔터베리 대주교로 헨리 2세에 의해 살해되었다.

2206 아드리안 4세. 영국이 낳은 유일한 교황(재위 : 1154~1159).

2207 그 당시 로마가톨릭 교회는 영국의 모든 집 소유주들에게 일 페니씩을 내도록 했다.

2208 잉글랜드 왕 헨리 2세(재위 : 1154~1189). 아일랜드를 통치한 첫 번째 잉글랜드의 왕으로 "Lord of Ireland"라 불렸다. 위에 나온 헨리 8세 때 "King of Ireland"라고 칭호가 바뀌었다. 그리고 이 헨리 2세의 법들이 후에 영국의 보통법의 기반을 닦았다고 이야기된다.

2209 12세기 아일랜드를 지배하던 토박이 군주들 중 한 명으로 행실이 매우 안 좋았다고 한다.

2210 루어크 역시 맥모랄과 마찬가지로 12세기 아일랜드를 지배하던 토박이 군주들 중 한 명. '미스'란 지명. 헨리 2세는 이런 악명 높은 토박이 군주들의 서로간의 다툼을 아일랜드를 통치하는 구실로 삼았다. 애덤스는 셜리나 허친슨 같은 주지사들을 이런 악명 높은 군주들에 비견했다.

2211 헨리 5세는 특정한 직업을 가지지 않은 모든 아일랜드인들을 잉글랜드 땅에 발붙이지 못하게 했다. 헨리 6세는 태도나 외양이 좋아야 한다는 것을 그에 덧붙였다.

2212 15~16세기 영국의 군인이자 외교관. 아일랜드 총독을 지냈는데, 잉글랜드의 모든 법이 아일랜드에 적용된다고 명시했다.

2213 잉글랜드의 왕(재위 : 959~975). 흔히 아일랜드를 침공하여 잉글랜드 왕의 통치를 받게끔 한 첫 번째 잉글랜드의 왕으로 헨리 2세를 꼽지만, 사실은 그 이전에 에드가가 이미 아일랜드를 침공했었다고 한다.

2214 영국의 귀족으로, 그의 케이스는 아일랜드가 잉글랜드와는 다른 영토라는 것을 확인해주는 것이었다고 한다.

2215 영국 왕 조지 2세(재위 : 1727~1760).

2216 조지 3세. 미국의 독립이 이 왕 때 이루어진 것이다.

2217 영국의 법률가 및 정치가. 영국의 빚을 없애려면 미국을 영국의 영토로 합병해야 한다고 생각했다.

2218 영국의 북서쪽 도시(리버풀 약간 밑에 있음). 앞서도 나왔지만 팔라틴 지역은 일종의 자치 도시로 왕과 의회의 지배에서 벗어나 있었다.

2219 영국의 북부 지역으로 역시 팔라틴 지역이었다.

2220 칸토 LXV의 주석 2034번을 보라.

2221 필라델피아의 출판업자. 애덤스의 『정부에 대한 생각들』을 펴냈다.

2222 칸토 LXV의 주석 2031번을 보라.

2223 17세기 영국의 정치 평론가.

2224 17세기 영국의 정치 평론가.

2225 18세기 영국의 법관이자 정치 평론가.

2226 17~18세기 영국의 정치 평론가.

2227 미국 독립전쟁의 군인. 주 대표 회의의 멤버였고 독립선언서 서명자들 중 한 명이기도 하다. 추후 버지니아 주지사도 지냈다.

2228 주 대표 회의에 버지니아 대표로 참석했었다.

2229 버지니아주 캐롤라인군(郡)의 출판업자이자 정치적 평론가. 그의 책에 펜에게 보낸 애덤스의 편지가 소개되어 있다.

2230 주 대표 회의에 노스캐롤라이나 대표로 참석했고, 독립선언서에 서명한 인물들 중 한 명이기도 하다.

2231 미국의 법률가로 주 대표 회의 때 뉴저지 대표로 참석했었다.

2232 즉 찰스 프랜시스 애덤스.

2233 기원전 1세기 그리스 역사가.

2234 지금의 리비아에 있던 고대 도시로 그리스 식민지였다.

2235 기원전 4세기경의 고대 스파르타의 장군.

2236 아테네 북서쪽의 지방.

2237 펠로폰네소스에 있는 마을.

2238 시칠리아에 있었던 도시. 그리스의 식민지였다. 애덤스는 고대 그리스에서 있었던 살육의 예들을 들면서 이는 파당에 의해 비롯된 것이라 하였다. 그래서 그는 행정 권력의 분배와 균형을 강조하였던 것이다.

2239 앞 칸토 LXVI의 주석 2147번을 보라.

2240 기원전 1세기 로마의 건축가. 팔라디오에 대해선 칸토 XL의 주석 937번을 보라.

2241 '이 일' 또는 '이런 유의 탐구'란 좋은 정부의 틀을 만드는 것을 말한다. 애덤스는 그 일을 하는데 신들의 도움은 필요로 하지 않지만 좋은 선례들을 남겨놓은 현인들의 생각은 참고로 할 필요가 있다고 말하는 것이다.

2242 이탈리아 안에 있는 공화국으로 세계에서 세 번째로 작은 독립 국가이다. 이 나라의 창건자는 성 마리누스로 원래는 지금의 크로아티아의 해변 지방 출신이나 이탈리아로 건너와 석공으로 지내며 지금의 자리에 수도원을 세웠다.

2243 칸토 XVII의 주석 334번을 보라.

2244 7~8세기의 베네치아의 총독.

2245 18세기 스위스의 법학자.

2246 스위스의 주이지만, 옛날엔 하나의 왕제 공화국이었다. 여기서의 헌법도 그렇고 옛 로도스에서도 그렇고 삼권분립이 되어있었다는 이야기를 하고 있는 것이다.

2247 칸토 XXXI의 주석 655번을 보라. 행정을 책임지는 장의 명칭이 어떠한 것이건 간에 그런 장이 없는 나라가 있었다면 튀르고가 이야기했을 텐데 그렇지 않으므로 행정을 책임지는 장의 직책은 필요하다는 이야기를 애덤스가 하고 있는 것이다.

2248 기원전 9세기 스파르타의 법을 만들었다고 알려진 인물.

2249 런던에 있는 정신병원.

2250 18세기 영국의 유명한 시인인 알렉산더 포프는 호머의 『오디세이』를 영역한 것으로 유명한데, 애덤스는 원문과는 다르게 번역한 것을 지적하고 있다. '거래(transaction)'는 '번역(translation)'의 잘못일 것인데, 이런 곳들이 꽤 많아서 파운드가 일부러 그렇게 한 것인지 아니면 단순한 실수인지 분간이 안 되고 있다.

2251 16~17세기 이탈리아의 군인이자 역사가로 애덤스는 다빌라에 대한 글을 쓴 적이 있었다.

2252 살라 프랑크족의 왕. 살라는 라인강 북쪽 하구의 강으로 지금은 네덜란드에 속해 있다.

2253 미국의 법률가로 미국의 헌장을 수정할 것을 제안했었다.

2254 미국 독립전쟁 때의 전투 대원.

2255 칸토 XXXI의 주석 653번을 볼 것.

2256 두 번째 주 대표회의 때 의장을 맡았던 미국의 사우스캐롤라이나 출신의 정치가.

2257 프랑스의 장군으로 전쟁성 장관도 지냈다.

2258 독일 군인으로 미국 독립전쟁 때 미군 소장으로 싸우다 전사했다.

2259 프랑스의 정치가로 해양성 장관을 지냈다.

2260 즉 벤저민 프랭클린, 아서 리, 그리고 존 애덤스.

2261 칸토 XXXI의 각주 650번을 보라.

2262 프랑스 상선의 이름.

2263 보마르셰의 사업 파트너.

2264 보마르셰의 대리인.

2265 보마르셰가 세운 회사로 미국 독립전쟁 때 무기 등을 조달하는 회사였다.

2266 칸토 LXV의 주석 2038번을 보라.

2267 배의 수리를 하던 프랑스인.

2268 존 폴 존스에게 붙잡힌 영국 배.

2269 칸토 LXV의 주석 2073번을 보라.

2270 존스가 지휘하던 배.

2271 레인저호에 포획당한 영국 배.

2272 칸토 LXV의 주석 2054번을 보라.

2273 존 퀸시 애덤스.

2274 이탈리아의 항구 도시인 리보르노.

2275 주 대표 회의의 의장을 지냈고, 독립선언서의 서명자들 중 한 명이기도 하다.

2276 칸토 LXV의 주석 2071번을 보라.

2277 칸토 LXII의 주석 1842번을 보라. 버크는 미국 식민지를 좀 더 자유롭게 다스려야 한다고 보았다.

2278 영국의 정치가로 버크와 같은 입장을 가지고 있었고, 허친슨 때문에 영국과 미국 식민지 사이의 투쟁이 번지게 되었다고 보았다.

2279 17~18세기 영국의 정치가. 정확한 지점을 잘 인식할 수 없듯이 정치 권력의 변환도 그러하다고 말하였다.

2280 칸토 XXXII의 주석 753번을 참조할 것.

2281 칸토 LXV의 주석 2121번을 보라.

2282 이탈리아 출신의 의사로 미국의 독립혁명을 지지하였으며, 이탈리아에서 미국을 위해 일하는 역할을 맡았다.

2283 칸토 LXV의 주석 2031번을 보라.

2284 칸토 LXV의 주석 2035번을 볼 것.

2285 애덤스에게 네덜란드에서 대출을 받는 최선의 방법을 조언해 주었던 네덜란드의 상인.

2286 네덜란드 은행. 애덤스는 이 은행에서 돈 빌리는 데 실패했다.

2287 네덜란드의 통화 단위.

2288 칸토 LXII의 주석 1878번을 보라.

2289 사우스캐롤라이나주의 도시.

2290 위의 주석 2256번을 보라. 그는 영국 해군에 잡혀 한때 런던탑에 감금되어 있었다.

2291 칸토 LXII의 주석 1882번을 보라.

2292 네덜란드의 군인이자 학자. 애덤스와 친구로 지냈다.

2293 그 당시 프랑스 재무장관.

2294 네덜란드의 중개인들. 스타포르스트는 네덜란드의 은행으로 칸토 LXII의 주석 1885번을 보라.

2295 네덜란드의 은행가.

2296 네덜란드의 중개인들.

2297 또 다른 네덜란드의 중개인.

2298 영국의 외교관. 헤이그 주재 영국대사를 지냈는데, 애덤스는 네덜란드 정부에 대한 그릇된 이야기를 하고 있는 요크의 글을 비판했다.

2299 칸토 LXV의 주석 2092번을 보라. 영국의 왕 조지 3세는 네덜란드가 미국과 무역 협정을 맺은 데 대해 네덜란드의 당사자들을 벌할 것을 요구했다.

2300 이 부인이 애덤스에게 암스테르담의 은밀한 주소를 제공해 주었다.

2301 칸토 LXII의 주석 1879번을 보라.

2302 네덜란드의 북부 지방으로 베르스마는 그 지방의 관리.

2303 북부 독일의 도시들과 발트해 지역의 여러 도시들이 상호교역을 위해 맺은 동맹.

2304 헨리 로렌스. 런던탑에서 풀려나와 있었다.

2305 영국의 정치가. 미국의 독립혁명 당시 영국의 수상을 지냈다.

2306 이하 모두 네덜란드의 은행가들.

2307 로테르담 근처의 도시로 이곳의 관리였던 놀레는 미국의 독립에 대해 미국민들에게 찬사를 보냈다.

2308 칸토 LXII의 주석 1884번을 보라.

2309 애덤스에게 대출을 해 준 네덜란드의 은행들.

2310 애덤스가 대출을 받게 도와준 중개인.

2311 신성로마제국의 요제프 2세(재위 : 1765~1790)를 말한다. 그 밑에서 재상을 지낸 인물은 안톤 웬첼인데, 1711년생으로 사실 애덤스가 그의 나이를 풍문으로만 듣고 잘못 알고 있었다.

2312 영국의 정치가로 파리 평화협정 시 미국과 조약을 맺는 영국의 대표였다.

2313 레이우아르덴. 프리슬란트 지방의 주도시.

2314 봅킨스와 카츠는 레우바르덴 상공회의소 멤버들.

2315 즉 영국 왕 조지 3세.

2316 영국 황실의 주궁전.

2317 칸토 LXII의 주석 1893번을 보라.

2318 북아프리카 일대의 지역.

2319 영국과 프랑스를 말함.

2320 칸토 LXVI의 주석 2136번을 보라.

2321 런던의 길거리가 어둡다면서 미국의 고래기름을 사 가라는 이야기.

2322 이하 세 가지 모두 포도주.

2323 카매슨 경. 칸토 LXVI의 주석 2135번을 보라.

2324 애덤스는 제퍼슨에게 당신은 전제군주제를 두려워하지만 나는 귀족주의를 두려워한다라고 말했다 한다.

2325 칸토 LXII의 주석 1895번 참조. 독립혁명 때 큰일도 하기는 했으나, 뒤에는 애덤스나 제퍼슨과 다른 길을 걸어 해밀턴을 지지했다. 이 이하의 인물들은 모두 해밀턴 지지자들이다.

2326 주 대표회의의 멤버.

2327 코네티컷 하원의원을 지냈다.

2328 하원과 상원의원을 모두 지냈다.

2329 필라델피아 출신 정치가.

2330 주 대표회의 멤버였고, 독립선언서 서명자들 중의 한 명이기도 하다.

2331 칸토 XXXVII의 주석 838번과 칸토 LXII의 주석 1898번을 보라.

2332 매사추세츠 상원의원을 지냈다.

2333 매사추세츠 하원의원으로 연설을 잘했다고 알려져 있다.

2334 주 대표회의 멤버였으며, 미국 은행의 첫 번째 은행장이었다.

2335 주 대표회의의 멤버였으며, 독립선언서 서명자들 중의 한 명이기도 하다.

2336 주 대표회의의 멤버였고, 하원과 상원의원을 모두 지냈다.

2337 단테의 『신곡』 중 「지옥」편에 나오는 구절.

2338 독립전쟁 때 뒤로 영국군과 결탁했던 장교.

2339 칸토 LXV의 주석 2061번을 보라.

2340 역시 단테의 「지옥」편에 나오는 구절로, 지옥의 사악한 영혼들의 행동을 그린 것이다.

2341 상원의원으로 해밀턴의 장인이었다.

2342 지옥의 강의 한 지류.

2343 케사르(시저)를 암살하는 음모의 주동자. 역시 단테의 「지옥」편에 등장한다.

2344 칸토 XXXI의 주석 648번을 보라. 해밀턴에 반대를 했다.

2345 상원의원으로서 해밀턴의 재정 정책에 반대를 했다.

2346 하원의원이었고, 조지아 주지사도 지냈다.

2347 즉 토머스 제퍼슨.

2348 칸토 LXII의 주석 1895번을 참조. 그는 워싱턴이 물러나기 얼마 전 파리에 평화 사절로 파견되었으나 프랑스가 그를 받아들이지 않는 사건이 발생했다.

2349 테네시주 상원의원. 그는 영국과 내통했다는 비난을 받고 상원에서 쫓겨났다.

2350 애덤스가 워싱턴에 뒤이어 대통령이 되어 문제 해결을 위해 프랑스에 파견했던 사절.

2351 게리와 함께 파견되었던 인물로 후에 대법원 원장으로 명성을 떨쳤다. '개구리'는 프랑스인을 의미하는 속어.

2352 산티아고. 쿠바의 항구 도시. 프랑스의 사나포선들이 많은 미국 선원들을 쿠바에 떨구어놓는 일이 발생했고, 그들이 그곳에서 빠져나오기 위해서는 시키는 대로 일을 해야만 했다.

2353 재무장관 자리. 해밀턴이 그 자리를 꿰어찼다.

2354 앞에서 여러 번 언급되었던 베르젠을 말한다.

2355 워싱턴 때부터 전쟁성 장관이었고, 애덤스는 그를 그 자리에 그대로 두었으나 그가 해밀턴과 더 가깝게 지냈다는 것을 알고는 해임했다.

2356 칸토 LXIII의 주석 1911번을 보라. 그도 워싱턴 때부터 국무장관을 하였고, 애덤스도 그를 그 자리에 그대로 두었으나 그가 해밀턴을 지지하는 걸 알고 그 역시 해임했다.

2357 칸토 LXII의 주석 1904번을 참조해 보라.

2358 밴스 머리. 애덤스가 헤이그에 파견한 사절.

2359 칸토 XXXII의 주석 674번을 참조해 보라.

2360 칸토 LXV의 주석 2040에 나오는 워렌의 부인으로 보스턴 티파티 사건을 풍자적으로 썼는데, 애덤스가 그걸 좋아했다고 한다.

2361 차 종류.

2362 그럼으로써 영국과의 무역을 줄였다는 말.

2363 유스티니아누스 법전을 말한다.

2364 칸토 LXIII의 주석 1928번을 보라.

2365 17세기 프랑스 법률가.

2366 17~18세기 영국의 법률가.

2367 18세기 영국의 법률가.

2368 영국이 퍼뜨린 거짓말들.

2369 프랑스는 자기들 이익에 맞게 모든 걸 조정하고자 한다는 말.

2370 즉, 칸토 LXV와 LXVIII에 나오는 아서 리를 말함.

2371 칸토 LXVI의 주석 2161번을 보라.

2372 웨일스의 정치철학자. 미국의 독립혁명 당시 미국에 대한 영국의 정책을 비판했었고, 벤저민 프랭클린이나 애덤스의 친구이기도 했다.

2373 1800년의 대통령 선거에서 애덤스는 패함으로써 연임에 실패했고 자신의 고향으로 낙향했다.

2374 보스턴의 유명한 상인.

2375 캐나다 노바스코샤의 북동쪽에 있는 섬으로 영국과 프랑스 간의 전투가 있었다.

2376 식민지 미국에 주둔하던 영국군대의 총사령관이었다.

2377 미국이 독립 전쟁할 당시의 영국 장군.

2378 애버크롬비의 전임자.

2379 영국의 장군으로 보스턴에 영국군을 주둔시켰다.

2380 앞서도 한번 나왔지만, '대(大)피트'는 인지 조례에 반대했었다. 울프는 영국의 장군으로 퀘벡에서 프랑스군을 물리쳤고, 애머스트는 프랑스를 물리치고 케이프브리튼을 차지했으며 브래덕에 이어 식민지 미국의 영국군 총사령관이 되었었다.

2381 뉴저지주와 뉴욕시의 경계를 이루며 흐르는 허드슨강의 하류.

2382 세 명 모두 미국 독립혁명의 지도자들로서, 1776년 독립 선언서에 이어 펜실베이니아주에서 열렸던 헌법 회의에 참석하여 헌법의 뼈대를 썼던 인물들이다. 그 헌법 회의 의장이 프랭클린이었다.

2383 칸토 XXXVII의 주석 838번과 850번을 보라.

2384 애덤스와 가까웠던 북미 인디언 추장.

2385 즉 애덤스가 어릴 때 주변에 가까이 지냈던 인디언들.

2386 미국이 아직 영국의 식민지였던 시절 펜실베이니아의 영국인 주지사.

2387 주 대표회의의 멤버이고 독립선언서 서명자들 중 한 명.

2388 그리스 신화에서 제우스의 부인인 헤라는 인간의 모든 권리들을 관장하는 역할을 했다.

2389 기원전 6세기 시칠리아의 법관.

2390 벨기에 안트워프 지방의 성당에 어릴 때의 예수가 할례를 받아 나온 포피가 있었다고 전해진다.

2391 즉 애덤스의 아들인 존 퀸시 애덤스를 말한다.

2392 칸토 XXXIV의 주석 749번을 보라.

2393 칸토 XXXI의 주석 659번을 보라.

2394 주영 미국 대리대사.

2395 애덤스는 5대호와 대서양을 미국이 통솔해야 한다라고 주장했다.

2396 존 불. 영국의 별칭.

2397 보스턴 북동쪽에 있는 매사추세츠주의 도시.

2398 매사추세츠 상원의원이었다. L.이 아니라 J.이어야 맞다.

2399 애덤스 밑에서 재무장관을 했던 올리버 월코트. 칸토 LXII의 주석 1907번을 참조할 것.

2400 칸토 LXX의 주석 2372번을 보라. 프라이스는 미국 독립혁명뿐만 아니라 프랑스혁명에도 큰 기대를 걸었던 사람인데, 애덤스가 프랑스혁명의 미래에 대해 낙관적인 예견을 갖지 않자 그에 대한 불편한 심기를 가졌었다.

2401 프라이스의 전기를 쓴 사람인데, 그의 책에서 애덤스가 프라이스에게 반대의견을 냈던 것에 상술하고 있다. 애덤스는 모건의 그 책에 기분이 상해 있었다.

2402 팩스턴에 대해선 칸토 LXIV의 주석 2004번을 볼 것. 버치와 템플은 보스턴에서 활동하던 하급 관리들.

2403 영국의 인지 조례에 반대하여 보스턴 검찰관직을 사임했던 인물. 그는 그리스와 로마의 작시법에 대한 연구도 했다.

2404 칸토 LXII의 주석 1844번을 보라.

2405 보스턴 대학살 사건 때 보스턴 주민들의 대장 역할을 했던 인물로, 애덤스는 그 아래 소속이었다.

2406 두 사람 모두 기원전 1~2세기의 인물들로, 잔인한 학살로 유명했던 로마의 장군들이다.

2407 칸토 LXIV의 주석 1975번을 보라.

2408 로마의 역사가 리비우스(기원전 1세기~서기 1세기)의 『로마서』의 제일 처음에 나오는 구절로, 로마의 탄생에 대해 역사적 사실들을 서술하기 전 신화 또는 전설상의 이야기로부터 시작하면서 한 말.

2409 18~19세기 프랑스 철학자이자 정치가. 제퍼슨이 그의 책을 번역하여 애덤스에게 주었다.

2410 누구를 말하는 건지 알 수 없다. 일설에는 카를 마르크스라고도 하고, 일설에는 영국의 왕 찰스 2세(재위 1660~1685)를 말하는 것이라고 한다.

2411 18세기 영국의 의원이자 서인도제도의 농장주였다. 애덤스가 영국의 식민지 약탈의 예로 든 것이다.

2412 오티스의 전기 작가였다.

2413 칸토 XXXIII의 주석 710번과 711번을 보라.

2414 클레안테스의 원문. 칸토 LII-LXXI이 시작하는 앞부분 목차에서 파운드가 번역한 것과 비교해 보라.

2415 이탈리어어로 쓰인 칸토 LXXII와 LXXIII은 1943년부터 1945년 초까지 쓰인 것으로 보이고, 1945년 무솔리니가 저항군들에 의해 사살당하기 약 3개월 전 처음으로 이탈리아의 극우파(즉 파시스트) 잡지인 『마리나 레푸블리카나』에 인쇄되어 나왔다. 그 이후 한 번도 세상에 모습을 드러내지 않다가 파운드가 죽은 후 1973년에 한정 수량으로 나왔고, 1983년 이탈리아 밀라노에서

장정판으로 출판되었다. 그러다 마침내 1987년『칸토스』— 즉 칸토 전편이 처음으로 한 권의 책으로 묶여 출판되었던 1970년판 — 의 10쇄가 나오면서, 거기에 부록처럼 수록되어 처음으로 일반대중에게 널리 알려지게 되었다.

2416 그리스 신화에서 헤라클레스에게 죽은 괴물로, 단테의『신곡』중「지옥」편에 등장한다.

2417 토스카나는 이탈리아 중부 지방으로 이탈리아 표준어의 근간이 되는 지방이다.

2418 필리포 토마소 마리네티. 이탈리아 파시스트 당원으로 직접 참전까지 했던 행동파 인물로 1944년 12월에 죽었다.

2419 파시스트 원년이 1922년이므로, 1943년 9월을 말하는 것인데, 1943년 9월 3일 이탈리아 정부가 연합군들과 휴전 협정을 맺은 것을 지칭하는 것이다. 무솔리니가 살로로 가서 소위 "살로 공화국"을 만들기는 하였으나, 이미 파시즘은 몰락한 상태였고, 골수 파시스트들은 그 협정을 반역이라 여겼다.

2420 그는 13~14세기 이탈리아 작가인 알베르티노 무싸토의 세네카식 비극인『에체리니스(Ecerinis)』를 1914년 현대 이탈리아어로 번역한 사람으로 1968년에 죽었다. 파운드는 칸토들을 쓸 당시 아직 살아있던 그를 마치 죽은 혼령이 나온 것처럼 등장시키고 있다.

2421 메켈레. 1894~1896년에 있었던 이탈리아와 에티오피아의 전쟁 때 유명했던 에티오피아의 요새. 나중에 무솔리니가 1936년 에티오피아를 침공할 때 이곳에서의 전투를 구실로 삼았다.

2422 롬멜이 이끄는 독일군과 이탈리아군이 몽고메리가 이끄는 영국군에 의해 1942년 참패당했던 이집트의 도시.

2423 『에체리니스』의 주인공인 에첼리노 다 로마노가 등장하여 말하는 것이다. 에첼리노는 13세기 초중반 베로나와 파두아 지방을 다스리던 군주였는데, 매우 잔혹했던 것으로 유명하며, 단테의『신곡』에서도「지옥」편에 등장한다. 그는 악마가 그의 어머니를 겁탈하여 낳은 아들로 묘사되고 있다. 그는 여기서 이탈리아의 혼란이 교황당으로부터 시작되었다고 말하며, 파시즘을 옹호하는 혼령으로 등장하고 있다. 또한 자신의 이미지가 나쁜 것은 꾸며낸 이야기 때문이라고 말한다.

2424 이탈리아의 왕, 빅토르 엠마누엘 3세를 말한다. 그는 1943년 무솔리니의 체포 명령을 내리고, 그해 9월 연합군과의 휴전 협정을 주도했다. 키가 매우 작았다.

2425 14~15세기 신플라톤주의자. 리미니의 말라테스타 사원에 그가 묻혀 있는데, 파운드는 폭격으로 이 사원이 무너졌다고 잘못 알고 있었다. 말라테스타 사원은 파운드가 특히 좋아했던 시지스문도 말라테스타가 자신의 애첩인 이소타를 위해 세운 사원이다.

2426 교황 알렉산데르 6세(재위 : 1492~1503).

2427 교황 비오 12세(재위 : 1939~1958).

2428 교황 식스토 4세(재위 : 1471~1484).

2429 베드로는 예수를 세 번 부인했다.

2430 골수 파시스트였다. 그는 제1차 세계대전 때 손 하나를 잃었다.

2431 모두 제2차 세계대전 당시 리비아, 에티오피아, 이집트, 러시아 등에서 죽은 이탈리아의 장군들.

2432 교황 클레멘트 7세(재위 : 1523~1534).

2433 교황 레오 10세(재위 : 1513~1521).

2434 에첼리노는 황제파였는데, 1250년경 황제파는 피렌체에서 교황파에게 패배했다. 피렌체인들 중 가장 유명한 인물인 단테는 교황파이지만, 교황파가 또 둘로 나뉘면서 단테가 속한 교황파가 권력을 뺏기면서 단테는 피렌체에서 추방당하였다.

2435 4~5세기의 로마 황후. 황금 모자이크로 장식된 그녀의 무덤이 라벤나에 있다.

2436 칸토 LXXIII의 부제. 구이도 카발칸티는 파운드가 사랑했던 로마의 시인으로, 이 칸토는 마치 카발칸티가 이탈리아 공화국에 전해 주는 이야기 — 강간당한 소녀가 적들을 지뢰밭으로 유인하여 그들을 폭사시키고 자신도 죽은 이야기 — 처럼 서술되어 있다.

2437 원어가 'cavallo'이므로 Cavalcanti의 이름을 연상시키고 있다.

2438 영국의 정치가(1897~1977). 처칠에 이어 영국 수상을 했다.

2439 카발칸티가 1300년 피렌체에서 추방당해 있던 곳. 사실은 피렌체로 돌아와 죽었다.

2440 키프로스 섬은 아프로디테의 출생지로 알려져 있다. 따라서 키프로스 천상이란 사랑이 지배하는 천국(Paradiso)의 제3천을 가리키는 말이다.

2441 '앞말잡이'란 마차를 모는 마부 중 앞말(또는 왼쪽 말)을 타는, 일종의 조수 역할을 하는 마부이다. 자긍심에 찬 정신의 목소리가 하는 말이다.

2442 피렌체의 거리.

2443 단테의 『신곡』 중 「지옥」에 나오는 표현이다.

2444 리미니(Rimini)의 라틴식 표기.

2445 카발칸티는 그의 시에서 사랑에 빠진 듯 노래 부르는 양치기 소녀를 숲속을 지나다 만나 그녀와 사랑을 나눈 이야기를 한 적이 있다.

2446 무솔리니가 이곳 출신이다.

2447 파시스트의 검은 셔츠. 그래서 파시스트당을 일명 흑셔츠당이라고도 부른다.

2448 「피사 칸토」의 첫 편.

2449 마니라고도 한다. 약 3세기의 인물로 마니교의 창시자이다. 그는 붙잡혀 껍질이 벗겨져 박제되어 십자가에 매달렸다.

2450 벤은 무솔리니, 클라라는 그의 여인이다. 무솔리니와 클라라는 총으로 사살되었으나, 그 뒤 다시 그 두 시체는 밀라노에서 거꾸로 매달렸다.

2451 반무솔리니 빨치산들.

2452 무솔리니의 시체를 희생의 제물로 비유한 것.

2453 '두 번 태어난 자'의 뜻. 그리스 신화에 의하면, 술의 신 디오니소스는 두 번 태어난 것으로 되어 있다. 즉 제우스의 씨앗을 받아 인간 여자인 세멜레의 자궁에서 잉태되었는데, 세멜레가 보아서는 안 될 제우스의 본모습을 보다가 죽게 되었을 때 제우스가 디오니소스를 세멜레의 자궁에서 꺼내어 자신의 허벅지에 넣음으로써 결국엔 제우스의 허벅지에서 다 자란 모습으로 태어나게 되었다. 하지만 두 번 십자가에 매달린 자는 그 어디에도 없다는 뜻.

2454 '주머니쥐'의 뜻이지만, T. S. 엘리엇을 말한다. 엘리엇의 시, 「텅 빈 인간들」은 "이처럼 세계가 끝난다/ 쿵 하면서가 아니라 흐느끼면서"로 끝난다.

2455 에크바타나를 건설했던 왕. 앞 칸토 IV에서 나왔듯, 에크바타나시는 파운드에게 일종의 지상의 낙원으로 간주되었다. 파운드는 무솔리니의 목표도 그러한 것이었다고 생각했다.

2456 '키앙'은 양자강, '한'은 한수(漢水) — 산시성(섬서성)의 강 — 를 말함.

2457 이 세 행은 공자가 죽은 뒤, 그 어디서 공자와 비견할 만한 인물을 찾겠는가고 하는 뜻의 말. 『맹자』에 나옴. 아마도 파운드는 무솔리니의 죽음을 공자의 죽음에 비유하고 있는 것이리라.

2458 헤라클레스의 기둥. 즉 지브롤터 해협의 양쪽 대륙의 절벽.

2459 새벽의 금성. 미국의 신문 『새터데이 이브닝 포스트』에 가상적으로 혜성들이 떨어지는 기사가 나온 적이 있다고 함. 하나 파운드가 피사 감옥에서 바라다본 새벽별이 저쪽 미국의 노스캐롤라이나로 진다는 생각을 파운드가 했을 수도 있을 것이다. 하지만 이 부분에 대한 명확한 주석은 달기

어렵다.

2460 희랍어로 '아무도 아님(No man)'의 뜻. 오디세우스가 외눈박이 거인을 속일 때 쓴 말.

2461 칸토 IX의 주석 210번을 보라.

2462 칸토 XLV의 주석 1045번을 보라.

2463 '예수의 신부'란 성당을 말한다.

2464 즉 중국의 당나라.

2465 미국의 대통령 프랭클린 D. 루스벨트를 지칭하는 말이다.

2466 중국의 유지 집안. 그의 딸, 송미령은 장개석의 부인이 된다.

2467 인도 루피와 영국 실링의 비율. 처칠이 이 비율로 만들었다.

2468 『서부전선 이상 없다』로 번역된, 레마르크의 작품 독일 원문 제목.

2469 『오디세이』의 영문 번역자. 그는 에게해의 어떤 사람들은 오디세우스와 헤브라이 예언자 엘리야를 혼동하여 이야기한다는 것을 발견했다.

2470 호주의 전설에 나오는 신의 아들. 그는 이름을 이야기하여 사물들을 만들어내곤 했는데, 그가 너무 많은 말을 하자 그의 아버지는 그의 입을 제거해 버렸다.

2471 즉 '문인(文人)'.

2472 칸토 XXXVIII의 주석 882번을 참조하라.

2473 북부 이탈리아의 마을. 무솔리니가 살로 공화국을 세웠던 곳이다. 가르다 호수가 유명하다.

2474 일본의 신성한 산. 중국의 태산과 같은 의미.

2475 카툴루스가 얼마 동안 살았다고 하는 가르다 호수가의 빌라.

2476 가르도네의 지방장관.

2477 16세기 토스카나 공작이었던 프란체스코 데 메디치의 부인.

2478 북아프리카 파사족의 전설을 모아놓은 책의 도입부 노래 제목. 가시르는 그 부족의 왕이었다. 파사족의 마음속에는 와가두라는 이상향이 자리 잡고 있다. 그 이상향은 네 번이나 세워졌다 부서졌다 했다고 한다.

2479 이 두 행은 프랑스의 시인 프랑스와 비용의 시에서 따온 것임.

2480 예수와 같이 잡혀 있던 도둑.

2481 미국의 작곡가 겸 피아니스트. 파운드가 후원하기도 했다.

2482 윌슨이나 그 뒤에 나오는 K나 피사에 파운드와 같이 잡혀 있던 죄수들.

2483 역시 피사의 죄수.

2484 클로디아라는 여인으로, 카툴루스의 시에 레스비아라는 이름으로 나온다.

2485 프랑스 중남부의 마을.

2486 우셸에서 멀지 않은 곳에 있었던 공국(公國).

2487 프랑스 중서부의 도시.

2488 프로방스 지방의 어느 여관집 여주인.

2489 이탈리아 토스카나 지방의 도시. 대리석으로 유명하다.

2490 중국의 자비의 여신.

2491 세 사람 모두 성인(聖人)들이다.

2492 칸토 XXXVI의 주석 801번을 보라. "존재하는 모든 것은 빛이로다"라고 말한 것으로 알려져 있다.

2493 즉 순임금.

2494 즉 요임금.

2495 즉 우임금.

2496 보초 선 보초병들을 이렇게 묘사한 것인데, 이 표현은 파사족의 전설에서 따온 것이다.

2497 기원전 8세기 헤브라이 예언자. 구약성경 이사야 1장 27절을 볼 것. 그다음에 나오는 다윗에 대해선 시편 15장 5절을 보라.

2498 카롤루스 2세. 9세기 로마 황제.

2499 알비파. 12~13세기 프랑스 알비에서 일어난 반로마 교회파.

2500 그리스의 피레우스항 건너편에 있는 섬. 여기서 기원전 5세기경 희랍군은 페르시아군을 물리쳤다.

2501 구약성경의 전도서(또는 코헬렛) 3장 7절을 보라. 시지스문도 말라테스타의 개인적 표어이기도 했다.

2502 즉 무솔리니가 1922년 정권을 수립한 것.

2503 피사의 죄수.

2504 (그리스 신화) 키르케의 남형제인 아이에테스의 나라.

2505 아마도 틸의 별명.

2506 한자어 '막(莫)'의 뜻은 '없다'이다. 따라서 '오이 티에' — 즉 'no man' — 와 연결되고, 또한 회화적으로 보자면, 태양(日)이 사람(人) 위에 있기도 하다.

2507 일본의 노극의 제목.

2508 15~16세기 이탈리아 조각가.

2509 이탈리아 베네치아에 있다.

2510 (그리스 신화) 곡식(풍요)의 여신.

2511 (그리스 신화) 제우스의 아들 헤라클레스를 낳았다.

2512 칸토 II의 주석 21번을 보라.

2513 시칠리아 근처 메시나 해협.

2514 달의 여신 디아나를 말하는 것일 수도 있고, 로마 신화에서 출산의 여신을 말하는 것일 수도 있다.

2515 배실 번팅. 영국의 시인으로, 양심적 병역 거부자로 징역을 살기도 했다.

2516 1930년 출판된 번팅의 시집 제목.

2517 뉴욕의 보헤미안 작가.

2518 e. e. 커밍스. 미국의 시인.

2519 신부가 미사가 끝날 때 하는 라틴어 문구.

2520 모로코의 항구 도시.

2521 모로코의 산적. 미국인 퍼디캐리스를 납치하여 몸값을 받아냈다.

2522 지브롤터의 선교사.

2523 영국의 소설가인 포드 매독스 포드.

2524 즉 윌리엄 버틀러 예이츠.

2525 즉 제임스 조이스.

2526 영국의 작가. 그의 아버지가 수학자였다.

2527 영국의 소설가.

2528 모리스 휴렛. 영국의 수필가 겸 소설가.

2529 영국의 시인.

2530 주미 러시아 육군 무관으로 파리에서 파운드와 알고 지냈었다.

2531 시르다르와 레 릴라스, 그리고 뒤에 나오는 보아쟁은 파리의 레스토랑. 부이예는 파리의 무도장.

2532 런던의 레스토랑.
2533 매사추세츠 출신 하원의원. 파운드가 베네치아에서 알게 되었던 사람으로 그 이후 계속 교류를 했었다.
2534 그리스 철학자 헤라클레이토스가 했다라고 전해지는 말.
2535 페테르부르크의 광장.
2536 비엔나의 레스토랑.
2537 이탈리아 티롤 지방의 도시 볼자노의 호텔(레스토랑).
2538 뉴욕의 프렌치 레스토랑.
2539 뉴욕의 레스토랑.
2540 프랑스 시인인 레미 드 구르몽의 지인으로 파운드와도 알게 되었다.
2541 영국에서 산 미국의 소설가.
2542 프랑스 시인 비용의 문구를 차용한 것.
2543 미국의 소설가 헨리 제임스.
2544 제임스의 가정부였다.
2545 헨리 브룩스 애덤스. 찰스 프랜시스 애덤스의 아들(즉 존 애덤스의 증손자). 하버드 역사 교수였다.
2546 조지 산티야나. 스페인 태생의 철학자로 하버드 대학교에서 교수를 하다 유럽으로 돌아갔다.
2547 여류 소설가. 그녀의 사망 기사가 『타임』지에 실렸다.
2548 R. B. 그레이엄. 스코틀랜드 여행가. 그의 초상화를 언급한 것.
2549 독일의 화학 및 염색 카르텔.
2550 원래는 아일랜드 구교도들을 조롱하는 영국의 대중 노래. 제2차 세계대전 시 BBC 방송의 테마곡으로 쓰였다.
2551 런던의 호텔.
2552 피사 감옥에서 파운드에게 탁자를 만들어주었던 흑인 군인 죄수.
2553 아프리카 콩고 남서쪽의 부족.
2554 구약성경 레위기 19장 35절 참조. 남을 속이는 짓은 하지마라는 경구.
2555 칸토 XXXIX의 주석 924번을 보라.
2556 아프로디테 여신과의 사이에서 로마의 첫 번째 영웅인 아이네아스를 낳은 인물.
2557 새벽의 여신 에오스의 사랑을 받은 자인데, 메뚜기로 변했다.
2558 유명한 프랑스 인상파 화가.
2559 무도장 겸 레스토랑.
2560 거리 이름. 마네의 작품으로 〈폴리-베르제르의 술집〉이 있다.
2561 미국 태생의 바이올리니스트 올가 럿지. 파운드의 연인이었다.
2562 드레콜이나 랑뱅이나 파리의 유명한 디자이너들이다.
2563 프랑스 인상파 화가.
2564 네덜란드 태생의 프랑스 삽화가.
2565 칸토 VII의 주석 123번을 볼 것.
2566 프랑스 화가.
2567 이탈리아 서쪽 바다.
2568 파리 근처의 성.
2569 파리의 레스토랑.

2570 13세기 피사를 손에 넣으려 했으나, 그의 아들들과 함께 탑에 갇혀 굶어 죽었다. 단테의 「지옥」에 보면, 우골리노가 자기 아들의 머리를 먹고 있는 것으로 묘사되어 있다.

2571 H.는 정확히 누구를 지칭하는지 알 수 없고(혹자는 히틀러일 것이라고 한다), M.은 무솔리니일 것이다.

2572 칸토 XXXVIII의 주석 882번을 보라.

2573 프랑스 시인 장 콕토.

2574 앞의 주석 2454번을 보라.

2575 비용의 시구.

2576 십자가의 성 요한의 글, 「영혼의 어두운 밤」이라는 표현을 차용한 것. 밤의 라틴어는 nox인데, 여기서 파운드는 그것을 nux(즉 호두)로 쓰고 있다. 타이프 칠 때 또는 인쇄할 때 잘못된 것으로 여기는 이들도 있는데, 여기서는 '육체'의 뜻으로 보아 그대로 두기로 한다. 몇 행 뒤에 다시 이 표현이 nox로 되어 나온다.

2577 허드슨, 헨리, 커언즈, 그린, 윌슨은 모두 피사 죄수들.

2578 흑인 간수.

2579 담배 상표.

2580 캐롤턴의 찰스 캐롤. 독립 선언서 서명자들 중 한 명이다. 아마도 피사의 죄수들의 이름들이 우연하게도 대통령이나 저명인사들의 이름과 똑같거나 비슷했던 것 같다.

2581 이탈리아 북동쪽의 마을. 무솔리니가 대장장이의 아들로 태어난 곳.

2582 파운드와 알고 지냈던 영국의 인류학자. 『신성한 신비』라는 그의 저술을 파운드는 특히 좋아했다. 자살해 죽었다.

2583 업워드가 가지고 있던 보석 인장.

2584 템스강.

2585 15세기 베로나의 조각가이자 메달 제작자.

2586 15세기 베로나의 화가이자 메달 제작자.

2587 이하 10행은 『논어』에 나오는 말.

2588 칸토 VI의 주석 107번을 보라.

2589 십자가의 성 요한. 스페인 사람이므로 그의 이름을 스페인식으로 발음해 본 것이다.

2590 볼테르의 작품 제목.

2591 피사 DTC의 하사관.

2592 보들레르의 「인위적 낙원」을 패러디한 것.

2593 아마도 피사 DTC에 나타나곤 했던 고양이.

2594 이탈리아에 있는 호수. 디아나 여신을 기리는 숲과 신전이 있었던 것으로 알려져 있다.

2595 기원전 5세기경 조로아스터교의 창시자.

2596 부엉이는 지혜의 여신 아테네의 표상.

2597 라팔로 근처의 만.

2598 형제인 로물루스와 함께 로마를 건설한 이.

2599 아마도 피사 감방의 동료.

2600 『논어』에 보면 공자가 치나라에서 옛 순임금의 음악을 듣고 음식 맛을 몰랐다는 대목이 나온다.

2601 '명료한'이라는 뜻의 그리스어.

2602 일본의 시 형식.

2603 칸토 I을 보라.

2604 애덤스는 선이자를 떼는 모든 은행은 정말 나쁘다라고 말하였다.

2605 루스벨트가 시도했던 금 가치의 변동률.

2606 마이어 암셀. 유명한 유대 은행가 집안인 로스차일드가의 원조격인 인물.

2607 아마도 주멕시코 대사를 지냈던 헨리 모겐소.

2608 아마도 위의 아들. 재무장관을 지냈다.

2609 영국의 장사꾼. 1930년대『데일리 미러』지의 소유주로 알려져 있음.

2610 이하 5행에 대해선 구약성경『예레미야』31장 38~39절과 32장 6~10절을 참조하라.

2611 예루살렘에 있다. '하나넬'은 '하느님은 은혜로우시다'라는 뜻의 히브리어.

2612 예루살렘 근처의 도시.

2613 벤야민 평원에 있는 도시로 예레미야의 고향이다.

2614 뉴햄프셔주에 있는 산.

2615 아리스토텔레스의『정치학』에 나오는 말이다.

2616 칸토 XLI의 주석 974번을 보라.

2617 독일의 유명한 서정 시인.

2618 오스트리아 북티롤 지방.

2619 레닌이 시작한 5개년 경제 정책.

2620 이 넉 줄은 아리스토텔레스의『니코마코스 윤리학』에서 따온 것임.

2621 일본의 단막극. 맹인인 아버지를 찾는 딸의 이야기.

2622 일본의 이막극.

2623 위의 가게기요를 언급한 것일 수도 있고, 그리스 신화의 페르세포네와 테이레시아스를 언급하는 것일 수도 있다.

2624 제1차 세계대전 시 영국 해군 제독. 휴전에 서명했던 장군. 휴전 후 프랑스 칸에서 살았는데, 그때 파운드가 그를 봤을 수 있다.

2625 실비오 게젤, 제1차 세계대전에서 독일이 패한 후 독일의 남부지방에 설립됐던 바이에른 평의회 공화국 ― 한 달도 채 못 갔다 ―에서 재무장관 자리에 있었던 인물로, 파운드는 그의 경제 이론을 높게 평가했다.

2626 구스타프 란드하우어. 위의 공화국에서 교육장관으로 있었다.

2627 살로공화국 때 재무장관.

2628 아마도 본시오 빌라도 ― 예수를 십자가에 매달았던 로마 총독.

2629 잠수함과 어뢰를 개발했던 독일의 해군 장군.

2630 『오디세이』에 나오는, 노래로 선원들을 호리는 요정.

2631 나치의 십자가 기장.

2632 자비의 여신.

2633 고베보다 약간 밑에 쪽에 있는, 오사카만(灣)의 도시.

2634 일본의 노극. 그 극의 주인공.

2635 제우스가 황소의 모습으로 겁탈한 여인.

2636 크레타의 미노스 왕의 부인으로, 정욕을 이기지 못한 결과로 괴물 미노타우로스를 낳았다. 키르케와 자매지간이기도 하다.

2637 로마에 있는 절벽. 이곳에서 죄인들을 굴러 떨어뜨리곤 했다 한다. 여기서는 아마도 이런 이름의

레스토랑.

2638 로마의 가장 흔한 포도주.

2639 아리스토텔레스. 그는 마케도니아의 스타게이로스라는 곳 출신이다.

2640 옛 그리스의 지역.

2641 지중해의 섬. 키티라(키테라) 섬과 마찬가지로 비너스(아프로디테) 여신을 섬긴 섬으로 알려져 있다.

2642 영국의 삽화가 겸 작가.

2643 아마도 옥스퍼드 대학의 학생.

2644 『아라비아의 로렌스』로 유명한 T. E. 로렌스의 동생.

2645 영국 왕 에드워드 8세. 이혼한 미국 여인인 심프슨과의 결혼을 위해 왕위를 내려놓은 것으로 유명한 인물. W. 로렌스와 미래의 에드워드 8세가 옥스퍼드 신입생이었던 시절 서로 자전거를 타고 가다 부딪친 사건이 있었는데, 이 이야기를 듣고 케틀웰이 에드워드 8세를 죽이지 못해 아쉽다고 했다고 한다.

2646 철도 건설 계획. 독일 제국주의의 상징과도 같은 계획이었다.

2647 T. E. 로렌스.

2648 로이드 조지. 제1차 세계대전의 베르사유 평화협정 당시 영국의 수상.

2649 조르쥬 클레망소. 베르사유 평화 회담의 의장.

2650 옥스퍼드 대학의 영문학 강사.

2651 카발칸티의 시구.

2652 사포의 시구. 파운드가 카발칸티를 사포와 비견할 만한 시인이라고 말하자 스노우가 사포의 시구를 들며 사포가 더 낫다고 말했다는 일화.

2653 옥스퍼드 대학의 한 단과대학.

2654 'dawdlin'. '빈둥거리다'라는 뜻의 'dawdle'의 현재진행형.

2655 19세기 말 프랜시스 톰슨의 시.

2656 사포를 뜻하는 전통적인 어구.

2657 위에 "그가 나에게 보이네요"로 번역한, 사포의 시구.

2658 1920년대 라이트헤비급 복싱 챔피언.

2659 아마도 피사 DTC의 죄수.

2660 아론 버. 제퍼슨 밑에서 부통령을 지냈다. 칸토 XXXII의 주석 674번을 참조할 것.

2661 '곰'은 스탈린의 별명.

2662 어니스트 리스. 파운드가 영국에서의 초기 시절부터 알고 지냈던 편집인.

2663 누군지 알 수 없다.

2664 역사의 뮤즈.

2665 가무의 뮤즈.

2666 아마도 할리 그랜빌 바커. 영국의 배우 겸 연극평론가.

2667 칸토 XXX의 주석 626번을 보라.

2668 말라테스타 문헌 보관소(비블리오테카 말라테스티아나)가 있는 이탈리아의 마을.

2669 위 보관소의 소장.

2670 16세기 스코틀랜드의 여왕 메리. 그녀의 조언자였던 이탈리아인이 살해당하는 사건이 있었다.

2671 G. R. S. 미드. 파운드의 지인으로 신비주의자였다.

2672 이상하고 신기한 자연현상들을 탐구했던 미국의 찰스 포트를 연구했던 단체.

2673 즉 보티첼리의 『비너스의 탄생』.

2674 파운드가 가끔 들러서 묵고 가곤 하던 시에나의 집.

2675 아테네 여신에게 짜깁기 시합을 도전했다가 거미로 변해 버린 여인.

2676 뉴욕에 지금은 리츠칼튼 호텔이 서 있는 자리에 예전엔 파운드의 친척이 경영하던 하숙 전문 호 텔이 있었다. 짐은 그때의 하인.

2677 위의 하숙 호텔에 머물고 있던 건축기사.

2678 루이 나폴레옹.

2679 위의 하숙 호텔에 머물고 있던 부동산업자.

2680 아마도 미국의 오르간 연주자 겸 작곡가. 위의 하숙 호텔에 잠시 머물렀던 것 같다.

2681 뉴욕의 프렌치 레스토랑.

2682 조지 프랜시스 트레인. 캘리포니아 철도 사업으로 돈을 벌어 1872년 무소속으로 대통령 출마도 하였으나, 말년에는 공원에 앉아 새 모이를 주거나 사람들에게 연설을 하거나 하면서 살았다.

2683 여기서는 그 모조 조각품.

2684 매사추세츠주의 마을 이름.

2685 파운드의 한 조상은 코네티컷 헌장을 빼내어 나무 뒤에 숨겨 놓았었다고 한다.

2686 18~19세기 덴마크의 조각가.

2687 15세기 피렌체의 화가.

2688 그라나다의 공주.

2689 아마도 파운드가 묵었던 지브롤터의 여관.

2690 이탈리아 롬바르디 지방의 도시. 그곳에 있는 성당을 언급한 것.

2691 베로나에 있는 로마네스크 양식의 성당.

2692 역시 베로나에 있는 성당.

2693 베로나에 이런 이름의 레스토랑이 있다.

2694 이탈리아 움브리아 지방의 마을.

2695 프랑스 중북부 마을.

2696 미국의 농화학자.

2697 땅콩을 뜻하는 이탈리아어.

2698 달마티아 지방의 항구.

2699 이탈리아 티롤 지방의 목각사.

2700 시지스문도와 이소타 사이의 아들.

2701 프랑스 시인 폴 베를렌.

2702 하계에 있다는 망각의 강.

2703 칸토 XXV의 주석 500번을 보라.

2704 게르하르트 뮌히. 독일의 피아니스트로 이탈리아에 살면서 파운드의 연인인 바이올리니스트 올 가 럿지와 연주를 같이 하였다.

2705 17세기 독일의 작곡가 겸 오르간 주자.

2706 19~20세기 독일의 인류학자.

2707 16세기 독일의 마이스터징거.

2708 '살라씨'는 여기서 정확히 무엇을 뜻하는지는 모르겠으나, 프랑스와 이탈리아 접경지대, 그리 고 스위스와 이탈리아 접경지대에 걸쳐 살았던 고대 이탈리아의 부족으로 로마에 의해 멸망당

했고, 그들이 주로 살던 지역에 건설된 도시로 현재의 아오스타가 있다. 〈새들의 노래〉는 프랑스 15~16세기 작곡가 클레망 잔캥의 유명한 곡이다. 밀라노의 프란체스코는 잔캥의 이 곡을 나름대로 편곡하였고, 뮌히는 프란체스코의 이 편곡을 바탕으로 올가 럿지를 위한 바이올린 선율을 만들었다.

2709 19세기 영국의 라파엘전파(Pre-Raphaelites)의 멤버인 윌리엄 로세티의 딸로 로마에서 살았다.

2710 나무의 요정.

2711 태양의 신 헬리오스의 딸들.

2712 옛 그리스 도시 테베의 왕 리쿠스의 아내.

2713 카발칸티의 여인.

2714 로마에서 제노바까지 이르는 길.

2715 산 판탈레오네의 오래된 길.

2716 카테리나 스포르차 리아리오. 15세기 여인. 여기서의 '틀'이란 여성의 성기를 말한다. 그녀는 자신의 아이들을 볼모로 잡히고서도 약속을 지키지 않고서는 자신의 성기를 내보이며 아직도 아이들을 더 만들어낼 틀을 가지고 있다고 하였다. 마키아벨리가 찬미하였다.

2717 프랑스의 툴루즈.

2718 프로방스 지역의 산. 이곳에 알비파의 마지막 거점이 있었다.

2719 고대 페르시아의 빛의 신.

2720 아마도 디아나 여신의 상.

2721 랠프 치버 더닝. 19~20세기 미국의 시인.

2722 '디우도네'에서 '부이에'까지는 예전에 파운드가 들렀던, 이제는 사라진 레스토랑들과 카페들.

2723 앙리 고티에-비야르. 프랑스 수필가 겸 소설가.

2724 프랑스 시인.

2725 유럽에 살았던 영국의 여류 예술가.

2726 칸토 LXXIV의 주석 2610번을 보라.

2727 모씨(某氏)의 뜻.

2728 피사 DTC의 죄수.

2729 "죽기 전엔 창녀와 하지 않는다"는 뜻의 라틴어. 흑인 죄수가 라틴어 지식을 내보이기 위해 이 말을 한 것이다.

2730 역시 피사 DTC 죄수.

2731 둘 다 프랑스 서남부 마을들.

2732 둘 다 프랑스 서부 마을들.

2733 피사 DTC의 하사관.

2734 프랑스 남동부 마을.

2735 그곳에 있는 로마네스크 양식의 성당.

2736 『오카셍과 니콜렛』이라는 작품에서 주인공 오카셍은 천국보다는 차라리 지옥을 택하겠다고 하였다.

2737 칸토 XLV의 주석 1051번을 보라.

2738 벨기에 상징주의 시인.

2739 폴란드의 도시.

2740 4~5세기 로마의 여황제, 라벤나에 그녀의 무덤이 있는데, 제2차 세계대전 때 그녀의 무덤이 파

괴된 것으로 알려졌었다.

2741 워싱턴에서 크로포드까지 피사 DTC 죄수들의 이름이 우연히 대통령 이름들과 같았다.

2742 제임스 조이스와 그 아들이 파운드를 만나러 옛날 카툴루스가 좋아했다는 시르미오 지역으로 왔었다.

2743 즉 제임스 조이스.

2744 가르다 호수.

2745 찰스 엘리엇 노튼의 딸.

2746 베네치아에 있는 운하.

2747 베네치아의 카페.

2748 이탈리아 극작가인 단눈치오의 1904년 극 작품.

2749 아마도 단눈치오의 작품을 풍자한 책.

2750 무솔리니의 파시즘 정권.

2751 모차르트와 어떤 귀족의 아들이 서로 코담배를 주고받으며 실랑이를 벌인 적이 있다 함(예술가와 거만한 부르주아 귀족의 대결(?).

2752 후안 폰세 데 레온. 15~16세기 푸에르토리코의 스페인 출신 통치자. 젊음의 샘을 찾아 나섰다가 플로리다를 발견했다 함.

2753 칸토 XXIII의 주석 461번을 보라.

2754 아르테미스 여신.

2755 칸토 LXXIV의 주석 2604번을 보라.

2756 피사 DTC의 하사관.

2757 제우스와의 사이에 아프로디테(비너스) 여신을 낳았다.

2758 아마도 '델리아'의 오식.

2759 파운드의 딸 메리 드 라크월츠가 병원에서 겪었던 전쟁 경험을 토대로 한 이야기.

2760 토스카나 지방의 도시.

2761 『신곡』의 「천국」에 나오는 비너스의 천상.

2762 가르도네 지방 장관.

2763 칸토 LXXIV의 주석 2474번을 보라.

2764 아마도 무솔리니의 여인이었던 클라라.

2765 처칠을 지칭한다.

2766 영국의 정보성 장관이었다.

2767 루카와 마르미는 이탈리아 루카 지역의 도시와 마을이나, 베르히톨드는 마을 이름인지 사람 이름인지 확실치 않다.

2768 아킬레스의 어머니.

2769 헤르메스의 어머니.

2770 라팔로에서 약간 떨어진 마을.

2771 칸토 LXXIV의 주석 2592번을 보라.

2772 L. P.를 천국을 뜻하는 불어 'Le Paradis'의 이니셜로 볼 수도 있고, 또는 뒤에 나오는 문구인 '정직한 이들'에 해당하는 어떤 이들의 이름의 이니셜일 수도 있을 것이다.

2773 즉 키르케.

2774 베네치아의 평야.

2775 유리 가게.

2776 마드리드 공작. 1908년경 베네치아의 산 비오 평야에서 살았다.

2777 1908년 출판된 첫 시집. 파운드는 그 교정쇄를 받았을 때 그것을 물속에 집어넣고 시 쓰는 걸 포기할까 아니면 인쇄소에 넘길까 고민했다고 함.

2778 산 마르코 광장의 기둥.

2779 이 네 개는 베네치아 대운하를 끼고 있는 건물들의 이름.

2780 15~16세기 이탈리아 건축가 겸 조각가.

2781 베네치아의 유명한 성당. '보석 상자'는 그 별칭.

2782 그리스의 성 조지 성당.

2783 15~16세기 이탈리아 화가.

2784 대성당.

2785 19~20세기 이탈리아 화가.

2786 칸토 LXXIV의 주석 2533번을 보라.

2787 캐서린 헤이먼. 피아니스트.

2788 누구인지 확실치 않은데, 아마도 파운드가 알았던 어떤 베네치아 집안의 하인.

2789 "누가 그대를 잘못 대하였는가?"의 그리스어.

2790 휴양지.

2791 무솔리니 밑에서 재무장관을 지냈다.

2792 미국의 19대 대통령.

2793 폴리냑 군주의 부인이 되었던, 싱어 미싱(재봉틀) 창시자의 딸.

2794 산드로 보티첼리가 그린 다프네의 그림.

2795 셋 다 베네치아의 성당 이름.

2796 베네치아의 스코틀랜드 장로교회의 목사.

2797 14세기의 한동안 모든 교황들은 로마가 아니라 프랑스의 아비뇽에 상주했었는데, 이 시기를 유대인들의 바빌론 유수에 빗대어 "아비뇽 유수" 또는 "교황권의 바빌론 유수"라 부른다.

2798 베네치아의 운하.

2799 파운드의 일본인 친구 타미오수케 코우메의 추상화. 파운드는 이 그림을 '타미의 꿈'이라 불렀다.

2800 오비디우스의 『파스티』. 파운드는 이 책을 희귀본 서점에서 구입했다.

2801 리미니 근처의 도시.

2802 아마도 제2차 세계대전에 연관됐던 나라의 숫자.

2803 양의 고환으로 만든 음식을 에둘러서 말한 것.

2804 아프로디테를 찬미한 사포의 시구.

2805 칸토 XXIV의 주석 466번을 보라.

2806 아마도 시지스문도가 고용하고 레오넬로(리오넬로)가 후원했던 화가.

2807 중부 이탈리아 도시.

2808 토스카나 지방의 도시.

2809 칸토 XLV의 주석 1047번을 보라.

2810 괴테의 『파우스트』에 나오는 메피스토펠레스의 말.

2811 칸토 LXXIV의 주석 2615번을 보라.

2812 『오디세이』에 나오는, 아폴로가 가축을 기른다는 섬.

2813 피사 DTC 죄수.

2814 칸토 LXXIV의 주석 2629번을 보라.

2815 이탈리아의 책방 주인.

2816 러시아의 마을. 제2차 세계대전 때 독일군에 점령당했던 곳인데, 이곳에 약 만 명 가량의 폴란드 군인들이 집단 학살당해서 묻혀 있다고 한다. 학살의 주범은 독일이 아니라 러시아일 가능성이 크다고 한다.

2817 1~2세기 스토아학파 철학자.

2818 기원전 1세기 라틴 저술가.

2819 목자자리의 알파별.

2820 누구를 말하는 건지 알 수 없다.

2821 일본의 노극에 나오는 여인. 파운드는 이 극을 영역하기도 했다.

2822 셋 다 아프리카 수단에 있는 지명들. 파사족이 와가두의 육화(肉化)를 위해 순례하는 곳들.

2823 중국의 상상적 동물.

2824 필라델피아의 강. 스커더 폭포는 이 강에 있다.

2825 런던의 리젠트 공원 북쪽에 있는 운하.

2826 누군지 알 수 없다.

2827 파운드의 일본인 친구. 칸토 LXXVI의 주석 2799번을 보라.

2828 엘리엇의 「불멸의 속삭임」에 나오는 인물.

2829 즉 「불멸의 속삭임」.

2830 고대 그리스 철학자 에픽테토스의 말로 전해지고 있다.

2831 아마도 아스타피에바를 언급하는 것이 아닌가 한다. 칸토 LXXIX의 주석 2993번을 보라.

2832 파운드를 도와주었던 신부.

2833 프랑스의 도시. 파운드가 읽었던 중세 성당에서의 제례 행사에 관한 글에 소년이 팽이를 성당에 가지고 와서 어느 때가 되면 그 팽이를 돌리던 것에 대한 묘사가 있었다고 함.

2834 아프로디테와 안키세스가 동침을 했던 장소이기도 하고, 파리스의 심판이 이루어졌던 장소이기도 함.

2835 칸토 LXXIV의 주석 2594번을 보라.

2836 시칠리아의 항구 도시.

2837 캄피톨리오. 로마에 있는 언덕으로, 이 언덕 위에 주피터 신을 모신 신전이 있음.

2838 『논어』의 「위정」편에 나오는 말로, "자신과 관계없는 혼령에게 제사를 지내는 것은 아첨이다"라는 뜻이다.

2839 옛날 돈을 빌려주는 사람과 돈을 빌리는 사람이 차용금액을 적은 막대기를 반으로 쪼개어 나누어 가졌음.

2840 웬왕. 칸토 LIII의 주석 1212번을 볼 것.

2841 '뜻', '의지'라는 뜻의 한자어인데, 본문에서는 '의지의 방향'이라 풀이되고 있다.

2842 바이런이 "난 십계명보다 공자를, 성 바오로보다 소크라테스를 더 선호한다"라고 말한 바 있다.

2843 볼테르는 저서 『루이 14세의 세기』라는 책에서 청나라의 강희제와 루이 14세 시대를 비교하면서 강희제의 관용을 높게 평가한 바 있다.

2844 상나라의 시조인 성탕은 구리 광산을 열어 동전을 만들고는 백성들에게 나누어주어 먹을 것을 사게 했다. 칸토 LIII의 주석 1209번을 보라.

2845 칸토 LXXIV의 주석 2500번을 보라.

2846 기원전 6~7세기 그리스 철학자로 그리스 철학의 토대를 놓은 것으로 평가되고 있다. 하늘만 쳐다보면서 걷다가 웅덩이에 빠져서 조롱을 당했지만, 하늘을 관측한 결과 다음 해에 올리브 풍년이 들 것을 예측하고 올리브 짜는 기계를 미리 다 독점해 두어서 실제로 그다음 해 올리브 풍년이 들자 그 기계들을 대여해 줌으로써 큰돈을 벌었다고 한다.

2847 파운드가 그렇게도 칭찬하는, 시에나의 「몬테 데이 파스키」 은행을 언급한 것이다.

2848 '바꾸다'라는 뜻의 그리스어. 칸토 LXXIV의 주석 2615번을 보라.

2849 미의 여신 아프로디테.

2850 카드모스 신화를 언급한 것이다.

2851 『논어』의 「위령공」편에 나오는 말로, "나라에 도가 있어도 화살처럼 곧고, 나라에 도가 없어도 화살처럼 곧구나"라고 공자가 사어라는 인물을 칭찬한 말.

2852 『중용』의 제14장에 나오는 말.

2853 로마 신화의 대지의 여신.

2854 이탈리아의 대표적인 현대 극작가. 장 콕토가 오이디푸스 이야기를 토대로 글을 쓴다는 이야기를 듣고서 피란델로가 한 말.

2855 밀라노에 있던 카페.

2856 에이미 로우얼. 미국의 여류 시인으로 파운드의 '이미지즘'의 영향을 받은 시들을 많이 썼고, 그래서 '에이미지즘'이라는 조어도 생겨났다.

2857 고디에-브르제스카. 파운드가 찬양했던 조각가로 제1차 세계대전에서 23살의 젊은 나이로 전사했다. 로우얼이 워낙 뚱뚱한 몸('대지적인 물량')이어서 고디에가 그녀의 벗은 몸매를 보고 싶어 했다는 일화가 있다.

2858 칸토 LXXIV의 주석 2582번을 보라.

2859 고대 그리스 철학자들에 대한 논문으로 박사학위를 받은, 러시아 태생의 독일 철학자로 학부 시절 잠시 파운드와 펜실베이니아 대학교를 같이 다녔었다. 파운드에게 러시아-독일 억양을 섞은 말투로 정치적 야망은 없냐고 물어봤다고 한다.

2860 일본의 무용수. 파리에서 니진스키와도 같이 수학을 했고, 독일에서도 무용을 공부하였으나 제1차 세계대전이 터지면서 런던으로 피신을 왔는데, 너무 돈이 없어 가스비도 못 내고 못 먹고 지냈다 함. 그러다 우연히 어느 화가의 주선으로 사람들 앞에서 춤을 추는 기회를 얻게 되었다 하는데, 그 관중들 중에는 영국의 수상이었던 애스퀴스가 있었고, 애스퀴스가 일본의 예술에 대한 질문을 하자 영어를 잘하지 못하는 미시오가 "독일어로는 말할 수 있다"고 했다고 함.

2861 그 당시 영국의 수상이었다.

2862 영국의 배우로, 예이츠의 극에 등장하는, 아일랜드의 영웅인 쿠훌린 역할을 했다.

2863 미시오의 집주인.

2864 복싱 헤비급 챔피언이었다.

2865 피사 DTC의 지원병. "내 애인의 커다란 젖꼭지는 잭 뎀프시의 글러브만 하다네"라는 노래 가사.

2866 일종의 연옥 개념.

2867 무솔리니의 사위였으며, 홍보성 장관과 외무장관도 지냈다. 변절자의 이미지를 가지고 있다. 여기서의 '그'는 무솔리니를 말한다.

2868 우발도 우베르티. 제2차 세계대전 때 이탈리아의 해군 제독이었고, 파운드의 지인이기도 했다.

2869 저널리스트이자 소설가로 파운드의 지인이었다.

2870 티롤 지방의 마을로 파운드와 올가 럿지의 딸인 메리가 자랐던 곳이다.

2871 티롤 지방의 마을.

2872 즉 무솔리니의 노력.

2873 사실 이런 이름의 이탈리아 도시는 없다.

2874 에드문드 뒬락. 파운드의 지인. 프랑스 화가로 런던에 살면서 영국 시민으로 귀화했다. 그의 부인 이름이 앨리스였다.

2875 주석 2834번을 보라.

2876 셰익스피어의 『템페스트』에 나오는 인물이라는 풀이도 있지만, 아마도 "이탈리아의 마를레네 디트리히"라고 불릴 정도로 꽤 유명했던 이탈리아 여배우 이사 미란다를 지칭하는 것일 것이다.

2877 아마도 피사 DTC의 간수.

2878 파운드의 딸 메리와 같이 살았던 소녀.

2879 마가렛 크레이븐스. 파운드가 알고 지냈던 미국의 피아니스트. 1912년 자살했다.

2880 시드니 래니어. 미국 시인. 그의 시 중에 「심포니」라는 시가 있는데, 그 시가 "장사, 장사……" 하고 시작한다. 장사(즉 물질주의)가 사랑을 질식시키고 있다는 내용이다.

2881 아메리카 남부 연합국의 대통령이었다.

2882 미케네의 왕. 동생인 튜에스테스가 아내와 불륜을 저지르자 튜에스테스의 아들들을 죽여서 그 살코기를 동생에게 먹임. 나중에 그 사실을 안 튜에스테스는 형에게 저주를 내림. 그 저주를 받아 아트레오스의 두 아들들인 아가멤논과 메넬라오스에게도 불행이 일어나게 됨. 아가멤논은 트로이 전쟁 끝나고 돌아와서 아내와 그 정부에 의해 죽임을 당하고, 메넬라오스는 아내인 헬렌이 트로이의 왕자인 파리스에게 약탈당함.

2883 로마 신화의 신으로 그리스 신화의 헤르메스에 해당된다. 헤르메스의 지팡이 모습이 미군 의무반의 상징물로 사용되고 있다.

2884 영국의 천문학자들. 노예제도를 시행하고 찬성하는 주와 그에 반대하는 주 사이의 경계를 '메이슨-딕슨 라인'이라 부른다. 이 라인은 당연히 실질적으로 존재하지 않는 가상의 라인이다.

2885 17~18세기 스웨덴의 과학자 겸 신비주의자. 신으로부터 유래되는 세 영역 — 자연의 영역, 정신의 영역, 천상의 영역 — 이 있는데, 세 번째 영역인 천상의 영역에서는 논쟁의 여지라곤 없다는 것이다.

2886 앙리-마르탱 바르정. 파운드와 동년배의 프랑스 시인.

2887 앙드레 스피르. 파운드보다 약간 나이 많은 프랑스 시인. 시오니즘의 지지자였다.

2888 프랑스의 신부이자 음운학자로 파운드보다 40살 정도 위였다.

2889 스피르와 동년배의 프랑스 상징주의 시인.

2890 프랑스 신학자이자 철학자.

2891 알퐁소 도데의 아들로 아카데미 공쿠르의 보수적인 회원으로서 콕토를 공쿠르의 회원으로 절대 들이지 않을 인물이었다.

2892 그 당시 프랑스 사교계의 여인.

2893 로한 백작 부인이 사는 곳이 앙리마르탱이라는 곳이었다. 마르탱이라는 이름이 미국의 매사추세츠 출신 하원의원이었던 마틴이라는 이름을 상기시켰던 것이다. 이 마틴은 같은 매사추세츠 출신이었던 '조지 아저씨'(칸토 LXXIV와 LXXVI에 언급되었던)와 의견이 맞지 않았던 인물이었다.

2894 1936년 미국 공화당의 대통령 후보였다. 그 후보 자리를 6,000불이면 얻을 수 있었던 것을 30,000불이나 쓰고 얻었다는 비아냥.

2895 1940년 미국 공화당의 대통령 후보였다. 그 역시 파운드의 공격 대상이었다.

2896 무솔리니는 피렌체 명예시민이었다. 왕이 무솔리니에게 귀족의 칭호를 주려 하자 무솔리니는 그를 거부했다고 한다.

2897 아르비아는 시에나 근처의 강 이름이다. 파리나타 우베르티를 지칭한 것이다. '피렌체의 구원자'로 불리기도 하는 우베르티에 대해선 칸토 VI의 주석 108번을 참조하라.

2898 제2차 세계대전에서 연합군에 항복하는 문서에 서명했던, 그 당시 이탈리아의 왕이었던 빅토르 엠마누엘을 말한다.

2899 칸토 LXXIV의 주석 2477번을 참조할 것. 아마도 빅토르 왕과는 달리 연합군에 쉽게 항복을 하지 않았던 무솔리니를 생각하며 쓴 것일 것이다.

2900 페라라에 있는 데스테 궁전.

2901 15세기 이탈리아 화가. 스키파노이아 궁전에 프레스코화를 그렸다.

2902 칸토 LXXIV의 주석 2503번을 보라. 그린 역시 피사 DTC의 죄수들 중 한 명.

2903 피사 DTC의 죄수. 크로포드 역시 마찬가지이다.

2904 호라티우스의 시구를 따온 것이다. 사비니란 고대 이탈리아 중부지역을 말한다.

2905 즉 윌리엄 버틀러 예이츠. 슬라이고는 아일랜드의 서북부에 있다.

2906 티굴리오만에 파운드가 살았던 라팔로가 있는데, 예이츠도 라팔로에 머물러 있곤 했다. 안개가 낀 티굴리오만의 모습은 예이츠에게 슬라이고의 모습을 떠올렸던 것이다.

2907 아서 킷선. 파운드와 동시대의 영국의 저술가로 특히 돈에 관련된 글들을 많이 썼는데, 파운드는 그의 저술을 높이 샀다.

2908 라팔로에 있는 공원의 별칭.

2909 배실 번팅. 칸토 LXXIV의 주석 2515번을 보라. 그는 페르시아어를 공부하여 『샤 나메』를 영어로 번역하였다.

2910 '왕들의 서(書)'라는 뜻의 페르시아의 서사시 제목.

2911 『샤 나메』의 저자. 원래 이름은 아불 카심 만수르이나 피르다우시라는 필명을 썼다.

2912 15~16세기에 인도에서 활동했던 종교 개혁가이자 시인. 파운드는 그의 시들을 번역하기도 했다.

2913 타고르. 『기탄자리』로 동양에서 최초로 노벨문학상을 받은 것으로 유명하다. 예이츠, 파운드 등은 타고르의 시를 높이 평가했다. 타고르도 카비르의 시를 영어로 번역했다.

2914 영국은행의 총재였는데, 그는 처칠의 정책에 반대를 표하고 있었다. 칸토 LXXIV의 주석 2467번을 참조하라.

2915 칸토 LXIV의 주석 1975번을 보라.

2916 인도의 가장 유명한 다이아몬드로 지금은 영국 왕의 왕관에 박혀 있다.

2917 피사 DTC의 죄수들 중 한 명. 죄수들은 자신의 목에 자신의 이름이 쓰인 목걸이를 달고 있었다.

2918 칸토 LXXIV의 주석 2470번을 보라.

2919 로마 지방에 있는 마을.

2920 미국의 오래된 민요로 〈워배시 캐논볼〉이라는 제목의 노래가 있다. 여기서 '캐논볼'은 포탄처럼 빨리 달리는 기차를 말한다. '워배시'는 오하이오와 인디애나를 흐르는 강 이름이다. 피사 DTC의 스피커에서 나오는 노래였을 것이다.

2921 그리스 신화에 나오는, 예언자이지만, 그녀의 예언은 아무도 믿지 않는, 미친 예언자로 여겨졌던 인물.

2922 아마도 피사 DTC의 스피커에서 나온 이탈리아의 노랫소리.

2923 술의 신 디오니소스의 또 다른 이름.

2924 앞 칸토 LXXVII의 주석 2834번을 보라.

2925 칸토 IV의 주석 44번을 참조하라.

2926 아마도 무솔리니의 사위로 무솔리니를 배반했던 치아노를 말하는 것일 것이다.

2927 로마의 거리.

2928 칸토 XXI의 주석 410번을 보라.

2929 18세기 이탈리아의 시인이자 극작가.

2930 "늙은 손"이란 무솔리니를 말한다. 그가 연합군에 쫓겨 살로로 갔을 때 채택되었던 파시스트 강령이 "베로나 강령"인데, 그 글에서 '재산권'을 뜻하는 문구에서 'della'(영어의 'of')가 아니라 'alla'(영어의 'to')를 제대로 썼다는 점에서 파운드는 무솔리니가 정확한 언어를 구사하고 있다는 점을 높이 평가했다. 즉 다시 말해, '재산권'을 영어로 표현하자면, 'the right of property'가 아니라 'the right to property'로 해야 맞는 것인데, 이렇게 전치사 하나도 정확하게 쓰고 있다는 점에서 무솔리니를 높이 평가했던 것이다.

2931 이탈리아 중부의 도시 이름이기도 하고 무솔리니가 자신의 파시스트 이력을 시작했던, 밀라노의 광장 이름이기도 하다.

2932 독일 장교로, 영국을 상대로 한, 살로 공화국의 선전 담당관이었다.

2933 아마도 파운드 자기 자신을 말하는 것일 것이다. 1943년 이탈리아가 연합군에 항복하는 서명을 한 후 파운드는 로마에서 북쪽으로 도보여행을 했었다. 그 여행에서 보고 듣고 한 것들을 쓴 부분이다. 낙소스는 그리스의 섬인데, 그리스 신화에서 디오니소스와 테세우스가 고향으로 가는 도중 들렀다 갔던 섬이다. 파라 사비나는 로마에서 약간 북쪽에 있는 마을.

2934 아마도 파운드가 로마에서 떠나 딸이 있는 곳으로 도착했을 때의 상황.

2935 여기서의 '그'란 아이네이아스를 말한다. 그는 아프로디테 여신과 안키세스의 아들로 원래는 트로이의 용사였으나 트로이가 함락된 후 로마로 피신하여 로마 건국의 기초를 쌓았다.

2936 윈덤 루이스. 영국의 작가로 파운드와 함께 '보티시즘(소용돌이 운동)'을 창안했다.

2937 T. E. 흄의 시 제목.

2938 피사 DTC의 지휘관.

2939 '블러드'와 '슬로터'는 '피'와 '살육'이라는 뜻의 단어이지만 여기서는 피사 DTC의 군인들의 별칭들.

2940 책임지는 사람이 없는 정부에 대한 비판.

2941 무솔리니의 파시스트 신조에 "자유는 권리이자 의무이다"라는 구절이 있다.

2942 파시스트로서 커다란 일을 하고 죽은 이가 있다면, 그의 죽음을 기리는 모임에서 그의 이름이 불릴 때 거기 모인 이들이 "여기 있소!" 하고 대답한다.

2943 파운드가 무솔리니의 업적이라 여긴 것들.

2944 칸토 LXXIV의 주석 2582와 2583번을 보라.

2945 칸토 LXXIV의 주석 2627번을 보라. 그는 무솔리니에게 국가원수에 걸맞은 돈을 주겠다 했으나 무솔리니가 거절했는데, 무솔리니는 뭔가 거기에 어떤 기만이 숨어 있다고 보았다.

2946 1세기 로마 황제. 네로가 엉망으로 만들어놓은 재정을 수습했다.

2947 칸토 XLII의 주석 987번을 보라.

2948 미국의 역사가. 고대 그리스의 사회적 경제적 역사에 관한 글을 썼다.

2949 『맹자』의 3장 제목. 등문공(滕文公). 춘추시대의 소국이었던 등나라의 문공에게 맹자가 조언을 해주는 대목이다. 세금을 고정되게 하면 풍년에는 괜찮으나 흉년에는 국민이 너무 힘들어진다고

조언한다.

2950 즉 모차르트.

2951 현재의 첼로에 해당하는 악기.

2952 19세기에서 20세기 초에 활동한 프랑스 시인.

2953 역시 19세기에서 20세기 초에 활동한 프랑스 문인으로, '윌리'는 그의 영어식 필명이다.

2954 역시 위와 같은 시기에 활동한 벨기에계 프랑스 시인.『라 왈롱』이라는 잡지를 발행했다. 왈롱은 벨기에의 지방 이름이다.

2955 『라 왈롱』에 실렸던 시의 구절.

2956 여기서의 '그'는 파운드의 친구 시인인 윌리엄 칼로스 윌리엄스의 동생인 에드가 윌리엄스를 말한다.

2957 주석 VI의 주석 108번을 보라. 아마도 여기서 파운드가 말하고 있는 것은 파리나타 우베르티의 조각상일 것이다.

2958 우발도 우베르티. 파리나타의 후예로 파운드의 친구였다.

2959 14세기 베로나의 군주. 베로나의 산타 마리아 성당 밖에 세워져 있는 그의 조각상을 언급한 것이다.

2960 파운드가 알았던 지인.

2961 아마도 '티'는 파운드가 알고 지냈던 여인인 브라이드 스크래턴을 지칭하는 것일 것이고, '데카당한 친구'는 T. S. 엘리엇을 지칭하는 것일 것이다.

2962 '로슈푸코'는 18~19세기 유명한 프랑스 정치가이지만, 여기서는 '로슈푸코'라는 이름이 등장하는 엘리엇의 시「보스턴 이브닝 트랜스크립트」를 언급하는 것이다.

2963 베로나에 있는 카페.

2964 칸토 XIX의 주석 356번을 보라.

2965 칸토 LIII의 주석 1205번을 보라.

2966 이윤(伊尹). 은나라 시조 성탕(成湯) 때의 재상. 이 두 구절은『논어』의「안연(顔淵)」편에 나온다.

2967 두 사람 모두 미국 상원의원으로서 국제연맹(League of Nations)에 미국이 끼는 것에 반대했다.

2968 미국의 수정 헌법 제18조에는 술을 판매 금지하는 법령이 들어있었으나, 추후 폐지되었다.

2969 칸토 LXXIV에 '조지 아저씨'로 나오는 인물이다. (칸토 LXXIV, 주석 2533번)

2970 파운드가 좋아한, 이탈리아의 사회 경제에 관한 저술가.

2971 처칠은 재무상으로 있을 때 금본위로 환원했다.

2972 칸토 XLI의 주석 974번을 보라. 오래된 돈은 오래될수록 그 가치가 깎이는 것을 말한다. 사람들이 돈을 비축하는 것을 막기 위한 방법이었다. 게젤의 이러한 아이디어에 기반을 둔 화폐가 뵈르글에서 실제로 발행된 적이 있었다.

2973 파운드는 무솔리니에게 뵈르글에서 시행된 적이 있었던 화폐에 대한 이야기를 한 적이 있었고, 무솔리니는 한번 생각해보겠다라고 답했다 한다.

2974 영국의 소설가.

2975 아라비아 지방의 유명한 로맨스. 공주의 도움으로 암말을 훔치는 이야기.

2976 앞 칸토 LXXVII의 주석 2864, 2865번을 보라.

2977 해리엇 윌슨. 그녀의『회고록』에 보면, 웰링턴 ― 나폴레옹을 워털루에서 물리쳤던 그 유명한 웰링턴 ― 과 그녀가 나누었던 논쟁 이야기가 나오는데, 그 주제는 부츠를 신은 채 섹스를 한 남자의 행위에 대한 것이었다.

2978 여기서의 '그'는 오디세우스를 말한다. 오디세우스를 수식하는 말인 '다재다능한'을 뜻하는 그리

스어를 '빈틈없는'(shrewd)으로 영역한 것을 두고 파운드가 칭찬했다.

2979 칸토 LXXI의 주석 2403번을 보라.

2980 오디세우스가 도움을 받은 공주.

2981 북이탈리아의 지방자치 구역.

2982 16~17세기 스페인의 극작가. 한때 파운드는 데 베가에 대해 박사 논문을 쓸까 하는 생각도 했었다.

2983 데 베가의 작품 제목이기도 하다.

2984 신성로마제국의 황제였던 카를 5세(스페인에서는 카를로스 1세)의 어머니로, 남편이 죽은 후 미쳤는데, 남편이 살아있을 때는 남편에 대한 질투가 심했다 한다.

2985 칸토 LXXVI의 주석 2709에 언급된 '올리비아 로세티 아그레스티'일 수도 있고, 파운드의 장모인 올리비아 셰익스피어를 말하는 것일 수도 있는데, 어느 것이 맞는지 알 수 없다.

2986 파운드의 친구이자 시인인, 의사 윌리엄 칼로스 윌리엄스는 관념이 아니라 사물을 중시하는 태도를 지녔었고, 그의 가장 유명한 시는 짧막한「빨간 일륜 손수레」이다.

2987 칸토 LXXVI의 주석 2767번을 보라.

2988 즉 노나라의 역사를 기록했던『춘추(春秋)』를 말한다.

2989 이 끝 두 줄은 17세기 영국의 시인인 리처드 러브레이스(Richard Lovelace)의 시, "루카스타에게, 전장으로 떠나며(To Lucasta, Going to the Wars)"의 끝 두 줄을 차용하여 바꾼 것이다. '루카스타'는 정확히 누구인지는 알 수 없으나, 러브레이스가 사랑했던 여인이라 상정해볼 수 있는데, 파운드에게 '그대'는 도로시 파운드 또는 올가 렛지였을 것이다. 러브레이스의 시에는 또 "알세아에게, 감옥에서(To Althea, from Prison)"라는 시가 있는데, 피사 감방에 갇혀 있던 파운드는 실제로 감옥에 갇혀 그 시를 썼던 러브레이스의 시를 쉽게 떠올렸을 것이다.

2990 1600년경 오페라라는 장르를 창안해낸 것으로 알려진 카치니의 곡.

2991 아마도 모차르트의 부인이었던 콘스탄체 베버. 모차르트가 죽었을 때 그녀는 채 30살도 되지 않았다.

2992 런던에 있는 갤러리.

2993 19~20세기 초에 활약했던 러시아 출신의 무용수. 런던에 발레 학교를 열었다.

2994 피사 DTC의 죄수.

2995 제2차 세계대전 때 독일군 사이에 가장 많이 불렸던 노래.

2996 앞 칸토 LXXVIII의 주석 2932번을 볼 것.

2997 조르지오 파레스체. 파운드가 알았던 이탈리아의 파시스트. 또는 어떤 해설서엔 화가인 피카비아의 부인인 가비 피카비아라고도 나와 있다.

2998 프랑스의 장군. 제2차 세계대전이 끝나고 적과의 내통죄로 종신형을 선고 받았다. 14 대 13이란 사형시키지 않기로 한 표결 결과를 말한다.

2999 피사 DTC의 죄수.

3000 피아노 제품.

3001 칸토 XXIV의 주석 487번을 보라.

3002 베네치아의 광장.

3003 카이사르(시저)의 전쟁 회고록에 나오는 문구.

3004 칸토 LXXV의 주석 2708번을 참조하라.

3005 16세기 이탈리아의 작곡가.

3006 16세기 이탈리아의 화가.

3007 칸토 LXXIV의 주석 2507번을 보라.

3008 칸토 LXXIV의 주석 2622번을 보라.

3009 옛 트로이 주변의 지방 이름.

3010 시코니아인들이 살던 도시. 오디세우스는 트로이를 떠난 후 이 도시를 공격했다. 희랍의 '악당 근성'의 한 예. 오디세우스가 10년간 떠돌아다니게 된 이유이기도 하다.

3011 프랑스 학술원.

3012 피사에 있는 성당.

3013 칸토 LXXIV의 주석 2570번을 보라.

3014 영국의 노동당 당수로 1945년 처칠로부터 정권을 넘겨받았다.

3015 아틀리보다 앞서 노동당 당수를 지내면서 수상도 지냈다.

3016 칸토 L의 주석 1144번을 보라.

3017 H. L. 멘켄이 파운드에게 써 보낸 편지에 나오는 문구로, 화폐 개혁에 대한 이해를 사람들이 좀처럼 잘 하기 힘들거라는 뜻으로 한 말.

3018 칸토 LXXIV의 주석 2500번을 보라.

3019 18세기 런던의 시장.

3020 즉 아테네 여신을 말한다.

3021 11세기 이탈리아 음악가로 소위 '6음계'의 창시자로 알려져 있다. 6음계는 그 이후로 약 500년간 지속되었다.

3022 대지의 여신.

3023 제우스의 명령에 거역하다 제우스에게서 벌을 받았다.

3024 W. B. 예이츠의 시, 「피와 달」에 나오는 문구로, 시대에 대한 조롱이 담겨 있다.

3025 금광 채굴 회사.

3026 아마도 19~20세기 초 미국의 화가.

3027 14~15세기 이탈리아 조각가.

3028 앨곤퀸 인디언들의 관념어. 온 세상의 사물들에 깃들어 있는 자연의 힘.

3029 아마도 페르시아의 어떤 신성한 혼령.

3030 러시아 출신으로 영국 런던에서 활동했던 배우. 바리아틴스키공의 부인이기도 했다. 파운드는 아마도 예전에 그녀와 나눴던 이야기를 기억하는 것일 것이다.

3031 즉 미국 소설가 헨리 제임스.

3032 영어 'buttonhole'의 뜻 중에는 '(마치 상대방 옷의 단추 구멍을 붙잡고, 즉 상대방이 가지 못하게 하듯이 하고는) 이야기를 늘어놓다'의 뜻이 있다.

3033 런던의 법학회 중의 하나.

3034 즉 『오디세이』에 나오는 사이렌을 말한다.

3035 에즈라 파운드 자기 자신.

3036 술의 신 디오니소스를 따라다니는 사티로스.

3037 피사 DTC의 상병.

3038 여기 호명된 이름들은 모두 피사 DTC 죄수들이나 병사들의 이름들인데, 실제로 그런 건지 아니면 파운드가 재미 삼아 그렇게 갖다 붙인 것인지는 모르겠으나, 미국 대통령 이름과 같은 이름을 가진 자들도 있고 대통령은 아니어도 '캘훈'(칸토 XXXIV의 주석 750번을 보라)과 같은 이름을 가진 자도 있다.

3039 풍요의 신. 디오니소스와 아프로디테 사이에서 난 것으로도 알려져 있다. 남근을 상징하기도 한다.

3040 '이아코스'는 디오니소스의 또 다른 이름이고, '키세라(쿠세라)'는 아프로디테의 또 다른 이름이다.

3041 피사 DTC의 죄수 또는 병사.

3042 즉 비잔티움.

3043 곡식의 여신인 데메테르의 딸인 페르세포네. 지하세계를 다스리는 하데스가 준 석류 씨앗을 먹은 바람에 하데스에게 납치되어 가 하데스와 결혼을 하게 되었다. 그녀가 일 년에 한 번 지상으로 나올 수 있는 허락을 제우스에게 받았는데, 그때가 바로 봄이라는 계절이 된다.

3044 열매 나무들의 여신.

3045 석류를 뜻하는 이탈리아어.

3046 반인반마의 괴물.

3047 목축의 신.

3048 아르테미스(로마 신화에선 디아나)의 또 다른 이름.

3049 헤르메스의 어머니.

3050 퓨마를 가리키는 말.

3051 세 명 다 피사 DTC 죄수들.

3052 칸토 XXXVIII의 주석 872번을 보라.

3053 독일의 피아니스트이자 작곡가로 파운드와 가깝게 지낸 적이 있는데, 가스비를 못 낼 정도로 어렵게 지낸 적이 있었다. 뒤에 나오는 '룸멜 씨'도 이 사람이다.

3054 시벨리우스의 교향시.

3055 프랑스의 낙농 회사. 후에 다논에 흡수 합병되었다.

3056 벨라스케스의 유명한 그림.

3057 벨라스케스는 필립 4세의 초상화들을 그렸는데, 그중에는 말을 타고 있는 모습도 있고 말을 타지 않고 있는 모습도 있다.

3058 벨라스케스의 그림 중에 〈익살꾼, 오스트리아의 돈 존〉이라는 그림이 있다. 아마도 필립 4세 시절 궁중에서 익살꾼 노릇을 하던 이로 "오스트리아의 돈 존"이라는 별칭을 가진 이가 있었던 모양이다.

3059 셋 다 벨라스케스의 작품으로, 원제목들은 〈브레다의 항복〉, 〈동정녀로부터 제의를 전해 받고 있는 성 일데폰소〉, 〈박카스의 승리〉이다. 〈실 잣는 사람들(여인들)〉도 벨라스케스의 작품이다.

3060 마드리드의 시장.

3061 아서 시몬즈. 영국의 시인으로 19세기 말 소위 상징주의의 형성에 역할을 하였다.

3062 파리 몽마르트르에 있던 나이트클럽.

3063 프랑스 극작가이자 소설가.

3064 『보바리 부인』으로 유명한 프랑스 소설가.

3065 러시아 소설가로 플로베르와 각별한 사이였다.

3066 앞 칸토 LXXIX의 주석 2998번을 보라.

3067 프랑스의 사회주의 이념의 정치가. 수상도 역임했는데, 수상 시절 프랑스 국책 은행을 만들었는데, 파운드는 이를 '비데' — 즉, 대변 누고 난 후 엉덩이를 씻는, 좌욕 — 에 비유한 것이다.

3068 제임스 레그. 19세기 스코틀랜드 출신의 중국학자. 『논어』를 비롯한 중국의 고전을 영역하였는데, 파운드는 이 영역을 많이 참조하였다.

3069 자희(慈禧) 태후. 우리에게는 '서태후'라고 많이 알려진 인물. 청나라의 말년을 거의 혼자 지배했다.

3070 낸시 쿠나드. 영국 시인이자 예술 후원가로 유럽에서 많은 문인들과 교우를 나눴다. 파운드도 그

중 한 명이었다. 미국 출신의 흑인 재즈 음악가인 헨리 크라우더와의 로맨스는 그 당시 상당한 스캔들이었다.

3071 사다키치 하트만. 미국의 시인, 극작가, 예술 비평가로 파운드는 그를 꽤 높이 평가했다.

3072 세 명 모두 19세기 말의 미국 시인들.

3073 스페인 태생의 미국 철학자. 나중에는 유럽으로 건너가 주로 이탈리아에서 살았고, 파운드와 교류를 하였다. 칸토 LXXIV의 주석 2546번을 보라.

3074 캐나다 시인으로 미국의 길거리를 떠돌며 살았다.

3075 이탈리아의 정치가로 무솔리니가 무너진 후 이탈리아 정부를 이끄는 주요 인물이었다.

3076 즉 공자의 제자인 자공(子貢).

3077 즉 무솔리니.

3078 즉 윌리엄 버틀러 예이츠. 예이츠는 상원의원을 지내기도 했다.

3079 아일랜드의 시인.

3080 파운드와 동시대의 이탈리아의 작곡가 겸 음악 평론가.

3081 이탈리아어로 '길드'의 뜻.

3082 피렌체 가문으로 조각과 도자기로 유명하다. 시에나의 프란체스코파 성당에 이 가문의 작품들이 여럿 있었으나 제2차 세계대전 때 많이 파괴되었다.

3083 칸토 LVI의 주석 1565번을 보라.

3084 로마의 길거리 주소.

3085 미국의 7대 대통령이었던 앤드루 잭슨을 말하는 것이다.

3086 유대인의 일파로 부활과 불멸을 믿지 않는다.

3087 토마스 러벨(T. L.) 베도즈. 19세기의 영국 시인으로 파운드는 그를 꽤 높이 평가했다.

3088 베도즈의 작품에 『죽음의 익살집(Death's Jest-Book)』이라는 작품이 있는데, 거기에 보면, 인간에게는 'luz'라 불리는 씨앗 모양의 뼈가 있어서 이 뼈는 사람이 죽어도 분해되지 않고 있다가 3천 년 뒤에 인간이라는 형태의 풀로 자라난다고 말했다.

3089 아마도 피사 DTC에서의 훈령 소리.

3090 콘프리의 유명한 피아노곡.

3091 그리스 신화에서는 시의 뮤즈이지만, 여기서는 '증기 오르간'의 의미인데, 아마도 실제로는 피사 DTC의 소리 큰 스피커를 뜻하는 것일 것이다.

3092 "Battle Hymn of the Republic." 미국의 대표적인 애국주의 노래. 가사의 첫 구절인 "내 눈이 영광을 보았네(Mine eyes have seen the glory)"로도 잘 알려져 있다.

3093 칸토 LXXIV의 주석 2460번을 보라.

3094 라인강변의 도시.

3095 18세기 초 독일 궁중의 난쟁이 익살꾼. 하이델베르크에 있는 커다란 술통을 관장하는 인물로 남아 있다.

3096 피사 DTC의 군인.

3097 아마도 오리온 별자리 또는 'the Dog Star'라고도 불리는 시리우스를 말하는 것일 것이다. 개를 뜻하는 한자 '犬'에는 사람을 뜻하는 '人'이 들어가 있다.

3098 『논어』의 「헌문(憲問)」 편에 나오는 말이다.

3099 이 두 줄은 단테의 『신곡』의 「지옥」 편에 나오는 문구이다.

3100 파운드가 우리 독자들에게 하고자 하는 것을 기술한 부분.

3101 파운드가 자신의 첫 시집 『꺼진 촛불을 들고』를 하디에게 보내자 하디는 그 시집에 들어있던 시인 「섹스투스 프로페르티우스에게 바치는 헌시」라는 제목에 이견을 보내며 차라리 「프로페르티우스의 독백」이라는 제목이 더 낫지 않겠냐는 의견을 보냈다.

3102 앞에서 여러 번 유칼립투스를 언급하는 대목이 나왔었는데, 파운드는 이탈리아가 연합군에 항복 서명을 한 후 로마에서 북쪽으로 도보여행을 할 때 유칼립투스의 씨앗 하나를 주워서 늘 몸에 지니고 있었다 — 피사 DTC에 갇혀 있을 때도.

3103 『춘희(동백나무의 여인)』라는 소설로 잘 알려진 프랑스 소설가. 베르디의 오페라로 거듭 나면서 더욱 유명해졌다. '춘희'라는 제목의 '춘'은 봄을 뜻하는 '춘(春)'이 아니라 참죽나무 또는 동백나무를 뜻하는 '춘(椿)'이다. 그를 '아들 뒤마'라 부르는데, 왜냐하면 그의 아버지인 뒤마 역시 『삼총사』라는 소설로 유명하여 서로 혼동되지 않게 아버지를 '아버지 뒤마,' 아들을 '아들 뒤마'라 부른다.

3104 칸토 LXXIV의 주석 2507번을 보라. '하고로모'는 요정이 입던 외투.

3105 여기서의 '그녀'는 달의 여신이자 세공장이들의 수호자인 디아나 여신을 말한다. 성경에 보면 에베소에 간 바오로가 그리스 신화를 숭배하는 이단을 설교하자 밥벌이에 타격을 입은 은세공장이들이 바오로에게 반기를 들며 디아나 여신을 떠받드는 장면이 나온다.

3106 아마도 시칠리아의 마을 이름.

3107 라팔로 위의 언덕.

3108 칸토 IV의 주석 47번을 보라.

3109 이탈리아의 도시로 이곳에 율리우스 카이사르의 양아들이자 로마의 초대 황제가 된 카이사르 아우구스투스가 사원을 지었다. 파노는 한때 말라테스타의 소유지였다가 교황의 영토로 귀속되었다. 칸토 IX를 참조해 보라.

3110 문물, 문화를 뜻하는 '문(文)'.

3111 '사랑, 애정'을 뜻하는 라틴어.

3112 '미의 세 여신(the Graces)'을 뜻하는 그리스어.

3113 둘 다 유명한 런던의 장소들이다.

3114 런던에 있는 이탈리안 레스토랑의 주인. 파운드가 지인들과 같이 잘 들렀던 곳.

3115 셰익스피어의 『십이야』에 나오는 구절로, 레스터 광장에 있는 셰익스피어의 동상에 이 구절이 새겨져 있다. 정확히 말하면, 동상의 받침대에 새겨진 것이 아니라 셰익스피어가 펼친 두루마리에 새겨져 있다.

3116 누구인지 분명치 않으나, 어쨌든 에드워드 7세가 왕자로 있던 시절의 여자 친구들 중 한 명. 벨로티가 들려준 이야기.

3117 즉, 에드워드 7세(재위 : 1901~1910)를 말한다.

3118 아마도 영국의 작곡가인 이시도어 드 라라.

3119 새뮤얼 존슨이 편찬한 셰익스피어 전집에는 그 구절이 들어가 있지 않다.

3120 셰익스피어의 『줄리어스 시저』 3막 2장에 나온다. "사람들이 행한 악은 그들이 죽어도 살아남지, 선은 흔히 뼈와 함께 묻히는 반면 말이지."

3121 호레이스 드 비어 코울. 20세기 초에 익살꾼 또는 장난꾸러기 악동으로 유명했던 인물. 여러 인물들 행세를 하며 사람들을 속이곤 했다.

3122 미국의 화가.

3123 지금은 탄자니아에 속해 있으나 이 당시에는 영국의 보호령 아래 있었다.

3124 런던의 거리 이름.

3125 찻집 체인. 런던에도 여러 군데 있다.

3126 런던의 웨스트 엔드에 있는 구역 이름.

3127 이 세 명 모두 피사 DTC의 죄수들 혹은 병사들.

3128 처방 약 이름.

3129 아킬레스는 『일리아드』에도 뚱한 인물로 나온다. 하지만 여기서는 추후 교황 비오 11세가 되는 아킬레 라티를 말한다. 실제로 파운드는 그와 만난 적이 있었고, 파운드는 그에 대해 비교적 우호적으로 평가했다.

3130 한니발의 아버지로 아들인 한니발에 못지않은 카르타고의 대장군이었다.

3131 아마도 파운드가 알프레드 베니슨이라는 필명으로 썼던 시에 나오는 여인.

3132 런던의 거리 이름. 파운드의 필명인 알프레드 베니슨은 "티치필드가의 시인"이라고도 불렸다.

3133 (그리스 신화) 헤라에게 구애를 했다가 저주를 받아 지옥에서 수레에 매달려 끊임없이 고통을 당한다.

3134 '삼각형'은 여러 가지를 지시한다. 익시온을 매단 수레바퀴의 살이 세 개라고 하고, 또한 시칠리아의 별칭이 '삼각형'(정확하게 말하면, '세 개의 다리(three-legged)')이며, 아일랜드해에 있는 맨 섬(the Isle of Man)의 상징도 시칠리아와 비슷하게 세 개의 다리가 삼각형의 형태로 그려진 것이다.

3135 독일 바이에른 지방 출신의 초상화가로 런던에서 살았는데, 한때 파운드와 가까운 곳에서 살기도 했다.

3136 프로이센의 야전 사령관.

3137 영국이 남아프리카에서 벌였던 전쟁(1899~1902).

3138 미국의 화가로 19세기 말과 20세기 초에 영국에서 꽤 인기가 높았고, 파운드도 그를 높이 평가했다.

3139 스페인의 유명한 바이올리니스트. 그의 초상화를 휘슬러가 그렸다.

3140 외젠 이자이. 벨기에 출신의 바이올리니스트.

3141 런던에 있음.

3142 아마도 빵가게 주인으로, 독일인이었던 관계로 세계대전으로 인해 독일인에 대한 혐오가 증폭되어 있던 분위기의 희생자였던 셈.

3143 칸토 LXXVII의 주석 2874번을 보라.

3144 런던 켄싱턴에 있는 거리 이름.

3145 아마도 뒬락이 기르던 개.

3146 프랑스의 도시 툴루즈.

3147 칸토 LXXVIII의 주석 2953번을 보라.

3148 파운드의 지인.

3149 파운드가 '이미지즘' 다음으로 추진했던 예술 운동.

3150 19세기 말에서 20세기 초의 프랑스 음악가이자 악기 제조자. 파운드는 그를 높게 평가했다.

3151 칸토 LXXVIII의 주석 2954번을 보라.

3152 이 당시 있었던 미국의 문학잡지. 모켈은 윌리가 다이얼지에 글을 싣기를 바라고 있었다.

3153 18세기 독일의 오페라 작곡가. 〈오르페오와 에우리디체〉, 〈타우리스의 이피게네이아〉 등의 작품으로 유명하다.

3154 칸토 LXXVIII의 주석 2955번을 보라.

3155 19세기 말의 영국 장식화가.

3156 칸토 LXXIV의 주석 2560을 보라.

3157 파리의 유명한 광장. 드가의 작품에 〈콩코르드 광장〉이 있다.

3158 테오필 고티에. 19세기 프랑스 시인.

3159 테오필 고티에의 딸로 그녀 역시 시인이었다.

3160 파리의 거리 이름.

3161 "우정을 위한 정자." 자콥가에는 나탈리 바니(밑의 주석 참조)의 집이 있었는데, 그 집 정원에 이런 이름이 붙은 조그만 정자가 있었다.

3162 즉 장 콕토.

3163 칸토 LXXVII의 주석 2890번을 보라.

3164 나탈리 바니. 미국의 작가로 파리에서 살면서 1920년대와 30년대 문인들이 자신의 집에 모이게 했던 사교계의 여왕 같은 존재였다.

3165 파리의 나이트클럽의 댄스팀에 속한 남성 멤버를 지칭한 것이다.

3166 미국의 출판업자.

3167 파리에 있는, 14~15세기에 지어진 박물관.

3168 16세기 프랑스 시인. 예이츠는 이 시인의 시를 모방한 시를 썼다.

3169 미국 화가인 유진 울만을 말한다. 그의 아버지가 잉크 제조업자였다. 울만은 파운드의 초상화도 그렸다.

3170 파리의 문학잡지. 또는 스페인의 팔랑헤 이념 — 상당히 파시스트적인 — 에 기반을 둔 조직을 뜻한다는 해석도 있다.

3171 장 콕토라는 설도 있고, 폴 클로델이라는 설도 있다.

3172 그 당시 영국에서 대중적으로 인기 있던 소설가.

3173 프랑스 초상화가. 여성의 누드를 그린 카리에르(밑의 주석 참조)의 그림이 누드의 정도가 너무 지나치다는 행정당국의 지적을 받고 카리에르가 자신의 그림을 손질하려는 걸 보고 뒤랑이 이런 말을 했다고 한다.

3174 19세기 프랑스의 화가로 특히 벽화로 유명하다.

3175 프랑스 화가로 석판화로도 유명하다.

3176 칸토 XXVII의 주석 556번을 보라.

3177 세 명 모두 파운드와 동시대의 프랑스 문인들.

3178 칸토 LXXVIII의 주석 2936번을 보라.

3179 영국의 시인이며 또한 대영박물관의 회화책임자로도 있었다.

3180 비니온이 쓴 서사시로, 그 시에 나오는 아마존족의 여자 주인공의 이름. '젊은 신동들'이란 비니온의 딸들을 말하는 것으로, 그들에게서 비니온의 이 시에 대한 이야기를 파운드가 들었다고 한다.

3181 런던에 있던 카페였으나, 독일인 또는 오스트리아인들이 운영하던 곳이라 전쟁이 나면서 사라졌고, 은행이 되었다.

3182 아마도 비에나 카페에서 일하던 웨이터.

3183 라오메돈은 트로이의 건설자이며 트로이의 왕. 여기서의 '넵튠'은 포세이돈을 말하는 것이 아니라 영국의 시인인 토마스 스터지 무어를 지칭하는 말로 쓰인 것이다. 무어의 작품 중에 「아마존족의 완패」라는 작품이 있는데, 여기에 위에서 인용된 문구가 나온다.

3184 칸토 LXXIV의 주석 2529번을 보라.

3185 칸토 LXXIV의 주석 2518번을 보라.

3186 영국의 시인.

3187 영국의 언어학자.

3188 미국의 신경병 학자이자 문인.

3189 필라델피아의 문인 클럽으로, 미첼 박사가 창립했다.

3190 오브리 비어즐리(칸토 LXXIV의 주석 2642번을 보라)의 여동생.

3191 슬라이고는 아일랜드 북서쪽에 있는 주이자 도시. 예이츠가 사랑했던 곳이다.

3192 예이츠의 아버지인 존 예이츠는 화가로 뉴욕에서 많은 시간을 보냈다.

3193 칸토 XII의 주석 269번을 보라.

3194 파운드에 따르면, 예이츠의 아버지는 아들 예이츠가 어떤 사람이 될지, 결혼해서 자신에게 손자를 보이게 될지 무척 궁금해서 점쟁이를 찾아보곤 했다 한다.

3195 뉴욕 맨해튼의 그리니치 빌리지에 있는 한 구역의 이름. 커밍스를 비롯한 여러 예술가들이 살았었다.

3196 미국의 화가로 패친 플레이스의 터주 대감격이었다.

3197 뉴저지의 도시로 휘트먼이 말년을 보냈다.

3198 파운드의 외할머니가 살았던 곳.

3199 파운드의 종조부(從祖父)가 경영하던 하숙집이 있던 곳으로 파운드가 어릴 때 살기도 했다. 칸토 LXXIV의 주석 2676번을 보라. '짐'과 '제임스'는 동일인물이다.

3200 위의 하숙집 근처에 있던 원저 호텔에 1899년 큰 화재가 났다.

3201 런던에 있는 공원.

3202 영국의 화가. 집이 멋있었다고 한다.

3203 영국의 화가로 역시 집이 멋있었다고 한다.

3204 영국 남부 해변에 있는 마을. 이곳에서 파운드의 친구인 포드 매독스 포드와 바이올렛 헌트가 살고 있었다.

3205 라파엘전파 시대의 영국의 시인. 포드가 살고 있던 위의 집에 스윈번이 잔뜩 취해서 택시 타고 온 일이 있었다 함.

3206 즉 포드 매독스 포드.

3207 런던의 외곽지대로 주로 부자들이 많이 사는 곳.

3208 영국의 소설가로『오들리 부인의 비밀』이라는 센세이셔널한 소설로 대중적인 인기가 높던 소설가. 1862년 출판된 이 소설은 지금까지도 출판되고 있으며, 영화나 TV 드라마로도 여러 번 제작되었다.

3209 프랑스의 남서부 도시. 이곳에서의 성당 건물이 뉴욕의 빌딩을 연상시켰을 것이다.

3210 프랑스 남부의 도시. 아를에는 회교도들(사라센인들)과 싸우다 죽은 전사들을 묻은 대규모 공동묘지(알리스캉)가 있다.

3211 페리귀 근방의 옛 마을 이름.

3212 페리귀 북동으로 좀 떨어진 곳에 있는 성.

3213 둘 다 프랑스 서부의 옛 마을 이름들.

3214 이탈리아 베네치아의 약간 북쪽으로 나 있는 강.

3215 베네치아 근방 섬인 리도에 있는 호텔.

3216 칸토 LXXVI의 주석 2791번을 보라.

3217 칸토 LXXVI의 주석 2747번을 보라.

3218 영국의 행정관이자 역사가.

3219 에티오피아 황제의 칭호. 우리나라에도 잘 알려진 하일레 셀라시에가 에티오피아의 마지막 황제였다.

3220 칸토 XVIII의 주석 352번을 보라.

3221 이탈리아의 소설가. 파운드는 그의 협력을 얻어서 그의 소설을 번역하기도 했다.

3222 미국의 시인.

3223 낸시 쿠나드. 이 칸토 주석 3070번을 보라.

3224 페루귀에서 약간 북동쪽의 도시.

3225 칸토 LXXIV의 주석 2455번을 보라.

3226 프랑스 시인으로 파운드의 시를 번역하기도 했다.

3227 칸토 VII의 주석 123번을 보라.

3228 파리의 거리 이름.

3229 칸토 XLVI의 주석 1063번을 보라.

3230 칸토 XLI의 주석 967번을 보라.

3231 로페 데 베가(칸토 LXXVIII의 주석 2982번을 보라)의 시에서 따온 구절.

3232 라파엘전파의 주도적 인물로 화가이자 시인. 여기서 언급하는 건 오마르 하이얌의 『루바이야트』의 피츠제럴드의 영역본을 말하는 것이다. 로세티가 헌책방에서 그걸 발견한 걸 말하는 것이다.

3233 물론 미의 여신 아프로디테(비너스)를 말하는 것이지만, 여기서는 새벽에 보이는 금성 ― 피사 감방에서 보이는 금성 ―을 말하는 것이기도 할 것이다.

3234 칸토 LXXV의 주석 2704번을 보라.

3235 즉 푸치니.

3236 라파엘전파 시기의 영국의 화가.

3237 아서 시몬즈. 이 칸토의 주석 3061번을 보라. 그의 시 「현대의 미」라는 시에 보면, "나는 횃불이로다/…… 나는 미의 불길이로다"라는 구절이 나온다.

3238 '새벽'을 묘사한 호머의 문구.

3239 산드로와 자코포에 대해선 칸토 XX을 보라. 요르단스는 17세기 벨기에의 화가로 루벤스 사후에는 그 지역에서 가장 잘 나가는 화가였다.

3240 『중용(中庸)』의 첫 구절에 대해 주희가 해석을 붙인 것을 파운드 나름대로 풀이한 것이다.

3241 이 칸토 주석 3088번을 보라.

3242 프랑스 화가.

3243 휘슬러 그림의 모델이었다.

3244 미국의 화가로 초상화로 유명하다.

3245 벨기에의 시인.

3246 파리 센강의 섬들 중 하나.

3247 11~12세기 프랑스의 유명한 철학자 겸 교육자.

3248 그리스 신화에 나오는, 죽은 후 영혼들이 가는 축복의 섬.

3249 『논어』의 〈안연(顏淵)〉편에 나오는 이야기로, 공자의 말 중에는 일시적인 흥분으로 경거망동하지 말라는 것이 있다.

3250 위 주석 3210번을 보라.

3251 칸토 XXIII의 주석 458번을 보라.

3252 파운드가 어렸던 시절의 교사.

3253 파운드가 해밀턴 칼리지 다니던 시절의 로망스어 교수.

3254 여기서 '그'는 오디세우스이며, 이 말은 하는 건 제우스이다.

3255 『문고판 시선집(Pocket Book of Verse)』의 편집자이다. 1940년 뉴욕에서 나온 이 시선집은 대중적으로 성공하여 그 뒤로도 죽 출판되었다.

3256 천주교 미사에 나오는 문구. 세 명의 이름은 순교자 성녀들.

3257 『중용』에 나오는 문구를 파운드 나름대로 옮긴 것인데, 즉 하늘(천명-天命)의 움직임에는 끝이 없다라는 뜻이다.

3258 피사 DTC의 군인들.

3259 이곳의 이름들도 모두 피사 DTC의 군인들. 다만 사이츠, 힐더브랜드, 베델 등은 장교이다.

3260 마크 칼턴. 미국의 농학자이자 식물 병리학자. 곡식의 수확량을 늘리는 데 그의 공헌이 지대했다.

3261 피사 DTC의 병사들

3262 칸토 LXXVI의 주석 2770번을 보라.

3263 즉 윈스턴 처칠. 1945년 선거에서 의외로 처칠이 패배했고, 그는 수상직을 물러났다. 처칠이 파운드에게는 공공의 적이었다는 건 유명한 사실이다. 하나 처칠은 1951년 다시 수상을 맡았다.

3264 여기서 '헌장'이란 그 유명한 마그나 카르타를 말하는 것이다. 존 왕이 귀족들의 반강요로 서명을 처음 1215년 했고, 존 왕의 아들인 헨리 3세가 왕위에 오른 뒤 몇 번에 걸쳐 수정되다가 1225년 헨리 3세가 서명했던 헌장이 솔즈베리 지역의 러코크 수도원 꼭대기에 보관되어 있었는데(러코크 수도원은 해리 포터 시리즈 영화를 찍을 때 그 배경으로 사용되기도 했다), 파운드와 도로시 파운드가 여기로 가서 이 헌장을 보았다고 한다. 파운드가 이 칸토를 쓰면서 여전히 헌장이 그곳에 있을 것으로 생각하면서 쓴 것이지만, 실제로는 이때 대영박물관으로 이전되었고, 지금도 대영박물관에 소장되어 있다.

3265 영국의 유명한 문필가 G. K. 체스터턴. 그는 여기서 보수적이고 고상한, 해가 지지 않는 나라 영국의 이미지를 대표하는 문인으로 나와 있다.

3266 파운드의 부인 도로시 파운드와는 사촌으로, 마그나 카르타가 있었던 러코크 수도원을 소유하고 있었으나, 상속세와 그 밖의 세금들을 내기 위해 많은 보물들과 그림들을 팔아야 했다고 한다. '개'는 이 집안의 문장.

3267 런던에 있는 가장 유명한 호텔.

3268 칸토 LXXIV의 주석 2528번을 보라.

3269 영국 남부 해안가 도시.

3270 영국 시인 W. S. 블런트의 부인. 블런트에 대해선 다음 칸토를 보라.

3271 프랑스의 항구 도시.

3272 스코틀랜드 여왕, 메리 스튜어트를 말한다. 그녀는 영국(즉 잉글랜드)의 엘리자베스 1세 여왕의 5촌이 된다. 스코틀랜드에 반란이 일어났을 때 잉글랜드로 도망와 엘리자베스 1세의 도움을 받기를 바랐지만, 잉글랜드의 왕권을 주장하기도 했던 메리를 위협으로 본 엘리자베스 1세에 의해 결국 반란죄로 참수되고 만다.

3273 메리 스튜어트의 비서였던 데이비드 리치오를 말한다. 원래 이탈리아인이었던 그는 메리의 개인 비서 역할을 했는데, 일군의 사람들에 의해 살해를 당했고, 이 살해 사건은 메리의 정치적 생명에 큰 상처를 남겼다.

3274 잉글랜드의 왕 가문에서 헨리 2세에서 리처드 3세까지(1154~1485년)의 가문을 플랜태저넷이라 부르는데, '플랜태저넷'이라는 말은 '금작나무 가지'라는 의미를 띤다. 헨리 2세의 아들 중에 장남이

었던 '청년왕 헨리(Henry the Young King)'에 대항했던 동생 리처드 1세의 별칭이 '사자심왕(the Lion-Hearted)'이었고, 그의 표상이 표범이었다. 하지만 사실 "이 모든 슬픔과 애도와 아픔"이라는 베르트랑 드 본느의 시구는 동생에게 왕위를 뺏기고 죽은 청년왕 헨리의 죽음을 슬퍼한 것이었다.

3275 플랜태저넷가는 붉은 장미가 상징인 랭커스터가와 흰 장미가 상징인 요크가로 나뉘어져 서로 잉글랜드 왕권을 두고 다투는 '장미의 전쟁'이 있었다. 랭커스터 가문의 헨리 7세가 요크 가문의 엘리자베스와 결혼하면서 두 가문의 전쟁은 막을 내렸다. 그리고 합쳐진 두 가문은 튜더라는 가문으로 잉글랜드를 지배했고, 튜터가의 통치 기간은 헨리 7세에서 엘리자베스 1세까지의 기간 (1485~1603)으로 본다.

3276 하워드와 불린은 둘 다 헨리 8세의 부인들이었지만, 참수되었다. 불린은 '천일의 앤'으로도 잘 알려져 있으며, 헨리 8세의 딸이자 튜더 가문의 마지막 왕이었던 엘리자베스 1세의 친어머니이다.

3277 런던 하이드 파크에 있는 구불구불한 모양의 연못.

3278 즉 곡식(풍요)의 여신인 데메테르.

3279 파운드가 카발칸티 원고의 사본을 갖도록 도와준 스페인 신부(칸토 LXXVII의 주석 2832번 참조).

3280 누구인지 알 수 없다.

3281 앞 칸토의 주석 3244번을 보라.

3282 미국의 역사가 겸 외교관. 스페인 대사 역임.

3283 스페인의 장군으로 정권을 잡은 후 독재정치를 했다. 그가 스페인 내란에서 이기는 데는 독일과 이탈리아의 도움이 있었다.

3284 스페인 중부의 마을. 프랑코는 이곳에서의 전투를 이김으로써 내란을 승리로 이끌었다고 말한 적이 있다. 파운드가 이곳을 방문했을 때의 일화.

3285 아마도 오귀스탱 카바네스. 프랑스의 의사로서 인간 성애에 대한 관찰을 쓴 책으로 유명하다.

3286 칸토 LXXIV의 주석 2515번을 보라.

3287 즉 T. S. 엘리엇.

3288 영국의 경제학자 겸 소설가인 G. D. H. 코울이 아니라 칸토 LXXX의 주석 3121번에 언급된 호레이스 코울을 말한 것이다.

3289 칸토 LXXVII의 주석 2887번을 보라. 농부들을 위한 집단에도 어떤 연줄과 편견이 내재한다는 말.

3290 제퍼슨은 전제 군주제를 두려워한 반면, 애덤스는 귀족정치제를 두려워했다는 뜻.

3291 영시의 가장 오래된 전통적인 기본적 리듬이 약강오보격(iambic pentameter)인데, 그것에서 탈피해서 일반인들의 말의 리듬을 들려려는 파운드 자신의 노력을 언급한 것이다.

3292 파운드와 알고 지냈던 헝가리 출신의 작가.

3293 칸토 XXXI의 주석 656번을 보라.

3294 루이 14세의 두 번째 부인.

3295 파운드와 알고 지냈던 미국의 작가 겸 평론가. 그는 그 어떤 화폐 개혁도 인간의 본성과 충돌하게 된다고 했다.

3296 테오크리투스의 문구. 변심한 남자를 다시 자기에게로 끌어들이려는 여자의 주문.

3297 나이지리아의 도시 또는 강. 하지만 여기서는 피사 DTC에서 파운드에게 탁자를 만들어준 흑인 죄수를 지칭하는 것임.

3298 중국의 자비의 여신(칸토 LXXIV의 주석 2490번).

3299 앞 칸토의 주석 3073번을 보라. 산타야나 자신의 이야기가 아니라 자신의 숙모가 딸이 죽었을 때의 이야기를 한 것이다.

3300 로마냐 지역 출신의 무솔리니는 자신의 고향 사투리 및 발음을 씀으로써 대중적인 이미지를 구축하고자 했다.

3301 『새터데이 이브닝 포스트(Saturday Evening Post)』지의 편집자였다.

3302 비버리지는 필리핀에 시찰 여행을 다녀온 후 그 여행에 대한 일체의 인터뷰를 사양하고 있었다.

3303 리처드 러브레이스의 유명한 시, 「알세아에게, 감옥으로부터(To Althea, from Prison)」를 떠올린 것이다.

3304 17세기 영국의 작곡가.

3305 역시 17세기 영국의 작곡가.

3306 앞 칸토 주석 3150번을 보라.

3307 이 4행은 벤 존슨의 시구를 차용한 것이다.

3308 「가라, 사랑스러운 장미여(Go, Lovely Rose)」라는 시로 유명한 17세기 영국의 시인. 로즈는 이 시를 가사로 하여 작곡을 하였고, 파운드는 자신의 시, 「휴 셀윈 모벌리(Hugh Selwyn Mauberley)」의 발문(Envoy)에서 월러의 이 시를 각색하여 쓰고 있다.

3309 16~17세기 아일랜드의 류트 작곡가.

3310 이 두 행은 초서의 시구이다.

3311 초서에 필적할 만한 글이 거의 2세기 지나 셰익스피어에 이르러서야 나타난다는 말.

3312 잔 파켕. 파리의 유명 디자이너.

3313 초서의 시구를 약간만 변형시킨 것.

3314 영국의 시인이자 외교관. 그는 정치가로서도 독자적 양심에 따라 행동을 하였고, 그래서 인도와 심지어는 아일랜드의 자치를 주장하였다가 감옥에 갇히기도 하였다.

3315 아마도 모두 피사 DTC에서의 병사들 또는 죄수들.

3316 파운드가 영국에 왔을 때 스윈번이 아직 살아있었으나 결국 그를 만나지는 못했다.

3317 월터 새비지 랜더. 18~19세기 영국의 시인이자 수필가. 그의 말년에 스윈번이 찾아갔었다 한다.

3318 엘킨 매슈즈. 런던의 출판업자. 파운드의 초기작들을 출판하기도 했다.

3319 영국의 작가. 스윈번의 친구로 그가 알코올중독으로 휘청거릴 때 그를 자기 집으로 데려가 그가 죽을 때까지 옆에서 지켜주었던 친구로 유명하다. 혹자는 그가 스윈번을 인간으로서는 거듭나게 했지만 반면 시인 스윈번은 죽였다라고 말하기도 한다.

3320 칸토 L의 주석 1154번을 보라.

3321 고대 그리스 비극작가. 『아가멤논』과 『오레스테이아』의 저자. 실제로 물에 빠진 스윈번을 프랑스 선원이 구조를 해 줬는데, 스윈번은 그들에게 빅토르 위고(아이스킬로스가 아니라)의 시를 낭송해 주었다고 한다.

3322 칸토 LXXX의 주석 3271번을 보라.

3323 아트레우스는 아가멤논의 아버지이다. 첫 줄과 두 번째 줄의 '개처럼'까지는 『아가멤논』의 첫 장면에서 보초병이 하늘을 바라보며 늘 개처럼 밤마다 하늘을 바라보며 별들의 움직임을 보고 있다는 말에서 따온 것이고, 그 다음 '잘한 일'부터 '이 손에 의해 죽었으니'는 돌아온 남편 아가멤논을 정부와 공모해 살해한 다음 클리타임네스트라가 하는 말에서 따온 것이다.

3324 19세기 영국의 시인이자 외교관.

3325 앞 칸토 주석 3314번을 보라. 블런트는 20대 젊은 시절 스페인 영국대사관에 수행원으로 있을 때 투우사로 투우장에 들어선 적이 있었다고 한다. 하지만 실제로 블런트의 그 모습을 본 것은 리턴이 아니라 아일랜드 근대극을 부활시켰다는 명성을 얻고 있는 레이디 그레고리의 남편 윌리엄 그레고리였다고 한다.

3326 아마도 19~20세기 캐나다 작가. 하지만 명확하지는 않다.

3327 즉 퍼시 비시 셸리.

3328 칸토 IX의 주석 171번을 보라.

3329 칸토 LXXI의 주석 2403번을 보라.

3330 칸토 XXX의 주석 631번을 보라.

3331 출판사 클로즈 앤드 선즈. 파운드의 시들을 출판해 주긴 하였으나, 그 시들 중 일부의 시들을 외설스럽다고 하여 빼고 출판하였던 일을 말하는 것임.

3332 영국의 수필가.

3333 무어는 아일랜드 시인이고 로저스는 영국의 시인. 둘 다 19세기 시인들로 그들의 시들 일부가 잘려나간 채로 출판되었다고 한다.

3334 누구를 지칭하는 것인지 명확히 알 수 없다. 다만 앞서 나왔던 낸시 쿠나드의 어머니였을 가능성이 있다고 한다.

3335 아마도 처칠의 어머니인 제니 제롬을 말하는 것으로 여겨지고 있다.

3336 칸토 LXXX의 주석 3190번을 보라.

3337 존 메이스필드. 1930년부터 영국의 계관시인이었다.

3338 칸토 LXXX의 주석 3183번을 보라.

3339 폴란드 출신의 혼령술사.

3340 예이츠가 런던에서 24년간 살았던 곳. 예이츠는 마담 블라바츠키라는 유명한 신비주의자와 연관이 있는데, 톰칙은 블라바츠키의 팔로워들 중 한 명이었다.

3341 파운드와 더불어 소위 '이미지스트' 그룹 중의 한 명.

3342 예루살렘의 탱크레드는 십자군 전쟁 때 예루살렘을 쟁취하는 데 큰 공헌을 했던 인물이고, 시칠리아의 탱크레드는 시실리의 왕이었던 인물을 말한다.

3343 유명한 영국의 소설가 찰스 디킨스. 왜 여기서 디킨스가 언급되었는지 그 정확한 의미는 알 길이 없다.

3344 어렴풋하고 그럴듯한 추상적이고 관념적인 말들보다는 구체적인 사물을 더 중시했던 파운드의 시관을 생각해보라.

3345 즉 예이츠.

3346 즉 포드 매독스 포드.

3347 '인'의 중국식 발음.

3348 트라키아의 전설적인 왕. 테레우스와 얽힌 전설에 보면, 세 명 모두 새로 변한다. 테레우스는 후투티로, 그의 아내 프로크네는 나이팅게일로, 그의 처제 필로멜라는 제비로 변한다.

3349 소아시아의 고대 도시.

3350 레스보스섬의 도시.

3351 파운드가 다니던 펜실베이니아대학의 독일어 선생. 휘트먼에 대한 글을 썼다.

3352 휘트먼의 「끝없이 흔들리는 요람으로부터(Out of the Cradle Endlessly Rocking)」에서 인용한 시구.

3353 페라라의 군주였다. 칸토 VIII과 XX 등에 나온다.

3354 『정글북』으로 유명한 영국의 시인이자 소설가. 뭘 의심한다는 것인지 알 수 없다.

3355 앞의 주석 3323번을 참조해 보라.

3356 피사의 감옥은 말 그대로 제대로 된 감옥이 아니었다. 그냥 맨땅 위에 지붕 없는 새장처럼 되어 있는 것이어서 해가 내리쬐면 그대로 햇빛 받고 비 오면 비 그대로 맞는 그런 것이었다. 파운드는 맨

땅 위에 드러누워 대지와의 신비로운 교류(또는 아프로디테와 같은 여신과의 신성한 접촉 등)을 통해 그 외로움과 공포를 극복하려 하지만 사람인지라 문득문득 외로움과 죽음의 공포를 느꼈을 것이고, 그래서 눈에 눈물이 고이는 순간이 왔지만, 바로 그때 철사 줄 위로 세 마리의 새가 날아와 노래를 부르며 또다시 파운드에게 기운을 주고 다시 '여정(periplum)'을 시작할 모멘텀을 제공해 준다.

3357 칸토 VIII의 주석 155번을 보라.

3358 스코투스 에리우게나의 이론을 편찬해서 냈던 C. B. 쉴뤼터.

3359 칸토 XXXVI의 주석 801번을 보라.

3360 카롤루스 왕의 첫 번째 부인. 자수를 잘 했다고 한다. 에리우게나는 그녀를 아테나 여신에 비유하기도 했다 한다.

3361 칸토 LXXIV의 주석 2498번을 보라. 에리우게나의 신플라톤주의 철학을 좋아했다고 한다. '대머리 찰스'로 불리기도 한다.

3362 칸토 XXIII의 주석 459번을 보라. 칸토 LXXIV에도 '그를 파내었다'라는 구절이 있는데, 여기서 '그'란 에리우게나를 말한다. 에리우게나의 신플라톤주의 철학이 알비파와 같은 이교도들에 의해 인용이 되곤 했기 때문에 에리우게나의 사상은 이교도적이라고 공식적으로 로마교황청에 공표되기도 했다. 그래서 알비파들에 대한 십자군 전쟁 때 에리우게나의 무덤을 파냈다고 파운드가 본 것인데, 아마도 파운드는 여기서 착각을 했을 가능성이 크다. 실제로 에리우게나의 무덤이 파내졌다는 이야기는 전혀 사실로 증명된 것이 아니고, 아말릭이라는 범신론주의자의 무덤이 파헤쳐졌다는 기록이 있는데, 이것을 착각했을 가능성이 크다.

3363 즉 W. B. 예이츠.

3364 파리의 노트르담 성당에는 성모마리아 상이 있는데, 노트르담(Notre Dame)이란 프랑스어는 '우리의 여인(Our Lady)'이라는 뜻으로, 즉 성모마리아님을 지칭하는 말이다.

3365 프랑스 페리괴에 있는 성당.

3366 로마에 있는 성당.

3367 라팔로 근처 마을.

3368 『논어』의 「옹야」편에 나오는 유명한 말인 "지자요수 인자요산(知者樂水 仁者樂山)."

3369 예이츠의 시 「샐리 가든 아래에서(Down by the Sally Gardens)」에 보면, "그녀는 나에게 마치 풀이 둑에서 자라듯 인생을 쉽게 생각하라 하였지만, 난 어리고 어리석어서 그녀의 말에 동의하지 않았지…… 이제 난 눈물로 가득하다네"라는 구절이 나온다.

3370 시에나에 있는 산 조르지오 성당. 그 성당 근방의 교차로를 지나는 두 길의 이름들.

3371 마리아 방문 축일과 성모 승천 축일, 이렇게 두 차례에 걸쳐 시에나에서 행해졌던 경마경기.

3372 파운드가 시에나에 들르면 머물던 집에 걸려 있는 그림 속에 나오는 인물들 중에는 자신의 딸인 메리를 닮은 인물도 있고, 파운드가 아는 어떤 귀족의 아들 — 이름이 '몬티노'인 —을 닮은 인물도 있는 것으로 추정이 되는데, 영국의 시인이자 소설가인 토머스 하디가 언급된 것은, 아마도 하디의 시 중에, "나는 가족의 얼굴(I am the family face)"이라고 시작하는 「유전(Heredity)」이라는 제목의 시, 또는 「가면을 쓴 얼굴(The Masked Face)」이라는 제목의 시를 파운드가 떠올렸을 가능성이 있다. 다만 파운드가 코멘트했듯, 하디의 시는 전적으로 다른 내용의 작품이지만.

3373 맹자는 공자의 철학을 설명하며, "물은 모든 빈 곳을 다 채우면 계속 앞으로 흘러 바다로 나아간다"라고 하였다.

3374 뉴햄프셔에 있는 봉우리.

3375 태양신.

3376 여기서 '그것'이란 세상의 '기(氣)'를 말한다. 『맹자』 제2편 공손추(公孫丑)에 나온다.

3377 누구를 가리키는 것인지 확실치 않으나, 아마도 앞 칸토 LXXXII의 주석 3331번의 클로즈.

3378 칸토 LXXVI의 주석 2788번을 보라.

3379 역시 『맹자』 제2편 공손추에 나오는 말이다. "억지로 늘이거나 기르려 하지 마라"는 뜻이다.

3380 둘 다 베네치아에 있는 성당.

3381 아마도 파운드가 알았던 베네치아 사람.

3382 역시 베네치아에 있는 성당.

3383 베네치아의 지우데카 섬에 있는 성당으로 매년 7월에 축제가 열린다.

3384 모두 베네치아의 대운하에 있는 궁전들.

3385 지우데카 운하에 있는 둑.

3386 베네치아의 증권소.

3387 아서왕의 전설에 나오는 마법의 숲인 브로실리앙드를 가리킨다는 해석도 있으나 확실치는 않다.

3388 이탈리아의 중부 도시.

3389 아마도 파운드가 베네치아에서 알았던 인물.

3390 앞 칸토 LXXXII의 주석 3315번을 보라.

3391 칸토 LXXX의 주석 3096번을 보라. '존스의 설치류 동물들'이란 그의 명령 아래 풀 뽑는 감방 죄수들을 말한다.

3392 즉 땅, 대지.

3393 대지의 생산(즉 곡물)의 여신인 데메테르의 딸. 그녀는 지하세계의 신인 하데스에게 납치당해 하데스와 결혼을 했다. 데메테르는 사라진 딸을 찾아서는 제우스에게 간청을 해서 일 년에 한 번씩 페르세포네가 지상으로 나와 서로 볼 수 있도록 했다. 그녀가 지상으로 나오는 때가 봄이 된다.

3394 예이츠의 시에 「공작(새)(The Peacock)」라는 시가 있는데, 파운드는 그 시에 아일랜드 억양을 넣어 쓰고 있다.

3395 예이츠와 파운드가 같이 몇 년간 지냈던 집.

3396 엔네모우저. 독일 작가로 『마법의 역사』라는 책을 썼다. 신비주의적인 성향을 가지고 있던 예이츠에게는 좋아할 수밖에 없었던 책이었다.

3397 20세기 초에 죽은 영국의 시인이자 여행 작가. 그의 시, 『대영제국의 새벽』은 장편의 서사시이다.

3398 제1차 세계대전 시 해변가에 있던 스톤 카티지는 타지인 금지구역이었다. 그래서 파운드 부부는 그곳을 나가라는 소환을 받았으나 후에 취소되었다.

3399 기원전 6세기 고대 그리스 시인.

3400 즉 성모마리아의 그림 또는 그 상.

3401 북부 이탈리아의 도시 볼자노에 있는 광장. 이탈리아 땅이 되기 전에는 독일인들이 사는 땅이었고, 도시 이름도 보젠이었다.

3402 19세기 초 일리노이주의 상원의원. 그가 한 무슨 비유를 언급한 것인지 알 수 없다.

3403 칸토 LXXX의 주석 3274번을 보라.

3404 영국의 시인. 제2차 세계대전 때 공군 조종사로 참전했다가 죽었다.

3405 앨라배마주 상원의원. 여기서의 '그'는 아마도 루스벨트 대통령을 말하는 것일 것이다. 파운드는 루스벨트를 싫어했다.

3406 아이다호주 상원의원. 파운드가 미국이 전쟁에 참전하지 않게 도움을 줄 일이 있으면 좋겠다고 말하자 상원의원이 그에 대한 대답으로 한 말.

3407 피사 DTC 책임 장교.

3408 여기 언급된 이들은 모두 피사 DTC의 군인들이나 죄수들. 크라우더에 대해선 칸토 LXXX의 주석 3070번을 보라. 피사 DTC에 있는 인물들 중 누군가가 크라우더와 비슷하게 생긴 모양이다. 흑인 두 명의 이름이 대통령 이름과 같은 워싱턴인 것이고, '슬로터'에 대해선 칸토 LXXVIII의 주석 2939번을 보라.

3409 오하이오주의 정치가. 그가 실직자들을 이끌고 워싱턴으로 갔던 사건은 "콕시의 군대(Coxey's Army)"라고 알려져 있다.

3410 미국의 소설가 싱클레어 루이스.

3411 헝가리의 작곡가이자 피아니스트.

3412 미국의 역사가 찰스 비어드.

3413 비어드는 "어떤 정부이든 자신의 통화(通貨)를 통제할 수 있다면, 실제로 그 경제를 대체적으로 잘 조절하게 될 것이다"라 하였다.

3414 즉 별로 인기가 없을 것이라는 뜻. 애덤스의 외교정책은 별로 인기가 없어서 그는 대통령 연임에 실패했다.

3415 대리석으로 유명한, 피사에서 북쪽에 있는 도시.

3416 스페인의 피레네산맥에서 발원하여 프랑스 남서부를 거쳐 대서양으로 빠져나가는 강.

3417 도연명(陶淵明)을 말하며, 그의 유명한 작품 『도화원기(桃花源記)』를 언급한 것이다.

3418 어떤 도시인지 명확히 않다. 칸토 LIII의 주석 1232번을 참조해 보라.

3419 누구인지 확실치는 않으나, 아마도 파운드가 알았던 어느 광부일 것이다.

3420 칸토 LXXX의 주석 3164번을 보라.

3421 『논어』미자(微子)편에 보면, 웨이(즉 미자), 키(즉 기자), 피칸(즉 비간), 이 세 사람이 은나라의 마지막 왕인 추신의 폭정에 항의하다 쫓겨나고 죽임을 당하고 했는데, 이 세 사람이 은나라의 세 인자(仁者)였다는 말이 나온다. '젠'은 '인(仁)'의 중국 발음. 칸토 LIII의 주석 1213번을 보라.

3422 칸토 V와 VII에 나오는 알레산드로 메디치를 가리킨다는 설도 있고, 살로에 세워졌던 무솔리니 정권의 당 비서였던 알레산드로 파볼리니를 말하는 것이라는 설도 있다.

3423 칸토 XLIV에 나오는 토스카나 대공 페르디난드 3세를 말한다는 설도 있고, 살로 공화국의 문화 홍보부 장관이었던 페르난도 메짜소마를 가리킨다는 설도 있다. 그렇다면, '지도자'는 당연히 무솔리니가 될 것이다.

3424 프랑스 비시 정부에서의 수상이었다.

3425 비드쿤 크비슬링. 노르웨이의 정치가로 나치에 협력하여 나치 점령 하의 노르웨이 수상을 지냈으나 나중에 반역죄로 총살당했다. 이후 '크비슬링'이라는 말은 '반역자'의 뜻으로 쓰이게 되었다.

3426 프랑스 시인이자 소설가의 이름이기도 하지만, 아마도 여기서는 프랑스 비시 정부에서 홍보상을 했던 필리프 앙리오를 말한 것일 것이다.

3427 전쟁이 다가오고 불황이 오는 것을 내다보고 산업체에서 일하다가 정부 쪽으로 자리를 옮기고 하는 자들과는 달리 무기회사의 주식을 물려받은 도로시 파운드가 무기회사의 주식을 팔아버린 사실을 언급한 것이라는 해석이 있다. '임피리얼 케미컬'은 영국의 화학기업 조합을 말한다.

3428 단테의 『연옥』 칸토 XXVI에 나오는 구절로, 아르노 다니엘이 단테에게 자기를 기억해달라면서 하는 말이다.

3429 아마도 존 애덤스와 새뮤얼 애덤스를 가리키는 것일 것이다.

3430 구약성경 『미카서』의 예언자.

3431 "각자는 각자의 신의 이름으로."
3432 스탈린을 말하는 것이다.
3433 즉 처칠.
3434 미국의 저널리스트.
3435 미시간주 상원의원. 제2차 세계대전 때 고립주의를 지지했다.
3436 「록 드릴(Rock-Drill) 칸토」의 첫 편.
3437 '영(靈)'의 중국 발음. 물론 이 뜻은 '정신' 또는 '혼령'의 뜻이나 파운드는 '감성(sensibility)'이라고 번역해 놓고 있다.
3438 오른쪽 한자 '이윤(伊尹)'의 중국 발음. 그는 기원전 18세기 중국 상(商)나라의 첫 임금인 성탕(成湯) 밑에서 재상을 지냈다.
3439 즉 워털루. 웰링턴이 나폴레옹을 격파한 전투지.
3440 왼쪽 한자 '지(止)'의 중국 발음. 파운드는 이 한자어를 엘리엇의 'still point'의 의미로 쓰고 있다. 즉 모든 것이 고요한 중심점. 또는 파운드가 『대학(大學)』을 번역하면서 '지(止)'를 모든 것이 완벽하게 형평에 맞게 된 정지점(point of rest in perfect equity)이라고 옮겨놓고 있기도 하다.
3441 즉 여기서는 '지(止)'의 뜻으로 쓴 것이다.
3442 즉 엘리자베스 1세. 그녀가 학식이 매우 높고, 라틴어도 잘 하는 것으로 알려져 있기는 하나, 오비디우스를 번역한 것에 대해서는 물증이 남아 있는 것이 없다.
3443 이것도 마찬가지로, 클레오파트라가 나랏돈을 잘 통제하였을 수는 있지만, 그녀가 통화나 돈에 대한 글을 쓴 것이 남아 있거나 하지는 않다.
3444 『서경(書經)』의 「상서(商書)」 2장 9절이라는 뜻이다. 2장의 제목은 「仲虺之誥」이다. 여기에 보면, '簡賢附勢'라는 표현이 나온다. 그 뜻은 "어진 자들을 업신여기고 권세 있는 자들에게 아부하는 일"이다.
3445 '종(終)'의 중국 발음.
3446 '시(始)'의 중국 발음. 2장 「仲虺之誥」의 끝에 보면, "그 끝을 충실하게 할진대, 그 처음으로부터 한결같아야 합니다(愼厥終 惟其始)"라는 말이 나온다.
3447 '지(智)'의 중국 발음.
3448 '이례(以禮)'의 중국 발음. 2장에 "예로써 마음을 절제하십시오(以禮制心)"라는 구절이 나온다.
3449 밑의 한자 '衷'의 발음. 그 뜻은 '충심(衷心)'이다. 이 표현은 2장이 아니라 3장인 「湯誥」에 나온다. "하늘의 상제께서는 충심을 이 땅의 백성들에게 내리셨다." "1508 매슈즈"란 매슈즈가 만든 한자어 사전의 1508번이라는 뜻인데, 1508번째 한자가 "衷"이다.
3450 위에 나왔던, '지혜'라는 뜻의 한자 '智'를 보면, 밑받침에 '태양'을 뜻하는 '日'이 있다.
3451 '오로지 임금'이라는 뜻의 '惟后'. 「湯誥」에 보면, "언제나 변치 않는 인간의 천성이 그것이니, 그 길을 따르는 자는 오로지 임금인 것이다"라는 구절이 있다.
3452 위의 구절에서 '그 길'의 '그'에 해당하는 한자가 '厥' — 우리나라 발음은 '궐'이지만, 중국 발음으로는 '췌' — 인데, 파운드는 '厂'를 '감추어진'으로, '屮'을 '풀'로, '欠 '을 '기대'로 나누어본 다음 그것들이 결합하면 '厥'이 된다고 하는 것이다.
3453 즉 인의예지(仁義禮智)를 말하는 것이다.
3454 이탈리아 농가 여인들은 미사에 갈 때 이렇게 한다는데, 지금도 그러하다고 한다.
3455 즉 성탕.
3456 북유럽 신화에 나오는, 우주에 뻗쳐 있는 나무.

3457 "성심으로"의 뜻.

3458 상서 4장인 「伊訓」에 나오는 대목이다.

3459 '이/무아/푸/닝'은 '亦莫不寧'의 중국 발음. 그 뜻은 "또한 편안하지 않은 날이 없었으며"이다.

3460 성탕의 손자인 태갑(太甲)을 말하는 것인데, 어려서 왕위에 올랐고, 이윤(이인)이 그를 보필했다.

3461 파운드는 '甲'이라는 한자를 이렇게 묘사했다.

3462 12세기 스코틀랜드의 신비주의적 스콜라 철학자.

3463 이윤은 태갑이 말을 잘 듣지 않자 동(桐) 땅에 궁궐을 짓고 선왕의 묘에 가깝게 하여 그가 덕을 깨치도록 했다.

3464 "克終允德(마침내 덕을 완성했다)." 「太甲上」편의 끝 구절.

3465 한자 '祀'(매슈즈 한자 사전 5592번)의 중국 발음. '쭈'는 그 한자의 또 다른 발음. 6장인 「太甲中」편이 '惟三祀……'로 시작한다.

3466 "一人元(한 사람이 크게 훌륭하다면)." 7장 「太甲下」편에 나오는 말.

3467 '貞'의 중국 발음. 위 문구에 이어 "萬邦以貞(그로 인해 온나라가 올바르게 될 것입니다)."

3468 "陳戒(훈계하다)." 8장 「咸有一德」에 나오는 말. 이윤이 임금(태갑)에게 정사를 맡기고 낙향하면서 훈계하는 부분.

3469 「咸有一德」에 나오는 한자어들로, 그 원래의 순서는 "匹夫匹婦 不獲自盡(필부필부라 할지라도 자기 일을 마음껏 할 수 없다면)"이다. 그 다음은 "백성과 임금이 더불어 그 공업을 성취할 수 없을 것입니다."

3470 상나라 17대 임금인 반경(盤庚 ― 중국 발음이 '판켕'). 그는 나라 이름을 상에서 은(殷 ― 중국 발음은 '인')으로 바꾼 임금이다. 9장이 「盤庚上」편이다.

3471 위편에 나오는 문구로, "각각 그 살아가는 터를 오래 유지하도록 하며"의 뜻.

3472 음유시인 베르트랑 드 본느의 시구를 이용한 것. 밑의 알렉산더 대왕의 큰 도량과 대조가 된다.

3473 재무차관을 지냈다. 그는 독일을 농경국가로 만들려는 계획을 세웠었다.

3474 나폴레옹 3세가 황제로 오른 해.

3475 盤庚으로부터 3대 뒤의 임금이었던 武丁의 죽은 후의 칭호. 본문에 나온 대로 59년간 재위했다.

3476 "汝作礪(그대를 숫돌로 삼겠다)." 12장인 「說命上」편에 나오는 말. 무정(고종)은 열(說)을 재상으로 삼으며 자신이 쇠붙이라면 그대는 숫돌이 되라고 한 말.

3477 계속해서 고종은 큰 냇물을 건널 때 열 그대를 배와 노로 삼겠다고 한다.

3478 그리고 또한 고종은 가뭄이 들면 열 그대를 장맛비로 삼겠다고 하는 대목이 나오는데, 파운드는 장마를 뜻하는 한자인 霖를 이렇게 풀이한 것이다.

3479 慮. 다음 장인 13장 「說命中」에 나오는 문구, "慮善以動(선을 염두에 두고 행동하시고).

3480 時. 위 구절에 이어 나오는 문구, "動惟厥時(행동은 시의에 맞게 하십시오)."

3481 傳說(부열). 說의 또 다른 이름.

3482 파운드가 참조해 보았던, 쿠브뢰르가 번역한 『서경』번역본에 따른 순서. 그에 따르면 「說命」은 8장이다.

3483 "終罔顯(끝내 깨우치지 못하였다)." 「說命下」편에 나오는 문구.

3484 '志'의 중국 발음. '방향,' '의지,' '뜻'을 의미한다. 「說命下」에 보면, "그대는 오로지 나의 뜻을 훈계하여 혹시 내가 제주(祭酒)를 빚는 일이 있으면 그대는 누룩이 되고"라고 나온다.

3485 "道積(도가 쌓이고)."

3486 즉 成湯.

3487 商書의 마지막 편인 「微子」에 나오는 말이다. 태사 기자(箕子)가 왕자인 미자(微子)에게 "상나라

는 멸망하고 있습니다. 하나 우리는 남의 나라의 신하나 노예가 될 수는 없습니다(我罔爲臣僕). 아뢰오니, 왕자께서는 멀리 떠나십시오…… 왕자께서 아니 가시면 우리는 영원히 사직을 잃어버릴 것입니다…… 저는 떠나갈 생각이 없습니다"라고 말하는 대목.

3488 즉 기자(箕子). 우리가 '기자조선'이라고도 배웠던, 우리나라 옛 고조선 시대의 한 왕국이 있는데, 이때의 이 "기자"가 과연 상나라(즉 은나라)의 이 기자인지에 대해서는 의견이 분분하다.

3489 즉 商書 다음에 나오는, 『서경』의 4번째 서인 주서(周書).

3490 "大會孟津." 周書의 1장인 「泰誓上」의 서두 부분에 나오는 문구.

3491 주나라 왕조의 먼 조상.

3492 주나라의 첫 임금인 무왕(武王)의 증조부가 주라는 도시국가를 처음으로 세웠던 곳.

3493 무왕의 증조부.

3494 무왕의 아버지인 문왕(文王).

3495 『신곡』의 「연옥」편, 칸토 XXIV에 나오는 문구로, 여기서의 '그'란 사랑을 뜻한다.

3496 상(은)나라의 마지막 왕.

3497 「泰誓上」에 나오는 문구. "亶聰明 作元后(진실로 총명하면 천자로 삼을 수 있으니)."

3498 이 석 줄은 「泰誓下」에 나온다.

3499 이하 10행은 周書의 4장인 「牧誓」에 나온다.

3500 "乃止齊(일단 정지하여 진용을 정비하라)." 발음의 순서가 "체우 치"가 아니라 "치 체우"가 되어야 한다.

3501 "若林(숲처럼)." 5장인 「武成」에 나오는 문구.

3502 이 세 한자가 정확히 어디서 뽑은 것인지 명확치 않다. 다만 6장 「洪範」에 보면, "황극(皇極)"이라는 표현이 나오고, "무편(無偏)"이라는 표현이 나오는데, "지극히 곧고 바른," "치우치지 않는"과 같은 의미를 포함하고 있다. 다만 '혈(血)'은 알 수 없다.

3503 周書의 6장인 「洪範」이 쿠브뢰르에서는 4장이다.

3504 그 다음 장인 「旅獒」, "여나라에서 보내온 개"라는 뜻이다.

3505 周書의 11장인 「康誥」가 쿠브뢰르에서는 9장이다. 그중 6번째 절을 말한다.

3506 「康誥」에 나오는 구절로, "恫瘝乃身(아픔과 병이 네 몸에 있는 것처럼) 행동하라."

3507 "無於水(물이 아니라)." 周書 12장인 「酒誥」에 보면, "사람이 물을 귀감으로 할 것이 아니라 마땅히 백성을 귀감으로 삼아야 한다(人無於水監 當於民監)"라는 대목이 나온다. 따라서 본문에서 '民' 대신 '戾'를 쓴 것은 파운드의 실수이다.

3508 쿠브뢰르에서는 「酒誥」가 10장이다.

3509 "토중(土中)"은 "천하의 중심"이라는 뜻으로 낙양을 말하며, 이곳으로 도읍을 옮기게 된다. '旦曰配皇'은 "단 왈 하늘의 배려가 있음이라"의 뜻이다. 단은 주공(周公)을 뜻한다. 14장 「召誥」에 나온다.

3510 쿠브뢰르 13장 9절을 말하는 것인데, 15장인 「洛誥」가 쿠브뢰르에서는 13장이다. 주공이 나이 어린 성왕(成王)에게 훈계하는 대목. 친구 사귀는 것부터 시작하여 너무 불처럼 타올라서는 안 된다는 대목. '초'는 '灼'의 중국 발음.

3511 위에 이어서 또한 매사에 공경하는 마음을 가지라는 대목에 나오는 한자.

3512 '창'을 뜻하는 한자. 창으로 成湯이 하나라를 넘어뜨렸다는 말.

3513 16장인 「多士」에 나오는 한자로 '다스리다'의 뜻.

3514 상(은)나라 끝에서 두 번째 왕.

3515 "其澤(그 은혜)." 여기서 '그'란 하늘을 말한다.

3516 '丕'는 '크다'는 뜻이다. 원문에서는 '丕靈'.

3517 "不貳適(둘을 섬기지 않는다)." 「多士」에 나온다.

3518 여기서는 새로운 도읍인 낙양을 말한다.

3519 상(은)나라 7대 왕.

3520 무정(고종)의 아들로 아버지 다음다음의 왕이 되었다.

3521 "오로지 바른 공물로써만 하십시오."

3522 쿠브뢰르 15장 11절. 실제로는 17장인 「無逸」이다. 여기에서 주공은 위에 열거한 선왕들을 들며 무사안일하게 지내지 말 것을 특히 당부한다.

3523 「無逸」에 보면, "옛사람들은 서로 가르치며"라는 대목이 나온다.

3524 '胥'는 '함께,' '서로'의 뜻. 매슈즈 한자 사전 2835번. 중국 발음에 4성이 있는데, 일성으로 발음할 것을 말한다 — '시우' 또는 '슈'.

3525 그 다음 장인 「君奭」에 나오는 말로, "時我(나에게 달려 있다)."

3526 18장 「君奭」이 쿠브뢰르에서는 16장이다.

3527 "明我俊." "우리의 걸출한 인재들에게 밝힌다면"의 뜻. 俊은 매슈즈 한자 사전 1727번.

3528 命. '하늘의 뜻'.

3529 21장인 「立政」이 쿠브뢰르에서는 19장이다.

3530 "學古入官(옛 것을 배워 관직에 들어가고)." 22장인 「周官」에 나오는 말이다. 쿠브뢰르에서는 20장이 된다.

3531 즉 '결단성'.

3532 즉 『大學』.

3533 쿠브뢰르 21장은 실제로는 23장인 「君陳」을 말한다.

3534 바로 위 구절, "한 사람에게서 모든 걸 구하지 말 것(無求備于一夫)"에게 나오는 한자.

3535 "有容德乃大(관용이 있어야 덕이 커질 것이다)."

3536 "民生厚(사람은 나면서부터는 착하다)."

3537 군신, 부자, 부부, 형제, 붕우 관계.

3538 루마니아 출신의 유명한 현대 조각가. 파운드와도 알고 지냈다.

3539 밀라노의 광장. 여기서 무솔리니와 클라라의 시체가 거꾸로 매달렸다.

3540 링컨 암살 사건과 관련해서 메리 수랏라는 여인이 사형당했는데, 이 재판은 배심원 없는 군사재판이었다. 그녀의 여관에 묵고 있던 홀로한이라는 사람은 이 여인의 무죄를 증명해 줄 증인일 수 있었다. 수랏은 미연방 정부에 의해 사형당한 최초의 여성이다.

3541 소포클레스의 『엘렉트라』에 나오는 구절.

3542 文王. 그 아래 세 명은 文王의 어질고 현명한 신하들.

3543 '잡다,' '벼 묶음' 등의 뜻을 갖는데, 파운드는 이 한자에서 파시스트들의 상징인, 많은 밀 가지들을 쥐고 있는 손을 본 것이다.

3544 '위험을 무릅쓰다'의 뜻.

3545 주공이 여러 재사들에게 왕이 그대들에게 마음을 열고 있다라고 말한 것. 파운드 자신이 무솔리니의 파시즘에 마음을 열었었다는 뜻도 될 것이고, 또한 자신의 독자들에게 자신이 마음을 열고 있으니 들어오라는 뜻도 있을 것이다.

3546 『서경』의 제4서인 주서(周書)의 18장(쿠브뢰르에서는 16장)인 「군석(君奭)」에 보면, "문왕의 덕을 생각하여 백성을 끝없이 걱정하는(긍휼하는) 마음을 이으라"는 구절이 나온다. '휼(恤)'은 '긍휼(矜恤)'의 뜻이다. 그 앞에는 "은나라의 혼란을 거울삼아"라는 구절도 나온다.

3547 독일을 하나의 제국으로 통일시킨, '철혈재상'으로 불리는 비스마르크를 파운드는 높이 평가했다.

3548 프로이센-프랑스 전쟁(보불전쟁)(1870~1871)을 말하는 것이다. 이 전쟁을 통해 독일이 통일을 이루어 독일제국이 탄생하게 된다. 비스마르크는 이 전쟁이 유럽의 마지막 전쟁이 될 것이다라고 보았다.

3549 이탈리아의 왕 빅토르 엠마누엘(비토리오 에마누엘레) 3세의 어머니. 제1차 세계대전에 독일이 참전한 것은 사악함 때문이 아니라 우둔함 때문이라고 말했다고 한다. 빅토르 엠마누엘 3세는 제1차 세계대전과 제2차 세계대전을 다 겪은 이탈리아의 왕이다. 무솔리니를 수상으로 앉혔던 왕도 그였고, 제2차 세계대전 직전 무솔리니를 수상에서 자른 것도 그였다. 이집트로 망명 갔던 그는 거기서 죽었고, 2017년에서야 그의 유해는 이탈리아로 돌아왔다.

3550 독일 황제를 '카이저'라 불렀다. 여기서는 독일제국의 마지막 황제인 빌헬름 2세를 말한 것이다. 독일제국이 제1차 세계대전에서 지면서 독일제국이 더 이상 군주제의 나라가 되지 않았다. 빌헬름 2세는 네덜란드로 망명을 갔고, 거기서 죽었다. 그는 히틀러의 나치 국가에 대해 애증을 가지고 있었다. 히틀러의 나치군이 프랑스 파리를 점령했을 때 히틀러에게 축전을 보내기도 했던 반면 히틀러가 군주제를 복원할 생각이 없다는 것을 알고는 히틀러와 나치 국가에 대해 차가운 시선을 가지기도 했다. 히틀러는 당연히 빌헬름 2세를 무시하고 싶어 했다. 독일이 군주제의 나라가 다시 되기 전까지는 독일로 돌아가지 않겠다라는 유지를 받들어 그의 유해는 아직도 네덜란드에 있고, 군주제를 동경하는 소수의 독일인들은 아직도 매년 그가 죽은 날에 맞춰 그의 무덤에 참배하고 있다. 그는 영국의 빅토리아 여왕의 손자 — 어머니가 빅토리아 여왕의 장녀였다 — 이기도 한데, 영국을 아주 안 좋은 나라로 여겼기 때문에 영국으로 망명 오라는 처칠의 제안을 거절했다.

3551 함부르크에 기반을 둔, 선박회사의 경영주. 아마도 연합국이 해상을 봉쇄한 것을 두고 한 말이었을 것이다.

3552 빌헬름 2세 밑에서 재상을 지냈다. 외무상도 했었는데, 그때 영국, 프랑스, 러시아 등과 좋은 관계를 맺지 못했던 것이 제1차 세계대전 시 독일에게 해가 되었다.

3553 칸토 LXII에서 "XYZ 사건"으로 언급이 되었던 인물. 그는 나폴레옹 밑에서 외무상을 지내기도 했고, 그 뒤 나폴레옹이 몰락한 뒤에는 부르봉 왕가의 재건을 도와 루이 18세 밑에서 외무상과 재상을 지내기도 했다. 그는 영국과 오스트리아가 프랑스를 침공하지 않도록 외교력을 발휘하기도 했고, 네덜란드에서 벨기에가 독립하는데 큰 역할을 하기도 했다. 원래 성직자였던 그는 파문을 당한 뒤 정계에 발을 들였던 것인데, 돈과 여자에 약했다는 것이 정설이다. (하나 그가 파문을 당한 것은 그 때문이 아니라 바스티유 감옥을 습격한 프랑스 혁명 1주기를 기념하는 미사를 집전했다는 이유였다.) 죽기 직전 고해성사를 하고 다시 가톨릭에 받아들여졌다고 한다. "탈레랑" 그러면, 굉장히 능수능란한 외교술 — 변덕스러움과 변신을 포함하여 —을 가진 정치가나 외교관을 지칭할 때 쓰는 말이 되어 버릴 정도이다.

3554 즉 프랑스.

3555 앞의 주석 3546에 나오는 말에 이어, "그대와 내가 둘이 힘을 합쳐"라는 구절이 나온다.

3556 '상(詳)'의 중국 발음. 주서 19장 「채중지명(蔡仲之命)」 — 쿠브뢰르에서는 17장 — 에 이 한자가 나온다. "詳乃視聽(보는 것 듣는 것을 상세히 하여)."

3557 주서 20장 — 쿠브뢰르에서는 18장 — 인 「다방(多方)」.

3558 이 네 한자가 한 구절에 같이 등장하지는 않으나, 「다방」에 보면, 은나라를 대신하여 주왕이 "백성의 뜻을 받들고, 하늘의 전범(典範)을 따르고 하늘이 가르치시는 대로 따라, 은나라의 명을 거

두어 대신 나라를 골라 다스리게 되었다"라는 구절이 나온다.

3559 위 구절에 이어서 "爾乃迪屢不靜 爾心未愛(너희가 누차 가는 길이 깨끗지 않으며 너희의 마음엔 사랑이 결여되어 있다)."

3560 주서 25장 — 쿠브뢰르에서는 23장 — 인「강왕지고(康王之誥)」에 보면, "熊羆之士 不二心之臣(곰과 같은 무사들과 두 마음을 먹지 않는 신하들)"이라는 표현이 나온다.

3561 위 구절에 이어 "用端命于上帝(하늘로부터 올바른 명을 받았다)"는 구절이 나온다. '중'은 '用'의 불어식 발음 표기.

3562 그다음 장인「필명(畢命)」에 보면 "辭尚體要(말은 구체적이고 요령이 있어야 한다)"는 구절이 나온다.

3563 즉『대학(大學)』.

3564 대훈(大訓) — 큰 가르침.

3565 덕의(德義). 주석 3562번의 구절에 이어 "惟德惟義 時乃大訓(오로지 덕을 행하고 오로지 의를 행하면 그것이 바로 큰 가르침이다"라는 구절이 나온다.

3566 위의 구절에 이어 "不由古訓 于何其訓(옛 가르침을 따르지 않는다면 무엇을 가르침으로 하리오)"라는 대목이 나온다.

3567 위에 이어서 "四夷左衽 罔不咸賴(옷섶을 왼쪽으로 여미는 사방의 오랑캐들조차도 모두 의지하지 않을 수 없게 될 것입니다)"라는 구절이 나온다.

3568 위에 이어서 "惟旣厥心(오로지 그 마음을 다하십시오)"라는 구절이 나온다.

3569 즉 맹자.

3570 '旣'의 다른 발음. 매슈즈 한자사전 453번.

3571 칸토 LIII의 주석 1230번을 보라.

3572 목왕(무왕)이 군아(君牙 — 바로 밑에 '쿤야'라고 나오는)를 높은 벼슬에 올리며 훈계하는 장인, 주서 27장 — 쿠브뢰르에서는 25장 — 인「君牙」에 나오는, "그대의 할아버지 아버지가 대대로 충·정을 두텁게 하여"라는 대목.

3573 태상(太常). 왕을 상징하는 깃발로 여기에 공적이 큰 사람의 이름들을 그때그때 기록하였다고 한다.

3574 목왕은 선왕들을 이어서 자신이 왕이 된 심정을 "若蹈虎尾 涉于春冰(마치 호랑이 꼬리를 밟고 봄의 얼음 위를 건너는 듯하다)"라고 표현했다.

3575 그다음 장인 28장 — 쿠브뢰르에서는 26장 — 인「冏命(경명)」의 제일 마지막 한자로, 왕은 "변치 않는 법도(彝憲)로 나를 보필하라"라고 한다.

3576 그다음 장인 29장 — 쿠브뢰르에서는 27장 — 인「呂刑」. 여후는 목왕 밑에서 우리나라 조선시대 의금부(요즘으로 치자면, 검찰)를 총괄하던 관료였고, 그가 만든 형법을 여형이라 하였다.

3577 「呂刑」에 보면, "모든 것을 꼼꼼히 잘 살펴보아야 한다"라고 하면서 "惟貌有稽"라는 말이 나오는데, 이때의 '貌'를 '용모, 외양'을 뜻하는 것으로 본 것인데(즉 쿠브뢰르와 레그 다 이렇게 해석한 것이다), 그러면 "오로지 겉모습으로만 판단하라"라는 말이 될 수 있다. 그보다 여기서 '貌'는 '용모'를 뜻한다기보다 "공경하는 자세로"라는 뜻으로 보는 것이 더 알맞을 것 같다. '稽'는 '숙고하다'라는 뜻으로 보아 "오로지 공경하는 자세로 생각하고 또 생각하라"라고 보는 것이 더 올바를 것이다.

3578 주서의 제일 마지막이자『서경』전체의 제일 마지막 장이기도 한「진서(秦誓)」의 제일 마지막에 나오는 대목이 "亦尙一人之慶(또한 한 사람의 좋은 인품에 기인한다)"이다.

3579 '에드워두스'는 영국 왕 에드워드 8세를 말한다. 그는 심프슨이라는 미국의 미망인과 결혼하기 위해 왕위를 버린 것으로 유명하다. 폰 회쉬는 그 당시 주영 독일 대사였는데, 폰 회쉬의 회고에 따르면, 두 사람의 전화 통화로 인해 제2차 세계대전이 3년 늦춰졌다고 한다. 에드워드 8세는 독

일에 대해 좋은 감정을 가지고 있었던 것으로도 알려져 있는데, 히틀러는 에드워드 8세가 왕위를 버린 것을 못내 아쉬워했다고 한다.

3580 에바 헤세. 파운드의 작품들을 독일어로 번역하고 파운드에 대한 해석도 많이 내놓은 학자. 그녀의 아버지가 그 당시 주영 독일대사관의 공보관으로 있으면서 그 전화 통화를 들었다고 한다.

3581 '義'의 중국 발음.

3582 칸토 XXXVIII의 주석 874번을 보라.

3583 칸토 XXXIV의 주석 771번을 보라. "현재 유럽의 모든 군주들은 은행가들(자본가들) 손에 놀아나고 있다"라고 말했다 한다.

3584 미국의 14대 대통령이었다.

3585 영국은 수에즈 운하를 손에 넣고자 은행가(자본가)로부터 큰돈을 빌렸다. 아직은 그러기 전이었다는 뜻.

3586 칸토 LXXVIII의 주석 2930번을 보라.

3587 앞 칸토 LXXXV의 주석 3541번을 보라.

3588 플라비우스 아리아누스. 2세기 역사가. 알렉산더 대왕에 대한 기록물을 썼다.

3589 Regius Professorship. 옥스퍼드 대학교와 케임브리지 대학교에 왕이 특정한 강좌를 맡는 교수.

3590 크리스토퍼 홀리스. 그의 저술에 『두 국가』라는, 돈과 은행에 따른 권력의 형성 과정을 기술한 책이 있다.

3591 칸토 LXXXI의 주석 3282번을 보라.

3592 미국의 경제평론가로, 돈에 대한 그의 이론을 파운드가 마음에 들어했고, 그래서 그와 편지 왕래를 했는데, 우드워드가 루스벨트 대통령의 자문 역할도 했기 때문에 파운드는 루스벨트에게 전하고 싶은 말 같은 것을 우드워드에게 써 보냈던 것인데, 우드워드는 그러지 마라고 하는 것이다. 따라서 여기서 '그'는 루스벨트이다.

3593 키케로의 『의무론』에 나오는 일화. 이익이 남는 일에 대해 질문을 받는 도중에 "돈을 빌려주는 것은 어떤가?"라는 질문에 대한 대답으로 "그럼 살인은 어떤가?"라고 카토가 되묻는 대목.

3594 신성로마제국의 황제 요제프 2세는 실제로 쇠스랑으로 밭을 갈았다고 한다.

3595 요제프 2세의 어머니인 마리아 테레사. 뒤에 칸토 LXXXIX의 주석 3864번을 보라.

3596 칸토 XLIV의 주석 1016번을 보라.

3597 오스트리아 출신의 예술 평론가로 런던에 살면서 파운드와 알고 지냈다.

3598 누구인지 알 수 없다.

3599 다시 주서의 「呂刑」으로 돌아가서, "獄貨非寶(소송 때 생기는 재물은 보배가 아니다)"라는 대목이 나온다.

3600 위에 이어서 "非天不中 惟人在命(하늘은 불편부당하니 오로지 사람은 하늘의 뜻에 따라야 하니)"라는 구절이 나온다.

3601 카발칸티의 시에 나오는 시구.

3602 이때의 '震'을 파운드가 어떤 의미로 썼는지는 알 수 없으나, 운명의 수레바퀴가 '두렵다'라는 의미와 또 하나의 '지진'의 의미로 유왕(幽王)의 애첩인 파오츠 ─ 칸토 LIII의 주석 1247번을 보라 ─ 와 연관이 된다.

3603 주나라 12대 왕인 幽王을 말한다. 이 왕 때부터 주나라는 쇠락의 길로 들어섰고, 주나라는 축소되어 그의 아들이 낙양으로 도읍을 옮겨 동주(東周)라 불린다. 동주는 소위 춘추전국시대 내내 소국으로 남아 있었다. 유왕은 서주(西周)의 마지막 왕인 셈이다. 770은 기원전 770년으로 그가 죽은 해이다.

3604 '이 후오'는 '義和'의 중국 발음. 여기서는 사람 이름이다. 주서 30장인 「文侯之命」은 주의 13대 왕(동주로서는 첫 번째 왕)인 평왕(平王) ─ 즉 유왕의 아들 ─ 이 충신인 의화에게 말하는 부분이다.

3605 이 장에 "扞我于艱(나를 어려움에서 지켜주었다)"라는 표현이 나온다.

3606 그에 대한 보답으로 왕은 의화에게 "秬鬯一卣 彤弓一 彤矢百 盧弓一 盧矢百 馬四匹(방향주 한 통과 붉은 활 하나, 붉은 화살 백 개, 검은 활 하나, 검은 화살 백 개, 말 네 필)"을 주겠다고 한다. 그러면서 마지막에 "無荒寧(게으르지 마라)"라고 한다.

3607 '백금(伯禽)' ─ '페킨'은 중국 발음 ─ 은 사람 이름이다. 주서의 31장인 「비서(費誓)」는 백금이 반란을 진압하면서 말하는 부분인데, 가축에 관한 위의 대목이 여기에 나온다.

3608 파운드는 상원의원인 브론슨 커팅에게 상원의원들 중에 지적인 사람들이 몇 명 정도 될 건가를 물었는데, 그 대답으로 아홉 명하고 모로우 정도 아닐까 하는 대답을 받았다 한다. 모로우는 주멕시코 미국대사를 지낸 외교관이었는데 죽기 일 년 전 상원의원이 되었다. 열한 명이라는 건 파운드가 커팅을 포함했기 때문이다.

3609 아마도 브론슨 커팅. 뉴멕시코주 상원의원이었다. 1935년 비행기 사고로 죽었다.

3610 바로 다음 칸토의 시작 부분에 나오는 무솔리니의 질문.

3611 이게 누구를 지칭한 것인지 논란이 있는데, 어떤 이는 루스벨트를 지칭한 것이라 보기도 하고, 어떤 이는 히틀러라고 보기도 한다.

3612 파운드가 자신의 칸토에 대해 항상 하는 말.

3613 1932년 무솔리니가 파운드를 만났을 때 파운드에게 던진 질문.

3614 찰스 베타호. 스위스 출신의 연예인. 판토마임을 비롯하여 악기 연주 등 무대 위에서 할 수 있는 모든 퍼포먼스를 하면서 한때 "유럽의 광대의 왕"이라는 별칭도 얻었다.

3615 오스트리아-헝가리 제국 때의 외무대신. 프란츠 페르디난트가 암살되었을 때 그의 엄격한 외교정책은 제1차 세계대전을 촉발시키는 데 기여했다. 외관상으로는 조용하게 보이는 사람이었다 한다.

3616 칸토 V의 주석 79번을 보라.

3617 존 랜돌프. 18~19세기 미국의 정치가. 버지니아 출신의 상원의원. 로우노크는 버지니아의 도시 이름. 랜돌프는 흔히 '로우노크의 랜돌프'로 불린다.

3618 미국의 11대 대통령.

3619 미국의 10대 대통령. 하지만 칸토 LXXIV에 보면 미국의 이 두 대통령 이름과 피사 DTC의 군인(또는 죄수) 이름이 같다는 걸로 나온다.

3620 미국의 15대 대통령.

3621 명나라 사상가 왕양명(王陽明)의 사상을 일본으로 들여온 일본인 학자.

3622 '와이 야'는 왕양명을 중국의 어떤 지방의 방언으로 읽었을 때의 발음.

3623 즉 명나라. 왕양명을 "명나라의 램프"라 부른 것이다.

3624 『무조건적인 증오(Unconditional Hatred)』의 저자. 전쟁 후 독일을 힘없는 농업국가로 만들려 한 루스벨트와 처칠의 생각은 잘못됐다는 논리를 펴고 있다.

3625 칸토 XLII의 주석 987번을 보라.

3626 17세기 프랑스 고전학자. 『고리대금업의 양식에 대해』를 썼다.

3627 파운드는 이 희랍어가 '요구, 필요함'으로 번역되지 않고 흔히 '가치'로 번역된 것은 정확성이 결여된 것이라 보았다.

3628 즉 아리스토텔레스.

3629 칸토 LXXXV의 주석 3462번을 보라.

3630 즉 사랑을 말한다. 단테의 글에 나오는 표현이다.

3631 20세기 프랑스의 주요 화가.

3632 이 지방의 소유권이 프랑스와 독일 사이를 왔다 갔다 했다.

3633 20세기 프랑스 화가.

3634 중국 발음의 사성 중에서 삼성으로 '치'라고 읽으라는 말. 한자 '止'가 파운드에게 갖는 의미에 대해서는 앞 칸토들을 참조하라.

3635 소포클레스의 작품 『에우메니데스』─『오레스테이아』 3부작 중 제일 마지막 편 ─ 에 보면, 주인공 오레스테스가 불륜녀 어머니(클리타임네스트라)를 죽인 것에 대한 응벌로 복수의 여신들(the Furies)에게 쫓기는데, 아테나 여신이 개입하여 아테네 시민들 12명으로 구성된 배심원들로 판결을 하자고 제안하여 그리 진행되는데, 6 대 6이라는 동수가 나오자 아테나 여신이 캐스팅 보트를 구사하여 오레스테스를 구해준다. 대신 아테나 여신은 복수의 여신들을 설득하여 잘못한 자들을 응징하는 복수의 여신이기보다는 도시 아테네를 지켜주는 보다 건설적인 여신들이 되라면서 그들에게 "에우메니데스(자비로운 여신들)"라는 이름을 붙여 준다.

3636 칸토 LXXVIII의 주석 2966번을 보라.

3637 기원전 5세기 그리스 철학자. 피타고라스학파의 일원이다.

3638 즉 알렉산더 대왕. 대원정을 준비하며 바빌론으로 갔던 알렉산더 대왕은 열병에 걸려 며칠 만에 33살의 나이에 죽었다. 파운드는 마치 누군가에 의해 알렉산더가 죽임을 당한 것처럼 썼다.

3639 러시아의 장군인데 파리 시절 파운드와 알고 지냈다.

3640 콰트로첸토. 즉 이탈리아 르네상스의 시작이 되는 시기.

3641 소포클레스의 『트라키스의 여인들』.

3642 헤라클레스의 아내. 헤라클레스가 다른 여자를 사랑하지 않도록 독이 발린 옷(그녀는 독이 발려져 있는 사실은 몰랐다)을 헤라클레스에게 줬고, 그 옷을 입은 헤라클레스는 온몸이 고통스러워하다 아들에게 불을 일으키라 하고 그 불길에 휩싸여 죽었다.

3643 극은 새벽으로부터 시작하여 석양에 헤라클레스가 불길에 휩싸여 죽는 것으로 끝난다.

3644 헤라클레스의 말.

3645 18~19세기 프랑스의 철학자 겸 정치가.

3646 금속(예컨대, 금)의 무게로 따진 가치보다 그 금속으로 만든 동전의 가치(그 동전에 찍힌 돈의 액수)가 적으면 차라리 녹이느니만 못하다는 말.

3647 칸토 XXXVIII의 주석 889번을 보라.

3648 즉 장 콕토.

3649 "커다란 야채"란 "뚱뚱한 고양이"로 읽을 수도 있다. 장 콕토가 은행가들을 멸시적으로 부른 말.

3650 여기서의 '소수'는 앞의 '소수'와는 다른 의미를 갖는다. 이때의 '소수'는 마키아벨리의 글에서 인용한 '소수'인데, 이때의 '소수'는 인간의 역사를 이끌어가는 '소수(의 지도자들, 영웅들 등등)'를 뜻한다. 대다수의 민중은 그 뒤를 따라가는 양떼이다.

3651 로렌스 비니언. 파운드와 알고 지냈던 영국의 시인. 느림의 미학을 이야기했다고 한다.

3652 『서경』의 주서 22장 ─ 쿠브뢰르에서는 20장 ─ 인 「주관(周官)」에 보면, 장관격인 세 자리(三公)에 이어 차관격인 세 자리를 삼고(三孤)라 한 것이 나온다.

3653 프랑스의 도시로, 12세기에 이곳에 세워진 재판정 건물이 유명하다. 이 탑은 황금률로 만들어져서 햇빛 밝은 날에도 그림자가 만들어지지 않는다고 한다.

3654 템플 기사단(Knights Templars)의 마지막 단장. 템플 기사단은 원래 예루살렘을 수호할 목적으로 12

세기 초에 교황의 칙령에 의해 조직되었으나, 나중에 14세기에 가서는 이단으로 몰려 드 몰레이는 화형당했다. 이 당시 뱅킹 시스템이 없던 시대에 템플 기사단은 돈을 대여해주는 역할을 했던 것으로 알려져 있다.

3655 파운드는 바로크 양식이 고리대금업 시대에 만들어진 예술이라 보았다.

3656 17세기 영국의 천문학자 겸 연금술 학자. 자연의 신비주의라는 사상을 가지고 있었다.

3657 제우스 신전을 지키는 이들.

3658 즉 조지. 조지 산타야나. 칸토 LXXX의 주석 3073번을 보라.

3659 houri. 회교(이슬람교)에서 말하는, 극락에 있는 천녀.

3660 로버트 모리슨. 19세기 초에 중국으로 건너갔던 최초의 선교사.

3661 레미 드 구르몽. 19~20세기 프랑스의 작가. 『사랑의 자연 철학』의 저자. 자연의 지속적인 힘으로서의 성애를 찬미했다.

3662 라팔로 근처의 도시.

3663 라팔로 시절 파운드와 알고 지냈던 이탈리아인.

3664 파운드가 알고 지냈던 어떤 지인(윌리엄 프렌치)이라는 설도 있고, 『마담 보바리』로 유명한 소설가 플로베르라는 설도 있다. 환영의 경험.

3665 파운드가 알고 지낸 사람으로, 런던에서 양모상(羊毛商)을 했다. 역시 환영의 경험.

3666 16세기 스페인의 성녀로 신비적 환영의 체험을 한 것으로 잘 알려져 있다.

3667 스페인 투우사들의 경우, 장대를 뿔 사이로 놓고는 황소를 타넘는 곡예를 보여주곤 했다고 함.

3668 D. D. 페이지. 파운드의 편지들을 묶어 책을 펴냈다.

3669 이탈리아반도의 북서쪽 지방으로, 제노아가 그 중심도시이다.

3670 칸토 XXIII의 주석 458번을 보라.

3671 프랑스 툴루즈에서 스페인으로 가는 도중에 있는 소도시. 몽세귀르와 가깝다.

3672 칸토 XXXVIII의 주석 882번을 보라.

3673 다람쥐를 이렇게 표현한 것이다.

3674 칸토 LXXXI의 주석 3295번을 보라.

3675 『맹자』의 「등문공(滕文公)」편에 보면, 조법(助法)과 공법(貢法)에 대한 이야기가 나오는데, 두 법 모두 세금에 관련된 법으로, 조법은 일종의 십일조와 같은 세금(즉 버는 데 따라 달라지는 세금)이고, 공법은 일정한 세금을 내도록 한 것이다.

3676 등문공의 중국 발음.

3677 '불이(不貳)'의 중국 발음. 즉 "두 마음이 아니다"의 뜻.

3678 『맹자』의 「양혜왕(梁惠王)」에 보면, 양혜왕이 "뭐 이득이 될 만한 게 없습니까?" 하자 맹자가 "왜 하필 이익 이야기를 하십니까? 오로지 인의(仁義)만을 이야기할 뿐입니다"라는 대목이 나온다.

3679 한자 '利'를 벼 또는 곡식을 뜻하는 '禾'와 칼을 뜻하는 'リ'로 나누어 해석한 것이다.

3680 한자 '智'의 밑에 쓰인 한자인 '日'을 말한 것이다.

3681 노벨문학상을 받은, 칠레의 유명한 시인. 그의 시들에 키세라 추종자들을 언급한 문구들이 많이 나온다.

3682 해밀턴 대학 학장.

3683 즉 예술가들이 먹고사는 걱정 없이 예술 행위를 할 수 있는 걸 뜻함.

3684 헨리 제임스를 말함.

3685 여기서 정확한 파운드의 생각은 알기 쉽지 않다. 다만 일관된 생각이 점점 무너져 내리는 것에 대

한 예를 제임스의 글의 스타일을 들어 보여준 것 같다.

3686 성 빅터의 리처드가 쓴 작품 제목.

3687 여기서의 '정신병원'은 파운드가 미국으로 압송되어 재판을 받고 정신이상으로 판명되어 수감되었던 정신병원인 엘리자베스 정신병원을 뜻한다. 그리고 그곳에 같이 있었던 세 명의 인물들을 언급하였는데, 정확히 누구인지는 알기 어렵다.

3688 워싱턴 DC에 있는 호텔. 이 부분은 클레이(칸토 XXXIV의 주석 749번을 보라)와 랜돌프 상원의원(앞 칸토 LXXXVII의 주석 3617번을 보라)과의 결투에 관련된 부분으로, 이 사건에 대해 미주리주 상원의원인 토마스 벤튼이 기록한 것이다. 즉 여기서의 '나'는 벤튼이고, 물은 사람은 랜돌프이다.

3689 조지아주 하원의원. 랜돌프와 클레이가 결투할 때 랜돌프의 'second(증인, 또는 보조인)'로 나갔다.

3690 랜돌프에게 클레이가 결투를 신청한 것은 랜돌프가 상원에서 연설을 하면서 정부를 비판한 것 때문이었는데, 그 당시 국무장관이었던 클레이가 랜돌프의 연설이 자기를 비판한 것이었다고 생각을 하고는 결투를 신청한 것이었다. 하지만 랜돌프는 클레이보다는 대통령이었던 존 퀸시 애덤스를 향한 비판이었다고 하면서, 클레이에게 개인적으로 잘못한 것이 있다면 그것에 대한 책임은 지겠지만, 상원에서 행한 연설 때문에 결투를 받는 것은 잘못된 것이라는 견해를 표명했다. 상원으로서 가지는 특권을 포기하고 결투에 나가기는 하겠지만, 클레이가 자기를 향해 쏘더라도 자기는 쏘지 않겠다라고 했다 한다. 두 사람은 실제로 결투를 벌였고, 총이 발사되기도 했으나 두 사람 모두 큰 일 없이 무사히 끝났다.

3691 버지니아 출신 군인으로 소장까지 달았다.

3692 워싱턴 DC에 와 있던 멕시코 대사. 랜돌프는 이 편지에 국무부의 위조된 직인이 찍혀 있었다고 하면서, 현 정부는 청교도와 "blackleg(가축 전염병인 탄저병을 뜻하기도 하고, 사기꾼을 뜻하기도 한다)"와의 부패된 연합이라고 묘사하였다 한다. 클레이는 자신을 'blackleg'라고 부른 것으로 보고('청교도'를 대통령 애덤스라고 본다면), 랜돌프에게 결투를 신청하였던 것이다.

3693 버지니아주의 군.

3694 1824년 대통령 선거 때 잭슨, 애덤스, 클레이, 크로포드, 이렇게 4명이 입후보했었는데, 그 누구도 과반을 얻지 못해 다시 재투표를 하게 되었는데, 재투표 전에 클레이가 비밀리에 애덤스를 만났다는 사실이 알려지게 되었다. 애덤스가 대통령으로 뽑히게 되고, 클레이가 국무장관으로 임명되자 두 사람이 비밀협상을 했다는 비판을 받게 되었고(두 사람은 부인했다), 그래서 랜돌프의 비판에 더 날이 서 있었던 것이다.

3695 랜돌프가 결투가 불법이었던 버지니아에서 군이 결투를 하려 했던 것은, 상대방이 총을 쏘아도 자신은 그 대응으로 총을 쏘지 않을 것이므로 결투가 아니라는 생각이었다.

3696 노스캐롤라이나의 정치 지도자로 랜돌프와 가까웠다.

3697 랜돌프의 아들.

3698 랜돌프의 하인.

3699 조지 터커. 미 독립혁명 당시 군인이었고, 추후 법관이 되었다. 영국의 법률가 블랙스톤이 영국법에 주석을 단 『블랙스톤의 주석(*Blackstoné Commentaries*)』(1765~1770)은 영국법을 공부하는데 필수적인 저술이다. 터커는 이 저술을 근거로 나름대로 미국법에 대한 주석을 붙인 책을 냈는데, 여기서의 "블랙스톤"은 터커의 이 책을 말한 것으로, 초판이 1803년에 나왔는데, 파운드는 1804년이라 쓰고 있다.

3700 영국은행이 만들어진 해.

3701 사실은 1751년. 영국 의회는 식민지에서 화폐를 발행하는 것을 금지시켰고, 따라서 영국의 지배

를 받던 식민지들은 금이나 은 같은 정화(正貨)로 지불을 해야 하는 바람에 그런 자원들이 소진되어 갔다.

3702 미 독립혁명의 발생지.

3703 링컨은 1864년 지인에게 쓴 편지에서 미 정부가 발행한 화폐로 남북전쟁으로 생긴 나라의 빚을 갚을 수 있다는 것은 가장 커다란 축복이라 말하였다.

3704 파운드의 할아버지인 새디우스 콜먼 파운드는 위스콘신 주의원이었다가 연방 하원의원을 하였는데, 그는 1878년 경제 정책에 대한 글을 썼다.

3705 영국 왕 에드워드 1세(재위: 1272~1307) 때 시행되었던 왕령집 중에서 해당되는 부분.

3706 즉 당나라.

3707 군자(君子). 공자의 생각에 따르면, 군자란 어느 한쪽으로 기울어지지 않는, 중용을 지키는 사람이다.

3708 고대 그리스 철학의 아버지로 불리는 사람으로, 철학자가 현실에 맹탕인 사람이 아니라는 것을 보여주기 위해 천체의 움직임을 보고 다음 해 올리브의 풍작을 예견하고 올리브 짜는 기계를 미리 독점적으로 선점하여 돈을 벌어들였다는 일화가 있다.

3709 위의 주석 3704번을 보라.

3710 즉 『대학』.

3711 신성로마제국의 황제.

3712 4세기 밀라노 주교.

3713 이탈리아 파시스트 정치가로 무솔리니가 찬미했던 인물.

3714 앞 칸토 LXXXVII의 주석 3663번을 보라.

3715 라팔로보다 약간 아래 도시.

3716 자기 나라 사람들끼리의 내분을 즐기려는 사람은 이러하다라고 호머가 쓰고 있다.

3717 『大學』에 보면, 황제로부터 평민에 이르기까지 자기수양(修身)을 근본으로 삼아야 한다라고 나온다.

3718 즉 미국 시인 e. e. 커밍스. 그의 시에 보면, '인간'이라는 단어인 'mankind'의 'kind' 앞에 'un-'을 넣어서 'manunkind'라는 표현이 나온다. 파운드는 'manunkind'하지 말고 'manallkind'하면 어떠냐라고 말하는 것.

3719 모든 살아있는 생명체에 양분을 주는 힌두의 행위.

3720 중국에서 사람이 죽으면 나무로 만든 인간 형상들을 만들어 그와 함께 매장했던 풍습을 언급한 것이다.

3721 '尸'는 '시체'를 뜻하기도 하고, 또한 제사를 지낼 때 신위 대신에 교의에 앉히는 아이를 뜻하기도 한다.

3722 칸토 IV의 주석 60번을 보라.

3723 파운드가 알았던 중국인.

3724 즉 존 애덤스.

3725 즉 더글러스 소령.

3726 아마도 셰익스피어.

3727 여기서 '그들'은 미국을 말함. 미국에는 풍부한 자원이 있음에도 유럽에서 돈을 빌려다 쓰면서 그 부채를 갚고 있다는 말.

3728 프랑스 작가 아나톨 프랑스. 그가 노벨문학상을 받게 해 준 작품인, 인류를 풍자한 소설 『펭귄의 섬』에는 전쟁을 굳이 일으킬 필요가 없을 것 같은데도 전쟁이 일어나는 건 이윤 추구를 하는 장

사꾼적 속성 때문이라는 메시지가 들어가 있다.

3729 미국의 해군 제독으로 일본이 미국의 무역선에 문호를 개방하도록 했다.

3730 1819년 미국에서 외국 동전이 통용되는 걸 금지시켰다.

3731 이 칸토 제일 앞에 언급되었던 벤튼이 쓴 저술에 『삼십 년의 시각(*Thirty Years View*)』이라는 책이 있는데, 이 책의 쪽수.

3732 미국의 2대 대통령이었던 존 애덤스와 3대 대통령이었던 토머스 제퍼슨은 1826년 미국의 독립 기념일인 7월4일 같은 날에 죽었다.

3733 프랑스 정치가이자 저술가로 그의 『미국에서의 민주주의(*Democracy in America*)』라는 저술은 유명하다. 그는 관세는 미국이라는 나라를 유지하는 데 필수적이라고 보았다. 벤튼은 드 토크빌을 평가 절하했다.

3734 앞의 주석 3696번을 보라. 그는 독립전쟁 군인이기도 했다.

3735 노스캐롤라이나의 길포드에서 있었던 전투(독립전쟁)를 말하는 것이다. 이 전투에서 영국군이 이기긴 하였으나 매우 많은 사상자를 냈고, 반면 미군은 퇴각하긴 했으나 별로 큰 사상자는 없었다. 이기긴 하였으나 이 전투에서 입은 타격이 영국군이 추후 항복하게 되는 계기가 되기도 했다.

3736 미국의 7대 대통령인 앤드루 잭슨. 그는 미(연방)은행의 설립에 반대하였으나 수정된 안을 받아들였다. 하지만 그는 그렇다고 은행 설립의 허가 갱신으로 인해 은행이 원래 이루려던 목적이 달성된 건 아니라고 보았다. 그는 또 메이즈빌 턴파이크 회사라는 사기업에 공공의 재원이 투입되는 것을 막았다.

3737 모두 벤튼의 저술에 나오는 문구들이다. 은행은 금이나 은으로 그 가치를 바꿀 수 없는 종이 지폐를 찍어내려는 게 목적이라는 것이다. 풍부한 여력을 가지고 있는 미국의 금광.

3738 칸토 XXXIV의 주석 763번을 보라.

3739 사르데냐는 물론 이탈리아령 섬 이름이다. 본문에도 의문부호의 의미가 들어가 있는데, 실제로도 무엇을 가리키는 것인지 알 수 없다.

3740 멕시코의 아즈텍 왕국을 정복한 스페인인.

3741 영국 주재 페르시아 대사로 아바스 왕명을 받들어 페르시아 땅에 이민 와서 경작할 사람들에게 무상으로 토지를 나누어주겠다라는 칙령을 발표하였음.

3742 1828년 대통령 선거 결과. 사실은 183이 아니라 178이다.

3743 드 토크빌은 잭슨 대통령에 대해 호의적이 아니었다. 앞에도 나왔지만, 벤튼은 잭슨을 옹호하며 드 토크빌을 평가절하했다.

3744 버지니아 체사피크만에 있는 동네로, 여기서 워싱턴이 영국 장군 콘월리스를 잡음으로써 미국 독립전쟁이 막을 내렸다.

3745 『안티고네』에 나오는 대사.

3746 뷰렌은 잭슨 대통령 때의 국무장관, 제스(제임스) 해밀턴은 뷰렌 이전 국무장관 서리를 했고, 잉검은 재무장관, 베리언은 법무장관, 베리는 우정장관이었다.

3747 벤튼의 저술 124쪽을 말하는 것이다.

3748 미국의 북서부 지역에 노예살이를 금하는 조례를 만든 사람.

3749 전쟁 시기에 만들어졌던 이 세금을 잭슨은 없앴다.

3750 즉 미국 중앙은행.

3751 여기서 '그'는 벤튼을 말하며, 벤튼은 은행에 반대하는 그의 연설을 할 때 여기 언급한 영국의 입법자들에게서 인용을 하였었다.

3752 흄즈가 영국은행에 대해 이렇게 말했다 한다.

3753 46퍼센트라는 고리를 적용한 은행에 대한 언급.

3754 1795년 영국은행은 재무장관에게 나라의 재정 문제를 은행에 기대지 말고 알아서 처리하시라는 것이 이사회의 바람이라는 편지를 보냈다고 한다.

3755 1694년은 영국은행이 설립 인가를 받은 해. '4'는 4,000.

3756 지금 영국의 나라 빚이 9억 파운드인데, 그 싹과 핵이 바로 1694년이었다는 것.

3757 벤튼은 여기 언급된 이유들로 미 중앙은행 재인가에 이의를 제기했고, 그 이의에 대한 투표 결과.

3758 이 이후 11행은 역시 미 중앙은행의 재인가에 반대 의견을 가지고 있던 잭슨 대통령의 말. 이 당시 미 중앙은행의 본부는 필라델피아에 있었다.

3759 벤튼이 추적한 근원.

3760 여기서 '그것들'이란 그 당시 미 중앙은행에 의해 발행되었던 지폐를 말한다.

3761 조지아주 의원.

3762 칸토 LXXXVII의 주석 3618번을 보라. 그 역시 잭슨 대통령, 벤튼 등과 같은 편이었다.

3763 즉 일 년의 세월을 말한 건데, 아마도 이 칸토 다음의 칸토를 쓰는데 일 년의 세월이 흐른 것을 말한 것이 아닐까? 카드의 네 패 그림은 사계절을 말하기 위해 쓰인 것일 텐데, 일설에 의하면, 이 칸토 묶음(『록드릴』)을 쓸 때는 그가 엘리자베스 정신병원에 감혀 있을 때인데, 이때 그에게 찾아온 방문객 중에 카드의 네 패 그림이 무늬로 들어가 있는 티셔츠를 입고 온 사람이 있었고, 그 무늬에 파운드가 인상을 받았던 것이라 추측하기도 한다. 특히 파운드가 그 무늬에 인상을 받았을 이유는 마지막 스페이드가 거꾸로 그려져 있었다는 점 때문이었을 것이다.

3764 정호(程顥). 11세기 중국 북송 시대 철학자. 후에 주희(주자)에게 영향을 주었다.

3765 단테의 『신곡』 중 「천국」에 나오는 구절. "사랑을 키울."

3766 칸토 LXXVII의 주석 2885번을 보라. 그는 천상은 천사들이 그룹을 지어서 만든 사회들로 이루어져 있다고 이야기했다.

3767 칸토 LXII의 주석 1895번을 보라.

3768 칸토 LXVII의 주석 2229번을 보라.

3769 벤튼은 땅을 경매에 부쳐 파는 것보다 그 땅을 정착민들에게 주어서 경작시키는 것이 나라의 수입에 도움이 된다고 말하였다.

3770 체로키 인디언을 말한다.

3771 드 토크빌은 미국의 계몽 계급은 잭슨 대통령을 별로 지지하지 않는다고 말한 것에 대해 벤튼은 미국의 다수가 잭슨을 지지한다면서 잭슨은 오히려 "계몽 계급"이 빠뜨렸던 현 상황을 구제하려는 것이라고 말하였다.

3772 즉 자신의 무덤을 경작이 거의 불가능한 곳에 두라고 한 것.

3773 칸토 LXXXVII의 주석 3631번을 보라.

3774 은행이 원래의 인가 목적을 벗어나서 자기 멋대로 그 목적을 해석하고 있다는 말.

3775 파운드는 남북전쟁이 단순한 노예해방을 목적으로 한 것이 아니라 북부의 금융가들이 개입한 경제전쟁으로 본 측면이 있다. 이것은 제2차 세계대전도 경제전쟁으로 보았던 그의 시각과 상통한다.

3776 영국은행이 있는 거리.

3777 앞 칸토 LXXXVIII의 주석 3751번을 보라.

3778 드 토크빌은 미국의 상원은 괜찮지만 하원은 무능한 자들로 채워져 있다라고 비판하였는데, 벤튼은 그것에 대한 반박으로 대통령을 끝낸 다음 하원의원으로서 능력을 발휘했던 존 퀸시 애덤

스의 예를 들었다.

3779 잭슨 대통령은 밴 뷰렌을 영국대사로 지명했는데, 잭슨과 각을 세우고 있던 캘훈 부통령 때문에 상원에서 인준이 안 될지도 모른다는 설이 있었다. 그때 탈레랑 집에서 파티가 열렸는데, 그 자리에 참석해 있던 영국의 귀족 정치가였던 오클랜드가 뷰렌에게 분노의 표적이 되는 것은 정치가에게는 득이라는 말을 했다고 함.

3780 칸토 LXI의 주석 1810번을 보라. 직공이라는 직업을 가진 것은 아니었으니, 그의 능숙능란한 정치적 수완을 이렇게 표현한 것일 것이다.

3781 칸토 LXXXIV의 주석 3406번을 보라.

3782 은 일 온스에 해당하는 센트 값.

3783 미국의 법관으로 잭슨을 지지했다.

3784 그 당시 부채 규모. 은행이 이렇게 빚을 일부러 키워서 은행이 재인가를 받지 않으면 큰일이 날 것처럼 만들었다는 것.

3785 잭슨이 대통령이 되기 이전 잭슨과 벤튼의 동생이 칼을 들고 대결을 벌인 적이 있었다고 함. 그 이후 두 가문은 오히려 손을 잡게 되었다.

3786 즉 중국의 광둥성(광동성-廣東省).

3787 즉 인도의 캘커타.

3788 칸토 XXXIX의 주석 845번을 보라.

3789 칸토 XXXII의 주석 674번을 보라. 1804년 버는 재무성 장관으로 미국 중앙은행 설립에 주도적인 역할을 했던 해밀턴과 피스톤 총으로 대결을 벌였는데, 버의 총을 맞은 해밀턴은 그 다음날 죽었다. 파운드는 20년 전에 그 일이 일어났으면 해밀턴이 중앙은행 설립을 못했을 것이라고 말하는 것이다.

3790 어떤 특정한 의제를 올리려면 2/3 이상의 찬성이 있어야 하는데, 그것이 쉽지 않으므로 어떤 특정한 의제를 아예 처음부터 올리지 못하게 막는 법이라 하여 "억압법(gag-rule)"이라 하였다. 예컨대 노예폐지법을 상정하려 해도 이 법에 가로막혀 상정하기가 어려웠지만, J. Q. A.는 이 법을 폐지하는 안을 올려 성공시켰다.

3791 즉 J. Q. A.의 아버지 존 애덤스. 그도 역시 은행이나 펀드, 그리고 지폐 등에 대해 부정적이었다.

3792 제퍼슨은 평화시에는 지폐의 통용을 막고, 전쟁시에만 지폐를 발행하되 나중에 지폐의 가치가 바닥이 되면 그 지폐를 정화(正貨)로 바꿔줄 때 세금 혜택을 주는 것을 이야기했었다.

3793 내치즈는 미시시피주의 도시. 유럽과 미국에서의 금과 은 환전 비율이 다르다 보니 그 차이에 눈독을 들인 무역거래가 활발하게 있었던 것이다.

3794 해밀턴은 원래는 외국 동전이 미국 내에서 통용되지 못하도록 하려는 목적을 가지고 있었으나, 그것이 잘 실행이 되지 않자 외국 동전 통용 금지법을 3년간 유예하게 되었고, 1819년에 가서야 금지법이 시행이 되었다.

3795 즉 "No one." 오디세우스가 외눈박이 키클롭스를 속일 때 써먹은 말.

3796 둘은 형제로 모두 미국의 역사가들이다. 그들의 할아버지는 J. Q. 애덤스이다. '늙은 존'은 J. Q. A.의 아버지인 존 애덤스를 말한다. 파운드는 존 애덤스를 가장 첫손에 꼽으며, 그 이후는 내리막길이라 보았다.

3797 외국 동전이 통용 금지로 인해 여러 부작용들이 나타난 것에 대한 이야기를 하면서, 파운드는 통화의 발행과 규제에 대한 것은 최고 통수권자의 최상급이자 가장 섬세한 행위여야 한다고 보았다. 그리고 미국 중앙은행은 헌장에 위배됨에도 불구하고 외국 동전을 긁어모아서 유럽에 수출

함으로써 이득을 챙겼다고 보았다.

3798 독일 역사가로『로마사』를 썼고, 이것으로 노벨문학상을 받았다.

3799 볼테르는 프랑스 은행에 이사로 있는 친구가 있어서 경제의 흐름을 알려주고 주식 같은 것을 언제 사고 언제 팔아야 할지 알려주니 움직이지 않고도 돈을 벌 수 있다라고 말했다 한다.

3800 19세기 미국인으로 돈의 역사를 탐구한 책을 여럿 내었다. 그는 미 재무성 통계청의 첫 번째 수장이기도 했다.

3801 즉 "옳다."

3802 여기서 '그들'은 무기상들이나 고리대금업자들을 말한다. 그들의 활동은 암암리에 벌어진다는 말.

3803 미 중앙은행은 다시 재인가를 받기 위해서 일부러 공황을 초래했다. 지점에 있는 돈들을 쓸어서 필라델피아 본부로 가져다 두었고, 그래서 돈이 필요한 지방 상인들이 패닉 상태로 들어갔다. 벤튼은 그 고의성을 숨기려 해도 드러나게 되어 있다라고 말하는 것이다.

3804 잭슨이 재인가를 하지 않자 결국 중앙은행은 1836년 사적인 법인이 되었다가 1841년 와해되었는데, 이 두 번째 중앙은행의 마지막 총재였던 비들은 사임 이후 사기죄로 고소되었고, 그의 재산에 저당권이 발부되었다.

3805 칸토 LXXXVII의 주석 3678번을 보라.

3806 즉 벤튼.

3807 여기서의 발행은 은행의 지폐 발행을 말한다.

3808 아마도 피사 DTC의 죄수.

3809 미 해군 제독으로 영국 군함을 뒤쫓을 때 여기서 이야기한 흔적을 따라가니 맞더라는 일화가 있다.

3810 버지니아 출신 정치가로 벤튼과 같은 편에 섰던 사람인데, 벤튼은 그에 대해 말하길, 솔직히 학식은 별로 없지만 이야기는 잘 했다고 했다.

3811 벤튼의 딸로 프리몬트라는 장교와 결혼을 했다. 프리몬트는 미국의 서부로 탐험을 가는 일을 맡고 있었는데, 그 일을 중지하라는 공문서가 속달로 집으로 전해졌지만, 제씨는 남편에게 그 공문서를 숨기고 보여주지 않았고, 프리몬트는 서부 탐험을 마치고 돌아와서야 그 사실을 알게 되었다 하는데, 이 서부 탐험은 결과적으로 미 정부가 캘리포니아를 손에 넣는데 큰 역할을 담당한 것이었다. 캘리포니아에는 그의 이름을 딴 도시가 있다.

3812 영국 군함의 이름. 영국도 캘리포니아를 차지하기 위해 왔지만 이미 미군이 점령하고 있다는 걸 알고는 돌아갔다.

3813 제씨의 숙모는 브왈로라는 이름의 프랑스인과 결혼하여 파리에 살고 있었는데,『세비야의 이발사』로 유명한 이탈리아 작곡가인 로시니와도 친분을 가지고 지냈다.

3814 시드니 래니어. 19세기 미국의 시인으로 그의 시「심포니」의 시작이 이렇게 시작한다. 돈 돈 돈 하는 장사는 이제 그만하고 지금은 따뜻한 심장이 필요한 시대이다라는 구절을 담고 있다.

3815 아마도 파운드와 알고 지냈던, 그래서 엘리자베스 병원에도 정기적으로 찾아왔던 부인.

3816 칸토 LXXVII의 주석 2868번을 보라.

3817 19세기 미국의 지리학자로 발굴을 많이 하였다.

3818 나폴레옹은 인간 사회가 형성되어가는 과정에 있어 어느 단계에서 상상력이 들어선다고 보았다.

3819 프리몬트가 장인인 벤튼에게 보낸 편지에서 자기 밑 휘하에 있는 상황을 이야기한 것.

3820 그 당시 미국의 상원의원으로 프리몬트를 지지하는 발언을 했다. 영국이 미국을 포위하려는 계획을 무산시킨 공신들 중 한 명이 프리몬트라는 것이다.

3821 여기서의 '그'는 유진 맥나마라라는 아일랜드의 예수회 신부를 말한다. 그는 캘리포니아에 아일

랜드인들을 이주시켜 정착시키려는 계획을 그 당시 캘리포니아를 소유하고 있던 멕시코에게 제안했었다. 그러나 곧 미국과 멕시코 전쟁이 일어났고, 거기서 패한 멕시코는 캘리포니아를 미국에 양도했다.

3822 변경개척자로 유명한 인물. 프리몬트의 가이드 역할도 했다.

3823 미국에 저항을 했던 멕시코인들의 지도자. 그는 군사재판에 넘겨져 총살형을 선고받았으나, 그의 가족이 탄원을 하자 프리몬트는 그를 살려주었고, 그 이후 그는 프리몬트를 충실히 도왔다고 한다.

3824 1848년 멕시코와 미국 사이에 맺어진 조약. 이 조약으로 두 나라 사이의 전쟁은 종지부를 찍었다.

3825 18~19세기 독일의 과학자, 탐험가, 자연철학자.

3826 19~20세기 미국의 과학자, 탐험가. 그의 정밀한 관찰을 파운드는 높이 샀다.

3827 벤튼은 자신의 사위이기도 한 프리몬트에게 일어났던 일들을 썼는데, 그중에 프리몬트가 명령위반죄로 넘겨져 군사재판을 받고 모든 직위를 박탈당하게 되었던 일, 그 뒤 포크 대통령이 그를 사면하여 주었던 일, 그리고 자신의 무죄를 주장하며 또다시 캘리포니아로 탐험을 떠났던 일에 대해 썼는데, 그 탐험에서 블리저드로 인해 길을 잃고 헤매다가 자신의 무리의 많은 사람들도 잃고 자신도 거의 죽을 지경에까지 이르렀었는데, 그때 그에게 놓여진 건 오로지 두 가지 길뿐 — 하나는 운명에 무릎 꿇고 절망하는 것과 운명을 이겨내는 영웅적 행위 — 이었다는 것이다.

3828 패트릭 헨리의 마지막 연설이 있었던 장소이며, 또한 랜돌프가 사우스캐롤라이나의 관세 무효령에 대항하여 불편한 몸을 이끌고 연설을 했던 장소.

3829 패트릭 헨리에 대한 질문을 받은 토머스 제퍼슨은 이렇게 대답했다 한다.

3830 제임스 켄트. 뉴욕 출신의 법률가로 밴 뷰렌이 대통령이었던 시절 그와 각을 세웠던 인물이었다.

3831 버의 반역죄 재판 때 잭슨이 참석을 했는데, 그때 잭슨이 큰소리로 소동을 일으켰다고 한다.

3832 랜돌프의 말이라고 한다.

3833 슬로우트는 해군 제독으로 캘리포니아를 차지하는 임무를 맡고 있었는데, 그 당시 그의 부관이었던 프라이스는 이미 프리몬트가 샌프란시스코에 깃발을 꽂은 걸 보고서 몬터레이 — 캘리포니아가 스페인과 멕시코령이었던 시절의 수도였다 — 에 깃발을 꽂았다. 프라이스는 뒤에 뉴저지 주지사를 했다.

3834 영국의 정치가, 역사가, 문인.

3835 19세기 중반에 영국의 수상을 두 차례나 역임했던 인물.

3836 여기서 '그'는 파머스턴이고, '좋아한' 사람은 밴 뷰렌이다. 밴 뷰렌은 오랫동안 파머스턴과의 교류를 통해 파머스턴이 자신이 믿지 않는 것은 말하지 않는 신중한 사람이라는 좋은 평가를 내렸다.

3837 밴 뷰렌이 이야기한 영국과 미국의 공통점 중의 하나로 배심원에 참가하는 사람들에 관한 것이다.

3838 아마도 정확한 것은 알 수 없지만, 그 당시 영국수상이었던 디즈레일리가 수에즈운하와 관련한 은밀한 어떤 거래에 대한 언급일 것이다.

3839 그 당시 수상이었던 로버트 필은 영국해역의 수상한 배들을 수색할 권리를 강하게 내세우지 않았다.

3840 벤튼의 연설을 방해할 목적으로 벤튼이 연설하려는 연단 맨 앞자리에 앉아 있던 두 사람을 벤튼이 연설 시작 전 아예 대놓고 이런 말을 했다 한다.

3841 여기서 '그'는 밴 뷰렌이다.

3842 영국의 해군 제독으로 독일에 대한 연대감 표명과 반유대주의적 언행 등으로 인해 제2차 세계대전 시 구류되어 있었다.

3843 여기서 '그'는 탈레랑이며, 이 말을 한 사람은 밴 뷰렌이다.

3844 아마도 유고슬라브 정치인. 티토의 정적이었다.

3845 프랑스 비시 정권 시 페탱 밑에 있던 각료.

3846 아마도 무솔리니를 지지했던 이탈리아 철학 교수.

3847 중국이 영국과는 전쟁을 했으니 조약이 필요하지만, 미국과는 그동안 별다른 행정적 간섭 없이도 거래를 잘 해 왔으므로 굳이 조약이 필요치 않다는 뜻.

3848 칸토 XXXVII의 주석 846번을 보라. 잭슨은 뉴욕 세관원으로 새뮤얼 스워타우트(즉 'S/')라는 자를 임명했는데, 밴 뷰렌은 그에 반대했고, 밴 뷰렌이 그 자리에 두려고 했던 이가 캠브렐링이었는데, 캠브릴링은 밴 뷰렌에게 이런 말을 했다고 한다. 나중에 스워타우트는 횡령했던 것이 밝혀졌다.

3849 잭슨은 버지니아 상원의원이자 랜돌프의 친구였던 테이즈웰을 영국대사로 임명하려 했으나, 밴 뷰렌은 그에 대해 이렇게 말했다고 한다. 성 야고보 코트는 버킹엄 궁 안에 있는 코트로 모든 각국 대사들은 여기서 정식으로 받아들여지게 된다.

3850 잭슨 다음으로 대통령이 된 밴 뷰렌에게 은행의 인준을 재차 시도하는 사람들의 압력이 가해졌다는 말.

3851 단테의 『신곡』 중 「천국」의 칸토 XXV에 나오는 구절.

3852 칸토 LI의 주석 1155와 1156번을 볼 것.

3853 칸토 XXXIV의 주석 769번과 칸토 XXXVII의 주석 834/835번을 볼 것.

3854 은행이 더이상 비준을 받지 못하고, 비들이 고소를 당했을 때, 외국의 대리인들이 그를 도와주지 않았는데, 외국의 대리인들 중 한 명.

3855 비들은 결국 방면되었는데, 이에 대한 비판을 영국의 경우와 비교하면서 벤튼이 한 것이다. 영국에서는 지체 높은 이의 친인척이었어도, 이름 있는 변호사의 변호를 받았어도, 그리고 미국의 비들의 죄에 비하면 훨씬 가벼운 죄를 지었음에도 14년의 유배 형벌을 받았던 경우를 말한 것이다.

3856 밴 뷰렌은 은행을 다시 인가하는 대신 재무부 산하의 기관을 만들었다.

3857 프랑스 은행이 통화의 최소 단위를 200프랑으로 낮추려고 하자 루이 왕은 그걸 못하게 막았다.

3858 뉴욕주 상원의원이었고 주지사도 지냈다. 벤튼은 그를 찬미했다. 포크는 클레이를 물리치고 11대 대통령이 되었던 포크를 말한다.

3859 벤튼은 미 해군에 의해 돈이 낭비되는 것을 개탄하였다.

3860 파운드의 딸인 메리를 키워주었던 가족. 파운드가 딸을 찾아 그 집에 나타나자 그를 수상하게 여긴 마을 사람들이 들이닥쳤던 일을 언급하고 있는 것이다.

3861 4단 — 즉 인의예지(仁義禮智).

3862 카롤루스 1세 마그누스를 말한다. 8~9세기 황제로 로마제국 이후 서유럽을 통일하여 통치했던 황제로 "유럽의 아버지"로까지 불리는 인물이다. 그는 새로운 동전을 통용시켰다. 베네치아는 수에즈 운하 개통 후 융성했고, 정화(正貨)의 유통이 풍부했다. 한자는 한자동맹을 말하는 것이다.

3863 『콘스탄티누스의 기증』이라는 유명한 위조문서로, 4세기 초 로마황제였던 콘스탄티누스가 그 당시 교황이었던 실베스테르 1세에게 영토의 상당 부분을 넘겨준다는 내용이다. 8세기쯤에 작성된 것으로 여겨지는 이 문서는 그 이후로, 특히 13~14세기에 교황의 권위가 더 우위에 있다는 것을 증거하는 문서로 이용이 되었지만, 나중에 이 문서는 위조문서로 밝혀졌다. 델 마는 이 문서가 카롤루스 마그누스로부터 권위를 빼앗기 위해 로마 주교들이 만들었던 것으로 보고 있다.

3864 동전(은화)의 이름. 동전에는 18세기 합스부르크 군주국의 유일한 여황제이자 마지막 군주였던 마리아 테레지아의 얼굴이 새겨져 있다.

3865 칸토 LXXXVI의 주석 3594번을 보라.

3866 왜 이 부분에 「록 드릴」이라는 제목을 붙였는가에 대해 파운드는 자신의 논지를 망치로 두들기듯 해야 한다는 취지였다고 했는데, 이 제목은 윈덤 루이스가 『파운드의 편지 묶음』(1950)을 서평하면서 이미 썼던 것으로, 파운드는 루이스의 그 표현을 떠올렸을 것이다. 그런가 하면 루이스는 이 제목을 제이콥 엡스타인의 동명 조각(1913) — 실제의 착암기 모양으로 만들었다 — 에서 따왔다.

3867 칸토 LXXXVI의 주석 3552번을 보라.

3868 칸토 LXXXVI의 주석 3579번을 보라. 에드워드 8세는 왕이 되기 전에 윈저공이기도 하다.

3869 파운드가 런던에서 알고 지냈던 지인.

3870 존 러스킨. 영국의 유명한 예술 평론가.

3871 16세기 이탈리아 시인. 정신병원에서 지냈다.

3872 토머스 키드. 16세기 영국의 극작가. 붙잡혀 고문당하고 투옥되었다.

3873 월터 롤리. 16~17세기 영국의 정치가, 탐험가, 문인. 런던탑에 12년간 투옥되었다.

3874 프리몬트의 아버지. 아버지는 프랑스인이었으므로 프레몽으로 읽어야 한다.

3875 여기서의 '나'는 프리몬트의 딸. 프레몽 장군이 실제로 그런 일은 없는 것 같으나, 프레몽 부부가 모르스(전보를 발명한 인물)가 어려운 상황에 빠져 있을 때 그를 도와주었던 사람 옆집에 살았었다고 한다.

3876 『마담 보바리』의 작가 구스타브 플로베르. 그의 작품에 『살람보』라는 것이 있는데, 이 소설의 배경이 카르타고이다.

3877 앨빈 코번. 사진작가로 헨리 제임스의 전집 소설에 제임스의 사진을 찍어 넣었다.

3878 랜돌프가 화가 나서 상원의 문을 열고 나가면서 했다는 말.

3879 칸토 XXXVII의 주석 851번을 보라.

3880 칸토 L의 주석 1144번을 보라.

3881 예전 독일제국 영토에 있던 자유도시국가로 한자동맹의 중심도시였다. 지금은 폴란드의 그단스크이다.

3882 즉 알렉산더 대왕.

3883 12세기 베네치아의 총독. '스탐불'은 이스탄불(즉 비잔틴).

3884 15세기 성직자이자 학자. 그는 최초로 『콘스탄티누스의 기증』이 위조일 것이라는 분석을 내놓았다.

3885 금과 은의 가치 비율.

3886 포르투갈인들이 인도의 어떤 지방을 점령해 들어갔을 때 금을 파내기 위해 몇백 년 된 나무들을 뽑아냈다.

3887 칸토 XLVI의 주석 1063번을 보라.

3888 칸토 LXXIV의 주석 2533번을 보라.

3889 칸토 LXXVIII의 주석 2967번을 보라.

3890 밴 뷰렌이 동맹 조약에 대해 했던 말로, 국제연맹(League of Nations)을 두고 한 말이다. 국제 연맹은 뒤에 UN으로 바뀜.

3891 그 당시 대법원장인 존 마샬에 대해 부정적인 의견을 가지고 있던 랜돌프가 마샬에 대해 한 말.

3892 19세기 이탈리아 민족주의자이자 혁명가. 그의 책에 『인간의 의무』라는 것이 있음.

3893 이 칸토의 주석 3783번을 보라.

3894 여기서 '늙은 매'는 잭슨. 버지니아에 있는 조그만 인공 섬인 립 랩스에 잭슨이 휴양차 가 있었는데, 비들은 은행의 재인가를 요청하는 편지들의 홍수를 보냈다.

3895 잭슨에 반대하는 의원들이 잭슨에 대해 불신임 결의안을 통과시키려 하자 벤튼이 그것을 저지하고 그 결의안을 의회 기록에서 삭제하는 동의안을 내서 통과시켰다.

3896 원래는 잭슨과 반대편의 사람인 다니엘 웹스터가 다음번 대통령 선거 때 자신이 대통령이 될 야망을 가지고 잭슨과 손을 잡으려 했다. 여기서 갑자기 뜬금없이 단테가 등장했는데, 아마도 다니엘을 쓰려다 잘못 쓴 것이 아닌가 추측하기도 하지만, 만약 파운드가 정말로 단테를 생각하고 여기에서 언급한 것이라면 그 연관성을 잘 알기 힘들다.

3897 20세기 스위스 작가.

3898 즉 러시아. 러시아에는 기념비 같은 훌륭한 문명의 전통이 별로 없다는 말.

3899 은행이 자신들의 이익을 위해 정부를 이용해 먹는다는 말.

3900 각 주가 진 빚을 연방정부가 떠맡는다는 안이 있었지만, 통과되진 않았다.

3901 잭슨과 벤튼은, 잭슨이 대통령 시절엔 같은 편으로 동지였지만, 그 이전 예전에 벤튼의 남동생과 잭슨 사이에 다툼이 있었는데, 그때 형인 벤튼이 그 다툼에 끼어서 잭슨에게 총을 쏜 적이 있었다. 그 총알이 오랫동안 잭슨의 팔에 20년 동안 그대로 들어있다가 수술을 하면서 꺼냈다고 한다.

3902 마이클 렉. 그는 엘리자베스 병원으로 파운드를 만나러 종종 갔었다. 그리고 한번은 교토 근처 비와 호수를 바라보고 있는 사원에 있는 페넬로사의 무덤을 찾아갔던 일을 파운드에게 편지로 보냈는데, 그 편지를 받아본 파운드가 여기에 이 구절을 넣은 것이다.

3903 성 빅터의 리처드(칸토 LXXXV의 주석 3462번)의 글.

3904 존 헤이든(칸토 LXXXVII의 주석 3656번)의 논지.

3905 칸토 LXXXV의 주석 3456번을 보라.

3906 바우키스와 필레몬은 부부. 신들이 인간의 자비심을 시험해 볼 때 이들만이 신들에게 자비심을 보였다. 후에 뒤엉킨 두 나무로 변하였다.

3907 아폴로에게 바쳐진 샘. 원래는 물의 요정.

3908 제우스의 아들로 수금을 너무 잘 타서 돌들이 그 음악에 움직여 저절로 성벽을 쌓았다.

3909 칸토 LXXXVII의 주석 3652번을 보라.

3910 위에 이어 주석 3653번을 보라.

3911 위에 이어 주석 3654번을 보라.

3912 성 빅터의 리처드의 말.

3913 루가복음 7장 47절. 죄인인 여자가 자신의 발을 씻어주자 그녀를 두고 예수가 한 말.

3914 아마도 아르헨티나의 에바 페론. 또는 히틀러의 여인이었던 에바 브라운일 수도 있다고 보는 견해도 있다.

3915 델피 신전의 여사제.

3916 『신곡』의 「천국」에 나오는, 단테가 베아트리체를 찬미하는 문구.

3917 이 3행은 아도니스의 죽음의 제식.

3918 스페인 시인인 히메네즈. 『깊은 곳의 동물』이란 작품이 있다.

3919 디아나 여신을 시중드는 물의 요정으로, 시칠리아의 샘으로 변하였다.

3920 중국의 두 강으로 하나로 만난다.

3921 즉 성 빅터의 리처드.

3922 로마의 언덕.

3923 칸토 II의 주석 21번을 보라. 알크메네는 제우스와의 사이에서 헤라클레스를 낳은 여인.

3924 클리타임네스트라의 딸. 어머니 클리타임네스트라가 아버지 아가멤논이 트로이 전쟁에 가 있는

동안 아이기스토스의 정부가 되었고, 아버지가 전쟁에서 돌아왔을 때 그 두 사람이 아버지를 죽였다. 그녀는 오빠인 오레스테스와 함께 아버지의 복수를 하게 된다.

3925 위에 우리말로 번역된 프로방스어. 앞 세 단어는 기욤 드 포아티에(아키텐의 윌리엄)의 시구이고, 나머지는 방타두어의 베르나르의 시구.

3926 아마도 아프로디테. 하지만 아프로디테뿐만 아니라 이시스, 페르세포네, 데메테르, 쿠아논 등을 지칭하는 말.

3927 물의 요정(요물)으로 이들이 바위 위에 올라가 있으면 바다가 조용하다고 함.

3928 칸토 XXXIX의 주석 923, 924번을 보라.

3929 1세기의 철학자이자 신비주의자로 자신의 몸을 보이지 않게 만드는 기적을 행하였다고 한다.

3930 전설에 의하면 트로이 전쟁 후 헬렌은 다른 모습으로 변하여 타이어(현재 레바논의 티레)의 매춘굴에서 살았다고 한다.

3931 기원전 6세기의 인물로, 흔히 수학의 원조로만 알려져 있으나, 반면 신비주의의 원조격이기도 하다.

3932 칸토 LXXXVII의 주석 3637번을 보라.

3933 유스티니아누스 법전으로 유명한 유스티니아누스와 그 부인.

3934 신플라톤주의의 표상.

3935 아르노 다니엘의 시구.

3936 즉 엘리자베스 1세.

3937 여기서의 '그'는 프랜시스 드레이크 경을 말한다. 영국인 최초로 세계 일주를 한 드레이크는 무적함대를 물리친 일등공신으로서 엘리자베스 1세로부터 작위를 받았다.

3938 라는 이집트의 태양의 신이고, 셋은 달의 신. 두 신을 합쳐 하나의 여신을 만들었다.

3939 『신곡』의 「천국」에서 칸토 XXVI의 34~35행.

3940 태양신 라가 밤에 지하세계를 지나갈 때 타는 배.

3941 칸토 XLVII의 주석 1080번을 보라.

3942 '나타내다, 드러나다'의 뜻인 한자 '顯'을 보면, 태양을 뜻하는 '日'이 있고, 그 밑에 실을 뜻하는 '糸'가 두 개 있다.

3943 원래는 헬렌을 지칭하는 말이나, 여기서는 아마도 엘리자베스 1세.

3944 여기서의 '그'는 브럿(또는 브륏)이다. 브럿은 영국(브리튼)을 세운 전설상의 시조로, 그는 트로이의 영웅으로 트로이가 함락된 후 이탈리아반도로 가서 이탈리아의 시조이자 로마의 시조로 숭앙받고 있는 아이네이아스—안키세스와 아프로디테 여신 사이에서 낳은 아들—의 증손으로 알려졌다. 이 브럿의 전설상의 이야기를 널리 퍼뜨린 작가는 12~13세기의 라야먼으로, 그의 이 작품에 아서왕의 이야기와 원탁의 기사 이야기가 실림으로써 더욱 유명해졌다.

3945 브럿은 지금의 영국 섬에 알비온이라는 나라를 건설하는데, 디아나 여신의 도움을 받는다.

3946 『브럿』에 나오는 리어왕. 죽어서 야누스—탄생과 죽음의 양문을 관장하는 지하세계의 신—의 사원에 묻혔다.

3947 라야먼의 『브럿』에 나오는 이야기. 콘스탄스는 콘스탄틴 왕의 큰아들로 젊은 시절 수도승이었다. 아버지가 죽은 후 수도 생활을 마치고 왕이 되었으나 믿었던 신하에게 죽임을 당하였다. 멀린은 예언자로서, 그의 어머니는 그를 신비롭게 잉태했다. 멀린은 콘스탄틴 왕의 둘째 아들인 아우렐리우스가 왕이 될 것이나 독살될 것을 예언한다. 아우렐리우스는 죽으면 스톤헨지의 동쪽 끝에 묻어줄 것을 예언하고, 그의 형제인 우서가 그다음 왕이 되는데, 그도 독살되고 아우렐리우스 옆

에 묻어달라는 유언을 남긴다. 아서왕은 이 우서의 아들이다.

3948 칸토 XLVIII의 주석 1110번을 보라.

3949 프랑스 철학자. 토마스 아퀴나스 연구자.

3950 미국의 교육가. 학생들이 너무 학점(공부)에만 매달리게 했다.

3951 프랑스 평론가.『지식인들의 반역』이라는 책을 썼다.

3952 베로나의 유명한 레스토랑.

3953 구이도 카발칸티의 원고.

3954 베로나의 수호성인. 산 피에트로(성 베드로) 성당에 묻혔다.

3955 미국 시인 윌리엄 칼로스 윌리엄스의 동생.

3956 무솔리니의 친구로 오랫동안 같이 일했고, 살로 공화국에서도 중추적 인물이었다.

3957 제1차 세계대전 때 사회주의 신문을 발행하다가 잡혀서 교수형을 당했다. 무솔리니도 이 신문에 글을 기고했었다.

3958 살로 공화국의 한 멤버.

3959 칸토 VI의 주석 108번과 칸토 LXXVIII의 주석 2957번을 보라.

3960 칸토 LXXVIII의 주석 2959번과 2960번을 보라.

3961 식물 이름이기도 하고 그림 동화에 나오는 동화의 여주인공 이름이기도 하다.

3962 파운드가 파리 시절부터 오랫동안 알고 지냈던 두 여인들. 엘리자베스 병원에도 자주 들렀다. 도로시 파운드는 그녀들을 가치를 따질 수 없을 정도로 귀중한 사람들이라고 말했다.

3963 제우스의 아버지인 크로노스의 부인.

3964 1세기 로마 철학자. 네로황제에게 반기를 들었다.

3965 1세기 로마의 황제. 많은 이들을 숙청했다.

3966 앞 주석 3929번에 나온 아폴로니우스. 그가 붙잡혀 재판정으로 끌려 들어갈 때 서기가 "아무것도 가지고 들어갈 수 없소"라고 하자 "목욕탕인가요 법정인가요?" 하고 말했다고 한다.

3967 『오디세이』 5장에 나오는 문구로, 포세이돈이 오디세우스에게 훼방을 놓는 것과 관련된 문구.

3968 성 빅터의 리처드의 문구.

3969 여기서부터 '…… 에테르 속으로'까지의 많은 대목이 헤이든의『신성한 지침(The Holy Guide)』에서 인용한 것이다.

3970 에트나산 밑의 시칠리아 도시. '그'는 아폴로니우스.

3971 페니키아 출신의 3세기 신플라톤주의자.

3972 물, 공기, 흙, 불.

3973 오디세우스를 구해 준 물의 여신 레우코테아 — 앞에 "카드모스의 딸"이라 언급되었다 — 는 그에게 옷을 벗고 뗏목을 버리고("자잘한 것을 버리라"는 말) 대신 자기가 주는 베일을 덮어쓰라고 한다. 파운드는 베일을 비키니라고 표현하고 있다.

3974 카발칸티가 피넬라라는 여인에게 바친 시의 구절.

3975 잔 다르크. 프랑스 북동부 로렌 지방 출신이다.

3976 『신곡』의 「천국」 칸토 VIII. 세 번째 천상은 아프로디테의 천상이다.

3977 『신곡』의 「연옥」 칸토 XXVIII.

3978 운향과에 속하는 식물.

3979 피타고라스파의 연금술사들의 숫자 체계.

3980 아일랜드의 독립 영웅. 1916년 부활절 봉기 때의 지도자격. 그때 우체국이 봉기의 본부였다. 그

는 이미지즘의 멤버이기도 했다.

3981 15~16세기 피렌체의 인물. 저술가이면서 정치가였다.

3982 이 두 행은 카발칸티의 시구.

3983 칸토 LXXIV의 주석 2528번을 보라.

3984 칸토 IV의 주석 58번을 보라.

3985 이집트의 재칼 신.

3986 칸토 LXXVI의 주석 2718번을 보라.

3987 즉 아프로디테.

3988 『신곡』의 「천국」, 칸토 IX.

3989 12~13세기의 음유시인. 단테를 그를 『신곡』의 「천국」, 칸토 IX에 넣었다.

3990 12세기 음유시인 방타두어의 베르나르의 시에서 따온 구절.

3991 여기서는 성모마리아를 가리키는 것으로, 이 이름의 성당과 그림들이 여럿 있다.

3992 『신곡』의 「연옥」, 칸토 I. 지옥을 막 나와서 대하는 풍경이다.

3993 쿠니차 다 로마노. 『신곡』의 「천국」, 칸토 IX.

3994 4세기 성인인 힐라리오. 그를 기리는 성당(생틸레르)이 푸아티에에 있다.

3995 칸토 LXXXVI의 주석 3549번을 보라.

3996 카를로 델크루아. 칸토 LXXXVIII의 주석 3713번을 보라. 그는 눈이 멀게 되었다.

3997 제우스와의 사이에서 디오니소스를 낳았다. 제우스의 광채를 보고서는 재로 화했다.

3998 교육성 장관으로 파운드가 비발디의 악보를 얻도록 전화해 주었다.

3999 토리노 백작.

4000 이탈리아의 미래파 화가로, 제1차 세계대전에도 참전했던 정치적 행동가.

4001 16세기 독일의 공장가인(工匠歌人). 제화공이었지만 노래와 시를 썼다.

4002 파운드가 다녔던 해밀턴 대학의 교수.

4003 이븐시나. 10~11세기 아라비아 철학자.

4004 즉 성 빅터의 리처드.

4005 즉 아리스토텔레스. 그는 수요는 많은데 공급을 줄여서 가격을 올리는 행위를 흔한 장사 수단이라 말했다.

4006 고대 이집트의 파라오.

4007 단테가 독자들에게 약속한 천사의 양식이기도 하고, 성당에서 신자들에게 나눠주는 밀떡을 뜻하기도 한다.

4008 고대 이집트(약 기원전 20세기) 시대의 고위 관리로 "배고픈 자에게는 빵을, 목마른 자에게는 마실 것을 주라"고 했다 한다.

4009 파운드는 딸 메리와 함께 피사니 대주교를 방문한 적이 있었는데, 그때 대주교가 메리에게 초콜릿을 주었다고 한다. 그 초콜릿 박스에는 조르주 드 라 투르(17세기 프랑스 화가)의 그림이 그려져 있었다. 그의 이름에서 '라 투르'는 '탑'이라는 뜻이다.

4010 로마에 있는 성당.

4011 시에나에 있는 성당.

4012 기원전 16~17세기 이집트를 침범하여 정복했던 민족.

4013 성 아폴리나레 인 클라세 성당. 라벤나에 있다. 위의 두 성당들과 마찬가지로 그 아름다움으로 유명하다.

4014 칸토 XCI의 주석 3927번을 보라.

4015 아마도 파운드가 런던에서 알고 지냈던 지인.

4016 『신곡』의 「천국」, 칸토 VIII. 단테는 시민(즉 시민 의식을 지닌 자)이 아니라면 지상에서의 삶이 나쁘지 않겠느냐는 질문에 그렇습니다라고 답한다.

4017 강 이름. 셰익스피어가 스트랫퍼드어폰에이번 태생이다.

4018 둘 다 셰익스피어의 작품에 나오는 문구로, 앞 문구는 『존왕』에서, 뒤 문구는 『리처드 2세』에 나오는 표현이다.

4019 시에나의 언덕 지형.

4020 칸토 XVIII의 주석 341번을 보라.

4021 정확히 무엇을 말하는지 알 수 없다. 다만 이집트의 여신인 이시스를 말하는 것일 가능성이 크다.

4022 베르나르 드 방타두어의 시구.

4023 칸토 XC의 주석 3907번을 보라.

4024 성 크리스토퍼. 3세기의 순교자. 전설에 의하면, 어린 예수를 목마 태우고 강을 건넜다고 한다.

4025 가르다 호수.

4026 가르다 호수 남쪽에 있는 마을.

4027 단테의 천국에는 9개의 천상이 있다.

4028 칸토 LXXXV의 주석 3440번을 보라.

4029 아비세나는 앞 칸토의 주석 4003번. 알가젤은 아비세나에 뒤이은 아라비아의 철학자로 알가젤리.

4030 칸토 LXXXIX의 주석 3826번을 보라.

4031 즉 공자. 그는 제일 높은 제9천에 위치할 인물이라는 뜻.

4032 이집트 람세스 2세의 비.

4033 단테의 『향연(Convivio)』이라는 작품에 나오는 문구.

4034 로물루스를 뒤이어 로마의 왕이 되었다는, 전설적인 로마의 2대 왕. 약 기원전 8~7세기.

4035 즉 단테의 『향연』.

4036 9세기 독일 신학자.

4037 단테는 『향연』에서 아름다움(미)을 도덕(선)과 동일시하고 있다. 그리고 그것을 비처럼 내리는 불의 파편이라는 이미지로 표현하고 있다.

4038 칸토 XX의 주석 379번을 보라. 그는 그림의 기술에 지식(진)을 포함했다.

4039 역시 단테의 『향연』에 나오는 문구. 여기서 '그것'은 영혼을 말한다.

4040 칸토 XXXI의 주석 650번을 보라.

4041 단테는 『향연』에서 아리스토텔레스의 윤리학을 거론한 것이다. 카티의 상형문자는 사람과 동물, 새를 다 같은 선상에 놓고 보았다는 뜻으로 파운드가 여기에 넣은 것이다.

4042 알레산드로는 알렉산더 대왕을 말하는 것이고, 살라딘에 대해선 칸토 VI의 주석 99번을 볼 것. 몬테펠트로는 이탈리아의 유명한 귀족.

4043 밀라노의 출판업자. 그는 파운드의 경제 소책자를 스위스에 있는 은행 친구에게 보냈는데, 빨리 그걸 없애라는 답장을 받았다고 한다.

4044 아마도 아이젠하워. 그는 1952년과 1956년 두 번에 걸쳐 대통령 후보 지명을 받았고 이겼다.

4045 알프레드 랜든. 1935년 대통령 후보였으나 패했다.

4046 칸토 LXXXVII의 주석 3624번을 보라.

4047 즉 셰익스피어.

4048 칸토 XVIII의 주석 342번을 보라.

4049 칸토 XVIII의 주석 350번을 보라.

4050 이탈리아의 공작으로 1943년 무솔리니를 쫓아냈다.

4051 우발도 우베르티. 칸토 LXXVII의 주석 2868번을 보라.

4052 오비디우스의 글귀.

4053 4세기의 성녀.

4054 트리스탄과 이졸데의 이졸데, 이도네 역시 중세 로맨스 문학의 여주인공.

4055 즉 파운드의 딸, 메리.

4056 『중용(中庸)』에 나오는 말. "힘써 행함은 자비(인)에 가깝다." 파운드는 이를 "에너지(기운)는 자비로움에 가깝다"라고 번역하였다.

4057 이탈리아 작가 단눈치오의 문구.

4058 이탈리아의 북부 도시. 석상들로 유명하다.

4059 이탈리아의 유명 가문이라고 하는데, 이 가문의 어느 누구와 관련된 이야기인지는 알 수 없다.

4060 리비아를 말한다. 이탈리아는 약 30년간 리비아를 통치했다가 제2차 세계대전에서 지면서 지배권을 내려놓았다.

4061 꽃의 여신.

4062 칸토 XXV의 주석 497번을 보라.

4063 즉 잔 다르크.

4064 단테의 『신생(La Vita Nuova)』를 말하는 것이다.

4065 『신곡』의 「천국」에서 베아트리체가 단테를 보고 하는 말.

4066 즉 아프로디테(비너스).

4067 칸토 VII의 주석 128번을 보라. 즉 여기서의 '그대'는 독자.

4068 즉 하계를 다녀온 단테.

4069 아일랜드의 장교로 세계대전 시 영국군대를 이끌었다.

4070 카발칸티의 연인 이름.

4071 『신곡』의 「연옥」에 나오는 구절.

4072 16세기 네덜란드의 귀족. 스페인제국에 대항했다.

4073 칸토 LXV의 주석 2035번을 보라. 존 애덤스는 러시아에게 보낸 편지에서 역사의 부당함을 이야기하는 자리에서 네덜란드의 혁명에서 오렌지 공 윌리엄보다 브레데로데의 역할이 더 컸음에도 브레데로데는 잊혀진 인물이 되었고 오렌지 공 윌리엄은 큰 인물로 남아 있는 걸 예로 들었다.

4074 파운드가 엘리자베스 병원에 있을 때 자주 찾아오던 여인으로 셰리 마티넬리라는 여인이 있었는데, 아마도 이 여인을 파운드가 이렇게 부른 것이 아닐까 한다.

4075 17~18세기 프랑스의 교육가. 『고대 역사』를 썼다.

4076 실제로 "태무자"라는 이름의 왕국은 없다. 두 가지 추측들을 한다. 하나는 알렉산더 대왕을 말한다는 것이고, 다른 하나는 에크바타나라는 파운드의 이상향을 건설했던 왕인 다이오스 왕을 말한다는 것이다. 그중 두 번째 추측이 더 맞다고들 보는데, 그 이유는 "타이우추"라는 발음이 "다이오스"라는 발음과 더 유사하다는 점이다.

4077 그 유명한 링컨 대통령이 아니라 매사추세츠주 출신의 장군으로 독립전쟁 때 활약했던 장군이다. 애덤스는 그를 매우 높이 평가했으며(어느 면에서는 워싱턴보다 더 높이 평가했다), 그의 장례식(5

월 9일)에 참석한 다음 러시에게 쓴 편지에서 장례식 때 그에 걸맞은 예우가 부족했다고 썼다.

4078 여기서의 '그'란 종이 화폐를 말한다. 종이 화폐를 발행하여 자신들의 잇속만을 챙기는 은행가들을 애덤스는 경멸했다.

4079 제1차 세계대전 후 프랑스와 이탈리아(그 당시 수상이 무솔리니) 사이의 협정을 성사시킨 이탈리아 정치가.

4080 알렉산더 비들은 앞서 은행과의 전쟁에서 많이 언급되었던, 니콜라스 비들과는 완전 다른 인물이다. 그는 의사로서 러시의 후손인 줄리아 러시와 결혼했는데, 후에 부인의 도움으로 애덤스와 러시 사이의 편지들을 묶어서 편찬해 냈다.

4081 카발칸티의 시를 해석했던 인물로, 파운드가 그의 해석을 참조했다고 한다.

4082 2세기 로마 법률가. 이 사람의 법규집을 바탕으로 그 유명한 유스티니아누스 법전이 만들어졌다.

4083 지금은 레바논의 도시이나 예전 로마의 지배하에 있었다.

4084 2세기 로마 법률가로 이 사람의 법규집 또한 유스티니아누스 법전의 상당 부분을 차지한다.

4085 이 부분에서는 정부의 도움이 필요한 이들을 위한 재단의 필요성이 언급되어 있다.

4086 유스티니아누스 법전 중 그가 죽은 뒤 나온 『신법』 127(실제로는 127이 아니라 117), 4장에는 여성의 권리가 신장된 대목이 나온다. 즉 여성은 애정만으로도 결혼할 수 있다라는 대목이 나오는 것이다.

4087 콘스탄티누스대제 때 하녀나 매춘부의 자식들은 그 신분을 벗어나기 힘들었지만, 유스티니아누스 법은 그들도 그 신분에서 벗어날 수 있는 길을 제시해준다. 유스티니아누스의 비였던 테오도라는 연극배우였으며, 그와 결혼하기 전 이미 사생아를 낳은 경험이 있었다고 한다.

4088 옛날 기원전 23~24세기에 메소포타미아 지역을 지배했던 사르곤 대왕의 후예로 알려져 있다.

4089 아카드 또는 아가데라고 불리는 도시로 사르곤 대왕 왕조 때의 수도였다.

4090 정확하지만 않으나, 아마도 이집트의 파라오와 그 왕비를 지칭하는 것일 것이다.

4091 이집트 제1왕조의 창시자로 알려진 메네스. 대체적으로 나르메르라는 또 다른 이름의 파라오와 동일 인물로 여겨지고 있다.

4092 아비도스(이집트 도시)에서 발견된 오벨리스크로, 여기에 이집트 파라오 왕들의 이름들이 나열되어 있다.

4093 칸토 LXXVII의 주석 2822번을 보라. 아가다는 아그두를 말하는 것일 수도 있다.

4094 아폴로니우스를 뱄을 때 그의 어머니가 꾼 꿈.

4095 바빌론의 왕이 통치의 기술을 물었을 때 아폴로니우스가 했다는 대답.

4096 아폴로니우스가 바빌론을 떠나갔던 곳으로 현재는 터키의 남부지방이다. 이곳은 때죽나무의 향기로 차 있었다고 하며, 표범들이 많이 있었다고 한다.

4097 실제로 아폴로니우스가 중국으로 가서 양혜왕을 만났다는 기록은 없다(한마디로 불가능하다. 양혜왕은 기원전 4세기 인물이고, 아폴로니우스는 서기 1세기 인물인데, 있을 수가 없는 일이다). 다만 맹자가 양혜왕에게 한 조언과 바빌론 왕에게 아폴로니우스가 한 조언이 일맥상통한다는 점에서 파운드가 이렇게 꾸몄을 것이다. 혜왕(惠王)은 전국시대 양나라(또는 위나라라 한다)의 3대 군주였다. 맹자와 나눈 대화로 유명하다. 『대학(大學)』에 "무이위보(無以爲寶)"라는 말은 나오나 여기 나온 한자어들이 그대로 나오는 중국 원전은 없다. 굳이 해석하자면, "양의 혜왕은 재물로써 보물을 쌓아두지 아니했다" 정도가 될 것이다.

4098 인도의 고대왕국으로 지금의 파키스탄의 펀자브 지방에 있다. 프라오테스라는 왕이 아폴로니우스와 만났다는 기록이 있으며, 이 왕이 재물을 쌓아놓지 않고 국민을 위해 쓰는 것을 보고 아폴로니우스가 찬사를 했다고 한다. 또한 이곳에 희랍의 신들의 석상이 있고, 매일 노래를 부르며 신들

을 찬미하는 제식을 행하는 것을 보고 놀랐다고 한다.

4099 아폴로니우스는 이아르카스라는 이름의 인도의 최고위 바라문도 만났는데, 그 바라문은 아폴로니우스에게 우주에는 혼이 깃들어 있으며 그 자체로 남성(아버지)이자 여성(어머니)인 그 혼은 사랑으로 이 세상의 만물을 만들어낸다고 하였다.

4100 아폴로니우스의 일대기를 플라비우스 필로스트라투스(2~3세기 그리스 철학자, F. P.는 그의 이니셜)가 썼다. 그 일대기의 3권 34장을 말한다.

4101 필로스트라투스의 『아폴로니우스의 삶』을 영어로 번역한 사람.

4102 즉 홍해를 말한다. 홍해의 옛 그리스 이름이 Erythrean Sea인데, 희랍어로 erythra는 '붉다'는 뜻이다. 바다 빛깔이 붉어서가 아니라 그 지역의 왕이었던 Erythras의 이름을 따서 그랬다는 것이다. 지금도 왜 이 바다를 홍해라 부르는지 의견이 분분하다. 이하 대목들은 아폴로니우스가 그 이후 여러 곳을 여행하는 부분에서 발췌한 것이다.

4103 예전엔 그리스 도시였으나, 지금은 터키의 이즈미르라고 불리는 도시이다.

4104 칸토 XX의 주석 374번을 보라.

4105 즉 제우스가 여러 가지로 변신하는 것을 두고 이렇게 표현한 것이다.

4106 아폴로니우스의 여정에 대한 것이다. 즉 여기서의 '그'는 아폴로니우스.

4107 아가멤논의 명령을 받고 오디세우스를 트로이 전쟁으로 끌어들였던 인물. 아폴로니우스는 그의 무덤을 찾아가 무너져있던 그의 비석을 바로 세웠다고 한다.

4108 아폴로니우스는 아킬레스의 혼을 불러내서 이야기를 나눴는데, 오디세우스처럼 구멍을 파거나 양의 피를 바쳐서 아킬레스의 혼을 불러낸 것이 아니라는 말이고, 아킬레스가 아폴로니우스에게 팔라메데스의 무덤이 어디에 있는지를 말하는 것이다. 메심나는 레스보스섬에 있는 도시 이름이고, 아이올리스는 소아시아(지금의 터키)의 서부 해안 지역으로 옛날 그리스 도시들이 많이 있던 지역이다. '번개'와 '수탉'은 아킬레스의 혼이 사라질 때의 묘사.

4109 여기서는 지브롤터. 계속 아폴로니우스의 여정에 대한 이야기가 이어지고 있다.

4110 헬리아데스는 태양의 신 헬리오스의 딸들인데, 그녀들의 오빠가 죽자 너무 슬픔에 빠져 있다가 포플러 나무로 변했다고 한다. 그리고 그녀들이 흘린 눈물은 호박(琥珀)으로 변해서 흐른다고 한다.

4111 즉 『아폴로니우스의 삶』 제5권, 17장.

4112 로마의 철학자로, 로마 황제 네로에 의해 유배되었다.

4113 제5권 22장. 여기에는 아폴로니우스가 만난 한 젊은이 이야기가 나오는데, 이 젊은이는 자신의 수양을 위해서는 돈을 전혀 쓰지 않고 커다란 집을 짓는데 다 썼는데, 아폴로니우스가 그 젊은이에게 사람의 가치가 그 자신에게 있을까 그의 돈에 있을까를 묻자 그 젊은이는 그의 돈에 있다고 대답하였다. 이에 아폴로니우스는 그에게 이 집을 소유한 게 자네가 아니라 이 집이 자네를 소유하고 있구만 하고 말했다고 한다.

4114 칸토 LV의 주석 1450번을 보라.

4115 그러나 29장에서는 아폴로니우스가 앞서의 젊은이와는 전혀 반대의 생각을 가지고 있는 베스파시아누스에 대한 이야기가 나온다. 베스파시아누스는 네로가 죽은 후 로마 황제가 되었던 인물이지만, 네로와는 달리 아폴로니우스에게 자문을 구할 정도의 인물이었고, 자기는 젊은 시절부터 재산의 노예가 되어 본 적이 없다고 말했다.

4116 '융충'이란 즉 '중용'을 거꾸로 쓴 것.

4117 베스피아누스가 그리스인들을 박해하였던 것을 말하는 것이다. 그리하여 아폴로니우스는 그에게 작별을 고하였다.

4118 로마 황제 세베루스의 아내인 율리아 돔나를 말한다. 필로스트라투스로 하여금 티아나의 아폴로 니우스에 대한 기록을 쓰라고 하였다. 즉 필로스트라투스가 아폴로니우스의 삶에 대한 책을 쓴 것은 이 황후의 권유 때문이었다.

4119 두 가지는 문맥이 다르다. 앞은 베스피아누스가 아폴로니우스에게 로마 황제위에 오를지를 묻는 말에 아폴로니우스가 대답한 것이고("그래야 당신 자식들로부터 헌신적 보살핌을 받을 것입니다"), 뒤 는 아폴로니우스가 자신의 삶은 "신들에 의해 다스려지고" 있다고 말하는 것이다.

4120 아폴로니우스의 말을 경청하던 베스피아누스는 "그대가 내 가슴 속에 들어와 사는 자라 할지라 도 이보다 더 정확하게 내 속의 생각을 말하지 못할 것이다"라고 말했다.

4121 베스피아누스에게 아폴로니우스가 했던 조언들 중 하나로, 어떤 지역에 그 지역의 관리자를 보 내려면 그 지역의 언어를 할 줄 아는 자를 보내라는 것.

4122 아폴로니우스는 베스피아누스에게 유프라테스(여기서는 강 이름이 아니라 사람 이름)와 디온 같은 자들로부터 자문을 구해 보라고 하는데, 그는 베스피아누스가 이들로부터 조언을 듣고는 그것이 엉터리 조언이라는 것을 알게끔 하려는 목적이었다. 아폴로니우스는 디온은 듣기 좋은 말만 잘 하는 아첨꾼이라는 뜻으로 그에게 음악이나 부르시죠라고 말한 것이다.

4123 아흐모스 1세를 말한다. 기원전 16세기 고대 이집트 18대 왕조의 창건자이다. 그는 그 당시 이집 트 땅을 지배하고 있던 힉소스족을 몰아내어 확고한 왕권을 확립했다. 어떤 사람이 사자를 데리 고 가는데, 그 사자가 아폴로니우스에게 와서 애처로운 모습으로 애원을 하는데, 사람들은 그 사 자가 먹을 것을 달라고 하는 것으로 이해했으나, 아폴로니우스는 이 사자에게는 고대 이집트의 아흐모스 1세의 혼령이 들어있다고 말하고는 — 이 말을 하자 사자는 슬픈 울음을 울었다고 한 다 — 그를 위해 희생 제식을 행해 주었다고 한다.

4124 여기서 아폴로니우스는 에티오피아인들이 물물거래를 하는 지혜를 칭찬하면서, 그들이 돈은 돈 을 낳아야만 하는 줄로 생각하는 그리스인들보다 낫다고 하였다.

4125 멤논은 에티오피아의 왕으로 트로이 전쟁 때 트로이를 도우러 갔다가 아킬레스에 의해 죽임을 당하였다. 그는 새벽의 여신인 에오스의 아들로 알려져 있고, 현재 이집트 룩소르 서쪽 근방에 멤 논의 거상이라고 알려진 거상이 있는데, 이 거상에서는 새벽녘에 소리가 난다고 한다.

4126 칸토 VI의 주석 96번을 보라.

4127 아키텐의 엘레아노르의 고손녀로 영국 왕 에드워드 1세의 부인이다. 13세기 제7차 십자군 전쟁 에 참여했다가 에드워드 1세가 암살자의 습격을 받아 심한 상처를 입었었다.

4128 베네치아 서쪽의 도시. 에드워드 1세는 이탈리아를 거쳐 영국으로 돌아갔다.

4129 칸토 XXV의 주석 492번을 보라. 벼락이 내려쳐서 바로 뒤에 있던 귀족 2명은 즉사했는데, 앞에 있던 에드워드 1세와 왕비는 무사했다고 하는데, 그 연도는 1288년이 아니라 1273년이라고 함.

4130 옛 스페인의 카스틸라 왕국의 왕. 위 주석 4127번의 남자 형제. 법률집을 내었기 때문에 스페인 의 유스티니아누스로 불린다.

4131 13세기 프랑스의 왕 루이 9세. 그는 수도승이기도 했고, 프랑스에 일관된 로마법을 도입하고자 했다.

4132 13세기 노르웨이의 왕 마그누스 5세. 노르웨이의 법 확립에 기여했다.

4133 에드워드 1세는 스코틀랜드 왕 결정권을 가지고 브루스와 발리올 둘 중에서 발리올을 택해서 스 코틀랜드 왕을 시켜주었다. (이렇게 13세기 말에 있었던 스코틀랜드 왕위 계승 다툼을 역사에서 "대명분 (Great Cause)"이라 부르며, 여기서 에드워드 1세의 역할이 막중했다.)

4134 에드워드 1세는 스코틀랜드가 고분고분하지 않자 스코틀랜드를 쳐들어가 스코틀랜드 왕들이 대

관식을 가질 때 쓰던 돌 — 이 돌은 "운명의 돌" 또는 "스콘의 돌"이라 불린다 —을 가지고 왔다. 이 돌은 웨스트민스터 사원에 있는 에드워드 1세의 왕좌 밑에 보관되어 있었으나, 최근 1996년 정식으로 스코틀랜드에 인도되었고, 현재 에든버러 성에 보관되어 있다.

4135 이 대목 이하는 다시 아폴로니우스의 이야기로 돌아가고 있다. 이집트에서 아폴로니우스가 나일 강의 현인들과 대화하는 대목이다. 그는 나일강의 물 떨어지는 소리를 듣고 싶어 했고, 그리스 조각가들의 작품을 이야기하는 대목에선 모방보다 상상력이 더 훌륭한 예술가라는 말도 하며, 스파르타인들은 리쿠르구스가 만든, 엄격하기로 유명한 법에 따라 교육을 받고 살면서도 불평하지 않았다고도 말하며, 그런 엄격한 법을 지키는 것은 — 그 법에 따르면 외지인들은 스파르타에 정착할 수 없었다 — 스파르타를 순수하게 지키기 위한 것이었다는 말을 한다.

4136 기원전 5~6세기 아테네의 정치가로서 공물을 적정하게 책정했었다고 한다. 그의 별명이 "공정한 사람"이었다.

4137 칸토 LXII의 주석 1859번을 보라. 파운드에게 그는 투옥되면서도 왕에 맞서 법의 정의(正義)를 대변한 인물이었다.

4138 성 비드. 7~8세기 영국의 성인으로 영국 교회사를 썼다. 단테의 『신곡』의 「천국」에 나오는 유일한 영국인이다.

4139 금성(비너스)은 저녁엔 개밥바라기, 새벽엔 샛별이다.

4140 칸토 LXXXVIII의 주석 3713번을 보라. 그는 무솔리니에 대한 글을 썼었는데, 파운드는 그가 무솔리니를 "모든 국민을 위해서" 일하는 지도자로 그렸다고 보았다.

4141 단테는 아리스토텔레스의 문구를 빌려, 인간은 친절한(사회적인) 동물이라고 썼다.

4142 아마도 그리스 도도나에 있는 옛 신탁을 말하는 것일 것이다. 이 신탁 주변에 있는 오크 숲에 불어오는 바람 소리로 예언을 했다고 한다.

4143 베로나와 베네치아 중간에 있는 도시로 우발도 우베르티(칸토 LXXVII의 주석 2868번을 보라)의 고향으로 그의 가문 문장이 있다.

4144 황제파(기벨린)로 유배를 당해 죽은 우베르티 가문의 사람.

4145 라포의 무덤을 보고 우발도가 했다는 말. "울타리에서 불어오는 바람"이란 어디선가 날아오는 총알을 뜻하는 이탈리아어 표현.

4146 카드모스의 딸인 이노를 말한다. 이노는 죽은 후 레우코테아라는 물의 여신이 되었다. 이 레우코테아가 오디세우스에게 베일을 주어 바다에 빠지지 않고 파이아키아인들의 섬에 도달할 수 있게 해 주었다. 칸토 XCI의 주석 3973번 참조.

4147 칸토 LXXIV의 주석 2476번을 보라.

4148 이탈리아의 저널리스트.

4149 칸토 XCII의 주석 3980번을 보라.

4150 칸토 XCIII의 주석 4056번을 보라.

4151 칸토 LXXXVI의 주석 3579번을 보라.

4152 생베르트랑이나 몽트로자나 다 프랑스 최남단의 도시들로, 알비파가 몰살당했던 지역에 위치한다.

4153 파운드와 같이 엘리자베스 병원에 있던 환자로 파운드가 무척 좋아했다고 한다. 이름이 라이트 풋인지는 알 수 없다. 그냥 '가벼운 발걸음'이라는 뜻으로 파운드가 별명을 붙인 것일 수도 있다.

4154 칸토 XCI의 주석 3962번을 보라.

4155 칸토 LXXX의 주석 3175번을 보라.

4156 아마도 헤밍웨이의 『태양은 다시 떠오른다』의 여주인공.

4157 투르게네프의 작품 중에 「연기(Smoke)」라는 소설이 있다.

4158 즉 예이츠. 뮤즈는 기억의 딸이라는 말.

4159 칸토 LXXVII의 주석 2854번을 보라. 피란델로의 작품은 결국 현실이라는 것은 붙잡을 수 없고 오로지 사람의 마음속에서만 존재한다라는 것을 보여준다.

4160 엘사 폰 프라이타크-로링호벤. 독일 출신의 20세기 초 아방가르드 예술가. 그녀는 다다이스트이기도 했다. 그녀는 너무나 도발적이어서, 한 예로 윌리엄 칼로스 윌리엄스에게 "나하고 섹스를 하고 매독에 걸리는 것이 위대한 예술가가 되는 길"이라고 말했다고 한다. 그래야 모든 것에서 해방된다고.

4161 폰 딩클리지. 정확히 누구인지는 알 수 없으나, 아마도 파운드가 알았던 지인.

4162 미 해군 소속 비행선에서 이런 사고가 있었다고 한다.

4163 파운드는 니르바나의 개념을 좋아하지 않았다. 파운드는 천국, 천상적인 것, 신비적인 것 등을 좋아하였지만, 이것들이 지금 이 현실의 지상 세계와 연관되어, 가능하면 이런 것들이 이 지상에서 구현되기를 바랐던 것이지 지금 이곳 현실의 세계와 동떨어진 저 추상적인 열반의 세상의 개념을 좋아하지 않았다. 그가 엘리엇과 다른 점이 이것이고, 그가 공자를 좋아했던 것도 이 점이다. 공자는 내세에 대한 이야기는 한마디도 하지 않았다. 오직 이 현실 세상에서 이룰 수 있는 이상을 제시하였던 것이다.

4164 칸토 LXXX의 주석 3087번과 3088번을 보라. 그의 『죽음의 익살집』에 "아 세상아, 세상아" 하는 구절이 나온다.

4165 칸토 XCII의 주석 3994번을 보라..

4166 칸토 LXXXVII의 주석 3656번을 참조하라.

4167 성 디오니시우스(불어로는 생 데니). 3세기 파리 최초의 주교로 몽마르트르 언덕에서 참수당해 순교하였다. 그 자리에 그를 기리는 성당이 세워져 있다.

4168 역시 참수당해 순교한 성 엘레우테리우스. 한데, 여기서 파운드는 두 성인의 이름과 포도나무 잎이라는 말을 통해 또 다른 연상을 들이고 있다. 즉 술의 신인 디오니소스와 엘레우시스의 신비 의식을 연상케 하고 있는 것이다.

4169 즉 칼빈주의(칼뱅주의)를 만들어낸 인물.

4170 '일드프랑스'를 말한다. 파리가 중심인, 파리를 둘러싼 행정구역의 명칭이다.

4171 이 이하 끝까지는 『오디세이』에서 오디세우스가 난파당한 다음 레우코테아의 도움을 받아 파이아키아의 땅에 도달하게 되는 부분을 떠올리게 하는 대목이다.

4172 「스론즈 Thrones」 칸토(XCVI-CIX)의 첫 칸토. 파운드는 이 '스론즈'라는 개념을 단테의 『신곡』, 「천국」에서 차용해서 쓰고 있는데, '스론즈'란 말 그대로 '옥좌'를 뜻하는 것일 수도 있고(즉, 예를 들어 마리아의 '스론즈'ㅡ마리아가 계시는 곳), 천사들의 계급에서 제3계급인 좌품천사ㅡ정의(justice)를 관장하는 천사들ㅡ를 뜻하는 것일 수도 있다. 여하튼 「스론즈」 칸토는 '정의로움'과 밀접한 관계가 있다. 따라서 이 「스론즈」 칸토에서 파운드는 이 세상에 좋은 법과 질서를 세우려한 이들ㅡ즉 자신만의 이기적인 목적에서 벗어나 더 큰 정의로운 질서를 이룩하려 한 이들ㅡ을 언급하고 있으며, 그들에게 옥좌를 이 칸토에서 마련해 준 것이라 할 수 있겠다.

4173 즉 오디세우스를 구할 때 레우코테아가 주었던 것으로, 앞에서 파운드는 '비키니'라고 쓴 적도 있다.

4174 이탈리아반도의 중부지역의 이름인 토스카나는 '향'을 뜻하는 라틴어에서 유래한 것이다.

4175 로마의 북동쪽에 살던 종족. 처음엔 로마인들과 싸웠으나 결국엔 로마시민들이 되었다.

4176 갈리아('골'이라고도 함)ㅡ원래 켈트족ㅡ의 우두머리.

4177 셋 다 켈트족들이 세웠던 곳들이다. 베르가모와 브레시아는 이탈리아 북부 도시들이고, 티치노

는 스위스 남부 주로서, 스위스에서 유일하게 이탈리아어가 공용어로 쓰이는 곳이다.

4178 파울루스는 영어 이름으로 '부제 폴(Paul the Deacon)'이라고 잘 알려진 인물로, 랑고바르드의 역사서를 쓴 사람이다. 랑고바르드족은 켈트족의 일원으로 다뉴브강 주변에 살았다가 이탈리아반도를 침략하여 프랑크족에게 쫓겨날 때까지 6세기 중반에서 8세기 중반까지 이탈리아반도의 상당 부분을 지배하던 종족이다. 이탈리아 북부의 주인 롬바르디아는 이 종족의 이름에서 유래한 것이다. 이곳에 나온 '그'는, 이탈리아반도를 침략했던 랑고바르드의 왕이었던 알보인을 말한다. 알보인은 원래 게피드족의 왕이었던 쿠니문두스를 죽이고 그의 해골로 잔을 만들어 그 잔에 술을 부은 다음 자신의 아내 — 쿠니문두스의 딸이었으나, 강제적으로 자신과 결혼하게 했다 — 가 마시게 했다. 그는 그 아내에게 살해당했다.

4179 티베리우스 2세 콘스탄티누스. 6세기 후반의 동로마 황제. 그는 보물을 가난한 이들에게 나눠주었다 한다.

4180 유스티니아누스 대제의 조카들 중의 하나. 유스니아누스 대제에게는 여러 명의 조카들이 있었는데, 그 조카들 중의 한 명이 그의 뒤를 이어 유스티니아누스 2세가 되었다. 이 유스티니안은 유스티니아누스 2세의 사촌이 된다. 유스티니아누스 2세가 죽은 뒤 티베리우스가 황제가 될 때 반란을 모의하였으나 실패로 돌아갔다.

4181 호스로 1세. 페르시아의 사산 왕조의 군주. 유스티니아누스 2세 때 동로마를 침략하여 그 일부분을 차지했다.

4182 유스티니아누스 2세의 비. 그녀는 남편이 광기의 희생양이 되자 그 대신 섭정을 펼쳤다. 티베리우스와 공동 섭정을 하기도 했으나, 남편이 티베리우스를 후계자로 지명하고 죽자 티베리우스에게 황제 자리를 내주고 물러났다.

4183 아우타리. 알보인이 죽은 다음 한동안 혼돈이 지속되었으나, 아우타리가 그 혼돈을 잠재우고, 랑고바르드의 왕이 되어 질서를 가져왔다.

4184 라벤나에 있는 산비탈레 성당.

4185 베로나에 있는 산 제노 성당. 파울루스는 이 성당 창문에 물이 다다를 정도로 홍수가 났던 것을 기록하고 있다.

4186 킬데베르투스 2세. 아버지인 지게베르트 1세를 뒤이은 프랑크족의 왕.

4187 바바리아의 공주였던 그녀는 아우타리의 비가 되었다. 랑고바르드의 평화에 그녀가 기여하였다고 평해진다.

4188 지게베르트 1세의 부인이자 킬데베르투스 2세의 어머니. 아들이 어린 나이로 왕이 되자 그녀가 오랫동안 섭정을 했다.

4189 테오데리히 2세. 킬데베르투스 2세의 작은아들로 그의 아버지의 영토들 중 부르군트(지금으로 보자면, 프랑스, 이탈리아, 스위스, 세 나라의 접경 지역 일대)를 물려받아 그곳의 왕이 되었다. 브룬힐다는 자신의 두 손자들 중 큰 손자인 테오데베르트 2세 — 아버지로부터 아우스트라시아(지금으로 보자면, 프랑스의 동쪽과 독일의 서쪽 지역, 그리고 베네룩스3국을 포함한 지역)를 물려받아 그곳의 왕이 되었다 — 로부터 쫓겨나서 작은 손자인 테오데리히 2세에게로 왔고, 그를 대신한 섭정 비슷한 생활을 했다.

4190 페르시아인들이 예루살렘 땅을 점령하자 교황 보니파시오 3세는 로마를 이렇게 명명했다.

4191 파울루스는 자기 자신의 가족 역사에 대해서도 이야기하고 있는데, 실제로는 고조부에 대한 이야기이다.

4192 랑고바르드의 왕으로 그전까지 구전으로 내려오던 나라의 법률을 법전으로 문서화했다고 알려져 있다. 종교적으로는 로마 가톨릭과는 달리 삼위일체를 부인하고 예수(성자)의 신성을 낮게 보

는 아리우스의 교리를 따랐다.

4193 파비아(밀라노에서 약간 남쪽의 도시)에 있는 성당.

4194 콘스탄티노스 4세. 동로마제국의 황제.

4195 그리스 아테네에 있는 판테온이 아니라 로마에 있는 것으로서, 성모마리아와 순교자들을 위한 성당이다. 콘스탄티노스 4세가 동로마 황제로서 거의 2백 년 만에 로마를 방문하였는데, 이 성당을 약탈했다 한다.

4196 파울루스의 랑고바르드 역사서가 자크 미냐가 출판한 로마 카톨릭 저술 전집에 들어가 있는데, 이 전집의 편집자의 친구.

4197 미냐의 로마 가톨릭 저술 전집의 제95권 620쪽을 말한다. 전집의 제95권에 파울루스의 랑고바르드 역사서가 들어가 있다.

4198 파울루스가 로마로 사죄를 받기 위해 가서 거기서 죽었다라는 것을 말한 인물.

4199 랑고바르드의 왕궁에서 왕궁을 관리하던 집사장으로 왕에 거의 버금가는 실권을 행사했다.

4200 랑고바르드의 왕.

4201 지금의 이탈리아의 리구리아 지역에 살던 이들.

4202 아리페르트 2세. 랑고바르드의 왕. 그가 쫓아냈던 안스프란트가 군대를 이끌고 쳐들어오자 금을 가지고 가려다 티치노강에 빠져 죽었다.

4203 거리 이름.

4204 폰테 밀비오. 로마의 티베르강 위에 있는 다리. 파울루스는 로마에 큰 홍수가 났던 것을 기록하고 있다.

4205 카를 마르텔 또는 카롤루스 마르텔루스. 프랑크 왕국을 최전성기로 이끌었던 인물로, 후에 프랑크 왕국과 이탈리아 왕국, 동로마 왕국을 통합한 카롤루스 1세 마그누스 — 카롤루스 대제(샤를마뉴 대제)로 알려진 인물 — 의 할아버지가 된다.

4206 피핀 2세. 카를 마르텔의 아버지.

4207 피핀의 정부인.

4208 피핀의 첩. 카를 마르텔은 이 첩의 아들이었다.

4209 카를 마르텔은 피핀 2세의 아들이고, 피핀 3세의 아버지이다. 피핀이라는 이름이 같아서 혼동의 우려가 있기 때문에 '잠깐, 잠깐' 한 것이다.

4210 피핀 3세가 카롤루스 대제(샤를마뉴 대제)의 아버지가 된다.

4211 정확하지는 않지만, 대체적으로 무솔리니의 장례식을 말하는 것이 아닌가 보고 있다. 무솔리니의 시체는 밀라노 근처의 어느 수도원에 10년 이상 감추어져 있다가 1957년 그의 고향인 로마냐의 프레다피오에 묻혔다. 추기경들이 그 장례식에 참석했다는 기록은 없다.

4212 이 이름들은 카를 마르텔이 사라센족과의 전투를 치렀던 곳들이다. 픽타비움은 푸아티에, 프로엔시스는 프로방스를 말한다. 이 전투들은 서기 730년대에 있었다.

4213 티치노(지금의 파비아)의 궁전에서 있었던 포고령으로, 노령에 접어든 리우트페란트(랑고바르드의 왕)가 힐데페란트와 공동통치를 하겠다라고 선언한 포고령.

4214 모데나, 리미니, 모두 리우트페란트가 정복하고 통치했던 도시들이다. 모데나 성당 뒷부분에 있는 돌에 보면 랑고바르드 왕들의 대관식에 관련한 부분이 새겨져 있다고 한다.

4215 랑고바르드의 왕으로 가장 성공적이었던 왕으로 여겨지고 있다. 프랑크 왕국의 카를 마르텔도 이 왕을 인정하여 자신의 아들(여기서의 '그'란 카를 마르텔을 말함) — 즉 샤를마뉴 대제의 아버지가 되는 피핀 3세 —을 친선 사절로 보내기도 했다.

4216 6~8세기에 동유럽을 거점으로 했던 종족. 나중에 샤를마뉴 대제에게 전멸당했다.

4217 파운드가 알고 지냈던, 중국의 왕가 가문에서 태어났으나 미국으로 건너왔던 중국 시인으로 데 이비드 신-푸 원드라는 사람이 있었는데, 이 사람의 중간 이름 중에 '燊' ― 발음이 '신(셴),' 뜻은 '치열한, 불꽃이 튀는' ― 이 있는데, 이 한자가 매슈즈 한자 사전에는 나오지 않는다. 왜 갑자기 여기서 이 사람이 언급되는지 알기 어렵다. 다만 리우트페란트를 칭찬하는 구절에 '찬란하다'라 는 말이 나오자 파운드가 이 한자를 생각하고 쓴 것일 수 있다.

4218 이리니. 그리스 아테네 출생이라 아테네의 이리니라고도 불린다. 8세기 말에서 9세기 초 동로마 제국의 여제였다. 자신의 아들인 콘스탄티누스 6세의 섭정을 맡아서 통치하다가 나중에는 자신 의 아들을 맹인으로 만들어버리고 폐위시킨 다음 여황제의 자리에 올랐다. 그렇지만 반란이 일 어났고, 레스보스섬으로 유배당하고 거기서 죽었다. 자신의 아들인 콘스탄티누스 6세와 샤를마 뉴(카롤루스) 대제의 딸을 결혼시키려는 계획을 가졌으나 이루지 못했다.

4219 카롤루스 대제의 두 번째 부인인 힐데가르다의 묘비명에 쓰인 글귀.

4220 아폴로니우스의 출생지.

4221 3세기 말에서 4세기 초의 로마 황제. 그는 정복지의 사람들을 쓸어버리는 대신 그들을 살려두고 세금을 부과하는 것이 좋겠다고 생각했다고 한다.

4222 디오클레티아누스는 살로나(지금은 크로아티아의 솔린) 출생이다(무솔리니의 살로공화국으로 유명한 이탈리아의 살로와 혼동하지 말 것). 그는 또 말년에 황제위를 버리고 은퇴하여 살았다고 한다.

4223 로마의 농경의 신이나 여기서는 디오클레티아누스를 말하는 것 같기는 하나 확실치는 않다.

4224 이것도 무슨 뜻인지 확실치 않다. 다만 디오클레티아누스가 가난한 하층계급에서 황제가 된 것 을 비유적으로 말한 것일 가능성은 있다.

4225 1세기 로마 황제. 아폴로니우스의 조언을 들었던 황제.

4226 2세기 말에서 3세기 초의 로마 황제였던 세베루스는 영국을 완전정복할 생각으로 브리타니아에 원정을 갔으나 지금의 요크 근방("에부라쿰"이라 불렀다)에서 병사했다.

4227 칸토 XCIV의 주석 4118번을 보라.

4228 로마가 창건되었다고 여겨지는 기원전 753년부터 연도를 세는 법.

4229 칸토 XXI의 주석 423번, 칸토 LXXVI의 주석 2740번을 보라.

4230 영국 북부에 살았던 고대 종족.

4231 게르만의 한 종족으로 5세기에 로마를 침략했었다.

4232 보스포루스 해협을 말하는데, '보스포루스'란 고대 그리스어로 '가축이 지나가는 길'이라는 뜻이다.

4233 게르만의 한 종족으로 로마제국을 위협했던 종족이었다.

4234 '베르니콜리'나 '뻣뻣한 친구'나 둘 다 누구인지 알 수 없다. 그저 파운드가 알던 사람이라고 추측 하는 것 이외에는.

4235 유스티니아누스는 지방 상업을 살리기 위해 입출항 금지 명령을 내렸었다. 유스티니아누스의 부 인인 테오도라는 실제로는 유스티니아누스 재위 21년째인 548년에 죽었다.

4236 이 두 명은 유스티니아누스를 죽일 계획을 하다 사전에 잡혔다.

4237 압드 알말리크는 아랍제국을 다스린 첫 번째 이슬람 세습왕조의 제5대 칼리프이다. 굉장히 유능 했던 정치가로 알려져 있다.

4238 바하이교의 창시자는 바하 울라. 그 아들이 압둘 바하이. 세 번째 교주는 바하 울라의 증손자인 에펜디이다.

4239 19세기 말에서 20세기 초 대중적으로 인기 있던 영국 소설가.

4240 9세기 말에서 10세기 초 동로마제국의 황제였던 레온 6세(박학한 지식을 가졌던 자라 하여 '현제(賢帝)'라고도 불린다.) 시대에 간행된 책으로, 상업에 관한 법령 등을 수록하고 있다. 칸토 XCVI의 후반부의 원천이기도 하다.

4241 노섬브리아는 7~10세기에 있었던 옛 영국의 왕국으로, 지금 영국 브리튼 섬의 중부 지방에 해당한다. 알드프리트는 그 초기 왕들 중의 하나로 이 왕으로부터 노섬브리아의 전성기가 시작되었다고 보고 있다.

4242 7세기의 영국의 주교. 처녀성, 개조, 불결한 물 등 다양한 주제에 대한 글들을 남겼다.

4243 앞의 주석 4182번을 보라. 여기서 '유스티니아누스'는 '유스티니아누스 2세'를 말한다.

4244 옛 지역의 이름으로, 지금으로 치자면, 불가리아 남부, 그리스 북동부, 터키의 북부 지역에 걸쳤던 지역이다.

4245 카파도키아. 지금의 터키의 카파도캬이다. 마우리키우스의 출생지.

4246 성 테오파네. 동로마제국의 귀족이자 수사, 연대기 저자.

4247 티베리우스를 이어 동로마황제가 된 인물. 뛰어난 장군으로 랑고바르드족이나 아바르족 등 동로마에 위협적인 민족들을 정복했다.

4248 칸토 LXXXIX의 주석 3800번을 보라.

4249 호르미즈드 4세. 앞에 나왔던 호스로 1세의 아들. 아버지에 이어 왕위에 올랐는데, 잔학했던 왕으로 정평이 있다.

4250 마우리키우스 밑에서 행정관을 지낸 인물.

4251 야만족의 왕.

4252 마우리키우스로부터 황제위를 찬탈한 포카스를 참수하여 폐위시키고 동로마 황제에 610년에 올랐다. 파운드가 쓴 602년은 잘못이다. 위의 문구("성처럼…… 이미지")는 카르타고를 포함한 북아프리카 로마 장군으로서 포카스에 반란을 일으켜 콘스탄티노플로 쳐들어갈 때의 그의 배들의 모습.

4253 호르미즈드 4세의 폭정에 못 이긴 이들이 반란을 일으키고 그 아들을 왕으로 추대하였으니, 그가 호스로 2세이다. 헤라클리우스에게 예수를 부정하고 태양신을 섬기라는 전갈을 보냈다고 한다. 헤라클리우스에게 밀려난 그는 결국 살해당했다.

4254 그리스어-영어 사전. '은전'이라고 번역된 그리스어를 말함. 1026쪽이란 미냐의 쪽수(위 주석 4197번을 보라.).

4255 헤라클리우스는 이콘(성상) 앞에서 호스로를 반드시 물리치겠다고 맹세했다.

4256 제2차 세계대전 후 아이젠하워 대통령 밑에서 국무장관을 했다.

4257 지금의 터키의 시바스. 호스로와의 전투 중 헤라클리우스가 여기서 겨울을 났다.

4258 중앙아시아에서 유래한 종족으로 투르크 계열로 보며, 지금의 불가리아인들의 조상이라 할 수 있을 것이다.

4259 동게르만족의 일파로 지금의 루마니아 일대에 왕국이 있었다. 이 일대는 고트족, 훈족, 게피드족, 아바르족 등이 차례로 차지했었다. 게피드족의 마지막 왕이 이 칸토의 앞부분에 언급되었던 쿠니문두스이다. 게피드족은 랑고바르드와 아바르의 동맹군에 의해 소멸되었다.

4260 즉 콘스탄티노플. 호스로는 이런저런 이민족들을 규합하여 헤라클리우스에 대항하는 '황금창 부대'를 만들었다.

4261 7세기에서 11세기까지 중앙아시아 지방(지금의 우크라이나에서 카자흐스탄의 서쪽)에 왕국을 세웠던 종족.

4262 엄청난 눈 폭풍우가 불어 호스로의 군대를 덮쳤고, 헤라클리우스가 승리했다.

4263 고대 그리스 도시로 지금의 불가리아의 네세버르.

4264 헤라클리우스의 손자로 콘스탄스 2세.

4265 무아위야. 아랍제국의 첫 번째 세습왕조의 창시자로 제1대 칼리프. 지진으로 부서지고 남아있던 로도스의 거상을 녹여서 그 청동을 팔았다고 전해진다.

4266 앞의 주석 4237번을 보라.

4267 콘스탄스 2세의 손자인 유스티니아노스 2세를 말한다.

4268 알말리크와 권력을 두고 다투던 최대 경쟁자.

4269 알말리크의 이미지가 주조된 동전을 공물로 동로마 황제가 받아들였다는 뜻.

4270 무스타파 케말 아타튀르크. 현대 터키 공화국의 창시자이자 초대 대통령.

4271 16세기 프랑스 시인. 고대 그리스 철학자 헤라클레이토스가 한 유명한 말인 "판타 레이"를 이렇게 번역했다.

4272 유스티니아노스 2세는 황제 자리에서 쫓겨났다가 다시 황제위로 복귀하는데, 그때 불가르인들과 슬라브인들의 도움을 받았다.

4273 티베리우스 3세. 유스티니아노스 2세가 복귀하기 전의 로마 황제였다.

4274 로마가 영국 땅을 점령하고 있던 시절 영국의 남동 끝에서 북서의 맨체스터 턱밑에 이르기까지의 도로.

4275 옛 로마 금전.

4276 제네바 대학교수로 『행정관의 서』원고를 발견하였고, 자신이 이 책을 현대 그리스어와 라틴어로 번역하였다.

4277 『논어』의 「양화(陽貨)」편에 나오는 구절로, "자주색이 주색을 빼앗는다"는 말인데, 공자의 이 말씀에서 '자주색(purple)'은 '거짓 주색,' '겉으로만 그럴듯한, 진정한 것이 아닌'을 뜻하고, '주색 (vermilion)'은 '진정한, 높은 질(質)의'를 뜻한다고 할 수 있다.

4278 프랑스 남부 론강 서쪽에 있는 도시. 론강을 사이에 두고 보케르를 마주 보고 있는, 즉 론강 동쪽으로 타라스콘이라는 도시가 있는데, 여기에 수다쟁이들과 싸우기 좋아하는 사람들이 많았던 모양이다.

4279 17세기 프랑스 언어학자로 중세 그리스어와 라틴어 어휘집을 냈다.

4280 동전의 이름.

4281 동로마제국의 금전 및 동전.

4282 19세기 말~20세기 중반의 벨기에 작가.

4283 본문에 나오는 그리스어 알파벳 중 'ο'(오미크론) 위에 '(그라브 악센트)가 있는 것에 대해 말한 것이다.

4284 파운드가 인용한 원문에서는 "제빵사(bakers)"로 나오는데, 파운드는 이것을 고의인지 실수인지 "은행가들(bankers)"이라고 썼다.

4285 일 아우레우스 당 일 케라티온 플러스 이 밀리아리시아라는 말.

4286 즉 윈덤 루이스.

4287 누구를 지칭하는 것인지 정확히 알 수 없다. '팔라티노'란 로마의 팔라티노 언덕을 말하는 것인데, 그곳에는 황제의 궁전들이 있었다. 그런데 서기 64년 큰불이 일어나서 궁전을 불태웠는데, 아마도 파운드는 이곳의 궁전을 불태운 것이 자연 발화가 아니라 로마 황제 근위부대(Guard)의 어떤 장교가 불태운 것으로 보았을 수 있다.

4288 유스티니아누스 대제를 말한다. 그는 전임 황제였던 유스티누스의 조카로서 양자로 들어갔다. 그는 지금의 이스탄불(콘스탄티노플)에 있는 아야(또는 하기아) 소피아 대성당을 재건축하였다.

4289 예일대 교수로 그 당시 엘리자베스 병원으로 파운드를 찾아갔었다.

4290 로버트 모리슨. 중국어 사전을 펴냈다.

4291 칸토 LXXXVII의 주석 3626번에 나오는 살마시우스와 동일 인물.

4292 사실 누구인지 정확히 모른다. 다만 위의 살마시우스(드 소매즈)와 같은 차원의 인물로 추정이 되고 있다.

4293 주석 4276에 나오는 니콜이 편찬해 낸 『행정관의 서』에 부록처럼 붙은 「인용문 모음」의 저자. 그는 불조심, 바람에 말리기, 물의 쓰임새, 토지의 소유, 이렇게 네 가지 항목으로 분류하고 있다.

4294 아마도 로널드 덩컨 — 영국 시인으로 파운드와 오랫동안 알고 지냈다.

4295 동로마 황제 포카스 — 그에 대해선 위의 주석 4252번을 보라. 폭군이었다고 알려져 있고, 파운드 역시 동전의 가치 저하를 몰고 왔던 인물로 좋지 않게 보고 있다.

4296 앞에 이 비슷한 내용의 더 긴 인용문이 나왔었는데, 앞의 긴 인용문은 원문이 라틴어였다.

4297 칸토 LXXXVI의 주석 3593번을 볼 것. 단테의 『신곡』 중 「연옥」에서 카토를 묘사할 때 "위엄 있는 깃털을 움직이며"라는 표현이 나온다.

4298 이익을 남기는 일을 하고 싶다면 가축이나 잘 키워라라고 카토가 답한다.

4299 카툴루스의 작품 넘버 93에 보면 카툴룰스가 줄리어스 시저에게 "난 당신이 검은지 흰지 알고 싶지 않소" 하는 대목이 나온다.

4300 가르다 호수 남쪽 끝에 있는 도시. 가르다 호수의 푸른 물을 찬미한 것이다. 베로나는 그 근방의 지역 수도로, 가르다 호수를 "베로나의 눈"이라고 표현하고 있다.

4301 "행정관의 승인이 없이는"을 뜻하는 데 있어서, 니콜 교수가 "……없이는(without)"의 뜻인 그리스어 ανευ를 "인정"의 뜻인 불어 aveu로 말장난하듯이 옮긴 것(뜻은 다르지만 형태가 비슷하므로)을 칭찬한 것이다.

4302 〈   〉에 들어갈 말은 "잘 식별해 내야" 쯤 될 것이고, "m이 두 개"라는 말은 '위조'를 뜻하는 그리스어에 μ(m)이 두 개 들어가 있다는 말이다.

4303 알말리크는 자신이 동전을 만들어 동로마와의 거래를 매듭짓고 싶어 했으나 동로마 황제는 이슬람 나라가 만드는 동전은 용인하지 않았다.

4304 즉 알말리크. 그는 검을 들고 있는 자신의 모습을 새겨 넣은 금전을 만들었다.

4305 에드워드 3세. 14세기 영국의 왕. 그 역시 검을 든 자신의 모습을 금전에 새겨 넣었다.

4306 "믿는 자들의 지도자"라는 뜻으로 알말리크는 자신이 만든 금전에 이런 문구를 넣었다.

4307 텔 마(칸토 LXXXIX의 주석 3800번을 보라.)의 『화폐 체계의 역사』를 말함.

4308 금과 은의 가치 비율.

4309 정확히 누구를 말하는 것인지 알 수는 없으나, 대체적으로 빅토리아 여왕의 딸인 메리 앨리스를 말하는 것이라고 보고 있다.

4310 파운드는 루스벨트를 좋아하지 않았고, 그가 펼쳤던 뉴딜 정책도 지지하지 않았다. 27/75는 무엇을 뜻하는 것인지 알 수 없다.

4311 이슬람 세계의 화폐 단위. 96발리콘=48하베=24투수지=6다니크=1미트칼(디나르).

4312 둘 다 8~9세기의 유명한 무슬림 학자들.

4313 칸토 XCVI의 주석 4246번을 보라.

4314 알멜리크는 로마의 단위와 비율 대신 백분율로 바꾸었다.

4315 즉 무함마드(마호메트).

4316 꾸란(코란)의 제3장에 나오는 인물. 꾸란에서는 예수의 어머니인 마리아의 아버지로 나온다.

4317 그 당시 페르시아 지역에서 통용되던 금전, 은전에는 왕의 머리가 새겨져 있고, "건강의 만찬"이라는 글귀가 새겨져 있었다.

4318 은전으로 1/10디나르에 해당. 헤지라는 무함마드가 메카에서 메디나로 이동한 해인 622년을 원년으로 한다. 즉 헤지라 40은 661년이 된다.

4319 지금 이라크의 바스라.

4320 그레인은 영국 무게 단위의 가장 작은 단위로 약 0.065그램.

4321 로마의 최초의 돈은 가죽으로 만들었다고 하며, '이에스'라고 불린 이 돈에는 야누스 신이 새겨져 있었다고 한다.

4322 정신이 혼미해진 리어왕 — 물론 셰익스피어 극에 나오는 — 은 자기를 잡아가서 금전으로 주조하진 않겠지 하고 말한다. 금전에 왕의 머리가 새겨지는 것이므로.

4323 16세기 프랑스 종교학자이자 역사학자.

4324 4세기의 라틴 문법학자.

4325 아우돌레온. 기원전 4~3세기 파이오니아 왕국(지금의 마케도니아 지역)의 왕. 로마 초기의 은전이 이 왕국의 동전을 본 따 만들었을 것으로 보고 있다.

4326 로마력(A.U.C.)은 로마를 건국한 기원전 753년을 원년으로 삼는다. 따라서 로마력으로 437년은 기원전 317년이 된다. 그때 스크루풀룸이라는 금전을 만들었는데, 이 금전은 20이에스에 해당했고, 뒤에 만들어지는 금전인 아우레우스의 1/9 가치였다고 한다.

4327 '더블 이글'은 1933년까지 주조되어 발행되었던 미국의 금전을 일컫는 말이지만, 여기서는 로마의 금전 단위인 '리브라'를 말한다.

4328 19~20세기 경제사가.

4329 프랑스 시인 비용의 문구.

4330 네로가 죽은 날.

4331 네로가 죽은 이후 주조되어 발행되었던 금전이나 은전들에 쓰여 있던 글귀. '회복된 자유'란 글귀 역시 그러했다.

4332 로마 황제로, 앞에 나왔던 세베루스와 율리아 돔나 — 필로스트라투스로 하여금 아폴로니우스에 대해 글을 쓰게 했던 황후 — 의 아들. 영국의 파운드와 실링, 펜스의 체계 — 12펜스가 1실링, 20실링이 1파운드 — 가 이때의 로마 시기의 통화 비율에 기반을 둔 것이라는 말.

4333 이탈리아 라벤나 지역에 있는 도시.

4334 파엔차에서 나왔던 가죽 돈과 아우구스탈리스 금전에 대한 기록을 매슈 패리스라는 인물이 기록한 것이 델 마의 『화폐 체계의 역사』에 언급되어 있다.

4335 196대 교황(재위 : 1316~1334).

4336 기원전 6~5세기의 페르시아 대제. 스키타이 왕국도 침략했다. 금은 오로지 왕에게만 바쳐졌다.

4337 그리스 신화에 따르면, 제우스의 아들로 모든 스키타이족의 조상이라고 한다.

4338 로마 황제 테오도시우스 2세(재위 : 408~450)의 명령으로 만들어진 법전. 그 13권 11장 11절.

4339 '혜링'은 청어, '스캇'은 고등어 종류의 물고기인데, 다 옛날 스칸디나비아반도에서 돈의 단위를 뜻했다.

4340 "그 가장 강력한 엔진"이란 돈을 말한다.

4341 6~9세기 독립 왕국이었던 머시아 왕국(지금의 잉글랜드의 가운데 부분에 해당한다)의 가장 유명했던 왕이 오파 왕이다. 그는 금과 은의 가치 비율을 1 대 6과 1/2로 했다. 알프레드는 알프레드 대왕을 말하고, 애설스탠은 그의 손자이다. 금과 은의 가치 비율이 마침내는 12 대 1로 정해졌다는 말

이다.

4342 크누트 대왕. 11세기 덴마크의 왕으로 영국을 지배했던 유일한 왕이었다.

4343 애설스탠이 죽자 그와 이복형제였던 에드먼드 1세가 그를 계승하여 영국왕이 되었고, 에드먼드 1세가 죽자 그의 동생이 영국 왕으로 올랐으나 죽고, 에드먼드 1세의 아들들이었던 에드위그와 에드가(평화왕)가 차례로 왕에 올랐다. 따라서 에드가는 알프레드 대왕의 증손자인 셈이다. '가죽'이란 가죽으로 만든 돈을 말한다.

4344 미국의 루스벨트 대통령을 말한다.

4345 워싱턴 DC 지역의 신문기자로, 파운드가 있었던 엘리자베스 정신병원에 환자로 갇혀 있었다. 나중에 증상이 완화된 이후에는 파운드를 찾아와 워싱턴의 뒷얘기들을 파운드에게 들려주곤 했다.

4346 셈펑엄까지 세 군데 모두 영국의 지역 이름. 그 지역의 성직자들이 동전을 불법으로 제조, 유통시킨 죄목으로 기소된 사실이 기록되어 있다.

4347 동전(금전, 은전)의 제조는 오파 왕 이후로 그쳤다가 헨리 3세 때가 되어서야 다시 주조되었다는 말.

4348 즉 12세기 말 영국의 왕이었던 리처드 1세. 신성로마제국 황제인 하인리히 6세에 의해 붙잡혀 있다가 많은 금전과 은전을 지불하고 풀려났다.

4349 15세기 영국의 출판업자 겸 작가. 초서의 『캔터베리 이야기』를 처음 출판했고, 『이솝 우화』를 영어로 번역하여 출판하였다.

4350 15~16세기 이탈리아 출신의 작가로 주로 영국에서 살았고, 『영국 역사』를 집필하였다.

4351 파싱(farthing)은 1/4페니에 해당하는 작은 돈으로 지금은 통용이 되지 않는 돈인데, 여기서는 빵의 무게 단위로 6과 4/5 파운드라는 큰 중량으로 이야기되고 있다.

4352 일 퍼치는 약 25m²이다. '페니'는 화폐 단위이지만 여기서는 면적 단위로 쓰여서 퍼치와 같은 면적 단위이다. 일 에이커가 약 160펜스이다.

4353 칸토 LXXXIX의 주석 3883번을 보라.

4354 '세나'는 프랑스의 센강을 이탈리아말로 표현한 것으로, 전쟁을 하기 위해 화폐의 가치를 떨어뜨렸던 프랑스 왕 필리프 4세를 비판하기 위해 단테가 썼던 문구에 나온 말이다.

4355 가짜 동전의 수입이나 동전을 수출하는 행위에 대한 처벌에 대한 언급.

4356 '마라베디'라 불리는 금전을 말하는 것으로, 11~12세기에 모로코와 이베리아반도 남부(즉 안달루시아 지방)를 통치하던 무라비트 왕조 때 만들어졌다. 이 금전 하나에는 순금이 40~43그램 들어 있었다 한다. '베잔트'는 동로마제국에서 쓰이던 금화이다.

4357 아라비아에서 순금의 기준은 순도 0.979였다 한다.

4358 2세기의 그리스 지리학자. 그리스의 영토를 다니며 각 지역에 대한 상술을 남겼다. 그중 3편이 스파르타가 중심인 라코니아 지역을 다루었다.

4359 모두 옛 스코틀랜드 화폐 단위.

4360 파운드의 외가쪽 선조. 전설에 의하면 그가 코네티컷 현장을 훔쳐서 오크나무 속에 감추었다고 한다.

4361 에드워드 3세 때 만든 금전에 "신의 은총으로(dei gratia)"라는 라틴 문구가 처음으로 새겨졌다 한다.

4362 금전이나 은전에 묻은 금가루나 은가루를 사포로 닦아냈다.

4363 16세기 덴마크-스웨덴 왕이었던 크리스티안 2세는 "폭군 크리스티안"이라 불리는데, 주트족의 몬스라는 이름의 영웅이 크리스티안에게 물러나라고 말하였다고 한다.

4364 크리스티안의 지배에서 벗어나는 항쟁을 하여 그를 이어 스웨덴의 왕이 되었다. 리쿠르고스는 리쿠르고스의 머리가 찍혀 있는 스파르타의 동전, 노미스마는 아테네의 동전.

4365 18세기 초엽 스웨덴 왕이었던 칼 12세의 재정 고문.

4366 폴타바는 칼 12세가 러시아의 표트르 1세와 전투를 벌여 패한 곳으로 우크라이나의 지명. 이 전투에서 패하면서 스웨덴은 북구에서의 세력을 잃게 되었다. 그리고 폰 쉴리츠는 여러 죄목으로 처형당했다.

4367 즉 금과 은의 비율을 말한다. 1873년 북구 국가들에서 금과 은의 가치 비율은 1 : 15.08로 정해졌다.

4368 암스테르담 은행은 유대인들이 만든 은행인 비셸은행을 무너뜨리고, 유대인들이 환전에 개입하지 못하도록 했다.

4369 즉 미국의 아이젠하워 대통령.

4370 신문 판매자. 잔돈이 부족하자 그는 딱지 같은 것을 만들어서 신문을 사 주는 사람들에게 잔돈 대신 나눠줘서 그것으로 다음번 신문을 사는데 이용하도록 했다. 파운드는 이 행동을 돈에 대한 본능적으로 훌륭한 상식이라고 칭찬했다.

4371 헨리 8세 시절의 요크 추기경. 헨리 8세는 영국의 금전과 은전들이 신성로마제국의 그것들과 비교해 낮은 가치인 것과 밖으로 나가면 더 큰 가치로 통용되는 것에 대해(그래서 빠져나가는 것에 대해) 불만을 이야기하고 있다.

4372 화란이 스페인의 펠리페 2세의 통치로부터 벗어나는 독립운동을 했는데, 그때 그 독립자금으로 동전처럼 만든 판지를 썼고, 그 판지 화폐에 "신이 보호하사," "조국을 위한 투쟁"이라는 문구를 적어 넣었다.

4373 칸토 LXXVII의 주석 2907번을 보라.

4374 남아공의 유지였으나 미국으로 건너가서 살았던 인물인데, 돈의 분배와 돈과 착취와의 관계 등에 대해 글을 썼다.

4375 칸토 LXXIV의 주석 2545번을 보라.

4376 그레인은 형량의 최소 단위로 1그레인은 약 0.065g이다.

4377 칸토 LXXXIX의 주석 3864번을 보라.

4378 1896년 미 대통령 민주당 후보였다. 은화(은전)의 무제한 통용을 주장했는데, 대통령 선거에서 패했다.

4379 18~19세기 영국 하원의원. 돈의 문제에 대해 많은 연설을 하였다.

4380 18~19세기 독일의 자연 철학자이며 과학자.

4381 영국과 프랑스의 자유무역 협정을 주창했던 인물.

4382 조지 3세 밑에서 영국 수상을 했다.

4383 은행이 돈을 발행하는 것에 반대한 인물.

4384 영국의 재무장관을 지냈던 인물.

4385 아일랜드 태생으로 미국으로 이민 가 활동했던 문필가.

4386 포르투갈인으로 인도의 고아를 점령하여 그곳에서 동전을 발행하였다. (고아주는 1961년 인도가 탈환할 때까지 포르투갈의 식민지였다.)

4387 동인도 회사에 보다 큰 권력을 인가해 준 조항. 파운드는 이것이 돈을 발행하는 힘이 국가에서 공적이기보다는 사적인 기관으로 넘어가는 계기가 되었다고 보고 있다.

4388 빅토리아 여왕의 1870년 화폐주조 법령을 비꼰 것이다.

4389 로스차일드 가문의 은행 자문을 했던 인물.

4390 동양과 서양에서의 금화와 은화의 가치 비율에 대해 말한 것이다.

4391 런던의 「타임스」신문의 외국 부문 편집자.

4392 『뉴욕 월드』지의 편집장이었다. 이 사람이 편집장으로 있던 시절에 미국에는 "그린백 운동" — '그린백'은 미국 지폐를 말한다 — 이라는 것이 있었는데, 즉 금이나 은 같은 정화 대신 종이 지폐의 추가 발행을 지지하는 정당이 있었는데, 이 정당이 이 운동에 대한 지지를 철회하게 되었고(그걸 "배반 Betrayal"이라고 불렀다), 그 철회의 표시가 이 신문에 나왔다는 말이다.

4393 상원, 하원의원을 지내다 클리블랜드 대통령 밑에서 재무장관을 했다. 은행가들을 비롯한 금융가들에 대척되는 관점을 지니고 있었다.

4394 즉 관음(보살).

4395 이집트의 프톨레마이오스 3세의 부인으로 그녀의 머리카락이 별자리가 되었다 한다.

4396 『대학』의 「치국평천하(治國平天下)」편에 보면 나오는 문구. "자신의 친족을 아끼는 것이 보배라 할 것이다"라는 뜻.

4397 칸토 LXXVII의 주석 2868번을 보라.

4398 이 표현들은 단테의 『신곡』, 「지옥」에 나오는 것으로, 모두 운명의 여신을 묘사한 부분이다.

4399 여기서 이 한자가 어떤 의미로 쓰였는지 잘 모르겠다. 파운드 학자들이 붙인 주석에 보면, 이 한자를 '운(運)'의 뜻으로 풀이하고 있는데, 이 한자가 그런 뜻을 가지고 있는지 모르겠다. 여하튼 이 한자에는 시각적으로 '눈'을 뜻하는 한자 '目'이 들어가 있다고 볼 수 있다.

4400 식물 이름으로 어두운 푸른색을 지녔다.

4401 베네치아에 있는 성당.

4402 칸토 LXXXIX의 주석 3873번을 보라.

4403 즉 알렉산더 대왕을 말한다. 그는 38세가 아니라 33세에 죽었다.

4404 칸토 LXXIV의 주석 2533번을 보라.

4405 칸토 VI의 주석 97번을 보라. 단테의 『신곡』, 「연옥」 칸토 26에 나온다.

4406 '아마도'는 '운명'과 어원을 같이 하고 있다. 어찌 될지 모르는 운명은 '아마도'라는 말과 잘 어울릴 것이다.

4407 칸토 XCIII의 주석 4009번을 참조해 보라.

4408 새디우스 콜맨 파운드. 파운드의 할아버지. 칸토 XXI의 주석 414번을 참조해 보라.

4409 13세기 음유시인으로 전쟁과 고리대금업에 대한 시를 주로 썼다.

4410 칸토 XIX의 주석 356번과 LXXVIII의 주석 2964번을 보라.

4411 칸토 LXXXVIII의 주석 3713번을 보라.

4412 알바니아의 정치가. 1920년 파리에서 암살당했다. 파운드는 어떻게 그를 보았는지 모르겠으나, 현재 역사적으로 그는 별로 좋은 평가를 받지 못하고 있다. 오히려 그를 암살한 인물이 민주투사로 여겨지고 있다.

4413 즉 카발칸티의 「운명의 여신」.

4414 20세기 초 영국의 자연과학자.

4415 로마법의 기초가 되었던 성문법.

4416 기원전 2세기의 로마 시인으로 풍자로 유명하다.

4417 파운드가 라팔로에 살 때 만났던 행상.

4418 어떤 숫자를 말하는 건지 정확히 알 수 없다. 어떤 이는 『서경』의 몇 번째 장을 말하는 것이라 하고, 또 어떤 이는 이 세상이 돌아가는 중심이 되는 신비적 숫자라 하고, 또 어떤 이는 이 『칸토스』의 구성과도 관련이 있는 숫자라 하는데, 사실 솔직히 다 추상적이고 관념적인 두리뭉실한 해설일 뿐이다.

4419 리그베다에 나오는 자연신들 중의 하나. 쌍둥이로 나온다.

4420 즉 복희(伏羲).

4421 칸토 XCIV의 주석 4089번을 보라.

4422 즉 당나라.

4423 지금의 파키스탄 펀자브 지방의 옛 도시.

4424 에티오피아의 옛 도시. 여기서 '물'은 나일강을 말한다.

4425 인도의 옛 지역으로 아폴로니우스가 방문하였다.

4426 즉 아폴로니우스.

4427 아일랜드에 있는 언덕 이름.

4428 메네스. 상하 이집트를 통합하여 이집트 제1왕조를 창건하였다고 알려진 인물.

4429 이탈리아의 언론인으로 파시스트 정권 때 국회의원이었다.

4430 파리 교외.

4431 칸토 LXXVI에도 나온, 사라진 프랑스의 고급 레스토랑.

4432 "메타피직"을 말한다.

4433 버크민스터 풀러. 미국의 유명한 건축가.

4434 칸토 LXXXIX의 주석 3897번과 3898번을 보라.

4435 랑고바르드족이 살았던 가장 북쪽 지역. 아마도 지금의 스웨덴 웁살라.

4436 그 사원에는 세 명의 신 조각상이 있는데, 하나는 토르, 두 번째는 보단, 세 번째는 프레이(라틴어 이름이 프리코)이다.

4437 그리스 신으로 남근으로 표상된다.

4438 랑고바르드족을 스칸디나비아로부터 끌고 내려온 아이온의 아들로, 랑고바르드족의 전설적인 초기 왕.

4439 신성로마 황제 프리드리히 2세(또는 페데리코 2세)를 말한다. 아풀리아는 이탈리아반도의 동남쪽 지역의 명칭으로 그가 이곳에서 죽었다. 그는 시칠리아의 왕이기도 했다.

4440 13세기 초의 이탈리아 시인으로, 프리드리히 2세 궁전의 시인이기도 했다.

4441 프리드리히 2세는 매로 사냥하는 법에 대한 책을 썼다.

4442 미냐의 책에 붙은 부록의 편집자.

4443 로마의 학자로, 아우구스투스 황제의 손자들을 가르쳤다.

4444 섹스투스 폼페이우스 페스투스. 2세기의 로마 학자로, 플라쿠스의 저술을 요약하였다.

4445 15세기 이탈리아의 학자.

4446 타이게토스산. 펠로폰네소스 반도에 있는 산.

4447 티베르강 근처의 평야.

4448 전차나 마차를 바다로 던지는 것은 신들이 그 마차들을 이용하라고 하는 것이다.

4449 항구의 신.

4450 이 세 한자들을 합치면, "말의 늙은 신"이 되는데, 마차를 끄는 것으로 알려진 태양의 신인 헬리오스를 뜻하는 것일 수도 있고, 파운드 자기 자신을 뜻하는 것일 수도 있다.

4451 『논어』의 「자로(子路)」편에 나오는 말로, 공자는 "쉬지 마라"(게을리 하지 마라)는 충고를 하고 있다. 파운드는 "늙지 않으리"라고 표현하고 있는데, 자기 자신을 채찍질하는 말로 이해할 수 있다.

4452 칸토 LXXVII의 주석 2822번을 보라.

4453 고대에 이탈리아반도에 살았던 종족.

4454 이탈리아 여인들이 문상 때 검은 숄을 하는 것은 데메테르 여신이 딸을 잃었을 때 검은 가운을 걸

첫다는 데서 유래했다고 한다.

4455 청의 강희제가 반포한 칙령.

4456 캔터베리의 안셀무스. 11세기 신학자로 원래는 이탈리아 사람이나 영국으로 와서 캔터베리 대주교가 되었다.

4457 칸토 XV의 주석 296번을 참조.

4458 칸토 VIII의 주석 155번을 보라.

4459 바빌론의 왕 오르카무스의 딸. 태양의 신인 아폴로와 강제로 교접을 한 것이 아버지에게 밝혀져 산 채로 불에 태워졌다. 아폴로는 그녀의 시체를 향나무로 변신시켰다.

4460 조금 아래 가면 왕우박이라는 소금 관리소장이 나오는데, 이 인물은 강희제의「성유(聖諭)」를 일반 보통사람들이 더 잘 이해하도록 풀이를 하였다. 이 칸토의 후반부는「성유」에서 인용한 부분들이 많다.

4461 즉 T. S. 엘리엇. 예이츠, 엘리엇, 윈덤 루이스 등은 정치나 경제와 같은 현실에 대한 인식이 부족했다는 뜻.

4462 칸토 XLVI의 주석 1063번을 보라.

4463 칸토 LXXXVI의 주석 3608번을 볼 것.

4464 '미아오'는 고양이의 울음소리. '마오'는 희랍어에서 '욕망'을 뜻하는 의미를 지닌 어근이다.

4465 '포이보스'는 태양의 신인 아폴로를 말한다. 이 문구는 아폴로의 딸인 키르케를 지칭한 것이다.

4466 즉 윌리엄 버틀러 예이츠. 칸토 LXXX의 주석 3168번을 참조하라.

4467 즉 산시성(섬서성-陝西省). 그곳의 소금 관리소장 이름이 왕우박(王又樸)이었다.

4468 단테의 저술 제목이다. 즉 단테가 일반인들이 쓰는 말에 대하여 썼듯이 왕우박이「성유」를 일반인들이 더 잘 이해할 수 있게 풀이를 하여 썼다는 뜻으로 파운드가 쓴 것이다.

4469 '따뜻하다'는 뜻의 '훤(暄)'의 중국 발음.

4470 '본업(本業)'의 중국 발음.

4471 즉 아리스토텔레스. 아리스토텔레스는 철학은 나이 든 이들이 하는 일이라 하였다.

4472 강희제의 아들로 강희제 다음의 청나라 황제였던 옹정제(雍正帝). 중들이 돈을 모아 커다란 절을 지으려하자 부처(즉 싯다르타)는 왕자로 태어났던 화려한 궁궐도 버리고 산속으로 들어가 금욕적으로 살았는데, 부처를 기리는 커다란 절을 짓는다는 것이 합당한 일이냐고 물었다.

4473 도교를 행하는 사제들이 기적을 행한다고 소문이 나 있지만, 실제로 그들이 그런 행위를 하는 것을 본 적이 있느냐는 물음. 즉 그런 소문들은 다 헛소문이고 사기이니 사람들은 속지 말라고 하는 말.

4474 즉 오륜 ─ 군신, 부자, 부부, 장유, 붕우.

4475 그 당시 도교 사제들은 연금술사 같은 명성을 얻고 있었고, 그래서 그들은 불사의 약을 만든다는 소문이 나 있었다.

4476 다음 행의 한자들이 '버릴 기,' '버릴 사'이다. 즉 원래 부처는 궁궐에서 난 왕자였지만 이 모든 것을 버렸다는 말.

4477 말을 뜻하는 '馬'와 입을 뜻하는 '口'로 이루어진 한자 '嗎'는 의문 조사(즉 의문부호)이기도 하고, '꾸짖다'라는 뜻이 되기도 한다.

4478 6세기 동로마의 역사가. 그는 유스티니아누스 대제의 업적을 치하하는 글을 남겼지만, 반면 유스티니아누스 부부에 대한 안 좋은 이야기들을 담은 글도 남겨놓았는데, 이 글은 수세기가 지나서야 발견이 되었고, 17세기에 와서야 출판이 되었다.

4479 아마도 파운드와 같이 엘리자베스 정신병원에 입원해 있던 환자.

4480 노엘 스탁. 호주의 문인으로 파운드의 전기작가이기도 하다.

4481 '화두(話頭)'. '말머리'라는 뜻도 있지만, 불교에서는 진리를 깨치게 하기 위해 내는 과제를 뜻한다. '話'에는 혀를 뜻하는 '설(舌)'이 들어가 있다.

4482 '소인(小人)'의 중국 발음. 천상에 있는 부처가 사람들이 바치는 푼돈을 바랄 리 없겠지만, 만약 그렇다면 그는 소인이라는 말.

4483 '번화(番話)'의 중국 발음. '타지방의 말'이라는 뜻.

4484 '원천'이라는 뜻의 '원(原)'은 '작을 소(小)', '흰 백(白)', '기슭 엄(厂)'으로 이루어져 있다. 「성유」에는 깊은 의미가 담겨 있으며, 그 원천은 인간 본성에 있다라는 말.

4485 '주풍속(做風俗)'의 중국 발음. 사람들의 풍속은 바람이나 협곡 같은 자연의 영향을 많이 입고 만들어진다는 뜻. '속(俗)'은 '사람 인(人)'과 '골짜기 곡(谷)'으로 이루어져 있다.

4486 즉 포드 매덕스 포드.

4487 앞 칸토 XCVII의 주석 4439번과 4441번을 보라. 그는 『세 명의 사기꾼에 대해』라는 글도 쓴 것으로 알려져 있는데(아마도 아닐 것이다), 여기서 "세 명의 사기꾼"이란 예수, 모세, 무함마드를 말한다. 이 글의 저자에 대해서는 이런저런 설들이 많고, 그 결론은 아직도 나지 않고 있다.

4488 칸토 XCVII의 주석 4440번을 보라.

4489 그의 아버지란 강희제의 아버지인 순치제(順治帝)를 말한다.

4490 '존 발리콘'은 보리알(맥아)을 의인화한 것으로, 맥주나 위스키를 뜻하기도 한다. '제 추'는 '야자(惹子)'의 중국 발음으로 역시 공자, 맹자처럼 의인화를 시킨 것인데, '惹'는 '야기(惹起)'라는 말에서도 알 수 있듯이, '끌어당기다, ……이 일어나게 하다'의 의미를 갖는다. 또한 'Je tzu'라는 말은 'Jesus'를 연상시키기도 한다.

4491 「성유」를 편집하여 번역한 영국의 선교사.

4492 옹정제는 아버지의 「성유」에 첨삭을 하여 「성유광훈(聖諭廣訓)」을 내었다.

4493 세금은 직접 가서 내지 다른 사람을 시키지 말라는 중국인들이 흔히 인용해 쓰는 말.

4494 중국의 옛 제식으로, 주로 나시족(納西族)이 행하던 제식.

4495 「성유」의 시작 부분에는 "만세야의사설(萬歲爺意思說)"이라는 문구가 나온다. '만세'를 파운드는 '만년'이라 풀이한 것이고, 아버지를 뜻하는 '爺'를 '황제'로, 뜻이라는 뜻인 '意'를 '마음의 소리'로 ─ '意'를 마음을 뜻하는 '心'과 소리를 뜻하는 '音'의 결합으로 본 것 ─, 그리고 생각하다의 뜻인 '思'와 말하다의 뜻인 '說'로 각각 풀어서 쓴 것이다.

4496 즉 공자. 공자의 관점에서 바라보라는 말.

4497 즉 그만큼 조심해서 쓰고, 절대로 낭비하지 말라는 뜻.

4498 '16'이란 「성유」 16조를 말한다. 좋은 사회를 만들기 위한 이 글이 높은 이자율을 언급함으로써 망쳐졌다는 파운드의 의견.

4499 여기서 '볼'이란 이브의 볼을 말한다. 아담의 갈비뼈에서 태어난 이브가 금지된 열매를 맛봄으로써 인류가 엄청난 대가를 치르는 것을 두고 한 말. 단테의 『신곡』 「천국」 13편에 나오는 표현이다.

4500 아마도 메리 러셀 밋포드. 19세기 영국의 꽤 인기 작가였다. '그들 중 하나'라는 말이 뒤따른 것을 보면, 밋포드라는 이름을 가진 또 다른 누군가를 파운드가 생각했을 수 있다.

4501 『신곡』 「천국」 13편에 나오는 표현으로 XIV는 잘못이다. 바로 뒤에는 xiii이라고 제대로 나온다.

4502 7조는 이단을 축출한다는 내용을 담고 있다.

4503 9조에 관유안(管幼安)이라는 사람의 예가 나온다.

4504 즉 맹자. 맹자는 세금은 고정되어서는 안 되고 사람의 능력에 따라 융통성 있게 책정되어야 한다

고 말했다.

4505 이 두 한자를 합치면 "무시하지 마라"는 뜻이 된다.

4506 한자 '顯'에는 태양의 '日'과 명주실의 '絲'이 들어가 있다.

4507 옹정제가 아버지의 「성유」를 보완하여 다시 쓴 시기.

4508 '툰'은 '도탑다'의 뜻인 '敦'의 중국 발음. '펀'은 '뿌리'의 뜻인 '本'.

4509 '실하다'의 뜻인 '實, 실'.

4510 '본, 패턴'의 뜻인 '模'.

4511 '法'.

4512 '公'.

4513 '私'.

4514 즉 주(周)나라.

4515 '끈, 엮을'의 뜻인 '編'.

4516 '밝게 붉은'의 뜻인 '赬'.

4517 '백성'을 뜻하는 '氓'.

4518 '堯'. '높다'는 뜻이지만, 요임금을 뜻하는 것일 수도 있다.

4519 '曉'. '밝을, 새벽'의 뜻.

4520 '櫃'. '궤짝, 함'의 뜻.

4521 '鴻'. '큰 기러기'의 뜻.

4522 '짐(朕)'.

4523 '나, 임금'.

4524 '養'.

4525 '植麻'.

4526 '種綿'. "면의 씨앗을 뿌리다."

4527 '同'.

4528 '廢'.

4529 즉 주자(朱子).

4530 즉 주자. '朱'는 '붉다'는 뜻이고, '子'는 '아들'의 뜻.

4531 즉 강희제 시절 중국에 수학, 과학, 천문학 등의 지식을 전수해 주었던 천주교 선교사들을 말함. 칸토 LX을 참조해 볼 것.

4532 '崇'.

4533 '邪'. 즉 사악한 자.

4534 즉 '本業'.

4535 즉 왕우박.

4536 '明'.

4537 '光'.

4538 '風俗'.

4539 '禮'.

4540 '讓'.

4541 즉 맹자(孟子).

4542 기원전 3세기 그리스 스토아학파 철학자.

4543 아프리카의 나라. 이곳의 사원에는 사람을 제물로 바친 기록이 있다 한다.

4544 『신곡』「천국」 8편에 나오는 구절로, "사회적 질서가 없다면"의 뜻으로 읽을 수 있다.

4545 '법률(法律)'의 중국 발음. '法'에는 '물'을 뜻하는 'ⅰ'와 '땅'을 뜻하는 '土,' 그리고 'ㅿ'가 들어가 있는데, 파운드는 '자기 자신'을 뜻하는 'ㅿ'를 '力' 또는 '筋'의 뜻으로 자의적으로 해석한 것이다.

4546 칸토 XCVII의 주석 4408번을 보라.

4547 즉 '光明'.

4548 4세기 옛 리비아에 주재했던 그리스 출신 주교.

4549 9세기 철학자로 아랍 최초의 철학자라고 여겨지고 있다.

4550 즉 「성유광훈」 9장에 나오는 한나라 이야기.

4551 '智'. '태양'을 뜻하는 '日'이 아래 놓여 있다.

4552 文翁. 쓰촨성(사천성-四川省)의 지방장관.

4553 '端'. '바르다'의 뜻.

4554 '正'.

4555 '浮薄'.

4556 '四端'. 즉 인(仁), 의(義), 예(禮), 지(智).

4557 '桐'. 즉 오동(梧桐)나무.

4558 주문공(朱文公). 즉 주자(朱子)를 말한다.

4559 3세기 철학자로 신플라톤주의의 대명사와도 같은 인물이다. 그가 배앓이를 많이 앓았다고 전해진다.

4560 육체적으로 심한 배앓이를 했던 플로티노스가 육체적인 것에서 벗어나 플라톤적인, 정신적인 차원으로 나아간 것을 의미하는 듯하다.

4561 주자가 도교에서 나오는 불로장생 이야기 같은 것에 대해 대수롭지 않게 응대한 것이다.

4562 즉 '오륜(五倫)'을 말한다. 부자유친(父子有親), 군신유의(君臣有義), 부부유별(夫婦有別), 장유유서(長幼有序), 붕우유신(朋友有信).

4563 즉 사서(四書)를 말한다. 논어, 맹자, 중용, 대학.

4564 칸토 XXVIII을 보라.

4565 '푸'는 '不,' '코'는 '可,' '신'은 '信'. 즉 "믿을 수 없다"는 뜻.

4566 '심술(心術)'.

4567 '해(害)'.

4568 즉 '正'.

4569 '활불(活佛)'. 부모님이 두 명의 살아있는 부처라는 말이다.

4570 '티엔'은 '天,' '탕'은 '堂,' '신'은 '心,' '리'는 '裏'. 즉 "하늘의 사원은 마음 안에 있다"라는 뜻.

4571 '齒'.

4572 '악(齷)'. "악착같다," "속이 좁다"의 뜻.

4573 '착(齪)'. "악착같다," "속이 좁다," "이가 부딪치는 소리"의 뜻.

4574 즉 주자.

4575 '管'. "관리하다, 통제하다"의 뜻.

4576 '조관(照管)'. "맡아서 관리하다"의 뜻.

4577 '체'는 '저(這),' '양'은 '樣,' '티'는 '的,' '젠'은 '人'. 즉 "저런 부류의 인간"의 뜻.

4578 '流'.

4579 '敗'.

4580 '類'. 부류를 뜻하는 한자 '類'는 쌀을 뜻하는 '米,' 개를 뜻하는 '犬,' 머리를 뜻하는 '頁'로 이루어져 있다.

4581 安定. 사람 이름. 송나라 때의 한 지역 관리.

4582 위의 주석 4552번의 인물.

4583 칸토 LXXX의 주석 3150번을 보라.

4584 서커스단이 만드는 커다란 천막 지붕. 서커스단원들은 끊임없는 노력으로 자신들이 할 수 있는 최대한의 연기를 한다.

4585 '시우'는 '秀,' '찬'은 '차이'의 잘못으로 '才'.

4586 '쿠안'은 '官,' '창'은 '長'.

4587 파운드는 한자 '秀'를 이렇게 풀이한 것이다.

4588 즉 「성유」.

4589 '호심(好心)'. 즉 "좋은 마음."

4590 '略字'. 뒤에 이어 나온 '惡'의 약자를 말한 것이다.

4591 '惡'.

4592 '壞'. '무너질 괴'이다.

4593 '嬌'. '아리따울 교'. 여기서는 긍정적 의미가 아니라 부정적 의미로 쓰인 것이다. 말하자면 "교태를 부리다"에서와 같은 의미.

4594 요임금의 두 딸.

4595 '想一想'. "한번 잘 생각해 보라"는 말.

4596 '鎖'. '잠글 쇄'.

4597 '奏'. '아뢸, 모일 주'. 황제를 기념하고 추억한다는 말.

4598 '考成'. 주인과 하인 사이의 협약을 말하는 것으로, 즉 추수한 뒤 주인과 소작인 사이의 할당 비율을 말함.

4599 19세기 프랑스 정치가. 프랑스 3공화국의 대통령. 파운드는 세금에 대한 그의 정책이 탈레랑 때보다는 진보한 것으로 보았다.

4600 「성유」 14장, "세금의 납부."

4601 '田地'.

4602 '量'.

4603 '樣征'.

4604 즉 옹정제. 옹정제가 쓴 버전을 말함.

4605 칸토 LXXXII의 주석 3318번을 보라.

4606 『포트나이틀리 리뷰』의 편집자였다.

4607 즉 주(周)나라.

4608 아마도 파운드가 '육예(六藝)'를 잘못 쓴 것일 것이다. '육예'란 예(禮), 악(樂), 사(射), 어(御), 서(書), 수(數)를 말한다.

4609 '昭'. '밝을 조'.

4610 즉 짐(朕).

4611 '農'.

4612 '桑'. '뽕나무'의 뜻. 즉 농사를 지어 먹고, 누에를 키워 옷을 해 입는다는 말.

4613 '長'. 여기서는 '길다'의 뜻이 아니라 '높다'는 뜻, 즉 '높을 존(尊)'의 의미. 즉 존중한다는 말.

4614 '모일 취(聚)'.

4615 '勿慕奇贏倍利'. "대단한 이득, 배가 되는 이익을 좇으려 하지 마라."

4616 19세기 프랑스의 역사가.

4617 칸토 LXXXVIII의 주석 3712번을 보라. 그가 쓴 책 중에 구약성경 중의 하나인 토빗기에 대해 쓴 책으로, 고리대금업에 대한 비판이 담겨 있다.

4618 파운드는 성애(sexuality)를 자연적인 것이라 보았기에 전혀 죄악시하지 않았다. 오히려 이런 면에 서 나약한 이들을 좋지 않게 보았다. 나약(懦弱)의 '나(懦)'가 천둥을 뜻하는 '뇌(雷)'를 연상시키지 만, 같은 글자는 아니기 때문에 "오역(誤譯)"이라 한 것이다.

4619 '사귈 교(交)'.

4620 즉 인(仁), 의(義), 예(禮), 지(智).

4621 '복인(福人)'.

4622 몬태나주의 상원의원. 처음엔 루스벨트 대통령의 뉴딜 정책에 동참했었으나, 나중에는 그에게서 갈라졌다. 본문 인용문의 '그'는 루스벨트를 말한다.

4623 칸토 LXXXVI의 주석 3594번을 보라.

4624 프랑스의 사령관으로 제1차 세계대전 때 연합군 의장이었다.

4625 뉴딜 정책을 비꼬고 있는 말.

4626 로베스피에르와 함께 프랑스혁명을 이끌던 인물. 그러나 혁명 재판정에서 사형을 언도 받고 단두대에서 처형당했다.

4627 15~16세기 영국의 시인. 헨리 8세 때 권력의 핵심에 있던 울지 추기경을 풍자하는 시들을 썼으 나 무사히 살아남았다.

4628 제1차 세계대전 때 활약했던 영국의 정보원. 미국의 우드로 윌슨 대통령과 손잡고 일했다.

4629 주미 영국대사였다.

4630 프랑수아 1세. 16세기 프랑스 왕.

4631 섬너 웰스. 루스벨트 밑에서 국무차관을 지냈다. 공직에서 물러난 후 자신 소유의 땅에서 의식불 명인 채로 발견이 되었는데, 물에 빠졌던 것으로 여겨지고 있다. 파운드는 그를 높이 평가했다.

4632 17세기 프랑스의 추기경이자 정치가. 그가 권력을 쥔 이후 프랑스의 빚이 늘어났다고 보고 있다.

4633 즉 나폴레옹 법전을 말함.

4634 즉 스파르타의 리쿠르고스 법령을 말함.

4635 프랑스 남부 도시 님에 있는 로마 사원.

4636 위트레흐트 조약을 말한다.

4637 마리아 데 메디치. 프랑스의 왕 앙리 4세의 부인이며 루이 13세의 어머니이기도 하다. 리슐리외 추기경이 권력의 핵심이 되자 그와 정치적 싸움을 벌이면서 소위 '30년 전쟁'의 원인이 된다. 나 중에는 추방당하여 죽었다.

4638 17~8세기 스코틀랜드 출신의 재정가. 프랑스로 가서 은행을 설립하여 지폐를 발행하게 될 정도 로 규모가 커졌으나 투자를 키워놓고는 큰손들은 거품 때 빠져나갔으나 못 빠져나간 소액 투자 자들이 돈을 날리는 바람에 쫄딱 망하고 만다. 베네치아에서 오명을 쓴 채 죽었고, 그곳의 산 모 이세 성당 묘지에 묻혔다. 파운드는 이 인물을 큰손들의 희생양으로 보고 있다.

4639 엘리자베스 병원에 파운드와 같이 있던 환자들 중 한 명.

4640 프랑스 북부의 도시.

4641 볼테르는 필명이고, 그의 본명이 아루에이다.

4642 칸토 LXI의 주석 1810번을 보라.

4643 독일의 수상 겸 프로이센의 총리. 원래 바바리아의 수상이었던 그는 비스마르크 밑에서 독일 통일을 추진했던 인물로 평가받고 있다. 흔히 '보불전쟁'이라고 불리는 프랑스-프로이센 전쟁을 끝낸 것으로도 평가받고 있는데, 파운드는 그럼으로써 제1차 세계대전이 일어나기 전까지 유럽에 평화를 가져왔다고 보고 있다.

4644 독일이 정치적으로 통합되기 전에 이미 독일의 소국들은 상호 간의 관세를 없애고 대신 외국과의 거래에는 관세를 매기는 연합된 조직을 가지고 있었다.

4645 칸토 XL의 주석 936번을 보라.

4646 '산 저 너머'란 가톨릭교도들을 말한다. 즉 프랑스인이면서도 알프스 저 너머 로마의 교황에 더 복속하는 이들을 지칭하는 말이다.

4647 19세기 프로이센과 독일의 참모총장을 지냈다. 보불전쟁도 그의 손으로 끝냈다. 제1차 세계대전 이전의 가장 탁월한 전략가였다.

4648 프랑스 도시. 나폴레옹이 엘바로 귀양 가기 전 자신의 호위부대에게 작별을 고했던 궁이 여기에 있다.

4649 알렉산더 대왕이 인도의 브라만 계급과 만나 대화를 나누었던 내용이다.

4650 미 헌법의 십조. 파운드는 화폐 개혁에 이 조가 걸림돌이 될 수도 있다고 보았다.

4651 『신곡』, 「천국」 칸토 18에 보면, 단테는 베아트리체를 바라보며 "사랑의 정신적 힘"이 점점 커지는 것을 느낀다.

4652 칸토 LXXXVIII의 주석 3742번을 보라. 왜 파운드가 동수로 만들었는지 알 수 없다. 단순한 실수인지.

4653 칸토 XXXVII의 주석 845번을 보라. 잭슨은 은행과의 전쟁에서 자신의 말을 듣지 않는 뒤에인 대신 테이니를 재무장관에 앉혔다.

4654 암흑계(이승과 지옥 사이에 있는, 죽은 자의 거처).

4655 칸토 XCIV의 주석 4082번을 보라.

4656 칸토 XCIV의 주석 4084번을 보라.

4657 칸토 XCV의 주석 4153번을 보라.

4658 칸토 LXXX의 주석 3271번을 보라.

4659 오디세우스가 이타카로 돌아가기 전 레우코테아의 도움('베일')으로 무사히 도착할 수 있었던 섬인 스케리에를 말하는 것이다(그 섬에 사는 사람들을 파이아키아인들이라 부른다).

4660 칸토 LXXVIII의 주석 2930번을 보라.

4661 19세기 영국의 법률가.

4662 칸토 XCVII의 주석 4385번을 보라.

4663 그리스의 옛 이름.

4664 유스티니아누스 1세 때의 명장.

4665 연합군의 배를 이탈리아의 잠수함이 격침시킬 수도 있었는데, 마침 그 배는 이탈리아의 트리에스테 지점에 있는 로이드 보험사에 보험을 들어놓은 것이라 격침시키지 않았다는 일화.

4666 마담 드 스탈로 많이 알려진 여인. 자유주의적이고 낭만주의적이었던 그녀는 나폴레옹과의 대립으로도 유명하다.

4667 '佛'의 중국 발음. 즉 불교 또는 불자.

4668 즉 단테.

4669 파운드 전기를 썼던 노엘 스탁.

4670 즉 왕우박.

4671 칸토 XCVIII의 주석 4487번을 보라.

4672 즉 포드 매덕스 포드.

4673 교황 비오 12세(재위 : 1939~1958).

4674 누구인지는 정확하지 않다. 다만 파운드가 알았던 지인으로, 석유회사와 관련이 있었던 인물 정도로밖에는 알 수 없다.

4675 '올림피아드'가 4년에 한 번씩 개최되는 올림픽 경기를 뜻하는 것이라면, 그 236회는 서기 165년 열렸다.

4676 2세기 그리스 철학자. 165년 올림픽 성화에 몸을 던져 죽었다. 파리온은 그의 출생지이다.

4677 칸토 XVI의 주석 306번을 보라.

4678 19세기에서 20세기 초 영국의 언론인.

4679 『신곡』, 「지옥」편에 나오는 문구로, 여기서 '그녀'는 운명을 뜻한다.

4680 19세기 프랑스의 정치가이자 저술가.

4681 레뮈사가 캔터베리의 안셀무스(칸토 XCVIII의 주석 4456번을 보라)에 대해 쓴 글에 나오는 문구.

4682 처베리의 허버트. 17세기 영국의 역사가이자 종교철학자. 소위 '이신론(理神論)(deism)'의 이론적 토대를 놓았다고 평가되고 있다.

4683 칸토 XCIX의 주석 4599번을 보라.

4684 칸토 XXIII의 주석 446번을 보라.

4685 11세기 비잔티움의 황후였던 조이. 프셀로스는 그녀에 대한 글을 남겼는데, 매우 아름다웠던 그녀는 방에서 온갖 화장품과 향수를 썼다고 한다.

4686 인도의 도시로, 유명한 타지마할이 이곳에 있다.

4687 영국의 저널리스트. 1914년 8월 1일자 기사에 러시아를 유럽과 아시아의 맹주로 만드는 것은 서유럽에 재앙이 될 것이다라고 썼다.

4688 4세기 로마 황제. 뒤에 기독교로부터 "배교자"라는 명칭을 얻게 되었는데, 기독교의 너무 커진 세력을 경계하면서 모든 종교의 자유를 선언하였었다.

4689 여기서는 왕과 교황이 그 자리를 오를 때 하는 예식을 의미하며, 유럽의 역사에서 그 둘 사이의 갈등으로 인한 피해를 말한 것이다.

4690 프랑스의 도시.

4691 이탈리아의 도시.

4692 교황과 왕 사이의 갈등이 있었던 해들. '반지'는 교황이 끼는 반지를 말한다.

4693 프랑스의 도시로 성당과 성모마리아상으로 유명하다. 아기 예수가 할례를 받았을 때 그때의 포피를 보관하고 있다고 주장하는 성당들이 여럿 있었는데, 그중 하나가 이곳에 있는 성당이었다.

4694 앞 주석 4682번에 나온 허버트를 말하는데, 그의 저서 중에 『진리에 대해』라는 저서가 있다.

4695 "부드럽고…… 간직할 만큼"은 비용의 시구에서 따온 것으로 육체적 사랑을 암시하고, "본질로부터…… 사랑에 관하여"는 플로티노스의 글로 정신적 사랑을 암시한다.

4696 탈레랑의 근거지 도시들.

4697 티무르 하면 보통 티무르제국의 창시자인 티무르를 말하는 것인데, 티무르는 14세기 사람이므로 연도가 맞지 않는다. 그래서 사실 정확히 누구를 지칭하는 것인지 명확히 하기 힘들다. 연도로 맞

쳐 보자면, 칭기즈 칸의 손자이며, 몽골제국의 3대 칸이었던, 귀위크 칸(재위 : 1246~1248)을 말하는 것이 맞다. 그가 죽은 후 그의 묘호는 정종(定宗)이다.

4698 중국의 지명.

4699 19세기 프랑스 정치가 겸 저술가. 『티에르의 행정부』라는 책을 썼다. 나폴레옹에 대한 충성 서약을 하지 않아서 소르본 대학에서 쫓겨났다.

4700 명의 3대 황제인 영락제(永樂帝).

4701 19~20세기 미국의 저술가로 시베리아에 대한 글을 많이 썼다.

4702 이탈리아의 인류학자이자 농업 전문가. 파운드의 사위 친구이기도 했다.

4703 "피바디 코크 앤드 코울"이라는 회사는 있으나, 여기 언급된 인물은 그 회사와는 전혀 관련이 없고, 아마도 파운드가 있었던 엘리자베스 병원의 환자들 중 한 명일 것이다.

4704 19세기 프랑스 철학자이자 종교역사가. 그의 『예수전』은 유명하다.

4705 아우스터리츠 전투가 있었던 곳. 나폴레옹이 거두었던 커다란 승리.

4706 앞에 언급되었던 레뮈사의 어머니. 그녀의 회고록에 나오는 탈레랑 관련 대목이다.

4707 나폴레옹 밑에서 높은 지위에 올랐고, 나폴레옹 법전을 만드는 데 일조를 한 것으로 알려져 있다. 레뮈사 부인은 그를 거만하고 허영에 차 있는 인물로 묘사했다.

4708 아우스터리츠 전투 이후 프랑스와 오스트리아는 1805년 12월 26일 조약을 맺었다.

4709 나폴레옹 밑에서 재무장관과 상무장관을 한 인물들.

4710 도로와 다리들이 건설되었던 곳.

4711 레뮈사 부인은 실제로 회고록에서 "위대한 정신이 전쟁에서 영예를 추구하리라는 것을 믿지 못하겠다"라고 썼다.

4712 레뮈사 부인의 회고록에 따르면, 나폴레옹은 "자유란 타고나면서부터 대다수의 민중보다 큰 재능을 부여받은 소수의 특권계층에게 필요한 것이다"라고 말했다고 한다.

4713 그리스 신화에 나오는 괴물인데, 헤라클레스에 의해 죽임을 당했으나, 헤라클레스의 부인인 데이아네이라가 질투심에 네소스의 피를 바른 옷을 남편인 헤라클레스에게 주었고, 아무 생각 없이 그 옷을 입은 헤라클레스는 고통에 사로잡히다 불길에 뛰어들어 죽었다. 오텡귀에와 뇌플리즈는 사립 은행으로, 마르부아나 몰리앙과 대적되는 기관이었다.

4714 즉 강희제(康熙帝).

4715 역시 레뮈사 부인의 회고록에 나오는 인물로, 인간의 성선설을 끝까지 믿었다고 한다.

4716 나시족(납서족-納西族)(영어로는 나키족)의 족장.

4717 부피에 엘제아르. 아내와 자식을 잃은 그는 다른 할 일이 없자 황량한 곳에 가서 3년 만에 그곳에 천 그루의 나무를 심었다고 한다.

4718 즉 관음(觀音)보살.

4719 나시족이 사는 곳에 있는 사자산(獅子山)을 말한다.

4720 그리스의 제일 긴 강.

4721 칸토 XXIII의 주석 458번을 보라.

4722 '대 밧줄 작'.

4723 프랑스 도시 툴루즈.

4724 이탈리아 중부 도시.

4725 아마도 라디오 방송에 나오던 인물.

4726 로버트 맥네어 윌슨. 영국의 의사 겸 저술가로 돈과 역사에 관한 글을 썼다.

4727 이탈리아 북부의 지역. 1800년 이곳에서 나폴레옹은 오스트리아군과 싸워 이김으로써 자신의 입지를 공고히 했다.

4728 3세기 신플라톤주의 철학자. 스승이 플로티노스이다.

4729 명의 5대 황제인 선덕제(宣德帝 — 宣宗)를 말한다. 그림을 잘 그렸다고 한다. 1389년생이 아니라 1399년생이다.

4730 파운드와 가깝게 지냈던 셰리 마티넬리의 남동생. 마티넬리가 화랑에 데려갔더니 이런 말을 했다고 한다.

4731 즉 헨리 제임스.

4732 여강(麗江). 윈난성(운남성-雲南省)에 있는 도시로, 나시족의 중심지이다. 그곳 여인이 입은 옷에 대한 묘사이다.

4733 나시족의 제사장.

4734 석고(石鼓). 역시 나시족이 사는 도시. 그 물가란 양자강을 말하는 것이다.

4735 무솔리니 밑에서 농산성 장관을 지냈다.

4736 시간의 경과에 따라 돈의 가치가 하락하는, 게젤의 화폐를 지칭하는 것으로, 게젤의 이 아이디어를 듣고 나온 반응들.

4737 나시족의 장례식 그림에 있는 상형문자들을 두고 한 말이다.

4738 제우스가 헤르메스에게 이제 오디세우스를 놓아주라고 칼립소에게 전한 것을 두고 한 말이다.

4739 칸토 LXXXVI의 주석 3608번을 보라.

4740 영국과는 달리 미국에서는 상원의원은 자신이 출마하는 지역에 거주를 해야 함.

4741 아테나 여신은 변장하여 오디세우스의 아들인 텔레마코스에게 거짓말을 했다.

4742 『오디세이』 IV, 693행(639행은 잘못임). 그 의미는, 오디세우스는 아무에게도 해를 입힌 적이 없다는 뜻.

4743 칸토 XCVIII의 주석 4459번을 보라.

4744 즉 레우코테아.

4745 즉 엘리엇.

4746 『오디세이』에 나오는 표현을 파운드가 바꾼 것이다. 원래는 오디세우스는 말과 행동을 다 제대로 이행한다는 말이었는데, 파운드는 '말'을 '사랑'으로 바꾼 것이다.

4747 파리에 있던 레스토랑.

4748 18세기 독일의 유명한 미술사가. 비너스의 아름다움은 그 눈까풀에 있다고 이야기했다.

4749 칸토 LXXX의 주석 3168번을 보라.

4750 칸토 LXXX의 주석 3271번을 보라. '자크 페르'는 셰익스피어의 이름을 프랑스식으로 약간 비틀어 발음한 것이다.

4751 에바 헤세. 파운드의 오랜 지인이자 파운드의 작품을 독일어로 번역한 사람.

4752 즉 공자.

4753 누군지 확인이 되지 않고 있다.

4754 칸토 XCV의 주석 4162번을 참조하라.

4755 프로베니우스는 고양이를 뜻하는 단어 Katz에서 'K'를 고양이의 머리로, 'z'를 고양이의 꼬리로 보는 학생의 질문을 전혀 우습게 보지 않았지만, 학교 선생은 그 학생을 우둔한 애로 볼 거라는 말.

4756 파운드와 편지 왕래를 했던 영국 여인.

4757 칸토 LXXXIX의 주석 3842번을 보라. 파운드는 반유대주의적 성향을 보인 돔빌의 저술이 도서

관에 없는 것은 자연스러운 것이라 보았다.

4758 『오디세이』에서 네스토르를 두고 한 말이지만, 여기서 파운드는 돔빌에게 이 말을 적용하고 있다.

4759 '일리온'은 트로이의 그리스어 이름. "내 암캐 눈을 위해"는 헬렌이 한 말이다. 나 때문에 트로이 전쟁을 일으키려는가 하고 남편인 메넬라오스에게 말한 것이다. '암캐'라고 번역이 되었으나. 원 뜻은 '부끄러움을 모르는' 또는 '겁을 모르는'이다.

4760 처녀 사냥꾼. 아버지에 의해 버려졌으나 곰의 젖을 먹고 자라고 디아나 여신에 의해 보호를 받았다.

4761 베네치아의 성당.

4762 칸토 XCVII의 주석 4395번을 보라.

4763 칸토 LXXXVIII의 주석 3723번을 보라.

4764 이 희랍어의 뜻은 바로 다음 행에 나온다.

4765 칸토 C의 주석 4688번을 보라.

4766 4세기 로마의 역사가.

4767 마르켈리우스의 로마 역사서를 말하는 것이다. 그 책에서 마르켈리우스는 율리아누스의 전쟁에 관해 쓰고 있다.

4768 앞의 '그'는 율리아누스이지만, 여기서의 '그'는 콘스탄티우스 2세를 말한다(여기서의 '나'가 율리아 누스). 율리아누스는 콘스탄티우스 2세에 의해 총독으로 임명을 받고 여러 전쟁을 치렀는데, 율 리아누스의 인기가 올라가자 콘스탄티우스는 그를 제거할 생각을 했었지만, 그러기 전에 자신이 열병으로 죽고 말았고, 율리아누스가 황제로 올랐다.

4769 칸토 XCI의 주석 3965번을 보라.

4770 1850년은 미국 12대 대통령인 재커리 테일러가 죽고 부통령이었던 밀러드 필모어가 13대 대통 령이 되던 해이다. 또한 노예제도 찬반으로 인해 미국의 남북이 갈라지던 시대였다. 필모어는 그 중간 타협적인 인물이었으나, 남부 쪽에 좀 더 가까운 모습을 보였다. 그의 뒤를 이어 프랭클린 피어스가 1853년 14대 대통령이 되었는데, 그도 필모어 비슷하게 타협적인 인물이면서도 남부 쪽에 가까운 인물이었다. 1856년은 그다음 대통령 후보를 뽑는 해였다. 피어스는 또다시 후보로 뽑히고 싶어 했지만 실패했다.

4771 캘리포니아 출신 의원인 허버트가 피어스가 속한 당의 본부가 있던 윌러드 호텔에서 웨이터를 죽이는 사건이 벌어졌다.

4772 사우스캐롤라이나 출신의 의원. 매사추세츠 상원의원인 섬너가 노예 폐지를 주장하면서 브룩스 가 노예들을 가진 것을 비판하자 그에 대한 보복으로 브룩스는 자신의 지팡이로 섬너를 가격했 다. 밑 행의 '우리 자신'이란 남부를 말한 것이다. 이런 말을 하고 브룩스는 사임했으나 오히려 대 폭적인 지지를 받으며 다시 의원에 뽑혔다.

4773 1862년 만들어진 미국 연방법으로, 서부에 이주한 사람들이 5년간 일정한 곳에 머무르면 얼마 만큼의 땅을 불하받을 수 있게 했던 법.

4774 19세기 미국의 초절주의자(Transcendentalist).

4775 시클스나 벨몬트나 쿠바를 스페인으로부터 사들이려는 피어스의 계획을 실행하고자 했으나 실 패하고 말았다.

4776 『논어』 5장, 「공야장(公冶長)」편을 보면, 공자가 자로(子路)에게 안회(顏回)와의 비교를 제시하자, 자로는 이렇게 대답한다('휘'는 즉 안회).

4777 즉 파운드 자신의 할아버지인 새디우스 콜맨 파운드.

4778 카지미르 페리에. 18세기 후반에서 19세기 초반 프랑스를 이끌었던 은행가, 산업가, 정치가. 파

리의 방돔 광장에는 나폴레옹이 아우스터리츠 전투 승리를 기념하는 커다란 기둥을 세우고 그 꼭대기에 자신의 동상을 올려놓았으나, 부르봉 왕가가 복위한 뒤 동상이 철거됐었다. 그 뒤 1830년 루이 필립이 왕이 되면서 다시 동상이 세워졌다. 그 뒤 1871년 파리 코뮌 때 기둥이 완전히 철거됐었으나, 그후 다시 재건립되어서 지금에 이르고 있다.

4779 간행물 이름.

4780 19세기 유럽의 남성 거물들과 많은 교류를 쌓았던 발트 독일인 여성.

4781 18~19세기 남미의 혁명가. 볼리비아라는 국가의 이름이 그의 이름에서 나온 것이다.

4782 19세기 프랑스 정치가. 루이 필립 밑에서 수상을 지냈고, 그 후 주영 프랑스 대사도 했다. 'T'는 탈레랑.

4783 18세기 합스부르크가의 실질적 통치자. 그녀가 지배하는 동안 비엔나는 예술의 중심도시였다.

4784 '마렘마'는 이탈리아의 서쪽 해변 지역 이름. 단테의 『신곡』 「연옥」편에 보면, "시엔나가 나를 낳고 마렘마가 나를 망쳤다"라는 구절이 나온다. 이 구절은 엘리엇의 『황무지』에서 패러디되어 쓰이고 있다. 비엔나를 마리아 테레지아가 낳았다면, 메테르니히와 러시아('흐루시아')가 마렘마처럼 비엔나를 망쳤다라는 의미로 읽을 수 있다.

4785 무솔리니의 고향.

4786 영국 켄트에 있는 사저. 유명한 시인이자 소설가인 비타 새크빌 웨스트 가문의 소유이다. 그 가문은 많은 비극적 사건들이 있었다 한다. 그녀는 버지니아 울프의 연인이기도 했다.

4787 18~19세기 프랑스 언론인.

4788 누구를 말하는 것인지 알 수 없다.

4789 나폴레옹은 과부였던 조제핀(조제핀 타셰 보아르네)과 결혼했는데, 그녀에게는 이미 자식이 있었다. 그 자식 중 딸이 오르탕스였는데, 나폴레옹은 이 딸을 자신의 동생인 루이 보나파르트와 결혼시켰다.

4790 샤를마뉴 대제. 아마도 나폴레옹은 황제가 되면서 유럽의 이 전설적인 대제의 이미지를 마음에 새겼을 것이다.

4791 18~19세기 프랑스의 작가.

4792 스웨덴의 사업가로 미국으로 와서 건설업도 하고 성냥 공장으로도 큰 부를 쌓았다. 그리고 금융 지식을 이용하여 투자를 엄청 받았으나, 결국 일종의 '폰지 사기' 수법으로 밝혀졌다.

4793 『새터데이 이브닝 포스트』의 편집자.

4794 어떤 저널리스트일 거라 추측할 뿐 누구인지 알 수 없다.

4795 칸토 XII의 주석 269번을 보라.

4796 미국의 28대 대통령이었던 우드로 윌슨 밑에서 국무장관을 했으나, 윌슨의 사임 요구를 받아들여 사임했다. 그에 뒤이어 퀸의 법률 파트너였던 콜비가 새로운 국무장관으로 취임했다.

4797 즉 13대 대통령 필모어. 대통령이 되기 전, 나이아가라 폭포가 있는 오대호 연안에서 영국 해군과 미국-캐나다 연합(캐나다는 영국으로부터 독립을 원하고 있었으므로) 사이의 갈등이 있었다. 이때 미국은 영국 해군에 맞서기 위해 '울버린'이라는 이름의 군함을 만들었다고 한다.

4798 전보를 발명한 모스는 특허를 얻기 위해 의회에서 시연을 벌였는데, 많은 이들이 코웃음쳤으나 필모어는 그 법안을 찬성했다.

4799 칸토 XIX의 주석 356번, 칸토 LXXVIII의 주석 2964번을 보라.

4800 매슈 스탠리 케이. 19세기 미국의 상원의원.

4801 칸토 XL의 주석 929번을 보라.

4802 일본의 도시 나라(奈良)를 말한다. 8세기에는 일본의 수도였다.

4803 칸토 LXXXVIII의 주석 3729번을 보라.

4804 아마도 프랭클린 D. 루스벨트를 지칭하는 것일 것이다.

4805 윌리엄 그리피스. 필모어 전기를 집필했다. 일본에서 교육 선구자 역할을 한 인물이기도 하다.

4806 '제(制)'.

4807 '예(乂)'. 이 한자에는 '다스리다'의 뜻이 있다.

4808 즉 하(夏)나라.

4809 1861년 링컨 밑에서 재무장관이 되었다.

4810 링컨 밑에서 국방장관이었다.

4811 링컨 바로 전의 대통령이었다.

4812 뷰캐넌의 질녀. 독신이었던 뷰캐넌은 이 질녀를 많이 아꼈다.

4813 즉 앤드루 잭슨.

4814 테네시주의 내슈빌에 있다.

4815 뷰캐넌이 러시아 주재 미국대사였을 때 쓴 글이다.

4816 즉 러시아의 예카테리나 대제를 말한다. 뷰캐넌은 여성의 미덕은 종교에서 온다고 생각했는데, 예카테리나는 프랑스 계몽주의자들의 사상을 받았기 때문에 종교가 없다고 보았고, 그래서 여성으로서의 미덕은 없을 것이라 생각했다.

4817 즉 그 당시 러시아의 황제였던 니콜라이 1세.

4818 프로이센의 도시(지금은 독일).

4819 영국의 빅토리아 여왕. 뷰캐넌은 피어스 대통령 밑에서 주영 미국대사였다.

4820 영국의 신문. 미국에 적대적이었다.

4821 뷰캐넌은 미국의 15대 대통령으로 1857년 취임했다.

4822 흑해 연안의 지역 이름. 오비디우스가 유배당했던 곳.

4823 이탈리아의 중부 도시로, 오비디우스의 출생지이다.

4824 칸토 XCVII의 주석 4439번과 4441번을 보라.

4825 19~20세기 이탈리아의 고고학자. 시칠리아의 여러 곳을 발굴하면서 그 역사를 확립시켰다.

4826 칸토 XCVII의 주석 4402번을 보라.

4827 즉 북유럽 신화의 주신인 오딘.

4828 칸토 XCVII의 주석 4436번을 보라.

4829 칸토 XCVII의 주석 4438번을 보라.

4830 칸토 XCVI의 주석 4176번을 보라.

4831 칸토 XCVI의 주석 4192번을 보라.

4832 칸토 XCVI의 주석 4240번을 보라.

4833 브레시아의 공작. 쿠닌크페르트(칸토 XCVI의 주석 4200번)와의 전투에서 이런 말을 했다고 한다.

4834 칸토 XIX의 주석 362번을 보라. 이 백작이 1928년 카네기 국제평화재단 이사장이자 콜롬비아 대학 총장이었던 니콜라스 버틀러에게 보냈던 편지를 말한다(버틀러는 1931년 노벨평화상도 받았다). 이 편지에서 그는 전쟁의 원인을 공부해야 한다고 주장했다. 일설에 의하면 파운드가 이 편지의 초안을 썼다고도 한다.

4835 제2차 세계대전 때 독일군이 유고슬라비아를 점령하자 게릴라를 조직하여 독일에 항쟁했던 장군. 그 당시 독일에 항쟁하던 또 다른 그룹인 티토의 공산당 빨치산과 한때 손을 잡고 독일에 맞

서기도 했으나, 기본적인 토대가 달랐던 그들은 서로 갈라졌고, 연합군(특히 영국)은 미하일로비치보다 티토를 지원하게 되었다. 그러면서 미하일로비치의 게릴라 조직은 힘을 잃었고, 전쟁 후 미하일로비치는 티토의 정권하에서 재판을 받고 반역죄로 처형되었다.

4836 '젊은 S'.는 정확히 누구를 지칭하는 것인지 알 수 없다. 'F. O'.는 영국의 외무성(Foreign Office)를 말하는 것일 것이다.

4837 지금의 그리스 도시 나프파크토스. 이 근처 바다에서 1571년 신성 동맹 해군과 오토만 제국의 해군이 전쟁을 벌여 신성 동맹 해군이 이겼다. 이 해전에서 짐으로써 오토만 제국의 지중해 지배 야심이 꺾이게 되었다.

4838 이 문장의 주어는 '은행'이다. 요즘 세상에선 은행이 전쟁의 승리자처럼 행동하고 있다는 말.

4839 19~20세기 프랑스 극작가. '프로코프'와 '타바랭'은 파리의 레스토랑들.

4840 칸토 LXXX의 주석 3157번을 보라.

4841 점묘법으로 유명한 프랑스 화가. '쪼개진 빛'이란 점묘법을 의미한 것일 것이다.

4842 수학자 피타고라스는 사실 신플라톤주의자의 원천으로까지 이야기되고 있다.

4843 미국의 작가인데, 파운드가 직접 이 작가를 만난 적은 없는 것 같고, 이 사람이 머물던 집에 파운드와 편지 교류를 하던 인물이 얼마 동안 살고 있었는데, 파운드가 이곳으로 편지를 보낼 때는 "c/o Henry Wolff"(헨리 울프 댁)라고 써야 했기에 이 이름을 떠올렸을 것이다. 디즈레일리를 좋게 보지 않던 파운드는 그를 늑대라고 표현한 것이다. 게다가 'Wolff'에서 f가 두 개라는 말은 이 이름이 유대인 이름처럼 들리도록 한 것인데, 디즈레일리가 유대인 혈통을 가진 것은 맞지만, 그렇다고 울프 헨리가 유대인 혈통이라고는 말할 수 없다(f가 두 개인 것도 유대인이라는 것을 이야기하지는 않는다.).

4844 칸토 LXXXVI에서는 '슈어츠'라고 나온다. 주석 3598번을 보라.

4845 에티오피아('아비시니아') 전쟁에 참전했던 영국군 대령.

4846 사무엘 호어. 제2차 세계대전 시 영국의 외무성 장관이었다. 그의 조카가 이집트 은행에 근무하고 있었는데, 하일레 셀라시에의 침실에 있던 금을 빼냈다는 이야기가 있다.

4847 알베르 롱드르. 프랑스의 저널리스트로서 노예제도, 감옥, 정신병원 등의 실상을 까발리는 비판적 글들을 많이 썼다. 프랑스에는 그의 이름을 딴 저널리스트 상이 있다.

4848 15세기 교황 니콜로 5세. 바티칸 도서관을 만들었고, 인문학의 후원자였다.

4849 칸토 LXXXIX의 주석 3884번을 보라. 교황 니콜로 5세는 그에게 헤로도토스와 투키디데스를 라틴어로 번역하게 했다.

4850 칸토 IX의 주석 171번을 보라.

4851 칸토 XCII의 주석 3996번을 보라.

4852 18~19세기 독일의 작가.

4853 독일이 폴란드를 침공하면 흑해를 통해 지원을 받을 수 있을 것이라고 영국 장군이 말을 했지만, 그 약속은 이루어질 수 없었다.

4854 여자 예언자.

4855 '靈'의 윗부분은 '구름 운,' 그리고 그 밑에 '입 구'가 세 개 있다.

4856 즉 히틀러. 이 두 행을 보면, 파운드는 히틀러에 대해 인정하는 면이 있었는가 하면 인정하지 않는 면도 있었다는 걸 알 수 있다.

4857 여기서 '그들'은 파운드가 싫어했던, 루스벨트나 처칠 등을 말한다.

4858 앤드루 피어스. 1807년 투명한 비누를 처음 발명했던 인물. 영국이 티베트에 물건을 팔기 시작했

던 것을 말하는 것.

4859 아마도 파리의 문학 동인 그룹. '포디'는 포드 매덕스 포드.

4860 16세기 프랑스의 군의였다. 그는 근대 외과의 선구자로 불린다.

4861 법과 정의의 여신.

4862 엘리자베스 병원에 파운드와 같이 있던 환자.

4863 칸토 XCVII의 주석 4417번을 보라.

4864 트리스탄과 이졸데 이야기에 나오는 이졸데이지만, 여기서는 그 전설상의 인물을 말하는 것이 아니라 예이츠가 프로포즈했다가 거절당한 모드 곤의 딸이라는 설이 있다.

4865 칸토 LXXX의 주석 3053번을 보라. 1953년에 죽었다.

4866 "어떻게 잘"은 영어로 "How well……"일 텐데, Howells라는 미국의 유명한 문인(William Dean Howells)이 있다.

4867 칸토 LXXXVII의 주석 3661번을 보라.

4868 'milesienne'. 즉 밀레토스(지금은 터키 땅에 있는, 그리스 옛 도시) 출신의 여인을 뜻하는 말이다.

4869 즉 예이츠. 그의 『탑』 끝에 외뿔소 언급이 나온다.

4870 19세기 영국을 대표하는 정치가로 수상을 12년이나 지냈다. 그 이전에 파머스턴(칸토 LXXXIX의 주석 3835번을 보라)이 수상이었던 시절 그 밑에 있었다.

4871 『두 개의 국가 : 영국사의 재정적 연구』의 저자.

4872 칸토 XLVI의 주석 1068번을 보라. 이 음모를 파헤친 사람이 홀리스이다.

4873 칸토 LXII의 주석 1859번을 보라.

4874 프로이센의 장군으로 나폴레옹을 꺾는 데 큰 공을 세운 인물이다.

4875 칸토 XLVI의 주석 1063번을 보라.

4876 칸토 LXXXVI의 주석 3549번을 보라.

4877 미라보 백작으로 유명한, 18세기 프랑스 인물. 그에 대한 평가는 부침이 있다.

4878 칸토 XCVII의 주석 4386번을 보라.

4879 중국 명나라로 갔던 이탈리아의 예수회 선교사.

4880 나무줄기의 잎 배열을 뜻하는 것으로, 체리 나무는 체리 나무대로 오크는 오크대로의 유니크한 성질을 갖는다는 의미. 즉 이 우주에 내재되어 있는 신비적 힘.

4881 칸토 XXVI의 주석 519번을 보라.

4882 파운드의 이탈리아 지인.

4883 스페인 출신의 토목 기사로 아스팔트 포장의 선구자적 역할을 했다.

4884 아일랜드 혈통의 미국 테너.

4885 칸토 XL의 주석 936번을 보라.

4886 칸토 XCVI의 주석 4237번을 보라.

4887 즉 아프로디테를 말함.

4888 화학품 제조가문의 인물로 포드가 편집자로 있던 『잉글리시 리뷰』를 정치적 목적으로 인수했다.

4889 프랑스혁명 기념일인 7월 14일.

4890 즉 알렉산더 대왕.

4891 칸토 CI의 주석 4726번을 보라.

4892 시인인 허버트 트레메인이라는 주석도 있으나 아마도 뉴욕주 회계검사관인 모리스 트레메인.

4893 칸토 CI의 주석 4736번을 보라.

4894 칸토 LXXXVII의 주석 3682번을 보라.

4895 시칠리아 팔레르모 옆에 있는 작은 마을로 이곳에 유명한 대성당이 있다.

4896 '奉行禮儀. "와서 의식을 갖춰 움직이다."

4897 즉 하나라의 건국 왕인 우왕.

4898 이 칸토를 쓸 때.

4899 즉 무솔리니. 탈레랑, 비스마르크, 무솔리니는 모두 자신이 도움을 준 국가에 의해 배신당했다.

4900 페데리코 2세와 가까운 장군이 쓴 책으로 내용은 수의학에 관한 것이다.

4901 칸토 LXXX의 주석 3226번을 보라.

4902 안셈(안셀모-안셀무스)의 논지로, 초월적 존재는 저 공간에 있는 것이 아니라 우리의 앎 속에 있다는 말.

4903 삼위가 동등하지 않다라는 말.

4904 안셀무스와 마찬가지로 이탈리아 사람으로, 법률가로서의 직업을 버리고 수도자가 되었고, 영국에서 캔터베리 대주교가 되었다(그의 후임이 안셀무스이다.).

4905 칸토 LXXXVII의 주석 3687번을 보라.

4906 '后稷'. 순임금 때 농림 장관의 명칭.

4907 안셀무스가 자신의 시들에 대해 이렇게 이야기했다.

4908 이탈리아 동남부의 도시. 안셀무스가 유명한 연설을 했던 곳이기도 하다.

4909 2세기 로마 황제였던 하드리아누스가 죽기 전 썼다고 알려진 시에 자신의 영혼을 "Animula vagula blandula(떠도는 상냥한 영혼)"라고 표현한 것이 있다. 파운드는 'blandula'를 'tenula(가느다란)'라는 단어로 대체했다. 여기 나오는 수자인 5와 10은 무엇을 지시하는 것인지 모르겠다.

4910 『모노로기온』 57장. 삼위 중 하나인 성령에 대한 문구.

4911 즉 카발칸티.

4912 나폴리보다 약간 위에 있는 도시. 이 근처에 안셀무스가 방문을 했을 때 가뭄이 들었는데, 안셀무스가 파라는 곳을 파자 우물이 나왔다고 전해진다.

4913 영국의 남쪽 항구 도시(도버 근처).

4914 런던의 남동쪽 도시.

4915 잉글랜드 왕 윌리엄 2세. '루푸스'란 라틴어로 '붉다'는 뜻인데, 아마도 그의 얼굴빛이나 머리카락 색깔이 붉은색이었기 때문으로 추정된다. 자비가 없었던, 무자비한 왕으로 인식되고 있다.

4916 1차 십자군 전쟁에 참여하여 안티오키아를 함락시킨 후 그곳에 공국을 세워 군주가 됨으로써 알렉시오스를 배신한 셈이 되었다.

4917 동로마제국의 황제 알렉시오스 1세. 이 황제의 간청으로 십자군 원정이 시작되었다.

4918 교황 보니파시오 8세. 단테의 『신곡』에서 「지옥」편에 나온다.

4919 프랑스의 중앙에 있는 도시로 정식 명칭은 클레르몽페랑. 유명한 대성당도 있으며 종교적 중심지였다.

4920 제1차 세계대전 때의 영국 왕. 실제로 파운드가 이 장면을 보았다고 함.

4921 셰익스피어 사후 33년이면 1649년인데, 이 해 찰스 1세가 참수당했다.

4922 파운드가 좋아하는 시인들 중 하나인 베르트랑 드 본느 가문의 근거지가 페리고르(지금의 도르도뉴로, 주도가 페리괴)였는데, 탈레랑도 이곳 지방 출신이었다.

4923 교황 우르바노 2세. 이 교황 때 1차 십자군 원정이 시작되었다. 또한 윌리엄 2세가 임대료를 올려도 가만 내버려 두었다고 파운드는 본 것이다.

4924 통일된 프랑크 왕국의 최후의 왕. 이 왕의 죽음 이후 프랑크 왕국은 분열됐다. 보통 이 왕은 좋은 평가를 받지 못하고 있는데, 파운드는 이 왕이 말기에 경험했다는 신비적 비전을 미냐의 책에서 인용하고 있다. '수에비'란 게르만족의 일파.

4925 칸토 XLVIII의 주석 1110번을 보라.

4926 웨섹스의 왕으로 다음 주석에 나오는 에그버트 다음 다음의 왕.

4927 9세기 초 웨섹스의 왕.

4928 교황 파스칼 2세. 그 당시 영국의 왕인 헨리 1세와 캔터베리 대주교로 있는 안셀무스 사이에 주교 서임권 문제로 갈등이 있었다. 여기서 '그대'는 왕인 헨리 1세를 말한다.

4929 칸토 VI의 주석 93번을 보라.

4930 윌리엄 루푸스 다음의 잉글랜드 왕인 헨리 1세.

4931 기원전 7세기 춘추시대 제나라의 재상이었던 관중(管仲)이 냈던 책인 『관자(管子)』를 편집해서 냈던 사람으로 캘리포니아 대학 경제학 교수를 역임했다.

4932 안셀무스가 쓴 글 중에, 추한 아내를 얻으면 그녀를 싫어할 거고, 예쁜 아내를 얻으면 그녀가 부정한 짓을 저지르지 않을까 염려한다고 썼다.

4933 문법적으로 볼 때, 이 중요한 단어들이 모두 여성형으로 끝난다는 것을 말하고 있다.

4934 칸토 LXXXVIII의 주석 3712번을 보라.

4935 서로마제국의 황제인 발렌티니아누스 3세.

4936 고대 유랑민족으로 원래는 흑해 근방에 살다가 반달족과 함께 서로마제국을 종종 침략하였으나, 결국엔 아프리카로 건너갔다.

4937 파라문두스. 프랑크족의 전설적인 초기 군주.

4938 칸토 XCVI의 주석 4210번을 보라.

4939 즉 디오니소스.

4940 즉 카롤루스(샤를마뉴) 대제.

4941 칸토 XCVII의 주석 4341번을 보라.

4942 고대 영국의 머시아 왕국에서 있었던 사건.

4943 11~12세기 프랑스의 수도승. 그가 쓴 수도원 연대기가 수에비의 카롤루스의 비전 이야기의 원전이다.

4944 십일조를 내는 것을 정한 그 원조가 알프레드 대왕이라고 하기도 한다.

4945 알프레드 대왕의 딸로 고대 영국의 머시아 왕국의 통치자였다. 애설스탠은 그녀의 조카이다.

4946 11세기 잉글랜드 왕.

4947 교황 실베스테르 2세. 프랑스인으로 천문학에 조예가 깊었다. '아스트롤라베'는 예전의 천문관측 기구.

4948 5형제로 모두 제2차 세계대전 때 미국의 영웅.

4949 역시 제2차 세계대전 때 미국의 영웅. 히스패닉으로는 최초로 중장의 자리에 올랐다. 그는 파운드를 옹호했던 사람이다.

4950 안셀무스의 주요 저술 중 하나.

4951 즉 데메테르의 딸, 페르세포네.

4952 즉 하계의 신, 플루토.

4953 하계의 불의 강.

4954 바로 앞 칸토 CV의 주석 4931번을 보라. 『관자』 8장, 「통치의 기본 방법들」에는 아홉 개의 법령

이 들어있다.

4955 즉 관자.

4956 린도스. 로도스섬의 린도스 사원에 있는 백금의 잔은 헬렌의 가슴을 모델로 만들어졌다는 전설이 있다.

4957 아마도 그리스 신화에 나오는, 빠른 발로 유명한, 칼리돈의 아탈란타.

4958 동풍(東風).

4959 둘 다 브라질의 강.

4960 공자의 말임.

4961 관자의 '관'과 발음은 같지만, 이 '관'은 '문'을 뜻하는 한자어인데, 파운드는 '감추다'의 뜻으로 읽고 있다.

4962 아마도 안토니누스가 통용시킨 동전.

4963 중국의 산 이름.

4964 즉 요임금과 순임금.

4965 '엔나'나 '니사'나 시칠리아에 있는 지명으로, 소스에 따라 페르세포네가 하데스(플루토)에게 납치되었던 곳.

4966 키르케는 태양의 신인 헬리오스와 페르세이스 사이에서 낳은 딸.

4967 제우스는 레토와 결합하여 아르테미스와 헬리오스를 낳았다.

4968 아마도 이탈리아 북동쪽 도시.

4969 즉 에드워드 8세.

4970 기원전 3~4세기 이집트 프톨레미 2세의 왕비. 아르시노 아프로디테로 숭앙받았다. 제피리움은 그녀의 신전이 있었던 곳.

4971 베레니케를 말한다. 칸토 XCVII의 주석 4395번을 보라. '그것'이란 머리카락.

4972 『하고로모』의 합창에 나오는 일본 지방 이름.

4973 '앵무조개'의 뜻이기도 하고, 이 조개를 아르시노에게 바친 소녀의 이름이기도 하다.

4974 그리스의 섬.

4975 둘 다 시칠리아에 있었던 옛 그리스 도시들. 아크라가스는 지금은 아그리젠토라 불린다.

4976 즉 헨리 3세 재위 20년째 되던 해인 1235년을 말한다. 우리가 잘 아는 마그나 카르타는 헨리 3세의 아버지인 존왕이 1215년 처음 서명한 것이지만, 존왕은 바로 그다음 해에 죽고, 그 아들인 헨리 3세가 어린 나이로 1216년 왕위에 올랐다. 마그나 카르타의 여러 수정 문안들은 헨리 3세 때 이루어진 것이다. 코크는 마그나 카르타 해석의 권위자이기도 하다. '4번씩 읽힐 것'은 마그나 카르타를 말한다.

4977 코크가 자신의 이름을 라틴식으로 쓴 것이다. 군인 출신이 아니었던 그가 왜 자신을 군인이라고 썼는지는 모르겠고, 다만 자신을 논쟁적인 인물로 보았을 수는 있다.

4978 시제루스. 13세기 철학자. 로마 가톨릭교에서는 그를 파문했으나, 단테는 그를 『천국』에 넣었다.

4979 헨리 3세의 왕비. 프로방스 백작이었던 레이몽 베랑제의 딸이었다. 이 엘레노어는 앞 칸토들에서 여러 번 나왔던 아키텐의 엘레아노르의 손자며느리(헨리3세가 헨리2세의 손자이므로)가 된다.

4980 이 문장의 주어는 '런던'.

4981 일을 진행하다 보면 처음에는 알 수 없었던 것들을 많이 알게 된다는 뜻.

4982 12세기 영국 헨리 2세 왕 때의 대사법관. 여기서는 그가 쓴, 영국법에 관한 그의 저술을 말하는 것이다.

4983 즉 그 어떤 벌금도 그 사람의 생계 수단을 뺏어갈 정도까지 되어서는 안 된다는 뜻.

4984 사제들이 범법적 행위를 하지 않는 한 그들이 머무는 세속적 거처에 벌금을 부과해서는 안 된다는 조항을 말함.

4985 코크는 이 두 왕이 정의 편이었다고 칭찬했다.

4986 즉 제임스 1세. 코크는 제임스 1세 밑에서 처음엔 대법관을 지냈으나 나중에는 왕권의 절대성을 믿었던 제임스 1세에 대립하다 감옥에 갇혔다.

4987 '놀'은 올리버 크롬웰. '찰리'는 찰스 1세. 청교도 혁명으로 인해 1649년 찰스 1세는 단두대에서 처형당했다.

4988 칸토 XCVII의 주석 4439번을 보라.

4989 아마도 마그나 카르타를 말하는 듯하다.

4990 아마도 아테네 여신. 위의 주석 4975번을 보라. 아크라가스에는 아테네 여신을 위한 사원이 있었다.

4991 시칠리아의 옛 도시.

4992 마그나 카르타와 코크의 『원론』의 장.

4993 그 어떤 집행관이나 집행리도 함부로 남의 나무나 숲을 가져가선 안 된다는 조항을 언급한 것이고, '플레타'란 영국의 법에 대한 글인데, 그 저자는 알려져 있지 않다. 그 글에서 '나무'를 '마에레미움'이라 지칭했다.

4994 '지미 스튜어트'는 아마도 영국의 왕 제임스 1세. '삭발한 자들'과 '삭발하지 않은 자들'이란 종교 관련자들과 종교와 관련은 없는 법률가들을 말한다. 그들은 다 제임스 1세의 비위를 맞추기 위해 행동했다.

4995 칸토 LXXX의 주석 3224번을 보라.

4996 아마도 엑시뒬의 주민.

4997 엘리자베스 1세 여왕 바로 앞의 영국 여왕으로 특정한 포도주에 과세를 하려 했다.

4998 엘리자베스 1세가 교황의 영토에 부과한 과세. 알롬은 무게 단위. 100알롬에 3실링 4펜스였다.

4999 칸토 XCVII의 주석 4343번을 보라.

5000 칸토 LXVII의 주석 1928번을 보라. 코크는 브랙턴을 많이 인용하였다.

5001 헨리 3세 때 의회가 이곳의 수도원에서 열렸다. 지금은 런던시의 한 구역으로 들어가 있다.

5002 위 주석 4979번을 보라. 헨리 3세 때 캔터베리 대주교는 사보이의 보니파체였는데, 엘레아노어의 오빠가 아니라 삼촌이었다.

5003 아마도 십자가.

5004 베다 또는 성 비드. 7~8세기 잉글랜드의 신학자.

5005 즉 킹 제임스 버전(영어 성경)을 말한다.

5006 즉 알렉산더 대왕.

5007 잉글랜드 왕 에드워드 1세. 그는 고리대금업을 금지했다.

5008 옛 잉글랜드 은화로 약 4펜스.

5009 헨리 3세 재위 52년째 되는 해인 1267년.

5010 이 날 헨리 3세는 마그나 카르타와 비슷한 말버러 법령에 서명했다.

5011 셋 다 폴 이름이다.

5012 프랑스 남부 도시.

5013 엘리자베스 1세의 업적 중 하나.

5014 노리치는 영국 노펙주의 주도로, 코크가 소년 시절 살았던 곳이다. 이곳에선 종교적 박해를 피해

온 네덜란드인들이 있었다.

5015 영국에는 네 번의 텀이 있는데, 이 텀에 따라 네 번의 대학 학기도 있고, 순회 재판 텀도 있다. 힐라리오 축일이 있는 1월 하순경, 부활절이 있는 4월경, 삼위일체 축일이 있는 5월 하순경, 그리고 성 미가엘 축일이 있는 10월경이 그것이다.

5016 칸토 LXIV의 주석 1961번을 보라.

5017 코크의 기혼녀 딸이 간통 사건으로 받았던 내용.

5018 찰스 1세에 대항했던 일.

5019 제2차 세계대전 때 전쟁에 반대하는 사람들을 구금할 수 있었던 법령으로, 인신 보호 영장 청구권(habeas corpus)이 이 시기에는 잠시 없어졌던 것.

5020 칸토 XXIII의 주석 457번을 보라.

5021 "있지 않음(not being)"이라는 뜻인데, 크리스토퍼 말로의 『파우스트』에 이 그리스어를 그대로 쓰고 있다.

5022 "에이본의 남자"란 셰익스피어를 말하며, "To be or not to be"를 말한다.

5023 칸토 XVI의 주석 312번을 보라. 니나는 아마추어 화가로서 고디에의 모델을 했는데, 고디에는 그녀를 모델로 한, 각기 다른 작품 세 개를 만들었다.

5024 즉 디아나 여신상. 노트르담 데 샹은 파리에 있는 성당.

5025 즉 오디세우스와 그 선원들을 유혹했던 요물 사이렌을 말한다.

5026 로버트 세실. 엘리자베스 1세와 제임스 1세 밑에서 국무장관, 재무장관 등을 역임했던 인물이다. 체구가 작고 약간의 곱사등이었던 그는 건강이 별로 좋지 않았는데, 스파로 유명한 배스에 갈 때 물을 떠 오라고 코크가 선물로 텀블러를 주었다 한다.

5027 세실이 지은 집.

5028 제임스 1세 때 주영 스페인 대사. 그는 찰스 왕자와 스페인의 인판타 마리아의 결혼 중매를 하려 했는데, 그것을 싫어한 영국인들이 그를 곧잘 놀려대곤 했다.

5029 즉 로마의 유명한 문인인 호라티우스. 칸토 XCVII의 주석 4443번과 혼동하지 말 것. 엘리자베스 1세 여왕이 직접 호라티우스의 저술을 영어로 번역한 것으로 알려져 있다.

5030 칸토 LXXXIX의 주석 3873번을 보라. 그는 찰스 왕자와 스페인의 인판타 마리아와의 결혼을 반대해서 곤데마르의 미움을 사고 있었는데, 그의 탐험이 실패로 돌아가고 탐험 도중 스페인인들을 죽인 것으로 드러나서 반역죄로 처형당했다.

5031 제임스 1세의 환심을 사기 위해 애쓰는 이들에게 코크가 한 말.

5032 즉 공자.

5033 칸토 LXXXVII의 주석 3637번을 보라.

5034 칸토 LXXXIX의 주석 3826번을 보라.

5035 아마도 이 칸토를 쓰면서 본 시각. 새벽 1시 46분.

5036 칸토 LXXIV의 주석 2582과 2583번을 보라.

5037 옛 그리스 도시.

5038 즉 피타고라스. 그에 대해 정확히 알려진 건 없는데, 그의 아버지가 보석 세공사였다는 설이 있다. 피타고라스는 수학자로도 유명하지만, 신비주의자로도 유명하며, 빛의 철학인 신플라톤주의의 원천으로 꼽힌다.

5039 에드워드 3세 때 내려졌던 법령 25조. 의지에 반(反)하는 대출에 대한 규제.

5040 베르길리우스의 『아이네이스』에 "바위로 머리를 쪼개다"라는 표현이 나온 것을 차용한 것이다.

5041 칸토 LXXVIII의 주석 2930번을 보라.

5042 여기서 '그것'은 재산.

5043 권리장전(Petition of Right)이 만들어진 해.

5044 왕이 의회가 만든 법을 승인할 때 쓰는 문구. 왕(찰스 1세)이 코크가 이끄는 의회파에 굴복한 것을 말한 것이다. 귀족들이 시민들에게 대출을 받게 강요해 놓고는 결국엔 그 재산을 빼앗았던 행위를 하지 못하게 했던 것도 그 승리 중의 하나였다.

5045 에드워드 1세 때의 법령 28조. 의회의 선출된 의원들이 인정하지 않고서는 세금을 매길 수 없게 한 법령.

5046 람바르드는 16세기 골동품 연구가로 어원을 따지는 걸 좋아했고, 발라(칸토 LXXXIX의 주석 3884번)는 너무 어원을 따지는 것을 싫어했다. 코크는 이 두 사람 사이를 왔다 갔다 했다.

5047 이하 한 줄 한 줄은 모두 다른 곳에서 인용한 것이라 서로 연관성이 없다. 독과점은 나쁘다는 뜻이고, 어떤 사람을 그의 의지에 반하여 왕이 어디로 보낼 수 없다는 뜻이고, 상업하는 사람들의 독립성을 인정해주자는 뜻이고, 모로 만든 옷감 수출에 관세를 매기지 말자는 뜻 등.

5048 이 모두 영국의 강 이름들. 이 강들에서 사람들이 고기를 너무 많이 낚는 폐해가 일어나고 있다는 말.

5049 에드워드 1세 재위 18년을 말함. 그 해인 1290년에 그 전 왕인 존 왕이 만들었던, 유대인들에 대한 불공정한 법을 바로잡았음.

5050 이 문장의 주어는 '고리대금업'.

5051 박해를 피해 잉글랜드를 떠나갔던 유대인 숫자.

5052 여기서 '여럿'이란 여러 왕들을 말함.

5053 코크가 자신의 인용 출처로 삼은 세 개의 원전들.

5054 델크루아. 칸토 LXXXVIII의 주석 3713번을 보라.

5055 캄포 투레스는 이탈리아 거의 북쪽 끝에 있는 소도시로, 여기서 파운드의 딸인 메리 드 라크윌츠가 키워졌었다. 마르게리타는 그 도시 여인.

5056 에드워드 재위 25년째 되던 해인 1297년 마그나 카르타를 재확인하는 헌장을 공표했다.

5057 6장은 의회의 승인이 없이 공공 자금을 써서는 안 된다는 내용. 디즈레일리가 은밀하게 수에즈 운하를 사들인 것을 지적하는 것일 것이다.

5058 반 마르크가 대략 6실링 8펜스에 해당.

5059 에드워드 1세 부과한 세금을 내지 않았던 두 귀족인데, 후에 사면되었다.

5060 여기서의 '조항'이란 존 왕에 대항하여 반란을 일으켰던 봉건 영주들의 조항들인데, 이 조항들이 마그나 카르타의 기반이 되었다. '짐의 신민들'이란 마그나 카르타를 재확인했던 헌장의 첫 문구이다.

5061 '이것'은 마그나 카르타에 대한 코크의 주석. '찰스'는 찰스 1세.

5062 펠턴은 그 당시 찰스 1세의 총애를 받았으나 능력이 모자랐던 버킹엄 공작을 칼로 살해했던 인물로 유명하다. 버킹엄 공작이 죽었다는 소식에 많은 이들이 좋아했다고 한다.

5063 영국 남부의 다섯 항구들. 서로 일종의 동맹을 맺고 있었다.

5064 '기'. 그 뜻은 왕이 거처하는 주변 5백리 이내를 말한다.

5065 '폐'. 원뜻은 '비단'이지만 '돈'을 뜻하는 말이 되었다.

5066 하원의 서기로 코크의 마그나 카르타 주석이 간행되어야 함을 써넣었음.

5067 음모를 꾸몄던 인물이었다.

5068 금화, 은화 등에 대한 조항.

5069 이 당시 잉글랜드 화폐 일 디나르에 해당.

5070 엘리자베스 1세 여왕의 가장 큰 업적은 돈의 진정한 가치를 복원시킨 것이다는 말.

5071 영혼을 달랜다는 명목으로 교회에 바쳐졌던 돈이 실제로는 다른 곳으로 흘러갔다는 말.

5072 이 해 외국 출신 성직자들의 재정을 제한하는 법령을 만들었다.

5073 추기경.

5074 필립과 메리라는 이름인데, 여기서 다루어지고 있는 마시장과 관련된 법령을 지칭하고 있다.

5075 즉 옹정제.

5076 엘리자베스 1세 여왕은 인구과밀과 도시 빈민화를 막고자 이런 법령을 내렸다.

5077 폴(pole)은 단위로, 16.5피트의 길이(약 5미터)를 말하는데, 면적으로 하면, 가로 세로 5미터이므로, 약 25입방미터가 된다.

5078 칸토 LXIII의 주석 1922번과 1923번을 보라.

5079 에드워드 참회왕. 11세기 앵글로색슨족의 왕.

5080 고대 그리스 도시.

5081 칸토 XX의 주석 379번의 '야코포'.

5082 옛 잉글랜드에서는 열 가구씩이 한 단위로 묶였었다. 그중 리더가 있고, 그 리더는 보다 큰 리더에게 서약하는 형태였다.

5083 코네티컷 헌장(영국왕 찰스 2세가 코네티컷에게 자율권을 주었던 1662년의 헌장)을 이후의 영국 총독(식민지 미국의)이 내어놓으라고 하자 그걸 오크 나무에 숨겼다고 하는 인물.

5084 이 헌장에 쓰여 있는 19명의 이름들 중 두 명이며, 바로 밑에 또 두 명이 더 언급되어 있다. 이들의 간청을 왕이 받아들였다고 한다.

5085 로드 아일랜드의 마을로 만(灣)이 있다.

5086 코네티컷 헌장의 서명자.

5087 여기서의 '그'는 에드워드 8세('에디')를 말한다. 그는 미국의 이혼녀 심프슨과 결혼하면서 왕위를 버린 것으로 유명하다. 하지만 그가 독일과 싸우기도 싫고 사람들을 전쟁에 내 보내 처참해지는 꼴을 보고 싶지도 않고 해서 제2차 세계대전 때 동원령에 서명하지 않을 것을 두려워한 이들이 그를 왕에서 물러나게 한 것이라는 설도 있다. 먼로는 『이브닝 스탠다드』의 로마 주재원.

5088 칸토 XCI의 주석 3970번을 보라.

5089 칸토 LXXXVII의 주석 3657번을 보라.

5090 '잎차례'라고도 함. 파운드는 잎차례에서도 우주의 어떤 신비한 힘 또는 질서를 느꼈다.

5091 칸토 C의 주석 4682번을 보라. 레뮈사는 주석 4680번.

5092 각각 칸토 XCIII의 주석 4010번과 4011번을 보라.

5093 산타 마리아 인 코스메딘. 로마에 있는 성당.

5094 칸토 VII의 주석 128번과 칸토 XCIII의 주석 4067번을 보라.

5095 「초안과 단편들(Drafts and Fragments)」라는 제목이 붙은, 마지막 부분의 첫 칸토.

5096 베네치아 석호에 있는 토르첼로섬의 바실리카. '그대'란 성모마리아.

5097 즉 자유기업 체제.

5098 11~12세기 일본의 중.

5099 『신곡』의 「지옥」 칸토 V에 나오는 말. 연인 사이인 프란체스카와 파올로.

5100 자살한 사람들을 위한, 나키 지방(나시족)의 제식.

5101 이하 "노란 붓꽃"까지 나키 지방의 사랑 이야기를 기본으로 한 것으로, 강요된 결혼이 싫어 자살

하는 이야기인데, 그 이야기에 따르면 남자는 아홉 운명, 여자는 일곱 운명을 가졌다고 나온다.

5102 목매달아 죽으려 했을 때의 나무의 묘사.

5103 물에 빠져 죽으려 했을 때의 물의 묘사.

5104 아마도 "월명막선붕(月明莫先朋)" 즉 "달은 밝은데 옛 친구들은 없구나".

5105 위의 주석 5101번에 나온 이야기의 주인공이 자살한 신성한 산 이름과 목을 매었던 오크.

5106 나시족이 하늘을 향해 드리는 제식에서 중요한 의미를 갖는 나무.

5107 18세기 이탈리아의 유명한 풍경화가.

5108 두 사람 모두 이탈리아의 엔지니어들로, 가르데사나 길(가르다 호수를 따라 난 길)을 만들었다.

5109 이탈리아 북부 도시. 사보이 왕가 소속이었다.

5110 칸토 LXXIV의 주석 2533번과 칸토 LXXXIX의 주석 3888번을 보라.

5111 녹스와 롯지에 대해선, 칸토 LXXVIII의 주석 2967번을 보라.

5112 사보이 기병대의 지휘관. 제2차 세계대전 때 우크라이나의 이스부센스키(이부케르키)에서 이탈리아의 사보이 기병대가 러시아군을 습격했던 사건이 있었다.

5113 칸토 XVI의 주석 305번을 보라.

5114 제1차 세계대전 시 이탈리아의 전투 지역.

5115 아마도 파운드의 딸인 메리와 이집트학 학자인 보리스 드 라크월츠와의 결혼.

5116 칸토 XCIII의 주석 4006번을 보라.

5117 오르페우스의 아내.

5118 아르테미스 여신의 연인.

5119 이집트의 『사자(死者)들의 서』.

5120 일본의 노극. 사랑이 질투로 인해 증오로 바뀌어 연적(戀敵)을 살해하게 된다.

5121 이하 네 곳은 파리와 런던에 있던 레스토랑들.

5122 칸토 XXI의 주석 423번을 보라.

5123 칸토 LXXIV의 주석 2515번을 보라.

5124 칸토 LXXIV의 주석 2582번을 보라.

5125 엘리엇의 『황무지』에 나오는 문구이다.

5126 나키 지방(나시족)의 연구자. 그의 20년간의 연구 원고들을 실은 배가 일본군의 어뢰를 맞고 침몰했다.

5127 북부 보르네오의 산. .

5128 보르네오의 도시로, 지금은 코타키나발루로 명칭이 바뀌었다.

5129 일본 노극의 주인공. 이 극은 달 아래의 춤으로 끝난다. 『아오이』에서도 제(祭)를 지냄으로써 질투의 혼령이 빠져나간다.

5130 칸토 CIII의 주석 4776번을 보라.

5131 칸토 CIX의 주석 5083번을 보라.

5132 루이 알렉산드르 드 라 로슈푸코. 프랑스혁명 때 왕을 옹호했다가 죽임을 당했다.

5133 프랑스혁명 이후 공포 정치가 끝나고 나폴레옹이 집권하기까지 프랑스를 이끌었던 정치 체제.

5134 즉 나폴레옹 보나파르트.

5135 칸토 CIII의 주석 4791번을 보라.

5136 나폴레옹 밑에서 프랑스군 원수의 자리에 있었다.

5137 이하 "無邪思" "생각함에 사악함이 없다"라는 뜻으로 쓴 것인데, "(마음의 들판)"은 '추(思)' 옆에 있

어야 옳다.

5138 19세기 초 러시아 황제 알렉산드르 1세.

5139 나폴레옹이 유배된 후의 상황을 정리하기 위해 유럽의 열강들이 오스트리아의 빈에 모여 회의를
했었다. 러시아에서는 알렉산드르 황제가 직접 참석했다.

5140 진먼섬(金門島)을 말한다. 중국 땅에서 훨씬 가깝지만 실제로는 중화민국(즉 대만)의 영토로 되어
있다. 이 섬에서 중국 공산당과 장개석의 군대가 전투를 벌였다.

5141 칸토 XLVI의 주석 1063번을 보라.

5142 칸토 XCVI의 주석 4192번을 보라. 그는 법령을 만들었고, 금전을 발행했으며, 비잔틴과도 싸웠다.

5143 칸토 CX부터는 「초고와 단편들(Drafts and Fragments)」이라는 제목이 붙어 있는데, 따라서 어떤 칸
토에는 "……에서(from)"라는 말이 아예 붙어있다. 즉 이 칸토는 '단편, 파편(fragment)'이라는 인상
을 주기 위함이다.

5144 나시족의 언어로, "적갈색의 구렁말"이라는 뜻이다.

5145 나시족이 제사 때 쓰는, 영생불사한다는 감로주.

5146 암르타를 만드는, 여신과도 같은 존재.

5147 칸토 CI의 주석 4732번을 보라.

5148 '코끼리 산(象山)'.

5149 '용왕(龍王)' 즉 용왕사(龍王寺)를 말한다.

5150 리치앙을 흐르는 강.

5151 즉 황도십이궁.

5152 단테 『신곡』 「지옥」의 칸토 VII.

5153 18세기 스웨덴의 식물학자로, 그의 분류학은 너무나 유명하여 '식물학의 시조'라 불린다.

5154 파운드가 엘리자베스 병원에 있을 때 그에게 자주 찾아왔던 여인으로, 파운드와 함께 『공자에서
커밍스까지』라는 시선집을 편집해서 냈다.

5155 칸토 CX의 주석 5126번을 보라.

5156 칸토 CIV의 주석 4860번을 보라.

5157 아마도 『아기 돌보기』라는 책의 저자.

5158 파운드와 지인으로 의사였다.

5159 칸토 LXXXIX의 주석 3817번을 보라.

5160 H. D.의 남편이었던 리처드 올딩턴.

5161 라팔로 근처의 항구 마을.

5162 아틀라스의 딸들로 알려져 있는데, 헤라의 정원에 있는 나무의 황금 열매를 지키는 일을 했었다.

5163 정확히 누군지 알 수 없다.

5164 스테파니 얀코브스카. 20세기 초에 파운드가 베네치아에서 알게 됐던 폴란드 여인. 그녀는 나중
에 파운드가 엘리자베스 병원에 감금되어 있다는 것을 알고는 그가 풀려나도록 많은 도움을 준
것으로 알려져 있다.

5165 칸토 XCIII의 주석 4069번을 보라.

5166 칸토 LXXIX의 주석 2998번을 보라.

5167 아프로디테 축제를 말하는 것일 수도 있고, 12세기 프랑스 남부 축제 때의 춤곡을 말하는 것일
수도 있다.

5168 칸토 LVI의 주석 1565번을 보라.

5169 게젤이 제안했던 돈의 개념으로, 화폐를 개인이 쌓아두지 못하도록 화폐의 가치가 주기적으로 하락하게끔 한 것이다.

5170 『중세에서의 정당한 가격』의 저자.

5171 미국 헌법 10조. "헌법에 의해 연방에 위임되지 않은 권리와 또 그것에 의해 각 주에 금지되지 않은 권리는 각 주와 그 시민들에게 부여된 것이다." 말하자면 일종의 지방자치적인 성격을 말한 것이다.

5172 여기서 '그들'이란 교회의 신학자들.

5173 가르다 호수 주변의 마을.

5174 『신곡』「천국」의 칸토 XVII에 나오는 구절. 자기 것이 아닌, 다른 이의 계단을 오르내리는 것이 얼마나 힘든 것인지를 단테가 알게 될 것이라고 예언해준다.

5175 향료를 담는 용기.

5176 칸토 LXXX의 주석 3133번을 보라.

5177 18세기 프랑스 작가이자 비평가로 계몽주의자들과 논쟁을 벌인 것으로 유명하며, 특히 볼테르와 앙숙이었다.

5178 칸토 C의 주석 4638번을 보라.

5179 티모시 피커링. 칸토 LXIII의 주석 1911번을 보라.

5180 16세기 이탈리아의 철학자 겸 신학자. 그의 무한 우주론은 이단으로 취급되어 붙잡혀 화형되었다.

5181 플로티누스에 대한, 칸토 XCIX의 주석 4559과 4560번을 참조해 보라.

5182 즉 아리스토텔레스. 그는 어류학자이기도 했다.

5183 즉 알렉산더 대왕. 아리스토텔레스는 청소년 시절의 알렉산더의 가정교사였다.

5184 19세기 잠시 동안 뉴욕에 존재했던, 공동체 집단거주 지역. 모든 것을 같이 공동으로 소유하는, 종교적 공동체였다.

5185 스코틀랜드 출신의 시인으로 파운드와 서신 왕래가 있었다.

5186 즉 〈비너스의 탄생〉 그림으로 유명한 산드로 보티첼리.

5187 즉 중국 삼황 중의 한 명인 복희(伏羲). 금속과 연관된 오제는 소호(少昊)로, 칸토 LIII의 주석 1207번을 보라.

5188 '하브'는 파운드의 친척 이름. '늙은 고양이 머리'란 파운드의 할머니(바로 밑에 '사라'라는 이름으로도 나온다)를 말한다.

5189 파운드의 종조부(從祖父).

5190 파운드의 종증조부(從曾祖父). "로크"란 17세기 영국의 유명한 철학자 및 정치사상가.

5191 델 마에 대해선, 칸토 LXXXIX의 주석 3800번을 보라. 파운드의 아버지인 호머 파운드(H.L.P.)는 조폐공사에서 근무하기도 했다.

5192 그리스 보이오티아 지방의 마을. 흙으로 빚은 여성상으로 유명하다.

5193 칸토 CVII의 주석 5037번을 보라.

5194 즉 예이츠. 티굴리오는 라팔로에서 내려다보이는 만. 칸토 LXXVII의 주석 2905과 2906번을 보라.

5195 즉 무솔리니.

5196 화석에 남아 있는 거인의 발자국의 근원에 대한 설을 내세웠던, 버지니아 출신의 어떤 괴짜 천재를 말하는 것인데, 정확히 누구인지는 모르겠다.

5197 칸토 XXXIII의 주석 705번을 참조하라.

5198 즉 유스티아누스 대제.

5199 이 두 행은 소포클레스의 『트라키아의 여인들』에 나오는 헤라클레스의 말을 파운드 자신의 상황에 맞게 변화시킨 것이다.

5200 "인간을 더 알게 되면 알수록 개가 더욱더 좋아진다."

5201 테세우스에게 미궁 탈출의 실을 준, 미노스 왕의 딸.

5202 월트 디즈니.

5203 19세기 프랑스 상징주의 시인으로, 특히 엘리엇에게 많은 영향을 주었다.

5204 칸토 LXXVII의 주석 2887번을 보라.

5205 『신곡』「천국」의 칸토 V에 나오는 구절. 생략된 부분은 "사랑."

5206 라팔로의 거리.

5207 원래 「피사 칸토」보다도 더 먼저 쓰였던 것으로 알려져 있다. 쓰였던 대충의 연도가 밑에 표기되어 있다.

5208 바그너의 『반지』에 나오는 괴물.

5209 키프로스의 해안 도시로, 아프로디테의 탄생지로 알려져 있고, 도시의 모든 이야기들이 아프로디테와 연관이 된다.

5210 아프로디테의 어머니.

5211 이 구절의 뜻은 알 수 없다.

5212 아마도 R은 로스차일드 가문, S는 사순 가문. 사순(Sassoon) 가문은 "동방의 로스차일드"라고 불릴 정도로 중국과 인도에서 엄청난 부를 축적한 가문이다.

5213 칸토 LXXV의 주석 2708번을 보라.

5214 라팔로에 있는 조그만 성당. '카리용'은 성당 탑에 있는, 여러 개의 종들로 이루어진 악기를 말한다.

5215 베르디의 『리골레토』에 나오는 유명한 노래.

5216 네 편의 단편들로 이루어졌다. 세 번째와 네 번째 단편들이 어떤 경우 칸토 CXX으로 알려지기도 했다.

5217 칸토 LXXIV의 주석 2637번을 보라.

5218 칸토 XVII의 주석 322번을 보라.

5219 1920년대 프랑스 파리의 출판업자.

5220 남부 프랑스의 마을.

5221 원래 『칸토스』는 이 단편 시로 끝이 났었다. 그러다 추후 출판된 뉴 디렉션즈판에 다음의 시가 추가되었다. 올가는 미국 태생의 바이올리니스트로 파운드의 평생 연인이었다(칸토 LXXIV의 주석 2561번을 보라).

1885년 아이다호주 헤일리 출생.

1901년 15세에 펜실베이니아 대학교에 입학. 중도에 뉴욕에 있는 해밀턴 대학으로 옮겨서 학부 졸업. 다시 펜실베이니아 대학교에 들어가 1906년 로망스어문학으로 석사 취득하고 계속 박사 공부를 하다가 중도에 그만둠(로페데 베가로 박사학위를 쓸 예정이었다고 함.).

1908년 미국을 떠나 스페인을 거쳐 이탈리아 베네치아에 도착. 거기서 자비로 그의 첫 시집인 『꺼진 촛불을 들고』(그의 평생의 문학 스승이라 할 수 있는 단테에서 빌려온 표현)를 출판.

그후 런던으로 거처를 옮겨 예이츠를 비롯한 많은 영국 문인들과 만나고 교류를 시작함. 그리고 그곳에서 소설가 올리비아 셰익스피어의 딸인 도로시 셰익스피어를 만나 1914년 결혼하게 됨.

제1차 세계대전이 발발하고, 영국에 점점 싫증과 혐오를 느낀 그는 1921년 파리로 거처를 옮김. 그곳에서도 프랑스 문인들뿐 아니라 조이스, 헤밍웨이 등과 교류를 하며 그들에게 많은 영향을 주었고, 엘리엇이 보내온 『황무지』 원고를 대폭 수정해 우리가 읽고 있는 지금의 시로 만들었다.

1922년에는 바이올리니스트 올가 럿지를 만나 서로 평생의 연인으로 지냈다(정부인인 도로시와 오랫동안 소위 '삼각관계'를 유지하며 살았는데, 말년에 도로시가 빠지고 런던으로 돌아갔고, 그후로는 파운드가 죽을 때까지 그의 곁을 올가가 지켰다).

1924년 좀 더 따뜻한 곳을 찾아, 그렇지 않아도 그의 정신적 고향이라 할 이탈리아로 갔고, 라팔로에 평생의 거처를 마련하게 된다. 그동안 파운드는 꾸준히 『칸토스』를 쓰고 있었는데, 이 지상에 낙원을 건설하려는 자신의 꿈을 이 시들을 통해 구현하고자 한 것이었다. 그러면서 자신의 정치적, 경제적 신념들을 확고하게 정착시켜 가기 시작했는데, 무솔리니의 파시즘에 대한 애호, 은행과 고리대금업에 대한 반감, 반유대주의적 정서 등이 표출되었고, 중국(특히 공자)과 일본의 문화에 대한 애호도 나타나게 된다.

제2차 세계대전 시 조국인 미국과 그 당시 대통령이었던 루스벨트에 대한 비판 방송을 하던 그는 미군에 붙잡혀 피사 감옥에 갇혀 있다가 미국으로 송환되어 반역죄로 재판을 받게 된다. 하지만 그가 재판을 받기에는 과대망상증적 편집증으로 인해 적합하지 않다는 정신과 의사의 소견이 받아들여져 사형까지 가능했던 정식 재판을 피하고 대신 정신병원에 감금되게 된다. 그이후 엘리엇과 헤밍웨이를 비롯한 많은 문인들이 나서 계속 파운드 석방 탄원서를 정부에 제출했고, 결국 아이젠하워 대통령 때인 1958년 그는 석방되게 된다.

1945년 말부터 1958년까지 무려 12년이 넘는 세월을 엘리자베스 정신병원에 있었던 셈이다. 그 사이에도 그는 꾸준히『칸토스』를 썼었고, 1948년 출판된『피사 칸토스』는 그해 생긴 볼링엔 문학상의 첫 수상작이 되기도 했다(반유대주의적 정서를 가지고 있으며, 반역죄로 기소된 사람에게 상을 주는 것에 대한 논란이 엄청 컸다). 1958년 석방된 그는 바로 미국을 떠나 이탈리아 라팔로로 돌아갔고, 그 이후는 평생을 그곳에서 살았다. 1972년 87세 생일을 막 넘기고 죽었고, 베네치아 근처 산미켈레섬의 묘지에 묻혔다.

그의『칸토스』는 1917년(또는 1915년)부터 1962년까지의 꾸준한 작업의 결과물로, 현대시의 한 이정표라 아니할 수 없다.